Anonym

Die Grenzboten

23. Jahrgang - I. Semester II. Band

SALZWASSER
VERLAG

Anonym

Die Grenzboten

23. Jahrgang - I. Semester II. Band

Unveränderter Nachdruck der Originalausgabe von 1864.

1. Auflage 2022 | ISBN: 978-3-75259-747-9

Verlag: Salzwasser Verlag GmbH, Zeilweg 44, 60439 Frankfurt, Deutschland
Vertretungsberechtigt: E. Roepke, Zeilweg 44, 60439 Frankfurt, Deutschland
Druck: Books on Demand GmbH, In de Tarpen 42, 22848 Norderstedt, Deutschland

Die

Grenzboten.

Zeitschrift für Politik und Literatur.

23. Jahrgang.

I. Semester. II. Band.

Leipzig,

1864.

Register.

Jahrgang 1864. Zweites Vierteljahr.

Politik und Völkerleben.

Preußen und der Wunsch der Bevölkerung in Schleswig-Holstein. S. 74.
Die neue Bewegung in Schleswig-Holstein. S. 105. 153. 193.
Preußen, die Conferenz und der Bund. S. 119.
Hannover und das Blaubuch. S. 121.
Aus Bayern. S. 142.
Der Werth alter Ueberlieferungen aus den Dörfern Thüringens. S. 201.
Die dänischen Trophäen in Wien. S. 229.
Zur schleswig-holsteinischen Frage. S. 281.
Camillo von Cavour. S. 287.
Gesinnungsstatistik der Bundesregierungen in der Frage der Anerkennung des Herzogs Friedrich. S. 321.
Aus Wien. S. 348.
Zur künftigen Abrechnung Schleswig-Holsteins mit Dänemark. S. 361.
Eine Erinnerung an den Communisten Wolff. S. 398.
Die Nordschleswiger. 1. Ihre Abstammung, Sprache und Sitte. S. 401.
2. Ihre politische Gesinnung. S. 456.
3. Die Theilung Schleswigs. S. 505.
Aus Mecklenburg. Die diplomatische Action in Sachen der körperlichen Züchtigung S. 441.
Die Wochen der Conferenz. S. 476.
Die Pläne der Reaction in Preußen. S. 481.
Der norddeutsche Kanal. S. 497.

Bilder und Schilderungen.

Das Haus des nordalbingischen Sachsen. S. 36.
Aus alter Zeit. 1. Theologische Disputirer im Volk. S. 172.
2. Ein Luftballon zu Nürnberg. S. 336.

Militärische Tagesfragen.

Militärische Briefe über den Krieg in Schleswig:
2. Die gezognen Schußwaffen. S. 28.
3. Das Gefecht. S. 66.
4. Schlachten und Belagerungen. S. 115.
5. Festungen und Schanzwerke. S. 148.
6. Der Sturm der Schanzen. S. 191.
7. Die Ausbildung in der preußischen Armee. S. 235.
8. Die Dienstzeit im preußischen Heere. S. 270.
9. Werth der französischen Kampfweise. S. 312.
10. Die Jäger und die Kavallerie. S. 355.
11. Preußische Artillerie und Pionniere. S. 395.
Die Betheiligung des Bürgers am Kriege. S. 472.

Literatur und Kunst.

Zur Geschichte des Urchristenthums. S. 1. 41. 89. 133. 220.
Die Geschichte der preußischen Politik von Droysen. S. 7.
Die Reden des Prinz-Gemahls von England. S. 81.
Der Mythus der Niobe. S. 99.
Die Entstehung der Oelmalerei in Italien. S. 161.
Das älteste Christenthum und seine Literatur. S. 241. 303. 375. 418.
Winckelmanns Kaiser Friedrich der Zweite. S. 250.
Die Shakespeare-Aufführungen zum Shakespeare-Feste in Weimar. S. 256.
Eine Shakespeare-Bearbeitung aus dem siebzehnten Jahrhundert. S. 390.
Sealsfield. S. 432.
Der Krieg und die Illustration. S. 487.

Naturwissenschaft.

Die geschlechtliche Fortpflanzung der Gewächse. S. 51.

Kürzere Besprechungen literarischer Erscheinungen.

Politik und Staatsrecht: Warnstedt. S. 438. Zöpfl. S. 438. Majer. S. 439. Pirazzi. S. 439. *Schwarzbuch über die dänische Mißregierung im Herzogthum Schleswig. S. 439.
Geschichte: Bornhak. S. 276. Höfler. S. 318. Bremer. S. 439. Hegel. S. 515. v. Raumer. S. 516. Ambros. S. 516. Pauli. S. 517. Arnd. S. 518. Bender. S. 519. Rüstow. S. 519. Dehnel. S. 520.
Literaturgeschichte: Corrodi. S. 319. Ahne. S. 320. Alberti. S. 320. Beck. S. 320. Lemcke. S. 320. Kreyßig. S. 320. Rötscher. S. 321.
Biographisches: Ruge. S. 278.
Bildende Kunst: *Denkmäler der Kunst. S. 198. Bleibtreu. S. 438.
Musik: Krätzschmer. S. 198.
Theologie: Strauß. S. 40. Schenkel. S. 40. Beyschlag. S. 40. Parisis. S. 40. Hase. S. 197.
Philosophie: Schellwien. S. 198.
Conversations-Lexika: Brockhaus S. 320. Meyer. S. 320. Klun und Lange. S. 437.
Kartenwerke: Meyer. S. 400.

Zur Geschichte des Urchristenthums.

1. Theologie und Kritik.

Das Christenthum ist einerseits religiöser Glaube, und als solcher hat es absolute Bedeutung für alle, die sich zu ihm bekennen; es ist andrerseits Geschichte, und als solche steht es für uns unter dem Gesichtspunkt der geschichtlichen Erkenntniß. In diesen beiden Momenten liegt der ganze Widerstreit, der die theologische Wissenschaft seit ihren Anfängen bis auf diesen Tag bewegt. Ja dieser Widerstreit und die Versuche ihn aufzulösen sind der eigentliche Inhalt der Theologie. Wäre das Christenthum blos das Eine oder das Andere, so wäre eine besondere Wissenschaft der Theologie das Ueberflüssigste von der Welt. Wäre es blos Religion, so würde es genügen, ihren Inhalt ein für alle Mal auszusprechen; wäre es blos Geschichte, so wäre es nie unter einen andern Gesichtspunkt als den rein geschichtlichen gestellt worden. Daß es beides zugleich ist, macht eine fortgehende Vermittelung zwischen beiden Momenten nöthig.

Es liegt in der Natur der Sache, daß hierbei bald die eine bald die andere Seite überwiegen wird. Es läßt sich ein Standpunkt der Betrachtung denken, auf welchem der absolute Inhalt der christlichen Religion als unveränderlich durch alle Zeit sich gleichbleibend festgehalten wird, und ein anderer, auf welchem er sich auflöst in eine Reihe von Glaubensmeinungen, welche sich mit den Zeiten und nach den wechselnden Bildungsverhältnissen verändern. Der erste Standpunkt kommt in Conflict mit dem geschichtlichen, der letztere mit dem religiösen Charakter des Christenthums. Beides sind Extreme, bei welchen eine Seite zu kurz kommt. Die Forderung wird also zunächst dahin lauten, beide Extreme zu vermeiden, indem einerseits der Inhalt des Glaubens in eine wirkliche geschichtliche Entwicklung hineingezogen, andrerseits doch ein bleibender Gehalt als Resultat derselben aufgezeigt wird.

Allein wie man sich nun auch das Verhältniß beider Seiten zu einander näher denken mag, so zeigt sich doch bald, daß auf jedem Punkte das geschichtliche Moment das absolut übergreifende ist. Jede Zeit glaubt, im Besitz der reinen christlichen Wahrheit zu sein; aber faßte man von irgendeinem Punkte zurückschauend die ganze Entwickelung des christlichen Bewußtseins zusammen, so zeigte sich, daß das, was einer Zeit als christlich galt, sehr verschieden war von dem, was anderen als solches galt. Es war eine Täuschung, wenn Theologen irgendwelcher Zeit sich bemühten den Inhalt des Glaubens für alle Zeiten zu fixiren. Was sie als Lehre des Christenthums in scheinbar absoluter Giltigkeit hinstellten, war doch nur die Art und Weise, wie sie oder ihre Zeit dieselbe auffaßten, der dann andere Zeiten eine andere Auffassung mit demselben Anspruch auf absolute Giltigkeit gegenüberstellten. Auch die Unterscheidung des Inhalts von der bloßen Form half wenig. Denn man konnte sich nicht verbergen, daß der Wechsel auch den Kern der Glaubensmeinungen nicht verschonte. Ja man konnte wohl eher umgekehrt sagen: die Form der Dogmen veränderte sich weit weniger als der Inhalt, welchen man in sie hineinlegte. Welche Kluft zwischen dem nicänischen Symbol und dem Gebäude der Scholastik, zwischen Augustin und dem Rationalismus des achtzehnten Jahrhunderts, zwischen der augsburger Confession und Schleiermachers Glaubenslehre? und nun aller zusammen mit den unbefangen betrachteten Texten der kanonischen Schriften? Wo blieb da jener ewig sich selbst gleiche Glaubensinhalt, wenn er sich im Bewußtsein so verschiedener Zeiten so verschieden reflectirte? Glaubte die Theologie aller Zeiten sich wesentlich eins mit der echten Lehre Jesu, so war zwar die Redlichkeit dieser Voraussetzung nicht anzufechten, wie weit auch die Glaubensmeinungen augenscheinlich auseinandergingen; allein die Objectivität der religiösen Erkenntniß wurde um so mehr in Frage gestellt, als der Inhalt der Lehre Jesu selbst und die Bedeutung seiner Persönlichkeit anderen Zeiten in einem ganz anderen Lichte erschien.

Thatsache war also zunächst nur die Verschiedenheit der Glaubensmeinungen. Es war das achtzehnte Jahrhundert, das mit seinem kritisch-verständigen Geist diese Thatsache zur allgemeinen Geltung brachte, aber freilich in der ersten Freude des Funds voreilige Consequenzen daraus zog. Bleibend sind seine Verdienste, sofern es die ungeschichtlichen und vernunftwidrigen Voraussetzungen der Orthodoxie verneinte. Aber wenn es nun das Christenthum in eine abstracte Moraltheorie auflöste und damit von dem geschichtlichen Proceß losschälte, wenn es in dem letzteren nur eine Reihe menschlicher Irrthümer, überall nur subjective Factoren, Willkür und Leidenschaften sah, so bewies es damit nur denselben Mangel an wirklich geschichtlichem Sinn, wie auf allen anderen Punkten. Hier trat dann die moderne geschichtlich-philosophische Weltanschauung berichtigend ein, indem sie zwar die kritische Arbeit der Aufklärungszeit in sich aufnahm, aber zugleich eine wirkliche Bejahung hinzuzufügen vermochte. Sie that dies mit dem Grundsatz, daß die Geschichte der christlichen Religion eine vernünftige sei, daß in ihrem Verlauf sich die christliche Idee durch ihre Momente hindurch verwirkliche. Die Geschichte der Religion wurde damit als ihre wahre Wirklichkeit erbaut, und das Absolute der christlichen Religion eben darin gefunden, daß sie vermöge ihrer Idee der wesentlichen Einheit des Menschlichen und Göttlichen in den unendlichen Proceß der weltgeschichtlichen Entwickelung einzugehen vermag, womit zugleich gegeben ist, daß sie nie durch eine spätere Religionsbildung verdrängt und abgelöst werden kann.

Sobald nun aber das Christenthum unter den Gesichtspunkt eines geschichtlichen Processes gestellt wird, springt die Bedeutung seines Anfangs, des Lebens Jesu und der christlichen Urzeit von selbst in die Augen. Die Auffassung des Anfangs muß auf die Auffassung des ganzen geschichtlichen Verlaufs von principiellem Einfluß sein. Ist die Erscheinung Jesu ein Wunder im absoluten Sinn, wie die Kirche will, ein unmittelbarer Offenbarungs- und Schöpfungsact Gottes, der die natürliche Weltordnung durchbricht, so wird auch die Betrachtung der ferneren Geschichte der neuen Religion nicht über einen dualistischen Widerstreit hinauskommen. Ihre Substanz ist etwas über die irdische Entwickelung Hinausgehobenes, und aus allen Verunreinigungen, die ja doch nur die äußere Schale betreffen können, geht sie siegreich als die sich selbstgleiche hervor. Umgekehrt, je reiner die geschichtliche Ansicht für die folgenden Zeiten des Christenthums festgehalten wird, um so näher liegt das Interesse, den Anfang desselben gleichfalls seines Wundercharakters zu entkleiden und in seine geschichtlichen Momente zu zerlegen. Das was der kirchlichen Auffassung als die ursprüngliche Substanz, als unmittelbar geoffenbartes Wesen des christlichen Glaubens erschienen war, ist nunmehr selbst ein geschichtlich gewordenes, ein Resultat geschichtlicher Factoren, nach denselben Gesetzen entstanden wie alles andere Geschehene. Der alte Streit kehrt also jetzt wieder, aber concentrirt auf einen bestimmten Punkt, der zugleich für das Ganze von entscheidender Wichtigkeit ist.

Noch ein anderer Grund ist es, der jetzt das theologische Interesse vorzugsweise auf das Urchristenthum richten mußte. So lange die Kirche sich in ihrer festgeschlossenen Macht behauptete und die Andersgläubigen als Ketzer von sich ausschloß — ein Standpunkt, den die altlutherische Kirche mit der des Mittelalters theilte, — wußte sie sich als die unmittelbare Erbin des von Gott durch Jesus mitgetheilten Offenbarungsinhalt. Eben die Voraussetzung der wesentlichen Uebereinstimmung mit diesem Inhalt drängte jedes Interesse, diesen zu untersuchen, zurück gegen das Interesse ihn festzuhalten. Es galt das Kleinod zu wahren, nicht es auf die Probe zu legen, denn nur teuflische Bosheit konnte seine Echtheit bezweifeln. Anders wurde es, als die Macht und das Selbstbewußtsein der Kirche durch den Andrang freidenkerischer Meinungen, die mit richtigem Instinkt ihre Angriffe vorzugsweise auf die schriftliche Ueberlieferung richteten, nach allen Seiten hin erschüttert wurde. Jetzt handelte es sich nicht mehr um Ketzer und Sekten, die durch kirchlichen Machtspruch ausgeschieden werden konnten, sondern um Richtungen, welche verwegen in die Kirche selbst eindrangen und sich hier festsetzten. Gläubige, freidenkerische und vermittelnde Systeme traten einander auf dem Boden der Kirche selbst gegenüber. Der Geist der Zeit widerstrebte einer Einheit, welche die Gegensätze künstlich zusammenhielt; freie Forschung, vernünftiges Denken war die Losung. Gerade diejenige Kirche, welche am Schriftwort die allerfesteste Norm zu haben schien, verfiel in Richtungen, welche wenig mit einander gemein hatten, als daß sie sich gleicherweise auf die Schrift beriefen, welche aber jede in ihrem Sinne sich auslegte. Dieser Zustand enthielt die dringendste Aufforderung sich mit allem Eifer eben auf die Schrift zu werfen, um durch eine möglichst eindringende Untersuchung in ihr eine objective Begründung für die Glaubensmeinungen zu finden.

Eine solche Schriftbetrachtung war nun aber natürlich zunächst wesentlich polemisch und an Voraussetzungen gebunden, die von vornherein feststanden. Es handelte sich darum, die eigene Meinung zu vertheidigen, die fremde zu widerlegen. Das Interesse war ein wesentlich theologisches, der Standpunkt der des eignen Systems, von welchem aus nicht schwer wurde, dasjenige in die Schrift hineinzulegen, was das andere aus ihr hinausdeutete. Auch so war also noch wenig Aussicht auf objective Ergebnisse der Kritik. Nur das Eindringen des kritischen Triebs in die Theologie selbst war ein wesentlicher Fortschritt.

Allein der kritische Trieb selbst hatte noch ganz andere Wurzeln, welche von dem Interesse an der Rechtgläubigkeit ganz unabhängig waren. Es war jetzt nicht mehr ausschließlich die Theologie, welche sich den Anfängen des Christenthums zuwandte. Eine Reihe von Wissenschaften, ehemals im Dienst der Kirche, hatte sich emancipirt und auf die eigenen Füße gestellt. Jede von ihnen hatte, sobald sie ihres selbständigen Rechts sich bewußt waren, ein Interesse, von ihrem eigenen Standpunkt aus sich mit dem Christenthum auseinanderzusetzen. Wie, wenn die Naturforschung, die Philologie, die Geschichte, die Philosophie, die einst von der Kirche ihre Gesetze empfangen hatten, wiederum sich auf dem mütterlichen Boden zusammenfanden, aber jetzt, um das kirchliche Christenthum auf einen Punkte, wo sie alle gleichmäßig betheiligt waren, gemeinsam anzugreifen; wenn sie ein Gebäude, das durch innere Risse bereits morsch war, niederreißen, aber nur, um mit vereinten Kräften die Grundlinien eines Neubaues zu ziehen? Eben dieses geschah. Die Naturforschung hatte, seitdem ihr der innere Zusammenhang der Weltgesetze immer klarer aufgegangen war, die Aufgabe, auch alles das zu beseitigen, was mit dem Anspruch auftrat, eine Störung der ewigen Ordnung zu sein. Sie zog die Wunderberichte erst des alten Testaments, dann kühner auch die des neuen Testaments vor ihr Forum und maß sie an den unveränderlichen Gesetzen des Seins. Die Philologie bemächtigte sich des Textes der kanonischen Schriften, entdeckte Unterschiede, welche bisher verborgen waren, sonderte Echtes und Unechtes und lehrte die Kunst einer unbefangenen vorurtheilslosen Auslegung; und wie sie in ihren höheren Leistungen die Einheit der homerischen Gesänge zerstörte und die älteste Geschichte Roms in Mythen auflöste, so drang sie mit denselben Waffen der Kritik ein in die schriftstellerischen Compositionen der urchristlichen Zeit, um deren Veranlassung und Zeit der Entstehung zu ergründen, um Sagenhaftes und Geschichtliches zu scheiden. Die Kunde der Religionen des Alterthums hatte den Bedingungen nachgeforscht, unter welchen religiöse Vorstellungen sich erzeugen, sich verwandeln, sich verfestigen, mit ihren Ergebnissen trat sie jetzt an den Kreis von Vorstellungen heran, die sich um den Stifter der christlichen Religion gebildet hatten, und deren Niederschlag den Inhalt der ersten christlichen Urkunden ausmacht. Die Geschichte, bestrebt, in die unendliche Masse des Geschehens Ordnung und Sinn zu bringen, wies den inneren Zusammenhang der Erscheinung Jesu mit seiner Zeit nach. Sie durchbrach die teleologische Betrachtungsweise und gewann für die Entstehung des Christenthums einen Standpunkt, von welchem dasselbe als das Ergebniß der ganzen bisherigen weltgeschichtlichen Entwickelung sich darstellte. Die Philosophie endlich, alles Gewordene überschauend und auf ihre letzten Ziele zurückführend, wies dem Christenthum seine absolute Stelle in der Geschichte des menschlichen Geistes an, und eindringend in das Wesen der Religion stellte sie als ewige ideelle Wahrheit dasjenige wieder her, was als religiöse Vorstellung von dem modernen kritisch entwickelten Bewußtsein in Anspruch genommen war.

Alle diese Momente, welchen die Theologie selbst trotz anfänglichen Widerstrebens mehr und mehr Eingang verstatten mußte, wirkten zusammen, um die neutestamentliche Kritik zu dem zu machen, was sie geworden ist, zu einer Wissenschaft, welche zu der Geschichte des Urchristenthums zum mindesten die sicheren Umrisse zu zeichnen vermag. Eben in ihrem Zusammenwirken liegt die Gewähr für die Objectivität ihrer Resultate. Das eine war gleichsam das Correctiv für das andere. Die Philosophie wies die Naturforschung in ihre Schranken, und umgekehrt; beiden trat eine lebendige Geschichtsbetrachtung zur Seite, die wiederum nur durch die genaueste Detailforschung ihren wahren Inhalt erhielt. Die herkömmlichen Vorstellungen wurden nun freilich durch diese Kritik aufs gründlichste zerstört, aber zugleich auch die Möglichkeit einer geschichtlichen Kenntniß erst geschaffen. Negativ, destructiv waren wohl, wie sich von selbst versteht, einzelne Theile derselben; aber als Gesammtarbeit betrachtet verdient sie keinen Namen weniger als diesen. Wurden die ältesten Thatsachen des Christenthums der mythischen und dogmatischen Zusätze entkleidet, die sich später um sie gebildet hatten, so trat dafür das rein Menschliche in sein volles Recht, und die Einsicht in den natürlichen Zusammenhang der Dinge entschädigte für so manche Verluste die der Glaube zu beklagen hatte, — Verluste, die zudem nur scheinbar waren; denn die biblischen Erzählungen verloren dadurch, daß ihre Thatsächlichkeit in Zweifel gezogen wurde, nichts von ihrer Bedeutung für das religiöse Gemüth, ebenso wie die idealen Grundwahrheiten der christlichen Religion unberührt blieben von der Realität äußerlicher Vorgänge. Wurden einzelnen Schriften des Kanons die Namen abgesprochen, welche sie an der Stirne trugen, so fanden sie dafür in der Entwickelung der christlichen Literatur erst ihre geschichtliche Stelle. Konnte das überlieferte Bild von den ältesten Zeiten des Christenthums, die man sich so gern als einträchtiges Zusammenhalten der Gemeinde und mit der harmlosen Ausprägung des religiösen Ideals ausgefüllt vorstellte, vor der historischen Kritik nicht bestehen, so hatte man zwar Streit und Gegensatz bis in die erste Jerusalemgemeinde hinauf; aber wo Streit ist, ist auch Leben, das älteste Christenthum erschien nun in seinen inneren Motiven, Interessen, Wandlungen aufgedeckt: die unklare Vorstellung wurde zum lebendigen Geschichtsbild.

Durch diese kritische Arbeit hat die theologische Wissenschaft eine große Veränderung erlitten. Bedeutender noch werden die Wirkungen auf das allgemeine Bewußtsein, zunächst in den gebildeten Kreisen sein. Oder wollte man den vergeblichen Versuch machen, das Publicum gegen die verderblichen Einflüsse der Kritik durch Quarantänemaßregeln zu schützen? Man hat allerdings die prophylaktische Weisheit des Hauptpastors Götze, welcher den Kritikern zwar nicht das Schreiben verbieten wollte, aber zurief: „Schreibt lateinisch, ihr Herrn! Schreibt lateinisch! Ja wer fleißiger in den Classen gewesen wäre!“ — auch noch in unserm Jahrhundert wiederholt, und Strauß hat noch einmal auf denselben Vorwurf antworten müssen, der Lessing gemacht wurde. Allein man wird nicht im Ernst wieder in die Fußtapfen des würdigen Hauptpastors zurücktreten wollen. Der Anknüpfungspunkte, welche derzeit zwischen der theologischen Wissenschaft und dem Bewußtsein und Interesse der Gebildeten bestehen, sind nicht so viele, daß es wünschenswerth erscheinen könnte, die wenigen noch künstlich zu zerreißen. Jedenfalls haben die Laien ein Recht darauf, daß ihnen die Ergebnisse der wissenschaftlichen Forschung über jene die höchsten Gegenstände berührenden Fragen nicht vorenthalten bleiben. Würde man es versuchen, so würden dennoch die Zweifel und kritischen Anfechtungen langsam durchsickern, vielleicht nur in gefährlicherer Form; ja es würde schon durch die bekämpfenden Stimmen ausreichend dafür gesorgt, daß auch die Zweifel sich verbreiteten, wie sich an Strauß's Leben Jesu gezeigt hat, das nur für die Gelehrten geschrieben, ausdrücklich durch seinen wissenschaftlichen Apparat die neugierigen Laien abschrecken sollte, aber — Dank dem Ketzergeschrei, welches das Buch vor das Forum der Unmündigen rief, alsbald einer ungemeinen Popularität sich erfreute auch da, wo man es nicht verstehen konnte.

Die neueren kritischen Forschungen im Gebiet des Urchristenthums sind nun allerdings bis jetzt wenig in das größere Publicum gedrungen, trotzdem daß vereinzelte Popularisirungsversuche gemacht wurden, die letzten zusammenfassenden Werke Baurs nicht ausschließlich für die theologischen Kreise bestimmt waren und Schwarz in seiner Geschichte der neuesten Theologie ausdrücklich einen größern Leserkreis vor Augen hatte. Indessen macht sich doch unläugbar das Bedürfniß einer Verständigung über die Hauptpunkte, die hier zur Sprache kommen, täglich fühlbarer. Renan hat im Grund zuerst die zunftmäßige Behandlung des Lebens Jesu kühn durchbrochen, und dasselbe als ein Laie für die Laien zu schreiben versucht. Aber die Rathlosigkeit, mit welcher das große Publicum diesem Buch gegenüberstand, wäre weniger groß gewesen, wenn die Grundfragen, deren Erörterung die Wissenschaft beschäftigt, allgemeiner verständlich und bekannt waren. Indessen, wie gesagt, der Zug der Zeit geht entschieden dahin, näher in die Geheimnisse der Werkstätte einzudringen, aus welcher unsere Religion hervorgegangen ist. Am sichtbarsten ist dieses Interesse gegenwärtig bei unsern Nachbarn über dem Rhein, sowohl nach der Vielseitigkeit der betreffenden Literatur zu schließen, als nach der Aufnahme, welche dieselbe findet. Von hier aus ist die Ansteckung für die übrigen romanischen Völker von selbst gegeben. England hat bezeichnend genug — wie die Processe gegen die Reviewers und den Bischof Colenso zeigen — eben noch an den Untersuchungen über die fünf Bücher Mosis zu verdauen. Ist diese schwierige Arbeit erst gethan, so kann es nicht ausbleiben, daß die Reihe auch an das neue Testament kommt. In Deutschland, aus dessen Schooß alle diese Forschungen hervorgegangen sind, legt die neue Bearbeitung des straußschen Werks, das sich nunmehr nicht an die Gelehrten, nicht an das theologische Publicum, sondern an das deutsche Volk wendet, den gebildeten Laienkreisen es nahe, sich über den Gang, welchen die theologische Wissenschaft und Kritik seit dreißig Jahren genommen, zu orientiren. Im Unterschied von der ersten Bearbeitung wird die jetzige erst verständlich durch die Kenntniß der dazwischen liegenden Untersuchungen.

Die Geschichte der preußischen Politik.

Nach Droysens gleichnamigem Werke.

2.

Das Haus und das Land, welche durch die Uebertragung der Marken an die Hohenzollern auf einander angewiesen wurden, sind erst auf der Höhe des Mittelalters hervorgetreten. Jedes hatte eine eigenthümliche selbständige Geschichte hinter sich, ein Umstand, der ihre freiwillige Verbindung nur um so verheißungsreicher erscheinen läßt.

Die Zollrischen haben ihre erste politische Schule auf einem Boden durchgemacht, welcher nicht blos seiner Lage nach das Herzland des deutschen Reiches war. Der salische Kaiser Heinrich der Vierte hatte diese Heimath seines Hauses, Franken, dem getreuen Geschlechte der Hohenstaufen anvertraut, und als das schwäbische Haus dann selber das Reich antrat, galt es, dort einen Hauptthalter des Principes zu bestellen, welches ihr Regiment leitete. Denn dieser Kernpunkt des Reiches mußte vor allen gegen die einreißende Territorialabschließung sicher gestellt, in ihm mußte ein Vorbild der mittelbaren Natur des Ursprungs fürstlicher Macht aufgestellt werden. Das war die Absicht, als die Hohenstaufen den Zollern die Burggrafschaft von Nürnberg verliehen. Sie traten so in ein Land ein, welches überall die Fußspuren der hehren Gestalten aufwies, in denen die höchsten Erinnerungen unseres Volkes sich vereinigten; vermöge des geistigen Erbganges, in den sie hineinberufen wurden, übertrug sich auf sie das Kleinod der Kaiserpolitik, und sie haben gut ghibellinisch damit Haus gehalten.

Es genüge, über die Stellung des burggräflichen Amtes, welche Droysen eingehend erörtert, nur das Wichtigste hervorzuheben. Ehemals war das Verhältniß der Burggrafen zum Markgebiet — hier Ostfrankens — so ausgedrückt worden, daß jener zum Markgrafen sich verhalte wie der Pfalzgraf zum Könige. Der nürnberger Graf jedoch war anders gestellt. Von den Befugnissen der Mark- und Burggrafen alten Stils hatte er sozusagen das Durchschnittsmaß. Er war oberster Beamter in der fränkischen Krondomäne, aber zugleich kaiserlicher Regent und militärischer Statthalter innerhalb des Sprengels der Landgerichtsbarkeit, die er zu hegen hatte. Auf diese Weise nicht unumschränkt und nicht mächtig genug, um volle Landesherrlichkeit mit Erfolg anstreben zu können, war er in eigenem Interesse darauf bedacht, die selbstherrischen Gelüste anderer Großen zu vereiteln und in dem Maße als er solchergestalt die kaiserliche und römisch-königliche Autorität wahrte, steigerte sich seine Bedeutung, welche in ihrem Amtscharakter eben ihre Kraft besaß. Sie sollte sich bald als letzter Hort der Kaiserpolitik bewähren, ja es blieb auf ihr noch ein Abglanz der alten Herrlichkeit haften, als ihr Gestirn bereits hinabgesunken war. In der Mittagshöhe des staufischen Glanzes wie in den bösen Tagen Friedrichs des Zweiten und Konradins haben die Zollern des Reiches Sturmfahne getragen. Dem Reiche als solchem, nicht blos jenem Hause gehörte ihr Eifer, ihre Hingabe; wo beide nicht in demselben Lager waren, haben sie sich frei zu jenem bekannt.

Bei ihnen und dem geringen Häuflein der Kaisertreuen, die nicht mit in die Schuld des Verrathes an den Staufen verwickelt waren, stand das Reich in der furchtbaren Krisis der herrenlosen Zeit. Das Haupt der Partei, die

Rudolph von Habsburgs Wahl durchsetzte, war, bedeutsam genug, der Senior des Zollernhauses, Friedrich der Dritte. Des neuen Kaisers erster Regierungsact dankte in feierlicher Urkunde dem Burggrafen für sein „Anzeigen und Arbeit" zum Frommen des Reichs durch eine Verleihung, welche seine erbliche Belehnung auch auf die Töchter erstreckte. Mit seinem echt ritterlich begabten Schwager Albrecht von Hohenberg stand dieser fortan dem Könige zunächst, der — wie der Reimchronist erzählt — „alle seine Tag Seines Raths pflag Und folgt ihm auch nach Für alle, die er ye gesach". Dies Verhältniß befestigte sich bei der Handhabung der endlich durchgesetzten Landfriedensordnung und besonders bei der Gründung der habsburgischen Hausmacht in Oestreich. Ihr drückte Friedrich von Hohenzollern durch den Ausschlag, den er persönlich in der Marchfeldschlacht gegeben hat, das Siegel auf.

An den Kämpfen, welche nach Rudolphs Tode zwischen König Albrecht und Adolf von Nassau entbrannten, nahm das burggräfliche Haus nicht unmittelbar und dauernd Antheil. Nur die große Jugend Friedrichs, der dem Vater 1297 gefolgt war, erklärt es, daß die mahnende Stimme der Zollern in jenen Vorgängen vermißt wird, die wiederum das Reich auf neue unerhörte Art zerwühlten. Das Königthum, das Albrecht aus der Hand der Rebellen seines Nebenbuhlers empfangen, stützte er durch eine Politik des vollendeten dynastischen Egoismus, den er durch Aufbeschwörung eines überaus gefährlichen Dämons beförderte. Denn indem er die Weisheit des jetzt darniederliegenden Papstthums nachahmte, bewaffnete er kraft kaiserlicher Autorität die unteren Mächte, vor allen die Stadtcommunen, gegen die oberen: eine Methode, die nicht blos den Umsturz bedeutete, sondern mehr: die Sünde und Frivolität der Entpflichtung.

Seltsam ergreifend wirkt es, daß nachdem Albrecht todtgeschlagen war, sein vollkommenes Gegenbild in Heinrich dem Siebenten hervortrat. Man hat ihn als den „romantischen Kaiser" gelästert und gelobt; aber es war nicht Narrethei, was ihm die stumme Ehrfurcht einer solchen Zeitgenossenschaft erwarb. So groß und rein wie er haben wenige Kaiser von ihrem Amte, von der Idee der Obrigkeit gedacht; in ihm, dem einzigen unter den Machtbegabten seiner Zeit, der sich wie Dante ihm nachrühmt, nicht nährte von „Erde und Metall" und „der die Nichtwollenden zu lernen zwang, gerecht zu sein", verkörperte sich die Religion der Pflicht. Fragt man vergebens nach den handgreiflichen und dauernden Leistungen eines solchen Mannes, so darf geantwortet werden: „Segen genug, daß der lautere Lichtblick des Wahren und Rechten einmal über die Geschlechter der Menschen hinleuchtete und als Mahnung in ihrem Gedächtniß blieb." In Heinrichs Gefolge tritt der junge Burggraf Friedrich zuerst ins öffentliche Leben; er ist eine Zeit lang mit dem Kaiser in Italien gewesen, von ihm mit wichtiger Sendung ins Reich betraut worden. Als dann auf der lichten Folie der kurzen Regierung dieses edlen Kaisers die wieder entfesselte Zuchtlosigkeit der politischen Bestrebungen nur um so finsterer sich abhob, hat sich der Burggraf der Ehre dieser Berührung nicht unwürdig gemacht. Er hielt in guten und bösen Tagen treu zu Ludwig von Bayern, für den er den Sieg von Ampfing entscheiden half, und seine Söhne thaten ihm nach. Die beiden Brüder, Albrecht und Johann, nahmen nach Ludwigs Tode ohne Schwanken die Partei Karls des Vierten. Allerdings haftete an ihm der Makel der Gegenwahl, die der Papst und die eigensüchtigen Fürsten bei Ludwigs Leben durchgesetzt hatten. Aber die Patrioten mußte damals die Einsicht bestimmen, daß vor allen Dingen ein kräftiger und tüchtiger Fürst noththat. Denn es fehlte nicht, daß die ruchlose Saat Albrechts aufwucherte. In den Städten kamen die unteren formlosen Massen in Gährung, der Haß der Stände untereinander flackerte auf; der schwarze Tod, die Geißlerschaaren, alle Schrecken geistiger und leiblicher Seuche hielten den verheerenden Umzug im deutschen Lande.

Karl, dessen hervorragendes Organisationstalent die Zeitgenossen willig anerkannten, richtete sein Augenmerk vornehmlich darauf, ein Reichsgrundgesetz zu Stande zu bringen. Klug genug, um die Nothwendigkeit zu würdigen, daß dabei von einer Fixirung des thatsächlichen Machtbestandes der Hauptglieder des Reichs ausgegangen werden müsse, und mächtig genug, um durchzuführen, was er beschlossen hatte, erließ er die Verfassung der goldenen Bulle. Sie erklärte die Kaiserwahl frei von dem Einflusse des Papstes und gab den sieben Kurfürsten die Territorialherrlichkeit in ihren Gebieten, das jus laesae majestatis, die Gerichtsautonomie (jus de non evocando) und andere früher nur königliche Attribute. Dadurch wurde ein scharfer Unterschied festgestellt zwischen der kurfürstlichen und allen anderen Mächten, die im Reiche emporstrebten. Dieser Oligarchie der sieben Häupter gegenüber würde die Kaisermacht unerheblich geworden sein, wenn sie nicht, und zwar in Karls Hand, just bei dem Mächtigsten unter den Gleichen gewesen wäre. Und er war drauf und dran, den Schwerpunkt des Reiches für immer in seine böhmischen Hausgebiete zu verlegen, wo unter seinem starken und klugen Regimente ein Staat sich entwickelte, der alle übrigen „Länder" des Reiches an Geschlossenheit und Macht weit überbot. Ueberdies gewann der Kaiser durch die Marken, die er übernahm, noch die brandenburgische zu seiner böhmischen Kur und war somit auch im Collegium der Reichsregierung im materiellen Vortheil, abgesehen davon, daß seine achtunggebietende Stellung den freiwilligen Abbruch, den er dem alten Principe der Kaiserautorität anthat, reichlich wieder ersetzte. Immerhin war seine Reform hochwichtig und konnte dauernden Segen stiften, wenn die Kurfürsten ihre Aufgabe verstanden und vor allem im nationalen Sinne zu lösen strebten. Ein großer Schritt in dieser Richtung war durch die Carolina bezeichnet, indem sie der römischen Politik kräftig auf die Finger schlug. Aber auch die Schattenseite fehlte nicht. Vornehmlich in der fast brutalen Zurückwerfung der unteren volksthümlichen Mächte lag sie. Die neue Reichsverfassung versagte den Städten das Pfahlbürgerthum, den Wachsthum an Boden, Rechten und Schutzübungen auf Kosten der benachbarten Herrschaften; außerdem machte sie alle Eidgenossenschaften und Einungen vom kaiserlichen oder landesherrlichen Consens abhängig: ein Schlag, der zugleich auch den Adel hoch und niedrig traf. Aber zur Entschuldigung dieser auffallenden Härte muß gesagt werden: wie die demokratische Bewegung der Städte einmal sich anließ, so war mit dem aristokratischen Fundament, aus welchem heraus die Reform gedacht war, die Hemmung jener politischen Entwickelung geboten. Ihren wirthschaftlichen Aufschwung wollte Karl keineswegs beeinträchtigen, nur bestand zwischen diesem und jener bereits eine Solidarität, die der Kaiser anzuerkennen zögerte, so deutlich auch ihre Schätzung von Seiten des Volkes sich damals in zahlreichen Aufständen und später in blutigen Kämpfen kund that.

Der bittere und hartnäckige Widerspruch, den das Reichsgrundgesetz fast bei allen nicht kur- und landfürstenmäßigen Elementen fand, macht es den Zollern zu einem desto schöneren Verdienste, daß sie in patriotischer Uneigennützigkeit sich demselben willig fügten, und dem Kaiser sich eng und dienstfreudig anschlossen. Im Großen und im Kleinen gedieh ihnen die Friedensarbeit, die sie übten; sie halfen getreulich und an hervorragender Stelle die Späne des Reichs im kaiserlichen Sinne schlichten und daheim auf den fränkischen Bergen wuchs und blühte ihnen immer reichlicheres Hausgut.

Allein es kam doch ein Punkt, wo sie inne hielten. Die späteren Maßregeln Karls weckten den Verdacht, daß er mit den Bestimmungen der goldnen Bulle nur sein Gewissen habe salviren wollen. Es mehrten sich die factischen Uebertretungen von seiner Seite. Dahin gehörte die Einverleibung der Marken vom Reiche hinweg ins böhmische Königreich, dahin die Erbverbrüderung mit Habsburg, die Eheberedung mit Ungarn-Polen, insonderheit aber die Wahlumtriebe zu Gunsten seines Sohnes Wenzel, und daß der Kaiser nicht anstand, für diesen Plan am Papste einen Rückhalt zu suchen, da er im Reiche nicht vorwärts kam. Alles zeigte, daß er selber sich außerhalb seines eigenen Gesetzes fühlte und daß er seinen Stützpunkt nicht im Reiche als solchem, sondern in europäischen Combinationen wußte: Bestrebungen, die einen merkwürdig modernen Charakter tragen. Ihre Wirkung auf die Vorgänge innerhalb des Reiches war schnell und entscheidend. Den kaiserlichen Verfassungsbruch nützten die Städter als Signal, um sich des Druckes, der auf ihnen lastete, mit den Waffen zu erwehren. Ihre großen Erfolge in Schwaben, wo der Graf von Würtemberg 1377 bei Reutlingen niedergeworfen wurde, bestimmten den Kaiser, einen Schritt zurückzuweichen. Nur um so fester und drohender schlossen sich die feindlichen Gruppen des Adels und der städtischen Communen gegen einander ab. Unter Wenzel kam es denn nun zum unvermeidlichen Bürgerkrieg im großen Maßstabe. Die Noth trat an den Mann; auch der Burggraf Friedrich der Fünfte, nachdem er wiederholt vermittelnd zwischen die Gerüsteten getreten war und nur mit Mühe vorläufigen Waffenstillstand durchgesetzt hatte, wurde endlich doch in den Kampf gegen die Städte hineingerissen. Die Fürstenpartei, die sich auf diesem Wege eng zusammenschloß, drohte auch dem Kaiser Gefahr. Wenzels haltlose Politik war das Eingeständniß, daß er die Unrechtmäßigkeit seiner Wahl empfand. Durch die Parteinahme für die Städte, und nach ihrer Niederwerfung bei Döffing und Worms durch das verrätherische Laviren zeitigte er sein wohlverdientes Verhängniß. Die Ausbeutung des Sieges der Fürsten über die Städte hatte der Burggraf gemäßigt. Sein Gerechtigkeitssinn führte ihn in die mittlere Richtung, die im Frieden von Eger Bestimmungen durchführte, bei welchen sich die Besiegten füglich beruhigen konnten. Aber mit Wenzel hatte er abgerechnet. Er war überzeugt, daß unter seinem Regimente kein Gedeihen möglich war, und trennte sich von seinem Bruder, da dieser beim Kaiser aushielt. Aber wie und wo den Hebel einsetzen, um das versunkene Reich wenigstens so weit aufzurichten, daß ein thatkräftiger Fürst die Ordnung herzustellen unternehmen konnte? So viel war klar: es mußte, wohl oder übel, an bestehende Anhaltepunkte angeknüpft werden. Daß es dabei nur möglich war, Unrecht durch Unrecht zu vertreiben, hat der Burggraf nicht verschuldet. Nur um sie zu Gunsten des Reiches mitlenken zu können, schloß er sich der Fürstenbewegung an, die in den wittelsbachischen Intriguen ihre Triebfeder hatte. Ihre Verzweigung nach Frankreich durch Vermittlung der bayrischen Isabeau und des früher der Partei Wenzels anhängigen Herzogs von Orleans, des Führers der raubsüchtigen französischen Adligen, ihr Ausgangspunkt, der auf den Streit im mainzer Hochstifte zurückwies, bei welchem Pfalzgraf Ruprecht der Zweite den im Widerspruch gegen die Capitelwahl vom römischen Papste patronisirten Johann von Nassau unterstützte — alles zeigte, daß sie fast keinem der widerwärtigen Conflicte fremd war, welche das Reich und seine Nachbarschaft bewegten.

Obenan stand aber damals die trostlose Frage des Kirchenschismas. Mit ihm war das letzte, höchste Band gelöst, welches wenigstens formal eine Einheit über Alle dargestellt hatte. Nur um so nackter offenbart sich seitdem in allen politischen Vorgängen die emancipirte Leidenschaft, es tritt überall etwas Roh-elementarisches zu Tage. Ganz besonders in den Machinationen, die endlich zur Wahl Ruprechts des Dritten von der Pfalz führten. Es ward angedeutet, daß auch Burggraf Friedrich dem marburger Fürstenverein angehörte, der sie zu Wege brachte. Seine Motive sind nicht nach allen Seiten erkennbar, aber daß weder seine Verschwägerung mit dem Pfalzgrafen noch persönlicher Vortheil den

Ausschlag gab, darf behauptet werden; er wählte eben unter großen Uebeln das kleinere. Es war nicht seine Art sich den Consequenzen des verfänglichen Schrittes zu entziehen, zu dem er mit gerathen. Redlich und an erster Stelle hat er die Absetzung Wenzels, die Anerkennung Ruprechts betrieben; und mehr noch, er zog mit ihm nach Mailand, um durch Wiederherstellung der von Wenzel zu Gunsten der Visconti preisgegebenen Reichsautorität dem Gegenkaiser die neue Krone und die Popularität sichern zu helfen. Aber das Unternehmen, ein Mehrer des Reichs zu werden, ehe er ein Besitzer desselben war, mißlang Ruprecht aufs kläglichste; so auch die meisten seiner Regierungsacte in Deutschland; so endlich der Römerzug, der überdies nur auf Grund einer Thatsache hätte ausgeführt werden können, welche die schiefe Ebene seiner ganzen Position hervortreten ließ und ihm den geringen Rückhalt an der öffentlichen Meinung völlig verdarb. Er hatte mit dem in Rom residirenden Papste die gegenseitige Anerkennung ausgetauscht und forderte die Entsetzung des avignonischen, jetzt, wo bereits der Gedanke einer bis dahin unerhörten Neutralität durchgedrungen war, vermöge deren man sich über jede Obedienz gegen die vorhandenen Prätendenten der Tiara hinwegsetzte.

So wurde Ruprecht ohnmächtig zur Seite geschoben. Das Concil von Pisa setzte bekanntlich 1409 beide Päpste ab und an ihre Stelle einen dritten, war aber nicht im Stande diesem auch die factische Macht in die Hände zu liefern. Infolge dessen geschah es, daß sich alle drei Unfehlbarkeiten sich gegenseitig verfluchend behaupteten. Die Wirkung davon war heillos. Nicht, daß die Entsittlichung der Kirche jetzt erst begonnen oder auch nur ihren Höhepunkt erst erreicht hätte; schon seit sie die Herrschaft der Welt den Hohenstaufen abgewann, hatte sie so viel Schaden an der Seele genommen, daß sie nicht mehr blos ein entartetes Werkzeug ihrer großen ursprünglichen Gedanken, sondern die völlige Verkehrung derselben darstellte. Das System der Menschensatzung, Gaukelei und Willkür, welches jetzt ihren Inhalt ausmachte, war lange ausgebildet und eingewurzelt; aber jetzt auf ein Mal, als die päpstliche Herrlichkeit zur Carricatur geworden, jetzt erst wurde man inne und wagte man sich zu gestehen, daß es so sei. Und welche Aengstigung der Gemüther, welche Verwirrung der Geister, welche Verödung der Herzen und Gewissen, die dieser furchtbaren Erkenntniß folgte! Allenthalben wurden Seufzer laut wie Stimmen in der Wüste, Stoßgebete, Flüche, Beschwörungen, die Buße, Umkehr und Erneuerung predigten. Und diese Verzweiflung herrschte nicht blos im geistlichen Leben, sondern auch im politischen. Denn Abfall, Gewaltlust und Selbstgerechtigkeit wucherte allenthalben.

„Besserung an Haupt und Gliedern!“ — war die Losung der tieffluthenden Bewegung dieser merkwürdigen Zeit. In diesem Wunsche fühlten alle Kreise und Stände, alle Nationen sich einig, die an der europäischen Cultur

Theil hatten. Alles verlangte ein neues allgemeines Concil. Und man hatte etwas gelernt durch das freilich erfolglose Pisanum: man, fühlte die Solidarität des politischen und kirchlichen Interesses. „So lange es nicht einen gerechten, strengen, allgemeinen Kaiser oder König giebt, wird das Schisma nicht blos dauern, sondern man muß besorgen, daß es immer ärger werden wird." So schrieb Gerson, der Kanzler der pariser Universität, von Pisa aus und diese Einsicht fand überall Eingang. Daher der Aufschrei nach einem Kaiser, einem mächtigen und rechtschaffenen Führer. „In der Sehnsucht der Nation lebte noch der ghibellinische Gedanke;" jetzt in der Tiefe ihrer Noth fand sie ihn wieder. Von wannen aber sollte der Retter genommen werden?

Was sich im Reiche wirklich und ernsthaft die kaiserliche Partei unter den Fürsten nannte, richtete das Augenmerk auf Sigismund von Ungarn. Nicht weil er Luxemburger war und der Sohn jenes bedeutenden Karl, noch auch darum, weil seine Vergangenheit ihn etwa als Ideal eines Fürsten hätte erscheinen lassen, noch endlich deshalb, weil er sich eine freie Stellung gegenüber dem kirchlichen Conflicte bewahrt hatte, sondern vor allem darum, weil er kühn und wehrhaft für das Seinige gegen die Ungläubigen eingestanden war, wendeten sich ihm die Sympathien zu. Gleichviel, daß Ungarn, der ferne Vorposten des Reiches, der Schauplatz seiner Thaten gewesen; gerade die Entfernung brachte ihm den Vortheil, daß sein Name nach andrer Beziehung noch unverbraucht war in der Nation. Wenn er nicht der war, den man ersehnte, so konnte man hoffen, ihn dazu zu machen durch diese Berufung. Am 20. Sept. 1410 erfolgte seine Wahl. Ein seltsamer Act: er fand draußen vor der Thür der Bartholomäuskirche in Frankfurt statt, die der widerwillige Kurfürst-Erzbischof von Mainz den Wählenden verschlossen hatte. Dort am Chor hinter dem Frohnaltar traten die Fürsten zusammen, lasen die Messe, leisteten den Schwur, ließen das Gefolge abseits treten und wählten. Unter ihnen mit der Vollmacht des Ungarnkönigs Friedrich der Sechste von Zollern. Er war es, der erklärte, „daß er sich des heiligen Reiches an Statt und im Namen des Königs in Gottes Namen annehme."

Wie hätte der Burggraf fehlen sollen bei einer solchen Handlung! — aber wie kam er in dieses Verhältniß dazu? Nicht zufällig, sondern wohlverdienter Maßen gab er, man kann sagen den Gewährsmann dieser That ab. An Sigismunds Seite hatte er sich in den Kämpfen, die zur Behauptung Ungarns geführt wurden, die Sporen verdient; sein Rath und seine Energie hatte den Ausschlag gegeben bei dem ganzen Plane. Und nicht leichten Kaufes wurde das kühn Begonnene durchgeführt. Erst wiederholte mißliche Verhandlungen mit der Partei Wenzels und der Territorialen stellten die Wahl des Königs von Ungarn sicher. Aber gleichviel, welche Opfer es gekostet hatte: vom Volke ist er mit Jauchzen bewillkommt worden. Es war wieder einmal wirkliche, hingebende Begeisterung in den Kundgebungen der Nation. Mochten unter den Fürsten etliche lauernd bei Seite treten, andere sich trotzig auflehnen: ihr schien ein Heiland gekommen; ein schöner gläubiger Zug zwang die Massen ihm zu. In den gelehrten wie in den heilig-trivialen Doctrinen von der Autorität des obersten Hauptes, wie sie damals laut wurden und allenthalben variirt die Gedanken der Nation durchdrangen, wurde es kund, wie hoch von Nöthen ein echter König war, „des Name Regent heiße um des Willen, weil er das ihm unterthänige Volk regieren, das heiße, es zu seinem Ziele leiten müsse, zu politischer und moralischer Glückseligkeit, zu Frieden und Wohlstand, zu Ehrbarkeit und würdiger Gottesverehrung."

Bei weitem das wichtigste Zeugniß für den großen Sinn, in welchem Sigismund die neue Bahn betrat, lag in dem Schritt, mit welchem er seine Regierung inaugurirte. Er übertrug die Hauptmannschaft in den Marken, welche nach Josts Tode ganz an ihn gekommen war, dem Burggrafen von Nürnberg und vervollständigte kurz darauf die Erhebung desselben durch Uebertragung der Kur- und Erzkämmererwürde. Dieser Act war gleich bedeutsam für das Reich wie für jene Länder. Es ist gezeigt worden, daß unter den damaligen Fürsten keiner war, der in seiner Stellung „als Edelmann des Reiches" so sehr seine Ehre und Pflicht suchte wie Friedrich von Hohenzollern, in dessen Hause diese Auffassung des Fürstenberufes seit Jahrhunderten Tradition war. In ihm bekam der Gegensatz der territorialen Richtung nicht nur Sitz und Stimme im mitregierenden Reichscollegium, sondern zugleich eine Macht, die, richtig genützt, alle andern Kurhäuser überbot, selbst Böhmen nicht ausgenommen, vor welchem sie den Stammbesitz inmitten des Reiches voraus hatte. Aber es war ein starkes Stück Arbeit, das der neue Markgraf auf sich nahm. Wir sahen, wie jene Gebiete sich aus dem Reiche „hinausgelebt" hatten, als dessen eigentlicher Sitz je länger je mehr der Südwesten Deutschlands betrachtet worden war. Auffällig gering war der Antheil, den damals und zum großen Theil auch später noch die niederdeutschen Lande insgesammt an den Geschicken der Nation genommen haben. Sie glaubten sich selber zu tragen und wollten auch nur sich selber leben. Diese Selbstlust führte, wie wir sahen, dahin, daß sie sich allmälig in ihre ständischen Elemente zersetzt hatten, unbekümmert um die Gefahr, von den fremden Nachbarn nach und nach verschlungen zu werden. Jeder dachte nur darauf, sich seiner Haut zu wehren. Kein anderes Gefühl der Gemeinsamkeit war in diesen Reichsatomen, als dasjenige des materiellen Interesses.

Droysen bezeichnet es treffend als „das letzte Aufleuchten des ghibellinischen Gedankens", daß mit *einem* Zuge nicht nur der Staatslosigkeit, sondern auch der Entfremdung von Deutschland ein Ende gemacht wurde. Und mehr noch: während es scheinen konnte als sei das altkaiserliche Princip aus dem Reiche verwiesen, da man den Burggrafen in die Marken ziehen sah, wurde in Wahrheit dort vielmehr ein Stützpunkt geschaffen, von welchem aus die alte Reichswelt in den Angeln zu bewegen war. Wir deuten dabei nicht blos drei und vier Jahrhunderte weiter auf den großen Friedrich und die Freiheitskriege, sondern schon damals im Frischen hat sich gezeigt, daß die Natur der Beziehung Brandenburgs zum Reiche diese Fähigkeit barg, wennschon das Verhältniß zunächst die Gestalt wiederholter schwerer Opfer trug.

Unkunde und Mißgunst haben nicht verabsäumt, die Motive, welche jener Erhebung des Zollernhauses zu Grunde lagen, zu bemängeln, und das große Gewicht ihrer Folgen auf die zufällige Ursache einer Schuldverschreibung zurückzuführen. Man bedient sich dabei als Beweises der Thatsache, daß König Sigismund den Burggrafen bei der erblichen Verleihung der Hauptmannschaft für die Summe von 100,000 Goldgulden auf die Marken angewiesen hat. Dies ist gerade im entgegengesetzten Sinne ein Umstand von Wichtigkeit. Denn die Marken wurden dem neuen Hauptmann nicht übergeben, damit er sich an ihnen für eine Schuld des Königs schadlos halte, sondern das Geld wurde ihm als Entschädigung für die Mühen und Kosten zugesichert, die er — wie der König überzeugt war — an die Durchführung seiner Aufgabe setzen werde. Ausdrücklich so weist es die Urkunde aus; wie auch die weitere Verschreibung infolge des Abkommens mit König Wenzel durch die Absicht begründet wird, das Fürstenthum der Marken „desto geruhlicher in ein ordentliches Wesen und gute Sasse zu bringen." Daß aber Sigismund dabei mit nichten einen Raub am Lande beging, lehrt zum Ueberfluß die Motivirung seines Beschlusses den märkischen Ständen gegenüber. Er sprach da, um die Herren Stände nicht kopfscheu zu machen, glimpflicher Weise nur von „Anfechtungen, Kriegen und Versetzungen, durch welche die Nutzungen, Zinsen und Renten der Markgrafschaft so klein geworden seien, daß der Burggraf zur Führung der Hauptmannschaft des Königs besonderer Hilfe bedürfe, wenn man ihn nicht in die Gefahr bringen wolle, sein eignes Vermögen zuzusetzen;" aber gemeint waren damit vor allem die Zugriffe und Anmaßungen gegen den landesherrlichen Güter- und Rechtsbestand. Mit Worten und Papier hatten die Stände sich gehorsam zur Huldigung erboten, in der betrüglichen Hoffnung, es würde nichts Rechtes aus der Sache werden; waren sie doch in der Erfahrung groß geworden, daß alle solche Ankündigungen fürstlicher Restauration sich unwirksam erwiesen hatten. Gewitzigt aber durch die Maßregeln König Karls hielten sie es für gut, sich jetzt gleich vor dem ersten wirklichen Schritte zu hüten. Als mit des neuen Hauptmanns Vollmacht Wend von Eilenburg zu ihnen kam, um sich im Interesse ihres anerkannten Herrn zu orientiren, begaben sich die Einen wieder in die Obhut ihres ehemaligen Hauptmanns Swantibor von Pommern-Stettin; Andere erklärten, lakonisch und beharrlich, „Kaspar Gans von Puttlitz sei ihnen Markgrafs genug." Auch die Städte machten es nicht besser. Alle waren darin einig, sich „des Tandes von Nürnberg“ zu erwehren. Nach Jahresfrist kam mit stattlichem Gefolge aus Franken der Burggraf selber ins Land. Mit guter Absicht trat er höchst mild und gelassen auf. Aber auch er erlangte zunächst nur von Einzelnen die Huldigung. Die „Schloßgesessenen“ zumeist behandelten ihn ebenso geringschätzig wie seinen Gesandten. Die Puttlitz, Quitzow, Rochow, Jagow, Bredow, Schulenburg, Alvensleben und andere, „steuerlos Volk“ — verbanden sich eidlich, ihm zu trotzen: „und regnete es noch ein ganzes Jahr lang Nürnberger, sie wollten ihre Schlösser schon behalten!“ Die Maxime des Burggrafen ist nachmals treffend bezeichnet worden: „der Gegner müsse sich erst ganz ins Unrecht setzen.“ Nach diesem Gedanken verfuhr er und er war hier, wo es die landesherrliche Macht aufzurichten galt, ebenso weise als ersprießlich. Es kam darauf an, wer das Warten länger aushalten könne und am Schlusse der Stärkere war. Um den Widerspenstigen die Hinterthüren zu versperren, machte Friedrich mit den fürstlichen Nachbarn seinen Frieden. So mit Magdeburg, Sachsen, Braunschweig, Mecklenburg und Pommern-Wolgast. Aber die jungen Herren von Pommern-Stettin meinten mit ihres Vaters Regierung auch die Pfandherrlichkeit von Schlössern in der Uckermark überkommen zu haben, und traten mit gewappneter Hand dem Burggrafen in den Weg. Gleichzeitig wurden auch die kleinen Herren munterer. Des aufgerichteten Fürstenfriedens ungeachtet erhoben etliche die altgewohnte Raubfehde, fielen in benachbartes Gebiet ein.

Der Burggraf, durch anderweite gute Erfolge in seiner langmüthigen Politik bestärkt, hatte es über sich gewonnen, zunächst nur beim königlichen Hofgericht zu klagen. Die Vorladung von dort fruchtete nicht; die Reichsacht stand bevor. Da, in der elften Stunde, bequemten sie sich zur Huldigung. Friedrich verfuhr äußerst schonend; nur wenige der von den Renitenten innegehaltnen Schlösser löste er wirklich ein, die andern behielten sie gegen die Verpflichtung, ihre Dienste darnach zu leisten. Man weiß, daß sie betrüglich schwuren. Bei einer der ersten Gelegenheiten, die ihre Sinnesänderung zeigen sollte, erneuten die Hauptjunker — die Quitzows voran — ihr sauberes Gewerbe; stracks aus dem Lager des Burggrafen ritten sie ins Magdeburgische zur Plünderung. Der Gewalthaufen bekam Zuzug; alle Aufforderungen, zu denen sich der Burggraf auch jetzt noch verstand, blieben erfolglos. Nun war es an der Zeit, den entscheidenden Streich gegen sie zu führen. In Gemeinschaft mit dem bedrohten Erzbischof von Magdeburg traf Friedrich seine Anstalten. Endlich brach er los. Die Burgen wurden überfallen, erstürmt, eingezogen; die Hauptheldén der Anarchie ergriffen. Auf Gnade und Ungnade waren sie in des verhöhnten Herrn Gewalt. Niemand konnte es hindern oder strafen, wenn er ihnen die Köpfe vor die Füße gelegt hätte. Er unternahm das Größere, diese übermüthige, entartete Kraft in den Gehorsam des Gesetzes zu zwängen. Auf Wiederherstellung stand sein Streben, er fand seinen höchsten Ehrgeiz darin, die widerstrebenden Elemente zum Gefühle der Staatsordnung zu erziehn. Deshalb will es mehr sagen als peinlich Gericht, wenn er seinen Sieg damit feierte, daß er jetzt, 1414, seinen märkischen Landfrieden „mit Rath, Willen und Vollwort der Prälaten und Herren, der Mannschaft und Städte“ aufrichtete. Dadurch „verzichteten die Stände auf alle jene zweideutigen Steigerungen ihrer politischen Stellung, wie sie ihnen trotz dem Rechte und trotz dem Wesen staatlicher Ordnung die Gewohnheit gebracht hatte.“ Seine Satzungen bringen nichts Neues, es sind die elementaren Staatsgrundsätze, die sie wiederholen; der alte einfache Gedankengang, daß der Friede des Fürsten verbindlich sei für männiglich; ferner daß diejenigen, welchen Gerichte zustehn, dieselben redlich bestellen sollen, endlich daß der Landesherr jeden Ueberfahrer dieser Gesetze „zu Leib und Gut richten solle, als sich das von Rechtswegen gebühren wird“. Aber gerade vermöge ihrer Selbstverständlichkeit, die freilich damals lange noch nicht allerorten einleuchtete, wirkten sie als um so schärferes Urtheil der augenblicklichen Zustände. Jetzt war alle Selbsthilfe sowohl innerhalb des Landes als auch nach außen durch die öffentliche Sittlichkeit als Frevel verdammt und die privatrechtliche Auffassung des Austrags mit Waffen abgethan. Die Pflege der Gerechtigkeit, die lediglich zur Ausnutzung zufällig erworbener Rechte herabgewürdigt war, sollte wieder im Auftrage der Landesobrigkeit und mit dem Bewußtsein geübt werden, daß Gewinn und Gewalt in ihrer Funktion von der Erfüllung der Pflicht abhängig sei, die mit dem Gericht übernommen werde.

Das Hauptstück dieses Gesetzes aber war Markgraf Friedrich selber. Die Fürstenpflicht, wirklich zu regieren, trat mit ihm wieder in Uebung und übernahm die Gewähr dafür, daß des Landes Recht auch gehalten werde. In allem zeichnet ihn die fürstliche Ueberlegenheit aus, welche die Sicherung ihrer Macht nicht darin sieht, daß die bestehenden Zustände aufgelöst werden, weil feindselige Elemente in ihnen ihre Nahrung gefunden haben, sondern in echt conservativer Weise schonte er das Gewordene, da er sich die Kraft zutrauen durfte, jedem Mißbrauch und Unrecht zu steuern. Das that er rechtschaffen, und indem er so nicht als Scherge, sondern als Arzt seiner Unterthanen auftrat, erwarb er sich mit der Achtung und dem Gehorsam auch die Zuneigung. Er ließ den Ständen ihr gebührendes Maß von Selbständigkeit und die patrimoniale Gerichtsautorität; aber er controlirte und säuberte sie. Genau nach Maßgabe der Reichsordnung verfuhr er in seinem Lande; seinen Ständen gegenüber war er der Kaiser, wie er dem Kaiser gegenüber Stand war. Auf diese Weise richtete er in seinen Marken einen Zustand auf, welcher ihm als die Summe der Reform vorschwebte, deren das Reich bedürfe. „Zu ihrem Gelingen ist ja nur erforderlich, daß des Reiches hochberufene Aristokratie nach ihrer geschwornen Pflicht gegen Kaiser und Reich handle; daß sie aufhöre, an Kaiser und Reich Wucher zu treiben.“

Frisch von der grundlegenden Arbeit im eigenen Hause hinweg wurde der Burggraf wieder an des Königs Seite berufen, um die Besserung des Reiches fördern zu helfen. Es geschah unter glücklichen Vorbedeutungen: 1417 am 18. April erfolgte in Konstanz seine Belehnung als Markgraf und Kurfürst. Näher noch als die neue Würde verband ihn, wie wir sahen, seine Gesinnung und seine Politik mit dem Könige. Er wurde bald dessen vornehmster Berather in Reichsgeschäften. So schwunghaft und freudig wie alle Probleme, deren Lösung er auf sich genommen hatte, griff Sigismund auch diese schwer beschädigte Hinterlassenschaft seines Vaters, die Reichsreform, an. Und keineswegs mit unbedachter Hand. Auch an Energie hatte es seinem ersten Auftreten in dieser Richtung nicht gefehlt. Die Bestrafung Leopolds von Habsburg, der seiner Autorität gröblich gespottet hatte, war allenthalben von größter Wirkung gewesen. Allein Sigismund, ein unvorsichtiger Strateg, hatte in sanguinischem Vertrauen seinen Sieg nicht gleich verfolgt. Die erschreckten Fürsten bekamen Zeit, sich zu sammeln und als er seine politischen Pläne nach zwei Jahren unverantwortlicher Zögerung von neuem aufnahm, war er es allein, welcher wähnte, daß er da wieder anfangen könne, wo er aufgehört hatte. Immerhin machten die Entwürfe, mit denen er hervortrat, wenn sie auch nicht durchaus sein geistiges Eigenthum waren, seinem staatsmännischen Talent alle Ehre. Nur sollte er alsbald darüber aufgeklärt werden, daß aus den Klagen über die Unerträglichkeit der öffentlichen Zustände, wie sie von allen Seiten erhoben wurden, auf nichts weniger als auf Bereitwilligkeit zum Zweck der Abstellung des Unwesens geschlossen werden dürfe. Der Cardinalpunkt war der Landfrieden. Alle Vorschläge und Versuche ihn durchzuführen scheiterten. Die Fürsten hatten ihren Nutzen von den Fehden auf eigne Hand und die Städte, denen der König ein Sonderbündniß unter seiner eignen Hauptmannschaft antrug, schoben die Sache, die ihnen „nicht gelegen, nutzlich noch kommlich“ sei, mit ihrem altherkömmlichen Mißtrauen von der Hand. Alles was auf mehr als vereinzelte locale Anordnungen hinauslief, fiel zu Boden, nicht immer ohne Verschuldung Sigismunds, der die erste staatsmännische Tugend, die Geduld nicht kannte. Die Reichsgetreuen mußten es daher für eine höchst glückliche Wendung halten, daß er bei seinem bevorstehenden Weggange in seine Erblande den Markgrafen zum Reichsverweser bestellte. Er hatte bewiesen, wie viel mit starkem, beharrlichem Willen durchzusetzen war. Anfänglich gelang es ihm auch vermittelst der Fürstentage, die er berief, mancher drohenden Gefahr vorzubeugen, den Ausbruch der Gewaltthaten wenigstens hinzuhalten, welche durch die neuen Fürstenbündnisse vorbereitet wurden. Aber der Umstand, daß ihm, dem Emporkömmling unter den hohen Häuptern, wider Gewohnheit die

Statthalterschaft übergeben war, trug andrerseits wieder dazu bei, den Uebermuth der Gegner zu reizen. Und mochte auch der Markgraf noch so eifrig und geschickt die Dinge angreifen, es war auf die Dauer eitles Bemühn. Denn es fehlte ihm der nothwendige Rückhalt am Kaiser selbst, dessen Rolle im Reich so gut wie ausgespielt war. Selten, darf man sagen, ist ein Fürst mit redlicherem Willen an ein größeres Tagewerk gegangen; selten ist und hat sich keiner bitterer getäuscht als Sigismund. So glänzend seine Anfänge gewesen waren, sein ganzes Auftreten litt an der Unzuverlässigkeit des Dilettanten, und überdies kämpfte er jetzt schon lange mit zerbrochenem Schwert.

Die imposante Stellung, die er als Schirmvogt und Haupt jenes Conciles zu Constanz einnahm, das zu einem Parlamente der Christenheit wurde; das hohe Pathos, welches allen seinen Regierungsacten jener ersten Zeit den Stempel alter Kaiserherrlichkeit verlieh; spannte die Erwartungen der Nation ins Ungemessene. Aber sein anfängliches Glück verblendete ihn. Es riß ihn zu der Ueberschwänglichkeit fort, den Machtumfang des weiland christlich-germanischen Reiches wieder zu usurpiren. Die Rundreise, die er zu diesem Zwecke unternahm, mißglückte und kostete ihm obendrein seine alte Stellung dem Concile gegenüber, durch dessen Papst, Martin den Fünften, der Glanz seiner Majestät verdunkelt, sein Einfluß auf die Kirche beseitigt wurde. Dies alles konnte er weder verhüten noch hinterher wieder gut machen, nachdem er bei Hussens Proceß der persönlichen Versuchung erlegen war, die an ihn herantrat. Das Concil wollte nicht mehr erstreben und schien nicht mehr erstreben zu dürfen, als die Reform der Kirchenverfassung; die Frage des Dogmas wies es ab und darum zunächst verdammte es den Urheber. Sigismund aber, der die gottgegebene Natur seiner Macht unabhängig und unberührbar von menschlicher Sündhaftigkeit glaubte und in der Anerkennung dieser Auffassung die Gewähr des neuen Regimentes suchte, das er auf sich genommen, ihn traf der sittliche Rigorismus des böhmischen Magisters wie ein Attentat; die Abwehr war, daß er ihn fallen ließ und dem Scheiterhaufen überlieferte.

Hier liegt der Wendepunkt seiner und der deutschen Geschichte. Es war eine unheimliche Gleichzeitigkeit gewesen, daß in den Tagen von Sigismunds erster Wahl die Nachricht von der tannenberger Schlacht ins Reich gedrungen war. Was der Rabenschrei bedeutet hatte, offenbarte sich nun: der Ausbruch der böhmischen Revolution verwandelte die Gestalt der Dinge von Grund aus. Denn diese hussitische Empörung war wie für die Kirche so für das Reich ein völlig unerhörtes Erlebniß. Jeder Tag erneute die Erfahrung, daß das Zusammenwirken der politischen, der religiösen, socialen und nationalen Bewegung, wie es hier zum ersten Male hervortrat, alle bestehenden Bildungen mit dem Untergang bedrohte. Und an Sigismunds Namen haftete nicht blos der Fluch der That, welche die grollenden Geister entfesselt hatte, sondern seit Wenzels

Tode auch der Anspruch der Herrschaft über Böhmen. Auch ohne dieses gesteigerte persönliche Verhältniß zu den Vorgängen im Osten war der König zunächst auf die Bewältigung seines Erblandes angewiesen. Die cechische Erhebung als die eine Seite der panslavistischen Bewegung, die zwei Menschenalter hindurch die mitteleuropäische Welt in Spannung hielt, war lange vorbereitet. Immer einseitiger wurde der König in die Interessen seiner Hauslande hineingebannt. Und hätte er wenigstens jetzt seine Schritte klug und klar bemessen; aber dank seiner unfertigen Natur taumelte seine Politik zwischen den Gesichtspunkten der früheren und der jetzigen Lage hin und her. Das zeigte sich nicht blos in dem geradezu feindseligen Verhalten in der schleswigschen Frage, sondern bezeichnender noch in der Art und Weise, wie er die polnisch-böhmischen Angelegenheiten behandelte. Seine Opposition gegen den Papst, der mit der Mehrzahl der deutschen Fürsten, unter denen natürlich auch der Burggraf war, für den deutschen Orden eintrat, hatte den König in die Parteinahme für Polen gedrängt, ja er vergaß sich so weit, unter der Hand dem König Wladislaus seine günstige Entscheidung eidlich zuzusagen. Mittlerweile war er zur Besinnung gekommen und sein Schiedspruch fiel gegen die Polen aus. Aber während er schwach genug war, diesen auf ihre Bezüchtigungen zu erklären, daß er von den Klerikern berückt worden sei, überspannte er andrerseits seine Forderungen gegen Böhmen in einem Augenblicke, wo es gelungen wäre, ihrer Meister zu werden und dadurch gegen Polen den Rückhalt zu gewinnen. Dies hätte erfolgen müssen, wenn er den Rath des Markgrafen geachtet hätte. Sein Gedanke war gewesen, Sigismund solle mit Mäßigung gegen Böhmen verfahren, das er nur dann gewinnen könne, wenn er aufhöre, neben der politischen auch die religiöse Frage zu betonen. Er hörte nicht. Der Erfolg war die grimmigere Auflehnung der Cechen, ihre erneute drohendere Verbindung mit Polen. Schlimm genug, daß es gerade in dieser Zeit zwischen dem Kaiser und dem Markgrafen zu einem andauernden Bruche kam, aber daß es so werden würde, war vorauszusehen. Sigismunds Starrsinn trug die Schuld an der unheilvollen Wendung, die Friedrich mit höchster Anstrengung zu verhüten gestrebt hatte; nichtsdestoweniger war er es, der den größern Theil der Arbeit, Mühsal und Gefahr auf sich nahm, die daraus folgten. Er, dessen „Begehr gänzlich auf Frieden stand“, hat nun viele Jahre lang das Schwert nicht in die Scheide stecken dürfen. Denn wieder lohte jetzt auf ein Mal allerorten das Feuer auf, und durchaus nicht immer gelangen ihm so glückliche Schläge wie der bei Angermünde, wo er (1420) seine Marken gegen die slavisch-dänischen Gelüste sicherte. Man kennt vielmehr genugsam die traurigen Jahre der Böhmenkriege, die nicht einzeln betrachtet werdeu sollen. Die Sache war einmal verkehrt angefaßt und konnte nur bittre Früchte bringen. Nicht aber die unablässigen und fruchtlosen Opfer, welche dem Markgrafen durch die falsche Behandlung der böhmischen

Frage auferlegt wurden, waren es, welche ihn endlich in direkte Opposition gegen Sigismund versetzten, sondern weil er er erfahren mußte, daß des Kaisers Politik mit der wachsenden Noth immer undeutscher und unkaiserlicher wurde. Er behandelte die Angelegenheiten des Reiches lediglich nach dem Maßstabe seines augenblicklichen Vortheils. Der alte heillose Wucher mit der höchsten Rechtsautorität kam wieder in Schwang. Friedrich fühlte das Recht und die Pflicht kaiserlicher zu sein als der Kaiser. Auf dem nürnberger Reichstage von 1422 fühlte Sigismund zuerst den Gegendruck der markgräflichen Politik. Den Mittelpunkt der Verhandlungen bildete die Angelegenheit der Reichskriegssteuer, ein Project, welches nicht blos darauf angelegt war, die über alle Vorstellung verkommene militärische Verfassung des Reiches durch die Revision der Matrikel zu heben, sondern man wollte überhaupt den unmittelbaren Kriegsdienst theilweise durch Geldleistung ersetzen. Der Manndienst auf Zeit hatte niemals mehr als einzelne Feldzüge möglich gemacht. Die Lehnsmiliz kam unpünktlich und ging wieder, wenn sie es an der Zeit hielt oder wenn Mißgeschick entmuthigt hatte. An wirklich einheitliche Leitung war ohnehin nicht zu denken; das Reichsheer war eben eine Summe bewaffneter Haufen, aber kein militärisches Ganzes. Mit Hilfe der Reichskriegssteuer, welche für einen großen Theil der Reichsverwandten nur das Budget festsetzen, aber die Wahl des Materials freigeben sollte, dachte man einen sogenannten „täglichen Krieg" in Gang zu bringen, d. h. das Heer sollte im Felde bleiben und dadurch Kriegsübung erlangen, was bei jedes Mal neu zusammenlaufenden Truppen nicht zu erreichen war. Man erkennt auf den ersten Blick, von welcher Wichtigkeit diese Neuerung damals sein mußte, wo die alte faule Reichskriegsconfusion sich mit einer Kraft zu messen hatte, die aller Berechnung spottete; haben diese Zizkaschen Bauerncohorten es doch dahin gebracht, daß auch bei noch so überlegener Zahl alle die periodischen Invasionen, welche die Kreuzzüge gegen Böhmen vorstellten, in Wirklichkeit höchstens zu ganz unglücklichen Vertheidigungen führten. Mehr aber noch als auf die Reorganisation des Kriegswesens im Allgemeinen kam es besonders dem Markgrafen jetzt darauf an, daß der Sache des Kaisers nicht anders als von Reichswegen gedient werde. Mit außerordentlicher Rührigkeit warb er, diesmal von der Mehrheit der Fürsten unterstützt, in dieser Richtung. Die Absicht, so natürlich und loyal sie war, bedeutete bei der gegenwärtigen Lage der Dinge für Sigismund eine empfindliche Einschränkung. Das gründliche Mittel, die Erhebung des hundertsten Pfennigs zum Behuf der Organisation eines Soldheeres, blieb im Project wie alle umfassenden Reformentwürfe. Es scheiterte vornehmlich am Widerwillen der Städte, denen die Steuernase hier besonders fatal sein durfte, da durch die Taxation des Einkommens ihrer geheimen Prosperität eine kostspielige Beleuchtung drohte. Nur der principielle Zweck Friedrichs ward erreicht: der Krieg gegen Böhmen wurde als Reichskrieg beschlossen und er erhielt den Oberbefehl mit ziemlich vollmächtigen Befugnissen zur Unterhandlung. Den traurigen Erfolg zu verhüten war er trotzdem außer Stande. Die Elendigkeit der deutschen Militärverfassung erhielt in der „Husserei“ ein noch deutlicheres und wirksameres Brandmal als das gewesen war, welches die schweizerische Bauernkeule dem Harnisch der östreichischen Rittergeschwader aufgedrückt hatte.

Die diplomatische Niederlage Sigismunds hatte zur Folge, daß der Gedanke eines oligarchischen Reichsregiments unter den Kurfürsten von neuem nach einer bestimmten Form trachtete. Damals konnte ein Mittel, welches der alles durchfressenden Anarchie, dem wüsten Gewaltfrevel, wie er wieder gäng und gebe geworden war, wenigstens äußerlich einen Damm entgegensetzte, nur willkommen geheißen werden; nichtsdestoweniger will es als ein völliger Gesinnungswechsel des Markgrafen erscheinen, daß er der Kurfürsteneinung beitrat. Aber mit nichten war es an dem. Als erste Aufgabe mußte, wie wir sahen, die Abwehr gegen die Consequenzen der ausländischen Angelegenheiten gelten, welche der Politik des Königs die Richtung gaben. „Mußte man innerhalb der Verfassung und der allgemeinen Rechtsüberzeugung bleiben, um dem Gegner die Schwäche des Unrechts zuzuschieben, so blieb kein anderer Weg, als die Kraft und das Interesse derer, welche so lange die monarchische Energie der Reichsgewalt bekämpft hatten, jetzt gegen ihren Mißbrauch in Thätigkeit zu setzen, die Schwerkraft des Reiches von dem Haupt auf die Föderation der vornehmsten Glieder zu übertragen.“ Es ist damals so wenig, wie später zur Zeit des basler Conciles, wo die factische Neutralität in der Frage des neuen Kirchenschismas dem Reiche die Gelegenheit und Muße bot, sich zu constituiren, zu verfassungsrechtlichen Bestimmungen über diese Abschließung des Reiches gekommen, die doch eine äußerlich nationale war, wenn sie auch nicht mehr zu leisten vermochte, als daß durch sie der „Brei“ der Zustände conservirt wurde. Denn in der Zeit, wo alles aus den Fugen zu gehen drohte, gerade damals geschah alles nur für den nächsten Zweck. Es fehlte nicht an Vorschlägen, an Mahnrufen und drohenden Forderungen, aber nur um so mehr am Gefühle der Pflicht, daß der Nothwendigkeit gehorcht werden müsse. Wie klar und überzeugend hat Nikolaus von Cusa der Kirchen- und Reichsreform in ihrer Wechselbeziehung den Weg vorgezeichnet und die Gesichtspunkte angegeben: es war denen, die Hand anlegen sollten, ein tönendes Erz und eine klingende Schelle.

So klein die Menschen waren, welche diese große Zeit vorfand, die sich in den Gemüthern der Masse, hier doctrinär, dort in beschaulicher Abkehr, dort convulsivisch verkündigte, ganz ohne Wirkung konnten ihre Erfahrungen nicht bleiben. Aber was im politischen Leben Deutschlands durch sie gewirkt hat, war nicht ihre sittliche Seite, sondern das Gesetz der Schwere und des Falls. Die hussitische Revolution und alles, was ideell und zeitlich mit ihr zusammenhängt, gab dem entscheidenden Umschwunge im Reich den Anstoß, aber sein Resultat ist blos negativer Natur. Die acute Verwundung wird zur Todeskrankheit: wir sehen den Reichskörper den chemisch-physikalischen Processen der Auflösung anheimfallen, zufolge deren die materielle Substanz sich selbst zurückgegeben wird; und mehr noch: diesen Zustand fördert und pflegt die Fürstenpolitik als ihr eigentliches Lebenselement. Die entschwindende Seele ist der Gedanke der mittelalterlichen Monarchie.

Das waren die Zustände, die über dem Grabe Sigismunds emporwuchsen. Nicht, daß es seines Hingangs erst bedurft hätte. Wir sahen vielmehr, wie recht eigentlich die Erfahrung, welche die Nation an ihm gemacht hatte, den schlecht verhehlten Tendenzen der fürstlichen Aristokratie die abschließende Bekräftigung und die praktischen Handhaben bot. Darum, weil es diesen Sinn hat, ist sein Zeitalter ausführlich betrachtet worden. Die Vorgänge, die in ihm begegnen, verleihen der nachfolgenden Entwickelung jene verzweifelte reale Nothwendigkeit, welche endlich auch die edelsten Vorkämpfer des factisch überwundenen Staatsideals in den Bann ihrer Logik hineinzwingt. Zugleich aber läßt diese Spanne Zeit die ganze Fülle der politischen Hilfsmittel offenbar und thätig werden, welche der großartigste Repräsentant des „neuen Deutschlands", Friedrich der Erste von Brandenburg, kraft seiner Einsicht von den Pflichten und Aufgaben seiner Stellung in sich vereinigt.

Was hatte der Markgraf nicht daran gesetzt, den alten Reichsbegriff aufrecht zu erhalten! Nicht blos Kopf und Hand widmete er diesem Streben. Jeden Zwiespalt von Pflichten entschied er im patriotischen Sinn; Undank, Mühsal, Gefahr war sein Lohn — gleichviel, er ließ nicht davon. Die wiederholte anhaltende Entfernung drohte ihm sein heimisches Gut zu entfremden. Die fränkischen Lande waren mittlerweile zu öfteren Malen furchtbar heimgesucht worden, theils durch die bestialischen Fehden der Bayernherzöge, theils durch die Raubzüge der Hussiten. Noch mehr wollte die Anfechtung sagen, welche die Marken auszustehen hatten. Die Gewähr ihrer Neugestaltung lag überwiegend in seiner Gegenwart, die niemand ersetzen konnte. Kein Wunder, daß hier und da die alten Schäden aufbrachen und die Nachbarn sich die Abwesenheit des Landesfürsten zu Nutze machten. Stets gab es saure Arbeit, wenn er kam und mehr als ein Mal mußte er wieder gehn mit dem Wurm schlechter Erfolge im Herzen. Aber der kategorische Imperativ seiner Handlungen blieb unwandelbar die Pflicht zum Reiche. Und es hat ihm Segen eingetragen im eigenen Hause, daß er seines Namens Ehre vor allem in dieses Streben gesetzt. Was allen andern gleichzeitigen Fürstenmächten zum schwersten Schaden ausschlug, ist in den Ländern der Hohenzollern mindestens damals zum Guten gediehn: sein Erbtheilungsstatut wurde von den Söhnen mit Eintracht und Pietät inne gehalten. Im Hinblick auf Zustände, wie sie in Sachsen der Bruderkrieg, in

Bayern der ruchlose Familienhader, in Oestreich der Betrug und die Hinterlist der Verwandten zu Wege brachten, konnte von den Nachfahren Friedrichs gesagt werden, „daß sie aufgewachsen seien als Rosen und gute Blumen zwischen Dorn und Distel."

Allein konnte dies einem solchen Mann Ersatz gewähren für das Eingeständniß, daß die große Mühe seines Lebens doch eitel gewesen sei? Er am meisten hatte das Zeug dazu, die Tragweite der Zustände, wie sie jetzt im Reiche waren, zu bemessen. Ihre Unerträglichkeit war allen offenbar, aber darum nur desto krampfhafter klammerte sich jeder an das nächste Interesse, um in den allgemeinen Bankerott nicht hineingerissen zu werden. Der blödsinnige Egoismus, jedes rettenden Entschlusses baar, glaubte in der Fluth, die man heranrauschen hörte, sich mit den eigenen Händen selbst über Wasser halten zu können. Vergebens hatten unverzückte Seher die Fremdherrschaft verkündet, die über Deutschland kommen müsse; vergebens darauf hingewiesen, „daß wie das Reich jetzt von den Fürsten, so diese einst vom Volke würden verschlungen werden." Die vollendete Frivolität der herrschenden Richtung war gleichgiltig gegen Furcht und Schande des gemeinen Wesens. Der Name Vaterland und was Heiliges damit ausgesprochen ist, hatte seinen Zauber verloren.

Welch ein Abgrund, der sich vor dem einsichtigen Blicke des getreuen Eckard seiner Nation aufthat. Es konnte nur als eine Frage der Zeit erscheinen, daß auch in Deutschland die Spannung zwischen den populären und den hierarchisch-feudalistischen Mächten in einem Kampfe auf Leben und Tod ausbrach. Allenthalben standen die lichten Zeichen am Horizont, die Söhne und Enkel ereilte das Wetter. Und war wirklich kein Mittel, die Katastrophe abzuwenden, des Reiches rechten Hort, ein starkes Kaiserthum von neuem aufzurichten? Der sanguinische Liberalismus, der Sigmund getragen hatte, war verraucht und seine Erneuerung war es wahrlich nicht, was jetzt noth that; aber war alles erschöpft, um für diejenigen conservativen Principien, die den Markgrafen bei der Neugründung seines Territoriums zu so glücklichem Erfolge geführt hatten, im Reiche Bekenner und Arbeitsgenossen zu werben? Zu allermeist schien die Enttäuschung der letzten Jahre schuld zu sein an der Stimmung und Verwilderung der Geister; wie nun, wenn den Erwartungen von ehemals noch jetzt genug gethan wurde? „Die rechte Reichsreform ist ein Mann an der rechten Stelle, ein Kaiser, der es nicht nebenbei ist und seine Richtung nicht nach Interessen nimmt, die dem Reich und der Nation fremd sind, ein Kaiser, der die Pflicht und das Recht seines Amtes erkennt und dem, was er erkannt hat, Nachdruck zu geben den klaren Blick, die feste Hand, den Willen und den Stolz hat." Konnte es zweifelhaft sein, daß Friedrich von Hohenzollern durch seine Erwägungen sich auf sich selbst zurückgewiesen fühlte? Wahrlich, nicht Ehrgeiz allein gehörte zu diesem Schlusse, sondern in noch viel höherem Grade die Selbstverläugnung, die nur den Schlechten eine Thorheit ist: die ganze Summe seines Werthes an einen kühnen Wurf zu setzen. Friedrich warb um die Wahl und ist erlegen. Eine Weile schwankte die Wage; aber das Häuflein der Reichsgetreuen, welche die Wichtigkeit seiner Berufung erkannten, blieb in der Minorität. Es war kein schlechter Nebenbuhler, dem er wich; allein in seiner Erwählung triumphirte das entgegengesetzte Princip. Zwar noch nicht in völliger Klarheit. Denn Herzog Albrecht von Oestreich, der König von Ungarn und Böhmen, war ein kraftvoller Mann von tüchtiger Regenteneinsicht und von hervorragender Machtstellung; aber nicht blos der Schwerpunkt, vielmehr die ganze Basis seines Wirkens lag außerhalb des Reichs und er war pflichtgetreu genug, dies zu empfinden und darnach zu handeln. Nicht trotzdem, sondern gerade weil man wußte, daß es so war, erkor man ihn. Aus derselben Ferne war Sigmund einst zur deutschen Krone gerufen worden, nur lag die umgekehrte Absicht zu Grunde. Albrecht, der sich gegen seine Stände verpflichtet hatte, die Wahl ins Reich von der Hand zu weisen, falls sie auf ihn fallen sollte, nahm sie in einem Sinne an, welcher die Befürchtungen seiner Erblande nicht berührte. Was war ihm Hekuba! Freilich, schandehalber bewegte sich die Thätigkeit seiner Räthe auch auf dem Gebiete der innern Angelegenheiten des Reiches und der Eifer ist keineswegs zu tadeln, mit welchem sie die Landfriedensfrage in die Hand nehmen, aber vollkommen bezeichnend für das Verhältniß des Königs zu Deutschland war der Umstand, daß von der Kreiseintheilung, welche zu diesem Zwecke in Vorschlag kam, Böhmen und selbst Oestreich ausgenommen wurden. Er wollte sich dem Reiche auch nicht einmal in dem Maße verpflichten, als er Landesherr innerhalb desselben war, und faßte daher sein Amt als eine laxe Personalunion auf, die er nicht anstand von vornherein in einer Weise zu mißbrauchen und zu brechen für welche die moderne dänische Politik das bekannteste classische Seitenstück bietet.

Aber es hatte auch damals gute Weile, ehe dergleichen Seltsamkeiten des Reiches hohe Häupter bekümmerten. Am entgegengesetzten Ende Deutschlands verdarb der burgundische Raupenfraß und die französische Schlauheit den blühenden Westen; es ging seit Jahren schon im Reiche keinen Menschen etwas an.

Immerhin hätte Albrechts bedeutende Macht, so sehr sie auch zunächst durch den Türkenkrieg gebunden war, auf die Dauer doch ihren Druck auf die Politik der Reichsfürsten ausüben können. Als er nach zweijähriger Regierung in Deutschland ungekrönt und ungesehen starb, eilten die Territorialen, den Fehler, der für ihre Anschauungen in der Erhebung eines bedeutenden Fürsten lag, gründlich gut zu machen. Was den Herzog Friedrich von Oestreich ihnen empfahl, war neben der gleichartigen auswärtigen Stellung vor allem gerade die Schwäche seiner Mittel und seiner Persönlichkeit. Diese zweite habsburgische

Wahl bestätigte und vervollständigte die Tendenz, welche der ersten zu Grunde gelegen hatte. Jetzt war ein Mann gefunden, der die Gewähr gab, daß unter ihm die Anarchie, welche man „die deutsche Libertät“ nannte, gute Tage haben werde; ein Mann, der, wie das Lied sagt, seinen dumpfen Ehrgeiz darein setzte „ein Staar zu werden wie die anderen, während er zum Adler erhöht war.“ Ungestört konnten nun die Reichsgliedmaßen auseinanderbröckeln. Aber die größten unter ihnen waren nur erst politische Weichthiere, ohne schützende Schale, ohne geschlossene Organisation; die kleinen solche Gebilde, auf die das aristotelische Wort Anwendung fand, daß ein handgroßes Schiff überhaupt kein Schiff sei. So auf Selbsttäuschung, Lüge und Eigensinn gestellt eröffnete die neue politische Tendenz, indem sie das hehre Symbol der nationalen Macht dem schlechten Manne preisgab, ihre Aera.

Dem Markgrafen ist es erspart worden, in dieser neuen Zeit zu leben. Seine politische Niederlage vor Albrecht von Oestreich hat er das Reich als solches nicht entgelten lassen; wenn auch verschmäht und zur Seite geschoben, blieb er dennoch thätig zu fördern und zu helfen. Aber für sich selbst verzichtete er, als die Königskrone bald aufs neue erledigt war. Er mußte den ferneren Schmerz erfahren, daß auch der Candidat, den er aufstellte, den kürzern zog. Dann ist er abgetreten von der politischen Bühne und noch im nämlichen Jahre gestorben. Unwürdige Leichenfeier, die das Grab umtobte, in welches ein solcher Held alle höchsten Wünsche und Hoffnungen des Lebens mit sich nahm! Die Tage kamen, wo schnödes Interesse und schleichender Betrug den von erhabenen Gedanken und geheiligter Tradition leer gelassnen Platz besetzten; wo nach Gesichtspunkten sündigen Gewinnstes die weltbewegenden Fragen des geistlichen und weltlichen Systemes verunstaltet wurden, die nationale Kirche den römischen Concordaten, die Reichsreform der wüsten Fehde und der Verschwörung zum Opfer fiel. In dieser Atmosphäre hat auch die brandenburgische Politik sich umbilden müssen. Durch das Princip der östreichischen Wahlen, die nicht blos über die Frage „Habsburg oder Hohenzollern“, sondern damit zugleich über Sein und Nichtsein der politischen Einheit Deutschlands entschieden, war der Lebensmethode des Staates, wie ihn Friedrich gewollt und getragen hatte, die ideelle Grundlage entzogen. Den jungen Söhnen fiel die Aufgabe zu, nach dem Maßstab ihrer Mittel und Kräfte einerseits und der thatsächlichen Zustände andrerseits eine Stellung zu suchen, die der Zukunft rettete, was der Gegenwart verloren war. Die alten Ideale waren überholt von der Wucht der wirklichen Gestaltungen; nur eine unerschrockene Experimentalpolitik schien der entsprechende Einsatz in die Lotterie dieser bösen Zeit.

War es dieselbe nicht, an deren Ausgangsschwelle die Reformation steht? Wohl, aber die Nation sollte erfahren, welche grimmigen Wehen der Erfüllung dieses Wortes vorausgingen und folgten, das man seit einem Jahrhundert als einziges Heilmittel im Munde führte, um es immer von neuem zu schänden. Das evangelische Wesen hat nachmals allerdings vermöge seiner unverwüstlichen und eminent historischen Gedankenmacht inmitten des Wirrsals die rechte Fahne aufgepflanzt; aber zunächst brachte es der politischen Entwickelung unsres Volkes nicht Frieden, sondern das Schwert; ja den Fanatismus des Waffenganges aller mit allen, bei welchem jeder mehr oder minder frevelnd sich der Losung vermaß: „ich kann nicht anders!“ —

Militärische Briefe über den Krieg in Schleswig.

2.

Die gezogenen Schußwaffen.

In dem vorigen Briefe sind die Vorzüge der jetzigen preußischen Schußwaffen erwähnt. Die dort erwähnten Erfolge werden die folgende Auseinandersetzung motiviren: über den Einfluß, welchen die bessere Bewaffnung auf die Resultate des Gefechts übt.

Das nächste Ziel des Krieges ist die Vernichtung des feindlichen Heeres, da man hierdurch der Herr des feindlichen Landes und des feindlichen Willens zu werden erwarten darf. Diese Vernichtung kann auf zweierlei Art herbeigeführt werden, entweder durch Tödtung, Verwundung und Gefangennehmung des einzelnen Mannes oder durch Auflösung der feindlichen Armee als einer Einheit. Im Ganzen und um unsere Anschauungen zu vereinfachen, können wir sagen, daß die Vernichtung des einzelnen Mannes Aufgabe der Gefechte, die Zerstörung des Ganzen aber Folge derselben ist. Aber im Gefecht selbst werden auch schon beide Zwecke verfolgt und zwar der erstere durch die Schußwaffen, der zweite durch das Bajonnet und die Cavallerie. Die Vernichtung des Einzelnen ist der Regel nach das erste, die Auflösung des Ganzen das letzte Ziel. Jedes Gefecht muß deshalb so angelegt werden, daß es vorweg das Tödten, das unmittelbare Begegnen mit dem Feinde bezweckt und darf dann erst dahin zielen, durch Bedrohung der Rückzugslinie in die innere Ordnung des Feindes einzugreifen. Der letztere Erfolg fällt nur dann als reife Frucht ab, wenn der Tod vorher eine entsprechende Ernte gehalten hat. Das tödtende Instrument in der Hand des Soldaten ist also eine der wichtigsten Grundlagen für die Leistungen der

Truppe. Wer die gegründetste Aussicht hat den Gegner todt zu machen, der hat auch die höchste Wahrscheinlichkeit des Siegs auf seiner Seite. Die Wahrheit dieses Satzes an jedem einzelnen Gefecht zu beweisen, ist unmöglich, da in den Gefechten die allerverschiedensten Dinge den Ausschlag geben und ein ganzes Buch nothwendig wäre, um das Verdienst der Waffen in diesem und jenem Gefecht auseinanderzusetzen. Nur in den Kämpfen der cultivirten Völker mit den nichtcultivirten tritt diese Hauptsache sehr auffällig heraus. Sie macht sich immer wieder geltend in der steten Fürsorge gerade der größern Feldherrn für die Bewaffnung. Zum Beleg dieser Behauptung wollen wir nur einige Beispiele aus der Geschichte der preußischen Armee anführen.

Der große Kurfürst war der erste Kriegsherr seiner Zeit, der seine ganze Infanterie mit Musketen statt der bis dahin zum Theil beibehaltenen Pike bewaffnete. Auch verbesserte er die Muskete durch Einführung des bis heute noch gangbaren Feuerschlosses und des Bajonnets; beides französische Erfindungen. Friedrich der Große gab seinen Gewehren den eisernen Ladestock und das konische Zündloch, um das Schnellladen zu befördern. — Dies letztere Bestreben machte die preußischen Gewehre immer schlechter und 1806 begegneten sie in dem Entscheidungskampf nach einem 1777 genehmigten Modell, den damals besten Gewehren der Welt, den französischen, mit welchen während der Revolutionskriege diese Armee vollständig ausgerüstet worden war. Napoleon der Erste erachtete auf diesem Gebiet einen Fortschritt für sehr erwünscht und stellte einer zu diesem Zweck versammelten Commission das Ziel, ein Gewehr zu erfinden, das von hinten zu laden sei. Die verschiedensten Modelle wurden in der etablirten Werkstatt angefertigt, aber die Sache kam nicht zum Abschluß, die Katastrophe Napoleons löste Commission und Werkstatt auf. Einer der Arbeiter der letztern aber, der jetzige, 86 Jahre alte Geheime Commerzienrath Dreyse in Sömmerda, setzte die Versuche fort und trat zuerst mit einem theilweise für brauchbar erkannten Modell im Jahre 1830 auf. Aus diesem hat sich das in der preußischen Armee eingeführte Zündnadelgewehr entwickelt, welches wir für das beste Armeegewehr der Welt erachten und welches sich als solches bisher auch in Schleswig bewährt hat.

Außer einigen deutschen Contingenten hat noch keine Armee das Zündnadelgewehr eingeführt und zwar deshalb nicht, weil durch die schnelle Ladung sich eine Truppe zu rasch verschießen kann. Schießt der Soldat nur dann, wenn er einen guten Schuß abgeben kann, so schießt er mit dem Zündnadelgewehr kaum häufiger als mit jedem andern Gewehr, aber dafür gibt es keine Sicherheit. Der Vorgesetzte kann das Feuer in der Hand behalten, so lange das Gefecht unbedeutend ist, sowie aber die Gefahr wächst, hört mehr und mehr der Einfluß der Vorgesetzten auf, und das Streben, sich zu vertheidigen und zu rächen, wächst. Je mehr Kugeln um die Ohren fliegen, um so mehr steigert sich das Bedürfniß zu schießen. Die Thätigkeit, das eigne Schießen unterdrückt die Angst erfahrungsmäßig am besten und mehrt den Munitionsverbrauch ganz unendlich, ohne daß die feindlichen Verluste sich vergrößern. Je schärfer das Gefecht aber auf einer Stelle ist, desto schwieriger wird auch dort der Munitionsersatz oder eine Ablösung der Truppen. Die Ausdauer im Gefecht aber ist eins der nothwendigsten Dinge und läßt allein eine höhere Leitung in den Gefechten zu. — Alle andern, größern Armeen haben also die Vorderladungsgewehre beibehalten, durchgängig jedoch gezogene Rohre eingeführt. Der Werth des sichern Schusses ist überall anerkannt, aber der schnelle Schuß ist verworfen. Diese letztere Ansicht können wir nicht gutheißen, weil die Vorzüge des schnellen Schusses viel größer sind als die Nachtheile und weil man die letztern, wenn auch nicht aufheben, so doch auf ein Minimum zurückführen kann, indem man: 1) die Zahl der Patronen, welche der Soldat mit sich führt, vermehrt; 2) den Patronenersatz besonders regelt; 3) aber den Verlauf der Gefechte beschleunigt.

Den letztern Punkt wollen wir in einem nächsten Artikel erledigen, über die beiden andern aber folgendes bemerken: Jetzt führt jeder Soldat 60 Patronen bei sich; diese Zahl muß man verdoppeln, indem man einestheils die Patronen leichter macht, andrerseits das sonst vom Soldaten geführte Gewicht vermindert. Das Erstere ist statthaft, wenn man statt Bleikugeln eiserne Kugeln einführt. Letztere haben noch den Vorzug, daß das härtere Metall eine größere Durchschlagskraft hat und daß die Kugeln, weil sie leichter sind, mit einer flacheren Flugbahn dasselbe Ziel erreichen als die schwereren Bleikugeln. Das andere ist zulässig durch Verminderung des Putzapparates und durch Entfernung aller überflüssigen Ausrüstungsgegenstände, wie z. B. des schweren Helmes und des Infanterieseitengewehrs. Für den Patronenersatz aber bedarf es nur der reglementarischen Bestimmungen und tüchtiger Friedensvorübungen.

Ebenso wie mit der Entwicklung der Gewehre verhält es sich mit der der Artillerie. Hier haben die Franzosen von je die meisten Fortschritte gemacht und auch heute ist es Napoleon der Dritte, der die gezogenen Geschütze in die Feldartillerie eingeführt hat und dem die andern Staaten gefolgt sind. Man ist aber noch nirgend so weit gegangen, das gezogene Rohr für alle Geschütze anzuwenden und zwar deshalb nicht, weil das glatte Rohr heute noch im Nahgefecht mehr leistet als das gezogene. — Es wird für die Leser dieses Blattes genügen, wenn hier über gezogenes und glattes Rohr folgendes angeführt wird:

1) das gezogene Geschütz erfordert eine viel genauere Behandlung und Richtung als das glatte und wirkt deshalb langsamer, also im Nahgefecht, wo jede Kugel trifft, weniger.

2) Das Geschoß aus dem gezogenen Rohr hat eine viel höhere Kugelbahn und bestreicht deshalb einen viel geringern Raum in der Mannshöhe.

3) Der für das Nahgefecht so wichtige Kartätschschuß ist in seiner ganzen Fülle und Einfachheit im gezogenen Geschütz nicht anwendbar.

4) Man hat noch keinen hinreichend einfachen und anwendbaren Zünder für das Spitzgeschoß der gezogenen Rohre erfunden, welcher das Platzen vor dem Ziel gestattet und dieses also mit einer Fläche der einzelnen, bereits auseinandergegangenen Theile trifft. Die jetzigen Zünder sprengen das Geschoß infolge der Berührung mit dem Ziel, der Streuungskegel beginnt im zu treffenden Körper und hat infolge dessen einen geringern Wirkungskreis.

In Bezug auf die Zünder sind die Erfindungen einem günstigen Resultat schon sehr nahe, in Betreff der andern Punkte werden sie auch nicht zurückbleiben und es ist deshalb kaum zu zweifeln, daß wie in der Infanterie ebenso bei der Artillerie in kürzester Zeit das gezogene Rohr das glatte ganz verdrängen wird, weil das erstere überall mit Sicherheit zu verwenden ist, während das letztere nur einen beschränkten Gebrauchswerth hat.

Wir dürfen also darauf rechnen, daß in kürzester Zeit die Schußwaffen unsrer Armeen durchgängig vortrefflich sein werden. Daraus ist aber noch nicht zu folgern, daß deshalb die Kriege blutiger werden müssen. Schon die Erfahrung widerspricht. Und der Krieg ist in dieser Richtung mit dem Duell zu vergleichen, dessen Ausgang im Ganzen weit mehr von der Natur der Kämpfenden und von der Art der vorangegangenen Beleidigung, als von der Güte der Waffe abhängt. Je mehr es sich um das Leben handelt, um so mehr wird das Leben eingesetzt. In den alten Zeiten, wo ewige Sklaverei die Folge der Kriegsgefangenschaft war, fiel die Hälfte bis zwei Drittel der Kämpfenden auf dem Schlachtfelde. In der Zeit der Söldnerheere, wo jeder da Dienste that, wo er gerade war, oder in dem Heere, in welchem der Krieg selbst die meiste Aussicht bot, erreichten die Verluste durch den Tod die allergeringsten Zahlen.

Je mehr das Heer mit seinen innersten Interessen in die Absichten des Krieges verwebt ist, je blutiger sind die Schlachten. Die Russen verloren z. B. in der Schlacht an der Moskwa an Todten und Verwundeten mindestens ein Drittel ihrer gesammten Mannschaften. Bei Großgörschen aber, 1813, zählten ihre Todten und Verwundeten ein Sechzehntel der Gesammtzahl, während sie sich bei den Preußen in derselben Schlacht auf ein Drittel berechneten. In einem Recognoscirungsgefecht, wo kein Mensch weiß was er soll, sind die Verluste immer sehr gering, in der Entscheidungsschlacht, wo es sich um die Existenz von Staaten und dergl. handelt, erreichen sie das höchste Maß. Bei Montebello 1859 verloren die Oestreicher ein Zweiundzwanzigstel ihrer Gefechtsstärke, bei Solferino ein Elftel.

Die Sarden hatten in dieser Schlacht einen Verlust von einem Sechstel ihrer Zahl, die Franzosen von einem Zwanzigstel der in die Schlacht geführten Truppen. In Italien 1859 hatten — nebenbei bemerkt — die Franzosen die bessere Bewaffnung auf ihrer Seite. Neben der Natur des Krieges und des Heeres wirkt aber vor allen Dingen auf die Verluste der Feldherr ein. Ein Friedrich d. Gr., ein Napoleon, ein Suwaroff drängt viel schärfer auf die Entscheidung, achtet das Blut im Gefecht viel weniger als alle Künstler zweiter Classe auf diesem Gebiet. Deshalb verdienen aber die großen Feldherrn keinen Vorwurf, denn schließlich ersparen sie auf diesem Wege doch Menschenleben. Die Verluste durch Krankheit sind in allen Kriegen viel, viel größer, als die durch Verwundung; und je unentschlossener der Feldherr, desto größer sind die Fatiguen und folglich um so zahlreicher die Krankheiten. Wenn St. Arnaud und Lord Raglan sofort nach der Schlacht an der Alma verfolgten, den Gegner auf Sebastopol warfen und dann zum Sturm schritten, so fiel die Festung, nach Ausspruch aller dabei Betheiligten, wahrscheinlich sogleich. — Suwaroff verlor beim Sturm auf das noch ganz intacte Ismail die Hälfte seiner Leute und nahm die Festung. — Fiel bei einem Sturm auf Sebastopol die Hälfte der Armee, so kostete dies den Franzosen noch nicht so viel als die folgenden Gefechte, und nur den sechsten Theil dessen, was im Lauf der Belagerung in den Lazarethen starb. Wir wollen sehen, wie sich die Sache bei Düppel stellen wird. Gewiß ist, daß ein geglückter Sturm auf das Dannewerk sofort den ganzen Krieg geendet hätte, wenn die Verfolgung der ersteren Kriegsthat entsprach.

Wir fassen also unsere Ansicht noch einmal dahin zusammen, daß bei gleich guter Bewaffnung die Höhe der Verluste nicht durch diese bestimmt wird, sondern ganz allein von der Energie der Handelnden abhängt. Je besser die Schußwaffen sind, desto mehr bleiben die feindlichen Seiten in der ersten Aufstellung eines Gefechts von einander entfernt und die Thatkraft der Fechtenden bestimmt nun, ob schließlich das Heer Mann an Mann um das Leben ringen oder wie viele Verluste im Fern- oder Nahgefecht das Nachgeben der einen Seite herbeiführen soll.

Die Verbesserung der Waffen muß in den Armeen gleichen Schritt halten; geschieht das, übt sie keinen Einfluß auf die Verluste und auf die Resultate des Krieges aus. Die Armee aber, welche mit der Verbesserung der Waffen zurückbleibt, erschwert sich den Sieg außerordentlich.

Wir werfen einen Blick auf den Stand, welchen die Waffenverbesserung in den einzelnen Armeen zur Zeit eingenommen hat. An eine gute Kriegsschußwaffe macht man den Anspruch:

1) daß sie sicher und weit trifft, 2) daß sie die Kugel auf dem kürzesten Wege d. h. mit der größten Durchschlagskraft und mit einer Flugbahn möglichst in Manneshöhe rasant über dem Boden an das Ziel bringt, 3) daß die Waffe, die Munition und die ganze Handhabung einfach ist.

Mit den frühern Schußwaffen traf man nur sehr unsicher, aber der Schuß war rasant und hatte eine bedeutende Durchschlagskraft. Die Waffe und deren

Handhabung war einfach, die Munition aber hatte beim Gewehr durch Einführung des Zündhütchens neben der Patrone statt der frühern Selbstaufschüttung, an Einfachheit verloren.

Das gute und weite Treffen erreichte man durch das Ziehen des Rohrs, indem man mittelst Entfernung des Spielraums die Kugel zwang den Zügen des Rohrs und der ihr im Rohr gegebenen Richtung streng zu folgen; endlich durch Einführung der Spitzkugel, welche besser geeignet ist die Luft zu durchschneiden.

Am Gewehr waren die Vortheile des gezogenen Rohrs schon im 16. Jahrhundert bekannt; auch entfernte man damals den Spielraum wie heut noch beim schweizer Stutzen mittelst Talgpflaster, in welche die Kugel eingewickelt und durch das Rohr auf die Ladung gekeilt wurde, aber diese Art der Ladung eignet sich wenig für eine Kriegswaffe.

Die Erfindungen der Neuzeit suchten möglichst einfache Entfernung des Spielraums und die beste Form der Kugel; die ersten in größerem Maßstab zur Anwendung gekommenen Resultate waren die Dorn- und Kammergewehre. An denselben ist der Lauf, wie an allen ferner zu nennenden Gewehren gezogen, unten aber ist ein Dorn oder ein Rand am Rohr angebracht, auf welchen die Kugel über dem Pulver zum Aufsitzen kommt. Mittelst einiger kräftiger Stöße des Ladestocks auf die Kugel wird diese auseinandergetrieben, bis sie den Lauf im Durchschnitt ganz ausfüllt, und deshalb bei der Entladung genöthigt in die Züge zu treten.

Diese Gewehre schießen sehr gut und weit, aber die Züge verbleien leicht, die zum Erweitern der Kugeln angewendete Kraft ist nicht geregelt und infolge dessen der Dorn fragiler Natur. Im Krimfeldzuge wurden die Gewehre ganzer französischer Bataillone wegen dieser Mängel zeitweise gefechtsuntauglich. —

Die thouveninsche Dornbüchse ist noch als Wallbüchse, als Jägergewehr in einzelnen deutschen Contingenten und in der russischen Armee im Gebrauch. Das delvignesche Kammergewehr (mit dem Rande über der Pulverkammer) aber finden wir noch in der französischen, östreichischen und sardinischen Armee in theilweiser Anwendung. Um die Fehler der beiden genannten Systeme zu vermeiden, erfand Minié seine Spitzkugeln mit einer Höhlung in der untern Fläche, die Pulvergase treten in die Höhle und treiben die Wände auseinander und in die Züge. Hierdurch wurde nicht allein die Ladung vereinfacht und eine geringere Bleimasse in die Züge getrieben, sondern es wurde auch möglich, dieses System an den vorhandenen Waffenbeständen in Anwendung zu bringen. Man schießt die Miniékugel mit großer Präcision aus dem glatten Gewehr und aus allen auch nur schwach gezogenen Rohren. Man konnte alle bereits vorhandenen Gewehre mit schwachen Zügen versehen und zu Präcisionswaffen umwandeln; man konnte ferner das Miniégeschoß in Kammer- und Dorngewehren verwenden. — Diese ökonomische Seite mußte dem Miniégeschoß rasch einen ausgedehnten Boden der Verwendung verschaffen, und so wurde das System bei allen Armeen eingeführt. Den kleinen Mängeln des Systems suchte man durch eine Variation in der Construction der Kugel abzuhelfen. Von diesen Variationen ist die bedeutendste, daß man statt der Höhlung in der Kugel, ringartige, tiefe Einkerbungen an dem untern cylindrischen Theil der Kugel anbrachte und so bewirkte, daß durch die erste Entwickelung der Pulvergase die entstandenen Bleischeiben aufeinander und damit auch auseinandergetrieben wurden. Derartige Kugeln, von Lorenzen und Wilkinson erfunden, führt die östreichische, sächsische, hannöversche und schweizerische Infanterie. Die Engländer sind mit dem Geschoß Pritchet, die Franzosen mit dem von Neßler, die Bayern mit dem von Podewils, die Hessen mit dem von Plönnies erfundenen Geschoß dem System Minié treu geblieben. — Dieses System hat, wie gesagt, den großen Vortheil das Bestehende zu conserviren, aber es hat den Nachtheil, daß die Züge bei starkem und erhitzendem Gebrauch verbleien und daß die Kugeln eine sehr hohe Flugbahn haben. Der erstere Fehler erklärt sich selber, der andere entsteht dadurch, daß man nur schwache Ladungen anwenden kann, (starke lassen die Kugeln aus den Zügen springen) und infolge dessen nur durch hohe Bogen an ein fernes Ziel gelangen. Auch die Form der Kugel und die Lage des Schwerpunkts tragen zu diesem Uebelstande bei und haben ebenfalls kleine Variationen in der Kugelform zur Folge gehabt. Doch gehört zur Klarlegung dessen ein viel genaueres Detail, als uns hier gestattet sein dürfte.

Radical in der Bewaffnung seiner Infanterie verfuhr nur Preußen. Es gab seinen Feldtruppen ein ganz neues Gewehr, das in seinen Vorzügen und Nachtheilen schon erwähnte Zündnadelgewehr und wandelte seine alten Bestände durch Ziehen der Rohre in Miniégewehre für die Festungsbesatzungen um. Neben dem bereits erwähnten Nachtheil des leichten Verschießens wirft man dem Zündnadelgewehr noch vor, daß das Schloß zu complicirt und zu fragil, die Munition aber zu künstlich sei. Den beiden erstern Vorwürfen widerspricht die Erfahrung, welche in dieser Beziehung zu Gunsten des Zündnadelgewehrs gegen die andern Gewehre spricht. Die Reparatur des Zündnadelschlosses kann in den meisten Fällen der Soldat zu jeder Zeit mit freier Hand unternehmen, während es bei den andern Gewehren mindestens eines Schraubenziehers und meist eines Federhalters bedarf. Gewiß ist, daß bei dem jetzigen Feldzuge in Schleswig in Folge der Witterung die östreichischen Gewehre versagten, die preußischen nicht. Der Vorwurf der künstlichen Munition kann nicht ganz abgewiesen werden, da die Zündpillen, welche die Zündhütchen ersetzen, nicht wie diese in allen Landen, sondern nur in den eigenen Laboratorien fabricirt werden. Dafür ist die ganze Munition aber auch in der Patrone vereinigt. Die Nachtheile der Miniégewehre, die Verbleiung und die hohe Kugelbahn hat der schon genannte Schöpfer des Gewehrs, Dreyse, dadurch zu heben und zu mildern gewußt, daß er die Kugel in einen festen Papprahmen (Spiegel) gesetzt hat, welcher die Führung in den Zügen übernimmt, und daß er das Langblei, eine Kugel in Form einer länglichen Eichel eingeführt hat, welche die Luft besser durchschneidet als die Spitzkugel, also einen kürzeren, flachern Weg zum Ziele braucht.

Bis jetzt haben nur die mit Preußen in näherer Beziehung stehenden kleinen deutschen Contingente das Zündnadelgewehr angenommen; die Vorzüge desselben haben sich aber so bemerklich gemacht, daß man in Frankreich schon der Aufstellung eines eigenen Modells nach gleichem Princip sehr entschieden näher getreten ist.

Bei den Geschützen sind, wie schon gesagt, die eingeführten Verbesserungen noch nicht so allgemein und durchgreifend zur Geltung gekommen, als bei den Gewehren. Während bei diesen die Versuche schon zu einem gewissen Abschluß gekommen sind, ist man auf dem größern Gebiet der Artillerie und bei der Kostbarkeit ihres Materials kaum über die ersten Schritte des Experimentirens hinaus. Nur Preußen hat von vorn herein das Princip als richtig angenommen, dessen Vorzüge sich bei seinen Gewehren so glänzend documentirt hatten. Es wurde hierbei begünstigt durch die gleichzeitige Erfindung Krupps in Essen, Gußstahl in großen Blöcken darzustellen. Bis jetzt hat sich kein Material gefunden, das so vollständig den Ansprüchen der Dauerhaftigkeit für Hinterladungsgeschütze entspricht, wie der Gußstahl. Preußen hat also für die gezogenen Rohre folgendes System angenommen: 1) Als Material bei Neuanschaffungen wird Gußstahl verwandt, ebenso wie bei den Gewehren. 2) Die Geschütze werden von hinten geladen. 3) Als Verschluß werden, wie bei den Gewehren, zwei schiefe Flächen gegeneinander geschoben. Dieser Verschluß (der Keilverschluß) hat sich bis jetzt allein bewährt. Der zuerst angewandte Kolbenverschluß, ein in die Seele des Rohrs geschobener Bolzen klemmt sich sehr leicht. 4) Das Geschoß bildet eine hohle Spitzkugel, am besten von Gußstahl mit Bleimantel von etwas größerem Kaliber als dem des Rohrs, so daß der Bleimantel in die vor der Pulverkammer beginnenden Züge getrieben wird und die Führung der Kugel übernimmt.

Die Geschosse sind entweder Sprenggeschosse, wo dann das Geschoß am Ziel zerspringt und in größerm Kreis durch seine Sprengstücke wirkt, oder Shrapnels, Geschosse, welche neben der Sprengladung Flintenkugeln enthalten und damit in noch größerem Kreise wirken als mit den schweren Sprengstücken, oder Brandkugeln, welche neben der Sprengladung einen scharfen Brandsatz führen, oder Kartätschbüchsen mit sehr dünner Hülle, die nach kurzem Fluge springen und ihre eisernen Kugeln in einen sehr weiten Kreis senden.

Pulver, Zündung, Laffeten u. s. w. sind die bisherigen. Die bronzenen Festungskanonen sind nach diesem System umgearbeitet. Das preußische

System hat bis jetzt den sichersten und kräftigsten Schuß verbunden mit der flachsten Flugbahn erreicht. Preußen hat den entschiedenen Uebergang zum Neuen nicht zu bereuen; anders ist es mit Oestreich, das mit den alten Kanonen auch das alte Pulver abschaffte und den Irrthum in seinen Neuschaffungen erst erkannte, als es demselben schon eine sehr bedeutende Ausdehnung gegeben hatte. Oestreich hatte die Schießbaumwolle als treibendes Element angenommen und hatte hier ein zu vehementes und in der Aufbewahrung und Behandlung zu leicht explodirendes Material gewählt. Hierdurch ist Oestreich wieder beim Anfang seiner Versuche angekommen und scheint jetzt das preußische System annehmen zu wollen, während dasselbe von Belgien bereits adoptirt ist.

Frankreich hat zuerst das gezogene Rohr in der Feldartillerie eingeführt, indem es einfach die vorhandenen Rohre zog und den Spitzgeschossen Zapfen gab, welche in die Züge passen und das Geschoß nöthigen, denselben zu folgen. Das Geschütz wird von vorn geladen, infolge dessen bleibt der Spielraum bestehen und dem Schuß fehlt es im Vergleich zum preußischen Geschütz an Präcision, Trieb- und Durchschlagskraft. Man erwartet auch dort den Uebergang zum preußischen System. England hat am meisten das armstrongsche Geschütz acceptirt, das den preußischen Principien ziemlich nahe kommt. Man ist dort aber noch sehr im Experimentiren. Sardinien hat fast zuerst gezogene Geschütze eingeführt nach dem System von Cavalli: eiserne Kanonen mit Hinterladung und Kolbenverschluß, aber nur zwei Züge im Rohr, in welche das ganz eiserne, längliche Geschoß mit zwei Zapfen greift. Der Spielraum ist deshalb nicht entfernt, der Verschluß ist unzuverlässig und das Geschütz ist sehr schwer. Für die Feldgeschütze ist man deshalb zu dem französischen System übergegangen. Rußland hat noch nicht das Bedürfniß gefühlt, die gezogenen Rohre über das Versuchsstadium hinauszuführen.

Das Haus des nordalbingischen Sachsen.

Die Wohnstätte der Bewohner Nordalbingiens gewährt in ihrer Geschlossenheit und bezeichnenden Eigenart einen Anblick, der zumal den Mittel- und Süddeutschen fremdartig berühren mag.

Das Dach ist meist von Rauch geschwärzt und mit Moos überzogen. Die Mauern des Hauses dagegen sind fast immer so bunt als irgend möglich. Ein Gerippe von Balkenwerk, welches am häufigsten einen schwarzen oder einen hellgrünen Anstrich hat und verschiedene Quadrate und Triangel bildet, umschließt Flächen von erbsgelben oder rothen Ziegeln mit weißgetünchten Fugen, oft auch solche aus weißen, rothen, schwarzen und gelben Ziegeln, die von phantasievollen Baukünstlern, vorzüglich unter dem Vordergiebel, zu allerlei Mustern und Figuren, Sternen, Schnecken, Rosetten, Dreiecken und Kreisen musivisch zusammengestellt werden. Andere wieder haben es geschmackvoller gefunden, die Zwischenräume zwischen den Pfosten der Wände mit schreienden Farben zu übertünchen, und dann kommt es vor, daß Einem dottergelbe Flächen in rußschwarzer, rosenrothe in papageigrüner Balkenumgrenzung in die Augen stechen. Rechnet man dazu noch den blutrothen, himmelblauen oder zeisiggrünen Anstrich der Thorflügel und Fensterrahmen, der Giebelluken und Pferdeköpfe, und die Sprüche oder Buchstaben an der Einfahrt, so läßt ein solches Gebäude im Punkte des Farbenreichthums nicht viel zu wünschen übrig.

Die Fenster des niedersächsischen Hauses befinden sich im Osten Holsteins und Schleswigs immer auf der dem Wege abgekehrten schmalen Seite desselben und sehen nach dem Garten hinaus. Die Langseiten haben meist nur Stallluken, in den ältesten Häusern auch diese nicht.

Tritt man durch die Einfahrt ins Innere eines solchen wunderlichen Gebäudes, so bietet sich ein wo möglich noch ungewöhnlicherer Anblick dar. Man sieht sich auf der „Dehl“ in einem halbdunklen Raume, der zugleich Dreschtenne, Viehstall, Scheune und Küche ist. Auf der Tenne, welche die Mitte einnimmt, liegen Strohbündel und Körnerhaufen, an denen Hühner naschen. Von den Seiten her, die plattdeutsch als „Boos“ und „Affit“ bezeichnet werden, schauen rechts, die Ohren spitzend, Pferde, links die gehörnten Köpfe von Kühen aus ihren Ständen. Im Hintergrund endlich, der Einfahrt gegenüber, erhebt sich, mit blinkendem Kochgeschirr umhangen, ein gewaltiger Heerd. Ueber dessen Flamme siedet, wenn wir am Vormittag kommen, prasselnd ein Kessel mit einem der Nationalgerichte, etwa Specksuppe, oder jütische Töpfe mit Klößen senden ihren Dampf dem Rauche nach, der in bläulichen Wolken sich zwischen den Balken und Stangen der Dehl verliert, auf denen die letzte Ernte des Hausbesitzers lagert. Wenn es windig ist, füllt das Heerdfeuer das ganze Haus mit einem beißenden Qualme, der jedem, welcher daran nicht gewöhnt ist, die Thränen in die Augen treibt. Bei stillem Wetter dagegen erweist er sich als nützlicher Gast, indem er die an jenen Tragbalken des Getreidebodens aufgehangnen Schinken und Würste räuchert.

Zu beiden Seiten des Herdes öffnen sich Thüren, von denen die zur Rechten in die „Dörns“, die zur Linken in die „Pesel“ führt. Die Dörns ist Wohn- und Schlafstätte der Hausbewohner. Hier steht in mächtigen, grellbemalten und mit Arabesken von Eisenblech beschlagenen Truhen der Kleider- und Leinwandschatz der Hausfrau. Ferner befindet sich hier, fast überall mit dem Bild eines springenden Pferdes geschmückt, ein niedriger eiserner Ofen, auf dem der „Stulper“, eine große Messingstürze zum Warmhalten der Speisen, nicht fehlen darf. Am Deckbalken hängt neben dem Rasiermesser die Flinte des

Hausherrn. Am Fenster sitzt die Großmutter am Spinnrad oder der Großvater bei der Postille. Bettstellen sind nicht zu sehen. Da schließt die Hausfrau eine der Schrankthüren auf, welche etwa in Dreiviertel-Mannshöhe die ganze eine Seite der Dörns einnehmen, und wir haben die Betten vor uns. Es sind eben Wandschränke, in denen man hier zu Lande schläft, gefüllt mit rundbauchigen Federkissen, in die wir so tief einsinken, daß es, um das Aufstehen und Herauskommen zu ermöglichen, nothwendig war, an der Decke einen Quast als Handhabe anzubringen.

Der Pesel ist die Putzstube, der Ort für die Haupt- und Staatsactionen im Leben des hiesigen Landmanns. Hier werden die Hochzeiten, die Kindtaufschmäuse und, wenn eine Seele in die himmlische Dörns abgerufen worden ist, die Leichenessen gehalten. Auch fremder Besuch pflegt hier einquartirt zu werden, und der Pesel der Wohlhabenden ist ein gar stattliches und anspruchsvolles Gemach. Tische und Stühle von polirtem Holz, selbst Mahagonimöbel, ein Polstersopha, hübsche Gardinen, modische Lampen sind manchen Gegenden hier nichts Seltenes. Sogar ein Pianoforte kommt bisweilen vor. Vor allem aber ziert den Pesel höhern Stils eine gute Auswahl silberbeschlagner Meerschaumpfeifen, nächst schönem Vieh der Hauptstolz des Bauern der Herzogthümer.

Für die Milchkammer, welche im Osten der wichtigste Theil einer größern Wirthschaft ist, giebt es einen eignen Anbau, indem man die, natürlich buntangestrichnen, oft mit Messingreifen beschlagenen Holzgefäße in langen Reihen aufgestellt sieht. Alles ist hier äußerst blank und sauber gehalten — vermuthlich ein Erbtheil der Holländer, welche vor etwa zweihundert Jahren die Butterfabrikation hier einführten.

Das Gesinde hat seine Schlafstellen auf der Dehl neben den Viehständen. Festlichkeiten, welche viel Raum erfordern, werden auf der Tenne abgehalten, und ein Aufzug beim Ringreiten oder ein Erntetanz in diesem Halbdunkel, vor dem flackernden Heerdfeuer und unter den rauchumwirbelten Stangen des Getreidebodens, an deren mittelster dann ein laubumwundener, mit Lichtern besteckter Faßreifen als Kronleuchter herabhängt, möchte mit seinen Lichtreflexen keinen üblen Gegenstand für den Pinsel eines Genremalers abgeben.

Das geschilderte Haus ist das normale. Aermere müssen sich selbstverständlich enger und mit weniger Aufwand von Farben einrichten, und auf der hohen Geest giebt es nicht wenige dürftige Hütten. In einigen Gegenden Wagriens und in der Propstei sowie im Amte Cismar sieht man häufig Schornsteine und von dem Wohnhaus getrennte Wirthschaftsgebäude. Im Amte Reinfeld haben die Häuser eine Durchfahrt, die durch das Ganze der Länge nach hindurchgeht, und die Wohnzimmer liegen vorn an der Dehl. In der Wilstermarsch giebt man den Gebäuden meist die Gestalt eines Kreuzes, indem man das Haus seine Langseite der Straße zukehren läßt und Stall und Scheune hinten anbaut, so daß sie den Stamm des Kreuzes bilden. In der Crempermarsch hat das Haus die Einfahrt an der Rückseite und vorn heraus nur eine kleine Thür. In Ditmarschen endlich sind die Wohnhäuser verschieden, folgen aber doch dem sächsischen Grundtypus, indem sie Wohnung und Ställe mit seltnen Ausnahmen unter demselben Dache enthalten, und nur darin abweichen, daß sie in drei besondere Räume, für Wohnung, Stall und Scheune zerfallen, und daß jede dieser Abtheilungen ihren eigenen Eingang hat.

Das Haus des Anglers unterscheidet sich von dem des Sachsen, seines südlichen Nachbars, in verschiedenen Stücken. Es kehrt, wenn irgend möglich die Front dem Süden zu. Es hat ferner niemals die Pferdeköpfe und stets Schornsteine, und die Einfahrt befindet sich nicht auf der schmalen, sondern in der Mitte der breiten Seite. Das Ganze zerfällt dadurch in eine östliche und eine westliche Hälfte. In jener wohnt der Bauer, in dieser steht rechts und links von der Tenne, die hier „Loh" heißt, sein Vieh. Die Wandbetten mit ihren Thüren oder Schiebern, die Bezeichnungen der Hauptgemächer, das Strohdach, die großen, bunten, mit Messing- oder Eisenblumen beschlagenen Wäsch- und Kleidertruhen sind dieselben wie in Holstein. Die älteren Häuser bestehen aus Fachwerk, das mit Ziegeln ausgefüllt ist. Die neueren, durchgehends massiv gebaut, aber wie jene niemals mehr als ein Erdgeschoß besitzend, gleichen, wenn man von der Strohbedachung absieht, oft kleinen Edelhöfen. Ein solches Gehöft ist ein nach der Straße zu offenes Viereck, dessen Hintergrund das Wohngebäude einnimmt, während Stall und Scheune die beiden andern Seiten bilden. Das Mauerwerk besteht aus gelbgrauen oder rothen Ziegeln mit weißen Fugen. Zu der grün oder dunkelgelb angestrichenen Thür führen meist einige steinerne Stufen hinauf. Hohe breite Fenster mit vielen kleinen Scheiben und weiß und grün gemalten Rahmen nehmen einen großen Theil der Vorderwand ein, über deren Mitte sich zuweilen ein verzierter Giebel erhebt, und vor der gewöhnlich eine lebendige Kolonnade verschnittener Linden steht. Die Seitenwände tragen fast überall den landesüblichen Schmuck von Eisenklammern in der Form von Jahreszahlen, Buchstaben oder Lilien. Im Innern giebt es eine durch die Hausflur geschiedene Flucht verschiedener in der Regel sehr geräumiger Gemächer, unter denen eine Art Salon nicht fehlen darf, welcher „Saal" heißt, nach hinten hinaus liegt und mit Modehausrath von Mahagoni, wo möglich auch mit einem Piano ausgestattet sein muß.

Die Edelhöfe Angelns sind fast durchgehends von anspruchslosem Aeußern. Man begegnet einigen ungewöhnlich großen Gütern, z. B. Rundhof und der Baronie Gelting, aber keinem eigentlichen Schlosse, wie in Holstein und Südschleswig. Ein freundliches, meist nur aus einem erhöhten Parterre bestehendes Wohnhaus, nebst den nöthigen Wirthschaftsgebäuden, umgeben von einem Graben, den alte Eschen oder Ulmen beschatten, ist in der Regel alles, was zu einem angelnschen Rittergute gehört. Uebrigens sind die adeligen Güter hier mit wenigen Ausnahmen in den Händen von Bürgerlichen, und nur ihre zum Theil eigenthümlichen Privilegien erinnern daran, daß sie früher einer bevorrechteten Classe gehörten.

Vermischte Literatur.

Das Leben Jesu für das deutsche Volk bearbeitet von David Friedrich Strauß. Leipzig. F. A. Brockhaus. 1864.

Während es in den letzten Jahren den Anschein gewonnen hatte, als hätte sich das religiöse Interesse vorwiegend auf die Angelegenheiten der Kirchenverfassung und ähnliches concentrirt, so ist jetzt weniger die eigentlich theologische Welt als ein großer Theil der Gebildeten lebhaft angeregt worden durch den auffallenden Erfolg des bekannten Buches von E. Renan. Sicherlich ist es weniger dieses Buch selbst als der lebhafte Antheil des Publicums daran, welcher mehre deutsche Gelehrte bewogen hat, ihre den gleichen Stoff behandelnden Arbeiten gerade jetzt zu veröffentlichen. — Die Grenzboten beginnen mit dem vorliegenden Hefte eine Reihe von Aufsätzen, in welchen dieses Gebiet eine selbständige Behandlung findet, welche selbstverständlicher Weise auch die hier einschlagende Literatur berücksichtigt. Ref. begnügt sich daher, hierauf zu verweisen, und braucht nicht hinzuzufügen, daß das straußsche Buch hohe Beachtung verdient, allerdings aber auch nicht gewöhnlich gebildete und geschulte Leser erfordert.

Das Charakterbild Jesu, ein biblischer Versuch von Dr. Daniel Schenkel. Zweite unveränderte Auflage. Wiesbaden, C. W. Kreidel. 1864.

Auf Grund des Markusevangeliums wird nach einer kurzen Einleitung über die Bedeutung der Person Jesu, ihre bisherigen Darstellungen und über die evangelischen Darstellungen, unter den 6 Abtheilungen: Die Entwickelung, die erste Gemeindestiftung, der Messias, der Wirkungskreis in Judäa, die Entscheidung und die Vollendung ein Bild von Jesu Wesen und Wirksamkeit gezeichnet.

Ein kleines Schriftchen:

Ueber das Leben Jesu von Renan, Vortrag von W. Beyschlag. Berlin, Ludwig Rauh

deckt mit Geschick und Mäßigung die Schattenseiten des französischen Buches auf, während die Uebersetzung einer Schrift:

Jesus Christus ist Gott. Beweis von Msgr. Parisis, Bischof von Arras. Prag, Steinhauser. 1864

sehr überflüssig ist und höchstens deshalb Beachtung beanspruchen könnte, weil in der Broschüre des französischen Prälaten die Naivetät psychologisch merkwürdig erscheint, mit der die absoluteste Kritiklosigkeit für ihre unbewiesenen und nicht zu beweisenden Behauptungen den Anspruch macht, in wissenschaftlichen Fragen nicht nur mitzusprechen, sondern sogar abschließend aufzutreten. Daß der Herr Bischof „die Leidensgeschichten unsers Herrn genau erzählt und beschrieben in den Propheten vorfindet“, wird nicht verwundern und die Gottheit Jesu wird ihm auch dadurch bewiesen, daß „selbst der furchtbare Ketzer Luther, dessen Grundsatz es zu sein schien, nichts Bestehendes zu achten, nicht den geringsten Angriff auf die göttliche Person des Heilandes wagt“e. Eine solche Vertheidigung will fast gefährlicher als der heftigste Angriff erscheinen.

Verantwortlicher Redacteur: Dr. Moritz Busch.
Verlag von F. L. Herbig. — Druck von C. E. Elbert in Leipzig.

Zur Geschichte des Urchristenthums.

2. Leben Jesu von Strauß.

Das Leben Jesu von Strauß erschien in seiner ersten Gestalt in den Jahren 1835 und 1836. Welcher Gegensatz zwischen der heimlichen Stille und Enge der Repetentenstube im tübinger Stift, in welcher es entstand, und dem widerhallenden Lärm, mit dem es alsbald die Welt erfüllte! Nicht monatelang zuvor angekündigt, sondern mit der Gewalt eines plötzlichen Ereignisses traf es die unvorbereiteten Gelehrtenkreise, wie die politische Welt zuweilen mitten im tiefsten Frieden durch einen ungeahnten Schlag erschüttert wird. Tiefer Friede — war der damalige Zustand der theologischen Welt so zu nennen? Allerdings war wenigstens die Neigung zum Frieden überall vorhanden. Die verschiedensten Richtungen, die aus der großen Geistesarbeit um die Scheide des Jahrhunderts hervorgegangen waren, reichten der Kirche die Hand, die sich behaglich des neu geschlossenen Bundes mit der Philosophie erfreute. Der Rationalismus war derselben Geringschätzung anheimgefallen, wie das ganze achtzehnte Jahrhundert. Hand in Hand mit der politischen Restauration war immer zuversichtlicher das Werk der kirchlichen Restauration gegangen. Schleiermacher hatte sich dieser Richtung so wenig ganz entziehen können als Hegel, und wenn die beiden Schulen auch unter sich im Streite lagen, ob das Gefühl das Ein und Alles der Religion sei, oder ob diese von der untergeordneten Stufe des Gefühls fortschreiten müsse zum begrifflichen Wissen, so war dies doch in Absicht auf das Resultat von wenig Belang. Denn wie die Schüler Schleiermachers, die kritischen Thaten ihres Meisters abschwächend und verläugnend bald den ganzen Kreis der kirchlichen Dogmen wiederherstellten, so wurde auch in der hegelschen Schule das „Erheben zum Begriff" nicht anders verstanden, als daß die Vorstellungen des religiösen Glaubens aus ihrer Prüfung durch die dialektische Methode mit einem vollgiltigen Attest versehen hervorgingen, ein Attest, den dann, wie billig, die Kirche ihrerseits zum Danke wieder der philosophischen Speculation ausstellte.

Während im Norden, der damals auch die politische Restauration reiner durchführte, jener vorschnelle Bund zwischen Glauben und Denken geschlossen wurde, war an der entlegenen süddeutschen Universität eine jüngere Gelehrtenschule, in welcher Baurs kritischer Geist lebendig war, bevor er seine epochemachenden Werke gezeitigt hatte, durch eifriges Studium Schleiermachers und Hegels auf tiefer liegende Consequenzen geführt worden, denen sie nun mit klaren Augen, und fester Zuversicht, mit einer unbestechlichen kritischen Schärfe nachgingen. Die Kritik war es, welche die Schule Schleiermachers vergessen, diejenige Hegels von Anfang an verläugnet hatte. Jetzt rächte sie sich, und ihr erstes reifes Werk war Strauß' Leben Jesu, das nun jenem geträumten Frieden mit einem jähen Schlag ein Ende machte, und durch die schonungslose Aufdeckung von Gegensätzen, die bisher künstlich verhüllt waren, zu einer Revision des gesammten theologischen Besitzes der Gegenwart nöthigte.

Man hat die Bedeutung des straußischen Werks, oder wenigstens seine Originalität damit herabsetzen wollen, daß man sagte, es sei nur eine Richtung und einheitliche Zusammenstellung aller der Zweifel und Anfechtungen, welche bisher schon die neutestamentliche Kritik aufgehäuft hatte; auch die Theorie der Mythenbildung sei ja längst vor ihm entdeckt und auf einzelne Punkte des neuen Testaments angewendet worden. Mit Recht entgegnete Strauß darauf in seinen berühmten Streitschriften: schon die Wirkung, welche das Buch hervorgebracht, beweise augenscheinlich, daß es wesentlich Neues gab, und wenn er nun dennoch seinen eigenen Nachweisungen zufolge einen großen Theil des kritischen Stoffes den Vorgängern verdanke, so werde dadurch nur klar, daß es bei wissenschaftlichen Arbeiten nicht auf den Stoff, sondern auf die Art der Verwendung ankommt. „Daß an eine Durchführung des mythischen Gesichtspunkts durch das Ganze der evangelischen Geschichte auch schon Andere vor mir gedacht haben, das kann mich nicht in Schatten stellen, da ich jenen noch dazu ganz unbestimmten Gedanken in meiner Weise näher bestimmt, und was die Hauptsache ist, ausgeführt habe." Strauß hat sich im Grund mit diesen Worten sehr bescheiden ausgedrückt. Denn wenn er auch einen im Wesentlichen schon vorhandenen Stoff nur ordnete und unter einen einheitlichen Gesichtspunkt stellte, so war damit sofort der weitere Fortschritt gegeben, daß es in Zukunft nicht mehr auf die Deutung und Auslegung einzelner Punkte ankam, die man sich bald so bald so zurecht legen mochte; vielmehr hatte die freie Forschung ihr Recht durch ein so wohlgefügtes, eng geschlossenes, nach allen Seiten gedecktes Gebäude erwiesen, daß die gegnerischen Ansichten zur Bestreitung wie zur Selbstvertheidigung ihm gegenüber eine principielle Stellung einzunehmen genöthigt waren. Der Streit wurde überhaupt auf einen höheren principiellen Boden geführt, und dies war ein wesentlich Neues. Denn der Zustand der neutestamentlichen Kritik vor Strauß war der eines haltlosen Schwankens, eines grundsatzlosen Tastens. Entsprechend jener Friedensneigung, welche das Verhältniß der Religion zur Philosophie bestimmte, hatte man auch bei den neutestamentlichen Studien vor, allem das Interesse, nach keiner Seite hin wehe zu thun. Man nahm mit Emphase das kritische Messer in die Hand, aber es war in aller Stille stumpf gemacht worden, kein Wunder, daß die kirchliche Lehre bis auf etliche Risse unverletzt aus der Operation hervorging. Man hatte zwar den strengen Offenbarungs- und Inspirationsglauben längst aufgegeben, aber man wollte doch so viel als möglich davon retten, und was man zuvor offen beseitigt hatte, ließ man heimlich durch emsig geöffnete Hinterthüren wieder hereinschlüpfen. Man zog die Authentie dieser oder jener Schrift in Zweifel, aber man war so behutsam, dabei nicht nach ernsten Grundsätzen zu verfahren, welche weitaus den größeren Theil des Kanons gefährden mußten. Man fühlte wohl das Bedenkliche der Wundererzählungen, an welchen sowohl der Geschmack als die Naturkenntniß der Gegenwart Anstoß nahm. Aber anstatt sie ein für alle Mal in das Gebiet der Sage zu verweisen, deutelte man an dem Wunderbegriff in einer Weise, daß wieder die Wissenschaft noch die Kirchenlehre befriedigt sein konnte, oder man beseitigte hier ein Wunder, schwächte ein anderes ab, erklärte ein drittes auf natürliche Weise: nirgends verfuhr man nach einem strengen Gesetz. Man war sich wohl der Wiedersprüche in den Berichten der Evangelien bewußt, aber man suchte sie auf die künstlichste Weise zu verschleiern, ja das Widersprechendste zusammenzureimen; höchstens für Nebendinge wurden schriftstellerische Ungenauigkeiten angenommen. Man sah wohl, daß der Christus der drei ersten Evangelien ein anderer ist als der johanneische, aber anstatt die Unterschiede mit kritischer Schärfe zu verfolgen und ihre Gründe zu erforschen, nahm man keinen Anstand die Züge beider Bilder ineinanderzuschieben, oder man wählte sich je nach Neigung oder aus dogmatischem Interesse einen Lieblingsschriftsteller, dessen Darstellung dann die maßgebende war und mit welcher sich wohl oder übel die anderen vereinigen lassen mußten.

Diesem grundsatzlosen Eklekticismus, diesen kleinlichen Ausflüchten einer principscheuen Halbwissenschaftlichkeit machte Strauß ein Ende, und wenn nach ihm gleichwohl die Sisyphusarbeit der Harmonistik, d. h. der Versuche, die widersprechenden evangelischen Berichte zu einer einheitlichen Erzählung zusammenzumengen, nicht aufhörten, so haben ihre Erzeugnisse doch fort und fort an dem straußschen Werk ihre bündigste Kritik. Denn obgleich vieles an demselben durch spätere Arbeiten weitergeführt oder überholt ist, so behält es doch seine unerbittliche Beweiskraft gegenüber allen denjenigen Auslegungsversuchen, welche auf dem kirchlichen Boden stehend die Voraussetzung theilen, daß uns in den vier evangelischen Berichten wirkliche Geschichte überliefert sei. Es ist hier ein Wort am Platze, das Strauß von Reimarus gebraucht: „sein Nein bleibt Nein, aber sein Ja hat einem besseren Platz machen müssen.“ Das heißt, seine Bestreitung der kirchlichen Auffassung der vier Evangelien und aller Versuche, dieselbe für das moderne Bewußtsein aufzustutzen, bleibt unwiderlegt, überwunden ist sein Standpunkt nur insofern als die Forschungen über die Bildung der Evangelienliteratur über die Negativität seines Resultats hinausgeführt haben.

Aber wie verhält es sich nun näher mit diesem negativen, destructiven Charakter des straußischen Buchs? Mit andern Worten, was hat es leisten wollen und was hat es geleistet?

Das Leben Jesu von Strauß zerfällt in drei räumlich allerdings ungleiche Theile, einen orientirenden, einen kritischen und einen philosophischen. Der erste rechtfertigt die mythische Auffassungsweise, der zweite führt diesen Standpunkt an den einzelnen Erzählungen der neutestamentlichen Geschichte durch, der dritte stellt das auf kritischem Wege Vernichtete philosophisch wieder her.

An die Stelle der veralteten supranaturalen und übernatürlichen Betrachtungsweise der Geschichte Jesu, so beginnt Strauß, wolle er eine neue setzen, die mythische Auffassung. Nicht als ob die ganze Geschichte Jesu für mythisch ausgegeben werden soll, aber alles in ihr soll kritisch darauf angesehen werden, ob es nicht Mythisches in sich habe. Wenn die altkirchliche Auslegung davon ausging, daß in den Evangelien erstlich Geschichte, und zwar zweitens eine übernatürliche enthalten sei, wenn hierauf der Rationalismus die zweite dieser Voraussetzungen wegwarf, doch nur um desto fester an der ersten zu halten, daß in jenen Büchern lautere, wenngleich natürliche Geschichte sich finde: so konnte auf diesem halben Wege die Wissenschaft nicht stehen bleiben, sondern es mußte auch die andere Voraussetzung fallen gelassen und erst untersucht werden, ob und wie weit wir überhaupt in den Evangelien auf historischem Grund und Boden stehen. Der Begriff des Mythus, herübergenommen aus der profanen Urgeschichte, hatte schon vor Strauß in die Auffassung des alten Testaments, bald auch in die des neuen Eingang gefunden. Aber er war bisher weder rein gefaßt noch in seinem gehörigen Umfang angewendet worden. Nicht rein gefaßt, weil neben der mythischen auch die natürliche Auslegung immer noch nebenherzulaufen pflegte und es an Kriterien fehlte, das Geschichtliche von dem Sagenhaften auszuscheiden. Nicht umfassend genug angewandt, weil der Mythus lange an der Schwelle der Kindheitgeschichte Jesu stehen blieb, später auch Jesu Lebensende, die Himmelfahrt, anzugreifen wagte, so daß nun Anfang und Ende von kritischen Zweifeln angefressen war, während der eigentliche Kern von der Taufe bis zur Auferstehung immer noch unangetastet bleiben sollte, so daß man „durch das Prachtthor der Mythe in die evangelische Geschichte hinein und durch ein ähnliches wieder hinausfuhr, für das Dazwischenliegende aber mit den krummen und mühseligen Pfaden der natürlichen Erklärung sich begnügte." Strauß fand, wenn der Begriff des Mythus einmal zugelassen, lasse sich eine solche Schranke nirgends ziehen. Den Begriff des Mythus also auf den ganzen Umfang der Lebensgeschichte Jesu anzuwenden, in allen Theilen derselben mythische Erzählungen oder wenigstens Ausschmückungen zerstreut zu finden, dies ist das Augenmerk des Kritikers, der nun nicht blos die Wundererzählungen aus der Kindheit Jesu, sondern auch die aus seinem öffentlichen Leben, und nicht blos die an ihm vorgegangenen, sondern auch die von ihm verrichteten Wunder unter die Kategorie des Mythischen stellt. Die Möglichkeit von Mythen läßt sich aus inneren und äußeren Gründen nachweisen, und ihre beste Rechtfertigung hat die mythische Ansicht überhaupt darin, daß sie nicht ein willkürlicher Einfall, sondern nur das natürliche Resultat einer vierhundertjährigen Entwickelung der Auslegungskunst ist.

Die Durchführung dieses Standpunktes durch das Ganze der evangelischen Berichterstattung bildet nun den zweiten Theil. Aber es ist ein höchst complicirter Proceß, in welchem sie sich vollzieht. Zunächst nämlich gilt es, die berichteten Thatsachen an den bekannten und sonst überall geltenden Gesetzen des Geschehens zu messen. Von wirklicher Geschichte kann überall da nicht die Rede sein, wo in die Kette der bedingten Ursachen die absolute Causalität mit einzelnen Acten eingreift, oder die Einmischung von Wesen einer höheren Geisterwelt in die menschliche berichtet wird. Alles Wunderhafte ist also von vornherein dem Mythus preiszugeben. Aber dazu kommt nun ferner die Wahrnehmung, daß die vier vorhandenen Relationen vom Leben Jesu auf die mannigfachste Weise auseinandergehen, theils indem die eine behauptet, was die andere läugnet oder verschweigt, theils indem Zeit, Ort und Umstände einer und derselben Handlung verschieden angegeben werden. Eine Zusammenstellung der verschiedenen Berichte nebeneinander ergiebt, daß immer nur die eine Erzählung wirklich so geschehen sein könnte, die andern also unhistorisch wären. Da sich nun aber hier schwer für die eine oder die andere entscheiden läßt, auch meistens noch der von den Naturgesetzen hergeleitete Widerspruch dazukommt, so zeigt sich als der natürlichste Ausweg die mythenbildende Phantasie der jungen Gemeinde, wofür sich außerdem die stärksten positiven Anhaltspunkte auffinden lassen. Denn außer dem übermächtigen Eindruck der Persönlichkeit Jesu, um welche sich bald ein verklärender, verherrlichender Nimbus legte, kommt nun der Kreis messianischer Vorstellungen in Betracht, welche, in den letzten Jahrhunderten entstanden, die christliche Gemeinde vorfand und in einem natürlichen Interesse auf Jesus übertrug. War Jesus der Messias, so mußten auch alle Weissagungen, alle Vorbilder, welche die alttestamentlichen Schriften auf den Messias enthielten, an ihm wirklich geworden sein. In der That ergab die genauere Nachforschung, daß bei allen Wundererzählungen, und nicht blos bei diesen, sondern fast bei allen Ereignissen im Leben Jesu die alttestamentlichen Vorbilder sich nachweisen ließen, nach welchen dasselbe in der frommen Sage der Gemeinde ausgebildet und ausgeschmückt wurde.

War nun aber durch diesen kritischen Proceß das Leben Jesu als ein geschichtliches aufgelöst und in Sagenbildungen der ersten Gemeinde verwandelt so war es die Aufgabe der Schlußabhandlung, das kritisch Vernichtete dogmatisch wiederherzustellen. Den Kern des christlichen Glaubens, sagte Strauß, wisse er von seinen kritischen Untersuchungen vollkommen unabhängig, und die Kaltblütigkeit, mit welcher die Kritik scheinbar gefährliche Operationen vornehme, könne nur aus der Sicherheit der Ueberzeugung erklärt werden, daß ihr Geschäft die Grundwahrheiten des christlichen Glaubens nicht verletze. Das Positive in der Lehre von der Person Christi findet er nun aber nicht mit der hegelschen Schule darin, daß nun doch die Einheit der göttlichen und menschlichen Natur in dem Menschen Jesus individuell und ausschließlich verwirklicht gewesen sei; vielmehr sei jene Einheit vollkommen nur in der menschlichen Gattung, in dem Ganzen des Menschengeschlechts vorhanden. „Die Menschheit ist die Vereinigung der beiden Naturen, der menschgewordene Gott, der zur Endlichkeit entäußerte unendliche und der seiner Unendlichkeit sich erinnernde endliche Geist, sie ist das Kind der sichtbaren Mutter und des unsichtbaren Vaters, des Geistes und der Natur, sie ist der Wunderthäter, sofern im Verlauf der Menschengeschichte der Geist sich immer vollständiger der Natur bemächtigt, diese ihm gegenüber zum machtlosen Material seiner Thätigkeit heruntergesetzt wird, sie ist der Unsündliche, sofern der Gang ihrer Entwickelung ein tadelloser ist, die Verunreinigung immer nur am Individuum klebt, in der Gattung aber und ihrer Geschichte aufgehoben ist, sie ist der Sterbende, Auferstehende und zum Himmel Fahrende, sofern ihr aus der Negation ihrer Natürlichkeit immer höheres geistiges Leben hervorgeht. Durch den Glauben an diesen Christus, namentlich an seinen Tod und seine Auferstehung, wird der Mensch vor Gott gerecht, d. h. durch die Belebung der Idee der Menschheit in sich, namentlich nach dem Momente, daß die Negation der Natürlichkeit der einzige Weg zum wahren geistigen Leben für den Menschen sei, wird auch der Einzelne des gottmenschlichen Lebens der Gattung theilhaftig."

Der Hauptheil des straußschen Werks ist der kritische, wie er auch bei weitem den größten Raum einnimmt. Die Zerstörung der kirchlichen Vorstellung vom Leben Jesu war die Hauptabsicht, und die Art und Weise der Ausführung, die logische Schärfe, mit welcher die Widersprüche aneinandergehalten und alle Versuche sie zu bemänteln unerbittlich zermalmt werden, die einfache Dialektik, welche die verwickelten Knoten wie von selbst sich lösen läßt, die heitere Objectivität der Beweisführung, die Kunst der Gruppirung, die Durchsichtigkeit der Sprache, welcher jede Zweideutigkeit widersteht, haben dem Buche sofort eine classische Geltung in unsrer wissenschaftlichen Literatur angewiesen. Der Widerspruch des modernen Bewußtseins mit der überlieferten kirchlichen Vorstellung war längst geahnt, an einzelnen Punkten aufgezeigt, aber man hatte immer wieder nach Auskunftsmitteln gegriffen, um sich diese

Wahrheit zu verbergen oder zu verhüllen. Eben diese Selbsttäuschungen wurden von Strauß in ihrer ganzen Nichtigkeit blosgelegt. Wurden die biblischen Berichte wie die Zeugen in einem Kreuzverhör Aug in Auge gegen einander vorgeführt, so richteten sich die schärfsten Waffen der Kritik doch erst gegen die modernen Auslegungskünstler aller Schattirungen, welche dem Resultat jenes Zeugenverhörs auszuweichen, es in subjectivem Interesse umzubiegen oder abzuschwächen versuchten; mit wahrem Behagen ging ihnen der Kritiker auf ihren heimlichen Wegen nach und ertappte sie auf ihren Trugschlüssen und kleinlichen Künsten, holte die Ausreißer zurück, schlug sie mit ihren eignen Worten; da war kein Entrinnen, die Gegner waren in ihren eignen Schlingen gefangen, und das Ergebniß war auf allen Punkten das, daß die biblische Erzählung weder in ihrer ursprünglichen Einfalt noch in ihren rationalistischen und supranaturalistischen Auslegungen sich vor dem modernen Bewußtsein halten könne.

So weit war nun der negative Charakter der straußschen Kritik selbstverständlich. Aber wie verhielt es sich nun mit dem Leben Jesu selbst, von dem man erwarten konnte, daß es nach Abstreifung der mythischen und dogmatischen Vorstellungen in seiner reinen Geschichtlichkeit hergestellt würde? Es ist kein Zweifel, daß auch in dieser Hinsicht das Ergebniß des straußschen Buchs ein negatives ist. Es waren nicht blos die bisherigen Vorstellungen vom Leben Jesu durch die Kritik beseitigt, sondern es waren auch dessen geschichtliche Grundlagen auf allen Punkten in Frage gestellt. Die Möglichkeit einer geschichtlichen Erkenntniß wurde zwar nicht ausdrücklich in Abrede gezogen, aber das gesammte Material, welches für diesen Zweck einzig vorlag, wurde nach eindringender Prüfung Stück für Stück als untauglich für diesen Zweck erklärt. Das einzig Positive war nur dies, daß in der mythenbildenden Phantasie der jungen Gemeinde geschichtliche Factoren aufgezeigt wurden. Aber wenn es sich auch im Allgemeinen erklären ließ, wie die in der Zeit liegenden messianischen Vorstellungen später auf die Person Jesu übertragen wurden, so war damit für den wirklichen Verlauf des Lebens Jesu nicht das Mindeste gewonnen. Strauß gab sich auch gar keine Mühe, die Negativität seines kritischen Ergebnisses in dieser Beziehung zu verbergen. Er sagt es wiederholt, daß er bei der Beschaffenheit der Quellen auf eine pragmatische Darstellung vollständig verzichte, daß er es vielmehr nur mit der Kritik der Berichte zu thun habe, und da diese, auch wo sie den Naturgesetzen nicht widersprechen, doch unter einander fast überall in Widerstreit sind, so hatte Strauß — von den rein mythischen Erzählungen, wie in der Kindheitsgeschichte u. s. w. abgesehen — fast bei jedem Abschnitt zu gestehen, daß sich bei der Beschaffenheit der Quellen über den geschichtlichen Hergang nichts Gewisses oder auch nur Wahrscheinliches mehr ermitteln lasse, ein abschließendes Urtheil wenigstens weiterer Forschung vorbehalten bleiben müsse. Selbstverständlich war dann nicht blos eine eigentliche

Erzählung, sondern auch nur eine Zusammenstellung der Hauptmomente des Lebens Jesu, ja selbst eine zusammenfassende Charakteristik seiner Person ausgeschlossen. Nicht der Zweifel an der Realität des Lebens Jesu, wohl aber der Zweifel an der Realität aller einzelnen überlieferten Geschichten und Züge dieses Lebens, dies war das letzte Resultat der straußschen Kritik.

Es war nun leicht zu sehen, daß auch dies mit der kritischen Gewissenhaftigkeit und Unbestechlichkeit des Standpunktes von Strauß überhaupt zusammenhing, der mit Zurückdrängung aller Subjectivität rein nur den Gang der Untersuchung selbst sprechen, ihn wie einen Naturproceß sich vollziehen ließ und alle Hypothesen und Combinationen, wie er sie an Andern bekämpft, so auch seinerseits aufs strengste abwies. Allein die Wahrnehmung, daß die genaueste Durchwühlung der Quellen nur dazu dienen sollte, den Thatbestand des Lebens Jesu auf jedem Punkte unsicher zu machen, hatte etwas Unbefriedigendes, gegen das nicht nur die religiöse Angewöhnung sich auflehnte. Die Wiederherstellung des dogmatischen Gehalts des Lebens Jesu bot nur einen dürftigen Ersatz, da sie doch nur den philosophisch Gebildeten zugänglich war, aber weder dem religiösen noch dem historischen Interesse genugthat. Betroffen, mit ängstlicher Rathlosigkeit stand man gegenüber dieser Negativität des Resultats; hing sie doch aufs engste zusammen mit der Kritik der evangelischen Berichterstattung, die man nicht anzugreifen im Stande war. Der Widerspruch war allgemein, aber er war um so tumultuarischer, da man nicht klar war, wo der Fehler eigentlich sitze, und man an einer Reihe unwesentlicher Punkte herumtastete, um Strauß vermeintlich zu widerlegen, den eigentlichen Kernpunkt aber nicht treffen konnte. Und doch kam alles darauf an, den Sitz des Rechnungsfehlers zu entdecken, dem man wohl auf der Spur war, aber ohne seiner habhaft zu werden.

Man weiß jetzt, wo dieser Fehler sitzt. Er hing aufs engste mit der ganzen Methode der Untersuchung zusammen und beruht auf dem damaligen Zustand der neutestamentlichen Kritik. Indem Strauß einfach die vier evangelischen Berichte einander gegenüberstellte, diese aber nicht blos in Nebenumständen, sondern auch in Bezug auf Hauptthatsachen nicht zu vereinigen waren, so schien man sich überall mit der bloßen Constatirung dieser Widersprüche begnügen zu müssen. Jede Combination, jeder Ausgleichungsversuch hätte auf die Wege zurücklenken müssen, welche Strauß eben für immer abwies. Wie konnte historisch Sicheres z. B. über den Schauplatz der Thätigkeit Jesu sich ermitteln lassen, wenn die drei ersten Evangelien Jesus bis zu der letzten entscheidenden Reise nach Jerusalem in Galiläa verweilen lassen, das vierte Evangelium ihn durch die wiederholten Festreisen von Anfang an mit dem Centrum des Judenthums in Berührung bringt und diese Differenz für den ganzen Gang der beiderseitigen Relation entscheidend ist? Was über die Einsetzung des Gedächtnißmahles, von welcher derjenige Evangelist nichts weiß, den man so gern als den zuverlässigsten Erzähler betrachtete, oder über den Todestag Jesu, der von den Synoptikern auf den Tag nach dem Passahfeste, von Johannes auf das Passahfest selbst verlegt wird. In allen diesen und anderen Fällen konnte ausschließlich nur die eine Darstellung historisch sein; aber für welche sich entscheiden? Es ist klar, so lange man einfach die verschiedenen Relationen einander gegenüberstellte, war geschichtlich Sicheres nicht auszumitteln; man sah sich im günstigsten Fall auf Wahrscheinlichkeitsgründe gewiesen, die sich aus der Prüfung der einzelnen Erzählungen ergaben. Allein gerade das Ergebniß, daß die wichtigsten Differenzen sich so vertheilen, daß auf der einen Seite die drei ersten Evangelisten stehen, auf der anderen Johannes, mußte zu einer ganz anderen Fragstellung leiten, Ist die Differenz zwischen beiden Geschichtserzählungen eine so durchgreifende, daß nur die eine oder die andere in ihrem Recht sein kann, so kommt es nicht mehr darauf an, auf jedem einzelnen Punkte den Widerspruch zu constatiren, sondern nach den tieferen Gründen zu forschen, auf welchen eine so principielle Verschiedenheit beruht. Die Evangelien mußten abgesondert für sich auf ihre Gesammthaltung, auf ihre Tendenz, auf den beherrschenden Gesichtspunkt ihrer Erzählung angesehen werden, und dies mußte sofort zu der Wahrnehmung führen, daß der mythische Gesichtspunkt, um die Bildung der Evangelienliteratur zu erklären, nicht ausreicht, daß hier vielmehr dogmatische Momente mitwirkten, welche nun eben das Hauptkriterium für die gegenseitige Unterscheidung der Evangelien sind. Mit anderen Worten: einer Kritik des Lebens Jesu mußte eine Kritik der Evangelien vorausgehen.

Wie es mit der Kritik der Evangelien damals stand, zeigen am besten die wenigen einleitenden Worte, die sich bei Strauß darüber finden. Er begnügt sich mit dem Nachweis, daß die Augenzeugenschaft oder ein solches Verhältniß zu Augenzeugen, welches das Eindringen von Mythen in die christliche Ueberlieferung undenkbar machte, von keinem Verfasser unserer Evangelien durch äußere Zeugnisse zu beweisen sei, es sei also rein nach inneren Gründen bei den einzelnen Erzählungen zu entscheiden, ob sie eine historische oder eine mythische Erklärung verlangen. Allein bemerkenswerth ist nun, daß Strauß eben auf diesem Wege, auf dem Weg der Einzelkritik vielfach schon auf dieselben Resultate kommt, welche durch die späteren Forschungen bestätigt und vervollständigt worden sind. Die grundsätzliche Verschiedenheit des Johannesevangeliums von den drei anderen entging ihm um so weniger als sie ihm auf allen einzelnen Punkten wieder aufstieß. Vielfach ist schon von der idealisirenden, einheitlichen, absichtlich verherrlichenden Darstellung des vierten Evangelisten die Rede, wie auch auf die dogmatische Tendenz andrer Evangelien gelegentlich ein Licht fällt. Wo dann die Berichte der Evangelien auseinandergehen, werden mit gründlichster Gewissenhaftigkeit die Gründe für und wider jede Darstellung abgewogen;

dabei wird der geschichtliche Vorzug, den man gewöhnlich dem vierten Evangelium beilegt, auf jedem Punkt mit den triftigsten Gründen bestritten, und häufig angedeutet, daß wenigstens die größere Wahrscheinlichkeit auf Seite der Synoptiker sein möchte. Aber weiter wagt sich der behutsame Kritiker nicht, immer schließt er mit einem non liquet. Die zerstreuten, auf den einzelnen Punkten gewonnenen Bemerkungen mußten zu einer zusammenhängenden Untersuchung werden, welche sich über die gesammte altchristliche Literatur erstreckte, bevor man über die negativen Resultate von Strauß hinauskommen konnte.

Allein von seinem epochemachenden Charakter hat durch die späteren Forschungen das berühmte Buch nichts verloren. Es hat die Gesammtarbeit des Rationalismus zusammenfassend der kirchlichen Erzählung vom Leben Jesu die Widersprüche nachgerechnet, in welche sie sich mit sich und mit den Denkgesetzen verwickelt; in dieser Beziehung ist, was es geleistet hat, ein für alle Mal gethan. Es hat damit zugleich die kirchliche Auffassung der Evangelienschriften aufs tiefste erschüttert, und dies hat den weiteren Forschungen vorgearbeitet, welche von dem nunmehr gewonnenen Standpunkte, diese Schriften nicht als göttlich eingegeben und unfehlbar, sondern als einfache Erzeugnisse der urchristlichen Literatur zu betrachten, bereits ausgehen konnten. Indem Strauß mit einem rein negativen Ergebniß abschloß, zeigte er, daß auf dem bisherigen Wege, durch die bloße Gegenüber- und Zusammenstellung der Evangelien keine weitere Untersuchung mehr möglich war, daß diese vielmehr nach einem andern Ausgangspunkte zu suchen hatte. Indem er den mythischen Gesichtspunkt für das Ganze der evangelischen Geschichte durchführte, wies er auf den ganz richtigen Weg, nämlich nach den Motiven zu suchen, aus welchen die biblischen Sagen nicht blos, sondern auch die scheinbar historischen Erzählungen sich herausgebildet haben. Indem er zuerst in ein rein kritisches, parteiloses Verhältniß zu seinem Gegenstand sich setzte, durchbrach er die dogmatische oder einseitig teleologische Auffassung des Urchristenthums und bereitete die historische vor, welche nur durch dieselbe kritische Methode gewonnen werden konnte, mit der man längst die Probleme der Profangeschichte zu behandeln gewohnt war. So war das Werk abschließend zugleich und vorwärts deutend, es ist, wie Strauß selbst mit Recht sagen konnte, „das geschichtliche Denkmal eines Wendepunktes in der Entwickelung der neueren Theologie“, und dieser Ruhm wird ihm bleiben.

Die geschlechtliche Fortpflanzung der Gewächse.

Die Schnelligkeit der Colonisation weiter Landstriche durch Culturvölker der alten und der neuen Zeit erregt stets aufs Neue unser gerechtes Erstaunen. Nicht ohne Selbstgefühl pflegen wir uns zu sagen, daß unter den modernen Nationen vor allen die germanischen Stammes es sind, welche das stärkste Ausbreitungsstreben, den erfolgreichsten Trieb der Besitznahme wüsten oder schlecht bewirthschafteten Bodens kund geben. Und doch, was ist die rasche Germanisirung der jetzt deutschen Länder rechts der Elbe, was die reißend schnelle Besetzung der weiten Continente Nordamerikas und Australiens gegen die Eile und die Energie, mit welcher die Pflanzenwelt den Besitz herrenlosen Bodens ergreift? Wo immer nur auf der Erde, unter Verhältnissen, welche überhaupt eine Vegetation gestatten, ein vegetationsleerer Raum gebildet werden möge, da bekleidet er sich binnen kürzester Frist mit einer Pflanzendecke. Die neuen Ansiedler sind allerwärts die Nachkommen von Pflanzen anderer Standorte, keine neuen Erschaffungen. Die Erfahrung lehrt uns dies mit ausnahmeloser Giltigkeit, für den Anflug junger Birken auf der Stätte eines Waldbrandes so gut, wie für den Ueberzug von Schimmel, der auf einer feuchten Brodkruste sich bildet. Der neue Boden wird bevölkert durch die Ankunft zur Weiterentwickelung gelangender Keime, aus dem Zusammenhang mit dem Mutterstock gelöster Theile von Individuen anderwärts gewachsener Pflanzen.

Solche vom mütterlichen Organismus sich trennende, der selbständigen Vegetation fähige Keime sind bei nicht wenigen auch der zusammengesetztest gebauten Pflanzen unmittelbare Hervorbringungen der ununterbrochen verlaufenden Entwickelung. Die Brutzwiebeln vieler Lilien und Laucharten, die Knollen der Kartoffeln, die Ausläufer der Erdbeerstauden — sie alle sind in der Entfaltung nur wenig von den übrigen Sprossen der Mutterpflanze abweichende Zweige, alle mit dem Vermögen begabt, nach Abtrennung von dem Stammgewächs für sich allein fortzuwachsen. Unter den Gewächsen einfacherer Organisation ist die Fortpflanzung durch Weiterentwickelung aus dem Zusammenhange der Mutterpflanze ohne weitere Vorbereitung sich lösender Theile von ausgedehntester Verbreitung. Aber ungleich häufiger, als diese Fortpflanzung durch Brutknospen oder durch Theilung ist unter den complicirter organisirten Gewächsen diejenige, bei welcher es der Einwirkung eines nur für diese Thätigkeit bestimmten Organs auf ein anderes eigenthümliches Gebilde bedarf, um das letztere zur Fortentwickelung auch nach seiner Abtrennung von der Stammpflanze zu befähigen. Und keinem Typus pflanzlicher Gestaltung, auch nicht dem einfachsten, fehlt diese Form der Fortpflanzung. Die ausnahmslose Nothwendigkeit des Zusammenwirkens der beiderlei Organe zur Hervorbringung eines neuen Keimes bietet uns die schlagendste Analogie mit der thierischen Zeugung, und es verdient diese Vermehrungsweise der Gewächse mit vollstem Recht die allgemein ihr beigelegte Bezeichnung der geschlechtlichen.

Wir stehen hier vor einem der tiefsten Geheimnisse der organischen Natur. Wozu die umständliche, in ihrem Gelingen nur zu häufig von Zufälligkeiten abhängige geschlechtliche Befruchtung, da doch die Pflanze so oft auch andere einfachere Mittel und Wege der Fortpflanzung besitzt? Wäre das Ergebniß der Befruchtung lediglich die Vermehrung der Individuenzahl, so müßte sie uns bei vielen Pflanzen als eine überflüssige Einrichtung erscheinen. Fern sei uns der v.rmessene Versuch, durch bodenlose Vermuthungen die weit gähnende Lücke unserer Kenntniß auszufüllen. Unsere Aufgabe soll eine bescheidnere sein. Wir wollen in raschem Ueberblick die wesentlichen Erscheinungen der mannigfaltig verschiedenen Formen geschlechtlicher Fortpflanzung der Vegetabilien nebeneinanderstellen, und so einige allgemeinere Gesichtspunkte für die Betrachtung des verwickelten Gegenstandes zu gewinnen suchen.

Wir können die Thätigkeit der Organe geschlechtlicher Fortpflanzung der Gewächse zurückführen auf das Zusammenwirken einer Zelle des befruchtenden Organes mit einer Zelle des keimbereitenden: auf das Zusammenwirken zweier der Hohlkörper mit für Flüssigkeiten und Gase durchdringbaren Wänden und wasserhaltigem, flüssigem und festem Inhalte, aus denen die Pflanzen aufgebaut sind. Bei den blüthentragenden Pflanzen sind jene Befruchtungswerkzeuge in Form und innerem Baue von den übrigen nicht allzusehr abweichende Blätter. Die Anhäufungen solcher Blätter, einer oder beider Arten, und der in Kreisen sie umstehenden durch Form und Farbe von den Laubblättern verschiedenen Hüllblätter an den Enden bestimmter Zweige stellen das dar, was wir die Blüthen der Pflanze zu nennen gewohnt sind. Diejenigen Blätter, welche die befruchtenden Zellen in sich erzeugen, führen die Namen der Staubblätter, Staubgefäße, Stamina. Bestimmte Zellen der inneren Gewebe dieser Blätter treten aus dem organischen Zusammenhange mit den übrigen; sie sind, bei der völligen Ausbildung, der Reife des Staubblattes, frei liegende einzelne Zellen oder Zellengruppen, denen durch die Entstehung von Oeffnungen in den äußeren, oberflächlichen Zellschichten des Staubblattes die Möglichkeit gegeben wird, ihre Bildungsstätte zu verlassen. Mit seltenen Ausnahmen ist der Entwickelungsgang der Art, daß in dem oberen, anschwellenden Theile des Staubblattes, welcher Anthere oder Staubbeutel genannt wird, vier parallele Längsreihen von größeren Zellen sich aussondern; daß dann der Zusammenhalt dieser Zellen unter sich und mit den übrigen Geweben der Anthere gelockert wird. Darauf entstehen in jeder der frei gewordenen Zellen durch Theilung ihres Innenraumes vier

Tochterzellen, die nach Verdickung ihrer Wandungen durch Verflüssigung der äußeren Schichten der Wände frei werden, und nun frei in der Inhaltsflüssigkeit von Hohlräumen der Anthere schwimmen. Diese Flüssigkeit verliert sich mehr und mehr mit vorschreitender Reifung des Staubblattes. Die Anthere trocknet mehr und mehr aus. Infolge ungleichmäßiger Austrocknung der ihre Hohlräume umhüllenden Schichten reißen diese in bestimmter Weise auf. Die in den Höhlungen enthaltenen freien Zellen kommen mit der Luft in unmittelbare Berührung. Diese Zellen, jetzt ein feines Pulver darstellend, heißen Blüthenstaub oder Pollen. Die Pollenzelle zeigt zwei deutlich unterschiedene Schichten ihrer Wand: eine äußere, sprödere, verschiedenartig gefärbte, und eine innere, dehnbarere, farblose.

Diejenigen Blattorgane der Blüthe, welche bestimmt sind, die durch die Befruchtung zur Weiterentwickelung anzuregenden Keime zu erzeugen, die Fruchtblätter oder Carpelle, vereinigen ihre seitlichen Ränder und bilden so Hohlräume, deren unterer Theil bedeutend erweitert, deren mittlerer enger, deren oberster knopf- oder bandähnlich ausgebreitet zu sein pflegt. Man nennt jenen bauchigen untern Theil Fruchtknoten oder Germen, den ihn überragenden, von einem engen Kanale durchzogenen Halstheil Griffel oder Stylus, die endständige Ausbreitung desselben Narbe oder Stigma.

Aus der Innenwand des Fruchtknotens, und zwar in der Regel aus Verwachsungsstellen der Seitenränder von Carpellen, entwickeln sich in die Höhlung derselben hinein Sprossungen aus Zellgewebe, welche sich in den meisten Fällen durch das Hervorwachsen krausenähnlicher Ringwülste aus ihrem Grunde mit einer oder mehrern, am Scheitel offenen Hüllen umkleiden. Diese Sprossen, die Eychen der Pflanze, sind es, in deren Innerem die Keime neuer Individuen erzeugt werden. Eine in der Längsachse des Eychens liegende Zelle, sehr selten mehre solche, nimmt an Größe beträchtlich zu, ihre Nachbarzellen zusammendrückend und verdrängend: bei vielen Pflanzen in dem Maße, daß sie den ganzen von den Eyhüllen umschlossenen Raum, oder doch den größeren oberen Theil desselben einnimmt. Diese Zelle heißt der Embryosack. Geraume Zeit vor der Befruchtung, meist lange vor dem Oeffnen der Blume, entstehen in ihrem der Eymündung zugewendeten Ende, durch Zellbildung aus einem Theile ihres Inhalts, einige — selten mehr als drei — ursprünglich freie, weiterhin aber der Scheitelwölbung des Embryosackes sich fest einschmiegende und anhaftende, zartwandige Zellen, die Keimbläschen.

Bei allen Pflanzen wird Pollen in viel größerer Masse gebildet, als zu befruchtende Eychen. Das Mißverhältniß der Zahl wird da ganz excessiv, wo durch Vertheilung der Befruchtungsorgane beiderlei Art an verschiedene Sprossen oder Individuen das Zusammenbringen der Fortpflanzungszellen lediglich dem Zufalle überlassen ist: bei der Kiefer nach sehr mäßigem Ueberschlage wie

1 zu 400.000, bei der Haselnuß wie 1 zu einer Million, dem Taxus wie 1 zu 2 Millionen. Die Ausbildung des Pollens schreitet der der Eychen beträchtlich voraus; bisweilen um sehr lange Zeiträume: um zwei Monate bei unsern deutschen Eichbäumen; um vierzehn Monate bei mehrern südeuropäischen und nordamerikanischen Eichenarten. Die Narbe ist in allen diesen Fällen verspäteter Entwickelung der Eychen schon bei dem Bersten der Antheren vorhanden, und auf diese wird der Pollen unmittelbar nach seiner Reife gebracht. Aber seine weitere Entwickelung erleidet eine lange Verzögerung und Unterbrechung.

Für die Einleitung zur Befruchtung ist es unerläßlich, daß Pollen auf die Narbe gelange. Diese ist zur Zeit des Berstens der Antheren durch Auswachsen der Zellen ihrer Oberfläche zu Papillen sammtartig rauh, meistens auch durch Ausschwitzen einer Flüssigkeit klebrig feucht. Der Bau nur weniger Blüthen ist der Art, daß deren Blüthenstaub durch die Mechanik des Aufspringens der Antheren sofort auf die eigene Narbe gebracht würde. Bei einer großen Zahl der Pflanzen, deren Blüthen beiderlei Befruchtungsorgane einschließen, bestehen vielmehr Einrichtungen, welche die Bestäubung der Narbe durch den Pollen der männlichen Blüthe unwahrscheinlich, ja unmöglich machen, und schier die Mehrzahl der blüthentragenden Gewächse ist in Bezug auf die Uebertragung des Pollens auf die Narbe auf fremde Beihilfe, vorzugsweise auf die von Insecten, welche die Blüthen besuchen, mit unbedingter Nothwendigkeit angewiesen.

Nach kürzerem oder längerem Verweilen auf der Narbe beginnt die Pollenzelle eine rasche Wachsthumsthätigkeit ihrer inneren Haut. Diese stülpt sich an einer oder mehrern Stellen nach außen, durchbricht die spröde äußere Pollenhaut, meistens an bestimmten, vorgebildeten verdünnten Stellen oder Oeffnungen und tritt als eine cylindrische Röhre, als Pollenschlauch, aus dieser hervor. Die Anregung zur Entwickelung von Pollenschläuchen ist keine besondere Eigenthümlichkeit der Narbe oder der von ihr ausgesonderten Flüssigkeit. Die gleichen Wachsthumserscheinungen treten häufig ein, wenn Pollenzellen in den von Blüthen ausgesonderten Honigsaft, oder in Zuckerwasser gebracht werden; und in nicht wenigen Fällen beginnt der Pollen noch innerhalb der Anthere Schläuche zu treiben: so bei einigen Orchideen, der Aristolochia und gewissen Wasserpflanzen.

Die Pollenschläuche, fortdauernd in die Länge wachsend, dringen in den Griffelkanal, nach Zurücklegung desselben in die Höhle des Fruchtknotens, an die Anheftungsstellen, endlich bis in die Mündungen der Eychen. Sehr häufig ist der Weg durch Streifen papillös gewordener Zellen der Außenflächen der Organe ihnen bezeichnet, an denen hin sie zu wachsen haben, und wo solche Einrichtungen nicht bestehen, da bürgt die ausnehmend große Zahl der in die Fruchtknotenhöhle hinabwachsenden Pollenschläuche für das Eintreffen etlicher derselben in der Mündung von Eychen. Im Eymunde angelangt, bahnt sich das weiter wachsende Pollenschlauchende seinen Weg bis zur Außenfläche des Embryosacks. Ist dieser noch von Gewebschichten des Eychens eingehüllt, so durchbricht der Pollenschlauch zerstörend diese Zellenmassen. An der Embryosackhaut endet bei den meisten Pflanzen das Vordringen des Pollenschlauches. Er legt sich derselben dicht an, haftet mehr oder minder fest an ihr, aber er durchbohrt sie nicht. In einigen wenigen Ausnahmefällen dringt indeß das Pollenschlauchende bis ins Innere des Embryosackes, indem es in der Scheitelwölbung desselben ein enges Loch macht. Das Ende des Pollenschlauches bleibt in beiden Fällen völlig geschlossen, ohne jede wahrnehmbare Oeffnung.

Die Beobachtung zeigt ausnahmslos, daß die Ankunft eines Pollenschlauches am oder im Embryosacke der Weiterentwickelung eines der Keimbläschen zum Keime einer neuen Pflanze vorausgeht. Lediglich in solchen Embryosäcken, die von einem Pollenschlauche erreicht worden sind, tritt in einem der Keimbläschen, und zwar stets in dem dem Eymunde fernsten, eine Reihenfolge von Zellvermehrungen durch Theilung ein, deren nächstes Ergebniß die Bildung eines einfach gebauten, cylindrischen Zellstranges ist, des Vorkeims. Aus der Zelle oder der Zellengruppe des unteren Endes des Vorkeimes, mit welchem dieser frei in den Raum des Embryosackes hineinragt, entwickelt sich durch gesteigertes und complicirteres weiteres Wachsthum ein massiger Körper aus Zellgewebe, das Embryokügelchen. Dieses ist die Anlage des Stammes des neuen, der Mutterpflanze ähnlichen Individuum, der in den zum Samen sich umbildenden Eychen eingeschlossenen Miniaturpflanze, des Keimes oder Embryo, der zur Weiterentwickelung nach der Lostrennung des Samens aus der Frucht befähigt ist.

Es ist für die Anregung eines der Keimbläschen zur Umwandlung in den Embryo innerhalb eines weiten Spielraums gleichgiltig, auf welche Stelle des Embryosackscheitels das befruchtende Pollenschlauchende auftrifft. Insbesondere steht diese Berührungsstelle in keiner bestimmten Beziehung zu dem Orte, an welchem das zur Weiterentwickelung gelangende Keimbläschen der Innenfläche des Embryosackes anhaftet. Es ist geradezu Regel, daß beide Punkte nicht zusammenfallen; oft sind sie eine beträchtliche Strecke von einander entfernt.

Bei einigen wenigen Pflanzen werden mehre Keimbläschen desselben Embryosacks durch die Befruchtung zur Weiterentwickelung veranlaßt. Es sind dies solche, bei denen die Zahl der Keimbläschen ungewöhnlich groß, mehr als drei ist. Derartige Samen enthalten mehre Embryonen; bis zu fünfen die **Funkia coerulea**, bis zu achten die Orange. Die Beobachtung zeigt, daß die Ankunft eines einzigen Pollenschlauches am Embryosacke genügt, eine Mehrzahl von Keimbläschen zur Umgestaltung in Embryonen zu bestimmen.

Während der Ausbildung des Embryo vergrößern sich Hüllen und innere Gewebe des Eychens; neue Zellgewebe werden häufig, im Innern des sich sehr erweiternden Embryosackes, hinzu gebildet; das Eychen wächst zum Samenkorn heran. Und damit geht die Umbildung des Fruchtknotens zur Frucht Hand in Hand: das oft überraschend große Wachsthum derselben, die Aenderung ihrer Beschaffenheit, ihr Saftig- oder Holzigwerden.

Für diese Umwandlungen des Eychen zu Samen, des Fruchtknotens zur Frucht ist indeß das Auftreten eines Embryo im Innern der Eychen kein absolut nothwendiges Erforderniß. Die Ausbildung tauber, embryonenloser Samenkörner, wie auch die tauber, samenloser Früchte sind beide sehr häufige Erscheinungen. Es seien die Corinthen, die Bananen, als Beispiele regelmäßigen solchen Vorkommens genannt. Zwar ist es nur für einige der hierher gehörigen Fälle festgestellt, daß auch die Anlegung eines Embryo unterbleibt, daß nicht etwa ein solcher nach kurzer Vegetation wieder abstirbt; — für diese wenigen Fälle aber auch mit vollster Sicherheit.

Vielfach verschieden von der der blüthentragenden Pflanzen ist die Samenbildung der Nadelhölzer. Die Eychen derselben sind nicht in Höhlungen an den Rändern eingeschlagener Fruchtblätter eingeschlossen, sondern stehen frei auf oder an ausgebreiteten Carpellen. In den Pollenzellen beginnt, nach ihrer Ausbildung und kurz vor oder während ihres Verstäubens, ein Entwickelungsproceß, der zur Bildung einer, in den Innenraum der Zelle eingeschlossenen, ihrer Wand mit dem einen Ende aufsitzenden kurzen Zellenreihe mit angeschwollener Endzelle führt. Die Pollenzellen gelangen durch die weite Oeffnung der Eyhülle auf den Scheitel des Eychens selbst, und hier entwickeln sie durch Wachsthum der Endzelle jene Reihe Pollenschläuche, welche die ursprüngliche Wand der Pollenzelle durchbrechen und in das Gewebe des Eychens dringen. Noch mannigfaltigere Entwickelungsvorgänge ereignen sich in den Embryosäcken, noch bevor Pollenschläuche an der Außenfläche derselben eintreffen. Die Embryosäcke der Nadelhölzer sind weit häufiger als bei den blüthentragenden Pflanzen, in demselben Eychen in Mehrzahl vorhanden. Ihre Verbindung mit dem sie einschließenden Zellgewebe des Eychens ist sehr locker; ihre Wand läßt deutlich und im ganzen Umfange zwei Schichten unterscheiden, deren äußere der äußeren Schaale der Pollenkörner ähnelt. Sie füllen sich mit geschlossenem Zellgewebe, und wachsen, unter gleichzeitiger Massenzunahme der sie umhüllenden und tragenden Theile, zur vollen Größe heran, die sie in den reifen Samen und reifen Fruchtstand einnehmen. Der Zapfen und die künftigen Samen einer Fichte oder Kiefer erreichen ihren schließlichen Umfang, noch bevor die Befruchtung in ihrem Inneren erfolgte. Von den Zellen, welche den herangewachsenen Embryosack ausfüllen, nehmen einige an Größe sehr bedeutend zu. Sie liegen in dem Ende des Zellenkörpers, welches dem Eymunde zugewendet ist, und dicht unter der äußersten Zellschicht desselben. Diese großen Zellen sind die sogenannten Corpuscula oder die secundären Embryosäcke. In ihren Inneren bilden sich freie, sphärische Zellen, in größerer Anzahl und durch den ganzen Raum des Corpusculum vertheilt. Die Pollenschläuche wachsen inzwischen durch das Gewebe des Eychens bis an die Außenfläche des Embryosackes herab, durchbrechen dessen Haut und dringen bis an die Scheitelwölbung der Corpuscula, oder selbst bis ins Innere derselben. Von da ab nimmt eines der vom Pollenschlauchende berührten Keimbläschen rasch an Größe und Concentration des Inhalts zu. Es wandert, die übrigen zur Seite drängend, nach der unteren Wölbung des Corpusculum, preßt sich dieser fest ein, und verwandelt sich, durch wiederholte Theilung mittelst übers Kreuz gestellter Längswände, in eine Rosette von Zellen, den Vorkeim. Diese Zellengruppe streckt sich, ihr Ende dringt tiefer und tiefer in das den Embryosack ausfüllende Gewebe; seine Zellen theilen sich dabei durch Querwände. Die einzelnen Längsreihen von Zellen treten seitlich aus dem Zusammenhange, und aus den Endzellen einer, oder mehrer, oder aller dieser Reihen entwickeln sich Embryonen. Da nun auch in der Regel mehre Corpuscula desselben Embryosackes befruchtet werden, so enthält der junge Same eines Nadelbaums stets eine beträchtliche Zahl von Embryonen: die der Kiefer selten unter acht, die des Wachholders oft über dreißig. Einer dieser vielen Embryonen pflegt aber durch weit vorauseilende Entwickelung die anderen zur Seite zu drängen und zur Verkümmerung zu bringen. Der reife Samen liefert in der Regel nur eine Keimpflanze.

Die zwischen dem Verstäuben des Pollens und dem Eindringen der Pollenschläuche in die Corpuscula vor sich gehenden Entwickelungen nehmen einen längeren Zeitraum in Anspruch: bei den Fichten zwei, bei den Kiefern vierzehn Monate.

Die Eigenthümlichkeiten der Samenbildung der Nadelhölzer stellen den Uebergang dar von derjenigen der blüthentragenden Pflanzen zur Embryobildung der diesen ähnlichsten kryptogamischen Gewächse. Die ausgiebigste, in vielen Fällen die einzige Fortpflanzung der Kryptogamen geschieht durch die Vermittlung einfacher Zellen, deren Entwickelung in allen Stücken der gewöhnlichen des Blüthenstaubes gleicht, und die nach erlangter Ausbildung von der Mutterpflanze sich trennen, um selbständig zu vegetiren. Gleich den Pollenzellen entstehen sie durch Umwandlung des inneren Gewebes von Blättern oder Blatttheilen, zu vieren in je einer Mutterzelle; gleich jenen zeigen sie eine dickere, sprödere äußere, und eine zartere, dehnbarere innere Schicht der Wand. Man belegt diese Zellen mit dem Namen der Sporen. Bei den Kryptogamen, welche den blüthentragenden Pflanzen am nächsten stehen, sind die Sporen von zweierlei Größe, deren Volumen um beiläufig das Tausend- bis Zweitausendfache differirt. Der Entwickelungsgang der großen und der kleinen ist der nämliche; nur darin besteht ein Unterschied, daß die großen in geringerer Zahl angelegt, und daß eine der je in der nämlichen Mutterzelle entstandenen Gruppen von vier Sporen vor allen übrigen einen großen Vorsprung im Wachsthum gewinnt; diese übrigen verkümmern und verschwinden endlich, noch bevor der die Sporen umschließende Hohlraum durch Bersten seiner Wand sich öffnet. Diese vier erhalten sich in gleichmäßiger Ausbildung bis zur Reife der Sporenfrucht bei denjenigen Lycopodien, welche die Gattungen Selaginella und Isoëtes bilden; aber auch noch von den vieren verdrängt eine die anderen drei bei dem Pillenkraute, der Salvimia. Die Uebereinstimmung einer solchen Sporenfrucht, deren aus Zellgewebe bestehende Wand eine einzige, kolossale Spore einschließt, mit den Eychen der Nadelhölzer ist unverkennbar.

Nachdem die beiderlei Sporen ins Freie gelangten, schwillt die innere Haut der kleinen an; in der Anschwellung erfolgt eine Zellvermehrung von geringer Lebhaftigkeit, deren Endergebniß die Bildung einer Anzahl freier, ellipsoidischer Zellchen ist. Der gesammte bildungsfähige Inhalt der Zellchen, von der Consistenz eines sehr zähen Schleimes ordnet sich zu einem schraubenlinig aufgerollten, der Innenwand angelagerten Strange. Dann berstet die Wand des in Wasser liegenden Zellchens; der in seinem Innern gebildete fadenförmige Körper tritt hervor, und bewegt sich nun selbständig und frei in der Flüssigkeit umher. Man erkennt, daß er bei dieser Bewegung um die Achse der Schraubenwindungen seines Körpers sich dreht, und daß die Bewegung durch peitschenschnurähnliche Schwingungen langer Wimpern vermittelt wird, welche den vorderen Windungen ansitzen. Diese schwärmenden Fäden, die Spermatozoiden, sind die Träger der befruchtenden Kräfte.

In den großen Sporen hat inzwischen die Ausbildung der keimbereitenden Organe stattgefunden. Eine Anschwellung der inneren Haut hat die äußere an im Voraus bestimmten Stellen zum Auseinanderweichen gebracht. In der bloß gelegten Wölbung der inneren Haut hat sich ein Körper aus Zellgewebe gebildet, das Prothallium. Einzelne Zellen des Innern desselben haben an Größe zugenommen. Die Zellen, welche eine solche vergrößerte Zelle nach außen hin decken, sind in ihren Berührungskanten auseinandergetreten, und haben so einen auf jene Zelle zuführenden Gang gebildet. Die Mündungszellen dieses Ganges erheben sich über die Fläche des Prothallium. Die Uebereinstimmung der wesentlichen Züge des Baues dieser Organe, der Archegonien, mit den Corpusculis der Nadelhölzer liegt auf der Hand. In der großen centralen Zelle des Archegonium entstanden eine oder zwei freie Zellen, die Keimbläschen.

Nur in solchen großen Sporen, zu welchen die aus den kleinen Sporen hervorgebildeten Spermatozoiden freien Zutritt haben, entwickelt sich eines der Keimbläschen zum Embryo. Das Keimbläschen wächst rasch zur Größe der Centralzelle des Archegonium heran, theilt sich dann wiederholt durch Scheidewände, wird zu einem vielzelligen Körper, der nach bestimmten Richtungen wachsend die erste Wurzel, das erste Blatt bildet; die umhüllenden Schichten des Prothallium sprengt und nun die selbständige Vegetation der neuen Pflanze beginnt.

Die Kryptogamen mit zweierlei Sporen zeigen uns somit die ohne vorausgegangene Befruchtung erfolgte Bildung von der Mutterpflanze sich trennender Fortpflanzungszellen von zweierlei Art, beide in wesentlich gleicher Weise sich entwickelnd, deren eine die augenscheinlichste Uebereinstimmung mit den Pollenzellen, die andere mit den Embryosäcken der Nadelhölzer und der Blüthen tragenden Pflanzen bieten. Nach der Abtrennung vom mütterlichen Individuum beginnt jede solcher Fortpflanzungszellen eine selbständige Vegetation. Ihre Entwickelung stellt eine völlig neue Generation dar; und der Abschluß dieser Generation ist mit der Befruchtung gegeben. Nach dieser hebt die Wiederholung der ersten Generation an, welche ohne vorausgegangene Befruchtung Keime der zweiten Generation bildet. Die Existenz dieser Pflanzenformen wickelt sich in dem stetig wiederkehrenden Wechsel der beiden Generationen ab. Von diesen Thatsachen rückwärts schließend, müssen wir die Entwickelung des mehrzelligen Körpers in den Pollenkörnern, die des vielzelligen Körpers, der Corpuscula und der Keimbläschen in den Embryosäcken der Nadelhölzer ebenso als Aeußerungen der Vegetation einer zweiten, der Befruchtung dienenden, mit der rein vegetativen regelmäßig wechselnden Generation auffassen, als die Bildung der Pollenschläuche und der Keimbläschen der blüthentragenden Pflanzen, obschon bei den letzteren diese Befruchtungsgeneration nur andeutungsweise in die Erscheinung tritt.

Diese Schlüsse erhalten die festeste Stütze, wenn wir die Befruchtung der Schafthalme, der Farrnkräuter und der Moose ins Auge fassen. Alle diese Pflanzen bringen nur Sporen von einerlei Gestalt hervor. Aus der Keimung dieser Sporen aber entwickelt sich ein Prothallium von großer Ausdehnung. Unter sichtlicher, bedeutender Massenzunahme wächst das aus der Dehnung und Zellvermehrung der Sporenzelle sich entwickelnde Gebilde in einer umfangreichen, freudig grünen, zahlreiche Würzelchen treibenden Masse heran: kraus und vieltheilig bei den Schafthalmen, platt, von rundlicher, am Vorderrande tief eingeschnittener Form bei den Farrnkräutern. Die Schafthalme bringen auf jedem Prothallium nur Fortpflanzungsorgane je einer Art hervor, die Farrnkräuter successiv beiderlei. In der Jugend entwickelt das Prothallium der Farrnkräuter aus seinen Rändern, und vorwiegend aus seiner Unterfläche, halbkugelige Sprossungen, aus einer Rindenschicht aus platten Zellen, und einer größeren, centralen Zelle bestehend: Antheridien, die Bildungsstätten von Spermatozoiden. Die große, innere Zelle verwandelt sich durch eine Reihe von Zweitheilungen in eine Gruppe niedriger, vierseitiger Zellchen. In jeder derselben entsteht, innerhalb eines freien, abgeplattet ellipsoidischen Mutterzellchens, ein korkzieherartig gewundenes Spermatozoid, an den vorderen Windungen mit zahlreichen schwingenden Wimpern besetzt. Bei der Reife der Antheride werden die Spermatozoiden haltenden Zellchen aus dem berstenden Scheitel der Antheridie durch den Druck der Zelle der seitlichen Wandungen ausgetrieben. In einen Wassertropfen gelangend, reißt die Wand des Zellchens, welches das Spermatozoid einschließt. Dieses befreit sich, und schießt in reißend schnellen Drehungen in der Flüssigkeit umher. Erreichen die Prothallien der Farrn ein etwas höheres Alter, so wachsen sie, die bis dahin eine einfache Lage von Zellen waren, in der Gegend hinter der Einkerbung des Vorderrandes auch in die Dicke. Es bildet sich hier ein nach unten vorspringendes Kissen von Zellgewebe, und auf diesem entstehen keimbereitende Organe, Archegonien. Sie sind zusammengesetzt aus einer in das Gewebe des Prothallium eingebetteten Centralzelle, einer diese umhüllenden Rindenschicht, und einem diese beiden überragenden Cylinder aus vier Längsreihen von Zellen, die, in ihren Berührungskanten auseinanderweichend, einen auf die Centralzelle zu führenden Kanal bilden. In der Centralzelle des Archegonium entstand schon zuvor eine freie, der Wand angeschmiegte Zelle, ein Keimbläschen. Bei der Reife bricht der Scheitel des Archegonium auf, infolge eines von den Zellen seiner Seitenwandungen nach Innen geübten Druckes. Der Zugang zu der Centralzelle des Archegonium ist jetzt den Spermatozoiden geöffnet. Die in Masse im Wasser, z. B. in Thautropfen, die an die Unterfläche des Prothallium sich sammelnden, herumschwärmenden Spermatozoiden gelangen gelegentlich in den Halskanal, und dann bis in die Centralzelle des Archegonium. Ihr Eintritt in den Kanal, ihre lebhaften Bewegungen in der Centralzelle sind direct beobachtet. Nun schließt sich, durch quere Streckung der Zellen des Grundes der Kanalwandung, die untere Oeffnung desselben. Das Keimbläschen schwillt rasch zur Größe der Centralzelle des Archegonium an; verwandelt sich durch eine Reihe von Scheidewandbildungen in einen Zellkörper, den Embryo, der bald sein erstes Blatt und seine erste Wurzel entwickelt, das ihn einschließende Gewebe des Prothallium durchbricht, und nun zur Farrnkrautpflanze sich heranbildet, die alljährlich neue Sporen in Unzahl ausstreut, um aus diesen ohne Befruchtung aus ihr entstandenen Fortpflanzungszellen neue Prothallien, und auf diesen neue Befruchtungsorgane zu bilden. Im Wesentlichen übereinstimmend sind die Geschlechtsorgane und die Embryoentwickelung der Schachtelhalme beschaffen.

Die Fruchtkapseln der Moose enthalten ein feines, bräunliches Pulver: die Sporen. Diese Fortpflanzungszellen keimen in ähnlicher Weise wie die der Farrnkräuter, und es entwickelt sich dabei aus ihnen, in ununterbrochener Vegetation, die reichverzweigte, beblätterte Moospflanze. Sie ist, ihrer langen Lebensdauer, ihrer mannigfaltigen Gestaltung ungeachtet, die in vieler Beziehung an diejenige der durch geschlechtliche Befruchtung entstandenen Individuen von Farrnkräutern oder blüthentragenden Pflanzen erinnert, doch nur ein dem Prothallium der Farreukräuter entsprechendes Gebilde, insofern sie, die aus ungeschlechtlicher Vermehrung entstandene Generation der Species, Geschlechtsorgane bildet, in deren keimbereitenden durch die Befruchtung die Entwickelung des Embryo einer anderen Generation angeregt wird, welche zur Frucht sich entwickelt. Aber ein großer Unterschied zwischen Farrnkräutern und Moosen besteht darin, daß bei jenen das Prothallium zwar auch einer selbständigen Vegetation, einer Vermehrung seiner Substanz durch Umbildung von außen her aufgenommener, dem Organismus bis dahin fremder Stoffe fähig ist; daß aber dieser ersten Generation im Vergleiche mit der zweiten, aus ihr durch geschlechtliche Zeugung entstandenen, Blätter und Frucht tragenden Generation nur ein sehr geringes Maß selbstständiger Vegetation und eigener Massenzunahme zukommt. Bei den Moosen dagegen ist der Geschlechtsorgane erzeugenden, dem Prothallium entsprechenden Generation das eigentliche Wachsthum, die Nahrungsaufnahme und die Mehrung der Substanz so gut wie ausschließlich zugetheilt; die zweite Generation, die Moosfrucht, kann nicht selbständig auf fremdem Boden gedeihen, sondern nur in bleibender organischer Verbindung mit der ersten sich entwickeln und leben. Die Moosfrucht verhält sich zu der beblätterten Moospflanze wie ein Pfropfreis zum Wildling, wie ein parasitisches Gewächs zu seiner Nährpflanze.

Die Organe geschlechtlicher Fortpflanzung der Moose werden an den Enden der blättertragenden Stengel, oder an denen besondern Zweige, in manchen Fällen verkümmerter, blattwinkelständiger gebildet. Die ersten Entwickelungszustände der befruchtenden und der keimbereitenden stimmen in den wesentlichen Zügen ihres Baues überein: es sind keulenförmige Zellenmassen, aus einer inneren Längsreihe von Zellen und einer einfachen Rindenschicht bestehend. In den Antheridien verwandeln sich die oberen Zellen der inneren Reihe durch wiederholte Scheidewandbildungen in einen kleinzelligen Körper. An jeder Zelle desselben entsteht ein freiliegendes, rundliches Zellchen, und in diesem bildet sich Spermatozoid: ein in wenigen Schraubenwindungen gerollter fadenförmiger Körper, dessen dünneres Vorderende zwei lange Wimpern trägt. Bei der Reife der Antheridien treten an ihrem Scheitel die Zellen ihrer Rindenschicht auseinander, die äußerste Schicht der Häute derselben berstet, und die rundlichen Mutterzellen der Spermatozoiden, in einer Schleimmasse eingebettet zu welcher die Scheidewände des Innern der Antheridie aufgequollen waren, werden aus dem Risse ausgetrieben; nicht selten mit großer Gewalt, zollweit spritzend.

Die keimbereitenden Organe der Moose, die Archegonien, sind Körper aus Zellgewebe von flaschenförmiger Gestalt. In einer größeren, im Centrum des oberen Endes des Bauchtheils befindlichen Zelle wird, einige Zeit vor der Befruchtung eine freie kugelige Zelle, ein Keimbläschen erzeugt. In dem Innern des weit vorgezogenen Halstheils des Archegonium bildet sich ein Kanal, welcher den Hals seiner ganzen Länge nach durchzieht, in die das Keimbläschen enthaltende Centralzelle einmündet, und durch Auseinanderweichen der Zellen des Scheitels das Archegonium nach außen sich öffnet. In solcher Weise wird ein offener Zugang der Spermatozoiden zu der Centralzelle des Archegonium hergestellt.

Nur dann gelangt das Keimbläschen zur Weiterentwickelung, wenn Spermatozoiden zu den Archegonien Zutritt haben. Das Keimbläschen schwillt dann rasch zur vollen Größe der Centralzelle an; der Bauchtheil des Archegonium nimmt nach allen Richtungen hin an Masse zu; die Centralzelle erweitert sich fort und fort, und dieser Erweiterung folgt stetig das Wachsthum des Keimbläschens, welches durch fortgesetzte Scheidewandbildung in einen zelligen Körper von meist keuliger Form sich umwandelt: die Anlage der Moosfrucht. Das untere Ende derselben dringt tiefer und tiefer in das Zellgewebe des Archegonium, endlich bis in dasjenige des dieses tragenden beblätterten Stengels ein, dieses Gewebe vor sich her zum Theil verdrängend und zerstörend. Seine Außenfläche verklebt dabei mit den Wänden der Zellen des Stengels; immer aber bleibt die Grenze zwischen beiden deutlich erkennbar; mindestens ebenso deutlich als die zwischen Parasit und Nährpflanze. Der dickere obere Theil der Fruchtanlage entwickelt sich zur Kapsel, in welcher durch Vertheilung bestimmter Zellen eine große Anzahl schließlich frei liegender, auf ungeschlechtlichem Wege entstandene Fortpflanzungszellen, Sporen, enstehen, die dem bloßen Auge als feiner Staub erscheinen. Der dünnere untere Theil der Fruchtanlage wird zum Stiel, dessen Verlängerung die Gewebschichten des Bauchtheils des Archegonium sprengt, welche die Fruchtanlage umhüllen. Die Kapsel wird frei, platzt bei der Reife auf, und verstreut die in ihr entstandenen Sporen. Gelangen diese unter ihrer Entwickelung günstige Umstände, so beginnt eine zweite Generation. Die Sporen keimen; sie entwickeln früher oder später wiederum beblätterte Stengel, und auf diesen endlich Geschlechtsorgane, Archegonien und Antheridien, durch deren Zusammenwirken die Bildung der aus geschlechtlicher Zeugung entstehenden, selbst geschlechtslosen Generation wieder anhebt.

Bei den Moosen ist die vegetative Thätigkeit vorzugsweise der aus den Sporen entkeimten, die Geschlechtsorgane tragenden Generation zugetheilt; bei den Algen und Pilzen, von denen geschlechtliche Fortpflanzung bekannt ist, fällt die gesammte Vegetation der Pflanze in jene Generation. Die Veränderungen, welche mit der befruchteten Zelle infolge des Zutrittes der befruchtenden vor sich gehen, beschränken sich darauf, daß Reservenahrungsstoffe in ihr angehäuft werden, oder daß ihre Haut einen zusammengesetzteren Bau erhält, oder daß nach einer Periode der Ruhe ihr bildungsfähiger Inhalt in mehre Keimzellen sich theilt. Die Einzelheiten des Vorganges sind ziemlich mannigfaltig. Den Moosen ähnlich verhalten sich die Charen oder Armleuchter — einfach gebaute aber mit zierlicher Regelmäßigkeit beblätterte und verzweigte Algen der süßen oder schwach salzigen Gewässer — insofern ihre Spermatozoiden genau von der Form derjenigen der Moose sind: korkzieherähnlich gewunden, mit zwei langen schwingenden Wimpern am dünneren Vorderende. Die Archegonien sind eiförmige Körper, bestehend aus einer inneren, und einer Anzahl parallel schraubenlinig gewundener, röhrenförmiger Rindenzellen, die über dem Scheitel der inneren einen engen Zugang zu dieser offen lassen. Bei allen andern Algen weichen die Spermatozoiden in Beschaffenheit und Gestalt nicht wesentlich von den ey- oder birnförmigen, der festen Zellhaut entbehrenden, mittelst schwingender Wimpern frei im Wasser sich bewegenden Zellen ab, welche bei sehr vielen dieser einfach gebauten untergetauchten Gewächse als bewegliche Keime die ungeschlechtliche Fortpflanzung vermitteln, den Schwärmsporen. Gleich diesen, sind die Spermatozoiden eine Umformung des gesammten, oder eines Theiles des plastischen Inhalts der Zelle, in welcher sie entstehen. Ebenso die Keimbläschen. Zu diesen unbeweglichen, membranenlosen Inhaltsmassen von Zellen erlangen die beweglichen Spermatozoiden einen Zugang, entweder, indem die feste Haut, welche jene umschließt, zu dünnflüssiger Galle zerfließt (so bei einigen der größeren Meeresalgen), oder indem die elastische Membran scharfbegrenzte Löcher an bestimmten Stellen erhält. In einigen Fällen läßt sich mit voller Bestimmtheit beobachten, daß die ganze Masse des Spermatozoids mit der des Keimbläschens verschmilzt: so namentlich bei den relativ großen Spermatozoiden der Oedogonien, gemeiner Fadenalgen des süßen Wassers.

Bei einer umfangreichen Gruppe von Süßwasseralgen, den Conjugaten, sind die befruchtenden und die zum Befruchtetwerden bestimmten Zellen im Aussehen wenig oder gar nicht verschieden. Die von starrer Zellhaut bekleideten Zellen zweier verschiedener Individuen, die im Wasser zufällig nahe bei einander liegen, vereinigen ihre Innenräume zu einem einzigen Hohlraume, indem an den Berührungsstellen Löcher entstehen, und nun fließt der plastische Inhalt beider Zellen zu einer einzigen Fortpflanzungszelle zusammen. — Diejenigen Pilze dagegen, von denen mit Sicherheit der Vorgang geschlechtlicher Befruchtung bekannt ist (es sind schmarotzende Pilze, nächste Verwandte desjenigen, welcher die Ursache der verheerenden Kartoffelkrankheit ist) ähneln im Mechanismus der Befruchtung den blüthentragenden Pflanzen. In die Zelle hinein, deren plastischer Inhalt zum Keimbläschen geballt frei im Mittelraume schwebt, wächst die Wand durchbohrend ein fadenförmiger Ast einer von außen sich anlegenden andern Zelle. Sobald als die Spitze dieses Astes das Keimbläschen erreicht hat, umkleidet sich dieses mit einer festen Membran von complicirter Structur; die Befruchtung ist vollzogen. Auch nachher noch ist die Spitze jenes Astes der befruchtenden Zelle ohne jede sichtbare Oeffnung.

Die Deutung der Vorgänge bei der Befruchtung dieser einfachst gebauten

Gewächse als eine geschlechtliche Zeugung beruht auf Analogienschlüssen. Ein unverkennbarer Uebergang führt schrittweise von den blüthentragenden Pflanzen durch die Nadelbäume, die Farrnkräuter zu den Moosen und von diesen zu den Algen. Für die Kryptogamen mit Sporen von zweierlei Größe (wie die Selaginellen, das Pillenkraut u. s. w.), sowie für solche Moose, bei denen jedes Individuum der beblätterten Pflanze nur einerlei Geschlechtsorgane hervorbringt, liegen zahlreiche Beobachtungen vor, welche mit der nämlichen Sicherheit, wie für die Blüthenpflanzen, auch für diese blüthenlosen Gewächse den Nachweis liefern, daß die weibliche Pflanze, wenn sie von männlichen getrennt vegetirt, keinen Embryo, keine Frucht zu entwickeln vermag. Je tiefer unsere Erfahrung eindringt, mit um so ausnahmsloserer Schärfe erhärtet sich dieser Satz. Alle vermeintlichen Beobachtungen der Embryobildung ohne Mitwirkung der befruchtenden Organe haben sich bei genauerer Untersuchung als Täuschungen erwiesen. Dieser Beweis der Nothwendigkeit der Befruchtung ist indeß nur ein negativer. Eine positive Andeutung über die Art der Wirkung der Befruchtung gibt uns die Bastardzeugung.

Wenn die Narbe einer Blüthenpflanze, bei sorgfältigem Ausschluß des Blumenstaubes der eigenen Art, mit dem Pollen einer fremdartigen, aber nicht allzu weit verschiedenen Form bestäubt wird, so erfolgt in vielen Fällen die Entwickelung keimfähiger Samen. Zwar schwieriger, und minder reichlich als bei normaler Befruchtung; aber doch häufig genug. Die Pflanzen, welche solchen Samen entkeimen, sind Mischlinge. Sie zeigen in ihren Eigenschaften, namentlich in ihren Formen, eine Vermengung der Eigenschaften der beiden Stammeltern. Hier zeigt sich uns aufs deutlichste, daß die Befruchtung eine die Form der Nachkommenschaft bestimmende Kraft übt. Die Vereinigung der Formen der Stammeltern in der Bastardpflanze unterliegt bestimmten Regeln. Nicht nur sind, mit seltenen Ausnahmefällen, die aus derselben Bastardzeugung hervorgegangenen Mischlinge gleichgestaltet, sondern es gilt das Nämliche auch von denen, welche aus der Vereinigung der nämlichen Stammarten zu anderer Zeit und an anderem Orte entstehen. Dabei tritt das höchst merkwürdige Verhältniß hervor, daß die Bastarde zweier Arten völlig gleich gestaltet sind, möge nun die eine Art die befruchtende, die andere die keimbereitende Rolle übernommen haben, oder umgekehrt. Wenige Thatsachen sind durch zahlreiche, genaue und von verschiedenen Forschern wiederholte Versuche so fest gestellt, als diese.

Die Bastarde von Stammeltern, die in ihren Formen in dem Grade verschieden sind, daß sie als verschiedene Arten der nämlichen Gattung betrachtet zu werden pflegen, sind minder fruchtbar, als die reinen Arten. Die Schwächung der Fortpflanzungsfähigkeit beruht in ungenügender Ausbildung des Blüthenstaubes. Denn die weiblichen Organe der Bastarde liefern reichlichst keimfähige Samen, wenn sie mit dem Pollen einer der Stammarten bestäubt werden.

Die Formen aus solcher Zeugung hervorgegangener Nachkömmlinge sind denen der befruchtenden Stammart mehr genähert; und es vermag die öftere Wiederholung derartiger Befruchtung die Nachkommenschaft endlich der jungen Stammart völlig gleichbeschaffen zu machen, welche eine Reihe von Zeugungen hindurch den Pollen lieferte. Die Sterilität der Bastarde sogenannter reiner Arten ist indeß nicht entfernt eine absolute, und von nicht wenigen hat die Beobachtung gezeigt, daß sie durch viele (bis zu zehn) Generationen hindurch formbeständig sich fortpflanzen. Bei Pflanzen von mäßiger Verschiedenheit der Formen und Eigenschaften, von solcher Differenz, welche zur Unterscheidung von Racen oder Varietäten Anlaß zu geben pflegt, ist die geschlechtliche Fortpflanzungsfähigkeit aus der Vereinigung der beiden Formen entstandener Mischlinge nicht blos nicht vermindert, sondern häufig sichtlich gesteigert.

Wir stehen hier an dem Punkte, von dem aus wir einen Einblick gewinnen können, nicht in den Zweck der geschlechtlichen Zeugung — nach dem Zwecke einer Erscheinung hat die Naturforschung nicht zu fragen — wohl aber in ihren Erfolg. Alle Pflanzen lassen ein Streben erkennen, ihre Formen und Eigenschaften gelegentlich zu ändern, zu variiren. Die Erscheinung tritt bei verschiedenen Formen mit sehr verschiedener Intensität auf. Ihre Ursachen, ihre Anlässe sind uns völlig unbekannt. Aber ihre Allgemeinheit ist außer Zweifel. Die Formenänderungen sind erblich, dafern bei geschlechtlicher Fortpflanzung der eigene Blüthenstaub mitwirkte. Wäre dieser Trieb der Pflanzen ohne irgendein Correctiv thätig, so würde die Zahl der verschiedenen Formen ins Endlose sich mehren, und die Unterschiede der Formen würden in demselben Maße minder hervortretend werden. Dem entgegen wirkt aber die geschlechtliche Zeugung. In weitester Verbreitung besteht die schon oben angedeutete Einrichtung, daß die Befruchtung der weiblichen Organe einer Pflanze durch den eigenen Befruchtungsstoff erschwert, selbst unmöglich gemacht ist. Dies bedingt stetig wiederkehrende Kreuzungen zwischen verschiedenen, in ihren Eigenschaften mehr oder weniger verschiedenen Individuen. Die Nachkommenschaft stellt ein Mittel aus den verschiedenartigen Formen dar, und immer aufs Neue, und zwischen nach den verschiedensten Richtungen, wenn auch nur wenig, auseinandergehenden Formen wird dieses Mittel gezogen. So ist es die geschlechtliche Fortpflanzung welche bewirkt, daß bestimmte Complexe von Pflanzen gemeinsamer Abstammung und Blutsverwandtschaft uns als gleichartig erscheinen. Auf der sexuellen Zeugung beruht die Möglichkeit der Fassung des Artenbegriffs, beruht die Reinhaltung der Art.

Militärische Briefe über den Krieg in Schleswig.

3.

Das Gefecht.

4. April 1864.

Die seit dem 20. März aus Schleswig uns zugegangenen Nachrichten enthalten kein im Großen in den Gang des Krieges eingreifendes Ereigniß. Vor Düppel hat am 17. März sich aus einer dänischen Recognoscirung ein größeres Gefecht entwickelt, das zu Ungunsten der Dänen ausschlug, wieder einen glänzenden Beweis von der Güte der preußischen Bewaffnung und der Ausbildung ihrer Infanterie lieferte und einen größern Terrainabschnitt in den Händen des Belagerers ließ. Die Preußen zählten einen Verlust von 137 Köpfen, die Dänen mindestens das Dreifache. — Am 28. März haben die zum ersten Mal in das Feuer gekommenen Truppen des General v. Raven sich in ihrem Streben nach Ruhm weiter führen lassen, als ihnen geboten war und als ihre geringe Zahl zuließ, die Preußen verloren 179, die Dänen nur 146 Mann. Die preußischen Verluste erreichen diese überwiegende Zahl, weil sie in den Bereich der dänischen Geschütze, der Schanzen sowohl, als auch des Rolf Krake geriethen. Die dänische Artillerie hat überhaupt in der letzten Zeit ein besseres Feuer gezeigt, sie hat die ihr vor Düppel so reichlich gewährte Zeit benutzt, um Armstrongkanonen aus England kommen zu lassen. — Die preußischen Belagerungsarbeiten haben mit der vom 29. zum 30. März aufgeworfenen ersten Parallele ihren Anfang genommen. Fast sieben Wochen sind zu Vorarbeiten benutzt worden, von denen eine der bedeutendsten die Anlegung förmlich chaussirter Wege und Plätze für die Belagerungsartillerie bildete. Die Wege und das Erdreich waren so unergründlich, daß bisher die schweren Geschütze bis an die Achse einsanken. Auffallen muß es, daß man die Eisenbahn nicht von Flensburg bis Düppel auf der Chaussee verlängert hat. Ueberhaupt möchten wir hier der preußischen Armeeleitung den Vorwurf machen, daß sie nicht über den Ereignissen gestanden und sich nicht diejenigen Mittel angeeignet hat, welche aus dem Stande der heutigen Industrie für militärische Zwecke dienstbrauchbar gemacht werden können. In ersterer Beziehung wollen wir nur eins anführen: die Belagerungsartillerie war nicht in den Festungen bereit. Als Napoleon 1859 in Italien einrückte, wurde gleich der Belagerungstrain eingepackt und als der Befehl zum Abgange per Telegraph eintraf, war er über Marseille und Genua in wenigen Tagen zur Stelle, noch ehe irgendeine Festung berannt war. In Betreff des zweiten Vorwurfs vermissen wir außer der schon erwähnten Eisenbahn nach Düppel z. B. auch die Eisenbahn nach Norden und die Anwendung der Luftballons zur Recognoscirung, welche sich in Amerika so bewährt hat, die Benutzung des Dampfes zu militärischen Arbeiten u. s. w. Die Anlage der ersten Parallele hat auf einer größern Entfernung von den Schanzen stattgefunden als nach dem weiten Vorschieben der Vorposten am 28. erwartet werden konnte. Mannigfach machen überhaupt die Arbeiten vor Düppel den Eindruck, als wenn man immer noch nicht an eine schließliche Erstürmung der Schanzen dächte.

Vor Fridericia haben wir ein kleines und deshalb wirkungsloses Bombardement erlebt, einem entschiedenen Vorgehen hier scheinen Hemmnisse höherer Art entgegengetreten zu sein. In der Verfolgung nach Jütland hinein haben die Oestreicher nicht den zu machenden Ansprüchen genügt. Die Energie der Oestreicher hat in dem ganzen Kriege sich überhaupt mehr in der Gefechtsthätigkeit als in den allgemeinen Leistungen documentirt. —

Die nach Jütland detachirte preußische Cavallerie hat es wohl an der rechten und weitgreifenden Thätigkeit fehlen lassen, welche allein bei stehenden Quartieren in Feindes Land gegen Ueberfälle sicherstellt. — Die preußische Flotte hat nicht wieder von sich hören lassen, trotz der gewiß belebenden Gegenwart des Prinzen Admiral in Swinemünde. Deshalb folgen hier einige allgemeine Sätze über die moderne Kriegführung, in denen an früher Gesagtes angeknüpft wird, die Nutzanwendungen auf die Campagne in Schleswig werden sich ergeben.

In den Bemerkungen über die gezogenen Schußwaffen wurde ausgesprochen, daß das Gefecht die doppelte Aufgabe hat, erst die Gegner zu tödten und dann die Auflösung der Ordnung in dem übrigbleibenden Theil herbeizuführen. Zur Erfüllung dieser Zwecke sind dem Heere folgende Mittel gegeben: die Waffen, die Schutzwehren gegen die Wirkung der feindlichen Waffen 2c.; das moralische Element in der Truppe.

Ueber die Waffen ist das Wesentlichste gesagt. Die Schutzwehren bestehen im gewöhnlichen Gefecht nur aus den im Terrain gegebenen Gegenständen: vorzüglich Wasser, Mauerwerk und Erde. Alle drei werden als Schutz gegen Kugeln und Annäherung verwandt, entweder wie sie zufällig gegeben sind, oder in künstlicher Verarbeitnng. Es ist die Absicht, sie das nächste Mal in Betracht zu ziehen, bei Besprechung des Werthes von Festungen.

Das wichtigste der Mittel für den Sieg im Gefecht ist das moralische Element der Truppe. Dasselbe besteht in der Gefechtsfreudigkeit, in dem Vertrauen des Soldaten zu sich, zu seinen Führern und zu seinem Feldherrn, und in dem Glauben an die Gerechtigkeit seiner Sache, sowie in dem Glauben an seine politischen Leiter.

Das Vertrauen des Soldaten zu sich selbst beruht vor allen Dingen in seiner guten Bewaffnung und Ausrüstung. Je mehr Angriffs- und Vertheidigungsfähigkeit seine Waffe hat, je leichter muß sich der Soldat in der Gefahr bewegen. Je mehr seine Ausrüstung seinen Bedürfnissen entspricht, je besser übersteht er die Fatiguen u. s. w. In Bezug auf die Waffen ist, wie wir wissen, in Preußen auf das allerbeste gesorgt; anders steht es hier mit der Ausrüstung. Am Fuß fehlt dem Soldaten der nothwendige Verschluß und Schutz, der Rock könnte bequemer sein, der Helm ist eine unnütze Last, das Seitengewehr kann durch das Bajonnet ersetzt werden, die Patrontaschen sind zu klein und unpraktisch angehängt und der Tornister ist schwerer wie nothwendig. — Die zweckmäßigste und einfachste Bekleidung haben wir bei englischen Volunteers gefunden, einen naturgrauen, wollenen Rock, wie eine Juppe, gleiche Beinkleider und Mütze; alles weit und bequem. Nur sei bemerkt, daß wir nicht allen Schmuck entfernen wollen. Der Soldat muß sich in seiner Uniform putzen können, das wird seinem Leben gegenüber den zahlreichen Fesseln und Mühen ein kleiner Reiz und der Soldat muß mit einer gewissen Liebe an seiner Kleidung hängen, damit er gern für deren Erhaltung sorgt. Die Franzosen haben nicht nur dem nationalen Zuge nach Aeußerlichem nachgegeben, wenn sie in der Bekleidung vor allen Dingen der Eitelkeit Rechnung trugen, es hat der Schmuck der Soldaten auch einen ethischen Grund. Auch die Lacedämonier gingen bekränzt in die Schlacht.

Das Vertrauen zu seinen Führern gewinnt der Soldat, wenn dieselben in jeder Beziehung über ihm stehen, in der geselligen Stellung, in geistiger Bildung und in militärischer Leistung; die geehrteste Leistung des Führers ist die Tapferkeit und die Sicherheit der Leitung in der Gefahr. Die genannten Eigenschaften basiren vor allen Dingen auf Bildung und dies ist der Grund, daß in allen Armeen, selbst in der nordamerikanischen Unionsarmee das Bestreben besteht, den Offizierstand aus den gebildeten Ständen zu ergänzen. Kaiser Napoleon zeigt denselben Wunsch sehr klar. In den untern Chargen kann solcher Bedingung nicht immer Rechnung getragen werden, für die obern Stellen ist es Grundlage einer gesunden Armeeorganisation und läßt sich realisiren, wenn man durch ein Altersgesetz und Förderung von Kenntnissen dem gebildeten und deshalb früher reifen Theil des Offizierstandes vorzüglich die höhere Carriere eröffnet.

Das Vertrauen in den Feldherrn giebt dem Soldaten die Gewißheit, daß alle seine Leistungen dem großen Kriegszweck dienen, daß alle Opfer und alle Anstrengungen nothwendig sind und zu gutem Ende führen. Das giebt Ausdauer in der Gefahr, Sicherheit in der Handlung und Begeisterung im Tode. Der Feldherr gewinnt dies Vertrauen durch die Klarheit und Bestimmtheit der Befehle, durch die Sicherheit des eigenen Auftretens, durch die unnachsichtliche

Strenge seiner Forderungen neben der gründlichsten Sorge für das Wohlergehen des Soldaten und vor allen Dingen durch die Größe seiner Gefechtsziele. Der Feldherr muß geizen mit dem Leben seiner Soldaten, aber wenn er es einsetzt, muß es voll und mit dem Zweck geschehen, dem Vaterland in dem Siege auch reellen Ersatz für das Leben seiner Söhne zu gewähren. In der Größe der Gefechtsziele zeigt sich der Genius und der Zauber einer starken Manneskraft. Unter Größe der Gefechtsziele aber verstehen wir das qualitativ, nicht das quantitativ Große. Wenn wir z. B. hören, daß das bei Arnis übergegangene preußische Corps die Aufgabe hatte die dänische Armee gefangen zu nehmen, so war das freilich auch ein großes Ziel, aber zum Fangen gehören zwei, einer, der fängt und ein anderer, der sich fangen läßt. — Napoleon konnte 1806 frei auf die Rückzugslinie der Preußen marschiren, er marschirte aber einfach zur Schlacht, schlug den Gegner und dann hielt er die Ernte. Blücher rückte 1815 bei Belle-Alliance erst in die Schlachtlinie und rang blutig um den Sieg, dann erst kam die Verfolgung und Gefangennehmung des Gegners. 1813 stellte sich Wrede dem geschlagenen Napoleon bei Hanau in den Weg und wollte die Franzosen gefangen nehmen, er wurde geschlagen und mußte selbst Gefangene hergeben.

Damit der Soldat aber an seine politischen Leiter glaube, ist es nothwendig, daß der Zweck des Krieges jedem Einzelnen klar ist; das erleichtert das Leben und das Sterben, es hilft über die Fatiguen und die Gefahren hinweg. In Schleswig z. B. glaubt zur Zeit der wirklich kämpfende Theil der preußischen Truppen, daß er um die Eroberung Schleswigs für Deutschland ringt, trotzdem die Regierung dies nicht ausgesprochen hat. Diese Meinung der Armee wird auch hoffentlich Preußen auf dem deutschen Wege halten, trotz aller widerstrebenden Interessen. Denn man erblickt bei der gegenwärtigen politischen Richtung in der Armee den einzigen festen Halt und man muß deshalb unter allen Umständen vermeiden, dieselbe in ihrem innersten Gefühl zu verletzen. Selbst eine Personalunion Schleswigs mit Dänemark in der weitesten Ausdehnung würde unsres Erachtens den Opfern der Armee gegenüber nicht gerechtfertigt erscheinen. — Freilich ist von entscheidender Stelle der Ausspruch gethan, daß die Ehre des Heeres nur in seinem unbedingten Gehorsam bestehe. Aber noch liegt das Jahr 1806 nicht so fern, daß es in Preußen schon vergessen sein könnte. Gerade in dem stark durchgearbeiteten Grundsatz, daß der Gehorsam die Ehre der Armee sei, ging dieselbe damals zu Grunde; eben deshalb fand sich den ehrlosen Handlungen der einzelnen Führer gegenüber Keiner, der für die wahre Ehre des Heeres einstand, gerade deshalb wurde die Schwäche der alten Generale auch die Schwäche des Ganzen. Ein wohlgepflegtes Ehrgefühl ist eine Basis des Sieges und wenn die Ehre höher steht als der Gehorsam, dürfen wir erwarten, daß trotz schwacher Befehle tüchtige Handlungen aus dem Ganzen hervorgehen werden. Noch ist der rechte Geist nicht aus der preußischen Armee gewichen, wie sich in Schleswig ergiebt, wo die wirklich kriegerischen Thaten, der Verlauf der größern Gefechte vor Düppel, nicht Folge der gegebenen Befehle, sondern des von unten her sich geltendmachenden Thatendranges sind. — Ist doch auch die vorgeschriebene Kleidung dem praktischen Bedürfniß des Einzelnen gewichen.

Je mehr der Geist der Ehre in dem Soldaten gepflegt ist, je mehr der Soldat in diesem Geiste mit seinen Führern und mit der Regierung übereinstimmt, um so mehr Gefechtsfreudigkeit wird er haben. Die preußische Armee als positiver und voller Repräsentant des preußischen Volkes muß in dieser Beziehung allen andern Armeen gegenüber im Vortheile sein, sobald die Regierung mit den Interessen des Volkes Hand in Hand geht. Die preußische Armee bedarf deshalb der Reizmittel die Gefechtsfreudigkeit zu fördern am wenigsten, hat darauf in einer Ausdehnung verzichtet wie keine andere.

Während dem französischen Soldaten der Marschallsstab als Lorbeer seiner Thaten winkt, während der Engländer die Thaten seiner Leute schwer bezahlt, — die Eroberung einer feindlichen Batterie u. a. ist dort eine wahre Schatzgrube für die Leute —, während selbst das aristokratische Oestreich der Tapferkeit die höchste Laufbahn eröffnet, kann der preußische Soldat, wie es scheint nicht einmal denselben Orden mit seinem Offizier erwerben, und noch immer zaudert man zu sehr, ihn für kriegerische Leistungen zum Offizier zu machen. Während Frankreich und nach dem Beispiel desselben Oestreich die Tapferkeit seiner Leute als ein positives Verdienst anerkennt und der Handlung auch den Lohn auf dem Fuße folgen läßt, indem es dem Heerführer das Recht ertheilt, auf dem Schlachtfeld zu befördern und auszuzeichnen, ist in Preußen die Gnade des Königs allein entscheidend. Allerdings ist das Füllhorn dieser Gnade reichlich ausgeschüttet worden. — Im Jahre 1813, als das ganze Volk sich für den Krieg erhob, hielt man die Gemeinschaftlichkeit der Stände in der Armee aufrecht, heute glaubt man davon abstrahiren zu können und zieht Schranken zwischen dem Offizier und den Leuten. Und doch, wie viel näher müßte sich heute die Regierung der Armee im Ganzen und Einzelnen fühlen als damals!

Das moralische Element ist das Band, welches die Armee zu einem einzigen, lebendigen Körper macht, die Disciplin kann es nicht ersetzen, im Gegentheil, diese muß durch jenes getragen werden. Eine eiserne Disciplin ist im Kriege ganz unmöglich, wenn sie nicht mit einer unermüdlichen Förderung des moralischen Elements verbunden ist. Nichts aber zerstört dieses so vollständig wie die gründlich verlorene Schlacht, nichts hebt dasselbe so wie der erfochtene Sieg. Hierin liegt der Grund, daß die kräftige Verfolgung nach der Schlacht von so großen Erfolgen begleitet und von um so größerer Bedeutung ist, je früher sie eintritt. Und in diesen Erfolgen ist es motivirt, daß an dem Streben nach einer entscheidenden Schlacht der gute, und an der Entschiedenheit in der Verfolgung der große Feldherr zu erkennen ist. — In dem Bestreben sich in festen Plätzen zu vertheidigen, oder seine Kräfte in der Belagerung derselben gründlich zu beschäftigen, documentirt sich stets die Schwäche. — Der Angriff hebt das moralische Element, die Vertheidigung mindert es und trotzdem der Vertheidiger in der gedeckten Aufstellung seinen frei herankommenden Gegner viel besser treffen müßte; wie dieser jenen, so ist doch oft das Umgekehrte der Fall. Der Angreifer verfehlt seinen gedeckten Gegner viel seltner als dieser ihn, weil der Angreifer frei in den Tod und deshalb schärfer und klarer sieht, als der Vertheidiger, welcher die Gefahr mit jedem Schritt, den der Gegner vorwärts macht, wachsen und den Gesichtskreis sich verdunkeln sieht. Andrerseits ist aber nicht zu verkennen, daß eine ruhige Vertheidigung das beste Mittel gegen einen kühn anstürmenden Feind ist, wie am schlagendsten die Angriffe der Cavallerie gegen eine ruhige und brave Infanterie beweisen. In der Regel macht die Cavallerie auf 40—50 Schritt Kehrt vor der Infanterie, wenn diese nicht feuert; stürmt die Cavallerie trotzdem weiter, und die Infanterie giebt auf 20 Schritt eine recht gleichmäßige Salve, so drehen sich die Pferde um und die Masse eilt wo möglich noch rascher von dannen, als sie gekommen. Die Kriegsgeschichte ist reich an diesen Beispielen. — Die in der neuern Zeit so berühmt gewordene furia francese hat in den napoleonischen Kriegen oft genug ihr Beruhigungsmittel in dem wohlgezielten Feuern ihrer Gegner gefunden; zumal die englische Armee hat hierin in Spanien und zuletzt bei Waterloo schöne Triumphe gefeiert. Die zwanzigjährigen Kriege am Ende des vorigen und im Beginn des jetzigen Jahrhunderts hatten überhaupt die Kunststücke aus der Gefechtsführung entfernt und dieselbe auf die Einfachheit ihrer Natur, nämlich auf das einfache Tödten reducirt. General v. Clausewitz, der anerkannteste Militärschriftsteller aus jener Zeit, faßt die Schilderung einer Schlacht deshalb in folgendes, schmuckloses Bild zusammen:

„Man stellt sich in Massen neben und hinter einander geordnet, ruhig hin, entwickelt verhältnißmäßig nur einen geringen Theil des Ganzen und läßt sich diesen in einem stundenlangen Feuergefecht ausringen, welches durch einzelne kleine Stöße von Sturmschritt, Bajonnet- und Cavallerieanfall hin und wieder unterbrochen und etwas hin und her geschoben wird. Hat dieser eine Theil sein kriegerisches Feuer auf diese Weise nach und nach ausgeströmt und es bleiben nichts als die Schlacken übrig, so wird er zurückgezogen und von einem andern ersetzt. Auf diese Weise brennt die Schlacht mit gemäßigtem Element, wie nasses Pulver, langsam ab und wenn der Schleier der Nacht Ruhe gebietet, weil niemand mehr sehen kann und sich niemand dem blinden Zufall Preis geben will, so wird geschätzt, was dem Einen oder dem Andern übrig bleiben mag, an Waffen, die noch brauchbar genannt werden können, d. h. die noch nicht ganz wie ausgebrannte Vulkane in sich zusammengefallen sind. Es wird geschätzt, was man an Raum gewonnen und verloren hat und wie es mit der Sicherheit des Rückens steht; es ziehen sich diese Resultate mit den einzelnen Eindrücken von Muth und Feigheit, Klugheit und Dummheit, die man bei sich und seinen Gegnern wahrgenommen zu haben glaubt, in einen einzigen Haupteindruck zusammen, aus welchem dann der Entschluß entspringt, das Schlachtfeld zu räumen, oder das Gefecht am andern Morgen zu erneuern."

Das Facit aus den Zahlen der Verluste und aus dem Barometerstande des moralischen Elements bestimmen das nächste Resultat der Schlacht. Glänzend ist das Resultat, wenn die ganze feindliche Armee einem ausgebrannten Vulkane gleicht und es nur noch einer kräftigen Verfolgung bedarf, um die Auflösung des Ganzen zu bewirken, die schließlich den Frieden bringt. Fördern kann man die Auflösung, wenn man den ersten Erfolgen schon die Richtung auf die feindliche Rückzugslinie giebt und am Ende der Schlacht auf derselben steht, oder wenn man die Vernichtung der feindlichen Elitetruppen besonders gründlich betreibt u. dgl. — Alles dies sind Mittel, wie man sie zu allen Zeiten angewandt hat.

Wenn wir uns also fragen, wie wird sich das Gefecht mit den gezogenen Schußwaffen von der frühern Gefechtsführung unterscheiden, so müssen wir antworten: nur dadurch, daß das Tödten jetzt schon auf weitere Entfernung und kunstgemäßer stattfindet als früher; Gang und Ziele des Gefechts müssen dieselben sein. Factisch finden wir die Schlachten der Neuzeit nicht ganz dem obigen Muster angepaßt, das liegt aber nicht daran, daß die Kunst eine andere geworden ist, sondern daran, daß die Künstler andere sind. Es ist ähnlich wie in der Musik, wo die Technik der Instrumente sich nach allen Richtungen entwickelt hat, die Handhabung der Instrumente etwas künstlicher geworden ist, die Gesetze der Kunst in ihrer Ausführung aber dieselben geblieben sind. Unsere heutige Gefechtsführung gleicht ziemlich der Zukunftsmusik mit ihrem bunten Durcheinander, zuerst etwa ein zartes Gesäusel der Saiteninstrumente, dann quälen sich die Trompeten, dazwischen brummt der Baß, erschallen die Pauken, endlich wüthen alle Instrumente, es entsteht ein furchtbarer Lärm, der manchmal den Anstrich von Musik hat, aber am Schlusse haben wir die Empfindung, daß das Ganze trotz allem Spectakel wenig war. Der alte Meister Napoleon suchte sich seinen Gegner zu stellen und wenn er ihm gegenüberstand hing er sich an ihn und rang mit ihm, bis er ihn unter zwang, dabei war er so kunstgeübt, daß er in jedem seiner Glieder das Tastvermögen hatte, die Stärken und Schwächen genau erkannte und demgemäß seine eignen Kräfte disponirte, um den Gegner so zu Falle zu bringen, daß er womöglich nicht wieder aufstand. Wir meinen also, daß Napoleon bereits in der Dannewerkstellung zum Gefecht gekommen sein würde und daß wenn er glaubte durch eine Umgehung allein unmittelbar an den Gegner gelangen zu können, er denselben nicht erst losgelassen hätte und drei Meilen fort nach Arnis marschirt wäre, sondern daß er allenfalls die Stellung angegriffen, Missunde umfaßt, gestürmt und gleichzeitig unmittelbar dabei z. B. bei Königsburg einen Uebergang versucht hätte.

Also wir sind der Ansicht, daß eine kunstgerecht geführte Schlacht in ihren großen Zügen zu allen Zeiten dieselbe gewesen ist und daß die Verschiedenheit nur in den Mitteln liegt, mit denen die Schlacht geführt wurde. Zu den verschiedenen Mitteln gehören auch die Menschen. Wie heute noch die Nationen Russe, Oestreicher, Preuße, Franzose und Engländer verschieden in Charakter und militärischer Leistung sind, so ist es auch das einzelne Volk in seinem Entwickelungsgang durch die Jahrhunderte und oft durch die Jahrzehnte. Die Preußen Friedrichs des Großen gingen noch ganz in ihrem Könige auf, während die Preußen der Neuzeit nach der Selbständigkeit der Individuen drängen; daher wir damals das Heer in geschlossenen Linien an den Feind rücken und mit Kugel und Bajonnet um das Leben ringen sehen, während wir heute dasselbe in Tirailleurlinien thun. Nur weil es heute Tirailleure sind, welche jeder für sich mit aller Intelligenz und mit allen Vortheilen, die das Terrain bietet, kämpfen, deshalb dauert der Kampf länger, ist die einzelne Armee nicht mehr ein in eine gewisse Stellung gefügtes und von dem Terrain mehr oder minder abhängiges Ganze, sondern es bildet einen lebendigen, beweglichen Körper. Deshalb ist der Kampf schwieriger, kann nicht gleich der Angriff auf den schwächsten Punkt des Feindes hingeführt und dort concentrirt werden, sondern es muß diese Schwäche wohl herausgefühlt werden. Es genügt nicht mehr ein künstlicher Schlachtplan, sondern das stete, lebendige Eingreifen in den Gang der Schlacht wird nothwendig und weil diese lebendige Wirkung so schwer wird, muß bei gleich guten Armeen das intelligentere Volk leichter siegen, muß bei gleicher Intelligenz vor allen Dingen die Zahl den Ausschlag geben. Ein Recept, wie man eine Schlacht führt, kann man ebensowenig geben, als eine Vorschrift, wie man ein gutes Bild macht. Man kann dem Künstler nur die Materialien und die Art ihrer Anwendung lehren, das Bild selbst muß lebendig aus seinem Geiste springen, sonst ist er kein Künstler. Ebenso steht es um den Schlachtenkünstler. Der Gang des Gefechts muß ihm aus der Kenntniß seiner Gegner und seiner eigenen Truppen, aus der Aufstellung, dem Terrain und aus dem ganzen Feldzugsplan herausspringen.

Und jetzt sei zum Schluß noch einmal das Zündnadelgewehr erwähnt. Aus der oben gegebnen Gefechtsschilderung erhellt, wie groß die Gefahr ist, daß die mit Zündnadelgewehren bewaffnete Infanterie sich rascher verschießt, und zur „Schlacke" wird, bevor die zur vollen Gluth gekommene Hitze des Gefechts die ganze Fülle des vorhandenen Metalls, das moralische Element, ganz herausgezogen hat. Deshalb ist es nothwendig, die Patronenökonomie durch die Beschleunigung der Gefechtsführung zu unterstützen. Und hier hat sich der Gebrauch des Zündnadelgewehrs im Gefecht, seine Feuertaktik von der anderer Gewehre zu unterscheiden.

Eine Truppe, welche an einem Tage ein lang anhaltendes Feuergefecht geführt hat, ist für diesen Tag abgenutzt und es ist deshalb unzulässig, eine derart zurückgezogene Infanterie mit frischen Patronen versehen wieder in das Gefecht zu bringen. Es kommt also darauf an, daß die Vortheile, welche das Zündnadelgewehr bietet, im ersten Gange möglichst rasch ausgenutzt werden. Man bringe deshalb stets mindestens ebensoviele Zündnadelgewehre in lang anhaltende Gefechte, als der Gegner aufgestellt hat, dann tritt das rascher und besser schießende Zündnadelgewehr in den Vortheil und ist im Stande seine Nachtheile zu überwinden. Die Feuertaktik aber des Zündnadelgewehrs unterscheidet sich darin von der der andern Gewehre, daß das Zündnadelgewehr 1) gestattet, ohne Aufenthalt im Gehen geladen zu werden, also eine Beschleunigung des Angriffs zuläßt, 2) im Schnellfeuern ein Mittel darbietet, einen Hagel von Kugeln auf eine Stelle zu werfen und unter dem moralischen Eindruck desselben einen Sturm zu unternehmen.

Preußen und der Wunsch der Bevölkerung in Schleswig-Holstein.

Kiel, den 3. April.

Kaiser Napoleons Meinung über die Art und Weise, wie der Streit um Schleswig-Holstein zu schlichten sei, liegt jetzt vor. Sie ist enthalten in einer Paris, den 20. März datirten, an den Vertreter Frankreichs in London, Fürst de la Tour d'Auvergne gerichteten Note, deren Analyse wir im Folgenden mittheilen. Es heißt darin zunächst, das Actenstück habe den Zweck, die von der französischen Regierung bisher befolgte Politik in ihren Grundzügen darzulegen und damit zu gleicher Zeit zu zeigen, daß Frankreich keine Hintergedanken hege. Dann fährt die Note fort: das londoner Protokoll könne weise gewesen sein, und Frankreich empfinde große Sympathien für Dänemark; indeß seien die Hindernisse, welche der Ausführung des londoner Protokolls entgegenständen, nicht zu verkennen. Als solche Hindernisse sehe das pariser Cabinet namentlich den Widerstand des deutschen Volkes gegen jene Abmachung, die

Kundgebungen der Herzogthümer gegen dieselbe, die Nichttheilnahme vieler, die eingeschränkte Theilnahme anderer, die Lossagung noch anderer von den deutschen Regierungen von dem Protokoll, weil es anderweiten Vereinbarungen untergeordnet sei, und die Bestreitung der Giltigkeit desselben von Seiten des Bundes an. Es handle sich, heißt es weiter, um einen Streit von Völkern, die beide von einem gleich hohen Grade von Nationalgefühl bewegt seien. Was also sei natürlicher, als in Ermangelung einer allgemein angenommenen Regel den Wunsch der Bevölkerungen zur Friedensbasis zu nehmen.

So die Note. Von einer nähern Angabe, wie dieser „Wunsch der Bevölkerungen" zu constatiren, von allgemeiner Volksabstimmung, Willenskundgebung der Stände u. d. m. ist in derselben nichts zu lesen. Daß ein suffrage universel dem Kaiser das angenehmste Mittel sein würde, ist nicht zu bezweifeln. Klugerweise aber vermeidet er, es ausdrücklich zu nennen, vermuthlich, um den deutschen Mächten den ihnen jedenfalls weniger bedenklichen Weg einer Befragung der Stände offen zu halten. In den Worten „Wunsch der Bevölkerung" wurde für diese Vorsicht und Mäßigung, wie uns dünkt, der rechte Ausdruck gefunden, und man darf hoffen, daß wir auf dieser Basis zur Verständigung gelangen werden. Ja man sollte meinen, daß eine Lösung der Frage auf solchem Wege selbst in dem Falle nicht unmöglich sein würde, wenn Frankreich schließlich die Volksabstimmung gemeint haben wollte, da dieselbe ja nicht ein neues Fürstenrecht schaffen, sondern nur ein altes, von Wenigen bestrittenes als zugleich den Willen und das Interesse des Volkes ausdrückend darstellen würde.

Blicken wir zunächst nach England, so meint zwar das Organ des Grafen Rechberg, daß man hier mit dem Gedanken Napoleons nicht einverstanden sein werde. Indeß behaupten ja die englischen Minister und versichern ja die „Times" und die große Mehrzahl der übrigen londoner Blätter ohne Aufhören und vielleicht in gutem Glauben, daß die Majorität der Schleswig-Holsteiner entschieden dänisch gesinnt ist, und das große Cityblatt wies erst neulich jedem, der es nicht besser wußte, überzeugend nach, daß alle Kundgebungen für Herzog Friedrich und das in diesem verkörperte Princip der ganzen und ewigen Trennung der Herzogthümer von Dänemark nur Kunstproducte einer rührigen Minderheit sind. Warum also nicht die Mehrheit zu Worte kommen lassen, wo dann alles ohne weiteres Blutvergießen enden, alles in Wohlgefallen sich auflösen würde? Rußland, von dem Moniteur des östreichischen Ministeriums des Auswärtigen ebenfalls als dem französischen Projecte feindselig bezeichnet, ist über die Stimmung in den Herzogthümern sicher besser unterrichtet, und so könnte es gegen den Plan sein, indeß würde ihm, wenn es dies aussprechen wollte, nicht mit Unrecht grobe Inconsequenz vorzuwerfen sein. In Italien hat es dasselbe Princip, welches Napoleon aufstellt, bei einer Revolution anerkannt; weshalb, so könnte man ihm einhalten, wollte es dieses Princip nicht jetzt bei einem Erbfolgestreite zulassen, bei dem auf Seiten des abstimmenden Volkes die Legitimität steht? Dänemark ferner sollte in demselben Fall wie England sein, dessen Zeitungen es mit seiner Ueberzeugung zu speisen pflegt. Es hat stets mit der Miene der verkannten Unschuld behauptet, daß nur die Ritterschaft, welche die dänische Freiheit nicht wolle, und die Professoren, welche von Vergrößerung des deutschen Vaterlandes auf Kosten harmloser Nachbarn träumten, ihm gram seien. Weshalb nicht einmal auf eclatante Weise zeigen lassen, daß lediglich diese paar Dutzend Wühler den langen Brand angesteckt und bis dato unterhalten haben? In der That, es sollte sich die von Frankreich gebotene Gelegenheit, denselben gründlich zu löschen, nicht entgehen lassen. Daß die

Herzogthümer damit zufrieden sein müßten, endlich einmal ihr Loos in die eigne Hand gelegt zu sehen, scheint ausgemacht. Sie haben ja laut genug und lange genug darnach verlangt.

Von Oestreich dürfte man meinen, daß ihm der französische Plan unlieb, ja sehr unlieb sein müßte. Es weiß ohne Zweifel besser als seine Mitstrebenden in dieser Sache, die englischen Friedensfreunde um jeden Preis, was die Schleswig-Holsteiner wollen. Es will als Gesammtstaat keine Zertrümmerung des dänischen Gesammtstaats. „Dieser Staat, Graf Oerindur, muß bestehn, ob die Natur gleich damit zu Ende eile*)." Es erkennt das Recht der Nationalitäten nicht an, weil es dies nicht kann, ohne sein eignes Todesurtheil auszusprechen. Es will keine Volksabstimmung über Fürstenrechte, weil diese Procedur seinen Satelliten in Italien die Kronen definitiv genommen hat, es will endlich keinen „preußischen Vasallen" zwischen Elbe und Königsau. So sollte man glauben. Indeß das „Fremdenblatt", das oben angedeutete Mundstück des Grafen Rechberg, belehrt uns eines Bessern. Er sagt, die französische Note sei erfreulich, und der deutsche Bund, zu dem Oestreich doch auch noch gehört, könne damit zufrieden sein. Möglich, daß dies mit etwas säuerlicher Miene geschrieben wurde, indeß es ist geschrieben und schwarz auf weiß zu lesen. Wir nehmen die wiener Herren beim Worte, glauben, daß sie sich ausnahmsweise freuen, die Stimme des schleswig-holsteinischen Volks über sein und seines Herzogs Recht baldigst zu vernehmen, und hoffen, daß sie diese officiöse Andeutung demnächst in einer officiellen Note und dann auf der Conferenz recht deutlich, uneingeschränkt und energisch zu wiederholen belieben werden.

Indem wir schließlich zu Preußen kommen, beschränken wir uns, um nicht in d. Bl. bereits Gesagtes zu wiederholen, auf die Stellung der gegenwärtigen Lenker dieses Staates zu dem Gedanken der allgemeinen Abstimmung. In dieser Beziehung möchte zunächst sicher sein, daß König Wilhelm denselben ungefähr in dem Maße ungern gelten läßt, in dem er den Schleswig-Holsteinern wohl will. Daß Herr v. Bismarck die Volksstimme im Allgemeinen besonders gern hören sollte, ist auch nicht wohl anzunehmen, schon weil er wissen muß, daß sie daheim, mit der Entscheidung über sein Verbleiben im Amte betraut, auch jetzt nach seinen Thaten in den Herzogthümern noch, schwerlich ein ihm günstiges Wort sprechen würde. Indeß tritt die Nothwendigkeit an Preußen heran, zu Napoleons Vorschlag ein bestimmtes Verhältniß einzunehmen, und wenn die N. A. Z. die Meinung des Ministerpräsidenten ausdrückt, so ist bereits eine Verständigung mit dem französischen Plan im Gange.

Hätte denn aber, so fragen wir schließlich, Preußen im Princip eine Berücksichtigung des „Wunsches der Bevölkerung", selbst wenn dies auf ein suffrage universel hinausliefe, von sich zu weisen? Wir meinen, mit nichten. Ja es liegt bereits ein Präcedenzfall vor, und zwar gerade in der schleswig-holsteinischen Frage.

Wir meinen die londoner Friedensverhandlungen im Mai 1848, die wir hier (nach „Actenstücke zur neuesten schleswig-holsteinischen Geschichte" Leipzig, Engelmann 1851) etwas ausführlicher als es für unsern nächsten Zweck erforderlich ist, darstellen, da die damals aufgetauchten Vorschläge jetzt vermuthlich in wenig veränderter Form wieder auftauchen werden.

---

*) Man verzeihe ein Citat aus Müllner, das obige schien auch auf Oestreich selbst ein wenig zu passen.

Bald nach dem Treffen bei Schleswig wurden von Dänemark Versuche gemacht, einen Waffenstillstand zu erlangen. Dieselben ließen es aber unzweifelhaft, daß man in Kopenhagen nur Zeit gewinnen wollte; denn der vorgeschlagene Waffenstillstand sollte nicht länger als drei Wochen dauern. Erst nachdem von Preußen und Dänemark die Vermittelung Englands angenommen war, kamen Verhandlungen über Friedenspräliminarien zu Stande. Preußen drang darauf, und Dänemark mußte sich, wenn auch mit Widerstreben, darauf einlassen.

In Gesprächen, welche Lord Palmerston in den letzten Tagen des April mit dem Vertreter des deutschen Bundes in London, Syndikus Banks gepflogen, hatte derselbe angedeutet, daß er dem Gesandten Preußens am englischen Hof unter anderm folgenden Vorschlag als Grundlage eines Uebereinkommens machen werde.

„Der nördliche Theil Schleswigs mit seiner dänischen Population bleibt bei Dänemark, für den die deutsche Bevölkerung enthaltenden größern Theil des Herzogthums tritt der Herzog von Schleswig dem deutschen Bunde bei."

„Der Vorschlag," bemerkt Banks in seinem Bericht an die Bundesversammlung, „ist der, welcher von der provisorischen Regierung im Wesentlichen früher ausgegangen ist, daß nämlich der nördliche Theil von Schleswig an Dänemark übergehen solle, wenn er lieber dort als bei den Herzogthümern bleiben wolle. Es wird vorausgesetzt, daß der eine durchweg dänische Bevölkerung enthaltende nördliche Theil dies vorziehen werde. Nach den späteren Verhandlungen würde dies Mittel übriglassen, die Grenze durch Befragen der Einwohner selbst, oder wie es sonst geschehen mag, ausfindig zu machen."

Palmerston machte diesen Vermittelungsvorschlag nicht, sondern bot, von demselben wahrscheinlich in einer Unterredung mit dem dänischen Gesandten abgebracht, in seinen Depeschen nach Kopenhagen, Berlin und Frankfurt nur ganz allgemein seine guten Dienste an, wobei er äußerte, daß eine kurze Darlegung der Forderungen von beiden Seiten wünschenswerth sein möchte. Darauf stellte zunächst Dänemark eine Anzahl von Bedingungen auf, welche es als passende Grundlage für eine Waffenstillstandsconvention angesehen wissen wollte. Dann folgte Palmerston am 13. Mai mit nachstehenden Propositionen: 1) Die Feindseligkeiten werden sofort zu Wasser und zu Lande eingestellt. 2) Alle Kriegsgefangene und die aufgebrachten und mit Embargo belegten Schiffe werden beiderseits freigegeben. 3) Die dänischen Truppen räumen Schleswig. 4) Die deutschen Truppen räumen Jütland und die Herzogthümer.

Der preußische Gesandte in London, Ritter Bunsen, konnte diesen Vorschlägen nicht beistimmen. In einer Note an Lord Palmerston vom 18. Mai wiederholte er, daß Deutschland die englische Vermittelung gern annehme, und sprach den Wunsch aus, daß der Lord, ähnlich wie bei der Vermittelung in der Schweizerfrage, mit den Waffenstillstandsvorschlägen zugleich Friedenspräliminarien verbinden möge. In zwei angeschlossenen Denkschriften sprach der preußische Gesandte sich zugleich über diese Bedingungen aus. Den Waffenstillstand anlangend, beantragte er folgende Modificationen des palmerstonschen Vorschlags:

ad 2. Auch die politischen Gefangnen werden freigelassen, alle Gegenstände öffentlichen oder Privateigenthums werden herausgegeben, die Schiffe nebst ihren Ladungen in dem Zustand wie vor Beginn des Embargos.

ad 3, Die Dänen haben auch die Insel Alsen und die übrigen zu Schleswig gehörigen Inseln zu räumen.

ad 4. Holstein kann von den Bundestruppen nicht geräumt werden; dagegen erhalten die bereits beorderten Verstärkungsmannschaften den Befehl, nicht weiter vorzurücken, vorausgesetzt, daß auch die schwedischen Truppen aus Fühnen zurückgezogen werden. Führen die Verhandlungen nicht innerhalb eines Monats zum Abschluß von Präliminarien, so nehmen beide Armeen ihre Stellungen wieder ein. Die dänische Regierung willigt bona fide in die Fortdauer der provisorischen Regierung.

Als Friedensbedingungen wurden von Bunsen folgende Punkte in Vorschlag gebracht:

1) Der König von Dänemark nimmt den Beschluß der Einverleibung Schleswigs in das Königreich Dänemark zurück und erkennt das Recht Holsteins auf unzertrennliche Verbindung mit Schleswig an. Diese Anerkennung schließt das Zugeständniß in sich, daß die vereinten Herzogthümer mit Dänemark nur durch die Person des Souveräns vereinigt bleiben, so lange als der Mannsstamm des Hauses Oldenburg in Dänemark herrscht.

2) Im Wege gütlicher Verständigung werden die Bedingungen einer völligen Trennung hinsichts der Verwaltung, der Finanzen, der Armee und Flotte und der öffentlichen Schuld festgestellt.

3) Der König von Dänemark willigt in die Aufnahme des vereinigten Herzogthums in den deutschen Bund.

Dagegen wird als Gegenstand der Compensation zugestanden, daß ein Theil von Nordschleswig, wenn derselbe sich frei und offen zu Gunsten einer Vereinigung mit Dänemark erklären sollte, von dem vereinten Schleswig-Holstein ausgeschlossen bleibe und mit Dänemark vereinigt werde, nachdem derselbe als selbständiges Herzogthum constituirt sei und eine Verfassung erhalten haben wird, welche, in Uebereinstimmung mit der Seitens des Königs von Dänemark an Schleswig ertheilten Zusicherung, der deutschen Minorität der Bevölkerung einen hinlänglichen Schutz ihrer Nationalität gewährt.

Lord Palmerston antwortete auf Bunsens Note am 19. Mai im Wesentlichen Folgendes:

In Betreff der Waffenstillstandsbedingungen wird:

ad 2. eingeräumt, daß auch die politischen Gefangnen frei zu geben seien.

ad 3. Die Schiffe und Ladungen werden ohne irgendwelche Beeinträchtigung freigegeben; dagegen wird der Punkt wegen Zurückgabe des von den dänischen Truppen weggeführten Eigenthums, worüber dem Lord nichts bekannt geworden, den weiteren Verhandlungen vorbehalten.

ad 3 und 4. England beharrt bei seinem Vorschlag wegen Räumung beider Herzogthümer. Infolge hiervon ist auch Alsen von den Dänen zu räumen. Die etwa in Dänemark eingerückten schwedischen Truppen kehren in ihre Heimath zurück.

Die von Bunsen vorgeschlagenen Friedensbedingungen eignete sich Lord Palmerston in allem Wesentlichen an. Es heißt in seiner Antwortnote, dieselben würden durch Sir Henry Wynn der dänischen Regierung zur Annahme empfohlen werden. Indeß giebt der Lord anheim, ob es nicht gerathener sei, die Scheidung des deutschen und des dänischen Theils von Schleswig „auf Grund bereits bekannter oder noch zu ermittelnder statistischer Thatsachen (nach Maßgabe der prävalirenden Nationalität) zu vereinbaren, ohne daß man den schwierigen Weg der Befragung aller Einwohner solcher Districte einschlägt.“

Eine sofortige Verständigung über den Abschluß eines Waffenstillstandes kam nicht zu Stande. Sowohl der dänische als der preußische Gesandte berichtete über die von den verschiedenen Parteien gemachten Vorschläge, und es verfloß geraume Zeit, ehe die Verhandlungen in London wieder ernstlich aufgenommen wurden. Preußen und der deutsche Bund nahmen die palmerstonsche Friedensproposition an, Dänemark verwarf sie am 8. Juni. Auch die provisorische Regierung Schleswig-Holsteins erklärte sich am 22. Mai und 10. Juni gegen eine Theilung Schleswigs.

England schlug darauf am 23. Juni eine Alternative vor, die wörtlich folgendermaßen lautete:

„Der künftige Zustand des Herzogthums Schleswig soll nach einem der beiden folgenden Vorschläge festgestellt werden, nach Wahl (choice) des Königs-Herzogs:

Erstens: Das Herzogthum Schleswig ließe sich in zwei Theile theilen, nach der deutschen oder dänischen Nationalität seiner Bevölkerung. Der südliche und deutsche Theil würde das südliche Herzogthum genannt werden, der nördliche oder dänische Theil würde das nördliche Herzogthum genannt. Der König würde sodann in seiner Eigenschaft als Herzog von Südschleswig ein Mitglied des deutschen Bundes werden, ebenso wie er es in seiner Eigenschaft als Herzog von Holstein ist, und Südschleswig würde gleich wie Holstein ein Theil des deutschen Bundes werden, und die souveräne Herrschaft über Südschleswig würde derselben Successionslinie als die Herrschaft von Holstein zufallen. Auf der andern Seite würde Nordschleswig nach seinem Successionsrecht mit der Krone Dänemark vereinigt und die souveräne Herrschaft über dieses Herzogthum würde untrennbar mit der Krone Dänemark verbunden sein.

Zweitens: Wenn dieses Uebereinkommen nicht für ausführbar erachtet werden sollte, so lasse man das Herzogthum Schleswig ganz und ungetrennt bleiben, so wie es jetzt ist; es bleibe verwaltet, wie es verwaltet worden ist, von einer für Schleswig und Holstein gemeinschaftlichen Verwaltung. Ferner sollten auch Provinzialstände da sein, in denen die Vertreter beider Herzogthümer zusammen nach ihrem gehörigen gegenseitigen Verhältniß versammelt wären. In diesem Fall würde der König von Dänemark bleiben, was er jetzt ist, Mitglied des deutschen Bundes in seiner Eigenschaft als Herzog von Holstein, aber er würde nicht Mitglied des deutschen Bundes werden in seiner Eigenschaft als Herzog von Schleswig. In diesem Falle würde auch keine Veränderung im Successionsrecht in Schleswig eintreten.

In der Kürze lautete also diese Alternative: entweder wird das Herzogthum Schleswig nach der prävalirenden Nationalität in eine nördliche und eine südliche Hälfte getheilt und letztere hat dann die Zugehörigkeit zum deutschen Bunde und die Erbfolge mit Holstein gemein, oder Schleswig bleibt ungetheilt in administrativer Verbindung mit Holstein und ohne nähere Verbindung mit dem deutschen Bunde.

Zu dem zweiten Vorschlag war Lord Palmerston hauptsächlich durch die Nachricht veranlaßt, daß der König von Dänemark sich bei einem Besuch am schwedischen Hofe in Malmoe dahin geäußert habe, daß von einer Theilung Schleswigs, die man weder in Dänemark noch in den Herzogthümern wolle, durchaus nicht mehr die Rede sein könne, und er vielmehr geneigt sei, die männliche Erbfolge auch in Dänemark einzuführen, wenn dies in einer ihm zusagenden Weise geschehen könne. Obgleich der König sich über das Nähere nicht ausgelassen hatte, bezweifelte doch schon damals niemand, daß derselbe dabei an die eventuelle Succession des Prinzen Christian von Glücksburg gedacht habe, da der spätere Protokollprinz der einzige Agnat des oldenburgischen Hauses war, der schnöder Weise die Sache seines Vaterlandes verläugnet hatte.

Nachdem Preußen sich später in kläglicher Zeit bereit erklärt hatte, diese Aenderung der Succession unter gewissen Bedingungen zu fördern, gewann ein Ausspruch an Bedeutung, den Herr von Schleinitz am 29. Juni in amtlicher Eigenschaft that. Er sagte: „Der König von Preußen hat zwar in seinem Schreiben an den Herzog von Augustenburg vom 24. März d. J. das Erbrecht des Mannsstammes anerkannt, aber er hat sich nicht bestimmt darüber ausgesprochen, wer dann der nächstberechtigte Agnat sei."

Man sieht, wenn man gewisse Artikel der inspirirten preußischen Blätter und manches Andere, z. B. die neuesten Andeutungen der „Presse" in Betreff einer Abfindung des Herzogs Friedrich mit diesem Auskunftsmittel vergleicht, daß Rabbi Akiba Recht hatte, wenn er meinte, daß es nichts Neues unter der Sonne giebt. Fast alles, was man heute für eine Lösung der schleswig-holsteinischen Frage zu Markte bringt, ist im Wesentlichen 1848 schon dagewesen.

Unterm 24. Juni beantwortete Bunsen die Vorschläge Palmerstons, soweit sie Friedensbedingungen betrafen, dahin, daß Deutschland hinsichtlich der aufgestellten Alternative in dem ersten Falle nicht von dem Grundsatze abgehen könne, daß Nordschleswig nur nach freier Willenserklärung seiner Bewohner von dem übrigen Herzogthum getrennt werden dürfe. Also noch einmal die Abstimmung, das Recht des Volkes, über seine Zukunft selbst zu entscheiden. In dem zweiten Falle aber müsse deutlich erklärt werden, daß die Herzogthümer nicht nur durch gemeinsame Verwaltung, sondern auch durch gemeinsame Stände für ewige Zeiten unter sich verbunden und jeder gemeinsamen Verbindung mit dem Königreiche in einem jetzt oder später einzuführenden Parlamente oder in Generalstaaten entzogen seien. Zugleich sei es erforderlich, das von den Herzogthümern behauptete Recht auf agnatische Erbfolge in bestimmter Weise anzuerkennen.

Hierauf erwiderte Lord Palmerston am 28. Juni: in der ersten als Friedensbasis aufgestellten Alternative werde Deutschland eine Vergrößerung des Bundesgebiets zugesprochen, auf welche es an sich kein Recht habe, während die zweite eine, wenn auch nicht grundsätzliche, so doch thatsächliche Befriedigung aller Rechtsansprüche des deutschen Herzogthums enthalte. Es sei deshalb gerecht, die Wahl zwischen den beiden „gleichbedeutenden Uebereinkommen" dem zunächst dabei betheiligten König-Herzog allein zu überlassen. Eine definitive Entscheidung des Erbfolgestreits herbeizuführen, sei bis jetzt keine gebieterische Nothwendigkeit vorhanden, und der Augenblick sei einer Erörterung dieser schwierigen Frage nicht günstig.

Wie Preußen dann von seinen Forderungen zurücktrat, gehört nicht hierher. Es war hier in der Hauptsache zu zeigen, daß es eine Zeit gab, wo das berliner Cabinet das jetzt von Frankreich befürwortete Mittel der Lösung der schleswig-holsteinischen Frage selbst vorschlug und vertheidigte, und daß es deshalb durch seine Vergangenheit nicht abgehalten, sondern vielmehr angehalten wird, das Princip der Selbstbestimmung der Völker über ihre politische Stellung anzuerkennen, dem „Wunsch der Bevölkerung" Rechnung zu tragen.

Verantwortlicher Redacteur: Dr. Moritz Busch.

Verlag von F. L. Herbig. — Druck von C. E. Elbert in Leipzig.

Die Reden des Prinz-Gemahls von England.

Reden des Prinzen Albert, Gemahls der Königin von England. Deutsch von Dr. Julius Frese. Autorisirte Uebersetzung. Bremen 1863. Verlag von Heinrich Strack.

Wir Deutsche haben gerade jetzt Veranlassung zu bedauern, daß der Fürst, welcher durch fast zwanzig Jahre in der Stille die Politik Englands gemäßigt, billig, in großem Sinne leiten half, von der Erde geschieden ist. Und wir meinen, daß man in England die Größe dieses Verlustes dereinst auch in Betreff der großen deutschen Frage dieses Jahres empfinden wird. So lange der Prinz lebte, waren die Führer der Parteien in ihrem verantwortlichen Amt immerhin abhängig von einem Willen, der sich bei tiefer Achtung vor dem Wesen der englischen Verfassung, in der Regel schonend und vorsichtig, bei wichtigen Gelegenheiten aber mehr als einmal mit Energie geltend gemacht hat. Zuweilen trug der Stolz englischer Staatsmänner unwillig die Einwirkung, welche der Prinz in seiner Stellung ausübte; aber nach manchen Kämpfen, Intriguen und versteckten Angriffen auf seine Person und den „deutschen Einfluß“ hatten sie sich doch gewöhnt, der klaren Logik und dem gesunden Menschenverstand seiner Ansichten Concessionen zu machen. Der ehrliche Eifer Lord Russels fügte sich in aufrichtiger Neigung dem Willen des Prinzen, auch die schlaue Gewandtheit Lord Palmerstons fand es nach einigen ernsten Erfahrungen wenigstens nicht gerathen, dem Prinzen offen entgegenzutreten. Und man darf wohl behaupten, die Verblendung, die jähe Hitze und ungeschickte Behandlung, welche die Whigs in der schleswig-holsteinischen Frage gegen Deutschland gezeigt haben, wäre ganz unmöglich gewesen, wenn das versöhnende Wesen des Prinzen dabei noch hätte wirksam sein können.

Die englische Presse hat unter anderem thörichten Geschwätz in den letzten Monaten sich zuweilen darin gefallen, über einen furor teutonicus zu spotten, der uns überfallen habe. Wir geben ihr mit besserem Selbstgefühl diesen Vorwurf zurück. Wenn der Deutsche einen eigenthümlichen Vorzug unter den Nationen Europas beanspruchen darf, so ist es gerade der, daß ihn auch der wärmste Schlag seines Herzens und großer Eifer in Liebe und Haß nicht unbillig, nicht gewissenlos und nicht unempfänglich gegen die Tüchtigkeit Fremder macht, selbst wenn diese seine bittersten Feinde sein sollten. Es ist in seinen Wesen eine heitere, offene Herzlichkeit unvertilgbar, sie ist ihm in den Perioden der leidenschaftlichsten Aufregung nicht verloren gegangen, sie war in schlechten Zeiten vielleicht die liebenswürdigste Eigenschaft unserer Natur. Diesen Vorzug wenigstens besitzt das englische Volk im Ganzen betrachtet, nicht. Die tüchtige, zuweilen schwerfällige Art zu empfinden ist nicht selten mit einer hartnäckigen und kurzsichtigen Einseitigkeit des Urtheils verbunden, welches zeitweise die herrschende Stimmung des Landes in auffallender Weise beschränkt, und mehr als einmal Staatsmänner, Parlamente und Volk der Straße bis zu einer gewaltthätigen Einseitigkeit erhitzt hat, in welcher alles Gefühl für Gerechtigkeit und Wahrheit verloren ging. Wir wissen sehr wohl, auf solche Ausbrüche des blinden Fanatismus kam jedesmal eine kräftige Reaction, aber die Krisen, in denen dieser Furor der Teutonen oder Celten dort aufbrach, haben in alter und neuer Zeit mehr als einmal die Blätter der englischen Geschichte mit Thaten bezeichnet, auf welche kein Engländer stolz sein wird. Gerade bei solcher Beschaffenheit der englischen Natur war Prinz Albert in ausgezeichneter Weise geeignet ein unbefangener Vermittler zu werden. Sein Leben war durch eine Reihe von Jahren das Band, welches Engländer und Deutsche einander näherte. Und wir bedauern tief, daß diese Verbindung sowohl für uns, als für das Volk jenseits des Kanals verloren ist; nicht weil wir von der Politik der englischen Regierung freundliche Zuneigung oder gar nationale Opfer unseren Interessen zu Liebe beanspruchen, denn wir werden, was wir wollen und müssen, auch ohne ihre guten Dienste durchsetzen. Aber wir halten es für ein Unglück, daß Deutsche und Engländer auf Jahre hinaus einander mit kalter Abneigung gegenüberstehen sollen. Und wir wissen nur, daß die Schuld dieser unnöthigen Entfremdung nicht an uns liegt.

Es ist mehr als einmal gesagt, daß England einst auf die gute Zeit der Königin Victoria und des Prinzen Albert mit Sehnsucht zurücksehen wird. Denn das Leben des Prinzen half für England eine Zeit herbeiführen, wie sie seit Jahrhunderten als ein idealer Zustand des Staates ersehnt worden war, eine Zeit, in welcher die Parteien in Schwäche versanken und die innern Gegensätze ihre Schärfe verloren, weil die Krone höchst aufrichtig und höchst gewissenhaft die Verfassung beobachtete, eine Zeit, in welcher das helle Licht der Humanität fast jedem Einzelnen das Leben schöner und besser machte, wo die gewaltige Zunahme des Reichthums und der nationalen Kraft auch den Schwachen und Kleinen in früher unerhörter Weise zu gut kam, wo gegen die starre Orthodoxie, gegen Standesvorurtheile und den Pharisäismus der privilegirten Classen eine reinere Sittlichkeit, freie Wissenschaft und eine weitverbreitete Freude am Dasein in den Kampf traten. An jedem dieser Fortschritte hatte die Persönlichkeit des Prinzen großen Antheil. Und als nach seinem Tode die Königin im tiefsten Schmerze aussprach, daß ihrem Leben Glanz und Freude genommen sei, da beklagte sie zu gleicher Zeit auch ihr Volk, das von jetzt ab seine segensreiche Thätigkeit entbehren sollte.

Es ist jetzt über ein Jahr, seit die englische Ausgabe der Reden des Prinz-Gemahls erschien, seit einigen Monaten besitzen wir in guter Ausstattung eine gelungne Uebersetzung derselben. Und wir erachten es gerade jetzt zeitgemäß, darauf aufmerksam zu machen und das Buch den Deutschen zu empfehlen. Es enthält zuerst eine Charakteristik des Fürsten, bei welcher warme Pietät die Feder geführt hat, darauf in einer einzelnen inneren Frage Bruchstücke aus seinem Tagebuch, endlich chronologisch geordnet eine Anzahl längerer und kürzerer Reden und Ansprachen, welche der Prinz bei den verschiedensten Gelegenheiten gehalten hat. Und diese Reden verdienen wohl mit Theilnahme gelesen zu werden, denn viele derselben sind Muster vornehmer und sachgemäßer Rede, wie sie einem Fürsten ziemt, der darauf verzichtet zu glänzen, und der nichts anderes will als ehrlich, treffend, würdig das Nothwendige und Gute sagen, dies freilich nicht nur von dem hohen Standpunkt, den ihm seine äußere Stellung giebt, sondern von den Gesichtspunkten eines kräftigen, die Wahrheit suchenden Geistes.

Die Seele des deutschen Fürsten, welcher dazu berufen war, die Geschicke Englands bestimmen zu helfen, war für diese große Aufgabe vortrefflich geeignet. Wahrhaft, klar, unermüdlich an der eigenen Bildung arbeitend, ein inniges und heiteres Gemüth, welches sich nach Außen im gemessenen Stolze abzuschließen wußte, war er als Gemahl der mächtigsten Fürstin der Erde gut ausgerüstet, der Freund ihres Herzens, Vertrauter, Stütze und Führer zu werden. Er brachte nach England unsern billigen und unbefangenen Sinn herüber, der sehr geneigt war, alles Gute und Große der neuen Heimath warm in das Herz zu schließen und der doch das eigene freie Urtheil niemals gefangen gab. Er war nicht in der Thätigkeit eines großen Staatsorganismus aufgewachsen, und seine Naturanlage war auch darin deutsch, daß sie ihn den Geschäften gegenüber immer zunächst zu einem unbestechlichen Beurtheiler machte, und daß in ihm vorzugsweise das Bedürfniß ausgebildet war, durch prüfende Erörterung in das Wesen der Dinge einzudringen. Gerade diese Eigenschaft war ein Segen für ihn und seinen Kreis. Stürmischer Ehrgeiz und unruhiger Thatendrang hätte seiner Stellung zwischen hochfahrenden Parteiführern, über einem gegen das Ausländische mißtrauischen Volke, wahrscheinlich unüberwindliche Schwierigkeiten in den Weg gelegt. Er prüfte und wägte sorgfältig ab, hatte er sich aber entschlossen, so war er fest.

Alle Pflichten ernst und groß zu fassen, nichts klein zu behandeln, wo er sich hingab nur die Sache im Auge zu haben, war ihm leitender Grundsatz. In einer unglaublich vielseitigen Thätigkeit mühte er sich bis zur Erschöpfung seiner Kräfte, überall etwas Ordentliches zu wirken. Fast zahllos sind die humanen Tendenzen, denen er mit warmer Hingebung diente. Er liebte die Kunst — seine Sammlung Rafaelscher Handzeichnungen hat für die Kunstgeschichte eine hohe Bedeutung gewonnen —, er war ein intelligenter Landwirth — seine Musterfarmen und die Häuser, welche er seinen Arbeitern baute, sind der englischen Landwirthschaft epochemachend gewesen. Er nahm innigen Antheil an jedem socialen Streben, die Lage der arbeitenden Classen zu verbessern, er hatte eine recht herzliche und unbefangene Freude an jeder Art von Menschenkraft und Tüchtigkeit, er war bei allem fürstlichen Selbstgefühl mit ganzer Seele freigesinnt, er wurde in seinem Amt der liebevollste Vater, der aufopferndste Gatte, ein liberaler, hochgesinnter, billigdenkender Staatsmann, ein guter und in Wahrheit edler Mensch.

Das ist ein schönes Lob und es ist ihm wenigstens nach seinem Tode von dem Volke, für dessen Wohl zu leben er bemüht war, in tiefer Trauer gezollt worden.

Und deshalb wollen auch wir dem Uebersetzer und Verleger dankbar sein, welche einen Theil seines Wesens durch dies Buch dem deutschen Leser nahe legten.

Vielleicht das höchste Interesse erwecken darin die Zeilen, aus denen das Verhältniß des Prinzen zur Königin deutlich wird. Wir erinnern uns nicht, daß die Liebe und Hochachtung von zwei guten Menschen, denen das Schicksal wurde, ein großes Reich zu beherrschen, jemals so wahren und ergreifenden Ausdruck gefunden hat, als in den einfachen Worten, mit denen die Königin in dem vorliegenden Buche ihre Trauer ausspricht, und der Prinz seine Stellung zu der Königin charakterisirt. Es wird deshalb in Folgendem zugleich als Probe der guten Uebersetzung die Verhandlung über den Oberbefehl der englischen Armee im Auszuge mitgetheilt.

Die Veröffentlichung dieser Aufzeichnung des Prinzen giebt der Königin eine passende Gelegenheit, auf das klarste und bündigste auszusprechen, was sie schon längst gern ausgesprochen hätte. Zu Lebzeiten des Prinzen hat es die Königin oft gedrängt, der Welt zu sagen, welch unermüdliche, sorgsame, treue, unschätzbare Hilfe bei der Leitung der Staatsgeschäfte sie an ihrem Gemahl hatte. Schon damals konnte die Königin es kaum ertragen, über diesen Gegenstand zu schweigen und nicht laut verkünden zu dürfen, wie viel ihre Regierung ihm verdankte. Und jetzt kann die Königin nicht länger anstehen, auszusprechen, was sie so lange empfunden hat, und öffentlich zu erklären, einen wie unersetzlichen Verlust der Staat nicht weniger, als sie selbst mit ihrer Familie durch den Tod des Prinzen erlitten hat.

Wie schwer und traurig die Lage der Königin ist, die so viele Jahre an solche liebevolle Unterstützung gewöhnt war und nun plötzlich derselben beraubt ist, läßt sich in seinem ganzen Umfange kaum ermessen. Verlassen und düster, wie die Königin im tiefsten Herzen fühlt, liegt ihr Lebensweg vor ihr, — ein Pfad der Pflicht und Mühe, den sie, auf die treue Anhänglichkeit und Liebe ihres Volkes gestützt, mit Gottes Hilfe zu wandeln gedenkt, aber auf dem ihr strauchelnder Schritt, wie sie fürchtet, oft genug bekunden wird, daß ihr die zärtliche und liebevolle Unterstützung fehlt, die sie bei jeder Gelegenheit an ihrem geliebten Manne zu finden gewohnt war.

Die Umstände, welche die Aufzeichnung des Prinzen veranlaßten, waren folgende:

Bei dem Tode des General-Adjutanten Sir J. Macdonald (im März 1850) wurde der Plan angeregt, die beiden Stellen des General-Adjutanten und des General-Quartiermeisters in eine zu verschmelzen und dem Chef des Stabes zu übertragen. Der Herzog von Wellington wurde deshalb nach Windsor berufen und machte dort im Laufe der Verhandlungen den Vorschlag, man solle die Sache so einrichten, daß der Prinz schließlich sein Nachfolger im Oberbefehl würde. Auf diesen Vorschlag beziehen sich die nachstehenden Auszüge aus den Aufzeichnungen des Prinzen.

Schloß Windsor, 3. April 1850.

„Gestern besuchte ich den Herzog von Wellington nach seiner Ankunft im Schlosse auf seinem Zimmer. Das Gespräch wandte sich bald auf die Frage wegen der erledigten Stelle des General-Adjutanten. Ich fragte den Herzog, was er in der Sache vorhabe. Er erwiderte, er habe einen Brief erhalten, der die Vereinigung der beiden Stellen des General-Adjutanten und des General-Quartiermeisters befürworte, und er übergab mir seine Antwort darauf. Dann fuhr er fort, es sei nöthig, daß wir ein wenig in die Zukunft blickten. Er sei über achtzig Jahr und trete nächsten Monat in sein zweiundachtzigstes. Zwar sei er, Gottlob, recht wohl und kräftig und wolle thun, was er könne aber er könne doch nicht ewig dauern, und im gewöhnlichen Lauf der Dinge müßten wir uns in nicht gar zu langer Zeit auf einen Wechsel gefaßt machen. So lange er da sei, versehe er alle Stellen selbst. . . . Die beiden Stellen eines General-Adjutanten und eines General-Quartiermeisters zu einer neuen Stelle, der eines Chefs des Stabes vereinigen, wie das wohl in einigen fremden Armeen geschehe, würde doch nur zwei verschiedene Personen anstellen heißen, die dasselbe zu thun hätten, und das thue nie gut. Der Chef des Stabes würde seine amtliche Thätigkeit wieder in ein General-Adjutanten- und ein General-Quartiermeister-Departement vertheilen müssen; dabei würde nichts gewonnen. Indeß sehe er doch den größten Vortheil in der Anstellung eines Chefs des Stabes, wenn es sich nach seinem Tode so einrichten ließe, wie er's immer gewünscht habe, und wie er's auch jetzt noch für das Beste halte, nämlich so, daß ich den Oberbefehl über die Armee übernähme.

Er sei überzeugt, ohne einen solchen Chef des Stabes, der vor dem Lande verantwortlich wäre und die amtlichen Beziehungen zu den andern Departements der Regierung vermittelte, würde mir das nicht möglich sein. Für diesen Fall sei er bereit, die Sache schon jetzt in Gang zu bringen, und für den Erfolg wolle er einstehen. . . .

Ich antwortete dem Herzog, ich würde mich nur sehr schwer entschließen können, eine so große Verantwortung zu übernehmen, — ich sei nicht sicher, ob ich dazu passe, da mir militärische Erfahrungen fehlten u. s. w. (worauf der Herzog erwiderte, mit gutem rechtschaffenen Willen lasse sich viel leisten, und in dieser Beziehung sei ihm nicht bange) —, ferner hätte ich Bedenken, ob sich diese Stellung mit meinen andern Pflichten vertrüge; ich übernähme nicht gern etwas, was ich nicht durchführen könnte, und ich wisse doch noch nicht, wie viel Zeit und Arbeit die neue Stellung erfordere.

Der Herzog antwortete: gewiß würde sie sowohl viel Zeit als Arbeit erfordern, weil ohne mein Wissen und Willen nichts geschehen könne, aber das Detail würde der Chef des Stabes besorgen. Er habe sich das gründlich überlegt, und die Sache solle schon gehen. . . . Er habe immer den Grundsatz vertheidigt, daß der Souverain den Oberbefehl über die Armee führe, und um die jetzige Praxis mit dieser Theorie in Einklang zu bringen, habe er über jeden Punkt gewissenhaft den Befehl der Königin eingeholt, ehe er an die Ausführung ging. Wenn er aber nicht mehr da sei, dann sähe er kein sicheres Mittel, als daß ich selbst das Commando übernähme und so den Mangel einer constitutionellen Ausführung der Theorie ergänze, der daraus hervorgehe, daß jetzt eine Frau die Krone trage. Streng constitutionell würde ich allerdings für meine Handlungen verantwortlich sein, aber vor dem großen Publicum würde der Chef des Stabes die Verantwortung tragen, und für diese Stelle müsse man jemand wählen, der in der Armee den größten Namen und das größte Gewicht habe. Er wiederholte, er halte diese Einrichtung für die beste, und würde sie sofort ins Leben führen, so gut er könne. . . . Ich bat ihn, mir Zeit zur Ueberlegung zu lassen.

Am Abend gab die Königin dem Herzog von Wellington in meiner Gegenwart Audienz. Der Herzog begann damit, er wünsche dringend, der Königin seine Herzensmeinung zu sagen — gleichsam laut zu denken; dann wiederholte er, was er mir am Morgen gesagt hatte, und wir besprachen die Sache weiter. Ich bemerkte, manche Punkte bedürften noch der Erwägung . . . Der Vorschlag sei so lockend für einen jungen Mann, daß ich mich verpflichtet fühlte, alle Einwendungen auf das gründlichste zu prüfen, damit ich endlich das Rechte träfe . . . Die Königin sei als Frau nicht immer im Stande, die mannigfachen Pflichten ihres Amtes zu erfüllen. Zudem habe sie nicht, wie frühere Fürsten, einen Privatsecretär, der für sie arbeite. Der Einzige, der ihr bei der vielseitigen Arbeit, die ein Herrscher von England zu thun habe, helfe und helfen könne, sei ich selbst. Es würde mir sehr leid thun, eine Pflicht zu übernehmen, die meine Zeit und Thätigkeit so ganz für ein einziges Departement erfordere, daß es der Unterstützung Eintrag thäte, die ich im Allgemeinen der Königin leiste . . . Die Königin fügte hinzu, ich arbeitete jetzt schon mehr, als ihr lieb sei und als nach ihrer Ueberzeugung meine Gesundheit vertrage; ich gab das nicht zu und erwiderte, im Gegentheil müßten sich die Geschäfte mit der Zeit vermehren, wenn die Pflichten der Krone gegen das Land vollständig erfüllt werden sollten, aber es liege mir sehr am Herzen, daß ihr nicht mehr Arbeit zufalle, als unvermeidlich sei.

Der Herzog schien von meinen Gründen betroffen, und sagte, er habe sie zwar nicht übersehen, aber ihnen vielleicht nicht das gebührende Gewicht beigelegt, und er wolle noch weiter darüber nachdenken.

Endlich kamen wir überein, eine befriedigende Lösung dieser Frage sei nur möglich, wenn wir genau wüßten, welche Pflichten ich zu erfüllen haben würde, und die Königin beauftragte den Herzog, die nähern Details sowie seine Gründe schriftlich aufzusetzen, so daß wir darauf unsere Entscheidung gründen könnten. Der Herzog versprach dies.

Schloß Windsor, 6. April 1850.

Nach reiflichem Nachdenken über den Vorschlag des Herzogs besuchte ich ihn gestern Morgen auf seinem Zimmer; er hatte seinen Aufsatz fertig und übergab ihn mir. Nachdem ich ihn gelesen, sagte ich dem Herzog, ich müsse meine Stellung als ein Ganzes auffassen, und zwar als die des Gemahls und vertraulichen Rathgebers und Beistandes einer Souveränin. Ihr Wohl und Interesse müsse voranstehen, alle andern Erwägungen müßten sich darauf beziehen und sich unterordnen. Die Frage sei also einfach, ob ich dieser Stellung — meinen politischen, socialen und moralischen Verpflichtungen — nach allen Seiten gleichmäßig gerecht werden könnte, wenn ich mich ganz einem besondern Gebiete widmete, so wichtig dies auch sein möge, und ich fürchtete, die Folge der Uebernahme des Obercommandos würde die sein, daß ich es nicht könnte. Es sei ganz richtig und natürlich, daß die Eigenschaft der Königin als Frau ihr Verhältniß zum Heere abschwäche und daß mir die Pflicht obliege, diesen Mangel zu ergänzen; auch würde diese Pflicht noch dringender, wenn der Schutz, den der Herzog der Krone gewähre, unglücklicherweise einmal fehlen sollte. Aber ich zweifelte doch, ob sich nicht dasselbe erreichen ließe, ohne daß ich für den Oberbefehl der Armee besonders verantwortlich würde. Es gebe jetzt keinen Zweig der Staatsgeschäfte, wo ich nicht die Königin unterstützte u. s. w. . .

Der Herzog erwiderte, er sehe vollständig ein, daß meine Stellung als ein Ganzes aufgefaßt werden müsse; er fühle, wie außerordentlich schwierig und delicat sie sei, und er war freundlich genug hinzuzufügen, die Art und Weise, wie ich sie bisher ausgefüllt, habe seine Billigung, und auch das Publicum lasse ihr volle Gerechtigkeit widerfahren. Ich bat ihn, mir noch etwas Zeit zur Ueberlegung zu lassen, da ich erst seinen Aufsatz studiren wolle; ich würde ihm dann meine Entschließung schriftlich mittheilen.

Zwei Tage nachher schrieb der Prinz dem Herzog einen Brief, dem wir Folgendes entnehmen:

„Mein lieber Herzog!

Die Königin und ich haben Ihren Vorschlag, die Stellen des General-Adjutanten und des General-Quartiermeisters in die eines Chefs des Stabes zu vereinigen und dabei die künftige Uebertragung des Oberbefehls auf mich in Aussicht zu nehmen, gründlich erwogen.... Die Frage, ob es räthlich ist, daß ich den Befehl der Armee übernehme, habe ich auf das sorgfältigste geprüft und bin zu dem Schluß gekommen, daß meine Entscheidung lediglich und ausschließlich durch die Erwägung geleitet sein muß, ob meine Stellung als Gemahl der Königin und die Erfüllung der mir in dieser Stellung obliegenden Pflichten dadurch gehemmt oder gefördert wird.

Diese Stellung ist eine höchst eigenthümliche und delikate. Während eine Souveränin in sehr vieler Beziehung gegen einen Souverän im Nachtheil ist, hat doch andrerseits, wenn sie verheirathet ist und ihr Mann seine Pflicht kennt und thut, ihre Stellung auch manche ausgleichende Vortheile und erweist sich am Ende sogar stärker als die eines Souveräns. Unter einer Voraussetzung nämlich: ihr Mann muß seine *eigene individuelle Existenz* vollständig in die seiner Frau aufgehen lassen, — darf keine Macht für sich selbst erstreben, — muß allen Schein der Macht vermeiden, — darf keine abgesonderte Verantwortung vor dem Publicum übernehmen, sondern muß seine Stellung ganz zu einem Theil der ihrigen machen, muß jede Lücke ausfüllen, die sie als Frau in der Ausübung ihres königlichen Amtes läßt, muß beständig und sorgsam jeden Theil der Staatsgeschäfte überwachen, damit er ihr rathen und beistehen kann zu jeder Zeit und in allen den mannigfachen und schwierigen Fragen und Pflichten, mit denen sie bald in internationaler, bald in politischer, socialer oder persönlicher Beziehung zu thun hat. Als das natürliche Haupt ihrer Familie, als Vorstand ihres Hauses, als Leiter ihrer Privatangelegenheiten, als einziger *vertraulicher* Rathgeber in der Politik und als ihr einziger Beistand in den Beziehungen zu den Beamten der Regierung ist er außer Gemahl der Königin auch noch der Vormund der königlichen Kinder, der Privatsecretär der Souveränin und ihr permanenter Minister.

Wie vertrüge es sich wohl mit dieser Stellung, wenn ich die Leitung und Verwaltung eines hochwichtigen Zweiges des öffentlichen Dienstes und die damit verbundene persönliche Verantwortung übernähme, ein Executivbeamter der Krone würde, die Befehle der Königin durch ihre Staatssecretäre entgegennähme u. s. w.?! Ich bin gewiß, hätte ich einmal die Verantwortung übernommen, so würde ich mich nicht damit begnügen, die wirkliche Arbeit den Händen eines Andern (des Chefs des Stabes) zu überlassen, sondern ich würde es für meine Pflicht halten, selbst thätig zu sein. Aber während ich so Pflichten erfüllte, die gewiß jeder fähige General, welcher Erfahrungen im Felde gesammelt hat, besser zu erfüllen vermöchte als ich, der ich nicht den Vortheil dieser Erfahrung habe: würden hochwichtige, die Wohlfahrt der Krone nahe berührende Pflichten unerfüllt bleiben, die niemand erfüllen kann als ich. Ich fürchte daher, daß ich den verlockenden Gedanken, den Oberbefehl über die englische Armee zu übernehmen, von mir weisen muß."

Zur Geschichte des Urchristenthums.

3. Von Strauß zu Baur.

Man muß, sagt Baur, die Periode des straußschen Buchs selbst durchlebt haben, um sich eine Vorstellung von der Bewegung machen zu können, die es hervorrief. Nicht leicht hat eine Erscheinung so schnell und so allgemein so großes Aufsehen erregt, und alle Streitkräfte mit so regem Interesse auf den Kampfplatz gerufen. Das straußsche Leben Jesu war der zündende Funke, durch welchen der schon lange zusammengehäufte Brennstoff in lichterlohe Flammen gerieth.

Wir Jüngere, die wir jene Periode nicht selbst erlebt, können wenigstens aus der polemischen Literatur, die sich an dem Buche entzündete, seine Wirkung ermessen, und die denkwürdige Bewegung uns vergegenwärtigen, in welcher Strauß den von allen Seiten gegen ihn erhobenen Kampf aufnahm und fast allein stehend siegreich durchführte. Den eigentlichen Gegenstand, um den es sich handelte, hat der ganze Streit im Grunde wenig weiter geführt, aber er hat dazu gedient, die Ueberlegenheit, welche Strauß den bisherigen Richtungen gegenüber behauptete, in das volle Licht zu setzen. Schon sein literarisches

Talent, das an Leichtigkeit, Anmuth und schlagendem Witz mit Lessing wetteiferte, war den Gegnern unendlich voraus; es kam denjenigen, welche mit ihm anbanden, in der Regel theuer zu stehen. Allein es flochten sich in das gewandte Spiel seiner „Streitschriften“ zugleich die gründlichsten Nachweisungen ein, durch welche die Position, die er eingenommen, befestigt, Stellen, welche die Gegner als schwächer erspäht hatten, mit neuen Geschützen bewehrt wurden. Von allen Seiten flogen die Geschosse. Der alte Rationalismus und Supranaturalismus, die hengstenbergsche Orthodoxie und die schleiermachersche Gefühlstheologie, die schellingsche Naturmystik und die altgewordene hegelsche Schule — alle suchten sich des unbequemen Feindes zu erwehren, der in keine der herkömmlichen Kategorien passen wollte; mit allen war ein Gang zu thun, und mit wahrem Behagen und zugleich aufopfernder Geduld unterzog sich der Kritiker diesem Geschäft.

Am unfruchtbarsten war natürlich der Streit mit der äußersten Rechten, obwohl Hengstenberg wenigstens die allgemeine Bedeutung des straußschen Werks richtig herausfühlte und anerkannte, daß Strauß eigentlich nur den Zeitgeist zum Bewußtsein seiner selbst und der Consequenzen gebracht, die aus seinem Grundwesen hervorgehen; ihn gelehrt habe, die fremdartigen Bestandtheile abzustreifen, die ihm aus Mangel an tüchtiger Durchbildung bisher noch beiwohnten. Allein die Polemik wurde vom wissenschaftlichen sofort auf ein ganz anderes Gebiet getragen, wenn Hengstenberg von Menschen ohne Herzen, von unheilbaren geistigen Mißgeburten redete, und dem Verfasser des Lebens Jesu das beichtväterliche Zeugniß ausstellte, er habe nur das Herz eines Leviathans, das so hart ist wie Stein und so fest wie ein Stück vom untersten Mühlstein. Bald mit erbaulichen Liederversen bald mit einem Schwalle apokalyptischer Phrasen rief er das Wehe über die gottlosen Zweifler, welche das Licht hassen, weil ihre Werke böse sind. Mit den Worten des Jeremias klagte der bekümmerte Zionswächter: ach, daß ich Wasser genug in meinem Haupte hätte und meine Augen Thränenquellen wären, daß ich Tag und Nacht beweinen möchte die Erschlagenen in meinem Volke, denn es sind eitel Ehebrecher und ein frecher Haufe. Mit der Kritik wird aller Wissenschaft überhaupt, unsern Denkern und Dichtern, Schiller und Goethe der Krieg erklärt: sie sind allzumal vom Samen des Ehebrechers und arbeiten im Dienst des Reichs der Finsterniß. Selbst im Fetischdienst sei noch mehr religiöser Gehalt, als im System des Pantheismus, der alles in seinen Molochsarmen erdrücke. Besonders beliebt war in diesen Kreisen die Zusammenstellung Straußs mit Judas Ischarioth, ein Vergleich, den der fromme Eschenmayer in Tübingen aufbrachte. Es war eine Art von Polemik, die als literarisches Curiosum und als für ihre Urheber bezeichnend, immerhin in der Geschichte aufbewahrt zu werden verdient.

Ernster hatte es der Vertheidiger des älteren Supranaturalismus, der Superintendent Steudel, der sich als Straußs Vorgesetzter fühlte, gemeint, wenn er die Bedeutung des Historischen im Leben Jesu hervorhob, ohne welche die Thatsache des späteren Christenthums nicht zu erklären sei. Strauß antwortete, die historische Persönlichkeit Jesu und seine wirkliche Bedeutung habe er nicht geläugnet; aber in dem, was er als Mythus nachweise, habe eine Kraft und Trost für die Gemüther gelegen. Daß Petrus im Munde des Fisches eine Münze fand, hätte schwerlich irgendjemand erbaut, wenn es nicht Christus gewesen, auf den diese Geschichte bezogen wurde. Besonders aber wies er an der Predigt des Apostels Paulus nach, wie wenig auf die äußerlichen Einzelheiten, die wunderbaren Anekdoten im Leben Jesu ankam. Stellte doch Paulus seine ganze Predigt einfach auf Christus den Gestorbenen und Auferstandenen; von dessen Wunderthaten aber wußte der Apostel nichts oder wollte nichts wissen; nirgends gedenkt er ihrer, nirgends gründet er auf sie irgendeine Lehre. Gegen den Vorwurf aber, daß er das Heilige nicht heilig, sondern in gleichgiltigem und verletzenden Tone behandelt habe, wehrt sich Strauß mit den Worten: „Ja ich hasse und verachte jenes andächtige, zerknirschte und angstvolle Reden in wissenschaftlichen Untersuchungen, welches auf jedem Schritte sich und den Leser mit dem Verluste der Seligkeit bedroht, und ich weiß, warum ich es hasse und verachte. In wissenschaftlichen Dingen erhält der Geist sich frei, soll also auch freimüthig das Haupt erheben, nicht knechtisch es senken. Der Ausdruck heilig und Heiliges ist in wissenschaftlichen Dingen ein Ueberfluß, das Höchste für die Wissenschaft ist objectiv Wahrheit und subjectiv Wahrheitsliebe. Jene ist ihr Heiliges, diese die heilige Behandlung des Heiligen.“

Aber auch die hegelsche Schule wollte, obgleich Hengstenberg von Strauß die wahren Consequenzen des hegelschen Systems gezogen sah, nichts mit dem gefährlichen Buch zu thun haben; sie lehnte die Verantwortung dafür ängstlich von sich ab und meinte, die philosophische Kritik müsse es sich zur Aufgabe setzen, einen Gegenstand wirklich zu „begreifen“; das hieß in der Sprache der hegelschen Formalmänner nichts andres, als daß alle Erzählungen im Leben Jesu von der übernatürlichen Erzeugung bis zur Auferstehung, nachdem ihre ideale Wahrheit aufgezeigt, auch als wirkliche Thatsachen anerkannt werden sollten. Damit war das Geschäft der Kritik zu einer bloßen Scheinoperation herabgesetzt; es hieß, wie Strauß treffend bemerkte, Erbsen lesen mit dem Vorsatz, sie alle gut zu finden. Der hegelschen Schule war der gesunde Menschenverstand abhanden gekommen, sie konnte nicht empfindlicher getroffen werden, als indem sie vor diese Instanz verwiesen wurde. Behauptete Bruno Bauer, nothwendig habe die menschliche Natur im Allgemeinen einmal ein absolutes Individuum hervorbringen müssen, so erwiderte Strauß, nicht von der Gattung Apfelbaum als solcher, sondern immer nur von einem einzelnen Baum dieser Gattung hoffe man Aepfel zu gewinnen. Der Deduction, es gehöre zum Begriff der Menschheit, daß einmal ein Urmensch erscheine, in welchem dieser Begriff erst wirklich werde, hielt Strauß den Einwand entgegen, daß es dann ebensogut einen Urlöwen, einen Urfisch geben müßte. Und wenn die Hegelianer weiter meinten, der einzelne Mensch sei immer etwas Unvollkommenes, damit aber ein Mensch das Wesen der menschlichen Natur rein in sich darstellen könne, habe er unmittelbar durch den Begriff selbst in die empfängliche Menschennatur gesetzt werden müssen, so wußte Strauß diese monströse Beweisführung durch die andere zu parodiren: auch aller bisherigen Poesie klebt die Beschränktheit ihres Ursprungs von einzelnen Dichtern an, die Idee der Poesie verlangt aber eine absolute Verwirklichung, welche nur zu erreichen ist, wenn sie ohne Vermittlung durch ein dichtendes Individuum unmittelbar selbst sich Realität giebt. Die Menschenwelt kann nur die reine Empfänglichkeit darbieten, und da nun die Empfänglichkeit für ein Gedicht unmittelbar als Papier vorhanden ist, so muß es nothwendig einmal dahin kommen, daß das absolute Gedicht durch die Poesie als solche ohne Dazwischenkunft einer menschlichen Hand auf das empfängliche Papier geschrieben wird.

Mehr Aussicht auf eine Verständigung schien sich wenigstens im Anfange mit den liberalen Elementen der schleiermacherschen Schule zu zeigen. Zwar mühte man sich hier ab, die Geschichtlichkeit des urbildlichen Christus, wie ihn Schleiermacher aufgestellt hatte, nachzuweisen. Allein man läugnete wenigstens nicht, daß das Mythische Eingang in die Geschichte Jesu gefunden habe, nur wurde dasselbe möglichst eingeschränkt und auf eine schärfere Grenzlinie des Mythischen und Historischen gedrungen. Der strenge Inspirationsbegriff war längst aufgegeben. Die heiligen Schriftsteller sollten zwar inspirirt sein, aber die Eingebung sollte eine blos partielle sein, auf den religiösen, nicht aber auf den historischen Theil sich beziehen. Allein wie ließ sich beides trennen, wenn doch die erzählten wunderhaften Begebenheiten eben zum Beweis für die höhere Natur Jesu dienen sollten? Offenbar wollte man der Kirche möglichst wenig vergeben, aber doch die gröbsten Anstöße wenigstens aus dem Wege räumen. So verfuhr man auch mit den Wundern. Man hätte sie am liebsten ganz beseitigt und kam bei der Auslegung der einzelnen Erzählungen nicht selten auf die sogenannte natürliche Erklärung, auf die Auskunftsmittel des Rationalismus zurück. Dem heutigen Zustand der Naturforschung gegenüber getraute man sich das Wunder nicht mehr einfach als eine Durchbrechung der Naturgesetze durch unmittelbares göttliches Eingreifen aufzufassen; man machte vielmehr den ausgedehntesten Gebrauch von dem Begriff der Herrschaft des Geistes über die Natur, unterschied einen höheren Naturlauf und einen niederen, und appellirte — so Tholuck — an erst künftig zu entdeckende Naturgesetze. Am leichtesten wurde man mit den Krankenheilungen fertig, für welche man Jesus ein besonderes „Talent" zuschrieb und die Analogie des thierischen Magnetismus zu Hilfe zog. Schwieriger war es schon mit den Besessenen; die Anbequemung Jesu an Volksvorstellungen war hier die Annahme, mit der sich Neander zu helfen suchte; es habe sich um einen Irrthum gehandelt, dessen Bekämpfung nicht zu Jesu Beruf gehörte, da er das religiöse Interesse nichts anging. Engelserscheinungen, die wunderhaften Vorgänge bei der Taufe, die Verklärung werden zu Visionen herabgesetzt, die Verwandlung des Wassers in Wein auf der Hochzeit zu Kana als Potenzirung des Wassers zu weinartiger Kraft nach Art des Mineralwassers gefaßt. Die Speisung der Fünftausend, meint Neander, sei ja kein reines Schaffen aus dem Nichts, sondern nur eine Vervielfältigung schon vorhandener Substanzen oder Potenzirung der in denselben wohnenden Kräfte. So soll überall das Wunder um einen Grad natürlicher, für das vernünftige Denken annehmbarer gemacht werden, wozu Olshausen noch die unglückliche Kategorie des „beschleunigten Naturprocesses" erfand. In Betreff der Todtenerweckungen will Neander es geradezu unentschieden lassen, ob die Erweckten schon förmlich gestorben oder nur in einem todtenähnlichen Zustand waren. Ja selbst bei der Auferstehung Jesu rüttelte Hase an der Realität des Todes, da nur entweder ein Anfang der Fäulniß oder die Verletzung eines zum Leben nothwendigen Organs eine sichere Gewähr des Todes sein könnte, beides aber bei Jesus sich nicht nachweisen lasse. Was die wirkliche Meinung Hases ist, wird freilich hinter einem undurchdringlichen Nebel von „Wenn"- und „Aber" und „Vielleicht" versteckt.

Was sind dies nun aber alles für jämmerliche Ausflüchte, um dem Zugeständniß zu entgehen, daß uns die Geschichte Jesu durch sagenhafte Züge entstellt überliefert worden ist? Gerade heraus — ist es die Meinung der Evangelisten, daß die Versuchung Jesu eine Vision, ein Symbol ist, wenn sie doch den Satan leibhaftig zu ihm treten lassen? Ist es ihre Meinung, daß die Engel, die sie an Gestalt und Kleidung beschreiben, nur ein Gesicht der Anwesenden sind? Ist es ihre Meinung, daß die Wunderthaten, die Jesus verrichtete, nach Naturgesetzen erfolgten, die nur uns zur Zeit noch unbekannt sind? Ist es ihre Meinnng, daß Lazarus, als ihn Jesus erweckte, blos scheintodt war? ist dies die Meinung des Evangelisten, der bereits die Fäulniß begonnen sein läßt und in der wunderbaren Wiedererweckung einen Hauptbeweis für die höhere Abkunft und Macht Jesu erblickt? Wenn aber alles dies nicht die Meinung des Evangeliums ist, sondern seinem klaren Sinn vielmehr zuwiderläuft, mit welchem Rechte macht dann eine solche Theologie den Anspruch auf Rechtgläubigkeit? Ihr Verfahren ist überall dies, daß sie das einfache Wort der evangelischen Erzählung umbiegt, verdreht, ihm Gewalt anthut. Es sind die letzten verzweifelten Künste einer Theologie, welche glauben möchte, aber nicht mehr glauben kann, welche denken möchte, aber sich den einfachsten Consequenzen des Denkens scheu entzieht. In Zeiten, wo ein Neues hereinbricht und siegreich das Alte verdrängt, werden jedesmal Versuche auftauchen, welche, ohne sich dem Neuen ganz verschließen zu können, zugleich so fest als möglich sich an das Alte klammern. Ein Denkmal solchen Uebergangszustands ist diese sogenannte Vermittlungstheologie, welche mit der einen Fußspitze auf dem alten Dogma, mit der andern auf der modernen Wissenschaft steht und mit ihren angestrengten Balancirversuchen eben nur beweist, daß sie allen festen Halt unter sich verloren hat.

Der gewöhnlichste Vorwurf gegen Strauß war, daß er die Bedeutung der Persönlichkeit für das geschichtliche Leben verkannt habe. Die Thatsache der christlichen Kirche, versuchte Ullmann zu zeigen, sei der sprechendste Beweis gegen jeden Versuch, ihren Anfang in Mythen aufzulösen. Entweder, so spitzte er das Dilemma zu, ist Christus von der apostolischen Kirche ersonnen oder die Kirche von ihm gebildet; entweder ist die Kirche Christus dichtend oder Christus Kirche bildend gewesen. Jene Annahme ist unbegreiflich, für diese spricht die Analogie aller Geschichte. Denn wenn auch die Einheit Gottes und des Menschen nicht allein in einem Punkte sich entwickelte, sondern in der ganzen Menschheit, so findet sie doch ihren Gipfelpunkt, ihre geschichtliche Vollendung in dem Einen, dem Urbild des wahren Lebens in Gott. Die Kirche muß ein lebendiges Haupt haben, um ein Organismus zu sein und dieses Haupt ist Christus. Aehnliches findet auch auf anderen Gebieten des geistigen Lebens statt. Auch in der Kunst erscheinen von Zeit zu Zeit hohe Genien, in denen sich ihre ganze Kraft und Schönheit verkörpert, und fast für jede Kunst giebt es Einen, der eine solche Verkörperung darstellt, so Homer, Sophokles, Dante, Shakespeare, Rafael, Händel u. s. w., Genien, in welchen in der That die Fülle der Idee in ein Exemplar ausgegossen erscheint.

Hatte Ullmann hiermit wenigstens vergleichweise den Begriff des Genius herbeigezogen, so nahm Strauß seinen Gegner beim Wort, indem er mit diesem Begriff Ernst machte und Jesus die Stelle eines religiösen Genius anwies, was er in einer eigenen Schrift: „Vergängliches und Bleibendes im Christenthum“ noch näher ausführte. Strauß beabsichtigte mit diesen Monologen eine Art Gegenstücks zu seinen Streitschriften. Im Bewußtsein, daß sein erstes Werk wesentlich negativ gewesen, will er genauer nachsehen, ob außer jenem philosophischen Rest in der Schlußabhandlung aus dem Leben Jesu nichts übrig bleibe, was noch einen Werth habe für das religiöse Bedürfniß der Gegenwart. Vom jetzigen Standpunkt des Bewußtseins aus soll die religiöse Bedeutung der geschichtlichen Persönlichkeit Jesu festgestellt werden. Zu diesem Zweck wird der Anfang des Christenthums betrachtet als einer jener Knotenpunkte der Geschichte, jener Höhen der Menschheit, auf welchen die Individuen stehen, in denen das Zusammentreffen natürlicher Begabung mit freier Selbstbestimmung ungewöhnliche Kräfte zum Dasein und zur Reife bringt, mittelst welcher sie auf Mit- und Nachwelt schöpferisch bestimmend einwirken. Ist auf solche Weise Christus zunächst unter die profane Kategorie des Genius gestellt, so werden dann die verschiedenen Fächer unterschieden, in welche das geistige Leben der Menschheit sich auseinanderlegt, wobei dann, indem das religiöse Gebiet als das centralste und innerlichste von allen aufgezeigt ward, für Jesus eine Stelle ausgemittelt wurde, die ihn einerseits im Kreise des wahrhaft Menschlichen hält, andrerseits aber innerhalb dieses Kreises ihm diejenige Stelle anweist, wo Göttliches und Menschliches am unmittelbarsten ineinandergreifen. Als Stifter der absoluten Religion überragt Jesus alle übrigen Religionsstifter so weit, daß ein Hinausgehen über ihn für alle Zukunft undenkbar ist. Denn in ihm ist die Einheit des Menschlichen und Göttlichen zuerst in das Selbstbewußtsein getreten, und zugleich in so schöpferischer Urkräftigkeit, daß jeder Nachfolgende nur aus dieser Lebensquelle schöpfen kann. So wenig also die Menschheit jemals ohne Religion sein wird, so wenig wird sie je ohne Christus sein. Bleibt uns aber Christus, und bleibt er uns als das Höchste, was wir in religiöser Beziehung kennen und zu denken vermögen, als derjenige, ohne dessen Gegenwart im Gemüthe keine vollkommene Frömmigkeit möglich ist; nun so bleibt uns in ihm doch wohl das Wesentliche des Christenthums.

Die wichtigste Berichtigung und Ergänzung zu seinem Leben Jesu hatte somit Strauß selbst in diesen Monologen gegeben, welche als „friedliche Blätter“ zugleich den Streit in seinem damaligen Stadium abschlossen. Aber dieser ganze Streit war selbst nur die Einleitung zu der wissenschaftlichen Bewegung, die sich nun an das Leben Jesu knüpfte. Eine eigentlich wissenschaftliche Förderung konnte der Gegenstand nur von einer genaueren Untersuchung der Quellenschriften gewinnen. Ob man den Begriff des Mythischen so oder anders bestimmte, von den Wundern die einen natürlich erklärte, die andern abschwächte, den Inspirationsbegriff strenger oder laxer faßte, hier der Kritik ein Zugeständniß machte, ein anderes verweigerte, kam am Ende ganz auf subjective Gründe hinaus. Erst wenn man bestimmte Anhaltpunkte für die Entstehung der Evangelien und für ihr gegenseitiges Verhältniß gewonnen hatte, ließ sich beurtheilen, mit welchem Rechte Strauß das Ganze der evangelischen Geschichte als mythisch aufgelöst hatte. Aber auch nachdem in dieser Weise die Aufgabe gefaßt war, kam man im Anfang noch nicht über Hypothesen hinaus. In einem gelehrten schwerfälligen Werke stellte Wilcke die Ansicht auf, daß Marcus, dessen Inhalt bekanntlich bis auf wenige Stücke ganz in dem der beiden andern Synoptiker aufgeht, als der Urevangelist zu betrachten sei, eine Hypothese, die jedoch durch die Annahme, zu der sie genöthigt war, daß doch nicht unser jetziger Marcus der Urmarcus sei, ihre eigene Schwäche eingestehen mußte. Aufgenommen wurde diese Hypothese von Bruno Bauer, der inzwischen von der orthodoxen Seite der Hegelianer zur äußersten Linken übergesprungen war und durch solchen gelungenen Sprung sich die Fertigkeit erwarb, nachmals mit gleichen Füßen wieder ins Kreuzzeitungslager überzusetzen. Es ist komisch anzusehen, wie Bauer, der noch kurz zuvor die übernatürliche Erzeugung Jesu gegen Strauß vertheidigt hatte, jetzt den nüchternen Kritiker vornehm über die Achsel ansah, weil er auf halbem Wege stehen geblieben sei und noch tief in der Transscendenz stecke. Denn es sei gleichgiltig, ob man sage, die biblischen Schriften seien inspirirt, oder sie seien in der Tradition entstanden; beides sei transscendent, beides beeinträchtige die Freiheit des Individuums. Vielmehr rein aus dem Selbstbewußtsein der Schriftsteller heraus seien die Evangelien geschrieben, und da nun ausdrücklich von allen historischen Bedingungen abgesehen wird, so ist dieses „unendliche, absolute Selbstbewußtsein", — seine Formeln hatte der Hegelianer nicht dahinten gelassen — nichts als die baare Willkür, und in der That aus reiner Willkür, aus Aberglauben, Gedankenlosigkeit, absichtlicher Uebertreibung soll der ganze Inhalt der Evangelien zusammengesetzt sein. Es setzt dem Ganzen die Krone auf, wenn Bauer in der affectirten Wissenschaftlichkeit noch die Miene annimmt, als sei selbst die Existenz eines Mannes mit Namen Jesus zweifelhaft.

Gleichzeitig mit Wilcke war auch Weiße auf die Hypothese des Urevangelisten Marcus gekommen. Damit sollte wenigstens e i n sicherer historischer Anhaltspunkt gegeben sein. Denn im Uebrigen gab Weiße die evangelische Erzählung ziemlich preis. Er erklärte selbst, in den negativen Resultaten wesentlich mit Strauß einverstanden zu sein, und wollte nur zu dem Negativen die positive Ergänzung hinzufügen. Matthäus, Lucas und auch Johannes kommen als reflectirte, compilatorische Arbeiten übel weg. Aber selbst aus Marcus muß er eine Reihe von Zügen entfernen, um ihm den Werth einer historischen Quelle zu vindiciren. Vor allem die eigentlichen Mirakel, die eine Durchbrechung der Naturgesetze wären, und die nach Weiße alle mißverständlich aus Jesu Gleichnißreden entstanden sein sollen. Dagegen wird auf die Heilkraft Jesu ein besonderes Gewicht gelegt; sie war ein angebornes Talent, von welchem Jesus täglich Anwendung machte, und zwar wird es näher als eine magnetische Wundergabe bezeichnet, die ihm vermöge seiner weltgeschichtlichen Stellung vor allen übrigen Sterblichen verliehen gewesen sei. Diese magnetische Gabe wird auch dazu benutzt, um den Glauben der Jünger an die Auferstehung, die als Thatsache gleichfalls beseitigt wird, erklärlich zu machen. Als abgeschiedener Geist sei nämlich Jesus in den Erscheinungen der Jünger wirklich gegenwärtig gewesen; es sei ihm das Vermögen eigen gewesen, auch nach seinem Tode noch auf seine Jünger und einzelne Andere, die körperlich und geistig dazu disponirt waren, magisch einzuwirken. Man sieht an diesem Gespensterspuk, daß Weiße in dem, was er positiv über Strauß hinaus leisten wollte, nicht besonders glücklich war. Dagegen hat er im Einzelnen treffende kritische Bemerkungen; namentlich hebt er den Unterschied zwischen dem synoptischen und johanneischen Christus richtig hervor und macht auf den absichtlichen reflectirten Charakter des vierten Evangeliums aufmerksam. Nur entgeht er auch hier wieder den Consequenzen, auf welche dieses Verhältniß hinleitet. Er unterscheidet nämlich echte Stücke und unechte Stücke im Johannesevangelium. Zwischen dem erzählenden und dem lehrhaften Theile desselben bestehe ein Unterschied der Denk- und Anschauungsweise, die sich nur durch die Annahme verschiedener Verfasser erklären lasse. Da nun die lehrenden Theile offenbare Verwandtschaft mit dem ersten johanneischen Briefe haben, dessen apostolischer Ursprung angeblich besser bezeugt ist, so werden diese Theile dem Apostel selbst zugeschrieben, während die erzählenden Stücke und auch die dialogischen Reden theils wegen ihrer innern Widersprüche, theils wegen ihres sinnlich-supranaturalistischen Wunderbegriffes von einem späteren Bearbeiter herrühren sollen. Der Apostel Johannes habe in seinen alten Tagen sich Aufzeichnungen gemacht, theils von eigenen Betrachtungen über den hingegangenen Meister, theils von Reden desselben. Diese hinterlassenen Stücke habe nach dem Tod des Apostels ein Schüler theils aus der Erinnerung an seine mündlichen Vorträge, theils aus anderweitiger evangelischer Ueberlieferung zu dem jetzigen Evangelium verarbeitet und zwar sehr ungeschickt und willkürlich verarbeitet. Da nun aber auch der apostolische Grundstock vom Ueberarbeiter vielfach verändert sei, und andrerseits auch im Eingeschobenen wieder apostolische Bestandtheile sich vorfinden sollen, da ferner doch auch die vom betagten Apostel selbst niedergeschriebenen Reden Jesu nach der langen Zeit durch seine eigene Denkweise mitbestimmt, also nicht unmittelbar authentisch sein sollen, so ergiebt sich leicht, wie wenig mit dieser künstlichen Hypothese gewonnen wird, die nur aus dem dogmatischen Motiv, wenigstens einen Theil des Evangeliums als apostolisch zu retten, entstanden ist. Als Weiße von diesen Voraussetzungen daran ging, im Einzelnen die echten und unechten Bestandtheile zu sondern, passirte es ihm, daß gleich der Prolog, dieser einheitliche, wohlgeordnete Eingang in das Evangelium in sieben Stücke zerbröckelte, die abwechselnd von zwei verschiedenen Verfassern herrühren sollten.

Einen anderen, nicht glücklicheren Theilungsversuch machte Alex. Schweizer, der von einem Theil der Erzählungen im vierten Evangelium gleichfalls wegen ihres gesteigerten Wunderbegriffs und einer niedrigeren Anschauungsweise, die mit dem sonstigen idealen Charakter des Evangeliums nicht zusammenstimme, sich zurückgestoßen fand und nun die Entdeckung machte, daß gerade diese Stücke ihren Schauplatz in Galiläa haben. Daraus folgerte er, daß die ursprüngliche apostolische Schrift blos die außergaliläische Wirksamkeit Jesu schildern wollte, und erst von einem späteren Ueberarbeiter die galiläischen Stücke eingetragen worden seien. Allein wenn es schon schwer denkbar war, daß ein Galiläer, nämlich der Apostel Johannes, gerade jenes außergaliläische Evangelium geschrieben haben sollte, so scheiterte die ganze Hypothese an der nahe liegenden Wahrnehmung, daß die drei besonders anstößigen Stücke, das Wunder in Kana, die Heilung in die Ferne (von Kana nach Kapernaum) und die Speisungsgeschichte, um nichts wunderbarer und unbegreiflicher sind als viele andere Wunder, und daß, wenn die letzteren rationalisirt werden, wie z. B. mit der Auferweckung des Lazarus geschah, auch die anderen durch eine künstliche und rationalistische Auslegung verwässert werden konnten.

Solche und andere Versuche gingen aus dem Interesse hervor, vom Johannesevangelium so viel als möglich zu retten. Dieses Interesse war nahe genug gerückt, nachdem die straußsche Kritik eben die Glaubwürdigkeit dieses Evangeliums auf jedem Punkte angegriffen und dadurch seinen ganzen geschichtlichen Charakter in ein bedenkliches Licht gestellt hatte. Wie in der Ahnung von einem noch gewaltigeren Sturme gab man, um durch ein Opfer größeres Unglück abzuwenden, einzelne Stücke des Evangeliums preis, in der Hoffnung, wenigstens den Kern erhalten zu können. Denn ganz besonders war das Johannesevangelium der gläubigen und halbgläubigen Theologie an das Herz gewachsen. Seit Schleiermacher war es ihr Lieblingsevangelium. Es stimmte so gut zu dem urbildlichen Christus, wie Schleiermacher ihn construirt hatte, es allein gab den vollen Gottmenschen, es allein hatte jenen idealen geistigen Charakter, in welchen die ganze Lehre des Christenthums sublimirt werden mußte, um sie der Gegenwart mundrecht zu machen. Je mehr es nun gefährdet war, um so ängstlicher und erfinderischer die Sorge, es zu retten. Um das Johannesevangelium entbrannte von nun an der lebhafteste Kampf, hier wurden die entscheidenden Schlachten geschlagen. Aber um den Kampf mit ganzem Erfolg führen zu können, genügte es nicht mehr blos das Verhältniß der vier Evangelien unter einander zu untersuchen. Auf diesem Wege gelangte man nie zu positiven Resultaten. Es mußte vielmehr der Hebel außerhalb angelegt werden, in der nachapostolischen Zeit, wo man mit unzweifelhaft geschichtlichen Factoren operiren konnte. Von hier aus ließ sich dann erst nach rückwärts Schritt für Schritt das verwirrende Dunkel aufhellen, in das bis jetzt noch das Ganze der Evangelienliteratur eingehüllt war. Wie ein Feldherr, der in entlegener Ferne seine Heere geübt hat, so erschien nun F. Ch. Baur mit den Resultaten, die er auf dem Feld der nachapostolischen Literatur erzielt hatte, auf dem Schauplatz der Evangelienkritik und führte den Kampf mit solchem Nachdrucke, mit solcher Unerschrockenheit und Ausdauer, bis er, wie Strauß sagte, zwar nicht vor den Richterstühlen der Theologen, aber vor dem der Wissenschaft zu Gunsten der Kritik entschieden war.

Der Mythus der Niobe.

Niobe und die Niobiden in ihrer literarischen, künstlerischen und mythologischen Bedeutung von Dr. K. E. Stark. Leipzig, Engelmann. 1863.

„Der Ursprung des Mythus ist ein idealer", so ohngefähr heißt es in der Einleitung, „er ruht im Gemüthe des Volkes, in der religiösen Hingabe an eine in der Naturerscheinung oder im Menschenleben sich offenbarende göttliche Potenz. So wird es immer ein Doppeltes sein, das wir aufzusuchen haben: die eigenthümlich religiöse Stimmung und das einfache Bild eines Naturvorganges. In diesem Doppelten liegt es zugleich ausgesprochen, daß der Mythus zunächst in Cultus und Symbol seine Wurzeln hat."

Auf wunderbare Weise zeigt sich dieser Vorgang in der ältesten der griechischen Mythen, um die es sich hier handelt, der Niobesage. Der durch das ganze hellenische Alterthum gehende eindringliche Zug, gegenüber der göttlichen Macht an die menschliche Abhängigkeit zu mahnen, ist in ihr zur tief poetischen, lebendig fruchtbaren Kunstidee geworden, welche, einer stets erneuten Entwickelung fähig, das liebevoll gepflegte Eigenthum des griechischen Volkes gewesen ist.

Im Homer schon erinnert Achill den trauernden Priamos an das Schicksal der Niobe, „der daheim im elterlichen Hause sechs Töchter und sechs blühende Söhne dahingestorben sind." Der alte Hesiod, die späteren Lyriker bis auf Pindar und Sappho haben sich den fruchtbaren Stoff nicht entgehen lassen. Eines der gewaltigsten, durch Einfachheit der Anlage und Macht des Ausdruckes erschütterndsten Dramen soll die Niobe des Aeschylus gewesen sein. Der alte Tragödiendichter zeigt die Heldin auf dem Grabe ihrer Kinder sitzend, verhüllten Hauptes, in starren Schmerz versenkt, während die Reigen der Chorlieder an ihr vorüberrauschen. Sophokles, von dessen Niobidentragödie nur unbedeutende Reste erhalten sind, versetzte seine Niobe auf den Boden von Theben und zwar wählte er den Augenblick, wo das Verhängniß die Söhne und Töchter vor den Augen der Mutter ereilt. Ueber die zarten Verhältnisse schwärmerischer Jugendneigung im Kreise fürsorglicher Wärterinnen erhebt sich die tragische Gestalt der „Alldulderin" in göttlicher Hoheit. Die dithyrambische Dichtung benutzte das Schicksal der Niobe, „ihr stolzes Reden und ihr Schweigen im Leid", zu Gesängen und Tänzen des feierlichen Chorreigens und der hochtragische Charakter des Mythus mußte auch in der Parodie seinen Gegensatz finden. Die alexandrinischen Dichter nicht minder als die römischen spannen den Faden fort, bis Ovid einen gewissen Abschluß herbeiführte durch seine vollständige Erzählung von der phrygischen Königstochter, der kinderreichen Gemahlin des Amphion, die, durch den Fernhintreffer Apollon und die pfeilfrohe Artemis um ihres stolzen Rühmens willen zur Kinderlosen gemacht, an dem heimathlichen Felsen des Sipylos zu Stein erstarrt, in endlos rinnenden Thränenbächen ihren Verlust beweint.

Wie in der langen Periode des Steigens und des Verfalls griechischer Dichtung durch so viele Bearbeitungen, nicht minder durch örtliche und geschichtliche Einflüsse, der ursprüngliche Kern des Mythus sich mit neuen Ideen erweitert und umkleidet hat, darüber mag der wißbegierige Leser sich in dem ersten Abschnitt des Buches vollständig unterrichten. Der Zweck dieser Zeilen kann bei dem Umfang und Inhaltsreichthum dieses Werkes kein anderer sein, als eine übersichtliche Erwähnung der darin behandelten Gegenstände nach ihrem Zusammenhang und ihrer Reihenfolge im Interesse des größeren Publicums. Wir wenden uns zu dem zweiten Abschnitt, welchem als Schmuck und Erläuterung eine Reihe von Abbildungen beigegeben ist, wohl geeignet, den Verlauf einer großen Kunstperiode sich zu vergegenwärtigen.

Der Verfasser beginnt seine archäologischen Untersuchungen mit dem wunderbaren, auf der kleinasiatischen Küste anderthalb Stunden vor Magnesia in dem Sipylosgebirge befindlichen Felsgebilde, welches, nahe gesehen, eine durchrissene, von Quellen überströmte Felswand, aus der Ferne aber in deutlichen Umrissen eine in Trauer versenkte sitzende Frauengestalt zeigt, von rinnenden Wassergüssen überrieselt. Dieses Bild als wirkliche Niobe und zugleich als eines der ältesten Werke griechischen Geistes und griechischer Auffassung festzustellen, wenngleich unter dem Einfluß assyrischer Kunstübung entstanden, geht der Verfasser, wie dies überhaupt der Charakter des Buches ist, an einer ununterbrochenen Kette von Beweisgründen localer geschichtlicher und künstlerischer Natur vorsichtig von einer Schlußfolge zur andern.

Auf den attischen Boden übertragen, ward der Niobemythus alsbald, nicht durch die Hand, aber durch die Erfindung des Phidias zum Schmuck an dem Thronsessel des olympischen Zeus verwendet. In Athen selbst befand sich am Südostabhang der Akropolis, oberhalb des Dionysostheaters in einer Grotte eine Niobidendarstellung, deren Pausanias mit genauer örtlicher Bezeichnung Erwähnung thut und deren Stiftung durch neuere Forschungen an den Namen des Thrasyllos geknüpft wird. Es sind dies leider verlorene Schätze, so wie auch jene berühmten Reliefs von Gold und Elfenbein, die seit der Zeit des Augustus die Thüren des Tempels des Apollo Palatinus schmückten und welche ursprünglich aus Asien, wahrscheinlich aus Kyme stammten.

Für eine möglichst unbefangene und objective Behandlung der noch jetzt vorhandenen, in den Niobekreis gehörigen Kunstdenkmäler aber wählt der Verfasser den Weg in aufsteigender Linie, „von den Zeichnungen und Malereien zu den Reliefbildungen, den Uebergangsgattungen, endlich zu der schwierigen Betrachtung der Statuen in ihrer Einzelerscheinung wie in ihrer möglichen oder wahrscheinlichen Gesammtgruppirung," und die gelehrte Ueberschau fördert einen Reichthum zu Tage, welchem keine Gattung der antiken Kunstübung und kein poetisches Moment des Mythos fremd geblieben ist. Eine besonders vielfältige Behandlung ist dem Niobemythus in der Gefäß- und Wandmalerei zu Theil geworden. Das Jugendbündniß der Leto und Niobe, die, wie Sappho sang, „gar liebe Freundinnen waren," Niobes stolzes Zürnen über die göttliche Verherrlichung der Gefährtin, die Niobiden von der Rache der Letokinder getroffen, Niobe über den Leichen trauernd, oder auf dem Grabhügel sitzend, sind Gegenstände der verschiedenartigsten Darstellungen geworden. Die erhaltenen Reliefbildungen zeigen sich ihrer Mehrzahl nach als Reste von Grabdenkmalen und es waren Niobidendarstellungen ein häufiger Schmuck auf Sarkophagen, wie denn die münchner Glyptothek einen solchen, hier zum ersten Mal veröffentlichten Schatz zu bewahren hat. Ein größeres in Abbildung beigegebenes Relief (wahrscheinlich Tempelrelief) im Jahre 1848 zuerst in der Sammlung des Ritter Campana ausgestellt, jetzt im kaiserlichen Museum zu Petersburg befindlich, fesselt durch wunderbare Schönheit und ergreifende Wahrheit der Composition und Ausführung. Die Bekanntschaft mit diesem ausgezeichneten Kunstwerke verdankt man gleichfalls dem vorliegenden Buche, in welchem es zum ersten Male zur öffentlichen Kenntniß gebracht ist. Ein anderes Relief, der Villa Albani zugehörig, stellt sich als frei behandelte Copie dem campanaschen zur Seite. Auch in der Steinschneidekunst wurden einzelne Motive aus größeren Compositionen mit Vorliebe behandelt; für den Archäologen einer der feinsten und interessantesten Gegenstände zur Vergleichung. Als Uebergang von dem Relief zu den statuarischen Bildungen haben sich merkwürdige Bildwerke des Niobekreises in den alten Gräbern bei Kertsch und in Apulien gefunden, Terracottenstatuen, für die Aufstellung an einer Wand, d. h. nur für die Vorderansicht berechnet, deren eine auf Tafel 5 abgebildet ist, welche sich durch ihre Aehnlichkeit mit einer christlichen Pieta fast seltsam auszeichnet.

Nach diesem Ueberblick eines Bilderkreises, welcher die ganze Stufenleiter von dem leidenschaftlichst bewegten Leben bis zur starren Ruhe des Todes vor unsern Augen entrollt, wendet sich der Verfasser schließlich zu der im Jahre 1583 zu Rom aufgefundenen Marmorgruppe der Niobiden, die sich jetzt im Ufficienpalast zu Florenz befindet.

Wir können uns nicht versagen, hier einen in dem Buche mitgetheilten Brief des florentinischen Bildhauers Valerio Cioli an Antonio Serguidi, den Geheimsecretär des Großherzogs Francesco des Ersten, vom 8. April 1583 anzuführen, welcher sich auf die Auffindung der Statuen in einem Weinberg vor dem Thore St. Giovanni zu Rom und auf den Ankauf derselben durch den

Großherzog von Toscana bezieht. „Seine Hoheit weiß bereits," heißt es da, „daß vierzehn Statuen von guter Künstlerhand gefunden wurden, welche die Geschichte der Niobe vorstellen. Unter andern ist da eine Gruppe von zwei Figuren, welche sehr schön sind. Und zu vielen derselben hat man die Köpfe wiedergefunden und auch Arme. Sie haben alle schöne Köpfe, aber die Haare sind nicht allzuschön und nicht sehr vollendet. Aber der Besitzer hat bereits eine große Meinung davon, soweit ich habe entnehmen können, als ich mit ihm in die Vigna ging, wo er sie gefunden hat und er läßt fortwährend graben, weil er noch die ganze Geschichte (tuta la storia) zu finden hofft."

Nach dem Bericht über die Entdeckungen mustert der Verfasser die über alle gewöhnlichen Ansichten hinausgehende Zahl von Wiederholungen einzelner oder mehrer dieser Statuen, welche fast alle auf dem Boden von Rom entstanden sind. Aus der Geschichte jener florentiner Gruppe, die hier durch die erstmalige Benutzung interessanter Fundberichte und die ältesten Abbildungen sicher gestellt wird, lernen wir Exemplare einzelner Statuen kennen, welche an Kunstwerth die florentinische Gruppe weit übertreffen. Es öffnet sich hier der Blick auf eine Thätigkeit des Nachbildens berühmter griechischer Originale, von welcher man bis jetzt kaum eine Ahnung hatte. Das verlorene Original aber aller dieser Niobecopien war immer jene Gruppe, welche nach des Plinius Bericht einst den Tempel des Apollo Sosianus in Rom schmückte. Winckelmann fand in den Niobiden das Ideal der höchsten Schönheit, eine Schönheit, die in unsern Tagen unbestritten anerkannt und allbekannt ist. Ob Praxiteles oder Skopas als Urheber dieser Meisterwerke angesehen werden darf, bleibt unentschieden. Für den Verfasser scheint ein größeres Gewicht auf Seiten des Skopas vorzuliegen, doch ist ihm die Verwandtschaft der beiden Künstler in der Wahl der Gegenstände, in geistiger Auffassung und technischer Vollendung zu bedeutsam, um die Zweifel der römischen Kunstrichter ohne neue Thatsachen beseitigen zu wollen. Was die besondere Namensbezeichnung des römischen Apollotempels betrifft, in welchem dieses Kunstwerk aufgestellt war, so führt der Verfasser sie auf einen politisch und militärisch im Orient berühmt gewordenen Römer, C. Sosius, zurück, dessen Wirksamkeit zur Zeit von Antonius Allmacht im Orient seinen Höhenpunkt erreicht hatte. Von ihm ist berichtet, daß er aus Seleucia die cederne Apollostatue, das Tempelbild des genannten Heiligthums, nach Rom gebracht habe. Der Verfasser glaubt aus verschiedenen genau erörterten Gründen dies auch von der Niobidengruppe annehmen zu dürfen, doch würde hier nicht an das spätere syrische Seleucia zu denken sein, sondern Seleukeia in Kilikien, an dem Flusse Kalikadnos, das frühere Holmoi, bei welchem zunächst ein altes Heiligthum des Apollon Sarpedonius sich befand. Hier, im Bereiche des Tempels der Kinder der Leto und eines Heros, unter dessen Gestalt man sich die Gewalt des in der Jugend rasch dahinraffenden Todes vergegenwärtigte, mochte wohl eine passende Stelle gewesen sein für die Idealdarstellung der jugendlichen Opfer des Götterzornes, die Niobiden.

Die Aufstellung dieser Statuengruppe, sei es an ihrem ursprünglichen Standorte oder in dem Apollotempel zu Rom, ist eine Frage, welche das innerste Wesen der Kunst berührt und durch ihre vielfachen Nebenbeziehungen zugleich ein allgemein culturgeschichtliches Interesse in Anspruch nimmt. Seit langer Zeit war sie ein Streitpunkt gelehrter Erörterungen. Kaum einer der namhaften Kunsthistoriker hat sich ihr völlig entzogen. Ob Giebelaufstellung an der äußern Fronte des Tempels, ob im Innern desselben Anordnung im Halbkreis, zwischen Säulen, in Hallen oder Nischen — jede dieser Aufstellungen ist vielfach vertheidigt und bestritten, keine aber bis jetzt als unzweifelhaft erwiesen, angenommen worden.

An diesem Hauptpunkt des Werkes angelangt, lassen wir jedoch den Verfasser selbst sprechen, der nach eindringlicher Erwähnung der architektonischen Schwierigkeiten einer Giebelaufstellung S. 223—26 mit folgenden Worten fortfährt: „Wie wir linear einer großen Gleichmäßigkeit der Bewegungen in der Gruppe der Niobiden begegnen, dazwischen allerdings mehre Knoten- und Haltpunkte sich finden, endlich ein gewaltiger Höhenpunkt uns vor Augen tritt, so ist im geistigen Gebiete durch alle Glieder gleichartig ein sehr hoher Grad des individuellsten Pathos ausgegossen, das seinen Gipfel, aber auch seine Ausgleichung in der Gruppe von der Mutter und dem jüngsten Kinde findet. Wir leiden und bangen mit jedem Einzelnen und zwar auf seine eigene Weise; allen ist der Tod so unmittelbar nahe, alle sind von so edler Art, da giebt es keinen eigentlichen Hauptvorgang, keine theilnehmenden Zuschauer und ruhige Zeugen; jeder ist Spieler in der gewaltigen Tragödie. Die Tochter im Schoße der Mutter ist an und für sich nicht bedeutsamer, nicht mehr beklagenswerth als alle ihre Geschwister. In der Mutter spiegelt sich noch einmal das ganze gesammte Leid der Reihe ihrer Kinder ab."

„Durchmustern wir die Reihe der uns bekannten Giebeldarstellungen. Wie verschieden von ihnen allen ist die Niobidengruppe! Wir haben zunächst und können nicht haben die im Tempel verehrten Gottheiten; aber wir haben auch nichts, was sie repräsentirt, nicht heroische Gestalten, die in ihrem Schutze stehen, für sie kämpfen, kein Symbol, um das sich die Gestalten gruppiren. Unser wahres Interesse wird nicht geweckt für jene vorauszusetzende göttliche Macht, nicht für die Vollziehung eines göttlichen Strafgerichtes, für die Machterweisungen des Apollo, nein, unser Herz schlägt nur für diese in Jugendschöne und Geistesadel dahinsinkende Familie, für diese immer sich steigernden, in der Mutter sich gipfelnden Seelenkämpfe. Nein, diese Niobiden sind nicht als Motto, als Ueberschrift, als eine religiös officielle Ermahnung gebildet, nicht sollen wir erst einen sublimirten Gedanken herausziehen, sie sind nur in ihrer vollen Wesenheit von ihrem eigenen Standpunkt aus zu verstehen und zu würdigen. Für jene Stirnseiten der Tempel hat der Grieche keine psychologischen feinen Gemälde verwendet, er zeichnet die ruhige Kraft oder den Conflict gewaltiger Kräfte hinein. Aus den Giebelfeldern soll wie aus olympischer Höhe ein Abglanz der göttlichen Majestät herableuchten und diese weithin verkünden."

Der Verfasser scheint geneigt eine Aufstellung zwischen Säulen oder in Hallen anzunehmen, ohne jedoch das letzte Wort der Entscheidung aussprechen zu wollen.

Der schwierigste der drei großen Abschnitte des Buches ist der letzte, welcher die Untersuchungen über den Niobemythus in seiner ethnographischen und inneren Bedeutung enthält. Auf einer Wanderung durch die griechischen Länder geht der Verfasser den Sagenspuren der Niobe nach, die sich über ganz Hellas verbreiten und an einzelnen Punkten abgeschlossene Kreise bilden, welche sowohl unter sich als auch mit fremden Sagen auf die wunderbarste Weise verknüpft und gekreuzt, endlich ihren gemeinsamen Schlußpunkt da finden, wo sie ihren Ursprung haben, an der asiatischen Küste, deren nahe Beziehungen zu Griechenland hierdurch einen neuen Beleg finden.

Es gilt dem Verfasser „den ethnographischen Bereich allseitig auszubeuten, das ganze Gewebe in einfache Elemente aufzulösen und zugleich den Nachweis der Verwebung der Sagen aus den historischen Verhältnissen verschiedener Locale und Stämme, so wie aus der Verwandtschaft der Mythenkreise unter sich zu führen." Nur auf diese Weise glaubt er endlich den Mythus selbst in seiner Ursprünglichkeit, in seiner das Volk dunkel aber mächtig beherrschenden Gewalt erfassen zu können.

Eine nur annäherungsweise befriedigende kurze Uebersicht der gelehrten Untersuchung zu geben, welche die Niobesage auf ihren vielverschlungenen Pfaden verfolgt, würde vielleicht auch für eine streng fachwissenschaftlich gehaltene Darstellung nicht ohne Schwierigkeit sein, da die Wendepunkte, welche hier entscheidend sind, mehrentheils an locale oder geschichtliche Detailstudien sich knüpfen und aus dem Zusammenhang ohne Schaden oder Mißverständniß nicht leicht abgelöst werden können. Der Verfasser zeigt zunächst die Niobe als pelasgische Urgestalt, als Phoroneustochter in Argos. Als Tantaloskind erscheint sie in der messenischen Sage und durch ihre Verpflanzung nach Theben verknüpft sie den Sagenkreis der Pelopiden mit dem des Kadmos. Beziehungen ältester Naturanschauungen, von der lebenschaffenden Kraft des Wassers, der nahrungverleihenden, an vergänglicher Kinderfülle so reichen Erde verbinden sich in der Gestalt der Niobe mit den Ueberlieferungen von der ersten menschlichen Cultur und Geistesbildung. Aus dem Gegensatz göttlicher und menschlicher Natur in ihr ist die erschütternde Katastrophe ihres Schicksals hergeleitet. Am Sipylos, dem heiligen Götterberg, des Zeus Geburtstätte, des Tantalos Grab, dem Mittelpunkt eines reichen und weitverbreiteten Cultuslebens, das mit dem griechischen in nächster Verbindung stand, findet sich der Abschluß dieses großartigen und tiefsinnigen Lebensbildes Die Naturgewaltige, die Götterentsprossene, die Schönheitserfüllte, Geistesbildende, die Ruhmesstolze, Machtsichere, die Mütterliche, Liebeskräftige, im Leid Verharrende, das ist die wirkliche, die wahrhaftige Niobe der hellenischen Sage, der als Wahrzeichen nichts geblieben ist als der Fels und die Thränen.

„Wir stehen hiermit vor einem der ältesten und tiefsten Urgedanken des griechischen Alterthums," sagt der Verfasser am Schlusse seines Buches, „in welchem das Gefühl der Pracht und Schönheit der irdischen Welt, specifisch des Menschen, wie in gleichem Maße nirgend sonst lebendig war, aber auch um so tiefer der Klageton der Nichtigkeit und Vergänglichkeit sich durchzieht und welches diesen Zwiespalt nur in jüngerer Zeit und in engeren Kreisen der orphischen Lehre, wie der Philosophie der tiefsinnigsten Geister überwindet, in der Ausschau auf eine über das irdische Leben hinausragende höhere Existenz."

Das Werk, welches auch eine treffliche Ausstattung gefunden hat, sei auch weiteren Kreisen warm empfohlen.

Die neue Bewegung in Schleswig-Holstein.

Kiel, den 8. April.

Nicht zu läugnen war, daß das frische politische Leben, welches mit dem Einmarsch der Bundestruppen in das Herzogthum Holstein zu pulsiren begonnen hatte, mit dem Einrücken der östreichisch-preußischen Streitkräfte einigermaßen ins Stocken gerathen war. Der Bund, unter dessen Action es erwacht, erwies sich schwach und schwankend, die Großmächte ließen über ihre Absichten im Dunkeln, auch die kriegerischen Ereignisse übten einen gewissen lähmenden Einfluß, indem sie die Aufmerksamkeit wenigstens theilweise ablenkten. Es gab keinen rechten Gegenstand, der ins Auge zu fassen und willkommen zu heißen oder zu bekämpfen war. Allenthalben Confusion, Gerüchte, unbestimmte Hoffnungen und Befürchtungen, Tage, von denen einer immer den vorhergehenden corrigirte. Allmälig tauchte das Conferenzproject am Gesichtskreis auf, um, nachdem es sich verschiedene Male proteusartig verwandelt, feste Form anzunehmen, und damit war der Anstoß und der Gegenstand zu einer neuen Bewegung gegeben, die rasch bedeutende Dimensionen gewann und jetzt das ganze Land durchwogt.

Die Diplomaten wollen uns, so hieß es, ungehört zu halber oder ganzer Wiederauslieferung an Dänemark verurtheilen, wollen uns nach ihrem, nicht nach unserm Interesse verhandeln. Wehren wir uns dagegen mit den Waffen, die uns allein gelassen sind; beanspruchen wir die Stimme, die uns gebührt, gebrauchen wir sie vorläufig ohne hohe Erlaubniß.

Den ersten Ausdruck gaben dieser Stimmung die schleswig-holsteinischen Vereine. Am 29. März fand zu Rendsburg eine Versammlung von Delegirten derselben statt, die von 81 Vereinen beschickt war, und zu der sich auch Schleswiger, namentlich aus der Stadt Schleswig, aus Angeln, Eiderstedt und Nordfriesland eingefunden hatten. Dieselbe war noch nicht ganz im rechten Fahrwasser. Doch waltete durchweg eine tüchtige Gesinnung vor, und wenn die im Verein vertretenen Parteien in einigen ihrer Ziele von einander abwichen, so waren dies vergleichsweise unwesentliche Fragen. In der Hauptsache war man einig. Die Resolution, die man schließlich einstimmig beschloß, war durchaus correct. Man erklärte Angesichts der bevorstehenden Conferenz, daß das alte Recht der Herzogthümer, nach welchem sie, eng mit einander verbunden, von Dänemark vollständig getrennt, unter ihrem eignen Fürsten Friedrich dem Achten zu leben befugt seien, mit dem politischen Glaubensbekenntniß der Versammelten und ihrer Auftraggeber zusammenfalle. Man bezeichnete jede wider den Willen des schleswig-holsteinischen Volkes über dessen künftiges Schicksal getroffne Entscheidung im Voraus als nichtig, als Gewaltthat und Verrath. Man erklärte endlich, solcher Gewaltthat den äußersten Widerstand entgegensetzen zu wollen.

Zu derselben Zeit begannen von Kiel aus die Vorbereitungen zu einem Act, der eine größere Bedeutung als die einer Demonstration beanspruchte, ja, der zwar nicht die Form, doch unzweifelhaft die innere Natur und Kraft eines Staatsacts hatte, und der, wenn irgend die bisherige, durch ein nichts weniger als liberales Wahlgesetz constituirte Vertretung Holsteins die Wünsche der Bevölkerung repräsentirt, der Welt im Voraus kundgeben sollte, was hier zu erwarten ist, wenn man dem holsteinischen Volke das Recht der Selbstbestimmung zugesteht.

Am 5. April versammelten sich, von mehren hervorragenden Mitgliedern der holsteinischen Provinzialstände eingeladen, vierzig Abgeordnete im Saale des akademischen Consistoriums (Universitätssenats) zu Kiel und beschlossen nach kurzer Debatte, die sich fast nur auf Nebendinge bezog, einstimmig eine Declaration der Landesrechte, deren mannhafte, nach keiner Seite hin ausweichende Sprache um so mehr ins Gewicht fällt, wenn man den politischen Charakter und die Lebensstellung der Mehrzahl der Zusammengetretenen in Anschlag bringt, und welche künftig, um Kleines mit Großem zu vergleichen, dieselbe Stelle in der Geschichte einnehmen wird, wie die Declaration, mit der die nordamerikanischen Colonien sich einst von England trennten. Insofern verdient das Actenstück auch in d. Bl. aufbewahrt zu werden. Dasselbe erklärt, „gegenüber der zu London zusammentretenden Conferenz europäischer Mächte feierlich was folgt:

Wir legen Verwahrung ein gegen jede Entscheidung, die auf der Conferenz über das Schicksal der Herzogthümer Schleswig-Holstein, insbesondere über die Person des Nachfolgers auf dem durch den Tod des Königs-Herzogs Friedrich des Siebenten erledigten Thron derselben getroffen werden möchte, ohne daß zuvor die Stimme des Landes über die Erbberechtigung dieses Nachfolgers vernommen worden ist. Wir erklären vielmehr jede Anerkennung eines solchen, die von europäischen Mächten erfolgen möchte ohne vorgängige Befragung des Landes, als für letzteres rechtlich unverbindlich und ungiltig.

Wir erklären ferner hierdurch vor Gott und Menschen als das Recht dieses Landes:

1) Die Herzogthümer Schleswig-Holstein sind auf ewig unzertrennlich miteinander verbunden, selbständige Staaten.

2) Auf den Thron ist ausschließlich berufen der Mannsstamm des oldenburger Fürstenhauses nach Linealfolge und Primogenitur.

3) Dem König von Dänemark, Christian dem Neunten, gebührt demnach keinerlei Recht an dem Thron der Herzogthümer, weil er durch näher berechtigte Agnaten ausgeschlossen wird, der londoner Tractat vom 8. Mai 1852 aber, sowie das dänische Thronfolgegesetz vom 31. Juli 1853 für die Herzogthümer rechtlich unverbindlich und machtlos sind, jener, weil fremden Mächten keinerlei Verfügung zusteht über das ihnen nicht zugehörige Land, dieses, weil ihm die Zustimmung der schleswigschen und holsteinischen Ständeversammlung, der Agnaten und des deutschen Bundes fehlt.

4) Der nächstberechtigte unter den jetzt lebenden Fürsten des oldenburger Hauses ist vielmehr nach dem Verzicht seines Vaters der Herzog (ein ungenauer Ausdruck; es muß Erbprinz oder noch richtiger der bisherige Erbprinz heißen) Friedrich von Schleswig-Holstein-Sonderburg-Augustenburg, der als Herzog Friedrich der Achte von Schleswig-Holstein die Regierung anzutreten bereits erklärt hat. Wir nehmen ferner davon Act, daß die Stimme des Landes hiermit übereinstimmend in zahlreichen Eingaben an die deutsche Bundesversammlung, sowie in Huldigungsadressen und Deputationen an den Herzog Friedrich den Achten von Seiten der schleswig-holsteinischen Ritterschaft (dies wurde in der Debatte als nicht ganz zutreffend bezeichnet, der Einwand aber als ein

unwesentlicher fallen gelassen), der Landesuniversität, der Geistlichkeit, des Lehrerstandes, der Stadt- und Landdistricte Holsteins wie Schleswigs sich unzweideutig dahin ausgesprochen hat, als den rechtmäßigen Thronerben einzig und allein den Herzog (bisherigen Erbprinzen) Friedrich von Schleswig-Holstein-Sonderburg-Augustenburg anzuerkennen und für ihn, als den legitimen Landesherrn, Gut und Blut einsetzen zu wollen.

Wir legen hierdurch feierlichst Verwahrung ein gegen jedes Arrangement europäischer Mächte, durch welches den Herzogthümern wider ihren ausgesprochnen Willen ein unrechtmäßiger Herrscher aufgezwungen und die durch den Tod Friedrich des Siebenten definitiv gelöste Verbindung mit dem Königreich Dänemark mittelst Gewalt wiederhergestellt werden soll, und werfen auf die Urheber eines solchen Arrangements die Verantwortlichkeit für die unausbleiblichen Nachtheile und Gefahren für Ruhe und Frieden unseres Landes, Deutschlands und Europas."

Hieran schloß sich die Annahme folgender Motivirung und Instruction:

„Die Herzogthümer Schleswig-Holstein sind, Dank dem Einschreiten der deutschen Mächte, von dänischer Herrschaft befreit; sie geben sich noch der Hoffnung hin, daß es den deutschen Mächten gelingen werde, durch die dem Landesrecht entsprechende definitive Trennung der Herzogthümer von Dänemark die Grundlage eines dauernden Friedens zu legen.

Der bevorstehende Zusammentritt der Conferenz europäischer Mächte indeß, auf der über die Mittel zur Beilegung des dänisch-deutschen Conflicts berathen werden soll, ruft die dringende Befürchtung hervor, daß abermals ein Versuch gemacht werde, über die Rechte der Herzogthümer Schleswig-Holstein zu verfügen, ohne daß ihnen Gelegenheit gegeben wäre, durch das Organ ihrer gesetzlichen Vertretung die in den alten Landesrechten sicher begründeten Forderungen geltend zu machen. Wir sind davon überzeugt, daß auf diesem Wege niemals ein dauernder Frieden geschlossen werden kann, daß dadurch vielmehr nur der Keim neuer Zwietracht und fortwährenden Unfriedens gelegt werden wird. Denn das Volk der Herzogthümer, wie es sich mit seltener Einmüthigkeit in jüngster Zeit öffentlich ausgesprochen hat, wird nimmermehr von dem lassen, was es als sein Recht erkannt hat: von seinem Rechte auf definitive Trennung vom Königreich Dänemark und Herstellung eines unabhängigen Staates unter der Herrschaft seines rechtmäßigen, angestammten Fürsten, des Herzogs Friedrich des Achten von Schleswig-Holstein.

Leider ist trotz wiederholter dringender Bitten von Behörden wie Corporationen die Zusammenberufung der Ständeversammlung des Herzogthums Holstein nicht zu erreichen gewesen. Für das Herzogthum Schleswig fehlt es sogar zur Zeit an einer beschlußfähigen Ständeversammlung. So sind denn im Angesichte der überwältigenden Gefahr für das Vaterland wir, die unterzeichneten

Mitglieder der Ständeversammlung Holsteins, freiwillig zusammengetreten, um der allgemeinen Rechtsüberzeugung des Volkes Ausdruck zu geben in der beiliegenden Rechtsverwahrung, und beauftragen hierdurch aus unsrer Mitte die Herren Th. Reincke in Altona (Kaufmann und Vicepräsident der Stände), Professor Dr. Behn in Kiel und Pastor Versmann in Itzehoe*) diese Rechtsverwahrung dem durchlauchtigsten deutschen Bunde, dem von diesem etwa zu der gedachten Conferenz abzuordnenden Gesandten, sowie an sonst ihnen angemessen erscheinenden Orten in unserm Namen und Auftrag sammt oder sonders, in eigener Person oder durch von ihnen Bevollmächtigte zu dem Zwecke zu überreichen, damit dieselbe zur Kunde der Conferenz gebracht werde."

Die anwesenden vierzig Abgeordneten repräsentirten etwas mehr als vier Fünftel der vollzählig versammelten Stände des Herzogthums, die eigentlich 51 Mitglieder zählen sollen, gegenwärtig aber deren nur 49 haben, da zwei Mandate erledigt sind. Es fällt nämlich die Vertretung Neumünsters aus, weil der Abgeordnete Renck sich in Algier befindet und dessen Stellvertreter sein Mandat schon vor längerer Zeit niedergelegt hat, und die Virilstimme ist gleichfalls unvertreten, da Levetzow-Ehlersdorf sein Mandat gleichermaßen aufgegeben und seitdem keine Neuwahl stattgefunden hat. Dazu kommt, daß mehre der fehlenden Herren nur Krankheits halber oder aus andern nicht mit der Politik in Verbindung stehenden Ursachen, keineswegs also deshalb der Einladung nicht entsprochen hatten, weil sie den Schritt ihrer Collegen im Voraus gemißbilligt. Man darf mit Sicherheit annehmen, daß von den Nichterschienenen mindestens zwei der Declaration ihre Unterschrift gegeben haben würden. Dies würde 42 Stimmen von 49 geben — ein nicht unerheblicher Fortschritt zur Einmüthigkeit, wenn man sich erinnert, daß bei der letzten Aeußerung der Stände über die Landesrechte die Zahl derer, welche für das volle Recht einzutreten den Muth hatten, nur einige Dreißig betrug.

Von den Vierzig waren 4 Geistliche, 5 Besitzer großer Güter, 14 bäuerliche Abgeordnete, Hufner und Parzellisten, 4 Kaufleute und Fabrikanten, nur 4 Juristen.

Von den ritterschaftlichen Abgeordneten und Besitzern adeliger Güter waren die Grafen Holstein-Waterneversdorf, Rantzau-Rastorf, Reventlow-Wittenberg und Louis Reventlow (als Stellvertreter des Grafen Rantzau-Seeburg) sowie der Kammerherr Bülow-Bothcamp und der Gutsbesitzer Schwerdtfeger auf Travenort zugegen. Die fehlenden Neun waren: der Baron Scheel-Plessen, Präsident der Ständeversammlung, Baron Blome-Heiligenstetten, Reventlow-Farve, Reventlow-Jersbeck, Baudissin-Borstel, Brockdorf-Ahlefeldt, Mesmer-

---

*) Derselbe wurde an die Stelle des Grafen C. v. Holstein auf Waterneversdorf gewählt, welcher ursprünglich beauftragt werden sollte, aber wegen Kränklichkeit ablehnte.

Saldern, Pastor Bröcker von Untersee und der bäuerliche Abgeordnete Hatje von Egenbüttel, welcher Pinneberg vertritt.

Scheel-Plessen hatte sich (unerwarteter Weise) mit einer Reise nach Dresden entschuldigt, so daß Manche hier fast annehmen wollen, er habe sich eine Thür zur Umkehr und zur Verständigung offen halten wollen, die freilich nach den Enthüllungen des englischen Blaubuchs nicht mit Bequemlichkeit zu bewerkstelligen sein möchte. Blome hatte es nicht für angemessen gehalten, sich bei den Convocanten wegen seines Ausbleibens zu rechtfertigen. Er zog vor, sich im „Hamburger Correspondenten" vor dem gesammten Publicum zu erklären, und er that dies in einer Weise, welche weit weniger für seine diplomatischen Fähigkeiten und seine aristokratische Haltung, als für seinen tiefen Aerger Zeugniß ablegte, daß er, der früher einer der Führer der Stände war, jetzt allen und jeden Einfluß im Lande verloren hat, und daß in Folge dessen seine bisherigen Bemühungen, die gute Sache zu verderben, erfolglos geblieben. Es hieß in diesem merkwürdigen und sehr charakteristischen Erguß eines schwerverwundeten Ehrgeizes ungefähr: er sei nicht gekommen, weil es mit der Versammlung doch nur „auf eine neue Agitation zu Gunsten des Augustenburgers" abgesehen gewesen, und weil er gewußt, daß seine Warnungen in dieser Beziehung wie früher fruchtlos sein würden. Dann bezweifelte die Erklärung das alleinige Erbrecht des „Erbprinzen von Augustenburg" zunächst wegen der „vielen (d. h. nur von Pernice und den Dänen) gegen seine Ansprüche geltend gemachten Einwendungen", dann wegen des (ihm vor einigen Wochen von der Kreuzzeitung ins Gedächtniß zurückgerufenen, beiläufig bemerkt sehr unvorsichtigen) Ausspruchs Wilhelm Beselers, daß das Haus Augustenburg todt für Schleswig-Holstein sei, schließlich weil er „kein Primogeniturstatut kenne, worauf die Augustenburger ein alleiniges Erbrecht gründen könnten." Weiterhin war der Herr Baron indeß so gnädig, zu wünschen, daß, wenn es ein solches Recht gäbe, demselben Anerkennung zu Theil werden möge. Dann schloß die Erklärung mit der verdrießlichen Bemerkung: „durch Versammlungen, Resolutionen, obligates Schwenken von Fahnen und voreilige Huldigungen kann kein Recht constatirt werden."

Wie bist du gefallen, du schöner Morgenstern! Wir Aelteren erinnern uns alle des Genusses, den die anmuthige patente Art die Klinge politischer Fechtkunst zu führen gewährte, in welcher Adolf Blome den in ähnlicher feiner Weise auftretenden Olshausen bekämpfte. Und jetzt!

„Des Augustenburgers" — in der That, ein Diplomat und so unhöflich! Ein exclusiver selbstgenügsamer Aristokrat, und die Berufung auf Wilhelm Beselers Ansicht! Ein gewandter, redefertiger Politiker und so arm an Muth und Selbstgefühl, daß er die Flinte ins Korn wirft und, statt in der Versammlung zu erscheinen, seine Rechtsüberzeugung auszusprechen, für dieselbe durch Gründe zu werben, sich in die Redaction eines hamburger Blattes zweiten Ranges flüchtet. Die Stände haben früher einmal viel, haben mehr auf ihn gegeben, als er genau besehen verdiente. Zum Dank dafür behandelt er sie jetzt als demagogische Schreier und Fahnenschwenker. Die Convocanten sind ihm als Männer bekannt, die wahrlich nicht Gefahr laufen, sich durch den Druck der Massen bestimmen zu lassen, ja, die stets eher zu weit rechts als zu weit links standen, und er antwortet auf ihre collegialische Einladung damit, daß er sie mit Invectiven bedient. Sollte da nicht der Schluß gestattet sein, daß nur das Bewußtsein, sich verrannt zu haben, mit schwachen Gründen zu fechten, und allen Einfluß auf die Entscheidung verscherzt zu haben, so unartig werden, so krampfhaft um sich greifen und so unvorsichtig auftreten ließ? Wir erlauben uns diesen Schluß und freuen uns, daß die kleine Partei, welche Baron Blome vertritt, so weit herunter gediehen ist, daß sie sich bei Nichtparteigenossen Weisheit borgen, und daß sie versuchen muß, statt mit Beweisen mit Grobheiten ihre Position zu vertheidigen.

Was der Herr Baron übrigens mit seinen Primogeniturstatut meint, ist uns völlig unklar, und selbst von Leuten, welche die Geschichte der Herzogthümer und ihres Fürstenhauses bis ins Detail kennen, war Aufklärung dieses dunkeln Punktes nicht zu erlangen. Es wäre darum schön, wenn der Baron die Gnade hätte, der Welt darüber in seinem hamburger Moniteur eine recht hellbrennende Kerze anzuzünden. Aber mit artiger Manier, bitten wir, und nichts mehr von „des Augustenburgers“. Wir würden andernfalls nur in der Meinung bestärkt werden, daß es mit der Diplomatie des Herrn v. Heiligenstetten zu Ende geht und daß auch sehr vornehme Leute ungezogen sein können. Die Holsteiner aber würden dann noch mitleidiger als jetzt bereits geschieht, die Achseln zucken und, noch fester überzeugt davon, daß diese feudale Clique ihre Rolle ausgespielt hat, die ferneren Kundgebungen derselben mit dem Spruch: „Lasset die Todten ihre Todten begraben“ als fortan nicht mehr beachtenswerth ansehen.

In Betreff der übrigen Fehlenden müssen wir kürzer sein. Reventlow-Farve hat wohl nur aus Eigensinn und Verfahrenheit noch nicht ins rechte Lager zu gelangen vermocht. Brockdorff-Ahlefeldt, wohlgesinnt, war durch Krankheit am Erscheinen verhindert. Reventlow-Jersbeck und Baudissin-Borstel schwanken (an Scheel-Plessens Leine), doch beide, wenn ich recht hörte, mehr nach der Seite der Gerechtigkeit. Mesmer-Saldern, ein Junker reinsten Wassers, hatte sich zwar in Kiel eingefunden, aber nur, um auf dem Perron des Bahnhofs Versuche anzustellen, ob nicht einer seiner Bekannten sich von der Theilnahme an der Versammlung abreden lassen möchte. Pastor Bröcker, einer der wenigen unpatriotisch gesinnten Geistlichen Holsteins, war nicht nur nicht gekommen, sondern hatte auch nach Empfang der Einladung an seinen Stellvertreter Thamsen, der mit den Vierzig gestimmt hätte, ein Schreiben abgehen lassen, welches es vermuthlich absichtlich — ungewiß ließ, ob er nach Kiel reisen werde oder nicht, und so bewirkte, daß Thamsen zu Hause blieb. Hüfner Hatje endlich stand früher unter dem Einfluß Scheels, des Exministers und dänischen Satrapen in Pinneberg und wurde deshalb von den Collegen einmal übel behandelt. Ob er sich zu kommen schämte oder ob jener Einfluß von Kopenhagen her fortwirkt, ist mir nicht bekannt, auch nicht von Wichtigkeit.

Der gewählte Ausschuß der holsteinischen Stände hatte beschlossen, die Declaration vom 5. April persönlich in London einzubringen und sich ferner bereit erklärt, die Zustimmungsadressen, welche im Lande vorbereitet wurden, anzunehmen. Eine solche Zustimmungserklärung erging zunächst von der Universität. Das akademische Consistorium (Senat) zu Kiel beschloß schon am 6. April einstimmig, „als gesetzliche Vertretung der schleswig-holsteinischen Landesuniversität" der „hohen Ständeversammlung" (die Universität sieht also in der Zusammenkunft vom 5. nicht etwa blos eine private Besprechung einer Anzahl von Mitgliedern der Stände, sondern die Stände selbst) seinen Dank und seine Zustimmung zu den gefaßten Beschlüssen ausdrücklich zu erkennen zu geben und diese Zustimmungserklärung dem Ausschusse mit der Bitte zu überreichen, von derselben an geeigneter Stelle Gebrauch zu machen.

Tags darauf fand in Neumünster eine Versammlung der holsteinischen Geistlichkeit statt, zu der sich circa sechzig Pröpste und Pastoren eingestellt hatten, und welche „durchdrungen von der Ueberzeugung, daß nur durch Gewährung und Durchführung des vollen Rechtes der Herzogthümer Schleswig-Holstein ein dauernder Friede herzustellen sei," und „im Verfolg der unterm 13. Januar von 115 holsteinischen Geistlichen an die Bundesversammlung beschafften Eingabe" ein Schriftstück unterzeichneten, in welchem sie den am 5. April zu Kiel von den Ständen gefaßten Beschlüssen ihre „volle und unumwundene Zustimmung" erklärten und den gewählten Ausschuß ersuchten, diese Erklärung geeigneten Ortes zur Geltung zu bringen. Der Bischof des Landes, Herr Koopmann konnte, durch Amtsgeschäfte abgehalten, erst nach Schluß der Berathung eintreffen, trat aber dann, als neuerdings von der Güte der durch die patriotische Partei vertretenen Sache Ueberzeugter, der Erklärung der Amtsbrüder durch seine Unterschrift bei.

Wie die Universität und die Geistlichkeit, so regen sich auch die Lehrer Holsteins, und es läuft eine Adresse zur Unterschrift um, in welcher dieselben erklären, daß „das ganze Volk, mit Ausnahme einiger meist nicht zurechnungsfähiger oder durch Privatinteressen bestimmter Individuen" in der Declaration der Abgeordneten vom 5. April „den Ausdruck seines Rechtes findet, und seines Willens, dieses Recht, wofür auch das ganze deutsche Volk einsteht, nimmer aufzugeben." Wie man vernimmt, ist dieses Schriftstück bereits mit zahlreichen Unterschriften bedeckt.

Von ganz besonderer Wichtigkeit wird endlich der Städtetag sein, welcher, wie ich höre, nächsten Montag stattfinden wird. Die städtischen Collegien Kiels nämlich haben in einer Versammlung, die vor acht Tagen abgehalten wurde, den, wie mir scheint, sehr praktischen Beschluß gefaßt, an sämmtliche Communevertretungen Holsteins (Magistrate und Deputirtencollegien) die Aufforderung ergehen zu lassen, sich am gedachten Tage in Neumünster zu einer gemeinschaftlichen Berathung einzufinden, um ihre Zustimmung zu der Declaration der Stände in einer Adresse zu erklären, welche dem Ausschuß der Vierzig zu geeignetem Gebrauch übergeben werden soll. Kein Zweifel, daß auch diese Aufforderung von bestem Erfolg sein wird. Zwar sind in einigen Orten manche Magistratsstellen noch mit Individuen besetzt, die wo nicht dänisch, doch unpatriotisch gesinnt sind. In Rendsburg hat der Bürgermeister Wriett sich geweigert, zu dem angegebenen Zweck eine Versammlung zu berufen. In Plön sitzt — in der That, sitzen scheint hier das rechte Wort — an der Spitze der Geschäfte ein gewisser Nordhorst, „träg, gleichgiltig, ein gesinnungsloser Gallert", wie man mir ihn charakterisirte. Auch in Oldesloe, wo ein Herr Wolfhagen regiert, soll nicht viel guter Wille sein. Doch werden solche Ausnahmen die Regel nicht sehr stören, und in Rendsburg herrscht in der Bürgerschaft und im Deputirtencollegium die patriotische Gesinnung beinahe allenthalben.

Viel wird zu einem vollständigen Gelingen des zunächst Beabsichtigten die Localpresse beitragen, welche sich jetzt fleißig zu rühren und in gutgeschriebenen populären Aufsätzen auch den zum großen Theil noch gleichgiltigen kleinen Mann, den Bauer und Kleinstädter der entlegnen Districte auf sein Recht, welches zugleich sein Interesse ist, aufmerksam zu machen beginnt. Sehr gute Wirkung kann und wird endlich die große Volksversammlung thun, welche die schleswigholsteinischen Vereine für eine der nächsten Wochen vorbereiten. Mit einem Worte: es ist wieder Plan und Leben in die Sache gekommen, und wenn Preußen und Frankreich es irgend ernstlich mit der Volksabstimmung meinen, so wird dieselbe, durch dieses Vorspiel organisirt, ein Resultat geben, wie man sichs, wenn man nicht mit Idealen, sondern mit irdischen Möglichkeiten rechnet, nicht viel glänzender wünschen kann.

Mit größern Schwierigkeiten hat Schleswig zu kämpfen, doch scheint wenigstens Preußen der Bewegung, die auch hier immer weitere Kreise ergreift und sich zu äußern nöthigt, mehr ein finsteres Gesicht zu machen, als sie ernstlich hemmen zu wollen.

Die große Versammlung, die vorgestern in der Stadt Schleswig stattfinden sollte, wurde allerdings untersagt. Dieselbe hatte den Zweck, zu berathen, wie man sich den Holsteinern in ihrer Kundgebung gegenüber dem Congreß am geeignetsten anschließen könne, und darauf hin einen Beschluß zu fassen. Es waren circa 250 angesehene Patrioten aus den verschiedensten Theilen des

Landes erschienen. Inzwischen aber hatten die Civilcommissäre den dortigen Behörden die sehr energisch abgefaßte Weisung zugehen lassen, die Zusammenkunft zu verhindern, weil sie als Stimme des ganzen Herzogthums auftrete und so der definitiven Entscheidung vorzugreifen Miene mache. Sollte sie dennoch stattfinden, so würden Mittel ergriffen werden, welche dem gegenwärtigen Kriegszustande entsprächen. Schriftliche Kundgebungen dessen, was man wünsche, zur Einreichung an die competenten Stellen seien unverwehrt. Privatim wurde noch mitgetheilt, Berathungen mit einer kleineren Zahl von Theilnehmern stände nichts im Wege. Man wird nicht irren, wenn man hinter dem Verbot den östreichischen, hinter der Milderung den preußischen Civilcommissär stehen zu sehen meint, und dieselbe Vermuthung wird in Betreff der hier soeben bekannt werdenden zweiten Weisung an die Beamten Schleswigs gestattet sein, durch welche denselben unter Androhung sofortiger Entlassung untersagt wurde, sich am Ständetage in Neumünster zu betheiligen, und der wieder der Wink folgte, es sei ihnen unbenommen, sich gegenüber den Commissären zu äußern.

Solche Berathungen fanden dann statt, und man einigte sich in denselben dahin, es sollte ein Ausschuß von 40—50 Personen aus der Mitte der Erschienenen gebildet und bevollmächtigt werden, aus dem ganzen Herzogthum eine Anzahl angesehner Personen zu bestimmen, welche als Notabeln betrachtet werden sollen, und unter die auch solche zu nehmen sein würden, welche in Schleswig nicht erschienen. Diesen solle dann eine Erklärung zur Zustimmung und Unterschrift vorgelegt werden, die fast wörtlich mit der zusammentrifft, welche die Stände Holsteins am 5. April beschlossen haben. Näheres vermochte ich bis jetzt mit Bestimmtheit nicht zu erfahren. Doch verlautet noch Folgendes: Es sollen 90 von jenen Notabeln zusammentreten, welche die jetzt bekanntlich durch Mandatniederlegung von Seiten der Majorität quiescirte schleswigsche Ständeversammlung in gewissem Maß zu ersetzen hätten, und von denen sich vorläufig vierzig constituirt haben. Aus diesen Notabeln soll ein Ausschuß hervorgehen, der aus drei Personen zu bestehen und sich mit dem Ausschuß der holsteinischen Stände in Verbindung zu setzen hätte.

Die beabsichtigte große Volksversammlung, die wahrscheinlich in Rendsburg zusammenkommen wird, kann auch für Schleswig von guten Folgen sein. Uebrigens rührt sichs da in vielen Gegenden fast kräftiger als in manchen Strichen Holsteins. Sehr gut sind die Eiderstedter und die Nordfriesen über die Sache klar, wenn auch vielfach noch etwas ängstlich die von Natur schon scheuen und bedächtigen Angler. In Nordschleswig dagegen herrscht noch viel Gleichgiltigkeit und noch mehr die von den zurückgebliebenen dänischen Beamten genährte Meinung, daß es doch im Wesentlichen beim Alten bleiben, und daß man sich in Gefahr bringen würde, wenn man jetzt mit seiner wahren Ansicht herausgehen wollte.

Daß der Norden Schleswigs nicht vom Süden getrennt werden will, ist ebenso gewiß, als daß sein materielles Wohlbefinden seine Hauptwurzeln in der Verbindung mit Südschleswig, Holstein und Hamburg hat. Stellt man ihm bei einer etwaigen Abstimmung die Frage etwa so: Wollt ihr mit Südschleswig und Holstein zusammenbleiben, auch wenn diese sich für Trennung von Dänemark entscheiden? so kann man eines fast einstimmigen Ja ziemlich sicher sein. Mit viel weniger Zuversicht wäre ein uns günstiges Votum zu erwarten, wenn man den Leuten die Frage vorlegte: Wollt ihr den Augustenburger oder den Glücksburger, Friedrich oder Christian? Ein ganz bestimmtes Nein aber würde man von der Majorität der Nordschleswiger zur Antwort bekommen, wenn Voreiligkeit und Unkenntniß eine Abstimmung für Anschluß an Deutschland veranlassen wollte. Der Südjüte ist kein Liebhaber von Krieg und Soldaten. Er glaubt zu wissen, daß wenn er zu Deutschland kommen sollte, seine Söhne nach Ungarn und Polen und wo sonst noch alles hin in den Krieg ziehen müssen, wie jetzt aus Ungarn und Polen und wo sonst noch her Soldaten nach Nordschleswig geschickt worden sind. Die guten Leute wollen daher mit Vorsicht und Geduld behandelt sein. Doch ist an ihnen nicht zu verzweifeln, und mit der Zeit brechen wir auch hier Rosen.

Militärische Briefe über den Krieg in Schleswig.

4.

Schlachten und Belagerungen.

Unter dem 4. d. M. sagten wir, daß die Arbeiten vor Düppel den Eindruck machten, als wenn man immer noch nicht an die schließliche Erstürmung der dortigen Schanzen dächte. Diese Ansicht hat ihre Bestätigung gefunden in der Mittheilung der Köln. Zeit. über den Versuch bei Ballegaard mit 3 Brigaden, also mit 18 Bataillonen nach der Insel Alsen überzugehen. Das Unternehmen ist im ersten Beginnen gescheitert; zum Glück für die betheiligten Truppen, denn ein Gelingen konnte zu den Unmöglichkeiten gerechnet werden; jedes spätere Scheitern aber führte große Verluste herbei. Unmöglich erachten wir das Unternehmen: 1) weil es davon abhing, daß es nicht verrathen wurde und dies konnte bei der Größe der Vorbereitungen im feindlichen Lande und bei der guten dänischen Spionage nicht erwartet werden; 2) weil man Flußboote (die Pontons) zur Fahrt auf dem Meere bestimmt hatte; 3) weil die Dänen noch das Meer beherrschen und die Panzerschiffe trotz der 50 am

Ufer aufgestellten Geschütze die Boote überfahren konnten; 4) weil selbst nach glücklich erfolgtem Uebergang nur wenige Truppen das Landen hindern konnten; und endlich 5) weil diese Bataillone keine solche Macht bildeten, welche den nach Besetzung der düppeler Schanzen noch disponibeln Dänen unter allen Umständen gewachsen waren, sie also abgeschnitten von allen Hilfsquellen, in jetziger Jahreszeit sich nicht lange halten konnten.

Solche Pläne sind mit gewissen alten unumstößlichen Wahrheiten des militärischen ABC nicht vereinbar. Man darf kühn sein, aber nicht tollkühn. Will man 18,000 Menschen riskiren, wie hier geschehen, um die Dänen aus Alsen zu vertreiben, so demonstrire man einen Uebergang und stürme nach gründlicher Vorbereitung und nach einer energischen Beschießung kühn die Schanzen, dann gewinnt die preußische Armee nicht nur Düppel, sondern auch Alsen und was mehr werth ist als das, Ehre. Die ganze Welt fordert jetzt einen wirklichen kriegerischen Act, damit sie Vertrauen zu Preußens Kraft fassen könne. Was bisher geschehen ist, läßt nur Schwäche, trotz des guten Materials vermuthen.

Wir haben wiederholt in der Zeitung gelesen, daß Generallieutenant Hindersin, Inspecteur in der Artillerie, von Berlin zur Armee abgegangen sei; sollte er hingeschickt sein, um die Belagerung mit dem gleichzeitig nachgesandten Artilleriematerial zu fördern? Hält man in Berlin einen Wechsel der Personen auf dem Kriegsschauplatz für nothwendig, dann scheint es rathsamer, damit von Oben anzufangen*). Warum die Angelegenheiten in Schleswig nicht vorwärts gehen, wollen wir, unsere frühern Besprechungen fortsetzend, im Folgenden klarzulegen versuchen.

In unserer Mittheilung über die Gefechte war die Ansicht ausgesprochen, daß das Hervortreten der Belagerungen in den Kriegen ein Beweis der Schwäche

*) Wir bescheiden uns, den Erfolg nicht als allein giltige und entscheidende Rechtfertigung eines militärischen Unternehmens anzurufen, obwohl gerade im Kriege bekanntlich der Schritt von der Kugel für den ungehorsamen General bis zum Theresienkreuze ein sehr geringer und lediglich durch den Erfolg bemessener ist. Wenn aber, wie hier, ein sicherer Erfolg außer der Berechnung lag, ein Erfolg überhaupt nur unter außerordentlich großen, wahrscheinlich unverhältnißmäßigen Verlusten zu erwarten stand, die Lage vor Düppel aber offenbar ein Unternehmen der Verzweiflung nicht rechtfertigt, dann werden die wachgerufenen Bedenken gegen die Zweckmäßigkeit der Oberleitung in sehr ernster Weise gesteigert.

Uebrigens ist nach allen Nachrichten das ganze Unternehmen, abgesehen von seiner innern Opportunität, wieder mit jener Schnelligkeit und Sicherheit vorbereitet, die für die Vortrefflichkeit des Materials vom Generalstab bis zum einzelnen Grenadier ein vollgiltiges Zeugniß ablegen. Um so mehr rechtfertigt sich das Bedauern, daß alle diese Kräfte nutzlos verwendet sind, während die zum Stillschweigen verurtheilten fünfzig Kanonen in der Parallele vor Düppel eine gute, wie scheint nöthige Verwendung finden konnten, und während die 15—18000 Mann Infanterie, wenn augenblicklich nicht verwendbar, doch schwerlich eines Uebungsmarsches nach Sandberg hin bedürftig erschienen. Der angebornen Farbe der Entschließung ist des Gedankens Blässe angekränkelt.

der kriegführenden Parteien sei. Diese Schwäche wird hervorgebracht entweder durch ungenügende Gesammtkraft eines Landes, oder durch den mangelnden Thatendrang des Feldherrn, oder aber durch den politischen Gedanken, welcher dem Kriege zum Grunde liegt. So hat Dänemark sich gegen die übermächtigen Deutschen hinter Befestigungen zurückgezogen; so hat Belgien, das im Kampfe mit seinen Nachbarn stets die Minderzahl des Heeres auf seiner Seite haben muß, in die Festung Antwerpen den Schwerpunkt seiner ganzen Macht gelegt; so haben Volksheere, wie z. B. die Spanier gegen Napoleon den Ersten, die Niederländer gegen Philipp den Zweiten, sich stets vor den wohlorganisirten Heeren ihrer Gegner in Festungen oder befestigte Städte zurückgezogen. Ebenso treten in Amerika nach den blutigen Schlachten mit den ersterbenden Kräften der Conföderirten jetzt die Städtevertheidigungen in den Vordergrund.

Die Schwäche der Feldherrn hat vor Düppel wie vor Sebastopol die Armeen in lange Belagerungen statt in einen frisch unternommenen, aber wohl überlegten Sturm verwickelt. So sind Düppel und Sebastopol aus Verschanzungen erst Festungen geworden. Der Entschluß eine Schlacht zu schlagen, concentrirt das Geschick der Heere und Länder in die Handlungen weniger Stunden und macht die Zukunft ganz von dem Feldherrn abhängig. Eine Belagerung aber umfaßt einen Zeitraum von Monaten, wälzt die Verantwortung der Erfolge auf eine Menge untergeordneter Schultern und hat doch den Anstrich eines großen Unternehmens. Die Schlacht rechtfertigt sich erst in dem Erfolge, die Belagerung aber vorweg in der Bedeutung der Festung ꝛc. Dies Verhältniß ist es, was vor allen andern Dingen schwache Feldherrn in und vor Festungen führt.

Nichts macht aber den Feldherrn und die Kriegführung schwächer als die Kleinheit des politischen Gedankens, welcher dem Kriege zum Grunde liegt. Je weniger es die Absicht ist, die feindlich gegenüberstehende Macht zu vernichten, desto weniger Mittel werden angewandt, desto schwächer sind die Heere, welche auftreten, desto geringer sind die Resultate, welche man zu erringen sucht, desto kleinerer Resultate bedarf man auch, um den eigenen Willen durchzusetzen. — So war der 1854 begonnene Krieg der Engländer und Franzosen gegen die Russen durchaus nicht unternommen, um diese gänzlich niederzuwerfen, sondern nur um Kaiser Nikolaus abzuhalten, Eroberungen in der Türkei zu machen. Deshalb packte man nicht das russische Heer, wo es sich fand, sondern suchte einen isolirten Punkt, Sebastopol, aus, der als bedeutendste Seestation die Aussicht bot, hoch im Preise zu stehen und bei dem Streit den Ausschlag zu geben. Nur die Schwäche der ersten Führer und das Bedürfniß Napoleons, unter allen Umständen Ruhm zu ernten, ließ den Verlauf der Belagerung zu einem großen Krieg ausarten. — Im Jahre 1859 war Napoleon weit davon entfernt, sich in einen Kampf um die Existenz Oestreichs einlassen zu wollen, er wollte sich selbst Ruhm schaffen, dazu war die Unterstützung Italiens und die Ruhmeserhöhung seines Landes und seiner Armee nothwendig. Die raschen und glänzenden Siege bei Magenta und Solferino genügten diesem Zweck. Deshalb und nicht aus Sorge vor dem vielverschrieenen Festungsvierecke machte Napoleon der Dritte am Mincio Halt. Oestreich konnte er ohne die Einnahme der Festungen zum Frieden zwingen, wenn er, wie sein großer Onkel bewiesen, seine Siege nach Deutschland hineintrug, vor den Festungen aber die sardinische Armee und die verschiedenen italienischen Neuformationen zurückließ. Ein Krieg nach Deutschland hinein hatte aber zu viele Consequenzen und forderte sehr viel mehr eigne Anstrengungen als der französische Kaiser an die Sache wenden wollte. —

Der jetzige Krieg in Schleswig ist ebenfalls nicht unternommen, um Dänemark niederzuwerfen oder selbst zu schwächen, er sollte nur einen Druck auf seine Politik ausüben. Daran leidet der ganze Krieg. Anfangs hatte man erwartet, daß Dänemark einfach Schleswig wie Holstein räumen würde. Das wäre seinerseits auch entschieden das Klügere gewesen. Als die Dänen zum „Staunen" des Prinzen Friedrich Karl Stand hielten, wie er von Missunde meldet, entzog man sich dem großen Gefecht und drückte mit der Uebermacht durch eine weite Umgehung auf den Gegner. Die Dänen zogen ab, die Verbündeten folgten und sandten nach einigen Tagen Patrouillen gegen Düppel, ob der Feind nun nicht Schleswig geräumt hätte. Er hielt wieder Stand. Die Umgehung war hier schwieriger und wollte man ein Resultat, mußte man den Feind hinter seinen Schanzen aufsuchen. Man entschloß sich zu einer Belagerung und begann jetzt erst diejenigen Mittel zu sammeln, und zu beschaffen, welche hierzu nothwendig sind; so entstand eine Unterbrechung des Krieges, welche an sich nicht nothwendig war. — Noch viel mehr, wie bei der Landarmee tritt die Kleinheit der politischen Motive, welche zum jetzigen Kriege führten, bei der Marine hervor, von der man Anfangs ganz abgesehen hatte und deren vollste Bereitschaft bei einem wirklichen Kriege gegen eine Seemacht und ein Inselvolk natürlich eine erste Bedingung gewesen wäre.

In Schleswig tritt das politische Element aber noch in anderer Weise hervor. Wenn auch die Oestreicher in ihren Gefechten eine große Entschiedenheit entwickelten, so zeigen sie doch für die großen Schritte des Krieges keinerlei drängendes Element, hier tritt Preußen in den Vordergrund, in der Umgehung des Dannewerks, im Einrücken in Flensburg, im Vorgehen gegen Düppel, im Einmarsch in Jütland und schließlich im Berennen von Fridericia; und zwar deshalb, weil Preußen überhaupt mehr inneres Interesse am Kriege hat als Oestreich.

So verwebt sich Politik und Kriegführung unaufhörlich ineinander und Clausewitz sagt mit Recht, der Krieg ist nur eine Fortsetzung der Politik mit andern Mitteln. Deshalb haben aber auch die Politiker Unrecht, welche, wie wir mehrfach in den Zeitungen gelesen haben, behaupten, daß aus den Kriegen des letzten Jahrzehnts hervorgehe, wie die Festungen durch die neue Bewaffnung rc. an Bedeutung gewonnen hätten. Richtig ist, daß die Festungen in der Neuzeit mehr hervorgetreten sind als früher. Aber nur weil die Politik dieser Kriege schwach war. Je entschiedener und größer die politischen Ziele sind, desto leichter ist eine energische Kriegführung möglich. Je entschiedener aber der Krieg, desto mehr Schlacht und desto weniger Belagerungen.

Preußen, die Conferenz und der Bund.

Ein unbekannter Gönner d. Bl. schreibt uns (das Postzeichen scheint Frankfurt zu sein) Folgendes über den Hauptinhalt der Depesche, durch welche die preußischen Gesandten bei den Bundesregierungen angewiesen werden, letzteren die Beschickung der Conferenz zu empfehlen, und welche beiläufig ihren Zweck erreicht zu haben scheint, indem jetzt nur Bayern noch gegen die Beschickung sein soll.

Die Depesche ist vom 29. März datirt und sagt nach einem Ueberblick über den Gang des Conferenzprojects, England habe, indem es die von Dänemark vorgeschlagene Basis der Abmachungen von 1851 und 1852 fallen gelassen, in richtiger Würdigung der Verhältnisse gehandelt; denn Preußen und Oestreich hätten diese Abmachungen weder als Basis noch als Ausgangspunkt einer Conferenz annehmen können, indem sie sofort nach Eintreten der kriegerischen Maßnahmen und später wiederholt erklärt hätten, daß diese Verabredungen nunmehr hinfällig seien. Dänemark habe auf das Unzweideutigste gezeigt, daß es auch ferner nur durch Zwang und Gewalt zur Erfüllung jener Uebereinkünfte angehalten werden könnte, und weder die Pflichten gegen das eigne Land noch die gegen Deutschland erlaubten, einen Zustand herzustellen, der sich als unhaltbar erwiesen habe und dessen Aufrechthaltung stets von Neuem nöthigen würde, Opfer zu bringen, „ohne für dieselben irgendeine Compensation zu erhalten.“ Es liege im Interesse des allgemeinen Friedens selbst, an die Stelle dieses unhaltbaren Zustandes, an welchen man sich früher habe gebunden halten müssen, von welchem Preußen aber durch Dänemark entbunden worden sei, einen naturgemäßen zu setzen, welcher die Bürgschaften seines Bestehens in sich selber trage. Aufgabe der von England angeregten Conferenz sei, die Mittel hierzu zu finden und so einen dauernden Frieden zu begründen, und zwar sei dies die alleinige Aufgabe derselben. Nur zu diesem Zweck könne Preußen sie annehmen.

Dann sagt Herr v. Bismarck weiter: der deutsche Bund befinde sich in gleicher Lage wie Preußen. Zwar habe derselbe an den auf internationalem Rechte basirten Maßregeln der beiden Großmächte bezüglich Schleswigs sich noch nicht betheiligt, aber er könne jeden Augenblick in den Fall kommen, wie in Holstein seine bundesrechtliche Competenz, so auch seine internationalen Ansprüche zwangsweise geltend zu machen. Auch in seinem Interesse liege es daher, die Gefahren zu entfernen, welche aus einer Fortdauer der bisherigen Zustände immer von neuem entspringen müßten, und nicht minder entspreche es seinem Interesse, daß die neu zu begründenden Verhältnisse eine völkerrechtliche Sanction erhalten, wie sie die vorgeschlagene Conferenz bezwecke.

„Die speciell bundesrechtliche Competenz in Betreff des Bundeslandes Holstein," fährt die Depesche fort, „wird dadurch nicht berührt, bleibt vielmehr auf jede Weise vorbehalten. Aber der Bund hat es zu jeder Zeit anerkannt, daß seine Rechte auf Schleswig internationaler Art seien und einer internationalen Behandlung sich nicht entziehen."

Dann heißt es gegen den Schluß und dies ist die bedeutsamste Stelle der Depesche:

„Wir sind überzeugt, daß unsre deutschen Bundesgenossen von der Nothwendigkeit ihrer Theilnahme an den bevorstehenden Verhandlungen durchdrungen sein werden, und wir können auf Seite des Bundes keinen Grund auffinden, weshalb er seine Mitwirkung zu Berathungen versagen sollte, welche den von der einladenden Macht ausgesprochenen Zweck verfolgen. Auch der Umstand, daß der deutsche Bund dem londoner Vertrag von 1852 nicht beigetreten ist, während die übrigen Theilnehmer der Conferenz zu den ursprünglichen Unterzeichnern desselben gehören, wird den Bund nicht verhindern können, da der Vertrag in der Einladung gar nicht berührt ist und eine Berathung des Bundes mit den dabei betheiligten Mächten keine Folgerungen über eine Anerkennung desselben zuläßt. Die Herstellung des Friedens, die Verhütung weiterer Complicationen, die Vermeidung fernerer größerer Opfer, endlich die Gewinnung eines Zustandes, bei welchem alle Rechte und Interessen Deutschlands und der Herzogthümer (auch das durch das londoner Protokoll umgestoßene auf einen eigenen Fürsten? — im Fall dies zu bejahen, träte Preußen von dem Protokoll zurück) vollständig gewahrt und für die Zukunft gesichert werden, sind Zwecke, zu deren Erreichung mitzuwirken jede Macht, und vor allem der Bund, als eine Pflicht anerkennen muß. Diejenige Regierung würde eine schwere Verantwortung auf sich nehmen, welche einen dazu dargebotenen Ausweg von vornherein von sich weisen wollte.

Wir glauben, daß der Bund ebensowenig wie wir selbst und Oestreich die von Dänemark vorgeschlagne Basis auch nur als Ausgangspunkt der Berathungen hätte annehmen können. Aber wir zweifeln nicht, daß der Bund ebenso wie wir selbst und Oestreich die von England ohne eine solche Basis ergangne Einladung zu Berathungen über die Mittel zur Herstellung des Friedens, wodurch keine Verpflichtung für irgendeine bestimmte Lösung im Voraus übernommen wird, als annehmbar anerkennen und der Einladung entsprechen werde." —

„Wenn die Bundesversammlung zunächst im Princip ihre Theilnahme zusagt, und demgemäß die englische Note beantworten läßt, so wird die Form, in welcher der Bund auf der Conferenz zu vertreten sein wird, Gegenstand weiterer Berathung sein können."

Aus dem Schluß dieser preußischen Note ergiebt sich, daß die östreichischen Gesandten bei den einzelnen Bundesregierungen „in entsprechender Weise" instruirt sind.

Aus Berlin erfährt man noch, daß der König sich wiederholt gegen das Princip der Integrität der dänischen Monarchie als ein gegen die Legitimität und insofern auch gegen Preußen gerichtetes ausgesprochen hat.

Verantwortlicher Redacteur: Dr. Moritz Busch.

Verlag von F. L. Herbig. — Druck von C. E. Elbert in Leipzig.

Hannover und das Blaubuch.

Die kürzlich erschienenen englischen Blaubücher über die deutsch-dänische Frage haben ihre Wichtigkeit als Diplomatenschreck von neuem bewährt. Diesmal ist es Deutschland, welches die Kosten der Ernüchterung trägt, die sie hervorbringen. Aber der Weise soll nicht vergessen, daß eine aufgegebene Täuschung denselben Werth für uns hat, wie eine gefundene Wahrheit.

Den öffentlichen Kundgebungen in der schleswig-holsteinischen Angelegenheit lagen zum Theil solche Täuschungen zu Grunde. Wenigstens da war es der Fall, wo die Demonstrationen des Volkes von der petitio principii ausgingen, daß es doch die Absicht aller deutschen Regierungen sei, in dieser hochwichtigen deutschen Frage zunächst deutsch zu handeln. Indeß, wir sind an mehren Stellen eines Andern belehrt worden. Die Wege der Diplomatie sind höher als die Wege der Volksmeinung und es ist in alle Wege gut gethan, sich bei den Anforderungen an die Areopage politischer Weisheit gewisser elementarischer Voraussetzungen zu entschlagen, welche dem Maße des ordinären Unterthanenverstandes entnommen sind. Gerade darum aber ist es lehrreich wahrzunehmen, daß sich unter Umständen doch ein Urtheil gewinnen läßt über die Logik und die Metaphysik der Cabinete. Diesen Fortschritt danken wir den Blaubüchern und wir sollen sie darum nicht scheel ansehen, daß sie uns so manches Bittere bringen. Medicinisch wird dem Gerbestoff blutreinigende Wirkung zugeschrieben, vielleicht ist es politisch auch der Fall.

Unter den Bundesmächten nimmt angesichts der schleswig-holsteinischen Frage das Königreich Hannover eine hervorragende Stellung ein. Nicht blos weil seine Nachbarschaft mit Holstein ihm die gegenwärtige Angelegenheit wichtiger macht als andern Staaten, noch auch deshalb allein, weil es durch die Theilnahme seiner Truppen an der Execution persönlich engagirt ist, sondern deshalb, weil es die ernstere Discussion der schleswig-holsteinischen Frage am Bunde hauptsächlich angeregt hat.

Wir geben nun im Nachfolgenden eine actenmäßige Analyse der hannöverschen Politik von dem Punkte aus, der durch die Specialeingabe des hannöverschen Gesandten vom 23. April 1863 bezeichnet ist, um dadurch eine Charakteristik dieser Politik zu ermöglichen.

Der hannöversche Antrag verlangte, der Bund solle erklären:

1) Die Proclamation der dänischen Regierung vom 30. März (Incorporation Schleswigs) sei gesetzlich nichtig.

2) Die dänische Regierung sei aufzufordern, diese Proclamation zurückzunehmen, und innerhalb sechs Monaten die Anzeige über eine endgiltige Ordnung der Angelegenheit nach Maßgabe der Bundesbeschlüsse vom 11. Febr. und 12. Aug. 1858 zu erstatten.

3) Daß die Gesetze und Verordnungen, welche von Seiten der dänischen Regierung in Betreff Holsteins und Lauenburgs ergangen seien und in Widerspruch stünden mit dem Bundesbeschlusse vom 8. März 1860, gesetzlich null und nichtig seien, und von der dänischen Regierung verlangt werde, daß sie bei den Erwägungen einer endgiltigen Ordnung der Verfassung der Herzogthümer die Bundesbeschlüsse vom 8. März 1860 und 7. Febr. 1861 innehalte. —

4) Hinsichtlich Schleswigs solle er feierlich gegen jeden Versuch protestiren, dieses Herzogthum in Verfassung und Verwaltung der gemeinschaftlichen Angelegenheiten von Holstein noch mehr zu trennen als durch die Arrangements von 1851 und 1852 geschehen sei.

5) Er solle die vereinigten Ausschüsse für Holstein und den für die Execution auffordern, die Mittel in Erwägung zu ziehn und dann in Vorschlag zu bringen, welche im Falle der Weigerung der dänischen Regierung anzuwenden sein würden.

Graf Platen spricht bei Gelegenheit der Mittheilung dieses Actenstückes dem englischen Gesandten Sir Henry Howard die Erwartung aus, er werde den Geist der Mäßigung anerkennen, den sein Antrag athme, da die Erwähnung der Bundesexecution vermieden sei. Andere deutsche Regierungen wären geneigt viel weiter zu gehen und die Wiederherstellung des Status quo ante zu verlangen, welcher die Union von Schleswig und Holstein einbegreifen und die durch den londoner Tractat herbeigeführte Ordnung der Succession in Frage stellen würde. Er sei aber einem solchen Vernehmen in Rücksicht auf die zu befürchtende Verwicklung durchaus entgegen. Sein Motiv bei dem Antrage sei, die Execution so lange wie möglich hinzuhalten, damit Zeit gewonnen würde, die Angelegenheit friedlich beizulegen. Es sollte damit also notorisch ein Ventil auf dem kochenden Kessel der Bundestagsleidenschaft angebracht werden.

Howard, der mit dieser Erklärung sehr zufrieden sein konnte, berichtet indeß an seine Regierung, er habe dem Grafen Platen Mittheilung darüber gemacht, mit welchem Ernste Lord Russell durch seinen Geschäftsträger in Frankfurt in die beiden deutschen Großmächte gedrungen sei, den Bund von einem Vorgange in der holsteinischen Execution abzuhalten, mit Rücksicht auf die Gefahren, in welche der allgemeine europäische Frieden dadurch gebracht werden würde. Ebenso habe er ihm Lord Russells Meinung noch direct ausgesprochen und die Zusicherung erhalten, dieselbe würde die zarteste Rücksicht erfahren. „Zu gleicher Zeit“ — schreibt Howard — „erinnerte ich den Grafen Platen, daß er sich in unsern Unterhaltungen immer für die Vermeidung einer Execution ausgesprochen habe. Darauf erwiederte er, es würde zwar unmöglich sein mit derselben zurückzuhalten, falls der König von Dänemark die Märzverfassung nicht aufhöbe; indessen gebe es ja verschiedene Wege zur Vollziehung der Execution. Einer von diesen — und zwar derjenige, für welchen Graf Platen, wie ich ihn verstehen mußte, eingenommen war — bestehe darin, daß man einen Bundescommissar nach Holstein schicke, dem nur eine Escorte beigegeben würde. Jedenfalls würde er, wenn die Execution nöthig befunden werden sollte, sein Möglichstes thun, daß sie in einer Form geschähe, die keinen Conflict herbeiführte. Ich warf ein, daß bei der starken Empfindlichkeit, die in Dänemark gegen die Ansprüche Deutschlands herrsche, das Erscheinen eines einzigen deutschen Soldaten in Holstein leicht zum Conflicte führen werde, und daß dies darum besser zu verhüten sei. Se. Excellenz war jedoch der Ansicht, der König von Dänemark werde durch eine Execution, wie er sie sich vorstellte, nur zur Wiederaufnahme von Unterhandlungen bewogen werden. —

Es nimmt sich seltsam aus, wenn Graf Platen drei Wochen nach dieser letzten Unterredung, in welcher er seinen Wunsch kundgegeben hatte, daß die Frage ferner mit Sammthandschuhen statt mit Waffen angefaßt werden möchte, plötzlich sich gegen Howard, der auf den wahrscheinlichen Widerstand Dänemarks hinwies, ziemlich kriegerisch äußerte. Howard hatte dabei auf die Versammlung von Schleswig-Holsteinern angespielt, welche am 18. Juli in Hamburg Resolutionen von sehr unbedachter Natur ausgesprochen habe. Platen läugnete, daß dabei irgendwelche Personen von Bedeutung betheiligt gewesen seien. Die Versammlung werde zum überwiegenden Theile aus Freunden des Herzogs v. Augustenburg und aus Hamburgern bestanden haben.

Bis tief in den Herbst, als der Bundesbeschluß zur Execution bereits große Fortschritte gemacht hatte, blieb Platen bei dieser löblichen Haltung gegen die Vorstellungen des englischen Geschäftsträgers, und ließ wiederholt die Bemerkung fallen, das „deutsche Volk“ sei es müde, von Dänemark an der Nase herumgeführt zu werden. Kopenhagen sei jetzt der Ort, wo das englische Cabinet seine Friedensbemühungen anzubringen habe. Er konnte es indessen doch nicht übers Herz bringen, Hrn. Howard anzudeuten, daß die Procedur zum Behuf der Execution wenigstens zehn Wochen in Anspruch nehmen würde.

In der nächsten Zeit verkehrte Howard in gewohnter Zudringlichkeit mit Hrn. Zimmermann, der denn auch nicht blöde gewesen zu sein scheint, den Engländer mit Notizen zu versehen, welche geeignet waren, ihn rücksichtlich der Impetuosität des militärischen Theils der Execution zu beruhigen. Howard brachte später die von Lord Russell an den Bund gerichtete Vorstellung zu

Gunsten einer Hinausschiebung der Execution zur Sprache. Dies hatte wenigstens den Erfolg, daß Zimmermann erklärte, er sei keineswegs blind gegen die Gefahren, welche die Execution möglicherweise auf sich habe, und er würde froh sein, wenn man auf diese Art darum herum käme; aber das, wozu Dänemark sich erboten habe, sei nur ein Zehntel von dem, was der Bund verlange. Deshalb könne die hannöversche Regierung keine Suspension der Vollstreckung anrathen, ohne sich selbst zu discreditiren. Das Misfallen, welches Zimmermann hinsichtlich der Anregung der schleswigschen Frage am Bunde aussprach, entschädigte den englischen Gesandten einigermaßen.

Bei Herrn v. Campe, den er dann in Braunschweig heimsuchte, fand er friedfertigere Ansichten und das artige Geständniß, daß in Fragen, wo die deutschen Großmächte engagirt seien, die kleinen Mächte nichts weiter könnten als ihnen nachtreten.

Nun erfolgte der Tod Friedrichs des Siebenten. Howard machte daraus die Nutzanwendung, daß in Rücksicht auf den Thronwechsel und die unzweifelhafte friedfertige Gesinnung Christians des Neunten die Execution suspendirt werden müsse. Graf Platen zeigte sich sehr empfänglich gegen diese Anschauungsweise, welche die hannöversche Regierung dem Bunde empfehlen werde, unter der Bedingung jedoch, daß König Christian die Sanction der Verfassung für Dänemark-Schleswig nicht vollzöge. An der durch Anerkennung des londoner Tractates betreffs der Thronbesteigung des dänischen Königs eingegangenen Verpflichtung werde Hannover festhalten.

Als einige Tage später Graf Platen sein Bedauern darüber aussprach, daß König Christian die Verfassung doch vollzogen habe, bemühte sich Howard ihm klar zu machen, daß die Drohung mit der Bundesexecution die Schuld davon trüge. Diese habe das dänische Nationalgefühl beleidigt, dem sich der König nicht habe widersetzen können. Da übrigens der Bund die Thronfolge Christians voraussichtlich anerkennen werde, so bekäme eine Execution jetzt den Charakter eines Angriffs auf die Integrität der Monarchie. Hinsichtlich der „Prätensionen" des Erbprinzen von Augustenburg und der Zulassung des Vertreters Christian des Neunten am Bunde gab Platen die beruhigende Versicherung, Hannover werde sich den Entschließungen Oestreichs und Preußens conform halten.

Noch entschiedener in diesem Sinne äußerte sich Platen kurz nachher: die Execution müsse stattbaben, aber aus dem Grunde, weil der Bund nur dadurch, daß er die Sache energisch in seine Hand nehme, sie in das richtige Geleis bringen und die populäre Bewegung in Deutschland abhalten könne, sich auf diesen Punkt zu richten. Die Bundesexecution schlösse von selbst die Anerkennung der Rechte Christian des Neunten auf die Herzogthümer in sich. — Unaufgefordert fügte Graf Platen hinzu, daß das Votum Hannovers gegen die Anerkennung der Ansprüche des Prinzen von Augustenburg abgegeben werden würde. Der König von Hannover habe vom Prinzen die Anzeige seines Regierungsantritts in den Herzogthümern, die er in Anspruch nehme, erhalten, aber es sei keine Antwort darauf erfolgt.

Das war am 23. November, zwei Tage nach der ersten großen Volksversammlung in Hannover zu Gunsten Schleswig-Holsteins, welche sich direct an den König gewendet und sich am andern Tage durch eine gleichartige Petition an die Regierung ergänzt hatte.

Howard hatte die Naivetät, in Rücksicht auf diese Kundgebungen dem Grafen Platen vorzuschlagen, „er möge, da der Beitritt Hannovers zum londoner Tractat im Publicum gänzlich unbekannt zu sein scheine, die wohlmeinenden Elemente durch diese Eröffnung von der Agitation abmahnen." Ein Rath, der, wenn er nicht Ironie ist, einen rührenden Einblick in die unergründliche Tiefe der Loyalität eines Engländers eröffnet. Graf Platen schien jedoch solchen Glauben in Israel nicht gefunden zu haben. Er erwiderte, diese Mittheilung werde die revolutionäre Ausartung der gegenwärtigen Agitation, die um jeden Preis zu verhüten sei, nur beschleunigen. Er wisse allerdings nicht, welche Antwort der König geben werde, wenn überhaupt eine erfolge, aber sie werde sich sicherlich auf patriotische Gemeinplätze beschränken. Howard brachte darauf seine englischen Anschauungen durch die Bemerkung wieder zu Ehren, daß er in allen solchen Fällen die Vertuschung für gefährlicher halte als die Aufklärung.

Unterm 26. November berichtete dann Howard über die Antwort, welche der König auf die bekannte Adresse in Herrenhausen ertheilt hatte. Sie war, wie man sich erinnert, so nichtssagend und zugleich so vielseitig als sie nur sein konnte, wenn es darauf ankam, eine Demonstration mit guten Worten abzuspeisen. Der König ließ es bei einer allgemeinen Versicherung seines Interesses für Schleswig-Holstein bewenden, nahm aber ausdrücklich und so, daß derjenige Theil der Kundgebung, welcher die herkömmliche und stabile Floskel bildete, zur Hauptsache wurde, von der emphatischen Loyalitätserklärung Act, die in der Adresse gegeben war. Der auf diese Nebensache gelegte Ton half die oberflächliche Berührung tragen, die der eigentlichen Frage und dem Gegenstande der Petition zu Theil wurde. Howard merkt besonders an, daß der König nur der Sucession in Holstein erwähnt, von seinem Verhältnisse zum londoner Tractat aber gänzlich geschwiegen habe.

Dabei erwähnt er, daß Graf Platen rücksichtlich der Aufforderungen zur Geldsammlung und zu Rüstungen für Schleswig-Holstein, wie sie damals der Nationalverein ins Leben rief, ihm die Versicherung gegeben habe, die hannöversche Regierung werde allen Werbungen und Waffensammlungen zu diesem

Zwecke entgegentreten. Die Betheuerung, am londoner Tractate festzuhalten, ward bei dieser Gelegenheit erneuert, doch wurde hinzugefügt, daß man sich der Verbindlichkeiten für ledig erachten werde, wenn Englands Einfluß es in Dänemark nicht dahin bringen sollte, daß der Artikel III. des Vertrags (die Obliegenheiten gegen Holstein und Lauenburg) erfüllt werde.

Howard imputirte dem Grafen auf diese Aeußerung eine Leichtfertigkeit gegen die Verbindlichkeiten, die Hannover im Uebrigen auf seinen Beitritt zum Tractate eingegangen sei und fiel auf die nach seiner Ansicht ebenfalls mindestens unvorsichtige Aeußerung des Freiherrn v. Beust aus, der kein Recht gehabt habe, in der sächsischen Kammer zu erklären, die Regierung werde sich in der Successionsfrage völlig frei entscheiden. Hinsichtlich dieses Punktes scheute sich Graf Platen nicht, seinen Collegen durch die wiederholte Versicherung zu desavouiren, Hannover werde sein Votum vertragsmäßig für die Rechte Christian des Neunten geben. Sachsens hitzigen Vorschlag der „Occupation" Holsteins theile Hannover nicht, wohl aber sei es nichts desto weniger für eine sofortige Ausführung der Execution unter Offenhaltung der Successionsfrage. Die Execution sei correct entsprechend dem Bundesbeschlusse vom 1. October, während eine Occupation eine weit ernstere Maßregel sein würde. Er gefiel sich darin, hervorzuheben, daß Hannover in dieser Beziehung am Bunde mit Preußen und Oestreich conform handeln werde; es müsse freilich dahingestellt bleiben, in wie weit „die drei Höfe" die Majorität erlangten. Die Ausführung der Execution würde das beste Mittel sein eine ordnungsmäßige Behandlung der Angelegenheit herbeizuführen. Sie sei daher ganz im Interesse König Christians, da sie das Recht in den Herzogthümern zu wahren bestimmt und geeignet sei.

Nach einer hingeworfenen Beschwerde darüber, daß man dem Prätendenten von Augustenburg den Vortheil lasse, am Bunde durch den schon anderweit beglaubigten badischen Gesandten vertreten zu sein, während König Christian eines Wortführers entbehre, richtete er die Frage an Platen: ob die Execution eingestellt werden würde, wenn die dänische Regierung vor der Erledigung der Successionsfrage den deutschen Forderungen nachgäbe? Und Graf Platen antwortete mit einem Ja; denn, sagte er, die Execution sei gegen den Herrn de facto gerichtet.

Es war dem hannöverschen Ministerial-Ehrgefühle auch das nicht zu viel, daß Howard einige Tage später die Zeitungsannonce denuncirte, in welcher die Niedersetzung des göttinger Comités zur Sammlung an Beiträgen in Geld und Material angezeigt war. Platen war sich nicht zu schlecht, dem unverschämten Frager Auskunft darüber zu geben, daß man nur gegen wirkliche Werbebureaux, nicht aber gegen bloße Subscriptionen einschreiten könne. Als Howard auch an den Bestimmungen über die von Hannover aufzustellenden Reservetruppen herummäkelte, bedeutete ihn Graf Platen, dies geschähe zu dem Zweck, um die Bildung von Freicorps mit einer respectabeln Truppenmenge verhindern zu können!

Wenn wir auch — wozu wir aber durchaus kein Recht haben — annehmen wollten, Graf Platen hätte dies geäußert blos um den englischen Gesandten zu beschwichtigen, so ist das schon ein starkes Stück; aber ferner fragen wir: was würde ein englischer Minister zur Antwort gegeben haben, wenn ihn der Vertreter irgendwelcher auswärtigen Macht mit dergleichen Inquisitionen behelligt hätte? Wir meinen, der Frager würde nachmals Gelegenheit gehabt haben, über die Unannehmlichkeit nachzudenken, die es für solche Gäste hat, daß sich die Sprechzimmer englischer Minister eine oder mehre Treppen hoch über dem Niveau befinden, auf welches er sich mit einer gewissen Plötzlichkeit zurückversetzt gefühlt haben würde.

Daß Graf Platen die Ausschließung der Bevollmächtigten beider Prätendenten dem englischen Freunde als das beste Mittel zur Beruhigung der Gemüther in Deutschland pries und daß er ihm versicherte, er werde seinerseits alle verzögernden Formalitäten in Obacht nehmen, ist nur Consequenz. Wovor hätte sich der Herr Minister des Welfenreichs Hannover auch noch scheuen sollen? Auf der andern Seite, müssen wir gestehen, fehlt es uns an dem richtigen Namen für das Verhalten, welches Howard hier beobachtete, der in einem Athem mit der Verhöhnung des „Schleswig-Holstein-Fiebers" sich dahin äußert, daß er keineswegs der Ansicht sei, Dänemark habe seine Obliegenheiten erfüllt. Mit Genugthuung erzählt er, wie Prinz Christian von Augustenburg, der einen Brief seines Bruders des Herzogs Friedrich überbracht habe, am Hofe König Georgs des Fünften abgeblitzt sei, und Se. Maj. dagegen die Anzeige von der Thronbesteigung König Christian des Neunten durch ein Privattelegramm erwiedert habe, dem, wie er hoffe, eine officielle Antwort baldigst nachfolgen werde.

Die Anwesenheit des Herrn v. Könneritz in Hannover gab dem Grafen Platen neue Gelegenheit, sich gegen Howard mit der Correctheit des Standpunktes der hannöverschen Regierung rühmen zu können. Es muß freilich dahingestellt bleiben, ob Graf Platen nicht übertrieben hat, wenn er ihm mittheilte, daß er dem sächsischen Geschäftsträger eingeschärft habe, Hannover halte daran fest, daß es dem londoner Tractat unbedingt und ohne Rücksicht auf die Bestimmungen von 1851—52 beigetreten sei.

Die einzige Einschränkung bilde die Anspielung auf die Bundesrechte in Holstein und Lauenburg nach dem Grundgesetz von 1815, welche Art. 3 des Vertrages enthalte. Rücksichtlich des Umstandes, daß Hannover gegen den östreichisch-preußischen Antrag auf Anerkennung eines dänischen Gesandten für den König-Herzog von Lauenburg gestimmt habe, erhielt Howard die Auskunft: Platen hielt es nicht für förderlich einen Bevollmächtigten für eine viertel oder eine halbe Stimme anzunehmen; man wolle die ganze Entscheidung über die dänischen Stimmführer bis nach Beantwortung der Successionsfrage vertagen. Der englische Gesandte giebt darauf der hannöverschen Regierung das Zeugniß einer Untadelhaftigkeit, die ihr niemand beneiden, die aber die deutsche Nation in einem feinen Gedächtnisse bewahren wird.

Damals machte Howard wieder einen Ausflug nach Braunschweig; mußte aber zu seinem Bedauern erfahren, daß Herr v. Campe mittlerweile in Anfechtung gefallen und infolge dessen die Instruction des braunschweigischen Bundesgesandten bereits im Sinne der sächsischen Erklärung erfolgt war. Er versäumte nicht, nochmals Vorstellungen zu machen, und erhielt Audienz beim Herzoge. Dieser war artig genug, auf die Frage des Engländers zu äußern, daß, wenn der londoner Tractat ihm vorgelegt worden und er beigetreten wäre, derselbe auch von ihm beobachtet sein würde. Daß Howard dies nun nicht mehr gut zu machende Versäumniß in einer Weise bedauert, welche merken läßt, daß man dadurch die Eitelkeit des Herzogs verletzt haben möchte, ist seine Sache; daß er aber die Erklärung desselben, er habe in diesem Punkte mit seiner Regierung und dem Wunsche seines Volkes im Einklang gehandelt, durch die Bemerkung paraphrasirt, die Vorstellungen, die er angebracht habe, würden dennoch nicht verloren sein, ist eine Bemerkung, die einem Engländer seltsam zu Gesicht steht. Freilich hatte ihm der Herzog gesagt, er werde weder die Anzeige Seitens Christian des Neunten noch die von Friedrich dem Achten mit einer Antwort beehren!

Das hannöversche Gouvernement hatte die Genugthuung, am 4. December eine sehr belobigende Censur von Lord Russell zu erhalten. Platen beeilte sich, seinem allergnädigsten Herrn mit dieser Erquickung aufzuwarten: König und Minister waren sehr erbaut davon.

Mitten in diese schöne Harmonie fuhr nun die identische Note Oestreichs und Preußens an den Bund wie ein Hecht in den Karpfenteich; das Schreckliche dabei war, wie Platen seinem englischen Freunde pünktlich zu verstehen gab, daß Oestreich und Preußen durch ihren Antrag, nur eine einfache Execution durchzuführen, die Anhänger des energischeren bayerischen Antrags vor den Kopf stoßen möchten. Die Rettung erkannte er in einer von den beiden Großmächten hinzuzufügenden Erklärung, daß allen andern schwebenden Fragen durch ihren Antrag nicht präjudicirt werden sollte. Howard interpretirt die Sache so: Hannover sei durchaus geneigt, dem Vorgange Preußens und Oestreichs zu gehorchen, Platen wolle jedoch das Odium vermeiden, welches auf seine Regierung fallen würde, wenn sie neben Mecklenburg allein unter den übrigen deutschen Staaten den Vorschlag der Großmächte adoptirte. Der Herr Graf erstarkte indeß nach einiger Unruhe zu der Versicherung, es werde am Ende alles gut werden.

Auf jene von Hannover gewünschte Beruhigungserklärung ließen sich die beiden Vormächte aber nicht ein, der Erfolg war, daß Hannover an die Mächte erklärte, es werde demnach ihrem Antrage einfach beistimmen. Denn es war ja einmal Tradition: wo man nicht überspringen kann, da kriecht man durch. Die Meinung Platens, man werde sich mit einer allgemeinen Reservation salviren können, bekämpfte Howard, da sie, weil damit doch eine Anspielung auf die Successionsfrage geschehen müsse, nicht in Einklang zu bringen sei mit den Verpflichtungen gegen den Tractat. Gegen seinen Principal bemerkt aber der englische Gesandte: wenn dieselbe von Seiten Hannovers dennoch gemacht würde, so habe dies lediglich den Zweck, der öffentlichen Meinung um den Bart zu gehen und die große Kluft zwischen Hannover und den übrigen Mittelstaaten zu verdecken. Die Reservation Hannovers unterblieb indeß laut der Bundestagsabstimmung vom 7. Dec. Daß es so kam, war Platens Werk, und der englische Geschäftsträger verfehlt nicht, zu bemerken: „der Graf habe damit allerdings untreu seinen ursprünglichen Principien und dem Geist der eingegangenen Pflichten gemäß gehandelt; aber sein Credit steige, wenn man bedenke, daß er trotz so mancher inneren Schwierigkeit und trotz der Scheu vor Unpopularität im eignen Lande sich nicht gestattet habe, von dem Pfade der Ehre und Treue abzuirren.“ So strahlte denn die hannöversche „Correctheit“ in altem jungfräulichen Glanze. Als Folie dieser Tugend darf nicht unerwähnt bleiben, daß eben damals Baron Münchhausen die Mission als Bundescommissar ablehnte, weil die einfache Execution statt der Occupation beschlossen worden war.

Man kann hiernach die Tiefe des Brusttones ermessen, mit welcher der König von Hannover seinen Truppen, als er sie vorm Abmarsche „musterte“, die Heldenthaten ihrer Väter ins Gedächtniß rief. Platen, der sich noch immer der Hoffnung hingab, Münchhausen zu gewinnen, fügte gegen Howard hinzu, daß derselbe darnach werde instruirt und ausgerüstet werden, um den Herzog Friedrich von jeder Regierungshandlung in den Herzogthümern abzuhalten. Als Münchhausen doch bei seiner Ablehnung verharrte, schickte Platen nach einem Andern und fand ihn. Dr. Nieper — schreibt Howard — ist mir vorgestellt als ein Mann von „gemäßigter Gesinnung“.

Nach diesen Vorgängen bekam nun Howard Muße, der englischen Regierung über die „eigentliche Bedeutung“ der schleswig-holsteinischen Agitation in Deutschland und speciell in Hannover seine schätzbaren Erörterungen zu machen. Er faßte sich ziemlich einfach: „Die Agitation“ — schrieb er am 18. December — ist eine revolutionäre Bewegung und geht von der Partei aus, welche dahin strebt, die bestehende Ordnung der Dinge umzustürzen. In dieser Absicht hat sie sich einer Angelegenheit angenommen, welcher die Sympathien einer großen Menge von Deutschen zugewendet sind, die im Uebrigen den politischen Plänen dieser Partei feindlich gegenüberstehn, aber zu kurzsichtig sind, um die Gefahren der Richtung zu ermessen, in welche sie hineinwüthen, und deren Begriffe von Recht und Unrecht sich in einer seltsamen Confusion zu befinden scheinen. So war es 1848 und so ist es wieder 1863!" Er registrirt dann mit großer Seelenruhe den ungeschwächten Fortgang der patriotischen Kundgebungen im Königreiche und die glücklichen Leistungen des hannöverschen Ministeriums im Bereiche der Kunst, dem Volke Steine zu geben, wo es um Brod bittet. Am Ende seines Resumés macht er die Bemerkung: er sei überzeugt, daß die hannöversche Regierung nichts zu fürchten habe, wenn sie nur den Grad von Festigkeit innehielte, zu welchem sie gediehen sei. Falls jedoch Preußen und Oestreich vom londoner Tractate abfallen sollten, fürchte er, die hannöversche Regierung werde, in Rücksicht auf die Stimmung des Landes, es nicht wagen, ihren Weg von dem der Großmächte zu trennen. Dies sprach Graf Platen kurz nachher auch unumwunden aus, versüßte die Pille jedoch mit der erneuten Versicherung, daß Hannover im andern Falle nicht blos bedingungslos am Vertrage, sondern auch daran festhalten werde, daß derselbe die Regierung nicht blos Dänemark, sondern ebenso den übrigen contrahirenden Mächten gegenüber binde.

Ueber das Verhalten Hannovers zu der dänischen Anmaßung, Rendsburg und Friedrichstadt theilweise zu behaupten, was Howard seinestheils in Ordnung fand, konnte er Beruhigendes melden. Wie man hannöverischer Seits mit ausdrücklicher Billigung der Motiven auf die schrittweise Besetzung Holsteins eingegangen war, „damit die Bildung von Freicorps zwischen den abrückenden dänischen und den einrückenden deutschen Truppen verhütet werde", so zeige sich Platen überhaupt in allen Punkten geneigt, einem ernstlichen Conflicte auszuweichen. Das hannöversche Gouvernement lebe der Hoffnung, die Mission des Lord Wodehouse in Kopenhagen werde geeignet sein, die Angelegenheit zur Ruhe zu bringen. Auch die gemäßigteren deutschen Mächte — sagt Howard — deren Absicht es nicht ist, die dänische Monarchie zu zerreißen, betrachteten die Bundesexecution nicht blos als einen Druck auf Dänemark und als Mittel, um Garantien für die Zukunft zu erlangen, *sondern zugleich als ein Mittel der Selbsterhaltung gegenüber dem Volksgeschrei in Deutschland, welches gebieterisch von ihnen eine That verlange.*

Indessen, auch der Gerechteste kann zu Zeiten ins Straucheln kommen. Howard hielt nicht mit der Wahrnehmung zurück, daß Platens Ton und Sprache von damals die Befürchtung verrathe, seine Politik in dieser Angelegenheit möchte doch zu Falle kommen. Namentlich das stärkere Pochen der Volksstimme, welches immer sein Ominöses hat für „correcte Minister"; dazu der furchtbare Aufschwung Bayerns, welches unumwunden auf die Zeitigung der Erbfolgefrage losstürmte; endlich die bedenklichen Beobachtungen der preußisch-östreichischen Politik; genug, es waren böse Tage für die Wetterfahnen, geschweige denn für den hannöverschen Minister. Und nun sah er sich vollends noch verkannt unter seinen Collegen. Denn die Mehrzahl der Minister konnte nicht umhin, wider den Stachel zu löcken, als Lord Russell die hannöversche Regierung im Schulmeistertone daran erinnerte, daß jeder Abfall vom londoner Tractat als Treubruch angesehen werden würde, und Howard dem Grafen Platen seine unbedachten Zusicherungen hierüber vors Gesicht hielt. Der Herr Minister entschuldigte sich in der Folge auch bei allen Examinationen Howards mit der Vollständigkeit eines Knaben. Von diesem ihm eingeräumten Rechte machte denn auch Howard ausgedehnten Gebrauch und verstieg sich zu den unverschämtesten Rathschlägen, Vorwürfen und Zurechtweisungen, ja er ließ bei Gelegenheit der Nachrichten, die über den Empfang der deutschen Truppen und ihr Benehmen in Holstein, sowie über die Proclamationen des Herzogs eintrafen, sogar Drohungen hören.

Nicht diese Anmaßungen noch auch die inneren Bedenken, sondern der Druck der öffentlichen Meinung und des Widerstandes seiner Collegen im Ministerium gab dem Grafen den Muth, dem gestrengen englischen Freunde in einer großen Stunde zu gestehn: „Ultra posse nemo obligatur.“ So eifrig auch Platen hinzufügte, er hoffe es wenigstens noch zu einer mittleren Richtung zu bringen, die Gespräche mit Hammerstein und Windhorst konnten Howard überzeugen, daß die Schwenkung nicht zu vermeiden sein würde. Die weitere Sondirung Platens brachte ihm das fernere Resultat, daß man möglicherweise sogar daran denke, das Schicksal des südlichen Schleswigs mit dem Holsteins in Verbindung zu bringen. Howard sah sich genöthigt, jetzt im Kleinen möglichst wieder einzubringen, was im Großen verloren zu gehen drohte. Er ertheilte dem Betragen Scheel-Plessens und Blomes die Versicherung seiner Hochachtung und berichtete bei Erwähnung einer absichtsgleichen Beschwerde Russells an den Bund, daß er bisher jedem, der im Gespräche mit ihm den Ausdruck „Londoner Protokoll“ und „Protokollkönig“ gebraucht habe, tadelnd ins Wort gefallen sei.

Die nächsten Verhöre, die Howard mit dem Grafen Platen anstellte, bezogen sich auf das Gerücht, daß einige deutsche Staaten gesonnen seien, den Herzog Friedrich für Holstein anzuerkennen und einzusetzen. Howard schritt bis zu „gemessnen Rathschlägen“ in der Absicht, Platen solle den hannöverschen Bundestagsgesandten aufs bestimmteste mit Instructionen gegen die sächsisch-bayrischen Zumuthungen ausrüsten. Allein er mußte erkennen, daß sein Herr Client auf fremden Füßen fester stand als auf seinen eigenen. Denn Graf Platen wich diesem Ansinnen aus. Seinem Heldenmuthe kam der Umstand zu Hilfe, daß die hannöversche Execution und Civilverwaltung nicht in seinem, sondern in des Bundes Befehl stände. Mit diesem Schilde konnte auch die Forderung Howards abgelehnt werden, den Herzog Friedrich aus Holstein auszuweisen. Als auch Russells Depesche vom 31. December, welche den Vorschlag einer Conferenz der Vertragsmächte unter Beisitz eines Bundesgesandten vorschlug, und welche an Hannover gerichtet war, vom Grafen Platen auf den Weg alles Fleisches, d. h. an den Bund verwiesen wurde, belehrte Howard Se. Excellenz folgender Maßen: „der Bund sei nichts als eine Versammlung deutscher Gesandten, welche nach den Specialinstructionen der einzelnen Mächte zu handeln hätten, und es sei herkömmliche Praxis aller Regierungen, ihre Vorschläge für den Bund an diese einzelnen Cabinete zu richten, um ihre Zustimmung zu erlangen. Und wenn eine Regierung wie die Großbritanniens an die Hannovers eine in aller Form der Courtoisie gehaltene Mittheilung solcher Art richte, deren Annahme die Vermeidung eines europäischen Krieges herbeizuführen geeignet sei, so sei man zu der Erwartung berechtigt, daß dieselbe nicht durch eine bloße Verweisung an den Bund zur Seite geschoben, sondern vielmehr zum Gegenstande ernster Erwägung gemacht werden werde!“ In solcher Weise machte der englische Gesandte dem Minister einer deutschen „Macht“ den Standpunkt klar. Graf Platen machte nicht sofort Gebrauch von dieser Unterweisung. Er ließ sogar abgerissene Worte fallen, die den Abgrund der Ketzerei, in welche er gerathen war, noch deutlicher offenbarten. Er sprach von Nützlichkeit eines Bundeskrieges, von Revision des londoner Vertrags und dergleichen mehr. Als Howard ihm härter zusetzte und namentlich auf die Chancen des Verhaltens hinwies, welches der Bund in Holstein gegen Dänemark beobachten müsse, falls die Anerkennung Herzog Friedrichs für dieses Herzogthum erfolgte, blieb der Rückfall in die alte „Correctheit“ nicht aus und Platen gab zu, daß Russells Vorschläge „logisch“ seien. Allein die durch die jüngste französische Depesche gestärkte Schlußfolgerung, daß Hannover diesem Vorschlage zustimmen solle, fiel wieder auf steinigen Boden*).

Mit der Majorisirung des Bundes vom 14. Januar durch Oestreich und Preußen in der schleswigschen Frage und mit dem, was darauf folgte, endigt die Hauptbedeutung Hannovers in der schleswig-holsteinischen Angelegenheit. Zu bemerken ist nur, daß obwohl Hannover gegen den preußisch-östreichischen Antrag gestimmt hatte, es den preußischen Truppentransporten durchs Königreich kein Hinderniß in den Weg legte und daß Graf Platen sich beeilte, dem englischen Gesandten mitzutheilen, daß die damals landläufige entgegengesetzte Behauptung auf Unwahrheit beruhte. Denn es ist nicht blos gut, gerecht zu sein, sondern auch es zu scheinen. Diese Maxime lag wahrscheinlich auch der Thatsache zu Grunde, daß Graf Platen von den damals an die hannöversche Regierung gerichteten Kundgebungen seitens Herzog Friedrichs „keine Notiz nahm“.

*) Interessant für die Beurtheilung des Machtgefühls am Bunde ist, daß Graf Platen in Betreff der Frage wegen Besetzung des rendsburger Kronwerks und der Dörfer jenseits der Eider dem englischen Gesandten die Versicherung gab: „die Sache sei den Bundescommissären anheimgestellt“. Zur Ehre des deutschen Namens wollen wir indeß hoffen, daß der Herr Graf hier aus „Correctheit“ des Guten zu viel gethan hat.

Wir schließen an diesem Zeitpunkte unsre Mittheilung, da die englischen Blaubücher zunächst hier abbrechen. Auch tritt ja Hannover bei den nachfolgenden Ereignissen mit dem gesammten Bund in die zweite Linie und in den Genitivus.

Es muß und darf dem Leser überlassen bleiben, die Resultate selbst zu ziehn, welche diese mikroskopischen Untersuchungen nach deutscher Gesinnung bei der zweiten norddeutschen Macht ergeben. Sie dürften vermüthlich sehr gering sein, wenigstens treten sie in unsern Augen, wenn überhaupt, nur embryonisch hervor und es muß lediglich der Zukunft anheimgegeben werden, ob sie sich entwickeln oder nicht. Desto zahlreicher sind dagegen die Beweise dafür, daß die Politik der Leine die Nabelschnure weder durchgerissen hat noch auch durchreißen zu müssen als ihre Aufgabe erachtet, welche das Königreich einstmal mit England verbunden hat. An der peristaltischen Bewegung dieser Politik in unsrer Frage zeigt sich wenigstens, daß man in Hannover auch bei rein deutschen Fragen weder die Pflicht noch den Muth fühlt, diese auswärtige Bevormundung gebührlich abzuweisen*).

Zur Geschichte des Urchristenthums.

4. Fr. Chr. Baur.

Unvergeßlich wird allen, die zu Fr. Chr. Baurs Füßen saßen, die gewaltige Persönlichkeit des theuren Meisters sein, der vor drei Jahren mitten auf der Höhe seiner Wirksamkeit der deutschen Wissenschaft entrissen worden ist. Hier war ein Mann, ein ganzer Mann, dessen bedeutendem Eindruck auch diejenigen sich nicht entziehen konnten, welche dem kühnen Forschertriebe, der keine Rücksicht kannte als das Interesse der Wahrheit, nicht zu folgen im Stande waren; daß es nur die Liebe zur Wahrheit, der Ernst, sie zu suchen, war, was sein ganzes Wesen bestimmte, mußten auch sie anerkennen. Wenn er so in einer

*) Auf Grund neuester authentischer Mittheilungen fühle ich mich veranlaßt, meine obige Behauptung von der „embryonischen" Beschaffenheit deutscher Gesinnung am hannöverschen Hofe noch beträchtlich einzuschränken. Zur Motivirung wolle der geneigte Leser die bei nächster Gelegenheit mitzutheilende: „Gesinnungsstatistik der Bundesregierungen in der Anerkennungsfrage" vergleichen.

Zeit, da die deutsche Theologie in der Masse ihrer Vertreter einem raschen Verfall entgegenging, beinahe allein stehend die Würde dieser Wissenschaft und ihren Zusammenhang mit dem geistigen Besitze der Gegenwart aufrecht hielt, so konnte man zweifelhaft sein, was größere Verehrung und Bewundrung abnöthigte: die seltene gelehrte Ausrüstung, mit der er auf dem Kampfsplatz erschien, oder die unerschrockene Beharrlichkeit, mit der er die Waffen in dem numerisch so ungleichen Kampfe führte; der rastlos vorwärts dringende Scharfsinn, mit welchem er durch bisher pfadlose und verworrene Gebiete Bahn brach, oder die klare Besonnenheit, die nicht am Kleinen haften blieb, sondern immer auf das Große gerichtet sich nicht weigerte, wo er bessere Meinung fand, sie der eigenen einzuverleiben; die wissenschaftliche Ueberlegenheit oder die edle Humanität, die männliche Tüchtigkeit seines sittlichen Charakters. Dabei waren es nicht äußerliche Gaben, durch welche er geglänzt und geblendet hätte. Vielmehr war seine Art, sich zu geben, einfach, schlicht, und es war ihm ganz jener Mangel an Leichtigkeit, jene Sprödigkeit des Naturells eigen, das die schwäbische Heimath so häufig ihren Söhnen mitzugeben pflegt. Es war nicht leicht durch die spröde Schale hindurchzudringen zum Kern seines Wesens, das sich nur denjenigen erschloß, in welchen er gleichfalls den lauteren Trieb, nach Wahrheit zu forschen, erkannte. Und so hatte auch die Art seines wissenschaftlichen Auftretens nichts Glänzendes, das sofort die Welt mit dem Eindruck eines Neuen und Epochemachenden überrascht hätte. Vielmehr begann er seine Forschungen geräuschlos, an einem entlegenen Punkte, in bescheidenen Grenzen, aber Schritt für Schritt und immer sicherer und kühner ging es nun von hier aus weiter; unter dem eigenen Suchen, wie unter dem Streit mit den Gegnern wuchsen seinem Geist die Schwingen, immer freier ward der Blick, immer bedeutender gestalteten sich die Resultate, die von kleinen Anfängen allmälig über das ganze Gebiet der urchristlichen Zeit übergriffen, und so sind seine letzten Werke die vollendetsten nach Inhalt, wie nach Form, und der Tod rief ihn ab, als er eben daran war, die Gesammtheit seiner Forschungen zu einem die ganze christliche Kirche umfassenden Geschichtswerk abzurunden*).

Es kann nicht unsere Aufgabe sein, Baurs Bedeutung für die neuere Theologie überhaupt zu schildern und seine wissenschaftliche Wirksamkeit, welche sich über die verschiedensten Zweige der Dogmen- und Kirchengeschichte, — diese im weitesten Umfange genommen — erstreckt, im Einzelnen zu verfolgen. Es ist dies von Anderen in dankbarer Pietät gethan worden.**) Aber auch was

*) Durch die Publicationen aus dem Nachlaß, welche durch den Sohn F. Baur und den Schwiegersohn Eduard Zeller besorgt worden sind, liegt nun das ganze Geschichtswerk in fünf Bänden, Tübingen 1853—1863, vollständig vor.

**) Man vergl. außer dem Nekrolog im Schwäb. Merkur Febr. 1861, Ed. Zeller in den Preuß. Jahrbüchern 1861, Biedermann in den Zeitstimmen aus der reformirten Kirche der Schweiz, 1861, und K. Schwarz, zur Geschichte der neuesten Theologie.

unseren Gegenstand, die Urgeschichte des Christenthums betrifft, wo eben die größten und eigenthümlichsten Verdienste Baurs liegen, so wäre es hier nicht möglich, alle hierauf bezüglichen Schriften, alle Einzeluntersuchungen, alle Gänge mit den Gegnern aufzuzählen und zu charakterisiren, denn es liegt eine ganz erstaunliche Fülle von Abhandlungen und Werken vor, in welchen Baur seine Forschungen ausreifte, immer mit neuen Gründen stützte, wiederholter Prüfung unterwarf und sich mit den Einwürfen der verschiedensten Gegner oder auch mit den Aufstellungen der eigenen Schüler auseinandersetzte. Wir müssen uns darauf beschränken, den Gang, den seine Forschungen nahmen, im Allgemeinen zu verfolgen und die Hauptresultate anzugeben, zu welchen sie ihn leiteten.

Das Interesse von Strauß war ein kritisches; es war im Grund zufällig, wenn bei der Rechnung irgend ein Rest, ein positiver Niederschlag zurückblieb. Das Interesse Baurs war von Haus aus ein positiv geschichtliches; die Kritik war nur Mittel zu diesem Zweck. Hatte Baur auf seinem Wege altgewurzelte Vorurtheile zu beseitigen, irrige Meinungen über Autorschaft, Ursprung und Zeit der kanonischen Schriften umzustoßen, so ging er diesem Geschäft mit allem Freimuth und Scharfsinn nach. Aber was er seiner angeblichen Autorität entkleidet hatte, reihte er sofort an der ihm gebührenden Stelle in der urchristlichen Entwickelung ein und verwandte es somit als Baustein für die Geschichte dieser Zeit. Er konnte mit Recht sagen, seine Kritik sei eine conservative, „weil sie ja nur auf dem einfachen Grundsatz beruht, jedem das Seine zu lassen und zu geben, aber freilich auch nur das Seine.“ Für einen Forscher dieser Art konnte der Ausgangspunkt nur die fest beglaubigte Geschichte sein. Der nächste Anhalt fand sich in den Hauptbriefen des Apostels Paulus, welche, unbestritten echt, nicht blos ein Denkmal der Geistesart ihres Verfassers, sondern zugleich ein Denkmal ihrer Zeit mit den sie bewegenden Kämpfen und Gegensätzen sind. In diesen Briefen fand nun Baur, daß das harmonische Verhältniß, welches man gewöhnlich zwischen dem Apostel Paulus und den Judenchristen, an deren Spitze die älteren Apostel standen, angenommen hatte, in Wahrheit nicht stattgefunden, daß vielmehr der Gegensatz zwischen den judaistisch beschränkten Uraposteln und dem universellen Heidenapostel ein viel tiefer gehender gewesen sei und wesentlich den Entwickelungsgang der ältesten Kirche bestimmt habe. Die Geschichte der ältesten Kirche ist die Geschichte des Kampfes zwischen Judenchristenthum und Heidenchristenthum, zwischen Petrinismus und Paulinismus. Da das Christenthum aus dem Judenthum hervorgegangen ist und mit ihm im engsten Zusammenhange stand, so lag es in der Natur der Sache, daß es auf der ersten Stufe seiner Entwicklung selbst noch den Charakter des Judenthums an sich trug; es war nur der Glaube an den nicht erst künftigen, sondern an den bereits erschienenen Messias, was die ersten Christen von ihren bisherigen Glaubensgenossen unterschied. Je enger aber dieser Glaube an das

Judenthum sich anschloß, um so mehr hing ihm auch noch der jüdische Particularismus an; die erste Frage, welche eine Differenz hervorrief, war daher die nach dem Umfang des christlichen Heilprincips, ob dasselbe nur gebornen Juden, oder ob und unter welchen Bedingungen es auch gläubigen Heiden zu Theil werde. Mitten in diesem Kampfe stehend, zeigen uns die paulinischen Briefe den großen Heidenapostel. Von Paulus erst datirt der universale Charakter des Christenthums, und die Geschichte der Losreißung des Christenthums vom Judenthum ist die Geschichte seiner zwei ersten Jahrhunderte. Wie jener Kampf nun zuerst persönlich von Paulus durchgefochten wurde, welche Phasen er in der Folge noch durchzumachen hatte, wie er allmälig sich abschwächte, eine vermittelnde ausgleichende Richtung Platz griff, bis endlich die Gegensätze sich im katholischen Dogma und in der katholischen Kirche zusammenschlossen — dies im Einzelnen zu verfolgen, an den Erzeugnissen der urchristlichen Literatur, der kanonischen sowohl als der nichtkanonischen nachzuweisen und diese somit als Zeugnisse für die verschiedenen Stadien in jenem Ausgleichungsproceß zu begreifen, dies war nun die Aufgabe, wie sie die geschichtliche Betrachtung der zwei ersten Jahrhunderte sich gestellt sah.

Diese wesentlich neue Auffassung hatte sich zuerst mit der Apostelgeschichte auseinanderzusetzen. Denn diese wußte ja nichts von so tief eingreifenden Gegensätzen; sie schilderte vielmehr das Verhältniß der Urapostel zu Paulus als das allerfriedlichste, entgegenkommendste; waren Differenzen vorhanden, so bestanden sie keineswegs zwischen Paulus und den Uraposteln, sondern zwischen jenem und unbedeutenden judaisirenden Sekten. Eben auf die Apostelgeschichte war deshalb früher überhaupt die Anschauung von den ältesten Zuständen der Kirche gegründet. Aber man konnte dies nur, indem man an den eignen klaren Zeugnissen des Apostels in seinen Briefen, die uns mitten in seine Lage, in seine Kämpfe hineinversetzen, vorbeiging. Wie eifrig muß sich der Apostel für die Anerkennung seiner apostolischen Autorität, für die Grundlagen seiner Thätigkeit wehren! Wie leidenschaftlich oder auch ironisch tritt er dabei gegen die „Säulenapostel“ und die von ihnen in Anspruch genommene Autorität auf! Wie wirft der im zweiten Capitel des Briefes an die Galater erwähnte Vorfall zwischen Petrus und Paulus in Antiochia mit einem Mal ein Licht auf die Stellung der beiden Parteien, und wie contrastirt das Abkommen mit den Uraposteln zu Jerusalem, wie es im Eingang desselben Capitels erzählt ist, mit dem sogenannten Apostelconvent in der Apostelgeschichte (Cap. 15). Nach der Darstellung der letzteren ist es ein förmliches Concil, zu dem hier die Apostel, die Presbyter, die ganze Gemeinde sich versammeln. Man erörtert die vorliegende Frage, stimmt ab, faßt Beschlüsse und theilt diese in besondern Schreiben den kleinasiatischen Gemeinden als Beschluß des heiligen Geistes mit. Der Galaterbrief weiß nichts von einem solchen Concil, nach ihm ist es eine bloße Privatbesprechung mit den drei angesehensten Aposteln, denen Paulus sein Evangelium vorlegt. Nach der Apostelgeschichte sind es blos einzelne pharisäische Mitglieder der Gemeinde, welche die Frage der Beschneidung als Bedingung des messianischen Heils zur Sprache brachten, nach dem Galaterbrief besteht die Meinungsverschiedenheit zwischen den Uraposteln und Paulus selbst. Nach der Apostelgeschichte sind es gerade Petrus und Jacobus, welche die Initiative ergreifen und der freisinnigen Praxis des Paulus auf die zuvorkommendste Weise das Wort reden. Nach dem Galaterbrief trennen sich beide Parteien, indem jede auf ihren Grundsätzen beharrt, und nur das äußerliche Uebereinkommen getroffen wird, daß Paulus für sich selbst freie Hand erhält, die Mission unter den Heiden auf seine Weise zu betreiben. Die eignen Worte des Apostels sind für uns entscheidend, wie wir uns den historischen Vorgang zu denken haben. Zwischen den älteren Aposteln, die an der Spitze der jerusalemischen Gemeinde standen, und dem Apostel Paulus handelte es sich also um die Beschneidung der Heiden als Bedingung ihrer Aufnahme in die Gemeinde, um den Gegensatz des judenchristlichen und paulinischen Christenthums, und der Streit war damals noch weit entfernt von irgendeiner inneren Ausgleichung. Beruft sich doch Paulus, wenn er die judenchristlichen Vorurtheile in den von ihm gegründeten Gemeinden bekämpft, niemals auf jenes Concordat, das nach der Apostelgeschichte abgeschlossen worden sein soll, einfach weil es niemals abgeschlossen worden ist, die Erzählung davon vielmehr einer späteren Zeit angehört, in welcher die freiere Ansicht durchgedrungen war und also auch auf die Urapostel übertragen werden mußte.

Und von hier aus fiel nun ein ganz neues Licht auf die Composition und Tendenz der Apostelgeschichte. Offenbar hatte sie an jener Stelle, wo sie durch die eignen Worte des Paulus genau controlirt werden konnte, nicht den geschichtlichen Hergang erzählt, sondern von einem späteren Standpunkt aus die einstigen Differenzen vertuscht. Eine genauere Untersuchung der Schrift, — welche Baur gestützt auf die Vorarbeiten Schneckenburgers vornahm, — zeigte nun, daß der historische Charakter der Apostelgeschichte überhaupt ein sehr bedingter, daß sie vielmehr wesentlich als ein im Interesse der Ausgleichung jener Parteigegensätze geschriebenes Werk der späteren Zeit aufzufassen sei, wobei jeder der beiden Standpunkte, der petrinische und der paulinische, etwas von seiner principiellen Schärfe ablassen mußte. Der Verfasser ist ein Pauliner, der den Heidenapostel in seiner apostolischen Würde und Wirksamkeit gegen judaistische Anfeindung vertheidigen will, allein es geschieht dies, wie es das conciliatorische Interesse der späteren Zeit erforderte, in der Weise, daß die Urapostel selbst aufgeboten werden, um die Grundsätze des Paulus zu vertheidigen und mit ihrer apostolischen Autorität zu decken. Das Hauptmittel zu diesem Zweck ist die durch das Ganze sich ziehende Parallelisirung der beiden Apostel Petrus und

Paulus. Jenem wird der judaisirende, diesem der specifisch universalistische Charakter abgestreift. Jener erscheint so viel als möglich wie Paulus, dieser so viel als möglich wie Petrus. Keine Probe von Gesetzesgerechtigkeit wird dem Paulus erlassen, während die erste Thätigkeit unter den Heiden dem Petrus vindicirt wird. Paulus beobachtet alle möglichen Rücksichten gegen die Urapostel und gegen das jüdische Volk, sein polemischer Standpunkt gegen das Gesetz ist spurlos verwischt, während umgekehrt diejenigen Grundsätze, welche Paulus in seinen Briefen über die Gleichheit der Juden und Christen gegenüber dem messianischen Heil entwickelt, überall von den judenchristlichen Aposteln ausgesprochen und ausgeübt werden. Beide Apostelhäupter werden so einander näher gerückt, weil es das Interesse der späteren Zeit war, das petrinische und paulinische Christenthum, welche die Kirche spalteten, während von außen die Ketzereien immer bedrohlicher auftraten, auf einer neutralen Basis auszugleichen. Daraus ergab sich auch für den Verfasser der Apostelgeschichte und die Zeit ihrer Entstehung eine andere Ansicht als die der Tradition. Sie kann nicht von Lucas, dem Reisebegleiter des Paulus, verfaßt sein, wenn auch dessen Aufzeichnungen namentlich für die letzte Reise des Apostels benutzt sein mögen, sie kann nur der zweiten Hälfte des zweiten Jahrhunderts angehören, derselben Zeit, welche auch in sonstigen Schriftdenkmalen dasselbe katholische Interesse verräth.

Aber die historischen Momente, welche sich aus den Briefen des Apostels Paulus gewinnen ließen, wurden zu Waffen nicht blos gegen die Glaubwürdigkeit der Apostelgeschichte, sondern auch gegen die Echtheit eines Theiles der paulinischen Briefe selbst. Nur in den vier großen Briefen an die Galater, an die Römer und in den beiden Korintherbriefen zeigte sich jener Gegensatz in seiner ursprünglichen Schärfe, nur in ihnen schien sich die ganze Kraft und Eigenthümlichkeit des großen Heidenapostels auszuprägen, nur sie werden darum für unzweifelhaft echt erklärt. Bereits in abgeschwächter Gestalt erscheinen die paulinischen Gedanken in den Briefen an die Epheser, Kolosser, Philipper, an Philemon und an die Thessalonicher. Die Darstellung ist matt, die Lehre von der Rechtfertigung verflacht, die Absicht mehr auf das Praktische, Erbauliche gestellt. Dabei hat die Anschauung von der Person Christi schon eine bedeutende Steigerung erfahren, namentlich die Lehre von der Präexistenz, von der kosmischen Bedeutung Christi ist weiter entwickelt. Auch in den mehrfachen Beziehungen auf die Sekten des zweiten Jahrhunderts und in dem hervortretenden Streben nach Einheit in Lehre und Verfassung verräth sich die spätere Abfassungszeit. Noch bestimmter treten alle diese Merkmale bei den sogenannten Hirtenbriefen (den Briefen an Timotheus und Titus) auf. Sie setzen kirchliche Einrichtungen voraus, wie sie erst spät sich entwickelt haben und führen eine Polemik gegen Irrlehrer, welche ohne Frage die Gnostiker, religionsphilosophische Sekten des zweiten Jahrhunderts, sind.

Je mehre Schriften des neuen Testaments nun von hier aus in den Bereich der Untersuchung gezogen wurden, und je mehr sich diese über die ganze christliche Literatur des ersten und zweiten Jahrhunderts ausdehnte, um so deutlicher gab sich der Gegensatz des Judenchristenthums und Heidenchristenthums als der leitende Faden durch die urchristliche Literatur und damit durch die urchristliche Geschichte zu erkennen. Der streng judaistische Standpunkt war uns noch in der Offenbarung des Johannes, der streng paulinische in den Hauptbriefen des Heidenapostels aufbewahrt. Bei weitem die Mehrzahl der kanonischen Schriften jedoch fiel in die späteren Phasen jenes Entwickelungsgangs, wo von beiden Seiten das Bedürfniß einer Annäherung und Verständigung sich geltend machte und stufenweise wirklich zur Ausgleichung in der katholischen Kirche führte. Und hier war nun der Ort, wo von den gewonnenen Resultaten aus auch die Kritik der Evangelien wieder aufgenommen werden mußte. Denn auch den Evangelien mußte in jenem Proceß die ihnen zukommende Stelle ausgemittelt werden. Indem sich Baur — allerdings unter der Einwirkung, welche die freie Kritik des straußschen Buchs auf ihn ausübte — jetzt der Evangelienkritik zuwandte, stand er von Anfang an auf einem ganz anderen Boden als seine Vorgänger. Diejenigen Fragen, um welche es sich bis jetzt in erster Linie gehandelt hatte, wie sich der historische Stoff in den Evangelien zu einander verhalte, was als geschichtlich, was als ungeschichtlich zu betrachten sei, wurden von Baur vorläufig zurückgedrängt gegen die Hauptfrage: was wollte und bezweckte jeder Verfasser mit seiner Darstellung, was ist seine Individualität und schriftstellerische Eigenthümlichkeit, ist er ein schlichter Referent der evangelischen Geschichte, oder blickt nicht da und dort etwas hervor, was uns tiefer in die ihn bewegenden Interessen und Motive hineinblicken läßt? Gelänge es, sagte Baur in diesem Zusammenhang, auch nur einem der Evangelisten das Geheimniß der Conception seines Evangeliums abzulauschen, so hätte die Kritik einen festen Punkt, von welchem aus sie einen weiteren Boden gewinnen kann.

Die Kritik fand diesen festen Punkt. Mit jenem fruchtbaren Gedanken warf sich Baur sogleich auf den Mittelpunkt der Evangelienkritik: er untersuchte das Johannesevangelium, um durch eine Analyse seines Inhalts die Stellung zu ermitteln, die es in der Geschichte der christlichen Entwickelung einnimmt. Die Frage nach der Echtheit, nach dem Historischen in diesem Evangelium, wurde also zurückgestellt gegen die Frage nach der Idee, welche seiner Composition zu Grund liege. Daß gerade das vierte Evangelium wesentlich lehrhaft ist und seine Geschichtserzählung innerhalb bestimmter dogmatischer Voraussetzungen sich bewegt, hatte man wohl schon früher zugeben müssen. Aber es fragte sich nun, ob die aus der Geschichtserzählung hervorblickende Idee nur als ein verschwindendes Moment der rein geschichtlichen Tendenz anzusehen, oder ob die Idee so übergreifend über die Erzählung sei, daß sie diese selbst nach ihr gestaltet habe. Daß nun das Letztere der Fall ist, wird von Baur aufs geistvollste und überzeugendste nachgewiesen. Die ganze Composition hat einen ideellen, absichtvollen Charakter, der geschichtliche Stoff ist nur der Reflex oder die versinnlichende Hülle des dogmatischen Grundgedankens. Und zwar besteht nun die durch das Ganze sich durchziehende Idee in dem Gegensatze Jesu als des in der Welt erschienenen göttlichen Licht- und Lebensprincips zu der jüdischen Welt, in welcher das Princip der Finsterniß und des Unglaubens repräsentirt ist. Mit dem Eintreten des göttlichen Worts (Logos) in das Fleisch beginnt der große Kampf zwischen Licht und Finsterniß, Leben und Tod, Geist und Fleisch, und nun wickelt sich in den Thatsachen des Lebens Jesu dieser Gegensatz als ein von Moment zu Moment fortschreitender Proceß ab, der im letzten Aufenhalt Jesu zu Jerusalem sich zu seinem dramatischen Höhepunkt erhebt und in Tod und Auferstehung seinen Abschluß erhält. Unter diesem Gesichtspunkt steht alles Thatsächliche, was der Evangelist aus der Tradition aufgenommen oder umgebildet oder frei geschaffen hat. Und von hier aus fällt nun auch auf die Abweichungen des evangelischen Stoffs von dem der übrigen Evangelien erst das rechte Licht. Von hier aus läßt sich die relative Glaubwürdigkeit der einen oder der andern Darstellung beurtheilen, jetzt erst ergeben sich für den geistigen Kreis, aus welchem es hervorgegangen ist, für die Zeit der Abfassung, für den Verfasser bestimmtere Anhaltpunkte. Und nun treffen alle Momente zusammen: die Ausbildung der Logoslehre, das Verhältniß zu der schroff judenchristlichen Offenbarung des Johannes, die Beziehungen zu den gnostischen Ideen und zu dem Streit über die Passahfeier, dazu endlich die Beschaffenheit der äußeren Zeugnisse — alles weist darauf hin, daß das Evangelium nicht von dem Sohn des Zebedäus geschrieben ist, sondern als letzte und reifste Frucht des Entwickelungsgangs, welchen das urchristliche Bewußtsein genommen, der zweiten Hälfte des zweiten Jahrhunderts angehört. Von seinem fortgeschrittenen christlichen Standpunkt aus und in der Ueberzeugung, den wahren Geist des Christenthums und Christi besser als die noch im Judenthum befangenen älteren Evangelisten gefaßt zu haben, konnte sich der alexandrinisch gelehrte Verfasser berechtigt glauben, die evangelische Geschichte umzuändern, Jesus Reden in den Mund zu legen, die seinem fortgeschrittenen Standpunkt entsprechen, ja sich selbst als den Schoß- und Busenjünger Jesu, wenn nicht ausdrücklich anzugeben, doch deutlich genug errathen zu lassen.

Von da aus wandte sich dann Baur Schritt für Schritt rückwärts zu den drei ersten Evangelien. Die Analyse des Johannesevangeliums hatte gezeigt, daß ihm gegenüber die synoptischen Evangelien die ursprünglicheren und glaubwürdigeren sind. Nur um so mehr kam es nun aber darauf an, nachzusehen, ob sich nicht auch bei ihnen ein dogmatisches Interesse verrathe, welches auf ihre Geschichtserzählung Einfluß gewonnen hat. Wie verhielten sie sich, dies war die Frage, zu dem Grundgegensatz, der sich durch die Zeit des Urchristenthums hindurchzog, zu dem Gegensatz zwischen dem Judaismus und Paulinismus, und welche Resultate ließen sich hieraus für ihr Alter und gegenseitiges Verhältniß gewinnen? Das Ergebniß war, daß das Lucasevangelium eine bestimmt paulinische Tendenz verfolge, während das des Matthäus der judenchristlichen Anschauung am nächsten stehe und alle Merkmale eines früheren Ursprungs an sich trage, das Marcusevangelium endlich sich nach der Auswahl seines Stoffs wie nach seiner ganzen Darstellungsweise als eine secundäre, excerpirende Arbeit von neutralem, vermittelndem Charakter zu erkennen gebe.

Wie Baur seine Untersuchungen über die paulinischen Briefe und die Apostelgeschichte in dem Werke: „Paulus, der Apostel Jesu Christi. Stuttgart 1845" zusammengestellt hat, so seine Forschungen über Johannes und die Synoptiker in den „Kritischen Untersuchungen über die Evangelien. Tübingen, 1847." Beides sind Baurs kritische Hauptwerke. Mit ihnen war ein neuer Boden für die Geschichte des Urchristenthums gewonnen. Jenes war für das apostolische und nachapostolische Zeitalter, dieses für die Evangelienfrage entscheidend. Ihre Resultate waren der feste Grund, auf welchem die tübinger Schule weiter arbeitete. Blieb auch im Einzelnen noch vieles dunkel und streitig, so waren doch zwei principielle Punkte festgestellt, die durch keine Polemik mehr erschüttert werden konnten. Wie auf zwei festen Grundsäulen ruht unsre Kenntniß des Urchristenthums auf den beiden von Baur durchgeführten Untersuchungen: einerseits des Verhältnisses der paulinischen Briefe zur Apostelgeschichte andrerseits des Verhältnisses des Johannesevangeliums zu den Synoptikern. Die historische Methode sah sich aufs glänzendste gerechtfertigt. Es war Plan und Ordnung in das Chaos gebracht, das Grundgesetz der Entwickelung gefunden und deren Hauptmomente nachgewiesen. Hatte man von der „Tendenzkritik" eine auflösende, die Grundlagen unsrer Kirche willkürlich zerstörende Wirkung befürchtet, so war das Gegentheil eingetroffen. Sie hatte sich als aufbauend erwiesen, sie war im Stande, eine reiche, gehaltvolle, gesetzmäßig verlaufende Entwickelung nachzuweisen auf einem Gebiet, das bisher außerhalb der Geschichte geblieben war. Je folgerichtiger sich eines aus dem anderen ergab, je enger sich Combination an Combination schloß, um so mehr erhob sich das Ganze dieser Combinationen zu einer wahrhaft geschichtlichen Gesammtauffassung des Urchristenthums.

Eine übersichtliche Zusammenstellung der bisherigen Resultate auf dem Boden der ältesten Kirchengeschichte gab dann Baur in dem Buche: „Das Christenthum und die christliche Kirche der drei ersten Jahrhunderte. Tübingen, 1853." Es ist die reifste Frucht seiner schriftstellerischen Wirksamkeit, ein echtes Geschichtswerk, in welchem „Zusammenhang, Gattung und Einheit in das Ganze gebracht, die bewegenden Kräfte und Principien, deren Product das Resultat der drei ersten Jahrhunderte ist, in ihrem Unterschied gesondert und in ihrer gegenseitigen Beziehung verfolgt, alle einzelnen Züge, die zum Charakter einer in einer so inhaltreichen Bewegung begriffenen Zeit gehören, soviel möglich zu einem in sich harmonischen Bild vereinigt" werden sollten; ein echtes Geschichtswerk auch in dem Sinne, daß nun eine populärere Darstellung, ein historischer Stil angestrebt, die kritische Begründung auf das Nothwendigste beschränkt und die Neigung zur Speculation, die den früheren Werken anhaftete, zurückgedrängt wurde. Abermals that hier Baur einen Schritt vorwärts, indem er nun den Schlußstein zum Ganzen fügte und den Eintritt des Christenthums in die Welt, die Person Jesu und sein Werk in den Kreis der Darstellung zog. Da aber Baur an diese zusammenfassende Arbeit erst dann ging, nachdem seine Untersuchungen durch mitforschende talentvolle Schüler ergänzt und weiter geführt worden waren, so ist es Zeit, sich dem Kreis dieser jüngeren Kräfte zuzuwenden und ihren Antheil an der geschichtlichen Durchforschung des Urchristenthums zu übersehen.

Aus Bayern.

Selten noch mag ein Fürst so in dem vollen und frischen Glanze der Popularität vom Tode ereilt worden sein, als der jüngst verstorbene König von Bayern. Zu der dynastischen Gesinnung, in der das bayrische Volk von jeher auf das engste mit seinen Regenten verbunden war, zu der Hochachtung und Verehrung gegen einen persönlich höchst respectabeln Fürsten kam in den letzten Monaten der Regierung Maximilians des Zweiten noch die freudige Zustimmung, welche die Haltung des Monarchen in der schleswig-holsteinischen Frage in der ganzen Bevölkerung Bayerns fand, eine Haltung, die, so wenig thatkräftig und fruchtbringend sie auch war, doch gegenüber der Politik anderer deutschen Regierungen zum mindesten ehrlich und rechtlich, vielleicht sogar national genannt werden konnte. Der plötzliche Eintritt des Todes endlich war allenthalben im Lande von so erschütternder Wirkung, daß auch denen, die sonst wohl geneigt waren, den Maßstab einer besonnenen Kritik an die Handlungen des Königs zu legen, die Stimmung fehlte, in einem Separatvotum ihr Urtheil von dem der überwiegenden Mehrheit des Volkes zu trennen. So fand, wer etwa um die Mitte März durch Bayern reiste, die öffentliche Meinung überall und fast ungetheilt dem Andenken des Königs günstig. Die Klagen über seine Arbeitsscheu, seine vielen Reisen außer Landes, den Mißbrauch der Cabinetsregierung, die lähmende Unentschlossenheit — alle waren verstummt und wie keines der ultramontanen und urbajuwarisch gesinnten Blätter daran dachte, die während früherer Jahre unausgesetzt erhobenen Beschuldigungen über die Berufung fremder, protestantischer Gelehrten in den Rückblicken auf die Regierung des Königs auch nur zu erwähnen, so schwiegen auch die paar Organe der liberalen Partei, welche Bayern besitzt und hielten in ihrer Beurtheilung des Verstorbenen die Beschwerden zurück, die sie so oft gegen den Lebenden ins Feld geführt hatten, ja als etwa fünf oder sechs Tage nach des Königs Tode ein Leitartikel der „Süddeutschen Zeitung" in der gemäßigtesten Sprache aber ohne jene zarte Rücksicht ein wirkliches Urtheil über Max den Zweiten aussprach, fühlte man sich selbst in liberalen Kreisen unangenehm berührt. Unter solchen Umständen ist es nicht leicht, dem verstorbenen König gerecht zu werden. Man wird gut thun bei der Beurtheilung eines Regenten nicht das ideale Bild eines Musterfürsten neben ihn zu halten, sondern ihn mit andern Fürsten, zunächst mit seinem Vorgänger zu vergleichen. Bei einer solchen Vergleichung kann Maximilian der Zweite nur gewinnen. Gegen die Regierung Ludwigs des Ersten gehalten, darf die seinige in der That eine Musterregierung genannt werden. Etwas spät sah König Ludwig ein, daß es ihm unmöglich sei constitutionell zu regieren und nachdem er früher mit Emphase erklärt hatte, er möchte kein absoluter Herrscher sein, blieb ihm keine andere Wahl als abzudanken. Der neue König hatte als Kronprinz mehr als einmal entschieden auf Seite der Opposition gestanden. Namentlich so abgeschmackten Forderungen seines Vaters, wie die jetzt fast vergessene, die doch einst so lebhafte Stürme hervorrief, über die Kniebeugung der Protestanten bei kirchlichen Aufzügen der Katholiken hatte der Kronprinz in der ersten Kammer und im Palais rücksichtslos opponirt; seinem ganzen Wesen widerstrebten die klerikalen Tendenzen, durch welche sich sein Vater so lange und so entschieden leiten ließ. Nicht umsonst hatte er seine Studien in Göttingen und in Berlin gemacht, das Wesen des Ultramontanismus war seiner fein angelegten Natur ebenso antipathisch als das specifische Bayernthum mit seiner plumpen Aufdringlichkeit. Darum verlebte er, fern von den Hofkreisen der Hauptstadt, wo man ihn nicht verstand, in der glücklichsten Zurückgezogenheit auf Hohenschwangau eine Reihe von Jahren, ganz den Anregungen seiner Studien hingegeben und der geistreichen Unterhaltung mit bedeutenden Männern, die er um sich zu versammeln wußte, denen er, auch wenn sie nicht mehr bei ihm verweilten, in eingehender Correspondenz nahe und eng verbunden blieb.

Aus dieser Muße rief ihn das Jahr 1848 auf den Thron. Aber er war nicht ganz der Mann für diese stürmischen Zeiten. Es gelang ihm wenigstens nicht, sein Land durch energische und umsichtige Maßregeln nach innen und außen gekräftigt durch jene Krisis hindurchzuführen. Die Reaction der fünfziger Jahre war recht eigentlich nach dem Herzen dieses Fürsten, der von Natur keineswegs liberal war und wie in manchem andern Lande würde diese Reaction, zu deren Durchführung der Freiherr v. d. Pfordten ein überaus geschicktes Werkzeug war, in Bayern noch heute dauern, wenn nicht die Opposition der zweiten Kammer so fest, entschieden und unermüdet gegen sie gekämpft hätte und wenn nicht diesem parlamentarischen Kampfe die drohenden Aussichten des Jahres 1859 zur Hilfe gekommen wären. Man kann nicht sagen, daß der König mit allen Maßregeln des reactionären Ministeriums sympathisirt hätte, namentlich die Gewaltthätigkeiten des Heißspornes in diesem Cabinete, des Grafen Reigersberg, waren oft seinem milden Sinne zuwider. Aber dieses Ministerium schützte oder gab vor das zu schützen, was der König unter dem Namen der „Kronrechte" für ein unantastbares Heiligthum der königlichen Würde hielt. So dehnbar aber war dieser Begriff der „Kronrechte", daß gar manche Maßregel dem König plausibel gemacht werden konnte, wenn ein so gewandter Staatsmann, wie v. d. Pfordten, sie unter diesen Gesichtspunkt zu stellen wußte. Man hat dem Könige „Hang zum Absolutismus" vorgeworfen. Der Vorwurf mag vielleicht berechtigt sein, aber um absolutistisch regieren zu können, fehlte Max dem Zweiten vor allem die Energie und die Zähigkeit des Widerstandes gegen populäre Forderungen. Man möchte sagen, er war zu schwach, um ein Absolutist aus Ueberzeugung, zu nobel, um es gegen seine Ueberzeugung zu sein. Und dem nicht ermüdenden Kampfe und Andringen einer entschiedenen, sich ihres Rechtes bewußten Opposition war er schlechterdings nicht gewachsen. Wer in solchen Conflicten am längsten ausdauert, darf des Sieges gewiß sein; jeder, der Maximilian den Zweiten kannte, mochte voraussehen, daß nicht er es war, der durch Ausdauer überwinden würde. Er ermüdete rasch und vermochte vor allem die Manifestation der Zuneigung des Volkes nicht zu entbehren; sich geliebt, anerkannt zu sehen, war ihm Bedürfniß. Es war nicht eine Phrase, wenn er schrieb, daß er Friede haben wolle mit seinem Volke, der Friede mit seinem Volke war eine Bedingung der Zufriedenheit und Ruhe seines Lebens. Ihm fehlte jene dämonische Kraft, die sich mit dem oderint dum metuant über die Reize der Popularität erhaben fühlt und jene Beschränktheit, welche in der Selbsttäuschung von einer göttlichen Mission Ersatz für die Liebe eines Volkes findet.

Seit dem Jahre 1859 kann sich Bayern rühmen, auf dem Gebiete legislatorischer Thätigkeit sehr Bedeutendes geschaffen zu haben. Der gute ehrliche Wille der Minister v. Mulzer und Neumayr sah da keine Hindernisse einer Vereinigung mit den Wünschen der Gesetzgebungsausschüsse, wo ihrer Vorgänger böser Wille solche geschaffen hatte und die parlamentarische Opposition ihrerseits gab diesen Männern in manchem Punkte nach, den sie gegen jene mit äußerster Heftigkeit aufrecht erhalten hatte. Aber auch das Zustandekommen dieser Gesetze: der Trennung der Justiz und der Verwaltung, des Strafprocesses, des Notariats hat seine geheime Geschichte; auch auf diesem Gebiete mußte dies und jenes Zugeständniß noch im letzten Augenblicke dem Könige abgerungen werden, dessen Verweigerung die ganze Gesetzgebungsarbeit illusorisch gemacht hätte; nur daß es jetzt nicht mehr eine Opposition der Kammern war, die gegen den König anzukämpfen hatte, sondern daß dieser Kampf den Ministern selbst nicht erspart blieb, denen jetzt, wie früher der Opposition, die Fiction der „Kronrechte" entgegengehalten wurde. Hauptsächlich aber galt es, die große Unentschlossenheit des Königs zu überwinden, welche, es wäre ungerecht dies zu verschweigen, aus den reinsten Motiven, aus einer übertriebenen, scrupulösen Gewissenhaftigkeit entsprang. Diese trieb den ängstlich Zweifelnden von einem Rathgeber zum andern und verzögerte jeden Entschluß. Man weiß jetzt, besonders seit der Veröffentlichung des Sectionsbefundes, daß das körperliche Leben dieses Fürsten seit einer langen Reihe von Jahren ein fast unausgesetztes Leiden war. Dieser Thatsache gegenüber verstummt mancher Vorwurf, der früher gegen den König ausgesprochen wurde. Keiner schien gerechtfertigter, als der, daß er niemals mit den Ministern selbst arbeite, sondern ihre Vorträge nur schriftlich durch den Chef des königl. Secretariats entgegennehme und beantworte.

Es war ein Glück für Bayern, daß der Mann, der diese einflußreiche Stellung unter bescheidenem Titel einnahm, ein durchaus ehrenwerther Mann war; denn es ist kaum zu ermessen, welches Unheil eine solche Cabinetsregierung im Gefolge hätte haben können. Auch in dieser Frage ist man jetzt geneigt, den König durch seine leidende Gesundheit für entschuldigt zu halten, wie denn selbst der Münchner nun seine Entrüstung über die häufige Abwesenheit Maximilians des Zweiten aus seiner getreuen Hauptstadt bereut und begreift, daß es einem kranken Manne Bedürfniß war, die lauen Lüfte des Südens mit den Winterstürmen des tückischen münchener Klimas zu vertauschen.

Es kann keine Frage sein, wie diese Blätter die deutsche Politik des bayerischen Königs beurtheilen. Maximilian der Zweite hatte eine hohe Meinung von der Bedeutung des Staates, den die Wittelsbacher regieren. Die letzten trüben Tage seines Lebens mögen ihm auch hier manche lieb gewordene Illusion benommen haben. Zwar war ihm die Freude zu Theil geworden, als der Hort Deutschlands und Schleswig-Holsteins in und selbst außer Bayern gefeiert zu werden, aber die Einsicht, daß er der Aufgabe nicht gewachsen sei, die erdrückend groß an ihn herantrat, mag ihn tief gebeugt, mag seinen Tod beschleunigt haben. Ein trotz alledem ehrendes Zeugniß. Denn wir werden dem Verstorbenen, auch von unserm Standpunkte aus, die Anerkennung nicht versagen, daß er ein Herz für Deutschland gehabt hat, daß er sich nicht, wie mancher andere von denen, die sich deutsche Fürsten nennen, den Ideen und Forderungen des nationalen Lebens völlig verschloß, daß, wenn auch die Kraft zur Ausführung mangelte und vielleicht die Einsicht, die zur Wahl besserer Mittel erforderlich war, der König doch von einem höheren, edleren Streben beseelt gewesen ist. Sicherlich wäre es nicht ganz gerecht, von ihm das Wort Steins über Ludwig den Ersten zu wiederholen, „daß seine deutsche Gesinnung an den blauweißen Grenzpfählen auch ihre Grenze gefunden habe."

Uebrigens dürfen wir auch das nicht vergessen, daß die Anschauungen, welche die deutsche Politik des Königs Max bestimmten, durchweg mit den Gesinnungen eines sehr großen, wohl des größten Theils der Bevölkerung Bayerns im vollsten Einklange standen. Denn es giebt kein Land unter den Staaten des deutschen Bundes, dessen Bewohner eifriger und zäher festhalten an ihrer staatlichen Selbständigkeit, als Bayern. Es wird großer, erschütternder Ereignisse bedürfen, bis dieses Land an der Durchführung der deutschen Einheitsidee einen thätigen Antheil nimmt.

Wenn König Max in dieser politischen Anschauung an der Spitze seines Volkes stand, so hat er sich doch nie dazu verstanden, als ein Mittel, die staatliche Selbständigkeit Bayerns aufrecht zu erhalten, auch jene Abschließung gegen alle die belebenden Einwirkungen des übrigen Deutschlands und seiner geistigen Bewegungen zu betrachten, welche, zumal in den alten Provinzen Bayerns, so viele Anhänger und Vertheidiger zählt.

Als die Hauptaufgabe seines Lebens, welche er, wenn auch durch den Tod frühzeitig abgerufen, doch im Wesentlichen gelöst hat, sah er das Ziel vor sich, den Strömungen des geistigen Lebens Deutschlands in Bayern Eingang zu eröffnen, der deutschen Wissenschaft in seinem Lande eine glänzende Stätte zu bereiten. Wie kein jetzt lebender deutscher Fürst mehr als König Ludwig die Kunst, so hat keiner mehr als sein Sohn die Wissenschaft gefördert. Aber wie weit verschieden von einander sind die Bestrebungen der beiden Könige! Bei Ludwig dem Ersten war es die Liebhaberei des reichen und hochgebildeten Dilettanten, die eine stattliche Reihe bedeutender Kunstwerke, großentheils zur Zierde der Hauptstadt, alle im Zusammenhange mit der politischen, kirchlichen, ästhetischen Richtung des Erbauers und Förderers hervorrief. Von Maximilian dem Zweiten hingegen durfte Döllinger mit Recht sagen: er habe die Wissenschaft nicht mit dem Auge des Gelehrten und nicht mit dem des Dilettanten, sondern mit dem Auge des Königs betrachtet. Keine specielle Liebhaberei fand Begünstigung, sondern die Gesammtheit der Wissenschaften galt dem Könige als ein untrennbares, unauflöslich zusammengehörendes Ganze und so erkannte er daß die Förderung der Wissenschaft in dem Sinne, in dem er sie sich vorgesetzt hatte, nur eine Pflege des ganzen Baumes menschlicher Erkenntniß, nicht eines einzelnen Zweiges sein dürfe. So hat er denn alle Wissenschaften mit gleichem Interesse in ihren Fortschritten verfolgt und gefördert und wie königlich diese Unterstützung war, die er der Wissenschaft und ihren Vertretern zuwandte, das beweisen die Berichte der münchner Akademie der Commissionen, die zu bestimmten Zwecken niedergesetzt wurden, deren Arbeiten in so vielfacher Weise anregend, ergänzend, zum Theil sogar bahnbrechend geworden sind. Auf keinem Gebiete des menschlichen Wissens ist durch die Großmuth des Königs Max so viel geleistet worden als auf dem der historischen Wissenschaft. Auch diese Blätter haben schon eine Reihe von bedeutenden Publicationen besprochen, deren Erscheinen man der Munificenz dieses Fürsten verdankt und das große Publicum hat gerade diesen Theil der von dem König veranlaßten und unterstützten Arbeiten naturgemäß mit dem lebhaftesten Interesse aufgenommen. Aber auch bei diesen Arbeiten waren es nicht nur die großen Geldsummen, die der König anwies, welche die Mit- und Nachwelt zu Dank verpflichten, sondern mit besonderem Nachdrucke verdient die unausgesetzte rege Theilnahme, welche er persönlich den Bestrebungen der durch ihn beschäftigten Gelehrten entgegentrug, hervorgehoben zu werden.

Wer diesem Fürsten jemals begegnet ist, der weiß von der Liebenswürdigkeit seines Wesens, von der Fülle seiner Kenntnisse, von dem aufrichtigen Streben nach weiterer geistiger Anregung und Fortbildung zu berichten. Darum war es auch nicht irgendein äußerer Grund, der ihn bewog, eine Reihe bedeutender Männer, Gelehrte, Künstler, Dichter in seine Umgebung zu ziehen, nicht der oberflächliche Trieb nach Abwechslung und Unterhaltung, nicht leere Eitelkeit und Ruhmsucht, sondern die hohe Achtung vor wahrer Wissenschaft und denen, die sie pflegen, und das Bedürfniß, seinen Geist zu erfrischen und zu stärken in dem Umgang mit geistreichen, gelehrten Männern.

Der beschränkte Sinn des altbayerischen Schlages hat ihm gerade auf diesem Gebiete seines Strebens oft Schwierigkeiten und Hindernisse bereitet. Und nicht immer hat König Max die Kraft besessen, die Männer, denen er geistig so viel näher stand als dem murrenden Idiotenthum seiner getreuen Münchener, den Angriffen des profanum vulgus gegenüber zu stützen und zu halten. Dingelstedt, Dönniges, Sybel mußten der Wucht des bajuwarischen Grimmes als Opfer fallen; aber es hat dem König eine schwere Ueberwindung gekostet, die ihm vielleicht seine Rathgeber erleichtert haben, indem sie politische Gegensätze, die unläugbar vorhanden waren, mit geschäftigem Eifer schärften.

Ein glückliches Familienleben ebenso wie die dem Fremden unglaubliche Einfachheit seines Hof- und Haushaltes ließ den König, namentlich bei seinem häufigen Aufenthalte in den schönen Thälern des bayerischen Gebirges, sich einem schlichten Bürger gleich fühlen. Wenn diese Einfachheit dem Sinne des Königs und seiner Gemahlin, der Tochter des trefflichen Prinzen Wilhelm von

Preußen, schon an sich entsprach, so ermöglichte andrerseits nur sie die Aufbringung der großen Summen, welche der König für die Wissenschaften bestimmte. Sein Verdienst erscheint nur um so größer und bedeutsamer, indem man sagen kann, daß seine Unterstützung der Wissenschaft nicht ohne persönliche Opfer, nicht ohne Entsagung möglich war.

Fassen wir alles zusammen, so lautet unser Urtheil über Max den Zweiten: er war kein großer, genialer, schöpferischer Geist, kein bedeutender Staatsmann, keine epochemachende Persönlichkeit. Aber er war ein König, dessen Gedächtniß Bayern als das eines ehrenwerthen, gewissenhaften Regenten, der stets das Gute anstrebte, Deutschland als das eines rechtlichen und bundestreuen Fürsten, wir alle als das eines eifrigen und hochverdienten Beförderers der Wissenschaft treu in Ehren halten werden in alle Zukunft.

Militärische Briefe über den Krieg in Schleswig.

5.

Festungen und Schanzwerke.

Es ist unbequem in den Stunden blutiger Entscheidung über Zustände zu urtheilen, welche in den nächsten Tagen vielleicht überwunden und vergessen sind. Der Sturm auf die Verschanzungen hat endlich begonnen und indem wir dieses schreiben, wünschen wir innig, er möge so groß angelegt sein und so energisch durchgeführt werden, daß er mehr als die düppler Schanzen in die Hand der Preußen legt. Denn ein halber Erfolg wäre in diesem Fall kein Erfolg.

Unterdeß beschränken wir uns auf wenige Worte über die kleinen Ereignisse vor dem Sturm.

Die Landungsversuche der Dänen haben wieder einmal einen kleinen Erfolg gegen preußische Cavallerie gehabt, welcher einen Beweis von Thätigkeit der Dänen, von Unthätigkeit der Ueberraschten gegeben hat. Die Preußen scheinen vergessen zu haben, daß für Cavallerie die Sicherheit wie aller Erfolg in der Bewegung beruht. Ist dieselbe isolirt, so muß sie, um gegen mögliche Ueberraschung gesichert zu sein, den Feind durch fortwährende Unternehmungen selbst unsicher machen und sich durch steten Quartierwechsel den Berechnungen des Gegners entziehen.

Vor Düppel hatte man sich anscheinend ganz auf die Erfolge der Belagerungsarbeiten und der Artillerie beschränkt, weil die Dänen durch ihre Passivität hierin einen endlichen Erfolg sicher stellten. Täglich wurden an 1000 Schuß preußischerseits gethan und dadurch circa 100 Dänen aus dem Gefecht gesetzt. Die letztern erwiderten ungefähr 100 Schuß und verwundeten oder tödteten nahe an 10 Mann täglich. Die Erfolge waren verhältnißmäßig gleich, das Resultat mußte also schließlich der Uebermacht gehören. Daß eine angreifende Armee, daß ein Feldherr so nicht rechnen darf, versteht sich von selbst. Schon hatte man zu lange gezögert und Zeit verloren. Wir hätten deshalb auch gewünscht, daß man sich nicht so viele Tage vor dem Sturm auf das Bombardement von Sonderburg eingelassen hätte. Ein Bombardement wirkt nur moralisch, zum positiven militärischen Erfolg trägt es nicht bei. Läßt man dem Bombardement also nicht unmittelbar die Aufforderung zur Uebergabe (wie z. B. bei Fridericia) oder den Sturm folgen, so ist es nahezu nutzlos. Der frischen That ist im Kriege jede sogenannte Grausamkeit gestattet, wie wir uns z. B. höchlichst wundern, daß man nicht jeden ergriffenen und überführten Spion ohne Weiteres hängt; ein experimentirendes Verwüsten aber wird immer das menschliche Gefühl der Unbefangenen gegen sich aufregen.

Die preußische Marine betheiligt sich, seitdem oder obgleich die Grille an ihrer Spitze segelt, zu sehr an der abwartenden Politik der freien d. h. der arbeitslosen Hand.

Unsere allgemeinen Besprechungen setzen wir in Folgendem fort.

Die Festungen und Verschanzungen. — In dem früheren Ausspruch „nur die Schwäche lasse die Belagerungen in den Kriegen hervortreten" soll keine Verkennung der Festungen und Verschanzungen liegen; wir wollten damit darthun, daß der Krieg seiner innersten Natur nach doch nur durch die lebendigen Streitkräfte Erfolge schafft, daß die gegnerischen Armeen, je mehr sie zur Entscheidung drängen, um so mehr die Schlacht, den Kampf Mann an Mann suchen, es um so mehr auf das einfache Tödten absehen; daß aber, je mehr die Entscheidung zurückliegt, je mehr das Tödten vermieden wird, sich um so mehr Hindernisse zwischen Kugel und Mann aufwerfen. Die Befestigung ist nichts als ein einzelnes Kriegsmittel, nicht der Krieg selber. Dies Mittel soll etwas näher beleuchtet werden. —

Die Befestigungen bilden ein Schutzmittel gegen die feindliche Kugel und gegen die feindliche Annäherung. Das Erstere wird erreicht durch die Stärke des Walles und der Decken (Gewölbe und Erdlagen); das Andere durch Gräben und steile, hohe Wände. Von allen kleinern fortificatorischen Hilfsmitteln sehen wir ab, da sie sich alle unter obige beide Gesichtspunkte unterordnen lassen und ebenso leicht zu überwinden wie anzulegen sind. In allen Fällen müssen die Befestigungen derart angelegt werden, daß sie unsern Schußwaffen die freieste und sicherste Wirkung gestatten. Also ein tiefer, nasser Graben, ein guter Wall und eine sichere Waffenwirkung, das sind die drei Erfordernisse, die an eine Befestigung in allen Fällen gestellt werden müssen und umgekehrt kann man sagen, je einfacher und klarer das Genügen dieser drei Erfordernisse aus einer Befestigung hervortritt, desto besser, das heißt desto brauchbarer ist sie. —

Die Befestigungen sind entweder Festungen oder Verschanzungen. Die erstern sind permanente Anlagen, welche ihre Bedeutung in dem Orte finden, den sie einschließen; die andern sind vorübergehender Art, ihre Bedeutung liegt nur darin, daß sie Stützpunkte einer militärischen Aufstellung bilden. — Mannigfaltig, wie diese Aufstellungen sind, ist auch die Anwendung der Schanzen. Und wie der Krieg erfolgreicher ist, je mehr das Tödten des feindlichen Soldaten die Hauptsache ist, das Manövriren und Stellungeneinnehmen zurücktritt, ebenso und in demselben Verhältniß ist die Verschanzungskunst für die Armee wichtiger, als die großen Festungen. Die Verschanzungskunst gestattet binnen 24 Stunden aus jedem Aufenthaltspunkt einer Truppe einen festen Ort zu machen, der sich unter den Augen des Gegners zur Festung entwickeln kann; eine Festung aber fordert für alle Zeit die Kräfte des Landes und eine militärische Besatzung. — Im Interesse des Landes wie der Armee liegt es daher, die Festungen auf ein Minimum in der Zahl zu reduciren und die Verschanzungskunst in der Armee nach Kräften zu erhöhen. —

Die Dänen haben ihre Festungen Rendsburg und Friedrichsstadt und die in den letzten zehn Jahren mit dem Aufwand großer Kosten befestigte Stellung des Dannewerks freiwillig geräumt, sind hinter die düppler Schanzen zurückgegangen und haben diese in den letzten Wochen zu einer Festung verwandelt. Die Oestreicher haben 1859 vor Beginn des Krieges aus Piacenza rasch noch eine Festung gemacht und zu diesem Zweck sogar aus Verona ein reiches Artilleriematerial herbeigeholt, bei dem angetretenen Rückzug aber wurde Ort und Material ohne Weiteres aufgegeben. Sebastopols Bedeutung erwuchs 1854 nicht aus den vorhandenen Festungswerken, sondern aus den neuen Schöpfungen Tettenborns. Richmond ist nie eine Festung gewesen und vertheidigt sich nun schon im dritten Jahre. Im Jahre 1806 verlor Preußen mit den Schlachten gleich die größten seiner Festungen. Im Jahre 1813 eroberte Preußen seine Länder wieder, die Festungen aber blieben im Besitz der Franzosen. 1814 und 1815 behielt Napoleon fast alle seine Festungen, verlor aber das Reich und die Herrschaft.

Was bedeuten also Festungen? — Die Frage beantwortet sich nur durch den schon erwähnten Satz: „der Krieg ist eine Fortsetzung der Politik.“ Die Anlage von Festungen bezweckt die Ueberwindung einer politischen Schwäche, welche dort fühlbar wird, wo man sie anlegt. Wir wollen dies an den Festungsanlagen der Neuzeit zu beweisen suchen. England hat nur einen Feind, den es fürchtet, und gegen diesen, Frankreich und seine Landungsarmee, hat es mit aller Macht seine Südküsten befestigt. So frei ganz England von Fortificationen ist, dennoch strotzt Portsmouth und seine Umgebungen davon. — Frankreich hat seinen zu fürchtenden Feind in der Revolution, deren Ursprung in seinen beiden größten Städten liegt, deshalb sind die beiden einzigen, wirklichen Festungsbauten der Neuzeit Paris und Lyon. Neben der Revolution respectirt es die englische Flotte und deshalb hat Napoleon dem Hafen von Cherbourg seine besondere Aufmerksamkeit in fortificatorischer Beziehung gewidmet. Italien fängt erst an sich zu constituiren, aber schon jetzt baut es gegen seinen das Leben bedrohenden Gegner Oestreich. — Oestreich selbst hat zur Niederhaltung seiner unruhigen Völkerschaften neu gebaut: Verona in Italien, Komorn in Ungarn und Krakau in seinen polnischen Provinzen. — Deutschland kennt nur eine Sorge, das ist Frankreich und ihm entgegen hat es Ulm, Rastatt, Germersheim, Koblenz und Köln als Festungen neu erstehen sehen. Preußen hat außerdem gebaut Posen zur Niederhaltung der Provinz, Königsberg und Boyen gegen seinen großen Freund, Rußland. Mit der Sorge vor der Revolution ist auch der Wunsch rege geworden Berlin zu befestigen. — Rußland endlich hat gebaut außer den Bergfestungen in Tscherkessien, in Polen Modlin und Warschau und zwar in kolossalem Maßstab, und das was den Zugang zum exponirten Petersburg erschwert. — Nordamerika kannte vor dem Bürgerkrieg nur die englische Flotte als zu fürchtenden Gegner und hatte deshalb allein seine östlichen Häfen mit Fortificationen versehen.

So die neuen Festungen, die ältern stammen aus den Wandlungen früherer Politik, viele von ihnen haben ihre Bedeutung verloren und werden aufgegeben, anderen, welche große Städte einschließen oder bedeutende militärische Etablissements enthalten, ist hierdurch eine innere Bedeutung geblieben, welche ihr Fortbestehen sichert, und endlich giebt es deren, welche den Ansprüchen der Neuzeit zu entsprechen scheinen und deshalb renovirt werden.

Wir aber glauben, daß wir in Uebereinstimmung mit dem bisher Gesagten aussprechen können: Festungen sind ein Luxus und wie dieser immer eine Leidenschaft der Mächtigen. Man verfolge eine klare und gerechte Politik, führe einen Krieg nur in vollster Uebereinstimmung mit dem Lande, erhalte sich eine gute, in der Verschanzungskunst geübte Armee, dann kann man jedem Feind entgegengehen und kann jede Stadt zu einer Festung machen; dann gewinnt jede vorhandene Festung in ihrer Einwohnerschaft an Kraft und verspricht eine Standhaftigkeit, wie sie Fortificationen an sich nicht bieten können. Alle unsere berühmten Vertheidigungen von Festungen haben nur unter Theilnahme der Einwohner stattgefunden. Permanente Festungen sind nicht nothwendig;

sie können besser sein als die flüchtig angelegten; aber nicht die Fortificationen, sondern der Geist, der sie belebt, bildet die Kraft der Festungen.

Die Armee freilich muß den Ansprüchen genügen, welche Güte und Festigkeit der eventuell feindlichen Armeen fordern, damit die Entscheidung in der Schlacht gesichert sei. In Preußen z. B. ein sogenanntes Volksheer einführen zu wollen, — worunter wir allerdings nicht ein Heer verstehen, dessen Infanterie zweijährige Dienstzeit hat — würde Selbstmord sein, so lange Rußland und Frankreich noch in ihrer jetzigen Verfassung leben und die Armee als die alleinigen Stützen ihrer Macht ansehen. Einer in fester Disciplin erzogenen Armee sind nur ebenso geschulte Feinde ebenbürtig, an ihrer stählernen Kraft bricht sich jede Begeisterung, die nicht durch Zucht gebändigt ist. Doch davon ein ander Mal.

Mittelst anzulegender Verschanzungen soll man jede durch die Umstände geforderte Stellung zu einer festen Position machen, soll man die schwachen Punkte einer Linie in starke verwandeln und alle Vortheile der Fortification überall zur Anwendung bringen können. So soll also der Tirailleur in einer Gefechtslinie sich den Punkt auswählen, welcher ihm den besten Schuß gewährt und sich dort fortificatorisch, also z. B. mittelst eines Schützengrabens eingraben, oder sich durch einen Erdhaufen decken, oder mittelst eines Baumstammes, einer Laubwand einen gedeckten Stand verschaffen u. s. w. — Ist ihm das nicht gelehrt, so macht er es umgekehrt, er sucht sich den besten Schutz für seine Person und läßt es darauf ankommen, was ihm in den Schuß kommt. — Entsprechend ist es im Großen, wenn die Armee die Schanzen nicht gewöhnt ist; dann sucht man nicht beherrschende, sondern schützende Stellungen, man giebt mehr auf ein Hinderniß vor der Front als auf ein gutes Schußfeld, man sucht Positionen statt den Feind. Man sucht seine Basis auf den vorhandenen Festungen, statt die Orte, welche für den gerade vorliegenden Gefechtszweck die wichtigsten sind, schnell zu befestigen und diese zu vertheidigen. — Man legt Festungen an, statt jeden Ort nur im Nothfall so weit zu befestigen, als der Krieg eben fordert.

Die Verschanzungskunst macht die Truppe freier vom Terrain und gestattet um so viel mehr Berücksichtigung des Feindes, der doch das Object aller Kriegshandlungen sein soll. Dieser Vortheil wird noch dadurch unterstützt, daß die geübte Schanzkunst dem Soldaten auch die Anleitung giebt sich jede Lage bequemer zu machen, nicht nur durch die größere Sicherstellung, sondern auch durch eine Art häuslicher Anlagen. Spaten und Axt stoppeln überall eine Hütte zusammen, schaffen Brennmaterial und Wasser. Je wohnlicher sich der Soldat einrichten kann, je besser erhält er seine Gesundheit, je länger verträgt er die Strapatzen des Krieges.

Also der Soldat müßte schon zu seiner eignen Erhaltung ebensogut wie mit Nähnadel und Zwirn, mit Axt und Spaten ausgerüstet sein. Ebensogut wie die Römer Axt und Spaten dem Soldaten gaben, müßten wir es thun. Man fordert, daß jeder Soldat in der Schneiderkunst ein wenig geübt ist, noch viel mehr ist es nothwendig, daß jeder Soldat in der Verschanzungskunst sicher ist.

Bis jetzt hat man diese Kunst allein den Genietruppen anvertraut; bei der Ausbildung der Infanterie hat man sie oberflächlich behandelt, bei der Ausbildung der Offiziere fast ganz unbeachtet gelassen. Wir behalten uns vor, in einem nächsten Briefe über die Ausbildung der Truppen uns weiter darüber auszulassen und dann auch darzulegen, wie wir diese Uebungen verstehen.

Die neue Bewegung in Schleswig-Holstein.

Kiel, den 16. April.

Das neue Leben, welches durch die Conferenz und den französischen Vorschlag, die Wünsche der Bevölkerung zur Friedensbasis zu machen, in unsere Sache gekommen ist, hat sich in der verflossenen Woche nicht nur erhalten, sondern in seiner Energie gesteigert und über weitere Kreise ausgebreitet. Alle Schichten der Bevölkerung sind mehr oder minder davon ergriffen, selbst die sonst nicht leicht entzündlichen Landleute der südlichen Marschen und Wagriens scheinen jetzt hier und da Feuer fangen zu wollen.

Durchaus nach Wunsch der Patrioten ist der Städtetag in Neumünster verlaufen. Infolge der von den städtischen Collegien Kiels erlassenen Aufforderung versammelten sich am 12. April Mittags im dortigen Bahnhofshotel Vertreter von 37 schleswig-holsteinischen Stadt- und Fleckencommunen. Aus Holstein waren vertreten die Städte Altona, Kiel, Rendsburg, Glückstadt, Heiligenhafen, Itzehoe, Lütjenburg, Neustadt, Neumünster, Oldesloe, Oldenburg, Ploen und Segeberg, sowie die (zum Theil sehr großen) Flecken Lunden, Meldorf, Heide, Crempe, Ahrensboek, Barmstedt, Bramstedt, Elmshorn, Kellinghusen, Pinneberg, Preetz, Uetersen, Wesselburen, Wilster, Wandsbeck und Wedel. Aus Schleswig hatten die Städte Eckernförde, Schleswig, Husum, Tönning, Garding, Tondern und der Flecken Bredstedt im Friesenlande die Versammlung beschickt. Reinfeld in Holstein hatte zwar keinen Vertreter, aber eine zustimmende Erklärung gesandt. Aus den holsteinischen Städten waren in der Regel ein Mitglied des Magistrats und einige Mitglieder des Deputirtencollegiums (Stadtverordnetenversammlung), aus den Flecken der Vorsteher des Fleckencollegiums nebst einem Beigeordneten erschienen. Von Rendsburg und Ploen waren keine Vertreter des Magistrats gekommen, sondern nur Abgeordnete des Deputirtencollegiums. Die Bürgermeister der schleswigschen Städte, welche vorher angemeldet gewesen, ließen sich mit Hinweis auf das inzwischen ergangene Verbot der Civilcommissäre entschuldigen.

Die Vertreter Kiels eröffneten die Versammlung und wurden mit dem Vorsitz betraut. Die Verhandlung begann mit der Uebergabe von Erklärungen der einzelnen Ortschaften, welche sich entweder an die Declaration der Stände Holsteins oder, was wesentlich gleichbedeutend, an die am 2. April gefaßten Beschlüsse der städtischen Collegien Kiels anschlossen, und die man schließlich dem von den Ständen niedergesetzten Ausschuß zur Ueberreichung an den Repräsentanten des deutschen Bundes auf der Conferenz in London zu übergeben beschloß.

An diese Verhandlung knüpfte sich eine kurze Debatte über die Begründung eines Städtetags als eines ständigen Organs für sämmtliche Stadt- und Fleckenscommunen des Herzogthums, welches den Zweck haben soll, gemeinschaftliche Angelegenheiten gemeinsam zu berathen und zu betreiben. Der Nutzen eines solchen bisher fehlenden Instituts lag so auf der Hand, daß er sofort allgemein anerkannt wurde, und daß man die Vertreter Kiels durch einmüthigen Beschluß ersuchte, die Wiederberufung des Städtetags für solche Gelegenheiten, welche dieselbe nothwendig erscheinen ließen, zu übernehmen und ein Reglement für denselben zu entwerfen. Vorläufig kam man überein, daß die Einberufung erfolgen müsse, wenn sie von acht Städten verlangt werde. Die Stimmung der Versammelten war durchweg vortrefflich, und diese erste Vereinigung von Abgeordneten fast aller städtischen Gemeinden des Landes hat sicherlich die beste Wirkung auf die Entschlüsse der jetzt wieder Heimgekehrten für die im Anzug begriffnen Tage der Entscheidung gethan.

Ein anderes Zeichen wiedererwachten politischen Lebens brachte der 13. April, indem sich an diesem Tage nach vierzehnjähriger Unterbrechung zu Kiel die nicht zum Corps der Ritterschaft gehörigen Gutsbesitzer zu einer Berathung versammelten. Veranlassung dazu gab die bevorstehende londoner Conferenz, und es wurde der Beschluß gefaßt, im Anschluß an die Erklärungen der holsteinischen Ständemitglieder und der schleswigschen Vertrauensmänner gegen jede Verfügung über das Recht der Herzogthümer, die ohne Mitwirkung der Repräsentation derselben getroffen werden sollte, Verwahrung einzulegen. Dieser Beschluß wurde einstimmig gefaßt. Dann endigte die Verhandlung mit der Wahl einer neuen Deputation (Ausschuß), die aus den Gutsbesitzern Hirschfeld auf Großnordsee, Martens auf Neunordsee und Behnke auf Birkemoor besteht.

Ferner trafen in den letzten Tagen eine ganze Anzahl von Berichten über feierliche Zustimmungserklärungen von Corporationen und Gemeinden, auch Dorfcommunen, theils zu den ständischen Beschlüssen vom 5., theils zu der Erklärung der kieler Stadtvertretung, theils zu der Resolution der rendsburger Versammlung von Delegirten der schleswig-holsteinischen Vereine hier ein. So haben unter andern das brunsbütteler Kirchspiels- und Koogscollegium, die Kirchspielsversammlung in Hohenwestedt, die Amtsversammlung in Trittau, die Dorfschaft Vorbrügge, das Kirchspiel Stellau und das Kirchspiel Nordermeldorf sich geäußert. Aehnliche Erklärungen liegen von den Lehrercollegien sämmtlicher Gymnasien Holsteins mit Ausnahme des ploener vor, und in gleicher Weise hat das Schullehrerseminar zu Segeberg sich mit der ständischen Rechtsverwahrung vom 5. einverstanden erklärt. Bei der Adresse des meldorfer Gymnasiums vermissen wir nur den Namen des Conrectors Jungclausen. Dagegen haben wir die Freude, zu vernehmen, daß der Director der altonaer Gelehrtenschule, Professor Lucht sich auf seine Pflicht besonnen, seinen dem Dänenkönig „in der Ueberraschung" geleisteten Eid förmlich zurückgefordert und sich durch Namensunterschrift unter die betreffende Zustimmungsadresse seiner Collegen fortan zum Rechte des Landes zu stehen verpflichtet hat. Es ist mehr Freude im Himmel über einen Sünder u. s. w. Wir haben aber die Genugthuung, zu melden, daß es schon mehr als einen Bekehrten giebt, da auch der Rathsherr Rohlfs in Segeberg, der ebenfalls den Homagialeid geleistet hatte, sich der Schaar von Liebhabern der Gerechtigkeit angeschlossen hat, welche sich um die Declaration vom 5. April gruppirt, und da schon zu einer Zusammenkunft eingeladen wird, welche sämmtliche „Ueberraschte" zu gemeinsamer Umkehr zu bestimmen versuchen soll. Schade nur, daß die Herren, von denen die Aufforderung dazu ausging, nicht den Muth besaßen, sich zu nennen.

Die Landbevölkerung ist, wie angedeutet, im besten Zuge, dem Beispiel der Städte zu folgen, und man erwartet von allen Seiten zahlreiche Beitrittserklärungen. Die Schullehrer und Pastoren wirken fleißig für Aufklärung in der Sache, und die kleine Presse der Wochenblätter beginnt mit Aufsätzen, die dem Verständniß dieser Kreise angepaßt sind, einen guten Erfolg verheißende Agitation. Einer dieser Aufsätze mit dem charakteristischen Titel „Knopf auf den Beutel!" welcher auf die finanzielle Prägravation der Herzogthümer durch die Dänen hinweist und darthut, daß die Schleswig-Holsteiner in den letzten zwölf Jahren an fünfzig Millionen preußische Thaler auf Nimmerwiederkehr nach Dänemark wandern sahen, eine „Dänensteuer", welche der Verfasser nicht ungeschickt mit der alten Türkensteuer in Deutschland vergleicht, wird besonders kräftigend auch auf die Stimmung der Nordschleswiger eingewirkt haben. Ein anderer, „der ewige Krieg" überschrieben und bestimmt, dem Volke vorzuhalten, daß ein Abkommen, welches den Herzogthümern nicht ihr volles Recht, d. h.

die Ausscheidung aus dem Verbande mit Dänemark zugestände, nicht zum definitiven Frieden, sondern nur zu einem Waffenstillstande führen und so den Krieg mit seinen Schrecken und Lasten verewigen würde, dürfte in seiner drastischen Abfassung gleichfalls selbst unter denen gute Dienste thun, welchen das Gewissen, wie einer dieser Artikel sagt, nicht in der Brust, sondern im Beutel sitzt.

Recht tapfer und fleißig arbeiten namentlich die „Itzehoeer Nachrichten", ein Journal, welches an zwölftausend Abonnenten zählen soll und bis tief nach Schleswig hinein die journalistische Speisung ländlicher Gemüther besorgt. Nicht gerade im besten Deutsch geschrieben, meist etwas weitläufiger als billig — ich vermuthe, die Mitarbeiter sind zum großen Theil Schullehrer und Landpastoren — geht das Blatt doch immer den rechten Weg und verficht entschieden, was der Wille und das Interesse der ungeheuren Mehrzahl hier zu Lande ist. Dasselbe geschieht von Seiten der in weit besserem Stil gehaltenen „Schleswig-holsteinischen Zeitung". Ebenfalls recht gut ist der „Altonaer Mercur", der nächst den „Nachrichten" die größte Verbreitung in den Herzogthümern hat. Die neue „Norddeutsche Zeitung", welche zu Flensburg im Verlag des patriotischen Herzbruch erscheint, hat einen lobenswerthen Anlauf genommen und hat nur den einen Fehler, daß sie keinen Corrector zu besitzen scheint. Auch die „Schleswig-holsteinischen Blätter" brachten in den letzten Tagen einige wohlgeschriebene Originalartikel, doch würde etwas mehr von diesen nicht schaden können. Die neulich von ihnen dem Publicum vorgesetzte Abgeschmacktheit einer Bettlerreise nach Paris bin ich geneigt als bloßen lapsus calami des biedern Dorfpastors, der sie dem Vernehmen nach verfaßt, anzusehen, und die Aufnahme von Seiten der Redaction wird vielleicht damit entschuldigt werden dürfen, daß der Verstand besagter Redaction damals entweder gerade einen Spaziergang machte oder sich einem Schläfchen überlassen hatte.

In der hamburger Presse tragen besonders „Das neue Hamburg", ein sehr gut geschriebenes Journal, und die „Hamburger Zeitung", die bisweilen Artikel von offenbar wohl unterrichteter Hand bringt, den Krebs der Gerechtigkeit in unsrer Sache. Die übrigen Blätter des politischen Großkrähwinkel an der Elbe sind meist flau, wie der Geist ihrer Stadt; die „Börsenhalle" soll zu Graf Rechberg, die „Nessel", von einem Geistesverwandten des Herrn Braß redigirt, von dem vielberufenen Feier-Meyer herausgegeben, und längst schon bei allen Holsteinern des Rechts, sich nach dem Wappenbild unseres Herzogthums zu nennen, verlustig gegangen, zu Herrn v. Bismarck in intimen Beziehungen stehen. Die „Reform" ist consequent dänisch, der „Freischütz" wie immer ein bloßes Klatschblatt.

Das vor einiger Zeit als demnächst erscheinend angekündigte feudale Organ „Das Interim" liegt noch in den Geburtswehen und wird, nachdem man hier dem vielnamigen Individuum, welches es mit seinem Geist versehen sollte, auf die Spur gekommen (dasselbe führte bald den dänischen Namen Lund, bald hieß es Lang, bald wieder anders, und empfing, wie man wissen will, für Correspondenzen für die „Kreuzzeitung" und ein Organ des Grafen Rechberg wiederholt beträchtliche Geldsendungen aus Berlin und Wien) in Kiel wenigstens nicht gut erscheinen können, ohne seiner Redaction Verlegenheiten der unwillkommensten Art zu bereiten.

Daß die wenigen Dänischgesinnten im Lande sich den Kundgebungen für unser Recht gegenüber ebenfalls regen würden, und daß namentlich die Clique der fünf oder sechs Grafen und Freiherrn, die Christian von Dänemark für unsern Herzogsstuhl im Auge haben (man kennt aus dem englischen Blaubuch Scheel-Plessens unvorsichtige Erklärung über den eigentlichen Grund dieser Liebhaberei) es an einem Versuch nicht fehlen lassen würden, eine Gegendemonstration in Scene zu setzen, war zu erwarten. In der That erfuhr man denn auch vor einigen Tagen, daß Graf Reventlow-Farve mit einigen Standesgenossen sich bemüht hatte, am vorigen Sonnabend zu Lensahn im südöstlichen Holstein eine Versammlung von bäuerlichen Gutsbesitzern zu Stande zu bringen, in welcher eine Gegenerklärung gegen die Declaration der Stände unterzeichnet werden sollte. Und wirklich soll es den betreffenden Herrschaften, die sonst allgemein für echtes Vollblut gehalten werden wollen, geglückt sein, zwei oder gar drei Dutzend Insten und Drescherslleute ihrer Gutsbezirke zu überreden, sich den gnädigen Herren durch Hinmalung ihres Namens „anzuschließen". Der Gedanke jedoch, mit Hilfe von Vorspiegelungen (man soll den guten dummen Bauerknaben die Erhebung des „Augustenburgers" zum Herzog als gleichbedeutend mit Wiedereinführung der Leibeigenschaft dargestellt haben) hier zu Lande einen Ableger der „kleinen, aber mächtigen Partei" zu pflanzen, wird unzweifelhaft in den Born fallen. Selbst eine Coalition des Grafen Reventlow-Farve mit der demokratischen Reform, welche von der mit dieser Adelsgesellschaft wohlbekannten „Schleswig-holsteinischen Zeitung" für nicht undenkbar gehalten wird, möchte bei dem gesunden Sinn unseres Volkes keinerlei Gefahr drohen.

Anderweite Bestrebungen im dänischen Interesse werden aus Südschleswig berichtet. Namentlich soll ein dortiger Gutsbesitzer, ein Herr v. Ladiges in Hütten, früher Premierleutnant in der dänischen Armee, sich solcher Bestrebungen schuldig gemacht haben. Noch andere Versuche dieser Art hat bereits die Volksjustiz gestraft. Ein hiesiger Tischler hatte sich unterstanden, in Dörfern der Umgegend für landesfeindliche Zwecke zu werben, und die Folge war, daß man ihm sein Mißfallen durch Einwerfen der Fenster zu erkennen gab. Das in aufgeregter Zeit besonders thätige Gerücht brachte dann mit dem Erwähnten und dessen Treiben andere im Geruch dänischer Gesinnung Stehende und unter diesen namentlich einen hiesigen sehr wohlhabenden Advocaten in Verbindung, und wieder gab es eine gute Anzahl zerbrochener Fensterscheiben. Es würde deren vermuthlich noch einige mehr gegeben haben, wenn Kiel einen eigentlichen Pöbel hätte. Wie die Sachen stehen, genügte die Warnung der Polizei, die an den Ecken zu lesen ist, und die weißen Binden der Bürger, die sich zu freiwilligen Constablern constituirten, um die Ordnung herzustellen.

Wir begreifen die Entrüstung, die sich auf diese Weise Luft machte, vollständig, und wir würden es selbst begreifen, wenn größerer Schade geschehen wäre, als dieser, den der Glaser zu heilen im Stande ist. Indeß werfen solche Ausbrüche immer einen gewissen Makel auf unsere Sache, und da die Gegner dergleichen zu benutzen pflegen, um von Einschüchterung zu reden, so ist es gut, wenn dem Lynchen ein Riegel vorgeschoben wird. Zudem sind die Dänenfreunde in Kiel so wenig zahlreich, daß man sie auf ein Lindenblatt schreiben könnte, und für etwaige Aeußerungen ihrer Gesinnung straft sie die allgemeine Verachtung vorläufig in vollkommen hinreichendem Maße.

Dies gilt auch von Baron Blome, der, wegen seiner Erklärung gegen die Stände von allen Seiten und am besten von einem einfachen bäuerlichen Abgeordneten zurecht gewiesen, in einer zweiten Aeußerung sein landesfeindliches Betragen zu rechtfertigen und als echten unverfälschten Patriotismus darzustellen versuchte. Nach dieser neuen Expectoration hätte der Baron lediglich das Wohl des Landes vor Augen, und dies wäre für ihn bedingt durch die Fortdauer der engen Verbindung Schleswigs mit Holstein. „Es giebt keinen Winkel auf der Erde," fährt der Patriot von Heiligenstetten emphatisch fort, „der dunkel genug sein würde, meine Scham zu verbergen, wenn ich je vergessen könnte, daß Schleswig und Holstein immer dasselbe Schicksal theilen sollen." Und da er nun fürchtet, daß Schleswig durch die Bestrebungen des „Prätendenten", dessen Berechtigung ihm übrigens durchaus nicht erwiesen zu sein scheint, von Holstein abgerissen werden könnte, so würde er „es für eine elende Schwachheit halten" . . . .

Genug der heuchlerischen Phrasen. Ich gebe mir nicht die Mühe, dergleichen Redensarten zu widerlegen. Es genüge, zu constatiren, daß sie niemand, als bestenfalls der Baron selbst und sein Anhang unter den Feudalen glaubt, und daß auch die Mittheilung über das Primogeniturstatut in der „Kreuzzeitung", welche das zarte staatsrechtliche Gewissen Blomes in Brillantfeuerwerk zu zeigen bestimmt war, kläglich verpuffte, nachdem man entdeckt, daß der Beweis, der damit geführt werden sollte, sich auf eine Auslassung gerade des wichtigsten Satzes des Statuts gründete.

Wie Juristen eine solche Auslassung nennen, lassen wir hier dahingestellt. Daß ein solches Manöver unter anständigen Leuten üblich sei, können nur die Leser des würdigen Blattes behaupten wollen. Hier ist nur eine Stimme darüber, und die lautet nicht ermuthigend für weitere Versuche, den Schleswig-Holsteinern Staatsrecht zu lehren.

Am Orte möchte noch sein, gegenüber den beiden blomeschen Reclamen daran zu erinnern, daß der Baron in der Versammlung zu Hamburg am 24. November v. J. durchaus kein Bedenken trug, die erste Eingabe der holsteinischen Abgeordneten und Stellvertreter an den Bund mit der Unterschrift seines Namens zu versehen. In dieser Eingabe aber wurde bereits für jedermann, der sehen wollte, und namentlich für Diplomatenaugen wie die des frühern Gesandten deutlich genug das augustenburgische Erbrecht anerkannt und die Hilfe des Bundes für dasselbe mit in Anspruch genommen. Der Baron hat sich also durch sein jetziges Auftreten allermindestens einer großen Inconsequenz, Andere werden sagen, eines unverzeihlichen Abfalls von seiner Ueberzeugung und seiner Pflicht schuldig gemacht.

Von hier an rechnen wir ihn zu den Todten. Seine Grabschrift aber möge man aus folgender, jetzt durch alle Blätter des Landes gehenden, vom Einsender als verbürgt bezeichneten Notiz der „Norddeutschen Zeitung" in Flensburg wählen.

„Als die Bundescommissare ihre Landesverwaltung in Holstein eben angetreten hatten, ließ sichs die Bundesversammlung nachträglich noch ein Telegramm kosten, um die Commissare zu instruiren, den Herren Blome und (Scheel-) Plessen keinerlei Amt anzuvertrauen. Als diese Instruction von dem betreffenden Bundesgliede (richtiger wohl Bundestagsgesandten) motivirt worden ist, hat die Bezeichnung „Landesverräther" für jene Ritter von der traurigen Gestalt ausdrücklich Anwendung gefunden."

Schließlich noch die Notiz, daß auch die freiwillige Anleihe hier in der Stadt und an mehren Punkten des platten Landes (man nennt vorzüglich die sonst ziemlich zähe Propstei und Ditmarschen) von Neuem erfreuliche Fortschritte macht. Hier in Kiel sind jetzt bereits über dreiunddreißigtausend preußische Thaler gezeichnet, und ich finde in der Liste zwei Namen mit je 1000 Thalern (Bankier Ahlemann und die Firma Schweffel und Söhne), drei mit je 500, einen mit 300, zwei mit je 250, drei mit je 200, zehn mit je 100 und eine beträchtliche Anzahl mit je 30 bis 50 Thalern. Ich bemerke dazu, daß Kiel nur achtzehntausend Einwohner hat und unter seinen Bürgern zwar manchen wohlhabenden, aber keinen im leipziger Sinn des Wortes reichen Mann zählt.

Ich glaube, es giebt bei Ihnen einige, die diese Notiz mit Nutzen für ihren politischen Ruf lesen könnten. Das größere deutsche Publicum aber wird eingeladen, in den Spiegel zu blicken, der ihm die nachstehende fernere Notiz hinhält:

Gezeichnet bis Mitte März für die freiwilligen Anleihen:

In Deutschland circa 51,000 Thlr.
In Holstein „ 53,000 „

Aufruf zur Pflege von Verwundeten und Kranken.

Das unterzeichnete, im Februar d. J. in Hamburg zusammengetretene Comité hat es sich zur Aufgabe gestellt, die Leiden der Verwundeten und Kranken nach Kräften zu lindern und denselben diejenigen Erquickungen und Bequemlichkeiten zu verschaffen, welche selbst die vollkommenste Lazarethverwaltung nicht gewähren kann.

Zu zweckmäßiger Ausführung seiner Absichten hat das Comité eigene Agenten in die verschiedenen Städte Schleswigs entsendet, um an Ort und Stelle die Verwendung der Gaben zu überwachen, und glaubt nach den seither gemachten Erfahrungen mit dieser Einrichtung den Wünschen der Spender am wirksamsten entsprochen zu haben.

Im Hinblick darauf, wie auf die Lage Hamburgs in nächster Nähe des Kriegsschauplatzes, erlaubt sich deshalb das Comité jetzt, wo in Folge der neuesten Ereignisse die Bedürfnisse sich wieder gesteigert haben, seine Vermittlung anzubieten Allen im deutschen Vaterlande, Vereinen wie Privaten, die zur Pflege von Verwundeten und Kranken durch Liebesgaben beitragen wollen, damit der Zersplitterung vorgebeugt werde und durch Vereinigung der verschiedenen Kräfte in einem Mittelpunkte die Hilfe sich desto wirksamer und ausreichender gestalte.

Jeder der Unterzeichneten wird zu diesem Zwecke Gaben bereitwilligst entgegennehmen.

Naturalsendungen werden an die Herren G. Löning & Kaufmann, kleiner Jungfernstieg 2, erbeten.

Hamburg, im März 1864.

Comité zur Pflege von Verwundeten und Kranken.

Theodor Schmidt, erster Vorsitzender. R. M. Sloman jr., zweiter Vorsitzender. Ad. Alexander. Heinrich Amsinck. César Godeffroy. George F. Gorrissen. H. Hellmrich. Ferdinand Jacobson. J. C. Jauch. Sig. Kaufmann. F. L. Loesener. H. v. Lind. Jacob Meyer. J. E. Mutzenbecher. Albrecht O'Swald. H. W. Reye. Th. Roeper. Rudolph Schröder. F. Ed. Schütt. Ad. Soetbeer. Dr. F. Westenholz. Dr. P. Hirsch, Secretär.

Verantwortlicher Redacteur: Dr. Moritz Busch.

Verlag von F. L. Herbig. — Druck von C. E. Elbert in Leipzig.

Die Entstehung der Oelmalerei in Italien.

Es ist bemerkenswerth, daß zwar genaue Untersuchungen die Entstehung der niederländischen Oelmalerei ermittelt haben, daß man aber mit zu wenig Interesse auf die Bestrebungen geachtet hat, die sich in den italienischen Schulen zur Erreichung eines gleichen Zieles kundgaben. Die Streitigkeiten zwischen deutschen und italienischen Forschern über die etwaigen Ansprüche der van Eycks oder Antonello da Messinas auf Einführung der Oelmalerei in Italien haben im Ganzen wenig gefördert. Zu schnell hat man als Thatsache betrachtet, daß Italien einem dieser Künstler das Geheimniß in Oel zu malen verdankt und daß durch sie allein die neue Technik entdeckt worden. Niemand hat es durchgeführt, die möglichen Ansprüche Domenicos, der Peselli oder Alesso Baldovinettis zu prüfen; wer ja dergleichen versuchte, ist gar bald durch die Mühseligkeit des Nachforschens und den Mangel an sicheren Nachrichten abgeschreckt worden.

Auch liegt ein fesselnder Reiz in der Erzählung, wie Johann van Eyck veranlaßt worden ist die Chemie der Malerei zu studiren. Um den Fortschritt seiner Erfindung zu begreifen, müssen wir uns die Arbeit, Zeit und Mühe vergegenwärtigen, die nach dem alten System, das van Eyck zu bessern beabsichtigte, auf ein Bild verwendet werden mußte, um es seiner Vollendung zuzuführen. Der Maler verarbeitete damals kein fertiges Material, sondern präparirte seine Farben selbst. Die Tafel bestand aus sauber in einander gefügtem Holz, von ihr verlangte man, daß sie äußeren Stößen widerstand, sich die ebene Oberfläche bewahrte und vom Wechsel der Witterung unberührt blieb, nicht geworfen wurde, nicht Unebenheiten, Risse, Flecken erhielt. Eine solche nicht allzu geglättete Tafel wurde zuerst grundirt, dann ward eine darüber gespannte Leinewand in die Grundirung hineingeklopft; demnächst die Zeichnung auf die so vorbereitete Unterlage mit einschneidenden Umrissen eingetragen, und zwar nicht nur die allgemeinen Züge des Gegenstandes, sondern auch die kleinste Detaillirung. Dann begann das Färben des Hintergrundes, des Faltenwurfes und die Vergoldung der Heiligenscheine — erst ganz zuletzt wurde mit der Carnation begonnen. Vom modernen Standpunkt aus sollte man meinen, daß, um diese herzustellen, der Maler für zahlreiche Nuancen in den Lichtern, für Mitteltöne und Schatten des Fleisches eigene Farben ausgesucht und gemischte hätte — keineswegs. Nach dem alten System wurden die gehörig markirten Umrisse der Fleischtheile mit einem blau- oder grünlichgrauen gleichmäßigen Ton bedeckt, und Licht und Schatten durch Linien hineinschraffirt. Liebe zur Sache und Ausdauer war für die Modellirung nöthig, um ein gleichförmiges Ganze zu vollenden. Diese Art von Arbeit, welche mühevollem Zeichnen fast ähnlicher war, als unserem Malen, bedurfte einer durchsichtigen Lasur, um ein natürliches Aussehen zu gewinnen, und zuletzt als Hauptsache des Ueberzuges durch einen braunen Firniß, welcher die Aehnlichkeit mit der Natur vollkommen machen sollte.

Wie unzählige Male das Bild zum Trocknen ausgelegt werden mußte, ehe es zuletzt gefirnißt werden konnte, wissen nur diejenigen, die das alte Verfahren kennen. Aber mit dem Firniß schloß dann auch die Arbeit ab. Er gab dem Ganzen noch die letzte Färbung und diente zugleich als Schutzdecke, ohne welche das Gemälde vielem Farbenwechsel ausgesetzt und zu leicht vergänglich gewesen wäre. Dieser letzte Proceß wurde in der freien Luft vorgenommen und die Tafel dann so lange den Sonnenstrahlen ausgesetzt, bis der Firniß, eine feste, undurchdringliche Substanz, erhärtet war.

Aber was geschah, wenn bei solcher Operation die Sonne eine schlecht gefügte Fassung der Tafel beschien oder ein Stück Holz eintrocknete, dessen einzelne Theile schlechter als die übrigen waren? Dann klaffte die Tafel, dann warf sich das Holz und die Frucht von oft jahrelangem Fleiß konnte in wenig Secunden zu Nichte gemacht werden. Nach Vasari wäre dieser Unglücksfall Johann van Eyck zugestoßen und hätte den Maler veranlaßt, seine Aufmerksamkeit auf die chemische Verbesserung der Malerei zu richten.

Hier aber sollen nicht die Neuerungen dargestellt werden, die Johann oder sein Bruder Hubert van Eyck hervorriefen. Absicht dieser Seiten ist, zu erweisen, daß die Bestrebungen der Florentiner im fünfzehnten Jahrhundert unabhängig waren von den Verbesserungen der van Eycks und des Antonello da Messina. Zwei sich deutlich unterscheidende Reihen von Künstlern arbeiteten in verschiedenen Ländern auf dasselbe Ziel hin, ohne daß eine von der Methode der andern irgend etwas kannte. Der früheste und glänzendste Erfolg krönte die Arbeiten der Flamländer; die Florentiner dagegen hatten längere Zeit mit Schwierigkeiten zu kämpfen und erzielten erst in einer späteren Periode Resultate. In Florenz erwuchs dem Fortschritt der Oelmalerei ein wesentliches Hinderniß dadurch, daß der Versuch, die neue Methode in Wandmalereien einzuführen, gänzlich fehlschlug, und daß die Entmuthigung, die diesem Mißlingen folgte, auch solche verzagt machte, welche wohl befähigt gewesen wären, diese Art der Technik auf Tafeln mit Erfolg anzuwenden.

Hier soll zuerst erörtert werden, was die neuesten Untersuchungen über das Leben der italienischen Maler ermittelt haben, denen die Neuerungen größtentheils zu verdanken sind. Dann werden die Veränderungen in der Technik selbst dargestellt.

Es ist allgemein zugestanden, daß sich die van Eycks durch allmälige Verbesserungen folgende Fertigkeiten aneigneten. „Sie mischten die Substanz, die man sonst nur als künstlichen Firniß zu tempera Bildern benutzte, unter die Farben selbst, milderten die Zähigkeit jenes Firnisses durch bis dahin unbekannte Mittel und verwandelten ihn aus einem braunen, dunklen und klebrigen in ein verhältnißmäßig blasses und farbloses Bindemittel.“

Diese Annahme ist nicht neu, das Leben der van Eyck ist ausführlich und erfolgreich beschrieben worden. Von den technischen Mitteln des Antonello da Messina hingegen kann nicht dasselbe gesagt werden, auch von seinem Leben liegt noch vieles im Dunkel. Deshalb erbitten wir die Geduld der Leser bei Erörterung einiger Punkte, die mit der Ausbildung seines Talents und seiner Künstlerlaufbahn in enger Verbindung stehen. Antonello ist nach übereinstimmenden Zeugnissen in den ersten Jahren des fünfzehnten Jahrhunderts zu Messina geboren, er stammte aus einer Familie, welche sich durch mehre Generationen mit Malerei beschäftigt hatte. Dies ist in Italien durchaus nichts Ungewöhnliches und es ist uns z. B. bekannt, daß Cosimo Rossellis Vater, Onkel und Großonkel demselben Beruf gefolgt waren. Aber über die Kunst der Vorfahren Antonellos wissen wir allerdings nichts Näheres.

Vasari behauptet, Antonello habe in Rom studirt. Dies ist wahrscheinlich ein Irrthum. Theilt man aber den Jugendjahren des Malers irgendeines jener tempera Bilder zu, die man noch jetzt im Innern von Sicilien antrifft, so muß man allerdings auch annehmen, daß er den Vorbildern, die ihm in Mittelitalien zugänglich waren, nicht fremd geblieben ist. Daß ihn späterhin der Reiz der niederländischen Methode angezogen hat, wäre natürlich genug, wenn wir beweisen könnten, daß er mit eignen Augen die Pracht schaute, womit Alfonso von Arragonien sein Hoflager in Palermo umgab; denn Alfonso beschützte Kunst und Wissenschaft und zeigte seine Vorliebe nicht nur für die Meisterwerke der großen Florentiner, sondern auch für die besten Erzeugnisse der Niederländer. Mehr als einmal ward ihm Gelegenheit, die Bilder Fra Filippo Lippis zu bewundern, die ihm durch die schmeichelhafte, wenn auch nicht immer uneigennützige Zuvorkommenheit der Medici übersandt wurden, und oft fand er Vergnügen in dem Ankauf der Tafeln, die von der sorgfältigen Hand van Eycks oder van der Weydens herstammten. Es ist ferner möglich, daß Antonello mit dem Hof in Neapel in Verbindung stand, der noch höhere Ansprüche auf Kunstgeschmack machte, als der Hof in Palermo. Denn der bedeutendste Fürst dieses Hauses, Robert der Weise, trat als Freund und Schutzherr von Cavallini und

Giotto auf und die späteren Fürsten waren stolz auf dieses Mäcenat. Die Annahme, daß sich Antonello an diesen Hof begab, trotz der damals herrschenden Feindseligkeit zwischen Neapel und Palermo, hat nichts Gewagtes. Schon längst war es üblich, daß sich Künstler nicht an einen Fürsten oder eine Stadt in Italien gebunden achteten. Gerade in demselben Zeitabschnitt, von dem wir jetzt reden, hatte Piero della Francesca zuerst das Portrait des Sigismund Malatesta, dann das des Friedrich von Montefeltro gemalt, als Günstling zweier Prinzen, die sich tödtlich haßten und ihr ganzes Leben hindurch feindlich gegenüberstanden. Es ist nicht unwahrscheinlich, daß Antonello in den Jahren 1438—42 nach Neapel und an den Hof Renés von Anjou ging. Verschiedenes deutet darauf hin. Es ist aber durchaus nicht nothwendig vorauszusetzen, daß er Jahre lang in dieser südlichen Residenzstadt dem Studium oblag, wo, wie wir wissen, keine locale Schule von einigem Werth existirte, sondern wo jeder bedeutende Künstler ein Fremder und erst infolge seines Rufes hingezogen worden war*).

---

*) Die folgende Anmerkung hat den Zweck, die ganze neapolitanische Malerschule aus der Kunstgeschichte zu streichen.

In einer langen Legende, in welcher sich eine wuchernde Phantasie kund giebt, wo es gilt Thatsachen darzustellen, schildert Dominici die Kunst in Neapel. Die Form seines lügenhaften Geschichtswerks ist ermüdender und länger als selbst die Berichte der Bollandisten, wenn sie über die ersten christlichen Märtyrer erzählen. Ein Buch von mehren Bänden, in denen kaum ein Körnchen feststehender Thatsachen zu einem Wust von Fabeln emporwächst. Die verdienstvollen Arbeiten von Schulz dessen — Denkmäler dem Publicum verschlossen bleiben werden, so lange sie in ihrer kostspieligen Eingezogenheit beharren — haben Vieles auf den richtigen Standpunkt zurückgeführt, was Dominici ohne zu erröthen behauptet; aber wir erwarten immer noch den Mann, der die Geschichte erst niederreißt und dann ehrlicher wieder aufbaut.

Viele von den Meistern, die im vierzehnten und fünfzehnten Jahrhundert Neapel verherrlicht haben sollen, haben lediglich in der Phantasie der Biographen gelebt und sind Geschöpfe ihrer Einbildungskraft, andere wiederum erlangten ihre Berühmtheit nicht dadurch, daß sie Neapolitaner waren, sondern hatten sich an andern Orten Italiens einen Namen gemacht, bevor sie an den neapolitanischen Hof eingeladen wurden. So finden wir nach einander die Pisani und Arnolfo, die als Bildhauer die Gunst des fürstlichen Hauses von Anjou genossen, Cavallini und Giotto, Simone Martini und die Donzelli, die nach dem Süden gerufen wurden, um Fresken und andere Bilder zu malen. Alle diese sind entweder aus Pisa, Sienna oder Florenz gebürtig.

Wenn wir aber der historischen Grundlage zu dem Leben des Simone Napoletano, des Colantonio del Fiore, des Zingaro und der Donzelli nachspüren, die gewissermaßen als die Glanzpunkte der neapolitanischen Kunstgeschichte gelten, so ergiebt sich, daß die Geschichte des Zingaro mit Begebenheiten aus dem Leben des Andrea Solario von Mailand vollständig verwirrt worden ist, daß ferner sowohl der Geburtsort als die Ausbildung der Donzelli nach Toscana zu verlegen sind, endlich aber, daß Simone Napoletano und Colantonio del Fiore niemals existirt haben.

Der hauptsächlichste sogenannte Beleg für das Vorhandensein eines Simone Napoletano ist ein Bild von Simone Martini von Sienna, das in der That in San Lorenzo Maggiore in Neapel mit dem Namen Simone Martini versehen ist!

Sicher aber ist, daß Antonello selbst die Niederlande besucht hat; denn seinen Bildern sind deutlich die Spuren eines ausgedehnten Studiums der van eyckschen, wie auch der memlingschen Werke aufgedrückt, und wir hegen die feste Ueberzeugung, daß diese Künstler nicht allein persönlich mit dem Sicilianer bekannt waren, sondern auch durch den Einfluß ihres Unterrichts seinen Stil bildeten. Er eignete sich so ganz die niederländische Methode des Malens an,

---

Der Beweis für die Existenz eines Colantonio ist eine Altartafel in San Antonio Abate mit der Inschrift „Nicholaus Tommasi de Flore" und 1371 datirt, außerdem aber noch ein Brief, der im Jahr 1524 von einem Architekten Namens Summonzio an einen Mark Antonio Michele in Venedig gerichtet und in Puccinis „Memorie di Antonello da Messina" veröffentlicht worden ist. Wir brauchen nur Rumohrs „Forschungen" nachzuschlagen, um Thl. 2, S. 166 den Namen Nicholaus Tommasi zu lesen, der dort als Meister und Mitglied des „consilium pictorum" von Santa Maria del Fiore zu Florenz im Jahre 1366 gemeinschaftlich mit Taddeo Gaddi, Andrea Orcagna und Andern verzeichnet steht. Wir sehen ihn Meister in der Zunft von Florenz werden. Auch Sacchetti, der Novellenschreiber, erwähnt ihn in einer seiner interessantesten Erzählungen. Es bedurfte einer so außergewöhnlichen Dreistigkeit wie die von Dominici, um dem Leser ein Gemälde, das einen anderen Namen trug, als ein Werk Colantonios darzubieten. Aber einmal ausgesprochen, blieb seine Behauptung unangefochten und selbst die neueren Guiden bezeichnen das Bild von San Antonio Abate in Neapel als ein Meisterstück Colantonios.

Wollen wir ferner dem Brief des Summonzio, dessen Datum ein Jahrhundert jünger ist als jener Vorfall, der darin erwähnt wird, überhaupt Glauben schenken, so lernen wir aus dessen eignen Worten folgendes: „Die Methode Colantonios war die von Flandern. Sie gefiel ihm in so hohem Maße, daß er eine Reise in die Niederlande beabsichtigte, doch wurde dieser Plan wieder aufgegeben, als König René ihm auch die kleinsten Details dieser Technik und die Anwendung derselben offenbarte." — Das lautet sehr abgeschmackt.

Daß Colantonio im Jahr 1371 ein Bild hervorgebracht haben soll, das ein reifes Talent verräth, und wieder zwischen 1438—42 mit René in Unterhandlung gestanden haben soll über die Methode der flamländischen Oelmalerei scheint schon auffällig genug; Und René von Anjou soll gar technischer Rathgeber gewesen sein, so tüchtig, daß er dem Künstler das Studium der fremden Originale ersetzte!

Der Name Colantonio hat aber noch eine andere Bedeutung. Die Geschichtschreiber der neapolitanischen Kunst wollen uns überreden, daß dieser Colantonio der Lehrer Antonellos und daß er es gewesen sei, der den großen Sicilianer mit der Kunst der Oelmalerei vertraut machte! Der Zeitraum in welchem Colantonio mit König René verkehrt haben soll, fällt zusammen mit den Jahren, in denen man den Besuch Antonellos bei van Eyck anzunehmen gewohnt ist. Jedenfalls besitzen wir Oelbilder von Antonello aus dem Jahr 1445. Pflegen wohl Lehrer und Schüler denselben Gegenstand zu gleicher Zeit zu lernen, und sollen wir trotzdem glauben, daß das Verhältniß als Lehrer und Schüler zwischen Beiden unverändert fortgedauert habe?

Wir wissen also nichts vom Leben des Colantonio — und das Gemälde aus dem Jahr 1371, welches ihm zugeschrieben wird, gehört ihm nicht an. Zuletzt sagt man uns, daß er der Maler mehrer Bilder ist, die allerdings in niederländischer Methode gearbeitet sind und mindestens der ersten Hälfte des fünfzehnten Jahrhunderts angehören, aber sie alle tragen mit ebensowenig Recht und Grund den Namen Colantonios als das von Nicholaus Tommasi.

Ist der Brief von Summunzia überhaupt echt, so ist möglich, daß jener Maler, der mit René in Beziehung stand Antonello da Messina selbst war, ein Künstler, der übrigens viel eher zu der Voraussetzung berechtigt, daß er den René lehrte, als daß das umgekehrte Verhältniß stattgefunden habe.

daß seine technische Ausführung im Jahr 1445 selbst die Bilder der Niederländer weit übertraf, und daß, als er sich später in Venedig niederließ, er der Kunst der Vivarini und Bellini einen neuen Impuls verlieh. Sie entnahmen ihm den Gebrauch des Oel-Bindemittel, er aber lernte von ihnen einiges von der deutschen kleinlichen Sorgfalt und Trockenheit abstreifen, die er sich angeeignet hatte.

So trugen die van Eyck und Memling durch Antonello von Messina zu jener Vollkommenheit der Technik bei, welche dem Pinsel eines Titian und Giorgione unsterbliche Schönheit verlieh.

Aber wie entstand die Oelmalerei der Florentiner? wurde auch in Toscana der große Umschwung der Malerei durch die Niederländer vermittelt? Ein neuer Geist in Religion, wie in Kunst und Wissenschaft erhob das funfzehnte Jahrhundert. Katharina von Siena stand fast allein mit dem zärtlich gepflegten Wahn, sie sei zum Werkzeug erkoren, das Papstthum auf seinen Höhepunkt zu führen, damit es von Neuem die Völker der Erde leite. Die fromme Begeisterung der vergangenen Jahre, die Dante und Giotto unvergeßlich machten, war erstorben. Literatur und Kunst suchten im funfzehnten Jahrhundert ihre Ideale in den Tempeln und Marktplätzen des alten Roms und Griechenlands.

In dem Anschauen der Antike verloren, fragte sich wohl der Künstler nach den Lebensverhältnissen, unter denen solche Schönheit entstanden und Donatello ging so weit, Gestalten und Situationen der hellenischen Zeit nachzubilden. Die religiöse Schule Giottos und Duccios erlosch oder flüchtete sich in die Klöster; und während Angelico seine weichen und lieblichen Bilder entwarf, trat neben ihm ein Geschlecht anderer Künstler mit neuen Eigenschaften auf, das sich zum Ziel setzte, die Natur von ihrer realistischen Seite aufzufassen. Biblische Gegenstände, die noch immer die Hauptquelle künstlicher Productionen bildeten, wurden von diesen Talenten genreartig behandelt und die Anbetung der Weisen oder der Zug zum Calvarienberg diente ihnen zur Abspiegelung des täglichen Lebens von Toscana.

Aber das dazumal herrschende System der tempera Malerei war für eine leichte Darstellung des Details nicht günstig und infolge dessen entstand wohl bei Naturalisten und Realisten der florentinischen Schule das Bestreben, ein Medium ausfindig zu machen, das ihrer Kunstrichtung besser entsprach.

Vasari behauptet freilich, daß diese Versuche erfolglos geblieben seien, er speist uns mit einer Erzählung ab, nach welcher Domenico Veniziano mit Antonello von Messina in Venedig bekannt geworden sei, nachdem dieser aus den Niederlanden zurückgekehrt war. Dieselben Mittel d. h. Zuvorkommenheit und Höflichkeit, von denen man glaubt, daß der Sicilianer sie van Eyck gegenüber gebraucht habe, sollen auch von Domenico angewendet worden sein, um seinem Freund das Geheimniß des Oelmalens zu entlocken. Unglücklicherweise wird diese Auffassung zu Schanden gemacht durch kürzlich in Italien angestellte Nachforschungen. Schon seit Gayes Entdeckungen war bekannt, daß Domenico Veniziano im Jahre 1438 in Perugia lebte. Ein Brief dieses Datums an Piero de'Medici beweist, daß der Maler damals schon die florentinische Manier kannte und genau über die Beschäftigung Fra Filippos und Angelicos unterrichtet war. Dasselbe Schreiben enthält die Bitte, ihm die Ausführung einer Altartafel für die Medici anzuvertrauen. Auch Vasari hatte schon mitgetheilt, daß Domenico zu Santa Maria Nuova in Florenz Fresken gemalt hatte. Durch neuere Untersuchungen aber erfahren wir Folgendes: Domenico wurde, wie es scheint von den Medici, beauftragt, in der eben genannten Kirche zu malen und arbeitete dort in den Jahren 1439—45. Sein Schüler in dieser Zeit ist Piero della Francesca, sein Gehilfe Bicci di Lorenzo gewesen. Weder das Datum seines Altarbildes in Santa Lucia de'Bardi, noch das seines Frescogemäldes auf der Canto de'Carnesecchi in Florenz ist festzustellen, aber im Jahre 1448 verzierte er zwei Hochzeitstruben eines Edelmannes, des Marco Parenti, und im Jahre 1461 am 15. Mai starb er in der von ihm zum Wohnort auserwählten Stadt. — Er starb 1461? — ruft ein Leser Vasaris verwundert aus!

Vasaris ganzes Werk enthält wohl kaum ein tragischeres Ereigniß, als die schlechte Behandlung Domenicos, die ihm von Andrea del Castagno zu Theil geworden. Ein Capitel umfaßt das Leben der beiden Rivalen und beginnt schon mit den unheilverkündenden Worten, keine Feder sei fähig einen so nichtswürdigen Neid und den Charakter eines Mannes zu schildern, der freundschaftliche Gefühle heuchelte, um den Ruf seines Freundes zu untergraben und dessen Leben zu gefährden. Vasari beschreibt darauf den Andrea del Castagno als einen selten begabten Künstler, dessen Talent aber durch eine unbezwingbare Sucht zu Ränken und Tücken an seiner vollen Entfaltung verhindert wurde. Als eine Art Einleitung zu der dann folgenden schwarzen That erzählt er, wie Andrea einen boshaften Jungen verfolgt habe, der ihm die Leiter vom Gerüst in Santa Maria del Fiore fortgezogen hatte. Schließlich geht er zu dem Wettkampf der beiden Maler über, als sie gleichzeitig in Santa Maria Nuova beschäftigt waren, wo Domenico in Oel malte und Andrea ihm das Geheimniß dieser Technik neidete. Andrea begnügte sich nicht mit der Hoffnung, seinem nur allzu vertrauenden Freund das Geheimniß zu entreißen — er wollte es auch ausschließlich für sich besitzen; lauerte dem Domenico deshalb eines Abends auf und erschlug den Nebenbuhler, als er um die Ecke einer Straße bog. Gleich darauf nach Haus zurückeilend, war er, als der Mord ruchbar wurde, der Erste, der in rührenden Ausbrüchen des Schmerzes den Tod desselben Freundes beklagte, welcher durch seine Hand gefallen war. Auch wäre das Verbrechen unentdeckt geblieben, hätte es nicht Andrea selbst auf seinem Todtenbette bekannt. Mit aufrichtigem Bedauern berauben wir die italienische Kunstgeschichte eines so dramatischen Vorfalls.

Denn nach den neuesten Untersuchungen steht fest, daß Andrea del Castagno 1390 geboren und 1430 in Florenz gewesen ist, wo er in einem oder zwei Hospitälern Monate lang krank gelegen hat. Daß ihm ferner der Name Andreïno degli Impiccati beigelegt wurde, als er 1435 die Portraits der Verräther Peruzzi und Albizzi an der Façade des Palazzo del Podesta entworfen hatte; daß er 1444 Meister der Barbier- und Chirurgenzunft wurde; im Jahre 1451 in Santa Maria Nuova malte; 1455 die Figur des Nicholas von Tolentino auf eine Wand in Santa Maria del Fiore zeichnete und 1457 an der Pest starb. Es ist daher klar, daß er den Domenico nicht getödtet haben kann, da dieser ihn mehre Jahre überlebte; ebenso einleuchtend ist, daß er sich mit seinem erdichteten Nebenbuhler in Santa Maria Nuova über das Geheimniß des Oelmalens nicht entzweit haben kann, da sie zu verschiedenen Zeiten an diesem Ort arbeiteten. Kurz Vasaris Geschichte ist eine Mythe.

Domenico Veniziano konnte auch das Geheimniß der van eyckschen Methode nicht von Antonello da Messina gelernt haben, da Domenico offenbar schon vor 1438 von Venedig fortgezogen war, also den Ort zu früh verlassen hatte, um mit Antonello zusammengetroffen zu sein. Da aber Domenico nichts von Antonello erfahren, so konnte er das, was ihm selbst unbekannt blieb, nicht den Castagno gelehrt haben. Castagno seinerseits endlich behielt das alte System des tempera bei. Somit haben wir wohl hinlänglich bewiesen, daß, wenn in der ersten Hälfte des fünfzehnten Jahrhunderts in Florenz Neuerungen in der Methode der tempera Malerei stattfanden, diese nicht erweislich von den Niederländern herstammen. Sie können lediglich von dem eignen Erfindungsgeist der Florentiner herrühren. Und es ist sehr wahrscheinlich, daß dies der Fall war.

Wir behaupten nicht, daß Domenico kein Oel in seine Farben mischte, im Gegentheil, es ist wahrscheinlich, daß er es that. Seine Auslagen in Santa Maria Nuova sind zum Theil durch den Ankauf von Leinöl verursacht, das im vierzehnten und noch häufiger im fünfzehnten Jahrhundert zu Wandmalereien vielfältig benutzt wurde. Außerdem ist aber auch seine Altartafel in San Lucia de'Bardi nicht in dem gewöhnlichen tempera und möglicherweise mit der Technik ausgeführt, welche unter den damaligen Realisten immer mehr um sich griff. Unter diesen zeichneten sich in Florenz nach Paolo Uccelli, der sich mehr dem Studium der Perspective als dem der chemischen Bestandtheile seiner Kunst widmete, wohl besonders die Peselli aus. Ihr Augenmerk war hauptsächlich auf die getreue Wiedergabe von Naturgegenständen gerichtet, und ihre Thiere und Landschaften wurden mit derselben Sorgfalt wie der menschliche Körper behandelt. Leuten dieser Richtung widerstrebte natürlich nach

Vorschrift zu malen, nicht weil dies incorrect sei, sondern weil es ihnen ungenügend war.

In der That ist sehr ergötzlich, die alten Manuscripte aus dem vierzehnten Jahrhundert zu lesen, welche künstlerische Recepte und Vorschriften enthalten. Man findet darin die ernsthafte und wichtig behandelte Angabe, wie ein Kleid — ein Heiligenschein — Goldbrokat — lebendiges und todtes Fleisch — ein Mann mit einer Wunde — alte und junge Gesichter — Wasser mit und ohne Fische — zu malen seien. So streng und gewissenhaft sind diese Regeln, daß man sich leicht vorstellen kann, wie von festen conservativen Technikern ein Neuerungssüchtiger als ein Wesen angesehen wurde, das für die Wohlfahrt der Malerei weit gefahrbringender sei, als ein Ketzer dem Frieden der alleinseligmachenden Kirche. Auch waren diese alten Künstler tief durchdrungen von der feierlichen Wichtigkeit ihrer Sache. Nicht nur, daß Enthaltsamkeit im Essen und Trinken geboten war, auch jede Leidenschaft mußte vor der Arbeit unterdrückt werden*). Nun, Entwurf und Zeichnung konnten dadurch nur gewinnen. Aber das Schwerste kam erst, wenn es galt die Farben aufzutragen. Cennini sagt: „Wenn Du anfängst zu malen, so rufe die heilige Dreieinigkeit an.“

Bei dem entschiedenen Streben, nach der Natur und nicht nach überlieferten Schablonen zu malen, ist es wohl gerechtfertigt vorauszusetzen, daß die Realisten sich nach neuen Mitteln und neuen Vortheilen sehnten, obgleich auch sie zweifellos vor einem plötzlichen Wechsel des alten Hergebrachten zurückgeschreckt sein würden.

Der Gebrauch von gekochtem Oel war in Italien nicht so gewöhnlich als in den nördlichen Ländern und es fehlt jeglicher Anhaltepunkt, wenn dasselbe in Italien zum ersten Mal mit dem Firniß vermischt wurde. Aber eine gründliche Prüfung lehrt uns, daß nicht nur in der vereinzelten Altartafel von San Lucia de'Bardi, sondern auch in denen der Peselli Abweichungen vom Alten in dieser Richtung vorkamen; und man kann sich leicht denken, wie bald die unmittelbaren Vortheile dieser Neuerungen sichtbar werden mußten, namentlich in dem Ausmalen der Gewänder, des Hintergrundes und des Laubwerks der Bäume, das durch scharfe Umrisse zu definiren war.

Wir nannten „die Peselli“, weil die Lebensfäden von Pesello und Pesellino eng in einander verschlungen sind. Giuliano d'Arrigo, gewöhnlich Pesello genannt, wurde 1367 geboren, und später genau mit Agnolo Gaddi befreundet, in dessen Atelier sich Cennino Cennini jene Angaben erwarb, die er in sein „Libro dell'Arte“ einflocht. Pesello betheiligte sich an den Concurrenzarbeiten,

*) Ancor ci è una cagione, che, usandola, può alleggerire tanto la mano, che andrà più ariegando, e volando assai più che non fa la foglia al vento. E questa si è non usando troppo la compagnia della femmina. Cennini Libro dell 'Arte Cap. 29 p. 18.

die mit der Errichtung der Kuppel von Santa Maria del Fiore ihr Ende erreichten. Zwar fiel sein Modell nicht so aus, daß es dem größten Architekten seines Jahrhunderts den Sieg streitig machte, aber es wurde doch als werthvoll anerkannt und er selbst zum Stellvertreter Brunelleschis gewählt, im Fall dieser abwesend oder krank sein sollte. Gleich allen Künstlern seiner Zeit vereinigte er die meisten Zweige der bildenden Kunst in seiner Werkstatt, die am Corso degli Adimari lag, und in seinem hohen Alter von seinem Tochtersohn Francesco Pesellino mitbewohnt wurde, der 1423 geboren und später sein Gehilfe geworden war. Pesellino starb 1457, er überlebte seinen Großvater nur um zehn Jahre.

Weder dem Raum noch dem Zweck dieses Aufsatzes wäre angemessen, weitläufig über die Berechtigung sich auszulassen, die Giuliano oder Francesco an die Bilder haben, die kurzweg mit dem Namen „Pesello" belegt werden. Es genügt zu bemerken, daß viele davon bei näherer Betrachtung eine von dem der alten tempera Malerei abweichende Technik bezeugen. Cenninis Angaben, die zweifellos nach Giulianos alter Methode zu malen sind, bestimmen sorgfältig das Maß, nach welchem Farben und Bindemittel zu Schattirungen gemischt werden müssen. Für Gesichter z. B. ist ein gleiches Gewicht von Farbe und Eidotter erforderlich, und zwar Dotter von Puteneiern für die Gesichter alter Männer, und Dotter von jungen Landhennen für die zartere Haut junger Frauen.

Man kann wohl annehmen und die Gemälde der Peselli bestätigen es auch wirklich, daß als sie versuchten die Eidotter durch ein anderes Bindemittel zu ersetzen, sie dieses zäher und consistenter fanden und es unter die Farben in gleicher, wenn nicht größerer Quantität mischten; daher der eigenthümliche Glanz und die Durchsichtigkeit ihrer Bilder. Wir maßen uns nicht an festzustellen, woraus das neue Bindemittel bestand, aber wir können darin noch Klebrigkeit und eine Neigung zum Auseinanderfließen erkennen, und eine Schwierigkeit der Handhabung, so daß das Schraffiren eine Unmöglichkeit wurde und die Verschmelzung verschiedener Schattirungen außerordentlich schwer fiel. Das eigentliche Wesen des alten Systems aber war gerade Schraffiren. Das neue Bindemittel erwies sich als zu zäh dafür, so daß um nun die nöthige Rundung zu erhalten, Mitteltöne (Halbtöne) über die Lichter gelegt werden mußten; dann kamen die Schatten über die Mitteltöne in derselben schwerfälligen Weise — alles aber gleich durchsichtig, so daß man noch heutigen Tags die stufenartige Auflegung sehen kann und wie die dunkelsten Stellen an der Oberfläche am meisten hervorragen. An Lasiren war mit einem so zähen Bindemittel natürlich nicht zu denken und die Werke der Peselli entbehren daher einer gewissen Geschmeidigkeit in der Behandlung des Stoffs, was besonders für das Aussehen des Fleisches ungünstig ist

Der alte Firniß, den man zum Abziehen der Oberfläche von beendeten tempera Gemälden benutzte hieß „vernice liquida“. Mit einem gewissen Quantum von Lein- oder Nußöl vermengt, hätte er auch zur Sättigung der Farben dienen können, ebenso wie bei der Mischung mit Eidotter. Das Bindemittel der Peselli also ist nicht zu bestimmen, Vasari spricht davon, daß Baldorinetti Eidotter und vernice liquida zu Wandmalereien nahm. Dies gab eine ungeheuer kräftige Mischung, die er anfangs mit vielem Erfolg anwandte; aber schon nach kurzer Zeit stellte sich heraus, daß eine wesentliche und nutzbringende Veränderung nicht erlangt sei. Seine Fresken begannen nämlich sehr früh abzublättern und von der Wand abzufallen; diesem unglücklichen Zufall ist es auch wohl zuzuschreiben, daß Domenico Ghirlandajo solches Mißtrauen gegen Firniß aller Art hegte, und daß diese Erfahrung den toscanischen Malern gegen diese technischen Neuerungen ein Vorurtheil einflößte. Daß wenigstens Fra Filippo Lippi sich vom Oelfirniß fern hielt und dem alten System treu blieb, ist ziemlich sicher, so auch daß Domenico Veniziano nicht zu denen gehörte, die sich entmuthigen ließen, sondern daß er den Weg zu finden hoffte, auf dem das neue Bindemittel einzuführen sei. Erst seinem Schüler Piero della Francesco war es vorbehalten die neue Technik mit Glück anzuwenden.

Indessen verbesserten die Gebrüder Pollaiuolo die von den Peselli befolgte Methode um Einiges. So verdankte man ihnen die Einführung des Lasirens in seinen verschiedensten Abstufungen, und dies läßt uns voraussetzen, daß die klebrige Natur des früheren Bindemittels modificirt und deshalb leichter zu handhaben war. Von ihnen vererbte sich dies System auf Verrocchio, der es seinerseits dem Leonardo hinterließ, bis es unter Piero della Francesca seine Vollkommenheit erreichte. Letzterer lasirte zwar auch nach Art der Pollaiuoli, aber in den Schattirungen seiner Carnation, wie z. B. in den Portraits des Herzogs und der Herzogin von Montefeltro im Uffizi in Florenz, waren die Fleischfarben mit einer geschmeidigen Mischung getränkt, die in feuchtem Zustand leicht zu modelliren war und so farblos als erforderlich hergestellt werden konnte. Die an der Oberfläche hervortretende durchsichtige Substanz der Peselli hatte sich in eine feste dichte Farbengrundlage verwandelt, die von Außen ihr Licht erhielt und nicht von dem weißen, durch den aufliegenden Stoff durchschimmernden Grund beleuchtet wurde — dabei glänzend und fett, klar und hell. Vielleicht erwidert uns ein Vertreter jener Ansicht: daß Italien die Oelmalerei den Niederländern entlehnt habe, daß Justus von Gent mit Piero in Urbino zusammengetroffen und ihm dort das Geheimniß der Flamländer verrathen habe. Aber das Bild, was Justus, dieser Künstler dritten Ranges, für die Brüderschaft des „Corpus Christi“ während seines Aufenthaltes in Urbino (1462—65) malte, ist denen der van Eycks um Vieles untergeordnet; und außerdem hatte Piero auch vor dieser Zeit schon in Oel gemalt. Ein Contract für eine Fahne in Arezzo aus dem Jahre 1466 besagt in klaren Ausdrücken, daß sie „lavorato a olio“ sein soll. Von Piero della Francesca aus können wir das technische Verfahren weiter verfolgen in jenen kreisförmigen Bildern Signorellis, die wegen ihres dunklen olivenfarbigen Tons in die Augen fallen und in ihrem Gehalt gänzlich abweichen von allem, was die venetianische Schule hervorgebracht hat, welche ihre Technik von Antonello da Messina herleitete.

Wir brauchen wohl kaum darauf hinzuweisen, wie verschieden von diesem Sicilianer die Methode Verrocchios und Leonardos sich formte.

In kurzer Skizze wurde der Verlauf angegeben, den die Neuerungen der Oelmalerei in Italien einschlugen, indem wir flüchtig auf die Werke verschiedener Meister Bezug genommen haben. Eine ausführliche Besprechung und Beschreibung der Bilder würde gewissermaßen den Beweis zu unsern Behauptungen liefern. Wir müssen hier darauf verzichten und hoffen, daß detaillirte Untersuchungen unsere Auffassung rechtfertigen und als sichere Wahrheiten erweisen werden.

J. A. Crowe.

Aus alter Zeit.

1.

Theologische Disputirer im Volke.
(17. und 18. Jahrhundert.)

Wenn einst die Geschichtswissenschaft genauer als jetzt das innere Leben des Volkes selbst darzustellen vermag, dann werden die großen Umwandlungen, welche Gemüth, Idealismus, Wahrheitssinn und praktische Tüchtigkeit der Völker im Laufe der Zeit erfahren haben, wahrscheinlich für lange Zeiträume wichtiger erscheinen als Politik, Kriege, Umherfahren und Untergang seiner Regenten. Denn nicht zu allen Zeiten sind die politischen Ereignisse das Wissenswürdigste. Wechselnd wie die herrschenden Fehler und Neigungen des Volkes ist auch die Art, wie es liebt und haßt, wie es den sinnlichen Eindruck in Empfindung in Gedanken umprägt, verschieden ist in jedem Zeitraum gefärbt, was ihm für gut, schön, wahr gilt. Und über dieser Verschiedenheit, welche durch das Leben selbst und den zerstörenden Bildungsstoff hervorgebracht wird, das Bleibende, Nationales und allgemein Menschliches zu erkennen und den innern Zusammenhang in den zahlreichen Umwandlungen nachzuweisen, das ist, so scheint uns, eine der schönsten Aufgaben des Geschichtschreibers.

Wir sind geneigt vorauszusetzen, daß dieselbe freie und objective Auffassung der irdischen Gestalten, Formen und Ereignisse, welche uns möglich ist, zu allen Zeiten möglich war und wir geben uns noch öfter der Ansicht hin, daß unsere Auffassung der Bilder und Eindrücke, welche uns die Welt entgegenträgt, zwar eine mangelhafte, aber innerhalb gewisser Grenzen absolut richtige sei. Nähere Betrachtung freilich ergiebt, daß auch unsere Auffassung des Lebens überall eingeengt wird, nicht nur durch die Schranken unserer Sinne, sondern auch dadurch, daß wir, was in unsere Seele fällt, was wir sehen, hören, erkennen, immer noch mit einem Zusatz unseres Wesens färben, welcher die Richtigkeit unserer Beobachtungen und Schlüsse beeinträchtigt. Und die Wissenschaft kennt keine größere Plage als die, welche ihr durch unsere unvollkommene Befähigung, das objectiv Wahre festzustellen, bereitet wird. Jede Betrachtung vergangener Zeiten lehrt uns freilich, wie große Fortschritte wir im Ganzen darin gemacht haben und wie getrübt und befangen die Auffassung früherer Zeiten war. Die Abbildung einer Pflanze an einer Wand von Pompeji, an einem Pergamentbild des zwölften Jahrhunderts und in einem Holzschnitt des fünfzehnten Jahrhunderts zeigt eine ganz verschiedene Auffassung ihrer Formen und jede von diesen Auffassungen erscheint uns fremdartig und unvollkommen, wenn wir auch aus jeder die Pflanze erkennen. Eine Definition des Aristoteles und eines modernen deutschen Philosophen unterscheiden sich nicht nur durch die feine Schattirung der Begriffe, welche den Wörtern durch die Besonderheit der verschiedenen Sprachen aufgezwungen wird, sondern auch darin, daß der große Denker des Alterthums zuweilen durch Hervorhebung anderer Prädicate und charakteristischer Kennzeichen in das Wesen der Dinge einzudringen sucht, als uns Modernen sachgemäß dünkt. Und die Verschiedenheit unseres Sehens, Hörens und Empfindens wird nicht blos dann auffallend, wenn man Jetzt und Einst oder mehre Völker vergleicht, auch in der Gegenwart sind die Individuen desselben Volkes einander in der Auffassung des Wahrnehmbaren durch die Sinne und im Verarbeiten des Aufgenommenen durch Geist und Gemüth sehr ungleich. Hier soll nicht von der naheliegenden Verschiedenheit die Rede sein, welche durch Alter, Temperament, Zufälle hervorgebracht wird, nur von dem Gegensatz, welcher die Gebildeten und Einfachen, die geistigen Führer und die Masse des Volkes, die Fortgeschrittenen und die Zurückgebliebenen von einander trennt. Wir empfinden ihn im Verkehr mit den kleineren Kreisen des Volkes zuweilen mit Erstaunen und Behagen, nicht selten mit Unwillen und Schmerz.

Wer eine Unterhaltung junger Burschen auf dem Lande anhört, dem klingen Sprache und Scherze, auch wenn er sie versteht, zuweilen recht fremdartig. Wenn es Deutsche sind, so wird er hinter den trocknen Späßen, den kurzen

Redensarten und dem vorsichtigen Schrauben eine originelle Arbeit der Seele entdecken, welche die Reproduction durch die geschriebenen Worte unserer Sprache fast unmöglich macht. In den Worten ist eine etwas andere Bedeutung, in den Reden eine etwas andere Seele, als die Gebildeten hineinzulegen vermögen. Was uns gar kein Spaß erscheint, wirkt auf die ländlichen Hörer sehr komisch, wo wir eine längere Redeausführung erwarten, befriedigt ein knappes Sprichwort, ein Bild, vielleicht nur ein Spiel mit Klang und Laut der Worte, für welches wir wenig Empfänglichkeit haben. Das ist nicht Rohheit, es ist im Grunde eine andere Form der Bildung, welche die Anspruchsvollen nicht mehr besitzen, die aber ihren Vorfahren geläufig war.

Wenn uns jemand aus den kleinen Kreisen des Volkes etwas Geschehenes erzählt, so wird auch, wenn er angeregt und geläufig berichtet, in seiner Rede eine andere Methode der Darstellung, als wir haben, bemerkbar. Einzelne Momente des Ereignisses treten stark hervor und sind bereits reichlich mit den Empfindungen versetzt, welche sie in dem Erzähler hervorgerufen haben; der wirkliche Zusammenhang der Geschichte tritt wahrscheinlich zurück und der Berichterstatter hat dafür, ohne es zu wissen, eine andere erfunden, dem zu Liebe sogar das Thatsächliche umgeformt wird. Jeder Verhörrichter weiß, wie schwer es ist, einen objectiven Thatbestand aus den Erzählungen lebhaft erregter Zeugen festzustellen, es scheint oft unglaublich, daß der eine gehört, der andere gesehen hat, was nicht war, und daß sie nicht beachtet haben, was ruhigem Urtheile die Hauptsache wäre. Wir nennen in solchem Fall die fremdartige Auffassung bei einem Kinde aus dem Volke mangelhaft und unverständig, sie ist wieder nur die nothwendige Folge einer geistigen Organisation, bei welcher die Phantasie schneller und souveräner zwischen die Wahrnehmungen der Sinne tritt, als wir für erlaubt halten. Aber es hat viele Jahrhunderte gegeben, wo die ganze Nation so empfand und so erzählte; und diese vergangene Zeit lebt noch unter uns in vielen tausend Persönlichkeiten, ja die Mehrzahl des Volkes hat in seiner geistigen Production noch etwas von diesem Alterthümlichen, das durch unsere Bildung überwunden ist.

Allerdings ist in jeder Schicht unseres Volkes die Einwirkung unserer Bildung sichtbar. Wer irgend aus den engen Grenzen seines Dialekts heraustritt, der nimmt mit dem Verständniß unserer Schriftsprache auch unendlich viel von der geistigen Arbeit unserer Zeit in sich auf. Wer sich vollends übt, Gedrucktes zu lesen, der gewöhnt seinen Geist an die straffere Logik, den reichlicheren Ausdruck und die durchsichtige Klarheit unseres Denkens. Dann schwindet ihm die alte volksthümliche Methode, sich die Dinge einzubilden, den Gedanken in der Hülle eines Bildes zu bewahren, oder sie tritt nur noch gelegentlich in Stunden des behaglichen Gehenlassens hervor. In diesem Sinne hat das ganze Volk an unserem Vertiefungsproceß Antheil genommen und auch seine Weise die Welt aufzunehmen und zu reproduciren ist in beständiger Wandlung begriffen.

Wenn man vollends in die Vergangenheit unseres Volkes zurückblickt, so ist der Unterschied seiner Seelenarbeit vor und nach Luther sehr groß.

In den letzten Jahrhunderten des Mittelalters war das populärste geistige Schaffen des deutschen Volkes ein behagliches, oft possenhaftes Spiel mit Bildern und ihrer Bedeutung. Der Gedanke versteckte sich hinter einem bildlichen Ausdruck, das Thun wurde durch sinnbildliche Handlungen gekräftigt, der gewöhnliche Scherz war in der Weise Eulenspiegels, ein Spiel zwischen der eigentlichen und uneigentlichen Bedeutung einer Sache oder Redensart. Einfältig war, wer sich unbefangen dem Eindruck des Bildes hingab, weise, wer den geheimen Sinne desselben zu fassen wußte. Und es war ein Lieblingsscherz des Volkes, der Einfalt den letzten Erfolg, das beste Recht, den Beifall der Lachenden zu geben.

Es wird uns nicht leicht die Wichtigkeit zu begreifen, welche man im Mittelalter der bildlichen Hülle eines Gedankens, dem symbolischen Ausdruck einer Handlung beilegte. Wenn wir die kleinen Cirruswölkchen mit einer Lämmerheerde vergleichen, so sind wir uns bewußt, daß dieser Vergleich auf nichts beruht, als einer ganz zufälligen Aehnlichkeit des Aussehens, die uns nicht einmal groß erscheint. Was uns ein unwesentlicher Vergleich ist, war aber in alter Zeit das Wesen der Wolke selbst, die Phantasie des jungen Volkes faßte in Wahrheit das Wolkenheer als eine Heerde himmlischer Schafe, die Sache selbst und der bildliche Ausdruck flossen zusammen. Uns ist die bedeutsame Geberde als Begleiter einer rechtskräftigen Handlung z. B. bei Kauf und Verkauf nicht mehr Hauptsache, wir üben vielleicht noch den alten Brauch, aber die Giltigkeit des Geschäftes hängt in der Regel nicht mehr daran, einst war der Gest, das vorgeschriebene Wort die Hauptsache der Handlung. Uns ist das gesprochene Gebet nur der Ausdruck innerer Empfindung, die Worte haben nur insofern Bedeutung, als sie den Sinn unserer Bitten wiedergeben, sie können jeden Augenblick mit andern vertauscht werden, welche etwa dasselbe ausdrücken. Im Mittelalter waren die Gebetworte nicht willkürlich und nach freier Wahl zu bestimmen, sondern die Worte selbst waren das Wirksame, nur in der überlieferten Aufeinanderfolge hatten sie die Wirkung, von der Mutter Gottes eine Fürbitte zu erwerben, das Vieh vor bösem Zauber zu beschützen, die lodernde Flamme von einem Gebäude abzuhalten. Und ein Gebet war wirksamer als das andere, ein sehr wirksames ein sehr seltener und kostbarer Erwerb. Auch die Mystik des Mittelalters beruhte in der Regel darauf, daß ausgesponnene Bilder mit dem Inhalt frommer Lehre zusammenflossen, die Himmelsleiter, die sieben Felsen der Sünde, das Schifflein einer Heiligen, in welchem die Seelen bei Hölle und Tod vorüberfahren, werden so empfunden, daß der Gläubige sich auf dem Felsen stehend, auf den Sprossen der Leiter heranklimmend, auf St. Ursula Schifflein fahrend, wirklich und leibhaftig empfindet.

Als die Reformation den Geist des Volkes von solchem epischen Bann befreite, war die Wirkung eine gewaltige, dem Volk war plötzlich die Binde von den Augen genommen, und der Unterschied zwischen Form und Inhalt, Schein und Wesen wurde wie ein neuer Erwerb von Hunderttausenden erfaßt.

Auch in diesem Sinne ist Luther Reformator des deutschen Volksgemüths bei allen Confessionen. Nicht nur weil, er das Nachdenken und Prüfen der subtilsten theologischen Lehrsätze bis in die ärmlichste Hütte hineintrug, schon deshalb, weil zugleich mit der leidenschaftlichen Theilnahme des Volkes an dem Streit seiner Geistlichen zuerst eine massenhafte Verbreitung gedruckter Schriften in dem Volke möglich wurde. Seine Reformation vermittelte dem Volk den Bücherdruck. Seitdem begann in dem ehrlichen, unbefangenen Gemüth des Volkes das Suchen nach Wahrheit, erst seit dieser Zeit traten die Massen in die große Culturbewegung ein.

Wenn aber Luther sich so sehr auf den Buchstaben der Schrift steifte, so war er auch darin ein echter Sohn des Volkes. Denn die selbständige Thätigkeit des Individuums konnte zunächst einen festen Halt, ein äußerliches Gegebenes, woran sie sich klammerte, noch gar nicht entbehren. Das Wort der Schrift war zwar des magischen Zaubers entkleidet, welchen die religiöse Formel im Mittelalter gehabt hatte, dafür wurde sie dem Volke der unverbesserliche von Gott eingegebene Ausdruck für die heiligen Lehren, und mit Subtilität wurde untersucht, ob der Inhalt des Glaubens, den jemand bekannte, auch mit dem Wortlaut der heiligen Schrift genau stimmte. Wie Luther um die Einsetzungsworte des Abendmahls haderte und zürnte, ebenso hielt aus diesem Bedürfniß der Mann aus dem Volke, Katholik und Protestant, scharf zum Wortlaut seiner Lehrbücher, denn das war noch die nationale und gegebene Weise den Sinn zu begreifen, und deshalb war der trotzige Eigensinn Luthers gerade das Volksthümlichste an dem großen Manne, der noch mit einem Fuß im Mittelalter stand. Wenn z. B. die katholische Uebertragung des Evangeliums vom Zinsgroschen das griechische Wort mit Pfennig statt, wie die Evangelischen, mit Groschen übersetzte, so war dieser Zufall für den Protestanten ein ernster Beweis von der Unwahrheit der katholischen Lehre, weil auf den Pfennigen niemals Bild und Ueberschrift eines Fürsten geprägt wurde.

Der Geist war allerdings erweckt und rührte sich kräftig, und die magische Kraft gegebener Formeln wurde geläugnet. Aber noch lange blieb dem Volk die lebendige Empfindung für den bildlichen Sinn der Worte, ja auch die spielende Freude am Klange derselben, während unsere Schriftsprache in den Händen der schreibenden Gelehrten sich schnell vergeistigte, für Wohlklang und sinnliche Bildlichkeit der Worte vielleicht zu sehr die Empfindung verlor. Wenn der Jesuit zu einem Ketzer aus dem Volke belehrend sagte, daß der Katechismus Luthers nicht so gewichtig sei, als die institutiones pietatis christianae von Pater Canisius, so dachte der Mann aus dem Volke bei dem Worte gewichtig immer noch zunächst an Pfund und Wage, und wenn er ein Schlaukopf war und zu Eulenspiegelstreichen aufgelegt, so hatte er sicher die Lacher auf seiner Seite, wenn er Gewicht und Wagschale aus der Tasche zog und die beiden Katechismen vor dem geistlichen Herrn gegen einander abwog. Fand sich Luthers Buch schwerer, so hatte er doch die Worte des Gelehrten widerlegt, obgleich er und die Zuschauer schon recht gut wußten, daß der geistliche Herr das Wort nicht in der bildlichen, sondern in der abgezogenen Bedeutung gebraucht hatte.

Zum Beleg für das Gesagte sollen zwei Berichte aus alter Zeit dienen, in denen die religiöse Ueberzeugung einfacher Menschen sich in ihrer Dialektik und in ihrem Thun sehr volksmäßig offenbart. Beide Erzähler stehen in Opposition gegen die katholische Kirche, an beiden wird die Vertiefung deutlich, welche die Individuen durch ein selbständiges Denken über die Wahrheiten des Glaubens erlangt haben. Weder Katholiken noch Protestanten mögen in der folgenden Erzählung eine verhüllte Polemik über Glaubenssätze finden. Denn nicht der Inhalt der Erörterungen, sondern die Art, wie sie geführt wurden, soll hier zumeist interessiren.

Beide Mittheilungen sind noch nach anderer Richtung merkwürdig. Die Erstere ist einer kleinen Flugschrift entnommen, welche zu den größten Bücherseltenheiten gehört, und gelehrter Beachtung bis jetzt entgangen scheint. Sie enthält eine winzige Episode aus der ersten Hälfte des dreißigjährigen Krieges, und stammt aus Schlesien, der kaiserlichen Landschaft, welche mehr als andere Provinzen Ferdinand des Zweiten von der Kriegsfurie gelitten hat, ohne daß es den Beamten und Soldaten des rechtgläubigen Kaisers gelang, die Ketzerei derselben auszurotten. Im Jahr 1629 war der böhmische Aufstand niedergeschlagen, der Mansfelder, der Braunschweiger, der König von Dänemark besiegt, die Heere Wallensteins hatten die Furcht auch der katholischen Stände, der Franzosen, ja sogar des Papstes erregt, und die hochfliegenden Pläne Ferdinands wurden durch den drohenden Abfall seiner Bundesgenossen ein wenig herabgedrückt. Aber in den Ländern seiner Krone arbeiteten die Agenten eifrig, die Opposition im Glauben niederzuwerfen. Für Schlesien war es das lichtensteinische Dragonerregiment, welches die Jesuiten in die protestantischen Städte und Kirchen einführte, die brutale und grausame Weise der militärischen „Seligmacher“ ist in den Gebirgsstädten Schlesiens noch heute nicht vergessen. Damals war unter den Gemeinden, welche sich an den Vorhügeln des Riesengebirges stattlich heraufgearbeitet hatten, Schweidnitz eine der bedeutendsten, sie war Hauptstadt eines Fürstenthums, in fruchtbarer Gegend, und ihre Mauern waren damals noch von einer zahlreichen und wohlhabenden Bürgerschaft besetzt. Wahrscheinlich erschien dort, oder in der Nähe, einige Jahrzehnte nach dem Kriege die folgende Flugschrift: Schrifftmäßiges Gespräche. Von einem Buchbinder, so in der Stadt Schweidnitz wohnhafftig gewesen, den man sonst den kleinen Pommer genannt, weil er derselben Nation gebürtig gewest, so er Sprachweise gehalten mit einem Jesuiten. — Zu dienender Nachricht von neuen hervorgesucht. Gedruckt in diesem Jahr (etwa 1680) 8. (1 Bogen).

Wie der kleine Pommer gesprochen, wird hier wortgetreu mit einigen Verkürzungen und mit schonender Annäherung an die Sprache des neunzehnten Jahrhunderts berichtet.

Als der Stadt Schweidnitz ihre Kirche genommen worden, war auf dem Lande draußen ein Dorf, Schwenkfeld genannt, allwo ein Theil der Schweidnitzer noch eine Weile in die Kirche gehen konnte. Dort half ein Buchbinder, der kleine Pommer genannt, cantoriren und singen. Nun wurden in der Stadt alle Zünfte auf das Rathhaus gefordert und ihnen anbefohlen, wer in der Stadt bleiben wollte, der müßte zu dem Jesuiten gehen und sich bei demselben informiren lassen. Wie das nun oben gemeldetem Buchbinder angesagt wird, so spricht er: „Was soll ich die Stadt meiden? das thue ich nicht; ich habe einmal der Stadt geschworen, dabei will ich meine Ehre, Gut und Leben zusetzen und soll mich niemand heraustreiben." — Als er nun wegen seines Ungehorsames verklagt wird, so schicken die Herren des Raths zu ihm und lassen ihn holen; sie reden ihm scharf zu und befehlen ihm: Wenn er in der Stadt bleiben wollte, so sollte er zu dem Jesuiten gehen und sich informiren lassen. Er aber spricht: „Wenn ich also gehen muß, er wird mich nicht anders machen als ich bin. Kann er mich bekehren, so soll er es thun, oder ich will ihn bekehren. Doch dieweil es meine Herren so haben wollen, so will ich hingehen und hören, was er sagen wird."

Indem er aus der Rathsstube geht, ist ein abgefallener Seiler mit im Rathe, der steht auf vom Tische und geht mit ihm heraus und redet mit ihm aufs Vertraulichste, er sollte doch nur dem folgen, was man ihm Gutes rathe, er, Seiler, hätte vorhin auch gemeint, er wäre auf dem rechten Wege, nunmehro finde er aber ein ganz ander Licht, das ihm den Himmel bringen werde. Der Buchbinder sagte: „Schweig stille, mein lieber Bruder, du verstehst dich viel besser darauf ein gut Brunnenseil zu machen, als auf die Religion," und geht fort.

Als er nun in das Jesuitenhaus kommt, steht ein Junge vor der Stubenthüre, zu dem spricht der Buchbinder: „Ist der Herr Pater zu Hause?" Der Junge antwortet: „Ja, er ruhet ein wenig." Denn es war im heißen Sommer. Buchbinder. Sage mich bei ihm an, Junges! Junge. Ei wartet nur ein wenig, seine Ruhestunde wird bald aus sein. Buchbinder. Was warten, ich hab' zu Hause zu thun, sag mich an. Junge. Ei verzieht nur ein klein wenig. Buchbinder. Ich kann nicht verziehen, es ist mir scharf befohlen, hierher zu gehen, sage mich an, oder ich sage mich selber an. — Da ergreift er die Stubenthüre mit Gewalt und geht hinein.

Der Pater schläft an der hintern Wand auf einem großen Stuhl und wacht davon auf, der Buchbinder aber bleibt vorn bei der Stubenthür stehen und sagt nichts. Sie sehen die längste Weile einander an, endlich spricht der Herr Pater: Was bringst du? Bchbdr. Nichts. Pater. Was willst du? Bchbdr. Nichts. Pater. Von wannen bist du? Bchbdr. Von meiner Mutter. Pater. Ei mein, sei nicht so spitzig. Bchbdr. Nein, Herr Pater, ich bin mein Lebtag noch niemalen spitzig gewesen, aber allezeit so ein kleines rundes Männchen, als ihr hier mich sehet. Pater. Ha ha, seid Ihr nicht der Buchbinder, der kleine Pommer? Bchbdr. Ja Herr, im Winter wie im Sommer. Pater. Ihr seid eben derjenige, der allezeit die Leute nach dem Dorf Schwenkfeld hinausführt? Bchbdr. Nein, mein Herr Pater, ich habe mein Lebtage Niemanden hinausgeführt, sie sind alle von selbst hinausgegangen. Pater. Ei mein, wie kommt es, daß die Leute so närrisch sind, sie haben ja das Wort Gottes hier in der Stadt und laufen so weit hinaus, ja zuweilen in so gar unheimlichem Wetter. Bchbdr. Ich weiß wohl die Ursache, ich darf sie nur nicht sagen. Aber doch wollte ich dem Herrn Pater einen guten Rath geben, wie es der Herr Pater machen sollte, daß ihm niemand hinausliefe. Pater. Ei mein, sagt mir das. Bchbdr. So gehe der Herr Pater auf künftigen Sonntag nach Schwenkfeld und predige draußen und schicke den Herrn Pfarrer von Schwenkfeld herein, daß er hier drin predige; es wird dann niemand hinauslaufen, sondern hier drin bleiben. Pater. Ei mein, das habe ich ohnedies gewußt. — Tretet besser heran zu mir, ich habe etwas Anderes mit Euch zu reden. Ich habe gehört, daß Ihr Euch so sehr gesperrt habt zu mir zu kommen und auf Eure Religion getrutzt, derowegen frage ich Euch, was habt Ihr für Grund in der Religion? Bchbdr. Nur des Lutheri Katechismus, der ist ein kurzer Extract aus der heiligen Bibel, darinnen alles begriffen, was zu meiner Seele Seligkeit dienlich wie auch nützlich ist. Pater. Mein Buchbinder, der ist nicht tüchtig, er ist nicht gewichtig genug, des Canisii Katechismus ist gewichtiger. Bchbdr. Herr Pater, ich wollte fast wetten, daß der lutherische gewichtiger sei, denn ich habe alle beide zu Hause gehabt, dieweil ich ein Buchbinder bin, katholische, lutherische, calvinische und dergleichen; sie sind mir alle wohlbekannt, ich will sie bald herholen.

Pater. Nein, wartet bis zu anderer Zeit. Was hältst du von der Verehrung der Mutter Gottes? Bchbdr. Wir halten viel davon, denn sie ist aller Ehren werth, aber Ihr betet und ruft sie an als eine Fürsprecherin, die für Euch bitten könnte, das können wir nicht thun, wir können sie nicht dafür halten. Pater. Ja, mein Buchbinder, Ihr solltet wissen, daß der arme Sünder nicht würdig ist sofort ihren Sohn anzulaufen. Wisset Ihr nicht, wie es bei großen Herren zugeht, wenn ein Unterthan was verschuldet, daß er sich um einen guten Patron bemühet und bekümmert, der bei dem Herrn wohl angesehen ist und der ihn versöhnen kann? Bchbdr. Mein Herr Pater, das ist mit dem Weltlichen nicht zu vergleichen. Denn Christus ruft selber: Kommet her zu mir alle, die ihr mühselig und beladen seid, item, wer zu mir kommt den will ich nicht hinausstoßen. Ist das nicht Versicherung genug, daß ich mein Bitten und Anliegen ihm selbst vortragen darf? — Ich erinnere mich des Evangelii von der Hochzeit in Galiläa, da war Mangel an Wein, die Mutter Gottes wollte auch eine Fürbitte thun bei ihrem Sohne und sagte: Sie haben nicht Wein. Was sagte der Sohn zu ihr? Weib, was hab' ich mit dir zu schaffen, meine Stunde ist noch nicht gekommen. O sie schwieg gern still und sagte wider die Diener: Was er euch saget, das thut. Also glaube ich nicht, daß ihr Fürsprechen was hilft.

Pater. Ich muß weiter fragen: Was hältst du vom Fegefeuer? Bchbdr. Nichts. Pater. Gar nichts? Bchbdr. Nein, denn in der Bibel finde ich nichts als von Himmel und Hölle. Ich gedenke an den reichen Mann und Lazarum. Wär der reiche Mann nicht ein großer Sünder, ein Verschwender und Schlampamper? der hätte billig ins Fegefeuer gesollt, er würde auch ohne Zweifel für Seelenmessen etwas Geld übrig gelassen haben. Der arme Lazarus war ein blattriger Mensch voller Eiterbeulen, er hätte auch billig ins Fegefeuer gesollt, daß er darin rein geworden wäre. Es steht aber im Evangelio: Der Reiche kam in die Hölle, und der Arme ward getragen von den Engeln in Abrahams Schooß. Pater. O mein Buchbinder, eine Schwalbe macht noch keinen Sommer. Bchbdr. O Herr, es sind ihrer noch mehr im Neste. Pater. Was für welche? Bchbdr. Ich gedenke jetzt an den Schächer am Kreuze, war das nicht ein Mörder und großer Sünder? der hätte auch billig ins Fegefeuer gesollt. Aber nachdem er sich an Christum hielt, bekam er diese tröstliche Antwort: Heut wirst du mit mir im Paradiese sein. Er durfte in kein Fegefeuer. Derowegen ist auch keins; nur Himmel und Hölle.

Pater. Ja, mein Buchbinder, das ist ein einziges Exempel. Es wird nicht bald wieder einem widerfahren, daß ihn Christus sogleich in den Himmel nehmen wird. — Ihr seid nicht recht berichtet, ich will Euch anders lehren. Aber ich muß mit Euch umgehen wie mit einem ABCschützen, ich muß Euch einfältig und mit Wenigem weisen, und gebe Euch zur Lehre mit, daß ihr das Ave Maria fleißig erlernt, daß ihr es könnt, wenn ihr wieder zu mir kommt, hernach will ich Euch ein Mehres unterrichten. Bchbdr. Herr Pater, das ist ja gar kein Gebet, sondern ein Gruß. Pater. Nun geht nur nach Hause und thut, was ich Euch befohlen habe.

Nun geht der Buchbinder nach Hause und nimmt des Lutheri und Canisii Katechismum und eine Wagschale unter seinen Mantel und läuft bald wieder hin zum Jesuiten in die Stube, wo gerade viel Volk zum informiren war. Als ihn der Pater sieht, fragt er ihn, was er wolle. Der Buchbinder antwortet: ich will beweisen, daß des Herrn Lutheri Katechismus gewichtiger ist, als des Canisii. Da nun der Pater zu ihm herangeht und bei der Stubenthür ein klein Tischlein stand, nimmt er die beiden Bücher und die Wagschale unter dem Mantel hervor und will sie auflegen. Darauf sagt der Pater: Ich meine es nicht so. Da antwortet der Buchbinder: Ja, Herr Pater, ich meine es auch nicht so. Aber der Verstand in dem Katechismus des Herrn Lutheri ist gewichtiger als in dem des Canisii.

Da heißt ihn der Pater fortgehen. Der Buchbinder aber kommt lange Zeit nicht zu ihm und es wird auch weiter gar nicht nach ihm gefragt.

Es begiebt sich aber, daß der Buchbinder einst von ungefähr dem Pater auf der Gasse begegnet, da fängt der Buchbinder an: Gott grüße Euch, Herr Pater. Pater. Gott danke Euch. Bchbdr. Gott grüße Euch, Herr Pater. Pater. Gott danke Euch. Bchbdr. Gott grüße Euch, Herr Pater. Pater. Gott danke Euch. Bchbdr. Gott grüße Euch, Herr Pater. Pater. Ihr seid ein Narr, daß Ihr mich so viel Mal grüßt. Bchbdr. Herr Pater, Ihr wißt, daß Ihr mir befohlen habt das Ave Maria fleißig zu lernen, das ist ja auch nur ein Gruß. So denkt doch um Gottes Ehre willen, ich grüße Euch nur zwei bis drei Mal, und es verdrießt Euch schon. Was wird die Mutter Gottes nicht für Verdruß haben, wenn sie des Tages immerzu von so viel tausend Personen gegrüßt wird. Ist das nicht eine Qual und Unruhe, und es steht doch in der Bibel: die Seelen der Gerechten sollen Ruhe haben. Darum halte ich nichts davon, daß der Gruß nütze sei, es ist genug, daß sie der Engel bei ihrem Leben gegrüßt hat. Pater. Ei, seid Ihr ein Narr, geht von mir und packt Euch fort.

Es trägt sich aber zu, daß der Buchbinder einmal an einem Sonntage sich verspätet, das Thor ist zugeschlossen, er kann nicht hinaus nach Schwenkfeld in die Kirche kommen, also geht er in die Stadt zur Kirche und hört des Jesuiten Predigt an und stellt sich mit Fleiß ihm gegenüber. Als nun der Pater das Evangelium vom Zinsgroschen vorliest, wo die Worte stehen: „Und sie reichten ihm einen Groschen dar,“ und ferner: „Wes ist das Bild und die Ueberschrift? — des Kaisers,“ so liest der Pater in seinem Evangelio: „und sie reichten ihm einen Pfennig dar.“ Das nimmt der Buchbinder genau in Acht. Wie die Predigt aus ist, wartet der Buchbinder vor der Kirchthür mit Fleiß auf den Pater, bis er herauskommt. Wie ihn der Pater sieht, redet er ihn an: Glück zu, mein Buchbinder, seid Ihr einmal in unserer Kirche gewesen. Bchbdr. Ja Herr Pater, ich muß auch einmal Seine Predigt hören. Pater.

Was habt Ihr denn Gutes gelernt aus unserer Predigt? Bchbdr. Gar viel Gutes, ich wollte es nicht um vieles Geld geben. Pater. Ei, was ist das Gute? Sagt mir es doch bald her. Bchbdr. In Eurem Evangelio steht: „Und sie reichten ihm einen Pfennig dar,“ in unserm aber: „und sie reichten ihm einen Groschen dar.“ Unser Evangelium ist doch wenigstens elf Pfennige mehr werth als Eures. Denn Christus frägt weiter: „Wes ist das Bild und die Ueberschrift? Sie sprachen: des Kaisers.“ Pater: Ja, mein Buchbinder, Ihr müßt wissen, daß man zur selben Zeit so große Pfennige machte, welche man hernach Groschen genannt hat. Bchbdr. Nein, Herr Pater, Euer Pfennig ist falsch, man hat sein Lebtag nicht erfahren noch gehört, daß auf einen Pfennig des Kaisers Bild und Ueberschrift wäre geprägt worden.“ Damit ging der Pater zornig von ihm, und der Buchbinder in Ruhe und Friede nach Hause.

Diese und noch viel mehr kurzweilige Gespräche, so zum Theil vergessen sind, hat der selige Buchbinder gehalten, und er ist einzig und allein übrig geblieben, gut evangelisch bis an sein Ende, und ungefähr zehn Jahre nachher gestorben.

So weit der Bericht aus der Flugschrift. Der kleine Ketzer mit seiner Neigung zu Eulenspiegelstreichen, mit schlagfertiger Dialektik und fester Bibelkenntniß ist kein übler Repräsentant des frischen Selbstgefühls, mit welchem das Volk bis in die Mitte des grausamen Krieges ging. Die hundertfünfzig Jahre nach der Verwüstung unserer Volkskraft brachten den deutschen Stämmen die größten innern Wandlungen. Der Pietismus kam in das Land und gab dem verwilderten Volke an Stelle des theologischen Gezänkes erhöhte Wärme der religiösen Empfindung, Innigkeit, Weichheit und eine schwärmerische Sehnsucht nach den Freuden des Jenseits. Und unmittelbar nach ihm brachte das große Jahrhundert der Aufklärung Kenntnisse, methodische Zucht des Denkens, eine schärfere und unbefangenere Auffassung der Objecte. Die Wissenschaft erwuchs zur Lehrerin des Volkes. Das neue Licht warf seine Strahlen allmälig auch in die enge Behausung der Kleinen, mit anderer Methode als früher begann das Volk zu sinnen und denken, nicht mehr nach dem Wortlaut der Schrift wurden die Erscheinungen des Lebens beurtheilt, der gesunde Menschenverstand fing selbstkräftig an Weltliches und Heiliges kritisch zu betrachten, in jedem Dorf gab es Einzelne, welche den Aberglauben ihrer Nachbarn verlachten, welche mehr auf die Moral als die Dogmatik der religiösen Ueberlieferungen gaben, hier und da ein Buch lasen und wohl gar für keine Beleidigung hielten, wenn sie Freigeister genannt wurden. So regte sichs im letzten Drittel des vorigen Jahrhunderts in den meisten Landschaften Deutschlands. Anders in Oestreich. Dort war, Wien und wenige andere Städte abgerechnet, dem Volke ein Jahrhundert verschwunden wie ein Traum. Ja man darf sagen, die Selbstthätigkeit des Volkes hatte seit der Zeit des Matthias Rückschritte gemacht, der Protestantismus war dort durch kriegerische und geistliche Arbeit unterdrückt worden, seinen Gegner, den Jesuitenorden hatte die Strafe des eigenen Thuns erreicht, er war in Aeußerlichkeiten und geistlosem Wesen verkommen. Schweigend und unterwürfig vegetirten die Menschen in den Kronländern unter der schlaffen Zucht ihrer geistlichen Hirten, wo sich in den Gebirgsthälern die religiöse und politische Opposition noch hier und da einmal regte, wurde sie erbarmungslos verfolgt; nur wenigen hatte in dem Thalland der Moldau und Donau die Lehre der Pietät das Herz gehoben, die ganze Aufklärungszeit kam dort dem Landvolk nur dann zu Gute, wenn etwa einzelne größere Grundbesitzer davon erfaßt, in ihrem Kreise die neue Humanität praktisch bethätigten. Es wird in der Zukunft wohl den Oestreichern selbst als ein bedeutsamer Umstand ihrer Geschichte erscheinen, daß die Masse des Volkes bei ihnen fast ein Jahrhundert später in die große Culturbewegung eintrat als die übrigen Stämme Deutschlands.

Und doch war durch Feuer und Blut, durch geistliche Gerichte und bürgerliche Kerker der Drang nach selbstkräftigem Denken auch dort nicht ganz unterdrückt, aber er barg sich scheu in Heimlichkeit. Auch in Böhmen und Mähren gab es noch Enkel, welche die Bücher ihrer protestantischer Vorfahren lasen und in der Stille zu einander über die Macht des römischen Priesters murmelten. Nicht wenige dieser Nachkömmlinge der alten Hussiten und mährischen Brüder sind in unserer Zeit aus dem Dunkel hervorgetaucht, nach mehr als zwei Jahrhunderten erheben sich jetzt wieder Ketzerkirchen in den Provinzen, welche einst mehr Protestanten als Altgläubige gezählt hatten.

Unter den Gemeinden, welche in den letzten Jahren die Theilnahme der deutschen Protestanten für sich in Anspruch nahmen, hat kaum eine größere Aufmerksamkeit erregt, als die kleine evangelische Genossenschaft des Marktes Oels im brünner Kreise. Ihre Leiden und ihre Ausdauer haben sie zu einem besonders werthen Schützling des Gustav-Adolphvereins gemacht, seine Unterstützung fördert gerade jetzt den Bau einer Kirche und Schule, und die Einrichtung eines Kirchspiels, welches etwa vierhundert Zugehörige hat. Aus diesem Ort ist eine handschriftliche Aufzeichnung von Jahr 1782 erhalten, deren Benutzung in d. Bl. durch Freundesgüte vermittelt wurde. Auch aus dieser Schrift wird das Wesentliche nach seinem Wortlaut hier mitgetheilt. Wie unbehilflich die Darstellung ist, es fesselt doch Einiges in Ton und Inhalt. Der Schreiber hat nichts von der jovialen Laune des Schweidnitzers, aber sein ganzes Wesen, seine Bibelfestigkeit, die Art, wie er die Wahrheit sucht, das ganze Treiben in seinem Orte, ja sogar Sprache und Ausdrucksweise zeigen genau dieselbe Stufe der Entwickelung, welche 150 Jahre früher an dem Volke Schlesiens erkennbar ist. Man soll den Werth einer einzelnen Lebensäußerung nicht überschätzen, aber wie viel man auch der zufälligen Bildung des Einzelnen anrechne, es bleibt immer noch in Ton, Farbe und den geschilderten Zuständen viel übrig, was uns als gemeingiltig und charakteristisch für Land und Menschen gelten darf.

So aber berichtet der Mähre Gregor Jakubetz aus Markt-Oels über seine religiösen Kämpfe:

Am Feste Aller Seelen im Fegfeuer des Jahres 1778 wurde von dem römischen Priester Pater Andreas Krbeczek gepredigt, da ich Georg Jakubetz unter dem Primator Gregor Linhart im Amte stand, und daher an jenem Tage im Mantel in die Kirche zu dem geistlichen Kartenspiele gehen mußte. Als dieser Pater Krbeczek zu predigen anfing, da begann er sogleich, gemäß jenem Kartenspiele — diesen Tag lobend zu erheben, so, daß demselben kein andrer Tag während des ganzen Jahres gleich käme, an welchem den armen Seelen aus den Qualen des Fegfeuers geholfen werden könnte, denn dieser Tag sei allein bestimmt zur Erlösung aus den Leiden und Qualen des Fegfeuers. Ach! mit welch großer Freude erwarten diesen Tag die armen Seelen in ihrem Leiden! — Gedenket daher eurer lieben Eltern, Brüder, Schwestern und Blutsverwandten, der heutige Tag und kein anderer ist zu ihrer Erlösung bestimmt. Ach, gedenket ihrer mit dem Gebete des Herrn und dem Engelsgruße, denn diese bemitleidenswerthen Seelen warten nicht nur ein Jahr, zwei, drei, vier, zwanzig, funfzig Jahre, ach vielleicht warten manche hundert Jahre auf diesen heutigen Tag, daher gedenket ihrer. — Als dies die Leute hörten, welche Gottes Wort und das Testament des Herrn nicht kennen, da fingen sie an zu weinen, so, daß ein Lärm in der Kirche entstand und während solcher Ermahnungen gaben sie ihre Groschen auf Fürbitten. Als derselbe Priester seine Predigt beendete, da brachte ihm der Kirchendiener das Verzeichniß auf die Kanzel. — Nachdem ich jene Predigt angehört und die durch selbe zum Schluchzen bewogene Menge gesehen hatte, dachte ich mir, daß es da viele Groschen geben werde. Ich befand mich damals unter einer solchen römischen Macht, daß ich sogar ihren Rosenkranz in der Hand bei mir führte, durch welchen sie den Kalmucken gleichen (wie davon zu lesen ist in dem Buche Josefs — Seite 31 und 32 gedruckt in Prag). Als der Priester zu lesen anfing für den und den Verstorbenen, ließ ich die Kugeln fallen, um zu erfahren, wie viele ihrer sein werden, und es waren ihrer 112, und als er für selbe darnach zu beten anfing, zählte ich wieder zurück, und er hatte für 32 abgebetet und verkündigte gleich darauf, daß wegen Kürze der Zeit die übrigen Fürbitten auf den künftigen Sonntag verlegt würden. Und er hatte seine Predigt so ausgeführt, daß kein Tag im ganzen Jahre geeignet sei zur Erlösung der armen Seelen außer diesem Tage. — Als er aber 112 Groschen bekommen hatte, verschob er ihnen diesen

Tag vom Montage bis zum nächsten Sonntage, obgleich er eben gesagt hatte, mit welcher Freude die Seelen diesen Tag nicht nur ein Jahr, sondern hundert Jahre erwarten. Diese Predigt blieb mir in gutem Gedächtniß bis zu der von dem Herrn Gott bestimmten Zeit.

Darnach kam 1781 eine kaiserliche Verordnung, daß es nicht ferner gestattet sei, die Fahnen der verschiedenen Handwerksinnungen bei Processionen zu gebrauchen, namentlich bei dem römischen Frohnleichnamsfeste. Ich kam den 2. Juni am Sonntage früh vor Pfingsten zum Josef Czlubek in dessen Wohnung; er saß an der Werkstätte bei seiner Arbeit. Ich — Jakubetz — sprach diese Worte zum Czlubek: „Herr Vater! Alle Pflanzen, die der himmlische Vater nicht gepflanzet, die werden ausgereutet." Czlubek fragte, warum ich das sage? Weil die alleinige ewige Wahrheit Herr Jesus sagt Matth. 15, 9. Aber vergeblich dienen sie mir, dieweil sie lehren solche Lehren, die nichts denn Menschengebote sind. So ist auch dieser Feiertag von dem Papst Urban dem Vierten im Jahre 1264 der Klosterjungfrau Juliana zu Lieb angeordnet, wie die „Königin-Kirche" (Kralovna cirkev) davon schriebt. Czlubek. Wie lange ist es bereits? Jakubetz. 517 Jahre.

Im selben Jahre 1781 ließ man in unserm Markte den Weg zum Kreuz malen, und am selben Pfingstsamstage wurde derselbe in die Pfarrkirche gebracht, und die Fahnen der Innungen wurden aus der Kirche herausgetragen. Zu der Zeit war hier als Kaplan Pater Johannes Stanpayß aus Bistritz. Er schuldete dem Josef Czlubek für zehn Maß Bier 2 Fl. 20 Kr. und schickte am selben Tage die Hälfte dieses Geldes durch den Kirchendiener Matthäus Schulak. Als dieser in Czlubeks Haus kam, sagte er: Herr Nachbar, ich bringe euch von dem Herrn Kaplan die Schuld für das Bier, jedoch nur die Hälfte, denn um das Geld ist es jetzt eine Noth, immer nimmt es um etwas ab. Czlubek. Was geht euch ab? Schulak. Wir dürfen am Frohnleichnamsfeste keine Maienbäume aufstellen und nicht mehr mit den Fahnen herumgehen. Czlubek. Alle Pflanzen, die der himmlische Vater nicht gepflanzt, werden ausgereutet, dieses ist eine Pflanzung der Menschen so muß es vergehen. Schulak aber sagte: Heute thun wir die Bilder des Kreuzwegs in die Kirche, und die Zechfahnen tragen wir zur Kirche heraus — dieser Weg wird besser dahin passen, als jene Fahnen. Czlubek. Er wird gerade eine Kraft besitzen als wie jene Fahnen. Schulak. Was redet ihr? Czlubek. Warum sollte ich nicht reden, denn das ist gegen das zweite Gebot Gottes, worin es Gott streng verboten hat. Schulak. Was ist das verboten? Czlubek. In der heiligen Bibel — du hast sie ja, lies darin im 2. Buch Mosis, das 20. Capitel, so wirst du es begreifen. Schulak. Ich habe keine Augengläser. Czlubek. Neulich hast du diese selbst zu dem kleinen Büchel Alterthümer des Koristek nicht bedurft und auf die heilige Schrift siehst du nicht? Da ist es leicht zu ersehen, daß bei euch der Papst in größerer Ehre steht, als das Gebot Gottes; er hat euch einem Weib zu Lieb ein Fest gegründet, und ihr haltet es in größeren Ehren als Gottes Gebote. Schulak erzürnte infolge dieser Worte und vertheidigte die römische Kirche und Czlubek dagegen die evangelische Lehre und so trennten sie sich. Darauf klagte es Schulak dem Herrn Pfarrer Georg Jajek. Infolge dessen wurde Czlubek zu dem Pfarrer am Mittwoch nach Pfingsten den 6. Juni gerufen. Als er sich dahin begab, ging eben der Priester in die Kirche und als es nach der Messe war, da sah Czlubek, wie dort das Werk der Anbetung dargebracht wurde der neuen Malerei d. i. dem Kreuzwege, worüber er sehr ereifert ward — gemäß dem Gebote und den Worten des h. Paulus: Was hat der Tempel Gottes für eine Gemeinschaft mit den Götzen? Darauf ging er in das Pfarrhaus, und fragte: Ehrwürdiger Herr Pfarrer, aus welcher Ursache haben Sie um mich den Kirchendiener geschickt, um bei Ihnen zu erscheinen? Der Pfarrer. Ihr seid hier verklagt, weil ihr nämlich gesprochen hat, daß der Papst das Frohnleichnamsfest einem Weibe zu Lieb eingesetzt hat. Wo habt ihr das gehört? Czlubek. Das steht in eurem Buche: Königin-Kirche. Der Pfarrer nahm das Buch und als er es dort vorfand, sprach er: Ihr habt aber gesprochen, daß sie des Papstes Geliebte wäre? Czlubek. Das sage ich noch. Pfarrer. Mensch, was sprechet ihr da? Czlubek. Das spreche ich und werde es sprechen, daß sie ihm lieber war, als das Gebot Gottes: denn in dem Testamente des Herrn stehet: Euere Weiber lasset schweigen unter der Gemeinde, denn es soll ihnen nicht zugelassen werden, daß sie reden. Pfarrer. Ihr war es geoffenbaret. Czlubek. Eine solche Offenbarung, stehet in eurer Bibel im 5. Buche Mosis, 13. ist eine Ketzerei. Indem sie ihn in keiner Sache überweisen konnten, warfen sie selben in den Gemeindekerker in zwei großen Eisen.

Derzeit war im Rathhaus Franz Wayner, welcher auch das päpstliche Joch unterthänig trug und ihren Erfindungen huldigte. Derselbe wurde von dem Vorstande angewiesen, auf jene aufzumerken, welche irrthümliche Bücher hätten. Er hatte aufgemerkt; erkannte aber selber aus selben Büchern den Irrthum der Verführung und die evangelischen Wahrheiten. Es währte vor dem bereits fast ein Jahr, ehe sie es bei ihm mit Sicherheit wahrnahmen. Dann fingen die Römlinge an mit ihm zu disputiren gegen das heil'ge Evangelium, bis sie ihn auch verklagten bei dem Pfarrer des Marktes Oels, Georg Jaick. Da er zu diesem gerufen wurde, sagte der Pfarrer: Ihr Mensch! ich habe Euch ja stets für einen guten katholischen Christen gehalten, jetzt höre ich von Euch, daß Ihr irre gehet. Er antwortete: Ehrwürdiger Herr Pfarrer: Ich kam geraden Wegs in das Pfarrhaus, ich ging ja nicht irre. Der Pfarrer sagt: Ich meine jedoch, daß ihr im Glauben irret. Wayner antwortete: Er möge ihm den Irthum zeigen. Pfarrer. Wie sollet Ihr nicht irren, indem ihr Euch von dem alleinseligmachenden Glauben trennet? Wayner. Woraus wird diese Alleinselig-macherei erkannt? Pfarrer. Unser Glaube ist ja durch Wunder bewahrheitet. Wayner. Dem schenke ich keinen Glauben, denn was von dergleichen Wundern gesagt wird, das sind lauter Verführungen; aber dies ist ein Wunder: Als ich hierher ging, so regnete es und jetzt scheint schön die Sonne. Das ist Gottes Wunder. Pfarrer antwortete: er möge sich doch nicht von ihnen trennen und entließ ihn so.

Wayner fuhr sogleich nach Brünn und brachte Bibeln, welche auf kaiserliche Kosten gedruckt wurden, zu uns nach Oels. Ein Bürger Namens Johann Nemecek sagte, daß das vermaledeite Bibeln seien sammt den Leuten, welche sie zuführen. Wayner wollte es nicht so hinnehmen, sondern ging mit Andern in die Pfarre darüber zu klagen. Der Kaplan vertheidigte jedoch den Nemecek. Da kam die Magd aus der Küche und sprach: Ei was, sie haben ja ihren Bischof! (wobei sie auf mich Jakubetz hinzielte) und der Kaplan bejahete es. — Ich Jakubetz, da ich dies hörte, ging sogleich mit in das Pfarrhaus und fragte: aus welcher Ursache mich die Magd einen Bischof nenne? Der Kaplan sagte: Ihr seid es ja! Jakubetz. So ich es bin, so bin ich also der Bischof und Ihr seid nur ein Kaplan. Saget mir nun: Wie viele Bücher enthält die Bibel? Und wer war der erste Märtyrer? Aber er wußte nichts, und schickte sogleich nach dem Ortsvorstand. Ich sagte ihm: er möge beachten, was ihm aus dem Arrestiren erblühen werde. Der Kaplan antwortete: Wir werden Euch wohl bald wegschaffen. Jakubetz. Nicht sobald. Kaplan. Wenn Eurer auch zwanzig wären! Jakubetz. O, wir sind mehr. Kaplan. Wenn auch dreißig. Jakubetz. Noch mehr. Kaplan. Wenn auch sechzig. Jakubetz. Immer noch mehr. Der Vorstand führte mich darauf in den Kerker, wo jetzt bereits zwei waren. Da fing der Satan zu wüthen an.

Denn darnach gingen sechs von uns zimmern, nämlich: Jakob, Franz, Ignaz und Thomas Pelischek, Georg Michek, und Georg Slanek — alle Freunde der Wahrheit Gottes. Aber die Feinde wußten nicht, auf welche Art sie diese in den Kerker werfen könnten. Da liefen sie hin und her, aber die Furcht des Herrn kam über sie, denn sie fürchteten, daß wir uns wehren werden. Da kam man uns zu sagen, daß sie uns die Zimmerjacken wegnehmen wollten. Da blieb Franz Pelischek zu Hause und dem Jakob Pelischer mischte der Bierbrauer Gift in das Bier, daß es ihm seine Eingeweide heraustrieb. Als sie nun sahen, daß wir weniger wurden, schickten sie nach zwei Trabanten, und alle Nachbarn kamen zusammen und versteckten sich in den Häusern, welche gegenüber dem Platz lagen, wo wir arbeiteten. Da fielen sie von allen Seiten auf uns wie auf Missethäter. Das war am Samstage vor dem Himmelfahrtsfeste und warfen auch diese vier in den Gemeindekerker.

Gerade kam auch Franz Wayner von Brünn, sogleich schickten sie nach diesem, so auch nach dem Anton Kaupy und gaben sie in denselben Kerker. Jetzt waren wir schon sechs drinnen.

Da herrschte Freude, daß sie uns Ketzer wegführen werden, und sogleich mußten die Fuhren kommen und wir wurden auf selbe aufgeladen. Das war ein Schauspiel, Jung und Alt strömte herbei, so daß niemand wähnen möchte, daß es so viel Volk in Oels gäbe. Als sie uns aber wegführten, da ließ sich die Gottesstimme stark hören, indem es so donnerte, daß die Erde erbebte und wir wurden so naß, daß kein Faden auf uns trocken blieb.

Als sie uns nach Kunstadt brachten, gaben sie einem jeden zwei große Eisenfesseln auf die Füße und ließen uns vier Wochen im Kerker. Dann ängstigten sie uns, daß sie uns nach Venedig schicken werden*), allein wir ließen keiner Furcht über uns Herr werden. Sodann ließen sie uns zum Verhör, wie wir sprechen würden. Allein der Erste, als sie ihn hernahmen, fing an zu leugnen und willigte ein Katholik zu bleiben, denn er war nicht befestiget in der Wahrheit Gottes. Aber wir fünfe: Gregor Jakubetz, Franz Wayner, Josef Czlubek, Ignaz Pelischek und Thomas Pelischek ließen uns nicht durch ihre Drohungen schrecken; denn Franz Wayner sagte uns, wenn ihr Andern läugnen werdet, so sage ich von Euch alles heraus.

Als ich, Georg Jakubetz, als erster gerufen wurde, läugnete ich nichts, sondern bekannte frei und sprach: alle Pflanzen, die der himmlische Vater nicht gepflanzet, werden ausgereutet werden. Und worauf sie mich immerhin gefragt haben, das beantwortete ich. — Als keiner abtrünnig wurde, trennten sie uns von einander, damit keiner zum andern könne. Als auch so keiner von der Wahrheit Gottes abtrat, hieß es, daß wir nach Brünn gebracht werden und dort lebenslänglich auf dem Spielberge sitzen werden. Darnach ängstigten sie uns mit neuen Schrecken. Alle Bücher und Schriften wurden uns und noch mehren Nachbarn zu Hause genommen, und diese Bücher wurden sammt jenen Nachbarn nach Kunstadt uns nachgeführt.

Der Pfarrer kam auch und verbarg sich in das Nebenzimmer, aber wir wußten nichts davon. Er ließ uns durch den Trabanten holen, daß wir zum Herrn Oberamtmann hinaufkommen sollten. Der Herr Oberamtmann verkündete uns, daß wir nach Brünn müßten. Allein ich melde Euch noch, daß Euer Herr Pfarrer hier anwesend ist, und gnädig zu Euch sein will, wenn Ihr seinen Rath befolgen wollet, er wird nach Brünn zum h. Gubernium schreiben und Ihr könntet ein jeder wieder zu eurer Wirthschaft heimkehren und er wird Euch Euern Irrthum beweisen. Wir antworteten darauf sogleich: Das wünschen wir, daß er uns unsern Irrthum aufweise. Da rief sogleich der

*) Auf die Galeeren.

Herr Oberamtmann den Herrn Pfarrer in das Zimmer. Der Pfarrer kam und sprach zu uns: Seid mir liebe Nachbarn willkommen, sehet, ich kam hierher gefahren, ich will es vermitteln, daß ihr nach Brünn nicht müsset, auch will ich Euch Euern Widerstand verzeihen, und Euch aus Euern Irthümern befreien. — Da sagte ich Jakubetz zu ihm: Ich werde Euch Euern Irrthum melden, in welchem Ihr irret. Ihr habt den 2. November gepredigt, daß kein Tag im ganzen Jahr so glücklich sei, als der Tag, an dem ihr 112 Groschen bekommen habt und doch durftet Ihr diesen Tag vom Montage bis zum Sonntage verlegen und mich wundert, daß Ihr erst nach vier Wochen die Geschichte der Fürbitte erledigt habt. Das ist ein Irrthum. — Darauf sprach Czlubek zum Pfarrer: Ihr unglücklicher Mensch, was wollt Ihr noch mit diesen Verführungen, daß Ihr das Volk also zu Eurem Götzendienste nöthiget? Der Pfarrer aber nahm wahr, daß er uns nicht überwinden werde, und ging davon. Wir aber schritten herab und setzten uns auf die Wagen; mit uns aber eine große Begleitung sammt jenem Ortsrichter.

Als sie uns nach Brünn zum Kreisamte in das Landhaus brachten, da sperrten sie uns gleich ein und verhörten uns; wir haben aber tapfer geantwortet und vertheidigten uns mit jener Bibel, welche auf kaiserliche Kosten gedruckt war. Als sie uns nichts anhaben konnten, da sagte uns das Kreisgericht, wir sollten frei nach Hause gehen und dem Herrn Pfarrer gehorchen. Aber wir antworteten wieder, daß wir uns an das Testament halten werden. Und dem Pfarrer bekam es übel, weil er uns kerkern ließ, ohne Ursache dazu zu haben. Darauf fuhren wir frei nach Hause, aber der Ortsrichter wollte wieder mit nach Hause fahren. Wir aber sagten ihm, daß er mit uns nicht fahren könne, indem wir nach Venedig fahren müßten, wie er uns unterwegs vorher verkündigt hatte. Und er müßte von Brünn zu Fuß nach Hause gehen.

Als wir nach Hause kamen, versammelten wir uns mehre und hielten Rath unter einander. Wir beriethen uns, daß wir uns an den Kaiser wenden wollten. Wir schickten daher einen Nachbar, und der war ich, Jakubetz, nach Wien.

Als ich nach Wien kam, suchte ich gleich einen Agenten Namens Samuel Nady und ich fand ihn dort, indem wir die Hausnummer seiner Wohnung wußten. Aber dieser Agent wollte nicht das Memoriale schreiben. Allein ich erwähnte ihm viele Punkte aus der heiligen Schrift, mit denen wir uns vertheidigten, so daß sie uns nichts anhaben konnten. Sogleich hatte der liebe Gott sein Herz erweicht, er bekam Muth und schrieb an Se. Majestät den Kaiser ein Memoriale. Der Kaiser aber unterschrieb sich sogleich selbst auf diesem Memoriale und es kam zurück nach Brünn zu dem Gubernium, damit die Männer, welche dieses Memoriale eingereicht hätten, die Zahl der Seelen, welche sie angegeben hatten, nachweisen sollen. Es kam daher von Brünn der

Auftrag, daß wir uns daselbst vorstellen sollten. Wir gaben Antwort, ohne vor ihren harten Worten zu erschrecken, und wir wiesen sogleich die Familien nach und nächstdem noch elf Herrschaften. Darauf mußten wir uns unterschreiben, und es ging wieder zurück nach Wien zu dem Herrn Kaiser. Und so kam uns gleich darauf das Toleranzpatent, daß uns unsre Religion gestattet sei und daß wir unsre Lehrer bekommen sollten, wo sich hundert Familien auffinden werden.

Da war eine sehr große Freude und Frohlocken, allein diese Freude verwandelte sich in ein Herzensleid. Denn es starb bei uns eine Nachbarin Namens Theresia, Gemahlin des Johann Pohanka. Sie ließen uns dieselbe nirgends begraben*), außer auf dem Hutweidewege; wir wollten aber nicht anders, als auf den Zbor — (die Schuttstätte eines einstigen Versammlungsplatzes der Brüder). — Wir erhielten das Recht und es war jenes Begräbniß feierlich für Gott, für uns jedoch sehr beklagenswerth. Als wir den Leichnam auf die Bahre legten, schickten die katholischen Nachbarn ihr Gesinde, auf der Bahre und dem Sarge machten sie mit Kreide Kreuze und spotteten unsers Gesanges. Dann, als wir den Leichnam trugen, da gab es was zu sehen: der Eine meckerte, der Andere brummte, der Dritte brüllte, der Vierte jauchzete und so mehr, was und welcher das Aergste machen konnte, denn es kamen mehre Hunderte des Volkes zusammen. Sie machten sich ein Strohkreuz und banden es auf eine Stange, machten sich einen Weihwedel von Stroh und besprengten uns mit Spülicht. Zweimal verschütteten sie uns das Grab, warfen mit Erdschollen und streckten ihre Zungen aus, ja, brachten sogar das Crucifix und häuften so allen Gram auf uns. Sie luden viele Angriffswaffen, auf den Thurm stellten sie eine Wache, um Sturm zu läuten, wenn wir mit ihnen anbinden möchten. Denen zu Schlenov und Cerhov gaben sie es zu wissen, damit sie gleich kommen sollten, wenn Sturm geläutet werden würde. Uns gab Gott jedoch solche Geduld, daß wir niemandem Leid thaten.

Als die Beerdigung vollbracht war, gingen wir zum Herrn Oberamtmann Klage zu führen. Der Herr Oberamtmann bestrafte die am ärgsten gethan hatten und es war wieder Friede.

Soweit der Wortlaut der Aufzeichnung. Daß die evangelischen Brüder von Oels einen Hauptantheil an dem berühmten Toleranzpatent hatten, welches im Jahre 1781 vom Kaiser Joseph dem Zweiten erlassen wurde, wird auch in andern kirchlichen Aufzeichnungen der Gegend berichtet, welche melden, daß Georg Jakubetz auch einer von denen war, welche 1781 in dem Lager von Turan in der Nähe von Brünn dem Kaiser persönlich ihre flehentlichen Bitten vortrugen.

*) Es war nach hundertfunfzig Jahren das erste Ketzerbegräbniß.

Etwas von dem alten Hussitentrotz, welcher aus dem Bericht zu erkennen ist, war auch nach dem Patent durch drei Generationen den Ketzern von Oels nöthig, um sich unter den Angriffen ihrer Gegner zu behaupten. Jetzt erhebt sich an Stelle des morschen Bethauses, welches sie sich nach 1781 zimmerten, Mauer und Thurm einer freundlichen Kirche. Auch für die Völker Oestreichs ist seit dem Jahre 1848 die Sonne einer humanen Bildung aufgegangen, in deren reinem Licht Katholiken und Protestanten sich allmälig als freie Menschen brüderlich gesellen.

Militärische Briefe über den Krieg in Schleswig.

6.

Der Sturm der Schanzen.

25. April.

Die düppler Schanzen sind mit Sturm genommen. Die Beschießung der Schanzen war in den letzten Tagen immer umfassender und stärker geworden und erreichte ihren Höhegrad am 18. April Morgens. Plötzlich um zehn Uhr schwiegen die Geschütze, die Musik, in den Laufgräben aufgestellt, spielte Nationallieder und lautlos, ohne einen Schuß zu thun, brachen die preußischen Sturmcolonnen hervor; vorweg eine Tirailleurkette, dicht dahinter Pionniere und Infanterie mit den Instrumenten zur Ueberwindung der Hindernisse, dann die Colonnen selbst, gefolgt von den Reserven. Jeder war für seine Aufgabe einexercirt, jeder sah und kannte seinen Weg, jeder wußte, daß die brennendste Gefahr ihn begleite, nur ein Ziel war gesteckt und das wurde erreicht. Gleichzeitig mit dem Sturm fand ein Uebergangsversuch nach Alsen statt.

Die Verluste der preußischen Truppen betragen an Todten und Verwundeten nach den bisherigen Angaben 70 Offiziere, 700 Mann. Dies sind große Verluste, aber groß ist auch das Resultat: die Dänen verloren und ließen allein in preußischen Händen an Todten und Verwundeten 43 Offiziere, 1060 Mann; an gesunden Gefangenen aber 44 Offiziere, 3145 Mann. Außerdem wurden 200 Geschütze genommen. — Wir müssen diesem militärischen Act unsere vollste

Anerkennung aussprechen, er war gründlich vorbereitet, in allen Anordnungen durchdacht, wurde würdig durchgeführt und muß jedes Herz, das für Preußen und Deutschland wahr fühlt in ganzer Seele erfreuen.

Die Vorbereitungen müssen wir loben, weil der Prinz Friedrich Karl den ganzen Gang des Sturmes vorher durchexerciren ließ und dadurch die Wechselfälle, die der Kampf bietet und welche das Resultat schwankend machen, auf ein Minimum reducirte. Der Prinz trat damit glücklicherweise in Widerspruch zu den Grundsätzen, welche er in seiner Vorlesung über die Kampfweise der Franzosen ausgesprochen hat; er meinte damals, der Soldat müsse im Gefecht vergessen, was er auf dem Uebungsplatz gelernt habe. Schon damals wurde dieser Ansicht entgegengetreten und der Satz dahin umgedreht, man muß auf dem Uebungsplatz exerciren, was der Soldat im Gefecht zu thun hat, damit er hier mit mechanischer Sicherheit richtig handelt.

Durchdacht haben wir die Anordnungen genannt, weil der Sturm die Spitze der ganzen, die Tage vorher ausfüllenden Thätigkeit gebildet hat, weil die richtige Tageszeit, mitten aus der Kanonade heraus, bei vollem Licht und hinreichender Zeit, um das gesteckte Ziel gewiß zu erreichen, gewählt war; weil man die Gliederung der Truppen durchaus zweckentsprechend geordnet hatte und weil gleichzeitig die Demonstration bei Sandberg die Kräfte des Gegners theilte.

Würdig durchgeführt wurde der Sturm, weil man dem Soldaten für denselben nicht durch allerlei Mittel, nach denen man in verschiedenen Armeen gar zu gern greift, z. B. Schnaps, Geldversprechungen, sondern durch Zurückführung auf das eigne Selbst, durch Gottvertrauen und Stählung der innern Kraft den Muth zu erhöhen suchte; weil nirgends ein Schwanken hervortrat und überall mit Entschiedenheit gewirkt wurde, bis das höchste Ziel, die vollständige Vertreibung des Gegners erreicht war; und weil endlich jedermann, vom Ersten bis zum Letzten seine Schuldigkeit gethan hat. Alle Waffen, Infanterie, Artillerie und Pionniere haben gewetteifert das Höchste zu leisten, alle Chargen haben gezeigt, daß sie die Größe ihrer Pflichten erkannt. Wir haben mit hoher Genugthuung gelesen, daß auf je zehn Mann der Todten und Verwundeten ein Offizier kommt. Je größer die Gefahr, desto mehr Ehre ist zu ernten und desto mehr gehört der Offizier in den Vordergruud. Zeitungscorrespondenten haben wiederholentlich über die Jugend der preußischen Lieutenants gespottet, die preußische Verlustliste ist die beste Antwort auf dergleichen Aussprüche. Nicht die Jahre befähigen zum Amt, sondern die Leistungen. Der älteste Correspondent zeigt Unreife der Jugend, wenn er nur nach der äußern Erscheinung das Wesen eines Mannes abschätzt, der jüngste Lieutenant, noch behaftet mit dem kindlichen Aussehen des Cadetten, nimmt voll seine Stellung ein, wenn er seine Pflicht thut, im Dienst unermüdlich und der Erste im Feuer.

Doch heut ist keine Zeit zum Schelten über Kleine und Große. Denn dem, der dies schreibt, ist das Herz noch voll von Erhebung und Rührung über unsere braven Soldaten. Heut ist Grund zur Freude für alle patriotischen Deutschen, und wohl hatten die Schleswig-Holsteiner Ursache, über diesen Sturm zu jubeln. Denn diese Schlacht bei Düppel und die dadurch veranlaßte Reise des Königs von Preußen zum Schlachtfeld haben die völlige Befreiung der Herzogthümer von Dänemark zu einer Ehrensache gemacht für den König selbst, für das Heer und für jedes Ministerium und jede politische Partei.

Die neue Bewegung in Schleswig-Holstein.

Kiel, den 23. April.

Bis zum heutigen Tage sollten die Beitrittserklärungen zu der Declaration der Stände vom 5. d. M. geschlossen und dem Ausschuß, der sich durch drei Schleswiger verstärkt hat, zur Uebermittelung an Herrn v. Beust zugesandt sein. Der Ausschuß geht zu diesem Zweck nach London. Hoffentlich vergißt er nicht, daß Preußen dort auch einen Vertreter hat, und daß von Preußens Wohlwollen jetzt mehr abhängt als von dem des Bundes, dessen Ohnmacht man hier in manchen Kreisen, wie mir scheint, länger als billig für Macht gehalten hat. Die Zustimmungsadressen in Betreff der ständischen Erklärung sind zahlreich eingegangen. Namentlich Ditmarschen und der Bezirk um Segeberg zeichneten sich durch eifrige Betheiligung auch der ländlichen Bevölkerung aus, und in mehr als einem Kirchspiel scheinen nicht weniger als alle Mündigen und Selbständigen dem herumgehenden Bogen ihre Namensunterschrift gegeben zu haben. In dem kleinen Geeststädtchen Segeberg selbst geschah dies von nahe an fünfhundert Einwohnern. Aus dem Amte Traventhal im südlichen Holstein wird gemeldet, daß die Zahl der Unterschriften mit der Zahl der mündigen und selbständigen Männer dieses Districts fast vollständig zusammenfällt. Im Kirchspiel Leetzen bei Segeberg unterschrieben 61 Hufenbesitzer, d. h. alle bis auf einen, und man erwartete, daß die übrigen Kirchspiele des Amts das gleiche Resultat zeigen würden. Im Kirchspiel Kaltenkirchen fand die Rechtsverwahrung der Stände solchen Anklang, daß sich der Unterschriftenbogen binnen drei Tagen mit 665 Namen bedeckte. Im Dorfe Alveslohe, welches bisher nicht gerade zu den wärmsten gehörte, unterschrieben 63 Mann, in Beidenfleth, von wo früher auch nicht viel Erfreuliches zu berichten war, gab sich ebenfalls eine überraschend große Theilnahme kund, was um so werthvoller ist, als der dortige Kirchspielsvogt, zu den dänischgesinnten Beamten gehörig, der Agitation nach Kräften Hindernisse in den Weg zu legen bemüht war. Von andern ländlichen Gemeinden, die besondern Eifer zeigten, nenne ich nur Quarnstedt bei Kellinghusen und Nordhastedt, wo die betreffende Adresse von dem gesammten Kirchspielscollegium und 160 Bauern unterschrieben wurde.

In den Städten war die Betheiligung an der vaterländischen Sache selbstverständlich weit lebhafter, vorzüglich in Kiel und Rendsburg. Auch Altona scheint den bequemen Schlafrock des passiven Widerstandes, in welchem man vorigen Herbst beiläufig nicht blos hier, sondern so ziemlich im ganzen Lande einzuschlafen im Begriff war, ausgezogen zu haben. Magistratscollegien und Gymnasium haben sich ausnahmslos der Declaration der Stände angeschlossen. Von den Aemtern der Zünfte sind 27 der rendsburger Resolution vom 29. März, die, wie früher bemerkt, im Wesentlichen dasselbe sagt, wie die Declaration vom 5. April, beigetreten, und die 37 Sectionsführer des dortigen schleswigholsteinischen Vereins, die von Haus zu Haus Unterschriften für das rendsburger Programm sammelten, haben dem Vernehmen nach fast allgemein bereitwillige Hände gefunden, so daß ein glänzendes Ergebniß zu erwarten stand.

Ferner macht die freiwillige Anleihe wie in den Städten so auf dem Lande noch immer gute Fortschritte, und man darf annehmen, daß Holstein allein jetzt schon mehr als noch einmal so viel gezeichnet hat, als das ganze übrige Deutschland.

Endlich ist auch die Versammlung „geschworner“ Beamten, welche am letzten Sonntage zu Neumünster stattfand, über Erwarten gut verlaufen. Mein letzter Brief zeigt, daß ich mir von den Herren nicht viel versprach, und Andern wird es ebenso gegangen sein. Daß die Convocanten ihrer früheren Schwäche die neue hinzufügten, ihre Namen zu verschweigen, ließ kaum hoffen, daß sich viele der Eingeladenen einstellen würden. Gleichwohl erschienen am gedachten Tage im Bahnhofshotel zu Neumünster über 60 der Herren, meist Post- und Zollbeamte persönlich, und über 200 andere hatten Vollmachten eingeschickt, so daß mit Ausnahme einiger Pastoren und der Mehrzahl der Oberbeamten alle bei der Sache Betheiligte vertreten waren. Die Debatte war ziemlich lebhaft. Man war darüber einig, daß der geleistete Eid unschädlich zu machen sei, dagegen spaltete sich die Versammlung in Betreff der Art und Weise, wie dies zu bewirken, in zwei Parteien, und so kam ein einstimmiger Beschluß nicht zu

Stande, sondern es wurden zwei Eingaben an König Christian entworfen, von denen die eine dem größeren, die andere dem geringeren Grade von Entschlossenheit und Vertrauen auf die Zukunft angepaßt war, welcher von den Versammelten repräsentirt wurde. Beide Eingaben beginnen mit der Erklärung, daß die Forderung der Regierung, den Eid binnen drei Tagen zu leisten, eine Ueberraschung gewesen sei, und daß man seitdem zu der Ueberzeugung gelangt sei, der Eid habe mit Recht nicht verlangt werden können. Dann aber trennen sich die Wege. Die eine Eingabe fährt fort: deshalb erachte man sich fortan der durch den Eid übernommenen Verpflichtung für entbunden. Die andere, schwächlichere besagt: darum richte man an Se. Majestät die allerunterthänigste Bitte, derselbe wolle die Betreffenden ihres Eides zu entbinden geruhen.

Die letztere Fassung ist, abgesehen von der Aengstlichkeit, die sie dictirte, wie sich seitdem herausgestellt hat, auch unpraktisch. Dem Propst Caspers in Husum wurde auf ein vor mehren Wochen von ihm eingereichtes Gesuch um Entbindung von seinem Eide aus Kopenhagen der Bescheid zu Theil, daß man sich nicht veranlaßt finde, seine Bitte zu gewähren, und daß er ja, wenn er es mit seinem Eide unverträglich finde, in Husum zu bleiben, von dort weggehen könne. Hierdurch ist meiner Meinung nach die von einem Theile der „Ueberraschten" gewählte Form der Bitte durchaus hinfällig geworden; denn die dänische Regierung wird schwerlich den holsteinischen Beamten gewähren, was sie einem schleswigschen rundweg abgeschlagen hat, und zu bitten ist somit für die, welche aus der unbequemen Stellung, in die sie gerathen, herauswollen, reine Zeit-, Papier-, Stempelgebühr- und Portoverschwendung.

Die beiden Erklärungen sollen jedem „Ueberraschten" zur Auswahl nach seinem Geschmack übersendet und die unterschriebenen Exemplare dann in Neumünster gesammelt werden, von wo man sie den Bundescommissären mit der Bitte zuschicken will, sie nach Kopenhagen zu übermitteln. Politisch betrachtet, wird dieses Resultat mit Befriedigung zu betrachten sein. Wenn selbst die, in deren Augen Vorsicht die erste Tugend des rechtschaffnen Menschen ist, die Brücke hinter sich verbrennen, muß, wo nicht die Lage unsrer Sache, doch der Muth des Volkes im Allgemeinen sich beträchtlich gebessert haben.

Inzwischen haben die Preußen durch ihren Sieg bei Düppel unsere Hoffnung auf einen guten Ausgang mächtig gehoben. Es war unzweifelhaft zu viel gesagt, wenn man diesen Sieg in der ersten Freude officiell „den glänzendsten der glänzenden" nannte. Indeß ist er immerhin noch einmal so viel werth, als alle die viel verherrlichten Erfolge der Oestreicher in diesem Kriege. Er nahm allen Freunden Preußens einen schweren Alp von der Seele, und er wirft ein mächtiges Gewicht in die Wagschale, welche in London den üblen Willen Englands und Oestreichs aufzuwiegen bestimmt ist. Man hat in den letzten

Wochen angefangen, zu glauben, daß Preußen Gutes mit uns vor hat, man beginnt jetzt mehr wie je zu glauben, daß es auch die Macht besitzt, Gutes für uns — und das heißt immer auch, Gutes für sich — durchzusetzen. Ob alles, ist noch immer die Frage, aber die Hoffnung ist doch in den letzten Tagen ungemein gesteigert worden, daß die Mühen und die Tapferkeit der Kämpfer von Düppel nicht blos dem Ruhme des preußischen Heeres ein neues Blatt in seinen Lorbeerkranz geflochten haben, sondern auch uns zum Heile gereichen werden. Das Selbstgefühl der Armee ist durch Aufpflanzung des Hohenzollernbanners auf den Schanzen vor Sonderburg bedeutend gesteigert, und diese Armee ist kein Heer von Landsknechten, mit dem man wie mit Schachfiguren spielt, kein Heer von Polaken und Magyaren, welches sich rauft, um zu raufen und nebenbei ein paar hundert Orden und Medaillen zu verdienen, so gern eine gewisse Partei sie auf auch diesen Standpunkt herabgedrückt sehen mag. Das preußische Volk hat für uns gekämpft, es wird weiter für uns kämpfen und — so hoffen wir zu Gott — nicht gestatten, daß sein Blut für nichts oder für Halbheiten, die so viel wie nichts sein würden, geopfert wird.

In solcher Stimmung flaggten und illuminirten, als am 19. die stolze Siegesbotschaft eintraf, die Bürger unsrer Stadt, und in solcher Erwartung grüßte Rendsburg vorgestern den zum Heere reisenden König. Die Worte, die er dort gesprochen, lauteten ermuthigend. Möge er sie wahr machen, ganz Schleswig-Holstein wird ihn dafür segnen. Jedes Patriotenherz wird ihm dafür angehören für die Zukunft, angehören, wie wenn er der eigne Fürst wäre, und ich meine Wilhelm der Befreier wäre ein schönerer Beiname für das Buch der Geschichte als Wilhelm der Eroberer.

Einen sehr guten Eindruck hat es gemacht, daß der König den taktlosen Dünkel des Eisenbahndirector Louth in Rendsburg, der sich anschickte ihn mit einer englischen Rede zu begrüßen, den Rücken zudrehte. Der Haß und die Verachtung vor englischer Unverschämtheit ist hier wie im ganzen Lande unbeschreiblich. Man interpretirte die Geberde des Königs allgemein als gegen Palmerston und Collegen gerichtet, und man sah darin zugleich die kategorische Erklärung: auf deutschem Boden, Herr, wird deutsch gesprochen — verstanden?

Vermischte Literatur.

Caterina von Siena. Ein Heiligenbild von Dr. Karl Hase. Leipzig. Breitkopf und Härtel. 1864.

Der bekannte feingebildete und rüstige Vorfechter protestantischer Wissenschaft erfreut hier aufs Neue mit einer Arbeit, welche sich früher von ihm veröffentlichten Schriften anschließt, insbesondre seinen „Neuen Propheten" und dem „Franz von Assisi". Auf Grund eingehendster Detailstudien, nicht gewöhnlicher historischer Kenntniß und des seltnen Vermögens, aus dem beirrenden Wuste römischkatholischer Heiligenlegenden den wahren geschichtlichen Inhalt herauszuschälen, liefert er hier das Lebensbild einer Frau, deren Individualität nach manchen Seiten hin das allgemein menschliche Interesse nicht minder wie das religiöse zu fesseln vermag. Ein wunderbares Bild entrollt sich in diesem einförmig dahinfließenden Frauenleben vor unsern Augen. Durch die Schlacken der Unbildung und einer nicht ganz von Krankhaftigkeit freien Ueberschwänglichkeit des Empfindens hindurch erkennen wir in ihr ein ursprüngliches und naives religiöses Bewußtsein, kräftig und schöpferisch auftretend und unbeirrt von den beengenden Satzungen ihrer Kirche, deren starrgewordenen Formen die innige und unüberwindliche, fast leidenschaftliche Gluth ihrer Frömmigkeit neues Leben einzuhauchen vermag. Auch sie gehört zu jenen wunderbaren Erscheinungen der Zeit vor der Reformation, welche recht eigentlich religiöse Genies zu nennen sind und in großartiger, unbewußter Freiheit den dargebotenen Glaubensinhalt erfassen und gleichsam neu aus sich heraus erzeugen. Anmuthig und rührend sind die kleinen mädchenhaften Züge, welche zwischendurch hervortreten und der Contrast, welcher zwischen der weiblichen Beschränktheit ihrer Natur und den großen Wirkungen einer alles beherrschenden Idee in ihr sich zeigt, ist ganz dazu angethan, auch das psychologische Interesse lebhaft anzuregen. Dasselbe gilt von den Quellen, aus denen die Lebensbeschreibung herausgearbeitet ist, von der wandelbaren Beschaffenheit scheinbar ganz authentischer Berichte, wie sich z. B. auf S. 52 u. 55 f. ein ganz lehrreicher Beitrag zur Geschichte religiöser Wunderberichte vorfindet, bei welchem sogar die bekannte Thatsache der Mythen- und Sagenbildung aus mißverstandenen Reden und Gleichnissen nicht ohne Beispiel bleibt. Die Darstellung ist, ohne in gelehrte Breite zu verfallen, eingehend und durchaus auf die Quellen gegründet, denen eine gerechte Würdigung zu Theil wird. Die folgenden Schlußworte des Werkchens mögen für dasselbe sprechen:

„Der Bettler von Assisi, Caterina und ein Dritter, den der Papst nicht heilig sprechen darf, sind aus dem Mittelalter die großen Volksheiligen von Italien geworden, soweit es sich noch katholisch fühlt, die Heilige von Siena trotz des Geschicks, das über ihren Orden gekommen ist. Sie hat in demjenigen, was sie wirken und schaffen wollte, den Widerspruch des Ideals gegen die Wirklichkeit schmerzlich empfunden: aber die Mutter von Tausend und aber Tausend Seelen, wie ein treuer Jünger sie genannt hat, und sie war es auch noch jenseit ihres irdischen Daseins, hat sie die anerschaffene religiöse Genialität in der kirchlichen Form des Mittelalters verwirklicht für alle Zeiten zu einer herzerhebenden Anschauung."

Denkmäler der Kunst, zugleich Bilderatlas zu Lübke, Grundriß der Kunstgeschichte. Lieferung 1. Stuttgart. Ebner und Seubert. 1863.

Die vorliegende erste Lieferung der kleineren Volksausgabe von dem großen ursprünglich für Kuglers Handbuch der Kunstgeschichte bestimmten Atlas macht einen günstigen Eindruck. Die Abbildungen sind zumeist aus guten Einzelwerken copirt und erfüllen ihren Zweck, Proben aus den Hauptepochen der Geschichte bildender Kunst zu geben, in anschaulicher und geschickter Weise. Die ersten 10 Tafeln enthalten Abbildungen aus der Architektur, Malerei und Plastik von Aegypten, Assyrien, Persien, Indien und Griechenland bis einschließlich der letzten Epoche griechischer Kunst. Bei dem immer wachsenden Antheil, den man an dem Kunstleben der Gegenwart und vergangener Zeiten zu nehmen beginnt, wird dieser Atlas als ein brauchbares Hilfsmittel zu betrachten sein und in diesem Sinne sei er hiermit empfohlen, zumal der niedrig gestellte Preis ihn auch weiteren Kreisen zugänglich zu machen geeignet ist.

Musikalisches Fremdwörterbuch für Künstler und Dilettanten von Fr. Krätzschmer. Leipzig. E. Wengler. 2 Auflage.

Diese zweite Auflage heißt „verbessert und vermehrt". Rathsam wäre gewesen, vielmehr eine verminderte und verbesserte Auflage zu veranstalten, in welcher die Ueberzahl falscher oder halbrichtiger, sowie eine große Menge völlig überflüssiger Erklärungen corrigirt, beziehendlich ausgemerzt worden wäre. Ref. hat weder Zeit noch Lust die Fehler, von denen das kleine Buch wimmelt, anzugeben, es wäre nur zu Nutz und Frommen der „Künstler und Dilettanten", für welche es bestimmt ist, zu wünschen, daß nicht die offenbarsten und handgreiflichsten Unrichtigkeiten in einer oft völlig unverständlichen Form unter dem Titel eines „Hilfsmittels" dargeboten würden.

Robert Schellwien, Sein und Bewußtsein, Grundgedanken der Philosophie, entwickelt im Hinblick auf die Geschichte des Geistes. Berlin, G. W. F. Müller, 1863. XII. u. 328 S.

Der Verfasser, bereits durch eine „Kritik des Materialismus" und durch eine Fichte-Rede bekannt, sucht im Gegenwärtigen die Resultate der deutschen Speculation, insbesondere den aus dem idealistischen Pantheismus unsrer großen Philosophen hervorgewachsenen Theismus, in der von ihm vertretenen individuellen Ausprägung dieses Standpunkts einem größeren Publicum zu vermitteln. Daher ist er weniger auf streng wissenschaftliche Deduction als auf durchsichtige und ansprechende Darstellung und eine möglichst vollständige Umreißung seines ganzen Systems bedacht und berücksichtigt die Systeme, an die er sich anlehnt, nur in den äußersten Spitzen. Dem hegelschen wird hierbei so entschieden der Vorzug zu Theil, daß Schellwiens Ansicht wohl ohne Unbilligkeit eine Modification der hegelschen zu nennen sein dürfte, und dies um so mehr, wenn diejenigen Ausleger Hegels Recht haben, welche, auf Aussprüche seiner Religionsphilosophie gestützt, ihm den Glauben an die Selbstbewußtheit des Absoluten oder der „reinen Idee in ihrem Ansichsein" vindiciren. Denn eben diese Selbstbewußtheit ist es, welche vor allem Schellwien — bei der entgegengesetzten Auslegung Hegels — diesem gegenüber als wesentlich im Begriffe des Absoluten enthalten fordern zu müssen glaubt, nach dem richtigen Grundsatze, daß alles Hervorgebrachte oder Abgeleitete geringer sei als das Hervorbringende, mithin alle Entwickelung ursprünglich von oben nach unten gehe; von unten nach oben, wie in der Entwickelung des endlichen Geistes aus der Natur, nur durch die Einwirkung des ewig schaffenden absoluten Geistes von oben. Die Bewußtheit des Absoluten oder Gottes wird so gewonnen, daß Gott zunächst in hegelscher Weise dem reinen Sein gleichgesetzt, dann nachgewiesen wird, daß Sein und Bewußtsein identisch sind: woraus denn, falls die Prämissen wirklich bewiesen wären — was wir freilich bei der oben angezeigten Haltung des ganzen Buchs kaum erwarten durften, — in der That die Bewußtheit Gottes folgen würde. Die beträchtlichsten Abweichungen von Hegel, wenn wir die eben berichtete nicht als solche ansehen, bestehen in der Annahme ewiger, unentstandener, und dennoch vom Absoluten verschiedener, ja beziehentlich ihm entgegengesetzter Einzelwesen oder Monaden, durch deren Zusammensetzungen und Veränderungen sich der sonst ganz nach hegelscher Dialektik verlaufende Weltproceß vollzieht, und in der Anerkennung des Guten, der „wirkenden Freiheit", und des Schönen, der „erscheinenden Freiheit", als für sich berechtigter Ideale neben dem Wahren, welches bekanntlich bei Hegel als das einzige absolute Ziel übrigbleibt. Mit Recht ist als Gegenstand des Wahren das Absolute selbst bezeichnet, sofern es als „schöpferische Freiheit" der Urquell von Allem ist; und wenn wir hinzunehmen, daß die Bezeichnung des Absoluten als „Freiheit" darauf hinweist, daß dasselbe in seinem tiefsten Grunde von Schellwien als ethischer Natur aufgefaßt wird, so dürfte an der Richtigkeit seiner Darstellung des zwischen jenen drei Idealen zu statuirenden Verhältnisses kaum etwas fehlen. Um so mehr glauben wir uns zu der Hoffnung berechtigt, daß unser Autor aus dieser letzteren Abweichung von Hegel weitere Consequenzen ziehen werde, welche die jetzt noch von ihm festgehaltene Consequenz des Hegelthums, daß „alles gut ist; denn es ist nichts als das Gute", aus seiner Weltanschauung entfernen; ebenso wie wir nicht denken können, daß sich ihm die Unverträglichkeit seiner Monadologie mit seiner Auffassung Gottes als eines „schöpferischen" Princips auf die Dauer verbergen werde.

Notiz.

Die in Nr. 35 der Grenzboten vom 28. Aug. vor. Jahres enthaltenen Mittheilungen über die Vergangenheit eines Herrn Paul v. Seydewitz beruhen auf einem Irrthum, beziehen sich insbesondere nicht auf den Herrn Dr. med. Paul v. Seydewitz, zur Zeit in London, dem wir, wie wir hiermit ausdrücklich erklären, irgend etwas Nachtheiliges vorzuwerfen nicht vermögen. D. Red.

Aufruf zur Pflege von Verwundeten und Kranken.

Das unterzeichnete, im Februar d. J. in Hamburg zusammengetretene Comité hat es sich zur Aufgabe gestellt, die Leiden der Verwundeten und Kranken nach Kräften zu lindern und denselben diejenigen Erquickungen und Bequemlichkeiten zu verschaffen, welche selbst die vollkommenste Lazarethverwaltung nicht gewähren kann.

Zu zweckmäßiger Ausführung seiner Absichten hat das Comité eigene Agenten in die verschiedenen Städte Schleswigs entsendet, um an Ort und Stelle die Verwendung der Gaben zu überwachen, und glaubt nach den seither gemachten Erfahrungen mit dieser Einrichtung den Wünschen der Spender am wirksamsten entsprochen zu haben.

Im Hinblick darauf, wie auf die Lage Hamburgs in nächster Nähe des Kriegsschauplatzes, erlaubt sich deshalb das Comité jetzt, wo in Folge der neuesten Ereignisse die Bedürfnisse sich wieder gesteigert haben, seine Vermittlung anzubieten Allen im deutschen Vaterlande, Vereinen wie Privaten, die zur Pflege von Verwundeten und Kranken durch Liebesgaben beitragen wollen, damit der Zersplitterung vorgebeugt werde und durch Vereinigung der verschiedenen Kräfte in einem Mittelpunkte die Hilfe sich desto wirksamer und ausreichender gestalte.

Jeder der Unterzeichneten wird zu diesem Zwecke Gaben bereitwilligst entgegennehmen.

Naturalsendungen werden an die Herren G. Löning & Kaufmann, kleiner Jungfernstieg 2, erbeten.

Hamburg, im April 1864.

Comité zur Pflege von Verwundeten und Kranken.

Theodor Schmidt, erster Vorsitzender. R. M. Sloman jr., zweiter Vorsitzender. Ad. Alexander. Heinrich Amsinck. César Godeffroy. George F. Gorrissen. H. Hellmrich. Ferdinand Jacobson. J. C. Jauch. Sig. Kaufmann. F. L. Loesener. H. v. Lind. Jacob Meyer. J. E. Mutzenbecher. Albrecht O'Swald. H. W. Reye. Th. Roeper. Rudolph Schröder. F. Ed. Schütt. Ad. Soetbeer. Dr. F. Westenholz. Dr. P. Hirsch, Secretär.

Zur Annahme und Uebermittelung von Beiträgen erklärt sich die Verlagshandlung d. Bl. gern bereit.

Verantwortlicher Redacteur: Dr. Moritz Busch.
Verlag von F. L. Herbig. — Druck von C. E. Elbert in Leipzig.

Der Werth alter Ueberlieferungen aus den Dörfern Thüringens*).

Wir Modernen sind so sehr gewöhnt, unsere Kenntniß vergangener Zeiten aus Büchern und schriftlichen Aufzeichnungen zu entnehmen, daß uns jede andere Art der Ueberlieferung fremdartig und unwesentlich erscheint. In der That sind die Aufzeichnungen der Menschen, welche vor uns gelebt haben, die Hauptquelle unsers geschichtlichen Wissens. Zumal wenn sie berichten, was den Schreibern von ihrer eigenen Zeit und ihrer Vorzeit bekannt war. Wo diese Niederschriften versagen, wird unsere Kunde spärlich. Wir sind dann auf einige andere, mit den Sinnen faßbare Ueberreste angewiesen, welche sich aus der Urzeit bis auf die Gegenwart erhielten, auf alte Bauwerke und wenn wir noch weiter zurückgehen, auf die Reliquien, welche in Gräbern der Urzeit, im Schutt der obern Erdschichten hier und da gefunden werden. Wir haben aber kein Recht anzunehmen, daß die Buchstabenschrift bis über das Jahr 1000 vor Chr. hinaufreicht; bis etwa zum Jahr 2500 vor Chr. geben uns die Baudenkmäler des alten Aegyptens und Babylons mit ihrer — nur unvollständig zu deutenden — Zeichenschrift einige Kunde. Für die Jahrtausende vorher entnehmen wir einzelne und unsichere Nachrichten fast nur aus dem Schutt des Erdbodens. Reste alter Waffen aus Feuerstein, Knochen, einfaches Hausgeräth haben in schützender Umhüllung des Torfmoors oder in trockenen Höhlen dem Untergang widerstanden. Erst in neuester Zeit ist die Wissenschaft zu dem Bekenntniß genöthigt worden, daß auch in Mitteleuropa schon das Menschengeschlecht hauste, lange bevor die letzte große Umwälzung der Erde (Sündfluth) stattfand, in einer Zeit, wo noch der Tiger in den Wäldern Frankreichs seine Beute packte und eine vorsündfluthliche Hyäne über den Gräbern der Menschengeschlechter heulte. Man hat menschliches Gebein und Geräth gefunden, vermischt mit den Knochen fremdartiger und ausgestorbener Thiergattungen, unter Umständen, welche unzweifelhaft machen, daß Menschen und Thiere zu gleicher Zeit gelebt haben. Wann? vermögen wir nicht zu bestimmen, aber die Geologie macht wahrscheinlich, daß die ältesten Spuren des

*) Das Folgende ist ein Vortrag, welcher in Gotha gehalten wurde und den Zweck hatte, das Sammeln alter Dorferinnerungen im Herzogthum anzuregen.

Menschengeschlechts in Europa in eine Urzeit zurückführen, deren Entfernung von der Gegenwart nach Zehntausenden unsrer Jahre geschätzt werden müßte. So ist unser Wissen aus vergangener Zeit zuerst abhängig von schriftlichen Aufzeichnungen, dann von Bauwerken, zuletzt von erhaltenem Gebein.

Und doch giebt es in jedem lebenden Volke außer diesen Ueberlieferungen noch andere, welche bei geschickter Benutzung überraschende Aufschlüsse über solche Zeiten geben können, aus welchen keine schriftlichen Denkmäler erhalten sind. Dies sind die mündlichen Traditionen des Volkes selbst, seine Gewohnheiten, Sitten, seine Sprache. Erst in der neuen Zeit hat man begriffen, wie wichtig das gegenwärtige Volksleben für Kenntniß weitabliegender Zeiten werden kann. Erst seit etwa fünfzig Jahren hat man begonnen, diese lebendigen Traditionen systematisch für die Geschichtswissenschaft zu verwerthen, und sie werfen seitdem ein helles Licht auf Vieles, was in keinem alten Schriftstück, keinem massigen Steinbau, keinem Höhlengrab bewahrt ist. Es ist eine Ehre der deutschen Alterthumswissenschaft, zuerst auf diese lebenden Volkserinnerungen hingewiesen zu haben, es ist noch jetzt ihr Verdienst, dieselben am tiefsinnigsten zu verwerthen. Vor andern die Erinnerungen und Habe unsres Volkes für Kenntniß der deutschen Vorzeit.

Allerdings würde sehr enttäuscht werden, wer aus den Erinnerungen, welche noch im deutschen Volke leben, eine politische Geschichte auch nur der nächsten Vergangenheit zusammenfügen wollte. Denn es ist merkwürdig, wie schnell im Volke Kenntniß und Interesse an seiner politischen Vergangenheit schwindet. Wer unsre Landleute, so weit sie von der modernen Literatur keine Kenntniß haben, über den dreißigjährigen Krieg, über Luther und die Reformation ausfragen wollte, der würde vielleicht einzelne Anekdoten herausholen, welche zufällig in dem Gedächtniß der Landschaft gehaftet haben. Auch diese von zweifelhafter Glaubwürdigkeit. Er würde aber vergebens die wichtigsten Begebenheiten jener Jahrhunderte aufsuchen und er würde das Erhaltene schwerlich in einen verständlichen Zusammenhang bringen können. Von den 1500 Jahren deutscher Geschichte vor Luther aber ist kaum ein historischer Name, eine Begebenheit in der Ueberlieferung des Volkes lebendig geblieben. In dem thüringischen Landvolk wird man noch hier und da eine dunkle Erinnerung an die Hussitenkriege finden; man wird den Namen Karl des Großen und des Hohenstaufenkaisers Barbarossa in märchenhafter und phantastischer Umhüllung entdecken; außerdem eine Anekdote vom harten Landgrafen, vom sächsischen Prinzenraub, einige Legenden von der heiligen Elisabeth, dem sagenhaften Sprung Ludwig des Springers, vielleicht eine unsichere Spur des Heidenbekehrers Bonifacius. Und erst nähere Betrachtung würde ergeben, ob nicht selbst diese dürftigen Erinnerungen in den letzten Jahrhunderten durch Pfarrer, Schullehrer, Flugschriften, Kalender und Puppenspiele wieder in das Volk gekommen sind.

Aber wenn befremdet, wie mangelhaft das Gedächtniß des Volkes Namen, Ereignisse und Zustände früherer Geschlechter bewahrt, so ist noch auffallender die Treue, womit dasselbe alle Erinnerungen hegt, welche entweder seinem Gemüthe wohlthun, oder mit einem praktischen Interesse verbunden sind. Die Dauer einzelner Dialekteigenthümlichkeiten, Sitten und Gebräuche zählt mehr als anderthalb Jahrtausende. Die Festbräuche der Johannisnacht wurden schon gefeiert, bevor Armin die römischen Legionen im teutoburger Walde vernichtete. Einige abergläubische Gewohnheiten unserer Landleute stammen noch aus einer Urzeit des Menschengeschlechts, in welche keine geschichtliche Kunde einen Lichtstrahl wirft. So z. B. ist das Ausspucken und Ausstrecken der Zunge zur Abwehr mißgünstigen Zaubers allen indogermanischen Völkern gemein, es war schon ein uralter Aberglaube, als der Grieche Phidias das Gorgonenhaupt auf den Brustpanzer der Göttin Athene meißelte, es war viele Jahrtausende alt, als über dem Thore des Grimmensteins das Steinbild mit herausgestreckter Zunge eingefügt wurde, welches man vor einigen Jahren zu Gotha unter altem Geröll auffand. Einzelne Segenssprüche gegen Verletzungen, Krankheiten, das Alpdrücken sind nicht nur den Deutschen, als mehrtausendjähriger Besitz, mit Celten und Slaven gemein, sie finden sich zuweilen mit wörtlicher Uebereinstimmung der Formeln schon in den ältesten Religionsbüchern der Inder. Sie waren offenbar schon ehrwürdige Recepte der Heilkunde, bevor sich Inder, Celten, Germanen in den Hochebenen Asiens von einander sonderten. Es ist eine alte thüringische Aufzeichnung, welche uns — in der berühmten merseburger Handschrift — einige dieser heilkräftigen Segenssprüche noch aus der Heidenzeit unserer Landschaft bewahrt.

Die Treue, mit welcher das Volk seine Ueberlieferungen bewahrte, hing natürlich von der Wichtigkeit ab, welche es ihnen beilegte. Bis in die neue Zeit war die Bedeutung dieser Erinnerungen zumal auf dem Lande so groß, daß man wohl sagen darf, der größte Theil des innern Lebens verlief dem Volke in ihnen. Die Volkslieder und Märchen der Spinnstube waren seine Poesie, in welcher Schmerz und Jubel, Klage und Sehnsucht, jede Stimmung der bewegten Seele reichen Ausdruck fand, einen Ausdruck, dessen Einfachheit, Schönheit und herzrührende Einfalt noch wir oft bewundern. Die Localsagen vertraten dem Dorfe die Geschichte des Ortes. In dem dunklen Wasser ist ein verzaubertes Schloß versunken, auf den Steinen der alten Burg zeigte sich eine weiße Frau, in dem Berge liegt ein Schatz, der von einem feurigen Hunde oder Drachen bewacht wird, in der Felsenhöhle haust ein Geschlecht kleiner Zwerge, auf der Dorfflur geht ein feuriger Mann um, der bei Lebzeiten den Nachbarn die Grenzsteine verrückt hat, in dem alten Hause wohnt ein Kobold, in dem Teiche oder Bache ein Nix, das sind die gewöhnlichen Localsagen innerhalb der Dorfgrenze.

Auch der Glaube an Vorbedeutungen, an böse und heilsame Einwirkungen der Natur auf den Menschen, alles was uns jetzt Aberglaube geworden ist, hatte für das Volk die höchste Wichtigkeit. Ob am frühen Morgen vor dem Wanderer ein Hase aufsprang, ein Schwein den Weg kreuzte, auf welcher Seite die Schafheerde weidete, das bezeichnete mit vielem Andern Glück oder Unglück des Tages. Fast die ganze Heilkunst des Volkes beruhte auf einer Unzahl märchenhafter Vorstellungen von den Wirkungen, welche einzelne Bestandtheile der Thiere und Pflanzen hätten. Für jedes Ereigniß des Lebens gab es Sprüche, Segen, Gebete, Beschwörungen von geheimnißvoller Kraft.

Aber auch Sitte und Brauch des gesellschaftlichen Verkehrs, Genuß und Vergnügen waren bis auf die Neuzeit unserem Landvolk durch stehende Gebräuche geweiht. Aufzüge, Festspiele, das ganze Ceremoniel der Begrüßung, des Einladens, des Gerichthaltens, alle Dorffeierlichkeiten waren überliefertes Herkommen. Fest und mit Selbstgefühl bewegte sich der Landmann in solchem Brauche. Und sieht man näher zu, so entdeckt man sehr bald, daß diese Sprüche, Redensarten, Festbräuche ebenfalls nichts Zufälliges sind, sondern daß sie zum großen Theil auf uralten Culturzuständen beruhn, von welchen sie uns eine letzte, unschätzbare Erinnerung bewahren, wie sehr sie auch in der Gegenwart ihrer alten Bedeutung entkleidet, aus Sinn in Unsinn, aus Glauben in Aberglauben verkehrt sind.

Aber außer diesem idealen Besitz des Volkes enthält jede Landschaft in der Gegenwart einen anderen Kreis von alten Eigenthümlichkeiten, welche für die Wissenschaft von Bedeutung sind. Denn die Namen der Dörfer, die uralten Namen der Ackerstücke in der Dorfflur, die Eintheilung der Flur, welche nach den alten Volksstämmen verschieden ist, die Bauart der Dörfer, die Construction der Häuser, ja sogar der Bau der Kirchthürme, die Formen der Kreuze auf dem Gottesacker verrathen oft uralte Verschiedenheit, und berechtigen zu Schlüssen auf die älteste Geschichte der Landschaft, auf Ursprung und Stammeseigenheit*). Dasselbe lehrt in vielen Fällen die Tracht der Dorfleute, namentlich aus älterer Zeit, die Geräthschaften des Hauses und des Ackers. Nicht geringern Werth haben die ältesten Familiennamen der Menschen in einzelnen Dörfern, und die Hausmarken am Giebel des Dorfhauses, die frühesten unterscheidenden Zeichen der Familien, aus denen im Mittelalter sich mehre der ältesten Wappenzeichen adliger Geschlechter geformt haben.

---

*) So ist der Thüringer uralte Eigenheit das Zusammenrücken der Dorfhäuser in fortlaufenden Reihen — nur zufällig haben einige Slavenstämme dieselbe Gewohnheit. — So ist in alten Dorfhäusern noch heut der besondere Bau und die Einrichtung thüringischer und fränkischer Häuser zu erkennen. So haben die Marktkörbe bei Franken, Thüringern, Hessen noch heut feststehende von einander verschiedene Formen.

Aber auch der Dialekt einer Landschaft ist für die Wissenschaft von hoher Wichtigkeit. Unsere Schriftsprache, welche sich aus der sächsischen Kanzlei des fünfzehnten Jahrhunderts entwickelt hat, durch Luther und seine Bibelübersetzung zu einem gemeinsamen Besitz aller Deutschen wurde, ist noch verhältnißmäßig arm, sie ist nach dreihundertjähriger literarischer Ausbildung immer noch nicht bequem für den Ausdruck jeder Gemütbstimmung, nicht einmal ausreichend zur Bezeichnung aller Eindrücke, welche uns durch die Sinne zugeführt werden. Noch wächst in Deutschland jeder Gebildete aus dem Dialekt seiner Heimath herauf. Bei bequemem Ausdruck, in Stunden des herzlichen Wohlbehagens dringen noch gern Dialektklänge und eigenthümliche Wortformen in unsere Rede. Viele schöne alte Wortstämme, Redebilder, sprichwörtliche Redensarten sind nur in den Dialekten erhalten. Es kann z. B. einen deutschen Schriftsteller zur Verzweiflung bringen, eine deutsche Küche, ihre Speisen, Gebäck, Geräth in allgemein giltigen Wörtern der Schriftsprache zu schildern, oder den behaglichen Verlauf einer Unterredung und die Scherze und Wortspiele in einer Bauernstube zu berichten. Besonders merkwürdig sind in jedem Dialekt die technischen Ausdrücke einzelner Berufsclassen, die Sprache der Köhler, Holzfäller, Jäger, Steinarbeiter und Bergleute, der Ackerbauer und Hirten. Jeder deutsche Dialekt aber hat eine Fülle von Eigenthümlichkeiten, welche sich auf bestimmte Gesetze zurückführen, sowohl in der Aussprache, als in Biegung und Bildung der Wörter, jeder hat sein eigenes uraltes Sprachgut, dessen Kenntniß zum Verstehen alter schriftlicher Aufzeichnungen unentbehrlich ist, und die höchsten Lebensgesetze unserer Sprache und ihre Wandlungen begreifen hilft. Mit gutem Grunde hat man deshalb in Deutschland die Dialekte der einzelnen Landschaften einer wissenschaftlichen Behandlung unterzogen, ihre eigenthümlichen Wörter und Formen werden gesammelt und erklärt, ihre Neigungen, Regeln und Bildungen, was sie unterscheidet und was ihr mit andern Dialekten gemein ist, wird dargestellt. Der thüringische Dialekt, in der Mitte zwischen Ober- und Niederdeutschen einer der lehrreichsten, sehr alt und fest, mit originellen Besonderheiten, hat bis auf die Gegenwart eine genügende wissenschaftliche Behandlung nicht gefunden. Und dieser Umstand ist in unsrer Sprachwissenschaft seit Jahren als ein Mangel fühlbar gewesen.

So haben die noch jetzt im Volk lebenden Erinnerungen aus alter Zeit Bedeutung auch für die ernste Wissenschaft: Volkslieder, Räthsel und Kinderreime, Märchen und Sagen, Aberglaube, Sitte und gesellschaftlicher Brauch, alte Einrichtungen der Dörfer und Fluren, zuletzt der Dialekt.

Wer diese Traditionen alter Zeit aus der Landschaft Thüringen zwischen Werra und Saale näher betrachtet, der erkennt überall, daß es ein alter deutscher Stamm ist, welcher seit der Urzeit dieses Leben gehegt hat. Und dies wird hier nur deshalb erwähnt, weil vor Kurzem ein namhafter Gelehrter die

Grundlage des thüringischen Volksthums für eine slavische erklärt hat, ein Irrthum dessen Widerlegung aus der Geschichte, Sprache und noch lebenden Volkserinnerungen nicht schwer ist. Allerdings sind in der Völkerwanderung und den darauf folgenden Jahrhunderten auch Slaven über die Saale gedrungen, und haben eine nicht ganz unbedeutende Zahl thüringischer Orte gegründet, wo sie im Laufe des Mittelalters allmälig unter der deutschen Bevölkerung verschwanden. Aber wir vermögen noch häufig aus Dorfnamen und anderen Traditionen zu erkennen, welche einzelne Orte dies waren. Und im Vergleich der gesammten Erinnerungen Thüringens mit benachbarten Landschaften z. B. in Reuß, dem Voigtlande, einen kleinen östlichen Grenzbezirk Meiningens zeigen noch heut sehr deutlich den Unterschied in Volksthum und alten Traditionen zwischen den colonisirten Slavenstrichen am Ostrande und zwischen dem deutschen Stamm der Landschaft selbst.

In vielen Fällen nämlich erkennen wir aus dem Inhalt der heimischen Dorfsagen und Märchen Thüringens, so wie aus Gebräuchen und Aberglauben, daß sie noch aus der deutschen Heidenzeit stammen, in andern Fällen haben wir historische Zeugnisse dafür. Einige der deutschen Götternamen, welche uns schon die späteren Römer überliefert haben, leben noch jetzt in Bergnamen und Sagen der Thüringer fort. Dieselben Geschichten von Koboldeu, welche der Landmann an der Orla und Apfelstädt noch heut erzählt, finden sich in süddeutschen Klosterannalen aus der Zeit Karl des Großen, als bedenkliche Spukgeschichten fast mit denselben Worten. Einzelne Volkslieder, welche bis zur Neuzeit auch in Thüringen gelebt haben, sind, wie wir sicher nachweisen können, schon zur Heidenzeit bei weit auseinanderwohnenden deutschen Stämmen am Heerdfeuer von wandernden Sängern gesungen worden z. B. das Räthsellied, welches auch in Thüringen noch nicht verklungen ist:

„Was ist weißer als der Schnee? Was ist grüner als der Klee?" —

Ja die erste uns bewahrte Aufzeichnung eines epischen Liedes aus der deutschen Heldensage — das Bruchstück Hildebrand und Hadubrand — ist wahrscheinlich in Thüringen niedergeschrieben, und zeigt die halb niederdeutschen Dialektklänge unserer Landschaft, mehr als vierhundert Jahre vor der Zeit, in welcher Walter von der Vogelweide durch die Straßen von Eisenach schritt. Und der gute Vogel Storch verrichtete seine verdienstliche Arbeit, die kleinen Kinder der Thüringer aus dem Zauberbrunnen zu holen, schon lange, bevor der Heidenbekehrende Mönch Bonifacius den ersten Axthieb in die heiligen Eichen bei Georgenthal that. Das ganze Gemüthsleben, alle Sagen, Märchen, Sprüchwörter sind in Thüringen so urdeutsch, daß man sich eher darüber wundern mag, wie die slavischen eingesprengten Kolonien so geringe Spuren in dem geistigen Besitz des Stammes zurückgelassen haben. Damit ist nicht gesagt, daß die Bewohner Thüringens in die Bewegung der neueren

Zeit als ein mit andern Landsleuten unvermischter Stamm getreten sind. Wie die Hessen im Westen haben außer den Slaven auch die Bayern und vielleicht schon die Burgunder im Südosten Einwirkungen auf Sprache, Sage und Sitte geübt, welche sich noch jetzt zuweilen abschätzen läßt. Und was wichtiger ist, die Franken haben vom Süden, ihre Orte mit —heim und —hausen, niedersächsische Völker vom Norden her ihre Colonien häufig in die Landschaft gesetzt. Aber das Uebergewicht der heimischen Art war zu jeder Zeit so überwiegend, daß es das Fremde mehr nach sich umformte, als von ihm beeinflußt wurde. Der beste Beweis dafür ist aus der Geschichte des thüringischen Dialekts zu entnehmen, dessen Literatur durch elf Jahrhunderte reicht, während einzelne Namen und Wörter in weit ältere Zeit zurückgehen.

Allerdings stammt nicht der ganze Vorrath thüringischer Volkserinnerungen aus vorgeschichtlicher Zeit. Jedes Jahrhundert hat Neues zu dem Alten gefügt, das Alte dem Neuen angepaßt oder darüber vergessen. Denn die schöpferische Kraft des Volkes stand nicht still. Zu den uralten Tanzweisen kamen fromme Melodien aus den Kreuzzügen, Lieder der deutschen Landsknechte, welche unter Karl von Bourbon den Papst in Rom gefangen nahmen, Soldatenlieder des dreißigjährigen Krieges, ja noch Gesänge ehrbarer Schulmeister aus der Roccocozeit. Auch an der vorhandenen Habe machte jedes lebende Geschlecht seine kleinen Aenderungen. Der glückliche Märchenheld, welcher durch seine Tapferkeit und Schlauheit, oder durch Gunst der Geister die schöne Prinzessin von einem Riesen oder Ungeheuer befreite und des Königs Eidam wurde, er war zur Zeit Karl des Großen ein Fremdling gewesen, der durch Blutrache aus seinem Stamm vertrieben als wandernder Recke abenteuerte. Als das Geschlecht fahrender Helden aus der Erinnerung des Volkes schwand, verwandelte er sich in einen fahrenden Spielmann, wie sie zur Zeit der Sachsenkaiser und Hohenstaufen durch die Gaue zogen. Als die Städte erstarkten, und der junge Handwerksgesell auf der Landstraße umherzog, mußte sich derselbe Held des Märchens gefallen lassen, vielleicht ein lustiges Schneiderlein zu werden. Als im vorigen Jahrhundert die stehenden Heere der Fürsten aufkamen und dem gedrückten Volk der waghalsige Deserteur eine poetische Figur wurde, trat zuweilen sogar ein solcher an die Stelle des ursprünglichen Helden. Dasselbe Märchen zeigt in einzelnen Fällen noch jetzt hier den einen, dort den andern dieser Helden.

So ist allerdings auch der Sagenstoff in langsamer Umwandlung. Aber in dieser Umbildung hat sich fast immer ein Kern alter Ueberlieferung erhalten, der für das geübte Auge nicht schwer zu erkennen ist.

Viele dieser alten Ueberlieferungen sind allerdings in der Gegenwart geschwunden, aber sie dauern in den Aufzeichnungen früherer Zeiten: in Chroniken,

Ortsbeschreibungen, Dorfacten. Wer den Dialekt einer Landschaft genau darstellen will, wird auf die gesammte ältere Literatur der Landschaft Rücksicht nehmen müssen. Alte Localsagen sind häufig in Annalen und Chroniken als geschichtliche Ereignisse berichtet, verklungene Volkslieder werden durch Drucke des 15.—18. Jahrhunderts bewahrt, ureigene Gebräuche, Sitten, Aberglaube finden sich in gedruckten und handschriftlichen Ortsbeschreibungen; für die alten Namen der Orte und Familien sind die Urkunden des Mittelalters ein reichlich fließender Quell. Alles, was auf solchem Wege uns geblieben, ist neben das noch Lebendige zu stellen.

Unter den sagenhaften Ueberlieferungen thüringischer Dörfer haben einige in neuer Zeit große Verbreitung und sowohl wissenschaftliche als dichterische Verwerthung gefunden, welche eine verdunkelte Kunde von den alten Heidengöttern enthalten, denen einst auf dem Kiffhäuser, dem Hörselberg, dem Inselberg und Donnershaug die Opferfeuer flammten.

Die Grundlage alles Glaubens war den heidnischen Germanen, wie jedem jungen Volk, das tiefe Abhängigkeitsgefühl von ungeheuren Gewalten, welche den Naturlauf der Erde und des Himmelsgewölbes, aber auch Leben und Schicksal der Menschen beherrschen. Dies Uebermenschliche, Fremde, welches sich bald furchtbar, bald segenspendend äußert, vermögen Phantasie und Gemüth eines jungen Volkes aber nur dadurch zu fassen, daß sie alles Imponirende und Unverständliche in der Natur, ja in den Ereignissen des eigenen Lebens zu menschenähnlichen Persönlichkeiten umbilden. Der Blitz wird die geschleuderte Waffe eines Gottes, dessen Streitwagen donnernd über das Himmelsgewölbe rollt, die ziehenden Wolken verwandeln sich in eine Heerde Rinder oder Schafe, welche die nährende Himmelsmilch auf die Erde rinnen lassen. Der Gott, welcher das Schicksal der Menschen lenkt, wird aufgefaßt als der oberste Häuptling und Ahnherr des Stammes, die allnährende Erde selbst wird gedeutet als die große Mutter alles Lebendigen. Jede dieser Götterpersönlichkeiten wird als eine menschenähnliche Gestalt begriffen, jede erhält eine Geschichte, wie der Mensch, alle treten zu einander in menschliche Beziehungen, freundliche und feindliche. Unter den verdämmerten und durch den Widerwillen der christlichen Priester unterdrückten Namen und Gestalten der deutschen Götter sind vor andern — auch in Thüringen — zwei für uns erkennbar. Der höchste, gewaltige Herr der Menschen und des irdischen Lebens, Wuotan, und die allsorgende Erdmutter, deren Wesen und Cultur schon Tacitus so eingehend schildert. Name der großen Göttin war bei den Scandinaviern Frigga, auch den deutschen Stämmen ist dieser Name nicht fremd, und er findet sich, nach den Lautgesetzen umgewandelt, auch hier und da in thüringischen Sagen als Frau Frecke. Daneben aber führte die Erdmutter bei einzelnen deutschen Völkergruppen verschiedene Namen, welche zum Theil Eigenschaften derselben bezeichnen. Davon sind in Thüringen drei nachzuweisen: Hulda, Frau Holla (die gnädige); dann Berchta (die glänzende); endlich Harcho *).

Diese beiden höchsten Götter, Herr und Herrin, wurden nach zwei Hauptrichtungen aufgefaßt. Sie regierten das Menschenleben als die Gebieter des Volkes und sie regierten das Leben der Natur, nicht ebenso mächtig wie die Schicksale der Einzelnen. Als Naturgötter hatten sie für ihr Volk vom Urbeginn der Zeit bis zum Weltende einen unaufhörlichen Kampf gegen feindliche Dämonen, zerstörungslustige Ungeheuer, zu bestehen.

Denn das Leben des Deutschen unter rauhem nordischen Himmel wurde durch Sommer und Winter zweitheilig. Alljährlich sah er im Frühjahr die Lebenskraft erwachen, alljährlich im Herbst dahinschwinden. Wenn der Saft der Bäume aus der Tiefe heraufstieg, begann der Kampf, der Sieg, die Sommerherrschaft der Menschengötter. Wenn im Herbst die Blätter zur Erde sanken, wichen die Götter vor den andringenden Riesengewalten des Reifes und Schnees in die Tiefen ihrer Haine, in das Innere der heiligen Berge zurück. In den Bergen warteten sie, bis ihre Zeit wieder kam. Sehr zahlreich sind die thüringischen Localsagen, welche von den Wundern der Berge zu berichten wissen. Ein Sterblicher, der durch glücklichen Zufall eindringt, betritt weite Hallen, er sieht schlafende Männer, er hört wiehernde Rosse u. s. w. Am berühmtesten von allen diesen Bergsagen ist die des Kiffhäusers. Der greise König, welcher dort am Steintisch sitzt, den Sterblichen müde frägt, ob die Raben noch um den Berg fliegen, sagt, daß er harren müsse, bis der dürre Baum draußen grünen werde, dem das Mittelalter am Kiffhäuser den Namen Friedrich Barbarossa gegeben hat, ist der alte Götterfürst Wuotan. Die Raben sind bei allen Germanenstämmen seine heiligen Vögel, und ähnliche Sage hängt noch heut an vielleicht zwanzig verschiedenen Bergen Deutschlands.

Wie sich aber am Kiffhäuser die Erinnerung an den hohen Gott, der das Frühjahr erwartet, bewahrte, so am Hörselberg dieselbe Erinnerung an die große Naturgöttin. Dort wohnt Frau Hulda, welche gelehrte Mönche des Mittelalters mit dem lateinischen Götternamen Frau Venus versahen und sehr mißtrauisch betrachteten. Bei dieser Umbildung des Namens hat die Göttin auch einige von den Eigenschaften der Venus angenommen. Sie lockt sterbliche

*) Ob Harucha, von haruc? — Die Namen sind, so viel sich aus den sehr ungenügenden Sammlungen schließen läßt, nicht gleichmäßig über Thüringen verbreitet. Berchta herrscht im Osten, an der südlichen Saale und im Orlagau. Sie ist wahrscheinlich durch Markomannen denen sie noch heut gehört, in den Süden der Saale getragen. Holla ist überall im Lande bekannt, sie reicht bis nach Obersachsen und Schlesien, ist Thüringern, Hessen und Nordfranken gemeinsam. Aber der heimische oder alteingebürgerte Göttername Harche ist Name der Erdenmutter auch bei niedersächsischen Stämmen. Ob er durch die Franken in das Land getragen ist. (Herodias, Cheruka?), oder durch sächsische Einwanderung, darüber darf man zur Zeit noch kaum eine Vermuthung wagen.

Männer in den Berg. In dem alten Volksliede vom Ritter Tannhäuser wird uns berichtet, wie der Ritter sich durch Anrufung der Jungfrau Maria von der Göttin löst, aber von dem harten Papst verworfen, auf den Christenhimmel verzichtet und wieder zur Heidengöttin zurückkehrt.

Wenn das deutsche Volk seine höchsten Götter im Berge hausen ließ, so ist ihm auch eigenthümlich, daß es dieselben Gestalten als Menschenbeherrscher im Lande umherziehend dachte, wie sie von Ort zu Ort schweben, Leben und Tod ihres Volkes weihend. Auch hier bewahrt Thüringen zwei Sagenkreise in schöner Vollständigkeit.

Zunächst die Erinnerung an Wuotan, den gewaltigen Schlachtengott. Er selbst in der Heidenzeit eine riesige Greisengestalt in dunklem Mantel, mit herabhängendem Hut, auf weißem Rosse durch die Lüfte reitend, hinter ihm sein kriegerisches Geistergefolge, die Schlachtjungfrauen, welche die Seelen gefallener Krieger von der Wahlstatt in des Gottes Behausung geleiten, und die Geister der gefallenen Helden, so brauste der Geisterzug in Zeiten der Noth und Gefahr, vor Krieg und Schlachten durch die Lüfte, dann flogen die Raben des Gottes um sein Haupt, seine Kriegshunde heulten, die Rosse schnoben Feuer, die Wipfel der Bäume bogen sich; dann warf sich der sterbliche Mensch auf das Antlitz, mit Halloh und Sturmesbrausen durchfuhr Wuotans Herr die Gaue, der Göttervater weihte den Kampf seines Volkes, kor die Sieger und die er durch den Tod zu sich heraufziehen wollte. Aus der Bezeichnung Wodans Heer hat das Volk im Mittelalter das wüthende Heer gemacht, die wilde Jagd. Der große Asengott ist in einen Jäger verwandelt, er hat hier und da sogar die Namen eines Menschen erhalten, aber die Lebendigkeit, mit welcher unser Volk noch heut die Sagen vom wilden Jäger bewahrt, ist ein Beweis, wie mächtig und großartig der Eindruck war, den der reisige Zug des Asengottes einst machte. Noch braust der Zug nach der Meinung der Landleute über die Fichten des thüringer Waldes, beim Hörselberg weiß man, daß die wilde Jagd dort aus und einzieht, man sieht Roßtapfen vor der Höhle des Berges und hört drinnen Stimmen und Getümmel.

Aber nicht nur im Kriegssturm durchfuhren die Götter die Landschaft, auch friedlich durchzogen sie die Dörfer, Höfe und Fluren, um die Arbeit ihres Volkes zu segnen. Diese friedlichen Umzüge waren die großen Feste der Landschaft, schon den Römern fiel das festliche Umherziehen der Götterwagen und Bilder durch die Landschaften auf, die christliche Kirche des Mittelalters, ängstlich bemüht, das Heidnische zu vertilgen, das Unvertilgbare aber eng mit sich zu verbinden, bewahrte lange dieselbe heidnische Gewohnheit. An Stelle des Fahrzeuges und Bildes der Göttermutter wurde das Bild der Jungfrau Maria, oder eines vornehmen Heiligen durch Stadt und Dorf und rings um die Grenzen der Flur in festlicher Procession getragen. Diese Festzüge um die

Grenzen erhielten sich auch in dem protestantischen Thüringen bis in das vorige Jahrhundert. In einer Handschrift der Kirche von Seebergen z. B. ist die Schilderung solcher Grenzfahrt erhalten.

In der Heidenzeit war es vornehmlich die weibliche Göttin, welche mütterlich bei ihrem Volke zum Rechten sah, Lohn und Strafe vertheilte. Am feierlichsten war ihr Zug in den heiligen zwölf Nächten des Winters (vom 25. December bis 5. Januar), der größten Festzeit des deutschen Heidenthums. Dann schritt die Göttin unsichtbar durch die Dörfer, betrat die Häuser, prüfte die Ordnung der Hausfrauen, die Zucht der Kinder, den Fleiß der Spinnerin, sie berührte die Fruchtbäume des Gartens, das Vieh im Stalle. Dann mußte das Haus festlich gerüstet sein, der Flachs am Rocken abgesponnen, sonst verwirrte die Göttin der säumigen Spinnerin den Rocken. Dann wurden die Obstbäume geschüttelt, damit sie aus dem Winterschlaf erwachten, wenn die Göttin kam, sie trugen sonst im Sommer keine Frucht. Noch am Ende des vorigen Jahrhunderts war in Buttstedt der Gebrauch, alle Obstbäume vor dem Dreikönigstage zu schütteln und dabei zu rufen: „Schlafe nicht, Bäumchen, Frau Holle kommt." Aber auch im Sommer zog die Göttin durch Feld und Flur ihres Volkes, und die Landleute erkennen noch heut den Strich, den Frau Holle durch das Getreidefeld gezogen ist, denn da stehen die Halme höher und lustiger.

Wie einig und hold die Göttin als Familienmutter des Volkes aufgefaßt wurde, davon geben eine große Anzahl thüringische Sagen Kunde.

Und noch zahlreicher sind die in Sagen erhaltenen Nachrichten von den kleinen Geistern, welche um Heerd und Stall, in Flur und Wald, im Wasser und auf Bergen wohnten. Fast zahllos sind die Geschichten von Zwergen und Riesen, von Feen und Elben, von Hausgeistern, Kobolden, — welche in Thüringen die Besonderheit haben, in feuerrother Tracht zu erscheinen — und Heimchen, von Nixen, Gespenstern u. s. w.

Und diese Ueberreste alten Volksglaubens dienen nicht nur, das Verständniß der Mythen und des religiösen Lebens unserer Urahnen zu öffnen, sie stützen auch nach manchen andern Richtungen unser geschichtliches Wissen. Zuweilen auf einer Seite, wo man solche Hilfe nicht erwartet.

Und deshalb sei hier als Beleg für das Gesagte an ein kleines historisches Problem Thüringens erinnert, welches in den letzten Jahren vielfach besprochen wurde, und doch eine befriedigende Lösung noch nicht gefunden hat, an den Rennstieg des Waldes. An ihm hängt etwas Räthselhaftes, und es wäre immerhin möglich, daß eingehende Untersuchungen zu Resultaten kämen, welche ein allgemeines Interesse haben.

Der Rennstieg, ein Bergpfad von 43 Stunden Länge, welcher auf dem Kamm des thüringer Waldes von der Werra bis zur Saale, vom sagenreichen Hörselberg bis zum Kulm bei Blankenstein führt, gehört zu den ehrwürdigen

Erinnerungen der Landschaft, er wird in Urkunden des spätern Mittelalters mehr als einmal genannt und Jahrhunderte bevor sein Name in Urkunden erscheint, z. B. im Jahr 1039 und 1227 als Straße oder als gerodeter Stieg erwähnt. Seine Anlage fällt also in eine Zeit, aus welcher uns geschichtliche Nachrichten nur spärlich oder gar nicht überliefert sind. Seine Linie ist sicher immer dieselbe geblieben, er ist nur in kurzen Strecken, und wohl erst in neuer Zeit bepflanzt worden, dem Forstmann, dem Bewohner der nächsten Thäler gehört er zu den werthen Eigenheiten des schönen Waldes, an welchem sein ganzes Herz hängt. Es war ein unglücklicher Versuch, ihn als alten Handelsweg oder als Heerstraße zu deuten. Wir kennen ziemlich genau den Lauf der ältesten Straßen, welche quer über den Wald nach Thüringen und zwischen Wald und Harz vom Rhein und Main zu Saale und Elbe führten, der Rennstieg gehört nicht zu ihnen. Und wie sollte er für Kaufleute und Waaren angelegt sein, in unheimlicher, menschenleerer Waldöde, Raubanfällen weit mehr als jeder andere Weg ausgesetzt, an einzelnen Stellen für Waarentransporte überhaupt nicht passirbar. Selbst der Ausdauer römischer Legionen war ein sechs bis achttägiger Marsch ohne Reiterei und Gepäck durch feindliche Wälder und Felsen, ein mißliches und verzweifeltes Unternehmen. Und wohin sollte ein solcher Weg führen? wieder in Waldwüsten und Schluchten des Voigtlandes und des Erzgebirges. Endlich, wie konnte ein solcher Pfad, irgend einmal in der Urzeit für eine Unternehmung ausgeholzt, unversehrt durch Jahrtausende dauern? Seit im Mittelalter der erste Dämmerschein historischer Kunde durch die dichten Gipfel seiner Bäume brach, zur Zeit der Karolinger, da lag die Löuba, so hieß damals wenigstens ein Theil des gothaischen Waldgebirges, als eine Wildniß da, mit den ersten christlichen Kirchen und Kapellen an ihrem Saum. Und daß sich seit den Sachsen- und Frankenkaisern die aufstrebenden Dynasten, welche allmälig die Landeshoheit über den Wald erhielten, nicht freundnachbarlich geeinigt haben, eine ziemlich unnütze breite Straße über das Gebirge auszuhauen, wird jedem klar, der die Verhältnisse mittelalterlicher Herrscher ins Auge faßt.

Seine Entstehung muß in eine Zeit fallen, wo eine größere Volkskraft sich dabei thätig erweisen konnte, und in dieser Zeit mußte die Anlage ein wichtiges und nothwendiges Unternehmen sein.

Straßen und Pfade, welche den Namen Rainweg, Rennweg, Reensteig führten, gab es mehre, zumal auf fränkischem Grunde, und es lag nahe, dieselben als alte Grenzwege — von Rain, Grenzsaum — aufzufassen, welche Dörfer, Gaue, oder Völkerschaften von einander getrennt haben. Daß auch der größte und berühmteste dieser Wege der Rennstieg des Waldes im Ganzen betrachtet, die Südgrenze Thüringens und die Völkerscheide der Thüringer und Franken bezeichnet hat, ist unzweifelhaft. Er mag schon in der Urzeit Hermunduren von Katten und wieder Markomannen von Burgundern getrennt haben, er ist auch, seit wir geschichtliche Nachrichten besitzen, bei Abmarkung der Landeshoheiten als vorhandene Länderscheide immer wieder benutzt worden.

Aber das Wort Rennstieg heißt nicht Grenzweg. Denn es lautet in den ältesten Urkunden, z. B. vom J. 1330 und 1445, immer Rinnestig, und dieses Wort ist gemäß den Sprachgesetzen des alten fränkischen und thüringischen Dialekts gar nicht mit Rain zusammengesetzt, sondern mit rinna, Rinne, der alten Bezeichnung jedes Wasserlaufs*). Der Rennstieg ist in seiner ganzen Länge die Scheide für die Quellen und Bäche des Gebirges, welche auf der einen Seite nach Thüringen, auf der andern nach Franken hinabfließen, und in einem alten Bericht über ihn wird noch als charakteristisch hervorgehoben, daß auf beiden Seiten desselben fast aller hundert Schritt Brunnen liegen, welche nach entgegengesetzten Seiten ihr Wasser ergießen.

Nun wissen wir aber, daß die Quellen, die „Häupter der Ströme", den heidnischen Deutschen, ebenso wie Römern und Griechen etwas Heiliges waren, vor allem auf Bergeshöhen, an denen die Wasserwolken hingen, die allnährende Fluth in die Thäler der Menschen herabrann. Auf der Wasserscheide des Gebirges schwebten die Götter der Menschen entlang, den Völkern Fruchtbarkeit und Lebenskraft herniedersendend. Denn die Götter selbst waren vor andern Orten im Gebirge heimisch, die Berge und Quellen waren ihre Wohnsitze, und auf den Berggipfeln waren die heiligsten Cultusstätten, auf denen die Opferfeuer flammten. Auf den Bergen des thüringer Waldes lassen sich noch jetzt trotz aller Umformung der Namen und Plätze eine so große Menge von mythischen Erinnerungen nachweisen, wie vielleicht auf gleichem Raum in keinem andern Gebirge Deutschlands**).

---

*) Rain von ahd. hrînan (anstoßen), Rinne von 'rinnan' (schwimmen, laufen, schmelzen), aus rinnen aber ist rennen gebildet, dessen Bedeutung im Mittelalter sich vielfach mit der des Wortes rinnen mischt. Für rinnestig, Weg des Wasserlaufes, hat der bayrische Dialekt das entsprechende wägrain, Scheideweg des Wassers.

**) Nur wenige Namen auf der kurzen gothaischen Strecke zwischen Inselberg und Damershaug seien als Beispiel angeführt. Dort, wo Bonifacius nach der Politik der bekehrenden Kirche die ersten christlichen Cultusstätten anlegte, muß am Saum des Waldes ein alter Mittelpunkt des thüringischen Volksthumes gewesen sein. Denn gedrängt dauern die bedeutsamen Namen, die meisten angeführten schon in der Verleihungsurkunde für Ludwig den Bärtigen vom Jahre 1039: Dietbron (Volksbrunnen — Juriberg (Berg des Juri) — Wanunbruch (Wanenbrücke — Osterwisa (Wiese der Ostara) — Harchestig (Weg der Harche). — Dazu Folbach, Hellberg, Hünenberg, Tatenberg — Inselsberg (mit dem dreizehnten Jahrhundert öfter: (Ensenberg, Enzenberg, Ansisberg von ansi, die Asen) also Götterberg, die spätere Herleitung des Bergnamens von dem kleinen Bach Emse (amisa) ist nur ein Versuch den unverständlich gewordenen Namen zu deuten. Endlich Donnershaug Hügel des Donar. Die Zahl läßt sich ohne Mühe vermehren.

Aus der angeführten Urkunde ist leider nicht sicher zu entnehmen, ob der „Stieg der Harche" ein Pfad ist, welcher zum Rennstieg — der platea — führte, oder der Rennstieg selbst.

Deshalb ist die Annahme wohlberechtigt, daß der Rennstieg ursprünglich ein Pfad der heiligen Wasserscheide und ein Cultusweg der Thüringer gewesen sei, auf welchem an großen Festen der Götterwagen fortgezogen wurde und schon zur Zeit des Tacitus die heidnischen Vorfahren Martin Luthers das Opfermesser zückten, und über den niedergebrannten Holzstoß sprangen.

Der Name Rennstieg aber war kein alter, diesem Bergpfad allein zustehender Eigenname, sondern eine durch Mitteldeutschland reichende Bezeichnung für Wege der Wasserscheide, es ist daher natürlich, daß er nur zufällig gebraucht wird. Hatte der Rennstieg Thüringens damals einen oder mehre alte Eigennamen, so waren diese zuverlässig aus heidnischem Cultus hervorgegangen und im frühen Mittelalter den geistlichen Schreibern der Urkunden und Annalen so anstößig, daß sie so viel möglich vermieden, die teuflischen Worte zu gebrauchen.

Wenn aber auch die Anlage des Weges in den mythischen Vorstellungen der Ureinwohner wurzelt, so ist doch seine Auffassung als Grenzweg deshalb kein Irrthum. Ja sie erhält erst dadurch die rechte Bestätigung. Denn gerade weil das Volk das göttliche Leben seiner Bäche und Ströme in der Quelle sucht, wird auch die gefaßte Quelle, der Brunnen, gern als Grenze des Ortes wie des Volkes aufgefaßt. Das gilt schon in der Ebene, es ist vollends geboten bei Höhenzügen und Gebirgen, wo Mutter Erde selbst jedem sichtbar entscheidet, welchem Lande sie die Wasserfluth zusenden will. Deshalb gehören Gebirgskämme überall zu den ältesten und festesten Grenzen, und deshalb dürfen wir mit Sicherheit annehmen, daß der Rennstieg auch Volksgrenze gewesen ist seit die Deutschen in getrennten Stämmen Berge und Thäler Mitteleuropas besetzten. Wir wissen, daß der Rennstieg nicht in jeder Periode der ältesten Zeit auch Landesgrenze war; schon als die Hermunduren mit den Catten um Salzquellen im jetzigen Franken kämpften, hatten sie ihn an seinem Westende übersprungen, mehr als einmal dehnten sie sich bis an den Main, ja bis an die römische Südgrenze aus, aber als sie von Burgundern und später von den Franken zurückgedrängt wurden, wahrte der heilige Weg der Wasserscheide seine alte Bedeutung, und er hat sie im Ganzen genommen bis zur Gegenwart behalten.

Was hier angedeutet, nicht ausgeführt wurde, das würde reichliche Stütze und Begrenzung finden, wenn wir möglichst vollständig unterrichtet wären über die örtlichen Ueberlieferungen, welche nicht nur in Urkunden und alten Aufzeichnungen, sondern auch im Munde des Volkes erhalten sind, wenn die Namen der Berge, Waldstücke, Fluren, Quellen genau untersucht würden, wenn von den mystischen Sagen, welche in deu Waldorten selbst noch etwa leben, Zuverlässiges aufgezeichnet würde. Dann könnten wir nicht wenige der alten Götternamen in Ortsbezeichnungen, in Sagen und Märchen wiederfinden, wir könnten erkennen, welche Culte die herrschenden waren, und es wäre uns ein Schluß erlaubt sogar aus diesen Ueberlieferungen auf die deutschen Stämme, welche neben den Thüringern, dem Ueberrest der Hermunduren das Land colonisirt haben, wir dürften neben Franken, Sachsen und den Slaven an der Ostgrenze vielleicht auch die räthselhafte Verbindung der Angeln und Variner mit den Thüringern erkennen.

Allerdings ist bei solchem Suchen und den Folgerungen aus dem Gefundenen Vorsicht nöthig. Man wäre guter Resultate durchaus sicher, wenn die Bevölkerung der einzelnen Ortschaften sich in der Hauptsache unvermischt mit Nachbarn und Fremden erhalten hätte. Selbstverständlich ist dies nicht der Fall. Wer die Kirchen- und Flurbücher des sechszehnten Jahrhunderts an den gegenwärtigen Bestand thüringischer Dörfer hält, der wird finden, daß in den letzten dreihundert Jahren die Familiennamen durch Aussterben, Abzug und Zuzug sehr verändert sind, und daß im Ganzen nur eine kleine Minderzahl der Familien dem Bevölkerungswechsel widerstand. Freilich sieht man auch aus den Heimathsscheinen, welche schon vor 1600 üblich und zuweilen bei Dorfacten erhalten sind, daß der Austausch der Bevölkerung fast ausschließlich zwischen Nachbargemeinden stattfindet. Einzug von Ausländern ist bis auf unser Jahrhundert so selten, daß er hier wenig in Betracht kommt. Deshalb kann man die Lieder und Märchen, mythologische Erinnerungen und abergläubische Vorstellungen und Bräuche, welche vorzugsweise persönliche Habe sind, nur selten mit Sicherheit als alten Besitz eines bestimmten Dorfes auffassen. Dagegen widerstehen locale Sagen und eigenthümliche Dorfgebräuche zäher dem allmäligen Wechsel der Familien, und eisenfest dauerten bis zur neuen Zeit die Flurnamen, Beschaffenheit und Theile der Dorfflur und einzelne agrarische Besonderheiten *).

*) Auch hier hat sich freilich schon in alter Zeit Fremdes eingelagert, und man stößt, wo man es am wenigsten erwartet, bei den Maßen der Flurtheile auf römische Bezeichnungen. Die Dorfflur der Mitteldeutschen hat in ihren Dreifeldern die alte indogermanische Eintheilung per strigas et scamna bewahrt, welcher die römische Augurenkunst das templum mit seinen Quadraten gegenüberstellte. Bei den Deutschen ward die Länge der einzelnen zerstreuten Flurstücke durch die Zufälligkeit des Terrains bestimmt und ist bekanntlich sehr verschieden; die Breite aber ist normirt und nach ihr wird das Flurstück benannt, gleichviel ob dasselbe Theil einer Hufe oder „ungehüftes Land" ist und ob sein Flächenraum mehre Acker oder Morgen, oder nur Bruchtheile davon mißt. Die Längenstücke, die strigae der Römer, heißen: die Gelenge (4 Ruthen Breite), der Söttel, Sittel, Sittlich (2 R. Breite) und die Strügel, Striegel (1 R. Breite). Die größten Bruchstücke, welche die Breite mehrer Gelengen haben, werden Gebreiten (fem.) genannt. Ein spitz zulaufendes Stück heißt in Thüringen der Girn. Jedes Querstück aber (scamnum) wird „der Anwendel" genannt; da die Pflüge aller anstoßenden Längestücke darauf wenden, darf er erst zuletzt bestellt werden, und wird deshalb, mag er nun einer Gelenge, einem Söttel u. s. w. entsprechen, durch Zusatz von zwei Fuß bevorzugt. Solche Querstücke bilden in der thüringischen Dorfflur nur eine kleine Minderzahl. Von diesen altdeutschen Flurmaaßen ist Strigel (strigula) sicher, Söttel (sextans? sextula?) wahrscheinlich

In unsern Tagen aber verfällt der größte Theil dieser Erinnerungen unaufhaltbarem Untergange. Die alten Volkslieder bilden nur noch die kleinere Hälfte dessen, was die Töchter des Dorfes in den Spinnstuben oder beim Spaziergange mit dem langen Strickstrumpf zu singen wissen, Text und Melodien werden durch das Eindringen moderner Schnörkel sehr unsicher. Noch schlimmer steht es mit den Märchen, sie sind schon jetzt fast nur noch Eigenthum weniger alter Leute, gar nicht mehr in jedem Dorfe zu finden, alljährlich räumt der Tod unter diesen Kundigen auf, und man kann mit Sicherheit vorhersagen, daß in wenig Jahren der große Märchen- und Sagenschatz, der noch vor sechzig Jahren auf dem Lande lebte, ganz verloren sein wird. Dem jüngern Geschlecht scheint nicht nur durch neueren Bildungsstoff, Kalendergeschichten und Localblätter, die Freude an den alten Zaubergeschichten vermindert, man möchte auch glauben, daß jenes besondere Talent des Bewahrens und Erzählens, welches alte Landleute besitzen, den Kindern dieses Jahrhunderts durchaus fehlt; denn jeder, der sich einmal die Mühe gegeben hat, aus dem Munde des Volkes zu sammeln, erfährt, daß das Geschichten Wissen und Erzählen eine besondere sehr interessante Begabung einzelner Männer und Frauen offenbart. Das Erzählen früherer Generationen war eine poetische Arbeit, behagliches Mitempfinden der erzählten Begebenheit, das Auge des Erzählers wird lebhaft, die Rede läuft in einem erhöhten Tonfall, die Worte bleiben, bei wiederholtem Bericht desselben Märchens zum größten Theil dieselben, aber auch neue Redewendungen treten mit großer Sicherheit ohne Stocken auf, man erkennt, daß es nicht blos ein Hersagen überlieferten Stoffes aus treuem Gedächtniß ist, sondern zugleich ein treues Nachschaffen eines innern Bildes ist, welches fest in der Seele steht. Und es wird nicht schwer, vor einem guten Märchenerzähler zu begreifen, wie sich große epische Gedichte von Geschlecht zu Geschlecht fortpflanzten, in jenen Jahrhunderten, welche die Heldengesänge des Volkes noch nicht aus Büchern lasen. Auch der Umfang dessen, was einzelne Erzählertalente bewahren, ist auffallend, man kann zuweilen das Besitzthum eines Erzählers auf viele hundert Geschichten schätzen, die er alle treu und fest auseinanderzuhalten weiß.

Reichlicher haben sich die alten heidnischen Ueberlieferungen erhalten, welche

---

lateinisch, und von den Wort Girn (bayrisch Gieren) nicht selten mhd. Ecke, Zipfel, darf man zweifeln, ob es in deutscher Verwandtschaft unterzubringen, oder von cornu abzuleiten ist.

Diese Anlehnung an fremde Maße ist aber um so auffallender, da unsere Flureintheilung uralt ist, da sie über den größten Theil Deutschlands reicht, da diese Bezeichnungen sehr fest im Volke wurzeln und keine andern gleichbedeutenden neben ihnen stehen. Haben uns gelehrte Mönche diese Namen hinterlassen? oder stammen sie aus den Verordnungen, durch welche Karl der Große die Dreifelderwirthschaft nicht eingeführt, aber zu größerer Ordnung und Gleichmäßigkeit geregelt haben mag?

als Aberglaube von dem Arzt, dem Geistlichen, dem Richter verurtheilt werden müssen. Gerade auf diesem Gebiet macht unsere menschenfreundliche Aufklärung die ernste Erfahrung, daß die originelle Poesie im Volke viel schneller durch unsere Cultur beseitigt wird, als die alterthümlichen Vorstellungen, von denen irgendein praktischer Nutzen erwartet wird. Hier kann, wer zu suchen versteht, überreiche Erndte halten. Noch begrüßt das Landvolk Gothas bei einem ausgebrochenen Feuer die Ankunft des Landesherrn mit besonderem Vertrauen, weil dieser von seinen Vorfahren her das Geheimniß des Feuersegens geerbt hat, durch welchen er der Flamme Halt gebieten kann. Freilich muß er aber, sobald der Zauber gesprochen ist, schleunig von der Brandstätte zurückweichen, weil die Flammen ihn dann selbst fordern und lohnend auf ihn zufahren. Der Glaube an Hexen, an verborgene Schätze, an Gespenster und Hausgeister, an Vorzeichen, an gute und schädliche Tage, ein weites Gebiet geheimen Glaubens und Meinens entzieht sich allerdings sehr scheu dem Urtheil der Gebildeten. Daß es im Rückzug begriffen ist, wird am klarsten bei einem Vergleich mit früherer Zeit. Vor hundert Jahren war ein Dorfpfarrer aufgeklärt, wenn er nicht an den geheimnißvollen Hund mit glühenden Augen glaubte, der in der Erde auf seinem Schatze saß. Jetzt ist wohl in jedem Dorf eine Anzahl tüchtiger Wirthe, welche das Schatzgraben für unnütze Arbeit hält.

Schlechter steht es mit den Volksgebräuchen, bei denen ein festes Ceremoniell, eine kleine dramatische Action, Masken und Wechselreden Brauch waren bei Jahresfesten, Familienfesten, geselligen Freuden. Auch hier hat die Einwirkung der Zeit und das Bestreben des jüngeren Geschlechtes modisch zu werden, das Meiste zerwebt. Noch am Ende des siebzehnten Jahrhunderts kannte man in thüringischen Dörfern uralte Waffentänze der jungen Burschen mit ihren Melodien, keine Kenntniß davon ist uns geblieben. Die dramatischen Aufzüge der zwölf Nächte oder des Dreikönigsfestes, die Oster- und Johannisfestlichkeiten, die Maibäume, die heimischen Erntegebräuche sind zum Theil verschwunden, zum Theil haben sie sich völlig modernisirt. Doch ist in den Dörfern, welche dem Stadtverkehr fern liegen, auch davon noch sehr Alterthümliches zu finden. Für einen anderen Kreis von Dorfeinrichtungen, auf welchen erst seit kurzem die Wissenschaft wirkt, die alte Flureintheilung, ist gerade in diesen Jahren für dieses Land die Zeit des Sammelns gekommen. Sobald die Auflösung der geschlossenen Dorffluren und der Dreifelderwirthschaft vollendet ist und die neue Zusammenlegung geschlossene Einzelgüter geschaffen hat, werden die alten Namen der Dorfflur, die kleinen Sagen, welche daran hängen und die frühere Bodentheilung schnell vergessen werden. Auch ihr äußeres Aussehen werden die thüringischen Dörfer schnell ändern. Gelöst von den engen Dorfgassen werden sich in wenig Jahrzehnten Einzelhöfe erheben, und wer in hundert Jahren vom großen Seeberg über Thal und Hügel schaut, der wird wahrscheinlich auf eine sehr veränderte Landschaft schauen, denn überall im Felde werden sich einzelne Hofstätten mit Baumgruppen und kleinen Obstpflanzungen erheben. Unterdeß ist sehr zu wünschen, daß unter den Beamten, welche mit der neuen Auftheilung der Dorffluren beschäftigt sind, eine Persönlichkeit sich finde, welche eine genaue Kenntniß der alten Flurverhältnisse auch für die Wissenschaft verwerthet, wie dies in andern deutschen Landschaften bereits geschehen ist*).

Außer dieser volksmäßigen Habe muß aber noch an ein anderes Besitzthum unserer Dörfer erinnert werden, welches zwar nicht für die Urzeit, wohl aber für die letzten Jahrhunderte thüringischer Geschichte Wichtigkeit hat. In vielen Gemeinden des Herzogthums sind Urkunden, Dorfacten, alte Kirchenbücher und Flurbücher oder Aufzeichnungen Einzelner im Pfarr- und Dorfarchiv erhalten, leider meist ungeordnet und verwüstet. Für die localen Traditionen sowohl als für die Culturgeschichte ist Einzelnes davon sehr werthvoll, und es ist dringend zu wünschen, daß es einer Sorglosigkeit entrissen werde, welche ihm noch immer Verderben droht. Eine Durchmusterung dieser Dorftraditionen ist eine mühevolle und zeitraubende Arbeit, aber sie kann sehr wohl durch vereinte Kraft Mehrer bewirkt werden, welche nach denselben Gesichtspunkten ihre Auswahl treffen. Nicht nur für die Geschichte und Statistik des Ortes, auch für Sitte, Sage, Brauch der Gegend liegt darin noch viel Unbekanntes vergraben.

Aus der Uebersicht, welche hier gegeben wurde, erhellt, wie umfangreich das Gebiet ist, welches dem unterrichteten Sammler geöffnet ist. In der That kann die Stoffmenge nur durch das Zusammenarbeiten Mehrer bewältigt werden. Viele würden bei dem Sammeln der einzelnen örtlichen Ueberlieferungen thätig sein können, einige Gelehrte würden die Verarbeitung des aufgesammelten Materials übernehmen müssen.

Wenn aber eine solche patriotische Arbeit zum Nutzen unserer Wissenschaft unternommen wird, so ist in jeder Hinsicht wünschenswerth, daß sie sich nicht auf das Herzogthum Gotha allein beschränke, sondern das ganze Gebiet des alten Thüringens zwischen Saale und Werra, Harz und Wald umfasse, erst dadurch wird möglich, einen Einblick in die poetische Habe, das Sprachgut und die nationalen Besonderheiten des thüringischen Stammes zu erhalten, die fremden Volkselemente, welche sich ihm gemischt haben, hie und da nachzu-

*) Wie der praktische Geschäftsmann seine Kenntnisse auch der Wissenschaft nutzbar machen kann, lehrt z. B. das Werk von Dr. August Weitzen: Urkunden schlesischer Dörfer, zur Geschichte der ländlichen Verhältnisse und der Flureintheilung; Breslau, Joseph Max 1863. Es ist nach dieser Richtung ein Muster fleißiger Arbeit.

weisen. Erst dadurch würde das Originale und Charakteristische des centralen Volksstammes erkannt werden, welcher früh in getrennte Territorien zersplittert wurde und doch bis in die neueste Zeit ein starkes Gefühl seiner innern Einheit und Zusammengehörigkeit bewahrt hat. Die localen Sammlungen müssen über die ganze Landschaft ausgedehnt und die für das Verarbeiten des Materials geeigneten Kräfte aus ganz Thüringen gewählt werden.

Ja, der beste Gewinn wird sich erst dann ergeben, wenn man das Terrain für die Sammlungen noch weiter ausdehnt. Die Thüringer sind mit den Nordfranken seit einem Jahrtausend aufs innigste verbunden, nicht nur an der Waldgrenze sind sie in einander geflossen, die Thüringer sind bis tief in das Fränkische hineingedrungen und die Franken haben Thüringen mit zahlreichen Ansiedelungen durchsetzt. Im Gegensatz beider Nationalität sowohl als in der gemeinsamen volksthümlichen Habe ist die nahe Verwandtschaft beider Stämme sehr deutlich. Sie bilden für wissenschaftliche Behandlung ihrer Alterthümer in der That eine Einheit, wie etwa für den Astronomen ein Doppelstern. Das fränkische Gebiet, welches zu diesem Zweck aufzunehmen ist, umfaßt die sächsischen Herzogthümer Meiningen und Coburg, Schleusingen und Suhl mit Ausschluß eines kleinern östlichen Grenzstrichs des Herzogthums Meiningen, welcher slavische Unterlage hat. Und es würden dabei die hessischen Enclaven: Schmalkalden u. s. w. besondere Beachtung verdienen. In der räumlich kleinern Landschaft Nordfranken ist das Interesse an diesen Ueberresten alter Zeit fast lebhafter und thätiger gewesen als in Thüringen. Eine Menge Vorarbeiten sind dort gethan und tüchtige Mitarbeiter wären zu gewinnen.

Für die Methode endlich, nach welcher das Sammeln und Verarbeiten angelegt werden möchte, hat sich anderswo folgender Weg als zweckmäßig erwiesen. Wer irgend mit dem Volk in sicherer Verbindung steht, vermag als Sammler die wichtigsten Dienste zu leisten, vor andern Geistliche, Schullehrer, Forstbeamte und solche, welche selbst in einem thüringischen Dorfe aufgewachsen sind. Für diese Sammler werde eine kurze Instruction ausgearbeitet, welche genau darstellt, was und wie gesammelt werden muß. Das einlaufende Material wird nach den einzelnen Fächern geordnet, Märchen und Sagen, Volkslieder, Räthsel und Kinderreime; Feste, Spiele und Gebräuche, Aberglauben, Namen der Dörfer, Flurstücke, Familien, Eintheilung der Dorfflur, Antiquitäten. Und wenn man die Dialekte hineinziehen will: Sammlungen von Provinzialismen und Sprüchwörter des Volkes. Jede dieser Abtheilungen wird einem Bearbeiter übergeben, welche selbständig die gelehrte Arbeit besorgen, nachdem sie sich unter einander über die Hauptgesichtspunkte geeinigt haben. Das ganze Unternehmen könnte von dem Ausschuß eines zu bildenden Vereins eingeleitet werden, als Mitglied des Vereins wäre jeder willkommen, der entweder als Sammler thätig sein will, oder als Abonnent die Möglichkeit einer

Herausgabe fördert. Die Herausgeber würden etwa folgende Gesichtspunkte festzuhalten haben: 1) alle unnütze Weitläufigkeit im Abdruck des Materials wird vermieden, 2) das Material wird möglichst vollständig nach dem gegenwärtigen Standpunkt der Wissenschaft verarbeitet, 3) vor allem wird das Interesse der Wissenschaft ins Auge gefaßt. Die beste und anziehendste Lectüre wird ein solches Werk gerade dann, wenn es eine ernste wissenschaftliche Leistung in allgemein verständlicher Sprache wird.

Zur Geschichte des Urchristenthums.

5. Die tübinger Schule und ihre Ausläufer.

Lange Zeit wollte Baur nichts davon hören, daß er der Stifter und Meister einer neuen „Schule" sein sollte. Es widerstrebte ihm der Nebenbegriff der Partei, der Coterie, der sich gern an diesen Ausdruck hängt. Ganz besonders aber protestirte er gegen jene, wie er meinte, zweideutige Ehre, weil er sich nicht denken konnte, daß an den von ihm befolgten Grundsätzen etwas Neues sei, er sich vielmehr bewußt war, daß wenn auch die Resultate neu waren, sie doch mittelst einer kritischen Methode gewonnen wurden, welche der Wissenschaft überhaupt gemeinsam ist. Allein es zeigte sich wirklich, daß in theologischen Dingen die freimüthige Anwendung der sonst giltigen kritischen Principien nicht die Regel, sondern die Ausnahme war; es blieb ein besondrer durch Baur unmittelbar angeregter Kreis, der sich die geschichtliche Erforschung des Urchristenthums zu seiner besondren Aufgabe machte, und durch dessen Resultate von nun an auch die anderen Leistungen auf diesem Gebiet wesentlich veranlaßt waren. Später befreundete sich auch der Meister mit jener Bezeichnung, obwohl er eine solidarische Einheit der tübinger Schule selbstverständlich zurückwies, und es berührte ihn schmerzlich, wenn Einzelne, die er mit größter Anerkennung auf dem von ihm gelegten Grunde weiter bauen sah, jede Gemeinschaft mit dem verpönten Namen mit ängstlichem Eifer von sich fernzuhalten suchten und sich auf ihre norddeutsche Grenzlinie beriefen. Eine seiner letzten und vollendetsten Schriften führt den Namen: Die tübinger Schule (2. Aufl. 1860) und ist deren Rechtfertigung gewidmet. Mit schweren Waffen zieht er darin zu Feld gegen die vornehme Affectation einer neugläubigen Theologie, welche in voreiliger Freude die tübinger Schule zu den Todten geworfen und ihr bereits die Leichenrede gehalten hatte. In bündigster Weise war hier der Beweis von der Berechtigung und Lebensfähigkeit einer Geschichtsanschauung geliefert, welche freilich nicht an Namen und Ort, und nicht an einzelne Personen gebunden ist. In dem siegreichen Bewußtsein von der Wahrhaftigkeit und Unerschütterlichkeit seiner wissenschaftlichen Grundsätze konnte Baur in einem Moment, da die ganze „Schule“ nur noch auf seinem ergrauten Haupte zu ruhen schien, ausrufen: „und doch, wenn es erlaubt ist, das Wort des Apostels hier anzuwenden, sage auch ich in meinem und meiner Gesinnungsgenossen Namen: *ὡς ἀποθνήσκοντες, καὶ ἰδοὺ ζῶμεν* (als Absterbende und siehe, wir leben!) Gelte dies auch ferner von allen, in welchen der echte Geist der Schule, trotz aller hemmenden Verhältnisse und beschränkten Vorurtheile, mit welchen fortgehend zu kämpfen ist, frisch und kräftig fortlebt und, auf welchem Gebiete des Forschens und Denkens es auch sei, offen und frei sich ausspricht.“ Wie ein letztes Vermächtniß klingen diese Worte, die der ehrwürdige Gelehrte zwei Jahre vor seinem Tod niedergeschrieben hat.

Eine frische, freie Luft wehte in den dreißiger Jahren und noch am Anfang des folgenden Decenniums an der tübinger Hochschule. Sie durfte sich damals eines seltenen Zusammentreffens geistvoller, lehrender und lernender Kräfte rühmen. Unter der Einwirkung einer anregenden Zeitphilosophie, und geschwellt von dem Hauch der damals überall in Deutschland vorwärts dringenden öffentlichen Meinung entwickelte sich hier ein regsames und fruchtbares wissenschaftliches Leben, das dann freilich theils unter der steigenden Ungunst, welche besonders die theologische Freisinnigkeit von oben her zu erfahren hatte, theils verdrängt durch die in den Vordergrund tretenden politischen Interessen, sich auf immer beschränktere Kreise zusammenzog. Jene Philosophie war die hegelsche. Aber die geistreichen, kecken, auch die Form meisterhaft handhabenden Köpfe, welche in dieser Philosophie gebildet waren, gingen darauf aus, ihr alles scholastische Formelwesen abzustreifen, ihre lebendigen Gedanken umzusetzen in eine allgemein verständliche Sprache, sie praktisch zu verwerthen und auf die verschiedensten Gebiete des geistigen Lebens anzuwenden. Der Schulstaub wurde gründlich abgeschüttelt, und je freier man sich von den Fesseln des Systems fühlte, um so klarer wurden die Ziele, die man in Wissenschaft und Kirche, in Kunst und Staat verfolgte. Bei aller Freiheit der Bewegung war dann dem ganzen Kreis eine Humanität, ein feiner Takt der Bildung eigen, welche durchaus vor jenen Excentricitäten und Mißbildungen bewahrte, von denen anderwärts die linke Seite der hegelschen Schule nicht frei blieb. In diesem Sinne wirkten die für das größere Publicum berechneten „Jahrbücher der Gegenwart“, welche A. Schwegler von 1844—1847 leitete, und die vorzugsweise zeitgeschichtlichen und ästhetischen Gegenständen gewidmet waren, erstere in hervorragender Weise von Schwegler und Zeller, letztere von Vischer, Strauß, Reinhold Köstlin besprochen. Für die theologische Kritik bildeten den Sammelpunkt die „theologischen Jahrbücher", welche Eduard Zeller im Jahre 1842 begründete und erst allein, dann in Verbindung mit Baur sechszehn Jahre lang fortführte. Sie waren das eigentliche Organ der tübinger Schule. Hier wurden alle jene Einzeluntersuchungen über die Evangelien, über die Gegensätze und die Literatur des nachapostolischen Zeitalters niedergelegt, auf welchen die späteren umfassenden Arbeiten, kritischen oder historischen Inhalts beruhten; hier wurden jene Fragen einer immer wiederholten Prüfung unterworfen, die Streitpunkte unter den Freunden erörtert, der Kampf mit den Gegnern geführt. Unter den Mitarbeitern standen in erster Linie neben Baur und Zeller selbst: A. Schwegler, K. Ch. Planck, Karl Köstlin, später A. Hilgenfeld und Volkmar.

Die vielseitigste und wohl gediegenste Kraft war E. Zeller, der Baur selbst am nächsten stand und durch eine Reihe von Abhandlungen, besonders über die Offenbarung, über das Johannesevangelium, über die äußeren Zeugnisse für die Evangelien, über das Lucasevangelium und die Apostelgeschichte wesentlich zur genaueren Begründung der baurschen Ansichten beitrug. Insbesondere sind seine Untersuchungen über die Apostelgeschichte, die er in einer eigenen Schrift (1854) zusammenfaßte, für diesen Gegenstand abschließend geworden. Schwarz nennt dieses Buch „vielleicht die reifste Frucht der baurschen Kritik, das gediegenste Werk der ganzen Schule". Zeller ist zugleich derjenige, welcher auch, nachdem er genöthigt war sich einem andern Felde zuzuwenden, gleichwohl jenen Studien am treuesten geblieben und fort und fort für die Verbreitung und Anerkennung der Ansichten der kritisch-historischen Schule thätig ist. Von Köstlin wäre seine Entwickelung mehrer neutestamentlicher Lehrbegriffe, seine Abhandlung über die pseudonyme Literatur der ältesten Kirche und insbesondere sein größeres Werk: Ursprung und Composition der synoptischen Evangelien (1853) hervorzuheben; allein wir verzichten selbstverständlich darauf, die Menge der Einzeluntersuchungen, auch der hervorragenderen zu verzeichnen, und wenden uns vielmehr den ersten Versuchen einer geschichtlichen Zusammenfassung der gewonnenen Resultate zu.

Diese Versuche wurden von den Schülern früher begonnen als von Baur, der es auch sonst geschehen ließ, daß die Jünger in die Oeffentlichkeit voraus eilten gleichsam als Plänkler, denen er erst mit dem schweren Geschütz nachrückte. Am wenigsten hätte er an eine zusammenhängende Geschichtserzählung sich gewagt, bevor er das ganze Feld selbständig durchgeackert hatte. Als der Muthigste wagte sich A. Schwegler vor, der seiner Monographie über den Montanismus (1841) fünf Jahre darauf sein „Nachapostolisches Zeitalter in den Hauptmomenten seiner Entwickelung" folgen ließ. Schwegler war der entschlossenste, geistig bedeutendste unter den Jüngern; mit dem nachdrücklichsten wissenschaftlichen Ernst ging bei ihm ein durchdringender Scharfsinn, eine Leichtigkeit der Combinationsgabe und Darstellung Hand in Hand, welche es tief bedauern lassen, daß er durch äußeren Druck diesen Studien entfremdet andern Forschungen zugetrieben wurde, welche seine ungewöhnliche Arbeitskraft allzufrüh aufrieben. Er zuerst faßte die bisherigen Einzeluntersuchungen als ein Ganzes zusammen. Eine geschichtliche Darstellung, sagt er, findet nur in dem organischen Zusammenhang, in welchen sie das Einzelne mit dem Ganzen zu setzen weiß, ihre genügende Bewährung. Das Einzelne an und für sich bleibt immer schwankend und streitig: nur in seiner Verbindung zu einem größeren Ganzen, dessen Glieder sich gegenseitig heben und tragen, gewinnt es festeren Halt und sicheren Boden. Schwegler ging aus von der Wahrnehmung, daß der Gegensatz des Judenchristenthums und des Paulinismus nicht blos das apostolische Zeitalter im engeren Sinn, sondern den ganzen Zeitraum der werdenden katholischen Kirche bis zum Schluß des zweiten Jahrhunderts beherrschte. Folglich — dies ist die nächste Schlußfolgerung — sind die Schriften des neuen Testaments, welche die verschiedenen aufeinanderfolgenden Stadien dieser Entwickelungsgeschichte bezeichnen, nicht in die drei Jahrzehnte des apostolischen Zeitalters zusammenzuwerfen, sondern über die ganze nachapostolische Periode als fortlaufende Kette von Documenten auszubreiten. Das ursprüngliche Christenthum war wesentlich Judenchristenthum oder Ebionitismus, und die Geschichte der ersten zwei Jahrhunderte ist nichts als die allmälige Entwickelung des Ebionitismus zum Katholicismus. Das treibende Moment dieses Processes aber ist der Paulinismus, unter dessen sollicitirender Einwirkung das Judenchristenthum in einer Reihe von Entwickelungsstufen zum Katholicismus wurde, und zwar so, daß die ersten Vermittelungsvorschläge vom Paulinismus, als der illegitimen Partei, die sich erst mit Mühe Anerkennung zu erringen hatte, ausgingen. Von diesem obersten Gesichtspunkt aus werden nun die kanonischen und die außerkanonischen Schriften eingereiht in den Entwickelungsgang der werdenden Kirche, und zwar verläuft zunächst das Judenchristenthum selbst in einer dreifachen Abstufung vom reinen Judenchristenthum durch verschiedene Vermittelungsanbahnungen zur Neutralität und zum Friedensschluß. Parallel mit dieser ebionitischen Reihe läuft dann eine paulinische, in der gleichfalls ein ähnlicher Stufengang vom reinen Paulinismus zur katholischen Vermittlung nachgewiesen wird. Ist es nun zunächst die römische Kirche, welche in dieser doppelten Entwickelungsreihe zum Abschluß gelangt, so kommt neben ihr noch besonders die kleinasiatische Kirche in Betracht, welche im Allgemeinen demselben Ziele zusteuert, aber während das Princip der römischen Entwickelungen ein echt römisches, nämlich ein politisch-kirchliches ist, mehr von einem speculativ-theologischen Interesse bestimmt wird. Die kleinasiatische Kirche widerstrebte, wie sich namentlich an den Passahstreitigkeiten zeigt, dem römischen Princip der Centralisation. Allein es wiederholte sich hier gewissermaßen die Stellung des alten Roms zum alten Griechenland, jener Kampf, in welchem die straffe Einheit des ersteren über die unpraktische und machtlose Zersplitterung des letzteren einen so entscheidenden Sieg davontrug. Auch jetzt wieder war der Erfolg der gleiche: Rom handelte, während die Orientalen sich begnügten zu protestiren.

Es lag etwas Blendendes, Imponirendes in dem kühnen Aufbau Schweglers, aber zugleich an vielen Stellen etwas gewaltsam Construirendes, das lebhaften Widerspruch hervorrief und noch mancher genauerer Untersuchungen bedurfte, welche den verschiedenen Gliedern in jenem Entwickelungsgang vielfach eine andere Stellung anwiesen. Insbesondere aber wurde dies als eine Lücke empfunden, daß der Paulinismus als etwas völlig Neues im Grunde außerhalb des Urchristenthums stand, und zwischen Jesus und Paulus somit eine unausgefüllte Kluft blieb. Hier griff zuerst Planck mit seiner Abhandlung: Judenthum und Urchristenthum (1847) ein, indem er zu zeigen suchte, daß das, was das Wesen des Paulinismus ausmache, auch schon im Urchristenthum gelegen und nicht erst in Paulus, sondern auch schon in Jesus hervorgetreten sei. Nur der Unterschied sei zwischen Jesus und Paulus, daß der Paulinismus für das Bewußtsein ausgesprochen habe, was an sich schon thatsächlich im Urchristenthum gesagt war. Einen andern Vermittlungsweg schlug Köstlin ein in der Abhandlung: Zur Geschichte des Urchristenthums (1850). Nach ihm waren sowohl der Paulinismus als der Ebionitismus von jeher Extreme, welche nur zweimal, in den letzten Jahren des Apostels Paulus und dann im zweiten Jahrhundert bei dem Streit zwischen dem Ebionitismus und der Gnosis in heftigen Conflict mit einander kamen. In der Mehrzahl dagegen herrschte von Anfang an ein mittleres, praktisches Interesse vor, aus welchem endlich mit Ausscheidung der Extreme die katholische Kirche hervorging. In den schärfsten Gegensatz zu Schwegler setzte sich Ritschl (Entstehung der altkatholischen Kirche, 1850). Nach dem Vorgange Georgiis setzte er das eigentliche Christenthum in den Paulinismus, der aber unter dem Einfluß des Judenchristenthums allmälig seine doctrinäre Schroffheit verloren, in andern Beziehungen wieder eine Ergänzung und festere Normen erhalten habe und so zum Katholicismus geworden sei. Um einen einheitlichen Anfang für die Entwickelung zu erhalten, ging Ritschl auf Jesus selbst zurück, in welchem er zwei Momente unterschied, seine Lehre und seine Persönlichkeit; jene verlangte die Erfüllung des Gesetzes, diese führte als die Selbstdarstellung des Gesetzes über dasselbe hinaus; letzteres wurde die Grundlage des Paulinismus, während die judenchristlichen Urapostel sich einseitig an die Lehre hielten. In der zweiten umgearbeiteten Auflage seines Werks (1857) führte Ritschl seinen Grundgedanken noch schärfer aus, daß das katholische Christenthum nur eine Abwandlung des Paulinismus sei, lenkte aber durch das sichtliche Bestreben, die Gegensätze möglichst zu verwischen, wieder in die breite Straße der herkömmlichen Theologie ein, während Baur in seinem „Christenthum der drei ersten Jahrhunderte" im Wesentlichen die schweglerische Auffassung adoptirte, aber freilich in gereifter Form und berichtigt durch die seitherigen Fortschritte der Wissenschaft.

Neben diesen Versuchen einer geschichtlichen Zusammenfassung der gewonnenen Resultate gingen die Einzeluntersuchungen fortwährend her. Eben durch jene wurden die Lücken aufgedeckt, welche noch vorhanden waren und zu weiterer Forschung aufforderten. In dieser Beziehung stellte sich bald ein Mangel an der bisherigen Evangelienkritik heraus, dessen Einsicht die Untersuchung auf ein neues Gebiet lenkte. Zwar nach einer Richtung hin hatte Baur und seine nächsten Schüler die Evangelienkritik zum Abschluß gebracht, nämlich sofern es sich darum handelte, die Tendenz der einzelnen Schriftsteller nachzuweisen, die dogmatischen Motive aufzufinden, von welchen sie bei ihren Compositionen geleitet waren. Nur hatte er des Guten eher zu viel als zu wenig gethan; jener Gesichtspunkt wurde von ihm, wie es bei neuen Entdeckungen der Fall zu sein pflegt, mit einer gewissen Einseitigkeit geltend gemacht, das dogmatisch Absichtliche war unstreitig überspannt, das Naive, rein Stoffliche in den evangelischen Berichten zu sehr verkannt, überall die Absicht ausgewittert, wo in einzelnen Fällen auch bloßer Zufall, schriftstellerische Willkür, einfache Entlehnung aus andren Quellen stattfinden konnte. Ganz besonders war es nun der letztere Punkt, nämlich die Herleitung des evangelischen Erzählungsstoffs aus älteren Quellen, der noch genauer zu erörtern war. Anstatt des dogmatischen Interesses trat jetzt das literarische Interesse in den Vordergrund. Nachdem der dogmatische Charakter der Evangelien ans Licht gebracht, sollte auch eine bestimmtere Ansicht über Ort und Zeit, über ihre Quellen und Entstehung gewonnen werden, und wenn nun eine solche Untersuchung über die äußeren Verhältnisse an sich etwas Untergeordnetes schien, so lenkte sie doch gewissermaßen wieder mehr zum Ausgangspunkt, zur evangelischen Geschichte selbst zurück. Denn erst wenn man in die Entstehungsweise der Evangelien genauer hineinsah, war von hier aus ein Schluß auf den ältesten Stoff der Ueberlieferung und damit auf das Thatsächliche, was ihren Berichten zu Grund liegt, möglich.

Es war zuerst Ewald, der wieder auf die Voranstellung des literarischen Gesichtspunkts drang, aber freilich selbst nur wenig brauchbares Material in dieser Beziehung zu Tage förderte. In seiner erklärten Absicht, den Urheber der „Tendenzkritik" zu vernichten, schüttete er das Kind mit dem Bade aus und ignorirte die dogmatischen Momente ganz. Seine Hypothese war, daß eine große Zahl von Evangelienschriften den unsrigen vorausgegangen seien, deren Spuren er nun stückweise in unsern Evangelien aufsuchte. Durch ein rein atomistisches Verfahren wurden die Evangelien in einzelne Stücke zerhackt, in deren Zusammensetzung das ganze schriftstellerische Geschäft ihrer Verfasser bestanden haben sollte. Dabei artete der versuchte Nachweis der stilistischen Eigenthümlichkeiten und Feinheiten, die er in jedem der acht Urevangelien zu erkennen glaubte, in eine kindische Spielerei aus; das Ganze war ein labyrinthisches Gewirr von verschrobenen Hypothesen, die aber selbstverständlich im gespreizten Tone der Unfehlbarkeit und unter dem Erguß giftiger Persönlichkeiten vorgetragen wurden. An dem befremdenden Eindruck, den diese Ewaldschen Phantasien machten, konnte man recht deutlich abnehmen, wie weit die alte Hypothesenperiode durch die eindringenden Forschungen Baurs schon zurückgedrängt war. Auch die literarische Seite der Evangelienkritik versprach nur dann einen wirklichen Erfolg, wenn man auf dem von Baur eröffneten Weg der Analyse der einzelnen Evangelien weiter ging. Diesen Weg schlugen nun namentlich Köstlin, Hilgenfeld und Volckmar ein und erzielten auf ihm bleibende Resultate.

Köstlin insbesondere hat mit seiner Schrift: Der „Ursprung und die Composition der synoptischen Evangelien“ ein Muster von gründlicher und besonnener Untersuchung gegeben. Mit wahrem Bienenfleiße ging er den Spuren von den Quellen nach, aus welchen der Stoff unsrer Evangelien geschöpft ist, und kam hierbei auf Schlüsse, welche die baurschen Ansichten nicht unbedeutend modificirten. So glaubte er nachweisen zu können, daß, obwohl Matthäus die Hauptquelle der evangelischen Geschichte und Lehre bleibe, doch auch dem Marcus und Lucas sich eine geschichtliche Seite abgewinnen und ihre Beiträge zu einer vollständigeren Auffassung der Lehre Jesu sich nutzbar machen lassen. Und während Baur alle Evangelien tief in das zweite Jahrhundert herabgerückt hatte, setzte er die Entstehung des Matthäus und Lucas noch in das erste Jahrhundert, die des Marcus in das erste Jahrzehnt des zweiten Jahrhunderts. Hilgenfeld, welcher nach dem Aufhören der theologischen Jahrbücher in seiner „Zeitschrift für wissenschaftliche Theologie“ der freien Forschung eine neue Stätte eröffnete, verbreitete sich in einer großen Reihe werthvoller Monographien über das ganze Gebiet der urchristlichen Literatur, wobei er theils den Zusammenhang der kanonischen Evangelien mit den außerkanonischen, theils ihr gegenseitiges schriftstellerisches Abhängigkeitsverhältniß näher zu bestimmen suchte. Noch angelegentlicher als Köstlin ging er darauf aus, überall da zu vermitteln und auszugleichen, wo Baur, wie er meinte, „dem Glauben allzu tiefe Wunden geschlagen hatte“. So wies er die drei synoptischen Evangelien sämmtlich noch dem ersten Jahrhundert zu, schwächte den Gegensatz zwischen Paulus und den Uraposteln ab, erkannte mehre von den kleineren paulinischen Briefen wieder dem Heidenapostel zu und setzte auch das Johannesevangelium ein paar Jahrzehnte früher als Baur (etwa 120—140 nach Chr.), konnte aber gleichwohl nicht dem Vorwurf entgehen, den Stifter der tübinger Schule noch überboten zu haben, indem er nämlich das vierte Evangelium als ein Erzeugniß der gnostischen Speculation auffaßte und nachwies, wie erst durch das Einmünden der gnostischen Richtung in die judenchristliche und paulinische Entwickelung die katholische Einiguug zu Stande gekommen sei.

Ein besonders lebhafter Streit entbrannte in diesem letzten Stadium der Evangelienkritik innerhalb der Schule über die Stellung des Marcusevangeliums. Baur hatte es um seines neutralen ausgleichenden Charakters willen als das letzte der drei synoptischen Evangelien nachgewiesen. Köstlin stimmte bei, nahm aber zugleich ein älteres Marcusevangelium an, das die Grundlage aller Evangelienschriften gewesen sei. Hilgenfeld setzte es zwischen Matthäus und Lucas, rechtfertigte also die Stellung, die es in unserem Kanon einnimmt. Dagegen griff nun Volckmar (wie auch Ritschl und neuestens Schenkel) auf die wilckesche Hypothese des Marcus als Urevangelisten zurück und suchte diese Ansicht mit großem Aufwand von Scharfsinn, gleichwohl auf wenig überzeugende Weise neu zu begründen. Das Marcusevangelium ist nach dieser Kritik, welche sich seltsamerweise als die „absolute, völlig positive und damit ebenso kirchengemäße“ nennt, ein christliches Tendenzepos, von einem Pauliner im Gegensatz zur judenchristlichen Offenbarung verfaßt, und in gleicher Weise sind auch die anderen Evangelien reine Tendenzschriften, welche durch die weiteren Parteikämpfe und Streitigkeiten der Gemeinde veranlaßt sind. Hier ist also alles Absicht und Berechnung. Nicht einmal die Reden Jesu werden als ursprünglich anerkannt und das sonst für das älteste geltende Matthäusevangelium zu dem Werk eines aufgeklärten Judenchristen aus der trajanischen Zeit, zu einer Combination aus Marcus und Lucas in der Art einer Evangelienharmonie gemacht.

Diese Debatten über die gegenseitige Stellung der drei ersten Evangelien welchen andere gleichfalls minutiös sich verzweigende Forschungen zur Seite gingen, bezeichneten unstreitig eine gewisse Erschöpfung. Nicht als ob die von Baur begründete Geschichtsauffassung nun durch den Zwiespalt der über einzelne Fragen zwischen den Schülern entstand, zur Erklärung der urchristlichen Entwicklung sich unfähig erwiesen, durch die eigenen Widersprüche sich selbst aufgehoben hätte. Der Grund ist vielmehr der, daß die Hauptresultate im Großen und Ganzen jetzt feststanden, und die erneuerte Durchforschung immer wieder nur auf die alten Gründe zurückkommen mußte, während dann — gleichsam in der Peripherie — allerdings eine Menge kleinerer Fragen offen blieb, über welche nach der Beschaffenheit der Quellen der Streit endlos fortdauern konnte und immer wieder neue Combinationen emportrieb. Indem die Forschung mit demselben Eifer, mit welchem früher jene grundlegenden Fragen, das Verhältniß der Apostelgeschichte zu den paulinischen Briefen, und das Verhältniß des vierten Evangelium zu der Offenbarung einerseits, zu den Synoptikern andererseits erörtert worden waren, jetzt jenem unabsehbaren Feld von untergeordneten Punkten sich zuwandte, stand sie allerdings in Gefahr, sich in ein nutzloses Detail zu vergraben und dafür die Hauptsache, nämlich die Beziehung der Evangelienkritik auf den Anfangspunkt des Christenthums aus den Augen zu verlieren. War die Evangelienkritik in den letzten zwanzig Jahren „unläugbar etwas ins Kraut geschossen", so kam es darauf an, sie einer vorurtheilslosen Revision zu unterwerfen, und ihre Ergebnisse darauf anzusehen, welchen Gewinn denn die aufgehäufte Gelehrsamkeit der Kenntniß der Person und Schicksale, der Lehre und Zwecke Jesu zuführen. Eben dies ist nun das Verdienst, welches sich Strauß in seinem neuen Leben Jesu erworben hat, indem er dem geschichtlich aufbauenden Werke eine Einleitung vorausschickt, worin er sich mit den seit seinem ersten Leben Jesu aus Licht getretenen Forschungen auseinandersetzt. Kein anderer war so befähigt, die Betheiligten an das zu errinnern, um was es sich eigentlich handelt, sie „aus dem Umkreis in den Mittelpunkt zurückzurufen", als eben Strauß, der an den Arbeiten der tübinger Schule nicht selbst Theil genommen hat, aber ihnen Schritt für Schritt aufs sorgfältigste gefolgt ist, der ebenso von den andern neidlos zu lernen als selbständig weiter zu suchen beflissen war, dessen sicherer verständiger Tact ebenso alles Uebertreibende und Kleinliche auszuscheiden, als das, was probehaltig erfunden wurde, auf die Hauptsache zurückzubeziehen verstand. Und nun ist es keine geringe Genugthuung, daß durch die sorgsam abwägende Methode von Strauß die Resultate der baurschen Evangelienkritik im Wesentlichen bestätigt werden, allerdings unter jenen Modificationen, die namentlich Köstlin anbahnte, und Strauß noch weiter begründet. Das Tendenzmäßige ist überall gemildert, der freien schriftstellerischen Composition ein größerer Spielraum gelassen, allen Evangelien ein verhältnißmäßiger Anspruch auf Geschichtlichkeit zuerkannt. Aber nicht nur eignet sich Strauß die baursche Kritik des Johannesevangeliums vollständig an, sondern auch bezüglich des Verhältnisses der Synoptiker tritt er auf Baurs Seite, indem er das Matthäusevangelium als das ursprünglichste, das Marcusevangelium als das späteste betrachtet. Strauß hat — alles Excentrische, alles was bloße Vermuthung ist, bei Seite lassend — die einfachen großen Grundzüge der Evangelienkritik wiederhergestellt. Und es that Noth, daß der gelehrte Wald gelichtet und wieder eine Aussicht ins Freie gewonnen wurde. Denn nur so auf das Nothwendige und annähernd sicher Festgestellte beschränkt, sind die Ergebnisse der neueren Kritik fähig, als dauerhafte Grundlagen der Geschichtschreibung zu dienen; so allein sind sie auch fähig, zum Gemeingut der Gebildeten und Denkenden zu werden, die sich über die Anfänge des Christenthums ein eigenes Urtheil bilden wollen.

Wir versuchen es in einer Reihe weiterer Ausführungen, das, was die neuere Wissenschaft über die Entstehung unsres Kanon, über die Bildung und den Charakter der Evangelien festgestellt hat, den Lesern dieser Blätter mitzutheilen, woran sich dann eine Uebersicht über die für die Geschichte Jesu und die erste Entwicklung der christlichen Kirche gewonnenen Resultate reihen soll.

Die dänischen Trophäen in Wien.

Aus Wien.

Wer würde es wohl den Wienern verübeln, daß sie über ihre anfänglichen Erfolge in Schleswig hoch aufjubelten und ein wenig in das große Horn stießen? Hatten sie doch seit den ruhmreichen Tagen Radetzkys nur eine selten unterbrochene Reihe von Niederlagen, sowohl auf dem Schlachtfelde, als auf dem Tische der Diplomaten und vor der Rednerbühne der Landtage erlitten. Montebello, Magenta, Palestro und Solferino, das trotzige Zurückweisen der schmerlingschen Versöhnungsversuche in Ungarn und Kroatien, das höhnende Nessuno aus Istrien und Dalmatien, das Ausbleiben der Czechen aus den wichtigsten Verhandlungen des Reichstages und vieles Andere war unseren Gutgesinnten ärgerlich und bitter gewesen und hatte ihren Rücken gebeugt. Endlich wurde ein Erfolg errungen! Man jubelte und übersah, daß durch diesen Erfolg die alte Scharte noch keineswegs ausgewetzt, geschweige irgendein Leiden des Staates beseitigt worden war, und daß man diesen Erfolg über einen zwar muthigen, aber in Wahrheit doch nur armseligen und der Wehrkraft, welche Oestreich entfalten kann, gar nicht gewachsenen Gegner erfochten hatte. Es soll damit die Tapferkeit, mit welcher die sogenannte eiserne Brigade (auch diese Benennung ist ein Selbstlob) am Königsberge, sowie Hessen und Belgien-Infanterie bei Oeversee und Veile gefochten oder nach unserem bezeichnenden Lieblingsausdrucke „sich gerauft“ haben, keineswegs in Abrede gestellt werden. Denn in der That hatten es die östreichischen Truppen in allen diesen Gefechten immer mit der Mehrzahl zu thun und erlitten darum ganz unverhältnißmäßige Verluste. Aber daß solches geschah, daran waren eben nur die Grundregeln der althergebrachten und nur etwa von Radetzky und einigen andern Heerführern bei Seite geworfenen östreichischen Taktik schuld, nach welcher immer nur eine mehr oder minder schwache Abtheilung an den Feind geschickt, alles Uebrige aber theils zur Besetzung unbedeutender Punkte verwendet, theils in einer unzählbaren Reihe taktischer und strategischer Reserven aufgestellt, mithin zersplittert und gelähmt wird. Dieser Erbfehler der östreichischen Kriegsführung macht sich immer wieder geltend und wenn auch der commandirende General hiervon frei ist, so wird er doch die nachtheiligen Folgen dieser Gewohnheit empfinden, da seine Untergebenen gewiß darnach verfahren.

Aber immerhin hatte man einen Erfolg für sich, man hatte sogar einige sichtbare Zeichen dieses Erfolges erlangt, die Oestreicher hatten nicht etwa eine Kanone wie weiland bei Magenta*), sondern mehre Kanonen, metallene und eiserne, gezogene und ungezogene erobert! — Was lag also näher, als eine feierliche und möglichst bemerkbare Ueberführung und Schaustellung dieser Geschütze und anderweitigen Trophäen? Ob der Gedanke hierzu von Wien, wo man im verflossenen Jahre der Regulirung des Paradeplatzes wegen sogar auf mehre Paraden hatte verzichten müssen und daher nach irgendeinem militärischen Decorations- und Spectakelstück doppeltes Verlangen hegen mußte, oder von Hr. v. Gablenz ausgegangen, welcher Glanztableaux nicht abgeneigt sein soll, ist von keinem Belang, da die Sache auf jeden Fall geschehen wäre. Indessen hat die Ausführung der Idee manche Lächerlichkeit im Gefolge gehabt und ist über die Grenzen des erlaubten Siegerstolzes ausgedehnt worden.

General v. Gablenz hatte die Uebersendung der dänischen Trophäen mit gutem Schick und Sinn ins Werk zu setzen gewußt. Acht Kanonen verschiedenen Kalibers, darunter ein gezogenes Feldgeschütz und ein Vierundachtzigpfünder, wurden sofort unter der Escorte des Hauptmannes Eder (des Mannes mit dem neunfach durchlöcherten Mantel) und zwölf mit Medaillen decorirter Soldaten auf der Eisenbahn von Rendsburg nach Oestreich abgesendet. Daß man hierbei nicht die absolut Ausgezeichnetsten des ganzen Corps auswählte, sondern jeder Waffengattung und jedem Regimente einen Decorirten entnahm, mochte Vieles für sich haben. Wenigstens wurde allen Streitigkeiten und Klagen der verschiedenen Abtheilungen vorgebeugt. — Ohne besonderes Aufsehen fuhren die „Decorirten“ mit ihren Trophäen durch Preußen.

Aber in Wien waren die Vorbereitungen, Erwartung und Lärm nur um desto größer. Kaum war die Nachricht von der Absendung der Trophäen nach Wien gelangt, als auch schon Tag für Tag Neugierige auf den Nordbahnhof eilten, um die Ankunft des „Zuges mit den dänischen Kanonen“ abzuwarten. Aber die Geduld wurde auf eine harte Probe gestellt, denn außer der ohnedem durch den Aufenthalt in allen größeren Zwischenstationen sehr verzögerten Fahrt der Geschütze wurde zuletzt auch noch eine Brücke in der Nähe von Ollmütz

*) Obendrein machten mehre Regimenter auf die Ehre der Eroberung dieser einen Kanone Anspruch! —

beschädigt, was eine abermalige Verzögerung von zwei Tagen veranlaßte. Endlich kamen sie an. — —

Dem in Oestreich altbergebrachten Gebrauche, den Soldaten lange vor der rechten Zeit ausrücken und nutzlos warten zu lassen, wurde auch hier gehuldigt. Es war ein eisig kalter Februarmorgen und die Abholung der Trophäen war auf zehn Uhr festgesetzt worden. Gleichwohl mußte eine Artillerieabtheilung mit einer Musikabtheilung sich schon um sechs Uhr auf dem Bahnhofe einfinden. Daselbst wurde ein Dejeuner servirt, an welchem jedoch nur die Decorirten, diese aber in recht ausgiebiger Weise theilnahmen. Es stachen daher, als der Triumphzug endlich begann, die Decorirten, denen man es zum Theil deutlich ansah, daß sie „stark gefrühstückt" hatten, auffallend von den Leuten der sie begleitenden Truppe ab. Denn die Letzteren, vor Kälte und Hunger bleich, hüpften von einem Beine auf das andere und schlugen die Hände aneinander, um sich nur etwas zu erwärmen. Die Geschütze und Wagen waren mit grünem Tannenreisig, bunten Papierstreifen und künstlichen Blumen in keineswegs geschmackvoller Weise bedeckt. Auch waren einige hölzerne Tafeln mit verschiedenen Inschriften angebracht. Selbstverständlich fehlte es dem Zuge nicht an zahlreicher Begleitung aus allen Ständen. Ein sinnreicher, von Begeisterung übersprudelnder Kopf hatte gar den Einfall, man solle die dänischen Trophäen gegen ein Entrée von zehn Neukreuzern in irgend einem öffentlichen Locale zur Besichtigung ausstellen und mit dem Erlös dieser Ausstellung die Verwundeten beschenken. Indessen ließen sich nur zwei Journale zur Aufnahme dieses Vorschlages bereit finden. Von dem Bahnhofe wurden die Geschütze durch die Leopoldstadt und innere Stadt nach den Hofstallungen gebracht, dort am nächsten Tage von dem Hofe besichtigt und hierauf durch drei Tage dem großen Publicum zum Anschauen preisgegeben.

Mit der Ueberführung dieser Geschütze in das Artilleriearsenal endete die erste Abtheilung der Siegesfeier.

Die Ankunft der ersten Verwundeten bot eine gute Gelegenheit, dem Decorationsstücke eine rührende Scene folgen zu lassen. Obgleich die Ankunft dieser Verwundeten schon um zwei Uhr Nachmittags erfolgte, mußten dieselben doch bis sechs Uhr auf dem Bahnhofe verbleiben, um die Ankunft „allerhöchster und höchster Herrschaften" zu erwarten. Hatte man auch meistens solche Leute ausgesucht, denen eigentlich nichts mehr fehlte, so befanden sich doch einige wirklich Leidende unter ihnen. Man denke sich die Lage derselben, die nach einer langen Eisenbahnfahrt sich gewiß vor allem Andern nach Ruhe und Bequemlichkeit sehnten, vielleicht auch Hunger und Durst empfanden, nunmehr aber sich zu der Besichtigung vorbereiten mußten! Einige Säle des Bahnhofes waren in der Eile in Krankensäle umgewandelt und Betten in dieselben geschafft worden. Aber es waren eben nur Decorationen, auf welche sich die Leidenden fast nur scheinbar legen durften, jeden Augenblick gestört durch die ab und zugehenden Adjutanten, Kammerherren, Comitéausschüsse, Lakaien und andere geschäftig sich Umhertreibende. Equipage um Equipage, meist Staatskarossen langten vor dem Bahnhofe an, um welchen eine sehr große Menge von Polizeisoldaten Spalier gebildet hatte. Auch die Lakaien und Kutscher trugen die Festtagslivree. Immer zahlreicher wurde die Schaar der „patriotischen Wohlthäter", welche sich — selbstverständlich in größter Galla und mit allen ihren Orden geziert in zwei genau nach den Vorschriften der Hofetiquette formirten Gruppen aufstellten. Endlich — nach sechs Uhr — erfolgte die Ankunft der „Allerhöchsten", und die Parade, diesen Namen verdiente die ganze Scene eher als den eines Krankenbesuches, nahm ihren Anfang. Die fast ganz Gesunden waren neben dem Eingange des Saales aufgestellt und mußten die üblichen militärischen Honneurs erweisen, die noch in der Reconvalescenz Befindlichen saßen auf ihren Betten, von welchen sie auf einen Wink des vorangehenden dienstthuenden Adjutanten wie durch einen elektrischen Schlag getroffen in die Höhe schnellten und auf einen zweiten Wink sich wieder scheinbar der Ruhe überließen, die schwerer Verwundeten aber mußten einige sichtbare Versuche machen, sich aufzurichten oder mußten wenigstens eine Hand in die Höhe strecken, gleichsam als ob die Freude über den beglückenden Besuch sie zur Aufbietung ihrer letzten Kräfte getrieben hätte. Alle aber mußten in das obligate dreimalige „Vivat" einstimmen und bei der nun folgenden Einzelbesichtigung auf die etwaige Frage nach ihrem Befinden mit dem ihnen vorher eingeprägten „Danke gehorsamst, sehr gut" antworten, wenn auch der auf ihren Mienen ausgeprägte Schmerz ihre Worte gewaltig Lügen strafte. Nun kam ein Hoflakai, welcher den Verwundeten, einem wie dem andern aus seiner großen Tasche eine genau vorgezählte Partie Cigarren einhändigte. Es war ein Glück, daß diese kaiserlichen Cigarren keine kaiserlich-östreichischen, sondern gute Havanna-Cigarren waren.

Nun machten auch noch die „patriotischen Wohlthäter", die in dem Gefolge befindlichen Generäle, Hofbeamte und andere die Runde, wobei es natürlich an einer Fluth von Fragen nicht fehlte. Besonders Wißbegierige betasteten auch wohl einen oder den andern Verwundeten. Endlich suchten sich die Wohlthäter ihre Schützlinge aus, wobei jedoch thunlichst die Leichtverwundeten ausgewählt wurden. Die Schwerverletzten wurden ganz einfach in das Spital geschickt. Darauf setzte sich der Zug in Bewegung, natürlich wieder möglichst effectvoll. Je ein Wohlthäter oder eine Wohlthäterin an der Seite eines der verwundeten Krieger und hintendrein — wieder nach den Anordnungen des Ceremonienmeisters geordnet — die festlich geschmückte Schaar der begleitenden Herren und Damen. Abermalige Verbeugungen und Vivatrufe und die Wohlthäter und Wohlthäterinnen stiegen mit ihren Pflegebefohlenen in die — wieder nach der Rangordnung ihrer Besitzer vorfahrenden — Equipagen und fuhren unter großem Jubel der staunenden Volksmenge nach ihren Behausungen, wo die Verwundeten möglichst rasch der Obsorge irgendeines — Hausbedienten oder auch wohl an das nächstbeste Spital übergeben wurden! Der Mohr hatte seine Schuldigkeit gethan und konnte gehn.

Es kamen noch zwei Kanonentransporte und mehre Abtheilungen Verwundeter. Aber die eine Sendung eiserner Kanonen wurde in Wien gar nicht abgeladen und die andere wurde ohne alles Aufsehen und Gepränge von einer Artillerieabtheilung übernommen und durch die Stadt in das Arsenal geführt, ungeachtet sich dabei einige weit schönere und sehenswürdigere Stücke als bei dem ersten Transporte befanden. Und um die neuen Verwundeten kümmerte sich vollends gar niemand. Dieselben wurden in die Spitäler gebracht und nur einige wirkliche Wohlthäter, welche ihre Wohlthaten ohne Aufsehen übten und keinem patriotischen Hilfscomité (ein Comité, welches sich schon 1859 gebildet hat, und viele nach Beachtung strebende Mitglieder hat) angehörten, nahmen Verwundete in ihre eigene Pflege.

Noch war das Abgeschmackteste zurück. In unsern Adel ist, zumal seit unsere Diplomaten auf große Effecte in Deutschland bedacht sind, ein auffallendes Verlangen nach prunkhaften Aufzügen und kostspieligen Festen gekommen. Vermählungsfeste, Monumententhüllungen u. dgl. konnten für den Augenblick nicht geboten werden, da es an Anlässen fehlte, Dankfeste für verliehene Verfassung und Empfangsfeierlichkeiten waren unthunlich und eine Aufführung des im vorigen Jahre zum Besten der armen Weber dreimal wiederholten Karussels, wobei nebenbei bemerkt die wiener Juweliere, Friseure und Seidenhändler — einige Hunderttausende und die armen Weber beinahe zehntausend Gulden gewannen, konnte auf keinen Anklang rechnen. Und man brauchte doch ein recht glänzendes Fest. Da hatte man, wenn man etwas für die Verwundeten thun wollte, noch die beste Entschuldigung dafür, daß man einen fast wahnsinnigen Luxus entfaltete und damit die immer lauter werdenden Klagen der Bevölkerung über die zunehmende Geschäftsstockung und allgemeine Verarmung widerlegte!

Geniale Erfindung schlug zum Vortheil der Verwundeten einen großartigen Maskenball vor und diese Idee fand bei unserer Aristokratie Anklang. Es ist allerdings eine seltsame Idee, für Verwundete zu tanzen und so dem Wohlthätigkeitssinne durch die Bewegung der Füße Ausdruck zu geben, aber einerseits sind derlei Vorgänge in dem vergnügungssüchtigen Wien nicht neu und dann heiligt ja nach einer Lehre, die sich bei uns immer noch hoher Gunst erfreut auch der Zweck die Mittel. — Aber die Ausführung dieser Idee überschritt leider das Maß des Erlaubten.

Es wurde nur eine bestimmte Zahl von Karten (à 3 fl.) ausgegeben und da fabelhafte Gerüchte über den Luxus und das Schöne, das man bei dieser

Festlichkeit erblicken würde, in Umlauf gesetzt waren, so bemächtigte sich die Speculation der Sache, so daß zuletzt die Karten um den drei- und vierfachen Preis verkauft wurden, wobei nicht die Verwundeten, sondern einige Kellner und Börsenagenten des letzten Ranges gewannen.

Der sehr geräumige aber höchst einfache Redoutensaal erschien allzu schmucklos, man begann denselben zu decoriren. Blumen, Teppiche, Spiegel u. s. w. wurden in Menge verwendet, waren aber nichts Neues. Vielleicht mochte den Festarrangeurs etwas wie „Kriegstanz" oder „Waffenhalle" vorschweben, sie glaubten den Saal recht sinnig durch die Anbringung kriegerischer Embleme auszuschmücken. Die dänischen Trophäen schienen sich besonders dazu zu eignen. Man begnügte sich aber nicht damit, etwa in jeder Ecke eine Kanone aufzupflanzen oder aus einigen Säbeln, Bajonneten und Flinten eine hergebrachte Pyramide zusammenzustellen, sondern man ging so weit, selbst Rüstungs- und Monturstücke, die man theils in Magazinen erbeutet, theils den Gefangenen abgenommen, ja selbst auf dem Schlachtfelde aufgelesen hatte, zu verwenden! Tschakos, in deren Innerem vielleicht noch etwas Kopfhaar eines dänischen Infanteristen klebte, Patrontaschen, von welchen vielleicht erst das Blut abgewischt werden mußte, Röcke, in welche sich die Phantasie nothwendig die sterbenden und im Blut erfrorenen dänischen Dragoner denken mußte, diese und ähnliche Dinge waren die Verzierungen des Saales, in welchem sich die Blüte der östreichischen Geburts- und Geldaristokratie amüsirte! — — — Der Indianer, welcher sich bei seinen Festen mit den Skalps seiner Feinde schmückt und der Malaye, welcher um die abgeschnittenen Köpfe seiner Schlachtopfer herumtanzt, werden fortan mit Unrecht von uns „Kannibalen und Barbaren" gescholten. — — — Indessen scheint doch ein gewisses Gefühl des Unschicklichen, welches man begangen, über einen Theil der Ballgäste gekommen zu sein, denn als das Fest am 19. April (dem Geburtstage des gütigen Ferdinand!) wirklich stattfand, zeigte sich eine verhältnißmäßig geringe Theilnahme und Fröhlichkeit, ein großer Theil der Versammelten verließ den Saal noch vor der Beendigung des Festes.

Vielleicht ist dies die letzte dramatische Action, welche in diesem Genre geliefert wurde, zumal da die bisherige Selbstüberschätzung durch die neuesten Erfolge gegen die düppeler Schanzen auf das richtige Maß gestimmt werden dürfte! —

Militärische Briefe über den Krieg in Schleswig.

7.

Die Ausbildung in der preußischen Armee.

2. Mai.

Die Nachrichten, welche in der vergangenen Woche von unserm Kriegsschauplatze zugegangen sind, enthalten die bedeutende Zeitung von dem allseitigen Zurückweichen der Dänen und der Räumung Fridericias. Das große Uebergewicht der preußischen Artillerie, welches sich vor Düppel dargethan hat, würde eine Vertheidigung Fridericias zu einer Grausamkeit gegen die Bewohner und die Besatzung gemacht haben. Wir können die Maßregel nur für richtig erklären und uns freuen, daß die Regierung in Kopenhagen erst so spät zu der Erkenntniß kommt, wie überhaupt die Annahme des Kampfes gegen die Uebermacht ein Fehler war. Dänemark konnte sich immer nur auf sein Recht, nie auf seine Kraft stützen; als es das erstere in seinem politischen Handeln aufgab, opferte es die letztere. — Für ein besonderes Glück muß Preußen ansehen, daß Dänemark nicht dem östreichischen Heerführer die Möglichkeit gegeben hat, vor Fridericia eine größere Energie der Belagerung zu entwickeln, als dies vor Düppel geschehen. Und Deutschland ist zum wärmsten Dank an die politischen Leiter in Kopenhagen verpflichtet, daß sie den vernünftigen Rathschlägen der Generale, Düppel zu räumen, keine Folge gaben, und dadurch die preußische Heerführung noch in der letzten Stunde veranlaßten, durch eine glänzende und blutige Waffenthat die preußische Regierung an das Schicksal Schleswig-Holsteins zu fesseln. Wie wenig geneigt man im Hauptquartier von Gravenstein zu großen militärischen Acten ist, beweist die Ruhe, welche dem Sturme folgt. Statt unter dem Eindruck des Sieges neue Erfolge zu erstreben und Alsen zu nehmen, wird dem Gegner Gelegenheit gegeben sich ungefährdet zurückzuziehen. Wahrlich nicht die Größe der Ziele bei den preußischen Truppenführern, sondern die zu großen Zielen führende Leistungsfähigkeit der preußischen Truppen fordert unsere Anerkennung. Wir dürfen aus allem, was wir bis jetzt von unsern preußischen Landsleuten in Schleswig gesehen und erfahren haben, schließen, daß die preußische Armee gut fundamentirt ist und daß die Ausbildung der Truppen den Anforderungen des Krieges entspricht. Es ist dies ein Urtheil, das auch die Blätter des Auslandes in derselben Ausdehnung fällen und das gerade jetzt, wo die Militärfrage die brennende Frage für Preußen ist, jedem gebildeten Deutschen zur Pflicht macht, sich nähere Kenntniß von der Art der Ausbildung der preußischen Soldaten zu verschaffen. Wir wollen heute versuchen, so gut es geht, für die Infanterie ein Bild hiervon zu geben und dann in unserm nächsten Schreiben die Frage beantworten, wie weit eine Verminderung der Dienstzeit in der preußischen Armee zulässig ist, ohne eine Verminderung der Tüchtigkeit herbeizuführen.

Die Ausbildung der Truppen umfaßt folgende drei Gebiete: die Technik, die Disciplin und den kriegerischen Geist.

Unter Technik versteht man den ganzen militärischen Mechanismus, bestehend in dem Gebrauch der Waffen, in der Kunst zu marschiren, zu reiten und zu fahren, in der elementaren taktischen Formenlehre, in der Verschanzungskunst u. s. w. soweit jeder Soldat desselben bedarf, um in allen Lagen des Krieges zur Erfüllung seiner Pflichten befähigt zu sein. — Zur Disciplin wird gerechnet nicht nur der unbedingte Gehorsam, sondern auch die Gewöhnung der gesammten Körper- und Geisteskräfte, sich einfachem Befehl sofort zu spannen und hinzugeben und endlich die treueste Erfüllung der Pflichten bis zum letzten Blutstropfen. — Der kriegerische Geist äußert sich in der Lust zur körperlichen Leistung, in der Freude an der Gefahr und in der Einfachheit und Klarheit des jedem Unternehmen gesteckten Zieles.

Als das wichtigste dieser drei Gebiete wird gemeiniglich das erstere, die Technik, angesehen und deshalb lesen wir so häufig die Ansicht, daß die militärischen Uebungen schon in der Schule beginnen müßten, damit man die Dienstzeit im stehenden Heere abkürzen könne. Demnächst wird die größte Bedeutung dem kriegerischen Geiste zugeschrieben und die Begeisterung höher im Werthe gestellt, als das militärische Pflichtgefühl. Die Disciplin des Exercierplatzes und der Garnison glaubt man wohl noch am ersten für den Krieg entbehren und durch Nützlichkeitsprincip, durch Ueberzeugung des Untergebenen, durch Begeisterung u. s. w. ersetzen zu können. Wenn man diese Urtheile an der Erfahrung prüft, so stellt sich die Sache anders.

Eine gute Disciplin ist der entschieden wichtigste Ausbildungszweig. Die Geschichte lehrt, daß disciplinirte Truppen zu allen Zeiten die mit den besten Waffen versehenen und in deren Handhabung vorzüglich bewanderten, aber undisciplinirten Truppen besiegt haben. Dies zeigt am vollständigsten der Kampf europäischer Cavallerie gegen die in jeder Beziehung vorzügliche aber zügellose orientalische Reiterei. Dies lehrt der polnische Revolutionskrieg im Jahre 1831, wo die damalige russisch-polnische Armee zur Insurrection übertrat und ihren Untergang nicht den Leistungen ihrer Gegner, sondern der Auflösung in den eignen Reihen verdankte. Auch der große Aufstand in Ostindien gewährt dieselbe Lehre, die eingebornen Regimenter verlieren mit dem Verlassen der englischen Reihen die Kraft, die sie vorher gegen ihre eignen Landsleute gehabt hatten, sie behalten ihre Technik, ihr kriegerischer Geist wird noch gesteigert — Haß gegen fremde Unterdrücker — aber ihre Disciplin erschlafft; dies große

Uebergewicht, welches aus der bessern Disciplin erwächst, tritt in der neuesten Zeit nirgend mehr hervor als bei dem jetzigen Kriege in Nordamerika. Die Heere der Conföderirten verdanken ihre Erfolge gegen die viel größere, mit weit intelligenteren Bestandtheilen versehene und mit ungleich größeren Hilfsmitteln ausgestattete Unionsarmee nur ihrer bessern Disciplin; einer Disciplin, die allerdings nicht der Zucht eines stehenden Heeres, sondern den in politischer Hinsicht bedenklichen bürgerlichen Verhältnissen der Südstaaten ihren Ursprung verdankt. Die Kunst des Befehlens ist unter Aristokraten und Sklavenhaltern stets geübt und diese Kunst bildet die Basis der Disciplin. So viel vermag guter Befehl, daß eine Truppe dann gut werden kann, wenn ihre untern Befehlshaberstellen gut besetzt sind, wenn der Rahmen nur fest ist. So konnte Napoleon 1813 und 1814 stets neue Heere hervorzaubern und mit ganz jungen Truppen große Resultate erlangen, weil er aus den verlorenen Armeen die Offiziere und Unteroffiziere für seine Massen von jungen Conscribirten rettete. Freilich ist eine mehr auf Vorzüglichkeit des Befehls, als auf Gewohnheitsdisciplin der Gehorchenden basirte Truppe sehr theuer, denn sie consumirt viele Mannschaft, und unsicher, denn ihre Leistungen werden durch den Verlust verhältnißmäßig weniger Befehlenden völlig vernichtet. Solche Heere sind also doch nur ein Nothbehelf.

Bei sonst gleich guter Ausbildung ist nach den Lehren der Geschichte diejenige Truppe die beste, welche am meisten in der Hand der Vorgesetzten liegt, deren Leitung also am meisten gesichert ist. Diesen Gedanken nahm Friedrich Wilhelm der Erste, der Gründer der heutigen preußischen Armee, als leitend für seine Schöpfungen an. In der sogenannten Gamasche, in der Paradedressur erkannte er das Mittel, den Vorgesetzten zum unumschränkten Herrn von Körper und Geist seines Untergebenen zu machen und die Siege der berliner Wachtparade unter Friedrich dem Großen bestätigten die Richtigkeit seiner Theorie und ließen diese im ganzen gebildeten Europa zur Anwendung kommen.

In der preußischen Armee aber machte man später aus dem Mittel den Zweck, tödtete dadurch den Geist und führte den Untergang im Jahre 1806 herbei. Die neu geschaffene Armee aber blieb weit mehr, als man jetzt hier und da annimmt, der alten Erfahrung treu, und gerade der Werth der preußischen Disciplin bestätigte sich in den Kriegen 1813—15. — In dem langen, darauf folgenden Frieden entwickelte sich wieder eine so scharfe Exercir- und Paradeschule, wie sie je vorher bestanden, in einseitiger Tüchtigkeit, aber immer geistloser und pedantischer. Mit dem Absterben der in der Schule des Unglücks und des Krieges hart gewordenen Charaktere aus den Reihen der Commandeure aber nahm auch die Schärfe der Exercirdisciplin immer mehr ab, ohne daß ein anderes Bildungselement ergänzend eintrat, und sie wäre verloren gegangen, wenn nicht der jetzige König Wilhelm der Erste sie als commandirender

General des 3. und des Garde-Corps in jener Zeit gepflegt und unter seiner Regierung wieder überall wach gerufen hätte. —

Glücklicherweise rief das Jahr 1848 neues politisches Leben hervor und schuf Kriegsbilder, aus denen die preußische Armee, ohne selbst bittere Erfahrungen zu machen, lernen konnte, daß die freie Thätigkeit des zum Charakter entwickelten Soldaten eine bedeutende militärische Leistungsfähigkeit besitze, welche jede Armee ausbeuten müsse, um im Wettkampf bestehen zu können. Ohne die rege Theilnahme des Prinzen Friedrich Karl für diese Richtung wäre sie aber nicht zu der Geltung gekommen, die ihr jetzt zu Theil geworden ist. So hat sich in der preußischen Armee aus alten Traditionen und neuer Intelligenz ein Modus der Ausbildung entwickelt, der für die Infanterie sich in der Pflege von drei Dienstzweigen darstellt: 1) In der Paradedressur, 2) dem Schießen und 3) dem Turnen und Fechten. — Auf die erstere wird die meiste Zeit verwendet, dann folgt das Schießen und endlich der dritte Zweig, die Verwerthung der individuellen Intelligenz und Thatkraft, das jüngste Kind der Zeit. Diese drei Dienstzweige repräsentiren im Ganzen betrachtet die Disciplin, die Technik und den kriegerischen Geist. — Wie sie jetzt in der preußischen Infanterie zu einander stehen, soll kurz gesagt werden.

Das Hochhalten der Paradedressur hat der preußischen Armee ihre Kriegstüchtigkeit im langen Frieden erhalten. Der furchtbare Zwang bei den allereinfachsten Bewegungen des Körpers, wie z. B. das Strecken der Fußspitzen, der Stelzenmarsch, die steife Kopfhaltung, die normale Winkelstellung der Arme u. dgl. nöthigt den Soldaten, sobald er im Dienste ist, Körper und Geist in der allerschärfsten Spannung zu erhalten. Keinen Augenblick darf der Gedanke wo anders verweilen, sonst ist es unmöglich alle die kleinen Vorschriften des Dienstes zu erfüllen, sonst wird die Gleichmäßigkeit in den Leistungen des Ganzen gestört. — Dieser Zwang giebt den Soldaten ganz in die Hand des Vorgesetzten, lehrt ihn jeden Dienst als eine Summe von einzelnen Pflichten zu erfassen und in allen Mühseligkeiten leicht zu ertragen. — Auf der andern Seite gewährt die Künstlichkeit des Dienstbetriebs dem Vorgesetzten das Mittel, sein Uebergewicht mehr geltend zu machen, in dem Anziehen und Nachlassen der Schärfen die Autorität zu üben, zu strafen und zu belohnen und selbst auf dem Exercierplatz eine Anstrengung der Kräfte in einen kurzen Zeitraum derartig zu concentriren, wie es nur selten der Krieg thut. Wer den Zauber empfunden hat, den ein genialer Exerciermeister durch die Präcision des Commandos, die Schärfe des Sehens, selbst des kleinsten Fehlers, durch die Anspannung der Kräfte bis zum höchsten Maße und das Ruhelassen in dem Moment, wo dies Maß erreicht ist u. dgl., auszuüben versteht, der wird in unser Urtheil einstimmen, daß es keine vollkommenere Kunst der Unterjochung des Untergebenen giebt, als diese Exercierkunst.

Neben diesem Exercieren, Drillen genannt, gehört zur Paradedressur noch die größte Penibilität im Anzuge und in dem Putzzustand. Diese nöthigt den Soldaten auf seine Kleider, Ausrüstungsgegenstände und Waffen eine stete Sorge zu wenden, die nicht nur bei den gewährten, geringen Mitteln überhaupt nothwendig ist, sondern auch allein die stete Verwendbarkeit des Mannes sicher stellt und eine Garantie giebt, daß mitten in allen Mühseligkeiten des Krieges der Soldat immer noch eine Verpflichtung fühlt, über dieselben zu wachen. Andrerseits fordert ein guter Anzug und tadellose Ausrüstung und Bewaffnung der Leute eine so unausgesetzte Beschäftigung des Vorgesetzten damit, daß eine stete Beaufsichtigung der Leute nothwendig wird und hieraus ein neues Band der Disciplin erwächst. — Noch steht dieser Zweig der Ausbildung im Vordergrund.

Die Ausbildung des preußischen Infanteristen im Schießen ist eine sehr gründliche, jeder Mann thut jährlich 100 Schuß nach der Scheibe und es werden alle Mittel angewandt, um seine Lust, ein gutes Resultat zu erreichen, zu reizen. Uebrigens bestätigt sich gerade hier, daß um so mehr geleistet wird, je mehr die Vorschriften bis in das Detail beobachtet werden und je weniger eine Berücksichtigung der Individualitäten dabei stattfindet.

In das Turnen und Fechten ist, wie gesagt, erst durch die lebhafte Aufmerksamkeit, welche der Prinz Friedrich Karl bei den ihm untergebenen Truppentheilen ihnen gewidmet hat, ein allgemeineres Leben und Interesse gekommen und der große Fleiß, welcher von den jüngern Offizieren darauf verwendet worden ist, hat in vielen Garnisonen ganz überraschend gute Resultate hervorgerufen. Wir haben Leistungen ganzer Compagnien im Ueberschreiten von Mauern, Gräben und Gewässern gesehen, welche den Stempel der entwickelten Kraft und selbst der Lust an der Gefahr an sich trugen und den Beweis lieferten, daß wirklich kriegerischer Geist entwickelt war. Der freie und rasche Sturm der düppeler Schanzen beweist, daß der Lohn solcher Ausbildung nicht auf sich warten läßt. — Aber in dieser Schlacht, wie in der gesammten kriegerischen Thätigkeit des preußischen Soldaten macht sich auch ein Geist geltend, der nicht Folge der soldatischen Erziehung, sondern das Resultat der Mischung aller Stände, der allgemeinen Wehrpflicht ist. Der kriegerische Geist des preußischen Soldaten erhält Weihe und Adel durch das Element der Bildung, das in seinen Reihen wohnt.

Und wenn hier über die gegenwärtige Ausbildung der preußischen Armee, zunächst der Infanterie, ein kurzes Urtheil abgegeben werden soll, so ist es folgendes: die Methode der Disciplin und Dressur ist ebenso tüchtig, als nothwendig. Aber neben ihr ist die anderweitige Ausbildung des Soldaten bis auf die Neuzeit nicht im Gleichmaß entwickelt worden. Und diese Einseitigkeit wird nicht, wie man gern annimmt, an der Mannschaft fühlbar, sondern an den Vorgesetzten.

Denn es ist nicht zu läugnen, so gut die Ausbildung in den vorstehend behandelten Gegenständen ist, im Gebiet der Militärtechnik wird doch im Ganzen nur ein geringes Maß angestrebt. Auf diesem Gebiet wird allein dem Schießen eine größere, durch die ganze Armee gleichmäßige Aufmerksamkeit geschenkt. Die Parade-Exercitien sind für die Arbeiten des Krieges von verhältnißmäßig geringer technischer Bedeutung, da in dem Gefecht die Infanterie blos in den allereinfachsten Formen verwandt wird. Dagegen sind die Uebungen im Gebrauch von Truppenmassen und großen Tirailleurlinien, im Marschiren, im Felddienst und in der Verschanzungskunst auf ein Minimum zurückgeführt und würden, wenn sie reell betrieben werden, doch reiche Gelegenheit bieten, auch die Disciplin durch

Geltendmachen der Intelligenz der Führer zu entwickeln. Dem größern Betriebe dieser Zweige steht der Mangel des Terrains entgegen, ein Mangel, der die Truppen in den fruchtbaren Gegenden mit ihren Uebungen, außer in den wenigen Tagen der Manöver, ganz allein auf die Exercierplätze beschränkt. — Für die Ausbildung des gemeinen Mannes ist dieser Uebelstand weniger fühlbar, da er vollständig in der Hand seines Vorgesetzten arbeitet, und der intelligenten Leitung des letztern überall zu folgen im Stande ist, aber für die Ausbildung des Vorgesetzten fällt er außerordentlich ins Gewicht. Die durchaus formelle Ausbildung der Truppen läßt auch die Offiziere mit ihren ganzen Anschauungen nicht über dieselbe hinweg kommen, macht die höchsten Stellen zu lebendigen Repräsentanten der Gamasche und entfernt das belebende Element des kriegerischen Geistes gerade dort, von wo es ausgehen und die Armee anregen soll. Wie jetzt im Kriege, so auch im Frieden ist der in der Blüthe seiner Jahre stehende, durch die Erfahrung gereifte und in der Kriegskunst unterrichtete Hauptmann oder Rittmeister der Träger der Intelligenz und der Leistung in der preußischen Armee. In der Einförmigkeit seines Lebens, in der mangelnden Anerkennung aller die Paradedressur überschreitenden Bestrebungen und in der Gewalt der von obenher auch ihn ganz unterjochenden Gamasche aber wird er mehr oder minder abgenutzt und tritt, wenn nicht vorher verabschiedet, in dieser Verfassung in die höhern Chargen. Eine Ergänzung dieser letztern findet außerdem noch aus dem Generalstab und der Adjutantur statt, aus zwei Branchen, welche in langjähriger Beschäftigung am grünen Tisch meist dem Dienst fremd werden, und dann bei dem Rücktritt in die Armee die Gamasche entweder nicht verstehen und an ihrer Handhabung scheitern, oder aber sie nur in ihrer Aeußerlichkeit auffassen und die allergrößten Kleinigkeitskrämer werden. Die Gamasche, deren Handhabung wir als ein ausgezeichnetes Mittel zu unbedingter Unterwerfung des Untergebenen unter den Willen des Vorgesetzten erkannt haben, tödtet in ihrer übertriebenen Anwendung auch den Geist der Vorgesetzten und zerstört damit die Möglichkeit einer guten Leitung.

Ein General, der im vollen Sinne des Worts an der Spitze seiner Truppen steht, kann sich leider nur sehr selten in der preußischen Armee bilden. Das ist ein Uebelstand der laut eine Besserung des Ausbildungsmodus in derselben fordert und zwar in der Art, daß neben der Ausbildung des gemeinen Mannes auch die des Offiziers und zumal des Generals angestrebt wird, sowie daß neben der Gamasche dem General ein Feld der Thätigkeit eröffnet und ihm die Möglichkeit gegeben wird, seine entwickelteren Kenntnisse und Erfahrungen geltend zu machen. — Das ist nur möglich durch die andauernde Concentrirung von Truppen in einem großen Terrain, welches frei betreten und benutzt werden kann d. h. durch Errichtung von Lagern und dazu gehörigem Manövrirfeld. — Mit der Einführung der Lager halten wir auch eine Verminderung der Dienstzeit der Mannschaften der Infanterie, Artillerie und Pioniere für zulässig, ohne dieselbe nicht. Warum, das soll nächstens entwickelt werden.

Verantwortlicher Redacteur: Dr. Moritz Busch.

Verlag von F. L. Herbig. — Druck von C. E. Elbert in Leipzig.

Das älteste Christenthum und seine Literatur.

1. Der Kanon.

Der Protestantismus befindet sich der Sammlung neutestamentlicher Schriften gegenüber in einer eigenthümlichen Stellung. Als die Reformatoren die katholische Hierarchie in ihrem Nerv angriffen und die Tradition, auf welche sie sich stützt, verwarfen, hielten sie sich im Gegensatz gegen die Tradition um so fester an die heilige Schrift. Sie beriefen sich damit auf das ursprüngliche Christenthum gegenüber seinen späteren Ausartungen. In den von Aposteln und Apostelschülern verfaßten Schriften des neuen Testamentes sahen sie die älteste unverfälschte christliche Lehre fixirt. Hier nahmen sie ihre feste Position zur Bestreitung des römischen Kirchenthums. Die Reformatoren ahnten noch nicht, daß sie den Kampf gegen die Tradition mit einer Waffe führten, welche ihnen die Tradition selbst lieferte. Ihnen stand — vereinzelte Zweifel abgerechnet, welche noch keine weitere Folge hatten — die Echtheit und der göttliche Ursprung jener Schriften schlechthin fest. Erst als ein entwickelteres kritisches Bewußtsein die Frage aufwarf: worauf gründet sich denn die Voraussetzung, daß diese Schriften von Gott eingegeben und apostolischen Ursprungs sind? kam jener Widerspruch offen zu Tage. Denn auf diese Frage gab es keine andere Antwort, als daß die Schriften des neutestamentlichen Kanon zu einer bestimmten Zeit den Vätern der katholischen Kirche als heilig und apostolisch galten, denselben Vätern, deren Urtheil doch in andern Fällen keineswegs unangefochten blieb. Diese selbst beriefen sich auf noch ältere Väter, aus deren Ueberlieferung sie schöpften, und indem man diese Zeugnisse verfolgte, welche sich bald in indirecte Zeugnisse verliefen, kam man auf einen Punkt, wo die schriftliche Bezeugung überhaupt aufhörte und nur noch die mündliche Tradition übrig blieb als Mittelglied zwischen dem angeblich apostolischen Ursprung einer Schrift und ihrer apostolischen Geltung in der Kirche. Worauf anders gründet sich also jener Anspruch als auf die Tradition? Ja noch mehr; ging man dem allmäligen Anwachsen dieser Schriftsammlung nach, so fand sich, daß die Tradition, d. h. die sich bildende Kirche großentheils diese Schriften erst erzeugt hat. Sie war das Erste, schon vorher Vorhandene; erst in ihr und theilweise zum Zweck ihrer Ausbildung und Befestigung sind die Bücher des Kanon entstanden. Der Protestantismus stützte sich also auf ein Princip, das mit der Tradition, welche er bekämpfte, selbst stehen oder fallen mußte. Er hielt sich an einen Theil der Tradition, um die ganze Tradition damit zu beseitigen. Kein Wunder, daß, je folgerichtiger die Grundsätze des Protestantismus sich entwickelten, unausweichlich auch die Schriften des neuen Testaments selbst in den Bereich der kritischen Untersuchung gezogen wurden. Mochten die Einen wehklagen, daß dem Protestantismus damit seine feste Grundlage geraubt werde, so konnten die Anderen mit größerem Rechte darauf sich berufen, daß diese Untersuchung nur die legitime Fortsetzung des protestantischen Gedankens ist, und daß es um den Protestantismus übel bestellt wäre, wenn man ihn auf einen Grund bauen wollte, welcher der wissenschaftlichen Forschung nicht Stand hält.

Oberflächlich betrachtet scheint es freilich ein frevelhaftes Beginnen der Ueberkritik, an einer Ansicht rütteln zu wollen, welche durch den einstimmigen Glauben von sechzehn Jahrhunderten bestätigt und geheiligt ist und überdies fast das einzige Band der christlichen Gemeinschaft durch alle Verschiedenheiten der Bekenntnisse hindurch zu bilden scheint. Allein eine durch Alter ehrwürdige Ueberlieferung ist damit noch nicht eine zuverlässige Ueberlieferung, und was auf historischem Wege entstanden ist, muß sich auch gefallen lassen, mit den Mitteln historischer Kritik geprüft zu werden. Eben die Entstehungsgeschichte des Kanon*) aber läßt sich wenigstens noch so weit nachweisen, daß dadurch — noch abgesehen von allen Einzelfragen der Kritik — die dogmatische Geltung, welche derselbe in der katholischen und protestantischen Kirche erhalten hat, bedeutend erschüttert werden muß. Keineswegs nämlich ist der Kanon als ein fertiges Ganzes aus der apostolischen Zeit übergegangen in die nachapostolische; sondern, wie der Begriff des Kanon erst weit später sich gebildet hat, so sind auch die Grenzen dessen, was als kanonisch gelten sollte, mehre Jahrhunderte hindurch schwankend geblieben. Der Kanon hat seine Geschichte, er hat sich langsam und nicht ohne vielfachen Widerspruch gebildet. Lange Zeit war es streitig, ob diese oder jene Schrift wirklich apostolischen Ursprungs sei, noch im dritten Jahrhundert unterschied man Schriften, welche nach allgemeiner Uebereinstimmung echt, und solche, welche „bestritten" waren. Noch sind uns einige Schriften erhalten, welche eine Zeit lang als kanonisch galten und erst später ausgeschieden wurden, und wiederum kam es vor, daß Schriften, deren Bezeugung eine sehr alte und zuverlässige ist, einer späteren Zeit verdächtig wurden. Eine Reihe von Evangelien und Apostelgeschichten, welche später ver-

*) Man vgl. zu dem Folgenden besonders: Schwegler, das nachapostolische Zeitalter, 1846, und Hilgenfeld, der Kanon, 1863.

schwanden, finden wir in der ältesten Kirche da und dort im Gebrauch; noch in der Mitte des zweiten Jahrhunderts treffen wir kirchliche Schriftsteller, welche andere Evangelien benutzen als die unsrigen, und welche solche Schriften noch nicht kennen, die jetzt in unsrem Kanon sich befinden. Erst am Ende des zweiten Jahrhunderts — also welcher Abstand von der angeblichen Abfassung — finden wir den Kanon zu einem gewissen Abschluß gediehen, bei Schriftstellern, welche, auf die Befestigung der kirchlichen Einheit bedacht, auch die literarische Ueberlieferung fixirten. Erst jetzt begann man jenen Schriften den Charakter göttlicher Eingebung beizulegen, den man bisher den prophetischen Büchern des alten Testaments zuschrieb. Jetzt erst stellte man dem alten Testament ein neues Testament zur Seite. Bei Irenäus, dem Bischof zu Lugdunum (Lyon), finden sich zuerst die Begriffe von Inspiration und Kanonicität. Aber selbst dieser am Schluß des zweiten Jahrhunderts stehende Kirchenvater legt noch so wenig Gewicht auf die Schrift, daß er meint, der christliche Glaube wäre nicht gefährdet, wenn auch von den Aposteln keine Schriften vererbt worden wären, da die apostolischen Schriften durch die Tradition ersetzt werden könnten. So sehr überwog damals noch die lebendige Ueberlieferung. Erst in dem Maße, als diese sich zu trüben oder zu erlöschen begann, als das Verlangen einer festeren Constituirung der Kirche auch in dogmatischer Beziehung erwachte und gegenüber den Ketzern eine wirksamere Waffe nöthig schien, als die haltlose Berufung auf die Tradition, zeigte sich auch das Bedürfniß eines geschlossenen Kreises schriftlicher Ueberlieferungen und zwar gesetzgebender, höchst beglaubigter, von Gott eingegebener Glaubensurkunden.

Dogmatische, kirchliche Motive waren es also, welche zum Abschluß des Kanons führten. Dogmatische Motive waren es auch in der Regel, welche den Schwankungen zu Grunde lagen, bevor der Kanon zum Abschluß kam. Durchaus sehen wir die Kritik unter der Herrschaft der Dogmatik stehen. Nicht die Kirchenlehre wird nach dem Kanonischen, sondern das Kanonische nach der Kirchenlehre bemessen. Ein schlagendes Beispiel hierfür ist das Schicksal, welches die Offenbarung des Johannes gehabt hat. Keine Schrift ist, selbst wenn ihr hohes Alter nicht aus ihrem Inhalt sich erweisen ließe, durch bessere und ältere Zeugnisse als Apostelschrift beglaubigt als diese. So weit sich die Spuren der christlichen Literatur überhaupt zurückverfolgen lassen, treffen wir auf die Offenbarung, und mit Papias, dem in der Kirchengeschichte des Eusebius erwähnten Bischof von Hierapolis, der noch „ein Hörer des Johannes" war, reichen die Zeugnisse bis in die Zeit des Apostels selbst hinauf. Allein in dem Maße, als die schroff judenchristliche Denkweise, aus welcher diese fanatische Zornesschrift heraus geschrieben ist, in der Kirche überwunden wurde, nahm auch das Interesse an ihr ab. Je bedenklicher die Lehre vom tausendjährigen Reich einer späteren Zeit erschien, um so verdächtiger wurde auch das

Buch, auf welches sie sich stützte, und als auf Grund jener Lehre sich Sekten bildeten, welche die Kirche von sich ausschloß, wurde der Offenbarung geradezu der apostolische Ursprung abgesprochen. Wie konnte eine Schrift, welche dem jetzigen Bewußtsein der Kirche so wenig entsprach, von einem Jünger des Herrn verfaßt sein? Schon damals machte ein Kirchenlehrer in Alexandria auf die grundsätzliche Verschiedenheit zwischen der Offenbarung und dem Evangelium des Johannes aufmerksam, die unmöglich von einem und demselben Verfasser herrühren könnten. Aber es waren nur dogmatische, nicht kritische Bedenken, welche ihm die Augen für diese Verschiedenheit öffneten, sonst hätte er nicht aus der Echtheit des Evangeliums auf die Unechtheit der Offenbarung, sondern umgekehrt aus der Echtheit der Offenbarung auf die Unechtheit des Evangeliums schließen müssen. Eine Schrift, welche zweifellos zu den ältesten unsres Kanons gehört, wurde so allmälig in die Reihe der zweifelhaften, ja der unechten herabgedrückt, und diese Zweifel kamen im Grund nie mehr völlig zur Ruhe, eben weil die Kirche sich immer weiter entfernte vom Standpunkt jener judenchristlichen Vision. — Ein umgekehrtes Beispiel haben wir am zweiten Petrusbrief. Wie dort eine alte Schrift aus dogmatischen Gründen mit der Zeit immer ungünstiger behandelt wird, so wird hier aus dogmatischen Gründen eine sehr junge Schrift in kurzer Zeit fast ohne Widerspruch dem Kanon einverleibt. Der zweite Petrusbrief ist gegen das Ende des zweiten Jahrhunderts im Interesse einer völligen Verschmelzung des paulinischen und petrinischen Christenthums, des Glaubens und der Werke geschrieben, und noch bei den Kirchenlehrern am Ende des zweiten und zu Anfang des dritten Jahrhunderts, bei Irenäus, Tertullian, Cyprian findet sich keine Spur von ihm. Bei Origenes taucht er zum ersten Mal auf. Dieser sowohl als Eusebius führen ihn als „bestritten" auf; gleichwohl hatte schon damals die Kirche sich für seinen Gebrauch entschieden, und die späteren Kirchenlehrer gebrauchen ihn ohne Bedenken als Schrift des Apostels Petrus, wenn auch Einzelne noch privatim bescheidene Zweifel äußern. Die praktische Brauchbarkeit und das Interesse, auch Briefe von Petrus im Kanon zu haben, in welchem Paulus so reichlich vertreten ist, entschied über die Bedenken der Kritik. Diese Beispiele mögen genügen, um zu zeigen, auf welchen Gründen das Urtheil der Kirche, ob eine Schrift apostolisch sei oder nicht, beruhte.

Nichts beweist mehr, wie schwankend, unfertig der Kanon während der ersten zwei Jahrhunderte war, als die Menge von Schriften, welche von den ältesten Vätern als inspirirte Glaubensurkunden benutzt wurden und allmälig aus dem Gebrauch der Kirche verschwanden. So wird der Hirte des Hermas, eine noch erhaltene judenchristliche Schrift, von Irenäus, als kanonisch citirt, von anderen Vätern wenigstens als Schrift von vollständiger dogmatischer Beweiskraft benutzt. Tertullian betrachtet ihn in einer früheren Schrift gleichfalls als ein Buch von kirchlicher Autorität; in einer späteren dagegen fällt er, weil die Autorität des Hermas einem seiner Lehrsätze entgegengehalten wird, mit leidenschaftlicher Bitterkeit über das, wie er sagt, apokryphe und gefälschte Büchlein her. Gleichwohl finden wir es noch bei Clemens von Alexandrien und Origenes, also bis in die Mitte des dritten Jahrhunderts im Gebrauch, und erst um diese Zeit ward es ganz aus dem Kanon verbannt. Das verloren gegangene Hebräerevangelium, in welchem man die älteste Evangelienschrift, unsrem Matthäus verwandt, vermuthet, war bei den sogenannten apostolischen Vätern, bei Justinus und Hegesippus im Gebrauch; später wurde es unter die Apokryphen gesetzt, doch finden wir es noch von Clemens von Alexandrien und Origenes mit benutzt. Das Evangelium des Petrus, gleichfalls verloren gegangen, war sogar noch im fünften Jahrhundert in morgenländischen Gemeinden im Gebrauch. Die Briefe des Barnabas und des römischen Clemens gelten noch dem Clemens von Alexandria als apostolische Schriften. Die Predigt des Petrus, von Eusebius und Hieronymus unter die Apokryphen gestellt, wird noch von Origenes wenigstens als ein Buch behandelt, dessen Unechtheit fraglich ist. Die Offenbarung des Petrus wird noch in einem, dem Ende des zweiten Jahrhunderts angehörigen Verzeichniß, das nach seinem ersten Herausgeber der muratorische Kanon genannt wird, der des Johannes als gleich kanonisch zur Seite gestellt. Und so finden sich überhaupt Nachrichten von einer Menge von Evangelien, Apostelgeschichten, Offenbarungen und Briefen, die erst allmälig aus dem kirchlichen Gebrauch verdrängt wurden.

Setzt man die Zerstörung Jerusalems als den Endpunkt des apostolischen Zeitalters, so sind es nur fünf Schriften, von welchen man zuverlässig behaupten kann, daß sie vor jenem Zeitpunkt geschrieben sind: die aus bestimmten persönlichen Veranlassungen geschriebenen vier Briefe des Apostels Paulus (an die Römer, Galater und Korinther) und die Offenbarung des Johannes, deren Abfassung im Jahre 69 aus ihrem Inhalt evident ist. Ueberhaupt wird man sich das Erwachen einer eigentlichen schriftstellerischen Thätigkeit nicht zu frühe vorstellen dürfen. Weder in erbaulicher noch in dogmatischer Beziehung lag hierfür in jener Zeit eine Veranlassung vor, und ebensowenig kann von einem frühzeitigen Interesse, historische Aufzeichnungen zu machen, die Rede sein. Für die Zwecke der Erbauung genügten die Schriften des alten Bundes, die wir in der That bei der ältesten Gemeinde als einzige Religionsbücher im Gebrauch finden. Die Dogmatik der ersten Bekenner concentrirte sich auf den einen Satz, daß Jesus der verheißene Messias ist, und in Bezug auf das Leben des Erlösers genügte das, was sich in der Ueberlieferung von Mund zu Mund fortpflanzte. Diese Tradition schriftlich zu fixiren, lag um so ferner, je mehr das irdische Leben Jesu für das religiöse Bewußtsein der Gemeinde zurückstand gegen sein künftiges Wiedererscheinen. Die Augen waren nach vorwärts gerichtet, nach dem Moment der Erfüllung, nach dem Kommen Jesu auf den Wolken des Himmels, womit erst seiner Messianität das vollgiltige Siegel aufgedrückt werden sollte. Erst als mit dieser Erwartung eine immer größere Frist verfloß und das Wiederkommen des Messias geistig gedeutet wurde — eine Umwandlung, welche sich in einigen neutestamentlichen Schriften deutlich verfolgen läßt — kam man dazu, sich auf das Diesseits zu besinnen, wieder nach rückwärts zu blicken und das inzwischen undeutlich gewordene, sagenhaft ausgeschmückte Bild von dem irdischen Leben Jesu durch die Schrift zu fixiren. Und erst als infolge des Kampfes zwischen dem Paulinismus und dem Urchristenthum das Band lockerer wurde, welches Christenthum und Judenthum bis dahin verknüpfte, empfand man das Bedürfniß neuer Lehrschriften, welche das Bewußtsein der neuen Kirche aussprachen und eine Reihe fortlaufender Documente für die allmälige Entwickelung der katholischen Lehre bilden.

Wenn wir die Spuren der urchristlichen Literatur, so weit es möglich ist, von ihrer späteren Fixirung im Kanon nach rückwärts verfolgen, so ist das letzte, also älteste Zeugniß, auf welches wir stoßen, die Mittheilungen, welche Eusebius in seiner Kirchengeschichte über jenen Papias macht, der in der ersten Hälfte des zweiten Jahrhunderts Bischof von Hierapolis war und einer schroff judenchristlichen Richtung angehörte, so daß die Zeit des Eusebius über ihn als einen beschränkten, schwachsinnigen Kopf die Achseln zuckte. Dieser Papias, der noch ein Hörer des Apostels Johannes gewesen sein soll, erkennt nun zunächst die Offenbarung desselben als eine echte inspirirte Schrift an. Von Evangelien kennt er das aramäische Hebräerevangelium, ferner das Matthäusevangelium „mit verschiedenen Bearbeitungen in der griechischen Sprache", endlich ein Marcusevangelium, das er aber auf eine Weise beschreibt, daß es unmöglich unser kanonisches Evangelium sein kann. Die paulinischen Briefe und das paulinische Lucasevangelium ignorirt er, offenbar weil er als strenger Judenchrist sie verwirft. Von der Apostelgeschichte und vom Johannesevangelium ebensowenig eine Spur. Dagegen fand Eusebius bei ihm noch den ersten Johannes- und den ersten Petrusbrief benutzt. Der phrygische Bischof kennt also eine Anzahl apostolischer Schriften, aber bemerkenswerth ist nun, daß von einer kanonischen Geltung derselben als Norm des Glaubens und Quelle der Lehre noch gar keine Rede ist. Im Gegentheil erklärt er ausdrücklich, für seine „Auslegung der Herrnsprüche", die er in fünf Büchern verfaßte, weit weniger die Schriften, als die mündliche Ueberlieferung benutzt zu haben. Nicht aus den Schriften der apostolischen Männer, sondern aus ihren mündlichen Aussagen, welche er nach den Mittheilungen glaubwürdiger Kirchenältesten sorgfältig zu sammeln beflissen war, schöpfte er seine Aussprüche des Herrn. Dreierlei also lehrt uns dieses älteste Zeugniß aus der ersten Hälfte des zweiten Jahrhunderts: 1) daß die mündliche Ueberlieferung damals noch in höherer Geltung stand als die schriftliche Aufzeichnung, 2) daß die Bildung des Kanon damals noch in der ersten Kindheit lag. 3) daß mit der Geschichte des Kanon zugleich die Kritik des Kanon Hand in Hand geht; denn eine Kritik, wenn auch rein dogmatische Kritik ist es, wenn der schroffe Judenchrist an den längst vorhandenen paulinischen Briefen vorübergeht.

Auf die entgegengesetzte, streng paulinische Seite führt uns die Sammlung christlicher Schriften, welche dem zu den Gnostikern, einer vielverzweigten religionsphilosophischen Richtung, gerechneten Marcion (gegen die Mitte des zweiten Jahrhunderts) als echt, d. h. als echter Ausdruck des Christenthums, wie er es verstand, und darum auch apostolischen Ursprungs galten. Marcion schließt das Matthäus- und das Marcusevangelium grundsätzlich aus; er erkennt nur ein Evangelium an, das des Lucas, aber nicht, ohne auch dieses zuvor von allen nichtpaulinischen Stücken gereinigt zu haben. Außerdem besteht sein Kanon nur noch aus einer Sammlung von zehn paulinischen Schriften. Die Offenbarung des Johannes verwirft er als Schrift eines judenchristlichen Urapostels. Die Apostelgeschichte und die Hirtenbriefe kennt er noch nicht, da diese erst gegen die marcionitische Gnosis gerichtet sind. Daß er den Hebräerbrief nicht kennt, der ganz in seiner Richtung gelegen wäre, ist ein Beweis, daß derselbe damals mindestens noch keine Anerkennung und Verbreitung gefunden hatte. Ebenso darf man aus seinem Stillschweigen über das Johannesevangelium schließen, daß dieses noch nicht vorhanden war, da es sich sonst noch besser als das des Lucas für seine juristische Auffassung des Christenthums dargeboten hätte.

Einer der wichtigsten Schriftsteller für die Geschichte des Kanon ist der Märtyrer Justinus (nach der Mitte des zweiten Jahrhunderts) von dem uns noch mehre Schriften erhalten sind. Mit ihm treten wir wieder auf die andere, die judenchristliche Seite. Nach seinen Citaten zu schließen, ist seine Hauptquelle für die Geschichte Jesu das Matthäusevangelium, außerdem kennt er auch den Lucas. Zweifelhafter ist schon, ob er den Marcus benutzte, und vom Johannesevangelium findet sich bei ihm gleichfalls noch keine sichere Spur. Allein auch die Anführungen, die er aus jenen Evangelien macht, lassen schließen, daß dieselben noch nicht völlig in der uns vorliegenden Gestalt vorhanden waren, sowie außerdem noch die Benutzung eines andern, ohne Zweifel des Hebräerevangeliums, bei Justin wahrscheinlich ist. Auch dies ist bezeichnend, daß er die Evangelien gewöhnlich unter dem Titel „Denkwürdigkeiten der Apostel" anführt. Schon dies weist darauf hin, daß mit dem officiellen Namen auch ihr kanonischer Charakter damals noch nicht festgestellt war, wie denn wirklich der Begriff der heiligen Schrift bei ihm noch auf das alte Testament beschränkt ist, und er geradezu behauptet, daß man sonst nirgendswoher über Gott und die wahre Religion etwas lernen könne, als allein von den alttestamentlichen Propheten, die vom heiligen Geist beseelt die Wahrheit lehren. Außerdem erkennt er noch die Offenbarung des Johannes als echt an, während die paulinischen Briefe bei ihm noch ebenso ausgeschlossen sind, wie bei Papias.

In der zweiten Hälfte dieses Jahrhunderts läßt dann die Spannung des Gegensatzes nach. Das Lucas- und Johannesevangelium, wie die paulinischen Briefe finden Eingang bei den Judenchristen, wie umgekehrt sich der Paulinismus zu Zugeständnissen genöthigt sieht. Mit dem Auftauchen der katholischen Bestrebungen geht die allmälige Bildung eines Gesammtkanons Hand in Hand, und das Evangelium und die apostolische Briefsammlung werden von nun an die beiden Grundbestandtheile des neuen Testaments. Jetzt erst wird auch der Begriff der heiligen Schrift auf die neutestamentlichen Bücher angewandt. Um das Jahr 170 wird zum ersten Mal die Apostelgeschichte, die recht eigentlich im Sinn der katholischen Ausgleichung verfaßt ist, erwähnt. Zwar finden sich in dieser Zeit immer noch außerkanonische Schriften, wie z. B. die Evangelien des Jacobus und des Petrus benutzt; und der bekannte heidnische Gegner der Christen, Celsus (etwa 165—170) macht ihnen noch das Schwanken in der Zahl ihrer kirchlichen Evangelien zum Vorwurf. Aber am Ende des Jahrhunderts werden diese allmälig durch die kanonischen beseitigt, und zwar sind es jetzt die mit monarchischer Gewalt an der Spitze der Gemeinden stehenden Bischöfe, deren Autorität auch für den Gebrauch der heiligen Schriften entscheidet. Das Aufkommen der ketzerischen Sekten, die sich gleichfalls auf die Schrift beriefen, war hierzu die Hauptveranlassung. Um ihnen wirksamer zu begegnen, spitzte sich das Institut des Episkopats immer monarchischer zu. An den Episkopat, d. h. an die bischöfliche Nachfolge knüpfte man sofort die Tradition, an die Tradition die Kirchenlehre, und der Kirchenlehre gab man zur festen, unverrückbaren Unterlage eine Reihe schriftlicher Urkunden, den neutestamentlichen Kanon.

So erscheint denn mit den Kirchenlehrern am Ende des zweiten und zu Anfang des dritten Jahrhunderts unser Kanon wenigstens insofern abgeschlossen, als gegen die beiden Hauptbestandtheile der Schrift innerhalb der Kirche kein principieller Widerspruch mehr erhoben wird, und bei Irenäus (gest. um 200) findet sich auch der dogmatische Begriff des Kanon im Wesentlichen so vor, wie er seitdem überhaupt in der Kirche giltig blieb. Gleichwohl fehlt es noch lange Zeit nicht an Schwankungen, Zweifeln und einzelnen Lücken. So muß z. B. Irenäus gestehen, daß die Echtheit des Johannesevangeliums zu seiner Zeit noch keineswegs unbestritten feststeht, während er selbst den Brief des Judas, den Jacobus-, den zweiten Petrus- und dritten Johannesbrief noch nicht kennt und andrerseits noch den Hirten des Hermas als kanonisch gebraucht. So verwirft Tertullian (gest. um 220) den Hebräerbrief und kennt den Jacobusbrief noch nicht. Der schon erwähnte muratorische Kanon, welcher derselben Zeit angehört, verwirft den Hebräer- und Epheserbrief, kennt die Briefe des Petrus und Jacobus nicht, nennt neben der Offenbarung des Johannes auch noch die des Petrus und empfiehlt wenigstens für den Privatgebrauch den Hirten des Hermas. Die Verwerfung des Hebräerbriefs blieb noch lange der abendländischen Kirche eigenthümlich, während mit dem Anfang des dritten Jahrhunderts die Verwerfung der Offenbarung des Johannes in der römischen Kirche beginnt. In der morgenländischen Kirche zeigen die Schriften des Clemens von Alexandrien (gest. nach 211) die Grenzen des Kanonischen noch durchaus fließend, und es war ein Hauptbestreben seines Nachfolgers, des Origenes (gest. 254), diese Schwankungen zu beseitigen. Von ihm rührt die Unterscheidung der gangbaren neutestamentlichen Schriften in unbestrittene und bestrittene her, wobei ausdrücklich blos die thatsächliche Verbreitung und Anerkennung der Schriften den Maßstab jener Eintheilung bilden sollte. Allein der Mangel einer scharfen Grenzlinie zwischen bestrittenen und außerkanonischen Schriften, der noch bei Origenes sich zeigt, läßt erkennen, wie wenig im Grunde mit dieser Unterscheidung gewonnen war. Indem man jetzt die Schriften des Kanon in unbestrittene und bestrittene eintheilte, war damit nichts gesagt, als daß eine Anzahl Schriften, wenn auch nicht ohne Widerspruch, doch mit Widerspruch, ja trotz des Widerspruchs dasselbe seien, was die andern, nämlich apostolische, kanonische Schriften. Man hatte jetzt eine bequeme Kategorie, in die man solche Schriften unterbrachte, deren apostolischer Ursprung gar zu wenig bezeugt war und die man gleichwohl im Kanon behalten wollte. Anstatt jene Zweifel weiter zu verfolgen, war man vielmehr im Voraus geneigt, eine Schrift als apostolisch aufzunehmen, wenn nur ihr Inhalt nicht anstößig war, vielmehr dem kirchlichen Interesse diente.

Derselbe Kanon findet sich auch im Wesentlichen bei dem ersten Kirchengeschichtschreiber Eusebius von Cäsarea (gest. 340) vor. Allein er bezeichnet insofern einen weiteren Schritt auf der Bahn zur Fixirung des Kanons, als er neben den unbestrittenen und bestrittenen noch eine dritte Abtheilung, „unechte" Schriften, unterscheidet. Die bestrittenen sind die Briefe des Jacobus und Judas, der zweite Petrus- und der zweite und dritte Johannesbrief. Zu den Unechten rechnet er u. a. den Hirten des Hermas, die Offenbarung des Petrus, den Brief des Barnabas, das Hebräerevangelium. Die unechten sind also solche, bei welchen der Widerspruch so sehr überwog, daß sie im Grunde gar nicht mehr in Betracht kamen. Aber sind schon die unechten, die doch wieder von den Schriften rein ketzerischer Erfindung unterschieden werden, doch nur eine Abart der bestrittenen, so ist überhaupt die Grenzlinie zwischen allen drei Classen noch fließend. So schwankt die Offenbarung des Johannes zwischen den unbestrittenen und unechten hin und her; so ist der Hebräerbrief einmal zu den unbestrittenen, ein ander Mal zu den bestrittenen, der Jacobus- und der Judasbrief das eine Mal zu den bestrittenen, das andere Mal zu den unechten gerechnet. Ueberhaupt finden wir bei Eusebius nicht ein sicheres kritisches Urtheil, sondern blos die Constatirung des Zustands, in welchem sich der Kanon zu seiner Zeit befand, allerdings auf einem Punkte, wo die Grenzen sich nun fester zogen, indem von jetzt an allgemein die von Eusebius als bestritten angeführten Schriften als Apokryphen dem Kanon einverleibt werden, die Unterabtheilung der unechten ausgeschieden wird und so unser jetziger Kanon zu Stande kommt.

Von untergeordneten Schwankungen abgesehen, setzte sich nur noch gegen die Offenbarung des Johannes im Morgenland, gegen den Hebräerbrief im Abendland der Widerspruch fort, der dann im fünften Jahrhundert vollends verschwindet. Die Kritik war nun zum Schweigen gebracht. Lange Jahrhunderte erfreute sich die Kirche ungestörter Ruhe vor diesem ungebetenen Gast. Im Gefolge der humanistischen Bestrebungen klopfte er zum ersten Mal wieder an die Thüre. Die Kirchenversammlung von Trient (1546) fand sich dadurch veranlaßt, die neuerdings wieder angegriffenen Bücher, die Offenbarung des Johannes, den Ebräer- und einige andere Briefe nochmals feierlich in den Kanon aufzunehmen. Es war, wie Hilgenfeld mit Recht bemerkt, bezeichnend, daß der neuere Katholicismus gerade bei der Lostrennung des Protestantismus mit einer endgiltigen Entscheidung über den Kanon hervortrat und dem Schwanken der altkatholischen Kirche ein Ende bereitete. Die Schriftforschung war hier für alle Zeit gebunden. Eine freie Bewegung der Schriftforschung ließ sich hinfort nur auf Seiten des Protestantismus erwarten, der zwar nach den ersten freimüthigen Anläufen Luthers sich in die Fesseln des starren Glaubenssatzes von der unmittelbaren göttlichen Eingebung sämmtlicher neutestamentlicher Schriften bannte, aber auf die Dauer diese unnatürlichen Fesseln nicht ertragen konnte.

Kaiser Friedrich der Zweite.

Dr. Ed. Winkelmann, Geschichte Kaiser Friedrich des Zweiten und seiner Reiche 1212—1235. Berlin, 1863.

Auf wenige historische Personen mag das oft citirte Wort aus Schillers Prolog zum Wallenstein in solchem Maße Anwendung finden als auf Kaiser Friedrich den Zweiten. Dreht sich bei der Beurtheilung anderer Männer der Streit theils um die Berechtigung der von ihnen vertretenen Principien, theils um ein Mehr oder Weniger ihrer persönlichen Tüchtigkeit, so schneidet er hier viel tiefer. Nicht blos als einen auf falschem Wege Begriffenen, als einen Ungläubigen, einen Despoten u. dergl. m., sondern als den raffinirtesten und fühllosesten Heuchler, als einen Mann der Lüge durch und durch, stellt die eine Auffassung den Kaiser dar, während nach der andern sein Charakter, in einer edlen Freiheit von dem dunklen Hintergrunde einer in Aberglauben und wilder Leidenschaft verkommenen Zeit sich abhebend, fast ideale Züge annimmt. Meist ist es der Standpunkt des eifernden Kirchenthums auf der einen, des religiösen und auch wohl politischen Liberalismus auf der anderen Seite, die zu so extremen Ansichten über den denkwürdigen Kaiser geführt haben. In mäßigeren Entfernungen von einander pflegen sich die Urtheile zu halten, die aus nationalen Gesichtspunkten gefällt werden und sich vor allem mit dem Werthe von Friedrichs Erscheinung für das deutsche Volk zu thun machen. Den Sympathien, die ihm hier sein Kampf gegen die römische Kirchengewalt zuzuführen geeignet ist, tritt die Erwägung entgegen, daß nicht in deutschem Interesse dieser Kampf stattgefunden, daß vielmehr dies Interesse von Friedrich hinter universalistischen oder italienischen Entwürfen fortwährend ebenso zurückgesetzt, als durch die Bestrebungen der Curie gefährdet worden sei. Eben jene weitreichenden Entwürfe sind ihm aber auch wieder zum Ruhm angerechnet worden, sofern sie ein Ausfluß der mittelalterlichen Kaiseridee, diese Kaiseridee aber zur Verherrlichung und Entwickelung der deutschen Nation im Mittelalter von höchster Wichtigkeit gewesen. Daß übrigens die Beurtheilung, welche der Charakter und die Politik der gleichzeitigen Päpste finden, auf das innigste zusammenhängt mit der gewonnenen Ansicht über Friedrich, daß in der Regel, je helleres Licht auf Friedrich fällt, desto dunklere Schatten auf einen Gregor den Neunten oder Innocenz den Vierten geworfen werden, versteht sich fast von selbst. Und das Alles betrifft einen Zeitraum, in welchem keineswegs die uns zu Gebote stehende Quellenliteratur angeschuldigt werden kann, sie lasse durch ihre Aermlichkeit allen möglichen subjectiven Auffassungen freien Spielraum. Gleichzeitige Chroniken und sonstige Geschichtsbücher, Briefe und Manifeste, Denkmäler der Gesetzgebung und Urkunden im engern Sinne liegen uns vor in einer Fülle und Mannigfaltigkeit, von welcher eine Vorstellung zu gewinnen ein Blick in die berühmte Sammlung Huillard-Brebolles oder in Böhmers Regestenwerk hinreicht. Wohl aber sind einem großen Theile dieser Literatur auf das stärkste die Spuren der Gegensätze eingeprägt, in denen sich Friedrichs Leben und Wirken bewegte. Die Mächte, die sich durch Friedrichs Thätigkeit in ihrem Innersten gefährdet sahen, sprechen da noch heute zu uns mit aller der Leidenschaftlichkeit, welche eben der tödtliche Kampf erwecken mußte. Und blicken wir auf Friedrichs eigene Aeußerungen und seine wichtigsten Handlungen, so finden wir in diesen selbst das scheinbar Entgegengesetzteste und Unverträglichste mit einander vereinigt.

Als Schützling der römischen Curie seine Laufbahn beginnend, tritt er nachmals in einen Kampf mit dieser Curie ein, gründlicher und radicaler als er irgendeinem der früheren Kaiser in den Sinn gekommen. Ohne äußere Nöthigung, in voller Freiwilligkeit, legt er ein Kreuzzugsgelübde ab, schiebt dann die Vollziehung desselben weiter und weiter hinaus, bis er darüber dem päpstlichen Banne verfällt, führt aber eben nun, unter dem Banne des Papstes und allem Widerspruche desselben zum Trotz, das Unternehmen, freilich in sehr nüchterner und mangelhafter Weise, aus, um sogleich nachher den Angriff gegen seine unteritalienischen Besitzungen, zu welchem der Papst in Europa das Kreuz hatte predigen lassen, wesentlich mit saracenischen Truppen zurückzuweisen. Ein Mann von reichster Bildung, ein Gönner und Beschützer der unteritalischen Mahomedaner, zeigt er sich in seiner Gesetzgebung als den entschlossensten und grausamsten Feind der Ketzer. Diese Gesetzgebung hat, soweit sie sich auf das unteritalische Königreich Friedrichs erstreckt, in unseren Tagen die höchste Aufmerksamkeit auf sich gezogen, als der wunderwürdigste Versuch, einen despotisch regierbaren Staat von einer bureaukratischen Ordnung, einem Competenzumfange, einem Reichthume an Aufgaben und Gesichtspunkten zu begründen, wie ihn das christliche Abendland bis dahin sich nicht hatte träumen lassen. In Deutschland dagegen findet die Entwickelung der großen Territorialgewalten, vor denen dort die Kaisergewalt zu vergehen und alle politische Einheit in ein regellos-particularistisches Wesen sich aufzulösen droht, bei Friedrich Unterstützung und Vorschub. Von den verschiedensten Culturelementen, deren Zusammenfluß den gewaltigen Gährungsproceß seiner Zeit hervorbrachte und besonders an dem Orte seiner Erziehung, in Sicilien, in stärkstem Maße sich geltend machte, erscheint Friedrich berührt; Abendländisches und Morgenländisches, Christliches und Mahomedanisches ist ihm angeflogen; sein eigenstes Wesen indeß scheint weder dem Einen noch dem Andern zu gehören, sondern in einer Atmosphäre geistiger Freiheit zu leben, wie sie in einem solchen Aufeinandertreffen des Mannigfaltigsten nicht vielen Einzelnen zu Theil wird; ja gegenüber den Unsittlichkeiten und Zügellosigkeiten seiner Gegner, für welche diese in ihrer Aufgabe, die Sache Gottes und der Kirche zu verfechten, ihre Rechtfertigung finden mochten, scheint er diejenige Gleichgiltigkeit gegen sittliche Rücksichten gewonnen zu haben, welche den Beginn der Emancipation von positiv religiösen Ueberzeugungen so häufig begleitet. Nichtsdestoweniger weiß er nicht blos vortrefflich sittliche Hebel gegen seine kirchlichen Widersacher in Bewegung zu setzen, sondern neben seinen mahomedanischen Kriegern, neben seinen im römischen Rechte gebildeten Staats- und Kanzleimännern, neben seinen morgen- und abendländischen Gelehrten und Künstlern widmen ihm auch Männer wie Hermann v. Salza eine aufrichtige Hingebung, Männer, deren christlichem Glauben und Wandel auch die erbittertsten Gegner des Kaisers ihre höchste Anerkennung zu verweigern außer Stande waren. Man sieht, wie Mannigfaltiges hier mit einander in Einklang gebracht, wie sorgfältig das Eine geprüft und auf ein gewisses Maß gesetzt werden muß, um zu dem Andern in das rechte Verhältniß zu kommen; man begreift, wie erst jenseits der rein thatsächlichen Kritik das Schwerste beginnt: den Punkt zu finden, von wo aus sich alle diese verschiedenen Züge zu einem einheitlichen Charakterbilde sammeln lassen.

Leicht wird freilich diese Aufgabe, wenn man mit der energischen Einseitigkeit verfährt, mit welcher, vor achtzehn Jahren, Konstantin Höfler zu Werke gegangen ist. Hauptsächlich an die dem Kaiser ungünstigsten Quellen sich haltend, vermag er ohne Mühe ein Bild aus einem Gusse zu liefern. Hatte Raumer mit vorsichtiger Hand ein Gemälde entworfen, in welchem Manches noch unbestimmt gelassen, doch mit Liebe diejenigen Züge ausgeführt wurden, die dem Kaiser und seinem Schicksale eine schöne menschliche Theilnahme zuzuwenden geeignet waren, so zeichnet Höfler mit derben Strichen einen von Grund aus verdorbenen und verderblichen Charakter, dem gegenüber die ihn bekämpfenden Mächte, zum mindesten die kirchlichen, sich fast allenthalben in ihrem Rechte befinden. Wenig anders ist der Eindruck, welche der, um Durchforschung des deutschen Mittelalters so hochverdiente Böhmer durch die gedrängte Schilderung Friedrichs hervorbringt, die er dem Regestenwerke vorausschickt. Derartigen Auffassungen ist nun, in neuerer Zeit, vorzüglich Schirrmacher entgegengetreten. In mancher Beziehung sich anschließend an das, was für die Geschichte von Friedrichs hohenstaufischen Vorgängern durch Otto Abel geleistet worden, nimmt er den Kaiser nicht blos in Schutz gegen allerhand Vorwürfe seiner hierarchischen Gegner und deckt die Blößen dieser Letztern auf; vielmehr sucht er auch, zumal im 2. Bande, auf positive Weise die Einheit in Friedrichs mannigfachen Bestrebungen herzustellen durch Nachweisung gewisser großer und wohlberechtigter Gedanken, in denen die scheinbaren Widersprüche eine würdige Lösung empfangen. In vielen Punkten erhalten seine Ansichten eine tüchtige Unterstützung durch die geistreiche Skizze von Friedrichs politisch-kirchlicher Stellung und Anschauung, welche Nitzsch in Sybels historischer Zeitschrift (1860) gegeben. Hier wie dort wird Friedrichs bittere Feindschaft gegen die Curie auf der einen, gegen die Ketzer auf der andern Seite in Einklang mit einander gebracht durch Bezeichnung eines Standpunktes, auf welchem Friedrich dem Papste sich frei gegenübergestellt, keineswegs aber den Grenzen des bestehenden Kirchenthums entrückt gefühlt habe; hier wie dort wird die Verschiedenheit zwischen Friedrichs sicilischer Verwaltung und seinen Anordnungen in Deutschland erklärt aus einem hohen Sinne für die Verschiedenheit der in beiden Ländern obwaltenden Verhältnisse und einer feinen Geschicktheit, sie demgemäß in verschiedener Art einem einheitlichen Zwecke dienen zu lassen. Namentlich wird auch die mittelalterliche Kaiseridee hoch gehalten und insofern der Glanz von Friedrichs Namen gewahrt gegen etwanige Beeinträchtigungen von Gesichtspunkten aus, wie sie vorzüglich durch Sybels Schrift über die deutsche Nation und das Kaiserreich mit so vielem Nachdrucke geltend gemacht worden sind. So steht Friedrich, wenn auch nicht ohne Schwächen, doch als ein überlegener und zugleich feiner Geist in einer wildbewegten Zeit, als ein Geist von reichster Befähigung und Bildung, voll Erhabenheit in seinen Zielpunkten und voll Verständnisses da für das praktisch Nothwendige oder Zweckmäßige; und in entschiedenster Weise wird ihm das Recht vindicirt, sich bei Bekämpfung seiner Widersacher an große sittliche Motive in den Seelen seiner Zeitgenossen zu wenden und dieselben für seine Angelegenheiten in Thätigkeit zu bringen.

Das vorliegende Buch Winkelmanns macht, nach einer Aeußerung der Vorrede, nicht den Anspruch, eine vollständige Geschichte Friedrichs des Zweiten in der Zeit seines aufsteigenden Gestirns zu sein, sondern will nur Beiträge zu derselben liefern. Zum Theil ist es eine Ueberarbeitung früher herausgegebener Abhandlungen; überhaupt aber hat es mehr die pünktliche Durchforschung einzelner Partieen zur Aufgabe, ohne daß jedoch die Bedeutung derselben für die Herstellung eines Gesammtbildes von Friedrichs des Zweiten Charakter, Stellung und Thätigkeit aus den Augen gelassen würde. Dabei zeigt sich überall im vollsten Lichte der gewissenhafte Fleiß, die Gründlichkeit und Genauigkeit der Forschung, die man an dem Verfasser schon früher, aus jenen Abhandlungen, kennen gelernt hat. Ein Verzeichniß der wichtigeren Quellenschriften und Hilfsmittel geht voraus, unter Beifügung kurzer Bemerkungen zur Charakteristik der ersteren, zur Zurückführung derselben auf die Elemente, aus denen sie entstanden u. s. w.; auch mehre der, den einzelnen Abschnitten angehängten Beilagen haben es hauptsächlich mit Quellenkritik zu thun. Das Werk selbst beginnt mit der merkwürdigen Fahrt des siebzehnjährigen Friedrich von Sicilien nach Deutschland zur Gewinnung der Krone, zu welcher Innocenz der Dritte, von seinem früheren Schützlinge, dem welfischen Otto dem Vierten, aufs äußerste bedrängt, den jungen Hohenstaufen berufen hatte; es schließt im Jahre 1235, am Vorabende des großen Todeskampfes zwischen Friedrich und den lombardischen Städten, mit welchem der Kampf des Kaisers gegen die Curie sich aufs innigste zu verflechten bestimmt war. Sollte man angeben, welche von den bisherigen Bearbeitungen der Geschichte Friedrichs des Zweiten es sei, der die Resultate von Winkelmanns Forschung am meisten entsprechen, so würde man Schirrmachers Buch zu nennen haben; aber auch ihm gegenüber verhält sich Winkelmann durchaus selbständig, wie denn auch seine Beschäftigung mit dem Gegenstande schon vor dem Erscheinen des schirrmacherschen Werkes begonnen hat und in manchen Stücken die Abhandlungen W's. bereits von Sch. selbst, in dem 2. Theile von dessen Buche, berücksichtigt worden sind. Faßt man die einzelnen, wichtigeren Punkte zusammen, in denen Sch. und W. von einander abweichen, so wird man sich veranlaßt sehen, dem von Sch. entworfenen Bilde des Kaisers einige Schatten zuzufügen; von der bei Sch. mitunter hervortretenden apologetischen Tendenz zeigt sich W. in seiner ruhigen Untersuchung des Einzelnen frei. Nur scheint auch er im Eingange die Bedeutung des politischen Betrugs, den Friedrich bald nach seiner Gelangung zur römisch-deutschen Königskrone dem Papste dadurch spielte, daß er gegen die berechtigten Erwartungen der Curie auch die sicilianische Krone auf seinem Haupte behielt, viel zu sehr abzuschwächen. Wenn Friedrich, nach vollführtem Betruge, den Papst durch eine Unterscheidung zwischen (modern ausgedrückt) Personal- und Realunion zu beruhigen suchte, so macht W., nach unserer Meinung, sich mit diesem Unterschied viel zu viel zu thun (als ob derselbe in jener Zeit und unter den obwaltenden Verhältnissen irgendeine wirkliche Erheblichkeit gehabt hätte!) und daß, nachdem die Curie in diesem Punkte getäuscht und die römische Kaiserkrone mit der sicilischen auf einem Haupte vereinigt war, jeder politisch tüchtige Papst sich von Haus aus auf halben Kriegsfuß zu Friedrich gesetzt fühlen mußte, bleibt unerörtert. Weiterhin aber wird deutlich zu erkennen gegeben, daß der Gedanke des Kaisers, im Jahre 1226 den Kampf mit den Lombarden aufzunehmen, in seiner Ausführung fast nothwendig den Bruch mit dem Papste bereits damals hätte herbeiführen müssen und daher zu den Kreuzzugsverpflichtungen, die der Kaiser dem Papste gegenüber auf sich genommen, in schlechtem Verhältnisse stand. Bedeutsamer noch fällt, für die Beurtheilung von Friedrichs Persönlichkeit, ins Gewicht, daß in der vielumstrittenen Frage über die Ermordung des Herzogs Ludwig von Bayern (S. 399) W. die Ansicht Böhmers theilt, die Schuld Friedrichs sei hier mehr als muthmaßlich (gebe es doch ähnliche Blutflecke in seinem Leben!); mindestens ebenso bedeutsam, daß W. gegen Schirrmacher und Nitzsch die Zeugnisse der morgenländischen Schriftsteller über Friedrichs religiösen Indifferentismus aufrecht erhält; die grausamen Ketzerverfolgungen, die unter Friedrich stattfanden, erscheinen demnach, soweit die Sache ihn anging, nur als Ausfluß kalter politischer Berechnung. — So würde denn die Vorstellung, die wir aus Winkelmanns Erörterungen von dem Kaiser gewinnen, sich in Manchem von der durch Schirrmacher gegebenen entfernen, und zwar nicht der grellen Schilderung Höflers, wohl aber der in scharfen Strichen ausgeführten Charakteristik annähern, die Huillard-Breholles in der introduction zu der Historia diplomatica gegeben. Mag nun aber auch Einzelnes noch streitig bleiben, — keinenfalls wird künftighin jemand an der, von einem befriedigenden Abschlusse noch sehr entfernten Arbeit, Friedrich und seine Zeit uns zum richtigen und vollen Verständnisse zu bringen, sich betheiligen dürfen, ohne auf die Leistungen des Verfassers eingehend Rücksicht zu nehmen; und lebhaft ist zu wünschen, daß dieser seine fleißigen und gewissenhaften Studien auf die, auch von Schirrmacher noch nicht beschriebenen letzten Abschnitte von Friedrichs Leben ausdehne, welche mit den furchtbaren Bewegungen und tragischen Katastrophen, die sie in sich schließen, der Forschung wie der Darstellung sehr eigenthümliche Schwierigkeiten darbieten.

Die Shakespeareaufführungen zum Shakespearefeste in Weimar.

Zur Feier des dreihundertjährigen Geburtstags Shakespeares sind denn nun die sieben historischen Stücke des Dichters (von Richard dem Zweiten bis Richard dem Dritten) in Weimar zur Darstellung gekommen, deren zusammenhängende Vorführung das von Dingelstedt ausgegebene Programm in Aussicht gestellt hatte.

Zur Shakespearefeier! Wenn wir Deutschen unserer augenblicklichen politischen Stimmung gegen England hätten nachgeben wollen, wie dieselbe durch die niederträchtige, manchmal an Wahnsinn streifende Haltung der englischen Presse gegen Deutschland hervorgerufen und berechtigt ist: es wäre in der That jetzt nicht die Zeit gewesen einen englischen Schriftsteller, und wäre er von höchster Bedeutung, durch deutsche Feste zu feiern. Aber es ist eine schöne Eigenthümlichkeit unsers Volks, daß es auch in Zeiten nationaler Erregung die Besonnenheit nicht verliert, sondern den Blick für alles Große und Schöne sich frei erhält und unbefangen von der leidenschaftlichen Aufwallung des Augenblicks. So gerecht unsere Klage über die engherzige Verbissenheit der britischen Politiker, so begründet unser Zorn gegen die ungerechte Herabwürdigung und Beschimpfung unserer nationalen Sache ist, wie wir solche jetzt von England erfahren: so hat diese augenblickliche Entfremdung uns doch mit Recht nicht abgehalten, den großen englischen Dichter mit den gebührenden Ehren zu feiern. Die Größe des Mannes an sich schon würde diese Huldigung rechtfertigen, eine Größe, welche bleibt, während die leidenschaftliche Abwendung zweier stammverwandten Völker von einander bald wieder ruhiger Erwägung und der Macht gemeinsamer Interessen weichen wird. Aber bei Shakespeare kommt noch ein besonderer Grund hinzu: er gehört beiden Völkern, England und Deutschland gemeinschaftlich an, ja in manchem Sinne haben wir beinahe ein höheres Anrecht auf ihn. In seinen Schauspielen spricht zu uns die Tiefe des Gedankens, die Innigkeit der Empfindung, die nicht englisch, nicht deutsch, sondern ein gemeinsames Erbtheil des germanischen Stammes ist. Wie hätten unsere großen Dichter sich an Shakespeare emporranken können, wenn er uns fremd gegenüberstände und nicht vielmehr dem deutschen Volksgeiste in seinem innersten Wesen homogen wäre?

Aber was wir von ihm empfangen an Anregung, Vorbild und Leitung — den Dank dafür haben wir Shakespeare durch die eifrigsten Bemühungen reichlich abgestattet. Deutscher Fleiß, deutsche Gelehrsamkeit, deutsche Begeisterung haben seinen Text hergestellt, seine Dunkelheiten erläutert, seine Schönheit erkannt und gepriesen und für seine Anerkennung und Verbreitung die wirksamste Propaganda gemacht.

So war es denn gerechtfertigt, wenn Deutschland den Geburtstag dieses Genius wie den Geburtstag eines seiner Söhne feierte. Unter allen Shakespearefeiern in Deutschland aber (die französische wurde verboten, die englische scheint sich hauptsächlich durch geschmacklose Massenhaftigkeit ausgezeichnet zu haben) war die in Weimar wohl die großartigste und würdigste. Sieben historische Schauspiele Shakespeares wurden vom 23. April an in der Festwoche vorgeführt. Ein Theil derselben wurde jetzt zum ersten Male gegeben, jedenfalls aber war die unmittelbare Aufeinanderfolge und Aneinanderreihung ein noch nie dagewesener Versuch. Sämmtliche Stücke wurden in einer Bearbeitung des Generalintendanten der weimarischen Bühne, Franz Dingelstedt, zur Darstellung gebracht.

Die Leser d. Bl. werden sich vielleicht noch des Referats erinnern, welches vor einigen Monaten über die vier ersten Stücke, die damals allein, gleichsam zur Probe, aufgeführt worden waren, in den Grenzboten gegeben wurde. Hieran reihe sich nun ein kurzer Bericht über die Einrichtung und Darstellung der drei letzten Stücke der Heptalogie (Heinrich der Sechste, 1. und 2. Theil. Richard der Dritte) zur Ergänzung jenes frühern Referats.

Es muß zunächst bemerkt werden, daß in der dingelstedtischen Bearbeitung der erste Theil der Trilogie König Heinrich der Sechste weggelassen ist. Es fehlt also die Zeit der unglücklichen Kriege Frankreichs mit England und die ganze Geschichte der Jungfrau von Orleans. In welcher Weise dieser später doch Erwähnung gethan wird, werden wir nachher sehen, sowie den Ort bezeichnen, wohin die einzige Hauptscene, welche von diesem Theil in die Bearbeitung aufgenommen worden ist, versetzt wurde. Im Ganzen kann man sich mit dieser Streichung einverstanden erklären. Zwar verlieren wir damit die köstlichen Scenen zwischen Talbot und seinem jugendlichen heldenhaften Sohn, welche von einem Hauch heroischer Vaterlandsliebe durchweht sind; es entgeht uns die wichtige Scene zwischen Mortimer im Gefängniß und Plantagenet, dem späteren

Herzog York, worin die Exposition der Ansprüche des letzteren auf die Krone gegeben wird.

thou seest, that J no issue have,
And that my fainting words do warrant death.
Thou art my heir: the rest J wish thee gather:
But yet be wary in thy studious care.

Aber auf der andern Seite würde es einem deutschen Publicum auch nicht möglich sein, die Darstellung der Pucelle, wie sie Shakespeare giebt, nach Schillers glänzender Apotheose dieser Gestalt ohne Verletzung des Gefühls zu ertragen. Zwar hat die romantische Schule gefunden, daß der von Schiller „aufgewandte Farbenzauber denn doch nicht so glänzend ist, als man sichs denken könnte“ (eines der naiv unsinnigsten Apophthegmen, die mir im Gebiete der Aesthetik und sonst je vorgekommen sind): aber das deutsche Volk hält an der von Schiller gezeichneten idealen Gestalt fest und würde in Shakespeares Gemälde nichts als eine parteiische Verunglimpfung und Herabsetzung der Heldin erkennen. Ueberdies ist dieser erste Theil in so hohem Grade dissolut und auseinandergehend, daß etwas für unsere Bühne Brauchbares daraus wohl kaum zu machen sein dürfte. Und so ist denn, wie gesagt, die Streichung dieser ganzen Partie im Ganzen zu billigen. Es bleiben daher nur zwei Theile von Shakespeare für Dingelstedt übrig, von denen der erste, am 28. April aufgeführt, mit der 1. Scene des 2. Theils (im Original) beginnt und mit dem 1. Auftritt des dritten schließt. Folgen wir nun im Großen und Ganzen zunächst dieser Darstellung des ersten Theils der dingelstedtischen Bearbeitung.

Dieselbe beginnt, wie gesagt, mit der Scene, in welcher Suffolk Königin Margarethe, die er für Heinrich geworben, dem König als Gemahlin zuführt. Schon hier trat neben einer sehr guten Inscenirung das höchst angemessene Spiel des Königs (Herr Grans) hervor, dessen zärtliche Weichheit die verderbliche Schwäche, die das Reich zu Grunde richten muß, vorausahnen ließ. Herr Grans hielt diesen richtig getroffenen Grundton mit Consequenz durch das ganze Stück fest, wobei auch die sorgfältig gewählte Maske mit den schlichten langen Haaren zur Illusion mithalf. Schon hier hat der Bearbeiter zur Exposition einiges zugesetzt, indem er der Königin bei jeder bedeutenden Person des Hofs, die ihr vorgestellt wird, eine boshaft charakterisirende Bemerkung über dieselbe in den Mund legt. Es folgte dann die Besprechung der Lords über die Lage des Landes, und schon hier muß ich die Kunst anerkennen, mit welcher Winchester (Herr Lehfeld) Maske und Mimik gestaltete, eine Anerkennung, die ihm durch das ganze Stück gebührte. Nur seine Sprache, von Natur oder durch Gewöhnung zu schmetternd, möge er beherrschen: er hat das Zeug zu einem bedeutenden Schauspieler. Auf die Exposition, die dann York in einem Monolog von seinen Ansprüchen und Planen macht, und den Auftritt zwischen

Gloster und seiner Frau, die seinen Ehrgeiz zu wecken sucht (Frl. Knauff spielte diese und die Bußescene mit Verständniß und Liebe), folgt nun eine gänzlich von Dingelstedt componirte Scene, die an die Stelle der weggelassenen Zauberscene (Shakespeare I, 4) getreten ist. Hume und Bessie Burke, Betrüger und Betrügerin, bringen der Herzogin die Antworten des höllischen Geistes auf die von ihr gestellten Fragen: die Handschrift Eleonorens mit den sie compromittirenden Fragen nach dem Geschick des Königs u. s. w. behaupten die Gauner verbrannt zu haben, verkaufen dieselbe aber an die Feinde der Herzogin. Alles dies ist in der Darstellung, großentheils auch in der Sache Arbeit Dingelstedts, recht geschickt erfunden, wenn man einmal das Princip zugiebt, jedenfalls aber, sollte ich denken, noch bedeutend zu kürzen. In der sich anschließenden Scene der Bittsteller zeigte sich Suffolk (Herr Dahn) erfreulich: ebenso Margarethe (Frau Hettstedt), in welcher überhaupt die weimarische Bühne eine sehr tüchtige Kraft besitzt. Jetzt folgte als 5. Scene des 1. Aufzugs die erste des 2. Aufzugs bei Shakespeare. Diese Streitscene ging vortrefflich. Daran war von Dingelstedt zurückgreifend I, 3 gereiht: die ersten Angriffe gegen Gloster versetzen diesen in Wuth, die derselbe (Herr Milde, der für seine maßvolle Darstellung überhaupt alles Lob verdient) mit tiefem Eindruck durch die Weise markirte, wie er sich zur Mäßigung zwang und auf einige Minuten den Saal verließ. Nun aber beginnen wieder die Interpolationen. Zuerst die Fächerscene. In Shakespeare läßt die Königin den Fächer fallen, und da die Herzogin von Gloster denselben auf ihren Befehl nicht aufhebt, giebt sie ihr einfach eine Ohrfeige. Einfach, aber heutzutage allerdings schwierig auf der Bühne auszuführen: wir stehen da wieder an der berühmten, von Lessing discutirten Frage von der Ohrfeige des Essex. Was thun? Könnte nicht die Königin statt der effectiven Ohrfeige mit der Ecke des Taschentuchs Eleonore schlagend berühren und dadurch ebensogut ihre Rache entflammen? Dingelstedt hat eine andere Fassung gewählt. Auf die Aufforderung der Königin den Fächer aufzuheben entgegnet bei ihm Eleonore, indem sie mit tiefer Verbeugung derselben ihren eignen überreicht, ungefähr:

nehmt meinen, Majestät!
Der eure ist zu schlecht ihn aufzuheben,

in bitterer Anspielung auf die Armuth ihres väterlichen Hauses. Ob aber diese moralische Ohrfeige, der Königin applicirt, nicht am Ende schlimmer als eine physische auf den Wangen der Herzogin brennt, möchte ich beinahe bezweifeln. Daran schließt sich nun, als Rache für die Königin, die Anklage gegen Eleonore als Zauberin, welche durch ihre eigene Handschrift überführt mit den Worten: „Ich lüge niemals!" sich schuldig bekennt. Und hier hat Dingelstedt auch Gelegenheit gefunden, das mit dem 1. Theil Weggelassene wenigstens erzählend beiläufig anzuführen, indem an die Anklage gegen die

Herzogin die Erinnerung an die Erzzauberin Johanna von Orleans und ihre Thaten sich anknüpft. Damit schließt der erste Aufzug, der also in seinem letzten Theil zu umfangreichen Einschiebungen Anlaß gegeben hat.

Der zweite Aufzug beginnt mit der aus Theil I (Act II, Sc. 4) herübergenommenen Rosenscene, woran sich dann wieder, wenn ich nicht irre, II, 2 aus dem zweiten Theil mit ihrer verzweifelten Genealogie anschloß: doch erläuterte York (Herr Schmidt) durch guten Vortrag die dunkeln Wege dieses erbrechtlichen Exposés, so weit dies überhaupt möglich. Für uns fern Lebende bleibt diese Deduction, wenn wir sie ohne gelehrte Kenntniß von deren Inhalt blos von der Bühne herabtönen hören, immer eine crux. Es folgte nun die Gerichtsscene gegen Eleonore, bei der die scenische Anordnung wieder alles Lob und größte Anerkennung verdiente. Tiefe Bühne, in der Mitte etwa durch rothe Schranken abgeschnitten, vor diesen links der Zauberer Hume und die Hexe Burke, rechts Eleonore: hinter den Schranken in der Mitte das Gericht, präsidirt von Winchester, der König und Margarethe links, Gloster rechts. Diese Anordnung war von vortrefflicher malerischer Wirkung und dem Hervortreten jedes Theils der dramatischen Handlung äußerst förderlich. Aber in dem Inhalt der Scene selbst hat Dingelstedt eine modernisirende Motivirung eingeschoben. Bei Shakespeare wird Eleonore (for you are more nobly born) wegen ihrer edlen Geburt zu öffentlicher Buße und Verbannung verurtheilt, während die gemeinen Theilnehmer ihres Verbrechens dem Tode überliefert werden. Shakespeare findet diese Ungleichheit des Rechts so natürlich, daß er kein Wort der Erklärung hinzuzusetzen sich gemüßigt sieht. Der Bearbeiter trägt unseren geläuterten Rechtsbegriffen so weit Rechnung, daß Eleonore die mildere Strafe erhält, weil sie:

edler von Geburt und m i n d e r s c h u l d i g,

und läßt dann auch noch den Zauberer über diese Ungleichheit vor dem Gesetz in Wuth gerathen und dem ganzen Hof beleidigende Wahrheiten ins Gesicht werfen. Möglich, daß ein modernes Publicum dergleichen Concessionen an unsere Rechtsanschauung billigt: aber doch sollte ich meinen, daß wer einmal sich entschließt ein shakespearesches Stück, ein Stück, welches im fünfzehnten Jahrhundert spielt, mit anzusehen, auch die Resignation besitzen müsse, auf wenige Stunden von dem Bewußtsein constitutioneller Staatsbürgerrechte abzusehen und in den Geist der Zeiten sich versetzen zu lassen, in welchen die ganze Handlung des Stücks mit allen ihren Bedingungen und Voraussetzungen ruht. — Nach dem Gericht öffnen sich die Schranken, Gloster giebt seinen Stab ab und der Act schließt mit der Buße Eleonorens. Auch hier ist sehr viel geändert, eingeschaltet, erweitert: zugleich aber hat diese Scene Dingelstedt mit wahrhaft künstlerischem Sinn ausgestattet. Er läßt Eleonore von einem Volkshaufen, der vortrefflich eingeübt die niedere Leidenschaft des Pöbels, gesunkene Größe zu verhöhnen, zu wirkungsvollster Darstellung bringt. umschwärmen und endlich aus der Halle auf die Straße drängen, ein Auftritt von ergreifendster Wirkung, der allein schon Dingelstedts Talent und Verdienst zu begründen im Stande wäre. In der ersten Scene des dritten Acts (auch bei Shakespeare III, 1), der Verhaftungsscene Glosters, führte der Darsteller des Königs die Unentschiedenheit und Schwäche dieses Charakters mit großer Kunst vor die Augen. Die im 1. Theil projectirte (und also mit weggefallene) Verlobung des Königs mit der Prinzessin von Armagnac wird in dieser Scene historisch erwähnt, wie wir oben in eine andere die Geschichte der Jungfrau von Orleans erzählend hereinziehen sahen. In der darauf folgenden Berathung über Glosters Tod finde ich besonders den feinen Zug hervorzuheben, daß die Königin, die erst ein stärkeres Wort für die Unentschiedenheit ihres Gemahls gebrauchen will, endlich, wie man sieht, die härtere Bezeichnung hinunterkämpfend, mit dem Ausdruck: der König ist zu zart — widerwillig sich begnügt. Bei der Sendung Yorks nach Irland ist wieder eine moderne Interpolation eingetreten, wenn York erklärt, er wolle „den mächtigsten Hebel, das Volk" in Bewegung setzen. Ich brauche Dingelstedt nicht erst zu sagen, daß diese Ehrfurcht vor dem Volk weder die Anschauung des fünfzehnten Jahrhunderts noch ganz insbesondere die Shakespeares gewesen ist. Gegenüber solcher Modernisirung bleiben Sätze wie:

Der irische Kanal mein Rubicon

wenigstens im Stile des Ganzen. Die Scene, welche sich daran reiht, in welcher die Ermordung Glosters zu Tage kommt, war in Einrichtung und Spiel vortrefflich. Im Hintergrund öffnete sich ein Vorhang und zeigte die Leiche des Protectors; zur Rechten (immer vom Zuschauer aus) tobte durch die zeitweilig geöffnete Thüre der Aufruhr herein, der König (Herr Grans) ermannt sich zur Verbannung Suffolks und sinkt wieder in sich zusammen (recht gut dargestellt) und Winchester — dies ist nun ein Zusatz Dingelstedts zu dem stummen Abgehen desselben bei Shakespeare — flieht, von Gewissensqualen ergriffen. Der Act schließt dann mit Margarethens und Suffolks Abschied (Shakespeare III, 2) und der Sterbescene des Cardinals Winchester (III, 3). Hier zeigte sich Herr Lebfeld besonders wacker. Dingelstedt führt den Cardinal nicht wie Shakespeare gleich liegend vor (jedenfalls aus rein technisch scenischem Grund) sondern läßt ihn halb wahnsinnig hereinstürzen. Auf die Worte des Königs:

Lord Cardinal, denkst du an ewges Heil,
So heb die Hand zum Zeichen deiner Hoffnung —

machte Herr Lebfeld einen krampfhaften Versuch die Arme zu erheben, aber das Schuldbewußtsein drückt sie ihm nieder, und er stürzt in sich zusammen. Die Scene schließt mit der Aufforderung des Königs:

Ein Vaterunser für die arme Seele!

wie Dingelstedt sehr passend den Ausdruck Shakespeares: and let us all to meditation! übertragen hat.

Der vierte Act beginnt mit den Volksscenen unter Cade, welche Rolle an Herrn Dessoir einen vortrefflichen Vertreter fand. Wer ihn als Falstaff gesehen und nun jetzt wieder sah, mußte erfreut gestehen, daß dieser Schauspieler nicht sich selbst, sondern seine Rollen spielt. Welch ein unbedeutender, nichtswürdiger Strolch ist sein Cade und doch wie komisch, sogar unsere Theilnahme fesselnd! Das Arrangement der Scene in seiner Buntheit und Lebendigkeit bot wieder ein sehr erfreuliches Bild. An die Stelle von Suffolks Ermordung durch die Seeräuber, die mit Recht gestrichen ist, hat Dingelstedt einen sehr langen Brief desselben gesetzt, den die Königin vorliest: eine schon a priori in Betreff der Zweckmäßigkeit anzuzweifelnde dramatische Einrichtung, die, wie mir schien, sich auch auf der Bühne nicht bewährte. Die Decoration London mit der Themse, welche den eindringenden Cade umrahmte, war sehr hübsch. Den Abfall des schwankenden Volkshaufens von Cade glaubt Dingelstedt durch eine vorausgehende Unzufriedenheit mit dem Führer motiviren zu müssen, während bei Shakespeare die reine Wetterwendischkeit, die er dem Volke überhaupt zuschreibt, es ist, die diesen Uebergang bewerkstelligt. In demselben Sinn ist Folgendes verändert. Buckingham setzt auf Cades Kopf einen Preis und bei Shakespeare machen sich auch sofort bona fide einige auf den Preis zu verdienen: Dingelstedt aber läßt diese Verfolger durch den Ausspruch eines andern aufhalten:

Ein tüchtig Volk spielt nicht die Polizei.

Das ist zwar sachlich wahr: aber diesem ganz verständigen Liberalismus fehlt nur für das fünfzehnte Jahrhundert die poetische Wahrheit, von Shakespeares Herzensmeinung noch ganz abgesehen. Der Aufzug schließt mit der Ankunft der Boten Yorks, die seinen Heranzug und seine Kronprätentionen melden.

Die erste Scene des 5. Acts ist die letzte des ganzen zweiten Theils bei Shakespeare. Es ist so arrangirt, daß uns nicht eigentlich Kämpfe, sondern die Resultate derselben, Flucht und Verfolgung, vorgeführt werden, wobei ich nur erinnern will, daß das Blut an der Binde Cliffords doch wohl besser wegbleibt. Dergleichen allzu realistische Wahrheit verletzt uns in Deutschland, während sie den Romanen gefällt, wie ich denn einst in der Gesellschaft der Ristori einen Schauspieler die Weste aufreißen und in seinem rothen Blute (d. h. einer rothen Flanelljacke) wühlen sah. Die erste Scene des dritten Theils bei Shakespeare bildet die letzte des 5. Aufzugs bei Dingelstedt: Zusammentreffen beider Parteien im Parlamentshaus und endlicher Vergleich, daß Heinrich lebenslänglich herrschen, York folgen soll, wogegen denn Margarethe für ihren Sohn Protest erhebt. Das Schlußbild war ein wohlgefügtes, reich geordnet.

Ueber den 2. Theil Heinrichs des Sechsten (in Dingelstedts Eintheilung) kann ich kürzer sein. Derselbe beginnt mit der Berathung der Yorks über die wieder zu ergreifende Offensive (Shakespeare III. Theil, 1, 2): in dieser Scene will ich nur anmerken, daß Dingelstedt dem Richard das aus der neueren französischen Geschichte bekannte Urtheil über die Herzogin von Berry umgemodelt zu einem Lob auf Margarethe in den Mund legt:

Der einzige Mann im Hause Lancaster.

Daran schließen sich die Scenen in der Reihenfolge wie bei Shakespeare: Rutland wird getödtet, dann kommt York, es folgt die ergreifende Scene seines Schmerzes und seiner Verhöhnung und dann sein Tod, wobei Margaretha die Worte der Prophezeihung, wie sie sich in der Bearbeitung gestaltet haben:

Vor Thoren nehme sich der Thor in Acht!

im Hinblick auf das über dem Thor Yorks aufzusteckende Haupt des Herzogs wiederholt.

Der folgende Aufzug beginnt mit einer kurzen Rast des yorkschen Heeres auf dem Marsch (Shakespeare II, 1). Diese Lagerung war wieder erfreulich arrangirt: nur dürfte doch wohl das Heer auf die laut mitgetheilten Trauerbotschaften von Yorks Tod und Warwicks Niederlage nicht in seiner Ruhe verharren, sondern seine Theilnahme in lebhafter Bewegung an den Tag geben. In der folgenden Scene, wo das königliche Heer mit den Yorks vor der Stadt York zusammentrifft, ist mir aufgefallen, daß als endlich beide Theile zum Kampf aufbrechen,

Sound trumpets! let our bloody colours wave —

sie nicht, wie man von gegenüberstehenden Feinden erwarten könnte, unmittelbar auf einander stürzen, sondern zunächst nach verschiedenen Seiten abgehen. Wäre es nicht besser, den Kampf auf der Bühne beginnen und sich in die Coulissen drängen zu lassen? Dann würde ich die Scene eine Weile offen und leer lassen, um der Phantasie des Hörers Raum zu geben, sich bei den hinter den Coulissen ertönenden Trompeten die Schlacht vorzustellen; so folgte dann die Niederlage, die sich jetzt, allerdings ganz nach Shakespeares Angabe selbst, unmittelbar an die Scene des Abmarsches anschließt. Shakespeare durfte eben der jugendlich frischen Einbildungskraft seiner Zuschauer mehr zumuthen, als wir einem heutigen Publicum. Die folgende Scene war eine vortreffliche (Shakespeare II, 5). Dingelstedt hat mit großem Geschick die Scenen mit dem auftretenden Sohn, der seinen Vater, und dem Vater, der seinen Sohn getödtet, als Erzählung gestaltet und dem Monolog des Königs zugefügt. Und diesen Monolog, eine Perle shakespearescher Poesie, sprach Herr Grans in der ganzen träumerischen Weichheit, mit zum Himmel gerichteten Augen, mitten im Schlachtgetobe, welches über sein Geschick entscheiden soll, mit großem Verständniß, recht brav und wirkungsvoll. Es folgt dann die Flucht der Königlichen und Cliffords Tod, endlich die Verleihung der Herzogthümer an Richard und Georg. Die Bitte um Vertauschung, die Richard bei Shakespeare einfach mit den Worten motivirt:

for Gloster's dukedom is too ominous

hat Dingelstedt durch einige zugesetzte Verse etwa des Inhalts, zwei Gloster seien schon um Hochverrath gestraft worden, commentirt und auf die Weigerung der Bitte ihm noch die Worte in den Mund gelegt: „Ich habe dich gewarnt!" Ich bin zweifelhaft, ob diese weitgehende Offenheit den Intentionen des Dichters und dem Charakter Richards entspricht, wobei ich gleich beiläufig anmerken will, daß der Vertreter dieser Rolle seine „bei Seite" zu machenden Bemerkungen und Selbstbekenntnisse, wie mir schien, viel zu hörbar für die Umstehenden machte. Den Schluß des Acts aber, daß Richard während des Fallens des Vorhangs dem todten Clifford das Haupt abschlägt, möchten wir Dingelstedt bitten wieder fallen zu lassen. Diese Schauspiele enthalten wahrhaftig des Gräßlichen genug und so viel, daß hier eher eine Minderung als eine Mehrung an der Stelle zu sein scheint.

Der dritte Aufzug beginnt mit dem Fang des Königs (Shakespeare III, 1). Träumerisch, in der Hand ein Buch, betritt er das ihm feindliche Land: die Feder, die er in die Luft bläst, das Symbol der Veränderlichkeit des Volks, nimmt er, ganz passend und ungezwungen, von dem Hut des einen Jägers. Es folgt dann die Scene mit Lady Grey und Richards Monolog. Nun aber folgen Auftritte, die gänzlich umgestaltet sind. Die ganzen Vorgänge in Frankreich, die bei Shakespeare (III, 3) dramatische Handlung sind, hat Dingelstedt als solche gestrichen und in Erzählung verwandelt. Statt der Vorgänge am französischen Hof ist von Dingelstedt dann eine ganze große Scene am Meeresstrand bei Dover eingelegt, wo Margarethe Warwick durch die Mittheilung von der compromittirenden Leichtfertigkeit des Königs und durch Verlobung ihres Sohnes mit seiner Tochter (auch über ihre eigne Hand sei ja einst verfügt worden, sagt sie) von Eduard abwendet und auf ihre Seite herüberzieht. Wenn ich von dem von mir festgehaltenen Princip absehe, so muß das Wirkungsreiche dieser fast ganz dem Bearbeiter gehörenden Scene anerkannt werden: nur die Worte, welche Dingelstedt Margarethen noch in den Mund legt, um Warwick zu gewinnen, daß sie nämlich gern bereit sei, die Herrschaft ihm zu überlassen, sie sei ein Weib und habe lange sich nach einer Stütze gesehnt — diese Worte erscheinen mir von sehr zweifelhafter poetischer Wahrheit. Ist Margarethe wirklich herrschensmüde? Oder heuchelt sie diese Gesinnung? Keins von beiden scheint ihrem Charakter zu entsprechen. Die scenische Einrichtung war wieder vortrefflich: das zur Begrüßung herandrängende Volk in seiner Bewegung und dann, als Warwick allein sein will und es zurückweist, das murrende Zurückweichen desselben — alles war sehr gut gedacht und geübt.

Auch der Anfang des vierten Acts entspricht dem shakespeareschen: die Hofscene mit der Botschaft von Frankreich und Warwick. Die folgende Scene dagegen bringt wieder große Umgestaltungen des shakespeareschen Textes. Dingelstedt läßt die Sachen so verlaufen: Margarethe bringt zu den Zelten Warwicks König Eduard gefangen und erzählt die Art der Gefangennehmung in ausführlicher Weise, während dieselbe bei Shakespeare sehr knapp und confus dramatisch vorgeführt wird. Endlich erhebt sich noch zwischen der Königin und Warwick ein Streit, weil der letztere den König in ritterliche Haft giebt, während die Königin ihn getödtet wissen will. Alles dies gehört in dieser Form dem Bearbeiter an. Der letzte Auftritt des Acts (Shakespeare IV, 6), welcher im Tower spielt, ist, wie ich denke, wesentlich erweitert und, wie mir scheint, etwas zu lang geworden: jedenfalls sind die Reden des jungen Richmond Zusatz des Bearbeiters. Die Frage des Kindes an Heinrich: „Bist du ein König?" ist in ihrer pointirten Naivetät von großer Wirkung.

Für die erste Scene des fünften Aufzugs sind IV, 7 und 8 mit V, 1 des Originals zusammengezogen: Eduard verhandelt mit Warwick, Nachricht von Heinrichs Gefangennahme, Zuzug Verschiedener und Wiederabfall von Clarence. (Beiläufig will ich bemerken, daß mir die Aenderung der „hastigen Deutschen", wie Schlegel hasty Germans übersetzt hat, in „rohe Deutsche", wie ich wenigstens zu verstehen geglaubt habe, nicht glücklich scheint). Die folgenden Scenen bringen den Tod Warwicks und die Gefangennehmung der Königin: übrigens ist auch hier vieles umgestaltet und anders geordnet, sowie dann bei der Ermordung des Prinzen Eduard der Schmerz und die Verzweiflung der Mutter viel weiter ausgemalt ist. Der Prinz stirbt mit den Worten: „Lieb Mütterlein, gute Nacht" und Margarethe verfällt in eine Art von Wahnsinn und begleitet die Leiche, die Träger bittend, Eduard nicht zu wecken. Das alles ist sehr modern und sticht gegen die Kraft der shakespeareschen historischen Tragödie auffallend ab. Hieran schließt Dingelstedt gleich die letzte Scene des Originals und läßt erst dann die Ermordung Heinrichs durch Gloster folgen; auch hat er dieser Ermordung eine Einleitung vorgesetzt, in welcher Heinrich einen Traum erzählt, der seinem Sohne, wie er denkt, Glück bedeuten soll: der Zuschauer, welcher den Tod des Prinzen kennt, faßt den Sinn des zweideutigen Wahrzeichens in seiner wahren unglückseligen Bedeutung. Aber sollen wir hier nicht wieder einmal nach der Berechtigung, ja selbst nur nach der Zweckmäßigkeit der Aenderung fragen? Ist der Eingang der Scenen, wie ihn Shakespeare hat:

Gloster.
Good day, my lord. What! at your book so hard?
King Henry.
Ay, my good lord: my lord, I should say rather.

gerade durch den Mangel aller Einleitung, durch den unvorbereiteten, abrupten

Eintritt in die Handlung, durch dieses tragische in medias res rapere nicht von einer so gewaltigen, intensiven Wirkung, daß keine Aenderung, kein Zusatz im Stande ist dieselbe zu übergipfeln?

In Richard dem Dritten hat die Bearbeitung Dingelstedts das von Shakespeare Gegebene ziemlich intact gelassen: doch wird einiges dieser Art zu erwähnen sein, und im Uebrigen möchte ich das Stück gerne mit einigen dramaturgischen Bemerkungen begleiten. I, 2 die Werbung um Anna, deren nächste Angehörige Gloster umgebracht, spielte Herr Lehfeld sehr gut, wie er denn überhaupt seine Rolle geistvoll auffaßte und mit großer Kraft durchführte: in Heinrich dem Sechsten schien er nur in demselben Charakter nicht immer das schöne Maß innezuhalten, welches das Allzuviel nach allen Seiten hin ausschließt, und welches allerdings gerade von kräftigen Talenten leicht überschritten wird. — Aber trotz der vortrefflichen Leistung Lehfelds in dieser Scene, welche durch die Darstellerin der Anna (Frl. Knauff) sehr wacker unterstützt wurde, — ich muß gestehen, das Gelingen dieser Werbung wird auch das tüchtigste Spiel niemals wahrscheinlich machen können: der Zuhörer wird immer ungläubig diese Wandelung anstaunen, und alle Kunst Shakespeares und der Darsteller wird die Unnatürlichkeit des Vorgangs nicht vergessen machen. Aliquando bonus dormitat Homerus: auch Shakespeare ist nicht ohne einiges, was man anders wünschen möchte.

Den zweiten Act beginnt Dingelstedt mit I, 3 des gewöhnlichen Textes. Daß in der Scene, wo Margarethe zwischen die streitenden Gegner tritt (Shakespeare I, 3), bei der Aufführung die wirkungsvollen Reden Margarethens aus dem Hintergrund weggelassen sind, sie vielmehr dort schweigend verharrt und erst mit ihrem Vortreten spricht:

Hört mich, Piraten, die ihr hadernd zankt u. s. w.

vermag ich nicht zu billigen; denn wenn auch die durch die Zwischenreden Margarethens entstehenden Pausen in dem Disput der auf dem Proscenium Stehenden einige Schwierigkeit bieten, so ist diese doch nicht so unüberwindlich, daß man darüber jene vortrefflichen Reden aufgeben möchte, die wie die Stimme der Nemesis in den Hader hineintönen. Sehr gut, wenn ich recht gehört habe, mit einer sehr passenden Aenderung der schlegelschen Uebersetzung, wurde die schwierige Stelle I, 3 gesprochen, wo Anna mitten in ihrem Fluche von Gloster unterbrochen wird:

Queen Marg.
Thou rag of honour! thou detested —
Gloster.
Margaret.
Q. Marg.
Richard!

Gloster.

Ha?

Q. Marg.

J call thee not.

Gloster.

J cry thee mercy then: for J did think,
That thou hadst call'd me all these bitter names.

Q. Marg.

Why, so J did; but look'd for no reply.
O! let me make the period to my curse.

Gloster.

'T is done by me and ends in — Margaret.

Dieses echt shakespearesche tragische Spielen mit Worten wurde, wie gesagt, zu vortrefflichem Ausdruck gebracht. Richard haucht zähneknirschend den Fluch Margarethens (in aller Leidenschaft und Rachsucht zu voller Geltung erhoben durch Frau Hettstedt) und als er das passende Stichwort erlauscht, wirft er höhnisch den Namen Margarethens hinein, den ganzen Fluch auf ihr eigenes Haupt abzuleiten.

Zu der Scene der Ermordung des Clarence habe ich zwei Bemerkungen zu machen. Der eine Mörder wird einen Augenblick von Gewissensbissen ergriffen, doch pflegen dieselben bei ihm nicht länger zu dauern, wie er selbst sagt, „als bis etwa einer zwanzig zählt.“ Dingelstedt setzt dafür: „so lange einer an einem Vaterunser betet“ und läßt den Mörder in tiefer Ironie das stille Vaterunser, um die Zeit der Gewissensregung zu vertreiben, gleich selbst beten. Das ist so geistreich erfunden und wirkungsreich, daß man fast wünschen möchte, Shakespeare hätte so geschrieben. Sehr sinnreich erschien mir in demselben Auftritt ein scenisches Arrangement. Als es zur Ausführung der Tödtung kommt, ruft der eine Mörder: Look behind you, my lord, und der andere tödtet ihn. Ich habe diese Aufforderung immer so verstanden, als ob die Mörder ihre blutige That nicht wagten, so lange sie Clarence anschaut, als ob sie sein Auge scheuten. In Weimar dagegen schlich der eine Mörder sich hinter Clarence, der vorn stehen bleibende rief gleichsam warnend jene Worte, und als sich nun Clarence nach jenem umdreht, giebt er sich dem Mordstreich des vor ihm Stehenden vertheidigungslos Preis.

In der folgenden Scene, wo die Botschaft von dem Tod des Clarence an den Hof gelangt, würde ich die Fürbitte Stanleys für seinen Diener nicht streichen. Sie scheint ein hors-d'oeuvre, ist es aber nicht; mit ihrer Weglassung fällt vielmehr die Motivirung für die Verse

Wer bat für Clarence? u. s. w.

hinweg. In dem Auftritt, wo die alte York Gloster den Segen ertheilt, und dieser seine höhnischen Zusätze zu demselben macht,

Amen!

Und laß als guten alten Mann mich sterben!
Das ist das Hauptziel eines Muttersegens:
Mich wundert, daß Ihr' Gnaden das vergaß —

bin ich doch kaum zweifelhaft, daß unmittelbar nach Amen! schon mit den Worten „Und laß“ das Beiseitesprechen zu beginnen hat, da die Ironie schon in dieser Zeile zu sehr auf der Hand liegt, um verkannt werden zu können.

Der dritte Act bei Dingelstedt beginnt mit der wieder sehr veränderten Volksscene. Ich übergehe andere theilweise sehr nothwendige Umgestaltungen und erwähne nur, daß Dingelstedt die bei Shakespeare allerdings etwas bruske Entfernung des Bischofs, den Gloster nach den Erdbeeren ausschickt, mit den Worten zu motiviren sucht:

Die Bischofsmütz' sitzt mir zu hoch im Rath.

Sollte aber Gloster nicht vielmehr mit seinem Erdbeerverlangen seine völlige Unbefangenheit, die Milde und Heiterkeit, von der gleich nachher die Rede ist, heuchlerisch haben bemerken lassen wollen, um dann desto unvermutheter hervorzubrechen? Die letzte Scene des Aufzugs (Shakespeare III, 4), die Komödie, wo Lord Buckingham als Vormund der Bürger Gloster die Krone anbietet und dieser sie sich scheinbar aufdringen läßt, war vortrefflich arrangirt. Man sah Richard betend zwischen zwei Bischöfen vor einem Altar mit hohen Kerzen: mit seinem Gebetbuch trat er vor und hielt seine heuchlerische Rede. Beim Abgang der Abgeordneten sinkt er wieder auf die Kniee. Und das spielte nun Herr Lehfeld sehr sinnig. Wie er kniend und anscheinend im Gebetbuch lesend der Deputation nachblickt, dann das Buch zuschlägt und mit frivoler Miene und Bewegung den Sinn der Komödie darlegt, ist sehr lobenswerth.

Aus dem vierten Act will ich nur die effectvolle Klagescene der drei Frauen (IV, 4), Margaretha, Elisabeth und Herzogin York (Frau Hettstedt, Frl. Bußler, Fr. Stör) anerkennend hervorheben.

Eine ziemlich unnöthige Interpolation ist, wie mir scheint, die von Dingelstedt zu Anfang des 5. Akts gemachte. Er läßt dort melden, daß die Prinzessin Elisabeth, deren Hand die mütterliche Schwäche der Königin Elisabeth dem Gloster versprochen, dies abgelehnt habe und Richmond ihre Hand zu reichen bereit sei. Das Versprechen der Königin Elisabeth (Shakespeare IV, 4) klingt allerdings seltsam genug: sie will dem Mörder ihrer Kinder die Hand ihrer Tochter geben. Aber schon in der folgenden Scene giebt die Botschaft an Richmond:

Sag ihm, die Königin woll' ihre Tochter
Elisabeth ihm herzlich gern vermählen —

eine Stelle, welche die Bearbeitung freilich, wenn ich mich recht entsinne, wegläßt

— vollkommene Aufklärung, was es mit jenem ersten Versprechen auf sich hat: entweder ist die Königin sofort bei ruhiger Ueberlegung von ihrem ehrgeizigen Plan zurückgekommen oder sie hat die Einwilligung zu jener Heirath überhaupt nur zum Schein gegeben, um dem Tyrannen gegenüber Zeit zu gewinnen und sich dessen Rache nicht auszusetzen.

V, 3 ist Papier und Tinte, welche Richard verlangt, von der Bearbeitung in einen Becher Wein verwandelt, den er fordert, dann aber ohne zu kosten hinstellen läßt und erst nach der Erscheinung der Geister zur Stärkung hinunterstürzt. Die Zelte Richards und Richmonds, welche in Berlin nebeneinander stehen, erscheinen in Weimar nach einander: es ist einleuchtend, daß beide Methoden etwas für sich haben, obgleich der Grund der weimarischen Aufstellung vielleicht nur die geringere Breite der Bühne ist. Die Geistererscheinungen selbst hat man vielfach zu zahlreich und daher durch Wiederholung monoton finden wollen; aber Shakespeare wußte wohl, was er that, wenn er an das Ende dieser durch blutige Greuel verwirrenden Laufbahn eine Scene setzte, die durch Erscheinung der einzelnen Opfer (Prinz Eduard, Heinrich der Sechste, Clarence ꝛc.) das Ganze unmittelbar vor der Katastrophe noch einmal gleichsam in einem Resumé zusammenfaßt und so den Spruch der poetischen Gerechtigkeit aufs klarste motivirt. Das Spiel Lehfelds in dieser Scene war sehr verdienstlich: das sich selbst orientirende Herumblicken beim Erwachen, die Veränderung der Gesichtszüge beim Monolog, die körperliche Schwäche in Folge des geistigen Schreckens, das Straucheln und das letzte Sichzusammenraffen des gewaltigen Sündergeistes, der mit aller Energie das Gefühl unterdrückt — dies alles bildet einen würdigen Schlußstein in dem schönen Gebäude dieser Festaufführungen.

Und hiermit schließe auch ich diesen zweiten Bericht und fasse mein Gesammturtheil noch einmal kurz zusammen. Die Methode Dingelstedts bei der Bearbeitung dieser Stücke erscheint mir zu gewaltsam. Es wird viel gestrichen, umgestellt, verändert; aber das alles ist theils nothwendig durch die Bühnenzweckmäßigkeit geboten, theils leicht zu entschuldigen. Die Interpolationen dagegen, die Einschiebungen eigner Dichtung in Shakespeare, welche in den letzten Stücken in immer weiterem Umfang sich geltend machen, sind einem Genius wie Shakespeare gegenüber, so sinnig sie theilweise auch an sich sein mögen, unbedingt zu verwerfen. Aber trotz dieser Ausstellung bleibt das Verdienst Dingelstedts, durch seine Bearbeitung manche dieser Stücke zuerst zugänglich gemacht und alle in einer Reihenfolge zuerst dargestellt zu haben, in seiner Geltung ungeschmälert. Er hat den Weg zu immer ausgedehnterer Bekanntschaft mit Shakespeare auch für die Fernerstehenden geebnet: die großen Züge der shakespeareschen Tragödie, die markige Handlung, das ergreifende Schicksal, die tiefe Idee dieser unvergleichlichen Dramen werden auf einen immer weiteren

Kreis von Hörern wirken können. So kann man denn nur wünschen, daß möglichst viele deutsche Bühnen mit Eifer und Liebe diesen Versuch nachzumachen sich beeifern, daß die Schauspieler mit gleicher Hingebung wie die weimarischen, deren ausdauernde Begeisterung volle Anerkennung verdient, sich der Ausführung dieser hohen Aufgabe widmen, und daß sie dabei einen Führer zur Seite haben möchten wie die in Weimar.

August Henneberger.

Militärische Briefe über den Krieg in Schleswig.

8.

Die Dienstzeit im preußischen Heere.

9. Mai.

Die letzten militärischen Ereignisse haben nur einen demonstrativen Charakter und sollen die Möglichkeit eines Waffenstillstandes mit Aufgabe der dänischen Blokade herbeiführen. Gefechte werden nirgends mehr geliefert, der Drang nach Entscheidung, welcher den Krieg belebt, ist jetzt gänzlich verschwunden. Alles wendet sich dem Frieden zu. Auch wir können uns mit der großen preußischen Militärfriedensfrage, nämlich mit der nothwendigen Dauer der Dienstzeit beschäftigen.

Die Wichtigkeit der preußischen Heerverfassung für Deutschland hat der Krieg in Schleswig klar genug gezeigt, und jeder Patriot wird in den Wunsch einstimmen, daß der preußische Soldat auf der Höhe der Ausbildung stehen bleibt, welche er jetzt erlangt hat, damit er befähigt bleibe zu siegen, nicht nur gegen ein Volksheer, wie das dänische, sondern auch gegen eine in sich fest fundamentirte, im Kriege gestählte Armee wie z. B. die französische.

In dem letzten Briefe ist ausgesprochen, daß von den Ausbildungsgebieten des Soldaten die Disciplin das wichtigste ist und daß diese also, bei der Frage, wie lange der Soldat dienen soll, um ein kriegsbrauchbarer Soldat zu werden, den Ausschlag geben muß; vorausgesetzt, daß es möglich ist in derselben Zeit den Anforderungen der Technik und des militärischen Geistes zu genügen.

Die Disciplin, das eiserne Band, welches den Soldaten scheiden soll nicht nur von wichtigen Rechten seines frühern Lebens, von seinen Anschauungen, seiner Familie, allem, was ihn im bürgerlichen Leben bestimmt, sondern welches ihn auch unaufhörlich zwingt, sich selbst zu überwinden in allen seinen Bedürfnissen wie Hunger, Durst und Ermüdung und in seinen Gefühlen wie Furcht, Haß und Liebe, und welches den Vorgesetzten zum alleinigen Bestimmer seines gesammten Handelns und Strebens macht, diese Disciplin ist eine so furchtbare Macht und widerspricht dergestalt dem gegenwärtigen Drang nach individueller Freiheit, daß sie eine geraume Zeit erfordert, ehe sie im Soldaten heimisch geworden ist, so heimisch, daß er bei jeder Gelegenheit, wo er aus dem bürgerlichen Leben wieder in die Reihen eines Truppentheils tritt, sich in der Truppe wieder fest, sicher, im Gehorsam frei fühlt. — Die Disciplin soll den Soldaten dergestalt in die Hand des Vorgesetzten arbeiten, daß er nicht nur dessen Befehle ausführt, sondern auch mit Fröhlichkeit und allen Kräften seines Körpers und seiner Seele die Vollkommenheit der Ausführung erstrebt. Das militärische Gesetz muß ihn dergestalt erfaßt haben, daß die Freiheit ihm nur im Gesetz möglich ist. Nach dieser Richtung hat die Disciplin dieselbe Aufgabe wie der Staat selbst. Und je mehr der Staat diese Aufgabe zu erfüllen weiß, desto kürzerer Dienstzeit bedarf es, um den Soldaten in der Disciplin heimisch zu machen. — Je kleiner der Staat, desto schlechter die Disciplin in der Truppe; denn je kleiner der Staat, desto mehr kommt individueller Einfluß zur Geltung, desto mehr machen sich augenblickliche Bedürfnisse gegenüber der Unwandelbarkeit des Gesetzes geltend, desto weniger Respekt hat der Einzelne vor der unwiderstehlichen Gewalt des Gesammtwillens, der sich in Recht und Gesetz ausdrückt. Je kleiner der Staat, um so länger müßte also die Dienstzeit sein. In Deutschland gilt beinahe die umgekehrte Regel.

Je mehr das Gesetz allein, allgewaltig, unerschüttert, in einem Staat regiert, um so naturgemäßer ist in der Truppe die Disciplin entwickelt und um so kürzer kann die Dienstzeit sein. Hieraus erklärt sich die Kraft der Heere in den Republiken der alten Zeit, so lange sie aus den freien Bürgern formirt wurden. Hieraus entspringt die Möglichkeit jeden Engländer augenblicklich und im gefährlichsten Moment zum Wahrer des Gesetzes, zum Constabler zu machen. Aus dem Werthe, welchen der Engländer auf die Erfüllung des Gesetzes legt, erklärt sich auch die Strenge der Disciplinargesetze in der englischen Armee.

Aber auch je mehr Autorität die Verfassung eines Landes einzelnen Ständen gewährt, und je mehr diese Stände die Führerschaft in der Armee inne haben, um so leichter handhabt sich die Disciplin in der Truppe, und um so besser ist die letztere. Aus diesem Grunde sind die mecklenburgischen Truppen vor allen andern kleinen deutschen Contingenten so tüchtig. Darin liegt auch die Kraft des englischen Heeres und der Armee der Conföderirten in Nordamerika.

Je mehr in einem Staate das Gesetz nur der Ausfluß eines Einzelwillens ist, um so *schwieriger* ist die Handhabung der Disciplin in der Truppe, um so länger muß die Dienstzeit sein, und um so mehr muß das Interesse des

Soldaten mit dem des Herrschers verbunden werden. Frankreich bietet in dieser Beziehung ein reiches Feld des Vergleiches, sowohl in seiner jetzigen Heeresverfassung als in denen vergangener Regierungen.

Wenn in jedem Bürger das Gesetz der Gemeinschaft seinen Vertreter findet, und wenn jeder Soldat sich mit dieser Gemeinschaft eins fühlt, dann ist der bewaffnete Bürger ein guter, ein disciplinirter Soldat. Die Richtigkeit dieser Behauptung lehrt uns der Kampf der alten deutschen Reichsstädte, vor allen andern geschichtlichen Begebenheiten aber der Kampf der reformirten Religionsheere. Hugenotten und Puritaner haben Heere hervorgezaubert, die zu den bestdisciplinirten der Welt zählen müssen.

Also jede staatliche Verfassung fordert ihre eigne Militärorganisation, von der politischen Entwickelung des Volkes hängt in großem Maße die Zeitdauer ab, welche der Soldat bedarf, um disciplinirt zu werden.

Der preußische Staat ist im Uebergange von einem Staat des Einzelwillens zu einem Verfassungsstaat begriffen. Zu keiner Zeit vielleicht war die Achtung vor dem Bestehenden so unsicher, der Streit um die Gesetze selbst so umfangreich, laut und erbittert, die politischen Parteien so egoistisch, und die Ehrfurcht vor dem Gesetz und der Handhabung desselben so sehr erschüttert.

Und es wird längere Zeit dauern, bis darin wieder Festigkeit eintritt, bis die Freiheit selbst auch Subordination verleiht und der Einzelne die Pflichten für das Ganze fest und warm im Herzen trägt. Und deshalb bedarf der Preuße gerade jetzt, um ein brauchbarer Soldat zu werden, einer gründlichen Zucht in der Disciplin, und deshalb darf gerade jetzt in den nach dieser Richtung gestellten Forderungen nicht nachgelassen werden.

Von allen stehenden Heeren, welche den Anspruch machen eine eigene kriegerische Kraft zu sein, hat das preußische die kürzeste Dienstzeit bei der Fahne. Preußen kann diesen Vorzug genießen, weil in Folge der Vertretung aller Stände die meiste Zucht in seinen Reihen wohnt. Eine Erfahrung, daß in Folge übermäßiger Disciplin ein Verknöchern des Organismus eintrete und der Soldat bei seinem Rücktritt in das Civilverhältniß also die individuelle Schwungkraft verloren habe, ist am gemeinen Soldaten nicht, selbst nicht an der Mehrzahl der zwölf Jahre gedienten Unterofficiere gemacht worden. Ob eine genügende Zucht vorhanden ist, hat die Erfahrung noch nicht lehren können, da die preußische Armee seit dem Jahre 1815 keinen Krieg mit einem ebenbürtigen Feind geführt und die vollen Anforderungen des Krieges auf ihren Märschen nicht gefunden hat. Die Ausdauer in dem jetzigen Winterkrieg und der schöne, aber schon im ersten Anlauf vom Erfolg getragene Sturm lassen hoffen, daß das vorhandene Quantum Disciplin hinreicht. — Beispiele, daß die Zucht zu gering gewesen sei, hat die Linieninfanterie in den aufgeregten Zeiten, welche der Julirevolution 1830 folgten, nicht erlebt, wohl aber 1848 und 49. In der Landwehr sind in beiden Perioden sowohl, als auch außerdem bei einzelnen Gelegenheiten Excesse vorgekommen, die den Beweis eines Mangels an Zucht in dieser Truppe geliefert haben. Die Zahl der Landwehrexcesse ist in den Jahren 1830—50 immer mehr gewachsen. — Den Grund zu diesen verschiedenen Ereignissen haben wir zu suchen einmal in der veränderten Dienstzeit und dann in der Verschiedenheit der Güte des Rahmens d. h. der Vorgesetzten.

Bis zum Jahre 1831 diente die Mannschaft der Infanterie drei Jahre im stehenden Heere. Die bei der geringen Stärke der Linie nicht zur Einstellung kommenden zahlreichen Mannschaften, welche zur Completirung der Landwehr durchaus nothwendig waren, wurden als Landwehrrekruten in sechswöchentlicher Dienstzeit ausgebildet. — Bei der mobilen Armee 1831 wurde kein Mangel an Disciplin, wohl aber an Technik empfunden, und um wirklich unterrichtete Soldaten zu haben, führte man in der Linieninfanterie mit Ausnahme der Garde unter Beibehalt der bisherigen Gesammtkopfstärke die zweijährige Dienstzeit ein. Der Technik wurde hiermit ein größerer Werth beigelegt als der Disciplin, und dieser Umstand trug dazu bei, daß im Jahre 1848 sich die Linie theilweise, die Landwehr häufig zuchtlos zeigte. Diese Erfahrung führte wieder zu einer längeren Dienstzeit und zu einer Entfernung der Landwehr aus dem Theil der Truppen, welche bestimmt sind in das Feld zu rücken und den Forderungen des Krieges am meisten zu entsprechen. Von einer zweiundeinhalbjährigen Dienstzeit ging man zur dreijährigen über und verdoppelte die Zahl der Linienbataillone.

Daß sich gegen die Kriegstüchtigkeit der Landwehr mit jedem Jahre mehr das Urtheil des Soldaten vom Fach richtete, war natürlich, und ist nicht aus Parteibefangenheit zu erklären. Denn der Befehl in dieser Truppe wurde allmälig schlechter, je mehr die Charaktere in den Reihen der Landwehrcommandeure abnahmen. Der lange Friede und der Mangel an Reibung, welchen die heutige Ausbildung der Disciplin in den obern Chargen herbeiführt, haben schon dem Linienoffizier die Straffheit verringert. Die nivellirende Thätigkeit der heutigen Cultur hat den Landwehroffizier noch ungeeigneter zur Handhabung der Disciplin gemacht wie er an sich war. — Charaktere, Befehl und Zucht wurden im Allgemeinen schlaffer und war deshalb die Landwehr als Feldtruppe weniger brauchbar. Die Reorganisation der preußischen Armee ist an sich betrachtet nicht eine Maßregel der Willkür, sondern eine Frucht der natürlichen Entwickelung.

Die Ereignisse haben also allmälig dahin geführt, daß bei der jetzigen

Ausbildungsweise eine dreijährige Zeit nothwendig ist, um einen disciplinirten Soldaten zu machen. Die jetzigen Erfahrungen im Kriege in Schleswig führen entschieden zu demselben Resultat. Allerdings, glänzende Tapferkeit, eine hervorstechende militärische Haltung sind unabhängig von der soldatischen Zucht; die besonders belobten Soldaten finden wir deshalb unter den Rekruten sowohl, als unter den ältesten Reservisten. Die stetige Leistung aber, die Ausdauer in der Gefahr sowohl, als auch in den Mühen des Dienstes, die Gefechtdisciplin, das Eingehen in die Befehle des Vorgesetzten finden wir überall vertreten durch die drei und mehr Jahre gedient habenden Leute. Statistisch weist sich die Richtigkeit dieser Behauptung unzweifelhaft nach in der viel geringern Zahl Kugeln, welche der alte Soldat im Verhältniß zum Rekruten verschießt, und in der Zahl von Unglücksfällen, welche die jungen Artilleristen in der Handhabung der Munition herbeigeführt haben. Außerdem zeigt sich dasselbe in der Ausdauer bei Märschen, bei Arbeiten und zumal im Wachdienst.

Wenn aber durch Erfahrungen bewiesen ist, daß bei der jetzigen Methode der Ausbildung die Disciplin eine mindestens dreijährige Dienstzeit erfordert, so ist damit noch nicht gesagt, daß diese Dienstzeit überhaupt unvermeidlich ist. Will man die Dienstzeit aus nationalökonomischen Rücksichten vermindern, so muß die Ausbildung verbessert werden, so bedarf es der schärfern Ausbildung von Charakteren unter den Vorgesetzten, eines anhaltenderen Verkehrs zwischen Vorgesetzten und Untergebenen und einer größeren Anforderung an die Leistungsfähigkeit des Soldaten und der kürzern Dienstzeit als bisher.

Die schärferen Charaktere unter dem Offizierstande werden vor allen Dingen durch Reibung entwickelt. Man mache den Offizier selbständiger, gebe ihm militärisch einen größern Wirkungskreis als der Exercierplatz bietet, zumal für die Generalität, löse das Band der Disciplin unter Offizieren, sobald sie nicht im Dienst sind, und mache die Generalität durch ein Altersgesetz jünger und unduldsamer.

Die Aufstellung großer Lager wird diese Aufgaben durchgehend leichter lösen lassen, als das die Offiziere aller Classen im Privatleben isolirende Garnisonleben.

Noch mehr fördert das Lagerleben den nähern Umgang des Vorgesetzten mit dem gemeinen Soldaten, nicht den vertraulichen, sondern den erziehenden und durch die Aufsicht bildenden. Die Anforderungen des Vorgesetzten, als auch die Sorge desselben für das Wohl des Untergebenen machen sich im Lager unausgesetzt geltend. — Zeit und Raum gestatten im Lager auch größere Anforderungen zu machen und die erhöhte Leistungsfähigkeit des Soldaten zu entwickeln.

Doch darf diese Methode bei verkürzter Dienstzeit nicht nur auf das Lager beschränkt werden, sondern muß vom ersten Tage des Eintritts der Rekruten an geübt werden. In dieser Beziehung empfiehlt sich die schon vor einigen Jahren in diesem Blatte von anderer Seite vorgeschlagene Formation jedes Jahrgangs von Rekruten in einen besondern Truppentheil.

Also 500 Rekruten stellt man mit c. 100 Offizieren, Unteroffizieren und Gefreiten in ein Bataillon zusammen und beginnt am 1. October ihre Ausbildung in einem offnen Ort, am 1. April rückt das Bataillon in eine Festung, versieht hier den Dienst und lernt das, was die Garnisoneinrichtungen und die Festung bietet, im Exercieren, Schießen, Turnen, Fechten, im Festungsdienst, Schanzenbau, Stürmen von Werken u. dgl. Im Herbst geben diese Bataillone die zum Garnisondienst nothwendigen Mannschaften, betheiligten sich mit dem Rest an den Manövern und bilden dann die Garnison der Festungen bis zum nächsten 1. April, an welchem Tage sie nach einjähriger Dienstzeit ins Lager rücken und nun mit großen Exercitien, dem Bau von Hütten, Lagern und Verschanzungen, mit Märschen und mit dem Studium im Terrain mit und ohne Kugel beschäftigt werden. Ein Manöver mit wechselnden Quartieren bildet dann den Schluß der Dienstzeit, führt das Bataillon wieder an den Ort zurück, wo es formirt war und wo der zweijährige Kreislauf von Neuem beginnt. —

Die technische Ausbildung der Artillerie und der Pioniere wird in analoger Weise sich ebenso vollständig erreichen lassen, wie dies unzweifelhaft bei der Infanterie der Fall ist. Die Mannschaften aber, welche reiten und fahren lernen müssen, bedürfen erfahrungsmäßig einer längern Dienstzeit, und bei diesen ist eine dreijährige eben nur hinreichend.

Der kriegerische Geist wird im Lagerleben und in einer schärfer auf den Kriegszweck zielenden Ausbildung entschieden mehr gewinnen, als in der jetzigen Erziehungsweise des Soldaten.

Also wer für Preußen das Heer in seinem jetzigen guten Stande erhalten und die Dienstzeit abkürzen will, der muß für dieses Land, welches die Zukunft Deutschlands in sich trägt, erstreben:

Zunächst eine Verfassung, die in dem Gemeindeleben, wie in dem der Landschaften und der Staatsregierung dem Einzelnen den Sinn für Gesetzlichkeit und Zucht nach jeder Richtung entwickelt.

Dann eine militärische Ausbildung, welche den Soldaten scharf anfaßt und ihn schon im Frieden mit Allem vertraut macht, was der Krieg in seiner ganzen Gewalt von ihm fordert.

Vermischte Literatur.

Geschichte der Franken unter den Merowingern von Dr. Gustav Bornhak. 1. Theil. Von den ältesten Zeiten bis auf Chlothar des Ersten Tod. Greifswald, C. A. Kochs Verlagshandlung; Th. Kunike. 1863.

Den Eingang des Buches bildet ein Ueberblick des bisher für die frühere Frankengeschichte Geleisteten. Was die französischen Schriftsteller betrifft, so ist die interessante, neuerlich oft besprochene Art, wie sich seit Jahrhunderten die politische Stellung und Ansicht der historischen Forscher in ihrer Auffassung der merovingischen und vormerovingischen Frankengeschichte abspiegelt, auch hier hervorgehoben; was aber soll man sagen, wenn Aug. Thierry nur in einer Anmerkungszeile, als ein Nachtreter Guizots, Fauriel (soviel wir gefunden) gar nicht erwähnt, und Guizot selbst unter Anderm zur Rede gesetzt wird, weil er beim Anblick der immerwährenden Kämpfe der Germanen nicht gemerkt, daß die Germanen, aus einer Menge kleinerer Stämme bestehend, in diesen Kämpfen „mit aller Macht der ihnen innewohnenden Kraft“ nach einer Einheit gerungen, durch welche sie „ihre Macht und Selbständigkeit bethätigen konnten“ (S. 37). Weit kürzer und noch oberflächlicher sind die deutschen Forscher behandelt (die neuern — abgesehen von Eichhorn, Savigny und Jac. Grimm, die schon vorher Erwähnung gefunden — in folgender Auswahl und Reihenfolge: Mannert, Friedrich Roth und Paul Roth, Pertz — wegen seines

Schriftchens über die Hausmaier — Löbell, Waitz). Darauf folgt ein Abschnitt über das gallische Land und seine Bewohner unter römischer Herrschaft — zuerst eine Zusammenstellung der gewöhnlichen Notizen über die Gallier, ihre Herkunft, Tracht, Götterlehre ꝛc., dann eine Erzählung ihrer Unterwerfung durch die Römer, von der man gar nicht absieht, was sie, in solcher Ausführlichkeit, in einer Merovingergeschichte soll; was nachher von dem Zustande Galliens unter der Kaiserherrschaft, der Verwaltungsorganisation ꝛc. gesagt ist, würde schon eher am Platze sein, wenn nur weiterhin, wo die Rede auf das merovingische Reich selbst kommt, die Bedeutung jener Dinge für dieses Reich irgendeine wirkliche Erörterung fände. Ausgehend von der gewöhnlichen Ansicht, daß das fränkische Volk entstanden sei aus einem Bunde von Völkerschaften, dessen Mittelpunkt die Sigambern gebildet, berichtet nun der Verfasser die Kämpfe Cäsars und anderer römischer Feldherrn gegen diese Sigambern und mehre in Zusammenhang mit ihnen erscheinende Völkerschaften, bis endlich (S. 137) ziemlich plötzlich der fränkische Name hervortritt. Ueber die entscheidenden Fragen geht der Verfasser ohne allzuviel eigene Untersuchung hinweg; daß die Sachsen zur Zeit des Marcomannenkrieges (aus dem Holsteinischen) über die Elbe setzten und die kleineren Völkerschaften jenseits derselben nöthigten, bei dem mächtigen Stamme der Sigambern Schutz zu suchen, dafür genügt im Wesentlichen ein Citat aus Leos Universalgeschichte. In ermüdender Breite, meist ganz äußerlich, sind darauf die Händel der Franken und Römer im vierten und fünften Jahrhundert berichtet; wo der Versuch gemacht wird, Kritik zu üben oder auf innere Volkszustände einzugehen, ist der Erfolg selten glücklich. Marchomer und Sumo, so vermuthet der Verfasser (S. 172, 182), hätten ihre Herrschaft verloren, als sie das salische Gesetz einführen wollten. S. 186 zeigt sich der Verfasser geneigt den Merowech als eine historische Person zu nehmen, nennt ihn aber S. 187 als den Stammvater der fränkischen, aus der Meruwe hervorgegangenen Königsfamilie, während doch die Herleitung der merovingischen Franken aus der Meruwe auf einer Erklärung des merovingischen Namens beruht, die keinen historischen Merowech anerkennen will. Von den Ansichten des Verfassers über die politische Entwickelung der Merowingerzeit sind schon manche der S. 107 vorausgeschickte Worte („die Macht des Königthums ward näher bestimmt, die Magistraturen gewannen festere Formen, indem der Kampf alles abstreifte, was mit den gleichberechtigten Factoren im Conflict gerathen war, da höchstens nur der obersten Gewalt eine Ausschreitung nachgesehen wurde") eigenthümliche Erwartungen zu erregen geeignet .... Von da an, wo Gregor von Tours Frankengeschichte reichhaltiger wird, bietet das Buch in breitem Strome wesentlich das von diesem und den Byzantinern Berichtete, mitunter kritische Betrachtungen oder politische Reflexionen einstreuend, wie, beispielshalber, S. 198, 323. Ueber die Mischungen und Gegensätze der romanischen und germanischen Nationalität auf gallischem Boden wird Vielerlei gesagt; zu wirklicher Klarheit über diese Verhältnisse zu kommen, wird man aber durch einige Seiten eines thierryschen Werkes besser in Stand gesetzt werden. Den Schluß des Bandes bildet ein Abschnitt über den Culturzustand Galliens in der behandelten Periode. Es ist darin hauptsächlich von der Entwickelung der Sprache (der ersten Ansätze des

Französischen) und von kirchlichen Angelegenheiten die Rede. Daß der Verfasser sich auf den ersteren Punkt näher einläßt, ist dankenswerth; warum er aber für Worte wie **mallus**, **raginburgi**, **sacibaro** u. s. w. an den von Mone und Leo gegebenen keltischen Herleitungen festhält und die Ableitungen Grimms und Müllenhoffs aus deutschen Wurzeln bei Seite läßt, verstehen wir um so weniger, da er doch sonst auf Wahrung des deutschen Gesichtspunktes sehr bedacht ist. Nimmt man zu alledem noch den Stil des Verfassers — (S. 198 heißt es: „Nicht ist zu läugnen, daß sich diese praktische Idee bei Chlodowich mit dem Ideale von einem großen, ausgebreiteten, fränkischen Reiche mischte, und dies war der zweite Grund, der ihn veranlaßte, gegen den Syagrius und sodann gegen die übrigen gallisches Land besitzenden Fürsten loszubrechen. Daß die natürliche Beschaffenheit Galliens zur Ausführung dieses Planes eine weit geeignetere sei, als das getheilte Land der Westgothen zur Behauptung ihrer Herrschaft zwischen beiden Seiten der Pyrenäen sich später erwies, sah Chlodowich wohl ein. Das gallische Land, von der Natur durch natürliche Grenzen von den übrigen Ländern geschieden u. s. w.) — so erkennt man, daß dem Verfasser nach verschiedenen Beziehungen für Abfassung des 2. Theiles eine andere Ausrüstung zu wünschen ist, als er sie in diesem ersten gezeigt hat.

Aus früherer Zeit. Von Arnold Ruge. Dritter Band. Berlin, Verlag von Franz Duncker. 1864.

Das erste Capitel des neuen Bandes dieser ebenso ergötzlichen als für die Geschichte der letzten Jahrzehnte vor 1848 lehrreichen Selbstbiographie ist ein Seitenstück zu Fritz Reuters „Festungstid". Es erzählt die Erlebnisse des Verfassers während seiner Einkerkerung in der Hausvogtei und später auf der Festung Colberg. Ein ferneres berichtet über das Jahr der Freilassung, namentlich über Ruges Aufenthalt in Jena, wo er vorzüglich mit Luden, Reinhold Schmid und Göttling verkehrte, und von wo er mehre hübsche Anekdoten, unter andern auch von Goethe mittheilt. Eine der letzteren sei hier nacherzählt. Der Improvisator Wolff, der Goethe regelmäßig den Hof machte, besuchte ihn einmal am 27. August. Er findet den Olympier mit verdrießlicher Miene im Zimmer auf und abgehend. Von Zeit zu Zeit trinkt er ein Glas Wein aus einer Flasche, die im Fenster steht. Wolff, als guter Höfling ziemlich vertraut mit ihm, nimmt sich die Freiheit zu bemerken: Excellenz seien ungehalten, was wohl die Schuld trage. Goethe erwidert: „Ich hab's wohl Ursach; es ist nun schon elf Uhr, und noch hat sich keine Seele sehen lassen, mir Glück zu wünschen. —" Wolff: „Da irren Ew. Excellenz doch wohl. Es ist ja heute der Siebenundzwanzigste und Ihr Geburtstag erst morgen." — „Wie," ruft Goethe aus, „sollte ich mich da denn umsonst betrunken haben?" — Das letzte Capitel führt uns zunächst nach Halle, wo Ruge an Niemeyer einen Freund hatte und an Echtermeyer einen neuen gewann, der später sein Mitkämpfer für die neuen Ideen wurde, welche die „Hallischen Jahrbücher" verfochten, und wo er sich in Louise Düffer eine treffliche Gattin erwarb. Dann begleiten wir das junge Paar auf einer Reise durch Süddeutschland und Italien und zurück nach Wien. Auch in diesem Bande sprudelt aller Orten — die Seiten über die italienische Reise ausgenommen, die merkwürdig trocken und langweilig sind — der liebenswürdige Humor, für den wir dem Verfasser gern alle die Wunderlichkeiten vergeben, die er, auf Politik zu sprechen kommend, in Fülle zu Tage fördert. Ruge nennt sich einen „Ungebrochnen"; richtiger ist, ihn als unverbesserlich zu bezeichnen, unverbesserlich, weil ihm aller Sinn für die Wirklichkeit abgeht, weil er sich nur in dem metaphysischen Reich des Gedankens, in dem Wolkenkukuckeheim seines Leibdichters Aristophanes, wohl fühlt. Der reale Staat, die reale Wissenschaft, die Wunder der Kunst und der Natur sogar, die uns Italien bietet, lassen ihn gleichgültig. Geschichte, Volkswirthschaft, Naturwissenschaft lehren ihn nichts, wenn die Thatsachen, die sie ihm entgegenhalten, gegen den „Begriff" verstoßen. Er haßt geradezu die Wirklichkeit, und nicht die oder jene Staatsform, die oder jene Religion sind ihm zuwider, sondern Staat und Kirche selbst stoßen ihn als „irdische und überirdische Phantasien der Asiaten" ab, und „die volle Herrenlosigkeit, das ohne Staat und Kirche sich selbst regierende Volk" ist das Ideal, dem er nachstrebt und dem jeder Andere nachzustreben hat, wenn er von ihm nicht für einen Tropf gehalten werden will. Ruge ist Burschenschafter gewesen und er ists im Grunde noch heute. Er nimmt nichts von dem zurück, was er damals, als er den Namen „Jüngling" führte, geredet und getrieben hat. Er ist fest überzeugt, daß die guten Jungen, die sich damals zur Anfertigung des wahren Staats verschworen, Recht gehabt haben, und daß die Zukunft seine Ideale verwirklichen wird. Er betrachtet sich als einen Reformator der Welt, dem es nur jetzt noch nicht gelungen, die Blinden sehend zu machen und die Mohren weiß zu waschen. Er erkennt die Thatsache nicht an, daß Mohren das Recht besitzen, schwarz zu sein.

Das würde sich, aus dem Ganzen herausgeschält, sehr unerfreulich ausnehmen, aber gerade diese Eigenschaft macht ihn einerseits im eminenten Sinne offenherzig und wahrhaft über sich selbst, andrerseits zum Humoristen. In der unerschütterlichen Ueberzeugung, daß er immer Recht hat, immer Recht gehabt hat, unterscheidet er sich wesentlich von den meisten andern Autobiographen. Zunächst durch seine vollkommene Naivetät. Nie fällt ihm ein, sich schöner zu machen, als er gewesen; denn er weiß, daß er nicht schöner sein konnte. Nie verschweigt er, was Andere als gegen den Anstand verstoßend verhüllen; denn er empfindet nicht, daß es damit nicht richtig stand, er denkt und fühlt eben noch heute als Sechziger, wie er als Zwanzigjähriger dachte. Eine solche Stabilität hat ihre zwei Seiten: sie erscheint uns als Verstocktheit und erfüllt uns dann wieder als treues Hangen an Idealen der Jugend mit Rührung. Zuletzt aber lachen wir über sie, selbst wenn der Verfasser uns erzählt, daß er sich einmal alles Ernstes überlegt habe, ob es zweckentsprechend, ein gegebnes Ehrenwort zu halten. Wir lachen um so herzlicher, als wir allmälig entdecken, daß dieser Weltstürmer, dieser feurige Idealist, der mit seinen reformatorischen Plänen noch ein gutes Stück über Karl Moors Ansichten von Weltverbesserung hinausgeht, eigentlich ein ehrlicher Pedant ist. Daß er dies nicht weiß, daß er deshalb sich unausgesetzt selbst ironisirt, ist sein Humor, soweit er eine Selbstbiographie schreibt. Daneben versteht er eine Unzahl lustiger Geschichten von Andern zu erzählen, immer aber wirkt er am meisten auf unsre Lachnerven, wenn er die eignen Thorheiten als Weisheit vorträgt. Wir werden dann inne, daß dieser philosophische Eulenspiegel wie Saul über alles Volk um eine Kopflänge über die ganze Welt kleiner Thoren hervorragt, die ihn umgiebt und über die er sich lustig macht. In der jetzigen Welt steht er wohl einsam da, der ewige Burschenschafter mit seinen ewig grünen Phantasien. Die „Freiheit, die ich meine“ ist nicht unsre Freiheit. Wir arbeiten nicht für das Wolkenkukuksheim, welches den jungen Herren der zwanziger Jahre als politisches Ideal vorschwebte, nicht für die abstracte Freiheit, sondern für klare erreichbare Ziele, für den freien deutschen Staat, der nicht für ein Volk von Denkern und Poeten, sondern für Menschen, wie sie in Wirklichkeit sind, zu schaffen sein wird.

Möge es Ruge vergönnt sein, uns recht bald einen neuen Band zu liefern. Sein Buch verdient von Allen gelesen zu werden, und wir dürfen hoffen, daß es von Vielen mit dem Genusse gelesen werden wird, welchen uns seine Lectüre verschaffte.

Druckfehler.

In dem ersten Artikel des Heftes 19. werden auf Wunsch des Verfassers folgende Druckfehler in den daselbst vorkommenden Namen angezeigt: Seite 209, Zeile 2 von oben ist statt Harcho zu lesen: Harche. — Seite 212, Zeile 8 von unten statt Reensteig zu lesen: Rennsteig. Seite 213, Zeile 14 von unten ist zu lesen: Inselsberg und Donnershaug. — Ebendaselbst, Zeile 9 von unten ist zu lesen: Turiberg (Berg des Turi). — Seite 214, Zeile 3 von unten ist zu lesen: mythischen. — Seite 218, Zeile 3 von unten ist zu lesen: August Meitzen.

Verantwortlicher Redacteur: Dr. Moritz Busch.

Verlag von F. L. Herbig. — Druck von C. E. Elbert in Leipzig.

Zur schleswig-holsteinischen Frage.

Wenn man die gehobene Stimmung erwägt, die infolge des ruhmvollen Tages von Düppel das preußische Volk ohne Unterschied der Parteien ergriffen hat, so kann man sich der Hoffnung nicht entschlagen, daß diesmal die gerechten Forderungen der Nation Befriedigung finden werden. Es ist nach der Erstürmung der dänischen Schanzen im Sundewitt augenscheinlich, daß jede halbe Lösung einer vollständigen Niederlage Preußens gleichkäme, und daß eine solche einen Rückschlag auf das Selbstgefühl der Nation ausüben müßte, der sich in allen Richtungen des öffentlichen Lebens in nachtheiligster Weise geltend machen würde. Auch sprechen manche Symptome dafür, daß die preußische Politik den durchaus unbefriedigenden Standpunkt, den sie noch Anfangs April, wie die von der Kölnischen Zeitung veröffentlichten Actenstücke beweisen, einnahm, gegenwärtig als antiquirt betrachtet. Ob sie schon den festen Entschluß gefaßt hat, die völlige Trennung der Herzogthümer von Dänemark als unverrückbares Ziel ihrer Bemühungen hinzustellen, oder ob sie auch jetzt noch an die Möglichkeit glaubt, auf den Grundlagen einer möglichst lockern Verbindung Dänemarks mit den Herzogthümern eine Befriedigung der gerechten Forderungen dieser zu erzielen, das wissen wir zwar nicht, glauben aber doch, daß die Unmöglichkeit der Vermittelung der unvereinbaren Gegensätze auch in solchen Kreisen erkannt wird, die, sei es aus welcher Ursache es wolle, bisher sich gescheut haben, der preußischen Politik offen ein dem Ernst der preußischen Kriegführung entsprechendes Ziel zu stecken. Wenigstens darüber wird kein Zweifel herrschen, daß die Ansicht, welche in der Erhaltung der Integrität der dänischen Monarchie ein dem preußischen Interesse entsprechendes Resultat sieht, an leitender Stelle kaum noch eine beachtenswerthe Vertretung findet, daß also, wenn dennoch die Unabhängigkeit der Herzogthümer noch nicht mit voller Bestimmtheit als einzig mögliche Bedingung des Friedens zwischen Deutschland und Dänemark aufgestellt wird, dies nicht seinen Grund darin haben kann, daß von den Leitern der preußischen Politik das Ziel als nicht wünschenswerth angesehen wird, sondern nur in der Furcht vor den Gefahren, die das Einschlagen einer entschiedenen Politik, welche die Brücken zum Rückzug hinter sich abbricht, für Preußens politische Stellung mit sich führen könnte. Man hegt, so scheint es, die Besorgniß, daß ein unbedingtes Vertreten der schleswig-holsteinischen Selbständigkeit eine Coalition heraufbeschwören könnte, der Preußen möglicher Weise isolirt und auf seine eignen Kräfte beschränkt die Spitze zu bieten haben würde.

Diese Besorgniß entbehrt aber in jeder Beziehung der Begründung. Zunächst ist es klar, daß Preußen einer etwa sich bildenden Coalition nicht isolirt gegenüberstehen würde. Es würde auf den Beistand Deutschlands rechnen können, nicht etwa blos des schwerfälligen officiellen Deutschlands, wie es die Welt als frankfurter Bundesversammlung kennt, sondern der gesammten deutschen Nation, die unbedingt Preußen jede Forderung zugestehen würde, die dieses zum Zwecke einer energischen Kriegführung und Politik zu stellen hätte. Mag immerhin selbst in einigen liberalen Kreisen Deutschlands die Borussophobie auch in dem gegenwärtigen schicksalsvollen Augenblicke die Stimme des Patriotismus und der gesunden Vernunft gewaltsam unterdrücken —, wenn Preußen das richtige Wort gesprochen haben wird, wird es das Volk und die Regierungen fortreißen und allen kleinlichen Eifersüchteleien Stillschweigen auferlegen. Daß aber Preußen an der Spitze Deutschlands eine Coalition, die schon bei ihrem Entstehen die Keime des Zerfalles in sich tragen würde, nicht zu scheuen braucht, darüber herrscht wohl in Preußen, und wie wir glauben in Deutschland nur eine Stimme.

Somit ist also eine Isolirung Preußens unter keinerlei Umständen zu fürchten, und es könnte in der Gewißheit, die Gesammtkraft Deutschlands auf seiner Seite zu haben, der Bildung jeder Coalition mit Ruhe entgegensehen. Wir glauben aber auch ferner die Behauptung wagen zu dürfen, daß die Gefahr einer Coalition gegen Preußen, wenn überhaupt vorhanden, jedenfalls im weiten Felde liegt. Einen wirklichen Eifer, Dänemark aus seiner bedrohten Lage zu reißen, hat bis jetzt nur England bewiesen. Ob dieser Eifer auf einer vernünftigen Auffassung der Verhältnisse, oder auf einer fixen politischen Idee beruht, ist gleichgiltig, die Thatsache steht fest, daß England seinen ganzen diplomatischen Apparat aufgeboten hat, um den Zerfall der dänischen Monarchie zu hindern. Eine ganz andere Frage ist es, ob es die Neigung hat, seine diplomatischen Anstrengungen auch mit den Waffen in der Hand zu unterstützen. Wäre dies unbedingt der Fall, so würde es unerklärlich sein, daß es nicht bereits im März eine Flotte in die Ostsee geschickt hat, daß es den Fall der düppeler Schanzen ruhig hat geschehen lassen, ohne auch nur Miene zu machen, die wichtigste Stellung des befreundeten Staates mit wirksameren Mitteln als russelschen Noten zu stützen. Es läßt die Haltung Englands, so weit sie überhaupt eine Erklärung zuläßt, sich nur so erklären, daß England ein isolirtes Vorgehen gegen Deutschland scheut, daß es aber im Verein mit den andern Großmächten, besonders mit Frankreich, im äußersten ihm selbst sehr unerwünschten Falle sich auch zu einer bewaffneten Demonstration, vielleicht gar zur bewaffneten Unterstützung Dänemarks entschließen würde. Also nicht von England, sondern von den Mächten, die es zu einem Kreuzzuge für Dänemark pressen möchte, wird es abhängen, ob Deutschland in standhafter Verfolgung seiner Ansprüche einen materiellen Widerstand fremder Großmächte zu überwinden haben wird.

Daß Rußland seine gegenwärtigen Verlegenheiten nicht durch einen muthwillig heraufbeschworenen Krieg mit Deutschland vermehren wird, bedarf kaum der Erwähnung. Rußland wird gute Wünsche für Dänemark haben und zufrieden sein, wenn es wider sein Erwarten auf diplomatischem Wege etwas für den Schützling der europäischen Politik erreicht; darauf aber wird sich seine Hilfsleistung beschränken. Alles kommt also darauf an, welche Stellung Frankreich im weiteren Verlauf des Conflictes einnehmen wird. Welches die verborgenen, tiefsten Gedanken des Kaisers der Franzosen über die brennende Tagesfrage sind, vermag allerdings niemand zu sagen; es dürfte überhaupt sehr zweifelhaft sein, ob Napoleon, der gewohnt ist nach den Umständen zu handeln, und der dabei in seltenem Maße die Gabe besitzt, die Umstände zu seinem Vortheile zu lenken, bereits einen festen Entschluß gefaßt hat, oder ob er nicht vielmehr beabsichtigt, seine Stellung zu der Frage von der Gestaltung der allgemeinen europäischen Verhältnisse abhängig zu machen. So viel steht indessen fest, daß seine bisher eingeschlagene Politik zwar eine zurückhaltende, aber keineswegs eine den deutschen Ansprüchen unbedingt ungünstige ist, insofern in der schleswig-holsteinischen Frage ein Princip zur Sprache kommt, welches er nicht verletzen lassen kann, ohne die Grundlagen seiner Macht zu untergraben. Napoleon kann sich über manche Schranken hinwegsetzen, die selbst einer altbegründeten Staatsgewalt unüberwindlich sind; dagegen kann er nicht seine Hand dazu bieten, ein Recht zu zerstören, aus dem seine Macht ihren Rechtstitel ableitete, das Recht der freien Selbstbestimmung eines Volkes, wobei es übrigens gleichgiltig ist, ob dies Recht durch allgemeine Comitien, oder ob es durch bereits bestehende Repräsentativversammlungen ausgeübt wird.

Als Napoleon zum ersten Male den Gedanken aussprach, daß die londoner Abmachungen hinfällig seien, und daß in den Herzogthümern ohne eine Befragung und Berücksichtigung ihrer eigenen Wünsche ein dauernder Zustand nicht hergestellt werden könnte, gab man sich vielfach übereilt der Hoffnung hin, daß mit diesem Zugeständnisse seinerseits die Frage der Herzogthümer bereits gelöst sei. Dabei vergaß man nur einen Umstand: daß in gleichem Maße wie Napoleon ein Beschützer des Princips der nationalen Selbstbestimmung ist, die eine der im Kriege mit Dänemark begriffenen Mächte mit eben diesem Princip einen unversöhnlichen Kampf auf Tod und Leben führt. Preußen allerdings kann ohne jede Gefahr für seine politische Existenz die schließliche Entscheidung der Frage,

36*

deren Lösung seine siegreichen Waffen vorbereitet haben, dem Willen der Betheiligten überlassen; Oestreich befindet sich nicht in dieser glücklichen Lage. Auf die Anerkennung Oestreichs hat nur das Recht der Legitimität zu rechnen, und — die vollendete Thatsache. Aber die förmliche Sanctionirung des Princips der nationalen Selbstbestimmung als höchsten Gesetzes der geschichtlichen Entwickelung, eines Princips, das, einmal durch den europäischen Consensus anerkannt, kein höheres Ziel als die völlige Auflösung des Kaiserstaats verfolgen würde, ist von Oestreich nicht zu erwarten. Es ist daher vollkommen der Lage der Dinge entsprechend, daß der Fortschritt Oestreichs in der schleswig-holsteinischen Angelegenheit, der uns von Wien aus gemeldet wird, wenn eine derartige Wendung, was wir bis jetzt noch sehr bezweifeln, wirklich stattgefunden hat, nicht die nationale Seite der Frage berücksichtigt, sondern die Entscheidung des wiener Cabinets von der Entscheidung über das Recht der Erbfolge abhängig macht.

Die Verlegenheit Oestreichs ist nicht gering. Aber sie ist selbstverschuldet. Hätten die deutschen Großmächte die Waffen ergriffen für das von ganz Deutschland und den Stimmen der Herzogthümer anerkannte Recht des Herzogs Friedrich, so würde der Erfolg der deutschen Waffen auch ohne weiteres die Lösung der schleswig-holsteinischen Frage gewesen sein. Oestreich hat diesen Standpunkt nicht eingenommen, weil ihm die Integrität Dänemarks wichtiger war, als das Loos der Herzogthümer. Daß ein glücklicher Verlauf des Krieges nicht gestatten würde, dieses Kampfesziel festzuhalten, das sah die östreichische Diplomatie in ihrer eingebildeten Selbstgefälligkeit und in dem Mangel an Voraussicht, der sie gegenwärtig kennzeichnet, nicht ein. Weshalb Preußen, wenn auch nicht ohne bedeutende Restrictionen, doch im Wesentlichen der östreichischen Auffassung sich angeschlossen hat, ob es nur durch eine Accommodation die Mitwirkung Oestreichs sich hat sichern wollen, oder ob es deshalb ohne ein bestimmtes Ziel in den Kampf gegangen ist, um dasselbe als natürliches Resultat aus dem Verlauf der Begebenheiten sich entwickeln zu lassen: darüber wird erst die Zukunft mit ihren dereinstigen Enthüllungen ein sicheres Urtheil fällen können. Jedenfalls befand die preußische Politik sich in der verhältnißmäßig vortheilhaften Lage, daß jeder Erfolg der preußischen Waffen sie in der Richtung der nationalen Wünsche, deren Erfüllung in dem Interesse Preußens lag, weiter drängen mußte, daß also ein von den Verhältnissen abgenöthigtes Aufgeben des ursprünglich, sei es zum Schein, sei es aus Unklarheit oder Unentschlossenheit, eingenommenen Standpunktes vom Gesichtspunkte einer wahrhaft preußischen Politik aus betrachtet, nicht als eine Niederlage, sondern als ein Erfolg der preußischen Politik anzusehen ist. Insofern also konnte die preußische Regierung unbedenklich ohne Programm oder mit einem unvollkommenen Programm zur Action schreiten, als sie wissen konnte, daß aus einem glücklichen Erfolge der

Action sich von selbst das richtige Programm ergeben mußte. Für Oestreich liegen aber die Verhältnisse so, daß es sich entweder des offnen Preisgebens der deutschen Sache schuldig machen, oder einer Lösung zustimmen muß, der es bisher aus übel angebrachter Eifersucht gegen Preußen ernstlich widerstrebt hat. Nachdem es lange Zeit hindurch jedem militärischen Erfolge, ja jeder Ausdehnung der kriegerischen Operationen durch die zum Ueberdruß und man möchte fast sagen mit einer gewissen Zudringlichkeit wiederholte und gewiß aufrichtig gemeinte Erklärung, daß es nach wie vor an der Integrität der dänischen Monarchie festhalte, die Spitze abzubrechen gesucht hat, kann es sich nicht länger die Thatsache verbergen, daß das Festhalten dieses Standpunktes eine Unmöglichkeit geworden ist; nicht als ob es schon zur Unterstützung der nationalen Wünsche bereit wäre, aber es muß ihnen, und sollte es auch nur zum Schein sein, Rechnung tragen. Denn allerdings vermögen wir in der Erklärung, daß eine Prüfung der rechtlichen Seiten der Erbfolgefrage unumgänglich sei (falls sie wirklich gegeben ist) zunächst nur einen Schein zu sehen. Wer soll die Rechtsfrage prüfen? Die Conferenz, deren Glieder noch der einen oder der andern Seite Partei sind? Und welches Votum wird Oestreich in diesem hohen Gerichtshof abgeben? Wer der Conferenz mehr überlassen will, als die Registrirung einer vollendeten Thatsache, der will überhaupt keine That, er will nur den Schein einer That. Er will weiter nichts als die Verantwortung für seine eignen antinationalen Gelüste dem gesammten Europa zuschieben.

Dennoch sehen wir jedes Zugeständniß Oestreichs, auch das widerwilligste und unaufrichtigste, als einen Fortschritt der nationalen Sache an, vorausgesetzt, daß Preußen sich seinerseits von allen Bedenklichkeiten freigemacht hat und entschlossen ist Oestreich bei seinen Zugeständnissen nicht nur festzuhalten, sondern es auch weiter auf der Bahn derselben zu drängen, allerdings auf die Gefahr hin, das Bündniß mit Oestreich ganz zu lösen; was indessen ein geringerer Schaden wäre, als durch Festhalten an demselben die Sache, für die unsere Krieger gekämpft und geblutet haben, ganz zu verderben. Gelingt es der preußischen Diplomatie, Oestreich zu einer wirklich deutschen Politik zu drängen, so wird sie einen Beweis großer Geschicklichkeit geben; entschließt sie sich, im Fall des Mißlingens die Sache der Herzogthümer ausschließlich im Verein mit Deutschland zu vertreten, so wird sie damit einen Muth und eine Thatkraft beweisen, die für Preußen um so heilsamer sein wird, je weniger man sie im Allgemeinen erwartet hat. Dazu scheint vor allem nöthig, daß Preußen offen den Standpunkt einnimmt, den es bisher nur officiös und daher noch nicht bindend angedeutet hat. Es darf die Zukunft der Herzogthümer nicht mehr der Hoffnung überlassen, daß jedes ungenügende Programm an Dänemarks Hartnäckigkeit scheitern wird, und daß Dänemark somit selbst in den Augen Europas dafür verantwortlich wird, wenn Preußen, nachdem alle Vermittelungsversuche in Folge des Widerstandes des kopenhagener Cabinets sich als fruchtlos erwiesen haben, gewissermaßen gezwungen als letztes Mittel der Lösung die Trennung der Herzogthümer von Dänemark fordert.

Die Aufgabe, Oestreich zum Einnehmen des richtigen Standpunkts zu nöthigen, nachdem einmal die Action gegen Dänemark von dem Einverständniß mit Oestreich abhängig gemacht worden ist, haben wir nie für eine leichte gehalten. Sie ist dadurch noch verwickelter geworden, daß es zugleich gilt, Frankreich durch Eingehen auf seinen Wunsch in Betreff der Befragung der Herzogthümer in einer neutralen Stellung zu erhalten. Soll Preußen Oestreich zu Gefallen diesen Plan bekämpfen? Dies hieße zugleich Frankreich, dessen Sympathien eben nicht deutsch sind, auf Dänemarks Seite drängen und Oestreich einen Vorwand bieten, in Rücksicht auf die immer ungünstiger sich gestaltende europäische Constellation, ganz wieder auf den alten Integritätsstandpunkt zurückzusinken.

Es scheint uns unter diesen Umständen nur ein Weg befriedigende und verhältnißmäßig sichere Resultate zu versprechen: Preußen muß ungesäumt die Erbfolgefrage in Betreff Holsteins der Entscheidung des Bundes anheimgeben. Will Oestreich nicht für den Herzog Friedrich stimmen, so mag es sich überstimmen lassen. Es ist damit ein Rechtstitel gewonnen, der Oestreich der peinlichen Nothwendigkeit überhebt, die Souverainetät des Nationalwillens anerkennen zu müssen. Ist die Rechtsfrage für Holstein und damit auch indirect, wenn auch ohne Verbindlichkeit für Europa, für Schleswig entschieden, so sind offenbar die Bedenklichkeiten bedeutend vermindert, die eine feierliche Manifestation des Volkswillens für Oestreich haben würde, und dasselbe wäre in der Lage, das Votum der Bevölkerung, welches nur eine bereits von ihm anerkannte Thatsache bestätigen würde, als einen Ausdruck der Loyalität anzusehen, ohne damit irgendwie das Princip der nationalen Selbstbestimmung anerkennen zu müssen. Daß Oestreich ein solcher Ausgang nicht erwünscht wäre, daß es vielmehr am liebsten in dem alten Fahrwasser bliebe, ist uns allerdings wahrscheinlich; aber darauf kommt es gar nicht an. Den Kreis, in dem Oestreich seit Jahren sich fruchtlos herumdreht, wird es freiwillig nicht verlassen. Aber die Lage ist günstig, es dazu zu nöthigen. Das erfordert unser Interesse, und wie wir denken das Interesse Oestreichs selbst, für das vielleicht nirgend ein geringeres Verständniß herrscht, als in Wien.

Sollte ein festes Auftreten Preußens die Conferenz sprengen, so haben wir keine Ursache, das Bedauern zu theilen, welches die englischen Staatsmänner in diesem Falle empfinden würden. Sollte es Napoleon gelingen, die Conferenz in einen Congreß zu verwandeln, so würden wir auch in diesem Ereigniß keine Gefahr sehen, unter der Voraussetzung, daß Preußen in der nächsten Zeit uns darüber außer Zweifel setzt, daß es seine Interessen erkannt hat, und nach dieser Erkenntniß zu handeln entschlossen ist. Geschieht dies nicht, so ist eine Lösung der Frage unmöglich, die schwerste europäische Verwickelung aber gewiß.

Wir bemerken noch einmal ausdrücklich, daß wir uns betreffs einer Einwirkung auf Oestreich keinen unbedingten Erwartungen hingeben. Wir haben unsere Hoffnung niemals auf Oestreich gesetzt. Da aber einmal die Sache im Verein mit Oestreich unternommen worden ist, so muß dieses in der Wahl der einzuschlagenden Mittel so weit als die Sache, für die wir kämpfen, es gestattet, berücksichtigt werden. Dazu kommt, daß gerade eine erhöhte Thätigkeit des Bundes, die von Preußen auszugehen hat, das beste Mittel ist, Oestreich festzuhalten: durch Deutschland muß auf Oestreich gewirkt werden! Vermag Oestreich aber trotz aller Rücksichten, die Preußen auf seine Lage nimmt, nicht, sich zu einer deutschen Politik zu entschließen, dann möge man es seinem Schicksal und der Freundschaft Englands überlassen. Preußen würde diese Lösung seiner Allianzen bedauern, aber es würde ihr mit Ruhe entgegensehen können, vorausgesetzt, daß die Anwendung seiner Kraft in der schleswig-holsteinischen Frage ihm das Recht zu dem höchsten Gute eines Staates, dem Selbstvertrauen, giebt.

Camillo von Cavour.

„Es ist das ruhmreiche Geschick des nachgelassenen Ruhmes des Grafen Camillo von Cavour, daß er um so größer erscheint, je mehr er vom Glanze der Wahrheit erleuchtet wird" — so beginnt Prof. Nicomede Bianchi in Turin seinen trefflichen Aufsatz über Cavour in der Rivista contemporanea, der eine große Menge bisher unbekannter und wichtiger Documente ans Licht bringt. Und er hat Recht. Je mehr die Stimmen persönlichen Hasses und persönlicher Gunst vor dem geschlossenen Grabe verstummen, und die Ereignisse, bei denen er eine so hervorragende Rolle gespielt, in die historische Perspective treten, in um so klareren und großartigeren Zügen tritt uns das Bild des größten Staatsmannes der Gegenwart entgegen. Allerdings ist die Zeit noch nicht gekommen, um eine allen Ansprüchen genügende Biographie, vor Allem eine vollständige Darstellung seiner öffentlichen Thätigkeit zu geben. Noch würde eine unbeschränkte Benutzung aller auf ihn bezüglichen, in Familien- wie in Staatsarchiven aufbewahrten Documente mannigfache öffentliche wie Privatinteressen auf die unverantwortlichste Weise verletzen. Nichts desto weniger sind im Laufe der letzten vier Jahre bereits eine Menge von Schriften über Cavour erschienen. Lebensbeschreibungen — allerdings meist ziemlich oberflächlich und lückenhaft — Skizzen und Erinnerungen, Briefe von ihm und an ihn, diplomatische Actenstücke ꝛc. sind in Italien und Frankreich, in England und Amerika (weniger in Deutschland), veröffentlicht worden*). Vielleicht wäre eine Zusammenstellung des darin niedergelegten Materials jetzt schon zweckmäßig und verdienstlich. Jedenfalls ist bereits hinlängliches Material vorhanden, um ein in allen wesentlichen Zügen treues Bild seines Lebens wie seines Charakters entwerfen zu können. Das Letztere ist der Zweck der folgenden Seiten. Der Verfasser, welchem es vergönnt war, noch eine Zeit lang Zeuge der Wirksamkeit des großen Mannes im Vaterlande desselben zu sein, bekennt sich dazu, wenn auch nicht zu den unbedingten Verehrern, doch zu den warmen Bewunderern desselben zu gehören. Nichtsdestoweniger hat er sich aufrichtig bemüht, das Bild seines Helden aus dem ihm zugänglichen Material mit voller Unparteilichkeit, sine ira et studio zu entwerfen. —

Einer alten Familientradition zufolge soll Camillo Benso di Cavour väterlicherseits von einem deutschen, in den Kreuzzügen mit Kaiser Friedrich Rothbart nach Piemont gelangten Ritter abstammen. Seine Mutter war eine Genferin und übte wie ihre beiden Schwestern einen nicht geringen Einfluß auf die Entwickelung des Kindes. Cavour selbst fühlte schon früh eine besondere Vorliebe für britische Sitte und Lebensauffassung, die er bei seinem wiederholten Aufenthalt in England aus eigner Anschauung kennen lernte. So haben gewissermaßen die vier Hauptculturvölker Europas Antheil an dem großen Staatsmann, wenn ihn auch die Italiener mit gerechtfertigtem Stolze den Ihrigen nennen.

Schon in Cavours äußerem Wesen trat diese Mischung zu Tage. Dem südlichen, funkelnden Glanze des dunkeln Auges, der sprudelnden Lebhaftig-

*) Wir geben in Folgendem die Titel der bedeutendsten unter den uns bekannten hieher gehörigen Schriften: Count Cavour, his life and career by Basil H. Cooper, London 1860. — Cavour, a memoir by Edward Dicey, Cambridge 1861. — Il Conte di Cavour, cenni biografici di Luigi Chiala, Napoli 1861. — Camillo Benso di Cavour, per Ruggero Bonghi, Torino 1861. — Oeuvre parlamentaire du comte de Cavour traduite et annotée par J. Artom et Albert Blanc, Paris 1862. — Camillo di Cavour, commemorazione di Ciro d'Arco, Torino 1861. — M. de Cavour, et la crise italienne, par M. O. d'Haussonville. Le comte de Cavour, récits et souvenirs par W. de la Rive, Paris 1862. — A discourse on the Life, Character and Policy of Count Cavour by Vincenzo Botta, New York 1862. — Il conte Camillo di Cavour, Documenti editi ed inediti, (per Nicomede Bianchi) Rivista contemporanea 1863, vol. 32, pag. 321—61 e vol. 33, pag. 3—76. — Vgl. auch die beiden Artikel über Cavour in: „Unsere Zeit" Bd. 3, S. 222—58, und Bd. 5, S. 767—80. Leipzig, Brockhaus 1859 und 1861.

keit seiner Worte stand, zumal in der späteren Zeit seines Lebens, in anderen Augenblicken eine ruhige Würde, die sich bis zur marmornen Kälte steigern konnte, und eine sichere, gehaltene Gemessenheit der Rede gegenüber. So feurig sein Temperament, so leicht erregbar sein Blut war, verlor er doch nie ganz die Herrschaft über sich selbst; die Lebhaftigkeit ging nie in Leidenschaftlichkeit über. Originell in Allem, war er es auch in seinen äußeren Manieren, sei es, daß er in der Kammer, nachdem alle seine politischen Gegner ihren Köcher erschöpft hatten, sich erhob und, mit wenigstens einer Hand in der Tasche, meist ein feines, oft sarkastisches Lächeln auf den Lippen, aufstand, um einen nach dem andern zu widerlegen und niederzuwerfen; sei es, daß er sich in lebhaftem Gespräche in einer eigenthümlichen Weise die Hände rieb, welche so bekannt war, daß ganz Turin zu sagen pflegte: „Die Sachen stehen gut, Cavour reibt sich die Hände"; sei es, daß er mit fast in türkischer Weise gekreuzten Beinen auf dem Balcon seines Hauses saß, um frische Luft zu schöpfen, oder mit den Händen auf dem Rücken durch die kahlen Reisfelder von Leri spazierte, mit Behagen an Turin und das unruhige Treiben der Hauptstadt denkend, dem er auf kurze Zeit entflohen war.

Wie die Nationalitäten, schienen auch die Stände sich in ihm zu begegnen. Schon in früher Jugend um seiner weltmännischen Manieren willen an den Hof gezogen, in der Gesellschaft durch die Liebenswürdigkeit und Anmuth seines Wesens Alle entzückend, hatte er doch auf der andern Seite von seinen Feinden unter dem Adel Vorwürfe über sein allzubürgerlich-derbes Wesen zu hören, wahrscheinlich, weil er Grundsätze und männliche Unabhängigkeit höher als Hofetiquette und gesellschaftliche Convenienz achtete. Er beging das große Unrecht, „die Welt" gelegentlich fühlen zu lassen, daß er sie kannte und wenig schätzte. Er war außerdem eine viel zu entschieden ausgeprägte Persönlichkeit, um flachen Dutzendmenschen zu gefallen; viel zu offen und rücksichtslos, um nicht oft nach Rechts wie nach Links hin Anstoß zu geben. Er war zu stolz, zu energisch, zu selbstvertrauend, um zu jenen glatten diplomatischen Naturen zu gehören, die sich durch alle Schwierigkeiten hindurchzuwinden wissen, ohne irgendwo Aergerniß zu geben. Und doch war er im Grunde wohlwollend; sein Witz war keine bittere Satire, kein beißender Spott, der absichtlich den Stachel in der Wunde läßt; mit einem raschen Worte warf er wie im Vorübergehn ein helles Streiflicht auf die Dummheit und eitle Aufgeblasenheit, wo sie sich hervorwagten, und wandte ihnen lächelnd den Rücken, mit Dante denkend:

Non ti curar di lor, ma guarda e passa.

Streng gegen die Ideen, war er doch nachsichtig im Urtheil über die Menschen, die Zeitgenossen sowohl wie die Vorfahren. Auch als allmächtiger Minister war er leutselig, jedem zugänglich, über alles gern Auskunft gebend; nur durfte man ihm nicht mit leeren Höflichkeitsphrasen kommen, die er mit einem ironischen Lächeln abschnitt, oder mit endlosen Klagen, die eine ungeduldige Handbewegung verkürzten, oder mit geschwätzigen Abschweifungen, die ihn ernst, zurückhaltend und einsilbig machten. In den Salons, die er freilich in seinen späteren Jahren nur selten besuchte, war er sehr gesprächig, voll heitern Humors, und eilte gern von Gruppe zu Gruppe, die Sprachen mit Leichtigkeit wechselnd, der französischen und italienischen — den abscheulichen piemontesischen Dialekt nicht ausgenommen — als zweier Muttersprachen mächtig, das Englische geläufig, das Deutsche sehr gebrochen redend. Wie scharf sein Urtheil, wie kaustisch sein Witz, wie groß sein Freimuth gewesen, bekunden seine Briefe. Unumwunden sagt er gerade heraus, was er denkt, ohne Ansehn der Person. Es gab keinen, mochte er noch so hochgestellt sein, den er nicht mit seinem Maße gemessen, an dem er nicht seinen Witz geübt hätte. Der Witz ist eine gefährliche, zweischneidige Waffe, die leicht auch den, der sie führt, verwundet; aber Cavour, obwohl ihm das Wort stets natürlich und ungesucht auf die Lippe trat, verstand es doch immer so einzurichten, daß die doppelte Schärfe nur den Gegner traf, in der Kammer und in der Presse wie im gesellschaftlichen Zirkel. Im Kreise seiner Freunde war er durch Laune und Munterkeit stets das belebende Element, zumal in seiner früheren Zeit, wo die Anmuth seines Geistes sogar den ihm zunächst Stehenden die große politische Capacität verbarg, die unter dieser leichten Hülle versteckt lag. Er verstand die große Kunst, auch im Gespräche allen alles zu sein; mit einem außerordentlichen Accommodationsvermögen begabt, wußte er ebensogut mit seinen kleinen Cousinen von ihrer Mädchenschule und seinen Bauern von ihrer Ernte zu plaudern, wie mit den Diplomaten von den Geheimnissen der Cabinete oder den Salondamen von den Mysterien der Gesellschaft. Er hatte den Grundsatz, sich nie zu langweilen, und was mehr war, er verstand ihn zu befolgen, indem er sich jedermann verständlich zu machen, auf jedermanns Ideen einzugehn, jeden auf sein Steckenpferd zu setzen und so aus jedem einen Funken herauszulocken wußte. In seiner Ausdrucksweise und seinem Benehmen war nichts Gezwungenes und Erkünsteltes, sondern alles einfach und natürlich: keine kalte Herablassung und conventionelle Höflichkeit, sondern das reine Interesse an allem Menschlichen.

Mit der Zeit freilich ging eine Veränderung in seinem Wesen vor. Die eigenthümliche Frische, der charakteristische Humor schwinden auch jetzt noch nicht aus seinen Reden wie aus seinen Briefen; aber es war, als ob das einnehmende Lächeln, die milde Heiterkeit nur noch auf der Oberfläche schwebten, und zuweilen konnte sein Antlitz auch den strengen, ehernen Ausdruck annehmen, welchen eine unerschütterliche Willenskraft, ein unbeugsamer Entschluß bei fortwährender innerer Beschäftigung mit ernsten gewichtigen Dingen den Zügen aufdrückt. Aber auch damals noch war und blieb er, wie immer, der Freund seiner Freunde, keinen vergessend, der ihm je nahe gestanden, aber freilich auch nie, um einen Freund oder Gesinnungsgenossen zu begünstigen und so dem Wohle des Ganzen zu nahe zu treten. Mit Recht konnte er von sich sagen (Brief an la Farina vom 2. Oct. 1859) „ich bin gewohnt, Beleidigungen vielleicht allzuleicht zu vergessen, aber Freundschaftsbeweise schwinden nie aus meinem Gedächtniß und meinem Herzen.“ — Die Seinen liebte er herzlich; mit seinem ältern Bruder, dem als Statistiker und Nationalökonomen nicht unbekannten Marquis Gustav Cavour*), lebte er stets im besten Einvernehmen, obwohl ihre politischen Ansichten keineswegs dieselben waren. Wie er seine Nichte, die Gräfin Alfieri, schätzte und wie er von ihr geliebt wurde, bezeugt ihr Bericht über seine letzten Tage (de la Rive, Cavour, Bd. II. S. 232—51). Der Verlust seines ältesten Neffen, der den Heldentod bei Goito starb, bewegte sein Herz so tief und schmerzlich, als ob er das eigne Kind begraben hätte. Wenn er selbst sich dennoch die Freuden des Familienlebens versagte, so war es, weil sein Vaterland seine Braut und seine Gattin war, in deren Dienste ihm für eine andere keine Muße und kein Herz mehr übrigblieb.

Cavours geistige wie seine körperliche Constitution war eine durchaus gesunde, er war eine der glücklich organisirten Naturen, bei denen die Harmonie, die der Mensch oft erst nach schwerem Ringen, öfters gar nicht erreicht, schon von vornherein wenigstens vorgebildet erscheint. Er kannte keine eingebildeten Seelenleiden, keine düsteren Zweifelsqualen, kein Mißtrauen gegen sich selbst und seine Ideale. Jede unklare Gefühlsschwärmerei lag ihm fern: so weit auch das Adlerauge seines Geistes den weiten Horizont umfaßte bis zu den erst sich bildenden Gestalten der fernen Zukunft, so war doch sein Blick wie sein Thun, wo es zu handeln galt, stets auf das Nächste gerichtet. Was der Augenblick erschuf, wußte er zu nützen; er baute mit dem Material, das er unter den Händen hatte, während er doch zugleich eifrig bemüht war, besseres für die Zukunft vorzubereiten. Das Kleinste war ihm nicht zu klein, es zu benutzen: er tadelte mit Recht diejenigen, welche ihr Spiel verloren, weil sie die kleinen Karten nicht genug achteten. Aber er kannte ebensowenig eine unbegrenzte Ehrfurcht gegen die großen. Das Ziel klar vor Augen, der Mittel sich bewußt, mit scharfem Blicke wählend, von keinem Vorurtheil, aber auch von keiner ängstlichen Rücksicht behindert, unbeugsam im Entschluß, aber ohne jenen ungeduldigen Enthusiasmus, der jede andere Bewegung zum Ziele als den Flug durch die Luft verschmäht und deshalb so oft mit versengtem Ikarusflügel noch weit vom Ziele zu Boden sinkt — war er stets sicher zu erreichen, was er erstrebte. Mit kaltem Blute die Chancen vorher berechnend, hatte er doch zu-

*) Gest. am 26. Febr. 1864.

gleich den Glauben an sich und seinen Stern, der Leuten von starker, gewaltiger Willenskraft eigen zu sein pflegt. Er liebte es gerade auf sein Ziel loszugehn: via recta, via certa war sein Wahlspruch; aber er wußte, wenn es noth that, auch auf dem diplomatischen Umwege trefflich vorwärts zu kommen. Er wollte nur, was er für recht erkannt hatte; was er aber einmal begonnen, führte er durch bis zum Ende. In unserer schwächlichen Zeit, in der Genußsucht, Bequemlichkeitsliebe, Gefühlsseligkeit, Wortheldenthum und feige Rücksichtnahme jeder Art aller Energie und Ausdauer des Willens wie jedem entschiednen Handeln überhaupt den Tod zu drohen scheinen, stand er mit seinen unerschütterlichen, durch keine Widerwärtigkeit zu beugenden Entschlüssen, seiner nie ermattenden, nie verzagenden Thätigkeit als eine vereinzelte, die Zeitgenossen „um eines Hauptes Länge“ überragende Erscheinung. Und doch lag in dieser Unbeugsamkeit nichts Finsteres, nichts Unduldsames. Nie ließ sich auf ihn anwenden, was Frau von Stael von Napoleon sagt, daß man an ihm kein menschliches Gefühl wahrnehme, wodurch man auf ihn einwirken könne. Aber freilich, eine Eigenschaft fehlte ihm ganz, die den Dichter schafft und dem Manne des praktischen Lebens tausend Streiche spielt, die liebliche, lose Tochter Jovis, sein Schooßkind, die Phantasie. Er besaß von dieser folle du logis, wie er sie zu nennen pflegte, nicht genug, um für seine kleinen Neffen das einfachste Mährchen zu ersinnen. Deshalb hatte er auch gar wenig Sinn für die Poesie, ja für die belletristische Literatur im Allgemeinen. Die Kunst war ihm, wie es scheint, ein Buch mit sieben Siegeln. Wie man seine Zeit damit hinbringen könne, sich am Anschauen der Schönheit zu weiden, war diesem thatendurstigen Geiste unbegreiflich. Deshalb blieb er auch den Naturschönheiten gegenüber kalt und zog es vor, in den öden und kahlen Sumpfgegenden von Leri in Ostpiemont seinen Reis zu bauen und großartige industrielle Unternehmungen ins Werk zu setzen, statt in dem prächtigen Parke des schönen Santena (seiner Villa bei Turin) zu träumen.

Selbst seine mangelhafte allgemeine Bildung zu vervollkommnen, fehlte ihm später Zeit und Lust. Aber wenn es darauf ankam, wenn es ihm zur Erreichung seiner Zwecke nothwendig erschien, überwand er auch in dieser Hinsicht, von einem ausgezeichneten Gedächtnisse unterstützt, in unglaublich kurzer Zeit die größten Schwierigkeiten. Als er durch seine unabhängige Gesinnung und mißliebige Urtheile über Personen und Ereignisse des Tages in Ungnade gefallen, noch als Jüngling die militärische Laufbahn verließ und sich der Bewirthschaftung der Familiengüter anzunehmen beschloß, waren ihm Vermögensverwaltung, Ackerbau und Gewerbetrieb und alles, was damit zusammenhängt, böhmische Dörfer. Nach wenigen Jahren fand er nicht nur nicht viele seines Gleichen in Bezug auf seine durchweg durch Selbststudium erworbenen theoretischen Kenntnisse, sondern er war auch einer der tüchtigsten Landwirthe und Industriellen geworden, der durch wohlberechnete Unternehmungen und rationelle Experimente seinem Vaterlande wesentliche Dienste leistete, während er zugleich sein und der Seinigen Vermögen vergrößerte. Was er that, das that er ganz. Age quod agis, war einer seiner Lieblingssprüche. Aber während er ganz in die Geheimnisse der künstlichen Düngerfabrikation vertieft schien, scheint er doch nie den Gedanken an seine künftige politische Laufbahn außer Augen gelassen zu haben. Aus dem Studium der Privatökonomie wuchs das der Nationalökonomie hervor, der einzigen „moralischen" Wissenschaft, die er selbst gründlich getrieben zu haben erklärt. In unglaublich kurzer Zeit hatte er die Theorien der größten Meister kennen gelernt, sich mit den bedeutendsten Nationalökonomen Frankreichs und Englands in Verbindung gesetzt, in beiden Ländern die schwierigsten Fragen praktisch studirt und sich über alles ein klares, scharfes, oft originelles Urtheil gebildet. Als er 1852 ins Ministerium trat, sah er sich alsbald genöthigt, außer Handel und Ackerbau auch die Marine zu übernehmen, bisher für ihn vollständig eine terra incognita. Wenige Monate, und er war auf diesem Terrain so zu Hause, wie ein Laie es möglicherweise sein kann.

Cavours Thätigkeit war unermüdlich, seine Arbeitskraft schien unerschöpflich. Um der Geschäftslast zu genügen, die auf ihm ruhte, während er fast neun Jahre lang am Staatsruder saß und oft außer der Präsidentschaft mehre der wichtigsten Ministerportefeuilles in seiner Person vereinigte, stand er jeden Morgen bald nach vier Uhr auf, obgleich er erst gegen Mitternacht sein Lager suchte. Von fünf bis neun Uhr war seine Zeit Privatangelegenheiten, Studien und Bittstellern gewidmet, von zehn bis ein Uhr den Bureauarbeiten, Depeschen und officiellen Audienzen; von eins bis vier Uhr den Kammersitzungen, Ministerkonseils ꝛc., der Abend wiederum der häuslichen Arbeit mit ein- bis zweistündiger Unterbrechung durch das Theater oder den — übrigens in dieser Zeit seltenen — Besuch eines Gesellschaftssalons. Oft in bedrängter, kritischer Lage, von gefährlichen Feinden und noch gefährlicheren falschen Freunden umgeben, oft nur aus sich selbst Rath, Trost und Hoffnung schöpfend, trug er mit heiterem Muthe und riesenhafter Kraft diese ungeheure Last von Arbeit, Sorge und Verantwortlichkeit, bis seine treffliche Constitution endlich doch unter dem Uebermaß zusammenbrach.

Sein Muth war unerschütterlich. „Ich habe in meinem kleinem Finger mehr Muth, als manche meiner Gegner im ganzen Körper", rief er einst selbst aus. Er besaß sowohl die Gattung des Muthes, welche, aus einer gesunden und kräftigen Constitution hervorgehend, der Gefahr gleichsam instinctmäßig kühn entgegentritt, wie den Muth der Reflexion, der in sich selbst den besten Schutz gegen die Gefahr und die beste Garantie für den Erfolg erkennt. Alle Drohungen, an denen es weder von mazzinistischer noch von klerikaler Seite mangelte, verfehlten vollständig ihre Wirkung. Für Wahngebilde der Furcht hatte er weder Sinn noch Muße; die möglichen Folgen seiner Thaten war er stets mit vollem Bewußtsein bereit zu tragen.

Als Privatmann hat Cavour wohl nie viele Feinde gehabt. Gesellig, frohsinnig, warmherzig, ohne Haß und Neid, glänzend ohne Prunk, freigebig ohne Ostentation, offen und freimüthig, voll unerschöpflichen Humors, war er bei allen, die ihn näher kannten, von jeher hochbeliebt: Ganz anders als öffentlicher Charakter. Cavour hatte nicht das Glück, wie Garibaldi, gleich einem begeisterten Jünglinge einfach dem Zuge des Herzens folgend, die bewundernden Blicke der ganzen Welt auf sich ziehen zu können. Auf stürmischem Meere, an gefährlichen Klippen und Sandbänken vorüber, durch die wilde Brandung mußte er das schwache Staatsschiff oft bei ungünstigem Winde mühselig lenken, häufig genug wider seinen Willen zu trägerem Stillliegen oder Laviren gezwungen. Als er es, fast über alle und jede Erwartung mit reicher Beute beladen, in einen trefflichen Hafen, nahe dem letzten Ziele gebracht, traten auf einmal hundert unberufene Tadler auf und wollten zeigen, wie sich der Steuermann unredlicher Mittel bedient, unnöthige Umwege gemacht, wie er die Mannschaft ganz überflüssiger Weise geplagt und hingehalten habe.

Rüstow und die Männer der Actionspartei verwerfen Cavour und sein System, weil er Italien nicht revolutionirt, nicht eingesehen habe, daß die Sturmglocke, welche das ganze Volk zum Aufstand rief, das einzige Mittel gewesen sei, das den Sieg gegen die vereinigte Macht der Kirche, der Reactionspartei, Oestreichs und Frankreichs garantirt haben würde. Die Klerikalen und Legitimisten verfehmen ihn als den Erzrevolutionär, den gefährlichsten Gegner der altehrwürdigen Mächte in Staat und Kirche. Sie haben wohl das größere Recht. Beide extremen Parteien fallen gleichmäßig über ihn her, weil er Recht und Gerechtigkeit mißachtet, schnöder Gewaltthätigkeiten sich schuldig gemacht; weil er, ein echter Schüler Macchiavellis, ohne Scrupel Freunde und Grundsätze der Erreichung seines Zweckes geopfert habe. Ja selbst aus den Reihen seiner eignen Partei, des Centrums, wurde mancher vergiftete Pfeil auf den Führer abgeschossen. Und trotz aller dieser zahllosen erbitterten Gegner war Cavours Macht in seinem Vaterlande so groß geworden, daß einst jemand mit Recht ausrufen konnte: „Wir haben eine Presse, eine Kammer, eine Regierung, und dieses alles heißt Cavour!"

Cavour war seinen politischen Grundsätzen nach ein Mann der rechten Mitte, wie er selbst auszusprechen liebte, ehe ihm Gelegenheit geboten war, sein politisches Glaubensbekenntniß in Thaten niederzulegen „Ich bin im juste milieu, „d. h. ich halte mich nicht in einer gleichmäßigen und klugen Entfernung von den extremen Meinungen, die sich um die Herrschaft streiten, gewissermaßen in der Mitte dieser Meinungen, um daraus zu schöpfen, was mir als eine nützliche Anwendung, als eine unmittelbar zu verwirklichende Wahrheit erscheint." Darin liegt klar ausgesprochen, was ihn von den französischen Doctrinärs (obgleich er dieselben, zumal den Herzog von Broglie, persönlich sehr hochschätzte) und den Juste-Milieus unserer Tage, den Altliberalen, unterscheidet. Seine Staatskunst besteht nie in einem ängstlichen Vermeiden beider Extreme. Eine Politik der Neutralität und der freien Hand, Bezeichnungen, die nur erfunden wurden, die Rathlosigkeit oder die Angst vor jedem entschiednen und selbstbewußten Handeln zu verbergen, mußte einem ebenso energischen wie seines Zieles klar bewußten Manne durchaus fern liegen. Wenn er einmal das Ziel als ein erstrebenswerthes und erreichbares erkannt hatte, scheute er kein Hinderniß auf dem Wege, und da es ihm nur um das Wohl des Vaterlandes, nicht um den Sieg einer Partei oder gar einer Clique zu thun war, so begrüßte er freudig jeden als Bundesgenossen, der dasselbe Ziel verfolgte. Die in Deutschland neuerdings beliebte Theorie, daß die gute Sache zur schlechten werde, sobald auch unsere politischen Gegner sie zu der ihrigen machen, war ihm lächerlich. Er verschmähte keine Partei, wenn sie sich mit ihm um die Nationalfahne schaaren wollte, alles wurde in seiner Hand zum Werkzeug für den großen Zweck. Deshalb bediente er sich ebensowohl Garibaldis, des italienischen Nationalvereins, ja der revolutionären Propaganda, wie er nach der Niederlage von Custozza das conservative Ministerium Pinelli unterstützte und wiederum dessen Gegner und Nachfolger Gioberti vertheidigte, sobald derselbe, von seinen phantastisch-idealen Träumen zurückkommend, auf die rechte Bahn einlenkte. So schützte er nach Novara Azeglio gegen die Linke und Rattazzi gegen die Rechte, — selbst dann, wenn er ihre Politik im Einzelnen nicht billigte — mit echt constitutionellem Tact, so lange keine Aussicht war, sie durch bessere zu ersetzen, oder eine Ministerkrisis dem Vaterlande Gefahr gebracht haben würde. Persönliche Bedenklichkeiten, Sympathien und Antipathien kamen dabei gar nicht in Betracht. „In der Politik giebt es nichts Abgeschmackteres als den Groll" wiederholte er öfters, und schrieb einst, als es sich um ein Bündniß mit Farini (dem späteren Dictator der Emilia) handelte, welcher bisher zu Azeglio gehalten hatte: „Diejenigen, welche es verschmähen, sich mit Männern auszusöhnen, mit denen sie zu anderen Zeiten in politischem Streit und Kampf lebten, verstehen weder von der Politik der Parteien, noch von der parlamentarischen Geschichte irgend etwas*)".

Auf der anderen Seite war er stets auf den Abfall früherer politischer und persönlicher Freunde gefaßt. Als er seine berühmte Schwenkung vom rechten

*) Aus: Il Conte Camillo de Cavour, cenni biografici di Luigi Chiala, Napoli 1861. — Vergl. Briefe des Grafen C., herausgegeben von Berti, Berliner autorisirte Uebersetzung. 2. Ausgabe. S. 24—25.

zum linken Centrum, oder nach neudeutscher Terminologie von der altliberalen zur Fortschrittspartei machte und von seinen alten Freunden, zumal den savoyischen Deputirten deshalb, aufs heftigste angegriffen ward, sprach er im Parlamente die bedeutungsvollen Worte: Oui, messieurs, je sais que lorsqu'on entre dans la vie politique en des temps aussi difficiles, on doit s'attendre aux plus grandes déceptions. Je suis préparé. Dusse-je renoncer à tous mes amis d'enfance, dusse-je voir mes connaissances les plus intimes transformées en ennemis acharnés, je ne faillirai pas à mon devoir: jamais je n'abandonnerai les principes de liberté auxquels j'ai voué ma carrière, et auxquels j'ai été fidèle toute ma vie! — Und wenn es ihm die Mazzinisten nicht verzeihen konnten, daß er nicht allen bestehenden Mächten den Krieg erklärte, um „durch die unwiderstehliche Jugendkraft des revolutionirten Volkes" Italien zu befreien, zu einen und zu regeneriren, ja daß er sogar ihren unsinnigen Putschen energisch entgegentrat; — wenn auf der andern Seite seine alten Freunde vom rechten Centrum sich scheu von ihm zurückzogen und die fanatische Priesterpartei ihn excommunicirte, als er die Unabhängigkeit des Staates von der Kirche und die religiöse Freiheit furchtlos proclamirte, als er später gar die Erbschaft der vertriebenen Herzöge aus den Händen ihrer Völker annahm, in den Kirchenstaat einfiel und mit den Rothhemden gemeinsame Sache machte; wenn man ihn von den verschiedensten Seiten her des Machiavellismus und der Heuchelei zieh, wenn man ihn eine Proteusnatur nannte: so verstanden es diese kleinen Seelen eben nicht oder konnten es ihm nicht vergeben, daß er sich von keiner Parteischablone knechten und sein Handeln weder durch politische Schlagwörter noch durch das Ansehen der Person bestimmen ließ. Cavour war allerdings kein Principienreiter wie weiland Heinrich der Zweiundsiebzigste, das war bei einem Manne von so hellem praktischen Verstande unmöglich. Aber er war eine viel zu fest und großartig angelegte Natur, um sich entweder von dem herrschenden Winde treiben oder zu einer Politik kleinlicher Auskunftsmittel verdammen zu lassen. Das Ziel verlor er nie aus den Augen: war der Wind ungünstig, so lavirte er; war es Sturm, so legte er im nächsten Nothhafen bei; richtete sich der Sturm gegen ihn allein, so überließ er das Steuer Anderen, damit seine Persönlichkeit der Erreichung des hohen Zieles nicht hinderlich entgegentrete.

Und welches war dies hohe Ziel? Es war ohne Zweifel die Idee, welche ihn erfüllte, sobald er selbständig zu denken und zu empfinden gelernt hatte, und die ihn noch auf seinem Sterbebette nicht verließ, die Idee, Italien unabhängig und einig zu machen und es in moralischer und intellectueller Bildung auf gleiche Stufe mit den ersten Nationen der Welt zu heben. Beides betrachtete er als unzertrennlich. In einem Briefe, den er schrieb, als die ersten Reformen Pius des Neunten, die Hoffnungen der italienischen Patrioten zu beleben anfingen, heißt es: . . . Donc, si nous désirons avec tant d'ardeur l'émancipation de l'Italie, si nous déclarons que devant cette grande question, toutes les questions qui pourraient nous diviser doivent s'effacer, et tous les intérêts particuliers se taire, c'est non seulement afin de voir notre patrie glorieuse et puissante, mais surtout pour qu'elle puisse s'élever dans l'échelle de l'intelligence et du développement moral jusqu'au niveau des nations les plus civilisées. Man hat vielfach behauptet — und so auch Rüstow in seinem Buche — Cavours Ideen hätten sich vor Villafranca nie über ein vergrößertes Piemont „bis zur Adria" erstreckt. Aber wie er sich schon in seinen Jünglingsjahren als künftigen Minister des Königreichs Italien sah*), so ließen sich aus Gesprächen, Briefen, Reden und Zeitungsartikeln noch hundert Zeugnisse anführen, daß das Programm von Plombières nur ein Schritt zum Ziele, keineswegs das Ziel selbst war.

Aber dies Programm von Plombières selbst, das allerdings schon das Versprechen der Abtretung Savoyens und Nizzas enthielt, ist Cavours schwerstes und unverzeihlichstes Verbrechen in den Augen der exaltirten Italianissimi. Daß die Ereignisse von 1848 und 49 das „l'Italia farà da sè" als eine alberne Renommisterei dargethan, daß nur mit Frankreichs Hilfe die Unabhängigkeit von Oestreich zu erringen und daß diese Hilfe eben nur um jenen Preis zu haben war, lassen sie nicht als Entschuldigung gelten. Savoyen, durch die Centralkette der Alpen von Italien geschieden, gehört durch seine Lage wie seine Sprache zu Frankreich. Nizza, obwohl auch mindestens halbfranzösisch, zu bewilligen, mochte dem Patrioten schwer genug werden, aber der große Preis war das Opfer wohl werth. Auch gab er seine Einwilligung nur unter der Bedingung, daß die Einwohner damit einverstanden seien; von einem Verschachern des Volkes nach Art des londoner Vertrags von 1852 war er weit entfernt. Als Garibaldi „dem nicht die Hand reichen wollte, der ihn zum Fremden in Italien gemacht hatte", bewies die Art, wie Cavour seine heftigen und unparlamentarischen Angriffe in der Kammer ertrug und erwiderte, ebensosehr seine geistige Ueberlegenheit wie seinen großherzigen Patriotismus. Man hat behaupten wollen, er habe, trotz seiner entschiedenen Versicherung des Gegentheils, Napoleon für eine gewisse Eventualität auch bereits die Insel Sardinien, vielleicht gar auch einen Theil Liguriens verheißen; Garibaldi und Mazzini sollen eine Abschrift des Vertrages besessen haben. Warum ist sie nie zu Tage gekommen, obwohl Cavour das Gerücht davon als eine Absurdität behandelte? Welche Gründe hatten Garibaldi und zumal Mazzini, ihren Gegner so zu schonen? Die Sache ist innerlich wie äußerlich so unwahrscheinlich, daß sie, so lange nicht bessere Beweise beigebracht werden, als Verläumdung bezeichnet werden muß.

*) Brief an die Marquise von Barol, de la Rive I, 192.

Daß Camillo Cavour Italien liebte, muß sogar Rüstow anerkennen. Aber er sieht in ihm nur den Bureaukraten und Diplomaten, den Mann der Consorterie, der, großartiger Anschauungen unfähig, ohne Vertrauen in die Volkskraft wie in die Principien des Rechts und der Freiheit, mit kleinen Mittelchen und Schlichen sein Ziel habe erreichen und ganz Italien in die piemontesische Zwangsjacke stecken wollen. Sein zur Schau getragener Liberalismus, behaupten Andere, sei bloßer Schein, bloßes Mittel zum Zwecke gewesen, während ein Dritter in persönlichem Ehrgeiz das Motiv seiner ganzen politischen Thätigkeit findet. Und doch ist Cavours ganzes Leben eine Widerlegung dieser Vorwürfe. Alles Kleinliche, Engherzige und Maschinenmäßige war ihm verhaßt, ebenso verhaßt freilich auch alles Unpraktische, Großprahlerische und Utopische. Er war ein entschiedener Freund des Selfgovernment und sah in der Aufhebung aller unnützen Bevormundung der Individuen wie der Corporationen einen Haupthebel zur Beförderung der Nationalwohlfahrt und des rationellen Fortschrittes in materieller wie in moralischer Hinsicht. „Die Regierung," sagte er, „ist verpflichtet, durch liberale Gesetze die individuelle Initiative und das gemeinsame Handeln der unter ihrer Verwaltung Stehenden zu begünstigen. Ohne Nachtheil kann sich ihr Wirkungskreis nicht darüber hinaus erstrecken." — Selbst die Beamten sollten einen möglichst weiten Spielraum der vorgesetzten Behörde gegenüber behalten, die unnütze Gamaschenknöpferei, kleinliche Controle und endlose Schreiberei gewisser bureaukratischer Musterstaaten war ihm im hohen Grade zuwider. „Das Reglement macht aus dem Beamten einen Dummkopf," schrieb er, „das ist der Grund, weshalb ich es als Minister nicht liebe. Der Buchstabe tödtet, aber der Geist macht lebendig."

„Diese Ideen" (die der Freiheit und Unabhängigkeit), schrieb er als junger Mann, „bilden einen Theil meiner Existenz. „Ich werde sie bekennen und festhalten, so lange ich einen Funken Lebenskraft in mir fühle." Als einst Leon Faucher in seiner Gegenwart behauptete, mit den liberalen Principien der Oppositionsmänner sei es alsbald vorüber, wenn sie zur Regierung gelangten, protestirte er auf das lebhafteste. Und in der That, er hatte das Recht dazu. In den schwierigsten Zeiten, von einer fanatischen Opposition gedrängt, während von Außen die Vernichtung drohte, hat er jeder Versuchung, die ihm oft genug nahe gelegt wurde, vom Parlamente die Suspension der constitutionellen Garantien zu verlangen, widerstanden und hat es unverhohlen ausgesprochen: „Wenn man die Verfassung nicht die Früchte der Freiheit tragen läßt, die sie hervorbringen soll, so wird sie alles Ansehen verlieren und damit das Ansehen der Nation selbst verloren gehen."

Und ehrgeizig? — „Perisca la mia reputazione, perisca il mio nome, ma si faccio la patria italiana — Mein Ruf, mein Name mögen zu Grunde gehen, wenn nur das italienische Vaterland zu Stande kommt, rief er aus, als er an einem der schwierigsten und bedenklichsten Wendepunkte seines großen Werkes stand. — Und als er, in drei Tagen um drei Jahr gealtert, nach der grausamen Enttäuschung von Villafranca das Staatsruder freiwillig anderen Händen übergeben hatte, weil er einsah, daß es Zeiten gebe, wo der Staatsmann im Interesse der Sache, der er diene, sich selbst in Schatten stellen müsse, schrieb er von Leri aus an La Farina: „Ich habe Patriotismus genug, um, wenn nicht als Führer, auch als gemeiner Soldat zu kämpfen.“ Und wenn sein König und sein Volk bald wieder in ihm den Einzigen sahen, der das Staatsschiff glücklich durch die drohende Brandung führen könne, wenn er selbst, sich seiner Kraft stolz bewußt, nicht zögerte, sich an das Steuer zu setzen, wer will das Ehrgeiz nennen?

Ein anderes persönliches Motiv seiner politischen Handlungen haben ihm selbst seine erbittertsten Gegner nicht vorzuwerfen gewagt. Von Nepotismus, Bereicherung seiner Familie oder gar seiner selbst war keine Rede. Sein bedeutendes Privatvermögen hatte sich, wie nach seinem Tode zu Tage kam, während der neun Jahre seines Ministeriums um 300,000 Franken vermindert. Abgesehen von seiner persönlichen Freigebigkeit gegen alle Nothleidenden und Bedürftigen hielt er für den Minister des künftigen Königreichs Italien Ausgaben für geboten, die er den erschöpften Finanzen Piemonts nicht zumuthen wollte. —

Besser begründet scheint der Vorwurf der Doppelzüngigkeit, der sich besonders auf Cavours Benehmen gegen Oestreich vor dem Ausbruch des lombardischen Krieges und auf die Abläugnung des Vertrages von Plombières stützt. Wenn er mit Klagen über Vertragsverletzungen, feindseliges Betragen und Drohungen seitens Oestreichs Europa in Athem hielt, so mochten die wiener Staatsmänner allerdings nicht ohne Grund ausrufen: Quis tulerit Gracchos de seditione querentes? — und wenn er sein Versprechen, nie einen Fußbreit italienischen Bodens abzutreten, damit rechtfertigen wollte, daß Savoyen französisch sei, und er Nizza — mit Recht oder Unrecht — nie für italienisch gehalten habe, so ist darin eine gewisse jesuitische Spitzfindigkeit nicht zu verkennen. Wenn wir aber auch in beiden Fällen Cavours Benehmen vor dem Richterstuhle der Moral nicht rechtfertigen wollen, so war er doch — und wohl mit Recht — überzeugt, daß, wenn er die volle Wahrheit gesagt hätte, er das große Werk, dem er seit einer Reihe von Jahren alle Kräfte gewidmet, kurz vor der Vollendung der Gefahr vollständiger Vernichtung ausgesetzt haben würde. Lieber aber setzte er ja seinen persönlichen Ruf als das Wohl des Vaterlandes auf das Spiel. In seiner Natur war solche Doppelzüngigkeit nicht begründet. Selbst in der Politik sehen wir ihn sonst immer gerade ausgehen, alle diplomatischen Rücksichten aus den Augen setzend, alles seinem Ziele opfernd, selbst seine Sympathien und sein Herz. Aber fein berechnend, die

Menschen und noch besser die Situationen durchschauend, verstand er zugleich sich in die Umstände zu fügen, zu rechter Zeit zu weichen und vorzudringen. Daß er ohne Scrupel gewesen sei, ist nur halbwahr, daß ihm die Großmuth gefehlt habe, ganz falsch. Er hatte nichts Byzantinisches an sich, wie Petrucelli della Gattina behauptet, und ihn einen Bindestrich zwischen Peel und Macchiavelli zu nennen, wie derselbe Publicist es thut, ist eben nichts als eine geistreich klingende Redensart. Allerdings gehörte Sir Robert Peel zu Cavours Lieblingshelden; die Entschiedenheit des großen britischen Staatsmannes, seine Klarheit, seine Kühnheit, mit der eignen Partei zu brechen, als er sie hinter den legitimen und nothwendigen Forderungen der Zeit zurückbleiben sah und zwar gerade um der Handelsfreiheit willen, die Cavours Steckenpferd war, machten ihm denselben besonders theuer.

Ein Vorbild und Muster für ihn unter den großen Staatsmännern der neueren Zeit zu finden, ist überhaupt mißlich, weil Cavour eben durch und durch Original war. Viele Züge erinnern an den älteren Pitt, andere noch entschiedener an den Freiherrn v. Stein, und doch steht er in mancher Hinsicht wieder zu dem einen wie dem andern in einem entschiednen Gegensatz. De la Rive vergleicht ihn mit Fox; aber auch dieser Vergleich hält nur Stich, so lange man mehr den Menschen als den Staatsmann im Auge hat. Charakteristisch für ihn ist es, daß er seine Ideale, zu denen auch der große Pitt gehörte, in den Reihen der Tories fand, während er doch übrigens ganz mit den politischen Grundsätzen der Whigs harmonirte. Aber er war nie Parteimann in dem Sinne, daß er alles Große und Gute nur in den Reihen der eignen Partei gesucht hätte, wenn er auch auf der andern Seite trefflich verstand, der Parteidisciplin sich unterzuordnen und dieselbe, als er selbst Führer wurde, in den Reihen der Seinen aufrecht zu halten.

Nichts ist bezeichnender für Cavours Eigenthümlichkeit als seine Sprache und Ausdrucksweise in seinen Journalartikeln, Kammerreden und diplomatischen Noten. Auf Niemanden paßt der buffonsche Spruch: le style c'est l'homme besser als auf ihn. Er gehörte zu den Rednern, welche die Tribüne enthüllt, nicht zu denen, welche sie schafft. Und doch war er keineswegs, was man gewöhnlich ein großes Rednertalent nennt. Seine scharfe Metallstimme ohne große Modulation, ohne alle Weichheit, der Mangel an aller Phantasie, an allem Schwung, seine Antipathie gegen alle Schönrednerei und alles Wortgeklingel, ja eine gewisse, freilich bald überwundene Schwerfälligkeit des Ausdrucks, waren nicht geeignet, die Zuhörer für seine Argumente zu bestechen, während die gebietende und peremptorische Form seiner Rede, das sarkastische Lächeln, die scharfen und kurzen Abweisungen der Gegner nach allen Seiten hin verletzten. Eine Rede um der Rede willen, um einen oratorischen Triumph zu feiern, war bei Cavour undenkbar. Hier wie überall galt es ihm einen bestimmten, greifbaren Zweck zu erreichen. „Die Rede war für ihn kein Paradedegen, sondern eine ernste, scharfe Waffe. Aber wie verstand er sie zu handhaben! Mit seiner durch nichts zu trübenden Klarheit des Geistes, mit einem kolossalen Gedächtniß, mit durchdringendem Scharfblick und stets mit vollster Kenntniß des Gegenstandes und der in Betracht kommenden Thatsachen ausgerüstet, reihte er die schlagendsten Argumente in prägnanter, conciser Form, in einfacher, ungekünstelter Sprache, doch nicht ohne die Würze eines gesunden Humors, aneinander, dem Gegner mit scharfen, hageldicht fallenden Hieben gerade auf den Leib gehend, ohne alle Finten und Listen, und ihn erbarmungslos in die Enge treibend, bis der Sieg entschieden war. Dieselbe Schärfe der Logik, dieselbe durchsichtige Klarheit des Gedankens, dieselbe Mannigfaltigkeit der Argumente, nach Petrucellis Ausdruck „fein zugespitzt und doch wuchtig eindringend, und einander drängend", bewundern wir in seinen diplomatischen Noten und politischen Denkschriften. Hier, wie immer, ist er das gerade Gegentheil von einem Pedanten, selbstvertrauend, rasch und kühn im Ausdruck wie in der Sprache, hier wie überall behauptet er das Schlachtfeld, über die Gegner mindestens einen moralischen Triumph davontragend.

Der politische Scharfblick und die genaue Kenntniß der Umstände und der handelnden Personen, im Verein mit einer seltenen Vorurtheilslosigkeit, welche ihm zu seinen rednerischen und diplomatischen Triumphen verhalfen, potenzirten sich in seinem Urtheile über die Entwickelung der Verhältnisse des eignen Vaterlandes wie der allgemeinen Weltlage zur prophetischen Sehergabe. Wir haben erwähnt, wie er sich als junger Mann bereits als Minister des Königreichs Italien erblickte. Als die Abschaffung der Korngesetze noch sehr zweifelhaft war, verkündete er den nahen Sieg des Freihandels in England und erblickte darin den Keim des unvermeidlichen Todes für das Prohibitiv- und Schutzzollsystem der Continentalstaaten. So prophezeite er dem guizotschen Regiment und System schon 1847 den nahen Sturz; so sah er wochenlang vor der Präsidentenwahl schon Louis Napoleon als künftigen Kaiser von Frankreich*) und rief im März 1856, zwei Jahre vor den Verabredungen von Plombières: In drei Jahren werden wir einen tüchtigen Krieg haben!

„Wohl muß man anerkennen, daß Cavour aus jenem edleren Thone geformt war, aus dem die Herren der Welt hervorgegangen sind. Mit den glänzenden Eigenschaften begabt, vor denen die Menschheit sich beugt, war er

*) Siehe die Zeitung Il Risorgimento vom 16. Nov. 1848. Die Stelle kommt in einer nicht gehaltenen Kammerrede Cavours gegen die revolutionäre Partei vor: „Warten wir noch einen Augenblick und wir werden die letzte Wirkung der revolutionären Mittel sehen: Louis Napoleon auf dem Throne!"

mit den einfachen Anlagen begabt, ohne welche die anderen unfruchtbar bleiben. Arbeitsam, ausdauernd, von seinem Werke leidenschaftlich durchdrungen, keinen Tag, keinen Augenblick daran verzagend, besaß er zugleich die Kunst zu überzeugen, hinzureißen und Vertrauen einzuflößen, durch die Art, wie er es forderte. Er besaß das, was einen großen Politiker schafft und vervollkommnet: überlegten Eifer, unermüdliche Thätigkeit, durchdringenden Verstand, den günstigen Zeitpunkt, Kenntniß seiner Zeit, eine Fülle von Hilfsquellen, vorurtheilsfreien Geist, ein von jedem Hasse freies Herz. Zum Kampfe erzogen und für die Freiheit geboren, war er überdies von dem stolzen Geschlechte der Unklugen, welche sich dem Glücke kühn mit der Gewißheit anvertrauen, daß es sich nicht so undankbar erweisen könne, ihnen untreu zu sein" (de la Rive, I. 37—38). — Wenn wir dieser Schilderung noch ein Wort hinzufügen dürften, so würde es sein: Er war in jedem Zoll ein Mann. Das möchten wir zumal denen entgegenhalten, die einen diplomatischen Ränkeschmied aus ihm machen. Wer unbefangen sein politisches Thun betrachtete, wie der, welcher persönlich mit ihm verkehrte, mußte es empfinden. Es war ein ganzer Mann, ein Mann aus einem Gusse, dem Stahl vergleichbar zwar biegsam und elastisch, aber auch ebenso hart und treu wie dieser. Und was auch der Herr Oberstbrigadier und Ritter Rüstow sagen möge, das freie Italien ist in erster Linie sein Werk:

„Victor Emanuel und Garibaldi sind zwei mächtige Arbeiter an dem Werke, das doch das Werk Cavours bleibt. Wenn Italien heute zu dem Range einer Nation erhoben wurde, so verdankt es dies dem Manne, der Europa hinreichendes Vertrauen, um die Freiheit seines Vaterlandes zu erlangen und genügende Achtung einzuflößen wußte, um Stärkeren gegenüber die Würde des Schwächeren unangetastet zu erhalten. Der, welcher am Tage nach 1848 die Freiheit, am Tage nach Novara die Unabhängigkeit, am Tage nach dem pariser Frieden den Krieg und am Tage nach Villafranca die Einheit hoffte; der, welcher die Kühnheit, seine Pläne zu verkünden, die Kunst, sie aufzudringen und den Muth besaß, sie zu erfüllen; der, welcher durch die Nation regierte, der die Revolution ohne Gewaltanwendung zermalmte und der die Reaction in Schranken hielt, ohne das monarchische Prestige zu schwächen; der, welcher als ein mit seiner Aufgabe eng verknüpfter Arbeiter keinen Augenblick der Ruhe kennt und an der Mühe starb: dieser ist wohl der große Arbeiter. Cavour konnte, wie Jedermann fühlt, nicht ersetzt werden; aber er hat Nachfolger gefunden, und dies ist die glänzendste Huldigung, welche sein Land seinem Genie dargebracht hat. Er gehört nicht zu jenen stolzen Egoisten, die nichts überlebt als ihr eigener Ruhm. Sein Leben war kurz, aber in zehn Jahren hatte er sein Vaterland gegründet." (De la Rive, Cavour II, 255—56.)

Freilich, seine stolze Hoffnung, Italien seine natürliche Hauptstadt und zwar auf dem Wege der Güte, nicht der Eroberung (coi mezzi morali, non mercè la conquista*) zu verschaffen, und sich dann von der politischen Bühne in die stille Ländlichkeit von Leri zurückziehen zu können, ward nicht erfüllt. Aber sein unerschütterliches Vertrauen auf den endlichen Sieg der guten Sache verließ ihn auch im Tode nicht, die letzten Worte des Sterbenden waren: Tutto è salvo: alles ist sicher!

Wir schließen mit einer andern Aeußerung des Grafen auf seinem Sterbebette, als er zum letzten Male im Kreise der Nächstbefreundeten die politische Lage Europas an seinem noch immer hellen Geist vorüberziehen ließ: „Dieser deutsche Bund ist eine Anomalie; er wird sich auflösen, und die deutsche Einheit wird gegründet werden, aber das Haus Habsburg wird sich nicht ändern. Was werden die in ihren Entschlüssen so langsamen Preußen machen? Sie werden fünfzig Jahre brauchen, um das zu vollbringen, was wir in drei Jahren gethan haben.“ —

Das älteste Christenthum und seine Literatur.

2. Echtheit und Unechtheit der neutestamentlichen Schriften.

Ob eine Schrift von einem Apostel verfaßt ist oder nicht, ist eine rein historische Frage, welche theils durch äußere historische Zeugnisse, theils nach ihrem Inhalt zur Entscheidung zu bringen ist. Wenn die Ueberlieferung eine Schrift als echt bezeugt, so heißt dies zunächst nichts anderes, als daß dieselbe zu einer gewissen Zeit als apostolisch gegolten hat, — ob mit Recht oder Unrecht, dies ist eben die Frage, um die es sich handelt.

Wie es nun mit den historischen Zeugnissen steht, wissen wir bereits aus der Geschichte des Kanon. Sind die neutestamentlichen Schriften apostolischen Ursprungs, so müssen sie größtentheils vor dem Jahre 70, zum mindesten kurze Zeit darauf verfaßt sein. Welchen Werth hätte es nun, wenn wir gleichzeitige Zeugnisse für das Vorhandensein jener Schriften besäßen? Aber eben an diesen

---

*) Rivista contemporanea, herausgegeben von La Farina in Turin. Aprilheft. 1863. S. 76.

gleichzeitigen Zeugnissen fehlt es durchaus. Zwischen der Zeit ihres angeblichen Ursprungs und der Zeit, da sie zum ersten Mal genannt werden, sehen wir acht Decennien, bei manchen einen noch größeren Zeitraum verfließen, während dessen wir ohne alle sichere Kunde von ihnen sind. Nun ist zwar der Umstand, daß eine Schrift nicht erwähnt ist, noch kein Beweis, daß sie noch gar nicht vorhanden war. Der Zufall kann mit im Spiel sein; auch kam es ja vor, daß Schriften, die unzweifelhaft schon vorhanden waren, aus dogmatischen Gründen ignorirt wurden. Die mündliche Tradition konnte ferner immerhin eine irrthumlose sein, auch wenn die allmälige Fixirung des Kanons wesentlich unter dogmatischen Einflüssen zu Stande kam. Indessen ist schon der Umstand bedenklich, daß die Aufnahme einer Schrift in den Kanon identisch war mit der Behauptung ihres apostolischen Ursprungs. Dieselben Motive, welche für jene entschieden, lagen also auch diesem Urtheil zu Grunde. Und wenn nun dieses Urtheil aus inneren Gründen verdächtig ist, wenn z. B. der Inhalt einer Schrift auf spätere Verhältnisse weist oder nicht übereinstimmt mit dem, was wir sonst in zuverlässiger Weise über ihren angeblichen Verfasser wissen, so fällt dann allerdings auch die Wahrnehmung, daß die neutestamentlichen Schriften so spät erst bezeugt sind, schwer ins Gewicht. Denn je länger der Abstand zwischen dem angeblichen Ursprung einer Schrift und ihrer Bezeugung durch kirchliche Schriftsteller ist, um so leichter können sich in die Tradition unwissentliche Irrthümer oder absichtliche Unterschiebungen eingeschlichen haben. Erinnern wir uns dann weiter der allgemeinen literarischen Verhältnisse jener Zeit, vergegenwärtigen wir uns die Zwecke, welche die christlichen Parteien bei ihrer schriftstellerischen Thätigkeit verfolgten, gelingt es uns in die Motive einzudringen, welche das Zurückdatiren der religiösen Schriften, ihre Zurückführung auf einen apostolischen Namen begünstigen mußten, so sind es alle diese Momente zusammengenommen, welche erst einen näheren Einblick in die eigenthümliche Erscheinung ermöglichen, welche die pseudonyme Literatur der ältesten Kirche darbietet*).

Es ist daran erinnert worden, daß selbst in neueren Zeiten absichtliche Unterschiebungen oder unwissentliche literarische Irrthümer nicht gar so selten sind. Kurz nach der Hinrichtung des Königs Karl des Ersten von England, im Jahre 1649, erschien unter dem Titel „Königsbild" eine Denkschrift, welche der König während seiner Gefangenschaft verfaßt haben sollte. Sie war von einem Bischof geschrieben, zu dem Zweck, im Volk ein günstiges Andenken an den König zu erwecken, welchen Zweck ihre ungeheure Verbreitung auch erreichte.

*) Man vergleiche besonders die Abhandlung (von Zeller) „Die tübinger historische Schule" in Sybels historischer Zeitschrift, IV. Band. 1860.

Zwar wurde ihre Unechtheit sofort von Milton dargethan, aber noch nach fünfzig Jahren nahm man es dem Deisten Toland übel, daß er die Echtheit der Schrift bestritt. Toland zog auch von dieser Unterschiebung bereits die Anwendung auf die urchristliche Literatur. „Wenn ich ernstlich erwäge," sagt er, „wie alles dies in unserer Mitte sich zugetragen hat, binnen vierzig Jahren, in einer Zeit großer Gelehrsamkeit und Bildung, wo beide Parteien so genau über ihre gegenseitigen Handlungen wachten, so kann ich mich nicht länger wundern, wie so viele untergeschobene Schriften unter dem Namen Christi, seiner Apostel und anderer großen Personen haben veröffentlicht werden können in den christlichen Urzeiten, wo es von so großer Bedeutung war, daß dieselben Glauben fanden, wo die Betrügereien auf allen Seiten so häufig waren und zugleich der Verkehr noch bei weitem nicht so allgemein war wie jetzt." Andere Beispiele liegen unserer Zeit noch näher. Ein bekanntes Lied von Goethe (wie Feld und Au) hat sich in die Gedichtsammlung von J. G. Jacobi eingeschlichen. Fichtes Kritik aller Offenbarung wurde in ihrer ersten anonymen Ausgabe allgemein Kant zugeschrieben. In die Sammlung der hegelschen Werke ist eine Abhandlung von Schelling und eine von F. v. Meyer gekommen. Neuerdings noch haben die matinées royales Friedrichs des Großen zahlreiche Federn in Bewegung gesetzt. Oder ist es nöthig noch an die ossianischen Gesänge, an den Briefwechsel Goethes mit einem Kinde, an die Bernsteinhexe zu erinnern?

In unserem Zeitalter der literarischen Oeffentlichkeit und des literarischen Interesses wird nun freilich selten ein Betrug oder Irrthum lange unentdeckt bleiben können. Anders im Alterthum. Dort fehlte es durchaus an den uns jetzt zu Gebot stehenden Hilfsmitteln, um literarische Streitigkeiten zu entscheiden, selbst wenn dieselben aufgeworfen wurden. Aber auch dies war höchst selten der Fall. Dem Alterthum mangelte der Geist der Kritik, das rein historische Interesse. Selbst in der hellsten Zeit des classischen Alterthums waren Unterschiebungen möglich, die uns heute unglaublich scheinen, und je näher wir dann der christlichen Welt kommen, um so mehr wird es geradezu Mode, berühmten Namen der Vorzeit neueste Erzeugnisse anzudichten, eben erst entstandene Schriften unter der Autorität eines Platon, eines Pythagoras, eines Orpheus in die Welt zu schicken. Es lag diese Tendenz in der ganzen Zeit. Niemand findet etwas Arges daran, niemand erhebt Widerspruch oder äußert Zweifel, jeder meint vielmehr auf Treu und Glauben hin, was ihm, unter welchem Titel immer, entgegengebracht wird. Juden und Heiden wetteifern in solchen Unterschiebungen, und die ältesten Väter der christlichen Kirche stützen sich nicht nur auf dieselben, wo es in ihrem Sinne liegt, sondern sie setzen das Geschäft fort, in ihrem Interesse, für ihre Zwecke.

Im zweiten Jahrhundert vor Christus stellte ein alexandrinischer Jude, Namens Aristobul, um das Judenthum durch die Heidenwelt bezeugt sein zu lassen, Aussprüche griechischer Dichter zusammen, die er aufs unverschämteste gefälscht hatte. Aber gefeierte Kirchenlehrer, wie Clemens von Alexandrien und Eusebius, nehmen durchaus keinen Anstoß daran, daß Orpheus von Abraham, von Moses und den zehn Geboten, daß Homer von der Heiligung des Sabbathes redet, sondern stützen sich auf diese untergeschobenen Beweisstellen. — So sind die sogenannten sibyllinischen Weissagungen nichts als eine mit der Zeit immer fortwachsende Sammlung der ungeheuerlichsten Unterschiebungen. Die alte Sibylle, diese mythische Gestalt aus den Zeiten des trojanischen Kriegs, mußte die spätesten Erzeugnisse, wie Neros Muttermord, den Ausbruch des Vesuvs unter Titus u. s. w. geweissagt haben, und die Christen schritten dazu fort, ihr eine Reihe messianischer Weissagungen in den Mund zu legen. Die Sibylle weissagt aufs genaueste alle Lebensschicksale Jesu, seine Wunder, sein Wandeln auf dem See, die Speisung der Fünftausend, die Kreuzigung und die Auferstehung, und dem Heiden Celsus gegenüber, der die Sibyllenorakel für gefälscht erklärt, hält selbst ein Origenes deren Echtheit aufrecht. — Clemens von Alexandrien bezweifelt es nicht, daß Zoroaster in der Schlacht gefallen, nach einiger Zeit wieder ins Leben zurückgekehrt und daß die Schrift echt sei, worin er erzählt, was er im Todtenreich gesehen. — Das Buch Henoch, eine Nachahmung des Buchs Daniel, das frühestens im Jahrhundert vor Christus entstanden ist, wird vom Verfasser des im neuen Testament befindlichen Briefs Judä, von Tertullian u. A. gläubig als ein Buch des Vaters von Methusalah und Urgroßvaters von Noah betrachtet.

An den sibyllinischen Weissagungen sehen wir bereits, wie auch die Christen das gegebene Beispiel sich zu Nutz machten und nicht blos Untergeschobenes glaubten, sondern auch um des Glaubens willen unterschoben. Schon in den ältesten Zeiten fälschten sie ohne Weiteres in ihrem Interesse die griechische Uebersetzung des alten Testaments, und die Väter des zweiten Jahrhunderts stützen sich auf die Beweiskraft dieser gefälschten Stellen. Dabei entgeht ihnen nicht, daß diese Interpolationen im hebräischen Urtext fehlen, aber sie sind so naiv, den Stil umzudrehen und die Juden zu beschuldigen, daß sie die fraglichen Stellen aus ihren Bibeln ausgemerzt hätten. Waren diese Fälschungen dazu bestimmt, schon durch das Judenthum die christlichen Heilswahrheiten bezeugt werden zu lassen (wozu freilich die allegorische Auslegung ein ungefährlicheres und bald beliebteres Mittel war als grobe Interpolation), so dienten andere dazu, gegenüber der Heidenwelt, besonders, gegenüber der heidnischen Staatsgewalt, dem Christenthum frühzeitig eine günstige Position zu verschaffen und vorläufig zu fingiren. So wurde ein der christlichen Sache günstiger Bericht verbreitet, welchen Pilatus über die letzten Schicksale Jesu an den Kaiser Tiberius erstattet haben sollte. So wurden den römischen Kaisern mehre Erlasse zu Gunsten der Christen angedichtet, die von Justin, Tertullian, Eusebius als echt mitgetheilt werden. — Der noch erhaltene Briefwechsel zwischen Jesus und dem Fürsten Abgar von Edessa (worin sich Jesus auf Stellen des Johannesevangeliums als bereits geschrieben beruft!) wird ebenfalls von Eusebius in gutem Glauben mitgetheilt. Die romanhaften Schriften, die man auf Clemens, den ersten Bischof von Rom zurückdatirte, wurden nicht blos von Origenes als echt benutzt, sondern gingen zum Theil über die ganze spätere Tradition, und bilden sogar, was die fabelhafte Geschichte des Petrus und die Ausbildung der Hierarchie betrifft, eine wesentliche Grundlage der römischen Kirche.

Noch fehlt uns eine umfassende Schilderung jenes phantastisch aufgeregten, allem Wunderbaren im Voraus geneigten Zeitalters. Die ungewöhnlichen Weltverhältnisse, die Berührungen des Morgenlands und Abendlands, die Vermischung der Religionen, die Flucht aus den abgestorbenen Formen der alten Welt in die Ahnung eines Neuen, Besseren erzeugten eine Fülle von abenteuerlichen Erscheinungen: es war die Zeit der falschen Propheten, der Wunderthäter, der Magier und Zauberer. Das Christenthum mitten in diesen Zersetzungsproceß der alten Welt hineingestellt, hervorkeimend aus den Ruinen der inhaltlos gewordenen Bildungen, folgte in der Richtung auf das Wunderbare durchaus diesem Zug der Zeit. Niemals hat die Sage üppiger gewuchert, als in der ältesten Periode des Christenthums. Die ganze Literatur ist voll von Legenden und Fabeln. Ueberall Märtyrerwunder, Visionen, Krankenheilungen, Todtenerweckungen, eingetroffene Weissagungen. Und diejenigen Schriftsteller, welche allen diesen Legenden den naivsten Glauben entgegentragen, sind dieselben, auf deren Zeugnissen die Echtheit der neutestamentlichen Schriften beruht. Wird man uns zumuthen, dieselben Väter, die den krassesten Aberglauben ihrer Zeit theilen und verbreiten, doch in dieser einen Beziehung als kritische Autoritäten zu verehren?

Derselbe Irenäus, der unsere vier kanonischen Evangelien bezeugt, belehrt uns auch über den Grund, warum es gerade vier Evangelien geben müsse: die Kirche ist in der ganzen Welt verbreitet, die Welt hat vier Weltgegenden — also ist es schicklich, daß es auch vier Evangelien giebt. Das Evangelium ist der Lebenswind für die Menschen, nun giebt es auf Erden vier Hauptwinde — also auch vier Evangelien. Das Wort Gottes thront auf Cherubim, die Cherubim haben vier Gestalten, also hat uns das Wort Gottes auch ein viergestaltiges Evangelium gegeben. Natürlich wäre dieser Kirchenvater, wenn zu seiner Zeit die Tradition aus dem vorhandenen Reichthum von Evangelien sich für eine Drei- oder Fünf- oder Sieben-Zahl von Evangelien entschieden hätte, gleichfalls um Gründe von derselben Beweiskraft nicht verlegen gewesen. Derselbe Irenäus, der uns die Echtheit des Johannesevangeliums bezeugt, erzählt als mündliche kleinasiatische Ueberlieferung, der Apostel Johannes habe Folgendes als ein Wort des Herrn angeführt: „Tage werden kommen, da werden Reben wachsen, jede mit 10,000 Schößlingen, und an jedem Schößling 10,000 Aeste, und an jedem Ast 10,000 Zweige, und an jedem Zweig 10,000 Trauben, und an jeder Traube 10,000 Beeren, gleicherweise wird ein Weizenkorn 10,000 Aehren geben und jede Aehre 10,000 Körner, und jedes Korn 10 Pfund weißes reines Semmelmehl und die übrigen Früchte und Kräuter nach Verhältniß." Irenäus glaubte an dieses durch den Apostel Johannes vermittelte Herrnwort, worin die Lehre vom tausendjährigen Reich in krassester Weise versinnbildlicht ist — gewiß kein Beweis, daß er den eigenthümlich geistigen Gehalt des Johannesevangeliums zu würdigen und überhaupt ein kritisches Urtheil abzugeben befähigt war. Derselbe Tertullian, der ebenfalls für die Echtheit dieses Evangeliums zeugt, glaubt zugleich fest an die Wahrheit der Legende, daß der Apostel Johannes in brennendes Oel gestürzt wurde, unversehrt daraus hervorging und darauf nach der Insel Patmos verbannt wurde, und so ist keine Legende wunderhaft und unglaublich genug, die bei diesen Vätern der Kirche nicht willig Glauben fände. Alles darf man bei ihnen eher suchen, als kritischen Sinn und Sicherheit gegen Betrug und Täuschung. Ihr Interesse war ein dem kritischen geradezu entgegengesetztes. Sie nahmen an, was ihnen erbaulich schien. Warum sollten sie die wunderhaften Legenden nicht glauben und verbreiten, die ihnen eine Bestätigung der Wundermacht des Christenthums waren, und warum sollten sie eine Schrift nicht für apostolisch halten, die als solche in Umlauf gesetzt wurde, und deren Inhalt keinen Anstoß gab!

Bald verband sich mit dem erbaulichen Moment ein kirchliches. In dem Kampf gegen die ketzerischen Sekten, welche im zweiten Jahrhundert so mächtig um sich griffen, zog man alles an sich heran, was zur Grundlage für die sich bildende rechtgläubige Kirche dienen konnte, man sah sich nach Schriften um, die sich zur Widerlegung der Ketzer eigneten, und man war im Voraus geneigt, Schriften, die sich für apostolisch ausgaben, auch für solche zu halten, sobald sie nur eine Beziehung zu den dogmatischen Interessen der Gegenwart hatten.

Man wendet nun freilich ein, es sei ganz undenkbar, daß neutestamentliche Schriften untergeschoben wurden. Denn es sei weder anzunehmen, daß die Verfasser derselben sich solche Täuschung zu Schulden kommen ließen, noch daß sie damit in der Kirche Glauben gefunden hätten; ja das Christenthum würde damit selbst zu einem Erzeugniß der Täuschung und des Betrugs. Letzteres ist eine grelle Uebertreibung, eine offenbare Umdrehung des wirklichen Sachverhalts. Das Christenthum war früher vorhanden, als die Schriften, welche dasselbe im Lauf seiner Entwicklung erst aus sich heraus erzeugte, und seine Lebenskraft hängt sicherlich nicht davon ab, ob eine Schrift diesen oder jenen zum Verfasser hat, oder ob sie ein paar Jahrzehnte früher oder später geschrieben ist. Ueberdies ist eine Anzahl der neutestamentlichen Schriften von der wissenschaftlichen Kritik ihren traditionellen Verfassern nicht abgesprochen worden, sondern es sind gerade von diesen echten Schriften aus die Mittel für die Orientirung auf dem übrigen Gebiet des Kanon gesucht worden. Mit dem anderen Einwand, daß die Kirche solche Täuschungen sich nicht habe gefallen lassen, sind wir bereits im Reinen. Wir kennen die kritische Zuverlässigkeit, den historischen Tact der gelehrtesten Väter, und es fehlt ja nicht an zahlreichen Beispielen dafür, daß unzweifelhaft untergeschobene Schriften, die später als unecht verworfen wurden, früher und zwar sehr bald nach ihrer Abfassung in weiten Kreisen für echt angesehen wurden. Was aber endlich die moralische Unmöglichkeit solcher Unterschiebungen betrifft, so ist es durchaus verkehrt, die Begriffe unsrer heutigen Moral auf jene Zeiten und Verhältnisse anzuwenden. Jede Zeit will nach ihrem eigenen Maßstab gemessen werden. Nun ist es nach unsern Begriffen freilich eine grobe Täuschung, wenn ein Verfasser seiner Schrift den Namen eines Anderen vorsetzt. Allein eben dieser Maßstab ist der schriftstellerischen Thätigkeit jener Zeit etwas völlig Fremdes. Der Begriff des geistigen Eigenthums war noch ganz unentwickelt, das Persönliche, Individuelle trat durchaus zurück gegen den Inhalt einer Schrift; um diesen allein war es zu thun, und um ihm im Interesse der Sache größere Autorität zu geben, schickte man sie unter dem Namen einer bedeutenden, hochgeltenden Persönlichkeit in die Welt. Dieser Name sollte nicht mißbraucht, sondern im Gegentheil geehrt werden, wie denn der Verfasser der noch vorhandenen Schrift: Thaten des Paulus und der Thekla, über seinen Betrug zur Rede gestellt, erklärte, er habe aus Liebe zum Apostel diesen als Verfasser auf dem Titel genannt. Man war überzeugt, im Geist und Sinn jener Männer zu reden; man hatte kein Arg bei der Unterstellung, daß dieselben, wenn sie heute in diesen bestimmten Verhältnissen lebten, in solchem Sinn ihre gewichtige Stimme erheben und an den Kämpfen der Zeit sich betheiligen würden. Eben dieser Art von Unterschiebungen hatte das classische Alterthum, insbesondere aber die jüdische Literatur vorgearbeitet. Nicht blos apokryphische Bücher, wie das vierte Buch Esra, das Buch Henoch sind auf diese Weise entstanden, sondern von einer Reihe in unserm alttestamentlichen Kanon befindlicher Schriften, vom Prediger, von den Sprüchwörtern Salomos, vom Buch der Weisheit, von vielen auf David lautenden Psalmen, von den Weissagungen Daniels, vom zweiten Theil des Jesaias ist heute nachgewiesen, daß sie nicht von ihren angeblichen Verfassern herrühren, ohne daß man dabei an Fälschung und Betrug denkt. So sollte denn auch bei vielen unserer neutestamentlichen Schriften die Angabe ihres apostolischen Ursprungs nur dazu dienen, ihren Inhalt als apostolisch zu empfehlen, weil man damit sicher war, ihrer Tendenz, die man als eine echt christliche und kirchliche wußte, in weiten Kreisen Eingang zu verschaffen. Dabei konnte es geschehen, daß schon vorhandene Schriften blos überarbeitet und wieder überarbeitet, die ursprünglichen Verfasser aber ungeachtet der späteren Veränderungen auf dem Titel belassen wurden. Dieser Fall ist zum Beispiel bei den drei ersten Evangelien denkbar, deren Ueberschriften im Griechischen ja bekanntlich auch gar nicht lauten: Evangelium des Matthäus, des Lukas, sondern nach Matthäus, nach Lukas u. s. w., eine Bezeichnung, in welcher sich eben die Spur späterer Bearbeitungen deutlich erhalten hat. Eine Spruchsammlung, welche zum Apostel Matthäus hinaufreicht, mag den Grundstock der Evangelienliteratur gebildet haben, aus welchem neben anderen Verzweigungen durch mehrfache Ueberarbeitung unser jetziges Evangelium dieses Namens hervorging. Die Apostelgeschichte besteht sichtlich aus mehren ungleichartigen Theilen, die erst später zu einem Ganzen zusammengeschmolzen worden sind. So ist namentlich im zweiten Theile der Reisebericht eines Begleiters des Apostels Paulus benutzt. Da nun ein Lukas als Begleiter des Paulus genannt wird, schrieb man ihm, mit Recht oder Unrecht, die Abfassung dieses Berichts zu, und dieser Name blieb dann auch für den späteren compilatorischen Verfasser der Apostelgeschichte. Und da nun derselbe Verfasser mit Benutzung älterer Evangelien auch ein neues paulinisches Evangelium schrieb, wurde diesem gleichfalls der Name des Lukas vorgesetzt. So mag der Verfasser unsrer dritten, nach Markus benannten Evangelienschrift neben Matthäus und Lukas noch ein weiteres, dem Markus zugeschriebenes Evangelium benutzt haben, dessen Name dann auf die spätere Schrift übertragen wurde.

Aber auch wenn solche Anknüpfungspunkte nicht vorhanden waren, hat dies Zurückdatiren einer späteren Schrift in den apostolischen Kreis hinauf nichts, was in jener Zeit irgendwie auffallend oder gar in sittlicher Beziehung anstößig sein konnte. Ein in der alexandrinischen Religionsphilosophie gebildeter Christ arbeitet den Evangelienstoff nach seinen Ideen um; er thut es in dem Bewußtsein, im Gegensatz zu den älteren Evangelien erst den wahren Sinn des Christenthums erschaut zu haben und erfüllt von der Mission, das Erschaute der Welt bekannt zu machen; dabei versetzt er sich in den Geist des Lieblingsjüngers Jesu, er schreibt gleichsam eine neue Vision im Sinne der fortgeschrittenen Entwicklung des Christenthums, wie der Dichter der Offenbarung in seiner Vision die judenchristlichen Ideen niedergelegt hatte. Der Verfasser des vierten Evangeliums bevorzugt sichtlich den Apostel Johannes und rückt dasselbe geflissentlich in den Kreis der johanneischen Tradition; doch sagt er nirgends, daß er der Apostel Johannes selbst sei, wie er denn vielmehr überall von diesem in der dritten Person redet, ja sich ausdrücklich von ihm unterscheidet. Erst später schritt man, wie der unechte Anhang des Evangeliums beweist, dazu fort, den Verfasser ausdrücklich sich als den Apostel selbst bezeugen zu lassen.

Ganz besonders aber war es nun in der nachapostolischen Kirche ein praktischer Zweck, der diese Unterschiebungen begünstigte. Die meisten Briefe, welche unter dem Namen von Aposteln Aufnahme in unsern Kanon gefunden haben, sind mitten aus den Interessen der sich bildenden Kirche geschrieben. Es galt — und dies waren die gewöhnlichsten Fälle — die Auseinandersetzung zwischen Paulinern und Petrinern, Ausgleichungsvorschläge, die von beiden Seiten gemacht wurden, Warnung vor einer Ueberspannung der vorhandenen Gegensätze, Abwehr extremer ketzerischer Meinungen, und nun griff man in die Urgemeinde zurück, beschwor ein apostolisches Haupt dieser oder jener Partei und ließ dieses ein Wort des Friedens oder des Streits reden, um die Ideen, welche jetzt die angemessenen zu sein schienen, in Umlauf zu bringen. Die Namen der Apostel wurden also gewählt als eine arglose Empfehlung der Lehren und Einrichtungen der Kirche. So sind die petrinischen Briefe entstanden, um das spätere mit dem Paulinismus ausgesöhnte Christenthum auf das Haupt des Judenchristenthums zurückzuführen. Indem man dabei nur die Schärfe der paulinischen Begriffe vermied, war man sicher, bei den Judenchristen am leichtesten Eingang zu finden, wenn man ihnen die Autorität ihres Apostelfürsten für die neue Friedensrichtung vorhielt. So ist der Jakobusbrief geschrieben als ein auf die Autorität dieses Säulenapostel zurückgeführter Protest gegen die Lehre des Heidenapostels, jedoch mit jenen Concessionen, zu welchen um die Mitte des zweiten Jahrhunderts bei der großen Verbreitung, welche die neue Lehre in der Heidenwelt inzwischen gefunden hatte, auch das Judenchristenthum sich herbeilassen mußte. So sind die Hirtenbriefe auf den Namen des Apostels Paulus getauft worden, um die kirchlichen Einrichtungen der spätern Zeit, wie die Polemik gegen die gnostische Sektirerei mit seiner Autorität zu versehen. Und so weisen uns auch die anderen Briefe, welche mit Unrecht den Namen des Apostels Paulus tragen, auf Verhältnisse, die jener Gegensatz, der sein Leben bewegte und seine vier echten uns noch erhaltenen Briefe ausfüllt, bereits nachgelassen, eine friedliche, ausgleichende Tendenz Platz gegriffen hatte, aber auch auf diese das Siegel der apostolischen Autorität gedrückt werden sollte.

Wir müssen uns also an die Vorstellung gewöhnen, daß eine Reihe von neutestamentlichen Schriften nicht von denjenigen Aposteln und Apostelschülern herrührt, welche die kirchliche Tradition auf ihre Titel gesetzt hat. Aber der Verlust ist ein scheinbarer, er wird reichlich dadurch aufgewogen, daß diese Schriften dafür der Geschichte gewonnen werden. Es liegt wenig daran, ob sie diesen oder jenen zum Verfasser haben; weit wichtiger ist es, aus welcher geistigen Anschauung heraus, in welcher Atmosphäre sie geschrieben sind, welche Tendenz sie verfolgen, welche Verhältnisse sie widerspiegeln. Die glänzenden Aufschriften, die ihnen aufgeklebt sind, verschwinden, aber ihr Inhalt wird um so verständlicher und werthvoller. Wir müssen auf authentische Briefe der Urapostel verzichten, aber gewinnen dafür authentische Documente für die nachapostolische Zeit, und auch die urapostolische Zeit wird uns erst dann geschichtlich verständlich, wenn wir dasjenige ausscheiden, was spätere Anschauungen und Interessen in sie hineingetragen haben. Erst durch die geschichtliche Betrachtung wird das neue Testament zu einer getreuen und zuverlässigen Urkunde des ältesten Christenthums. Aber auch der moralische Gehalt, der religiöse Werth jener Schriften kann nicht darunter leiden, wenn sie zum Theil andere Verfasser haben, als die katholische Tradition ihnen zuschreibt. Einen inneren Werth haben sie ja dadurch nicht, daß sie von Aposteln herrühren; es ist ein rein äußerlicher Vorzug, der gar nichts zu thun hat mit ihrer geistigen Rangordnung oder mit ihrer sittlichen Wirkung. Das Verhältniß des vierten Evangeliums zur Offenbarung, welche die Tradition beide dem Apostel Johannes zuschreibt, ist hiefür der sprechendste Beleg. Ist uns diese das Werk eines echten Jüngers Jesu, jenes die Schrift eines namenlosen Mannes des zweiten Jahrhunderts, so vermag uns diese Verschiedenheit des Ursprungs nicht in unsrem Urtheil über den geistigen Werth beider zu beirren. Obwohl von einem Apostel geschrieben, vertritt die Offenbarung eine Stufe des christlichen Bewußtseins, welche dem Judenthum noch am nächsten stehend, sehr bald in der Kirche antiquirt war und heute nur noch historische Bedeutung hat, während uns im Evangelium, dessen unbekannter Verfasser mindestens ein Jahrhundert vom Tode Jesu entfernt ist, die reifste Frucht der urchristlichen Entwicklung, und eine tiefere geistigere Auffassung des Christenthums entgegentritt, als in allen anderen Schriften, welche uns der Kanon des neuen Testaments aufbewahrt hat.

Militärische Briefe.

9.

Werth der französischen Kampfweise.

16. Mai.

Die geschlossene Waffenruhe hat die kriegerischen Ereignisse in Schleswig vorläufig beendigt. Es ist sehr zweifelhaft, ob die Conferenzen auch nach verlängerter Waffenruhe zum Frieden führen, und wir werden nach einigen Wochen oder Monaten wahrscheinlich von Neuem über Kriegsereignisse zu berichten haben; was wir mit größerer Freude thun würden, wenn dem preußischen Obercommando gelungen wäre, bis jetzt die Dänen mehr zu beschädigen, als geschehen. —

Wir hatten im Anschluß an die im jetzigen Kriege gesammelten Erfahrungen die Ausbildung der preußischen Infanterie besprochen. Es ist vielleicht Manchem aufgefallen, daß dabei der Kampfweise der Franzosen gar keine Erwähnung geschah, die doch als Ideal dessen angesehen wird, was eine militärische Ausbildung erreichen kann und erstreben muß. Allein diese Kampfweise ist eben eine echt französische, sie kann von andern Völkern wohl abkonterfeit, aber nicht in ihrem Wesen angenommen werden und kann deshalb auch nicht von uns mit Vortheil gegen unsere Feinde verwandt werden. Der Soldat, wie jeder Mensch, leistet am meisten durch die höchste Entwickelung der eigensten Natur und nicht durch Aufpfropfen fremder Elemente. Einen Beleg zu dieser Behauptung gewährt der blutige Kampf, welcher der Wegnahme der Düppler Schanzen im Terrain bis zum Brückenkopf folgte. Die preußischen Truppen, welche durchgehends einen Unterricht im Bajonnetiren genossen und für den Kampf Mann gegen Mann nur das Bajonnet als Waffe kennen gelernt haben, sind nicht einen Moment in Zweifel gewesen, in obigem Gefecht, gerade wie vor funfzig Jahren, das Gewehr umzudrehen und mit dem Kolben auf den Gegner loszuschlagen. Der Franzose aber bleibt dem Bajonnet zu allen Zeiten treu. Wem der Sieg angehört, ob dem Bajonnet oder dem Kolben wird vielleicht die Zukunft lehren, gewiß ist, daß im Jahr 1813 der Kolben, besser fluschte. Deshalb bleibt doch das Bajonnetiren ebenso wie das Turnen ein sehr guter Uebungszweig, um den Einzelnen gewandt und auch mit der Gefahr vertraut zu machen.

Nicht die Kampfweise der Franzosen hat ihnen in Italien und in der Krim den Sieg verschafft, sondern der in dieser Kampfweise echt französisch zum Ausdruck gekommene Grundsatz, daß die Leistung des Ganzen unendlich gesteigert wird durch die vollste Entwicklung der Thatkraft des Einzelnen. Das ist eine Wahrheit, welche die politische Entwicklung der Völker der Neuzeit in die Kriegsgeschichte eingeführt hat und die, je nachdem sie in verschiedenen Verfassungen sich anders ausdrückt, auch je nach der Individualität der Völker eine andere Kampfweise fordert. Der Franzose ist im Allgemeinen ebenso intelligent wie eitel und stellt die Ehre Frankreichs ebenso hoch wie seine eigene. Die vorwiegenden Eigenschaften des Deutschen sind Fleiß und Gründlichkeit, verbunden mit einiger Gleichgiltigkeit gegen die staatlichen Verhältnisse, so lange diese ihn nicht incommodiren. Diesen verschiedenen Eigenschaften beider Völker muß Rechnung getragen werden in der Organisation, in der Art der Ausbildung und in der Kampfweise der entsprechenden Armeen. Wir haben es hier nur mit der letztern zu thun und wollen deshalb das Charakteristische derselben hier näher feststellen, dem Einzelnen den Vergleich und die Bestätigung obiger Behauptung anheimstellend.

Die Erfolge der französischen Waffen werden besonders zugeschrieben: 1) Einer vorzüglichen Armeeleitung. 2) Einer jeden Einzelnen belebenden Thatkraft. 3) Der Kampftüchtigkeit im Einzelgefecht.

Die Güte der Armeeleitung hat in der Krim wie in Italien sich nicht nur in den militärischen Bewegungen, sondern auch in der Sorge für das Wohl der Soldaten geltend gemacht und ist basirt auf guten militärischen Institutionen und einer vorzüglichen Durchbildung des französischen Generalstabes. In dieser Beziehung ist der Gegensatz gegen alle andern Armeen sehr bedeutend, wie ein einfacher Vergleich darthut. Am entsprechendsten dem bisherigen Gedankengange dieser Briefe würde ein Vergleich mit den preußischen Einrichtungen sein, aber das ist unmöglich, weil die preußische Armee jeder festen Organisation, jedes Reglements, jeder Instruction in dieser Beziehung entbehrt. Eine Unmasse von Einzelbestimmungen sind vorhanden, aber keine organisatorischen, die leitenden Gesetze fehlen, und die Folge davon ist Unselbständigkeit der Behörden. In dem jetzigen kleinen und ganz localen Kriege hat sich dieser Uebelstand gewiß geltend gemacht, und vielleicht steht eine Abhilfe bevor, ebenso wie diese in England dem Krimkriege folgte. In Oestreich haben die Erfahrungen des italienischen Krieges in dieser Beziehung nicht zu so raschem Resultate geführt, weil die Oeffentlichkeit nicht scharf genug die treibenden Segel bläht wie in England.

Während in Frankreich alle Zweige der militärischen Befehlsertheilung sowohl als der Verwaltung sich im Kriegsminister gipfeln, hatte England beim Beginn des Krimkriegs zwei Kriegsminister mit getrenntem Ressort, ein Armeecommando und ein Feldzeugmeisteramt, welche sich nunmehr in ein Armeecommando und einen Kriegsminister reducirt haben, deren Geschäfte sich derart theilen, daß bei dem erstern sich die gesammte Befehlsertheilung, incl. Jurisdiction concentrirt, während in dem Kriegsministerium die eigentliche Verwaltung und die Gesetzgebung ruht. Die Einheit der französischen Einrichtung sichert eine viel raschere und richtigere Erledigung aller Geschäfte und hat in der Krim sich trefflich bewährt und die Nachtheile der damaligen englischen Organisation sehr klar gelegt. — Die jetzt in England eingeführte Theilung der Gewalten hat den Vorzug, daß im Frieden die ihrer Natur nach conservative militärische Macht von den Wandelbarkeiten der Politik unberührter bleibt und nicht mit jedem neuen Ministerium andere Ansichten als leitend aufgestellt werden, im Kriege aber bedarf es voller Einheit der beiden obern Stellen, wenn nicht Stockungen in die Lebensadern kommen sollen, welche die Armee mit dem Vaterland verbinden.

Aber nicht nur in den obersten Behörden ist in Frankreich die Einheit der Verwaltung und der Befehlsertheilung herbeigeführt, sondern auch in allen Fällen, wo beide Zweige sich berühren. Die sämmtliche Militärverwaltung ist militärisch organisirt, hat militärischen Rang und ist den militärischen Behörden direct untergeordnet. Bei den Truppencommandos haben die denselben beigegebenen Verwaltungsbehörden ihren Vorgesetzten nicht nur in dem betreffenden General, sondern auch in dessen Chef des Generalstabs. — Eine ähnlich strenge Verbindung herrscht in Rußland, am entferntesten steht sich Verwaltung und Befehlsertheilung in der englischen Armee, nicht nur weil die Geldfragen bei dem Ministerium ressortiren, sondern weil auch die meisten Beamten nur contractlich und nur für das einzelne Geschäft mit der Truppe verbunden sind. In der festen Verbindung allein ist das Wohl der Truppe gesichert, im einzelnen Geschäft giebt allemal das Interesse des Unternehmers den Ausschlag, wie die Welt nicht nur aus den englischen Untersuchungen über die Armeeadministration in der Krim, sondern aus den noch viel schlimmern nordamerikanischen Verhandlungen in der Neuzeit erfahren hat. Die französische Armeeleitung fördert das Wohl des Einzelnen mit unausgesetzter Thätigkeit und Energie. — Aber nicht nur in materieller, sondern auch in geistiger Beziehung ist die französische Armeeleitung durch ihre Organisation musterhaft und Erfolge sichernd. Kein Land hat einen so reichen und für seine Geschäfte so durchgebildeten Generalstab wie Frankreich.

Dieser nimmt alle für die Armeeleitung direct bestimmten Stellen neben der Generalität ein und wird nur durch solche Offiziere ergänzt, welche die Generalstabsschule durchgemacht haben. In dieselbe werden wieder nur diejenigen aufgenommen, welche in der polytechnischen „oder der Artillerie" oder der Schule von St. Cyr sich ausgezeichnet haben. Jeder aber, der diesen Anforderungen entspricht, findet Aufnahme in der Generalstabsschule, und wenn auch hier seine Leistungen genügen, tritt er in das bevorzugte Corps des Generalstabes und darf eine an Thaten und Auszeichnungen reiche Laufbahn erwarten. Hier, wie in allen französischen Heereseinrichtungen ist der Franzose seines Glückes Schmied.

Die Oestreicher haben auch eine Generalstabsschule, aber der Generalstab bildet nur ein einseitig militärisch-technisches Institut, und nicht ihm, nicht dem Studium und der Leistung, sondern der bevorzugten Geburt gehört die höhere Carrière, nicht dem vorgebildeten Generalstab, sondern der auf persönlichen Beziehungen basirten Adjutantur gehört der Vorrang in der Armeeleitung. Auch Rußland, England und Preußen haben Vorbereitungsstadien für den Generalstab, aber in keinem dieser Länder erwächst dem Einzelnen aus der Vorstufe ein Recht zu weiterm Vorschreiten.

Ferner aber wird in keiner Armee, wie schon gesagt, die Thatkraft des Einzelnen dergestalt zur Leistung aufgefordert wie in der französischen. Hier hat jedes Bataillon seine Elite, die Garde bildet eine solche für die Armee. Jeder kann jede Stellung in der Armee erreichen, der Leistung folgt als ein Recht, nicht als eine Gnade die Anerkennung. Das Gesetz regulirt das gewöhnliche wie das extraordinaire Avancement, bestimmt die Stufen, welche jeder erklimmen muß, um weiter zu schreiten, und setzt genau das Jahr fest, in welchem seine Laufbahn beendigt ist. — Die Folge davon ist eine Unabhängigkeit der Charaktere, wie sie keine andere Armee aufzuweisen hat, und die auf dem Schlachtfeld Thaten hervorruft, welche die Bewunderung der Welt in Italien, wie in der Krim gefunden haben.

Auf dieser Emancipation der Individuen beruht auch die Fechtart der Franzosen, welche ihnen die schönen Siege in der Neuzeit verschafft hat. Eine gebildete und tüchtige Armeeleitung stattet dort den Soldaten zu allen Zeiten und für alle Fälle reich und gut aus, führt ihn zur entscheidenden Schlacht und überläßt dann die Entscheidung den Einzelnen. Sie kann dies allerdings thun, weil in jedem Einzelnen der Trieb liegt, der Aufgabe des Ganzen zu genügen. — Aber in dieser Vertheilung der Aufgabe auf die vielen Einzelnen liegt auch die große Schwäche und Gefahr der französischen Fechtart. Ebenso wie das Ganze durch die Stärke, Energie, Furie der Einzelnen den Sieg erringt, ebenso ist es möglich, das Ganze durch die Schwächen der Einzelnen zu besiegen; und dann mag es ein Sieg werden über einen Complex von tausend Schwächen.

Wie die radical-demokratische Regierungsform die unruhigste und von den Impulsen des Moments abhängigste ist, was Frankreich wiederholt gelehrt hat und was Nordamerika heute lehrt, ebenso ist die Kampfweise der Franzosen die gefährlichste und den Erfolg einem ebenbürtigen Gegner gegenüber am wenigsten sichernde. Die vorzügliche Organisation der französischen Armeeleitung und die Gesetzlichkeit der innern Zustände kann und muß jede Armee nachahmen, die Kampfweise aber überlasse man den Franzosen und trete dieser mit unserer zuchtvollen und in dem Ganzen aufgehenden Kraft des Einzelnen gegenüber. Die Erfahrung lehrt, daß keine Armee so wenig eine verlorene Schlacht verträgt, wie die französische, weil sie mit dem moralischen Element des Einzelnen den ganzen innern Halt verliert.

Schon in einem der ersten Briefe ist ausgesprochen, daß die stürmischen Tirailleurlinien der Franzosen einen gefährlichen Gegner in dem ruhigen Linearfeuer der Engländer gefunden haben, einen mindestens ebenbürtigen Gegner bietet eine ruhig feuernde deutsche Schützenlinie. Wenn die Armeeleitung der Preußen nur einigermaßen der französischen gleicht, wird die preußische mit dem

Zündnadelgewehr bewaffnete, sehr gut schießende Schützenlinie den vordrängenden Franzosen rasch abkühlen und auf das zurückweisen, was im Leben allein Erfolge sichert, auf die Ausdauer, und in dieser leistet die in die Hand des Vorgesetzten gearbeitete Truppe mehr als die aus lauter einzelnen Elementen bestehende. In der Ausdauer hat der Deutsche immer den Franzosen besiegt. — In Schleswig hat man in einer Sache den Franzosen nachgeahmt, im Ablegen der Tornister vor der Action; man hat dadurch nach dem Uebergang bei Arnis den Truppen einen Halt von zwei Tagen auferlegt, um die Tornister nachzufahren. Hoffentlich hat man an dieser einen Erfahrung für ewige Zeiten genug. Dieses Tornisterablegen ist eine Ausartung der in der französischen Armee jetzt geltenden Berücksichtigung des Individuums, es ist nicht gut, daß gerade dies kränkliche Detail bei dem preußischen Heerführer Nachahmung fand; denn es zeigt, wie wenig der Geist französischer Kriegführung erkannt wird.

Napoleon der Erste, der seine Franzosen gewiß kannte und die Fähigkeit seiner Infanterie für das Einzelgefecht vollständig ausnutzte, hielt dem jetzt herrschenden System ganz entgegengesetzt bei der Ausbildung und Uebung streng darauf, daß der Soldat in Formen gezwängt wurde, in Formen, welche im Gefecht nur selten zur Anwendung kommen sollten. Die Friedensübungen dienten nur dazu, die durch den Krieg zu selbständig gewordenen Soldaten wieder in die Hand des Vorgesetzten zu bringen. Die Franzosen haben heute noch diese Formen in ihren Exercitien beibehalten, behandeln sie aber mehr als Zeitausfüllung, nie als Erziehungsmittel, und in Folge dessen sind sie werthlos geworden.

Die dem Prinzen Friedrich Karl zugeschriebene Brochure über die Kampfweise der Franzosen schließt sich dieser modernen französischen Richtung an und verurtheilt den Exercierplatz vorweg, sie behauptet, der General müsse, sobald er ins Gefecht komme, das Reglement vergessen. Der Verfasser hätte sagen sollen, daß der General bei dem Gebrauch der Infanterie zwar die Streitkräfte durch möglichste Geltendmachung aller individuellen Fähigkeiten möglichst hoch steigern soll, — daß er aber stets bestrebt sein muß, so viel wie möglich reglementarische Formen aufrecht zu erhalten, um die Leitung der Einzelnen in der Hand zu behalten.

Es ist interessant, daß in der preußischen Armee gerade der Prinz Friedrich Karl der demokratischen Richtung für die militärische Kampfweise das Wort redet, nicht aus inneren Sympathien, sondern nur, weil er die fortreißende Gewalt dieser Richtung erkannt hat. Wäre ihm Quelle und letzter Grund dieses französischen Systems deutlich geworden, so würde er vielleicht in den entgegengesetzten Fehler verfallen sein und den Werth der französischen Kampfweise verachtet haben. Das kann aber keinenfalls gewünscht werden.

Mögen die preußischen Führer von den Franzosen die Kraft der individuellen Freiheit ehren lernen, und mögen sie diese Kraft vergrößern, indem sie dieselbe innerhalb gesunder und fester Formen zur Geltung bringen. Sollen die Preußen den Franzosen im Kampfe gegenübertreten, so dürfen sie gegen die wildanstürmende Kraft getrost die bewußte Ordnung einsetzen, der letztern muß schließlich der Sieg bleiben; denn gefährlich ist der preußischen Armee durchaus nicht die französische Kampfweise, sondern die französische musterhafte Armeeleitung.

Vermischte Literatur.

Magister Johannes Huß und der Abzug der deutschen Professoren und Studenten aus Prag 1409. Von K. A. Konstantin Höfler. Prag, Fr. Tempsky. 1863.

Wie die Mehrzahl der vom Verfasser über Personen und Vorgänge des deutschen Mittelalters gelieferten Arbeiten, wie namentlich seine Charakteristik Kaiser Friedrichs des Zweiten, ist auch dieses Buch nicht das Ergebniß unbefangener Forschung, sondern in der Hauptsache eine Parteischrift zu Gunsten einer specifisch östreichischen und katholischen Auffassung der Geschichte, die in diesem Fall nur insofern eine gewisse Berechtigung hat, als sie ein Protest gegen die Anmaßung der Czechen ist, die das deutsche Element gegenwärtig in so überaus abgeschmackter Weise höhnt und befehdet. Daß die hussitische Bewegung nicht das war, als was sie uns noch vor dreißig Jahren dargestellt wurde, und als was gewisse Querköpfe in Böhmen sie der Welt noch heute anpreisen möchten, ist nachgerade bekannt, und wenn der Verfasser zu dieser Erkenntniß der einen und andern werthvollen neuen Beitrag liefert, die Unreife und Unklarheit des Urhebers der Bewegung an neuen Beispielen darthut, so verdient er unsern Dank. Wenn er aber weiter geht und von seiner Darstellung hofft, sie werde uns Huß künftig nicht mehr als einen die Wahrheit suchenden und für die Wahrheit gestorbenen Mann ehren, vielmehr das costnitzer Urtheil gerecht erscheinen lassen, da Huß eigentlich nur als czechischer Agitator, „dem der Zweck das Mittel heiligte,“ verbrannt worden, so mag er das seinen katholischen Gesinnungsgenossen vortragen, wir weisen ihn damit einfach zurück. Dadurch, daß die prager Reformation sich mit slavischem Parteitreiben verunreinigte, verliert sie für uns noch keineswegs ihren echtdeutschen Grundzug, und war Huß mit den Seinen ungerecht gegen die Deutschen, so werden uns Höfler und die Seinen mit allen ihren Argumenten doch niemals beweisen, daß er deshalb kein Reformator war.

Neue Shakespeare-Literatur. Das Shakespeare-Jubiläum hat auch in Deutschland eine ziemliche Anzahl von Federn veranlaßt, sich über den großen Bühnendichter vernehmen zu lassen, doch möchten wir nicht sagen, daß sich unter diesen Gelegenheitsschriften viel von Werth befände. Ein Herr A. Corrodi hat „Lebensweisheit aus seinen (Shakespeares) Werken gesammelt" und dieselbe alphabetisch geordnet herausgegeben. Ein Herr A. Ahne bietet unter dem Titel „Shakespeare-Blüthen" ein ähnliches Sammelsurium vorzüglich der Jugend als Festgabe dar. Ein Herr R. Alberti hat ein „Shakespeare-Album" zusammengelesen und die betreffenden Stellen „systematisch" unter Ueberschriften wie „Menschenschicksale und Stimmungen", „die Frauen", „Religiöse Weltanschauung" u. s. w. geordnet. Dr. A. Beck veröffentlicht bei Fleischmann in München eine biographische Studie über Shakespeare, in der er gute Kenntnisse der einschlagenden Literatur und warme Empfindung für die Schönheiten des Dichters bekundet, und die überhaupt zu den bessern der hier zusammengefaßten Schriften gehört, obwohl wir es nicht recht begreifen, wenn der Verfasser es als eine Schande anzusehen scheint, daß Shakespeare nicht immer als „Gentleman" (soll hier heißen: in behaglichen Verhältnissen) leben konnte. Recht gut liest sich ferner der Vortrag C. G. Lemckes über „Shakespeare in seinem Verhältniß zu Deutschland". Eine ähnliche Tendenz verfolgt Kreyßig mit seiner gehaltvollen Rede „Ueber die sittliche und volksthümliche Berechtigung des Shakespeare-Cultus", in welcher er im ersten Theil nachweist, wie viel wir Deutschen Shakespeare, dem „Vater des deutschen Dramas" danken, und wie andrerseits Shakespeare in einer Reihe trefflicher Leistungen, welche deutscher Geschmack, Scharfsinn und Fleiß und deutsches Talent seit hundert Jahren zu Tage gefördert hat, zu verjüngtem Leben und fortzeugender Wirksamkeit auferstanden ist. Seit 1762 sind in Deutschland fünfzehn selbständige Uebersetzungen sämmtlicher Werke des Dichters, zum Theil in zahlreichen Auflagen erschienen. Von derselben Zeit an zieht sich das Shakespeare-Studium wie ein Familienkennzeichen durch die Bildungsgeschichte fast unsrer sämmtlichen Classiker hindurch. Unser nationales Drama ist unter Shakespeares belebendem und bestimmendem Einfluß erwachsen, und für England selbst ist seit der Uebersetzung von Schlegels dramatischen Vorlesungen und seit Coleridges Vorlesungen über Shakespeare die deutsche Auffassung des Dichters maßgebend geworden. Im zweiten Theil beantwortet der Redner die Frage nach der volksthümlich-sittlichen Berechtigung dieses poetischen Cultus dahin, daß der Grundzug, der durch die Charaktere Shakespeares geht, sie zu Idealen und Musterbildern gerade für unser Volk und unsre Zeit macht. Allem Schein und Flitter ein abgesagter Feind, faßt der Dichter „das höchste Ideal der Schönheit und Güte nicht sowohl in der Form des beschaulichen, selbstgenügsamen Seins, als vielmehr in der der unablässig wirkenden Kraft. Er weiß eben nichts von jenen „edlen" Naturen, die mit dem zahlen, was sie sind, und es den „gemeinen" Geschöpfen überlassen, mit dem zu zahlen, was sie thun. Seine Helden erheben sich nicht in die Sphäre des Gedankens, um die Pflichten und die Noth der Erde sich wegzutäuschen, sondern um für ihre Ueberwindung neue Kraft zu gewinnen. Ihre Größe ist die des mit seinem Leben eintretenden Streiters, nicht die der in selbstgenügsamem Behagen thronenden Majestät, und wenn die Sonne des Ruhmes und des Glückes für sie aufgeht, so spiegeln sich ihre Strahlen in den Tropfen ihres Schweißes, wenn nicht ihrer Thränen und ihres Blutes." Und so ist der große britische Dichter nicht blos als eine Art geistigen Leckerbissens für die Inhaber einer höhern ästhetischen Bildung zu reserviren, sondern er wäre auch für das gesammte Volk, von dessen Thaten wir die Vollendung hoher und schwerer nationaler Aufgaben erwarten, ein mächtig fluthender Quell verjüngender und umgestaltender Lebensweisheit. Gutes hat endlich auch Rötscher mit seiner Schrift „Shakespeare in seinen höchsten Charaktergebilden" (Dresden, Meinhold und Söhne) beigesteuert, eine Erläuterung von fünfzehn Charakteren (Coriolan, Richard der Dritte, Shylock, Lady Macbeth, Falstaff, Othello, Jago, Lear, Edgar im König Lear, Mercutio, Macbeth, Desdemona, Porzia und Cordelia) mit der wir zwar nicht durchgehends übereinstimmen, die aber doch manches Wahre und Tiefe enthält. Die Sprache des Verfassers hält sich im Ganzen freier von Schulausdrücken, als in früheren Arbeiten, dagegen fällt bei einem Buche, welches doch für ein größeres Publicum bestimmt ist, unbequem auf, daß wiederholt die Bekanntschaft des Lesers mit früheren Werken vorausgesetzt wird, die doch nur von einem kleineren Kreise mit einigem Fug erwartet werden kann.

Von der elften Auflage des Brockhaus'schen Conversationslexikons, die seit Anfang dieses Jahres wie die früheren Auflagen lieferungsweise erscheint, liegt jetzt der erste Band vor, welcher von Heft eins bis zehn gebildet wird und die Artikel A bis Arad enthält. Die Welt ist seit Erscheinen der vorigen Auflage in allen Beziehungen beträchtlich anders und in sehr vielen klüger und reicher geworden, und die Redaction hat diesen Aenderungen, diesen Fortschritten der Menschheit an Wissen und Besitz mit einem Fleiß und einer Sorgfalt Berücksichtigung angedeihen lassen, die aller Anerkennung werth sind und wenig zu wünschen übrig lassen. Viele Artikel sind gänzlich umgestaltet, andere durch Zuwachs neuen Stoffs bedeutend reichhaltiger geworden, und so nimmt die den ersten Band der neuen Auflage bildende Reihenfolge von Begriffen und Namen nicht weniger als dreiundzwanzig Druckbogen mehr in Anspruch als in der zehnten Auflage, wo der erste Band mit Atlas endigte. Ganz vorzüglich hat die Länder- und Völkerkunde gewonnen, auf welchem Gebiet besonders die Artikel Afrika, Aegypten, Amerika, Amur, Alsen, Angeln und Apenrade wesentlich vermehrt und verbessert erscheinen. Nicht weniger das Bereich der Naturwissenschaften und der Technologie, und auch die geschichtlichen und biographischen Artikel sind gebührend durchgesehen und umgestaltet. Indem wir die neue Auflage hiermit bestens empfohlen haben wollen, knüpfen wir daran die Anzeige, daß das „Neue Conversationslexikon" welches, von Hermann J. Meyer herausgegeben, von H. Krause redigirt, zu Hildburghausen im Verlag des bibliographischen Instituts in zweiter Auflage erscheint, und in seiner Art ebenfalls warme Empfehlung verdient, uns in den sieben ersten Bänden (der letzte enthält die Artikel: Französische Literatur bis Grau) vorliegt.

Verantwortlicher Redacteur: Dr. Moritz Busch.

Verlag von F. L. Herbig. — Druck von C. E. Elbert in Leipzig.

Gesinnungsstatistik der Bundesregierungen in der Frage der Anerkennung Herzog Friedrichs.

Im 4. Artikel des londoner Tractats behalten sich die Contrahenten vor, den Vertrag zur Kenntniß anderer Mächte zu bringen und diese zum Beitritt einzuladen. Man begreift, welche Wichtigkeit gerade dieser Punkt für Dänemark haben mußte. Im ganzen Vertrage ist selbstverständlich nicht davon die Rede, daß durch denselben ein Recht etablirt werde. Es handelt sich eingestandener Maßen nur um Fixirung des Verhaltens der Mächte rücksichtlich der Eventualität, daß nach dem Tode König Friedrichs des Siebenten diejenige Successionsveränderung in Kraft träte, zu welcher der dänische König sich einestheils mit dem Kronprinzen und mit den nächsten Cognaten, anderntheils mit dem Kaiser von Rußland (als dem Chef der älteren holstein-gottorfischen Linie) verständigt habe. Die im Tractat vorausgeschickte Anerkennung „des Principes der Integrität der dänischen Monarchie“ und die um ihretwillen stipulirte Thronbesteigung Christians von Glücksburg hätte eine Rechtsverbindlichkeit nur durch die drei nothwendigen Factoren 1) des Verzichtes der Näherberechtigten, 2) der Anerkennung durch den deutschen Bund und 3) der Ratification durch die Stände der Monarchie erlangen können. Die Verbindlichkeit der Beibringung dieser drei Rechtserfordernisse nahm der König von Dänemark auf sich. Daß er die Nothwendigkeit derselben anerkannte, beweist sein Eifer, sie zu erlangen.

Es ist bekannt, wie dies geschah. Der erste Punkt wurde unvollständig erreicht. Man ging dänischer Seits nur darauf aus, sich Derer officiell zu versichern, von welchen man wußte, daß sie einwilligen würden. Hinsichtlich der Herzogthümer begnügte man sich mit dem Taschenspielerstückchen, die augustenburgischen Ansprüche auf Grund der erzwungenen Expropriation der Familiengüter und der persönlichen Verzichtleistung des damaligen Chefs der Familie zu escamotiren. Von den Ständen der Monarchie wurden nur die dänischen der Discussion der für alle gleich wichtigen, aber nur von ihnen zu billigenden Successionsordnung gewürdigt.

Es galt nun drittens, sich des deutschen Bundes zu bemächtigen, dessen Rechte hinsichtlich Holsteins und Lauenburgs der Artikel III des Tractats ausdrücklich gewahrt hatte.

Eine Zeit lang hat unter den contrahirenden Mächten und vorwiegend zwischen England und Dänemark die Berathung geschwebt, ob man den Bund als solchen zur Anerkennung des Vertrags auffordern sollte. Man täuschte sich jedoch nicht über die ungünstigen Chancen dieses Unternehmens, und so entschloß sich Dänemark, die Angelegenheit auch dem Bunde gegenüber europäisch zu behandeln, d. h. nicht die Conföderation als solche, sondern einzelne hervorragende Glieder derselben darauf anzureden.

Durch eine Circulardepesche an ihre Vertreter d. d. 9. Sept. 1852*) setzte die dänische Regierung die Contrahenten von diesem Entschluß in Kenntniß. Wir erfahren aus derselben, daß die von Dänemark befürwortete Collectiveinladung im Namen der londoner Conferenz an die nichtbetheiligten Mächte die Billigung der Contrahenten überhaupt und nicht blos hinsichtlich des deutschen Bundes nicht gefunden hatte. Dänemark macht statt dessen den Vorschlag, die Tractatmächte sollten sich bequemen, einzeln von sich aus an die andern Staaten, deren Beitritt erwünscht sei, Einladungsschreiben zu erlassen, die dem dänischen möglichst gleichartig wären. Dieser Depesche ist außer Formularen der dänischen Einladungsnote sowie der Accessions- und der Acceptationsformel das Verzeichniß derjenigen Mächte beigefügt, welche zum Beitritt aufgefordert werden sollen. „Der deutsche Bund" — so sagt die Depesche — „fehlt deshalb in dieser Liste, weil bis jetzt anzunehmen ist, daß die contrahirenden Mächte rücksichtlich der Einladung dieses politischen Körpers weniger einhellig sein würden. Nach Mittheilungen des Gesandten in London scheint so viel gewiß, daß die britische Regierung, welche eine einfache Notification für hinreichend hält, sich nicht dazu entschließen wird, eine Einladung zum Beitritt an den deutschen Bund zu richten. Auch wenn jedoch England nicht die einzige unter den Signaturmächten wäre, welche die Frage in dieser Weise betrachte, so würde der König aus Willfährigkeit gegen die beiden deutschen Großmächte sich dennoch keineswegs weigern, eine formelle Einladung an den Bund zu erlassen, wenn jene beiden Mächte (Preußen und Oestreich) in dem Wunsche nach diesem Verfahren übereinstimmten." Da diese gemeinschaftliche Pression Oestreichs und Preußens nicht erfolgt zu sein scheint und die in diesem Falle von Dänemark verlangte Garantie für die Zustimmung des Bundes ebensowenig gegeben wurde, so konnte Dänemark nur bei dem angedeuteten Modus verharren. Eine Rechtsconcession vom Bunde zu erlangen gab man auf. Konnten neben und aus dem Bunde recht viele Beitrittserklärungen einzelner

*) Die citirten diplomatischen Noten Dänemarks und der übrigen Staaten finden sich zum Theil im englischen Blaubuch über den deutsch-dänischen Streit; vollständig aber in: Le Traité de Londres, Copenhague (T. H. Schultz, imprim.) 1863.

Mächte beigebracht werden, so mochte die factische Gutheißung des Geschehenen das mangelnde Recht ersetzen.

Die Liste weist folgende Fürsten auf: König von Bayern, König der Belgier, König beider Sicilien, Königin von Spanien, König von Griechenland, König von Hannover, König der Niederlande, Königin von Portugal, König von Sardinien, König von Sachsen, König von Würtemberg, Kurfürst von Hessen, Großherzog von Baden, Großherzog von Hessen-Darmstadt, Großherzog von Mecklenburg-Schwerin, Großherzog von Mecklenburg-Strelitz, Großherzog von Oldenburg, Großherzog von Sachsen-Weimar, Großherzog von Toskana. (Nach dem Alphabet der französischen Namen.) Man sieht, hinsichtlich Deutschlands ließ sich das dänische Cabinet von der Ansicht leiten, daß auch in solchen Dingen „die Menge bringen muß“ was sich durch das Gewicht der Einzelnen nicht erreichen läßt.

Alle außerdeutschen Fürsten nun, an welche die Aufforderung erging, erklärten den Beitritt zum londoner Arrangement stricte in der von Dänemark gewünschten Form.

Die eingeladenen deutschen Bundesfürsten dagegen verhielten sich bekannter Maßen verschieden gegen diese Anforderung. Wir fragen: wie hätten dieselben nach Pflicht und Recht antworten müssen?

Offenbar lag in dem Verfahren Dänemarks schon äußerlich betrachtet etwas Verfängliches, nämlich die Absicht, einzelne Bundesglieder durch einen directen Vertrag mit einer außerdeutschen Macht dem Ganzen des Bundes gegenüber zu isoliren. Da ferner die ganze Angelegenheit die Zukunft eines Bundeslandes betraf, so hätte man aus diesem wie aus jenem Grunde ganz besonders an der Gemeinschaft festhalten und nicht aus der Sphäre der Competenz der Conföderation als solcher sich entfernen sollen. Solche directe Beziehungen einzelner Bundesglieder unter einander und um so mehr gegenüber außerdeutschen Mächten stehen rechtlich unter bestimmter Controle des Bundestags; sie konnten also nur sehr eingeschränkte Giltigkeit haben. Ein Umstand darf weder vergessen, noch geringgeschätzt werden: der Versuch Dänemarks, in dieser Angelegenheit von Macht zu — salva venia — Macht zu unterhandeln, lieferte jedenfalls eine Reihe von Präcedenzfällen für gelegentlich wieder aufzunehmende Transactionen mit dem Bunde, bei denen man sich der Rücksicht auf die besondere staatsrechtliche Beziehung der Herzogthümer zu demselben entschlagen könnte. Dieser Vortheil wenigstens konnte gewonnen werden, wenn Dänemark „im Kleinen anfing, da im Großen nichts zu erreichen war.“

Sonach kann kein Zweifel darüber sein, daß die einzig richtige und bundespflichtgemäße Erklärung der Einzelnen die Ablehnung des einseitigen Beitritts und die Provocation auf den Bund gewesen wäre. Indem wir daran gehen, das wirkliche Verhalten der betreffenden deutschen Regierungen an diesem Maßstabe zu messen, geschieht es nicht blos, um alte Sünden oder Schwächen neu zu beleuchten, sondern vielmehr, um darzulegen, wie das durch jene Aeußerungen geschaffene Präjudiz dem neuen Stande der Frage gegenüber Stich gehalten hat, oder nicht. Wir betrachten daher die Gesinnungsdocumente der einzelnen Bundesfürsten rücksichtlich der Regierungsansprüche Herzog Friedrichs des Achten von Schleswig-Holstein in Verbindung mit den Erklärungen auf die dänische Einladung zur Anerkennung des Tractats. Die späteren Kundgebungen sind theils die praktische Ratification theils die Aufhebung, jedenfalls aber die authentische Interpretation und Kritik der früheren. Hinsichtlich der leitenden Motive muß wenigstens so viel vorausgeschickt werden: kein Bundesfürst, der Zeuge der Manipulationen Dänemarks in den Herzogthümern vor 1849 gewesen war, konnte bona fide annehmen, daß nach den Arrangements von 1852 und 1853 ein vertragsmäßiges System beobachtet werden würde. Niemand konnte glauben, durch seine Anerkennung der neuen dänischen Successionsordnung ein solches System zu stärken und zu fördern. Man stärkte und förderte damit je nach dem Belang der eigenen politischen Bedeutung nur die königlich dänischen Prätensionen als solche.

Wir registriren nun in der folgenden Statistik die deutschen Bundesregierungen zunächst insoweit sie zum londoner Tractat durch die Einladung zum Beitritt in directe Beziehung getreten sind und zwar nach dem Grade der Correctheit ihres Verhaltens, wie wir dasselbe oben angedeutet haben, und fügen daran, was nach den besten Quellen über directe und indirecte Erklärungen in Betreff der Anerkennung Herzog Friedrichs vorliegt und verlautet.

Rücksichtlich des Verhaltens zum Tractat unterscheiden sich drei Kategorien: 1) diejenigen, welche eine bindende Erklärung ihrerseits mit Hinweis auf die ausschließliche Competenz des Bundes mit oder ohne Umschweif von der Hand weisen. 2) Diejenigen, welche unter bundespflichtmäßigem oder anderweitem Vorbehalt anerkannten. 3) Diejenigen, welche schlechthin in aller Form ihren Beitritt erklärten.

Die erste Stelle gebührt Baden. Auf die Einladung zur Anerkennung des Tractates erklärte Baron Rüdt im Namen des Regenten d. d. Karlsruhe, 26. Januar 1853: „er erkenne zwar die generösen Motive der contrahirenden Mächte an, vermöge jedoch als Glied des deutschen Bundes dem Tractat nicht einseitig beizutreten, da dies gegen das Princip der Solidarität verstoßen würde, welches die Grundlage desselben sei, und da die Successionsfrage laut Artikel VI. der wiener Schlußacte der Competenz desselben zugehöre.“ Die dänische Entgegnung darauf d. d. 4. März 1853 lautete: „Der König bedaure die Entschließung, auf welche der Regent sich beschränken zu müssen geglaubt habe, um so lebhafter, weil er die Anschauungen der badischen Regierung hinsichtlich der Heranziehung der wiener Schlußacte bei der vorliegenden Frage nicht theilen könne." Unterm 23. Dec. 1863 hat der Großherzog auf die Notification vom Regierungsantritt Herzog Friedrichs denselben unbedingt anerkannt.

Bayern erließ als Antwort ein Schreiben des Freiherrn v. d. Pfordten d. d. 22. Dec. 1852, ungefähr dieses Inhalts: „der König habe mit gebührendem Interesse von dem Documente Kenntniß genommen, glaube aber dem Bunde nicht vorgreifen zu müssen in den Entscheidungen, welche derselbe in dieser Angelegenheit treffen könne. (Hinweis auf Artikel VI der Schlußacte.) Schließlich heißt es: „es sei notorisch, daß bis jetzt alle Fragen des öffentlichen Rechtes, welche aus der Union Schleswigs mit Holstein hervorgegangen wären, der Competenz des Bundestages anheimgegeben und von demselben entschieden worden seien." — Bayern erhielt durch Minister Blohme ein Antwortschreiben d. d. Kopenhagen, 8. Januar 1853, worin das Bedauern des Königs von Dänemark über den Entschluß des Königs von Bayern ausgedrückt war, „ein Bedauern, welches um so legitimer sei, als Se. Majestät weder die Stichhaltigkeit der zur Motivirung angezogenen Gründe noch ihre Beziehung zur vorliegenden Frage anzuerkennen wüßte." — Es ist bekannt, daß sich Bayern durch diese Aeußerungen nicht hat irre machen lassen. Zum neuen Stand der Frage hat es seine Stellung durch den Brief des Königs Max d. d. 25. Dec. 1863 an Herzog Friedrich bezeichnet. In demselben erklärte der König: „Ich bin entschlossen, alles aufzubieten, um die Rechte, deren Wahrung dem Bunde unter den gegenwärtigen Verhältnissen obliegt, und namentlich Ihre rechtlich begründeten Erbansprüche zur Geltung zu bringen." Als Ergänzung und respective Bestätigung dienen die anderweiten Aeußerungen des verstorbenen Königs und speciell das bekannte Handschreiben an den Minister v. Schrenck. Das Verhalten Bayerns unterscheidet sich von dem Badens nur dadurch, daß Bayern die Anerkennung des Herzogs nicht einseitig ausgesprochen, sondern in dieser Sache ebenfalls auf den Bund provocirt hat. —

Weimar erklärte sich durch ein Schreiben des Ministers v. Watzdorf d. d. 31. Dec. 1852 nach vorausgeschickter Entschuldigung für die durch Krankheit des Großherzogs herbeigeführte Verzögerung der Antwort: „daß Se. königliche Hoheit zwar dankbar sei für die ihm gemachte Mittheilung, daß er es jedoch vorziehe, seine Erklärung rücksichtlich einer Frage, welche, wie behauptet werden müsse, ihrer Natur nach vor die deutsche Bundesversammlung gehöre, nicht eher abzugeben, als bis der Bund seine Entscheidung getroffen habe. Zu gleicher Zeit reservire sich der Großherzog die Successionsansprüche des ernestinischen Hauses Sachsen auf Lauenburg und protestire gegen alles, was geeignet sei, die Natur dieser gerechten Prätensionen zu beeinträchtigen." — Die dänische Gegenäußerung, welche unterm 4. März 1853 erfolgte, sah von Beurtheilung des Motivs der „für den Augenblick" ausgesprochenen Weigerung ab, und erklärte rücksichtlich des weiteren Bedenkens: „obgleich der Vertrag vom

8. Mai 1852 in den Augen der königlich dänischen Regierung das kostbarste Unterpfand für die Erhaltung des gegenwärtigen Besitzstandes der Monarchie biete, könne die großherzogliche Regierung gleichwohl nicht verkennen, auf welche anderweite ältere Verträge die dänische Krone ihre Titel auf den ungestörten und dauernden Besitz (à la possession tranquille et perpétuelle) des Herzogthums Lauenburg gründe." — Den Herzog Friedrich den Achten hat der Großherzog durch formelles Schreiben vom 10. Dec. 1863 anerkannt.

Die nächste Stelle nehmen die beiden Mecklenburg ein. Es ist bisher wenig davon gesprochen worden, daß sie überhaupt in der Sache von Dänemark angeredet worden sind. Daß es geschah ist wohl dem Umstand des „großherzoglichen" Titels und der „königlichen Hoheit" zuzuschreiben, welche für die dänische Regierung den terminus ad quem bei ihren Hausirungen bezeichnet hat. Die beiden Souveräne dürfen sich dieser Verborgenheit nicht schämen. Sie haben sich in der Tractatfrage durchaus correct gehalten. Auch die Wahl identischer Noten als der derberen Form ist höchst löblich. Diese — von Mecklenburg-Schwerin durch Graf Bülow d. d. 10. Januar 1853; von Mecklenburg-Strelitz durch Bernstorff d. d. 13. Januar 1853 erlassenen Erklärungen besagen: „Bei gewissenhafter Prüfung des Titels, unter welchem der Großherzog sich berufen halten darf, an dieser Acte von europäischer Bedeutung theilzunehmen, hat Seine königliche Hoheit in erster Linie seine Stellung als Glied des deutschen Bundes in Erwägung ziehen zu müssen geglaubt. Diese Stellung scheint für ihn die Pflicht zu involviren, sich nicht durch eine einseitige Erklärung in einer Angelegenheit auszusprechen, welche die Gesammtheit des Bundes angeht u. s. w. Jedes isolirte Vorgehen würde Se. königliche Hoheit als eine Abweichung (déviation) vom Principe der Solidarität betrachten, welche die unwandelbare Regel für die Haltung der großherzoglichen Regierung in allen politischen Fragen bildet, die das Gesammtinteresse des Bundes berühren können." Am Schlusse das Bedauern, aus diesen Gründen die wohlwollenden Intentionen der Signaturmächte nicht erwidern zu können. — Dänemark scheint es entweder unter seiner Würde oder überflüssig erachtet zu haben, eine Gegenerklärung an die beiden Mecklenburg zu erlassen. Wenigstens liegt darüber kein öffentliches Document vor. Auf der andern Seite muß beklagt werden, daß die Großherzöge neuerdings zögern, ihrem negativen Verhalten von damals jetzt die positive Ergänzung in der Anerkennungsfrage zu geben. Ueber Strelitz ist uns in dieser Beziehung nichts bekannt. Von Schwerin jedoch wird glaubwürdig behauptet, daß der Großherzog von der Rechtmäßigkeit der Erbansprüche des Herzogs Friedrich überzeugt sei. Dies würde bei dem Abstimmungsmodus der 14. Curie, welche die beiden Staaten ausmachen, entscheidend sein können. Sie stimmen nämlich in der Weise wechselnd, daß bei den ersten zwei Fällen Schwerin, bei dem dritten Falle Strelitz den

Ausschlag giebt. Eine Meinungsverschiedenheit ist bei den beiden Höfen am Bunde noch nicht begegnet. Die mecklenburgischen Kundgebungen im Ausschusse sind allerdings bisher nicht sehr vertrauenerweckend gewesen.

Beim Großherzogthum Hessen, welches zunächst in Frage kommt, ist das Verhältniß umgekehrt: der Behandlung der Accessionsfrage fehlt trotz ihrer Richtigkeit der Werth der Entschiedenheit, welchen die Haltung in der Anerkennungsfrage besitzt. Baron v. Dalwigk schrieb d. d. Darmstadt 24. Januar 1853 „er müsse sich für jetzt auf die Erklärung beschränken, daß Se. königl. Hoheit auf Grund des IV. Artikels der wiener Minister-Conferenzen vom 15. Mai 1820 die Angelegenheit als einen Gegenstand der Berathung des gesammten Bundes betrachte; eine Anschauung, welche die großh. Regierung wünschen lasse den möglichen Entschließungen des Bundestags nicht vorzugreifen.“ — Dänemark erklärte darauf unterm 4. März wieder sein naives Unverständniß. — In Betreff der Anerkennungsfrage ist der Ausgangspunkt Hessen-Darmstadts in dem Schreiben des Großherzogs an Herzog Friedrich d. d. 9. Dec. 1863 bezeichnet, worin es heißt: „er werde es als die glücklichste Lösung dieser mit Recht ganz Deutschland bewegenden Frage ansehen, wenn die Herzogthümer unter ihrem eigenen legitimen Souverän ganz von der Krone Dänemark getrennt würden. Der Entscheidung des deutschen Bundes wolle er jedoch nicht vorgreifen.“ Dieser Erklärung hat sich die großherzogliche Regierung bisher durchweg conform gehalten.

Die Haltung der königlich Sächsischen Regierung dem londoner Tractat gegenüber war eine eigenthümlich zweiseitige. Bei allen einzelnen Staaten war die Alternative offenbar diese: entweder man mußte die Stellung zum Bunde in erster Linie betonen und dann die Anerkennung einfach aus mangelnder Competenz ablehnen, oder man mußte rein europäisch handeln, den Bund außer Acht lassen und zustimmen auf die Gefahr hin, wie viel oder wie wenig dies auf sich haben würde. Sachsen nahm eine halb europäische, halb bundesstaatliche Stellung mit entschieden dynastischem Accent, indem es sich folgendermaßen durch Schreiben des Freiherrn v. Beust d. d. 9. Decbr. 1852, erklärte: „In Kenntniß gesetzt von den Vereinbarungen der Mächte, sowie von den Bestimmungen, welche denselben die Dauer gewährleisten sollen, erkennt der König die Weisheit der Gesichtspunkte und die Sorge für die großen politischen Interessen Europas mit Wohlgefallen an, welche die hohen Contrahenten bei dieser Gelegenheit aufs neue bezeugt haben. Beseelt von diesen Empfindungen giebt sich Se. Maj. gern dem von seinen hohen Alliirten bekundeten Wunsche hin und vertraut, daß die wohlbegründeten Interessen seines königlichen Hauses denselben kein Hinderniß bereiten. Da diese Interessen vornehmlich in den eventuellen Successionsrechten des albertinischen Hauses Sachsen auf das Herzogthum Lauenburg für den Fall beruhen, daß Braunschweig-Lüneburg, welches sich 1697 im Besitze jenes Herzogthums befand, ausstirbt, so handelt es sich allerdings nur um eventuelle Rechte, die aber vom londoner Vertrag nicht alterirt werden können. Unter dieser Voraussetzung, unter Reservation dieser Rechte und ohne übrigens den Entschlüssen vorgreifen zu wollen, welche der deutsche Bund durch das Organ des Bundestages in dieser Frage zu fassen veranlaßt werden könnte, zögert die königliche Regierung nicht, dem londoner Tractate und einer Combination ihren Beifall zu geben, welche dazu dient, die Integrität der dänischen Monarchie und den allgemeinen Frieden zu erhalten." Noch etwas stricter äußerte sich Freiherr v. Beust in einer Mittheilung an den sächsischen Bundestagsgesandten d. d. 30. Novb. 1852: . . . „Da die hohe Bedeutung, welche der durch den londoner Vertrag vom 8. Mai d. J. getroffenen Regelung der für die Erhaltung des europäischen Friedensstandes so einflußreichen dänischen Thronfolge beizulegen ist, hierorts keineswegs verkannt wird, so wird die von der hiesigen Regierung begehrte Beitrittserklärung bereitwilligst, jedoch unter verwahrender Erwähnung der dem königlichen Hause S. zustehenden bereits bei den Bundestagsverhandlungen vom Jahre 1846 reservirten eventuellen Successionsrechte auf das Herzogthum Lauenburg abgegeben werden." — Die dänische Antwort d. d. 4. März war fast gleichlautend mit der an Sachsen-Weimar hinsichtlich der Ansprüche, welche sich die albertinische Linie Sachsen auf Lauenburg „beilege", schloß aber damit, daß man sich zu den wohlwollenden Eröffnungen der königlichen Regierung in der Hauptsache aufrichtig Glück wünsche. — Es ist sattsam bekannt, daß sich Dänemark in der Tragweite dieser Aeußerungen des dresdner Hofes verrechnet hat. Die neueren Erklärungen König Johanns auf die Adressen und Deputationen in Leipzig und Dresden sowie die officiellen Eröffnungen des Freiherrn v. Beust in der sächsischen II. Kammer weisen aus, daß Sachsen sich infolge der dänischen Vertragsbrüche nicht mehr an den londoner Tractat gebunden erachtet; ferner geht daraus hervor das Streben nach völliger Wahrung der Rechte Deutschlands an den Herzogthümern und des Rechtes der Herzogthümer gegen Dänemark zwar ohne directe öffentliche Kundgebung in der Successionsfrage, aber mit entschiedener Hinneigung zur Förderung Herzog Friedrichs am Bunde.

Die königlich Würtembergische Regierung erklärte durch Schreiben des Ministers v. Neurath d. d. Stuttgart 23. November 1852: „daß es nicht in den Absichten Würtembergs läge gegen den Tractat Einwendungen zu machen ꝛc. und daß die Regierung des Königs demzufolge ihren Beitritt ausspräche." — Dagegen besagt die Erklärung des Ministers der auswärtigen Angelegenheiten v. Hügel im Namen der Regierung in der würtembergischen Kammer vom 31. Decb. 1863: „die Staatsregierung erachte sich von den durch Beitritt zum londoner „Protokoll" übernommenen Verbindlichkeiten entbunden; sie betrachte den Herzog Friedrich aus dem Hause Augustenburg als zur Erbfolge in Schleswig-Holstein berechtigt." —

In besonderer Lage befand und befindet sich Oldenburg. Die jüngere gottorfische Linie ist direct betheiligt bei jeder Successionsfrage in Dänemark und folglich auch hier. Zwar hat der Rechtssinn des Großherzogs bekanntlich die Rolle von der Hand gewiesen, welche ihm selber an Stelle des glücksburger Prinzen bei dem ganzen Arrangement angesonnen worden war; allein die Haltung des kaiserlich russischen Hofes und die Pression, welche die Folge derselben war, hatte ihn dennoch von vornherein in eine unklare Stellung verwiesen. Es liegen über das Verhalten Oldenburgs zum londoner Tractat mehre Actenstücke vor. Zunächst die Erklärung auf die Einladung zum Beitritt. Sie erfolgte durch ein Schreiben des Herrn v. Rössing an den außerordentlichen dänischen Gesandten Baron Dirckinck-Holmfeld d. d. Oldenburg 10. Decb. 1852. Darin heißt es: „Se. königliche Hoheit verkenne die großen Schwierigkeiten nicht, welche eine eventuelle Succession in Dänemark und den Herzogthümern habe. Er spreche nicht blos seine aufrichtigen Wünsche aus, daß der Tractat dazu dienen möge, diese Schwierigkeiten zu ebnen, sondern er erkläre sich zugleich bereit, hierzu beizutragen, indem er für sich und seine Descendenten betreffs der Erbfolge zu Gunsten des Prinzen Christian von Schleswig-Holstein-Sonderburg-Glücksburg und dessen männlicher Nachkommen aus der Ehe mit der Prinzessin Louise von Hessen verzichte, für den Fall, daß Prinz Christian den dänischen Thron besteige und so lange als seine Nachkommen denselben innehaben würden. Dies geschieht mit Beziehung auf den Tractat von Kopenhagen von 11. April 1767 zwischen Rußland und Dänemark und auf den von Tsarkoe-Selo vom 21. Mai 1773." In dem vertraulichen Begleitschreiben, welches Baron Rössing mit dieser Note an Dirckinck-Holmfeld schickte, drückt derselbe sein Bedauern darüber aus, daß die Verhandlungen, welche beide Minister über die Renunciationsfrage gepflogen hätten, nicht zu dem erwünschten Ziele gediehen seien. Um so größere Genugthuung werde es dem kopenhagener Cabinete sein, diesen Zweck nunmehr erreicht zu sehen. „Und mehr noch:" — so fährt das Schriftstück fort — „in dem Wunsche nach einem neuen Beweis von seinem Verlangen, dem König von Dänemark persönlich gefällig, (personellement agréable) zu sein, erkläre sich Se. königliche Hoheit der Großherzog bereit, für den Fall, daß die beifolgende Form des Verzichtes nicht für hinlänglich angesehen werden sollte, auf eine andere Fassung einzugehn, welche vielleicht der Wichtigkeit der Sache angemessener wäre, sei es ein Specialdocument oder sei es ein Protokoll, dessen Entwurf der Großherzog dem dänischen Minister überlasse. Er würde sich nur reserviren, dasselbe zuvor dem Cabinet von St. Petersburg zu unterbreiten." Man kam dahin überein, die Form der Renunciationsacte zu wählen, welche der inzwischen zur Regierung gelangte neue Großherzog

Nikolaus Friedrich Peter mit Beziehung auf den Verzicht seines Vaters unterm 28. März 1854 ausstellte. Um die Solemnisirung des Verzichtes voll zu machen, erfolgte hierzu eine officielle Note unter demselben Datum, in welcher der regierende Großherzog durch Baron v. Rössing sich bereit erklärte, die wegen damaliger Minderjährigkeit seines Bruders, des Herzogs Anton Günther Friedrich Elimar unterbliebene Unterschrift desselben bei dessen eintretender Volljährigkeit so weit thunlich zu veranlassen, sowie auch „auf Wunsch des Königs von Däuemark seine bona officia eintreten zu lassen, um seinen Herrn Vetter, den Prinzen Konstantin Friedrich Peter von Oldenburg, kaiserliche Hoheit, zu vermögen, oben erwähnter Verzichtsacte beizutreten." — Das Jahr vorher ist aber zwischen Oldenburg und Dänemark über die Opportunität der Verhandlung des ganzen Gegenstandes am Bunde discutirt worden. Wir besitzen darüber ein lehrreiches Document in einem officiellen Schreiben des Baron v. Rössing an Dirckinck-Holmfeldt d. d. Eutin, 29. Juni 1853. Es ist zunächst Antwort auf eine dänische Aufforderung hinsichtlich des Antrags am Bunde. In dieser Beziehung theilt der Minister mit, daß der oldenburgische Bundesgesandte angewiesen sei, eventuell am Präsidium von der Note v. 10. Decb. vertraulich Gebrauch zu machen und hinsichtlich der Motive mündliche Erläuterungen zu geben. Hierauf schließt die Note: „Indem die großherzogliche Regierung auf solche Weise den Wünschen der hohen königlich dänischen Regierung entspricht, kann dieselbe nicht umhin, den schon früher geäußerten Wunsch zu wiederholen, daß die in Rede stehende Angelegenheit überall nicht zur Verhandlung vor dem Bundestage kommen möge." Mehr konnte man billiger und unbilliger Weise dänischer Seits nicht verlangen und hiernach werden die jüngsten Mystificationen in Betreff der Pläne Oldenburgs zu reduciren sein. Weitere officielle Kundgebungen sind unsres Wissens nicht bekannt geworden. Rücksichtlich der Anerkennungsfrage kann sonach im besten Falle nur erwartet werden, daß Oldenburg sich der Stimme enthält.

Die königlich Hannöversche Regierung hielt sich bei der Einladung zur Annahme des londoner Tractates weder mit irgendwelcher Motivirung noch mit einer Erwähnung des Bundes auf, sondern in vollem europäischen Souveränetätsgefühl füllte sie einfach das dänische Accessionsformular mit dem Datum des „18. Decb. im Jahr der Gnade 1852" aus. Bestem Vernehmen nach hat Baron v. Schele, welcher das Actenstück vollzog, nachmals sehr unangenehme, hier nicht wieder zugebende Titulaturen von Seiten Sr. Maj. des Königs erhalten, weil er ihn „zur schlimmsten That seines Lebens verführt hätte". Andere Zeiten, andere Sitten. Gegenwärtig und Angesichts des neuen Standes der Frage bewegt man sich bekanntlich am hannöverschen Hofe in anderer Anschauung. Die officiellen Auslassungen der Regierung und des Königs auf Volksversammlungsadressen, Deputationen und Kammerinterpellationen sprechen zwar das lebhafteste Interesse für die Herzogthümer und die Versicherung aus, daß die Rechte derselben beim Könige „in guten Händen seien“. Andererseits jedoch finden sich namentlich im diplomatischen Verkehr mit England die unzweideutigsten Erklärungen des entschiedenen Festhaltens am londoner Tractate und an der Erbfolge Christian des Neunten — Divergenzen, in Betreff deren der Unbefangene in Versuchung kommt, mit Shakespeare „einen Gelehrten zu fragen“. In jüngster Zeit erfährt man, daß mit Hilfe des Herrn Barons Blome-Heiligenstedten und des Herrn v. Scheel-Plessen am dortigen Hofe Intriguen auf Grund der Anschauung spielen sollen, daß die Bewegung in den Herzogthümern doch nur als Revolution zu betrachten sei. Im Zusammenhang mit dieser Meinung ist von einem positiven Arrangement gesprochen worden, welches am hannöverschen Hofe Anklang hätte, von diesem nämlich: unter Voraussetzung einer billigen Personalunion den Herzog Karl v. Glücksburg, ältesten Bruder des Protokollkönigs, zum Statthalter in Schleswig-Holstein zu empfehlen. Freilich steht jene Auffassung in eigenthümlichem Contrast zu der Theilnahme an der Bundesexecution in Holstein und zu dem Kriege der Großmächte in Schleswig, und was das angedeutete Auskunftsmittel betrifft, so liegt ein übles Prognostikon in dem Umstande, daß Herzog Karl sich nebst seiner Familie für das Successionsrecht Herzog Friedrichs des Achten erklärt hat. Zum mindesten als ein ungünstiger Zufall muß es ferner angesehen werden, daß der junge Blome, chargé d'affaires bei der hannöverschen Gesandtschaft in London, unter Protection seines Chefs, des Grafen Kielmannsegge, als entschieden im dänischen Sinne thätig bezeichnet wird. Rücksichtlich des positiven Hintergrunds für die Gedankenrichtung des hannöverschen Cabinets wird es nicht müssig sein, an den Plan zu erinnern, die jüngst confirmirte Prinzessin Friederike von Hannover mit dem Kronprinzen von Dänemark zu verloben. Im Jahre 1848 bediente sich die eiderdänische Partei in Kopenhagen im Hinblick auf eine mögliche skandinavische Union des Ausdrucks, Schleswig als „Morgengabe“ Dänemarks an Schweden in die Union mitzubringen. Sollte vielleicht der Einfluß Hannovers in der Herzogthümerfrage das Interesse einer Art Mitgift bei der präsumtiven Verwandtschaft der welfischen und der protokolldänischen Dynastie haben? — Es ist sehr zu wünschen, daß die Intentionen der königlichen Regierung sich recht bald aufklären; aber mit negativen Erklärungen, Ablehnungen, Entrüstungen über Verleumdung 2c. wird es kaum mehr gethan sein. Man wird sich zu positiven Schritten bequemen müssen, um die ungünstigen Vorurtheile, die nun einmal entstanden sind, niederzuschlagen. Zur Bestärkung dürfte gelegentlich auch darauf hinzuweisen sein, daß der Protokollstandpunkt immer etwas Verfängliches haben würde für einen Staat, welcher seinerseits ebenfalls mit Successionserwartung schwanger geht. Daß dem „Prätendenten von Augustenburg“ die ordinäre Schicklichkeit einer Antwort auf seine Erlasse von dieser Seite nicht zu Theil geworden ist, muß zur Vervollständigung erwähnt werden.

Der Kurfürst von Hessen hat in gleicher Weise wie Hannover rücksichtlich des Tractates das summarische Verfahren der schlichten Unterschreibung des dänischen Zettels beobachtet. Sie erfolgte unterm 16. Decb. ebenfalls „im Jahr der Gnade" 1852. Der jetzige Stand der dynastischen Frage ist zur Zeit von Sr. königlichen Hoheit noch ignorirt worden. Vereinzelte mündliche Aeußerungen der stets mehr leidenden als leitenden Staatsmänner in Kassel werden günstig gedeutet; aber hieraus einen Schluß auf das schließliche Verhalten des Kurfürsten ziehen zu wollen, wäre äußerst verwegen, da von einer eigentlich constitutionellen Stellung des Ministeriums zu demselben nicht die Rede ist. Der Kurfürst erscheint vielmehr absolut unberechenbar. Der einzige Antrieb seines politischen Denkens ist die Selbsterhaltung. Primitives Mistrauen bildet ihm den ersten und einzigen Gesichtspunkt. Infolge dessen steigert sich seine Vorsicht in der Regel zu einer Weitsichtigkeit, in welcher ihm kluge und geschulte Köpfe nicht zu folgen vermögen. Oestreichs oft verheißenem Schutze traut er nicht, und Preußen ist ihm vom „Feldjäger" her im übelsten Gedächtniß. Aber auch die kleinen Könige sieht er scheel an. Das Einzige, woran man sich bei ihm in einem Calcül betreffs der schleswig-holsteinischen Erbfolge etwa würde halten können, ist der Umstand, daß er in der Fiction lebt, er befinde sich in gleicher politischer Lage mit Hannover. Es wird versichert, daß er gern auf dem Wege nachfolgen würde, welchen Hannover einschlägt. Sonach läßt sich bei ihm in Betreff der Anerkennung Herzog Friedrichs des Achten auf nicht mehr als auf eine Wahrscheinlichkeit der Unwahrscheinlichkeit schließen.

Mit Luxemburg-Limburg, für welches die Beitrittserklärung des Königs der Niederlande d. d. 20. Decb. 1852 als mit bindend zu betrachten ist, schließt die Reihe derjenigen Bundesstaaten, welche im ersten Stadium der Frage in directes Vernehmen mit Dänemark getreten waren.

In eingeschränktem Sinne gilt dies jedoch ferner von den drei nachfolgenden. Als der londoner Vertrag den übrigen Souveränen Europas sowie den Vereinigten Staaten von Amerika notificirt wurde, gaben die meisten derselben hierauf ihre Genugthuung zu erkennen. Anhalt-Dessau, Sachsen-Altenburg und Sachsen-Meiningen ergriffen jedoch die Gelegenheit, um gegen Dänemark direct die Verwahrung ihrer eventuellen Ansprüche auf Lauenburg auszudrücken, welche sie mehrfach bereits am Bunde zur Geltung gebracht hatten. Sie erhielten darauf von Dänemark eine Antwort derjenigen identisch, welche auf die Erklärungen der königlich sächsischen und großherzoglich weimarischen Regierung erfolgt war.

Wir vervollständigen zunächst die XII. Curie: Altenburg hat direct in der Anerkennungsfrage keine officielle Erklärung gegeben, jedoch geht aus anderweiten schriftlichen Aeußerungen der Regierung hervor, daß man für die Anerkennung des Herzogs Friedrich stimmt. — Meiningen hat den Herzog durch officielles Schreiben d. d. 30. November 1863 anerkannt. Ebenso Koburg-Gotha unterm 6. Decbr.

In der XIII. Curie hat Braunschweig den Herzog Friedrich am Bunde anerkannt. Dies schließt die Anerkennung von Seiten des übrigens günstig gesinnten Nassau, des Collegen in der Curie, der Wirkung nach mit ein, da Braunschweig die Stimme führt.

Die XIV. Curie, Mecklenburg-Schwerin und Strelitz, ist oben abgehandelt.

Die XV. Curie bildet außer Oldenburg: 1. Anhalt: Die oben berührte Rechtsverwahrung wurde am 18. November 1863 durch einen Protest gegen das londoner „Protokoll" (sic) ergänzt. Das nahe eigene Interesse an der Erbfolgefrage scheint die Möglichkeit eines Rückschrittes auszuschließen. Auf die Notification des Regierungsantrittes durch Herzog Friedrich hat sich der Herr Minister Sintenis in zwei Schreiben günstig geäußert. Zweifel sind nur ausgesprochen worden rücksichtlich der Ebenbürtigkeit und in Betreff einiger Parzellen Holsteins. Bei der Abstimmung für Execution wurde seiner Zeit die Erbfolgefrage sehr entschieden vorbehalten.

Der Fürst von Schwarzburg-Sondershausen hat laut directen Schreibens nicht blos seinen Bundestagsgesandten angewiesen gegen den Tractat und für die Anerkennung des Herzogs zu stimmen, sondern hat auch durch Minister Kayser die formelle Anerkennung schriftlich ausgesprochen.

Für Schwarzburg-Rudolstadt ist durch den Herrn Minister v. Bertrab erklärt, daß in Betreff der Anerkennungsfrage die Abmachung der weimarischen Ministerconferenzen maßgebend sein und die Anerkennung erfolgen würde, „falls nicht etwa annoch ganz unbekannte Actenstücke zum Vorschein kämen".

Der Stimmantheil der Curiatgenossen wird nach Neunteln gerechnet, und zwar hat Oldenburg vier Neuntel, Anhalt (Dessau) zwei Neuntel, Schwarzburg-Sondershausen ein Neuntel, Schwarzburg-Rudolstadt ebenfalls ein Neuntel. Wenn daher eine der schwarzburgischen Regierungen Oldenburg, falls dasselbe überhaupt stimmt, beitritt, so hat dieses die Majorität in der Curie. Wahrscheinlicher ist die Vereinigung beider schwarzburgischer Stimmen mit Anhalt, welches dann den günstigen Ausschlag ergäbe, da bisher diese Vereinigung stets die Curiatstimme ausmachte. Seit die anhalt-bernburgische Stimme erledigt ist, fehlt es, wie es scheint, an einer Vereinbarung darüber, wie es künftig zu halten ist. Man nimmt an, daß das bisherige Verhältniß beibehalten wird.

In der XVI. Curie hat zunächst Liechtenstein seine Intentionen in der Anerkennungsfrage bisher noch nicht verlauten zu lassen geruht. — Dagegen ist Reuß ältere Linie nach Briefen der Frau Fürstin Caroline d. d. 28. und 30. December der Anerkennung durchaus geneigt. Außerdem dient zum Anhalt, daß — laut Angabe des Freiherrn v. Beust — Reuß ältere Linie stets einhellig mit Sachsen gestimmt hat. — Reuß jüngere Linie hat den Herzog Friedrich durch formelles Schreiben des Fürsten vom 7. Decb. 1863 anerkannt. — Die Gesinnung Lippe-Schaumburgs ist leider noch nicht präcis zu Tage getreten. Aus gelegentlichen Aeußerungen an hervorragender Stelle wird indeß entnommen, daß sich der Fürst lebhaft für die Herzogthümer interessirt, für welche er 1849 die Waffen getragen hat. Daneben ist jedoch betont worden, daß rücksichtlich der Erbansprüche in Holstein unterschieden werden müsse zwischen dem eigentlichen Lande Holstein einerseits und den weiland großfürstlichen sowie den schauenburgischen Antheilen andrerseits. Was die letzteren angeht, so ist die schätzbare Bemerkung nicht vorenthalten worden, „daß sich zahlreiche Actenstücke darüber im bückeburger Archive befänden". — Lippe-Detmold hat ebenfalls seinen Standpunkt noch nicht endgiltig formulirt, doch ist officiös die beruhigende Versicherung gegeben worden, „daß man gegen Herzog Friedrich keine feindliche Stellung einnehmen würde." — Waldeck hingegen hat den Herzog direct anerkannt. — Für Hessen-Homburg hat sich der Landgraf laut Schreiben vom 7. Decb. 1863 entschieden zu Gunsten des Herzogs ausgesprochen. Außerdem wurde officiell durch Schreiben v. 6. Jan. 1864 erklärt, daß „der Landgraf im vollen Einverständniß sein würde, wenn die zeitige interimistische Bundesverwaltung (in Holstein) baldigst durch die Herstellung einer definitiven und rechtmäßigen Landesverwaltung ersetzt werde". Es ist schade, daß wahrscheinlich zwingende Rücksichten des hessen-homburgischen Curialstils die bestimmte Bezeichnung dessen, was man hierunter versteht, verboten haben. Die Ansprüche des Herzogs werden aber anderweit als die „nächstberechtigten" bezeichnet. Ein zweites Schreiben des Souveräns an Herzog Friedrich „wünscht aufrichtig das völlige Gelingen der so gerechten Sache, welche mit dem Wohl und der Ehre Deutschlands so nahe verbunden ist". Wenn also das Votum Homburgs in allen Fällen auf Grund dieser obigen Gesinnungsdocumente erfolgt ist, so ist die Anerkennung am Bunde befürwortet worden, ein Umstand, der um so denkwürdiger wäre, als der Landgraf 60 Jahr lang in östreichischen Diensten gestanden hat. In Anbetracht dieses nahen Verhältnisses zum wiener Hofe möchte der Pessimismus Entschuldigung finden, welcher die homburgische Stimmführung dennoch mit einiger Aengstlichkeit zu betrachten versucht sein sollte. —

Der Modus der Abstimmung in der XVI. Curie giebt jedem der fürstlichen Höfe eine gleiche Quote, und das Curiatvotum wird sonach per majorem bestimmt. Wenn einer der sieben Höfe keine Instruction gegeben hat, so kann Stimmengleichheit eintreten; in diesem Falle hat der betreffende Gesandte der Majorität am Bunde beizutreten. Ist diese nicht vorhanden, dann soll die Curiatstimme auf die Weise gebildet werden, daß das votum decisivum nach der Reihenfolge der einzelnen Staaten unter diesen alternirt.

Was endlich die siebzehnte „Machtgruppe“ anlangt, so ist zu beklagen, daß „das Charakterbild der Städtecurie zur Zeit noch in der Geschichte schwankt“. Lübeck soll für die Anerkennung des Herzogs instruirt gehabt haben; doch ein ganz sicheres Urtheil läßt sich noch nicht fällen. In Frankfurt überwiegt, wie es scheint, unter den Vätern die günstige Meinung. Entschiedener ist Bremen gesinnt, welches überhaupt weitaus am klarsten auf den Rechtsstandpunkt getreten ist. Aber Hamburg ist noch nicht mit sich im Klaren. Gleichviel, ob die Nähe des Kriegsschauplatzes und die damit zusammenhängende Vorsicht oder tiefgeheime Rücksichten der hohen Politik oder endlich die Wirkung eines zarten platonischen Verhältnisses zu Oestreich das Hinderniß bildet: der „Staat“ zögert, eine bestimmte Haltung in der Frage einzunehmen. Dies ist darum zufällig von politischer Bedeutung, weil im Falle der Stimmengleichheit innerhalb der Curie Hamburg in diesem Jahre den Ausschlag giebt.

Von einer Constatirung der Kundgebungen der beiden Vormächte sehen wir ab aus zwei Gründen: erstens haben dieselben von vornherein den ganzen Conflict lediglich aus Gesichtspunkten ihrer europäischen Großmachtstellung gehandhabt und sich sonach neben den Bund gestellt; zweitens wird die eigentliche Meinung ihrer officiellen und officiösen Kundgebungen seit dem Beginne des Krieges im Frischen discutirt. Wir wollen nur kurz daran erinnern, daß Oestreich rücksichtlich der Erbfolgefrage seinem schließlichen Votum allerdings in positiver Weise dadurch präjudicirt hat, daß es bemüht gewesen ist, die Ansprüche des Herzogs Friedrich durch Haranguirung anderer möglicher Prätendenten zu neutralisiren. Dies ist mit Oldenburg der Fall gewesen, und auch in Petersburg soll in diesem Sinne geworben worden sein. Die Versuche waren bisher ebensowenig von Erfolg gekrönt wie der erste, welcher nach dieser Richtung gemacht wurde, indem man den älteren Herzog von Glücksburg als Bewerber in Aussicht nahm. Seit das Gespenst der „Landesbefragung“ aufgetaucht ist, würde es der rechbergschen Politik vermuthlich angenehm sein, die Frage wieder aus der gefährlichen „nationalen“ Sphäre in das leichtsinniger Weise gemiedene Geleis der Legitimität zurückzuschieben; allein dazu dürfte es zu spät sein.

So wenig directe officielle Kundgebungen von Seiten Preußens auch bekannt sind, so viel geht aus ihnen hervor, daß es die östreichische Auffassung der Frage entschieden nicht theilt. Es darf gehofft werden, daß die Parole, mit welcher Preußen in den Krieg ging, eine bloße Maske war, welche die Rücksicht auf die europäischen Großmächte ihm aufzwang, und ihm die einzig und allein ermöglichte, Oestreich in der Sache mit zu engagiren. Wenn auf den jetzigen Conferenzen mehr oder minder bestimmte Anträge Preußens und Oestreichs zum Vorschein kommen, so wird man nie vergessen dürfen, daß dieselben nur der diplomatische Durchschnitt zweier Standpunkte sind, welche in der schleswig-holsteinischen Frage von Haus aus und naturgemäß himmelweit von einander abweichen.

Auf einen interessanten Mangel in Betreff der Gesinnungsdocumente der Bundesstaaten muß wenigstens kurz aufmerksam gemacht werden. Keine einzige Erklärung auf die dänische Mittheilung des londoner Tractates geht von deutsch-nationalem Gesichtspunkte aus. Das Aeußerste sind selbst bei den Besten lediglich bundesrechtliche Bedenken; niemand deutet auch nur an, daß es sich um eine Frage handelt, welche die Stellung zweier Völker zu einander betrifft, die je ihr eigenes ursprüngliches Recht und ihren selbständigen Willen haben. Dies zu berücksichtigen wurde versäumt, nachdem der Bund kurz vorher einen Krieg mit Dänemark geführt hatte, der mit dem ganzen Applomb nationaler Leidenschaft begonnen worden war.

Die Bilanz der obigen Gesinnungsinventur, deren Postirung bis Mitte März dieses Jahres als genau constatirt gelten darf, ist leicht zu ziehen. Sie erweist rücksichtlich der Anerkennung, Herzog Friedrichs allerdings eine Majorität im Princip. Wir fürchten indeß, die Nutzanwendung wird entweder gar nicht mehr oder aber zu einer Zeit gemacht werden, wo dieselbe von keiner directen politischen Bedeutung mehr ist, sondern höchstens den Werth der Bestätigung eines fait accompli, schlimmstens den des Protestes gegen ein solches haben dürfte. Unsre Uebersicht beansprucht daher nur das Interesse eines urkundlichen Anhalts zur Controle der künftigen Stimmführungen der einzelnen Staaten am Bunde.

Aus alter Zeit.

2.

Ein Luftballon zu Nürnberg.

(1787.)

Wir fahren mit dem Dampfroß sechs bis sieben Meilen in der Stunde, wir senden unsere Briefe auf Dräthen fast mit der Schnelle des Blitzes um die halbe Erde. Merkwürdiges, was auf dem entlegensten Punkt Asiens oder Amerikas gethan oder erduldet wird, wälzt sich in dem schnellen Strom der Tagespresse als Neuigkeit durch alle civilisirten Länder, Könige und Nachtwächter lesen in derselben Stunde, daß wenige Stunden vorher der Vicekönig von Aegypten eine Fahrt auf dem Nil gemacht, oder daß auf der Höhe von Lissabon ein Schiff mit Mann und Maus untergegangen ist. Was mit uns lebt, was um uns geschieht, dringt so mannigfaltig durch jede Oeffnung unseres Hauses, in unsere vielbeschäftigte Seele, daß wir jedem neuen Ereigniß nur ein gewisses bescheidenes Maß von Erstaunen und Ueberraschung zu gönnen im Stande sind. Es geschieht so viel Neues unter der Sonne, und wir genießen das Neueste so reichlich, daß auch der wichtigste Fund, die größte Entdeckung kaum noch im Stande sind, die allgemeine Theilnahme auf längere Zeit und ausschließlich in Anspruch zu nehmen. Und es wird dem jüngeren Geschlecht bereits schwer sich in die Zustände unserer Väter und Großväter zurückzudenken, wo man von Frankfurt bis Berlin acht bis zehn Tage reiste, und wo ein Liebender in München, der an seine Geliebte in Danzig schrieb, vier Wochen warten mußte, ehe er erfuhr, wie Befinden und Liebe vor vierzehn Tagen gewesen waren.

Unvergleichlich größer sind die Kreise geworden, in welche das Interesse des Einzelnen hineinreicht, und sehr viel massenhafter die Eindrücke, welche die Außenwelt dem Einzelnen in die Seele sendet. Es ist möglich, daß die Zukunft unser Leben ähnlich betrachten wird, wie wir die Zeit der Großväter, als ein Dasein verhältnißmäßiger Stille und Isolirtheit, auffallend durch die Dürftigkeit der Bilder, welche wir verarbeiten. Denn es ist sehr wahrscheinlich, daß Erfindungen und Cultur in schnell steigender Progression sich erweitern, und wir haben keinen Grund anzunehmen, daß es für unsere Fähigkeit Eindrücke zu verarbeiten überhaupt eine bestimmbare Grenze giebt.

Unterdeß ist uns Lebenden unverwehrt, unser Dasein gegenüber dem engeren Leben unserer Vorfahren als ein reiches zu betrachten und mit Selbstgefühl an die Zustände früherer Zeit zu halten.

Es ist leicht begreiflich, daß im Jahr 1787 das Neue lebhafter auf die Menschen einwirkte, weil es seltener kam, daß es länger in den Seelen nachklang, daß man dem Neuen weniger Widerstand entgegenzusetzen hatte, und daß in solcher Zeit auch das Kleine höhere Wichtigkeit erhielt. Aber es ist lehrreich, daß nicht alles Neue deshalb stärker ergriff, weil es selten kam, und daß es nach vielen Richtungen oft deshalb nicht häufiger kam, weil es keinen genügenden Antheil für sich zu gewinnen wußte. Und grade bei den Neuigkeiten, welche uns obenan stehen, den politischen, ist sichtbar, wie erst nach und nach durch das verstärkte Eindringen des Fremden in das Stillleben des Deutschen die Empfänglichkeit dafür gekräftigt wurde.

In den achtziger Jahren des vergangenen Jahrhunderts zogen in eine größere Stadt des innern Deutschlands allerdings jeden Tag Neuigkeiten aus der Fremde; denn das Posthorn blies bereits täglich durch die Straßen, aber nicht jeden Tag durch dasselbe Thor. Indeß erhielt man doch seine Post heut von München, morgen von Dresden, den nächsten Tag vielleicht von Hamburg. Auch hatte fast jede größere Stadt ihre Zeitung, aber auch diese kleinen Blätter wurden in der Regel nur dreimal wöchentlich ausgegeben, und die Anzeigeblätter des Ortes, welche seit etwa sechszig Jahren eingerichtet waren, an vielen Orten nur wöchentlich einmal. Und diese regelmäßigen Boten aus der Welt deckten im Ganzen das Bedürfniß jener Zeit ausreichend. Zwar wurde viel über die schlechten Straßen und die langsamen Posten des Reiches geklagt, aber Waarenverkehr und Geschäfte, Credit und Kundschaft waren darauf eingerichtet, die Abonnenten der meisten Blätter scheinen nicht so zahlreich gewesen zu sein, daß diese einen wesentlichen Ertrag gewährten, und die Zahl derer, welche politische Nachrichten aus andern Gegenden Deutschlands und aus fremden Ländern mit dauerndem Interesse lasen, war verhältnißmäßig gering. Und Solche suchten immer noch aus einzelnen Hauptstädten geschriebene Zeitungen zu erhalten, deren Abfassung bis gegen das Ende des vorigen Jahrhunderts ein Industriezweig war, der jetzt etwa in den lithographirten Correspondenzen, den Circularen einiger großen Handelshäuser und hier und da in Diplomatenbriefen fortdauert oder neu eingerichtet wird.

Dagegen war nach andern Richtungen der unverwüstliche Trieb der Seele, neue Nahrung einzunehmen, lebhafter angeregt als jetzt. Die Neuigkeiten der Stadt selbst und des Privatlebens darin beschäftigten große und kleine Leute so ernsthaft, ja leidenschaftlich, daß es uns gar nicht leicht wird, diese thätige Aufnahme zu begreifen. Der Klatsch war unaufhörlich erbittert und bösartig, und das Geklätsch unserer kleinen Residenzen ist dagegen gehalten voll großartiger Duldsamkeit mit fremden Schwächen. Jedermann wurde heftig durch solches Persönliche afficirt; was man mit angenehmem Schauder vom lieben Nächsten hörte, trug man mit dem größten Eifer weiter. Und es war Freundespflicht dergleichen den Angegriffenen selbst mitzutheilen. Wie schwer üble Nachrede überwunden wurde, erkennen wir aus zahlreichen biographischen Aufzeichnungen jener Zeit. Die Klage über Verleumdung, über Mißgunst und neidische Intriguen kehrt immer wieder, und die Versicherungen der Klagenden, daß sie dieselben christlich und unbeirrt ertrugen, läßt jedenfalls merken, wie verdienstlich ihnen ihre Festigkeit erschien. Außer den mündlichen Angriffen wurden auch geschriebene, oft in Versen, herumgetragen, zuweilen gedruckt, sie waren natürlich anonym, aber da die ganze Stadt mit lebhaftem Interesse den Verfasser suchte, gelang es ihm doch selten unbekannt zu bleiben. Mehr als einmal wurde die Obrigkeit gegen dergleichen Pamphlete zu Hilfe gerufen, und noch damals waren strenge Edicte des Rathes nicht ungewöhnlich, in denen die Verfasser und Verbreiter von „Libellen" kräftig bedräut wurden. Denn ein strenger Rath und hohe Obrigkeit waren selbst darin äußerst empfindlich, auch die höchsten Autoritäten hatten viel von geheimer Schriftstellerei zu leiden, sie nimmt in der Literatur des vorigen Jahrhunderts — namentlich in Preußen — vielen Raum ein, und während die Klatschschriften auf größere Regenten als Bücher, häufig in Romanform, ausgegeben werden, halten sich die Angriffe auf kleinere Autoritäten in dem bescheideneren Format der Flugschriften. Mehr als einmal gaben solche anonyme Anfälle Veranlassung zu ernsthaften Händeln innerhalb einer Stadtgemeinde, ja kaiserliche Commissäre wurden abgesandt, um die Verbreiter der „unwahrhaftigen, injuriösen, ehrabschneiderischen" Pasquille zu ermitteln und zu strafen.

Aber auch wo ein öffentliches Urtheil über einen Mitbürger oder eine Autorität unbefangene Würdigung erstrebt, ist sichtbar, wie schwer die innere Freiheit und Unparteilichkeit dem Schreiber wird, die conventionelle Höflichkeit und die Vorsicht des Verfassers wird nicht selten unangenehm gestört durch eine hypochondrische, kleinliche, vielleicht boshafte Auffassung des lieben Nächsten. Denn man war zwar furchtsam und rücksichtsvoll auch im Verkehr, ängstlich bedacht, jedem seinen gebührenden Antheil von Artigkeit zu ertheilen, aber man war ebenso reizbar, höchst empfindlich, und besaß in der Regel nicht den sichern Maßstab für den Werth eines Mannes, welchen feste Selbstachtung verleiht.

In anderer Weise als jetzt wurde die Stadt auch durch das Neue beschäftigt, das sich der Schaulust etwa anbot. Immer noch waren Hinrichtungen eine große Angelegenheit, noch wurden die Bilder schwerer Verbrecher in Kupfer gestochen und mit ihrem Lebenslauf, den erbaulichen Betrachtungen der Seelsorger und warnenden Gedichten eifrig gekauft. Ein Seehund, ein Neger oder Albino, Kamtschadale und Indianer, und was jetzt in unsern Meßbuden nur geringe Beachtung findet, wurde mit Erfolg einzeln auf öffentlichem Platz ausgestellt. Ein Elephant, die erste Giraffe, das erste Rhinozeros machten ein ungeheures Aufsehen, sie wurden ebenfalls durch Bilderbogen und kleine Flugschriften empfohlen. Und allerlei brodlose Künste, ein Mann, der mit abgerichteten Kanarienvögeln umherzog, ein anderer, der nur durch Handbewegungen ein Schattenspiel an der Wand hervorzubringen wußte, dazwischen Bauchredner, Feuerfresser und andere fahrende Leute gaben den besten Gesellschaften der Stadt für längere Zeit Unterhaltung.

Die alten festlichen Aufzüge und Schaustellungen der Städter selbst waren allerdings sehr verkümmert, ihnen war die Zeit der seidenen Strümpfe, des Reifrocks und Puders sehr ungünstig. Die Schaugefechte der alten Fechterbanden waren kurz vorher zu Ende gegangen, die Schützenfeste seit dem großen deutschen Kriege eingeschrumpft, nur einzelne Handwerke, die Fleischer, Fischer unternahmen noch zuweilen einen öffentlichen Aufzug, in hergebrachtem Costüm mit Lade und Handwerkszeichen, und in seltenen Fällen noch mit einem alten Tanz. Dagegen war das Schauspiel eine beliebte Ergötzlichkeit auch des Volkes geworden, aber wo nicht Fürsten eine stehende Bühne unterstützten, wurde diese — zwei bis drei wohlhabende Städte ausgenommen — immer nur auf einzelne Monate durch Wandertruppen aufgeschlagen.

Von allem, was die Gelehrten des vorigen Jahrhunderts beschäftigte, war die Naturwissenschaft am meisten populär. Sie hatte seit hundert Jahren in großartiger Thätigkeit auf die Bildung des Volkes gewirkt, sie hatte den Kampf gegen Aberglauben und gegen Autoritätsglauben begonnen, hatte die Völker richtiger sehen und beobachten gelehrt, sie zumeist hatte auch dem Laien die Wißbegierde aufgeregt; nicht wenige kleine Zeitschriften waren bemüht neue Entdeckungen auch in weitere Kreise zu tragen, Sammlungen von Naturgegenständen wurden häufig angelegt. Die Alchemie hatte ihre Gläubigen verloren, und die Adepten von Profession waren im Aussterben, aber in den Retorten und Schmelztiegeln wurden auch von Privatleuten häufig zur Freude ihres Kreises chemische Processe dargestellt, das cartesianische Teufelchen, der Heronsbrunnen, die Laterna magica, das Kaleidoskop und andere physikalische Schaustücke waren in gebildeten Familien heimisch und wurden immer wieder bewundert und erklärt.

Keine Entdeckung aber, welche man der Wissenschaft verdankte, hatte seit Menschengedenken das Publicum so aufgeregt, als die Erfindung des Luftballons. Fünf Jahre vor 1787 hatte Cavallo die ersten Papierballons und Seifenblasen steigen lassen, im J. 1783 erhoben sich die ersten Montgolfieren und Charlieren in die Luft. Die Fortschritte der neuen Entdeckung, welche seit dieser Zeit hohe Erwartungen mehr getäuscht als erfüllt hat, glichen einem Wunder. Schon im Januar 1785 flog der kecke Franzose Blanchard über den Kanal, zwei Jahre darauf erfand derselbe den Fallschirm, durch welchen der Mensch, wie man annahm, aus der größten Höhe gefahrlos durch die Lüfte auf die Erde herabgleiten konnte. Die kühnsten Träume der Phantasie waren plötzlich durch die Wirklichkeit übertroffen. Auf der deutschen Erde kroch die Schneckenpost im Tage etwa vier bis fünf Meilen durch die Schlagbäume und Grenzzeichen zahlloser Souveränetäten, jetzt flog der Wagende in geflochtener Gondel höher als der Adler über Wolken, Meer und Berge. Man erwartete von der neuen Erfindung die größte Ausbeute für die Wissenschaft, die stärkste Revolution in dem Verkehrsleben der Erde. Das Poetische der Idee, das Erstaunliche des Anblicks, der edle Triumph wissenschaftlicher Entdeckung hoben die Seelen nicht nur der Gebildeten; das ganze Volk nahm fast leidenschaftlichen Antheil an dem neuen Funde des Menschengeschlechts. In die Seelen Unzähliger kam es wie das Ahnen einer Befreiung von hundert beengenden Schranken der Erde, wie das Vorgefühl einer totalen Umwandlung des menschlichen Lebens. Es war ein Sehnen, das unmittelbar darauf durch ganz andere Kämpfe, Untersuchungen und Erfindungen zur Wahrheit werden sollte. Damals aber wurde der unternehmende Mann, welcher sich mit Erfolg dem Wagniß der neuen Entdeckung aussetzte, wie ein Held und Reformator angestaunt.

Und es ist deshalb nicht nur unterhaltend, auch lehrreich zu sehen, wie eine solche Luftfahrt aus dem engen Horizont einer deutschen Reichsstadt von den Zeitgenossen aufgefaßt wurde. Ueber die Auffahrt des glücklichen Abenteurers Blanchard zu Nürnberg im Jahre 1787 ist uns eine hübsche Flugschrift erhalten: Ausführliche Beschreibung der achtundzwanzigsten Luftreise, welche Herr Blanchard den 12. Novemb. 1787 zu Nürnberg unternahm und glücklich vollzog. Mit 4 Kupfertafeln begleitet. Verfaßt und verlegt von Johann Mayer, Schriftstecher und Kupferdrucker in Regensburg 1787. 4. Auf dem Titel befindet sich noch Blanchards Silhouette von Lorbeer und Rosen umgeben, mit der Unterschrift: Le plus celebre Aéronaute. Die vier Kupfertafeln stellen dar: die Auffahrt selbst mit der staunenden Volksmenge, die triumphirende Rückfahrt des Ballons auf dem Wagen, die Maschinen zur Füllung und den Fallschirm, endlich sogar den Grundriß des Platzes, von welchem die Luftfahrt ausging. — Aus dieser Flugschrift wird hier die Hauptsache mit den Worten des aufmerksamen Beobachters mitgetheilt.

Herr Blanchard reiste nach seiner zu Straßburg vollzogenen sechsundzwanzigsten Luftreise durch Nürnberg nach Leipzig, um seine siebenundzwanzigste Luftauffahrt alldort zu unternehmen. Viele vornehme Einwohner Nürnbergs schlugen ihm vor, nach seiner Auffahrt zu Leipzig zurückzukommen, um die achtundzwanzigste Luftreise in Nürnberg zu vollziehen; er versprachs, und während seinem Aufenthalt zu Leipzig wurde eine Subscription eröffnet. Es wurde der Preis der Plätze à vier, zwei und einen Laubthaler angesetzt und endlich der 5. November zur Auffahrt bestimmt. Herr Blanchard kam den 15. October von Leipzig in Nürnberg an, auch traf sein mit allen Füll- und Luftfahrtgeräthschaften beladener, und für dieselben besonders zugerichteter Wagen ein, welcher auf der Stadtheuwage gewogen und 43 Centner schwer befunden wurde.

Von alle den boshaften Erdichtungen und schändlichen Verleumdungen, welche wider Herrn Blanchard ausgestreut wurden, will ich nichts sagen. Ohne mich weder an das übertriebene Lob, noch den niedern Tadel zu kehren, womit Herr Blanchard auf allen Seiten umringt war, nahm ich, von einigen meiner Freunde aufgemuntert, mir vor, eine ausführliche Geschichte und getreue Zeichnungen von allen Begebenheiten der achtundzwanzigsten aërostatischen Reise herauszugeben.

Auf dem Neuenbau wurde eine Hütte von Brettern errichtet, worin während drei Wochen, nämlich bis zum 11. November, der mit atmosphärischer Luft aufgeblasene Ballon und alle andern zur Luftschifferei gehörigen Instrumente für 12 und 24 Kreuzer zu sehen waren.

Auch wurde, auf dem sogenannten Judenbühl außerhalb der Schanzen zwischen dem Lauffer und Vestner Thore ein zur Auffahrt bequemer Platz ausersehen, auf demselben eine etwa 36 Fuß hohe und auf jeder Seite ins Viereck 40 Fuß breite Hütte ohne Dach, oder ein Verschlag errichtet, und um dieselbe ein ziemlicher Raum für die Subscribenten einzufangen angeordnet. Zu Anfang des November wurden die Plätze für die Subscribenten erweitert, die Preise erniedrigt, und die Auffahrt selbst auf den 12. November festgesetzt. Nun bezahlte man auf dem ersten Platz zwei, auf dem zweiten einen Laubthaler, auf dem dritten Platz einen Gulden und auf dem vierten vierundzwanzig Kreuzer.

Es ergingen von Seiten der hohen Obrigkeit zur Sicherheit der Stadt und der Fremden vortreffliche Verordnungen, sowie auch von Seiten der Entrepreneurs für die Bequemlichkeit und das Vergnügen des Publicums alle nur ersinnliche Sorgfalt getragen ward. Dennoch gab es boshafte Menschen, welche ausstreuten, daß die Auffahrt später oder wohl gar nicht für sich gehen würde; daß die Lebensmitttel in unerhörten Preisen wären; ja, was noch mehr ist, daß des Herrn Marggrafen von Anspach-Bayreuth Durchlaucht die Anstalten am Tage der Auffahrt durchs Militär würde ruiniren lassen; alles dies geschah blos um die Fremden abzuhalten, die Stadt um den davon zu ziehenden Nutzen und Ruhm wegen ihrer löblichen Anstalten zu bringen und Herrn Blanchard und seine Freunde furchtsam und lächerlich zu machen. Die Kabale gelang nicht; und ich kann versichern, daß nicht nur der ohnehin bestimmte Preis der Victualien gar nicht erhöhet, sondern die täglich zur Stadt gebrachten im Ueberfluß, und wohlfeiler, als sonst zu haben waren. Zur Sicherheit und zum Vergnügen der Fremden wurden von sehr vielen Einwohnern neue Laternen an die Häuser angemacht, Pechpfannen ausgehängt, der so bekannte Kristkindels-Markt aufgeschlagen, und auch bei Nacht erleuchtet: die Wachen wurden verdoppelt, und von der Stadt besoldete Personen auf verschiedene Pläze beordert. Kurz zu sagen: ein hoher Magistrat und löbliche Bürgerschaft rechtfertigten durch vortreffliche Policey-Anstalten zum Vergnügen der Fremden, gute Bewirthung und höfliches Betragen, gegen jedermann, die sowohl von In- als Ausländern von denselben gehegte Meinung, vollkommen.

Endlich kam der 12. November heran, es war ein festlicher Tag. Schon ein paar Tage vorher wurde beschlossen keine Rathssession zu halten, welches sich niemand zu erinnern weiß. Die mehrsten Gewölber und Läden wurden nur früh oder gar nicht eröffnet. Bey den drei Kirchen zu St. St. St. Lorenz, Sebald und Egidien wurden starke Wachen postirt, die beständig mit Patrouilliren abwechselten, und drei Thore blieben ganz verschlossen.

Schon um Thoraufschluß begab sich eine Menge Menschen auf den Ort des Schauspieles, auf welchem in gewisser Entfernung viele Hütten und Zelte errichtet wurden, worin alle Sorten von Getränken und Speisen zu haben waren, in einigen derselben befanden sich auch Musikanten, und alles schien eine große Feyerlichkeit anzukündigen.

Als gegen neun Uhr durch drei Böller das Zeichen zum Füllen des Ballons gegeben wurde, befanden sich schon viele tausend Menschen auf dem Judenbühl, und nun kamen durch den Heroldsberger Schanz-Posten und durch jenen beim Schmausen-Garten ein solcher Strom von Fußgängern, reutenden und fahrenden Personen auf den Plaz zu, daß derselbe bis zum letzten Signal ein unabsehbares Feld von Menschen vorstellte.

Die Reutende und Kutschen wurden durch reutende Dragoner an weit entfernte, für dieselben bestimmte Pläze angewiesen. Um zehn Uhr geschah das zweite Signal mit zwei Böllern, gegen elf Uhr aber das dritte, zum Zeichen daß der Ballon gefüllt sey, mit einem Böllerschuß. Ausser diesem, auf dem Plaze sich befindlichen Volke, welches sicher 50—60,000 Seelen betrug, befand sich noch eine Menge von vielen tausenden in und auf der Vestung, Basteyen, Mauern und den darüberragenden Häusern, Thürmen, Schanzen, Gartenhäusern, ja sogar auf den an den Gartenmauern errichteten Bühnen u. s. w. und dennoch herrschte unter diesem unzählbaren Menschenhaufen eine bewundernswürdige Ordnung und Stille; kein Mensch drängte den andern, denn noch so viel Personen hätten auf diesem herrlichen Plaze Raum genug gehabt.

Die Witterung war erwünscht, die Luft bewegte sich kaum zum Bemerken südwestlich. Der Himmel war gegen Morgen und Mittag fast gar nicht, gegen Abend etwas mehr, gegen Mitternacht aber ziemlich bewölkt.

Herr Blanchard war bey dem Füllen des Ballons so thätig, und eilte um nachzusehen mit einer solchen Munterkeit umher, als ob er bei der vergnügtesten Gesellschaft im Tanz begriffen wäre. Man sagt, er wäre Morgens ein Uhr schon auf den Platz hinaufgegangen, um zu visitiren, herzurichten, die Massen Spiauteros*) abzuwägen u. s. w., und alles in einen solchen Stand zu setzen, daß er aufs erste Signal zum Füllen in völliger Bereitschaft dazu seyn könnte, welches er auch pünktlich beobachtete, so daß alle zusehenden Subscribenten sogleich für seine gute Sache eingenommen wurden. Er stieg mit aller Gegenwart des Geistes, welche ihn nie zu verlassen scheint, getrost nach höhern Regionen auf.

Man sagt, er habe, wie er vor jeder Auffahrt zu thun pflege, den Tag vorher communicirt.

Bis Herr Blanchard sich zur Abreise fertig machte und seine Gondel bestieg, warteten aller Augen auf das Aufsteigen des schon seit einer halben Stunde etwas über den Verschlag heraussthehenden Ballons. Nun bewegte sich

*) Zink.

die große Maschine um elf Uhr sechsundzwanzig Minuten aufwärts und zugleich geschahen zum Zeichen der Abfahrt vier Böllerschüsse schnell auf einander, worein sich Trompeten und Paukenschall mischte.

Majestätisch und sanftschnell war des Aëronauten Emporschweben über den Verschlag heraus; er winkte das an seine Gondel befestigte Seil loszulassen, und erlitt dabey nicht die geringste Erschütterung. Mit bangem Entzücken und frohem Staunen über dies herrliche Schauspiel, war eine solche feyerliche Stille verbunden, als ob kein lebendiges Geschöpfe auf dem großen Plaze sich befünden hätte. So wie bei der schönsten Witterung der Rauch, als eine Säule emporsteigt, so gerade stieg auch die von des Tages Helle erleuchtete, und durchsichtig scheinende Kugel mit dem nach sich ziehenden Luftschiffer auf. Von der Höhe eines Thurmes warf er Papiere auf die Zuschauer herab.

Als Herr Blanchard im Aufsteigen ein Sandsäckchen ausleerte, um höher zu steigen, bemerkten einige Personen mit mir, daß er öfters die Seile des Netzes auf eine Seite zu anzog, welches uns auf die Gedanken brachte, ob er nicht etwa dadurch dem Ballon eine Richtung geben könnte, dieweil sein Ballon vom Aufsteigen an bis zum Niederlassen den Weg eines umgekehrten Fragezeichens ʒ machte. Vielleicht ists aber eine bloße Muthmaßung, und seine Wendung dem höhern uns vielleicht entgegengesetzten Luftzuge zuzuschreiben.

Gleich darauf salutirte er mit zwo Fahnen die ihm Nachsehenden und die Stadt; worauf ein allgemeines lauttönendes Vivatrufen und Händeklatschen entstund. Herr Blanchard stieg noch immer gerade in die Höhe, wandte sich etwas südwestwärts gegen die Vestung, als ob er über die Stadt wegfliegen wollte, drehte sich aber immer mehr nach Westen, und endlich Westnordwärts nach dem Dorfe Thon zu, so eine halbe Stunde vom Orte der Auffahrt entfernt ist. Hier war er etwa zwölf Minuten in der Luft und schien nur so groß als eine mittelmäßige Schießscheibe zu seyn; auch hatte er nun die größte Höhe erreicht und stund nach der Nürnberger Postzeitung 800 Klafter oder 4800 Fuß über der Meeresfläche.

Von dieser gewaltigen Höhe ließ der muthige Luftsegler den Fallschirm mit dem Hündchen herab, welcher so langsam herniedersank, daß darüber über fünf Minuten verflossen, bis das aëronautische Thierchen bei Thon an der Erlanger Straße auf ein Samenfeld wohlbehalten zur Erde kam.

Als Herr Blanchard so gerade aufstieg, bewegte sich kein Mensch von der Stelle, sobald er sich aber seitwärts wandte, bewegte sich die ganze Masse von Menschen als ein Ameisenhaufen, erst langsam nach der Seite seiner Richtung zu, und in ein paar Minuten hernach lief alles was lauffen konnte. Es ging zu Pferd und zu Fuß über Hecken und Gräben, über Felder und Wiesen, wie man's ansah. Nichts war den Fußgängern, insonderheit dem Weibsvolk hinderlicher als die Krautfelder und die sich noch befindlichen hohen starken

Toback-Stengel, es gab ein beständiges Gelächter, weil alles im Laufen über sich sah, und folglich viele drollige Fälle, Stösse und Wendungen sich ereigneten; denn es sah just aus, als ob die Einwohner einer volkreichen Stadt vor einem großen Unglück flöhen, und wer einmal im Strom war, der mußte entweder mit fortlauffen oder sich derb zerstoßen lassen.

Während dieser lächerlichen Jagd dem Dorfe Thon zu, ereignete sichs, daß ein Haas aufgejagt wurde, und ungeachtet aller seiner Eilfertigkeit und listigen Wendungen, gelang es ihm doch nicht das Freye zu erreichen, der Jäger waren zuviel, das arme Thier wurde erhascht, und da ein jeder an dieser merkwürdigen Luftfahrtshaasenjagd Antheil haben wollte, in einer Minute in hundert Stücke zerrissen. Der eine hatte ein Ohr, der andere einen halben Lauf, der dritte in seinen blutigen Händen ein paar Haare.

Herr Blanchard flog unterdessen immer nach der nördlichen Gegend zur linken Seite der Erlanger Chaussee weg, und schien eine Viertelstunde lang als an die Wolken geheftet, nur mit dem Unterschiede, daß sein Ballon immer kleiner und zuletzt so klein als ein Zwirnknäulchen wurde. Doch blieb er beständig sichtbar. Um zwölf Uhr zwölf Minuten bemerkte man, daß er ziemlich schnell herabsank, wie er denn auch ein Viertel auf ein Uhr, an dem Wege beym Boxdorfer Wäldchen nach Braunsbach zu, eine gute Meile von dem Ort der Auffahrt sich glücklich niederließ, und durch zween Studenten zu Pferde und einige herbeygeeilte Boxdorfer Bauern beym Seil ergriffen wurde.

Da der zur Erde niedergesunkene Aëronaute nicht deutsch und die ihn zuerst ergriffen, nicht französisch verstunden, so gab es eine artige Scene: Er rief ihnen immer zu: en bas, en bas, sie sollten niederziehen, um die Gondel zur Erde zu bringen; die Bauern hingegen meinten sie sollten das Seil auslassen, und waren just auf dem Punkt solches zu thun, als ihnen die anderen dazu kommenden Leute bedeuteten, sie müsten niederziehen und die Gondel mit den Händen ergreifen, sonst flöge das Ding wieder in die Höhe. In der That erstaunten sie über die Maßen, daß sie anstatt zu tragen, wie sie glaubten, unter sich drücken musten. „Da dieser Herr,“ sagten sie, „auf unserm Grund und Boden vom Himmel kam, so lassen wir uns auch das Recht nicht nehmen, ihn, wo er hergekommen ist, hinzubringen,“ und erhuben ein Freuden-Geschrey, worein die immer mehr herbeygekommenen Reuter und Fußgänger treulich mit einstimmten. Die Gondel wurde dergestalt umringt und begleitet, daß Herr Blanchard kaum heraussehen konnte.

Herr Blanchard wurde stehend in seiner Gondel mit dem über ihm schwebenden und noch nicht entkräfteten Ballon, welcher jetzt, da etwa der vierte Theil Luft herausgelassen war, die Gestalt einer Birn hatte, nach der Stadt gezogen. Sogleich kamen auch Se. Hochfürstliche Durchlaucht von Anspach-Bayreuth herbeygesprengt, und Herr Blanchard hatte das Glück Höchstdieselbe zu sprechen, und sich Ihres vollkommenen Beyfalls und zugesagten Douceurs zu erfreuen. Die Gondel wurde nun niedergezogen, und der Luftsegler von dem sich immer mehr versammelten Volk, das ein beständiges Jubelgeschrey anstimmte, und unter herbeygekommener Musik bis an den Ort des Aufsteigens getragen. Herr Blanchard ließ sich um drei Uhr nach einigen gespielten Tänzen und Märschen bei vierzig Fuß in die Höhe, und sank wieder in den Verschlag, woraus er aufstieg, hinab, welches den noch zu tausenden versammleten Zuschauern ein ungemein herrliches Schauspiel war.

Als Herr Blanchard bald darauf zur Stadt in sein Logis fuhr (es soll die Chaise einer Frau von N. gewesen sein, denn seine mit vier Pferden bespannte englische Chaise fuhr hinter ihm her), spannte das vom Freuden-Taumel frohlockende Volk die Pferde aus und zog nach englischer Sitte den kühnen Aëronauten im Triumph daher durch die ganze Länge der Stadt bis zum rothen Roß.

Herr Blanchard saß vorne und trug die Uniform seiner Gondel, nemlich blau und weiß mit dergleichen Federbusch auf dem Hut. Zwey herrlich gekleidete Frauenzimmer stunden hinter ihm in der Chaise, sie trugen die Livrée seines Ballons, roth und blaßgelb, und hinten auf stund anfangs Herrn Blanchards Bedienter, und salutirte mit den zwo Fahnen gegen alle vornehme Gebäude, worinn eine erstaunliche Anzahl Adelicher und anderer distinguirter Personen dem Zuge zusahen und ein unaufhörliches Vive Blanchard! Vivat etc. und Händeklatschen hören ließen. Aus vielen Häusern ertönten Musiken aller Arten.

Gegen vier Uhr kam endlich Herr Blanchard im rothen Roß an, aus dessen Erker ihm Trompeten und Pauken entgegenschallten. Die Straße war von Menschen angepfropft. Herr Blanchard erschien am Fenster und dankte mit dreimaligem Compliment dem Volke seine Erkänntlichkeit zu, welches das Volk mit lauttönenden Vivatrufen beantwortete.

Man sagt, Herr Blanchard habe als er auf den Saler kam, von zween Bürgern, welche mit einem Glas Wein sein Vivat tranken, und ihm auch ein Glas zu trinken präsentirten, dasselbe ausgetrunken, und gerührt über den lauten Jubel und Beyfall, und die ihm angethanen Ehrenbezeugungen, Thränen der Freude und des Dankes vergossen.

Um fünf Uhr wurden unter Direction des Herrn Schopf im Schauspielhause zwei Lustspiele, und nach diesen ein von Herrn Rolland. auf die Feyer der Blanchardischen Lustreise, verfertigtes Ballet, betittelt: „Das Fest der Winde" gegeben, wobey das Opernhaus gedrängt voll war. Nach dem Schauspiel giengs zur Tafel und Mascarade wieder ins rothe Roß, welche sich früh den 13. endigte.

Auf diese Weise wurde der für Einheimische als Fremde so frohe und merkwürdige Tag beschlossen, ohne daß nur einem Menschen bey dem außerordentlichen Zusammenfluß von Leuten, ein Unglück begegnet wäre.

Soweit der Wortlaut des Berichts. Die Festfeier aber dauerte über den 12. November hinaus. Noch am Abend des Tages wurde angezeigt, daß Herr Blanchard, gerührt vom Beifall des Publikums, zur Bezeigung seiner Dankbarkeit und mit hoher obrigkeitlicher Erlaubniß morgen ein neues aërostatisches Experiment machen werde, Preis des Platzes 36 Kreuzer. An diesem Tage ließ Herr Blanchard einen kleineren Ballon wieder unter Böller- und Trompetenschall steigen, im Korbe befand sich ein kleiner „Seidenpudel" mit zwei Briefen. Im ersten stand: „Dieser Ballon gehört Herrn Blanchard, man bittet den Finder, denselben nach Nürnberg ins rothe Roß wieder zu bringen." Im zweiten Briefe: „Dieser Hund gehört der Frau Obristin, Freifrau von Redwitz, abzugeben gegen guten Recompens zu Nürnberg im rothen Roß." Der Ballon machte in fünfundvierzig Minuten eine Reise von vierzehn Stunden und sank, wie ein erstaunter Bericht aus Creussen meldete, in der Nähe des Ortes als Etwas, das nicht Wolke, nicht Drache, nicht Vogel, erst klein und schwarz, dann groß und röthlich war, schnell aus den Wolken herab. Auch der gute Bologneser wurde nach einigen Tagen wohlbehalten seiner Herrin zurückgebracht. Herr Blanchard aber ward wieder in seinem Wagen unter Jubel und Vivatrufen vom Volke durch die Stadt zu einem Feuerwerk gezogen, dann in das Schauspielhaus, wo diesmal ein zur Feier der Luftreise verfertigtes, großes allegorisch-musikalisches Concert aufgeführt wurde. Einige Tage darauf überreichte Blanchard dem hohen Magistrat die Fahnen zum Andenken, der Magistrat gab ihm dagegen ein solennes Souper im Schießgraben und beschenkte ihn mit sechs Medaillen, jede von acht Ducaten Werth.

Die Flugschrift enthält außerdem noch einen interessanten „Auszug über Herrn Blanchards Leben, vornehmste Luftreisen und Charakter", nicht ohne tadelnde Bemerkungen über die Verkleinerer des Mannes. Denn es war leider auch in diesem Falle dem fremden Luftschiffer nicht vergönnt ohne Neider und Mißgönner seinen Triumph zu feiern. Schon vor der Auffahrt war in Nürnberg eine andere Flugschrift erschienen, welche unter dem Titel: „Blanchard, Bürger von Calais", Leben und Thätigkeit des Mannes in einer kritischen Weise besprach, durch welche der eitle Franzose so gekränkt ward, daß er beim Aufsteigen eine andere Flugschrift: „Abrégé de mes Avantures terrestres" auf die Zuschauer herabwarf, worin er stolz und erbittert gegen die frühere Broschüre loszog.

Und zuletzt ist Bürgerpflicht zu erwähnen, daß auch der hochlöbliche Rath von Nürnberg seinerseits alles Erdenkliche gethan hatte, den Verlauf dieses außerordentlichen Festes sicher zu stellen. Durch sehr ausführliche, eigens veröffentlichte Fahr- und Gehordnungen, durch Vorsorge für Herbeischaffung der Speisen und Getränke und durch billige Taxen derselben, durch ausgestellte Wachen und Reiter, durch strenges Verbot jedes Baumbesteigens, Verderbens der Felder und jedes unartigen Geschreies, durch scharfe Patrouillen in der Stadt, durch Bestellung eines Chirurgus nebst Gesellen und Verbindezeug für den Fall, daß jemand auf „diese oder jene Art" beschädigt würde, durch die Böllersignale, „damit niemand ohne Noth der freien Luft zu lange sich aussetzen dürfe", endlich durch Ermahnung zur Ordnung und Mäßigung, zumal für den Fall, „wenn die Luftfahrt durch einen Zufall vereitelt werde oder der gefaßten Meinung nicht entsprechen sollte." Auch den Festplatz hatten Rath und Unternehmer ganz meisterhaft eingerichtet. Denn, wie die Flugschrift meldet: der ganze Platz sah einer kleinen Vestung ähnlich, welche durch die spanischen Reuter und 60—80 Soldaten hinlänglich bedeckt war, wenn ja wider Vermuthen der Pöbel hätte Unruhen anfangen wollen, wie es manchmal bei dergleichen Gelegenheiten zu gehen pflegt. Man muß es aber vom Größten bis zum Geringsten rühmen, daß alles durch Bescheidenheit und Güte im Befehlen, und mit Stille und Ordnung im Gehorchen glücklich vorüberging.

Aus Wien.

Sie haben wiederholt angedeutet, daß Sie bei aller Hochachtung vor der preußischen Kriegführung in Schleswig der Art, wie eine gewisse hochgestellte Persönlichkeit im Lager der Preußen die Bedeutung der dortigen kriegerischen Leistungen im Vergleich mit andern aufzufassen scheint, nicht recht beizupflichten vermögen, und in der That, wie groß auch das Verdienst des eigentlichen Führers der Preußen sein mag, und wie tüchtig sich die Armee in der Ausführung seiner Anordnungen, namentlich vor Düppel gezeigt hat: die Parallele zwischen Austerlitz und Missunde war kein besonders glücklicher Griff, und den Düppelsieg als die glänzendste aller glänzenden Waffenthaten zu feiern möchte eine nicht gerade gelinde Uebertreibung sein, namentlich in Zeiten, wo man die fünfzigjährige Gedenkfeier der Schlachten bei Leipzig und Waterloo begeht.

Aber legen wir nicht zu viel Gewicht auf solche Verirrungen einer ungeübten Feder. Außerhalb Ilion wird jedenfalls in ganz andrer Weise noch gesündigt. Kommen Sie z. B. zu uns nach Wien, hören und sehen Sie sich die pomphafte Manier an, mit der sie hier die Leistungen der Oestreicher im Kriege mit den Dänen als unerhörte Großthaten preisen und gepriesen wissen wollen, und das zu hochgespannte Selbstgefühl des Verfassers der preußischen Proclamationen und Schlachtberichte wird ihnen daneben fast wie Bescheidenheit, wenigstens maßvoll vorkommen. Hier ists Natur, zeitweiliges, mit Eile zu entschuldigendes Vergessen der Geschichte, Ueberhebung in der ersten Freude über das Gelingen, vielleicht ein bloßer Stilfehler. Bei uns dagegen ist diese Hinaufschraubung mäßiger Gefechte zum Range von Schlachten, dieses unaufhörliche Renommiren mit Erfolgen zweifelhafter Art wie mit weltumgestaltenden Siegen nichts als der reine studirte Humbug, bei dem man allenthalben die Absicht merkt.

Vor kurzem schrieb ich Ihnen von dem Spectakelstück, zu dem man die Einbringung der bei Schleswig eroberten Geschütze umgestaltete. Es ist aber weit mehr der Art zu melden, und die Chronik lächerlichster Uebertreibungen ist durch die Regierung selbst und noch mehr durch eine gewisse Classe von Leuten, die auf den Beifall der Regierung speculiren, noch um manche Seite voll Komik bereichert worden. Einiges davon sei hier noch mitgetheilt.

Nicht ohne Grund wurden bisher die östreichischen Orden und Ehrenzeichen denen mancher anderer Staaten im Range vorgesetzt, einmal weil man, wenn auch bei der Wahl der Persönlichkeiten und der zu belohnenden Leistungen nicht immer das wahre Verdienst berücksichtigt wurde, doch mit der Vertheilung sparsamer als anderswo zu Werke ging; dann weil — in unserer materiellen Zeit ein nicht unbedeutender Factor — mehre dieser Ehrenzeichen, z. B. der Theresienorden, die goldene und die große silberne Medaille, mit einer Geldzulage verbunden sind. Bis zum Jahre 1848 wurden Soldaten, welche sich ausgezeichnet hatten, jedoch keine Medaille erhalten konnten, auch wohl mit Geld (gewöhnlich waren es Ducaten) belohnt. Um den kriegerischen Stolz zu erhöhen, wohl auch aus Gründen nothwendiger Sparsamkeit, schaffte man später diese Geldgeschenke ab und verlieh an deren Stelle kleine silberne Medaillen, mit welchen keine Geldzulage verbunden war. Ebenso wurde für die Offiziere das Verdienstkreuz gestiftet, womit die früher übliche Beförderung außer der Rangstour, Gnadengehalte und Tabatièren oder Brillantringe bei Seite geschafft wurden. Wurden hierdurch die Belohnungen geringhaltiger, so konnten dafür jetzt mehre beglückt und nebenbei Ersparungen erzielt werden, um einige besonders Bevorzugte desto ausgiebiger mit Geld und Ehren überschütten zu können.

Indessen ist zuzugeben, daß man in den Jahren 1848 und 1849 und ebenso in dem letzten französisch-italienischen Kriege noch durchaus in den Schranken der Ueberlegung verblieb und bei der Austheilung der Belohnungen die mit einiger Wahrscheinlichkeit anzunehmende Zahl der Ausgezeichneten nicht überschritt.

Das fast gänzliche Aussterben der Theresienordensritter mag davon Zeugniß ablegen. Man konnte bis jetzt bei dem Anblicke eines Decorirten noch annehmen, daß er, wenn auch keine sehr hervorragende That vollbracht, wenigstens seine Schuldigkeit und vielleicht etwas mehr gethan habe.

Die zwei oder drei zwar glücklichen, aber nicht bedeutenden Gefechte dagegen, welche die östreichischen Truppen den Dänen geliefert haben, haben eine wahre Sündfluth von Decorationen hervorgerufen. Bekanntlich spielte die durch ihre oftmalige Wiederholung schon dem Spott verfallene Redensart: „Jeder Einzelne der ganzen Truppe war ein Held" auch in den diesmaligen Berichten häufig eine Rolle. — Zur Zeit Radetzkys hatte diese Phrase wenigstens Sinn, da d'Aspre einst hinzufügte: „Ich decorire darum nur einen, und es möge jeder andere den Rock, welchen er trägt, als die höchste Auszeichnung betrachten." Jetzt aber glaubte man auch die ganze Truppe oder wenigstens so viele mit Medaillen und Orden auszeichnen zu müssen, daß der Beobachter eher die Nichtbetheiligten als die Ausgezeichneten betrachten oder dieselben auch für Subjecte, welche ihre Pflicht vernachlässigt hatten, halten konnte. Einem einzigen Regimente, also einer Abtheilung von etwa 1500 Mann wurden für ein einziges Gefecht nahe an 300 Orden und Medaillen und vielleicht ebensoviele Belobigungen ertheilt. Im Jahre 1850 erhielten die Vertheidiger von Ofen, welche bekanntlich siebzehn Tage lang einer ungeheuren Uebermacht den muthigsten Widerstand geleistet hatten, und die Truppen Urbans, welche einen fast beispiellos beschwerlichen Winterfeldzug bestanden und ihre Anhänglichkeit an die Dynastie unter den drückendsten Verhältnissen bewahrt hatten, zur „Belohnung ihrer besonders hervorragenden Verdienste" zusammen nicht ganz hundert Medaillen und Orden. Und doch nannte man diese Austheilung eine ziemlich reichliche, da beide Corps nicht viel mehr als 6000 Mann zählten, für welche unter gewöhnlichen Umständen kaum die Hälfte jener Auszeichnungen bewilligt worden wäre.

Aber abgesehen von der übermäßigen Menge der gegenwärtig verliehenen Ehrenzeichen, wurde bei der Auswahl der zu Belohnenden und bei der Vertheilung selbst auf eine Weise vorgegangen, welche nur den Aerger der Vernünftigen in der eigenen Armee erwecken, die ganze Sache selbst aber lächerlich machen muß. Compagnien, welche kaum einige Minuten im Gefecht gewesen waren, zählten ebensoviele Decorirte, als Compagnien, welche die Hälfte ihrer Mannschaft auf dem Platze gelassen hatten. Wie hätte man aber auch von dem System abweichen können? Schon der reglementarischen Gleichheit halber mußte sich überall nur die gleiche Anzahl ausgezeichnet haben. Wenn, wie die Journale berichteten, Herr v. Gablenz Vollmacht erhalten hatte, die Belohnungen ganz nach Verdienst zu vertheilen, so darf dies keineswegs buchstäblich genommen werden, und in der Hauptsache mußte der General ganz nach den Weisungen des Kriegsministeriums und den über diesen Gegenstand bereits bestehenden älteren Vorschriften handeln*). Daß die Gattung der Ehrenzeichen genau dem Range der Betreffenden angepaßt wurde, versteht sich von selbst. Gablenz erhielt das Commandeur-, Gondrecourt das Ritterkreuz des Theresienordens, die Offiziere wurden dem Range nach mit Leopold- oder Eisern-Kronorden, Verdienstkreuzen und Belobungen bedacht, und bei der Mannschaft belohnte man gewöhnlich nur die Feldwebel mit goldenen, die Gemeinen nur mit kleinen silbernen Medaillen.

Daß bisweilen ein mittlerweile bereits Gestorbener eine Anerkennung erhielt, war in einigen Fällen wohl mit der Entfernung der Armee von Wien zu entschuldigen und hat sich auch anderwärts ereignet; ja man mochte zuweilen von dem Tode des Betreffenden bereits unterrichtet sein. Man constatirte dann eben nur, daß diese Offiziere jener Auszeichnung würdig gewesen waren und dieselbe, wenn sie am Leben geblieben wären, erhalten haben würden. Und bei den Orden, welche mit Vortheilen für die Erben des Besitzers verbunden sind, hat ein derartiges Verfahren viel für sich. Aber wie kann man ganz geringfügige, sich nur auf das Recht zum Tragen eines Kreuzes oder einer Medaille beschränkende Auszeichnungen einem Todten zuerkennen? — Gleichwohl enthalten die letzten Nummern des Armeeverordnungsblattes eine ganze Reihe von Namen, bei welchen es wörtlich heißt: „Ich verleihe dem im Spitale zu Rendsburg gestorbenen N. N. das Militärverdienstkreuz mit der Kriegsdecoration", ja mehren Todten soll sogar die höchste Zufriedenheit bekannt gegeben werden!

Doch man blieb nicht dabei stehen. Die östreichischen Waffenthaten mußten noch auf andere Weise verherrlicht werden. Der Schlachtenmaler Fritz l'Allemand wurde auf den Kriegsschauplatz geschickt, um dort Studien zu machen, und es wurden ihm auch bereits zwei große Gemälde zur Ausführung übertragen. Bei dem letzten Besuche des Kaisers im Arsenal ergingen Verfügungen über die Ausschmückung der Kuppel mit bildlichen Darstellungen der Siege in Schleswig und Jütland und über eine besonders in die Augen fallende Placirung der dänischen Kanonen. Einige Graveure sind zur Anfertigung von Medaillen beauftragt worden, und ebenso sind eine reichliche Anzahl von Gedenktafeln und Standbildern zu erwarten.

Daß es an schwülstigen Armeebefehlen und Manifesten nicht gefehlt hat und ferner nicht fehlen wird, ist bekannt und versteht sich von selbst.

---

*) In der That erschien noch im Jahre 1859 eine sehr ausführliche Instruction über das beim Entwurfe der Medaillenverleihungstabellen zu beobachtende Verfahren.

Ebenso schießen die Gablenz- und andere Stiftungen wie Pilze aus der Erde; leider aber ist bei den meisten Spenden dieser Art nur zu klar, daß es nicht sowohl auf den wohlthätigen Zweck, als auf die Verherrlichung des Namens der in die Mode gekommenen Persönlichkeiten und auf das Bekanntwerden der Spender abgesehen ist.

Ließe man es übrigens bei derartigen Kundgebungen der Siegesfreude bewenden, so möchte nicht viel dagegen zu sagen sein. Es sind lächerliche, aber harmlose Dinge, durch die sich niemand verletzt fühlen wird. Aber wie jedes Zuviel von Selbstgefühl in Uebermuth auszuarten pflegt, so auch dieses. Die Gelegenheiten, welche sich zur Verherrlichung der eigenen Thaten darboten, wurden nicht nur hierfür in der übertriebensten Weise ausgebeutet, sondern sie mußten in der Regel auch dazu dienen, um verletzende Anschuldigungen und abgeschmackte Späße über Deutschland auszuschütten. Selbst die Preußen, die gegenwärtigen Alliirten, wurden in gleich rücksichtsloser Weise behandelt, und erst die Erstürmung von Düppel hat hierin eine Aenderung geschaffen, die freilich nur um so widerlicher erscheint, als man dafür mit verdoppelter Wuth das übrige Deutschland schmäht und verdächtigt. Man hat sogar die sonst zwischen den Höfen beachtete Courtoisie verletzt. Bekanntlich war der verstorbene König Maximilian der Zweite von Bayern Inhaber eines östreichischen Kürassierregiments. In allen Staaten, wo noch die Benennung der Regimenter nach den Namen hochgestellter Personen üblich ist, pflegt im Falle des Todes eines Monarchen dessen Regiment seinem Nachfolger übertragen zu werden, oder es bleibt wenigstens zum Zeichen der Trauer das Regiment ein halbes oder ganzes Jahr ohne Namen. Nur im Kriege wird von diesem Gebrauche abgegangen, und es behielt z. B. sogar 1855 das Regiment des Kaisers Nikolaus dessen Namen bei. Als nun die Nachricht von der Eroberung Düppels in Wien eintraf, wurde dem Feldmarschall Wrangel sofort ein Regiment verliehen, und man wählte hierzu absichtlich das Kürassierregiment „König Maximilian", da es nach hiesigen Begriffen kein größeres Unglück geben kann, als keine östreichische Uniform tragen zu dürfen, und man dem neuen König vermuthlich den Groll Oestreichs empfinden lassen zu müssen glaubte.

Dem Beispiele der Regierung glauben andere Behörden und Körperschaften folgen zu müssen. Namentlich zeichnet sich der Gemeinderath von Wien in dieser Beziehung aus; doch bleiben auch die Vertreter der Provinzialstädte nicht zurück. Adressen, Danksagungen, Ehrenbürgerdiplome und Albums werden da in stürmischer Aufeinanderfolge votirt, und es giebt eine Stadt, in welcher vor wenigen Jahren der Admiral Dahlerup, ein Ultradäne vom reinsten Wasser, zum Ehrenbürger ernannt wurde, und wo nunmehr einem der „Sieger von Schleswig" die gleiche Ehre zugedacht wird. Gassen, Plätze, Brücken und Häuser werden nach den in der Mode stehenden Namen benannt, und bald wird in mehr als einer Stadt ein „Gablenzplatz", eine „Deverseebrücke", eine „Veilestiege" oder ein „Gondrecourtanger" zu finden sein. In Wien wurde gar der sinnreiche Vorschlag gemacht, in dem — bekanntlich wiederholt zum Stichblatte guter und schlechter Witze gewordenen — Stadtparke drei junge Eichen zu pflanzen und denselben die Namen „Oberselk". „Deversee" und „Veile" zu geben, damit, wie man sagte, „auch die kommenden Jahrhunderte an die Thaten der Oestreicher gegen die Dänen erinnert würden."

Obwohl der gesunde Sinn des großen Publicums diesen Lächerlichkeiten im Allgemeinen fern bleibt, giebt es doch Einzelne, welche, theils um sich bemerkbar zu machen und das Wohlgefallen der „höchsten und allerhöchsten Herrschaften" zu erlangen, theils im Solde der Regierung, theils aus purer Einfalt sich zu gleichen Uebertreibungen und Lobhudeleien gebrauchen lassen. — Die Extrablätter der Zeitungen, die zahlreichen Illustrationen der Gefechte und die zum Verkaufe ausgehängten Portraits „der Helden vom Königsberg und von Deversee" entspringen mehr der Nothwendigkeit, die Neu- und Wißbegierde des Publicums zu befriedigen, und der Speculation; dieselben dürfen also nicht hierher gerechnet werden. Ebenso die officiellen und halbofficiellen Blätter, da diese eben nur nachschreiben mußten, was man ihnen dictirte. Indessen gab es auch unabhängige und sogar liberal sein wollende Journale, welche die ruhmreichen Thaten der Oestreicher bis in den Himmel erhoben, alles Andere aber energisch mit Schmutz bewarfen. Kaufleute und Fabrikanten suchten ihre Artikel in Mode zu bringen, wenn sie denselben die Namen der in den Berichten vom Kriegsschauplatz eine Rolle spielenden Männer und Ortschaften beilegten, mochte es nun passen oder nicht. Einer hing gar ein Gondrecourt-Schnürleibchen heraus, mußte es aber auf Geheiß der Polizei wieder beseitigen. Stuwer gab ein Feuerwerk, dessen eine Abtheilung den Titel „der Angriff der Oestreicher auf Veile in Schleswig" führte. Der gute Mann mochte eben noch nichts von Jütland gehört haben.

Auch auf die Bühne verpflanzte sich dieser Schwindel. Tableaus, lebende Bilder und Ovationen aus dem Stegreif waren das Geringste. Dann kam auch ein Gablenz-Marsch, beiläufig eine Piece ohne Melodie und Charakter, und diesem folgten die verschiedennamigen Erzeugnisse der Dichter der Volksbühne. Das Großartigste in diesem Genre leistete der Redacteur des „Hanns Jörgel". Dieser rührige und in früherer Zeit für liberal gehaltene Schriftsteller scheint neuerlich sich um jeden Preis die Gunst der Regierung erwerben zu wollen, wofern er nicht bereits in deren Diensten steht. Nachdem er in dem genannten Blatte, welches bekanntlich eine im Dialekt des wiener Pöbels geschriebene Scandalchronik aller irgendwo von den Landsleuten (Niederöstreichern) des Verfassers etwa begangenen Unverschämtheiten und Gemeinheiten und eine unerschöpfliche Sammlung von wiener Abderitenstreichen ist und eben darum von jedem gebildeten Wiener ungelesen bleibt, hohe Politik zu treiben begonnen und den Satz „'s ist nur a Kaiserstadt" dadurch zur Geltung zu bringen gesucht, daß er Wien als die Metropole aller Intelligenz, Humanität und Ritterlichkeit darstellte, alles Andere aber in den Koth zog, hat er endlich die verschiedenen Nationalitäten, zuerst die Italiener, dann die Ungarn und Slaven und schließlich die Bewohner Deutschlands mit ebenso rohen als wüthenden Ausfällen überschüttet.

Und ein großer Theil des wiener Publicums nahm diese Schmähungen beifällig auf. Was für Begriffe müßte ein Italiener, der noch keine andere Zeitung in deutscher Sprache gelesen, von der deutschen Journalistik fassen, wenn er erführe, daß ein in der Residenz Oestreichs erscheinendes Blatt ungestraft wagen darf, von seinen Landsleuten als von „Salamiflegeln, Maccaronilümmeln und Polentalakeln" zu sprechen und ihnen mit „Prügeln, die sie im nächsten Gab-Lenz am Bened-Ek kriegen werden", zu drohen? Oder ein Ungar, wenn man von seinen Brüdern als von einem Gesindel spricht, unter welchem es nur „Räuber und Lumpen" giebt. Oder der Böhme, wenn man von „böhmischen Dickschädeln" reden und die uralte Königsstadt Prag ein „Erdäpfelnest" im Vergleiche zu dem glanzvollen Wien nennen darf?*)

Es hieße sich an der Ehre des deutschen Volkes versündigen, wenn ich auch das, was in gleicher Weise über Deutschland und seine Bewohner gesagt wird, anführen wollte. Gemeindenkende und sich von der Gemeinheit Andrer nährende Gesellen giebt es überall, und so würde ich dieses Beispiel unerwähnt lassen, wenn nicht Blätter dieser Art — denn mehre andere Journale schreiben in gleicher Richtung — bei uns ein ziemlich zahlreiches Publicum fänden. Diese Erfolge trieben nun den fruchtbaren Autor zur Veröffentlichung einiger „Volksstücke" und „Kriegsbilder", in welchen selbstverständlich allem, was östreichisch und besonders allem, was Wienerisch ist, dicker Weihrauch gestreut und alles Andere verlästert wird. — Aber es geschieht dem Verfasser, der seine Figuren eben nur aus dem ihm bekannten Material zu kneten versteht, daß seine Helden so entsetzliche Tölpel sind, daß man eben nicht begreift, wie sie zuletzt derartige Heldenthaten verrichten können. Auch bewahrte diesmal das Publicum, obgleich dasselbe es nicht an Beifall fehlen ließ, wenigstens so viel Anstand, daß es bei den zahlreichen Witzen über Deutschland und bei den allerübertriebensten Ruhmreden sich still verhielt. Früher fehlte es auch nicht an den gröbsten Ausfällen gegen Preußen. Mag nun aber der Verfasser einen officiellen Wink erhalten oder mag ihn die Erstürmung der düppler Schanzen auf andere Gesinnungen gebracht haben, — genug er hat nun am Schlusse des einen

*) Letztere Bemerkung fand sich in einem Journale, für welches der erwähnte Schriftsteller die Feuilletons liefert. Es wurde in dem betreffenden Artikel das Verlangen gestellt, Wien zu einer reichsunmittelbaren Stadt zu erheben, und dabei wurden die Hauptstädte aller Kronländer Dörfer und Nester genannt, deren Bewohner von den Wohlthaten der Residenz abhingen.

Stückes auch einen Preußen aufgeführt und mit seltener Großmuth zugestanden, daß „auch die Preußen ihre Sachen ganz gut gemacht hätten“.

Das unglückliche Seegefecht bei Helgoland wird, nachdem man es vergeblich zuerst als einen Sieg hat darstellen wollen, nun wenigstens als eine glänzende Waffenthat, als ein Wunder der Geschicklichkeit und Tapferkeit ausposaunt, obgleich das ganze Mißgeschick eben nur der beispiellosen Langsamkeit des Admirals Wüllerstorf und der gänzlichen Untauglichkeit der Fregatte „Schwarzenberg“ beizumessen ist.

Vielleicht vermag das klägliche Scheitern des plenerschen Anlehens und die Betrachtung der trostlosen Finanzzustände diesen zu einer wahrhaft unerhörten Höhe getriebenen Uebermuth noch etwas herabzustimmen.

Militärische Briefe.

10.

Die Jäger und die Cavallerie.

Die Kriegsereignisse der neuesten Zeit haben den Ruhm der Infanterie, der Artillerie und der Pionniere erhöht, von den Leistungen der Cavallerie und der preußischen Jäger aber hat man wenig gehört, während die östreichischen Jäger ihre alte Bedeutung bewährt haben. — Liegt die Verschiedenheit in den Leistungen der Jäger an der Organisation, oder am Gebrauch? Liefern die neuesten Erfahrungen einen neuen Beleg zu der Behauptung, daß die Cavallerie überhaupt an Werth verloren hat und daß sie füglich in ihrer Zahl reducirt werden kann? — Die Beantwortung dieser beiden Fragen soll die Aufgabe der nachfolgenden Zeilen sein.

Die östreichischen Jäger sind ihrer Organisation und ihrer Ausbildung nach, wie die französischen Jäger, nur eine gut schießende, für das leichte Gefecht besonders geeignete Infanterie; die preußischen Jäger aber sind Scharfschützen, welche das Infanteriegefecht gelegentlich auch ausüben können. — Die östreichischen und französischen Jäger sind in der militärischen Organisation die Repräsentanten eines sehr bedeutenden Theils jedes Gefechts, die preußischen Jäger aber nur eines einzelnen Gefechtsmoments, jene sind lebendige Glieder eines Organismus, diese nur ein Luxus, der beim reellen Gebrauch belästigt. Eine nähere Betrachtung der beiderseitigen Organisation und Verwendung wird diese Aussprüche rechtfertigen. Die Kugel, das gute Schießen, soll, wie schon gesagt, die Brücke bilden, um uns an den Gegner zu bringen, oder beim Zurückweichen uns von demselben zu entfernen. In jedem Gefecht fällt einem bedeutenden Theil der Infanterie die Aufgabe zu, die Front des Fechtenden, wir wollen annehmen einer Brigade, einzunehmen und durch Stellung und

Feuer die Entwicklung der Brigade zu ermöglichen, dann sich dem Gegner zu nähern, ihn zu betasten, den besten Angriffspunkt festzustellen und endlich dem Gros die Durchführung des Gefechts mehr oder minder zu überlassen. Prinz Friedrich Karl nennt diesen Truppentheil das Vortreffen und bestimmt dazu per Brigade ein bis zwei Bataillone. Die Franzosen und Oestreicher haben zu diesem Zweck einer Brigade ein Jägerbataillon zugetheilt und dies ungefähr um die Hälfte stärker gemacht, als die andern Bataillone, so daß auf sechs Bataillone à 800 Köpfe ein Bataillon Jäger à 1200 Mann kommt und also der fünfte Theil des Ganzen zum Vortreffen bestimmt ist. Ob dieses Zahlenverhältniß richtig ist, muß die Zukunft erst lehren; denn die stets weiter und besser wirkende Kugel entfernt die beiden fechtenden Parteien immer weiter, macht den von dem Vortreffen zu bahnenden Weg immer länger und fordert also immer größere Kräfte desselben. Die Franzosen haben dieser Rücksicht schon Rechnung getragen durch die Formation und Ausbildung der Zuavenregimenter und verdanken diesem Umstande unstreitig die raschen Erfolge, welche sie 1859 in Italien gegen die Oestreicher errungen haben. — Die Anforderungen an diese Art Jägertruppen also ist ein guter Schuß, eine bedeutende Findigkeit im Terrain und ein scharf auf die Entscheidung drängender kriegerischer Geist.

In der preußischen Armee ist jedem Armeecorps, also siebenundzwanzig Bataillonen, ein Jägerbataillon in gleicher Stärke, wie jene haben, beigegeben. Schon in diesem Zahlenverhältniß liegt für die Jäger das Exclusive ihres Wirkungskreises, noch mehr tritt dies hervor in dem besondern Werth, welcher in der Ausbildung der preußischen Jäger auf das Schießen gelegt wird. Eine besondere Instruction für den Gebrauch der Jäger giebt es in der preußischen Armee nicht, bei den Manövern ist auch kein Grundsatz in dieser Beziehung zu bemerken, und jetzt in Schleswig scheint man von der Anwendung der Jäger, als solcher, trotzdem gerade hier eine Gelegenheit gewesen wäre, fast ganz abgesehen zu haben. Griesheim, der preußische Taktiker par excellence, sagt in seinen Vorlesungen über Taktik „die eigentliche leichte Infanterie sind die Jäger, die fast nur aus gelernten Jägern bestehen, eine Truppe, die sich während der hundert Jahre ihrer Dauer unter allen Umständen bewährt hat, sobald dieselbe zweckmäßig verwendet wurde.“ — Die Kriegsgeschichte weiß aber von diesem Bewähren nur sehr wenig, wahrscheinlich weil die zweckmäßige Verwendung so schwierig war. Guntau in seiner Geschichte der Jäger erzählt eine Menge Erfolge einzelner Jäger, Erfolge, wie sie einzelne Infanteristen oft genug gehabt haben, aber von der Wegnahme einer Batterie oder selbst von einem so klaren und entscheidenden Defensivgefecht, wie York mit seinen Füsilieren bei Altenzaun geführt hat, weiß er nichts. Griesheim sagt auch: „Napoleon hält die Büchse für die unglücklichste Waffe, die man dem Soldaten geben könnte, und hat den hohen Werth der Jäger weder nach der einen noch nach der andern Seite je erkannt." Dieses Urtheil Napoleons läßt sich auch dahin übersetzen, daß der unglücklichste Soldat derjenige ist, der nur in der Kugel das Feld seiner Thätigkeit sucht, und diese Ansicht entspricht der Gesammtanschauung Napoleons mehr, als der griesheimsche Ausspruch.

Die preußischen Jäger werden neben dem Schießen auch im Tirailliren und zumal im Felddienst ausgebildet, aber dabei wird auf das Nehmen von gedeckten Stellungen und auf die Schlauheit ein so großer Werth gelegt, daß das eigentliche Element, die Thätigkeit, das Drängen auf die Entscheidung nicht zur Sprache kommt und der Schuß schließlich als der bei weitem wichtigste Gegenstand übrig bleibt. — Die Folge ist, daß man die Jäger grundsätzlich nur in der Vertheidigung, bei der Besetzung wichtiger Punkte wie Brücken, Gehöfte und dergleichen verwendet, daß man also nicht die Forderung stellt, den Weg zum Feinde zu bahnen, sondern nur diejenige, den Feind vom Wege abzuhalten, den die Jäger gerade besetzt haben. Thun sie demgemäß im Gefecht ihre Schuldigkeit, so kommt es bei ihnen zu keinem Gefecht, ihre Resultate sind also negativer Natur. — Das combinirte preußische Armeecorps in Schleswig hatte ausnahmsweise bei jeder der zwei Divisionen ein Jägerbataillon. — Diese Bataillone haben während der ganzen Campagne, das brandenburger Jägerbataillon 15 Mann, das westphälische aber nur 4 Mann Verlust gehabt. Die beiden östreichischen Jägerbataillone aber, welche den Brigaden Gondrecourt und Nostitz angehörten, das achtzehnte und neunte Bataillon, haben ersteres bei Oberselk 88, letzteres bei Oeversee 169 Köpfe verloren. — Hierin drückt sich die Verschiedenheit des Gebrauchs und der Nützlichkeit dieser Truppen am besten aus.

Preußen hat in seinen Füsilieren eine dem Namen nach leichte Infanterie, doch ihre Ausbildung und Anwendung unterscheidet sich nicht von der anderer Bataillone. Wenn man aber den Gegnern gleich gut vorbereitet gegenübertreten will, so müssen die Füsiliere als solche ausgebildet werden. Das kann nicht statt haben, so lange man sie mit der übrigen Infanterie vermischt erhält; dazu ist nothwendig, daß man die Füsiliere von den übrigen Truppentheilen trennt und besonders geeigneten Commandeuren, wie vor dem Jahre 1806, anvertraut. Das würde am geeignetsten geschehen, wenn man die Jägerbataillone abschaffte und jedem Armeecorps eine Füsilier- oder besser noch Jägerbrigade von sechs Bataillonen gäbe, so daß ein Armeecorps einundzwanzig Linien- und sechs Jägerbataillone zählte und eine Feldbrigade dann aus sechs Linien- und zwei Jägerbataillonen bestände und drei Bataillone zu Festungsbesatzungen und dergleichen überschössen. Die Aufgabe der jetzigen preußischen Jäger könnten die besten Schützen der einzelnen Bataillone dann immer noch erfüllen. Vor Düppel konnte man die Jäger noch im Großen gebrauchen, wenn man so wie die Franzosen vor Menin verfuhr, die, wie uns Scharnhorst erzählt, die besten Schützen dicht an die Festung warfen und die Artilleristen mit großer Consequenz von den Geschützen wegschossen, diese dadurch zum Schweigen brachten und somit den Sturm vorbereiteten. Aber die scharnhorstische Literatur ist zu alt, um der jetzt fechtenden Generation gute Lehren zu geben. Man hat eben bei Düppel keine Anwendung der Jäger gewußt. —

Den drei preußischen Divisionen in Schleswig waren sieben Cavallerieregimenter beigegeben und zwar drei Husaren-, ein Dragoner-, ein Ulanen- und zwei Kürassierregimenter. Die Zeitungen haben uns von ihnen nur folgende Thaten berichtet:

1) eine Vorpostenthätigkeit vor dem Dannewerk, in welcher die brandenburgischen Kürassiere am meisten hervorgetreten sind;

2) einen Gewaltmarsch von Arnis nach Flensburg, ausgeführt von der Reservecavallerie des Corps des Prinzen Friedrich Karl; infolge dessen zwei Escadrons Husaren und eine Escadron Ulanen das fünf Meilen entfernte Flensburg nach einundzwanzig Stunden erreichten; die andern aber, ungefähr zwölf Escadrons, die Erreichung des gesteckten Zieles ganz aufgaben;

3) ein Hervorbrechen einer Abtheilung Garde-Husaren über Kolding hinaus, wobei als das Bedeutendste und Bemerkenswertheste, wenigstens nach den Zeitungsberichten, sich das Durchgehen eines Offizierpferdes ereignete;

4) eine Attaque zweier Escadrons des westphälischen Husarenregiments, infolge dessen 5 Mann todt und verwundet, 33 Mann des Regiments aber gefangen genommen wurden.

5) noch einmal ein gewagtes Vorgehen der im vorstehenden Gefecht am meisten mitgenommenen Escadron und ein nochmaliger Verlust von zwei Verwundeten und zehn Gefangenen;

6) einige von den Dänen glücklich ausgeführte Ueberfälle, welche den Garde-Husaren und den Ulanen 3 Verwundete und 34 Gefangene mindestens kosteten.

Aus diesen Thaten dürfte man mit Recht schließen, einmal, daß Cavallerie in geringerer Zahl dasselbe leisten konnte, und daß die Cavallerie, welche zur Thätigkeit kam, nicht richtig gehandhabt und geleitet wurde. Die mangelnde Leitung zeigte sich darin, daß man bei der großen Masse von Cavallerie, welche zur Hand war, die kleinen Abtheilungen unnütz aufs Spiel setzte. Man konnte überall so stark sein, daß der Sieg gewiß war, man hat ihn sich nirgends gesichert; man hat kleine Abtheilungen weit in die feindliche Wirkungssphäre vorgesandt, ohne ihnen einen geschlossenen Rückhalt zu geben, man hat die Cavallerie in einzelnen Gehöften in der Nähe der Küste einquartiert, ohne sie mit den nöthigen Vorposten zu umgeben. — Die ungenügende Handhabung der preußischen Cavallerie in Schleswig drückt sich nicht nur in der geringen Marschleistung von Arnis nach Flensburg aus, die auf die Glätte der Wege geschoben wird, aber nicht geschoben werden darf, da die Lichtenstein Husaren an demselben Tage auf der Chaussee bei Oeversee attaquirten. Die Oestreicher hatten wohl Vorsorge bei ihren Pferden durch Schärfen getroffen, die Preußen nicht. — Die ungenügende Handhabung der preußischen Cavallerie tritt noch mehr hervor in ihren wirklich stattgehabten Attaquen, zu denen die Pferde nicht mit vollem Athem kamen. Man hetzte sie in langen, unruhigen Ritten ab und attaquirte dann ohne Berechnung der noch vorhandenen Kräfte. Das edle und schnelle, aber abgetriebene preußische Pferd wurde dann von dem schweren dänischen Rosse überholt und der Reiter gefangen. In dieser mangelhaften Oekonomie der Kräfte zeigt sich am vollständigsten die fehlende Kriegserfahrung und Kriegserziehung. Die mangelnde Erfahrung ist ein Unglück, die versäumte Erziehung aber ist ein schweres Unrecht. Man braucht nur die Thätigkeit der preußischen Cavallerie jetzt mit der um einige Decennien frühern zu vergleichen, um die Fehler der neuen Ausbildung festzustellen. Während früher jede Cavallerievorstellung in einer Reihe elementarer Bewegungen bestand, unter denen ein gründlich ausgedehnter Alignementstrab die wichtigste war, denen dann nach einer kleinen Pause eine in allen Gangarten möglichst lang durchgeführte Attaque folgte, sieht man heute nur Manöver mit allen möglichen untergelegten künstlichen Gefechtsideen. Während die Kunst des Cavalleriegefechts nur darin besteht, verdeckt und mit vollen Kräften nahe an den Feind zu kommen und dann ihn anzugreifen ehe er uns in richtiger Front entgegentritt, bestehen preußische Cavalleriemanöver in einem Hin- und Herreiten, Attaquiren und Retiriren. In den letzten Jahren ist in die preußische Cavallerie ein Element der Unruhe gekommen, das sie von dem richtigen Wege abgeleitet hat. Es sind moderne, dem Geist der Waffe widersprechende Grundsätze eingeführt, indem die Individualität, das Einzelgefecht u. dgl. hervortraten. In der Cavallerie ist gerade das Geschlossensein — die Vervielfältigung der bewegenden Kraft durch die Masse, — die wirksame Gewalt. Die Cavallerie muß das Element der Bewegung mit dem der Ruhe verbinden; das Anstreben der unausgesetzten Beweglichkeit verbannt aber die Ruhe. Es muß dagegen die Anerkennung ausgesprochen werden, daß der kriegerische Geist der Waffe neu belebt worden ist.

Den größten Vorwurf aber muß man der preußischen Cavallerie in Schleswig aus den wiederholt vorgekommenen Aufhebungen in ihren Quartieren machen. Sie beweisen, daß der Feld- und Vorpostendienst, der die bedeutendste Kriegsthätigkeit der Cavallerie in sich schließt, bei ihr vernachlässigt wurde. Der seltsamste Schrei der Entrüstung aber, welcher beweist, wie wenig echt cavalleristischer Geist in dem Heere sich regt, ist der, daß die mangelnde Infanterie an diesen Unglücksfällen schuld sei. Wenn die Cavallerie erklärt, Infanterie zu bedürfen, um sich zu sichern, dann bricht sie über sich selbst den Stab; denn sie nimmt sich das Gebiet, welches ihr allein heute ein unbegrenztes Feld der kriegerischen Leistung gewährt, den Sicherheitsdienst für die Armee. Für das Gefecht ist ihr das Gebiet der Leistungen mindestens sehr beschränkt.

Damit die Cavallerie im Großen in einem Gefecht wirken könne, bedarf sie des Attaquenfeldes, und dies wird ihr durch die stets wachsende Cultur immer kärglicher zugemessen. Zäune, Hecken, Gräben, Wege, Baulichkeiten aller Art u. s. w. häufen die Hindernisse der Bewegung für Cavallerie immer mehr; in den übrig gebliebenen freien Ebenen gewinnt die feindliche Kugel eine ebenfalls mit der Cultur steigende Herrschaft, welche die Leistungen der Cavallerie ohne Ueberraschung immer unmöglicher macht. — Im directen Angriff überraschen ist mit Cavalleriekorps nicht möglich. Der Angriff des Generals v. Seydlitz bei Roßbach über die werbener Höhen würde heute nicht mehr überraschen, da die Infanterie keiner besondern Formation mehr gegen die Cavallerie bedarf, sobald ihre Kugel nur auf einige hundert Schritt das Angriffsfeld beherrscht. — In der Nähe des Gefechtsfeldes sich aufhalten und gegen das feindliche Feuer gedeckt bleiben bis zu dem, oft nur kurzen Augenblick, welcher eine Ueberraschung und einen glücklichen Erfolg ermöglicht, vermag man auch nicht mit großen Cavallerieabtheilungen. — Letztere sind aus dem Verlauf eines Gefechts ziemlich ausgeschlossen und erhalten erst Bedeutung, wenn das Gefecht die andern Waffen mehr oder minder aufgelöst, stumpfer und der Ueberraschung zugänglicher gemacht hat. — Kurz in Bezug auf die Gefechtsthätigkeit ist eine Verminderung der Cavallerie zulässig und muß sich der Natur nach zunächst bei der Gattung der Cavallerie geltend machen, welche für das große Gefecht bestimmt ist, bei der schweren Cavallerie, den Kürassieren u. dgl.

Diese ganz abzuschaffen und dagegen die leichte Cavallerie, welcher neben der Gefechtsthätigkeit der Sicherheitsdienst allein zufällt, auf das überhaupt an Cavallerie nothwendige Maß zu vermehren, erscheint gerechtfertigt und nothwendig.

Dieses Maß der Reduction bei der preußischen Armee zu bestimmen, soll uns die Vergangenheit helfen. Aus den Erfahrungen der großen napoleonschen Kriege gingen Grundsätze hervor, nach welchen die preußische Armee 1815 formirt wurde. Damals erhielt ein Armeecorps acht Cavallerieregimenter und zwar zwei leichte und zwei schwere Linienregimenter und vier Landwehrregimenter. Letztere trugen in ihrer Bewaffnung und ihrer Formation den Stempel der schweren Cavallerie und machten diese also dreimal so stark als die leichte Cavallerie. Dem entsprach auch die taktische Verwendung, indem die zwei leichten Regimenter als Divisionscavallerie detaschirt, sechs Regimenter aber in der Cavalleriedivision vereinigt wurden. Zwei leichte Regimenter sind daher für das erste Bedürfniß hinreichend, das doppelte aber mindestens nothwendig, um auf die Dauer den Anforderungen des Sicherheitsdienstes zu genügen und die sehr angestrengten Regimenter ablösen zu können, ein Regiment aber ist dann noch erforderlich, um mit jenen vereint eine Reserve für die Gefechte u. s. w. zu bilden. Fünf Regimenter also per Armeecorps können dem Bedürfniß auf einem Kriegsschauplatz genügen, welcher den Gebrauch der Cavallerie nicht begünstigt, wie der Süden, Westen und wie z. B. Schleswig. Gegen Osten aber bedarf es mindestens sechs Regimenter.

Wollte man in derselben Art wie 1815 formiren, so würden drei Linien- und drei Landwehrregimenter genügen. Dem müßte aber vom cavalleristischen Standpunkt ganz entschieden entgegengetreten werden, weil die erhöhten Schwierigkeiten des Terrains sowohl, als des Gefechts, jetzt viel gewandtere und sicherere Reiter und viel leistungsfähigere, schnellere und dauerhaftere Pferde erfordern, als sonst. Der Landwehrreiter aber kann in ersterer Beziehung nur wenig, das an dergleichen Leistungen aber nicht gewöhnte Landwehrpferd gar nicht genügen. Selbst Ostpreußen mit seinem vorzüglichen Pferdeschlag stellt infolge seines ausgedehnten und durch die Eisenbahnen immer lebhafter werdenden Handels nicht mehr ganz geeignete Landwehrpferde, sie sind entweder zu jung, oder aber nicht fehlerfrei. Der heutige Standpunkt der Taktik und der Cultur gestattet nur durchaus gute Cavallerie mit Nutzen zu verwenden und nöthigt, die ganze Zahl, welche man im Kriege braucht, im Frieden präsent zu halten. Die Landwehrcavallerie würde nur eine ungeheure Verschwendung des Materials sein. — Für Preußen würden wir deshalb den westlichen fünf Corps fünf Regimenter, den östlichen vier Corps aber sechs Regimenter leichter Cavallerie geben, in denen man das lange Dienen, die Vermehrung der guten Reiter nach Möglichkeit unterstützt, und aus denen die abgehenden Reserven nur zur Ausfüllung einzelner Lücken im Fall einer Mobilmachung dienen, die übrigen aber bei dem Armee- und Artillerie-Fuhrwesen zur Verwendung kommen. — Einer Verstärkung des jetzigen Friedensetats bedarf es nach den bisherigen Erfahrungen kaum. Will man die Regimenter aber zu größerm Gebrauch, wie wir dies bei der Infanterie vorgeschlagen, und worauf die jetzigen, geringen Leistungen der preußischen Cavallerie in Schleswig hinweisen, verwendbar machen, so muß man die Regimenter zu fünf Escadrons bilden und die eine Escadron als Ersatzescadron formiren.

Verantwortlicher Redacteur: Dr. Moritz Busch.

Verlag von F. L. Herbig. — Druck von C. E. Elbert in Leipzig.

Zur künftigen Abrechnung Schleswig-Holsteins mit Dänemark*).

Wenn bei Betrachtung des Streites der Herzogthümer Schleswig-Holstein mit Dänemark in der Regel das Recht der ersteren auf Trennung von Dänemark besonders hervorgehoben wird, so ist dies zwar in der Ordnung. Indeß würde das immer eifriger werdende und fast einmüthige Verlangen der dortigen Bevölkerung nach vollständiger Separation nach so langem Zusammenleben der beiden von der bisherigen dänischen Monarchie umfaßten Nationen sich nicht ohne Weiteres erklären, wenn nicht das Recht der Schleswig-Holsteiner zugleich ihr Vortheil wäre. Mit andern Worten: der Kampf der beiden Theile des jetzt zerfallenden dänischen Gesammtstaats ist keineswegs, wie man behauptet hat, ein reiner Erbfolgestreit, und ebensowenig ein bloßes Sichabstoßen zweier Nationalitäten, sondern zugleich ein Streit der Interessen, ja die letzteren spielen jedenfalls bei den Dänen und wohl auch bei einem großen Theil ihrer Gegner die Hauptrolle. Die Hartnäckigkeit des Widerstandes der Dänen gründet sich durchaus nicht blos auf ihre verblendete Großmannssucht, sondern auf die sehr klare Einsicht, daß sie und daß namentlich die Kopenhagener mit den Herzogthümern eine reichfließende Quelle ihres Wohlstandes verlieren würden. Und ähnlich verhält sichs mit dem lebhaften Wunsche Schleswig-Holsteins, aus der Verbindung mit Dänemark gelöst zu werden, nur daß hier Recht und Interesse Hand in Hand gehen.

Es ist wahr, wir zerstören damit einen Theil der Poesie dieses Kampfes, aber die Prosa hat in der Politik eine Hauptstelle zu beanspruchen, die Welt ist einmal so geartet. Nur der proceßsüchtige Bauer etwa streitet sich rein um des Rechthabens willen. Das Recht der Herzogthümer aber bedeutet, abgesehen von der Befriedigung des nationalen Triebes, der wenigstens Holstein und den Süden Schleswigs zu engerem Anschluß an Deutschland drängt, und abgesehen

*) Wir berücksichtigen hierbei den jetzt aufgetauchten Plan einer Theilung Schleswigs, an dessen Verwirklichung wir bis auf Weiteres nicht glauben wollen, zu dessen Beurtheilung aber im nächsten Heft Materialien folgen sollen, noch nicht.

von andern idealen Zielen, deren Erreichung es in sich birgt, auch sehr materielle, dem für patriotische Gedanken unzugänglichen Gemüthe ebenso wie dem Patrioten sofort einleuchtende, für den schlichtesten Alltagsverstand greifbare Vortheile. Es läßt sich nach Zahl und Gewicht bestimmen. Fast bis auf den Thaler kann angegeben werden, wie viel es, in Silber ausgeprägt, werth ist, und da ein nicht geringer Theil der Menschen, um nicht zu sagen die Mehrzahl, so eingerichtet ist, daß sie ihr und ihrer Nachbarn Interesse leichter verstehen und höher halten, als ihre und deren Pflicht, so wird eine ausführliche Untersuchung der Frage vom Standpunkte des Kaufmanns oder Finanziers hier nicht am unrechten Orte sein. Und sie wird um so zeitgemäßer erscheinen, als der sich mehr und mehr nähernde Tag der Abrechnung mit den bisherigen Partnern der Schleswig-Holsteiner jenseits der Königsau und der Belte eine gewisse Vorbereitung des größern Publicums nach dieser Seite hin nöthig macht. Zahlen sollen zwar Vielen langweilig sein, indeß hoffen wir, daß die Resultate, welche wir gewinnen dürften, dies nicht sein werden, und im Uebrigen tröste man sich damit, daß das Nothwendigste nicht immer das Kurzweiligste ist.

„Seit etwa zwölf Jahren, von 1852 bis 1863 sind also aus den Herzogthümern reichlich zweiundfünfzig Millionen preußische Thaler auf Nimmerwiederkehr nach Dänemark gewandert. Wer das noch nicht weiß, der wird jetzt einsehen, daß der Ruf: Los von Dänemark! zugleich die Bedeutung hat: Knopf auf den Beutel!“

So ließ sich ein Artikel vernehmen, welcher vor Kurzem durch die kleine Presse der Herzogthümer lief und durch das soeben angeführte Ergebniß einer Vergleichung der Einnahmen derselben mit den für sie verwendeten Ausgaben vielfach Aufsehen machte. Der Eine und der Andere mochte darüber den Kopf schütteln und meinen, der Verfasser habe wohl doppelt gesehen oder sich bei der Subtraction geirrt. Allein der Aufsatz floß aus guter Quelle, und wenn man ihm vorwerfen konnte, gewisse Ausgaben, welche eine eigne Einrichtung der Herzogthümer künftig erfordern wird (für Civilliste, Armee, Marine u. d.) nur beiläufig berücksichtigt zu haben, so traf dieser Tadel nur in geringem Maße zu, da volkswirthschaftlich betrachtet jene Ausgaben, indem ihr Betrag im Lande bleibt, großentheils wieder zu Einnahmen werden müssen, wo nicht direct für den Staat, so doch für das Volk und hierdurch mittelbar auch für jenen.

Im Folgenden prüfen wir auf Grund von Unterlagen, die uns von durchaus kundiger Hand geliefert wurden, die Art, wie Schleswig-Holstein bisher von der kopenhagner Politik ausgebeutet wurde, gründlicher, als es in jenem Artikel geschehen konnte, und berücksichtigen dabei zugleich die vor 1852 liegende Vergangenheit, zunächst um darzuthun, daß der volksthümliche Zuruf „Knopf auf den Beutel! und auch darum los von Dänemark!“ seinen guten

Grund hatte, dann um Material zu geben für die jetzt hoffentlich nicht mehr ferne Abrechnung mit Dänemark.

Das Soll der Herzogthümer bei einer solchen schließlichen Auseinandersetzung würde aus dem von ihnen billigerweise zu übernehmenden Antheile der Staatsschuld der dänischen Monarchie bestehen, wobei der Stand derselben beim Tode Friedrichs des Siebenten als Norm anzusehen sein würde. Ende März 1863 betrug diese Schuld (mit Hinweglassung der Schillinge) 95,734,337 Thaler Reichsmünze oder ungefähr 71,800,753 Thaler preußisch.

Die Gegenrechnung der Herzogthümer, das Haben derselbe aber würde, wenn wir kaufmännisch verfahren dürfen und keine Verjährungen anzuerkennen haben, folgende Posten aufweisen:

1) Betrag der berüchtigten Uebervortheilung des deutschen Theils der Monarchie durch die Reichsbank-Verordnung von 1813;

2) Werth der nach „Pacification" Schleswig-Holsteins widerrechtlich nach Dänemark entführten Waffen und Geschütze, des übrigen Materials der Armee und der Marine;

3) Antheil, welcher den Herzogthümern an sämmtlichen Staatsactiven zusteht; endlich

4) Rückforderung der unter der Finanzverfassung von 1853 denselben wider Recht und Gebühr abgenommenen Steuern und sonstigen Beiträge zur Gesammtstaats-Wirthschaft.

Der Posten Nr. 1 gründet sich auf ein Plünderungsverfahren, wie es in der Geschichte civilisirter Nationen, selbst in den Annalen Oestreichs, die sonst eine reiche Auswahl an schmachvollen Finanzoperationen aufzuweisen haben, seines Gleichen nirgend findet. Die Geschichte dieses die Regierung Friedrich des Sechsten für alle Zeiten schändenden Raubes am Vermögen seiner deutschen Unterthanen ist in der Kürze folgende. Im August 1812 bemächtigt sich die kopenhagner Regierung des Silbervorraths der schleswig-holsteinischen Speciesbank in Altona und läßt denselben, obgleich ein feierliches königliches Versprechen solchem Eingriff entgegensteht, von dort nach Rendsburg abführen. Dieser Silbervorrath diente zur Fundirung des schleswig-holsteinischen Papiergeldes, und die Folge der Maßregel ist die Entwerthung desselben. Wenige Monate später erfolgt ein zweiter, noch verhängnißvollerer Coup, gegen den der ebenerwähnte erste fast wie ein Scherz aussieht. Durch Verordnung wird das tiefzerrüttete Geldwesen Dänemarks ohne Weiteres mit dem bisher wohlgeordneten der Herzogthümer zusammengeworfen. Am 5. Januar 1813 ergeht unter dem Vorgeben, es solle eine gemeinschaftliche Staats- oder Reichsbank errichtet werden, der königliche Befehl, dieses Institut aus allen Theilen der Monarchie zu fundiren und das Königreich mit 19, die Herzogthümer mit 14 Millionen dazu heranzuziehen, wofür jeder der beiden Theile eine Abtheilung der Bank erhalten soll. Zur

Beitreibung der Fundirung erklärt die Regierung sechs Procent des Werthes alles Grundbesitzes für der Bank verhaftet. Die dänischen Grundeigenthümer klagen darauf, dies nicht tragen zu können, und so werden ihnen $12^1/_2$ Millionen erlassen, die Herzogthümer dagegen müssen nicht nur den vollen Belauf der ihnen ursprünglich aufgebürdeten 14 Millionen, sondern auch zur Ersetzung der den dänischen Nachbarn erlassenen $12^1/_2$ Millionen noch weitere 5 Millionen zahlen.

Und nicht genug mit solcher Uebervortheilung, auch die schleswig-holsteinische Abtheilung der Bank wurde gegen das Versprechen des Königs und trotz wiederholter Petitionen aus den Herzogthümern nicht gewährt. Ja noch mehr: im Jahr 1818 wandelte man jene weit überwiegend durch den deutschen Theil der Monarchie fundirte gemeinschaftliche Reichsbank in eine dänische Privatbank um. Die Grundbesitzer, welche zu ihr hatten beisteuern müssen, wurden zu Actionären erklärt, mit Benutzung obwaltender Irrthümer aber und durch zweideutige Fassung des betreffenden Gesetzes wußte man es in Kopenhagen zu ermöglichen, daß den Grundbesitzern der Herzogthümer mit geringfügigen Ausnahmen ihr Actienrecht abgesprochen wurde. Die Folge war, daß in Schleswig-Holstein während der Jahre 1813 bis 1818 Tausende an den Bettelstab geriethen, und daß über ganze Dorfschaften der Concurs erkannt werden mußte*).

Die Herzogthümer hatten zu der Bank 19, Dänemark, wie wir sahen, nur $6^1/_2$ Millionen beigetragen. Den Raub an der altonaer Bank ungerechnet hat also die Benachtheiligung Schleswig-Holsteins bei dieser Aufeinanderfolge von alles Gerechtigkeitsgefühl verhöhnenden Transactionen den Dänen mindestens $14^1/_2$ Millionen eingetragen, und wenn die Schleswig-Holsteiner diesen Posten jetzt vielleicht nicht mehr einklagen können, so wissen sie mindestens, daß er ihnen dienen kann, die eine oder die andere Gegenrechnung, welche dänische Schlauheit und Unverschämtheit ebenfalls aus älterer Zeit gegen andere Posten hervorzusuchen sich aufgelegt fühlen mag, mit Erfolg abzuweisen.

Wir kommen zu dem Posten Nr. 2, der auf einer kaum weniger laut schreienden Ungerechtigkeit der dänischen Regierung beruht, und von dem man schwerlich wird behaupten wollen, daß er verjährt sei. Bei den Verhandlungen über die „Pacification" der Herzogthümer nach dem vorigen Kriege erklärten die Commissäre der deutschen Großmächte der Statthalterschaft: „das Kriegsmaterial (der schleswig-holsteinischen Armee) verbleibt unter deutschem Schutze im Besitze des Landes." Diese Zusage aber wurde, wie viele andere, von den Dänen, als man ihnen die Herzogthümer schließlich übergab, nicht adoptirt und

*) Vgl. Samwer und Droysen „Die Herzogthümer Schleswig-Holstein und das Königreich Dänemark." 2. Aufl. Hamburg, 1850.

von Preußen und Oestreich deren Verletzung nicht gehindert. Dänemark nahm den Schleswig-Holsteinern nicht nur in jenem Material ihr wohlerworbenes Eigenthum, sondern nöthigte sie auch, die dafür gemachten Schulden allein zu bezahlen, ja legte ihnen sogar die Pflicht auf, die von Dänemark zur Bestreitung der Kriegskosten contrahirten Schulden verzinsen und tilgen zu helfen. Das gesammte Kriegsmaterial, für eine Armee von 48,000 Mann hinreichend und durchweg im besten Stande, Geschütze, Handfeuerwaffen, Uniformen, Sättel, Decken, Munition, Lazarethgegenstände, dazu die Flotille — alles wurde von den Dänen als Kriegsbeute behandelt, die es in keiner Beziehung war, da die Herzogthümer nicht Dänemark unterlegen waren. Es wäre daher nur eine Forderung der Gerechtigkeit, wenn bei der bevorstehenden Abrechnung Dänemark angehalten würde, diesen Raub, soweit er in natura noch vorhanden ist*), herauszugeben und sich für den Rest mit der von den Herzogthümern dafür bezahlten Summe belasten zu lassen.

Indeß würde die Berechnung ihre Schwierigkeiten haben, und so wird man sich mit einer theilweisen Entschädigung zufrieden geben müssen, deren Feststellung dafür um so leichter zu bewerkstelligen ist. Jenes Kriegsmaterial kostete den Schleswig-Holsteinern circa 6 Millionen Thaler Reichsmünze. Dänemark nahm nicht nur die betreffenden Ausrüstungsgegenstände, Schiffe u. s. w. weg, sondern beseitigte auch kurz und bündig die zum Ankauf derselben und zur Deckung der Kriegskosten contrahirten Schulden, indem es die betreffende Anleihe durch einen Machtspruch für ungiltig erklärte. Die Zettelschuld von 2,400,000 Thlrn. mußte Holstein allein aufbringen, und die zuletzt eingezahlte Rate der Ablösung dieser Schuld, 240,000 Thlr. hat wiederum die dänische Regierung eingezogen, dem Herzogthum Holstein aber die Zettel im Betrag von 186,000 Thlrn. gelassen, die dasselbe nun noch einmal bezahlen muß. Diese 2,586,000 Thlr. als Aequivalent für das entführte Kriegsmaterial zu berechnen, hieße sich offenbar großer Billigkeit und Rücksichtsnahme befleißigen, und da gedachte Summe ganz in gleicher Weise pro rata von den einzelnen Landestheilen zu tragen gewesen wäre, wie die Schleswig-Holsteiner genöthigt wurden, die vom Königreiche zu ihrer Bekämpfung contrahirten Schulden der Jahre 1848 bis 1850 mitzutragen, so werden wir uns erlauben dürfen, den auf Dänemark fallenden Antheil an derselben — er beträgt 1,629,180 Thlr. — bei der schließlichen Auseinandersetzung mit den kopenhagner Politikern und Finanzmännern in Gegenrechnung zu stellen.

In Betreff des dritten Postens der Forderungen, welche Schleswig-Hol-

*) Ein beträchtlicher Theil der Kanonen ist im jetzigen Kriege, am Dannewerk und bei Düppel, von den Preußen und Oestreichern erbeutet und außer Landes geschafft worden.

stein bei der Abrechnung mit Dänemark, seinem bisherigen Compagnon, geltend machen kann, dürfen wir uns kurz fassen. Die Activen der bisherigen dänischen Monarchie, welche bei Auflösung des Compagniegeschäfts pro rata zu vertheilen sind, bestehen aus den vier Hauptposten: Baarforderungen (mit Hinweglassung der Schillinge, wie später immer) 4,187,077, Oeresundsfond 31,199,293, Reservefond 4,445,705, gemeinschaftliche Institute und Fonds circa 16,150,385 Thlr. Reichsmünze. Der Termin, nach welchem diese Summen berechnet sind, ist das Ende des Finanzjahres 1862/63. Die vier Posten zusammen betragen 45,982,460 Thlr. Rm., und diese Summe enthält zu 37 Procent das Eigenthum der Herzogthümer, welche somit an den Activen der bisherigen Gesammtmonarchie einen Antheil von 17,013,510 Thlr. Rm. zu beanspruchen haben. Hierzu kommt noch der Antheil derselben an dem Material der Armee und der Flotte, den wir indeß aus verschiedenen Gründen, unter anderem, weil der Werth dieses Materials sich nur annähernd in Zahlen ausdrücken läßt, und weil ein Theil der Geschütze, Waffen und Schiffe unter Nr. 2 fällt, hier unberücksichtigt lassen. Dagegen sind zu obiger Summe noch die speciellen Kassenbehalte der Herzogthümer hinzuzurechnen, welche für Schleswig 1,257,874, für Holstein 827,486 Thlr. Rm. betragen, und so beläuft sich der beiden gebührende Antheil an den erwähnten Activen im Ganzen auf 19,098,871 Thlr. Reichsmünze.

Der nun folgende vierte Posten des Guthabens der Herzogthümer wird uns länger beschäftigen. Es handelt sich hier um die Prägravation Schleswig-Holsteins seit 1853. Schon wenn man den Gesammtstaat als zu Recht bestanden anerkennt, sich also auf den Standpunkt einer gesammtstaatlichen Finanzpolitik stellt, wird man bei genauerem Zusehen sehr bald inne, daß die Herzogthümer erheblich benachtheiligt worden sind. Weitaus größer aber erscheint der denselben zugefügte Schaden und andrerseits der für Dänemark berechnete Gewinn, wenn man von dem einzig richtigen Grundsatz ausgeht, nach welchem Schleswig-Holstein zum Königreiche in dem Verhältniß einer bloßen Personalunion hätte stehen sollen. Zwar hätten die Herzogthümer bei Anwendung dieses Grundsatzes auf die Finanzpolitik gewisse Einnahmen und Ausgaben (unter letzteren Civilliste und Gesandtschaften) mit dem Königreich gemeinschaftlich haben können, und hätte man diese etwa nach dem Verhältniß der Kopfzahl berechnen mögen. Dies hätte aber nur in Betreff solcher Einnahmen und Ausgaben der Fall sein dürfen, bei denen sich nicht, bei den Einnahmen der Ursprung, bei den Ausgaben die Verwendung speciell für den einzelnen Landestheil ermitteln läßt. Alle andern hätten als besondere Einnahmen und Ausgaben der Herzogthümer oder des Königreichs berechnet werden müssen.

In der geschickten Verschiebung und Verdunkelung dieses Verhältnisses von Seiten der dänischen Finanzminister liegt die Hauptbenachtheiligung Schleswig-Holsteins von 1853 bis 1863, die wir jetzt näher prüfen werden.

Nach der Zählung von 1860 vertheilte sich die Bevölkerung der dänischen Monarchie über die Länder, aus denen sie bestand, wie folgt: Auf das Königreich kamen 1,600,500 Seelen oder $62,_{85}$ Procent, auf Schleswig 409,907 S. oder $16,_{09}$ Proc., auf Holstein endlich 536,133 S. oder $21,_{06}$ Proc. Nach dem Census von 1855 hätten sich die Verhältnisse so gestellt, daß auf Dänemark $63,_{32}$, auf Schleswig $15,_{93}$, auf Holstein $20,_{75}$ Proc. gekommen wären. Die dänischen Finanzmänner aber rechneten, als sie die Zuschüsse zu den gemeinsamen Ausgaben feststellten, wesentlich anders, in dem sie die Verhältnisse 60, 17 und 23 annahmen. Wir werden im Folgenden alle auf die Volkszahl zu reducirenden Beträge auf die durchschnittlich nahezu genauen ganzen Zahlen 63, 16 und 21 beziehen. Und nun sehen wir einmal zu, wie in einem gesammtstaatlichen Finanzjahre die Beiträge zu den Einnahmen und Ausgaben sich verhalten haben, und zwar wählen wir zu diesem Zwecke das letzte Jahr aus, über welches Rechnung abgelegt ist.

Im Finanzjahr 1862/63 betrugen die gemeinschaftlichen Ausgaben 15,123,748 Thlr. Rm., und da bei den gemeinschaftlichen Einnahmen und Ausgaben das Kopfzahlverhältniß maßgebend war, so hätte von dieser Summe Dänemark 9,527,961, Schleswig 2,419,833, Holstein 3,175,953 Thlr. aufzubringen gehabt. Es haben aber in Wirklichkeit, die Ueberschüsse der Domänen und die Zuschüsse aus den besondern Einnahmen eingerechnet, Dänemark nur 8,906,614, Schleswig dagegen 2,756,095 und Holstein 3,461,039 Thaler zu den gemeinsamen Ausgaben beigetragen. Folglich steuerten dazu, selbst wenn wir einstweilen annehmen, die Vertheilung nach Kopfzahl sei gerecht gewesen, und wenn wir ferner annehmen, die Ueberschüsse der Domänen hätten dem Gesammtstaat gehört, Dänemark circa (wir führen, wie bemerkt, die Schillinge überall nicht mit auf, woraus man sich die kleinen Differenzen, die hier und im Folgenden sich in den Zahlenresultaten ergeben können, erklären wolle) 621,347 Thlr. zu wenig, Schleswig dagegen 336,262 und Holstein 285,085 Thlr. zu viel. Dagegen vermehrte sich in dem gedachten Rechnungsjahre der Kassenbehalt des Königreichs um 1,163,264, der des Herzogthums Schleswig nur um 243,926, der Holsteins nur um 234,123 Thlr.

Bei gleichmäßiger Vertheilung der Einnahmen und Lasten auf alle Theile hätten aber von der Gesammtsumme der Staatsersparnisse — sie betrug, die Schillinge ungerechnet, 1,641,314 Thlr. — auf Dänemark nur 1,034,028, auf Schleswig dagegen 262,610, auf Holstein 344,676 Thlr. fallen müssen, und so sehen wir, daß sich der Kassenbehalt in dem ersten der drei Länder um 129,236 Thlr. zu viel, im zweitgenannten um 18,683 und im dritten um 110,552 Thlr. zu wenig gesteigert hat.

Ferner aber ergiebt sich, daß die Besteuerung in den Herzogthümern, auch wenn man von gewissen Lasten absieht, welche hier von den Gemeinden getragen werden, während sie in Dänemark in den Staatssteuern mitenthalten sind, höher ist, als im Königreiche. Im Ganzen wurden nämlich an gemeinschaftlichen und besondern Einnahmen durch Steuern und andere Abgaben in dem gedachten Finanzjahre von Dänemark 14,564,626, in Schleswig 4,164,435, in Holstein 5,258,229 Thlr. aufgebracht, und dies auf die Seelenzahl nach dem letzten Census vertheilt, giebt per Kopf in Dänemark 9 Thlr. 1/2 Schill., in Schleswig 10 Thlr. 10 1/2 Sch., in Holstein 9 Thlr. 77 1/2 Sch.

Das merkwürdige Ergebniß, welches wir mit dieser Nachrechnung gewinnen, lautet: Dänemark brachte nach seiner Volkszahl in dem in Rede stehenden Finanzjahr
an Steuern zu wenig auf .... 621,347 Thlr. Rm.,
sein Kassenbehalt stieg zu hoch um .. 129,236 „ „

Die Summe von 750,584 Thlr. ist also der kleinste Betrag der Prägravation, welche die Herzogthümer im Jahre 1862/63 durch die dänischen Finanzmänner erlitten haben. Der kleinste; denn daß jene Summe noch lange nicht die volle Beeinträchtigung des deutschen Partners in dem nun der Auflösung entgegengehenden Compagniegeschäft durch den dänischen angiebt, ist leicht zu beweisen und aus folgenden Andeutungen klar ersichtlich.

Erstens absorbiren die Verwaltungskosten der Domänen im Königreiche eine weit höhere Quote der Bruttoeinnahme wie in den Herzogthümern: dort 48, in Schleswig nur 23, in Holstein 33 Procent, und es fließt also in Dänemark fast die Hälfte, in Schleswig noch kein Viertel, in Holstein kein volles Drittel jener Einnahme sogleich wieder in das Land zurück.

Sodann haben die Herzogthümer eine Anzahl von Abgaben zu entrichten, deren in der Staatsrechnung keine Erwähnung geschieht, und von denen die Einwohner Dänemarks nichts wissen. Dahin gehören die Beiträge zur Erhaltung der Deiche in den Marschdistricten, die Unterhaltungskosten des schleswig-holsteinischen Taubstummen-Instituts und der Strafanstalten, die Chausseesteuer, die Kosten für die Stände (welche für Dänemark aus der Staatskasse bestritten werden) und verschiedenes Andere.

Endlich aber ist in Betracht zu ziehen, daß ein sehr bedeutender Theil der von den Schleswig-Holsteinern bisher für die sogenannten gemeinschaftlichen Ausgaben zu leistenden Beiträge nicht ihnen wieder zu Gute kommt, sondern den Dänen, vorzüglich den Kopenhagnern zufließt, mit andern Worten, daß sie zwar mit zahlen müssen, aber nicht mit genießen dürfen.

Letzteren Beschwerdepunkt werden wir sogleich noch etwas genauer ins Auge fassen, wenn wir die Prägravation der Herzogthümer durch die Dänen unter einem andern Gesichtspunkte als dem der gesammtstaatlichen Finanzpolitik betrachten. Bleiben wir noch für einen Augenblick bei der letzteren stehen, so kann die soeben für das Finanzjahr 1862/63 herausgerechnete Benachtheiligung Schleswig-Holsteins von 750,584 Thlr. nicht ohne Weiteres als Maßstab für eine Durchschnittsberechnung in Betreff der zehnjährigen Periode von 1853 bis 1863 angelegt werden, und zwar deshalb nicht, weil die Intraden, besonders bei den Domänen, und die Verrechnungen der Kassenbehalte in den verschiedenen Jahren verschieden waren. Man würde sich also die Mühe geben müssen, die Beträge der einzelnen Finanzjahre vor 1862/63 ebenfalls festzustellen, und dies ist von der kundigen Hand, die uns das Material zu diesem Aufsatz zusammentrug und sichtete, mit einer Sorgfalt geschehen, die nichts zu wünschen übrig läßt, deren Arbeit wir aber hier nur in ihrem Endresultat mittheilen können.

Die erste der betreffenden Tabellen zeigt zuerst, wie es sich mit den nach Kopfzahl zu berechnenden Gesammtstaats-Einnahmen mit Einschluß der Domänen-Einnahmen in Wirklichkeit verhalten hat. Wir ersehen daraus, daß Dänemark, statt von der Gesammtsumme der Einnahmen in der zehnjährigen Finanzperiode seinen Antheil mit 11,829,092 Thlr. aufzubringen, nur 4,728,550 Thlr., also 7,100,541 zu wenig gezahlt hat, wogegen Schleswig 4,119,716 und Holstein 2,980,725 Thlr. zu viel bezahlt haben. Dabei blieben von den Bruttoeinnahmen des Königreichs mehr als fünfzig, von denen Schleswigs nicht viel über fünfundzwanzig, von denen Holsteins ungefähr sechsundzwanzig Procent als Verwaltungskosten im Lande.

Ferner hätte Dänemark zu den gemeinschaftlichen Ausgaben, die nicht durch die gemeinschaftlichen Einnahmen gedeckt wurden — ein Ausgabentheil, welcher nach der zweiten uns vorliegenden Tabelle in den in Rede stehenden zehn Jahren 34,085,077 Thlr. betrug — nach Kopfzahl 21,473,598 Thlr. aufbringen müssen; es zahlte aber 830,549 Thlr. weniger, wogegen Schleswig 284,093 und Holstein 546,455 Thlr. mehr aufbrachten, als sie bei einer gerechten Vertheilung zu zahlen nöthig gehabt hätten.

Endlich hat sich nach der dritten uns übergebenen Tabelle der Kassenbehalt des Königreichs und nach Einführung des gemeinschaftlichen Kassenbehalts von Schleswig-Dänemark auch der Kassenbehalt Schleswigs verhältnißmäßig zu stark vermehrt; denn Dänemark ersparte in jener zehnjährigen Periode 393,648, Schleswig 199,319 Thlr. zu viel, Holstein aber 592,968 Thlr. zu wenig.

Legt man die im Vorhergehenden besprochnen drei Factoren der Prägravation zusammen, so gewinnt man folgendes Ergebniß: Der Partner Dänemark profitirte, indem er durch seine Domänen nach Verhältniß seiner Bevölkerung zu wenig aufbrachte, zu geringe Zuschüsse leistete und zu viel an Kassenbehalt erhielt, 8,324,739 Thlr. Schleswig dagegen hatte einen Schaden von 4,204,490, und Holstein wurde um die Summe von 4,120,149 Thlr. übervortheilt. Beide Herzogthümer haben deshalb jene 8,324,739 Thlr. von Dänemark mit Fug zurückzuverlangen, und diese Forderung ist die kleinste Summe, auf welche dieselben als auf eine aus ungerechter Finanzverwaltung während der Jahre 1853 bis 1863 entsprungene, Anspruch zu machen haben.

Wir ließen bisher die gesammtstaatliche Finanzpolitik im Princip gelten und beschränkten uns darauf, zu zeigen, daß Schleswig-Holstein in dem eben erwähnten Zeitraum, selbst angenommen, alle gesammtstaatlichen Einnahmen seien mit Ausnahme der Domänen-Intraden und der Zuschüsse genau der Kopfzahl entsprechend vertheilt gewesen, in diesen beiden Posten allein schon die bedeutende Summe von mehr als acht Millionen Thalern Reichsmünze verloren hat. Die Verluste der Herzogthümer schwellen aber zu weit größeren Summen an, wenn wir bedenken, daß die Politik, welche denselben eine Realunion mit dem Königreich aufnöthigte, sie infolge dessen an Ausgaben theilzunehmen zwang, die überwiegend dem dänischen Theil der Monarchie und vor allem der Stadt Kopenhagen zu Gute kamen.

Betrachten wir die sogenannten Gesammtausgaben nach ihrer wahren Beziehung zu den einzelnen Landestheilen, so wird sich das Ergebniß, zu dem wir gelangen werden, allerdings nicht in einer runden Zahl ausdrücken lassen. Denn während wir bei obiger Kritik der Einnahmen schließlich genau wußten, um wie viele Millionen Bankthaler weniger die Herzogthümer im Lauf von zehn Jahren hätten besteuert werden sollen, zerfallen die Ausgaben in verschiedene Classen, und die Natur einiger derselben schließt eine Nachrechnung bis auf Thaler und Schilling aus.

Die Ausgaben theilen sich:

1) in solche, für die von Rechtswegen die Schleswig-Holsteiner gar nicht oder nur in geringerem Maße, als es geschah, besteuert werden durften, wie z. B. die Pensionsbeiträge, die ohne Schaden nach den Landestheilen gesondert werden konnten; die hierauf sich gründende Benachtheiligung der Herzogthümer läßt sich in runden Summen angeben;

2) in solche, welche die Herzogthümer als selbständige Staaten zwar auch hätten tragen müssen, aber mit dem sehr wesentlichen Unterschiede, daß die betreffenden Summen großentheils im Lande verzehrt worden wären; dahin gehören z. B. die Civilliste, die Apanagen, die Ministerien und zum Theil das Heer; die wirthschaftliche Prägravation Schleswig-Holsteins dadurch, daß die Quote, welche es zu diesen Ausgaben steuerte, nicht dem Lande (oder doch nur zu einem sehr kleinen Theil dem Lande) wieder zufloß, sondern in Dänemark verausgabt wurde, läßt sich nur annähernd in Zahlen ausdrücken und nur indirect zu einer Forderung formuliren;

3) in solche, die unter allen Umständen von den Herzogthümern, gleichviel wie weit sie selbständig gemacht werden, aufzubringen sind. Dahin gehört die Verzinsung und Tilgung der Staatsschuld.

Nach diesen Gesichtspunkten prüfen wir in der Kürze die elf Rubriken des Contos der gemeinschaftlichen Ausgaben in der Staatsrechnung des Finanzjahres 1862/63.

Unter Nr. 1. unsrer drei Classen fallen die 1,313,963 Thlr. des Pensionswesens und die 191,075 Thlr., die wir unter der Rubrik „Verschiedene Ausgaben der Monarchie" für die Befestigung Kopenhagens nach der Seeseite angeführt finden. Beide Posten enthalten eine beträchtliche Benachtheiligung der Herzogthümer; denn die Pensionen für gewesene Beamte und für Wittwen in Holstein betragen nur 151,786 Thlr., die in Schleswig allerhöchstens ebenso viel, und so müßte, wenn es mit rechten Dingen zuginge, Dänemark für seine Pensionäre ungefähr eine Million aufbringen; nach der Kopfzahlberechnung der gesammtstaatlichen Finanzmänner trägt es aber nur 827,000 Thlr. bei, profitirt daher auf Kosten der Herzogthümer circa 183,000 Thlr. Zu der Fortification Kopenhagens sollten die Schleswig-Holsteiner gegen 70,700 Thlr. abgeben, selbstverständlich nicht in ihrem Interesse, sondern direct gegen dasselbe. Da dieser Posten ein extraordinärer ist, so setzen wir ihn für die Summirung der zehnjährigen Finanzperiode nur mit dem zehnten Theile an, also mit 7,070 Thlr.

Die zweite unsrer Classen von Ausgaben umfaßt zunächst die Civilliste: 800,000 Thlr., von denen den Herzogthümern nur das Wenige wieder zugeflossen ist, was bei den kurzen Besuchen verausgabt wurde, die der König gelegentlich den Schleswigern machte. Man ist daher berechtigt, so ziemlich die ganze auf die Schleswig-Holsteiner fallende Quote von 296,000 Thlr. als diesen wirthschaftlich verloren gegangen und von den Dänen gewonnen anzusehen. Ferner die Apanagen: 368,460 Thlr., von denen 290,000 in Dänemark, etwa 60,000 in den Herzogthümern und die übrigen Summen anderwärts verzehrt wurden. Wirthschaftliche Prägravation Schleswig-Holsteins zu Gunsten Dänemarks daher nach Kopfzahl berechnet: 73,200 Thlr. Weiter der Geheime Staatsrath: 55,500 Thlr., nur mit Dänen besetzt und in Dänemark domicilirend; wirthschaftlicher Schaden für die Herzogthümer 37 Procent der Summe, also 20,535 Thlr. Sodann das Ministerium des Auswärtigen: 224,717 Thlr. ebenfalls ganz in dänischen Händen, daher wirthschaftliche Benachtheiligung Schleswig-Holsteins im Betrag seines ganzen Antheils, der sich auf 83,145 Thlr. beläuft.

Noch andere Posten dieser Gattung sind endlich: das Kriegs-, das Marine- und das Finanzministerium. Das erste erforderte 4,388,981 Thlr., und die in dieser Summe begriffnen Ausgaben verlangen eine verschiedene Beurtheilung. Wenn Schleswig-Holstein als Miteigenthümer des gesammten vorhandenen Kriegsmaterials gelten will, so muß es auch zu den Ausgaben mitsteuern, welche die Conservirung desselben erfordert, und gleiches gilt von den militärischen Bildungsanstalten. Die Herzogthümer haben zwar hiervon bisher keinerlei Nutzen, vielmehr Schaden gehabt, doch ist von einer Vertheilung des vorhandenen Materials einige Entschädigung zu hoffen. Anders steht es mit den Kosten für die Unterhaltung des Personals der Armee; denn unzweifelhaft ist hier von den für Löhnung, Gage, Naturalverpflegung der Truppen u. d. m. ausgegebenen Summen ein ganz unverhältnißmäßig großer Theil dem Königreiche wieder zugeflossen. Indeß entzieht sich dieser Gegenstand der Berechnung, und so müssen wir davon absehen, einen Anspruch darauf hin zu erheben. Um so berechtigter aber ist man, die auf die Herzogthümer fallende Quote für das Kriegsministerium selbst, für dessen Beamte, für Quartiergelder, Reiseunterstützungen, besondere Honorare u. s. w. als fast völlig den Herzogthümern entzogen zu veranschlagen, da mit kaum nennenswerthen Ausnahmen nur Dänen von diesen Posten Gewinn hatten. Betragen die hier in Rede stehenden Ausgaben nach der Staatsrechnung etwa 1,060,000 Thlr., so kommen auf den Antheil Schleswig-Holsteins circa 392,000 Thlr. — In Betreff der 2,538,794 Thlr., welche das Marineministerium erforderte, gilt dasselbe, wie von den Ausgaben für das soeben betrachtete Departement. Nur ist auch die Löhnung der Flottenmannschaft beinahe ganz dem Königreiche zu Gute gekommen. Die Personalausgaben für Beamte, Offiziere und Matrosen betragen mit Einschluß der Naturalverpflegung ungefähr 700,000 Thlr., und so setzen wir die wirthschaftliche Prägravation der Herzogthümer zu circa 259,000 Thlr. an. Die übrigen Kosten sind im Wesentlichen Unterhaltungskosten der Flotte und der zu ihr gehörigen Anstalten, deren Bestände bei der Abrechnung dem ausscheidenden schleswig-holsteinischen Compagnon der Firma Dänemark und Schleswig-Holstein pro rata seiner 37 Procent auszuantworten sein werden. — Von den 407,690 Thlrn., welche nach der Staatsrechnung auf das Finanzministerium fallen, sind die circa 360,000 Thlr., die für Beamte und sonstige Angestellte im Ministerium, andere Beamte und Zuschüsse zur Pensionirung von Militärs berechnet wurden, im Königreich verzehrt worden, und so schlagen wir den hieraus den Herzogthümern erwachsenden wirthschaftlichen Schaden auf etwa 133,200 Thlr. an.

Die Ausgaben der dritten Classe: Verzinsung und Tilgung der Staatsschuld: 4,091,857 Thlr. kommen, wie bereits bemerkt, nach Verhältniß der Seelenzahl den Herzogthümern wie dem Königreiche in gleicher Weise zu.

Und jetzt ist es Zeit, die Ergebnisse dieser Betrachtung des Ausgaben-Contos von 1862/63 zu addiren, was folgendes erbauliche Exempel giebt:

Directe Uebervortheilung der Herzogthümer in den Ausgaben von Classe 1	290,070 Thlr.
Wirthschaftliche Benachtheiligung in den Ausgaben von Classe 2 mindestens	1,257,080 „
Summa:	1,547,150 Thlr.

Die wirthschaftliche Benachtheiligung, die sonach im Verlauf der zehnjährigen Finanzperiode von 1853 bis 1863 die gewaltige Summe von 12,570,800 Thlr. erreicht hätte, wird sich bei der Abrechnung nicht wohl geltend machen lassen.

Dagegen sind wir entschieden berechtigt, die directe Prägravation, welche die Herzogthümer einmal durch die oben angeführte ungerechte Postirung der Einnahmen, dann durch falsche Postirung der Ausgaben erlitten haben, und welche in ersterer Beziehung während jener zehn Jahre einem Schaden von 8,324,739, in letzterer einen von 2,900,700 Thlr. verursachte, in die Gegenrechnung aufzunehmen, welche die Herzogthümer den Dänen bei Auflösung ihrer Geschäftsverbindung machen können.

Die Rechnung beider Theile wird sich, wenn jene Transaction eintritt, nach dem Gesagten folgendermaßen stellen:

Die Staatsschuld der dänischen Monarchie betrug zu Ende des Finanzjahres 1862 zu 1863	95,734,337	Thlr.	Rm.
Hiervon hätten die Herzogthümer 37 Procent zu übernehmen, also	35,421,704	"	"
Sie haben aber nach dem Obigen in Gegenrechnung zu stellen:			
1) Die Benachtheiligung durch die Bankhaft von 1813	14,500,000	"	"
2) Den dänischen Antheil an der holsteinischen Zettelschuld	1,629,180	"	"
3) Den Antheil Schleswig-Holsteins an den Staatsactiven	19,098,871	"	"
4) Die Prägravation in den letzten zehn Finanzjahren	11,225,439	"	"
Summa:	46,453,490	Thlr.	Rm.

Unser Endresultat lautet demnach:

1) Dänemark hat die gesammte Staatsschuld für sich zu behalten;

2) den Herzogthümern noch elf Millionen, oder wenn es genau genommen werden soll, 11,031,786 Thlr. herauszuzahlen;

3) sind die Materialien der activen Armee und der Marine, die Sammlungen und aller sonstige gemeinschaftliche Besitz, soweit dies der Natur der Sache nach möglich, pro rata zu vertheilen, wobei den Herzogthümern 37 Procent zufallen müssen.

So die Rechnung des Kaufmanns. Ob die Politiker so rechnen werden, ist eine andere Frage, die hier natürlich nicht beantwortet werden kann, obwohl es nicht einzusehen sein würde, wenn man wesentlich anders verführe. Auf alle Fälle würde man nur auf die obige Weise alle gerechten Forderungen erfüllen; doch mag die Billigkeit und Großmuth des Siegers die von den Dänen zu fordernden elf Millionen in den Schornstein schreiben wollen, und so wollen wir einmal annehmen, daß eine solche ordnungsmäßige und zugleich rücksichtsvolle Theilung wirklich stattfinden wird, und darauf hin nach unsrer Quelle die Aufstellung eines schleswig-holsteinischen Budgets versuchen. Indem wir unter Beibehaltung der bisherigen Intraden auf der Einnahmeseite den Ueberschuß über die seither in den Herzogthümern selbst verwendeten Ausgaben erkennen werden, wird man noch einmal recht deutlich sehen, wie groß die wirthschaftliche Benachtheiligung Schleswig-Holsteins unter der Dänenherrschaft war.

Wo im Folgenden ein unmittelbarer Anschluß an die gesammtstaatliche Staatsrechnung überhaupt möglich war, sind die Summen nach derselben aufgenommen. Nur sind die Brutto-Einnahmen aufgeführt und die Kosten in der Ausgabeseite aufgenommen, wodurch sich die hohe Summe der Ausgaben erklärt. Sodann sind die eigentlichen Domäne-Einnahmen, wie sichs gebührt, von den stehenden Gefällen getrennt. An dieser Stelle werden nur die abgerundeten Hauptsummen mitgetheilt, wie sie sich aus der Berechnung nach obigen Grundsätzen ergeben, und zwar wurden dieselben, da dieses Budget mit Dänemark nichts mehr zu thun hat, auf preußische Thaler reducirt, die sich bekanntlich zu den dänischen Rigsdalern oder Bankthalern wie 1 zu $^3/_4$ verhalten.

Einnahmen.			Ausgaben.		
Domänen	658,000	Thlr.	Civilliste, Apanagen, Staatsrath, Landesversammlung, Ministerien des Auswärtigen, der Justiz, des Cultus und Unterrichts und des Innern	1,600,000	Thlr.
Stehende Gefälle	900,000	„	Ministerium d. Finanz.	1,600,000	„
Directe Steuern	1,640,000	„	Militärdepartement	2,400,000	„
Indirecte Steuern, Zoll Stempel u. s. w.	2,880,000	„			
Post- und Telegraphenwesen	280,000	„			
Summa:	6,358,000	Thlr*).	Summa:	5,600,000	Thlr.

*) Nach der Staatsrechnung von 1862/63 betrugen die Einnahmen Schleswigs 1,531,979, die Holsteins 1,896,913, der Antheil von 37 Proc. an den gemeinschaftlichen 4,580,753 Thlr., Summa: 8,009,645 Thlr. Reichsmünze oder 6,007,245$^3/_4$ Thlr. preußisch. Dazu müssen aber noch die hier sogleich in Abzug gebrachten, oben dagegen ausgelassenen Domänenausgaben mit reichlich 600,000 Thlrn. Reichsmünze oder 450,000 Thlrn. preußisch kommen, sodaß die obige Veranschlagung der Einnahme eine mäßige ist.

In der Zeit der Erhebung haben die Einnahmen Schleswig-Holsteins betragen:

im Jahre 1848 (einschließlich des zu Anfang des Jahres vorhandenen Kassenbehalts von 5,367,510 Mark Courant)	20,668,998 Mark Cour.
„ „ 1849	19,259,185 „ „
„ „ 1850	20,193,478 „ „
Summa:	60,121,661 Mark Cour. oder 24,044,664 Thlr. preußisch.

Für etwa aufzunehmende Anleihen würde sonach immer noch ein jährlicher Ueberschuß von 758,000 Thalern vorhanden sein. Die 5,600,000 Thaler Staatsausgaben würden fast ganz im Lande bleiben, während die innerhalb der Herzogthümer verwendeten Ausgaben im Finanzjahr 1862/63 noch keine 1,600,000 Thlr. preußisch betrugen. Die wirthschaftliche Differenz zu Gunsten Schleswig-Holsteins nach Lösung des Bandes, welches die Herzogthümer mit Dänemark verknüpft, beläuft sich also mäßig berechnet auf vier Millionen preußische Thaler jährlich, und das dürfte schon der Mühe werth sein für ein Land von einer Million Einwohner, alle Kräfte zur Verwirklichung des Rufs anzustrengen, der jetzt im Munde der ungeheuren Mehrzahl der an politischen Dingen überhaupt theilnehmenden Schleswig-Holsteiner ist, und mit dem wir unsern Bericht schließen wollen: „Los von Dänemark, ganz und für alle Zeit!"

Das älteste Christenthum und seine Literatur.

3. Die Quellen für das Leben Jesu. Das Johannesevangelium.

Aus der in den ersten zwei Jahrhunderten im Umlauf befindlichen Anzahl von Evangelienschriften hat die Kirche vier herausgehoben und als echt und authentisch in ihrem Kanon heiliger Schriften aufbewahrt. Sie tragen die

---

in welcher Summe sich 5 Millionen Mark Kassenscheine und circa $1\frac{1}{4}$ Millionen Mark Gaben aus Deutschland befinden, zusammen . . . . 6,250,000 Mark Cour.
60,121,661 „ „
Der Rest = 53,871,661 Mark Cour.
ist vom Lande und zwar mit circa . . . . 10,500,000 „ „
von Schleswig, mit circa . . . . 43,370,800 Mark Cour.

von Holstein eingezahlt worden. Letzteres Herzogthum hat also zu den Kriegskosten mehr als vier Fünftel beigetragen.

Die Ausgaben beliefen sich:

für den Civiletat,
1848 auf 5,393,865 Mark C.
1849 „ 4,426,411 „ „
1850 „ 3,992,076 „ „
13,802,172 Mark C.

für den Militäretat,
1848 auf 8,870,371 Mark C.
1849 „ 18,180,780 „ „
1850 „ 16,927,391 „ „
43,978,542 Mark C.

57,780,714 Mark Cour. oder 23,112,285 Thlr. preußisch.

Namen zweier Urapostel, des Johannes und des Matthäus, und zweier Apostelschüler, von welchen der eine, Marcus, ein Gefährte des Petrus, der andere, Lucas, ein Begleiter des Apostels Paulus war. In einer Vierzahl historischer Aufzeichnungen ist uns also das Leben Jesu von Nazareth überliefert, und so hätten wir, wie es scheint, uns über Mangel an authentischen Nachrichten von den Lebensumständen unseres Religionsstifters nicht zu beklagen. Jede dieser Relationen scheint den anderen zur Bestätigung und Controle zu dienen, jede durch die anderen ihre Ergänzung zu finden. So scheint es aber nur. In Wahrheit sind wir über keine geschichtliche Erscheinung dürftiger unterrichtet als über das Leben Jesu. Nirgends in der ganzen Literatur wiederholt sich der Fall, daß Quellenschriften so schwierig zu gebrauchen sind, um auf sichere geschichtliche Resultate zu leiten. Wir finden in ihnen wohl eine Menge von Erzählungen, insbesondere von Anekdoten, aber was den tieferen Einblick in die geschichtlichen Bedingungen betrifft, unter welchen das Leben dieses Galiläers sich entwickelt hat und von so ungeheurer Bedeutung geworden ist, lassen sie uns fast gänzlich im Stiche. Sie überliefern wohl ein Bild von Jesus, wie es einige Zeit nach seinem Tod in der Gemeinde lebte, aber das Bild ist nicht mit den Augen eines Geschichtschreibers geschaut, nicht mit dem Griffel eines Geschichtschreibers aufgezeichnet. Wir müssen, indem wir in den Evangelien seine Spuren verfolgen, nicht blos von den modernen Anforderungen an ein solches Lebensbild absehen, sondern auch der Begriffe, die wir von der Historiographie des Alterthums in seinen helleren Zeiten uns angeeignet haben, müssen wir uns in diesem Falle entschlagen. Sie sind erbaulich, aber diese Eigenschaft macht aus ihnen noch nicht auch zulängliche Geschichtsquellen.

Nun bliebe noch immer der Fall möglich, daß uns diese Relationen, wenn auch eines höheren historiographischen Werths entbehrend, doch wenigstens treu und zuverlässig die äußeren Thatsachen überlieferten, deren Zeugen ihre angeblichen Verfasser gewesen sind. Schrieben diese schlicht und schmucklos dasjenige nieder, was sie selbst gesehen oder von Augenzeugen gehört hatten, so wären uns ihre Berichte gleichwohl von unschätzbarem Werth. Allein gerade die Unbefangenheit einfacher, den Ereignissen zunächst stehender Erzähler will nun am wenigsten zu der Beschaffenheit unserer Evangelien passen. Schon das viele Wunderhafte, das ihren Berichten eingestreut ist, und nicht blos in kleinere Erzählungen, sondern auch bei den Hauptereignissen des Lebens Jesu Eingang gefunden hat, weist darauf hin, daß wir in den Erzählern ferner stehende Personen zu suchen haben, denen ihr Stoff erst durch eine längere, freier gestaltende Ueberlieferung zugekommen ist. Je weiter die Entfernung zwischen der geschichtlichen Gestalt des ans Kreuz geschlagenen Meisters und der Gegenwart wurde, um so mehr legte sich um sein Haupt ein Strahlenkranz verklärender Poesie. Die ursprüngliche Erinnerung an sein Leben verblaßte mit den Jahrzehnten, die festen Umrisse der geschichtlichen Thatsachen zerflossen, und nahmen sagenhaft ausgeschmückte Züge an, die liebende Verehrung der ersten Bekenner, welche des theuren Meisters sich beraubt sahen, ward erfinderisch, und die Bilder vom Messias, wie sie den Propheten des alten Bundes vorgeschwebt hatten, lieferten die bestimmten Züge, nach welchen das Leben Jesu in der gläubigen Gemeinde halb bewußtlos, halb in absichtvoller Uebertragung sich gestaltete. Die Evangelien selbst sind uns ein sicheres Zeugniß, daß dies das vorherrschende Interesse war, mit welchem die Gemeinde rückwärts nach ihrem Stifter blickte. Ja wir können in ihnen noch das allmälige Anwachsen des wunder- und sagenhaften Elements wahrnehmen, welches nach und nach den ganzen Stoff der evangelischen Geschichte ergriff und im letzten Evangelium völlig nach den neuen Gesichtspunkten umbildete.

Noch andere Spuren weisen darauf hin, daß unsre vorliegenden Evangelien bereits durch einen längeren Zeitraum von den Thatsachen, welche sie beschreiben, entfernt sind. Es ist unverkennbar, daß sie erst mehrfachen Ueberarbeitungen ihre jetzige Gestalt verdanken. Die Behandlung des historischen Stoffs ist trotz des sichtbaren Strebens nach einseitlicher Gestaltung eine ungleiche. Es stoßen uns Zusätze, Einschaltungen auf, zusammenhängende Stücke lassen sich noch erkennen, die, aus früheren Bearbeitungen herübergenommen, erst später mit anderen Bestandtheilen zu einem Ganzen verschmolzen wurden. Alles dies weist darauf hin, daß die Evangelienbildung längere Zeit im Flusse begriffen war, daß sie in fortschreitender Entwicklung Neues in sich aufnahm, Anderes wohl auch ausschied oder umbildete. Halten wir damit anderweitige literarische Zeugnisse zusammen, so wird es im höchsten Grade wahrscheinlich, daß unsern sämmtlichen Evangelien eine nicht unbeträchtliche ältere Evangelienliteratur vorausging, die sich vielleicht von einem gemeinsamen Grundstock aus allmälig ausbreitete, in mannigfachen Gestaltungen sich verzweigend, die uns nun verloren gegangen sind, während ihr letzter Niederschlag sich in unsern vier kanonischen Evangelien erhalten hat. Betrachten wir dann jene Einschaltungen oder überarbeiteten Stücke näher, so sind es zwar oft formelle Gründe, welche sie als solche charakterisiren, aber häufig geben sie sich auch dadurch zu erkennen, daß sie einen andern Standpunkt des christlichen Bewußtseins verrathen, als die übrigen Theile der Schrift, in welche sie von einem späteren Ueberarbeiter eingefügt worden sind. Und dies führt uns auf die eigenthümlichen Motive, welche jenen Ueberarbeitungen zu Grunde lagen. Zum Theil rührten dieselben allerdings auch daher, daß in anderen Gemeinden andere Ueberlieferungen vorhanden waren. Wenn nun ein Evangelium, das etwa in einem galiläischen Kreise entstanden war, in andere Gegenden kam, wo ein anderer Theil der Ueberlieferung besonders lebendig sein mochte, so entstand das natürliche Interesse, auch diesen bisher nur mündlich fortgepflanzten Stoff jener ersten Schrift einzuverleiben, und sie so zu einem neuen Evangelium umzugestalten. Allein das Motiv war in der Regel noch ein anderes. Das Christenthum riß sich allmälig erst von den Banden los, welche dasselbe mit dem Judenthum verknüpften; allmälig und erst unter der Einwirkung des Paulinismus nahm es eine freiere Stellung zum Gesetz, zur Beschneidung, in der Frage über die Zulassung der Heiden ein, und diese allmälige Entpuppung aus gebundeneren Zuständen zu freieren Grundsätzen hat ihre Spuren auch in der Evangelienliteratur zurückgelassen. Je nach den Ideen, welche in der Kirche die Oberhand erhielten, wurde auch der vorhandene Evangelienstoff modificirt. Die Interessen der Gegenwart drängten sich ein in die Auffassung und Darstellung der Vergangenheit; man wollte in den ältesten Urkunden niedergelegt, durch den Mund des Meisters selbst bestätigt haben, was Uebung und Glaube, Praxis und Dogma einer späteren Zeit geworden war. Dabei entspricht es ganz der Natur der Sache, daß wir in der Regel — obwohl nicht ausnahmslos — in solchen Stellen, welche die christliche Lehre noch möglichst an das Judenthum gebunden darstellen, eine frühere Fassung, in solchen, welche ein universalistisches Gepräge tragen, eine spätere Fassung erkennen. Wir finden im ersten Evangelium Aussprüche Jesu, welche die strengste Einhaltung des mosaischen Gesetzes einschärfen, andere, welche eine hoch über dem Gesetz stehende Sinnesart verrathen, Aussprüche, welche das messianische Heil als allein für die Juden bestimmt darstellen, andere, welche den Jüngern auftragen das Evangelium auch den Heiden zu bringen. Wir werden wohl annehmen dürfen, daß Aussprüche so verschiedener Art ursprünglich nicht in einer und derselben Schrift verzeichnet waren; wir können uns aber auch schwer zu dem Glauben entschließen, daß so entgegengesetzte Aussprüche, wenn auch in verschiedenen Zeiten, aus dem Munde Jesu ausgegangen seien. Vielmehr spiegelt sich in diesem Widerstreit offenbar der Widerstreit der späteren Parteien, wobei allerdings die Frage nicht blos die ist, welche Fassung wir uns als die echte und ursprüngliche zu denken haben, sondern auch die Erwägung berechtigt ist, ob nicht beide Fassungen, welche so lebhaft an die Gegensätze der späteren Zeit erinnern, erst der letzteren ihre Entstehung verdanken. So finden wir im Lucasevangelium Stücke, die eine entschieden judenchristliche Quelle voraussetzen, und wieder andere größere Abschnitte, welche das Gepräge eines entschiedenen Paulinismus an sich tragen. Offenbar konnte nur ein späterer Bearbeiter so verschiedenartige Stücke zu einem Ganzen verarbeiten, und zwar konnte es nur ein dem paulinischen Christenthum geneigter Bearbeiter sein, der die judenchristliche Tradition zwar aufnahm, aber an einzelnen Punkten im paulinischen Sinne umbildete und ihnen durch Gegenüberstellung universalistischer Stücke ein Gegengewicht zu geben suchte. Diese Wahrnehmung von dem Eindringen dogmatischer Motive in die Geschichtserzählung dient nun begreiflicherweise nicht dazu, die Glaubwürdigkeit der

Evangelien als geschichtlicher Quellen zu erhöhen. Weisen schon die wiederholten Ueberarbeitungen auf eine Zeit, die den Thatsachen der evangelischen Geschichte bereits ferner steht, so sind es einerseits jene mythischen, wunderhaften Elemente, andrerseits diese dogmatischen Einwirkungen, welche über die wirkliche Geschichte einen Schleier werfen und uns nur durch ein getrübtes Medium dieselbe erkennen lassen.

Sehen wir endlich auf den Inhalt der Geschichtserzählung, so bemerken wir einerseits eine große Verwandtschaft, andrerseits eine große Verschiedenheit zwischen den einzelnen Evangelien. Jene Verwandtschaft steigert sich oft bis zu nahezu gleichlautender Wiedergabe einer und derselben Erzählung, allein daneben finden sich wieder solche Abweichungen, welche weit über das hinausgehen, was bei der Bearbeitung des nämlichen Stoffes doch immerhin der Subjectivität verschiedener Verfasser zugestanden werden muß. Nehmen wir an, daß in anderen Gegenden andere Ueberlieferungen vorherrschten und also auch andere Evangelien entstehen konnten, oder daß spätere Schriftsteller ausdrücklich ihre Vorgänger ergänzen wollten mit dem, was ihnen sonst über das Leben Jesu in zuverlässiger Weise bekannt war, so reicht doch auch dies zur Erklärung jener Verschiedenheiten noch nicht hin. Denn es ist nicht blos zum Theil ein verschiedener Stoff, den die einzelnen Evangelien verarbeiten, sondern die abweichenden Stücke sind auch nicht immer von der Art, daß sie in einer und derselben Darstellung Platz hätten, daß man also nur die vier Berichte combiniren, zusammenfügen dürfte, um eine vollständige Lebensgeschichte Jesu zu haben. Am widerspruchsvollsten pflegen solche Erzählungen zu sein, welche am leichtesten der mythischen Ausbildung verfallen mußten. So wäre es z. B. vergeblich die Darstellungen, welche die Evangelien von der Vorgeschichte Jesu oder von Auferstehung und Himmelfahrt geben, zu einer einheitlichen Erzählung zusammenzubringen. Allein auch abgesehen von Stücken dieser Art ist es sehr häufig der Fall, daß die verschiedenen Evangelien Erzählungen haben, die sich gegenseitig geradezu ausschließen, wie z. B. in Bezug auf den Schauplatz der Lehrwirksamkeit Jesu und auf den Todestag Jesu solche Differenzen vorliegen, oder daß ein Evangelium allein eine wichtige tiefeingreifende Erzählung hat, von welcher die anderen schweigen und die sie doch hätten erwähnen müssen, wenn sie sie gekannt hätten, wie dies z. B. der Fall ist mit der Einsetzung des Abendmahls, welche nur die drei ersten Evangelisten, mit der Auferweckung des Lazarus, welche nur das Johannesevangelium, mit der Wahl der siebzig Jünger, welche nur Lucas hat. Es finden also Verschiedenheiten statt, welche nicht erlauben, den Erzählungsstoff der vier Evangelien einfach in einander zu schieben. Ein solches mechanisches Verfahren würde nur die Einheit der verschiedenen Relationen aufheben und doch keine einheitliche Gesammtdarstellung erzielen. Jeder Versuch, ein Leben Jesu in der Art zu schreiben, daß hier ein

Stück von diesem Evangelium genommen, dann eines von einem andern, von einem dritten angereiht wird u. s. f. scheitert an unübersteiglichen Schwierigkeiten und führt, wo er gemacht wird, zu den albernsten Combinationen, zu den willkürlichsten Deuteleien an dem klaren Wortlaute der Schrift. Um diesen Willkürlichkeiten zu entgehen, giebt es nur ein Mittel: die Evangelien einfach so zu nehmen wie sie sind, ohne fremde Gesichtspunkte in sie hineinzutragen. Jede Evangelienschrift ist eine Individualität, die nach ihrer Eigenthümlichkeit, nach ihren innersten Motiven erfaßt und verstanden sein will. Erst von hier aus läßt sich dann die Frage beantworten, in welchem Maße, mit welchem Anspruch auf geschichtliche Glaubwürdigkeit eine jede derselben ein Reflex des geschichtlichen Lebens Jesu ist, erst dann läßt sich entscheiden, welchen Beitrag jedes Evangelium zur Kenntniß dieses Lebens liefert. Je weniger in einer Schrift dogmatische Motive vorherrschen, je naiver sie erzählt, eine um so unverdächtigere Quelle wird sie sein; je mehr sich in ihr dagegen ein beherrschender Grundgedanke nachweisen läßt, welchem der Erzählungsstoff untergeordnet ist, um so weniger wird sie sich zur Grundlage einer Biographie Jesu eignen.

Dasjenige Evangelium nun, welches am sichtbarsten und consequentesten den geschichtlichen Stoff unter den Gesichtspunkt einer beherrschenden Idee stellt, so daß alles, was geschieht oder gesprochen wird, nur als die Ausprägung dieser Idee erscheint, ist das Johannesevangelium. Wer nicht ganz gedankenlos in den neutestamentlichen Schriften liest, muß inne werden, daß er sich hier in einer ganz andern Welt befindet, als in den drei ersten Evangelien. Wie groß auch die Differenzen unter allen vier Evangelien sind, so verschwinden sie doch gegen die durchgreifende Differenz, welche zwischen den drei ersten Evangelien — wegen ihrer innern Verwandtschaft die Synoptiker genannt — und zwischen dem des Johannes besteht. Der Leser wird diese Verschiedenheit zunächst an einem eigenthümlichen geistigen Hauch empfinden, der durch dieses Evangelium weht. Es ist ein mystisches Dämmerlicht, das uns beim Eintritt in dasselbe empfängt, alles ist in eine magische Beleuchtung gerückt, Reden und Handlungen haben etwas gewaltsam Gesteigertes, und wenn uns aus einzelnen Theilen eine seltene Wärme der Empfindung entgegentritt, so überraschen andere durch geistvolle Blitze, welche die Abgründe der Speculation beleuchten, während dann wieder das Räthselhafte, Seltsame anderer Abschnitte den Eindruck vollendet, daß wir hier ein höchst eigenthümliches, schwer faßliches, aber poetisch angehauchtes und gläubiger Ahnung ganz besonders zusagendes Werk vor uns haben. Aber dieser Unterschied der Farbe und Beleuchtung ist nicht der einzige. Folgen wir dem Gange der Erzählung und vergleichen wir ihn mit der Darstellung, welche die Synoptiker von derselben Geschichte geben, so stoßen wir auf sachliche Abweichungen, welche immer tiefer greifen und es immer unmöglicher machen, beide Darstellungen zusammenzudenken. Das Leben

Jesu verläuft auf verschiedene Weise, der Schauplatz seiner Wirksamkeit ist ein anderer, Ereignisse werden erzählt, von denen die Synoptiker nicht nur nichts wissen, sondern die wir auch in den Rahmen ihrer Geschichtserzählung gar nicht einzufügen vermögen, und so umgekehrt, die Katastrophe wird auf eine andere Weise herbeigeführt, die Lehrart Jesu, sein Bewußtsein von sich, von seiner Sendung ist ein völlig anderes, ja, es ist ein ganz anderer Jesus, der uns hier, und der uns dort geschildert wird. Fassen wir dann die Eigenthümlichkeiten, durch welche sich das vierte Evangelium von den andern unterscheidet, zusammen, so stellen sie sich alle unter einen einheitlichen Gesichtspunkt, sie laufen alle dahin zusammen, daß das Leben Jesu nicht einfach erzählt, sondern verherrlicht und zwar von einer ganz bestimmten Idee aus verherrlicht werden soll.

Welches diese Idee ist, darüber läßt uns der Verfasser auch keinen Augenblick im Zweifel. Denn gleich an die Spitze seines Evangeliums stellte er das Programm, dessen weitere Ausführung die folgende Geschichtserzählung ist. Jesus ist danach die persönliche Selbstoffenbarung Gottes, das Princip der Weltschöpfung, der Logos, das ist das Wort Gottes, von Ewigkeit her in Gott und von Ewigkeit durch Gott gezeugt; er ist das Leben, durch welches alle Menschen das Leben erhalten sollen, das Licht, das in die Finsterniß gesandt wird, um sie zu erleuchten. Licht und Finsterniß sind die beiden großen Principien, welche den Verlauf der Welt bedingen, es ist also ein kosmischer Gegensatz, von welchem der Evangelist ausgeht, ein Gegensatz, der durch das Erscheinen des Logos im Fleische, durch den Glauben an Jesus als das erschienene Licht aufgehoben werden soll, und die Geschichte Jesu ist nun der fortlaufende dialektische Proceß zwischen diesen beiden Mächten, zwischen dem Licht und der Finsterniß, zwischen dem Glauben und dem Unglauben.

Von hier aus wird nun sowohl die Auswahl und Anordnung des Stoffs, als dessen eigenthümliche Verarbeitung und Steigerung verständlich. Vor allem folgt für die Persönlichkeit Jesu selbst, daß er nicht der Mensch und Prophet sein kann, als der er in der synoptischen Darstellung trotz seiner Wunderthaten doch immer erscheint. Der johanneische Jesus gehört nur dem „Fleische" nach dieser Welt an, sein irdisches Leben ist nur ein angenommenes, vorübergehendes. Er behält das Bewußtsein von seiner überweltlichen vorzeitlichen Existenz, er ist allmächtig, allwissend, gleich bei seinem ersten Auftreten weiß er sein Sterben und die Bedeutung seines Sterbens voraus. Wir bemerken an ihm kein Werden, er ist von Anfang an, der er ist, die Gesetze menschlicher Entwicklung sind für ihn nicht vorhanden. Seine Thaten sind nur eine fortlaufende Reihe von Ausstrahlungen seiner göttlichen Wundermacht. Im Unterschied von den einfach menschenfreundlichen Wundern, wie sie in der Regel bei den Synoptikern erzählt sind, haben die „Zeichen" bei Johannes stets den ausdrücklichen Zweck, die Herrlichkeit des eingeborenen Sohnes zu bekunden, und auch dies ist bezeichnend, daß jedes Wunder bei ihm eine eigenthümliche Bedeutung hat, keines sich wiederholt, um so mehr aber jede Gattung von Wundern ihren specifischen, markirten Vertreter hat. Ebenso sind die Reden Jesu nur ein fortwährendes Selbstzeugniß seiner überweltlichen Würde und Herrlichkeit. Es giebt keinen größeren Gegensatz als die Reden Jesu bei den Synoptikern und diejenigen bei Johannes. Dort ist Jesus ein Volkslehrer im edelsten Sinne des Worts, seine Anreden sind immer natürlich motivirt, an natürliche Veranlassungen angeknüpft. Umgekehrt fehlt ihnen bei Johannes aller geschichtliche Boden, alle Natürlichkeit der Verhältnisse, alle Zweckmäßigkeit des Vortrags. Immer nur auf seine Selbstverherrlichung zielend, werden sie von den ungläubigen Juden fortwährend nicht verstanden oder mißverstanden, und die räthselhaften Andeutungen, die gehäuften Spitzfindigkeiten haben auch gar keinen andern Zweck, als von dem Unglauben mißverstanden zu werden, der damit seine ganze Unfähigkeit und Nichtigkeit manifestirt.

Dem Selbstzeugniß Jesu geht die Bezeugung durch den Täufer, die Ankündigung für die Menschen, daß er das Licht, der eingeborne Sohn ist, voraus. In diesem Zeugniß geht aber auch die ganze Bedeutung des Täufers auf. Losgerissen von dem geschichtlichen Zusammenhang, der in den anderen Evangelien zwar auch schon verschleiert, aber doch noch kenntlich ist, ohne eigene Individualität, seines Inhalts gleichsam entleert, hat er in diesem Evangelium keine andere Stellung gefunden als daß er vom Lichte zeugt. Haben wir hier ein Beispiel, wie der Verfasser ein aus der älteren Tradition herübergenommenes Stück von seinem neuen Gesichtspunkt aus verwendet, wie er die Figuren ganz nach seinem Bedürfniß stellt, so läßt er dann weiterhin alles dasjenige einfach weg, was ihm nicht paßt, insbesondere, was die höhere Würde Jesu beeinträchtigen könnte. So fehlt die Versuchung, weil der Sohn Gottes keiner Versuchung unterworfen sein kann, der Seelenkampf in Gethsemane, weil menschliche Kämpfe und Schwächen ihm fremd sind, die Verklärung, weil derjenige, dessen Leben eine fortgehende Verklärung ist, nicht eines einzelnen äußerlichen Vorgangs zu diesem Zweck bedarf, die Bergrede, weil derjenige, der zur Bekämpfung des im ungläubigen Judenthum personificirten Princips der Finsterniß gekommen ist, nicht an das mosaische Gesetz anknüpfen kann, die Einsegnung des Abendmahls, weil die äußerliche Handlung unwesentlich ist bei der Vorstellung, daß Jesus selbst nichts Anderes ist als das göttliche Lebensbrod, das der Welt das Leben giebt und das im Glauben genossen wird.

Keine Differenz ist für den ganzen Gang der Geschichtserzählung von so eingreifender Bedeutung, als diejenige in Betreff des Schauplatzes der öffentlichen Wirksamkeit Jesu. Die drei ersten Evangelien lassen Jesus erst am Ende seines Lebens nach Jerusalem kommen, bei Johannes tritt er von Anfang an und wiederholt in Judäa und Jerusalem auf. Hier kann nur entweder das Eine oder das Andere historisch sein: entweder die synoptische Darstellung ist richtig oder umgekehrt. Jedes Bemühen, beide Berichte in einander zu schieben, scheitert schon daran, daß Johannes für den wiederholten Aufenthalt Jesu in Jerusalem keinen selbständigen Inhalt hat, wie man doch erwarten müßte, wenn die Synoptiker diese Reisen nur irrthümlicherweise ausgelassen hätten. Vielmehr füllt er ihn zum größten Theil mit denselben Erzählungen aus, welche die Synoptiker an anderen Orten und zu anderen Zeiten haben. Er ist also von der synoptischen Darstellung abhängig und ändert sie doch in einem wesentlichen Punkt ab. Was ist der Grund? Auch hier läßt sich das Interesse des vierten Evangelisten leicht nachweisen, es hängt gleichfalls eng mit dem idealen Gesichtspunkt zusammen, unter welchen bei ihm überhaupt der geschichtliche Stoff gestellt ist. War es die Mission Jesu, als das Licht in die Finsterniß zu scheinen, war er von Anfang an, der er war, so mußte er sofort da auftreten, wo die Macht der Finsterniß concentrirt war, zu Jerusalem, dem Sitz und Centralpunkt des ungläubigen Judenthums. Darum bricht denn auch gleich bei seinem ersten Zusammentreffen mit dem Unglauben der Conflict mit solcher Heftigkeit aus, daß es nur Wunder nimmt, wenn die Katastrophe nicht sogleich erfolgt. Es ist kein allmäliges Reifen des Schicksals, welchem Jesus endlich erliegt, die Katastrophe entwickelt sich eigentlich gar nicht, der Erzähler sieht sich fortwährend genöthigt zu retardiren, und er selbst fühlt das Mißliche dieses Verfahrens wohl, es klingt wie eine Entschuldigung, wenn er wiederholt bemerkt, der Hauptschlag gegen Jesus sei nur deshalb noch nicht geführt worden, „weil die Stunde des Herrn noch nicht gekommen sei". An diesem Orte greift nun die Auferweckung des Lazarus in den Plan des Evangeliums ein. Dieses Wunder steigert nämlich die Erbitterung der Juden derart, daß es die nächste Veranlassung zur Gefangennehmung Jesu wird. Die drei ersten Evangelien wissen bekanntlich kein Wort von diesem Wunder, wie sie überhaupt von einem Lazarus nichts wissen, ein Name, der blos ein einziges Mal und nicht als Träger einer wirklichen Persönlichkeit, sondern nur in einer Gleichnißrede Jesu bei Lucas genannt wird. Ist es nun völlig unbegreiflich, daß die drei ersten Evangelisten, wenn ein so hervorragendes Ereigniß wirklich vorgefallen war, das noch dazu so bedeutende Folgen hatte, dasselbe mit Stillschweigen übergangen hätten, ist also die geschichtliche Glaubwürdigkeit des Hergangs schon aus diesem Grunde höchst zweifelhaft, — noch abgesehen von allen inneren Schwierigkeiten, die sich gerade bei dieser Wundergeschichte besonders häufen, — so ist es dagegen um so begreiflicher, wie der vierte Evangelist gerade an dieser Stelle ein Wunder einschob, das die Wundermacht Jesu auf ihrer höchsten Potenz zeigte. Bei den Synoptikern ist die Wendung zur Katastrophe ganz natürlich motivirt. Wenn die Reise, welche sie Jesus nach Jerusalem unternehmen lassen, die einzige war, so ist es vollkommen erklärlich, daß die Sache jetzt diese Wendung nahm. Anders bei Johannes, der Jesu von Anfang an Jerusalem als Schauplatz seiner Wirksamkeit anweist. Bei ihm war ein neuer Hebel, ein außerordentliches Dazwischentreten nöthig, um die Endkatastrophe zu motiviren, und so wurde an dieser Stelle die einzige Todtenerweckung, welche Johannes erzählt, die Erweckung des Lazarus eingeschoben, die, aus zerstreuten Elementen des synoptischen Erzählungsstoffes componirt, die beiden in den andern Evangelien erzählten Erweckungsgeschichten ebenso weit hinter sich läßt, als überhaupt die Wunder bei Johannes stets in höchster Steigerung, im Superlativ des Undenkbaren erscheinen.

Endlich der Todestag Jesu und das letzte Mahl. Nach den drei ersten Evangelien hält Jesus mit seinen Jüngern am 14. Nisan (Freitag) das übliche Passahmahl und wird am 15., dem Tag des Festes, verurtheilt und hingerichtet. Bei Johannes wird er am 14., also am Tag des Passahmahles hingerichtet, während er das letzte Mahl mit den Jüngern schon am 13., also nicht am Tag des jüdischen Festmahls hielt. Hier scheint nun der Bericht des Johannes insofern geschichtlich wahrscheinlicher, als die Verurtheilung und Hinrichtung Jesu am Festtage einigermaßen stutzig macht. Allein daß am Festtage Gericht gehalten wurde, erklärt sich aus der Dringlichkeit des Falls, und die Hinrichtung geschah nicht durch die Juden, sondern durch die Römer, die auf jüdische Feste keine Rücksicht zu nehmen hatten. In jedem Falle wäre es nicht erklärlich, wie die Synoptiker, wenn die johanneische Darstellung die historische ist, zu ihrer Darstellung kommen konnten, deren Widerspruch mit den jüdischen Sitten ihnen unmöglich entgehen konnte. Um so begreiflicher dagegen ist es, wie der Verfasser des Evangeliums zu seiner abweichenden Darstellung kam. Das letzte Mahl ist bei ihm wesentlich verschieden von demjenigen, welches die Synoptiker erzählen. Diese lassen zum Gedächtniß an diese Feier das Abendmahl eingesetzt werden, Johannes weiß kein Wort von dieser Stiftung. Jene beschreiben es ganz als das Passahmahl, dieser will es ausdrücklich nicht als solches betrachtet wissen. Warum dies? der vierte Evangelist kann Jesus nicht das Passahmahl halten lassen, weil er — eine in ihren Grundzügen schon vom Apostel Paulus herrührende Lehre vollendend — Jesus selbst als das wahre Passahlamm darstellt. Ist Jesus selbst das Passahlamm, so kann er nicht am 14. Nisan das Passahmahl mit den Jüngern gehalten haben, sondern eben an diesem Tag mußte er als Passahlamm sterben. In dem Moment, da das jüdische Fest seinen Anfang nahm, war schon alles vollendet, was der Passahfeier vom christlichen Standpunkt aus Bedeutung geben konnte. Eben damit hängt es zusammen, daß sich gerade bei Johannes im Moment des Todes Jesu die Hinweisungen auf die Erfüllung alttestamentlicher Weissagungen häufen. Es ist vollendet, so ruft noch der Sterbende am Kreuz, ein Wort, das nur dieser

Evangelist kennt. Alles was zur Erfüllung des alten Testaments an Jesus geschehen sollte, ist jetzt vollendet, das alte Testament hat seine Bestimmung erreicht, der Tod Jesu ist der Wendepunkt vom jüdischen zum christlichen Bewußtsein. Das Alte ist vergangen, das Neue ist zum Dasein gekommen.

Dies führt uns noch auf die Stellung des Verfassers zur alttestamentlichen Religion. Wir sehen, auch ihm ist der neue Bund die Erfüllung des alten. Aber gleichwohl steht keine Schrift des neuen Testaments so frei, ja im Grunde so gegensätzlich dem mosaischen Gesetz gegenüber als das Johannesevangelium. Es gehört bereits einer fortgeschrittenen Entwicklung des christlichen Bewußtseins an, der Bruch mit dem Judenthum ist vollzogen, das Christenthum steht auf seinen eigenen Füßen. Auch der Paulinismus ist eine überholte Phase, die Kämpfe zwischen Judenchristen und Heidenchristen liegen schon in weiter Ferne. Das Heidenchristenthum hat nicht erst sein Recht zu erkämpfen, sondern es ist vollendete Thatsache, und die andere Thatsache ist, daß das Judenthum in seiner Mehrzahl Jesus verworfen hat. Hier hat der Unglaube seinen Sitz. Die Macht der Finsterniß ist eben das ungläubige Judenthum, zu dem das gläubige Heidenthum den schärfsten Gegensatz bildet. Vom Gesetz spricht Jesus wie von etwas völlig Fremdem, das ihn nichts mehr angeht. Die gesetzlichen Feste sind ihm blos Feste der Juden, seine Gegner heißen schlechtweg die Juden. Alle die vor ihm gewesen, sind Mörder und Diebe, die Träger der jüdischen Theokratie heißen Kinder des Teufels; Moses hat das wahre Manna nicht vom Himmel geholt, Abrahams höchster Ruhmestitel ist, daß er den Sohn gesehen hat, und das Haupt des jerusalemischen Judenchristenthums, Petrus, wird geflissentlich und durch einen fein angelegten Plan aus der hohen Stellung, die ihm die Synoptiker anweisen, verdrängt. Dem alttestamentlichen Gesetz steht die Lehre Jesu in unverkennbarem Gegensatz gegenüber. Nicht das Gesetz, sondern *seine* Gebote sollen gehalten werden. Das neue Gebot ist ein Gebot der Liebe, nicht der Furcht. Der Geist der Wahrheit, als der Geist Jesu, nicht das Gesetz soll die neue Gemeinde leiten. Die Anbetung Gottes ist nicht mehr an den Tempel, überhaupt nicht mehr an äußerliche Räume oder äußerliche Gebräuche gebunden: sie geschieht hinfort im Geist und in der Wahrheit; der Buchstabe tödtet, der Geist aber macht lebendig. — Es spricht sich in dieser Anschauung ein geistig freier Standpunkt aus, wie er in solcher Reinheit uns aus keiner andern neutestamentlichen Schrift entgegentritt. In der Schule philosophischer Speculation hatte sich der Verfasser diese geistige Freiheit erworben. Mit den alexandrinischen griechisch-jüdischen Systemen wohl vertraut, hatte er in der dort vorgetragenen philosophischen Lehre vom Logos, als der Selbstoffenbarung Gottes, den höchsten und bezeichnendsten Ausdruck für die Bedeutung Jesu gefunden und so die schon vom Hebräer- und Kolosserbrief angebahnte Uebertragung des Logosbegriffs auf Jesus vollendet. Dieselbe Speculation hob ihn auf eine Höhe der Betrachtung, auf welcher die gegenseitigen Ansprüche und Anklagen der Juden- und Heidenwelt und damit auch der Juden- und Heidenchristen verschwanden. Juden- und Heidenthum zusammen bilden nun das Dunkel, das durch das Erscheinen des Logos zum Lichte sich aufhellen soll; hinausgehoben über alles Zufällige, als ein Moment des allgemeinen weltgeschichtlichen Processes begriffen, so erst hatte das Christenthum seinen festen Standort, das Recht einer selbständigen Existenz. Dieselbe Speculation endlich ließ den weitblickenden Verfasser mit dem Ende des Tempeldienstes zu Jerusalem auch das Ende alles äußerlichen Gottesdienstes überhaupt im Geiste vorausschauen. Ein Gottesdienst, beruhend auf reiner Erkenntniß des Göttlichen und ausgeübt in Liebe, eine geistige Gottesverehrung ohne Tempel und Gebräuche, ohne Buchstaben und Satzungen — dies war sein höchster Gedanke, mit welchem sein prophetischer Geist um Jahrtausende der wirklichen Entwicklung des Christenthums voraneilte.

Und nun vergegenwärtige man sich noch einmal den Charakter dieses Evangeliums, den idealen Gesichtspunkt, den es durchzuführen sucht, seine philosophischen Motive, sein Verhältniß zu der synoptischen Erzählung, seine Stellung zum Judenthum, und halte dann damit die Tradition der katholischen Kirche zusammen, daß der Apostel Johannes der Verfasser dieses Evangeliums sei.

Was wissen wir von dem Jünger Johannes, dem Sohne des Zebedäus? Nebst seinem Bruder erhält er von Jesus den Beinamen Donnersohn, offenbar eine Bezeichnung feurigen ungestümen Wesens, und als solche erscheinen auch beide in dem Verlangen, das sie an Jesus stellen, Feuer auf einen ungastlichen Ort in Samaria herabregnen zu lassen. Durch ihre Mutter lassen sie sich von Jesus die Ehrenplätze im messianischen Reich zur Rechten und Linken des Herrn ausbitten, ein Beweis, welche jüdische, ungeistige Auffassung sie damals noch vom Reich Gottes hatten. Anstatt daß wir nun von einer Umwandlung Kunde hätten, bestätigen vielmehr die paulinischen Briefe durchaus dieses Charakterbild, mit welchem der sanfte Lieblingsjünger des vierten Evangeliums so wenig gemein hat. Johannes gehört zu den Säulenaposteln, zu den Häuptern des Judenchristenthums. Fünfundzwanzig Jahre nach dem Tode Jesu verlangt er zu Jerusalem mit Petrus und Jacobus die Beschneidung des heidenchristlichen Titus, welche Paulus verweigert. Er theilt die Ansicht, daß wenn auch dem Paulus die Mission unter den Heiden gestattet sein soll, doch sie, die Urapostel, die Apostel der Beschneidung, keinen Beruf hätten, das Evangelium unter den Heiden zu verkünden. Später siedelt er nach Ephesus über und wirkt auch dort im antipaulinischen Sinne. Die kleinasiatische Tradition, welche eine Fülle von Erinnerungen an ihn bewahrte, schildert ihn durchaus so, daß er als Vertreter und Haupt der in der kleinasiatischen Kirche herrschenden judenchristlichen Richtung erscheint; selbst das Zeichen der hohepriesterlichen Würde soll er getragen haben, ein Beweis, daß er im Christenthum nur das wahre Judenthum verwirklicht sah. Insbesondere wird die in Kleinasien vornehmlich ausgebildete Lehre vom tausendjährigen Reich, gleichfalls ein Rest des Judenthums auf christlichem Boden, mit dem Namen des Johannes verknüpft. Das paulinische Christenthum erscheint am Ende des zweiten Jahrhunderts in diesen Gemeinden, die Paulus gestiftet, völlig verdrängt, so daß selbst dessen Name vergessen ist, während dagegen eben hier die Gestalt des Johannes, des Sehers vom tausendjährigen Reich, in immer neuen Sagen verherrlicht fortlebt.

Mit dieser geschichtlichen Ueberlieferung stimmt es nun durchaus, daß die ältesten Zeugnisse den Apostel Johannes als Verfasser der Offenbarung bezeichnen. Diese judenchristliche Vision, diese zorneseifrige Prophetenschrift, getränkt vom Hasse gegen das Heidenthum, voll Opposition gegen das Heidenchristenthum, paßt durchaus zu dem Bild, das uns geschichtlich von dem Sohn des Zebedäus überliefert ist. Nirgends gehen die äußeren Zeugnisse und die inneren Gründe so Hand in Hand, um uns ein sicheres Urtheil über die Echtheit einer Schrift zu erlauben, als bei der Offenbarung, dem Werke des Apostels Johannes. Aber dieselben Gründe, welche ihm die Autorschaft der Offenbarung zuweisen, machen seine Autorschaft des Evangeliums undenkbar. Hat Johannes im Jahre 68 — denn diese Zeit ergiebt sich aus ihrem Inhalt — die Offenbarung in einem Alter von mindestens 60 Jahren geschrieben, so kann er nicht zugleich Verfasser des Evangeliums sein. Wie können überhaupt aus einer und derselben Feder zwei Werke geflossen sein, welche einen so radicalen Gegensatz bilden, welche die beiden Pole der urchristlichen Entwicklung, Anfang und Abschluß derselben bezeichnen: die Offenbarung, der Jerusalem die heilige Gottesstadt ist, und das Evangelium, dessen Jesus gekommen ist, den alttestamentlichen Tempel abzubrechen, die Offenbarung, welche das Antichristenthum im Heidenthum verkörpert sieht, und das Evangelium, welches die schwärzesten Schatten auf das ungläubige Judenthum wirft, die Offenbarung, der das Christenthum nur ein messiasgläubiges Judenthum ist, und das Evangelium, das in seiner speculativen Auffassung der christlichen Idee sich hoch und frei über alle Gegensätze des Judenthums und Heidenthums stellt, die Offenbarung des Hasses und das Evangelium der Liebe!

Aber ist es nicht dennoch denkbar, daß der Apostel Johannes, der nach der Tradition ein sehr hohes Alter erreichte, noch spät unter Einwirkung philosophischer Zeitideen einen außerordentlichen inneren Umschwung seines Bewußtseins erfuhr, der aus dem Verfasser der Zornesoffenbarung den Verfasser des Liebesevangeliums machte? Die Antwort ist, daß überhaupt kein Galiläer das vierte Evangelium geschrieben haben kann, und daß die Entstehung desselben nur aus den Verhältnissen einer Zeit erklärlich ist, welche auch über die denkbar höchste Lebensdauer des Apostels weit hinausgeht.

Es ist schon an sich schwer glaublich, daß ein galiläischer Fischer sich in seinem hohen Alter in die alexandrinische Religionsphilosophie hineinarbeitete, daß ein Jünger Jesu, der sein täglicher Genosse war, ihn auf seinen Wanderungen begleitete, von Anfang an Zeuge seines öffentlichen Auftretens war, daß ein solcher das Leben seines Meisters aus dem Gesichtspunkt einer speculativen Idee zu schreiben unternahm. Aber es kommt dazu, daß der Verfasser eine Unbekanntschaft mit jüdischen Orten und Gebräuchen verräth, welche jede Möglichkeit ausschließt, daß er ein Galiläer war und aus der Erinnerung schrieb. Niemand außer Johannes weiß z. B. von einem Bethanien am Jordan, kein jüdischer oder christlicher Schriftsteller erwähnt den heilkräftigen Teich Bethesda, und wenn der Verfasser zweimal den Kaiaphas als Hohepriester „jenes Jahrs" bezeichnet, also einen jährlichen Wechsel dieses Amtes voraussetzt, so mußte dagegen jeder geborene Palästinenser wissen, daß dies ein Irrthum ist, zumal gerade Kaiaphas zehn Jahre lang hintereinander von 35—36, also während der ganzen Lehrzeit Jesu dieses Amt bekleidete.

Die kirchlichen Streitigkeiten des zweiten Jahrhunderte geben uns noch einige Daten an die Hand, welche auf das Verhältniß des vierten Evangeliums zu den Synoptikern ein Licht werfen, das für die Frage der Echtheit des ersteren geradezu entscheidend ist und auch die Zeit seiner Entstehung näher beleuchtet. Es ist die Differenz erwähnt worden, welche in Bezug auf den Tag des letzten Mahls und des Todes Jesu zwischen der synoptischen und der johanneischen Darstellung besteht. Nach der ersteren hat Jesus am 14. Nisan mit den Jüngern das Passahmahl gehalten und ist am 15. hingerichtet worden. Nach dieser dagegen hielt er das letzte Mahl, das kein Passahmahl war, am 13. und starb am 14. als das Passahlamm. Nun entstand um das Jahr 160 ein Streit zwischen der kleinasiatischen und der römischen Kirche über den Tag, an welchem die österliche Abendmahlsfeier zu halten sei. Die Kleinasiaten begingen dieses Gedächtnißmahl am 14., an demselben Tag, an welchem die Juden ihr Osterlamm aßen, also ganz entsprechend der synoptischen Darstellung. Die römische Kirche behauptete dagegen, die Christen haben sich an diesen Tag nicht zu binden, sondern je am folgenden Sonntag, als dem Auferstehungstag, das österliche Abendmahl zu begehen. Jener Ritus bezeichnet offenbar einen dem Judenthum noch näher stehenden, dieser einen freieren, von den jüdischen Einrichtungen losgelösten Standpunkt. Nun ist es nicht wenig überraschend, daß die Kleinasiaten sich für ihren der synoptischen Darstellung entsprechenden Ritus ausdrücklich und unter feierlichsten Betheurungen auf den Apostel Johannes beriefen, der mit den andern Jüngern stets an diesem Tag, am 14. das Passah gehalten habe, — der Apostel Johannes also ein Zeuge gegen das Evangelium des

Johannes. Denn Johannes, der am 14. das Erinnerungsmahl zu halten pflegte, kann nicht Verfasser eines Evangeliums sein, das Jesus vor seinem Tode gar kein Passah mehr begehen, sondern am 14. sterben läßt. Wie hätten sich aber, muß man weiter fragen, die Kleinasiaten auf Johannes berufen können, wenn damals ein Evangelium unter dessen Namen vorhanden und anerkannt war, welches die geschichtlichen Voraussetzungen ihres Ritus geradezu ausschließt? Und welche Waffe hätte umgekehrt die römische Gemeinde an diesem Evangelium gehabt, dessen Autorität den abendländischen Ritus sanctionirt und die Berufung der Kleinasiaten auf Johannes zu nichte gemacht hätte? Daß das vierte Evangelium in diesem Streit noch gar nicht genannt wird, ist der augenscheinlichste Beweis, daß es damals noch nicht vorhanden war. Dagegen ist es höchst wahrscheinlich, daß eben dieser Passahstreit mit zu den Motiven seiner Entstehung gehört. Es gab dem Grundsatz, daß Jesus selbst als Passahlamm genau zur Zeit der jüdischen Passahfeier gestorben, und es deshalb unstatthaft sei, im Christenthum die Grundlage der jüdischen Feier beizubehalten, eine feste Stütze, eine angebliche apostolische Autorität, und gerade seine Zurückführung auf den Apostel Johannes, der in Kleinasien besonders hoch verehrt wurde, mußte dazu dienen, den Widerstand der Kleinasiaten zu brechen, und sie für den abendländischen Ritus zu gewinnen, in welchem die Loslösung des Christenthums vom Judenthum seinen bezeichnendsten Ausdruck gefunden hatte.

Dieses Verhältniß zum Passahstreit ist indessen nicht das einzige, welches das Johannesevangelium als aus den Interessen der zweiten Hälfte des zweiten Jahrhunderts heraus geschrieben erscheinen läßt. Ueberall bietet es Berührungspunkte mit den dogmatischen Bildungen, mit den kirchlichen Controversen, welche jene Zeit besonders bewegten. Und zwar ist es eine eigenthümlich centrale Stellung, welche es zu den geistigen Bestrebungen seiner Zeit einnimmt. Es ist, als ob hier wieder alle die Strahlen zusammenlaufen sollten, welche von dem Punkte aus, da das christliche Princip sich als ein neues selbständiges zu erfassen begann, in bunter Fülle und Mannigfaltigkeit nach allen Seiten auseinandergegangen waren. Es ist dasjenige Evangelium, welches alle im damaligen Zeitbewußtsein vorhandenen Elemente sich aneignet, aber in gereifter Form zu einer neuen vergeistigten Auffassung des Christenthums zu verschmelzen weiß, welches die Gegensätze, nach deren Ausgleichung die Kirche bis dahin gerungen, zu versöhnendster Einheit zusammenschließt und die Entwickelung des christlichen Bewußtseins auf einen Punkt führt, auf welchem dasselbe, über alle örtliche und nationale Beschränktheiten hinausgehoben, sich in seiner absoluten Bedeutung erfaßt. — Und nun, besinnen wir uns wieder auf den Punkt, von welchem wir ausgegangen sind. Wir fragten nach den historischen Quellen für das Leben Jesu. Eine durchgreifende Verschiedenheit hat sich uns zwischen den drei ersten und dem vierten Evangelium ergeben, wir haben letzteres nach seiner eigenthümlichen Anlage, nach den Motiven seiner Entstehung betrachtet. Was folgt daraus für die Frage nach der geschichtlichen Zuverlässigkeit seiner Erzählung? Wir brauchen es nach dem Bisherigen kaum auszusprechen, die Schlußfolgerung ergiebt sich von selbst. Je höheren Werth diese Schrift als Schlußstein der Entwicklung des urchristlichen Bewußtseins besitzt, um so zweifelhafter wird ihr Werth für die Kenntniß von Thatsachen, welche durch den Zeitraum von mehr als einem Jahrhundert von ihrer Abfassung entfernt sind. Je mehr darin die geschichtlichen Ereignisse einer beherrschenden Idee untergeordnet sind, um so weniger kann sie den Anspruch auf Objectivität der Erzählung, auf geschichtliche Glaubwürdigkeit machen. Ihr Zweck ist nicht, Geschichte zu erzählen, sondern die Geschichte nach höheren Gesichtspunkten frei zu gestalten, und an den drei ersten Evangelien besitzen wir eben den Maßstab für die Veränderungen, welche der vierte Evangelist für seine Zwecke mit dem überlieferten Stoffe vorgenommen hat. In demselben Maße, in welchem die Glaubwürdigkeit des vierten Evangeliums fraglich wird, steigt diejenige der Synoptiker. Dort haben wir eine jüngere, hier eine ältere, dort eine philosophisch gefärbte, frei componirte, hier eine den Thatsachen näher stehende, getreuere Darstellung. In allen Fällen, wo die Erzählung des vierten Evangeliums mit derjenigen der Synoptiker in Widerspruch kommt, ist die größere Wahrscheinlichkeit auf Seite der letzteren; ja, je durchgreifender die Verschiedenheit ihrer Darstellung von der johanneischen ist, sind wir auf jene allein angewiesen, um uns noch ein annähernd zuverlässiges Bild von der geschichtlichen Gestalt Jesu zu machen.

Eine Shakespeare-Bearbeitung aus dem siebzehnten Jahrhundert.

Wohl die interessanteste und für den Literaturfreund werthvollste Gabe zum diesjährigen Shakespeare-Jubiläum ist ein soeben in der weidmannschen Buchhandlung erschienenes Buch mit dem Titel „Kunst über alle Künste. Ein bös Weib gut zu machen. Eine deutsche Bearbeitung von Shakespeares The Taming of the Shrew aus dem Jahre 1672. Neu herausgegeben mit Beifügung des englischen Originals und Anmerkungen von Reinhold Köhler.“

Daß Shakespeare schon lange vor der Zeit, in welcher er in Deutschland wieder entdeckt wurde, wenigstens in einigen seiner Stücke, wo nicht dem Namen nach, den Deutschen bekannt gewesen, hat neuere Forschung klar herausgestellt. Schon im sechzehnten Jahrhundert zogen die sogenannten englischen Komödianten durch das Reich, Gauklerbanden, die das hohe und niedere Publicum zunächst durch Kunststücke aller Art, dann auch durch Schauspiele mit allerlei aufregenden Scenen, blutigen Mordthaten, Hinrichtungen, Tyrannen und Teufeln im Geschmack der Zeit vergnügten, zu denen ihnen als Grundlage Dramen von Shakespeare und dessen Zeitgenossen dienten. In ähnlicher Weise verfuhren die meist aus verlaufenen Studenten zusammengesetzten Wandergesellschaften deutscher Herkunft, die auch die Producte heimischer Poeten benutzten. Doch mußte man sich diese sowie Shakespeares Dramen nach den bisher bekannten Proben als tief ins Prosaische, Bänkelsängerhafte und Wüste gezogen vorstellen, die Clowns ihrer Persönlichkeit entkleidet oder durch den einen Hanswurst ersetzt, der nicht Person, nicht Individuum, sondern in seinem ganzen Empfinden und Thun nur die verkörperte Lust der namentlich durch den dreißigjährigen Krieg furchtbar herabgekommenen niedern Classe, alles, auch das Edelste und Zarteste, in den Koth zu ziehen, nur die menschgewordene Gemeinheit und Pöbelhaftigkeit war. Der Schwung Shakespeares wurde von seinen Verarbeitern in Schwulst verwandelt, an die Stelle seines Humors trat der reine unverfälschte Blödsinn, seine Ironie wurde in Hanswursts Munde zur Gefühllosigkeit, zur Freude am Schlechten, zum Sieg der Bestialität über den Geist. Der Wahlspruch Hanswursts war: „Es muß alles verruinirt werden.“

Ist diese Vorstellung von der deutschen Volksbühne im siebzehnten Jahrhundert im Allgemeinen richtig, und wird dieser klägliche Zustand derselben (Dichter wie Gryphius schrieben für die bloße Lectüre und nach antiken Vorbildern, daher zu gelehrt für das Volk, auch Weise war zu steif und langweilig, um auf dem Volkstheater beliebt werden zu können) sich nach dem großen Kriege nur gesteigert und verallgemeinert haben, so scheint die Regel doch nicht ohne Ausnahmen gewesen zu sein, und zwar selbst nicht in der am meisten verwilderten Zeit.

So wenigstens läßt uns die oben angeführte Bearbeitung des bekannten shakespeareschen Lustspiels schließen, die bisher, wenigstens den Literarhistorikern der neuesten Zeit, so gut wie unbekannt war. Gottsched erwähnt das Stück zwar, setzt es aber in ein falsches Jahr (1653) und weiß überdies nicht, daß es zu Shakespeares Komödie in nächster Verwandtschaft steht. Eschenburg gedenkt desselben und zugleich seiner Beziehung zur „Zähmung einer Widerspenstigen“. Auch Simrock und einige andere Forscher kennen es als Nachbildung eines shakespeareschen Originals. In den Geschichten der deutschen Dichtung und der deutschen Bühnendichtung insbesondere sucht man aber vergebens darnach; denn daß Gödeke im „Grundriß" den Titel ohne weitere Bemerkung aus Gottsched anführt, ist um so weniger zu rechnen, als derselbe einige Seiten vorher (S. 480) ausdrücklich behauptet: „Uebersetzungen aus dem Englischen begegnen (in der deutschen dramatischen Literatur des siebzehnten Jahrhunderts) nicht." Die „Kunst über alle Künste" ist aber schon deshalb von Bedeutung für die Literaturgeschichte, weil das Stück abgesehen von dem Peter Squenz des Andreas Gryphius die erste gedruckte deutsche Bearbeitung eines Lustspiels des großen britischen Dramendichters ist, sodann aber, weil aus dem Nachwort des Bearbeiters hervorgeht, daß es nach einer im siebzehnten Jahrhundert auf den deutschen Bühnen in Gebrauch gewesenen, aller Wahrscheinlichkeit nach ziemlich wörtlichen Uebersetzung des shakespeareschen Stücks geschrieben und somit ein neuer Beweis ist, daß der Einfluß der englischen Komödianten damals noch fortdauerte, und endlich, weil es keineswegs eine Verballhornisirung oder Herabziehung des Originals ins Gemeine und rein Possenhafte ist.

Das Bühnenmanuscript hatte mancherlei englische Redewendungen sowie die im englischen Original vorkommenden italienischen Personennamen (Baptista, Petruchio, Katharina, Bianca u. a.) beibehalten und ebenso andere Beziehungen auf italienische Verhältnisse. Der Bearbeiter, seiner Sprache nach aus dem westlichen Mitteldeutschland, verwandelt diese Namen in deutsche (Baptista heißt bei ihm Herr Theobald von Grifflingen, Katharina nennt er Jungfer Katharina Hurlepuß, Bianca Jungfer Sabina Süßmäulchen, Petruchio wird zu einem Herrn Hartmann Dollfeder, Erbsaß zum Wirbelwind, der Clown Grumio zu einem Ludolf Wurmbrand u. s. w.) und legt überhaupt dem Ganzen deutsche Zustände zu Grunde, hält sich aber im Uebrigen fast durchgehends an den Sinn und Gang der ihm vorliegenden Uebersetzung (das Original kennt er höchst wahrscheinlich nicht) und erlaubt sich nur gelegentlich Weglassungen, Versetzungen und Abweichungen, häufiger Zusätze; auch läßt er alle Personen in ungebundener Rede sprechen. Er muß ein Mann von Geist und classischer Bildung gewesen sein, und wie man auch über den Werth des von ihm Hinzugethanen urtheilen mag, jedenfalls ist ihm gelungen, dem Stücke einen vollkommen deutschen Charakter und ein solches Gepräge der Originalität zu verleihen, daß ein Leser, welcher das englische Lustspiel nicht kennt, schwerlich auf die Vermuthung kommen kann, die Bearbeitung eines ausländischen Werkes vor sich zu haben.

Daß die „Kunst über alle Künste" sehr anstößige Stellen enthält, wird denen, welche den Ton des siebzehnten Jahrhunderts kennen, ebensowenig auffallen, wie uns dergleichen in Shakespeare selbst, in Bocaccio und in Aristophanes auffällt. Der Dichter ist an seiner Zeit zu messen, und man hatte damals eben andere Begriffe von Wohlanständigkeit als heutzutage, und treffen wir auf den einen und den andern durch Rohheit der Empfindung verletzenden

Einfall, auf Derbheiten und Unflätbereien, so wollen wir uns dieselben immer noch eher gefallen oder weniger mißfallen lassen, als die süßlichen Zoten der damaligen Pegnitzschäfer. Die Sprache des echten Hanswursts wird von den Clowns des Stückes nicht geredet; selbst der Bediente Wurmbrand, der sich den Mund am wenigsten gewaschen hat, wird nur grob und unsauber, niemals Bestie.

Eine Probe der Art, wie der Bearbeiter mit dem englischen Original oder dessen Uebersetzung verfahren ist, mag das Gesagte bestätigen. Wir wählen die Stelle, wo bei der Trauung Petruchios (hier Hartmann Dollfeders) mit Katharina die Cur der Widerspenstigen im Ernste beginnt.

Bei Shakespeare erzählt hier Gremio, für den der Bearbeiter einen Sebastian von Unvermögen substituirt, dem Tranio, für den die deutsche Bearbeitung einen Hilarius von Liebenthal einführt, welcher letztere aber in dieser Scene in der Verkleidung des Kammerdieners Felix Vielwind erscheint:

When the priest
Should ask — if Katharine should be his wife,
„Ay, by gogs-wouns“, quoth he; and swore so loud,
That, all-amaz'd, the priest let fall the book,
And, as he stoop'd again to take it up,
This mad-brain'd bridegroom took him such a cuff,
That down fell priest, and book, and book and priest:
„Now take them up“, quoth he, „if any list.“

Tran. What said the wench when he arose again?

Grem. Trembled and shook; for why he stamp'd, and swore,
As if the vicar meant to cozen him.
But after many ceremonies done,
He calls for wine: — „A health!“ quoth he; as if
He had been aboard, carousing to his mates
After a storm: — quaff'd off the muscadel,
And threw the sops all in the sextons face;
Having no other reason,
But that his beard grew thin and hungerly,
And seem'd tho ask him sops as he was drinking.
This done, he took the bride about the neck,
And kiss'd her lips with such a clamorous smack
That, at the parting, all the church did echo.
And J, seeing this, came thence for very shame;
And after me, J know, the rout is coming:
Such a mad marriage never was before.

Die Bearbeitung giebt dies folgendermaßen wieder:

Sebastian: der Priester hat alsobald da sein müssen (im Brauthause, nicht wie bei Shakespeare in der Kirche), welchem er mit der trotzigsten Ungestümigkeit befohlen, ihn so bald in aller Namen zu copuliren. Als er sich aber entschuldigt, daß er unbereitet und nicht einmal ein Buch habe, hat er mit großen Bedräunungen ihm einen Kalender, so zur Hand lage, hingestoßen und befohlen, nicht viel Geschirr zu machen. Wie nun der Priester voll Schrecken das Ampt aufs Kürzeste verrichtete und es auf die Frage kam, daß die Braut solte sagen, ob sie sein Weib sein wolte, rief er laut ja, und schwur so abscheulich, daß der gute Geistliche sein schönes Ceremonienbuch für Furcht fallen ließe, und wie er sich bücken wollte, entwischte ihm, als einem dicken, von Schrecken ganz erfüllten Mann, ein Angstschweiß, worauf ihm der rasende Bräutigam einen solchen Schlag gab, daß er vollends bei das Buch darnieder fiele.

Felix: Was sagte sie aber dazu, half sie nicht mit in dieser Raserei?

Sebastian: Sie zitterte und bebete wie ein Espenlaub. Als er solches sahe, donnerte und hagelte er, daß alle Flüche nichts dargegen zu rechnen, und stellete sich ganz unsinnig, als ob man ihm die Braut hätte nehmen wollen. Als nun alles verrichtet, packet er die Braut um den Hals und drückete sie, daß sie hätte mögen schwarz werden und Mark lassen, küssete sie auch so laut, daß es einen Wiederschall in dem Saal gab. Ich lief davon. Denn ich für Lachen nicht mehr bleiben oder zusehen konnte. Dergleichen ist nie fürgegangen, wird auch nie geschehen.

Man sieht, der Bearbeiter hat den Charakter des tollen Bräutigams hier nicht nur nicht bestialischer, sondern sogar wesentlich gelinder und gewöhnlichen Cholerikern seiner Zeit ähnlicher gemacht, und er hat andrerseits durch Verlegung der Scene aus der Kirche in ein Privathaus dieselbe für Deutschland möglich werden lassen. Shakespeares Petruchio schlägt den Priester nieder, weil er sich nach dem Buche bückt, Hartmann dagegen, weil eine Unanständigkeit, die jenem beim Bücken passirt, ihn zu größerer Wildheit aufregt. Petruchio schreit in der Kirche nach Wein und gießt dem Küster den Rest ins Gesicht, weil dessen dürftig stehender Bart Begießen zu verlangen scheint. Die Bearbeitung weiß nichts davon, obwohl das Benehmen des Bräutigams hier, wo eine Haustrauung stattfindet, weit weniger unschicklich und roh erscheinen würde, als es im Original erscheint. Geschickt und dem Wesen Hartmanns angemessen ist dagegen der Zusatz, der dem Priester statt des Ceremonienbuchs einen Kalender in die Hand giebt.

Aehnlicher Beispiele ließen sich noch verschiedene anführen, wir können sie aber hier übergehen, da wir hoffen, daß die Leser sich die interessante Entdeckung selbst ansehen werden.

Der Verfasser der „Kunst über alle Künste“ ist bis jetzt noch ein Unbekannter. Doch mögen die Zeitgenossen seinen Namen gewußt haben, was um so glaublicher ist, als, wie der Herausgeber zuerst nachgewiesen hat, von ihm noch zwei andere Lustspiele, beide in Rappersweil erschienen, existiren. Das eine, im Jahr 1673 gedruckt, heißt: „Der pedantische Irrthum des überwitzigen doch sehr betrogenen Schulfuchses“ und hat zum Anhang ein „singendes Possenspiel“: „Die Sutorio Magistrale, seltzame Metamorphosis“ genannt. Das andere, 1675 erschienen, führt den Titel: „Alamodisch Technologisches Interim oder: Des Ungeistlichen Geistlichen Statistisch Scheinheiliges Schaffskleid“, und demselben ist ebenfalls ein Possenspiel „Der Vieslirliche Exorcist“ angehängt.

Der Herausgeber der „Kunst über alle Künste“ hat sich zunächst um den Text durch sorgfältige Ausmerzung der Druckfehler des ihm vorliegenden Abdrucks und sodann nicht weniger durch zahlreiche werthvolle literarhistorische und sprachliche Bemerkungen den Dank der gelehrten Welt erworben. Eine nicht unbeträchtliche Anzahl der von ihm herausgehobenen und erklärten Wörter und Ausdrücke sind interessante Bereicherungen des deutschen Wörterschatzes in schriftlicher Aufzeichnung.

Militärische Briefe.

11.

Preußische Artillerie und Pionniere.

30. Mai.

Bei Behandlung der preußischen Armee im Anschlusse an die Ereignisse in Schleswig fehlt noch eine Bemerkung über die Artillerie und Pionniere. Vor dieser Betrachtung aber wird in diesem letzten Briefe ziemen, des Fürsten zu gedenken, welcher sich in Schleswig vor andern ritterlich die Sporen verdient hat. — Der Kronprinz von Preußen begab sich nur als Zuschauer auf den Kriegsschauplatz, und niemand konnte erwarten, daß er neben seinem — allerdings allgemein bekannten — Interesse für das Wohl des Landes Gelegenheit haben werde, durch Eingreifen in die Ereignisse auch politisches Talent und ein richtiges militärisches Urtheil zu zeigen. Daß der Kronprinz das Herz der Truppen zu gewinnen verstand, daß sich dies in dem Zuruf der Leute bei jeder Begegnung ausdrückte, weiß jeder Zeitungsleser und gehört nicht in diese Zeitschrift, ein anderes ist es mit seinen Leistungen in der Politik und in der Kriegführung. Zwei Uebelstände zeigten sich in dieser Beziehung in der preußischen Armeeleitung, Mangel an Triebkraft für die militärische Leistung und Neigung zu einseitig politischem Eingreifen in die Landesangelegenheiten. Es ist aber beim Heere wohlbekannt, daß nach beiden Richtungen der Kronprinz verstanden hat, entweder durch directe persönliche Besprechung das Nothwendige herbeizuführen, oder aber durch Vortrag bei seinem königlichen Vater das als Befehl zu erwirken, was der Ueberredung nicht gelang. Die entscheidenden Schritte, welche endlich zur Wegnahme der düppeler Schanzen führten, verdankt Deutschland vorzugsweise dem gewichtigen Eintreten des Kronprinzen für dieselben. Solchem Handeln und dessen Erfolgen zollen wir warme Anerkennung, zumal wir es als ein gutes Vorzeichen seiner Zukunft ansehen. Möge er immer fern von dem Detail der Dinge bleiben, nie sich in seiner Stellung von einer einzelnen Liebhaberei abhängig machen, stets hoch über dem Ganzen stehen und darin seine Erfolge finden, daß alle Theile harmonisch zusammenwirken für das Wohl des Staats, nicht für das Interesse eines Einzelnen. — Der Kronprinz hat die Grundlagen herbeigeführt zu einem für Deutschland günstigen Frieden mit Dänemark, möge er mit eben solchem Glück einen für Deutschland viel wichtigeren Frieden, den zwischen Preußens Herrscher und Preußens Volk fördern.

Artillerie und Pionniere haben das Geschick des Kronprinzen getheilt, sie wurden von den entscheidenden Kreisen eben nur als ein Anhang der Armee, nicht als lebendige Theile derselben angesehen; auch sie haben in Schleswig nicht nur ihre volle Bedeutung, sondern auch ihre große Leistungsfähigkeit bewiesen und erwarten ein Gutmachen dessen, was man an ihnen bis jetzt verschuldet. — Artillerie und Pionniere fordern die Anerkennung als Waffe und ihren vollen Antheil an der Armeeleitung. Die Artillerie außerdem noch ein besseres Avancement, als man ihr bis jetzt, im Vergleich mit den andern Truppentheilen, gewährt hat. Dieser letzten Forderung will man, wie die Zeitungen berichten, durch eine Reorganisation genügen, welche die höheren Stellen vom Regimentscommandeur aufwärts um 29 dergleichen vermehrt. So sehr man der preußischen Artillerie das daraus erwachsende Avancement gönnen muß, so wenig kann man ihr die vorgeschlagene Art desselben wünschen. Die Vermehrung der nur inspicirenden Behörden ist ein Unglück für die Truppe, fördert die Kleinigkeitskrämerei und tödtet den Geist. Will man der Waffe helfen, so hebe man sie in sich, indem man den wirklich nothwendigen Stellen einen der Sache entsprechenden hohen Rang giebt, und indem man dem höhern Artillerieoffizier die Carrière in die Armeeführerstellen öffnet. Will man allen gerechten Anforderungen der Artillerie entsprechen, so empfiehlt sich folgende Reorganisation:

Die Artillerie tritt in allen allgemeinen und taktischen Verhältnissen direct unter die respectiven Truppencommandos, in oberster Instanz unter die Generalcommando's, die Generalinspection der Artillerie wird für die letztere nur eine rein technische Behörde.

Die vier Inspecteurstellen gehen ein, und die gesammte Artillerie eines Armeecorps steht unter einem Generalmajor und Brigadecommandeur, dem ein Oberst für die technischen Angelegenheiten, das Material und die Verwaltung ad latus gegeben ist. Derselbe ist bestimmt, im Fall der Mobilmachung das Commando der Reserveartillerie des Armeecorps zu übernehmen und führt im Frieden die Correspondenz mit der Generalinspection.

Die Artillerieoffiziere der Plätze werden nach der Bedeutung der letztern Obersten und Majore, erhalten Adjutanten und werden Commandeure der in den Festungen und für jede Festung in geschlossenen Truppen unter eigenem Commando formirten Festungsartillerie.

Die Artillerie-Prüfungs-Commission besteht aus drei Generalen, drei Obersten, drei Stabsoffizieren und einigen commandirten jüngern Offizieren und ressortirt vom Kriegsministerium, damit die wissenschaftliche Behörde von dem Disciplinarzwang der Waffe befreit wird.

Wer der Sache näher steht, wird einräumen, daß durch Annahme dieser vier Punkte die vorhandenen Uebelstände möglichst gehoben werden und auch das gewünschte Avancement herbeigeführt wird. Die Ueberführung der Artillerie- und Pionnier-Generale in die Armeeleitung ist leichter, sobald für die Infanterie und Cavallerie die Uebungen in größern Massen, wie schon früher ausgeführt, eingerichtet werden und den höhern Generalen der rein technische Standpunkt genommen wird, den sie jetzt haben.

Die Ingenieure und Pionniere müssen, so groß ihre Fortschritte auch übrigens in den letzten Jahren auf diesem Gebiete sind, mehr zu einer Waffe werden. Sie sind bis jetzt immer noch mehr Techniker als Soldaten, und ihre Vorgesetzten können sich, infolge der ganzen Ausbildung, nur ausnahmsweise zu Vorgesetzten anderer Waffen eignen. — Um dies für die Zukunft möglich zu machen, müssen die vorhandenen neun Pionnierbataillone zu drei Regimentern in großen Garnisonen vereinigt werden; dann wird nicht nur die Entwickelung eines militärischen Geistes, sondern auch eine größere taktische Entwickelung ihrer Uebungen ermöglicht. — Ferner muß die ganze Stufe der rein technisch inspicirenden Vorgesetzten, die der Inspecteure, entfernt und den Generalcommandos der Vorgesetzte der Ingenieure und Pionniere des Corpsbezirks als General oder Oberst beigegeben werden. Auch das Avancement der Ingenieure vom Platz in den Festungen erster Classe zu Obersten scheint gerechtfertigt. Die technische Oberbehörde und eine wissenschaftliche Commission beim Kriegsministerium bleibt, wie dies für die Artillerie näher ausgeführt war.

In allen diesen Vorschlägen liegt der schon wiederholt ausgesprochene

Wunsch für die preußische Armee, daß alle Veränderungen sich nicht auf die Art der Ausbildung der Truppen, sondern vor allen Dingen auf die geistige Belebung der Armeeleitung zu richten haben*).

Eine Erinnerung an den Communisten Wolff.

Breslau, 27. Mai 1864. Die Zeitungen melden, daß der deutsche Literat Wilhelm Wolff in Manchester verstorben sei. Jedem alten Breslauer steigt in diesem Namen ein Stück Localgeschichte, bestimmter „Geschichte der breslauer Intentionen" vor die Seele. Ich glaube aber, wenn sich eine Feder fände, welche die Biographie des armen Zeitungsschreibers mit so viel Liebe, so viel Breite und Tiefe schriebe, wie die von Perthes oder von Eilers gearbeitet ist, so würden wir eine höchst merkwürdige Ergänzung zu jenen Bildern von dem Culturleben unseres Jahrhunderts erhalten, einen Beitrag zur Geschichte des deutschen Communismus. Heute liegt diese furchtbare Verirrung des Geistes weit hinter uns. Dank den Bestrebungen eines Schulze und den Arbeiten unserer Nationalökonomen, vorzüglich Dank der Preßfreiheit und den wenigen Quadratfuß, die auch der Redefreiheit 1848 erkämpft worden sind, ist der Spuk selbst aus den Köpfen der wandernden Handwerker, der Arbeiter so gut wie ganz verschwunden, und wir halten den Rückfall in jene starken Irrthümer für unmöglich. Die Jüngsten vermögen kaum mehr zu begreifen, wie sie denn möglich waren, während die Leichtfertigen gar zu gern der Zeit vergessen, da sich „in dem Schooß der Städte der Feuerzunder still häufte". Wolff war einer der Männer, die sich mit Stolz als Pionniere der Revolution bezeichneten und deren ganze Lust darin bestand, den Zunder zusammenzubringen und mit dem Funken in der Hand dem Augenblick entgegenzusehen, wo er ihn mit Aussicht auf Erfolg zum Brande aufflammen ließe. Dabei war er der weichste, der gutmüthigste Mensch von der Erde.

Er war, wie Anno 1840—1848 ziemlich alle Breslauer, Theolog, aber er hatte auch wirklich die Theologie zum Gegenstande des Studiums gemacht. Seine Lehrer sind nun schon alle verstorben und wer wird todte Menschen anklagen? Aber wir dürfen doch daran erinnern, daß die theologische Wissenschaft und das kirchliche Leben einen tiefen, schweren Schlaf thaten, bis jene durch Strauß und die Tübinger, diese durch das „tolle Jahr" aufgerüttelt wurden und nun wenigstens Wege zur Wahrheit, Wege, diese ins Volk zu bringen suchten. Der sogenannte vulgäre Rationalismus hat sich durch seine Gleichgültigkeit gegen das Volkswohl ebenso schwer ver-

---

*) Da diese Mittheilung vom Verfasser als Schluß der „Militärischen Briefe" bezeichnet wird, erlaubt sich d. Red. im Interesse der Sache den Wunsch, daß der Verfasser den Inhalt der Briefe in einer besondern Schrift zusammenfasse. Denn die kurzen Urtheile und Vorschläge der Briefe scheinen uns — in nicht gewöhnlicher Weise — genau das auszusprechen, was die preußische Armee hat und was ihr vom militärischen Standpunkt zu wünschen ist.

sündigt, als sein Zwillingsbruder der ordinäre Liberalismus. Dieses par nobile fratrum tyrannisirte damals Breslau und trieb jeden Jüngling von Geistes- und Herzensfrische entweder dem Radicalismus oder dem Pietismus in die Arme. Wolff wurde ein Radicaler, kirchlich, politisch, social. — Es wurde von ihm erzählt, er habe sein National in Brüssel eingetragen: Namen: W. Wolff aus Breslau, Stand: Candidat der Theologie; Religion: keine. Ob wahr oder nicht, die Geschichte wurde in Breslau geglaubt, beklatscht.

Von dem Studium der Theologie zurückgestoßen, bei der unbegreiflichen Genügsamkeit seines Wesens im Stande, von den noch nicht hundert Thalern jährlichen Einkommens, die ihm zu Gebote standen, zu leben, wurde er nach Neigung und Beruf Volksschriftsteller. Nach zwei Seiten hin erwarb er sich erhebliche Verdienste. Er durchwanderte die Kasematten, Ueberreste der Festung Breslau, Kellerwohnungen, in denen die Aermsten des Volkes ein elendes Leben dem sichern Tode entgegenführten. Zur Zeit der Censur erhob er, der einzelne Mann, seine Stimme gegen den Magistrat und die Polizeiverwaltung der Haupt- und Residenzstadt und er erreichte seinen Zweck. Ein wenig siegestrunken, schon nicht mehr allein, richtete er nun sein Auge auf die Noth der schlesischen Weber im Eulengebirge und fand dort Zustände, aus denen der Communist leicht Capital machen konnte. Aber hier konnten Sammlungen, Lotterien und andre Palliative nicht helfen. Ob sie geschadet, ob, wie weit sie den häßlichen Weberaufruhr 1844 provocirt haben, weiß kaum jemand, die Processe wurden geheim geführt; auch lebte man zu rasch, die Ereignisse, welche die Revolution herbeiführten, folgten zu schnell, als daß man nach den vergangnen Dingen zu forschen Lust gehabt hätte. Die Grenzboten haben gelegentlich des beckerschen Attentates Act davon genommen, in wie andrer sittlicher Atmosphäre wir seit 1848 athmen. Ein Beweis dafür läge auch im Rückblick auf jenes Jahr, seine Sympathien für die empörten Weber und die Erregtheit gegen ihre Unterdrücker. Es lagen aus der einfachen Menschenliebe geborne, von der communistischen Presse geschickt benutzte Gedanken in der Luft, deren Gewalt sich kaum jemand entziehen konnte. Ein hochgestellter und hochbetagter Geistlicher begrüßte die Februarrevolution als die endlich gekommne Zeit, da die Armen nicht mehr für die Reichen würden arbeiten müssen.

1844 blühte die Agitation unter uns oder sie knospete; denn sie wucherte im Stillen, geheime Handwerker-, geheime Studenten-Verbindungen hegten die heiligen Flammen und in diese nun wurden durch einzelne Eingeweihte Manuscripte, Correspondenzen aus dem „Vorwärts“, aus der Trierschen Zeitung (die Rheinische war schon todt, die Rugeschen Jahrbücher auch) hineingebracht: in solchen Kreisen hatte Wolff einen Namen. Ich besinne mich auf eine seiner Correspondenzen für das „Vorwärts“ noch lebhaft, weil sie an Haß, an Bitterkeit und Sanscülottismus alles überbot, was ich je gelesen habe. Uebrigens erschien sie bereits dem Studenten als unreif. Bald darauf ist Wolff nach Paris gegangen. 1848 kehrte er nach Breslau zurück, gewann aber keinen großen Einfluß mehr; er ging auch dann nach Köln, um sich an der Redaction der „Neuen Rheinischen“ zu betheiligen. 1849 ins frankfurter Parlament gewählt, trat er Carl Vogt, dem „Schwätzer“ scharf entgegen und wollte Thaten. Als dort der „Kasemattenwolff“ den Antrag stellte, den Reichsverweser für einen Hochverräther zu erklären, jauchzten einige Freunde, aber

Boden hatte der Mann nicht mehr. Er war fast schon ein Fremdling in seiner Zeit. Politischer Flüchtling, hat er als Privatlehrer still und gewiß wohlthätig in Manchester gelebt, und bei uns in Breslau könnte doch wohl Mancher Grund haben, dem Verschollenen eine Blume aufs Grab zu legen.

Neues Kartenwerk.

Meyers Handatlas der neuesten Erdbeschreibung. Hildburghausen, Verlag des Bibliographischen Instituts. 25.—30. Lieferung und 1. Supplementlieferung.

Die sechs regelmäßigen Lieferungen enthalten: Deutschland in vier Blättern, den Südwesten von Frankreich, den Süden von Norwegen, den Süden von Schweden, die Südhälfte von Italien bis gegen den 40. Grad hin, Tirol und Vorarlberg, Salzburg, die Niederlande und Belgien, endlich China und Japan. Die Supplement-Lieferung bringt eine Specialkarte von Holstein und Lauenburg mit Städteplänen von Hamburg und Lübeck und eine zweite vom Herzogthum Schleswig mit einem Plan der Stadt Schleswig. Auch diese Fortsetzung des Unternehmens verdient durchgehends das Lob, welches den frühern Lieferungen gebührte, und wird dasselbe, welches jetzt zu drei Fünfteln der in Aussicht gestellten Zahl von Blättern vorliegt, wie bisher fortgesetzt, so werden die Käufer nach Vollendung des Ganzen einen Atlas besitzen, welcher allen Anforderungen entspricht, die bei einem so wohlfeilen Preise billigerweise zu stellen sind. Das Papier ist gut, die Karten sind mit Benutzung der neuesten Materialien correct und sauber ausgeführt. Nur wenige Blätter der Sammlung lassen bemerken, daß bisweilen über dem Bestreben, in den topographischen Angaben möglichst reichhaltig und vollständig zu sein, vergessen wurde, daß hierunter die Deutlichkeit und Klarheit leiden kann. Viele andere dagegen sind Muster sorgfältiger und geschmackvoller Behandlung, und namentlich die Darstellung hoher Gebirge, die in diesem verhältnißmäßig nicht großen Maßstabe eine Hand erfordert, welche mit Tact zwischen Willkür in den Formen und zu ängstlicher Ausführung die rechte Mitte zu treffen weiß, ist fast allenthalben wohl gelungen. Können wir demnach das Ganze, so weit es vorliegt, dem Mann der Wissenschaft wie dem Laien bestens empfehlen, so erhält es auch dauernden Werth durch das Versprechen der Verlagshandlung, solche Karten, welche während des Erscheinens des Atlas infolge von neuen Forschungen und Entdeckungen als der Veränderung oder Vervollständigung bedürftig erscheinen könnten, durch corrigirte Blätter zu ersetzen. Bei der großen Vervollkommnung, welche die Kartenzeichnung in den letztverflossenen Jahrzehnten erfahren hat, ist was hier von dem meyerschen Unternehmen gerühmt wurde, selbstverständlich kein Lob, welches nur auf dieses Anwendung litte, wohl aber empfiehlt sich dieser Atlas vor den meisten andern dadurch, daß man durch ihn gute Karten für wenig Geld (das Blatt kostet nicht ganz vier Silbergroschen) und in rascher Aufeinanderfolge erhält.

Verantwortlicher Redacteur: Dr. Moritz Busch.
Verlag von F. L. Herbig. — Druck von C. E. Elbert in Leipzig.

Die Nordschleswiger.

1. Ihre Abstammung, Sprache und Sitte.

Auf der londoner Conferenz ist, dem Vernehmen nach, seit das Project der Personalunion gescheitert, der früher schon einmal für kurze Zeit aufgetauchte Plan einer Theilung Schleswigs nach dem Maßstabe, den die Nationalität an die Hand giebt, von Neuem zur Sprache gekommen, und die deutsche Presse hat begonnen, diesen Gedanken zu discutiren. Indem wir im Folgenden in die Erörterung der Sache eintreten, beantworten wir zuvörderst nach zwei Seiten hin die Frage: Wer sind die Nordschleswiger, um dann die Lösung der ferneren zu versuchen: Ist eine Theilung überhaupt zulässig und welche? Leitender Grundsatz wird uns dabei sein, nur der Gerechtigkeit und Wahrheit zu dienen, Leidenschaftlichkeit zu vermeiden und die Regel zu beachten, nach welcher zu viel beweisen wollen nichts beweisen heißt.

Fassen wir also das Herzogthum Schleswig nach der Nationalität seiner Bewohner ins Auge, so finden wir, daß dasselbe im Allgemeinen, d. h. wenn man von einzelnen hier wie in allen Grenzländern vorkommenden Ausnahmen absieht, in zwei große Hälften zerfällt, eine im Süden, die weit überwiegend deutsch, respective verdeutscht ist, und eine im Norden, deren Charakterisirung wir später vornehmen werden.

Reine und ursprüngliche Deutsche sind von der Bevölkerung jener Südhälfte zunächst die zum Stamme der Sachsen gehörigen Bewohner der Landesmitte von den hüttener Bergen bis zum Zusammenfluß der Eider und der Treene und von der holsteinischen Grenze bis zum Dannewerk. Dann die Marschleute Eiderstedts und die östlichen Nachbarn derselben auf der Geest bis zur Mitte des Laufs der Treene. Endlich die an der Westküste von Husum bis zur Wiedau sich hinaufziehenden, die Nordseeinseln Sylt, Föhr, Pelworm, Nordstrand und die Halligen bewohnenden Friesen.

Gemischt dagegen mit ursprünglich fremden Elementen, jetzt aber gleich den Slaven Südostholsteins schon längst vollkommen verdeutscht sind die Bewohner der Halbinseln Dänisch-Wohld und Schwansen. Aehnliches, nicht ganz das Gleiche, gilt von den südlichen Anglern und von dem weitaus größten Theil der nördlichen, sowie von der Bevölkerung zwischen Angeln und den friesischen

Marschen bis etwa zu der Linie Immenstedt, Sollerup, Bollingstedt, Fahrenstedt. Weiter nördlich ist in der Landesmitte der Proceß der Verdeutschung noch im Gange, und in dem einen Kirchspiel überwiegt das deutsche, in dem andern das fremde Element.

Noch weiter im Norden des Herzogthums, von einer Linie an, die wir vorläufig zwischen Tondern und Flensburg ziehen wollen, ist jener Proceß nicht mehr oder doch nur in schwachen Spuren noch zu bemerken. Lediglich die Städte und Flecken sind zum Theil von Deutschen bewohnt. Das Landvolk sowie die Mehrzahl der Städter, namentlich fast die ganze niedere Classe, gehört einem Mischvolk an, welches keinen völlig bestimmten nationalen Charakter hat, seiner Sprache und einigen andern Eigenthümlichkeiten nach aber jedenfalls näher mit den Dänen als mit den Deutschen verwandt oder, wenn wir den Unterschied zwischen den Inseldänen und der auf dem Festland wohnenden Bevölkerung des Königreichs Dänemark betonen wollen, im Großen und Ganzen dasselbe Volk ist wie die Bewohner des Südens von Jütland. Uebereifrige Schleswig-Holsteiner werden sich dies vermuthlich ebenso ungern sagen lassen, wie sie die Thatsache hören werden, daß die Verdeutschung mancher Bezirke im Süden sich keineswegs von selbst gemacht hat, sondern auf künstlichem, wenn auch nicht gerade, wie die Dänen behaupten, und wie selbst Etatsrath Falck in der Ständeversammlung einmal meinte, auf gewaltsamem Wege erreicht worden ist. Doch werden sie, hoffen wir, mit unserm Endergebniß zufrieden sein.

Betrachten wir das Hauptkriterium der Nationalität, die Volkssprache, so bemerken wir, daß Schleswig, von den Marschen und Inseln zwischen Husum und dem Heverstrom einerseits und der Wiedau andrerseits abgesehen, wo meist friesisch geredet, aber zugleich von jedermann deutsch verstanden und gesprochen wird, in vier Districte oder Zonen zerfällt. Der erste District ist der, in welchem das Volk sich nur des Plattdeutschen als Umgangssprache bedient. Der zweite umfaßt die Striche, wo dasselbe alleinige Haus- und Verkehrssprache der großen Mehrzahl und das Hochdeutsche wohl bekannt ist. Der dritte begreift die Landestheile in sich, in welchen wenigstens die Erwachsenen, namentlich die Männer, fast alle beider Sprachen, des Plattdeutschen sowie des Idioms mächtig sind, welches wir vor der Hand als Plattdänisch oder Südjütisch bezeichnen, und in denen zugleich noch einige Kenntniß des Hochdeutschen angetroffen wird. Der vierte District endlich ist der Norden, wo auf dem Lande das dänische Patois so gut wie ausschließlich herrscht, Kinder nirgends, Frauen sehr selten, Männer nur ausnahmsweise irgendwelches Deutsch verstehen.

Zu der ersten Zone gehören zuvörderst die beiden Halbinseln Dänisch-Wohld und Schwansen. Dann herrscht das Plattdeutsche ausschließlich in der Landschaft Eiderstedt. Endlich wird in der Landesmitte von der Eider bis hinauf zu der bereits erwähnten Linie Husum, Immenstedt, Sollerup, Bollingstedt, Fahrenstedt und in fast allen Kirchspielen Angelns im gewöhnlichen Verkehr nur Plattdeutsch und daneben Hochdeutsch gesprochen.

In Dänisch-Wohld und Schwansen sind auch Sitte und Bauart der Häuser durchaus dieselben wie im benachbarten Holstein, und dasselbe gilt von der Landesmitte im Süden. Früher war dies auf den beiden Halbinseln, wie schon die Namen derselben (Schwansen — Svansö — Schwaneninsel) und die zahlreichen dänischen oder an das Dänische anklingenden Ortsnamen, vorzüglich in Schwansen, z. B. Gammelby, Fleckeby, Tumby, Eschelsmark, Ornum andeuten, nicht so. Wenn im dänischen Wohld der alte Dialekt ausgestorben ist, wissen wir nicht. Dagegen ist nachzuweisen, daß derselbe in Schwansen noch um die Mitte des vorigen Jahrhunderts von Vielen, namentlich in den Dörfern an der Schlei, neben dem Plattdeutschen geredet wurde.

Eiderstedt, von Friesen bewohnt, hat schon seit geraumer Zeit das friesische Idiom mit dem seiner südlichen und östlichen Nachbarn vertauscht. In Angeln dagegen sprach man noch vor hundert Jahren und in den meisten nördlichen Kirchspielen bis in die ersten beiden Decennien des jetzigen Jahrhunderts hinein fast nur den Jargon, welcher als Anglerdänisch bezeichnet wird und dem Patois der Südjüten nahe verwandt ist. Dieses Idiom ist gegenwärtig zwar bis auf zwei oder drei Kirchspiele in der Gegend von Glücksburg und einzelne alte Leute sowie einige neuerdings vom Norden in die nordwestlichen Harden der Landschaft eingewanderte Dienstboten völlig vergessen. Das Schriftdänisch, welches das Sprachrescript der tyrannischen Zeit von 1850 bis 1863 den Schulkindern einzutreiben gebot, hat nirgends Wurzeln zu schlagen vermocht; die dänische Predigt dieser traurigen Periode konnte schon deshalb noch weniger die gewünschte Frucht bringen, weil niemand sie hören mochte, und von den fünfzigtausend Einwohnern des Ländchens verstehen und sprechen sicher keine fünftausend irgendeinen dänischen Satz. Allein das ganze Gebahren, der ganze Habitus des Anglers läßt noch immer bemerken, daß er andern Stammes ist als das Volk südlich der Schlei. Schon die Bauart der älteren Gehöfte, in der sich der sächsische Stil (vgl. Grenzb. 1864, Heft 14) mit dem südjütischen mischt, deutet dies an. Ferner gehören hierher die großen Hochzeiten, welche im Süden nicht, wohl aber im Norden vorkommen. Dann muß an den Holzschuh erinnert werden, der die Fußbekleidung des Anglers wie des Nordschleswigers und des Jüten bildet, während er jenseits der Schlei und des Dannewerks nicht allgemein gebräuchlich ist. Nicht unbemerkt darf der eine und der andere Nachklang dänischer Art in der Sprache (ich soll statt: ich werde, das häufige: „Wie belieben?“ die Uebersetzung von „hvad behager“ u. a.) bleiben. Vor allem aber sind die den Angler charakterisirende Aufgewecktheit und Zuthulichkeit, sein schlaues Auftreten in allem Verkehr und andrerseits seine zögernde Behutsamkeit — lauter Eigenschaften, die er mit dem Nordschleswiger theilt, und mit denen er im auffälligen Gegensatz zu dem Volke sächsischen Stammes im Süden steht — Zeugnisse dafür, daß die Verschmelzung mit dem heraufdringenden niederdeutschen Wesen hier noch nicht völlig vollendet ist.

Damit soll nicht gesagt werden, daß die Angler Dänen oder doch ein skandinavischer Stamm sind. Auch die Jüten, wenigstens die Südjüten, sind, wie zu zeigen sein wird, keine Skandinavier oder doch nur der Uebergang zu diesen.

Versuchen wir die älteste Geschichte der Angler, soweit es die dürftigen Nachrichten über dieselbe zulassen, für unsren Zweck aufzuhellen, so werden wir zu dem Resultat kommen, daß sie ein Mischvolk, bestehend aus der Verschmelzung von Resten des urzeitlichen Stammes der Angeln mit Jüten und mit Sachsen sind, und daß sie vor Annahme der deutschen Sprache eines der Mittelglieder zwischen Deutschen und Dänen bildeten.

Die Angeln, vom Süden der Elbe heraufgezogen — von wo ist mit Bestimmtheit nicht zu sagen — waren sicher zu Ende der Völkerwanderung im Besitz eines großen Theils des heutigen Schleswig, sehr wahrscheinlich hatten sie die ganze Ostküste inne. Ethelwerd läßt sie zwischen den Sachsen und den Jüten wohnen und nennt Schleswig als ihre Hauptstadt. Ebenso gewiß ist, daß sie an dem Zuge niederdeutscher Stämme theilnahmen, der, gewöhnlich als Hengists und Horsas Zug bezeichnet, die Eroberung Britanniens zur Folge hatte. Nach Beda waren sie und ebenso die Jüten Deutsche, und sehr wahrscheinlich redeten sie in dieser Periode im Wesentlichen die Sprache, von der uns im Beowulfslied und im Skop schriftliche Denkmale erhalten sind, eine Sprache, die von dem Dialekt der Sachsen damaliger Zeit kaum sehr verschieden gewesen sein dürfte, mit dem alten Dänisch aber wohl nur das gemein hatte, worin alle niederdeutschen Mundarten den skandinavischen sich nähern. Ein Nachklang dieses Idioms scheint der Name des Dorfes Quern zwischen Flensburg und Kappeln zu sein, mit dem man das angelsächsische Wort cweorn (Mühle) vergleichen mag. Ferner hat die früher in Angeln gesprochne Mundart Aehnlichkeit mit dem Angelsächsischen durch ihre vielen gedehnt und fast doppelt ausgesprochnen Vocale, und endlich giebt es in derselben eine Anzahl Redensarten und Wörter, die sich weder bei den Dänen noch bei den Friesen finden, wohl aber bei den heutigen Engländern. Proben davon sind das Wort „Kricker“ (Grillen, Heimchen), welches den englischen crickets entspricht, wogegen der Däne dafür Faarkyllinger (wörtlich übersetzt: Schafsküchlein), der Friese Faarkocker sagt, und die Redensart: „Ae wanter Bröd“, die im Englischen J want bread heißt, während sie auf Dänisch mit „mig fattes Bröd“ ausgedrückt wird.

Die Auswanderung der Angler nach Britannien, die sich nicht blos auf den einen soeben erwähnten Zug beschränkte, scheint nun den größten Theil des Stammes der Heimath entführt und nur in dem jetzt noch dessen Namen tragenden Ländchen zwischen der Schlei und der flensburger Föhrde stärkere Reste desselben zurückgelassen zu haben. Die Landesmitte, so haben wir uns diesen Proceß vorzustellen, leerte sich als der am wenigsten fruchtbare Theil zuerst und am vollständigsten. Auch die beiden südlichen Halbinseln Schwansen und Dänisch-Wohld wurden theilweise entvölkert, und nun begann eine Einwanderung von Norden her. In die verlassnen Strecken rückten Jüten ein, und dies hatte eine fast totale Umgestaltung der Sprache im Gefolge. Die Angler wurden ein Mischvolk aus südjütischen und ursprünglichen Elementen, von denen die ersteren überwogen. In ganz Schleswig mit Ausnahme der friesischen Westküste und der damals wenig besiedelten südlichen Landesmitte bis zum Dannewerk sprach das Volk fortan den südjütischen Dialekt, in dem sich im Osten, namentlich zwischen der Schlei und dem flensburger Busen einige Spuren des altanglischen Idioms erhielten.

Wie diese Mundart sich zum Dänischen und andrerseits zum Deutschen verhält, möge eine liedartige Ueberlieferung von der gestrengen Frau von Tollgaard zeigen, die zu Pastor Jensens Zeit (1840) noch im Volksmunde war, und in der sich wohl eine alte Göttin birgt. Der Sage nach durfte der Gottesdienst nicht vor Ankunft der Dame beginnen. Erfolgte diese, so sang der Priester zum Küster:

„Nu ka do go op o ring.
Nu kömmer ä Frou fra Tollgaard.“

Und der Küster antwortete:

„Nu kömmer hun, nu kömmer Ann Post,
Fra Tollgaard över Tingwaj
Med fier wied Oeg
Med Knopper Hör
O Stücker Smör
O stur Raulief.“

Das heißt auf Dänisch:

Nu kan du gaae op og ringe. Nu kommer Fruen fra Tolgaard. — Nu kommer hun, nu kommer Ane Post, fra Tolgaard over Tingvei med fire hvide Oeg, med Knipper Hör og Stykker Smör og store Rugbröd.

Und auf Deutsch:

Nun kannst du hinaufgehen und läuten. Nun kommt die Frau von Tollgaard. Nun kommt sie, nun kommt Anne Post, von Tollgard über den Gerichtsweg mit vier weißen Pferden, mit Bunden Flachs, mit Stücken Butter und großem Roggenbrod.

Man sieht, die Wörter sind dänisch, aber der Artikel ist wie im Deutschen vorgesetzt, nicht wie im Skandinavischen angehängt.

Die Einwanderung der Jüten hatte die deutsche Nationalität um eine gute Anzahl von Quadratmeilen gebracht. Aber das von derselben verlorene

Terrain sollte auf friedlichem und im Ganzen naturgemäßem Wege zurückgewonnnen werden. In den letzten Jahrzehnten des Mittelalters begann die Einwanderung holsteinischer Adeligen, die sich allmäblig zu Herren eines großen Theils des Grundes und Bodens machten. Andere Deutsche folgten. Deutsches Recht fing an in den Städten zu gelten. Die Reformation drang ein und mit ihr zunächst die plattdeutsche, dann die hochdeutsche Sprache auf der Kanzel. Das Schulwesen fügte sich, als es wirksamer organisirt wurde, ebenfalls in diese Formen, die bei dem Volke nur gelegentlich und dann nur auf schwachen Widerstand stießen. Immermehr zog sich das Anglerdänisch, das in der letzten Zeit mit zahlreichen plattdeutschen Vocabeln gemischt war, vor dem von Süden kommenden Idiom zurück, und gegenwärtig ist es, wie bemerkt, nur noch im äußersten Norden, zwischen Adelby, Munkbrarup und Glücksburg Volkssprache.

Die zweite Zone begreift zunächst einen Strich in der Landesmitte in sich, der sich nördlich von der Linie Husum, Immenstedt, Sollerup, Bollingstedt, Fahrenstedt in der durchschnittlichen Breite von einer Meile zwischen Angeln und Nordfriesland hinzieht, dann die südlichen Kirchspiele des Saumes der an die friesische Marsch angrenzenden Geest bis in die Gegend von Joldelund, endlich alle Dörfer in der unmittelbaren nördlichen und westlichen Nachbarschaft von Flensburg. Die Bewohner dieses ganzen Districts sind von jütischem Stamm, denen sich, obwohl weniger wie in Angeln, sächsische, im Westen auch friesische Elemente beigemischt haben.

Die dritte Zone ist die Landesmitte von der nördlichen Grenze der zweiten (die in ihrer Osthälfte etwa durch die von Flensburg nach Husum führende Chaussee bezeichnet wird) bis ungefähr zu den Kirchspielen zwischen Tondern und Flensburg, in welchen bis zu dem Sprachrescript von 1850 in den Schulen deutsch unterrichtet wurde, was beiläufig jetzt wieder geschieht. Das Plattdeutsche ist hier nicht mehr die Sprache des Hauses, wohl aber ist es wie das Hochdeutsche noch ziemlich Vielen einigermaßen geläufig, und wenn man hier des letzteren nicht in dem Maße wie in dem größten Theil Angelns mächtig ist, so erklärt sich diese Erscheinung daraus, daß die Schulen hier weniger fleißig besucht werden als dort, ein Umstand, der wiederum darin seine Erklärung findet, daß hier in der Haidegegend die im Osten übliche Einhegung der Felder mit Knicks nicht gebräuchlich ist, und daß deshalb die Kinder mehre Monate im Jahr zum Viehhüten benutzt werden müssen.

Die Nordgrenze der dritten Zone, die mit der zweiten circa 25 bis 28,000 Menschen und etwa zehn Quadratmeilen umfaßt, bilden nach dem Gesagten die Kirchspiele Bau (nördlich von Flensburg), Medelby, Ladelund, Süderlygum, Uberg, Tondern, Aventoft, Neukirchen und Rodenäs, die Südgrenze der vierten dagegen die Kirchspiele Holebüll, Tinglev, Buhrkall, Hostrup, Abild, Mögeltondern (dänische Enclave) und Hoyer. In den letzteren sowie in allen übrigen Dörfergruppen des nördlichen Schleswig herrscht die plattdänische oder südjütische Volkssprache ausschließlich, in den Kirchen wird Hochdänisch gepredigt, in den Schulen in derselben Sprache unterrichtet.

Rechnen wir also zu unsern drei ersten Zonen noch Friesland mit seinen Inseln und Fehmarn, dessen Bewohner, zum Theil germanisirte Slaven, durchgehends deutsche Sitte und Sprache haben, und nennen wir diese Gruppe Südschleswig, so umfaßt letzteres, nach Propsteien und Kirchspielen gerechnet, die Propstei Flensburg mit 28, die Propstei Gottorf mit 31, die Propstei Hütten mit 18, die Propstei Husum mit 26, Eiderstedt mit 18, die Propstei Fehmarn mit 4 und einen Theil der Propstei Tondern mit 29 Kirchspielen.

Nordschleswig dagegen begreift in sich die Propstei Hadersleben mit 34, die Propstei Apenrade mit 19, die Propstei Sonderburg mit 7, das Bisthum Alsen mit 18, Törninglehn (unter dem Bischof von Ripen stehend) mit 29 und einen Theil der Propstei Tondern mit 13 Kirchspielen.

Mithin gehören von den 274 Kirchspielen des Herzogthums Schleswig zu der in obiger Weise zusammengesetzten südlichen Gruppe 154, zur nördlichen Hälfte 120. In den 154 Kirchspielen Südschleswigs war, wie bemerkt, bis 1850 Hochdeutsch die Sprache der Schule und mit einigen Ausnahmen auch die der Kirche. Nur in der Heiligen-Geist-Kirche zu Flensburg war der Gottesdienst dänisch, und in zwei oder drei Kirchen in der Nähe von Tondern wurde jeden dritten oder vierten Sonntag dänisch gepredigt, aber, wie sonst immer, deutsch gesungen. In Nordschleswig dagegen wurde damals in den Städten Hadersleben, Apenrade und Sonderburg der Schulunterricht in deutscher Sprache ertheilt, und ebenso wurde die Hauptpredigt in derselben gehalten. Aehnlich war das Verhältniß in der Herrnhuter-Colonie Christiansfeld und in dem Flecken Gravenstein. In dem Flecken Lygumkloster fand in jedem Monat und in Kliplev an jedem dritten Sontag eine deutsche Predigt statt.

Wie dieses Verhältniß, mit welchem alle Theile mit seltenen Ausnahmen zufrieden waren, von den Dänen dahin umgestaltet wurde, daß nicht nur in fast allen Kirchspielen unsrer zweiten und dritten Zone, sondern auch in der größern Hälfte Angelns die Kirche zum Theil, die Schule ganz danisirt wurde, ist bekannt. Ebenso, daß die Civilcommissäre die alte Einrichtung zur Freude, wenigstens nicht zum Verdruß und in mehr als einem Kirchspiel auf ausdrücklichen, fast einmüthigen Wunsch der Bevölkerung wiederhergestellt haben.

Die Gesammtbevölkerung des Herzogthums Schleswig betrug nach der Zählung von 1860: 409,907 Seelen, von denen beiläufig 204,323 dem männlichen, 205,584 dem weiblichen Geschlecht angehörten. Von diesen wohnten in der Propstei Flensburg 57,174, in den Propsteien Gottorf und Hütten 52,062, auf Fehmarn 9,594, in Eiderstedt 18,680, in der Propstei Husum 37,131, in den deutschen Kirchspielen der Propstei Tondern 32,345, und zu Rendsburg sind

3,005 eingepfarrt. Folglich zählte der südliche Theil des Herzogthums, wo mit Ausnahme einiger (5 bis 6) Dörfergruppen unsrer dritten Zone von allen Einwohnern, mindestens allen Erwachsenen, der einzelnen Ortschaften deutsch gesprochen und verstanden, wenn auch nicht von allen täglich gebraucht wird, 258,059 Seelen, die sich über ein Gebiet von circa 90 Quadratmeilen vertheilten.

In Nordschleswig wohnten damals in der Propstei Hadersleben 42,311, in der Propstei Apenrade 26,591, in der Propstei Sonderburg 15,634, in dem Bisthum Alsen 29,166, in Törninglehn 22,087, in den dänischen Kirchspielen der Propstei Tondern 13,682, zu Ripen waren 2,380 eingepfarrt. Dieser plattdänisch sprechende und auf dem Lande hochdänisch unterrichtete Theil des Herzogthums ist also in Summa von 151,848 Individuen bewohnt. In diese Zahl sind aber die Bewohner der Städte Hadersleben, Apenrade, Sonderburg und der Herrnhuter-Colonie Christiansfeld eingerechnet, die 1860 zusammen 17,720 (Hadersleben 8,012, Apenrade 5,133, Sonderburg 3,879, Christiansfeld 681) Einwohner hatten, und wo bis 1850 deutscher Schulunterricht herrschte. Mithin würde die früher in dänischer Sprache unterwiesene Bevölkerung Nordschleswigs nur 134,128 Individuen betragen.

Wir kommen jetzt, nachdem festgestellt ist, wer sprachlich zu Südschleswig zu rechnen und wo die Grenze zwischen diesem und der Nordhälfte des Herzogthums zu ziehen sein würde, zur ausführlichen Beantwortung der Frage: Wer sind die Nordschleswiger? Im Obigen ist diese Frage kurz dahin beantwortet worden: sie sind im Wesentlichen dasselbe Volk wie die Bewohner des Südens von Jütland, und dies wird hier zu beweisen sein.

Wenn die Nordschleswiger dem Aeußern nach, in Wuchs, Haar und Augenfarbe, Gesichtsbildung u. d. den Südjüten ähnlich sind, so würde das kein Beweis für eine besonders nahe Verwandtschaft dieser mit jenen sein; denn in diesen Beziehungen stehen sich alle Stämme der cimbrischen Halbinsel im Allgemeinen gleich nahe. Dagegen ist die Volkssprache, kleine Dialektabweichungen abgerechnet, in Nordschleswig, wie bereits bemerkt, dieselbe wie im südlichen Jütland. Deutsche Schriftsteller haben von derselben behauptet, sie sei kein Dänisch, sie habe „nur eine dänische Färbung“, die sie dadurch bekommen habe, daß die ursprüngliche Volkssprache durch die neuere dänische Schul- und Kirchensprache seit Jahrhunderten bereichert worden sei. Wir bedauern, dieser Meinung entgegentreten zu müssen. Sie geht offenbar viel zu weit. Allerdings ist wahr, daß ein aus den kopenhagner Salons kommender Däne, ja daß überhaupt der Inseldäne von dem Landvolk um Hadersleben und Apenrade nicht immer verstanden werden und daß er seinerseits noch viel weniger klar darüber sein wird, was gemeint ist, wenn ihn ein Bauer Nordschleswigs etwa fragt: „Er do kjört o ä Aielwei til Steis?“ (Bist du auf der Landstraße zur Stadt gefahren?) oder ihm auseinandersetzt: „Ae Oart o ä Rau stoar got“ (die Erbsen und der

Roggen stehen gut). Aber ganz dieselben Verlegenheiten werden eintreten, wenn ein Berliner von schwäbischen oder zürcher Bauern in ihrem Dialekt angeredet wird, oder ein Schlesier sich unter kölner oder holsteiner Volk, das seine platte Mundart redet, versetzt sieht, und doch wird niemand behaupten wollen, daß der Schwabe und der Zürcher nicht ein ebenso guter Deutscher wie der Berliner, der Schlesier nicht gleicher Nationalität wie der Kölner und der Holsteiner sei.

Das Raben- oder Kartoffeldänisch Nordschleswigs und Südjütlands würde sich von der dänischen Schriftsprache nur wie Platt- von Hochdeutsch und nicht einmal so sehr unterscheiden, wenn es nicht einige wichtigere Differenzen zwischen den beiden Idiomen gäbe. Dahin gehört zunächst als die Hauptsache, daß der Nordschleswiger, während die Inseldänen den bestimmten Artikel dem Substantiv anhängen, falls kein Adjectiv beigefügt worden ist, den Artikel immer nach deutscher Weise voranstellt. Die Redeweise der Inseldänen ist in dieser Beziehung die aller Skandinavier, während der Dialekt Nordschleswigs in dieser Hinsicht mit dem der Südjüten übereinstimmt. Die Eigenthümlichkeit, daß die Nordschleswiger die Artikel „den“ und „et“ nicht anfügen, sondern statt deren sowohl im Singular als im Plural ein „ä“ vorsetzen und folglich nicht Manden, Huset, sondern ä Mand, ä Hus, nicht Mändene, Husene, sondern ä Mänd, ä Hus sagen, ist auch unter den Südjüten und zwar bis an die Seen um Skanderborg und den Himmelberg allgemein verbreitet. Sie folgt darauf der Gudenaa bis an deren Biegung nach Osten, wendet sich dann gegen Westen und geht östlich um Viborg gegen den Limfjord hinauf, indem sie Thy mitbegreift. Ferner, während die Inseldänen wie die übrigen Skandinavier das Passivum ohne Hilfszeitwort, durch bloße Flexion bilden, wird es im Nordschleswigschen und ebenso in dem Dialekt des eben bezeichneten südjütischen Landstrichs wie in der deutschen Sprache gehalten, also ein Auxiliarverbum gebraucht. Ein Unterschied zwischen dem südjütischen Idiom und dem nordschleswigschen herrscht nur insofern, als in letzterem in plattdeutscher Weise, nicht in der sehr eigenthümlichen dänischen, gezählt wird, als der Nordschleswiger überhaupt eine Anzahl plattdeutscher Wörter, z. B. Ficke (hochdeutsch: Tasche; dänisch: Lomme) Koat, (hochdeutsch: Hütte; dänisch: Hytte; plattdeutsch: Kathe) in seinen Vocabelnvorrath aufgenommen hat, und der Südjüte die Vocale und manche Consonanten etwas anders ausspricht als jener.

Dagegen hat der Südjüte mit dem Nordschleswiger außer jenem Gebrauch des Artikels und des Hilfszeitworts noch eine nicht unbedeutende Zahl von Ausdrücken gemein, welche weder der Inseldäne, noch der Deutsche kennt. Dahin gehören die Wörter: Obod (dänisch: Godtgjörelse; deutsch: Vergütung), feig (dänisch: bestemt til at döe; deutsch: zu sterben bestimmt), hugroe sig (dänisch: more sig i Stilhed; deutsch: still vergnügt sein), knöv (dänisch: vittig, rask; deutsch: witzig, rasch), knüste (dänisch: smaahoste; deutsch: hüsteln), Lime (dänisch: Kost; deutsch: Besen), Mool (dänisch: en tyk Sky; deutsch: eine dicke Wolke), Mulle (dänisch: Mängde; deutsch: Menge), skranne (dänisch: skoggerlee; deutsch: laut lachen), söne (dänisch: afslaae; deutsch: abschlagen, verweigern), Unne (dänisch: Middagsmad; deutsch: Mittagsessen) u. a. m.

Diese Worte in Verbindung mit den obenerwähnten beiden Eigenthümlichkeiten des nordschleswigschen und südjütischen Dialekts weisen entschieden darauf hin, daß die Südjüten und die Nordschleswiger nahe verwandt, ja ein und derselbe Stamm, und andrerseits, daß sie ein von den Dänen der Inseln und Nordjütlands verschiedener Stamm sind. Ihre Artikelstellung und ihr Passiv weist sie beide dem deutschen, ihr Wörtervorrath dagegen mit Ausnahme der zuletzt angeführten Vocabeln und einiger anderer dem skandinavischen Zweige der Germanen zu. Sie sind ihrer Sprache nach mit den Südjüten keine Dänen, noch weniger aber Deutsche, da sie von Alters her dänische Kirchen- und Schulsprache gehabt haben. Sie sind sprachlich der Uebergang, das Verbindungsglied zwischen Skandinaviern und Deutschen.

Im Folgenden ein paar Proben südjütisch-nordschleswigscher Volkssprache zum Vergleich mit dem Schriftdänischen und Hochdeutschen und so zu weiterer Bestätigung des Obengesagten*).

1. Rabendänisch: Da oll ä Dür i gammel Dau kund snak med voranner, war der en Mand, som tit go Aut dero, wa di soi, o skröv et op i en gammel Bog. De er sodan Historer, som ä Börn gjen la dem fortäl, o som gammel Folk har Nütt o Gaun a, o derfor heller ei let glemmer. Wi har no sögt nauer Fortällinger ur a den gammel Bog, o no kan I sjell löis dem o see, wa Forstand der er deri.

Schriftdänisch: Da alle Dyrene i gamle Dage kunde snakke med hverandre, var der en Mand, som tit gav Agt paa, hvad de sagte, og skrev det op i en gammel Bog. Det er saadanne Historier, som Börnene gjerne lade dem fortaelle, og som gamle Folk har Nytte og Gavn af, og derfor heller ikke let glemmer. Vi har nu sögt nogle Fortaellinger ud af den gamle Bog, og nu kan I selv laese dem og see, hvad Forstand der er deri.

Hochdeutsch: Als alle Thiere in alten Tagen mit einander sprechen konnten, war da ein Mann, welcher oft darauf Acht gab, was sie sagten, und es in ein altes Buch schrieb. Solche Geschichten sind es, welche die Kinder sich gern erzählen lassen, und von welchen alte Leute Nutzen und Gewinn haben, und die sie darum nicht leicht vergessen. Wir haben nun einige Erzählungen aus dem alten Buche herausgesucht, und nun könnt Ihr sie selbst lesen und sehen, was für Verstand darin ist.

---

*) Aus: Zwölf Fabeln in den nordschleswigschen Mundarten mit Uebersetzung in der Schriftsprache. Gesammelt von Dr. Gottlieb. Bevorwortet von Dr. C. Heiberg. Husum, 1844.

2. Rabendänisch: See, soi den lille Mickel, der har ä Raun taun den Wost, som wi so läng har hay Lüst te; kund wi it tei en fra ham, wonär (plattdeutsch: wennehr) wi oll sammel gik löis o ham? — De goer it, soi den gammel Mickel, seer do it, han er olleree flöven op o de böist Trae?

Schriftdänisch: See, sagde den lille Mikkel, der har Ravnen taget den Ost, som wie so laenge har havt Lyst til; kunde vi ikke tage den fra ham, naar vi alle sammen gik lös paa ham? — Det gaaer ikke an, sagte den gamle Mikkel, seer du ikke han er allerede flöien op paa det höieste Trae?

Hochdeutsch: Sieh, sagte der kleine Michel, da hat der Rabe den Käse genommen, zu dem wir so lange Lust gehabt haben; könnten wir ihm ihn nicht wegnehmen, wenn wir alle zusammen auf ihn los gingen? — Das geht nicht an, sagte der alte Michel, siehst du nicht, er ist bereits auf den höchsten Baum geflogen?

Ein anderer Beweis für die Thatsache, daß das nordschleswigsche Landvolk den Jüten sehr nahe steht und auch den Inseldänen in manchen Beziehungen verwandter ist als den Deutschen, liegt in der Färbung seiner Sagen, die freilich von Jahr zu Jahr mehr absterben, und in den Erinnerungen an die alten Götter Skandinaviens, die allerdings ebenfalls nur noch in schwachen Resten fortleben. Vieles, was hier von den Dänen für ihre Ansprüche angeführt wird, ist als allen Germanen gemeinsam abzuweisen, Anderes dagegen ist zu beachten. Zunächst erinnern Ortsnamen wie Wonsild (ild, ein altes Wort, welches Hügel bedeutet) und Wonsbek an Odin, andere, wie Frörup an Frei, Tyrstrup und Tiislund an Tyr, Bollerslev und Biölderup an Balder, mit welchem Gott auch das Spiel Balder Rune zusammenhängt, mit dem sich nach Müllenhoff die Kinder in der Gegend von Flensburg und Hadersleben ebenso wie die in Dänemark vergnügen.

Ferner ist der Sagenheld Starkodder im Amte Hadersleben noch nicht völlig vergessen. Auf Alsen lebt noch die Sage von Hagbart und Signe, wenn sie auch in die Ritterzeit verlegt ist. Die Erzählung vom Bau der doppelthürmigen Kirche zu Broacker im Sundewitt ist nur eine Version der seeländischen Sage von Adser Ryg und seinen Söhnen Absalon und Esbern Snare. Der Schauplatz des altdänischen Heldenliedes von Tule Vogensen und Svend Graa ist die Kirche von Tiislund, der des Liedes von Herrn Tönne die Insel Alsen. Endlich sind die Zwergen- und Koboldsagen, besonders aber die Ueberlieferungen von elbischen Spukgestalten Nordschleswigs, wie sich mit zahlreichen Beispielen darthun ließe, meist überwiegend dänisch gefärbt. Auf den Haiden wohnen in Hügeln von auffallender Gestalt „Unterirdische", „Bergvolk", Wesen von finstrer, tückischer und menschenfeindlicher Art, im Stall des Gehöfts treibt sich der Hausgeist Nis oder Nissepuk herum, denen, die ihn mit dem, was ihm gebührt, versorgen, ein schätzbarer Gehilfe und Segen, denen, die ihn mißachten, ein lästiger, oft verhängnißvoller Gast. Jene Unterirdischen aber wie dieser Hauskobold sind in allen Zügen Verwandte der Phantasieschöpfungen dieser Art jenseits der Königsau und der Belte, in wenigen Eigenschaften dagegen den deutschen Gespenstern dieser Classe ähnlich. Auch das unheimliche „Helhest“, das von dem gemeinen Mann in Dänemark so gefürchtet wird, war früher in Nordschleswig bekannt, und auch sonst, z. B. in der Redensart: „Han har kjöbt sich ab med ä Hel“ (er hat sich von der Hel losgekauft, von jemand gebraucht, der eine gefärliche Krankheit überstanden hat) spielte hier die alte Todesgöttin Hel noch eine Rolle.

Eine Probe der Natur jener Haidegeister mag als besonders charakteristisch hier Platz finden.

Im Kirchspiel Osterlygum, bei Hauerslund, nicht sehr weit von Apenrade, liegt ein Hügel, der Hanbierre oder Hahnenberg. Nahe dabei ist ein Erlenbruch. Hier lag einmal ein junger Mensch, der schlief so lange, daß er erst spät in der Nacht aufwachte. Da hörte er die lieblichste Musik rund um sich, und da er um sich blickte, ward er zwei Mädchen gewahr, die hüpften und tanzten und fragten ihn verschiedene Fragen, um ihn zum Sprechen zu bringen. Er aber wußte wohl, daß Gefahr dabei war, und so schwieg er. Da hörte er ganz deutlich, wie sie sangen:

„O hör, do Ungersven! O wil do int
Mae os i Jauten tael,
So skal, inden Kok gael,
Di sölslaun Knüw
Net lig dint Hjaert i Dvael*).“

Da wurde ihm bange, und eben wollte er sprechen, als der Hahn krähte und die Frauen verschwanden. Das sind aber keine deutschen Elben, sondern dänische Ellequvinder, und Müllenhoff hat bis zu einem gewissen Grade recht, wenn er in Bezug auf diese und andere nordschleswigsche Sagen meint, daß da, wo dies erzählt wird, „die deutsche Nationalität ihre Grenze gefunden hat“.

Und wie eine gewisse Sagengemeinschaft, so läßt sich auch eine Sprichwörtergemeinschaft zwischen Nordschleswig und Dänemark nachweisen. Redensarten wie die auf Seeland und Fühnen gebrauchten: Hvad kommer det Svinet ved, hvad Flesket koster (Was geht es das Schwein an, was der Speck kostet). — Det er for sildig at spare, naar man er kommen til Bunden (Es ist zu spät zum Sparen, wenn man auf den Boden gekommen ist) — Rigmands Datter og Fattigmands Stud blive ikke gammel i Gaard (Reichen Mannes Tochter und armen Manns Ochse werden nicht alt auf dem Hofe) — Den der giver til han tigger, skal slaaes til han ligger (Wer giebt, bis er bettelt, soll

*) O hör, du Junggesell, o willst du nicht mit uns heut Abend sprechen, so soll, ehe der Hahn kräht, dein silberbeschlagenes Messer sogleich dein Herz zur Ruhe bringen.

geschlagen werden, bis er liegt) — Det er en daarlig Kone, der laster sin egen Kaal (Das ist ein thöricht Weib, welches seinen eigen Kohl lästert) — Naar Musen er maet, er Melet beesk (Wenn die Maus satt ist, ist das Mehl bitter) — In Miöls der spiser man Bröd til Pölse (In Miöls da speist man Brod zur Wurst) — schmücken diesseits wie jenseits der nordschleswigschen Grenzen die Rede des Bauern. Viele andere Sprichwörter freilich, z. B. Ein Thor kann mehr fragen als zehn Weise beantworten — Wie man sich bettet, so liegt man — Neue Besen kehren gut — Wer nichts wagt, gewinnt nichts, hat er mit dem Deutschen gemein; allein dieselben sind auch Eigenthum des Dänen.

Entschieden dänisch ist die Bauart der nordschleswigschen Gehöfte. Dieselben sind durchaus verschieden von den sächsischen Bauernhäusern, während das Anglerhaus ein Mittelding zwischen diesen und dem südjütischen ist. Das sächsische Haus ist, wie früher gezeigt, ein längliches Viereck von Balken und Ziegeln, welches unter seinem Strohdach Menschen, Vieh und Getreidevorräthe zugleich beherbergt. Es kehrt nicht eine der Langseiten, sondern eine der Giebelseiten der Straße zu. An dieser Seite hat es eine Einfahrt, aber keine Durchfahrt. Besonders charakteristisch ist, daß es keine Schornsteine und daß es auf dem First Pferdeköpfe hat. Von der Einfahrt aus geht durch die Mitte die Tenne, an deren Ende sich der Heerd befindet, neben dem sich rechts und links Thüren, die eine in die Dörns (Alltagsstube), die andere in den Pesel (gute Stube), öffnen, an den beiden inneren Langseiten neben der Tenne steht das Vieh, über derselben lagert die letzte Ernte. Die Außenwände, namentlich die Balken, die Einfahrtsthür und die Fensterrahmen sind mit schreienden Farben angestrichen.

Durchaus anders das Gehöft des Nordschleswigers. Die Eigenthümlichkeit desselben besteht zunächst darin, daß es ein wirkliches Gehöft, nicht ein einziges Haus ist, d. h. daß es aus vier langen Gebäuden besteht, welche, an den Enden zusammentreffend, sich wenigstens nahe tretend, einen viereckigen Hof bilden. Die Wohnung des Bauern ist streng geschieden von den übrigen Theilen des Gebäudes, Tenne, Scheune, Stall u. s. w. Das Wohnhaus hat Schornsteine und niemals Pferdeköpfe. Die Langseite, nicht die Giebelseite, bildet die Façade. An die Enden derselben schließen sich Stall und Scheune an, das vierte Glied des Gehöfts, das meist als Wagenschuppen dient, hat in seiner Mitte die Einfahrt. Bisweilen kommen auch zwei Einfahrten vor, eine am Ende der Scheune und eine andere am Ende des Stalls. In letzterem stehen die Thiere mit den Köpfen nach der Wand gekehrt, nicht wie im sächsischen Hause nach innen zu. Mitten auf dem Hofe befindet sich der Düngerhaufen, der in Schleswig in der Regel so sauber gehalten wird, daß man ihn als Bleichplatz für das Garn benutzen kann. Die Gehöfte sind ohne allen Farbenschmuck, deshalb von düsterem Aussehen, aber gewöhnlich sehr massiv gebaut.

Die Fenster der Wohnstuben gehen in der Regel auf den Hof, nicht wie die der sächsischen auf den Garten hinaus. Durch die Außenthür gelangt man auf die Diele und von dieser in die Küche, aus welcher man durch eine zweite Thür in die Alltagsstube tritt. Neben dieser liegt das Staatszimmer des Bauern, und hinter diesem befinden sich einige kleinere Räume, eine Fremdenkammer und zuweilen ein Brautgemach mit einem gewaltigen Himmelbett. Auf der andern Seite der Küche findet man das Brauhaus, wo auch der Backofen steht, und hieran stößt die Torfscheune. Die Wohnräume haben deutsche Bezeichnungen, die gewöhnliche Stube heißt wie in Holstein Dörns, das Staatszimmer Pesel; nur die Fremdenkammer hat einen skandinavischen Namen: sie wird Klöve genannt, was an das isländische Klefi erinnert.

Von selbst versteht sich, daß einzelne Abweichungen von dieser Art zu bauen vorkommen. Wohlstand und Armuth, Laune und Zufall können das Eine hinzuthun, das Andere weglassen. Die neue Zeit, welche ja auch den sächsischen Häusern vielfach Schornsteine gegeben und die Pferdeköpfe weggenommen hat, kann auch hier mancherlei anders belieben. Aber der angegebene Grundtypus wiederholt sich allenthalben.

Und wie in der Bauart der Häuser so spricht sich auch in den Sitten des Nordschleswigers die nahe Verwandtschaft desselben mit dem Jüten und die etwas fernere mit dem Inseldänen aus. Die Begräbnisse versammeln Massen von Leidtragenden in dem betreffenden Gehöft, die dann mit einem Schmaus (Aerrel — Arveöl, Erbbier) bewirthet werden. Desgleichen laden die Wohlhabenden zu Hochzeiten eine überaus große Zahl von Gästen, oft zwei, ja dreihundert ein. Die Festlichkeiten dauern dann drei volle Tage, und es geht dabei hoch her. Jeder Wagen mit neu eintreffenden Gästen wird mit schmetternder Blechmusik und gewöhnlich vom Hochzeitsvater mit Darreichung eines Ehrentrunks empfangen. Dem Zuge nach der Kirche sprengen Reiter voraus. Nach der Rückkehr von da hebt die Mahlzeit an, welche mehre Stunden dauert, und bei welcher Reisgrütze das obligate Hauptgericht ist. Jeder, der einer Bauernhochzeit in Jütland oder auf Seeland beiwohnt, erkennt diese Züge wieder, wogegen dieselben in Südschleswig nur in Angeln vorkommen und hier als Reste jütischer Sitte anzusehen sind.

Selbst in den Alltags- und Festtagsgerichten zeigt sich ein Unterschied zwischen Süd- und Nordschleswig, Südjüten und Deutschen. Die tägliche Speise des Nordschleswigers ist Morgens und Abends dünne oder dicke Grütze in Milch gekocht, und Meth ist ein beliebtes Getränk. Hält der Südjüte ein Gelag, so kommt auf den Tisch als erstes Gericht eine Schüssel dickgekochte gelbe Erbsen mit einem Klumpen Butter in der Mitte. Der zweite Gang besteht in einer Rindfleisch- oder Hühnersuppe mit dem Fleisch in der Bouillon. Als drittes Gericht fordert die Sitte Reisgrütze in Milch mit Butter. Bisweilen wird die Hühnersuppe durch Weißkohl, seltener durch Stockfisch ersetzt.

Die deutsche Bevölkerung hat andere Gerichte. Eins der gewöhnlichsten sind Klöße und Specksuppe. Bei großen Staatsactionen giebts meist vier Gänge, unter denen Fleischsuppe und dickgekochter Reis nicht fehlen. Dann folgen Fleischgerichte, die je nach der Gegend verschieden sind. An einigen Orten ist eine gebratne Gans mit Aepfeln und Pflaumen unerläßlich.

Eine besondere Tracht zeichnet weder den Nordschleswiger noch den Bewohner Südjütlands vor den Deutschen der cimbrischen Halbinsel aus; doch gilt in Betreff der Fußbekleidung von ersteren beiden, was von den Anglern gesagt wurde. Südjüten wie Nordschleswiger tragen Holzschuhe.

Schließlich ist die Art, wie die ländlichen Arbeiten in Nordschleswig ausgeführt werden, in einigen Beziehungen verschieden von der im Süden üblichen, und man braucht z. B. nur in eine Tenne zu treten, um sofort zu entdecken, wer Jüte und wer Deutscher ist. Der jütische Drescher schwingt den Flegel zur Rechten, der Deutsche zur linken Seite*).

Wir haben bisher die Landbevölkerung Schleswigs im Auge gehabt und die Städte nur beiläufig erwähnt. Im Folgenden tragen wir über diese einige Bemerkungen nach.

Bekannt ist und deshalb nur der Vollständigkeit halber hier zu betonen, daß die Städte und Flecken des südlichsten Theils von Schleswig, also Eckernförde, Schleswig und Kappeln, Tönningen, Garding, Friedrichstadt, Husum und Bredstedt so durchaus deutsch sind, wie ihre unmittelbare Nachbarschaft. Schon weniger allgemein angenommen, von Uebereifrigen geläugnet, ist der Umstand, daß Flensburg und Tondern unter ihrer Bevölkerung ein starkes dänisches Element haben, welches dort, zum Theil hochdänisch, zum Theil das Patois der Landbewohner in Nordschleswig, meist auch deutsch sprechend, etwa ein Drittel der Einwohnerschaft bildet, während in Tondern für die große Mehrzahl der Familien die Alltagssprache in Haus und Verkehr jenes südjütische Patois ist, wiewohl in den meisten dieser Familien zugleich von den Erwachsenen, in vielen auch von den größern Kindern deutsch verstanden wird.

Noch weniger, so schließen wir nach den Aeußerungen gewisser deutscher Blätter, scheint man zu wissen, daß, wenn wir von der Gesinnung vorläufig absehen und uns nur an die Sprache halten, die Bevölkerung der beiden nördlichsten Städte Hadersleben und Apenrade und ebenso die von Sonderburg und Gravenstein vor fünf bis sechs Jahrzehnten noch fast ausnahmslos das Rabendänisch des benachbarten Landvolks zur Haus- und Verkehrssprache hatte, daß hier noch jetzt die Majorität dieses Idiom für gewöhnlich braucht, um sich mit den Mitbürgern zu verständigen, und daß es

---

*) Schleswig-Holsteinische Blätter für Polizei und Cultur 1799. S. 192.

noch heute hier eine sehr beträchtliche Anzahl von Leuten giebt, welche so gut wie gar kein Deutsch verstehen. Die Einwohner von Sonderburg sind zu mindestens neun Zehntheilen Jüten, die von Gravenstein sind es in demselben Verhältniß. In Apenrade stellen sich die Zahlen ein wenig günstiger für das deutsche Element: man wird hier die für gewöhnlich deutsch Redenden auf etwa drei Zehntel der Gesammtbevölkerung, vielleicht auf etwas mehr veranschlagen dürfen.

Noch günstiger oder noch minder ungünstig für uns steht es in Hadersleben. Auch hier jedoch gab es vor Anfang dieses Jahrhunderts nur sehr wenige Bürger, welche sich in der Familie der deutschen Sprache bedienten, wenn auch freilich noch weniger, die Schriftdänisch verstanden. Erst nachdem die im Jahr 1773 auf einer Koppel des königlichen Vorwerks Tyrstrupgaard 1$^3/_4$ Meilen nördlich von der Stadt gegründete Herrnhutercolonie Christiansfeld aufzublühen begann, änderte sich dieses Verhältniß. Mit den Fabrikaten der deutschen Ansiedler vermochten die im alten Schlendrian befangnen Haderslebner nicht zu concurriren. Der deutsche Fleiß, die deutsche Geschäftsgewandtheit überflügelte sie in allen Beziehungen. Bald standen sie so weit zurück hinter der neuen Niederlassung, daß sie sogar ihr Fleisch und Brot von dorther bezogen, und es schien Christiansfelds Gedeihen die gänzliche Verarmung des nachbarlichen größern Gemeinwesens nach sich ziehen zu sollen.

Da kam Beistand aus Süden. Die in einem Theil Deutschlands eingeführte französische Conscription bewog viele der dortigen Handwerksgesellen, sich nach Nordschleswig zu wenden. Eine beträchtliche Anzahl derselben wanderte in Hadersleben ein und blieb dort. Sie hatten ihre Energie und ihr Geschick mitgebracht, man lernte durch sie einsehen, wo der Schuh drückte, und rasch hob sich durch den Einfluß des neuen bessern Blutes die Betriebsamkeit der herabgekommenen Stadt dermaßen, daß man die meisten Artikel nicht nur wohlfeiler, sondern auch besser liefern konnte als bei den Herrnhutern. Das Verhältniß der deutsch sprechenden zu den plattdänisch redenden Einwohnern war durch diese Einwanderung wesentlich verändert worden. Dennoch verhielten sich jene zu diesen (wir schöpfen aus den sehr genauen statistischen Notizen eines deutschen Geistlichen der Stadt) um das Jahr 1840 nur wie 23 zu 65. Die ganze niedere Classe und vorzüglich die Dienstboten sprachen in der Regel nur den südjütischen Dialekt, die Gebildeten dagegen, die meisten Kaufleute, die Majorität der wohlhabenderen Handwerker, die Lehrer des damals deutschen Gymnasiums und der übrigen Schulen, die Beamten und die Prediger bedienten sich unter einander lediglich des Hochdeutschen. In ungefähr 140 Familien wurde das platte Dänisch der Uebrigen nicht einmal verstanden, und was das dänische Element an Zahl voraus hatte, wurde durch die größere Masse von Intelligenz und Capital aufgewogen, welche das deutsche vertrat.

Durch die dänische Reaction gegen die Verdeutschung Nordschleswigs wurde dies hier ebenso verändert, als anderwärts, wo ähnliche Zustände sich entwickelt hatten. Die Intelligenten wurden großentheils vertrieben und durch Kopenhagner oder andere Dänen ersetzt, welche bis zum März d. J. alle Beamten- und Lehrerposten inne hatten. Schon vor dem Jahre 1848 hatte die kopenhagner Propaganda, an deren Spitze als unsichtbarer Drahtzieher König Christian der Achte stand, die Danisirung des Gymnasiums durchgesetzt. Nach 1849 wurden die übrigen Schulen derselben Procedur unterworfen. Die zurückgebliebnen Deutschen schüchterte man ein. Die dänische Einwanderung führte von nun an das große Wort, und immermehr mußte unter solchen Umständen deutsches Wesen und deutsche Sprache zusammenschwinden. Wenn einige deutschgesinnte Familien hier wie anderwärts die letztere dadurch zu erhalten versuchten, daß sie mit den Kindern im Hause nur deutsch redeten, so war das ein Nothbehelf, der nicht lange vorhalten konnte. Ein Jahrzehnt Unterdrückung noch, und Hadersleben hätte in Betreff der Sprachverhältnisse denselben Charakter angenommen wie Sonderburg. Schon jetzt oder, wenn man will, noch jetzt, überwiegt das dänische Element sehr beträchtlich das deutsche, und von Hadersleben als von einer deutschen Stadt zu reden, wie manche Blätter thun, würde lächerlich genannt werden müssen, wenn man nicht die gute Absicht zu ehren hätte.

Die Nordschleswiger sind — darauf führt unsre bisherige Betrachtung unabweislich hin — nach Sprache und Sitte, nach ihren Sagen und Sprichwörtern, nach der Bauart ihrer Gehöfte, mit Ausnahme der auf dem Lande angesiedelten nicht zahlreichen Deutschen und eines Theils der Städter, der entweder deutsch geboren oder deutsch gebildet ist, Südjüten.

Und zweitens: da die Südjüten den Inseldänen in den meisten Beziehungen näher stehen als uns Deutschen, da ferner die ursprüngliche Natur der Nordschleswiger durch ihre Lage nahe an Fühnen und (bis zur Erbauung guter Straßen) fern von Deutschland, durch Unterricht und Gottesdienst im Schriftdänischen und in den letzten Jahrzehnten durch reichliche Verbreitung dänischer Literatur unter ihnen der eigentlich dänischen, wie sie auf den Inseln sich ausgeprägt hat, noch verwandter geworden ist, so stehen wir nicht an, die jetzigen Bewohner des Herzogthums Schleswig nördlich von der Linie, welche durch die bis 1850 üblich gewesene, jetzt wieder angeordnete Vertheilung der Kirchen- und Schulsprache gegeben ist, ganz in dem Sinne für einen Zweig der dänischen Nation zu erklären, in welchem wir die Angler und die verdeutschten Südjüten der Landesmitte für die deutsche Nationalität reclamiren.

Ist bei den Nordschleswigern dem natürlichen Processe, der sie aus einem Mittelgliede zwischen Skandinaviern und Deutschen zu einem vorwiegend dänischen Volk werden ließ, auf künstlichem Wege (durch die dänische Propaganda) nachgeholfen worden, so nöthigt uns die Gerechtigkeit, anzuerkennen, daß die Verdeutschung Südschleswigs durch eine ähnliche Nachhilfe beschleunigt wurde. Und sind in der Sprache der Nordschleswiger unverkennbare Spuren deutschen Charakters zurückgeblieben, so hat das Obige gezeigt, daß die Angler und ihre Vettern im Westen ihrerseits gewisse Procente dänischer Art bewahren.

Das älteste Christenthum und seine Literatur.

4. Die drei ersten Evangelien. Die neueren Bearbeitungen des Lebens Jesu.

An die drei ersten Evangelien sind wir also gewiesen, um uns noch ein annähernd zuverlässiges Bild vom Leben Jesu und dem Inhalt seiner Lehre zu machen. Wir sagen absichtlich: ein annähernd zuverlässiges. Denn wir wissen bereits, daß auch ihre Darstellung, obwohl älter und getreuer, im Ganzen also verläßlicher als die johanneische, doch gleichfalls schon getrübt ist, ungeschichtliche Elemente in sich aufgenommen hat, nicht unberührt von späteren Lehrmeinungen geblieben ist und erst ein secundärer Niederschlag einer älteren Evangelienliteratur ist. Auch die drei ersten Evangelien sind also zuvor nach ihrer Individualität, nach ihren schriftstellerischen oder dogmatischen Motiven zu untersuchen, bevor eine geschichtliche Darstellung auf sie gegründet werden kann. Diese Untersuchung erst liefert dann die Mittel zur Beantwortung der Frage, ob eines dieser Evangelien selbst wieder, als den Thatsachen am nächsten stehend, den Vorzug verdient und welche Bestandtheile der synoptischen Darstellung überhaupt als die echtesten ursprünglichsten anzusehen sind, die in der Tradition am wenigsten Noth gelitten haben.

Halten wir die Evangelien des Matthäus, Lucas und Marcus neben einander, so läßt sich die Verschiedenheit, welche sie bei großer innerer Verwandtschaft zeigen, im Allgemeinen dahin bestimmen, daß Matthäus noch dem Judenthum am nächsten steht, Lucas sich am meisten der paulinischen Auffassung des Christenthums nähert, während Marcus nach dieser dogmatischen Seite hin sich völlig neutral und farblos zeigt. Bleiben wir bei diesen allgemeinen Merkmalen stehen, so läßt sich freilich das gegenseitige Verhältniß der drei Evangelien noch auf sehr verschiedene Weise denken. Zwar daß Matthäus älter ist als Lucas, wird uns schon jetzt mit großer Wahrscheinlichkeit feststehen, aber zweifelhaft ist noch die Stelle des Marcus, und wirklich irrt dieser noch immer heimathlos umher, es wird ihm von der neueren Kritik abwechselnd bald die erste, bald die zweite, bald die dritte Stelle angewiesen. Er kann nämlich der erste sein, sofern er von dem Gegensatz des Juden- und Heidenchristenthums noch gar nicht berührt ist; er kann der zweite sein, sofern er vom judaistischen Matthäus überleitet zum paulinisirenden Lucas; er kann endlich der letzte sein, sofern die Gegensätze des Judenchristlichen nnd Paulinischen in ihm absichtlich verwischt sind und er einer Zeit angehört, da eben dieser Streit damit geendet hat, daß an die Stelle des dogmatischen ein vorwiegend praktisches Interesse getreten ist. Das Dogmatische reicht somit nicht allein aus, um die Reihenfolge der Synoptiker mit Sicherheit zu bestimmen. Glücklicherweise lassen sich noch rein schriftstellerische, formelle Merkmale auffinden, welche einmal die Abhängigkeit des Lucas von Matthäus unzweifelhaft feststellen, sodann aber zu dem Ergebniß leiten, daß Marcus, obwohl er am wenigsten dogmatische Tendenz treibt, doch mit einer gewissen reflectirten Absichtlichkeit schreibt, die ihn als späteren Verfasser charakterisirt, als einen Schriftsteller, der, was seiner compilatorischen Arbeit an Originalität abgeht, durch sorgfältige Behandlung der formellen Seite zu ersetzen sucht. Wir nehmen also die Reihenfolge an: Matthäus, Lucas, Marcus, und zwar so, daß die Reihenfolge zugleich ein Abhängigkeitsverhältniß ausdrückt: Lucas hat den Matthäus, Marcus die beiden anderen zu seiner Voraussetzung.

Uebrigens ist auf die Bestimmung des gegenseitigen Alters und der gegenseitigen Abhängigkeit der drei Synoptiker kein übermäßiges Gewicht zu legen. Es ist dies ein Streitpunkt, in welchen sich allerdings die wissenschaftliche Kritik lebhaft verbissen hat, der aber für das geschichtliche Resultat von geringer Bedeutung ist. Ob zur Grundlage der Biographie Jesu der Marcus oder der Matthäus genommen wird, für das Lebensbild Jesu ist dies von geringem Belang, es bleibt in seinen Grundzügen ganz dasselbe, und die Hauptsache ist immer nur die, daß es auf Grundlage der Synoptiker und nicht des Johannes dargestellt wird. Auch insofern verliert jener Streit den größten Theil seiner Bedeutung, als diejenigen, welche den Marcus als das ursprünglichste Evangelium betrachten, doch damit in der Regel nicht den jetzigen Text des Marcus meinen, sondern eine frühere Redaction desselben, während sie die spätere Abfassung unsres jetzigen Evangeliums nicht in Abrede stellen. Die Differenz wird somit eine nur relative, und dasselbe ist, um dies gleich beizufügen, auch der Fall mit den Differenzen bezüglich des Alters der Evangelien überhaupt. Es ist wahr, nach den Einen sind sie in den letzten Decennien des ersten Jahrhunderts abgefaßt, nach den Andern haben sie erst um die Mitte des zweiten Jahrhunderts ihre jetzige Gestalt endgiltig erhalten. Allein auch wenn die Evangelien schon am Schluß des ersten Jahrhunderts vorhanden gewesen sind, so folgt daraus noch nicht, daß nicht noch bis um die Mitte des folgenden Jahrhunderts der Text im Einzelnen Veränderungen und Einschaltungen erlitt. Diese Annahme entspricht durchaus der Art und Weise, wie wir uns überhaupt die allmälige Fixirung der Evangelien zu denken haben; der Zustand, in welchem wir sie noch bei Justin dem Martyrer finden, weist deutlich darauf hin, daß solche Schwankungen im Text damals noch nicht überwunden waren, und es fehlt in den Evangelien selbst nicht an mannigfachen Spuren, daß noch sehr späte Hände sich mit kleinen Veränderungen und Einschiebseln abgegeben haben. Genau betrachtet sind also die Meinungsverschiedenheiten in Bezug auf diesen Theil der kritischen Frage sehr untergeordneter Art, und insbesondere von geringem Einfluß auf das historische Ergebniß.

Es ist eine der ältesten Ueberlieferungen der christlichen Kirche, daß der Apostel Matthäus eine Sammlung von Reden des Herrn in hebräischer Sprache verfaßt habe. Diese Schrift, welche in der ersten Hälfte des zweiten Jahrhunderts von dem Bischof Papias erwähnt wird, kann nicht unser jetziger Matthäus sein. Denn der letztere ist nicht eine bloße Sammlung von Reden, und dann ist derselbe aller Wahrscheinlichkeit nach ursprünglich in griechischer Sprache geschrieben und keineswegs die bloße Uebersetzung einer hebräischen Urschrift. Wohl aber giebt uns jene Notiz einen Fingerzeig für die Art und Weise, wie unser Matthäus ohne Zweifel entstanden ist. Jene hebräische Redensammlung des Apostels mag nämlich der Grundstock unsrer Evangelienliteratur überhaupt sein, der dann aber frühzeitig sich in einer doppelten Richtung weiter entwickelte: einmal dadurch, daß die Reden von Verschiedenen in verschiedener Weise ins Griechische übertragen wurden (auch darüber haben wir eine Notiz von Papias), sodann dadurch, daß sie durch erzählende Stücke ergänzt wurden, welche wie die Reden selbst, zunächst in der palästinischen Tradition mündlich sich erhalten hatten. Auf diesen ältesten Proceß der Evangelienbildung weist unser Matthäus wenigstens seiner Grundlage nach unverkennbar hin, wenn wir auch nicht mehr mit Sicherheit ausmachen können, welches bestimmte Verhältniß er zu jener Redensammlung und zu andern demselben Kreis angehörigen, später verloren gegangenen Evangelien einnimmt. Gerade im Matthäusevangelium bilden die Reden Jesu einen besonders hervorragenden Bestandtheil, und deutlich erkennen wir in ihnen noch die alterthümlichsten und ursprünglichsten Stücke, die uns überhaupt in den Evangelien erhalten sind. Wenn auch zu größeren Redegruppen zusammengestellt, die schwerlich geschichtlich sind, wenn auch nicht unvermischt durch spätere Zuthaten, haben wir hier doch die Aussprüche Jesu in verhältnißmäßig reinerer Form als in den andern Evangelien. Die einfachen schlagenden Sprüche der Bergrede, die Seligsprechungen, die Gleichnisse führen uns in den Mittelpunkt der Grundanschauung und Grundstimmung hinein, aus welcher das Christenthum hervorgegangen ist. Dieses Aussprechen der reinen Erlösungsbedürftigkeit, dieses Betonen der Reinheit und Lauterkeit des Herzens, einer nicht in der äußern That, sondern in der Gesinnung bestehenden Sittlichkeit ist zugleich das erste Aussprechen des wahrhaft christlichen Geistes, und wenn dieses Neue in der Bergrede angeknüpft ist an die fortdauernde Befolgung des Gesetzes, das nicht verworfen, aber durchaus in die sittliche Sphäre erhoben wird, so hat sich auch darin ein geschichtliches Zeugniß erhalten, nämlich ein Zeugniß für die pädagogische Art des Auftretens Jesu welcher an das mosaische Gesetz anknüpfte, aber in seinem Dringen auf das Innere, in seiner nachdrücklichen Behauptung der Werthlosigkeit alles äußeren Scheins zugleich den künftigen Gegensatz zum Gesetz vorbereitete. Denn in demselben Maß, in welchem die sittliche Gesinnung zur Hauptsache gemacht wurde, verlor das Gesetz seinen absoluten Werth, und es war nur eine Frage der Zeit, wann jenes Bewußtsein so sicher und übergreifend sein würde, um geradezu den Kampf gegen das Gesetz aufzunehmen.

Allein eben im Matthäusevangelium sind die Spuren einer Anschauung, welche schon mit bewußter Freiheit über dem Gesetz stünde, noch am seltensten. Vielmehr hängt hier das Christenthum noch am engsten mit dem Judenthum zusammen, es trägt ein entschieden jüdisch-nationales Gepräge. Aus keinem andern Evangelium erfahren wir so viel über das Verhältniß, in welches sich Jesus zu dem Gesetz, zu den jüdischen Gebräuchen, zu den jüdischen Sekten stellte. Jesus heißt hier ganz vorzugsweise der Sohn Davids, alle seine Thaten und Schicksale sind die Erfüllung alttestamentlicher Weissagungen, und eben diese eingetroffenen Weissagungen sind dem Evangelisten der Beweis, daß Jesus der Messias ist. Schon nach den Propheten mußte Jesus aus Nazareth kommen und in Galiläa wirken, die Abstammung aus Davids und Abrahams Geschlecht, die Geburt in Bethlehem, der Einzug in Jerusalem, die Leiden werden auf prophetische Weissagung zurückgeführt, und so wird auch sein messianischer Beruf, seine lehrende und erlösende Thätigkeit nach prophetischen Vorbildern geschildert. Durch seine erlösende menschenfreundliche Liebe zu dem Volk, das er vom Druck der pharisäischen Satzungen befreit, erweist er sich als der vom Volk erhoffte Messias. Nicht gegen das Judenthum überhaupt ist sein Auftreten gerichtet, wie dies später der Standpunkt des zweiten und besonders des vierten Evangeliums ist, sondern nur gegen die höhern Classen, gegen die Unterdrücker des Volks, gegen die Pharisäer und Schriftgelehrten; nicht gegen das Gesetz, aber gegen die später hinzugekommnen Lehren und Ueberlieferungen, welche sich ohne Berechtigung in die echte Tradition eingedrängt haben. So bewegt sich das Evangelium einerseits noch ganz auf alttestamentlichem Boden, aber eben von diesem Boden aus bekämpft es dasjenige Judenthum, welches nicht an den bereits erschienenen Messias glauben will. Es ist eine Vertheidigung des Christusglaubens gegen die ungläubige Feindschaft des herrschenden Judenthums.

Ist dies nun im Allgemeinen der Charakter unsres Evangeliums, so fehlt doch viel, daß es durchaus als einheitliche Composition erschiene, worin dieser Gesichtspunkt durchgeführt wäre. Von seiner Grundlage haben wir vielmehr die jetzige Form zu unterscheiden. Jene bildet allerdings die Hauptmasse auch des jetzigen Evangeliums und sie eben hat jenes specifisch judenchristliche Gepräge. Aber daneben haben sich nun einzelne Aussprüche oder auch Erzählungsstücke eingedrängt, welche mit jener Grundfarbe wenig stimmen. Offenbar ist das Evangelium durch Bearbeitungen hindurchgegangen, in welchen sich die Veränderungen widerspiegeln, die mit dem Christenthum infolge der Ausdehnung seines Horizontes vorgegangen sind. Wie sonst könnte man es erklären, daß jüdisch-particularistische und universalistische Züge neben einander sich befinden, daß das eine Mal die Thätigkeit der Apostel für immer auf Israel beschränkt, das andere Mal dem Unglauben der Juden mit der Berufung der Heidenwelt gedroht wird, daß die Bergrede verbietet, das Heilige den Hunden und die Perlen den Säuen zu geben, während in der Schlußermahnung die Jünger ausdrücklich angewiesen werden, alle Völker zu taufen, daß das eine Mal die Unantastbarkeit auch des kleinsten Buchstabens im Gesetz behauptet, das andere Mal die Gottes- und Menschenliebe für den Kern und Inbegriff des Gesetzes erklärt wird? Offenbar war das Evangelium ursprünglich für Heidenchristen bestimmt und vertrat einen streng judenchristlichen Standpunkt. Je größere Erfolge indessen die Heidenmission machte, und je mehr dagegen die Masse des Judenthums sich gegen das messianische Heil verstockte, um so mehr lag einer späteren Zeit daran, das Evangelium mit den neu gewonnenen Erfahrungen, mit einer vorurtheilsfreier gewordenen Anschauung in Uebereinstimmung zu setzen. Nur ein solches Evangelium, das den veränderten Zeitumständen einige Rechnung trug, konnte später in der katholischen Kirche im Gebrauch bleiben, während Evangelien, die ihren streng judenchristlichen Charakter behielten, wie z. B. das demselben Kreis angehörige Hebräerevangelium, später nur noch bei Sekten von dieser Richtung sich erhielten und endlich ganz verloren gingen.

Indessen mit solchen nachträglichen verbessernden Strichen, welche nur obenhin gezogen wurden und die Grundstimmung einer Schrift unverändert ließen, war dem Bedürfniß einer späteren Zeit nach einem universalistischen Evangelium nicht Genüge gethan. In derselben Richtung, in welcher eine spätere Zeit an das Matthäusevangelium Hand anlegte, finden wir einen weiteren, kühneren Fortschritt der Evangelienbildung in der nach Lucas genannten Schrift. Der Verfasser dieses neuen Evangeliums hat unzweifelhaft den Matthäus vor Augen gehabt, in vielen Fällen ist wesentliche, zuweilen wörtliche Uebereinstimmung vorhanden. Allein oft ist auch Anordnung oder Ausdruck, ja Sinn einer Erzählung abgeändert. Größere Abweichungen finden sich namentlich in der Kindheitsgeschichte, wo Lucas manches Neue hat, dann wieder in der Leidens-

und Auferstehungsgeschichte, und besonders eigenthümlich ist dem Lucas eine Reihe zusammenhängender und sehr bedeutsamer Erzählungen, mit welchen er die Reise Jesu durch Samaria ausgestattet hat.

Schon hieraus wird wahrscheinlich, daß Matthäus nicht die einzige Quelle des Lucas gewesen ist. In der That sagt dieser selbst in seinem Vorwort, daß er „viele" schriftliche Aufzeichnungen vor sich hatte, die ihn aber nicht ganz befriedigten. Er verräth sichtlich ein kritisches Interesse. Der gebildete Verfasser will den Schwankungen der christlichen Tradition ein Ende machen, die durch die bisherigen schriftstellerischen Versuche keineswegs beseitigt wurden, Zuverlässigkeit und größere Vollständigkeit sind sein Augenmerk; gestützt auf eigene Nachforschungen will er ein getreueres und ausgeführteres Bild, als bisher vorhanden war, von der evangelischen Geschichte geben, er will sie mit einem Wort nach den sonst geltenden Grundsätzen der Geschichtsschreibung bearbeiten. Dieses schriftstellerische Interesse, das er nach seiner eigenen Angabe verfolgt, zeigt sich nun besonders darin, daß er genauer motivirt, namentlich bei Reden Jesu Zeit und Veranlassung bestimmter angiebt, die größeren Redegruppen bei Matthäus, welche schon ihm ungeschichtlich schienen, auflöst, anschaulicher schildert, einen strengeren Gang der Erzählung einhält und bei Gelegenheit wohl auch sein gelehrtes Wissen an den Mann zu bringen beflissen ist.

Weit wichtiger aber als diese formellen Eigenthümlichkeiten ist die materielle Erweiterung, welche die evangelische Geschichte bei ihm erfährt und die Tendenz, welche er bei Abfassung seines Evangeliums verfolgt. Die Quellen, welchen Lucas das Neue seines Stoffes entnimmt, sind großentheils judenchristliche Quellen, ja sie tragen zum Theil noch entschiedener dieses Gepräge, als das Matthäusevangelium in seiner jetzigen Gestalt. Ganz natürlich. Wer auf möglichste Vollständigkeit der evangelischen Geschichte ausging, konnte sich, um Neues zu erfahren, nur an die palästinische Tradition halten, wo allein ein reicherer Schatz der Erinnerung sich erhalten haben konnte. Allein wie verfährt nun der Verfasser mit seinem Stoffe? Theils wird den judenchristlichen Erzählungen eine Wendung im paulinischen Sinne gegeben, theils werden sie durch Stücke rein paulinischen Charakters aufgewogen, und die Tendenz bei diesem Verfahren kann keine andere sein, als die Tradition zwar möglichst treu und vollständig aufzunehmen, aber sie zugleich in Einklang zu setzen mit dem paulinischen Christenthum, und dieses zwar nicht in einseitiger Schroffheit als alleinberechtigt, wohl aber mindestens als gleichberechtigt mit dem älteren petrinischen Christenthum darzustellen.

Auf streng judenchristliche Quellen weist uns z. B. die Fassung der Bergrede mit ihrer Seligpreisung der „Armen" (wo Matthäus den offenbar späteren zur Verhütung von Mißverständnissen modificirten Ausdruck „Arme im Geiste" hat) und mit ihrem „Weheruf über die Reichen", dann mehre Gleichnisse über den Reichthum, und besonders verschiedene Züge der Kindheitsgeschichte. Allein gleich an der Kindheitsgeschichte sehen wir auch deutlich, welche Tendenz der Evangelist durchaus verfolgt. So ist es doch gewiß nicht zufällig, daß er chronologische Bestimmungen an die Spitze seiner Erzählung stellt, welche aus der Profangeschichte genommen sind (die übrigens ungeschichtliche Schatzung unter Kaiser Augustus), gleich als wollte er damit das Leben Jesu von vornherein aus dem Particularismus der jüdischen Volksgeschichte in den Universalismus der Weltgeschichte hinausheben. So ist ferner das im judenchristlichen Sinn verfaßte Geschlechtsregister, das die Abstammung Jesu von David und Abraham beweisen sollte, zwar aufgenommen, aber bis zu Gott verlängert, womit ihm natürlich die jüdische Spitze abgebrochen, ja wodurch es eigentlich für den Zweck, dem es dienen soll, unbrauchbar gemacht wird. Die Bergrede, welche bei Matthäus so bestimmt als Programm der an das jüdische Gesetz anknüpfenden Wirksamkeit Jesu erscheint, ist zurückgestellt, und statt ihrer das erste Wunder in Kapharnaum erzählt, welches als Austreibung von Dämonen, in denen man sich heidnische Mächte verkörpert dachte, ebenso eine Beziehung zum paulinischen Universalismus, wie die Bergrede ihre Bedeutung in dem Verhältniß Jesu zum Gesetz hat. Die Bergrede selbst ist zu einer Thalrede gemacht, damit sie weniger an das Vorbild der Gesetzgebung auf dem Berg Sinai erinnere, die Stelle über die Fortdauer des Gesetzes ist daraus weggelassen, wie später die Erzählung vom kananäischen Weib fehlt (wegen des Ausspruches Jesu, er sei blos zu den verlorenen Schafen Israels gesandt), und ebensowenig ein Verbot an die Jünger ergeht, den Weg der Heiden zu betreten.

Besonders eigenthümlich ist dem Lucas das graße Gewicht, das auf die Lehrthätigkeit Jesu in Samaria fällt. Vom neunten Capitel an ist der Schauplatz derselben nicht mehr Galiläa, sondern Jesus ist fortgehend als auf einer Reise durch Samaria begriffen dargestellt, eine Wanderung, von welcher Matthäus nichts erzählt, die aber in dem Zusammenhange des Lucas um so bedeutsamer ist, als die Samariter als halbe Heiden von den Juden verachtet und bereits als der Uebergang vom Judenthum zum Heidenthum angesehen wurden. Mit dieser Wendung der Geschichte ist also bereits dem Evangelium der Weg nach der Heidenwelt gezeigt, und die Züge gottgefälligen Sinns an Samaritern, welche in Gleichnissen und sonst mit Vorliebe geschildert werden, unter deutlichen Seitenblicken auf das hochmüthige werkheilige Judenthum, erscheinen wie ein Vorspiel der späteren Erfolge der Mission unter den Heiden. Damit hängt denn auch die Erzählung zusammen, die sich nur bei Lucas findet, daß Jesus bald nach seinem Betreten des samarischen Bodens siebzig Jünger ausgesendet habe. Da die andern Evangelien nichts von diesem wichtigen Ereigniß wissen, darf man wohl an seiner Geschichtlichkeit zweifeln, um so mehr, als das Interesse unverkennbar ist, welchem die Erzählung ihre Entstehung verdankt. Wie nämlich die zwölf Apostel eine Beziehung auf die zwölf Stämme Israels hatten, so haben die siebzig Jünger eine Beziehung zu den heidnischen Völkern, für welche die jüdische Tradition die Zahl siebzig festgestellt hatte. Und zwar werden nun die Siebzig unverkennbar den Zwölfen nicht nur gleich, sondern gegenüber, ja über sie gestellt. Die feierlichen Worte zur Einweihung in den apostolischen Beruf, die bei Matthäus an die Zwölf gehalten werden, sind bei Lucas für die Siebzig vorbehalten; sie sind die wahren Arbeiter im Reiche Gottes, sie sind mit höchster Macht ausgestattet, und ihre Namen sind im Himmel aufgeschrieben, während umgekehrt in einer Reihe von Scenen die Unfähigkeit der jüdisch-particularistischen Zwölfjünger geschildert wird, Jesu wahre Absichten zu fassen. Das Heidenchristenthum tritt bereits auf in dem vollen Bewußtsein seiner schon erlangten Bedeutung. Das Judenthum ist Finsterniß, geistige Blindheit; das jüdische Volk ist der unfruchtbare Feigenbaum, welchem nur noch eine Frist zur Besserung gestattet wird. Die Zerstörung Jerusalems, welche in diesem Evangelium bereits in ziemlicher Ferne erscheint, ist der Anfang der Strafgerichte, welche über das ungläubige Judenthum ergehen. Im Gegensatz zum jüdischen Hochmuth wird der demüthige Glaube des heidnischen Centurio von Kapharnaum und die barmherzige Liebe des Samariters hervorgehoben. Nicht den Weisen und Verständigen des Judenthums, sondern den Kindern der Heidenwelt wird das Evangelium gebracht; anstatt der erstgeladenen Juden werden die Heiden in das Reich Gottes berufen werden, und das Heidenthum, der verlorene Sohn, wird reuig in die Vaterarme aufgenommen, während der ältere Sohn, der sich rühmt, so treu dem Vater gedient und kein Gebot übertreten zu haben, neidisch und scheelsüchtig daneben steht.

In dem zuletzt angezogenen Gleichniß ist zugleich eine Hindeutung auf den Gegensatz zwischen Juden- und Heidenchristen nicht zu verkennen, und die Bevorzugung der siebzig Jünger gegenüber den so ungünstig gezeichneten zwölf Aposteln hat gleichfalls eine sehr praktische Beziehung auf den Apostel Paulus. Denn wenn es außer den Zwölfen noch andere Jünger giebt, welche jenen im Range nicht nachstehen, so ist damit auch dem Paulus die Stelle geliefert, welche ihm die Urapostel und ihr Anhang so lange streitig machten. Wir haben übrigens einige bestimmte Anzeichen für den Ursprung des Evangeliums in einem paulinischen Kreise; dahin gehören namentlich die Einsetzungsworte des Abendmahls, welche Lucas in derselben Fassung wiedergiebt, wie Paulus sie den Korinthern mitgetheilt hatte, während Matthäus und Marcus hier abweichend referiren. Sonst wissen wir von dem Verfasser nichts, als daß er zugleich der Verfasser der Apostelgeschichte war. Aber eben dieser Umstand bestätigt, was über die dogmatische Tendenz des Evangeliums gesagt ist. Denn die Apostelgeschichte ist gleichfalls entstanden aus der paulinischen Ueberarbeitung einer zur Verherrlichung der judaistischen Urgemeinde verfaßten Schrift; den Thaten des Petrus sind die des Paulus als ebenbürtig zur Seite gesetzt, und eine Vermittlung beider Richtungen wird dadurch angestrebt, daß die judenchristliche Tradition nicht verworfen, aber in universalistischem Sinn umgebildet und ihr als volles Gegengewicht die Schilderung der Wirksamkeit des Heidenapostels gegenübergestellt wird. Gleichberechtigung ist also zunächst die Tendenz, aber der Erfolg führt weit über sie hinaus. Das Gleichgewicht ist nur scheinbar, es gewinnt vielmehr der Paulinismus. Denn indem dieser sein volles Recht zur Seite des älteren Bruders erhält, verliert der letztere sein altes Recht, d. h. die Exclusivität, die er für sich beanspruchte. Ganz dasselbe Verfahren, mit demselben Erfolge hatte der Verfasser in seiner Evangelienschrift angewendet. Einem schroffen Pauliner konnte es freilich nicht völlig genügen, weswegen der überpaulinische Marcion das Lucasevangelium erst purificirte, d. h. von allen Stücken reinigte, die noch an die judenchristliche Tradition erinnerten, bevor er es als das wahre Evangelium betrachten konnte.

Ein Auszug aus den Evangelien des Matthäus und Lucas ist nun das des Marcus. Sein Inhalt geht fast gänzlich in dem der beiden andern auf, so daß nur für wenige Stücke die etwaige Benutzung anderweitiger Quellen in Frage kommt. Der Zweck seiner Abfassung war ohne Zweifel ein praktischer; es sollte ein kurzes Compendium für den kirchlichen Gebrauch sein, ein Auszug, worin alles Wesentliche zusammengestellt, alles Unwesentliche ausgeschieden werden sollte. Diese Absicht traf aber zugleich mit dem dogmatischen Standpunkt der späteren Zeit zusammen. Denn wenn es beim Gebrauch der beiden ersten Evangelien zuweilen anstößig sein mochte, daß der judaistische Standpunkt des ersten zu dem universellen des zweiten nicht recht stimmen wollte, so hatte die Zeit der sich bildenden katholischen Kirche — und dieser gehört die Redaction des Marcus an — ein Interesse, alle diejenigen Stücke wegzulassen welche an jenen überwundenen Gegensatz erinnerten und nach der einen oder andern Seite Anstoß geben konnten. Der Verfasser des neuen Evangeliums wollte also rein objectiv sein; er folgte dem Matthäus — und dies ist sein Hauptführer — sofern es dessen judaistische Richtung zuließ, dem Lucas, sofern dessen ausgesprochene paulinische Tendenz es gestattete. So läßt er, um an Einzelnes zu erinnern, das jüdische Geschlechtsregister weg, an welchem die Heidenchristen Anstoß nehmen konnten, aber ebenso die Geschichte von der übernatürlichen Erzeugung Jesu, welche einige judenchristliche Sekten beanstandeten. So ignorirt er völlig die Bergrede, weil die Controverse über das Gesetz seiner freieren Stellung zum A. T. nicht zusagte, aber auch von den siebzig Jüngern weiß er nichts, weil diese Erzählung zu tief in den Paulinismus des Lucasevangeliums eingreift. So geht er an dem Ausspruch Jesu von der Fortdauer des Gesetzes, an dem Verbot für die Jünger, sich zu den Heiden zu wenden, an der Erhöhung des Petrus vorbei, läßt aber andrerseits auch die paulinischen Gleichnisse des Lucas vom verlorenen Sohn, vom barmherzigen Samariter u. s. w. aus. Das Evangelium erhielt so einen eklektischen Charakter; die Gegensätze sollten nicht vermittelt, sondern ignorirt, in Vergessenheit gebracht werden.

Unselbständig ist also Marcus in Betreff des Stoffs seiner Erzählung, farblos sein dogmatischer Charakter; um so größeres Gewicht fällt nun bei ihm auf die Form der Darstellung. Eben indem er in der Kürze alles Wesentliche erzählen will, sieht er sich genöthigt die Wirksamkeit Jesu mehr unter allgemeine Gesichtspunkte zu bringen, zu combiniren, Wiederholungen zu vermeiden, alles was den Gang der Erzählung hemmen oder unterbrechen könnte, auszuscheiden. Dieser Grund mag zum Beispiel auch dazu mitgewirkt haben, daß die ganze Vorgeschichte und die Bergrede wegfiel. Darum erzählt er von jeder Gattung von Wundergeschichten nur eine charakteristische Probe, er giebt mit wenigen Beispielen, die er zusammendrängt, ein Bild von der parabolischen Lehrweise Jesu, ohne später wieder darauf zurückzukommen. Von jeder Seite der öffentlichen Thätigkeit Jesu will er ein klares und anschauliches Bild geben, wozu er aus dem reichen ihm vorliegenden Stoff eine Auswahl trifft, und so gelingt es ihm, das Leben Jesu von der Taufe bis zur Himmelfahrt in weit einheitlicherer, geschlossenerer Form zu erzählen als dies in den andern Evangelien der Fall ist.

Aber auch im Einzelnen zeigt sich nun die bewußte Kunst dieses Biographen in der Sorgfalt, mit welcher die Vorgänge ausgemalt sind, ihnen Farbe und Leben gegeben ist. Er erweitert den Text gern durch unwesentliche Züge, die er nur aus seiner Reflexion genommen hat. Dabei passirt es ihm mitunter, daß er Wunderheilungen, die er gleichfalls besonders anschaulich machen will, vielmehr verwirrt und den Begriff des Wunders durch Einschiebung eines successiven, also rationalisirenden Elements geradezu aufhebt. Aehnlich ist es bei der Erzählung vom Feigenbaum, den Jesus verflucht, weil er nur Blätter findet. Marcus will hier motiviren, warum Jesus keine Feigen fand, und verfehlt nicht hinzuzusetzen, es sei keine Zeit dafür gewesen, womit allerdings höchst natürlich erklärt ist, warum keine Feigen da waren, aber um so weniger, wie Jesus dazu kam, Feigen zu suchen, wo keine zu erwarten waren. Kein Evangelist ist so sorgfältig bemüht wie er, überall genaue Angaben von Personen, von Zeit und Ort, von Zahlen zu machen, die durchaus keine sachliche Bedeutung haben; oder er giebt seinen Erzählungen malerische, oft gesuchte Ausschmückungen; oder er liebt es gesteigerte Gemüthsbewegungen anzubringen, bei denen man vergebens nach dem Anlaß fragt. So hat das dritte Evangelium vermöge seines combinirenden Verfahrens und seiner Darstellungskunst wohl ein individuelles Gepräge, aber nicht einen selbständigen historischen

Werth. Daß es zu Rom entstanden ist, dafür sprechen sowohl sprachliche Eigenthümlichkeiten als der neutrale katholisirende Charakter, der eben dieser Gemeinde im zweiten Jahrhundert eigen war. Auf den Namen des Marcus wurde es ohne Zweifel deshalb getauft, weil Marcus ein Schüler des Petrus, später aber auch ein Begleiter des Paulus war, und schwerlich ein anderer in die apostolische Zeit hinaufreichender Name sich fand, der so wie er die Vereinigung beider Richtungen zu repräsentiren geeignet war.

Fassen wir alles zusammen, so fällt für die Frage, wo wir die ursprünglichste und urkundlichste Darstellung der evangelischen Geschichte haben, das Uebergewicht auf Seite des Matthäus; freilich nur in sofern, als wir diesen nicht mehr auf höhere Quellen, die wir gleichwohl voraussetzen müssen, zurückführen können. Im Verhältniß zu den andern Evangelien sind bei ihm die Reden Jesu in ursprünglicherer Form erhalten, die Thatsachen in naiverer, absichtsloserer Weise erzählt. Trägt auch er das Gepräge einer bestimmten dogmatischen Anschauungsweise, so rührt dies nur daher, daß das älteste Christenthum überhaupt noch judaistisch gefärbt war und erst allmälig den Einwirkungen des Paulinismus sich öffnete. Seine dogmatische Färbung ist also vielmehr ein Zeichen höheren Alters wenigstens der Grundlagen seiner Erzählung, und ein Zeichen des Ursprungs in einer den Thatsachen nahestehenden Gegend. Eine andere Frage ist nun aber die, ob nicht das älteste Christenthum mit seiner particularistischen Richtung um ein Beträchtliches hinter Jesus selbst zurückging und den Reden desselben ein jüdischeres Gepräge gab, als sie ursprünglich hatten. Dieser Gedanke liegt um so näher, als es in den Evangelien — und nicht blos bei Lucas — keineswegs an Spuren fehlt, daß Jesus alle Ursache hatte sich über Nichtverstandensein von Seiten der Jünger zu beklagen, welche später in der jerusalemischen Hauptgemeinde das große Wort führten. Je exclusiver sich hier die judenchristliche Richtung ausbildete, welcher dann der Apostel Paulus mit so scharfen Waffen entgegentrat, um so mehr fragt es sich, ob wir nicht schon im ältesten Evangelium ein getrübtes Medium haben, durch welches uns das Leben Jesu übermittelt ist. Insbesondere wollen solche Aussprüche Jesu wie der von der fortdauernden Giltigkeit auch des Gesetzesbuchstabens wenig stimmen zu dem Bilde, das wir uns doch aus anderen Nachrichten von seiner Wirksamkeit und Denkungsart machen müssen. Wenn also die folgenden Evangelisten solche Aussprüche wegließen, ist es wohl möglich, daß sie damit Züge entfernten, welche dem echten Christusbild fremd und nur durch die sich verhärtende judenchristliche Gesinnung der ersten Gemeinde in dasselbe hineingetragen worden waren. Ebensowenig können wir im Voraus in Abrede stellen, daß Lucas der evangelischen Geschichte einen wirklichen Zuwachs von Erzählungen, die in glaubwürdiger Ueberlieferung fortgepflanzt waren, zugeführt hat. Wir wissen ja, daß Lucas neben dem Matthäus zahlreiche anderweitige Quellen benutzte. Nur sind uns seine Bereicherungen der evangelischen Geschichte in dem Maße historisch verdächtig, als sie mit seiner dogmatischen Tendenz zusammenhängen. Und wenn wir zum Beispiel seine Erzählung von den siebzig Jüngern unbedenklich auf Rechnung dogmatischer Absichtlichkeit setzen, sei es des Evangelisten selbst, oder der Quelle, welcher er sie entnommen hat, so sind wir auch bei den ihm eigenthümlichen Parabeln, welche so sichtlich paulinisches Gepräge tragen, nicht sicher, ob wir sie bis auf Jesus zurückführen dürfen. Am wenigsten ist dem Ausgeführten zufolge das Johannesevangelium als geschichtliche Quelle zu gebrauchen. Bei ihm ist es ganz unverkennbar, daß, was er Eigenes und von den Synoptikern Abweichendes hat, in seiner speculativen Umbildung des Evangelienstoffs seine Wurzel hat. Thatsächliches wird sich ihm also ebensowenig entnehmen lassen, als die von ihm componirten Reden Jesu, die von den synoptischen so durchaus verschieden sind, einen geschichtlichen Beitrag zur Charakteristik Jesu und seiner Lehre liefern. Nur erhebt sich bei ihm dieselbe oder vielmehr die entgegengesetzte Frage, wie bei Matthäus. Dieser steht, obwohl Jesu am nächsten, doch auf einem Standpunkt, der an dessen geistige Höhe nicht hinanreicht. Umgekehrt kann Johannes, obwohl Jesu zeitlich am fernsten stehend, doch geistig ihm näher gekommen sein als die urapostolische Zeit. Es mag, wie Strauß bezeichnend sich ausdrückt, „der vierte Evangelist seinen höheren Standpunkt immerhin auf einer aus Alexandrien entlehnten Leiter erstiegen haben, er könnte darum doch mittelst dieser fremden Leiter dem eignen Standpunkt Jesu näher gekommen sein; und wenn wir den Spruch von der Unvergänglichkeit jedes kleinsten Buchstabens im Gesetz bei Matthäus, und den von der Anbetung Gottes im Geist und in der Wahrheit bei Johannes als zwei äußerste Punkte aufstellen, so ist noch sehr die Frage, welchem von diesen beiden Punkten wir uns den geschichtlichen Jesus näher zu denken haben." Einen ähnlichen Gedanken drückt Schenkel in den Worten aus: „Jesus war nicht an den einzelnen Punkten seiner Lebensentwickelung so, wie der vierte Evangelist ihn schildert; aber er war so in der Tiefe und auf der Höhe seines Wirkens; er war nicht immer so in Wirklichkeit, aber er war doch so in Wahrheit."

Dies ist also die Beschaffenheit unserer Quellen. Die Schwierigkeit einer geschichtlichen Darstellung mit diesen Mitteln ergiebt sich von selbst. Scheidet man einerseits, wie es die Geschichte thun muß, die wunderhaften Elemente aus, andrerseits dasjenige, was erst in den dogmatischen Interessen einer späteren Zeit seinen Ursprung hat, so wird der Kreis dessen, was als brauchbares, mit Zuverlässigkeit zu verwendendes Material zurückbleibt, überaus eng gezogen. Und das Mißlichste dabei ist, daß sich die Linien zwischen dem Geschichtlichen und Ungeschichtlichen nie scharf ziehen lassen. Denn eine Erzählung kann in der uns vorliegenden Gestalt mythisch, ungeschichtlich sein, sie kann aber einen geschichtlichen Kern enthalten; sie hat im Evangelium eine dogmatische Färbung oder Pointe erhalten, aber sie muß deswegen noch nicht reines Product absichtlicher Combination sein. Dazu kommt, daß, was in anderen Fällen für den Mangel an zuverlässigen Nachrichten einigermaßen entschädigen kann, nämlich der Rückschluß von den Wirkungen auf die Ursache, in diesem Falle seine besonderen Schwierigkeiten hat. Wir können vom Urchristenthum, wie es sich uns darstellt, nicht unmittelbar auf Jesus zurückschließen. Denn der Zusammenhang ist nirgends ein unmittelbarer, er ist, auf welchem Punkt wir ihn auch zu fassen versuchen, immer schon durch jene Schicht von religiösen Bildungen und Reflexionen vermittelt, welche überhaupt zwischen der geschichtlichen Gestalt Jesu und unsrer Erkenntniß stehen. Zudem geht das Urchristenthum selbst sofort in eine Mannigfaltigkeit verschiedener Richtungen auseinander, und gerade die älteste derselben, welche dem Leben Jesu am nächsten steht, sind wir am wenigsten berechtigt ohne Weiteres mit seiner eignen Richtung zu identificiren. Da nun andererseits die Ausbeute aus profanen Quellen für das eigentliche Leben Jesu fast Null ist, so wird man wohl auf eine eigentliche Biographie Jesu im Sinn der modernen Anforderungen an eine Biographie verzichten müssen. Wird die Aufgabe in dieser Weise gestellt, so sind der Lücken zu viele, die nur durch subjective Combination auszufüllen sind, es sind zu viele wesentliche Punkte vorhanden, wo der Geschichtschreiber sich entscheiden sollte und wo er nach Prüfung der Acten doch nur ein Vielleicht aussprechen kann. Ein Versuch, wie ihn der kecke Franzose gemacht hat, wird, auch wenn sein kritischer Unterbau solider wäre, als bei Renan wirklich der Fall ist, doch immer nur ein subjectives Zeitproduct sein, charakteristischer für die Zeit, in der es entstanden ist und verschlungen wird, als auffallend für die Zeit, welche es beschreibt. Die Genialität seines Wurfs soll unangetastet bleiben, und der erste Versuch, in großen Zügen ein Leben Jesu des Menschen zu schreiben wird seine dauernde Stelle behalten. Aber für die streng historische Kenntniß ist doch dasjenige von ungleich größerem Gewinn, was in weit bescheideneren Grenzen in den letzten Jahren die deutsche Wissenschaft gethan hat. Wir haben gesehen, daß die synoptische Darstellung den Vorzug verhältnißmäßig größerer geschichtlicher Treue hat; insbesondere glaubten wir dies von Matthäus, dem ersten Evangelisten, sagen zu dürfen, und bei diesem sind es wiederum die Reden Jesu, welche uns im Allgemeinen noch in ursprünglicher Form erhalten sind. Hier ist der feste Punkt, welchen die Kritik der aufbauenden Geschichte angewiesen hat. Gelingt es uns nicht mehr ein Leben Jesu zu schreiben, so gelingt es uns doch vielleicht nach behutsamer Prüfung und Abwägung aller Momente, noch ein Bild von dem religiösen Bewußtsein Jesu, von dem Geist seiner Lehre herzustellen, und wenn uns dies gelänge, so hätten wir ja doch wohl das Wesentliche von Jesu weltgeschichtlicher Bedeutung erfaßt. In diesem Sinne versuchte Baur in seinem

„Christenthum der drei ersten Jahrhunderte“ das urchristliche Bewußtsein und Princip, wie es einerseits durch den Gang der vorchristlichen Religionen und Geschichte vorbereitet war, andrerseits in Jesus als ein Neues erschien, aus dem ersten Evangelium abzuleiten. Bei seinem mehr auf das Große, Allgemeine, Wesentliche gerichteten Sinne verzichtete Baur darauf, der individuellen Entwicklung Jesu näher nachzugehen und gab diese Seite weiterer Forschung anheim. Keim in seiner kleinen Schrift „die menschliche Entwicklung Jesu Christi“ bemühte sich dann, gleichfalls auf Grund des ersten Evangeliums, den Gang der psychologischen Entwickelung Jesu nachzuweisen, ohne indessen mit der Menschheit Jesu ganzen Ernst zu machen. Letzteres ist dagegen das wesentliche Verdienst in Schenkels „Charakterbild Jesu“, in welchem mit Grundlegung des zweiten Evangeliums, nur mit zu weit gehender Hereinziehung fast des ganzen evangelischen Erzählungsstoffs das Leben Jesu, vorzugsweise nach der Seite seiner Lehrwirksamkeit hin, als ein echt menschliches dargestellt wird. Strauß endlich stellte sich, die Resultate der kritischen Forschung zusammenfassend, die Aufgabe wieder weiter, verzichtete aber auch ausdrücklich auf eine eigentliche Lebensbeschreibung, sondern zeichnete von dieser nur einen Umriß, worin er auf jedem Punkte den gegenwärtigen Stand der Wissenschaft ermittelte, das Wahrscheinliche erhob und so mehr erörternd als erzählend die Grenzlinien bezeichnete, welche uns für die Kenntniß dieser Geschichte gesteckt sind. Das straußsche Buch bezeichnet genau das Maß unsres historischen Wissens vom Leben Jesu. Aber gerade der Charakter seiner Darstellung und die ganze Anlage des Werks, in welchem der geschichtliche Umriß nur der Hauptaufgabe vorausgeschickt ist, nämlich der, die allmälige Bildung des ungeschichtlichen Lebens Jesu aufzuzeigen, ist der beste Beweis, daß das Leben Jesu wenigstens zur Zeit noch mehr ein Gegenstand der Kritik als der Darstellung ist. Vielleicht daß dereinst ein überlegener Geist, der die Schärfe und Klarheit, die unbestechliche Gewissenhaftigkeit eines Strauß mit Renanscher Intuition verbindet, eine Geschichte Jesu von Nazareth schreibt. Inzwischen aber mag uns der Gedanke entschädigen, daß das Christenthum die Religion des Geistes ist, welche ihren universellen, ewigen Charakter auch schon darin zeigt, daß die persönlichen und zeitlichen Bedingungen seiner ersten Existenz sich in ein Dunkel verloren haben, in das wir nur noch einzudringen vermögen, um das, was nicht war, nicht mehr dasjenige, was war, mit Sicherheit zu erkennen.

Sealsfield.

Der Tod hat in den letzten Monaten eine Reihe namhafter Schriftsteller hinweggerafft; es wird von Interesse sein, auf ihre Stellung zur deutschen Literatur einen flüchtigen Rückblick zu werfen. Lassen Sie mich mit dem zuletzt Gestorbenen beginnen.

Das erste Werk, mit welchem sich Sealsfield dem deutschen Publicum bekannt machte, „der Legitime und die Republikaner", erschien 1833; das letzte, „Süden und Norden", 1842; während dieses Zeitraums lieferte er fast alljährlich einige Bände, seitdem ist er völlig verstummt. Die Werke erregten außerordentliches Aufsehn, theils wegen ihres innern Werths, theils weil man auf den Verfasser neugierig war, dessen Namen, wenn ich mich recht erinnere, man erst erfuhr, als er zu schreiben aufgehört hatte. Die ersten positiven Nachrichten drangen nicht früher als 1854 ins Publicum. Damals erfuhr man, daß ein Mann dieses Namens seit 1832 in der Schweiz lebe, wenig zugänglich, von hypochondrischen Grillen erfüllt; daß er ein geborner Deutscher sei, in Deutschland die Universitätsbildung durchgemacht und von Amerika aus schon früher das Vaterland mehrfach besucht habe. Zwischen 1830 und 1832 habe er sich in London und Paris aufgehalten. Weitere Details über sein Alter, wo er eigentlich her ist, und was er vor seiner Schriftstellerei getrieben, weiß man noch heute nicht; hoffentlich wird nun durch die Revision seiner Papier Gelegenheit gegeben werden, etwas Näheres zu erfahren.

Zwei Vorzüge sind es, die ihn vor den meisten Reisebeschreibern und Romandichtern seiner Zeit — zwischen beiden steht er in der Mitte — augenfällig auszeichnen.

Zunächst ein Reichthum, ein Glanz und eine Frische der Farbe, die freilich zuweilen blendet, in den meisten Fällen aber das Dargestellte wirklich vor die Seele führt. Seine Figuren sind nicht gedacht, sie drängen sich den Augen seines Geistes auf, mit einer zuweilen ängstigenden Gewalt, von der aber etwas jeder wahre Dichter erleiden muß; es stehn ihm schnell die angemessenen Mischungen zu Gebot, und er weiß die Bewegung seines Innern auch der Seele des Lesers mitzutheilen. So lange man ihn liest, steht man völlig unter seinem Bann, die Reaction tritt erst später ein. Diese glückliche poetische Gabe ist freilich von den entsprechenden Fehlern begleitet. Sealsfield ist mehr Colorist als Zeichner, und bei näherer Prüfung läßt die Correctheit seiner Gestalten manches zu wünschen übrig. Die Virtuosität, mit der er über die Farbe verfügt, verleitet ihn nicht selten, zum Zweck zu machen, was in der echten Poesie nur

Mittel sein darf. Wenn endlich die Macht der Farbe auf einer kräftigen Sinnlichkeit beruht, so geht bei Sealsfield diese Sinnlichkeit bisweilen in etwas Anderes, Häßliches über, wovon man in „Süden und Norden" in „Morton" u. s. w. abschreckende Beispiele findet.

Der zweite Vorzug ist eine ganz ungewöhnliche allgemeine Bildung und eine damit verbundene Feinfühligkeit für fremde Art zu sein. Sealsfield gleicht nicht den herkömmlichen mittelmäßigen Touristen, die ihre zufälligen Gewohnheiten und selbst Unarten als Maßstab mitbringen, er bemüht sich überall mit Ernst und oft mit Erfolg, fremdes Leben nachzufühlen. Freilich begegnet ihm dann leicht, daß das Fremde als solches ihm imponirt, und daß er mit jener Virtuosität eines deutschen Philosophen, die er selbst verspottet, auch das absolut Unvernünftige vom höheren Standpunkt aus als das Vernünftige zu construiren sucht. Daher sind seine Urtheile nicht unbedingt zuverlässig; seine Vertheidigung der Sklaverei wird schon durch den gesunden Menschensinn widerlegt, sie ist neuerdings schlagend durch die Geschichte widerlegt worden. Aber seine Urtheile sind nie aus der Oberfläche geschöpft, sie zeugen überall von großem Scharfsinn und umfassender Welterfahrung, und auch wo er irrt, kann man mehr von ihm lernen als von correcteren Reisenden, die den gebahnten Wegen folgen. Und zwar liegt das darin, daß er nie oder doch nur selten beim bloßen Raisonnement stehn bleibt, daß er vielmehr die Sachen, um die es sich handelt, dem Leser sinnlich vor die Augen führt und ihm so die Mittel an die Hand giebt, das Urtheil zu berichtigen. Mitunter hat sich seine historische Anschauung doch glänzend bewahrheitet. Ich will nur an zwei Punkte erinnern, die Analyse der Colonisirung von Louisiana und Texas, und der Nachweis, daß Mexico zwar alle Elemente zu einer großen Monarchie, aber kein einziges zu einer Republik in sich enthält. Die beiden Figuren, Nathan der Squatter und der Conde di San Jago werden bleiben.

Die Zeit, in welcher Sealsfield wirkte, 1833 bis 1842, pflegt man als die jungdeutsche zu bezeichnen. Sie umfaßt in Deutschland Heine, Börne und ihre Schule sowie die Junghegelianer, in Frankreich George Sand und Balzac, in England hauptsächlich Bulwer. Sie ist vorwiegend kritisch gegen ihre unmittelbare Vorgängerin, die dritte Epoche der Romantik, die etwa mit dem wiener Congreß beginnt und sich noch über die Julirevolution hinaus ausdehnt, und deren Typen unsere Novellisten, Hoffmann, Tieck, Leopold Schefer, Steffens, ferner die ästhetischen Althegelianer, im Ausland W. Scott, Cooper und etwa V. Hugo sind.

Zwischen diesen beiden Epochen steht Sealsfield in der Mitte. Seiner principiellen Neigung nach ist er so entschieden jungdeutsch, wie es nur einem Dichter möglich ist; dagegen erinnern seine Kunstmittel weit mehr an die frühere Phase unserer Literatur. Einige Beispiele werden das deutlich machen.

Man nehme eine seiner glänzenden Schilderungen, etwa den Prairieritt im „Cajütenbuch" oder das tropische Regenwetter in „Süden und Norden", und halte dagegen irgendeine der zahlreichen Schilderungen bei L. Schefer z. B. den Waldbrand oder die Nacht auf dem Kreuz der Peterskuppel, so wird man eine ganz erstaunliche Verwandtschaft entdecken. Beide Dichter verstehn es nämlich, die Seele des Lesers so zu stimmen, daß sie das wilde Ereigniß, das sie darstellen, mit fühlen, ja mit leiden, ohne daß seinem Anschauungsvermögen eine deutliche, in allen Punkten durchsichtige Vorstellung bleibt. Was sich sonst auszuschließen scheint, das träumerisch Dämmerhafte und das Grelle, ja Blendende, ist auf eine seltsame Weise in einander verwebt. Freilich belehrt uns jeder etwas wilde Traum, daß in der That beides sich keineswegs ausschließt, daß der Schwindel, der alle Sinnlichkeit aufhebt, und die nervöse Reizbarkeit, die jede Gestalt ins Fratzenhafte verdeutlicht, gar wohl mit einander verbunden werden können. Offenbar haben beide Dichter aus dem Traum ihre Kunst gelernt. Doch ist es möglich, daß Schefer als unmittelbares Vorbild auf Sealsfield gewirkt hat.

Ein anderes Beispiel. Ein geheimnißvoller mexicanischer Aristokrat wird von einigen Amerikanern belauscht, sein Gesicht sieht zuerst blos müde und stumpf aus, dann aber fangen eine Masse kleiner Linien an sich auf demselben zu bilden, und die Bewegung seiner Gesichtsmuskeln wird so fieberhaft schnell, daß der Leser an den Veitstanz denken muß. Das ist nicht etwa ein einzelner Fall, solche Phantasmagorien wiederholen sich alle Augenblicke, z. B. bei dem dämonischen Geldmenschen in „Morton"; aber auch in lieblicheren Formen z. B. bei den jungen Damen der neuyorker Aristokratie, die ganz aus Quecksilber bestehn. Nun halte man dagegen ein beliebiges Capriccio von Hoffmann z. B. den „goldenen Topf", und man hat genau dieselbe Operation der Physiognomie. Freilich spukt bei Hoffmann der Teufel und seine Großmutter, bei ihm erfolgen die Verwandlungen wirklich, der Archivarius Lindhorst wird wirklich ein Drache, sein Thürklöpfel wirklich eine alte Hexe u. s. w., während bei Sealsfield die Individuen bleiben und der magisch bewegende Hauch nur über die Gesichter läuft, aber dieser Unterschied betrifft nur die Außenseite, der innerste Kern des Schaffens ist in beiden Fällen der künstlerische Materialismus, der sich bemüht, für jede geistige Bewegung den gleich starken körperlichen Ausdruck zu finden. Bei Balzac findet man ganz ähnliche Erscheinungen.

Ein dritter Fall. In der politischen Tendenz scheint Sealsfield von Steffens aufs äußerste abzuweichen, der erste bekennt sich zur Partei der Revolution, der zweite ist entschiedener Reactionär. Aber man vergleiche das Bild, welches

Sealsfield in „Morton“ vom Dämon des Geldgewinns entwirft, mit dem, welches Steffens in der „Familie Walseth“ von dem Dämon des Spiels giebt, und man wird wieder völlige Uebereinstimmung finden, wenn auch der Eine sich dafür begeistert, was den Andern mit Abscheu erfüllt. In den menschlichen Leidenschaften etwas Magisches, Dämonisches, ja Teuflisches zu suchen, sie als eine über das menschliche Vermögen hinausreichende, fremde Macht zu entwickeln, lag tief im Wesen der Romantik.

Wenn diese Beziehungen Sealsfields zu der Generation, die ihm unmittelbar vorausging, sich unzweifelhaft herausstellen, so springt die Verwandtschaft mit der gleichzeitigen jungdeutschen Literatur noch viel deutlicher in die Augen. Man erinnere sich an die Art und Weise, wie Heine und Börne halb mit Rührung, halb mit Hohn sich über die Natur des deutschen Volks auslassen, und stelle damit die Figur des Herrn Bohne in „Süden und Norden“ in Zusammenhang. Herr Bohne ist ein deutscher Flüchtling, der mit einer Zahl amerikanischer Gentlemen durch Mexico reist und als guter Deutscher sich gefallen läßt, von ihnen auf jede mögliche Weise maltraitirt zu werden. Herr Bohne hat als preußischer Landwehrmann Rekruten gedrillt und schwärmt fürs Drillen. Auf der Universität hat er aus einer Tabakspfeife mit schwarz-roth-goldenen Quasten geraucht und ist deshalb zum Tode verurtheilt. Herz und Kopf sind voll von Idealen politischer Freiheit, und bei jeder Verlegenheit sieht er sich nach der Polizei um, weil er sich nicht selbst zu helfen weiß. Er trägt schmutzige Wäsche und einen alten Studentenrock und ist begeistert für die feinen Sitten der Aristokratie. In allen gemeinen Dingen des Lebens hat er ein schiefes Urtheil, dagegen imponirt er selbst den unverschämten Yankees durch seine Virtuosität, jede fremde Erscheinung philosophisch zu begreifen und ihr einen Ort im System anzuweisen. Er ist tief durchdrungen von der Herrlichkeit des deutschen Gemüths und spottet über die Willenlosigkeit der deutschen Natur und seine eigene. — Wer ist dieser Herr Bohne? — Die Yankees nehmen ihn mit Hohn für ein Bild des Deutschen überhaupt, der Verfasser pflichtet ihnen mit Schmerz bei. — Einmal sehen die Yankees von der Spitze des Orizava aus das Sterngebilde des südlichen Kreuzes, sie stimmen begeistert den Chor an: „Ehre sei Gott und seinem Sohn!“ welchen sie beständig wiederholen. Herr Bohne, der dazu kommt, ist über dieses Gebahren zuerst verwundert und fordert sie auf, aus dem Kalten zu kommen und Punsch zu trinken; als sie ihn aber wegen dieses Stumpfsinns wiederum greulich maltraitiren und in ihrem Choral fortfahren, geht er in sich und bricht unter Thränen in die Worte aus: „ich danke Ihnen, dies macht mich wieder zum Christen!“ — Und der Verfasser entläßt den Leser mit dem beruhigenden Gefühl, daß nun alles in bester Ordnung sei. —

Ob dieser Verfasser wirklich Sealsfield heißt, ist mir noch zweifelhaft; ob er als preußischer Landwehrmann Rekruten gedrillt und als deutscher Student in physischer Wirklichkeit schwarz-roth-goldenen Tabak geraucht hat, weiß ich nicht; jedenfalls hat er es geistig gethan, und wer seiner Person wegen neugierig ist, mag sich daran erinnern, daß auch aus einem Zerrspiegel die Physiognomie sich erkennen läßt, und diese Physiognomie — in Herrn Bohne suchen. — Was uns Deutsche betrifft, so ist eine neue Generation an die Stelle der jungdeutschen getreten. Wir haben nicht mehr das Bedürfniß, uns durch Pathos oder Ironie aufregen zu lassen, nicht mehr das Bedürfniß, das Unbegreifliche metaphysisch zu construiren, nicht mehr das Bedürfniß, uns mit hypochondrischer Freude an unserer vermeintlichen Hamletnatur zu weiden: — sondern wir haben das Bedürfniß, die Welt und ihre Kräfte kennen zu lernen, daran die Grenze unserer Wünsche abzumessen und innerhalb dieser Grenzen Schritt vor Schritt vorwärts zu gehn. Die Times hat uns den Freibrief geschrieben: wir sind eine Nation wilder, erobernder Barbaren, und wenn es damit auch nicht so schlimm aussieht, so dürfen wir doch das Portrait, das in Herrn Bohne von uns gemacht sein soll, bescheiden als nunmehr unangemessen zurückweisen.

In einem andern Romane, „Deutsch-amerikanische Wahlverwandtschaften", scheint Sealsfield von dem löblichen Vorsatz ausgegangen zu sein, die Deutschen in ein besseres Licht zu stellen; aber gerade wo es angehn soll, bricht er ab. Als Vertreter der deutschen Aristokratie wird beiläufig ein neugeadelter Banquiersohn vorgeführt.

Völlig jungdeutsch ist er in „Morton". In diesem prophetisch klingenden Werk wird eine allgemeine Weltrevolution verheißen, geleitet durch ein paar gewaltige Banquiers in der Art des Grafen Montechristo, die immer eine Million zu den kleinen Tagesausgaben in der Westentasche bei sich führen. Ein etwas blasirter junger Roué wird von dieser Revolutionsgesellschaft eingeweiht und erwirbt seinen Freibrief durch eine im halben Rausch gehaltene Rede über den Zusammenhang des Bankwesens mit der Umwälzung der Menschheit, wie sie allenfalls auch Gutzkow hätte erfinden können. Man muß an den guten Herrn Bohne, sein ungewaschenes Hemde und seinen Studentenrock denken, um diese Gluth zu begreifen, mit welcher das Phantasiegemälde von Millionen oder Billionen Dollars seine Seele durchdringt.

Auch wir haben von der Macht des Geldes einen solideren Begriff als die Generation, die uns unmittelbar vorausging; die Volkswirthschaft spielt mit Recht eine sehr erhebliche Rolle in unserm politischen Treiben. Aber wir wissen, daß das Geld nur von Werth ist, insofern es vergangene Arbeit darstellt und künftige Arbeit hervorruft; Wunder zu thun ist es nicht im Stande. Fieberträume wie jene Rede Mortons würden heute nur noch Gelächter erregen.

Wir haben Recht, uns eine Generation des Fortschritts zu nennen, wenn auch noch sehr viel daran fehlt, daß wir das Erworbene als befestigt betrachten dürften. Die Macht des Verstandes, des Rechts und des sittlichen Gefühls hat im Markt des Lebens die Ausgeburten einer erhitzten Phantasie zurückgedrängt; auch die Dichtung sucht diesem neuen Stand der Dinge gerecht zu werden. Gleichwohl dürfen wir nicht undankbar gegen unsere Vorgänger sein: die Lebhaftigkeit der Empfindung, mit der sie Ideale in sich aufnahmen und auf ihre Verkörperung drangen, hat unserm ruhigern und zusammenhängenderen Streben den Weg gebahnt. Und einer der geistvollsten und gehaltreichsten dieser Vorgänger ist Sealsfield.

Julian Schmidt.

Vermischte Literatur.

Atlas zur Industrie- und Handelsgeographie. Mit erläuterndem Text von Dr. V. F. Klun und Dr. Henry Lange. Erste Lieferung. Leipzig 1864, Verlag von Albert Hoffmann.

Dieser Atlas hat den Zweck, die Gewerbthätigkeit und den Handel in geographischen Bildern darzustellen. Wir begegnen auf seinen Karten daher weniger den einzelnen Gebirgsgruppen und den einzelnen Thaleinsenkungen, als vielmehr den Handelsstraßen und den Hauptgebieten der verschiedenen Gewerbszweige und Fabrikthätigkeiten. Da die Karten nur eine Größe von durchschnittlich zwölf Quadratzoll haben, so würden sie zu voll und damit zu wenig übersichtlich geworden sein, wenn man jeden Industriezweig hätte angeben wollen. Man mußte daher das Wichtigste auswählen, und das ist mit Takt geschehen. Im Allgemeinen findet sich Folgendes durch Farben oder farbige Zeichen auf den Karten angegeben: Weinbau, Tabak, die Bergbaubezirke, die Hauptfundorte der einzelnen Mineralien, die Districte der Wollen- und Baumwollen-, der Leinen- und Seidenweberei, der Manufactur von Porzellan, Thonwaaren, Glas, Chemikalien, Leder, Papier, Zucker, Metall-, Holzwaaren, Stroh- und Roßhaargeflechten. Auf Nr. 9 der Karten sind alle Hauptzoll- und Hauptsteuerämter des deutschen Zollvereins, auf Nr. 10 (Oestreich) die Filialen der östreichischen Nationalbank und die der östreichischen Creditanstalt, die großen Meßplätze und Freihäfen, die Eisenbahnen, Kanäle und Dampfschifffahrtslinien durch deutliche Bezeichnungen hervorgehoben. Wo der Raum es zuließ, sind wichtige Industriezweige in größeren Maßstäben auf Nebenkärtchen zur Darstellung gekommen, auch ist durch farbige Schrift noch mancherlei, was für eine gewisse Localität von Bedeutung ist, z. B. Austern, Bernstein, Fischfang, Hopfen, südlich von Dijon die Gegend, wo der Chambertin gebaut wird, verzeichnet, und was sonst noch gewünscht werden kann, auf den Karten aber nicht anzubringen war, giebt der zehn Bogen starke Text zu letzteren, welcher alles Nöthige über Handelsverkehr, Zolltarife, Aus- und Einfuhr, Seeschifffahrt, Finanzen, Telegraphen, Eisenbahnen, Posten, Banken und Actiengesellschaften, Assecuranzen, Sparkassen, Börsen, Münze, Maß und Gewicht und andere statistische Angaben enthält. Die Ausstattung ist schön, der Preis dem Werthe des Werkes angemessen.

Deutschlands Kampf- und Freiheitslieder. Illustrirt von Georg Bleibtreu. Erste und zweite Lieferung. Leipzig, Verlag von Rudolf Loës. 1864.

Beide Hefte bewähren des Künstlers glückliche Begabung, sich in den Geist der gewählten Dichtungen zu versetzen und ihn in lebensvollen Gestalten und Gruppen zur Anschauung zu bringen. Die Manier, in der er zeichnet, läßt das Colorit der Holzschnitte meist in schöner Wirkung hervortreten, und manche seiner Blätter, z. B. Andreas Hofer und die große Vignette „Aus dem dreißigjährigen Kriege" gehören zu dem Besten, was in dieser Art in neuester Zeit geleistet worden ist. Auch die Auswahl der Gedichte, von denen die Mehrzahl aus der Zeit der Befreiungskriege stammt, ist großentheils zu loben. Manche freilich sind (wie z. B. das bekannte Schleswig-Holstein-Lied von Chemnitz) ohne poetischen Werth und andere (wie die beiden Lieder Geibels am Schluß der ersten Lieferung) niemals populär geworden.

Neue schleswig-holsteinische Literatur.

Aus der Masse von Büchern und Broschüren, welche der dänisch-deutsche Streit noch fortwährend entstehen läßt, heben wir folgende als beachtenswerth hervor: „Aus A. v. Warnstedts Staats- und Erbrecht der Herzogthümer Schleswig-Holstein" (Hannover, Schmorl und Seefeld) eine Schrift, die denen zu empfehlen ist, welche das sehr weitschichtige und trockne, aber Politikern von Fach seines Reichthums an Material wegen unentbehrliche größere Werk des (bekanntlich hochconservativen) Verfassers zu studiren nicht Muße oder Neigung haben. Bei den Auszügen ist besonders der Abschnitt berücksichtigt, welcher über die allmälige Entstehung des Erbfolgestreites berichtet. Von vorzüglichem Interesse in Betreff der Renunciationsfrage ist die Mittheilung aus der Rigsdags Tidende über die Debatte zwischen Schiern und Bluhme (S. 18 bis 21). — Ferner Zöpfls „Rechtliches Gutachten über die Competenz der deutschen Bundesversammlung bezüglich der Successionsstreitigkeiten in deutschen regierenden Fürstenhäusern" (Leipzig, Haessel), welches hinsichtlich Schleswig-Holsteins zu nachstehenden Schlüssen gelangt: Es wäre mehr als nur inconsequent, wenn durch die Anordnung einer vom Lande selbst gar nicht verschuldeten Bundesexecution die Ständeversammlung eines Bundeslandes außer Wirksamkeit gesetzt und nicht vielmehr von Bundeswegen dahin gewirkt werden sollte, dieselbe unter Verhältnissen, unter welchen das Land eines verfassungsmäßigen Organs zum Ausspruch seiner Rechtsansicht über die es zunächst und so tief berührenden Fragen dringend bedarf, sofort in verfassungsmäßige Thätigkeit treten zu lassen. Endlich kann es für die Bundesversammlung selbst nicht gleichgiltig sein, ob in ihr die Bundesstaaten, welche nun einmal ein bundesgrundverfassungsmäßiges Recht haben in ihr durch Bevollmächtigte ihrer Regierungen vertreten zu sein, darin wirklich vertreten sind oder nicht. Die Einnahme des Sitzes in der Bundesversammlung ist nicht blos ein Recht, sondern auch eine Pflicht. Von einer Untersuchung über den jüngsten Besitzstand und einer Zurückführung der Sachlage auf denselben kann unter den dermaligen Verhältnissen nicht die Rede sein, und ein austrägalgerichtliches Verfahren ist bei der jetzt schwebenden holsteinischen und lauenburgischen Successionssache an sich unzulässig. — Dann Bremer „Geschichte Schleswig-Holsteins bis zum Jahr 1848“ (Kiel, Schröder und Comp.). Der Verfasser, früher Appellationsgerichtssecretär in Lübeck, jetzt Bürgermeister in Flensburg, behandelt hier die Geschichte in der alten Manier, wo hauptsächlich von den Haupt- und Staatsactionen die Rede ist. Neues hat er nicht zu sagen, auch die Gruppirung der Thatsachen und sein Deutsch könnte besser sein. Dagegen ist er ein guter Patriot, und so mag sein Werk in Ermangelung eines für das große Publicum bestimmten von berufenerer Hand empfohlen sein. — Recht instructiv ist ferner G. Masers Schrift: „Die dänisch-deutsche Verwickelung nach ihren Entstehungsgründen und ihrem Verlauf dargestellt nebst einer genealogischen Beleuchtung der dänischen „Erbfolgefrage“. — Ferner sei noch erwähnt E. Pirazzis an die Mitglieder des englischen Unterhauses gerichtete ziemlich umfängliche Denkschrift „Ein Wort an England von Schleswig-Holsteins Recht und Deutschlands Ehre“, die mit viel Wärme und nicht ohne gute Kenntnisse das deutsche Recht und Interesse gegenüber der Unwissenheit und Brutalität der Regierung, des Parlaments und der Presse Englands zu vertheidigen sucht, damit aber freilich bei der Adresse, an die sie gerichtet ist, irgendwelchen Erfolg so wenig erzielen wird, als frühere auf gründlichere Sachkunde basirte Vorstellungen. England will uns nicht hören; vielleicht wird es einmal fühlen müssen, wie viel ein gutes Einvernehmen mit Deutschland werth ist. — Von besonderem Interesse ist endlich die erste Lieferung eines in Kiel erscheinenden Sammelwerks, welches unter dem Titel „Schwarzbuch über die dänische Mißregierung im Herzogthum Schleswig in verbürgten Beispielen eine thatsächliche Widerlegung der Behauptung, es sei durch Wegjagung der dänischen Beamten in Schleswig ein schreiendes Unrecht verübt worden, enthalten wird. Diese erste Lieferung bringt den von Dr. Rüppell und Dr. Bockendahl den Civilcommissären erstatteten „Pflichtmäßigen Bericht über das Medicinalwesen des Herzogthums Schleswig“ unter dem Regiment des berüchtigten Schleisner und giebt in ihren Anmerkungen den schlagenden Beweis, daß das 1852 geschaffene Medicinalinspectorat, so wenig man dies bei einer Behörde dieses Wirkungskreises erwarten sollte, eines der kräftigsten Mittel zur Verfolgung deutscher Gesinnung und zur Danisirung Schleswigs gewesen ist. Schleisner hat beim Einrücken der Preußen in Flensburg einen Theil seines Archivs, jedenfalls nicht den unschuldigsten, vernichtet. Aber was man noch vorfand, reicht vollständig hin, seine Absetzung zu rechtfertigen, und die beiden Herren, die daraus ihre Charakterisirung dieses Individuums zusammenstellten, haben sich ein entschiedenes Verdienst um die Geschichte der Leidensjahre ihres Heimathslandes unter dem dänischen Joche erworben. Die Proben des an Verrücktheit grenzenden Fanatismus, mit welchem Schleisner sein Delatorenamt verwaltete, würden zum Theil lächerlich sein, wenn sie nicht so ernste Folgen gehabt hätten, und sie würden unglaublich sein, wenn die Berichterstatter ihn nicht durch seine eignen mit Anführungszeichen gegebenen Worte schilderten. Zunächst wußte er sich durch Beiseiteschieben des ihm nebengeordneten Sanitätscollegiums den Behörden und Gemeinden gegenüber eine bis dahin unerhörte Macht zu allerlei Anordnungen, Eingriffen, Absetzungen u. s. w. zu verschaffen. Dann begann er mit dieser Macht sein Danisirungsgeschäft ins Werk zu setzen. Die deutschen Physici wurden durch Dänen ersetzt, als Armenärzte stellte er nur solche Deutsche an, welche eine reine, d. h. eine entweder indifferente oder, und das war der häufigere Fall, eine antideutsche Vergangenheit hinter sich hatten. Eine schleswig-holsteinische Petition unterschrieben, im schleswig-holsteinischen Heer gedient, der „aufrühreriscben" Regierung Steuern gezahlt zu haben, machte jeden ohne Weiteres unfähig, Däne oder dänisch gesinnt zu sein dagegen machte jeden vor Andern fähig zur Anstellung als Arzt. Deutsche Reisende sollten, so lautete der Grundsatz, nach welchen der Medicinalinspector bei derartigen wie bei andern Gelegenheiten verfuhr, sobald sie den Fuß auf schleswigschen Boden setzten, inne werden, daß sie in Dänemark seien. Apotheker wurden, indem man ihnen ihr Privilegium nahm, gezwungen, ihr Geschäft nach einer von Schleisner angeordneten Abschätzung zu verkaufen, und diese war stets eine so niedrige, daß bedeutender Vermögensverlust, in einem Fall sogar völliger Ruin die Folge war. Selbst die Irrenanstalt in Schleswig mußte statt der deutschen sich dänische Aerzte gefallen lassen, und was dänische Aerzte für ein Deutsch schreiben, zeigt die wahrhaft kostbare Anmerkung, welche die Examenarbeit eines gewissen Knudsen aus Kopenhagen mittheilt. Man lese und man wird auf jeder Seite Gelegenheit finden, sich verwundert zu fragen, ob man recht gelesen. — Die in Aussicht gestellten weiteren Lieferungen werden jedenfalls nicht weniger interessante Beispiele aus andern Sphären des dänischen Treibens in den letzten dreizehn Jahren enthalten. Wir werden von Rechtskränkungen und Rechtsverweigerungen, willkürlichen Entziehungen von Stellen und Privilegien, von Amtsmißbrauch in Kirche und Schule, Polizeichicanen und einem Sportuliren hören, wie es so schmachvoll noch nirgends erhört wurde. Und was dem Unternehmen seinen eigentlichen Werth und seinen entschiedenen Vorzug vor den bisherigen Veröffentlichungen dieser Art giebt, alles dazu verwendete Material wird aus beglaubigten Thatsachen bestehen, jede Mißdarstellung oder Uebertreibung daher ausgeschlossen sein.

Verantwortlicher Redacteur: Dr. Moritz Busch.

Verlag von F. L. Herbig. — Druck von C. E. Elbert in Leipzig.

Aus Mecklenburg.

Die diplomatische Action in Sachen der körperlichen Züchtigung.

Zu den Vorlagen, über welche die vorigjährige Landtagsversammlung verhandelte, gehörte ein von beiden Landesregierungen schon zum zweiten Male eingebrachter Gesetzentwurf, betreffend die Bestrafung der Dienstvergehen der Gutsleute in den ritterschaftlichen Gütern. Die Dienstvergehen, mit Einschluß der Entweichung aus dem Dienste, sollten danach nicht einem gerichtlichen, sondern einem polizeilichen Verfahren unterliegen, vorausgesetzt, daß es sich dabei nicht um eigentliche Verbrechen oder um solche Fälle handelt, die zur Ausmachung im Wege des Civilprocesses geeignet sind. Nur wenn der Gutsherr es vorzieht, tritt statt des polizeilichen ein gerichtliches Verfahren ein. Beleidigungen gegen den Gutsherrn und seine Familie sind immer auf den gerichtlichen Weg zu verweisen. Es steht zum Ermessen des Gutsherrn, der polizeilichen Untersuchung und Bestrafung der Dienstvergehen sich selbst zu unterziehen oder dieselben dem Patrimonialgericht oder dem Patrimonialrichter, auf Grund einer contractlichen Uebertragung der gutspolizeilichen Strafgewalt zuzuweisen. Gegen die polizeilichen Decrete des Gutsherrn oder des seine Stelle vertretenden Patrimonialgerichts findet ein Recurs an das Ministerium des Innern statt.

Die Ritterschaft gab diesem Gesetzentwurf mit der großen Mehrheit von 30 gegen 6 Stimmen freudig ihre Zustimmung und machte nur die Bedingung, daß noch einige Lücken ergänzt würden, wohin man namentlich den Mangel einer Bestimmung über das Strafmaß rechnete. In letzterer Hinsicht eignete sich die Ritterschaft den vom Bürgermeister Wülffleff aus Sternberg warm empfohlenen Vorschlag an, wonach dem Gutsherrn in seiner Eigenschaft als Polizeirichter das Recht zustehen sollte, auf Geldbußen bis zu fünf Thaler, auf Gefängniß bis zu einer Woche und auf körperliche Züchtigung bis zu fünfundzwanzig Hieben zu erkennen. Mehre Mitglieder der Ritterschaft schenkten besonders dieser letzteren Strafgattung ihren Beifall, indem sie die Ansicht äußerten, daß dieselbe eine viel größere Wirkung habe, als wenn die Leute von Gerichtswegen eingesperrt würden.

Die Mehrheit der Bürgermeister konnte sich jedoch mit dem Gesetzentwurf nicht befreunden und lehnte vermittelst einer Standeserklärung denselben ab, theils weil ein Bedürfniß dazu nicht vorliege, besonders aber deshalb, weil darin der Grundsatz ausgesprochen sei, daß der Gutsherr auch in Fällen, wo sein eigenes Interesse in Betracht komme, die Sache selbst untersuchen und entscheiden könne.

Mit dieser von der Landschaft (den Deputirten der Stadtmagistrate) ausgesprochenen Ablehnung durfte man das projectirte Gesetz so lange für beseitigt halten, bis es etwa der Regierung gelingen würde, auf einem künftigen Landtage die Mehrheit dieses Standes nachträglich für ihr Project zu gewinnen. Wenn das Gesetz zunächst auch nur die Ritterschaft und deren Hintersassen angeht, so galt es doch bisher als landesverfassungsmäßiger Grundsatz, daß Gesetze, welche die Zustimmung des Landtags erfordern, nicht schon durch die Zustimmung eines der beiden Stände giltig zu Stande kommen. Zudem haben die Städte ein sehr starkes mittelbares Interesse an dem Gesetz. Es kann ihnen schon wegen der voraussichtlichen Wirkung auf die Bevölkerung in den ritterschaftlichen Gütern nicht gleichgiltig sein. Gesetze, durch welche diese bedrückt, gequält, geknechtet, erbittert, zur Verzweiflung getrieben wird, haben auch auf das Wohl und Gedeihen der Städte und des ganzen Landes einen verderbenbringenden Einfluß. Es fehlt auch nicht an directen Beziehungen der städtischen Bevölkerungen zu den Bestimmungen des Gesetzes, da dasselbe nicht blos die auf den Gütern wohnhaften Leute, sondern auch solche Personen ergreift, welche als Dienstboten, Tagelöhner oder sonstige Arbeiter daselbst nur einen vorübergehenden Aufenthalt haben.

Indessen hat das mecklenburg-schwerinische Staatsministerium in der ablehnenden Erklärung der Landschaft kein Hinderniß der Publication des Gesetzes erblickt. In der am 16. April d. J. herausgegebenen Nummer des Gesetzblattes erschien, gewiß zur Verwunderung der verfassungskundigen Mitglieder der Ritterschaft selbst, die vom 2. April datirte „Verordnung, betreffend die Bestrafung der Dienstvergehen der Gutsleute in den ritterschaftlichen Gütern“. Der Text dieser Verordnung stimmt mit der früheren, von der Landschaft verworfenen Vorlage genau überein und ist nur mit den von der Ritterschaft desiderirten Ergänzungen ausgestattet, namentlich mit den von ihr bedungenen Bestimmungen in Betreff der Befugniß der Gutsobrigkeit, auf Strafen bis zur Höhe von fünf Thalern und einer Woche Gefängniß und auf körperliche Züchtigung bis zu fünfundzwanzig Streichen zu erkennen.

Dagegen muß die mecklenburg-strelitzische Landesregierung gegen die Publication des Gesetzes Bedenken gefunden haben. Wenigstens ist sie bis zu dieser Stunde dem mecklenburg-schwerinschen Beispiel nicht gefolgt, und die Annahme scheint einigen Grund zu haben, daß die Publication dort jetzt überhaupt nicht mehr beabsichtigt wird.

Vielleicht ist man inzwischen auch in Schwerin zu der Erkenntniß gelangt, daß es wohl rathsamer gewesen sein möchte, die Strafverordnung im Archiv des Staatsministeriums ruhen zu lassen als sich in jene Fluth von Ungelegenheiten und Schwierigkeiten zu stürzen, welche sich als die unmittelbare Folge der Publication ergeben hat. Mit Ausnahme einiger weniger Organe der feudalen Partei, welche ihre Berichte über Mecklenburg von Beamten des schweriner Ministeriums zu beziehen pflegen, und allerdings auch mit Ausnahme der gesammten mecklenburgischen Presse, welcher durch ein imperialistisches Verwarnungssystem die Möglichkeit einer freien Meinungsäußerung längst entzogen ist, hat die gesammte deutsche Presse gegen die Verordnung und gegen den darin zu gesetzlichem Ansehen erhobenen gutspolizeiherrlichen Prügelstock einstimmig ihren Abscheu ausgesprochen. Ohne Zweifel hatte man ein so starkes und allgemeines Verwerfungsurtheil nicht vorausgesehen. Man würde sonst sicherlich wenigstens einen anderen Zeitpunkt für die Publication gewählt und nicht wenige Wochen vor dem Tage der Vermählung des Großherzogs die Verordnung der öffentlichen Besprechung ausgesetzt haben. Die Zeit konnte nicht unpassender gewählt werden, und es konnte nicht fehlen, daß das Ereigniß sogleich lebhaft und allgemein besprochen ward. Man erzählt von Reibungen und scharfen Conflicten in Darmstadt zwischen der hessischen und der mecklenburgischen Hofdienerschaft, hervorgerufen durch Neckereien und Anspielungen Seitens der ersteren aus Anlaß des mecklenburgischen Dienstvergehensstrafgesetzes; man will wissen, daß die darmstädter Turner- und Sängervereine infolge der neuen mecklenburgischen Verordnung der anfangs beabsichtigten Betheiligung an der festlichen Beglückwünschung des hohen neuvermählten Paares sich enthalten haben. Mögen nun diese und andere Gerüchte begründet sein oder nicht: immer bleibt es zu beklagen, daß gerade in die Zeit des schönen Festes, dessen ungetrübten Genuß man sowohl dem Großherzog wie seiner jungen Gemahlin aufrichtig gewünscht hätte, durch die allgemeine Entrüstung über das Gesetz ein Schatten fallen mußte. Man hätte sowohl dem Großherzog, welchen man weit entfernt ist für den Inhalt der Verordnung verantwortlich zu machen, wie auch der hohen Frau, die er in die neue Heimath geführt hat, in welche ihr der Ruf aller edlen weiblichen Eigenschaften voraufgegangen ist, das traurige Angebinde gern erspart gesehen, welches ihnen zu ihrem schönsten Festtage durch die Minister des Landes aufgedrungen worden ist.

Der Großherzog soll seine Mißstimmung über den ihm nicht entgangenen Eindruck der neuen Strafverordnung schriftlich in sehr lebhaften Ausdrücken gegen den Minister des Innern ausgesprochen haben. Vielleicht steht es damit in Zusammenhang, daß unmittelbar vor der am 12. Mai in Darmstadt vollzogenen Vermählung des Großherzogs ein allgemeines Aufgebot von Vertheidigungsmitteln für die angegriffene Strafverordnung in den Organen der feudalen

Partei sich bemerklich machte. Am 9. und 10. Mai veröffentlichte der „Norddeutsche Correspondent“, das officiöse Organ des schweriner Staatsministeriums, zwei fulminante Artikel gegen die Fortschrittsmänner, welche wie auf ein gegebenes Zeichen über das vortreffliche Gesetz hergefallen wären und mit Hilfe der ihnen geläufigen Kunst der Entstellung und Verdrehung der Wahrheit dasselbe „der Indignation der civilisirten Welt denuncirt“ hätten. Mit Correspondenzen aus Mecklenburg gleichen Inhalts und Zweckes wurden um dieselbe Zeit die „Neue Preußische Zeitung“ und die ministerielle „Darmstädter Zeitung“ versehen. Alle diese Elaborate verdanken anscheinend einer und derselben Feder ihre Entstehung, einem subalternen Ministerialbeamten, welcher in dergleichen Dingen als Helfer in der Noth benutzt zu werden pflegt, nachdem er zur Zeit der Herrschaft des constitutionellen Staatsgrundgesetzes sich in der Vertheidigung der entgegengesetzten politischen Grundsätze geübt und seine Federfertigkeit erworben hat. Nur in der Chiffre differiren diese Productionen, sonst tragen sie alle die gleiche Physiognomie und zeichnen sich durch einen großen Reichthum gemeiner Lästerungen aus.

Man scheint aber auf die Wirkung dieser Art der Bekämpfung der öffentlichen Meinung doch nur geringes Vertrauen gesetzt zu haben. Denn gleichzeitig ließ sich der Minister der auswärtigen Angelegenheiten, Herr v. Oertzen, den Schutz des Strafgesetzes noch in anderer Weise angelegen sein, indem er dasselbe zum Gegenstand einer diplomatischen Action machte, welche zu den ungewöhnlichsten Erscheinungen in diesem Fache gehört.

Diese diplomatische Action bestand in der Absendung eines Circulars an die großherzoglichen Gesandten an den deutschen Höfen und einer begleitenden Denkschrift. Beide Actenstücke haben die Verordnung vom 2. April d. J., betreffend die Bestrafung der Dienstvergehen der Gutsleute in den ritterschaftlichen Gütern, und deren Vertheidigung gegen die Angriffe in der Presse zum Gegenstande. Der „Norddeutsche Correspondent“ veröffentlicht dieselben in seiner Nummer vom 19. Mai, das Circular trägt aber schon das Datum des 9. Mai. Er hat bisher auch nur die Denkschrift vollständig zum Abdruck gebracht, dagegen bei dem Circular sich beschränkt, den Anfang und Schluß nach dem Wortlaut mitzutheilen, während man sich in Ansehung des mittleren Theiles, der daher stellenweise nicht für die Oeffentlichkeit geeignet sein mag, mit einer Inhaltsangabe begnügen muß. Das Circular erscheint im „Norddeutschen Correspondent“ mit der Ueberschrift: „Cirkular an die großherzoglich mecklenburg-schwerinschen Gesandtschaften im Auslande.“ Der Inhalt desselben ergiebt jedoch, daß von den fünf Gesandtschaften, welche der Großherzog unterhält, wahrscheinlich die Gesandtschaft am kaiserlichen Hofe zu Paris und jedenfalls die Bundestagsgesandtschaft als ausgeschlossen zu denken sind, und daß das Schriftstück in der vorliegenden Gestalt daher wohl nur an die Gesandten an den

Höfen von Berlin, Wien und Darmstadt abgegangen sein wird. Das Circular bezweckt, den auswärtigen Regierungen die hilflose Lage zur Kenntniß zu bringen, in welcher die mecklenburg-schwerinische Regierung infolge der von ihr publicirten neuen Strafverordnung der nichtmecklenburgischen deutschen Presse gegenüber sich befindet, und dadurch womöglich zu schützenden Maßregeln anzuregen. Die beigegebene Denkschrift stellt sich die Aufgabe, die Verordnung gegen die ihr gemachten Vorwürfe zu vertheidigen und sie als ein höchst wohlthätiges, gerechtes und humanes Werk der Gesetzgebung zu erweisen.

Der Eingang des Circulars lautet:

„Ew. ꝛc. ist es nicht entgangen, mit welcher Uebereinstimmung die demokratische Presse in Deutschland neuerlich ihre Angriffe gegen Mecklenburg gerichtet hat, namentlich aus Veranlassung der kürzlich in hiesigen Landen publicirten Verordnung, betreffend die Bestrafung der Dienstvergehen der Gutsleute in den ritterschaftlichen Gütern vom 2. April d. J. Fast alle Organe der Umsturzpartei, die vorsichtigeren mit einiger Reserve, als sei dergleichen doch nicht zu glauben, hallen wieder von Schmähungen gegen die Regierung, welche nur durch Handhabung des Stocks sich halten könne, gegen die feudalen Gutsherrn, welche nun gesetzlich ermächtigt seien, die Sklavenpeitsche über dem Arbeiter zu schwingen, und überhaupt gegen die Zustände des Landes, wo eine solche Barbarei noch möglich sei. Sie berichten von einer bedenklichen Aufregung, welche das Gesetz veranlaßt habe, während dasselbe in Wirklichkeit von Allen, die der Verhältnisse kundig sind, als eine wahre Verbesserung und Sicherstellung der Dienstleute gegen einen etwaigen Mißbrauch der gutsherrlichen Polizeigewalt erkannt und gebilligt worden ist.

„Wenn es hiernach mehr als wahrscheinlich ist, daß die Umsturzpartei in Deutschland zu dem vorliegenden Angriffe das Zeichen gegeben und damit einem früher wirklich schon verkündeten politischen Plane gemäß gehandelt hat, wozu die Partei in Bezug auf Mecklenburg ihre Gründe haben mag, so versteht es sich von selbst, daß die großherzogliche Regierung auch von der gründlichsten Nachweisung, daß jene Schmähungen auf Unwahrheit und Entstellung beruhen, in den von der demokratischen Presse beherrschten Kreisen für den Augenblick keinen wesentlichen Eindruck erwarten kann, und es geschieht daher eines anderen Zweckes wegen, daß Ew. ꝛc. eine solche von der Regierung veranlaßte Nachweisung in der Anlage mitgetheilt wird."

Hier bricht im „Norddeutschen Correspondent" die Mittheilung des Wortlauts ab, und es folgt eine bloße Inhaltsangabe, der zufolge das Circular weiter darlegt, wie in diesem Falle für die deutschen Regierungen und für alle patriotisch Gesinnte, welche die Gefahren, womit das Treiben der Revolutionspartei Deutschland bedroht, erkennen, ein klares Bild dieses vollständig organisirten Treibens hervortrete. Es möge wohl sein Gutes haben, wenn die Presse wirkliche Mängel in den Zuständen eines Landes — und an einzelnen Gebrechen werde es wohl in keinem deutschen Lande mangeln — rüge, sofern dies mit Wahrheitsliebe und in einer Weise geschehe, daß nicht die Autorität im Princip dadurch untergraben werde. Mit Mecklenburg aber verhalte es sich anders. Dieses Land sei vorzugsweise wegen seiner auf dem historischen Rechte und nicht auf der modernen Theorie beruhenden Institutionen zur Zielscheibe des oberflächlichsten liberalistischen Raisonnements erwählt, ja es werde systematisch schon seit Jahren öffentlich durch ganz Deutschland des Despotismus und der Barbarei beschuldigt und nach allen Richtungen hin verlästert. Dabei sei die Bevölkerung, abgesehen von einer geringen Anzahl demokratischer Wortführer, welche auch die Seele dieser Agitation in der auswärtigen Presse seien, zufrieden, ihrem Fürsten treu ergeben, überhaupt loyal gesinnt und verhältnißmäßig wohlhabend.

„Alle jene Schmähungen", — so lautet dann der letzte Theil des Schriftstücks — „nicht blos im Ganzen, sondern auch in den Einzelheiten, haben sich stets durch eine unparteiische nähere Untersuchung und Erörterung als Producte factischer Unwahrheit und absichtlicher Täuschung herausgestellt, und dennoch stehen Regierung und Land den Verleumdungen, womit die demokratische Presse sie zu überschütten und allmälig zu untergraben sucht, schutzlos gegenüber; indem die Presse selbst ebenso systematisch jede unparteiische Erörterung unterdrückt, und die bestehenden gesetzlichen Garantien gegen den Mißbrauch der Presse auf das Gebiet des einzelnen Landes sich beschränken, in den übrigen deutschen Ländern aber, wie bekannt ist, thatsächlich wirkungslos sind. Ein solcher Zustand der Dinge erscheint wohl geeignet, die Aufmerksamkeit der Regierungen und aller derer auf sich zu ziehen, welche nicht gemeint sind, in dem Kampfe gegen die Umsturzpartei um die edelsten Güter der deutschen Nation zunächst auf dem Gebiete der Presse, dann aber auch bald auf anderen Gebieten die Waffen zu strecken.

Ew. &c. werden ersucht, die obige Auffassung vertrauensvoll zur Kenntniß der hohen Regierung, bei welcher Sie beglaubigt zu sein die Ehre haben, zu bringen und dieselbe auf Grund der anliegenden Darlegung zu erläutern, deren Mittheilung und weiterer Verbreitung in Kreisen, denen es um eine richtige Würdigung der Verhältnisse zu thun ist, kein Bedenken entgegensteht, und besonders deren Wichtigkeit für ganz Deutschland hervorzuheben.

Ew. &c. demnächstiger Relation in dieser Angelegenheit sieht das unterzeichnete Ministerium mit Interesse entgegen."

Ein bestimmter Antrag an die auswärtigen Regierungen, denen die vorstehende Darlegung zur Kenntniß gebracht werden soll, wird nicht gestellt. Die auswärtigen Regierungen sollen zunächst über die Sachlage nur aufgeklärt und zu einer Beurtheilung der von der deutschen Presse gegen das Strafgesetz gerichteten Angriffe befähigt werden. Da aber zugleich ihre Aufmerksamkeit für die angeblich complottmäßige Entstehung jener Angriffe und für die Gefahren, mit welchen nach der Behauptung des Circulars dieses angebliche Complott ganz Deutschland bedrohet, in Anspruch genommen wird, und da die Regierung sich in dem Circular als schutzlos und schutzbedürftig darstellt, so leuchtet ein, daß es mit diesem Schritt des Ministers der auswärtigen Angelegenheiten noch auf etwas Weiteres als auf die Erregung der bloßen Aufmerksamkeit für die geschilderten Zustände abgesehen, und daß es der Wunsch des Ministers ist, die auswärtigen Regierungen für Maßregeln gegen die deutsche Presse zu gewinnen, welche dieselbe verhindern sollen, sich noch fernerhin mit der Kritik der mecklenburgischen Gesetzgebung zu befassen und die schutzlose Unschuld anzugreifen.

Diesem Zwecke wird sich nun aber schon der Inhalt des Circulars selbst wenig förderlich erweisen. Die leidenschaftliche Sprache gegen das, was der Minister „Umsturzpartei" nennt, die offenbar den Charakter einer bloßen Vision an sich tragende Hinweisung auf eine Verschwörung der ganzen deutschen Presse gegen die mecklenburgische Regierung sind nicht geeignet, das Vorurtheil zu erwecken, daß es eine gute und gerechte Sache sei, für welche der Schutz des „Auslandes" in Anspruch genommen wird. Die Widersprüche, in welche die Darlegung sich verwickelt, können den dadurch erregten Eindruck nur verstärken und befestigen. Auf der einen Seite wird die von der deutschen Presse an dem Prügelgesetz geübte Kritik als ein planmäßiges Handeln der deutschen „Revolutionspartei" denuncirt, während doch eine andere Stelle des Schriftstücks eine geringe Anzahl mecklenburgischer Demokraten als die Seele der ganzen Agitation in der auswärtigen Presse bezeichnet. Auf der einen Seite wird behauptet, daß Regierung und Land den Angriffen der letzteren schutzlos gegenüberstehen, und daß hieraus die ernstesten Gefahren für Mecklenburg und ganz Deutschland sich ergeben; an einer andern Stelle erfährt man, daß es keine Bevölkerung gibt, welche der Aufwiegelung unzugänglicher wäre als eben die mecklenburgische, die nach dem Circular, „abgesehen von einer geringen Anzahl demokratischer Wortführer, zufrieden, ihrem Fürsten treu ergeben, überhaupt loyal gesinnt und verhältnißmäßig wohlhabend" ist. Man sollte denken, daß unter solchen Umständen der mecklenburgischen Regierung „der Kampf gegen die Umsturzpartei um die edelsten Güter der deutschen Nation" nicht allzuschwer fallen und nicht eben gefahrvoll erscheinen müßte, und daß sie wenigstens für Mecklenburg den Zeitpunkt, wo es sich für sie nothwendig machte, in diesem Kampfe „die Waffen zu strecken", auch nicht einmal an dem fernsten Horizont schon aufdämmern sehen könnte. Wenn sie die Behauptung, daß nur eine geringe Anzahl demokratischer Wortführer in Mecklenburg die Seele der Agitation gegen die mecklenburgische Regierung in der auswärtigen Presse sei, wirklich nicht blos als Vermuthung, sondern mit solcher Bestimmtheit, wie dies in ihrem Schriftstück geschieht, glaubt aufstellen zu dürfen, so begreift man auch nicht, was sie hindern mag, aus dieser Kenntniß vollen Nutzen und die bezeichneten Wortführer zur gerichtlichen Bestrafung zu ziehen. Sie würde damit selbst für den Schutz sorgen, welchen sie jetzt vom „Auslande" erbittet.

Die specielle Vertheidigung für das angegriffene Gesetz zu führen, ist die der beigefügten Denkschrift zugewiesene Aufgabe. Das Circular versucht aber schon im Voraus, für eine günstige Meinung den Weg zu bahnen, indem es die Behauptung aufstellt, daß das in Rede stehende Strafgesetz „in Wirklichkeit von Allen, die der Verhältnisse kundig sind, als eine wahre Verbesserung und Sicherstellung der Dienstleute gegen einen etwaigen Mißbrauch der gutsherrlichen Polizeigewalt erkannt und gebilligt worden ist." Die Kühnheit dieser Behauptung grenzt an das Unglaubliche, wenn man dieselbe mit der Thatsache confrontirt, daß von den beiden Ständen, welche die mecklenburgische Landtagsversammlung bilden, wie oben berichtet, nur die Ritterschaft dem Gesetze zugestimmt, die aus den Deputirten der Stadtmagistrate bestehende Landschaft dagegen dasselbe ausdrücklich verworfen hat, und zwar „weil ein Bedürfniß dazu nicht vorliege, besonders aber deshalb, weil darin der Grundsatz ausgesprochen sei, daß der Gutsherr auch in Fällen, wo sein eigenes Interesse in Betracht komme, die Sache selbst untersuchen und entscheiden könne." Der Minister selbst wird schwerlich gemeint sein, von den Bürgermeistern der Städte zu behaupten, daß sie der Verhältnisse, welche hierbei in Frage kommen, nicht kundig sind. Wie kann er dann aber wagen, Angesichts der ihm bekannten Thatsache der Verwerfung des Gesetzes durch die Landschaft in einem amtlichen Schriftstück die Erklärung abzugeben und zu unterzeichnen, daß das Gesetz von allen der Verhältnisse Kundigen gebilligt worden ist? Der voraussichtlich auf nächstem Landtage zu erwartende förmliche Protest der Landschaft gegen die Publication eines ausdrücklich von ihr abgelehnten Gesetzes wird ihn belehren, daß ihm von dieser Seite her sogar das Recht zu solcher Publication bestritten wird.

Die Denkschrift, so umfänglich sie ist, findet doch keine passende Stelle, um der in dem Circular verläugneten Thatsache zu gedenken, daß das publicirte Gesetz von der Landschaft ausdrücklich verworfen und gemißbilligt worden ist, und die officiöse Vertheidigung im „Nordd. Corr." geht in der Verdunkelung der Wahrheit um dieselbe Zeit so weit, daß sie erzählt, der bezügliche Gesetzentwurf „sei von den Ständen, unter gleicher Betheiligung der Ritterschaft und der Landschaft, abgelehnt," aber „die Wiedervorlegung auf dem letzten Landtage habe den entgegengesetzten günstigen Erfolg gehabt." Die Denkschrift sucht aber auch noch durch anderweitige Auslassungen und dem wahren Sachverhalt widersprechende Deductionen über das Gesetz ein Licht zu verbreiten, in welchem dasselbe, wenn auch nicht als eine Perle gesetzgeberischer Thätigkeit, so doch wenigstens als ein Fortschritt zum Besseren sich ausnehmen soll. Ein einfacher Blick auf die Entstehung und den Inhalt des Gesetzes genügt, um den dadurch um dasselbe gelagerten Nebel zu zerstreuen. Die ministerielle Denkschrift hat bereits in einer mit Sachkenntniß und Wärme geschriebenen Brochüre über denselben Gegenstand, welche unter dem Titel: „Die Wiederherstellung der Leibeigenschaft in Mecklenburg" (Koburg, bei Streit) ungefähr gleichzeitig an die Oeffentlichkeit trat, im Voraus ihre Widerlegung und ihr Urtheil empfangen. Diese Brochüre verfolgt die Geschichte des Gesetzes von der ersten Vorlage an durch die Verhandlungen des Landtags hindurch bis zur Publication, giebt eine vollständige Darstellung seines Inhalts und knüpft daran eine scharfe, aber gerechte Kritik, welche zugleich den Zusammenhang dieser Erscheinung mit den letzten Zielen der Partei und des Regierungssystems, deren Product das Gesetz ist, in's Auge faßt. Obgleich dem Verfasser der Brochüre die ministerielle Denkschrift bei seiner Arbeit noch nicht vorgelegen hat, so bietet sie doch das vollständige Material, um das Urtheil über den Werth dieses Vertheidigungsversuchs festzustellen.

Zur Charakteristik der Denkschrift wird es ausreichen, wenn wir dieselbe in den beiden Hauptpunkten, um welche die Vertheidigung sich drehet, einer näheren Prüfung unterziehen.

In derselben hebt sich zunächst die Behauptung hervor, daß das gutspolizeiliche Strafrecht in Fällen von Dienstvergehen bisher ein anerkanntes Recht gewesen und daß daher in dieser Beziehung durch das Gesetz nichts Neues eingeführt sei. Aber schon die Denkschrift selbst kann nicht ganz mit Schweigen darüber hinweggehen, daß bei den Gerichten Zweifel über diesen Punkt entstanden seien, und daß diese Zweifel durch das Gesetz zu Gunsten der polizeilichen Strafgewalt haben erledigt werden sollen. Den eigentlichen Sachverhalt jedoch erfährt man aus der Denkschrift nicht, sondern dieser ist nur erkennbar, wenn man die Motive zu Rathe zieht, mit welchen die Vorlage des Gesetzentwurfes erfolgte. Aus den Motiven ersieht man, daß das Ober-Appellationsgericht sich in entschiedenem Widerspruch mit der Ansicht der Regierung in dieser Frage befindet, und daß es den Gutsherren in wiederholten Entscheidungen das polizeiliche Strafrecht in Fällen von Dienstvergehen aberkannt und dasselbe den Gerichten vindicirt hat. Die Motive wissen sich aber mit Leichtigkeit über diese unbequeme Ansicht des höchsten Gerichtes hinwegzusetzen. Sie bemerken: daß es zweifellos sei, daß die Patrimonialgerichte der Aufforderung des Gutsherrn zur polizeilichen Bestrafung von Dienstwidrigkeiten zu entsprechen hätten und daß die entgegenstehende Ansicht des Ober-Appellationsgerichts der bisherigen Praxis fremd wäre. Es sei ferner zweifelloses Recht, daß die Gutsherren selbst ihre Gutsleute wegen Dienstwidrigkeiten, auch wenn dieselben ihr eigenes Interesse oder das eines Mitglieds ihrer Familie beträfen, polizeilich bestrafen dürften. Die entgegengesetzte Interpretation des Ober-Appellationsgerichts sei völlig unstatthaft, eben so wie die Annahme desselben unhaltbar sei, daß in Fällen der eigenmächtigen Entweichung aus dem Dienste nur die gerichtliche Bestrafung zulässig wäre. Im Uebrigen kämen bei der Uebung der polizeilichen Strafgewalt noch ganz andere Rücksichten in Betracht als die des Rechts; es handle sich dabei um die so wichtige Subordination der Gutsleute unter die Gutsobrigkeit. Daher fehle es an einem haltbaren positiven Grunde, den Gutsherrn von der eigenen Uebung des polizeilichen Strafrechts auszuschließen. Es würde auch weder im Interesse der Sache, noch in dem der Leute liegen, wenn alle solche polizeiliche Strafsachen durch das Patrimonialgericht erledigt werden müßten, indem die Untersuchung dadurch für beide Theile um so weitläuftiger und kostspieliger werden, infolge der längeren Verzögerung sehr an Nachdrücklichkeit verlieren und die auf den Gütern so wichtige Autorität des Gutsherrn sehr abschwächen würde. Auch der Engere Ausschuß der Ritter- und Landschaft hatte in einem diese Angelegenheit betreffenden Vortrage angenommen, daß es sich hierbei um eine neue Gesetzgebung handle. Ein ministerielles Rescript belehrt ihn dagegen, daß nur eine Declaration und Feststellung des bestehenden Rechts zur Entfernung der über den Inhalt desselben aufgekommenen Zweifel und Controversen in Frage stehe, und man erfährt sodann, daß das Ober-Appellationsgericht es nicht allein ist, dessen „irrige“ Auffassung durch das Gesetz beseitigt werden soll, sondern daß auch noch andere höhere und niedere Gerichte sich eben dieser declaratorischen Nachhilfe bedürftig gezeigt haben. Handelte es sich blos um die irrige Ansicht eines Patrimonialgerichts, bemerkt das Rescript, so würde dieser Irrthum im Wege landesherrlicher Bedeutung seine Erledigung haben finden können. Der Irrthum des Patrimonialgerichts finde jedoch seine Stütze in der principiellen Entscheidung mehrer höherer Gerichte, welche die Gutsherren für nicht berechtigt hielten, das gutsherrliche Strafrecht in Fällen, wo ihr eigenes Interesse in Betracht komme, selbst zu üben. Es handle sich demnach nicht blos um unzutreffende Rechtsanwendung in vereinzelten Fällen, sondern um irrige Fundamentalprincipien selbst der höheren Gerichte. Es sei auf diese Weise eine Rechtsunsicherheit entstanden, die zu den nachtheiligsten Folgen führen könne. Bei der Mehrzahl der auf den Gütern vorkommenden Dienstvergehen concurrire mehr oder weniger das eigene Interesse des Gutsherrn. Würde das Gewicht daher hierauf gelegt; so würde nicht allein das gutsherrliche polizeiliche Strafrecht principiell und thatsächlich auf ein geringfügiges Maß beschränkt, sondern auch dessen Zuständigkeit in jedem einzelnen Falle der zweifelhaften Beurtheilung unterworfen, ob dabei etwa ein eigenes Interesse des Gutsherrn in Betracht komme.

Was von dem Ober-Appellationsgericht wiederholt für rechtswidrig erklärt ist, was nach dem Ausspruch des Ministers selbst von mehrern höheren und niederen Gerichten in gleicher Weise beurtheilt und daher jedenfalls bestritten und zweifelhaft war, das ist jetzt im Interesse des Gutsherrn gesetzlich dahin festgestellt, daß dieser über Dienstvergehen seiner Gutsleute, selbst in Fällen, wo es sich um sein eigenes Interesse handelt, als Polizeiherr richtet; und die Denkschrift sagt den auswärtigen Regierungen, daß durch das Gesetz ein bisher anerkanntes Recht nur eine neue Sanction erhalten habe und daß der alleinige neue Inhalt dieses Gesetzes in einer Beschränkung jenes Rechtes und der Einführung eines umfassenden Schutzes gegen dessen Mißbrauch bestehe.

Wenn das dem Gutsherrn zugestandene polizeirichterliche Amt über die Dienstwidrigkeiten seiner Gutsleute schon an sich aller Vertheidigungsversuche spotten würde, selbst wenn die Regierung ihre Behauptung, daß es anerkannten und zweifellosen Rechtes wäre, zu beweisen vermöchte, so erscheint die ganze Institution noch monströser, wenn man die Strafen in Betracht zieht, zu deren Verhängung das Gesetz den Gutsherrn ermächtigt.

Der §. 2 des Gesetzes bestimmt hierüber:

„Die Ortsobrigkeit ist nicht befugt, wegen der bezeichneten Dienstvergehen auf eine höhere Strafe als eine Geldstrafe von fünf Thalern, oder eine Gefängnißstrafe von einer Woche — sieben Tagen — oder, soweit nach den Verordnungen vom 29. Jan. 1852 und vom 27. Jan. 1853 körperliche Züchtigung statthaft ist, fünfundzwanzig Streiche, in Gemäßheit der Bestimmungen des §. 3 der Verordnung vom 4. Jan. 1839, polizeilich zu erkennen."

Es ist wohl schon auffallend genug, wenn einem Manne ohne alle juristische Bildung und richterliche Befähigung das Recht eingeräumt wird, seinen Dienern und Arbeitern wegen irgend einer Sache, die er mit dem Namen eines Dienstvergehens glaubt bezeichnen zu können, Geld- und Gefängnißstrafen aufzuerlegen, und wenn dies selbst in solchen Fällen, wo sein eigenes Interesse in Frage steht, zur Anwendung kommen soll. Es wird daran auch durch den Umstand nichts geändert, auf welchen die Denkschrift ein ganz ungeziemendes Gewicht legt, daß der Gutsherr für die von ihm selbst geführten Untersuchungen und gefällten Straferkenntnisse Sporteln nicht wahrnehmen darf. Denn die Geldstrafe fließt in die eigene Tasche des Gutsherrn, welcher sie verhängt, und auch ohne Sporteln bereichert er sich daher, wenn er das ihm zugestandene Strafrecht zur Verhängung von Geldstrafen benutzt, die er überdies als Arbeitgeber leicht eintreiben kann, da er sie nur vom Arbeitslohn zurückzubehalten braucht. Aber dies alles verschwindet gegen die grauenvolle Thatsache, daß das Gesetz ihm auch den Stock in die Hand drückt und daß er an seinen Dienern und Arbeitern, an seinen Knechten und Mägden, an seinen verheiratheten Tagelöhnern und deren Frauen und Kindern die begangene Dienstwidrigkeit mit gesetzlichen Hieben, bis zur Zahl fünfundzwanzig, heimsuchen darf.

Die Denkschrift sucht dieser Bestimmung dadurch einen mildern Charakter abzugewinnen, daß sie dem beschränkenden Satz in dem oben mitgetheilten §. 2 des Gesetzes: „soweit nach den Verordnungen vom 29. Jan. 1852 und vom 27. Jan. 1853 körperliche Züchtigung statthaft ist," eine Deutung giebt, welche der Wortlaut und der Zusammenhang nicht zuläßt. Sie sagt: „Die Strafmaße, auf welche das polizeiliche Strafrecht der Gutsobrigkeiten beschränkt ist, sind . . . Geldstrafe bis zu fünf Thalern, Gefängniß bis zu einer Woche, körperliche Züchtigung bis zu 25 Streichen, soweit nach den Verordnungen vom 29. Jan. 1852 und vom 27. Jan. 1853 körperliche Züchtigung statthaft ist." Nach diesen Verordnungen ist die körperliche Züchtigung jedoch nur noch in wenigen Fällen als Strafmittel zulässig, und zu diesen wenigen Fällen gehören die Dienstvergehen der Gutsleute als solche nicht. Wegen dieser Vergehen als solcher findet daher die körperliche Züchtigung auch nach dem §. 2 der Verordnung vom 2. April d. J. nicht statt. Dieselbe kann bei ihnen nur durch andere ohnehin gesetzlich dazu geeignete Nebenumstände, z. B. mit Unfug und öffentlichem Aergerniß verbundene Trunkenheit, veranlaßt werden, und nur wegen dieser Nebenumstände, nicht wegen der Dienstvergehen als solcher, hat die Verordnung auch der körperlichen Züchtigung gedacht. Die Verordnung hat daher auch wegen der körperlichen Züchtigung nichts Neues verordnet und dieselbe überhaupt gar nicht wegen der eigentlichen Dienstvergehen, sondern nur wegen der im Dienste begangenen, sonst nach der Persönlichkeit und den Umständen des Falles zur polizeilichen Züchtigung geeigneten Vergehen gestattet."

Wäre diese Deutung auch richtig, so bliebe an der Bestimmung noch immer nicht viel Gutes übrig. Es ist schon schlimm genug, daß in Mecklenburg überhaupt die Strafe der körperlichen Züchtigung noch zur Anwendung kommt; noch weit schlimmer aber ist es, wenn der Gutsherr mit dem Recht ausgestattet wird, Stockstreiche zu decretiren, möge es für Dienstvergehen oder für im Dienste begangene sonstige Vergehen sein. In der Praxis verliert ohnehin dieser Unterschied seine Bedeutung: für den nicht juristisch gebildeten und häufig überhaupt nicht gebildeten mecklenburgischen Gutsbesitzer ist er zu fein und dieser wird stets die Fälle in einander mischen. Außerdem würde durch die Bestimmung, selbst wenn die aufgestellte Deutung die richtige wäre, doch jedenfalls etwas Neues gesetzlich eingeführt sein. Denn wenn nach Ansicht des Ober-Appellationsgerichts und anderer höherer und niederer Gerichte dem Gutsherrn überhaupt die persönliche Ausübung einer polizeirichterlichen Gewalt bei Dienstvergehen nicht zusteht, so wird ihm durch die Verleihung der Befugniß, „Nebenumstände" mit Stockstreichen zu bestrafen, sicherlich ein ganz neues Recht verliehen.

Die Auslegung der ministeriellen Denkschrift, nach welcher die im Gesetz vorgesehene Strafe der körperlichen Züchtigung sich nicht auf „eigentliche" Dienstvergehen, sondern auf anderweitige im Dienste begangene Vergehen beziehen soll, ist aber auch vollkommen unbegründet. Die officiösen Artikel des „Norddeutschen Correspondenten" selbst geben von der entgegengesetzten Auffassung aus, indem sie die Strafe der körperlichen Züchtigung, ebenso wie die damit in Parallele gestellten Strafen, in Uebereinstimmung mit dem Comitébericht des Landtags, auf Dienstvergehen beziehen; sie suchen die Sache auf anderm Wege zu mildern, indem sie die körperliche Züchtigung als eine nur eventuelle, erst nach fruchtloser Anwendung der sonstigen Strafmittel zur Anwendung kommende Strafe darstellen, welches letztere freilich ebenfalls in dem Gesetze keinen Grund hat, sondern willkürlich in dasselbe hineingetragen wird. Um die Unrichtigkeit der ministeriellen Auslegung zu erkennen, genügt es, sich den Wortlaut des Gesetzes zu vergegenwärtigen. „Die Ortsobrigkeit ist nicht befugt, wegen der bezeichneten Dienstvergehen auf eine höhere Strafe als eine Geldstrafe von fünf Thalern, oder eine Gefängnißstrafe von einer Woche, oder .... fünfundzwanzig Streiche .... polizeilich zu erkennen." Nur dadurch, daß die Denkschrift bei ihrer Reproduction des Satzes die entscheidenden Worte „wegen der bezeichneten Dienstvergehen", sowie das „oder" ausläßt, kann sie sich überhaupt erst die Möglichkeit für ihre Deutung bahnen.

Der wahre Sinn der beschränkenden Bestimmung ergiebt sich leicht aus einem näheren Eingehen in den Inhalt der beiden Verordnungen, welche die Befugniß der körperlichen Züchtigung, die der §. 2 den Gutsherrn ermächtigt als Strafe von Dienstvergehen zu erkennen, limitiren sollen.

Nachdem auf Antrag der Kammer der Abgeordneten die Strafe der körperlichen Züchtigung durch ein specielles Gesetz vom 11. Jan. 1849 ganz allgemein aufgehoben war, erklärte auf dem Landtage von 1851 das Ministerium, welches im Jahre 1850 die Aufgabe erwählt hatte, die feudale Landesverfassung wiederherzustellen, daß ein „Bedürfniß" vorliege, auch die körperliche Züchtigung theilweise wieder ins Leben zu rufen. Mit Zustimmung der wiederhergestellten Ritter- und Landschaft erschien am 29. Jan. 1852 eine Verordnung, welche jene Strafe für folgende Fälle wieder einführte: 1) zur Aufrechthaltung der Disciplin in Gefängnissen u. s. w., 2) zur Ahndung von Lügen und Winkelzügen in gerichtlichen und polizeilichen Untersuchungen, unter gewissen näher angegebenen Voraussetzungen, 3) zur Bestrafung des gewerbmäßigen Bettelns, der mit Unfug oder öffentlichem Aergernisse verbundenen Trunkenheit, der Völlerei und Liederlichkeit, der Unzucht und unzüchtiger Handlungen, der Beleidigung der Obrigkeit und ihrer Diener, sowie der thätlichen Widersetzlichkeit gegen dieselben, des Diebstahls, der Forstfrevel, des Betrugs und der Fälschung. Für die Anwendung und Vollstreckung der Strafe wurden gewisse einschränkende Bestimmungen beigefügt: dieselbe darf nur nach sorgfältiger Erwägung ihrer Zweckmäßigkeit in dem einzelnen Falle, unter Berücksichtigung des Alters, der körperlichen Beschaffenheit, der äußeren Verhältnisse und der sonstigen Persönlichkeit des Schuldigen erkannt und sie darf nicht vollstreckt werden, wenn sie mit Gefahr für die Gesundheit des zu Bestrafenden verbunden sein könnte; sie ist auch nicht öffentlich, ferner nicht auf den entblößten Körper oder auf das bloße Hemd zu vollziehen. Die dazu benutzten „Röhrchen" dürfen nicht über $1^1/_4$ Elle lang und nicht stärker als $^1/_4$ Zoll im Durchmesser sein. Das hier angegebene Maß der „Röhrchen" ward, da es nach Ansicht der Minister nicht in allen Fällen dem beabsichtigten Zwecke genügte, durch die Verordnung vom 27. Jan. 1853 auf $1^1/_2$ Elle Länge und $^1/_2$ Zoll Durchmesser erhöht.

Diese näheren Begrenzungen hat die Verordnung vom 2. April im Auge, wenn sie unter den Strafen wegen Dienstvergehen die körperliche Züchtigung mit dem beschränkenden Satze: „soweit dieselbe nach den Verordnungen vom 29. Jan. 1852 und 27. Jan. 1853 statthaft ist" aufführt. Danach darf also der Gutsherr z. B. nicht einen Kranken prügeln lassen, zur Vollstreckung nicht „Röhrchen" anwenden, die zwei Ellen lang sind oder einen Zoll im Durchmesser halten u. s. w. Auf diese Bestimmungen bezieht sich der beschränkende Satz, und die ministerielle Denkschrift befindet sich im augenfälligen Irrthum, wenn sie behauptet, daß es nicht die Absicht des Gesetzes sei, die körperliche Züchtigung auf Dienstvergehen in Anwendung zu bringen, und daß durch jenen Satz dieselbe auf die „wenigen" Fälle habe beschränkt bleiben sollen, in welchen sie schon ohnehin als Strafmittel gesetzlich zulässig war. Auf jene „wenigen" Fälle, deren Register wir oben mitgetheilt haben!

In einer anderen Beziehung freilich kommen diese „wenigen" Fälle hier noch sehr stark in Betracht. Wenn der Gutsherr Dienstvergehen selbst polizeilich untersuchen und bestrafen darf, so erhält er damit auch nach der Verordnung vom 29. Jan. 1852 das Recht, die Strafe der körperlichen Züchtigung während der Untersuchung und im Gefängniß zu verhängen. Er kann, wenn er bei dem von ihm angestellten polizeilichen Verhör den Inculpaten wiederholt auf Lügen ertappt zu haben glaubt, auf 15 Hiebe, und wenn er einen Angeschuldigten in Untersuchungshaft hält oder ihn zur Strafhaft gebracht hat, „zur Aufrechthaltung der Disciplin im Gefängnisse" sogar auf 50 Hiebe gegen ihn erkennen, und diese Executionen auch wiederholen, so lange die Untersuchung oder die Haft dauert. Ein suspensives Rechtsmittel gegen die aus diesen Gründen decretirten Hiebe giebt es nicht.

Diese ungezählten Streiche, welche für den Inculpaten bei dem polizeirichterlichen Verfahren des Gutsherrn gegen ihn noch nebenher gesetzlich abfallen können, hat die ministerielle Denkschrift keiner Erwähnung gewürdigt.

so wie sie auch die Thatsache, daß die bereits gesetzlich vollständig abgeschaffte Prügelstrafe überhaupt erst durch den Feudalismus wiederhergestellt worden ist, mit vornehmem Schweigen übergeht, ja geflissentlich unterdrückt, wenn sie bemerkt, daß die körperliche Züchtigung in Mecklenburg zu der strafrechtlichen Competenz des Gutsherrn gehört habe, „bis die Statthaftigkeit dieses Strafmittels in der neuern Zeit wesentlich beschränkt wurde."

Trotz der von der mecklenburg-schwerinschen Regierung aufgewandten Bemühungen wird man hiernach in Deutschland über den wahren Inhalt des Gesetzes und die wirkliche Gestalt unserer Zustände nicht im Zweifel sein, und die Entschließung des großherzoglichen Ministers der auswärtigen Angelegenheiten, das von ihm als Minister des Innern veranlaßte Prügelgesetz zum Gegenstand einer diplomatischen Action zu machen, wird nur dazu beitragen, den Jammer, welchen das feudale Regierungssystem über Mecklenburg verbreitet hat, in ein noch helleres Licht zu setzen.

Die mecklenburgische Regierung hat alles gethan, um die freie Meinungsäußerung im eigenen Lande zu unterdrücken und ihr den Zutritt von außen abzuschneiden. Sie hat die Vereine und Versammlungen zu politischen Zwecken verboten und der einheimischen Presse durch Strafgesetze und durch das Institut der Verwarnungen und Concessionsentziehungen im administrativen Wege die Kritik ihrer Handlungen unmöglich gemacht; sie hat gegen die gelesensten auswärtigen Zeitungen, darunter die „Nationalzeitung" und die „Volkszeitung", auch drei hamburger Zeitschriften, das Land abgesperrt, über eine Menge von Druckschriften ein Verbot verhängt, einer Anzahl von Blättern den Postdebit entzogen und auf ganze Buchhandlungen mit ihrem gesammten gegenwärtigen und künftigen Verlag das Interdict gelegt. Nach allen diesen Kraftanstengungen sieht sie sich jetzt zu dem Geständniß genöthigt, daß dieselben den gewünschten Erfolg noch immer vermissen lassen, und daß Mecklenburg, wenn es den Angriffen der auswärtigen Presse noch länger Widerstand leisten soll, dazu der Unterstützung der deutschen Großmächte bedarf. Sie findet kein Bedenken, die Hilfe derselben und anderer deutscher Regierungen für die Aufrechthaltung ihrer Autorität und der unter dieser Autorität stehenden einheimischen Prügelwirthschaft zu einer Zeit in Anspruch zu nehmen, wo die Lösung einer der größten nationalen Aufgaben alle Kräfte der Regierungen und des ganzen deutschen Volkes in höchster Spannung erhält, einer Aufgabe, an welcher freilich die mecklenburgische Bevölkerung von ihrer Regierung verhindert wurde sich in anderer Weise zu betheiligen als durch mildthätige Spenden an die im Dienst des Vaterlandes verwundeten und erkrankten Krieger.

Daß die diplomatische Action, zu welcher Herr v. Oertzen in sich den Muth gefunden hat, von irgendeinem seiner Sache günstigen Erfolg gekrönt werden könnte, das zu befürchten sind wir weit entfernt. Gewiß urtheilen wir über die Herren

v. Bismarck und v. Rechberg richtiger als der mecklenburgische Minister, wenn wir sie nicht für fähig halten, mit dieser Sache irgendeine Solidarität einzugehen. Wir gehen aber noch weiter und glauben kaum, daß sie dem Schritte der mecklenburgischen Regierung gegenüber sich an einem schweigenden und unthätigen Verhalten genügen lassen werden. Sie werden dem Vorwurf keinen Raum geben wollen, daß sie das neue mecklenburgische Strafgesetz billigen, sie werden nicht durch neutrales Schweigen die mecklenburgische Regierung zum Beharren auf der von ihr betretenen unglücklichen Bahn ermuthigen wollen. Ihnen wird es vielmehr geboten erscheinen, sich ausdrücklich von jeder Gemeinschaft mit den Tendenzen loszusagen, zu deren Sicherstellung ihre Hilfe angerufen wird, und ihren Schutz nicht der Regierung angedeihen zu lassen, die ohne ihn in äußerster Gefahr zu sein erklärt, sondern der Bevölkerung, die solchen Schutzes bedarf. Ist die Regierung in Gefahr mit ihrem System Schiffbruch zu erleiden, erklärt sie sich selbst für schutzlos und schutzbedürftig, so giebt sie damit zugleich den übrigen deutschen Regierungen ein volles Recht in die Hand, die innern Zustände Mecklenburgs zu prüfen und über das richtige Heilmittel Entscheidung zu treffen. Die angerufenen deutschen Regierungen werden die ihnen damit angewiesene günstige Position gewiß zu würdigen und zum Heile des mecklenburgischen Landes und Volkes zu benutzen wissen.

Die Nordschleswiger.

2. Ihre politische Gesinnung.

Im vorigen Abschnitt zeigten wir, daß die weit überwiegende Masse der Nordschleswiger, d. h. der Bewohner Schleswigs nördlich von einer Linie, die auf dem Festland etwa der tondern-flensburger Chaussee folgt und die friesischen Inseln dem Süden des Herzogthums zutheilt, gegenwärtig nach Sprache, Sitte und Bildung als ein Seitenzweig der dänischen Nation anzusehen ist. Eine andere Frage ist, ob die Nordschleswiger Dänen sein *wollen*, und dies führt uns auf das politische Denken und Verhalten derselben.

Das Volk von Südcarolina spricht englisch wie das von Massachusetts und hat ähnliche Sitten wie dieses, will aber staatlich nicht mehr Eins mit demselben sein. Die Provencalen und die Bretagner reden nicht französisch, sind aber politisch ebenso gute Franzosen wie die Pariser. „Jeg er tydsk," behauptete bei der großen Schleswiger-Deputation in Kiel ein Bäuerlein aus dem Sundewitt, obwohl es des Deutschen so wenig mächtig war wie mancher gut preußisch Gesinnte des Berlinerischen, welches nachgerade zur Sprache aller gebildeten Preußen werden zu wollen scheint.

Sprache und Sitte thun's also nicht allein; auch der Wille verlangt eine gewisse Berücksichtigung. Wenn solche Rücksichtnahme früher nicht geboten war und zwar deshalb nicht, weil in diesen urparadiesischen Zeiten eben noch kein Wille vorhanden war und die Völker sich in der Regel als bloßes Zubehör zu den großen Rittergütern, als welche man zu Anfang des achtzehnten Jahrhunderts die Staaten zu betrachten gelernt hatte, und deshalb als ohne Einspruchsrecht auf den Congressen der Besitzer dieser Güter theilbar, abtretbar und verkäuflich anzusehen gewohnt waren, so ist dies heutzutage anders, wenigstens im Begriff, anders zu werden.

In jener guten alten naiven Zeit nun wußte man weder in Dänemark von einem Gegensatz gegen die Herzogthümer, noch in den letzteren von einem solchen gegen ersteres. Gelegentlich tauchte wohl einmal etwas der Art auf, aber nur, um bald wieder zu verschwinden. Beide Herzogthümer hießen im Volksmunde des Königreichs „Holsteen", ihre Bewohner, auch die plattdänisch redenden, „Holsteener". Wie die meisten Holsteiner nichts dawider hatten, wenn sie im Auslande für Dänen, ihre Schiffe für „Danske Eiendom" galten, so ließen sich die nordschleswigschen Südjüten von den Kopenhagnern ohne Widerspruch „Tydsker" nennen. Es waren Zustände wie etwa in Deutsch-Oestreich, bevor das Czechenthum vom Baum der Erkenntniß gegessen hatte. Die Verdeutschung des mittlern Stücks von Schleswig ging ruhig ihren Gang. Das niedere Volk sah sie gleichgiltig wie ein Naturereigniß, wie Sommerwerden an. Der bessern Classe dagegen erschien die Sprache des Südens als vornehm und zugleich als nützlich, und wie selbst auf den dänischen Inseln bemühte sich auch hier alles, was auf Bildung Anspruch erhob, desgleichen alles, was etwas vom Süden zu kaufen, etwas dahin zu verkaufen hatte, deutsch zu lernen. Am 6. Mai 1836 beantragte in der schleswigschen Ständeversammlung ein bäuerlicher Abgeordneter aus Nordschleswig, Petersen von Dalby (nahe bei Kolding), jeder Schullehrer, der dort Anstellung wünsche, müsse auch in der deutschen Sprache eine Prüfung bestehen, in jeder Schule müsse auch deutscher Unterricht ertheilt werden.

Es ist wahr, die deutsche Gerichtssprache mochte manchem kleinen Mann nicht bequem vorkommen, die deutsche Kirchensprache nicht überall die Erbauung befördern, und es begab sich ein- oder zweimal, daß die Empfindung davon laut wurde. Eine nationale Verschiedenheit aber fühlte man darum nicht, die „danske Holsteenere" waren eben auch Holsteiner.

Da warfen die dreißiger Jahre Unfrieden in diese Idylle. In derselben Session der schleswigschen Stände, in welcher Petersens Antrag eingebracht worden, stellte ein anderer nordschleswigscher Bauer, Niß Lorenzen von Lilholt (zwischen Hadersleben und Ripen), von dem dänischen Professor Paulsen in Kiel dazu angeregt, das Verlangen nach Einführung der dänischen Gerichtssprache. Diese Proposition wurde durch einige ebenfalls von dänischer Seite veranlaßte Petitionen unterstützt, blieb aber, ebenso wie die von Petersen, in dieser Sitzungsperiode unerledigt. Und jetzt regten sich die Dänen stärker. In Kopenhagen hatte sich eine Gesellschaft „zum rechten Gebrauch der Preßfreiheit" gebildet, welche außer den Professoren Oersted, David, Clausen, Schouw und andern Leuten von Namen auch eine Anzahl strebsamer jüngerer Männer umfaßte, und in dieser wurde von einem der letzteren, Orla Lehmann, am 4. November 1836 der Antrag gestellt, in Erwägung zu ziehen, durch welche Mittel die Gesellschaft ihre Wirksamkeit auf die dänisch redenden Theile der Bevölkerung von Schleswig ausdehnen könne. Dieser Antrag wurde mit Jubel aufgenommen, und der daraus hervorgehende Beschluß machte die Gesellschaft in Kurzem so populär, daß dieselbe, die bis dahin nur aus circa zweihundert Mitgliedern bestanden, im folgenden Jahre deren schon über viertausend zählte. Darunter befanden sich freilich nur etwa sechzig Schleswiger, und während die Gesellschaft im Königreich Massen ihrer Flugschriften absetzte, ging damals fast nicht eine einzige davon nach Schleswig, ja das Herzogthum hatte nicht einmal eine dänische Zeitung. Aber das „junge Dänemark", welches sich in der Preßfreiheitsgesellschaft herausgebildet, wußte dem abzuhelfen. Man schickte dänische Bücher in Menge an die schleswigschen Genossen zur Vertheilung. Man organisirte Missionsreisen nach Nordschleswig, die namentlich der dänische Lector Flor in Kiel mit Geschick und Eifer betrieb. Man redete den Leuten dort von deutschem Beamtendruck vor, man brachte die Sprache mit liberalen Ideen in Verbindung, und es ist begreiflich, wenn sich der „kleine Mann" gern in Opposition mit dem Gerichtshalter, dem Polizeimeister, dem Gutsherrn fühlte, ebenfalls begreiflich, daß mancher Schulmeister und Dorfpastor die Langeweile des Landlebens bereitwillig mit einer Thätigkeit vertauschte, die ihn in Reihe und Glied mit vornehmen Herrschaften in Kopenhagen stellte.

Die mäßigen Erfolge, die man mit den obigen Aufklärungsversuchen erzielte, wuchsen, nachdem Anfang 1838 in Hadersleben unter Mitwirkung von Flor und Paulsen ein Wochenblatt in dänischer Sprache, die „Danevirke" gegründet worden. Doch war die Weckung eines dänischen Bewußtseins, die Einflößung von Sympathien mit dem Bestreben der kopenhagner Herren, als im Mai des letztgedachten Jahres die schleswigsche Ständeversammlung wieder eröffnet wurde, noch keineswegs auffällig fortgeschritten. Die ungeheure Mehrzahl des Landvolks blieb gleichgiltig. Andere verdroß dieses Treiben schon als Neuerung, sie waren conservativ aus Phlegma. Noch andere waren Anhänger der deutschen Partei aus Nützlichkeitsgründen. In ziemlicher Anzahl kamen Petitionen um Vereinigung der schleswigschen und holsteinischen Stände auch aus dem Norden, namentlich aus dem Sundewitt und selbst aus Alsen bei derselben ein, und in Flensburg wurde eine derartige Petition in einer Bürgerversammlung fast einstimmig beschlossen und später von mehr als achthundert Bürgern unterschrieben. Indeß, die dänische Propaganda war gut organisirt, unermüdlich und rücksichtslos, die deutsche Gegenbewegung ohne rechten Zusammenhang, wenig geschickt, vom holsteinischen Phlegma gehemmt und ziemlich gutmüthig. Auch schadete ihr, daß der Herzog von Augustenburg, damals wohl der unpopulärste Gutsherr in Nordschleswig, als ihre Seele erschien. Die Stände nahmen den von Neuem eingebrachten Antrag Lorenzens von Lilholt aus Billigkeitsrücksichten und weil sie das letzte Ziel desselben nicht durchschauten, an, wenn auch mit geringer Majorität, und die dänische Propaganda feierte ihren ersten Triumph. Ermuntert dadurch schritt sie, während die deutsche Agitation bei ihrem bisherigen langsamen Gange blieb und in wenig sachgemäßem Tone, vor allem aber meist in deutsch, statt in dänisch geschriebenen Zeitungen und Flugblättern ihre Sache verfocht, rüstig und consequent auf dem betretenen Wege weiter. Doch waren ihre Erfolge auch jetzt auf dem platten Lande noch nicht sehr sichtbar, ja es konnte noch vorkommen, daß die Bauernschaften von zwölf nordschleswigschen Kirchspielen (bei Apenrade und Lygumkloster) sich mit der Bitte an ihren Propst wandten, Sorge zu tragen, daß ihren Schulen der deutsche Unterricht nicht verloren gehe. Dagegen brachten die folgenden Jahre hier schon bessere Früchte.

Im Mai 1839 wurde in Kopenhagen eine „Schleswigsche Gesellschaft“ gegründet, welche die Danisirung Nordschleswigs ernstlicher als die Preßfreiheitsgesellschaft in Angriff nahm, obwohl nach ihren Statuten politische Tendenzen eigentlich ausgeschlossen sein sollten. Unter den Mitgliedern derselben waren selbstverständlich Paulsen und Flor. Zweck sollte sein, für Schleswig circulirende Leihbibliotheken einzurichten, gute Bücher gratis zu vertheilen, den Schleswigern den nächsten Weg zu eröffnen zur Beschaffung dänischer Lectüre. Dieses Institut, für welches in Nordschleswig mehre Landpfarrer und Dorfschullehrer und der Student Niß Hansen besonders eifrig wirkten, brach den Plänen der kopenhagner Patrioten breitere Bahn. Bald erhielt man Berichte, welche meldeten, wie die Liebe zur dänischen Sprache in Schleswig immer mehr zunehme, und zu Ende des Jahres hatte man einen dänischen Lesesaal in Sonderburg und dreißig Volksbibliotheken, in denen natürlich Zeitungen wie Fädrelandet, Folkebladet, Flyvende Blade u. d. nicht fehlten, gegründet und an diese über zweitausend Bände dänischer Schriften übersandt; auch rühmten die Agenten, daß Nordschleswig bereits in zwei „Provinzen“ eingetheilt sei, deren eine unter dem Oberkriegscommissär Riegels, die andere unter dem Artillerielieutnant Owesen stehe.

So war es dahin gekommen, daß Orla Lehmann auf dem Maifeste 1842 in Bezug auf die Verbindung der beiden Herzogthümer, die jetzt von der deutschen Partei lebhaft betrieben wurde, nicht ohne starke Uebertreibung, aber auch nicht ohne allen Grund sagen konnte: „Wider sie spricht der demokratische Geist Schleswigs und seine materiellen Interessen, welche es nach Dänemark und seinen Colonien ziehen. Aber worauf ich am meisten baue, ist, daß sich in Schleswig unter der Aegide des erwachten Volksbewußtseins die skandinavische Nationalität und die dänische Zunge von langer Erniedrigung erhoben hat und kräftig ihr heiliges Recht fordert." Und sehr charakteristisch ist, daß Beseler im November dieses Jahres in der schleswigschen Ständeversammlung den Antrag zu stellen vermochte, das Amt Hadersleben von Schleswig abzusondern und in Jütland zu incorporiren.

Und immer kräftiger arbeiteten die Emissäre der Propaganda. Neue Büchersendungen kamen an, neue Mittel der Täuschung über die Zwecke der Gegner wurden in Anwendung gebracht. Man stellte den Bauern die deutsche oder schleswig-holsteinische Partei als eine solche dar, deren Ziele ihre Abgabenlast erschweren würden. Man belehrte sie, daß es auf den Eintritt Schleswigs in den deutschen Bund abgesehen sei, und daß dieser sie unfehlbar nöthigen werde, ihre Söhne zu fernen Kriegen, z. B. mit den Türken, herzugeben. Man bildete ihnen ein, daß man ihnen ihre Sprache nehmen wolle. Und die guten Einfältigen glaubten dergleichen Vorspiegelungen vielfach. Sie glaubten um so mehr wenigstens das Letztere, als ein Vorfall in der schleswigschen Ständeversammlung, der von den kopenhagner Patrioten veranlaßt worden, sich dahin interpretiren ließ.

Es war gelungen, den frühern Abgeordneten für Hadersleben Peter Hjort Lorenzen, der in den beiden ersten Sessionen der Ständeversammlung ebenso energisch für die Freiheit wie für die Rechte Schleswig-Holsteins gesprochen, der namentlich 1838 auf Trennung des Finanzwesens der Herzogthümer von dem des Königreichs angetragen hatte, eines Bessern zu überzeugen — ein Gewinn, der sich zum Theil daraus erklärte, daß dieser liberale Abgeordnete den Herzog von Augustenburg, den als verkörpertes Junkerthum allgemein Gehaßten, bei der schleswig-holsteinischen Partei die Rolle des Führers spielen sah. Vollständig für die Bestrebungen des dänischen Liberalismus gewonnen, was wir ihm nicht verdenken, leider aber auch für die mit demselben verbundenen Tendenzen in nationaler Hinsicht eingenommen, was wir ihm sehr verdenken, begann der begabte und in Nordschleswig außerordentlich beliebte Mann, nachdem er in Sonderburg zum Abgeordneten gewählt worden, eines schönen Morgens, am 11. November 1842, plötzlich und zu Aller Ueberraschung der Ständeversammlung einen Vortrag in dänischer Sprache zu halten. Verwundert hörte man zu; denn Peter Hjort Lorenzen sprach ein nur mittelmäßiges Dänisch, dagegen sehr gut deutsch, und er hatte sich bisher ohne Ausnahme im Ständesaale des letzteren bedient.

Vergebens machte der Präsident geltend, daß die Versammlung Abgeordneten, die des Deutschen nicht mächtig, gern gestatten werde, sich ihrer Muttersprache zu bedienen, daß dieser Fall aber hier nicht vorhanden. Er blieb bei seinem Dänisch, und darauf wurde ihm zwar nicht das Wort entzogen, aber die Protokollirung dessen, was er gesagt, unterblieb. Als indeß Lorenzen in der nächsten Sitzung sein Manöver, zu dem ihn beiläufig jener Lector Flor beredet hatte, zu wiederholen begann, trotz der Vorstellungen des Präsidenten damit fortfuhr und ausdrücklich erklärte, sich nicht fügen zu wollen, glaubte jener sich genöthigt, ihn von der Sitzung auszuschließen.

In Dänemark erblickte man hierin eine Nationalbeleidigung, auch unter den plattdänisch redenden Nordschleswigern grollten Viele darüber. In Kopenhagen wurde der „unerschrockne Vorkämpfer für dänische Sprache" mit Festessen gefeiert, in Schleswig überreichte man ihm im Mai 1843 bei dem Fest auf der Skamlingsbank, wo unter Andern der Bauer Laurids Skau die erste jener vielen „wackern" Reden hielt, mit denen er die Danisirung Schleswigs zu fördern bestrebt war, ein prächtiges silbernes Trinkhorn. Bei dieser Demonstration hatten sich ziemlich viele Nordschleswiger betheiligt, aber noch immer blieb die große Mehrzahl zu bekehren, und als nach Stiftung der „Skandinavischen Gesellschaft" die Rührigkeit der Agitatoren noch größer wurde, überall Petitionen im dänischen Sinne, z. B. für Verlegung der Ständeversammlung nach Flensburg, angeregt wurden, als man auf Errichtung neuer Danisirungsanstalten, z. B. einer dänischen Gelehrtenschule, eines dänischen Seminars, hinarbeitete, als überall aus der angeblichen Fürsorge für die Volksbildung, aus den Hurrahs, den Ständchen, den Festmahlen der eigentliche Zweck hervorsah, kam es zum Bruch im schleswigschen Verein selbst. Mehre Mitglieder desselben traten im December 1843 aus, weil sie die politischen Hintergedanken der Leiter erkannt hatten und davon nichts wissen wollten. Im nächsten Frühjahr erklärten 55 Grundbesitzer in Hoptrup: „Der nordschleswigsche Verein hat seinen Ursprung jenseits der Königsau und der Belte und geht leider darauf aus, Schleswigs Verbindung mit Holstein zu lösen und es darauf in Dänemark zu incorporiren. Daß unsre Muttersprache von unsern Beamten unterdrückt und verhöhnt werde, ist eine zu verachtende Unwahrheit." Und noch kräftiger protestirten 126 Bauern aus dem Kirchspiel Loit bei Apenrade um dieselbe Zeit gegen die Propaganda, wenn sie sagten: „Die lästernde Beschuldigung, als werde unsre Muttersprache unterdrückt, rührt von einer demagogisch-ultradänischen Clique her; wir erklären dies, damit der Landesvater nicht durch einseitige lügenhafte Insinuationen getäuscht werde".

Indeß blieben in dem Verein, dessen Führer damals der Pastor Hertel war, immer noch ziemlich viele zurück und andere füllten die Lücken aus, und wenn die nordschleswigschen Mitglieder der Gesellschaft zur größern Hälfte aus Tagelöhnern, kleinen Handwerkern und andern Besitzlosen bestanden (1846 besaßen dieselben nach Skaus Angabe 27,000 Tonnen Land, während das einzige Amt Hadersleben 227,000 Tonnen Ackerland hat), so glich sich dieser Mangel durch ihren Eifer, durch die Intelligenz, die ihnen von Kopenhagen her zu Hilfe kam, und durch den Umstand aus, daß der König der Sache nicht abgeneigt und daß der Kronprinz der stille Gesellschafter und Protector der eiderdänischen Partei war.

Wir können die Arbeit der Agitatoren in der bisherigen Ausführlichkeit nicht weiter verfolgen. Genug, daß sie einen neuen dänisch-schleswigschen „Hilfsverein" gründeten, daß Skau, Flor und Peter Hjort Lorenzen bei jeder Gelegenheit von der Unterdrückung der dänischen Sprache in Schleswig perorirten, daß die Verbrüderungsfeste auf der Skamlingsbank sich wiederholten, und daß man fleißig bei dem König petitionirte, der sich als Gesammtstaatsmann nicht recht entschließen konnte, dem Geschrei nach Schutz der dänischen Nationalität in Schleswig in dem Maß, welches die Patrioten wünschten, Folge zu geben. Dabei setzte der nordschleswigsche Verein seine Werbungen unter der intelligenteren Classe eifrig fort und nicht ohne Erfolg. Im Juni 1844 erklärten vier nordschleswigsche Abgeordnete, nicht zur Ständeversammlung gehen zu wollen, da dort das „natürliche Recht" (sich bei den Debatten des Dänischen zu bedienen) nicht geachtet werde. Und als der König sich später mehr der von den „Nationalen" vorgeschlagnen Politik näherte, diese sich also dem stark royalistischen Volke als der Wille seines Souveräns darstellen ließ, als ferner der Antrag der Stände auf Eintritt Schleswigs in den deutschen Bund unter dem Landvolk im Norden üble Vorstellungen erweckt und böses Blut gemacht hatte, kam es im Frühjahr 1847 dahin, daß die eiderdänische Partei bei den ständischen Wahlen in fünf von den siebzehn ländlichen Wahldistricten, nämlich auf Alsen, im Sundewitt und den drei der jütischen Grenze nächstgelegenen, mit ihren Candidaten durchdrang. Der Bund, der die Nordschleswiger in den Türkenkrieg schicken konnte, war der Hauptpopanz, mit dessen gewaltthätigem Wesen man die Leute in diese Wahlen geschreckt hatte, die somit eine Verwahrung gegen die Einverleibung in Deutschland bedeuteten.

Freilich verwahrten sich an mehrern Orten die Wähler ebenso energisch dagegen, in Dänemark incorporirt werden zu wollen. „Wi wil blu wa wi er" — wir wollen bleiben was wir sind, Schleswiger nämlich — war der Ausdruck der Stimmung der Meisten. Einige nennen dies conservative Gesinnung, wir ziehen vor, es als Phlegma aufzufassen und diese zwischen zwei Stühlen sitzenden „specifischen Schleswiger" vom Dorfe sammt denen, die in der Stadt ähnliche Positionen einnahmen, zu bemitleiden.

Als es dann 1848 zum Bruche kam, die dänische Revolution das Land mit Krieg überzog, die Schleswig-Holsteiner sich dagegen erhoben, blieben die Nordschleswiger auf dem platten Lande großentheils gleichgiltig, und wer sich von ihnen nicht indifferent verhielt, war in der Regel gleich verdrießlich über die eine wie über die andere Partei, da beide das Volk in seinem ruhigen Vegetiren störten und beide durch außerordentliche Steuern seinem Säckel ärgerliche Opfer zumutheten. Doch muß bemerkt werden, daß die, welche ein lebhafteres politisches Interesse hatten, meist den Deutschen feind waren, und zwar, theils weil sie von der Propaganda gewonnen waren, theils weil der König auf Seiten der Dänen stand, und die royalistische Gesinnung der Bauern so den Aufstand als gegen diesen gerichtet ansah, ihr wenig geübter Verstand nicht zu begreifen vermochte, daß Friedrich der Siebente bei diesen Vorgängen nicht viel mehr als eine Puppe an den Drähten von Orla Lehmann und Genossen war. Sehr charakteristisch für die damalige Stimmung des nordschleswigschen Landvolks ist die Thatsache, daß, als 1848 die provisorische Regierung sich anschickte, unter demselben für ihre Armee Rekruten auszuheben, die junge Mannschaft im Sundewitt und in den Aemtern Hadersleben und Apenrade sofort das Weite suchte und entweder nach Jütland oder nach Fühnen und Alsen flüchtete, und daß dies keineswegs geschah, weil die Ausreißer dem „Tapperen Landsoldat" und dem Danebrog zu folgen sich verpflichtet fühlten, sondern weil sie meinten, sich auf diesem Wege dem Militärdienst überhaupt entziehen zu können. Nur wenige dieser Kriegsscheuen kämpften später in den schleswig-holsteinischen Bataillonen mit, und auch die Dänen scheinen sie als schlechtes Material größtentheils verschmäht zu haben. Die Alten daheim aber hatten auf die Frage, was sie denn eigentlich wollten, gewöhnlich nur das frühere schwerfällige und hartnäckige Verlangen vorzubringen: „Wi will blu wa wi er. Det skal blu wed ä Gammel. Wi will blu Sleswiger o will it i ä Forbund" — wir wollen bleiben was wir sind. Es soll beim Alten bleiben. Wir wollen Schleswiger bleiben und nicht in den Bund."

Der traurige Ausgang der Erhebung konnte natürlich die Nordschleswiger nicht für die deutsche Sache gewinnen. Die wenigen, welche derselben im Grunde des Herzens zugethan gewesen waren, hatten mit der ihrem Stamme eigenen Vorsicht und behutsamen Aengstlichkeit erwogen, ob nicht am Ende doch der Däne die Oberhand behalten könnte, und so sich vorläufig und bis die Ereignisse diese Möglichkeit ausschlössen, von der Betheiligung thunlichst fern gehalten. Jetzt sahen sie, daß ihr Mißtrauen in den Erfolg der Landsleute im Süden sich rechtfertigte. Die dänische Propaganda dagegen mit ihren Anhängern in Nordschleswig hatte jetzt Oberwasser. Sie saß, während sie bis dahin nur eins der Räder im Getriebe des Staats gewesen, als Müller in der Mühle. Früher eine Partei, war sie jetzt die Regierung. Früher genöthigt im Stillen zu wühlen und zu werben, befahl und untersagte sie jetzt mit dem Bewußtsein, ihren Befehlen den nöthigen Nachdruck geben zu können.

Die Thätigkeit der Eiderdänen, die nunmehr herrschten, war zunächst eine negative. Sie vertrieben, so viel es anging, die deutschen Elemente aus Nordschleswig, und wo sich dies nicht thun ließ, schüchterten sie dieselben mit allen Mitteln ein. Zuvörderst schritt man zu einer Purification des Beamtenstandes und der Geistlichkeit. Wem irgend nachzusagen war, daß er die Sache der „tydske Oprörers“ gefördert — und wer von den deutsch gebildeten Nordschleswigern hätte dies nicht gethan — der verlor entweder sein Amt und wanderte ins Exil oder wurde mindestens seiner politischen Rechte beraubt und polizeilich überwacht, wo möglich auch um sein Vermögen gebracht, wie Apotheker Karberg in Apenrade und andere auf Betrieb des berüchtigten Medicinalinspectors Schleisner Gemaßregelte. Die durch Entlassung der Beamten leer gewordenen Posten besetzte man mit Inseldänen oder dänisch gesinnten Nordschleswigern, meist Affiliirten der Propaganda. Schon der Umstand, daß jemand ein Deutscher von Geburt war, machte ihn ungeeignet zur Anstellung, wenigstens verdächtig. Ueberall beförderte man die Zuwanderung aus dem Norden und von den Inseln her, allenthalben suchte man außer den Beamten auch Kaufleute und Handwerker von dort nach den plattdänisch redenden Gegenden Schleswigs zu ziehen und den größeren Grundbesitz in dänische Hände zu spielen.

Dabei wurde ein förmliches System von Spionage und Denunciantenthum eingerichtet, gegen welches bei den mit eifrigen Eiderdänen oder Gesammtstaatsmännern besetzten Gerichten keine Hilfe zu finden war. Man suchte die deutsch gesinnten Gastwirthe mit allerlei Hudeleien und Plackereien heim, zwang Tanzgesellschaften und Concertgebern den „tapperen Landsoldaten“ auf, danisirte die Ortsnamen, die Straßenbezeichnungen, sogar die Wirthshausschilde. Auch wer von den Deutschen in Nordschleswig nicht geradezu vertrieben wurde, suchte sich bei dieser Tyrannei, wenn es irgend möglich war, ein Asyl im Süden, und wo ein gut schleswig-holsteinisch Gesinnter blieb, war an eine Mittheilung seiner Meinung an andere als erprobte Freunde nicht zu denken. Auf Verbreitung richtiger Ansichten in Betreff der Landesrechte unter dem Landvolk hinzuwirken, konnte nur auf die Gefahr hin unternommen werden, am nächsten Tage vor den Hardesvogt oder den Polizeimeister citirt zu werden und mit einer schweren Brüche belastet oder gar in einen Hochverrathsproceß verwickelt heimzukehren. Durch Flugschriften oder Zeitungen ferner für die Aufhellung des über das Land gekommenen Dunkels zu arbeiten, war gleichfalls so gut wie unmöglich. Deutsches las der Bauer nicht, Aufklärung über seinen Zustand in dänischer Sprache versuchte man nicht, und wäre es versucht worden, so würde es die danisirte Post und die Polizei aufgefangen haben. Dagegen waren eine Menge wohlfeiler Provinzialblätter, in Sonderburg „Den danske Slesviger“, in Möglttondern die „Vestslesvigsk Tidende“, in Hadersleben die „Danevirke“ u. a. eifrig bemüht, den Umschwung der Verhältnisse zu preisen, der Incorporation Schleswigs in Dänemark das Wort zu reden, die dänische Freiheit zu verherrlichen und ins Land zu wünschen, auf die Ständewahlen zu wirken und alles was deutsch in der niedrigsten Sprache zu verunglimpfen. Volksversammlungen Deutschdenkender wären nur Gelegenheiten gewesen, ihre Theilnehmer ins Gefängniß zu bringen. Dagegen gingen die Zusammenkünfte auf der Skamlingsbank fort und gewannen noch manchen, dem es gefiel bei Bier und Branntwein Politik zu machen und auf ein paar Stunden sein Licht leuchten zu lassen.

Dennoch hatten die Kopenhagner, von denen dies alles angeregt und dirigirt wurde, die Rechnung nicht ganz richtig gemacht. Allerdings wäre es ein Wunder gewesen, wenn der Germanisirungsproceß, der auch in Nordschleswig begonnen hätte, unter den bisher geschilderten Umständen nicht zum völligen Stillstand gekommen, ja einem Danisirungsproceß gewichen wäre, der allmählig diese Halbdänen in volle und ganze Dänen verwandelt hätte, und bei dem auch das Verlangen, in Dänemark aufzugehen, in den Massen laut geworden wäre. Indessen hatten die nach letzterem Ziele Hinarbeitenden mehre Hindernisse zu überwinden, die sich zuletzt stärker erwiesen, als ihr Vermögen. Zunächst das oft schon erwähnte Phlegma der nordschleswigschen Landbevölkerung, welches im Großen und Ganzen trotz aller Aufstachelung nicht recht weichen wollte. Dann die Gesammtstaatspolitiker, denen an einer starken Betonung des Unterschieds zwischen Deutsch und Dänisch nichts gelegen sein konnte. Vor allem aber den Umstand, daß geschickte, unterrichtete und gewissenhafte Beamte dänischer Nationalität nicht gern nach Schleswig gingen, und daß man überdieß die dortigen Stellen am liebsten mit solchen besetzte, die fanatische Feinde deutschen Wesens und deutscher Ansprüche waren, gleichviel ob sie sich durch Besitz der für die betreffenden Posten erforderlichen Eigenschaften empfahlen.

Der nordschleswigsche Bauer war kein großer Politiker, aber er war deshalb hinsichtlich der Dinge, die innerhalb seines engbegrenzten Gesichtskreises lagen, keineswegs auf den Kopf gefallen. Er kannte sein Recht ziemlich gut, wenn sichs um das Nächstliegende handelte, und er kannte es in manchen Fällen besser als der ihm gesandte Hardesvogt aus dem Königreich. Er verstand sich vortrefflich auf seinen Vortheil, und die neuen Beamten kamen ihm bald vor, als ob sie sich zwar auch auf den ihrigen verstünden, aber nicht so, daß der seine dabei unbeschädigt blieb. Der Bauer griff nicht gern tief in seinen Beutel, und die Herren vom Gericht, das merkte er rasch, ließen ihn das häufiger thun, als sie berechtigt waren, und so wurde er kopfscheu, mißtrauisch in Betreff des Glücks, sie erhalten zu haben, zweifelhaft, ob die deutschen Beamten es nicht eigentlich doch besser mit ihm gemeint und gründlichere Kenner von Gesetz und Landesart gewesen, und zuletzt entwickelte sich aus solchen Bedenken, bei nicht Allen zwar, aber erweislich bei Manchen, eine unbehagliche, fast aufsässige Stimmung, in welcher die Gegenwart mit der Vergangenheit verglichen nicht als ein Fortschritt, die heiße Liebe des alten dänischen Volks zu den nordschleswigschen Brüdern, von welcher auf der Skamlingsbank so prächtige Schilderungen vorgetragen worden waren, nicht als die rechte erschien.

Nicht blos die deutschen Schleswiger im Süden, auch einige von den dänischen in den nördlichen Aemtern empfanden die Willkür der neuen Beamten, deren Geringschätzung von Recht und Herkommen, deren geringes Verständniß für das eigentliche Bedürfniß des Landes. Auch die letzteren lernten theilweise jetzt durch Erfahrung am eigenen Interesse, soweit sie etwas zu verlieren hatten, daß Dänemark und daß jeder einzelne Däne Schleswig als seine Domäne betrachtete. Auch hier klagte man sich gegenseitig, daß die Herren Amtmänner, Hardesvögte und Actuare, Bürgermeister und Stadtsekretäre ihren Posten nur vom Standpunkte des Eigennutzes aus ansahen und möglich viel, ein möglichst stattliches „Levebröd" dabei herauszuschlagen trachteten. Auch hier wollte man eine mehr und mehr überhandnehmende Rechtsunsicherheit und ein schamloses Sportuliren der Herren von der Obrigkeit bemerken. Wer in den letzten zehn Jahren in Nordschleswig reiste, konnte den Spuren hiervon begegnen, ohne daß er in die Schlüssellöcher zu blicken nöthig hatte. Was auch die von der fortarbeitenden Propaganda durch allerlei Manöver und hauptsächlich durch den „kleinen Mann" in die Ständeversammlung gebrachten Abgeordneten dieser Striche sagen mochten, im Stillen verdroß den Bauer die neue Wirthschaft vielfach, und nur sein ängstliches verschüchtertes Wesen, seine Bequemheit und seine Scheu vor der Gewalt der Beamten hielt ihn ab, seinen Groll offen kund werden zu lassen. Höchstens die Besitzlosen und ein paar Hundert Fanatisirte unter den Wohlhabendern, die freilich sehr laut und rührig waren, wünschten mehr von dieser dänischen Freiheit.

Und dazu trat endlich noch für Manche ein sehr starker Beweggrund, mißvergnügt zu sein. Die Nordschleswiger hängen in Handel und Wandel nicht viel weniger als die Südschleswiger und Holsteiner vom Süden ab. Hamburg, nicht Kopenhagen ist ihr Hauptmarkt, Kiel mit seinem Umschlag ihre nächste Börse. Wer außergewöhnliche Erwerbsquellen sucht, geht auch von hier, wenn er nicht die Gelehrtenlaufbahn beschreitet, in der Regel lieber nach den deutschen Strichen als nach Jütland oder nach den Inselstiftern. Dazu aber bedarf man der deutschen Sprache, und wenn diese von dem neuen System aus Nordschleswig verbannt, wenn keine Gelegenheit mehr sein sollte, sie zu lernen, so hieß das vor dem Fortkommen der Strebsamen einen Schlagbaum aufrichten, der ebensosehr als unbequeme Beeinträchtigung empfunden wurde, wie die sonstigen Absperrungen von dem Verkehr mit dem Süden, die Verbote, mit Holsteinern landwirthschaftlichen Vereinen anzugehören, die Querbahnen statt der Längsbahnen, die Zollgrenze bei Altona u. d. m. Das Sprichwort, nach welchem Dänemark den Herzogthümern nichts zu schicken haben soll als „sorte Pötte, magre Heste, danske Praeste" ist eine Uebertreibung, der aber insofern eine Wahrheit zu Grunde liegt, als Dänemark, von wesentlich gleicher Lage und Natur wie Schleswig-Holstein und wie dieses vorzüglich auf Landwirthschaft und Viehzucht, Schifffahrt und Fischerei angewiesen, den Herzogthümern wenig zu verkaufen und ebenso wenig abzukaufen hat, während der tiefere Süden, zunächst Hamburg als Welthandelsplatz, zu letzteren wie zu einem großen Theil Dänemarks und des ganzen skandinavischen Nordens die Stellung des mercantilen Centrums einnimmt. „Mit Dänisch", so hörte man die Nordschleswiger in den letzten Jahren mitunter sagen, „kommen wir nur bis Kopenhagen, wo wir nichts zu suchen haben, mit Deutsch dagegen durch die ganze Welt."

Die deutsche Sprache galt, seit sie am dänischen Hofe nicht mehr die herrschende war, und seit die bessere Gesellschaft in Nordschleswig sich ihrer nicht mehr bediente, allerdings nicht mehr für so vornehm als früher; von ihrer Nützlichkeit aber hatte sie durch den Umschwung des Jahres 1850 nichts eingebüßt, und die Südjüten von Hoyer und Tondern, von Apenrade und Hadersleben waren sich dessen auch theilweise bewußt; zu energischen Forderungen in dieser Beziehung zusammenzutreten, waren sie jedoch nicht fähig, die moralische Wirkung der dänischen Schreckensherrschaft schien, obwohl sie nicht am schwersten davon betroffen worden waren, ihr natürliches Phlegma in völlige Lethargie verwandelt zu haben.

Am meisten dänische Gesinnung entwickelte bis auf die neueste Zeit die Insel Alsen, wo die Propaganda in der Unbeliebtheit des Herzogs von Augustenburg einen guten Boden gefunden hatte, um ihre Saaten zu säen. Aehnlich stand es in dem benachbarten Sundewitt, wo der Pastor Mörk Hansen, von seinem Amtsbruder in Broacker, Schleppegrell, unterstützt, fleißig agitirte, und im Westen Nordschleswigs, zwischen Hoyer und Ripen, wo die jütischen Enclaven liegen.

Von den Städten war Tondern selbst in der schlimmsten Zeit immer gut schleswig-holsteinisch gesinnt, und die dortigen Dänen erzielten mit allen ihren Gewaltmaßregeln darin keine Aenderung. Auch in Hadersleben und in Apenrade hielten sich kleine stille Gemeinden deutscher Patrioten, die gelegentlich von sich hören ließen. Sonderburg dagegen, welches schon vor der Erhebung starke dänische Sympathien kundgegeben, hatte nach derselben so gut wie gar keine deutsche Partei und galt in Kopenhagen für besonders gesinnungstüchtig, weshalb man es auch von da mit mancherlei Wohlthaten, einer Brücke über den Alsensund, Beiträgen zu öffentlichen Bauten u. d. m. bedachte. Christiansfeld kommt als Herrnhutercolonie bei politischen Fragen nicht in Betracht. Dagegen müssen wir die Phasen, welche Flensburg, die größte Stadt des Herzogthums, durchgemacht hat, ausführlich besprechen.

Flensburg war vor vierzig Jahren einer der bedeutendsten Handelsplätze des Nordens mit weitverzweigten Verbindungen und einer sehr respectabeln Rhederei. Es gab damals hier Rheder, die ein halbes Dutzend und mehr von den größten Kauffahrern im überseeischen Handel beschäftigten, und die flensburger Schiffswerften waren die größten an der Ostsee. In Betreff des Handels fand namentlich ein äußerst lebhafter und für die Stadt gewinnreicher Verkehr mit Norwegen und Westindien statt. Das Zerwürfniß Dänemarks mit England im ersten Decennium dieses Jahrhunderts brachte die weitere Entwickelung dieses Handels ins Stocken. Die Lostrennung Norwegens von der dänischen Krone schadete wesentlich. Der Unternehmungsgeist der Kaufleute begann sich jetzt in der Hauptsache auf die baltischen Länder zu beschränken. Der Schiffsbau zog sich mehr und mehr nach dem benachbarten Apenrade hin, dessen Einwohner früher die alten cassirten Fahrzeuge der Flensburger zu kaufen pflegten, während jetzt das Umgekehrte geschah. Im Jahre 1806 besaß die Stadt 270 Schiffe, 1844 nur noch 124.

Als die Frage: ob schleswig-holsteinisch oder dänisch? die Gemüther in Bewegung zu setzen begann, war Flensburg eine in unserm Sinne vorwiegend patriotische Stadt, und wenigstens die wohlhabende und gebildete Classe hatte mit sehr wenigen Ausnahmen keine dänischen Sympathien. Ein Theil der Kaufleute allerdings gehörte der oben gezeichneten Partei der „specifischen Schleswiger" an. Sie trieben vorzüglich Handel mit Jütland und den dänischen Inseln, wohin sie theils die direct aus Westindien bezogenen Waaren versandten, theils solche aus den Herzogthümern und dem nördlichen Deutschland in Concurrenz mit andern Städten vermittelten, und unterlagen dem Irrthum, daß durch den Anschluß Schleswigs an den deutschen Bund jene Verbindungen gefährdet werden müßten. Aber auch diese Partei, die von dem Agenten Jensen geführt und in der Ständeversammlung vertreten wurde, wollte keine Einverleibung in Dänemark.

Dieses Verhältniß änderte sich mit der Gründung der dänischen Filialbank in Flensburg. Die „Flensburger Zeitung", dem Jüten Kastrup gehörig und bis 1839 ein Organ der schleswig-holsteinischen Partei, hatte sich später der dänischen zugewendet und nun jenes Institut den Kaufleuten lebhaft empfohlen. Letztere sowie ein Theil der Gewerbtreibenden ließen sich verblenden und mißachteten die von andrer Seite kommenden Warnungen. Die Bank zog 1844 ein, eine neben ihr errichtete schleswig-holsteinische Landesbank wurde durch allerlei Chicanen zu Grunde gerichtet, und durch Liberalität in ihren Bedingungen gelang es den Directoren des dänischen Instituts, den größeren Theil der Kaufmannschaft und dadurch die von derselben abhängigen unteren Classen in ihr Interesse zu ziehen. Die Mehrzahl des Handelsstandes arbeitete jetzt über ihre Geldkräfte und gerieth so völlig in die Gewalt der Bank. Und nunmehr begann auch in Flensburg die dänische Agitation. Man legte den in die Hände der Bank Gefallenen Petitionen und Adressen vor, welche auf Danisirung Schleswigs hinausliefen, und verweigerten sie ihre Unterschrift, so drohte man mit Kündigung des gegebenen Credits. Den Ruin vor den Augen unterschrieben sie, und dem ersten Schritte in dieser Gesellschaft folgten dann mehre. Die große Majorität der schleswig-holsteinisch Gesinnten in Flensburg schmolz zu einer sehr mäßigen Minorität herab.

Später gelang es einer Anzahl Wohlgesinnter, sich aus den Banden, mit denen man sie umstrickt hatte, zu lösen, und die deutsche Partei fing wieder zu wachsen an. In den Kriegsjahren von 1848 bis 1850 galten für entschieden dänisch gesinnt von den wohlhabenderen Bewohnern der Stadt blos die 30 Mitglieder von A. Christiansens Bürgerverein. Entschieden schleswig-holsteinisch dagegen war das Casino, welches reichlich achtmal so viele Mitglieder zählte. Der Pöbel, großentheils aus Nationaldänen bestehend, hielt sich zur Partei Christiansens.

Die Jahre nach der Erhebung änderten diesen Sachverhalt insofern, als jetzt eine bedeutende Anzahl dänischer Beamten hierher versetzt wurde, und als diese Manchen, der nicht auf festen Füßen stand, theils durch dargebotene Vortheile, theils durch Drohungen der deutschen Sache abwendig machten. Auch verstärkte sich die dänische Partei durch Einwanderung von Geschäftsleuten und Handwerkern aus Dänemark nicht unbeträchtlich. Endlich wurde der eine und der andere Bürger durch die Bevorzugung gewonnen, welche die Regierung der Stadt in verschiedenen Richtungen erwies. Immer aber gab es noch in den letzten Jahren eine starke und festgeschlossene deutsche Partei, welche der dänischen gewachsen gewesen wäre, wenn diese nicht die Behörde für sich gehabt hätte, die jede Kundgebung deutscher Sympathien mindestens als „Mißliebigkeit", wo nicht als Verbrechen sofort mit Brüchen, Gefängniß, Concessionsentziehung, Auflösung von Gesellschaften u. s. w. strafte.

Die Deutschen hielten sich streng gesondert von den Dänen, wie im Süden des Herzogthums und in Holstein, ja die Gesinnung grenzte sich in gewissem Grade sogar nach Quartieren ab, indem die größere Südhälfte der Stadt deutsch, der Norden dagegen dänisch war — ein Verhältniß, welches auch jetzt noch fortdauert. Für die gegenwärtige Gesinnung der Stadt sind die am

2. und 3. Juni vollzogenen Neuwahlen zum Deputirtencollegium (Stadtverordneten) bezeichnend. Von den Gewählten gehören 13 der deutschen, 9 der dänischen, 2 keiner Partei an. Daß die landesfeindliche Fraction so viele ihrer Candidaten durchsetzte, und daß selbst Deutschgeborne mit ihr stimmen konnten, wird nicht wundern, wenn man bedenkt, daß Flensburg vorwiegend Handelsstadt ist, und daß in Handelsstädten in der Regel politische Meinungen häufiger als anderwärts vor dem Geldinteresse die Segel streichen. Man hat mit Dänemark gute Geschäfte gemacht, und man fürchtet, daß eine Lostrennung von diesem den Einnahmen der Comptoirkasse gefährlich werden wird. Dazu kommt der von diesen vornehmeren Politikern abhängige, auf deren Worte schwörende niedere Theil der Bevölkerung und ferner die nicht unbedeutende Zahl der geborenen Dänen. Endlich aber tritt dazu die Furcht der Schwankenden, daß die Dänen nicht für immer die Herzogthümer, mindestens nicht für immer den Norden geräumt haben möchten, und daß infolge dessen die von König Christian angedrohte Rache eintreten könnte.

Aehnlich steht es in den übrigen Städten Mittel- und Nordschleswigs in diesem Augenblick, Tondern, welches sich eifrig deutsch geäußert hat, und Sonderburg ausgenommen, welches ebenso eifrig für Dänemark ist. Auch in Apenrade sind viele Dänischgesinnte und vielleicht noch mehr Furchtsame, und in Hadersleben, wo jetzt eine recht gutgeschriebene dänische Zeitung, die von Dr. Jansen redigirte „Nordslesvigsk Tidende" für das schleswig-holsteinische Recht Anhänger wirbt, und wo sich in diesen Tagen eine Volksversammlung für das Ausscheiden auch Nordschleswigs aus dem Verbande mit Dänemark ausgesprochen hat, giebt es ebenfalls eine nicht kleine Minorität, welche den Wunsch hegt, daß es beim Bisherigen bleibe. Und was sich auf dem Lande überhaupt rührt, ist gleichermaßen der Mehrzahl nach dänisch gesinnt. Wer anders denkt, lebt meist in der Befürchtung, daß Schleswig, wenigstens der Norden, wiederum von Deutschland im Stich gelassen werden wird, und schweigt deshalb. Doch fanden sich Beispiele von mehr Energie und Entschlossenheit. Im Amte Tondern wurde die für die Conferenz bestimmte Rechtsverwahrung der Schleswiger mit 7000 Unterschriften bedeckt. In Nordhackstedt in der Wiesharde betheiligte man sich stark sowohl an der großen Schleswiger-Deputation wie an der freiwilligen Anleihe. In Lygumkloster verlangte man mit bedeutender Stimmenmehrheit deutschen Schulunterricht. Im Allgemeinen aber gilt von dem Landvolk, was oben bemerkt wurde: Die große Menge ist gleichgiltig, die Mehrheit der zu dem schleswig-holsteinischen Programm Hinneigenden scheut sich, ihre Meinung zu gestehen und geltend zu machen, die Lautesten, Kühnsten und Rührigsten halten es mit Dänemark.

Und jetzt können wir, das Gesagte zusammenfassend, den Versuch machen die Frage zu beantworten, ob die Nordschleswiger Dänen sein wollen oder mit andern Worten, wie dieselben bei einer unter allseitiger Betheiligung stattfindenden vollkommen freien Abstimmung über die Alternative, ob man einem selbständigen Staate Schleswig-Holstein unter einem eignen Fürsten angehören oder in eine nähere Verbindung mit Dänemark treten wolle, sich wahrscheinlich entscheiden würden.

In Südschleswig, also bis zur Linie Flensburg-Tondern, würden sich, darüber kann keinerlei Zweifel herrschen, alle Kirchspiele und Städte mit Ausnahme etwa eines starken Drittels der Flensburger und einiger Dörfer der Wiesharde*) entweder einstimmig oder fast einstimmig unbedingt für einen solchen schleswig-holsteinischen Staat erklären.

In Nordschleswig würde das Ergebniß, wenn alle Bewohner des Herzogthums zu gleicher Zeit stimmen sollten, sehr wahrscheinlich ein anderes sein. In Hadersleben und vielleicht auch in Apenrade würde sich eine Majorität für Schleswig-Holstein zusammenbringen lassen. Auch auf dem Lande würden sich, besonders wenn der Eintritt in den deutschen Bund nicht betont würde, eine kleine Anzahl von Stimmen in dieser Richtung äußern, und zwar würde dies im Südosten, mit Ausnahme von Alsen und Sundewitt mehr, im Nordwesten und Norden weniger der Fall sein. Die große Majorität im Allgemeinen würde sich vermuthlich für Dänemark erklären.

Im Jahre 1846 wurde von dem Vertreter des siebenten ländlichen Wahlbezirks (im Westen Nordschleswigs) ein Antrag gestellt, welcher die Aufnahme Schleswigs in den deutschen Bund bezweckte, und von den siebzehn Abgeordneten der ländlichen Wahldistricte Schleswigs stimmten nur drei, nämlich die Vertreter des 2., 3. und 5. (äußerster Nordosten, Mitte der Osthälfte Nordschleswigs und Sundewitt) gegen diese Proposition.

Im Jahre 1847 wählten nach angestrengter Thätigkeit der dänischen Propaganda die Wahldistricte 1 (äußerster Nordwesten), 2, 3, 5 und 6 (Alsen) im dänischen Sinne — das ungünstigste Wahlergebniß, welches unter dem alten Wahlgesetz von 1834 zu Stande kam. Dieses Gesetz unterschied sich für die in den ländlichen Bezirken in Betracht kommenden Verhältnisse vorzüglich durch einen etwas höheren Census von dem später (1854) eingeführten und bis auf die Gegenwart in Geltung verbliebenen Wahlgesetz. Unter der Einwirkung des letzteren, welches nach dieser Bemerkung demokratischer war und den Willen der weniger Wohlhabenden mehr als das frühere zur politischen Arbeit zuließ, und unter den damaligen Zuständen, wo die Deutschen und deutsch (richtiger schleswig-holsteinisch) gesinnten Elemente allenthalben mehr oder minder entmuthigt und relativ unfähig zum Widerstande waren, wählte zuerst der 4. Wahldistrict (westlich und nordwestlich vom Sundewitt) nach Wunsch der Dänen.

*) Dieselbe besteht aus dem Kirchspielen Handewith, Wanderup, Großen-Wiehe, Nordhackstedt, Wallsbüll und Bau, hat circa 6800 Einwohner und gehört zum Amt Flensburg.

Dann, bei der Wahl von 1860, folgte der 7. nach, und der 8. (der Strich südöstlich von Tondern), der bis dahin entschieden deutsch gewählt, entschied sich für einen Deputirten, der keinen bestimmten Parteistandpunkt einnahm. Nordschleswig und selbst ein Theil des Herzogthums, welchen wir im ersten Capitel zur Südhälfte rechneten, war somit in dieser Beziehung für die deutsche Partei verloren. Doch darf nicht unerwähnt bleiben, daß die letztgenannten beiden Wahlen wegen einiger bei denselben vorgekommenen Ungesetzlichkeiten von der im Jahr 1863 zusammengetretenen schleswigschen Ständeversammlung angefochten wurden und mit Anlaß gaben, daß die Majorität ihr Mandat niederlegte und die Versammlung beschlußunfähig wurde.

Aus Vorstehendem ergeben sich nun folgende Resultate:

1) Das Herzogthum Schleswig ist in seinem südlichen Theil von einer reindeutschen und gegen die Nordgrenze dieses Theils (die tondern-flensburger Landstraße) bis auf der Landesmitte von einer gemischten Bevölkerung, in seinem nördlichen Theil von Südjüten, unter denen sich einige Tausend Deutsche angesiedelt haben, bewohnt.

2) Das ganze Herzogthum zählt in 274 Kirchspielen 409,907 Einwohner, und davon kommen auf Südschleswig in 154 Kirchspielen 258,059, auf Nordschleswig in 120 Kirchspielen 151,848 Einwohner, d. h. in Verhältnißzahlen ausgedrückt, auf jenes 63, auf dieses 37 Procent.

3) Bei einer Abstimmung nach der angegebnen Fragstellung (bei der von einer Theilung des Landes noch nicht die Rede wäre) und unter der Voraussetzung möglichst allgemeiner Betheiligung würden sich wahrscheinlich mehr als 70, vielleicht 75 Procent der Bevölkerung des Herzogthums im schleswig-holsteinischen und wahrscheinlich 25 bis 30 Procent im dänischen Sinne entscheiden. Wie die Verhältnisse sich stellen würden, wenn die Frage der Theilung an die Nordschleswiger herantträte, besprechen wir kurz im nächstfolgenden Capitel.

Die Betheiligung des Bürgers am Kriege.

Die jetzt vom Kriegsschauplatz eingehenden Nachrichten enthalten nur Klagen über die Widerhaarigkeit der Jüten und der dortigen dänischen Beamten gegen alle, auch die gerechtesten Forderungen der Truppen. Klagen, welche, zumal über die Beamten, der deutschen Geschichte ganz fremd sind. Wenn wir aber von diesen absehen, dürfte die Frage wohl gerechtfertigt erscheinen, ob die deutsche Bevölkerung in entsprechendem Maße sich an dem Kampfe für deutsches Recht betheiligt hat wie die dänische an ihrem Kampfe? Die Dänen haben allerdings Gelegenheit gehabt, nicht nur sich mit der Sorge für ihre Verwundeten u. dergl. zu befassen, sondern auch sich an dem Kriege durch Eintritt als Freiwillige und durch directe Unterstützung der Kriegsunternehmungen zu betheiligen. In letzterer Beziehung hat die Zähigkeit, mit welcher die Dänen, in den von den Verbündeten bereits unterworfenen Landestheilen ihre Verbindungen mit dem dänischen Kriegsheere aufrecht erhalten haben, gerechte Anerkennung gefunden. Den Deutschen war nur das Feld der indirecten Unterstützung ihrer kämpfenden Brüder eröffnet, und selbst auf diesem Felde ist wohl nicht so viel geschehen, wie nach den vielfachen Anläufen erwartet werden konnte. — Es ist versäumt worden, durch feste Organisation selbst da einen positiven Willen und damit eine Macht zu entwickeln, wo sich die Gelegenheit ohne alle Gefahr für die eigenen Interessen bot, nämlich in der privaten Hilfe für die leidenden Krieger. Um diesen Ausspruch zu rechtfertigen und um darzuthun, was ein willenskräftiges Volk in dieser Richtung leisten kann, bedarf es nur eines Vergleiches dessen, was bei uns geschehen ist und was man in den nordamerikanischen Freistaaten gethan hat.

In Oestreich und Preußen, sowie auch in einzelnen der andern deutschen Städte haben sich Vereine, meist unter Führung von Frauen gebildet, um durch Sammlung von Geld und entsprechenden Materialien die Mittel zu gewinnen, die Pflege der Verwundeten und Kranken zu unterstützen. Reichlich sind die Gaben geflossen, aber die hier aufgewandten Mittel entsprachen nicht den wirklichen Leistungen, trugen nicht dazu bei, eine stets an rechter Stelle eintretende Macht zu entwickeln, weil die Organisation fehlte. Die Organisationen, welche vorhanden waren und ihre Kräfte diesem politisch so bedeutenden Zweck weihten, haben mit geringern Mitteln verhältnißmäßig mehr geleistet als jene patriotischen Vereine und sind dadurch in Selbstgefühl und Einfluß gewachsen. Die kirchlichen Congregationen beider Confessionen und der Johanniterorden bieten Beispiele. — Der berliner Centralverein für die Pflege der verwundeten Krieger, welcher sich nach den Grundsätzen der in Genf versammelt gewesenen internationalen Conferenz gebildet hatte und infolge dessen die gesammte Privathilfe der Bevölkerung Preußens in sich concentriren wollte, hat sich zu keiner lebendigen Institution entwickelt. Die Ursache davon muß man darin suchen, daß der Verein bei seiner Bildung von Oben, statt von Unten angefangen hat, er hat eine Beamtenhierarchie aufgestellt, ehe er Unterthanen hatte. — Nordamerika zeigt, was man auf dem entgegengesetzten Gebiete erreichen kann.

Das Heft der „Revue des deux mondes“ vom 1. März d. J. entwirft unter dem Titel, la commission sanitaire de la guerre aux états-unis“ ein lebendiges Bild von der dortigen Organisation der Privathilfe und von deren politischer Bedeutung, das wir hier benutzen wollen.

Mit dem Beginn des Krieges bildeten sich in Nordamerika aller Orten Frauenvereine, welche mit Charpie zupfen, Bandagen nähen, Strümpfe stricken und dgl. anfingen, dann aber rasch zu der Ueberzeugung kamen, daß wenn ihre Arbeiten nicht Hand in Hand gingen mit den factischen Bedürfnissen, ihre Arbeit nicht lohnend sein, das gesteckte Ziel nicht erreicht werden würde. In Newyork, dem Centralpunkt des amerikanischen Lebens, mußte sich dieser Uebelstand am frühesten zeigen, und so waren es die Frauen dieses Orts, welche die Gleichgesinnten anderer Städte hiervon in Kenntniß setzten und sie aufforderten, ihre Kräfte ebenso wie die des Staats zu organisiren und sowohl für die Einzelstaaten als auch die ganze Union leitende Comités zu ernennen.

Die Idee fand Anklang, und nach und nach haben sich 30,000 solcher Frauenvereine unter dem Centralcomité in Washington mit dem oben angegebenen Titel zusammengethan und gegliedert. Einflußreiche Männer wurden aufgefordert die Leitung zu übernehmen und die Verbindung mit der Staatsgewalt und den Militärbehörden herbeizuführen. — So sehr die ersten amerikanischen Armeen aller Sanitätseinrichtungen entbehrten, und so sehr die Behörden eine Unterstützung auf diesem Gebiete wünschen mußten, so sträubten sie sich doch dagegen, einen solchen Verein für sich eintreten zu lassen. Die Noth aber war zu groß, die Sterblichkeit unter den Truppen erhöhte sich in dem Maße, daß die letzteren ein Drittel ihrer Leute verloren, ehe sie den Feind zu sehen bekamen. Der Präsident räumte dem Verein das Recht ein seine Thätigkeit allen militärischen Bewegungen anzuschließen, seine Beamten den Hauptquartieren zu attachiren, Krankenträger auf die Schlachtfelder zu entsenden, eigene Lazarethe an den Operationsorten und auf den Zwischenstationen zu errichten, Magazine anzulegen u. s. w., kurz einen eigenen Sanitätskörper zu bilden; dabei wurde aber gleichzeitig ausgesprochen, daß der Staat, da der Verein wohl mit seinen Mitteln nicht auf die Dauer allen diesen Leistungen genügen könne, binnen Kurzem seine Organisationen vollendet haben würde, um selbst diesen Verpflichtungen nachzukommen. Die Mittel des Vereins aber wuchsen so bedeutend, daß er im Stande gewesen wäre auf die Dauer den Sanitätsdienst der Heere zu übernehmen, wenn er nicht mit der Entwickelung aller nordamerikanischen Militärinstitutionen immer mehr aus diesem Dienst verdrängt und auf das, was ein Privatverein nur leisten kann, verwiesen worden wäre, auf die Unterstützung der amtlichen Pflege und auf die Uebernahme der Sorge für die vom Heere entlassenen Leute und die zu demselben zurückkehrenden oder hin dirigirten Mannschaften. Das Budget der Sanitätscommission ist für 1864 auf ungefähr zehn

Millionen Thaler veranschlagt und bleibt hierbei außer Berechnung die gesammte freiwillige Dienstleistung, welche so bedeutend ist, daß von den bereiten Mitteln nur drei Procent auf die Verwaltung incl. Transportmittel, Miethe und dergl. verwendet zu werden brauchen und 97 Procent allein dem Soldaten zu Gute kommen. Es ist dem Verein gelungen seine Hilfe dem amerikanischen Soldaten in allen Lagen geltend zu machen, ihm überall hin zu folgen und immer da bereit zu sein, wo die amtliche Hilfe zufällig auf sich warten ließ. Seinem directen Wirken und seiner unausgesetzten, sachgemäßen Pression auf die Behörden zumal wird es zugeschrieben, daß die Sterblichkeit in den amerikanischen Armeen augenblicklich geringer sein soll, als dieselbe gewöhnlich in den kriegführenden europäischen Heeren ist. — Die größte Sorge wendet der Verein aber jetzt, und darin hat er sich für permanent erklärt, auf die Pflege der vom Heere Entlassenen und Beurlaubten. In den großen Orten und auf allen Etappen hat der Verein Heimathhäuser angelegt, in welchen jeder legitimirte Soldat ꝛc. freie Station behufs seiner Weiterbeförderung erhält. Alle durch den Krieg mehr oder minder erwerbsunfähig gewordenen Leute erhalten zwar vom Staate eine Pension, aber um so mehr hält sich der Verein verpflichtet, sich ihrer anzunehmen, und ihnen, ihren Kräften entsprechend, eine thätige Existenz zu verschaffen. Das Ziel ist, alle diese Leute wieder ganz in das bürgerliche Leben zurückzuführen und unter allen Umständen zu verhindern, daß sich abgesonderte militärische Elemente bilden. Der Verein hat es sich zur Aufgabe gestellt, gerade jetzt, wo der Soldat die erste Rolle spielt und das stehende Heer sich als gespenstige Nothwendigkeit herausstellt, den Soldaten in dem engsten Verbande mit dem Volke zu erhalten. Die Sorge seines Volkes tritt überall mächtig an ihn heran, sobald die Verhältnisse es nur irgend gestatten, ja drängt sich, ihn schützend, zwischen ihn und seinen Vorgesetzten, sobald nur irgendeine Aussicht ist, sich materiell oder aber durch die Presse u. dgl. geltend zu machen. So ist der Hilfsverein der Repräsentant des Volks und seiner politischen Zwecke geworden, unter welchen der, kein stehendes Heer nach dem Kriege zu behalten, der bedeutendste ist, und infolge dessen ist dieser Verein, der hauptsächlich aus Frauen gebildet, ein leidenschaftlicher Vertreter des Krieges bis zur vollsten Unterwerfung der Südstaaten geworden. — Man hat die Ueberzeugung aus dem jetzigen Kriege geschöpft, daß man einem mächtigen Gegner nicht mit einem Volksheer begegnen kann, und daß man also einer südlichen Conföderation mit ihren ganz andern Interessen gegenüber sich genöthigt sehen würde, ein stehendes Heer zu behalten. Das aber soll nicht sein und deshalb darf der Krieg nicht durch einen Frieden, sondern nur durch die vollständigste Unterwerfung beendet werden. Ob das gelingen wird, ist wohl nach dem Gange der Ereignisse noch die Frage, und man muß bezweifeln, daß Nordamerika aus dem Kriege hervorgeht ohne ein stehendes Heer. Der Mangel des letztern ist den Nordamerikanern so theuer zu stehen gekommen, hat sich der ganzen Existenz des Staats so gefährlich gezeigt, daß die Staatsmänner Nordamerikas wohl als nothwendig anerkennen werden, aus den jetzigen Armeen seiner Zeit ein stehendes Heer zu bilden.

Vielleicht sprechen wir ein andres Mal mehr darüber, heute war es nur die Absicht, durch den Hinweis auf die amerikanischen Verhältnisse darzuthun, welcher Weg dem deutschen Volke gegeben war, seine Verbindung mit den fechtenden Truppen nach allen Richtungen thätig geltend zu machen, darzulegen, daß bei Beurtheilung der nothwendig zu haltenden Wehrkraft weniger die eigne Kraft als die des eventuellen Gegners als Maß zu dienen hat, und endlich war es die Absicht darauf hinzuweisen, daß das Volk nur dann Macht im Heere gewinnt, wenn es fördernd, nicht zerstörend in den Organismus desselben eingreift. In letzterer Beziehung möchten wir zum Schluß auf einen Artikel der Militärischen Blätter aufmerksam machen, der von der Pension eines zum Krüppel gewordenen preußischen Lieutenants handelt und andeutet, daß ein Lieutenant v. H. sich 1851 das Leben nahm, weil er durch seine Wunden ganz unthätig geworden war und mit zehn Thalern monatlich sich nicht einmal die nothwendige Pflege verschaffen konnte. Und noch trauriger ist in hundert Fällen das Loos der armen Gemeinen, welche zu Invaliden wurden.

Wir haben stehende Heere. Hier ist der Weg, auf welchem der Bürger das Heer durch die stärksten aller Bande an sich und seine Interessen fesseln und den alten leidigen Gegensatz für immer besiegen kann.

Die Wochen der Conferenz.

Da die Mitglieder der Conferenz sich gegenüber der Oeffentlichkeit zum Stillschweigen über die schwebenden Verhandlungen verpflichtet hatten, so war natürlich, daß Zeitungsredactionen und Leser durch massenhafte und widersprechende Telegramme und muthmaßende Correspondenzen in einer Unsicherheit erhalten wurden, welche auf die Länge schwer zu ertragen war. Vielleicht haben wir in diesem Falle keinen Grund, den Versuch der Geheimhaltung zu tadeln, er scheint von dem englischen Minister veranlaßt, um die bengelhafte Animosität gegen Deutschland, der sich die Mehrheit der Presse, des Parlaments und des Straßenvolks von London befleißigen, nicht zu steigern, das heißt, nicht bis zu einer Gefahr für das Whigministerium zu verstärken. An sich aber ist solches Geheimhalten schon deshalb ein Uebelstand, weil es in der Gegenwart doch nicht mehr durchzuführen ist.

Wer auf die Fortschritte zurücksieht, welche die große nationale Frage in den letzten Monaten machte, der hat allerdings einiges Recht, auch von der Zukunft Gutes zu hoffen.

Die Candidatur des Herzogs von Schleswig-Holstein wird durch Preußen und

Oestreich vertreten. Soweit hat ein unwiderstehlicher Zwang der Thatsachen die Angelegenheit gefördert. Wenn die große Majorität der Deutschen von Anfang an auf das Recht des Herzogs, und die Popularität, welche ihm in den Herzogthümern aus seinem Recht erwachsen mußte, vertraute, so wurde sie auch durch die nahe liegende Erwägung geleitet, daß eine andere günstige Lösung des Conflictes mit Dänemark zur Zeit unmöglich ist. Auch die Voraussicht traf ein, daß die Erfolge der Preußen in Schleswig und die Annexionswünsche, welche sich hier und da kund gaben, für die Befreiung der Herzogthümer günstig wirken mußten, weil sie unserm Verbündeten Oestreich den Herzog, als das kleinere Uebel, annehmbar machten. Es liegt Humor darin, daß ein Satz der arnimschen Adresse wesentlich dazu beigetragen hat, die Herren von Rechberg und Biegeleben mit der Candidatur des Augustenburgers zu versöhnen. Denn daß diese Adresse, welche von dem größten Theil der Conservativen mit lebhafter Freude begrüßt wurde und bei den liberalen Fractionen viele Sympathien fand, dem Könige die warme Hilfe seines Volkes auch für den Fall andeutete, wenn er die Herzogthümer durch Waffengewalt für Preußen behaupten wollte, das machte nirgend in Europa mehr betroffen als in Wien. Ebensoviel Antheil an der auffallenden Schwenkung des wiener Cabinetes hatte zuverlässig die Erfahrung, daß man sogar hinter Frankreich und England zurückgeblieben war, deren Politiker die Personalunion als unmöglich erkannten. Oestreich stellte sich mit einem ängstlichen Sprunge auf den Standpunkt, den König Wilhelm schon längst in der Stille einzunehmen geneigt war, und den der behendere Ministerpräsident von Preußen kurz zuvor öffentlich besetzt hatte.

Wir bedauern, daß Preußen nicht in der Lage war, die Herzogthümer für sich selbst behaupten zu können, aber wir sind ebenso innig überzeugt, daß seine politische Autorität in Europa gegenwärtig nicht ausreichte, diesen Erwerb für sich zu sichern.

Aber trotz den Erfolgen im Felde, und dem Nachdruck, welche sie den diplomatischen Verhandlungen gaben, sind wir noch weit von einer befriedigenden Lösung entfernt. Und die letzte Schwierigkeit liegt nicht in dem bösen Willen der vermittelnden Mächte, sondern hauptsächlich in den ungenügenden Resultaten des Feldzugs selbst.

Der Krieg ist nicht mit dem Nachdruck geführt worden, der einen großen Erfolg sicher stellt, und nirgend ist diese Unsicherheit und der Mangel an starker Kraft mehr hervorgetreten, als an dem glorreichen Tage von Düppel. Daß man vor Erstürmung der Schanzen einen abenteuerlichen Coup de main auf Alsen nicht ausgeführt hat, war in der Ordnung, daß man sogleich nach dem Sturm versäumt hat, nach Alsen überzugehen, und wenigstens einen Theil des gebrochenen dänischen Heeres zu vernichten, war ein großes Unrecht, es nahm dem schönen Siege den besten Theil des politischen Erfolges. Jetzt steht die Sache so. Die Dänen beherrschen die Ostsee bis an die preußischen Küsten. Und das gilt in der öffentlichen Meinung Europas fast mehr als die Besetzung eines Theils von Jütland durch die Truppen der Verbündeten. Sie besitzen noch Alsen, Arröe und die friesischen Inseln, ihr desorganisirtes Heer ist in den Wochen der Waffenruhe ergänzt und befestigt, neue Schanzen sind aufgeworfen, neues Kriegsmaterial erworben, die öffentliche Meinung in Kopenhagen hat sich wieder verhärtet, die Existenz des neuen Königs hängt davon ab, daß er sich nicht nachgiebiger zeigt gegen die Feinde, als das Straßenvolk seiner Residenz. Das Alles sind Thatsachen, welche zu dem Schluß nöthigen, daß in der That, soweit die militärischen Erfolge und Verluste der Kriegführenden, die Paragraphen des Friedens zu dictiren haben, die deutsche Sache noch gar nicht so gut stehe, als sie stehen könnte. Und es nützt nichts, wenn man preußischerseits erklären wollte, daß man jeden Tag Alsen und Fünen zu occupiren im Stande sei. Man hat es eben nicht gethan, weder die Thatsachen noch ihre Folgen kamen uns auf der Conferenz zu gut.

Nun ist allerdings trotz der ungenügenden Kraft der preußischen Marine und der noch immer zweifelhaften Tüchtigkeit der östreichischen, das wirkliche Machtverhältniß der kriegführenden Staaten so ungleich, daß bei einer Fortsetzung des Kampfes, wenn andere größere Mächte fern bleiben, ein günstiger Ausgang für uns nicht zweifelhaft ist. Und diese Rücksicht sollte die dänische Regierung allerdings zu Concessionen bestimmen, welche größer sind als die bisherigen militärischen Einbußen. Aber diese trübe Aussicht in die Zukunft verhüllt sich Dänemark um so leichter, als ihm die Neigung Englands, die Wärme Schwedens in Aussicht stellen, daß der Krieg, wenn er fortgesetzt wird, größere Dimensionen annehmen wird. Das Erscheinen einer englischen und französischen Flotte in der Ostsee würde allerdings zunächst die Tendenz haben, das schwache Königthum von Kopenhagen vor dem eigenen Pöbel der Hauptstadt zu schützen, aber es wird auch eine größere Erregung der Volksstimmung in Deutschland und England zur Folge haben, es erschwert dem englischen Ministerium, dem einfältigen Kriegsgeschrei im eigenen Lande Widerstand zu leisten, in jedem Fall würde eine Fortsetzung des Krieges auch das Bündniß zwischen Oestreich und Preußen auf neue Probe stellen, und es würde die Besetzung von Alsen und Fünen einen größeren Kriegsernst, auch eine energischere Benutzung der Streitkräfte fordern, als die Armeeleitung bis jetzt aufzuwenden hatte.

Wir sind also nicht in der Lage, uns fröhlicher Siegeshoffnung zu überlassen. Und es ist gar nicht abzusehen, wie bei diesem Stand der Dinge ohne neuen Kampf das ganze Schleswig für uns gerettet werden soll.

Nun halten auch wir jede Abreißung eines Theils für ein Unglück; denn wir haben die Hauptsache der ganzen Frage, das Recht der Herzogthümer auf ungetheilte Zusammengehörigkeit in diesem Fall nicht durchgesetzt. Man möge doch in Frankreich daran denken, daß der schleswig-holsteinische Streit zwischen Deutschland und Dänemark im letzten Grunde kein Kampf der Nationalitäten ist, sondern ein Kampf zwischen historischem Recht und den mächtigen realen Interessen des Volkes, welche sich aus diesem Rechte entwickelt haben, und zwischen einer einseitigen und eigensüchtigen Vernichtung dieses Rechts und Schädigung dieser Interessen. Es fällt uns nicht ein zu behaupten, daß die Majorität der Nordschleswiger Deutsche seien, und deshalb zu uns gehören. Aber wir sind ja nicht über die Dänen hergefallen, ein größeres Volk über ein kleines, nur weil sie die Deutschen in Schleswig in roher und plumper Weise danisiren wollten, sondern weil sie Nord- wie Südschleswig widerrechtlich aus seiner Verbindung von dem deutschen Bundesland Holstein gelöst haben. Wenn uns nun auch der Kampf deshalb theuer und eine Herzenssache ist, weil wir durch Wahrung des alten verbrieften Rechtes von Schleswig auch zugleich das nationale Leben der dortigen Deutschen retten, so haben doch die Nordschleswiger ebensogut Anspruch auf unsere Hilfe als der deutsche Süden. Wenn sie nämlich von uns vor einem Anschluß an Dänemark bewahrt sein *wollen*.

Und deshalb ist es mit der Demarcationslinie allein gar nicht gethan. Denn offenbar haben die Nordschleswiger, welche jenseits derselben liegen, auch das Recht mitzusprechen, wohin sie gehören wollen. Wenn dort eine Majorität für den Anschluß an den Süden sein sollte, was wir nicht wissen, so sind wir gar nicht in der Lage sie ausschließen zu dürfen. Und wenn Staatsraison und andere Motive, welche nicht in die Rechtssphäre fallen, gegen den Wunsch der Nordschleswiger die Mächte der Conferenz veranlassen sollten, auf einer Demarcationslinie nach Nationalitäten zu bestehen, so müssen sie wenigstens nicht verkennen, daß sie der Bevölkerung, welche sie den Dänen überliefern, Gewalt anthun.

Was nun die Demarcationslinie selbst betrifft, so ist fast unnütz jetzt darüber Erörterungen anzustellen, denn die Wahrscheinlichkeit ist geschwunden, daß auf Basis der gegenwärtigen militärischen Erfolge und politischen Sachlage das Friedenswerk zu Stande kommen wird. Wir haben am 26. Juni den Ausbruch der Feindseligkeiten zu erwarten. Doch glauben wir die öffentliche Meinung in Deutschland nicht falsch zu verstehen, wenn wir die Forderungen, welche die Deutschen erheben müssen, wie folgt, ausdrücken:

1) Wir wissen sehr wohl, daß nördlich von der flensburger Bucht die deutsche Nationalität in der Minderheit ist. Aber die Linie von Flensburg ohne Alsen und die friesischen Inseln ist aus militärischen Gründen eine unannehmbare Grenze. Durch unsere Waffenerfolge haben wir zuverlässig ein Recht auf die Gegend von Düppel gewonnen, wir können nicht dulden, daß die Gräber unserer tapfern Soldaten in Feindes Hand fallen. Deshalb ist es die Linie Apenrade-Tondern, auf welcher wir bestehen. Was im Süden dieser Linie liegt, halten wir fest, und wir halten eine Abstimmung der Bevölkerung in diesem Theil nicht einmal für nöthig, so sehr wir mit dem Princip einverstanden sind, und wie wenig wir Grund haben einer solchen Forderung zu widerstreben.

2) Dagegen fordern wir für den Theil, welcher nördlich von Apenrade-Tondern liegt, Abstimmung der Bevölkerung. Wollen diese Nordschleswiger Dänen werden, gut. Dann ziehen wir den Strich und sorgen im Friedensvertrag, daß die Deutschen im Norden wegen der Sympathien, welche sie jetzt mit der deutschen Sache gezeigt haben, vor neuer Rohheit und vor Gewaltigung geschützt werden. Will die Majorität des Nordens den Anschluß an ihre Landesgenossen im Süden, so wollen wir ihr Recht vertheidigen mit unserer letzten Kraft.

Ein Frieden, welcher deutsch und dänisch redende Schleswiger im Norden von Apenrade-Flensburg wider ihren Willen, ohne daß sie gehört worden, den Dänen ausliefert, würde die schleswig-holsteinische Frage nicht definitiv lösen, sondern aufs Neue verwirren, und sie würde, wie eine schlecht geheilte Wunde bei erster Gelegenheit wieder aufbrechen. Denn auch im Norden dieser Linie wurzelt deutsches Wesen zu tief, als daß es durch den fanatischen Eifer der Dänen ausgerottet werden könnte. Die stille und unvertilgbare Agitation, welche durch die realen Interessen der Bevölkerung hervorgebracht wird, würde in der gemischten Bevölkerung durch die realen Interessen des Landes unaufhörlich gegen Dänemark arbeiten, immer wieder die Ansprüche der Deutschen stacheln, immer wieder den Zorn und Fanatismus der Dänen aufregen. — Es ist möglich, daß ein nördlicher Grenzstrich Schleswigs von dem Körper des Herzogthums getrennt, allmälig mit jütischem und dänischem Wesen zusammenwächst. Dies, wir geben es zu, ist möglich, aber selbst dort nimmt nicht nur die Einwanderung Deutscher, auch das Interesse an einer Verbindung mit dem Süden alljährlich zu, je weiter die Cultur steigt, je größer die Abhängigkeit von den Capitalien des Südens wird. Bleibt aber die ganze Nordhälfte des zerrissenen Herzogthums bei Dänemark, so werden nicht nur die Deutschen, die dort fortan eine zahlreiche und erbitterte Minorität sind, auch die dänisch redenden Schleswiger werden in eine Opposition gegen die kopenhagener Politik treten, welche die alten Kämpfe in kleinerem Maßstabe wiederholen wird. Wir aber werden in diesem Fall die Stunde erwarten, wo wir das ganze und volle Recht des Landes, das uns jetzt durch den Zwang fremder Mächte verkürzt wird, in Anspruch nehmen. Wir haben Eines in diesem Jahrhundert gelernt, und das ist uns zuweilen von Fremden höhnend vorgeworfen worden: das Abwarten. Und die Deutschen werden gegenüber Nordschleswig nicht lange diese Tugend zu üben haben. Denn Dänemark selbst wird uns sehr bald Veranlassung geben, seine Politik unleidlich zu finden, und die letzte Rechnung mit ihm abzuschließen.

Wir betrachten die Dänen keineswegs mit dem Hasse, den sie selbstmörderisch auf uns verwenden. Im Gegentheil, wir haben lebhafte Anerkennung für ihre Tüchtigkeit gehabt, und haben ihren alten Fehler, die Großmannssucht, mit ruhiger Kälte ertragen, denn wir sind gewöhnt, von allem, was an unsern Grenzen ungesund wird, gehaßt zu werden. Jetzt aber sehen wir mit einem pathologischen Interesse, wie ein kleines Volk, das eine lange Geschichte, ein mannhaftes Wesen und ein hochgesteigertes Selbstgefühl besitzt, an der Ungerechtigkeit, die es geübt, an dem Haß und Zorn, den es sich selbst phantastisch genährt hat, zu Grunde geht. Die scharfe Bitterkeit wird nicht nur das Straßenvolk von Kopenhagen, auch die Vertreter Dänemarks fortwährend zu unruhigen Krakelern Europas machen. Das leidenschaftliche Abwehren aller deutschen Einwirkungen wird den Dänen in der nächsten Generation nicht nur ihre Wissenschaft, die in engem Zusammenhange mit der deutschen aufgeblüht ist, auch die kräftige Entwickelung ihres Handels und ihre Fortschritte in Landwirthschaft und Industrie beschränken. Denn wie schwer das Geständniß einem Dänen wird, das Gedeihen des ganzen Gebiets auf dem Festlande hängt von den Deutschen ab. Wer sind die, welche sich dort ankaufen, Geld und Capital, Intelligenz und Unternehmungslust bis über den Limfiord hinaustragen? Leidige Deutsche. Auch Jütland hängt bereits fester an dem Süden, als an den dänischen Inseln, welche ihm von ihrer Kraft nichts abzugeben haben, nur die seine in Anspruch nehmen. Wir gönnen den Dänen von Herzen alle Vortheile, die sie aus unserer Nachbarschaft für ihr Volksthum ziehen können, und es ist uns ganz recht, wenn Jütland und die Inseln in einem friedlichen und innigen Verband der Interessen gegenüber Deutschland sich behaupten. Die Dänen aber sind in der schlimmen Lage, daß ihnen auch das Gute und Verständige, das sie durch uns erhalten, unerträglich wird, sie möchten deutsches Geld fernhalten, sich durch Schlagbäume gegen jede deutsche Waare schützen, ihre Haiden lieber in wüster Uncultur, als von deutschen Ansiedlern bebaut sehen. Auch ihre tüchtigen Gelehrten, die leider schlechte Politiker geworden sind, betrachten die deutsche Wissenschaft, durch welche einzelne von ihnen groß geworden sind, bereits mit einem Widerwillen, der ihnen unerträglich macht, ein deutsches Buch zu lesen. Die Folgen dieser Maßlosigkeit, welche chronisch geworden ist, werden nicht ausbleiben. Ohnmächtiger Grimm und Haß macht nicht liebenswerth, er wird in diesem Fall auch ihre innern Zustände düster und unsicher erhalten; Verarmung Jütlands, Verbitterung der Parteien, Verachtung der eigenen Regierung, Uebermuth des Pöbels sind die nahe liegende Folge. Und der krankhafte Zustand wird ihnen bleiben, so lange sie uns gegenüber noch zur Feindschaft genöthigt sind durch einen Antheil an deutschem Lande, durch das Unrecht, welches sie den Deutschen darin zufügen müssen, durch die Herrschaft über eine Provinz, welche ihnen innerlich fremd und von deutscher Kraft abhängig ist, und immer abhängiger werden muß. Es mag ihnen vielleicht gelingen, die nördlichsten Kirchspiele Schleswigs dänisch zu machen, das halbe Schleswig, wenn ihnen eine unselige Theilungslinie dies erhalten sollte, werden sie nicht danisiren, und wir werden den Zwang, den Druck, die Gewaltthat, welche sie gegen den Deutschen darin üben, auch in Zukunft nicht ruhig ansehen. Und deshalb bestehen auch die Deutschen auf einer Erneuerung des Krieges, und wir sind bereit, alle neuen Verwickelungen, die er herbeiführen kann, durchzumachen, wenn es nicht gelingt, jetzt mit Dänemark so abzurechnen, daß wir unser Recht und unsere Interessen wenigstens für leidlich gewahrt halten dürfen.

Verantwortlicher Redacteur: Dr. Moritz Busch.
Verlag von F. L. Herbig. — Druck von C. E. Elbert in Leipzig.

Die Pläne der Reaction in Preußen.

Gestatten Sie, Herr Redacteur, daß Ihnen in folgendem Schriftstück ein Beleg dafür mitgetheilt wird, wie planvoll seit Jahren die reactionäre Partei für Umgestaltung des preußischen Staatslebens gearbeitet hat. Das beifolgende Memorial ist jetzt vor drei Jahren geschrieben. Es hat damals in den hohen Kreisen, worin dasselbe circulirte, Aufnahme und Beachtung gefunden, es ist seit dieser Zeit bedeutungsvoll geworden, weil entweder seine Einwirkung oder der Zwang der Verhältnisse Stimmung und Tendenz genau auf den Weg geführt hat, welchen das Schriftstück mit vielem Scharfsinn und zuverlässig mit genauer Kenntniß der betreffenden Persönlichkeiten absteckt. Nach mancher Richtung freilich ist das herrschende System bereits über die Resultate, welche die Denkschrift für wünschenswerth erachtet, hinausgekommen; Anderes ist noch als Wunsch und stille Forderung zurück.

Das Memorial ist schon früher vielfach von der Presse erwähnt und in einzelnen Stellen ausgezogen worden, und die Oeffentlichkeit hat ein gewisses Recht darauf. Da dem Einsender der oder die Verfasser gänzlich unbekannt sind, darf er dasselbe wohl, wie es ihm ein Zufall in die Hände brachte, ohne Verletzung irgendeiner persönlichen Rücksicht Ihnen zur Veröffentlichung einsenden, zumal die Schrift in der Gegenwart nicht mehr als eine individuelle Auffassung eines Einzelnen erscheint, sondern als Ausdruck einer wohldurchdachten und consequenten Parteipolitik.

Es ist jetzt, wo Preußen in einer großen Frage beschäftigt ist, welche die Kraft und die einmüthige Wirksamkeit aller Parteien in Anspruch nimmt, nicht die Absicht, der preußischen Regierung innere Schwierigkeiten aufzuregen, und diese Veröffentlichung soll zunächst dem historischen Interesse dienen.

In den letzten Monaten hat die Fraction der extremen Conservativen — der Kreuzzeitung, welcher die Verfasser dieses Memorandums offenbar nicht ganz angehören — ebenfalls ein Parteiprogramm entworfen und dem Vernehmen nach auch zukünftige Regierungseventualitäten ins Auge gefaßt. Es wäre lehrreich, auch dieses Parteiprogramm kennen zu lernen. Das Programm einer großen politischen Partei ist keine Privatangelegenheit derselben, und wenn sie dasselbe der Oeffentlichkeit entzieht, so berechtigt sie zu dem Verdacht, daß dasselbe Sätze enthält, welche das öffentliche Urtheil und vielleicht noch andere Autoritäten zu scheuen haben. Auch darin ist die Bildung und die Taktik der Nationalpartei loyaler und klüger.

Das angeführte Schriftstück lautet folgendermaßen:

„Als das Einschreiten des Heeres der Anarchie, in welche die Monarchie 1848 gefallen war, ein Ende gemacht hatte, und die souveräne Gewalt wieder in den Händen des Königs sich befestigt fand, stellte sich der Regierung die Theilnahme des Landes an der Verwaltung desselben, die ihm bereits vor dem Einbruche der Anarchie von 1848 durch die Constituirung des vereinigten Landtages eingeräumt worden war, als eine der Hauptaufgaben der Krone dar. Diese Regulirung konnte auf der Grundlage verschiedener Systeme erfolgen. Entweder kehrte die Regierung zu dem Systeme der früheren deutschen Landtage mit den Modificationen zurück, welche das in dem letzten Jahrhunderte so verstärkte Bürgerthum erheischte. Oder aber die Regierung eignete sich die Verfassungsschablone an, die sich in Frankreich, wo selbige sich nicht schließlich zu behaupten vermochte, von 1814 bis 1848 entwickelt hatte, und von dort auf die von Frankreich beeinflußten Nachbarstaaten, von Spanien, Belgien u. s. w. übergegangen war, und welche sich die sogenannte preußische Nationalversammlung durch eine fast wörtliche Copirung der belgischen Verfassung angeeignet hatte.

Die königliche Regierung entschloß sich für letzteren Weg. Einmal weil sie, durch die wesentliche Annahme des Verfassungsentwurfs der Nationalversammlung die Stimme des Landes mehr zu gewinnen hoffte. Dann aber (und dieser Grund war wohl der vorwiegende) weil sie für ihre deutschen Unionspläne den Boden, durch die Berücksichtigung der Ideen, die in der Bewegung von 1848 vorher geherrscht zu haben schienen, besser vorzubereiten glaubte. Der radowitzsche Unionsplan zerfloß inzwischen wie ein Luftgebilde, und bei näherer Prüfung erwies sich die parlamentarische Regierung, welche die octroyirte Verfassung von 1850 im Endziele einführte, den preußischen Patrioten als höchst bedenklich:

1) weil selbige, nach dem bekannten, gründlich motivirten Ausspruche Friedrichs des Großen, als eine entschiedene Abschwächung der Militärmonarchie, auf der die Zukunft Preußens als Großmacht beruhte, angesehen werden mußte. Und dann

2) weil die Erfahrung gezeigt hatte, daß der Uebergang von der wesentlich monarchischen zur parlamentarischen Regierung im Fortlaufe der Ereignisse stets von der Ersetzung der älteren und legitimen regierenden Linie auf dem Throne durch eine jüngere begleitet gewesen war, die sich leichter an die Aufgebung der souveränen Gewalt und deren Theilung mit dem Parlamente fügte.

Das künstliche Großmachtsgebäude Preußens konnte aber die Erschütterungen, die daraus hervorgehen mußten, nicht vertragen.

So entwickelte sich der Plan, von einer neuen Octroyirung Umgang zu nehmen, und aus der Verfassung von 1850, unter Mitwirkung beeinflußter Kammern, die bedenklichsten Punkte herauszubringen, und das Verfassungsgebäude nach und nach auf ein System des altdeutschen Landtages, dessen Namen vorerst wieder angenommen wurde, zurückzuführen.

Dieser Plan wurde von der königlichen Regierung bis zur Einsetzung der Regentschaft befolgt. Dann trat eine Aenderung des Systems ein. Wesentliche Anhänger der parlamentarischen Regierung wurden in den Rath der Krone berufen; die unter ihrem Einflusse geschehenden Neuwahlen des Abgeordnetenhauses stellten ein in der großen Mehrzahl seiner Mitglieder liberales Haus her. Das geänderte System wurde mit dem Namen der „neuen Aera" belegt.

Diese hatte in der ersten Session des jetzigen Abgeordnetenhauses ihren Honigmonat. Aber schon in der zweiten Session traten, bei Gelegenheit der Armee-Reformfrage, auffallende, dem Staatswohle nicht zusagende Prätensionen des Abgeordnetenhauses ans Licht, die sich in der jetzigen dritten Session, bei Gelegenheit verschiedener die Competenz des Hauses überschreitender Fragen noch steigerten. Es wurde klar, daß das Ministerium in dem Hause die Leitung völlig verloren hatte, die es nur durch Unterhandlungen und Transactionen auszuüben vermochte. Das Abgeordnetenhaus steuerte offenbar auf die parlamentarische Regierung hin, mit der auch das Herrenhaus zu kokettiren anfing.

Man hat oben die gewichtigen Gründe angeführt, aus denen eine wirkliche parlamentarische Regierung nicht für Preußen paßt; das Gewicht dieser Gründe dürfte sich im Stillen bereits auch selbst denen, welche die neue Aera einweihten, aufgedrungen haben, und diese Männer bereits zur Erkenntniß gelangt sein, daß die parlamentarischen Befugnisse, welche ohne Uebelstand den Landtagen der mittleren und kleinen deutschen Staaten eingeräumt werden konnten, in der Verfassung eines Reichs, und vorzüglich eines künstlichen, nur Verwirrung anzurichten geeignet sein dürften.

Heute liegt es, bei der Haltung des Heeres und der Masse des Beamtenthums, noch in der Hand der Krone, ob sie einen Theil ihrer Souveränetät in die Hände des Abgeordnetenhauses übergehen lassen will, oder nicht? Sie kann die parlamentarische Regierung noch abwenden, ohne einen Staatsstreich zu vollziehen, oder wesentlich aus den Formen der Verfassung herauszutreten. Was, bei der jetzigen Lage Europas, zu vermeiden sehr wünschenswerth erschiene. Noch kann die Regierung dieses Ziel erreichen, ohne tiefgreifende Erschütterungen hervorzurufen, wenn sie, den Kammern gegenüber, ein festes System consequent verfolgt und darauf Verzicht leistet, selbige vermittelst einer Fülle von Concessionen und Manövern fügsam zu machen, wobei diese und ihr

Ziel, die parlamentarische Regierung, erfahrungsmäßig schließlich immer der gewinnende Theil bleiben.

In einem solchen Systeme würde es die erste Sorge der Regierung sein, die Armee und das Beamtenthum thunlichst dem Einflusse des Landtags zu entziehen, und vielmehr eine Eifersucht zwischen den beiden ersteren einerseits und dem letzteren andrerseits zu nähren.

In Betreff der Armee würde dies leicht zu bewerkstelligen sein, und es nur nothwendig werden, die activen und sonst noch von der Regierung abhängigen Offiziere vom Eintritt in den Landtag abzuhalten, dem aber alle finanzielle, der Armee unangenehme Maßregeln, bei dieser, in Rechnung gesetzt würden.

Mit den Beamten wäre ein ähnliches System wie in Betreff der Armee zu befolgen. Durch alle der Regierung zu Gebote stehenden Mittel wären die Beamten abzuhalten, sich in den Landtag wählen zu lassen, und diejenigen, die es dennoch thäten, müßten die Folgen in ihnen versagter Beförderung oder Gehaltsvermehrung und in starken Gehaltsabzügen für ihre Stellvertreter während der Dauer der Landtagssitzungen empfinden. Könnte die Regierung eine, in den meisten deutschen Landtagen Anwendung findende Bestimmung, daß die Beamten eines Urlaubs zum Eintritte in den Landtag bedürften, vielleicht durch den Antrag eines anscheinend liberalen und unabhängigen Abgeordneten erreichen, so wäre in dieser Beziehung nichts zu verabsäumen. Die Regierung gestattete demnächst nur einigen wenigen administrativen Capacitäten, von deren politischen und monarchischen Grundsätzen sie ganz versichert wäre, den Eintritt in den Landtag, um als Führer, durch ihre überlegenen Kenntnisse, einen Einfluß in den wichtigern Commissionen des Landtages auszuüben.

Nachdem der Landtag auf diese Weise von der Armee und dem Beamtenthume thunlichst isolirt wäre, handelte es sich zunächst darum, seine Autorität in der Bevölkerung überhaupt angemessen zu schwächen. Für diesen Zweck blieben die Petitionen, die er bei der Regierung bevorwortete, möglichst unberücksichtigt. Die Bevölkerung würde so bald fühlen, daß für die Erreichung ihrer Wünsche die Protection der respectiven Verwaltungsbeamten weit wirksamer als diejenige der Landtagsmitglieder wäre, und sich demnächst vorzugsweise an die ersteren wenden. Die Verwendungen von Landtagsmitgliedern für ihre Wahlbezirke und einzelne Angehörige derselben würden ebenso grundsätzlich unbeachtet zu lassen sein, um zu verhindern, daß die Abgeordneten sich gewissermaßen Wahlkreise gründeten.

Demnächst würde in der Presse die Richtung begünstigt werden, welche die praktischen Leistungen des Landtags und selbst das persönliche Ansehen der besonders nach Popularität strebenden einzelnen Abgeordneten auf das richtige Maß herabstimmte.

Eine weitere Maßregel dieses Planes wäre, daß die Regierung grundsatzmäßig ihre Minister nie aus den Landtagsmitgliedern, sondern aus dem Beamtenthume nähme und es vermiede, als Minister solche Männer zu wählen, die sich in das Kammerwesen gewissermaßen hineingelebt hätten, oder entschiedene Parteimänner gewesen wären, oder zu dem Systeme der parlamentarischen Regierung sich hinneigten, und in Versuchung gerathen könnten, durch den Einfluß des Landtages sich von der Krone in ihren Plätzen gewissermaßen unabhängig zu machen. Unter dem Vorwande, daß ihre Abwesenheit von ihren Verwaltungsdepartements diese zu sehr benachtheiligte, enthielten sie sich regelmäßig, in den Sitzungen des Landtags zu erscheinen, indem sie sich allmälig durch ihre Commission mehr und mehr vertreten ließen. Sie vermieden es zugleich thunlichst, sich in Redekämpfe mit den Landtagsmitgliedern einzulassen, und beschränkten sich auf möglichst kurze factische Darlegungen und Erläuterungen.

Den Landtagsmitgliedern wäre natürlich die volle Redefreiheit nicht abzuschneiden. Sobald sie sich aber auf der Competenz des Landtags fremden Feldern, wie auswärtige Politik u. s. w. ergingen, machten die Vertreter der Regierung sie kurz darauf aufmerksam und vermieden dann systematisch, ihnen dahin zu folgen und Erläuterungen zu geben.

Die Mitglieder des Landtags würden persönlich vom Hofe gut behandelt, aber es grundsatzmäßig vermieden, in welchem Sinne sie sich auch aussprächen, ihnen Gunstbezeugungen zu gewähren, und ihre Thätigkeit im Landtage zu einer Leiter für Aufnahme in den Staatsdienst oder für Beförderung in diesem werden zu lassen. Von Zeit zu Zeit und bei passenden Gelegenheiten wäre den Landtagsmitgliedern indirect zu verstehen zu geben, daß die Fortdauer des landtäglichen Systems schließlich doch von dem guten Willen der Krone abhängig bliebe und, mit Rücksicht auf das so künstliche Machtgebäude Preußens, die Vollgewalt der Souveränetät in den Händen des Königs bleiben müsse.

Grundsatz wäre es dabei offene Reibungen mit dem Landtage zu vermeiden, dagegen der Regierung nicht genehme Anträge des Landtags stillschweigend, außer in Finanzangelegenheiten, unbeachtet zu lassen. Ebenso grundsätzlich ließe die Regierung dem Landtage unangenehm gewordene Minister deshalb niemals fallen.

Würde der Landtag factiös und suchte durch Verweigerung der unerläßlichen Geldbewilligungen die Regierung unter seinen Willen zu beugen, so zeigte die Regierung äußerlich eine große Geduld, um ihn, dem Volke gegenüber, sich in das Unrecht versetzen zu lassen, bevor die Regierung zur Auflösung des Abgeordnetenhauses schritte. In den Wahlen verhielte sich die Regierung äußerlich neutral und suchte dieselben nur thunlichst auf ruhige Männer zu leiten, und dagegen Parteileute und Heißsporne fernzuhalten. Es wäre dabei soviel es möglich in der Bevölkerung der Eindruck zu verbreiten, daß die altpreußische Sparsamkeit der Regierung dem Lande weit weniger Geldopfer als die neue Kammerregierung aufgelegt habe.

Die Behandlung der Presse und die Bekämpfung der demokratischen Partei vermittelst derselben erforderten die besondere Beachtung der Regierung, die für diesen Zweck einen sehr geschäftskundigen und festen Minister des Innern zu wählen hätte. Wäre ein solcher gefunden, so ließe die Regierung das aus dem allgemeinen Stimmrechte hervorgegangene Abgeordnetenhaus im Geheimen und in der Presse angreifen, welche die Leistungen des Abgeordnetenhauses und die Kosten, welche es verursachte, gegenüberstellte. Ganz unter der Hand suchte man die Bezeichnung der Abgeordneten als „Drei Thaler-Männer" in Umlauf zu setzen, um den moralischen Eindruck der Abgeordneten im Lande zu schwächen.

Das Herrenhaus ist bis jetzt in dieser Notiz nicht besonders erwähnt worden. Die Regierung dürfte in ihrem Plane, die Ansprüche des Abgeordnetenhauses auf das richtige Maß zurückzuführen, zuerst auf die Unterstützung des Herrenhauses rechnen können. Wäre aber dieses Ziel einmal erreicht, so möchte das Herrenhaus, aus Gründen, die hier weiter auszuführen nicht nöthig erscheint, die Krone in ihrem Gange nicht wesentlich hemmen können, da es seine Hauptstütze nur in der Krone findet.

Wahrscheinlich würde der Hof, bei consequenter Verfolgung des vorgezeichneten Weges, bald sein Bestreben, den Landtag gehörig zu neutralisiren, mit einem vollständigen Erfolge gekrönt sehen; vorausgesetzt daß er, ohne Rücksicht auf Gunst und Parteimeinung, als Minister tüchtige Verwaltungsbeamte wählte, und vorzüglich, wenn er die alte preußische Sparsamkeit wieder zu Ehren brächte und es vermiede, den Maximen der Militärmonarchie diejenige der Palastmonarchie zu substituiren.

Wo die Militärmonarchie in ihren Spitzen nicht erschlaffte, hat sie, wie die Geschichte lehrt, in der Regel den Sieg über sogenannte Volksstaaten davongetragen. Die demokratischen Staaten Griechenlands, ohngeachtet ihrer Tribunen und Demosthenesse, endigten damit, in die Hände der reinen macedonischen Militärmonarchie zu fallen.

Warum England seine auf ganz eigenthümliche Verhältnisse aufgebaute Verfassung allen andern Reichen eifrig empfiehlt, ist kein Geheimniß für diejenigen, welche tiefer in die innern Falten der englischen Politik eingedrungen sind. Sicher ist, daß England damit nicht wesentlich die politische und militärische Stärkung jener Reiche beabsichtigt.

Geschrieben zu Berlin im Mai 1861."

Der Krieg und seine Illustration.

Seit ihren ersten rohesten Anfängen hat die bildende Kunst so gut wie die dichtende nächst der Versinnlichung des Göttlichen die Schilderung und Verherrlichung der Heldenthaten, des Kampfs und Siegs der Mächtigen und Krieger für ihre wesentlichste Aufgabe erkannt. Wie verschieden und mannigfach wechselnd auch die Erscheinungsformen sein mochten, in welchen sich der geistige Lebensinhalt der Völker auf den sich folgenden Stufen ihrer Culturentwickelung ausprägte, so ist in dieser Richtung ihres künstlerischen Hanges keine Aenderung eingetreten, seit den Tempel- und Palastbauten der alten Aegypter und Assyrer, ihren Reliefbildern und Wandmalereien bis zu Leonardo und Titian, und wieder seit dieser Zeit bis zur heutigen, zum Jahrhundert der Photographie und der illustrirten Zeitungen. Verändert ist nur die Weise, in welcher die gleiche, einem tiefen innern Bedürfniß entspringende Neigung ihren Ausdruck sucht. Der jeder jugendlichen Kunst eigne Idealismus verläugnete sich unter allen ihr als Aufgabe gebotenen Gegenständen am wenigsten den Kämpfen und Schlachten gegenüber. Noch den großen Italienern des sechzehnten Jahrhunderts nach Christus kam es so wenig wie den ägyptischen Malern des tausendsten und den griechischen des fünfhundertsten vor Christus, in den Sinn, mit ihren derartigen Darstellungen Bilder der Wirklichkeit geben und den realen Krieg etwa zum Zweck seiner bildlichen Schilderung als Augenzeuge studiren zu wollen. Wo sie ihm und seinen großen und furchtbaren Scenen in solcher Eigenschaft aus irgendeiner andern Nöthigung beizuwohnen veranlaßt waren, sind ihre Interessen ganz anderer praktischer Art, sind die Ziele ihrer Aufmerksamkeit nichts weniger als künstlerischer Natur gewesen. Leonardo war in den Kämpfen Cesare Borgias als Ingenieur, Michelangelo bei der berühmten Vertheidigung der heimischen Republik als Oberaufseher und Leiter der Befestigungsarbeiten und des Geschützwesens thätig, und Benvenuto ist auf den Wällen Roms und den Zinnen der Engelsburg dem malerisch hinreißenden Schauspiel der Bestürmung durch die bunten Schaaren des Connetable gegenüber einzig auf das gute Zielen mit Büchse und Karthaune gerichtet; — was ihn freilich nicht hindert, wenigstens schriftstellerisch das charaktervollste, farbenprächtigste Bild von der dabei gesehenen Wirklichkeit zu entwerfen. Die Schlachtdarstellung machte nicht den mindesten Anspruch darauf, als Spiegelbild der Wirklichkeit zu gelten; so wenig, daß sogar bei derartigen Bildern aus der kriegsbewegten Gegenwart oder ganz naher Vergangenheit dem wirklichen Costüm, den Waffen, der Erscheinung der Kämpfer ein ideales, willkürlich zurechtgemachtes Wesen supponirt wurde. So Leonardo in seiner Epoche machenden Composition des Reitergefechts aus der siegreichen Schlacht, welche die Florentiner bei Anghiari über das mailändische Heer des Filippo Maria von Visconti gewannen (1440); so Titian in seinem durch den Brand zerstörten Wandbilde im großen Saal des Dogenpalastes, jener Schlacht von Ghiradadda, von dessen Composition eine uns erhaltne Skizze des Meisters noch eine Anschauung giebt. In dem phantastischen Aufputz der Krieger bei Leonardo zumal ist kaum ein Rüstungsstück, das an die wirkliche Waffentracht des fünfzehnten Jahrhunderts erinnerte, — doppelt auffallend in einer Zeit und Kunst, welche es liebte, alle andern, selbst die entlegensten, heiligen wie profanen Begebenheiten bei der künstlerischen Darstellung in das eigenste Costüm der Gegenwart und des Volkes selbst zu kleiden, welchem der Künstler angehörte.

Ganz im Gegensatz zu dem Italienern der Renaissance bringen die Deutschen und Niederländer der gleichen Epoche auch auf diesem Gebiete der kriegerischen Schilderung ihren Realismus bereits glänzend zur Geltung. Die Zeichnungen des Maximilianzugs, des Weißkunig und Theuerdank spiegeln das Heerwesen der Landsknechte in allen seinen Details, spiegeln Kampf, Krieg, Gefechtsweise im Ganzen der Anordnung, wie in den Specialien der Waffenhandtierung so geist- und formgetreu wieder, wie Van Eycks wunderbare Altartafeln von Gent die stahlglänzenden niederländisch-burgundischen Lanzenreiter des Jahrhunderts zuvor. Niederländer und nächst ihnen Franzosen sind es denn auch gewesen, die in einer etwas spätern geschichtlichen Periode, während der endlosen Kriegszüge des siebzehnten Jahrhunderts die Heere ins Feld begleiteten, speciell zu dem Zweck, den Krieg als malerischen Gegenstand zu studiren. Die Rugendas, die Huchtenburg, die van der Meulen, die Callot haben von dem, was sie malten, wirklich etwas gesehen, sind „mit dabei gewesen", und wenn zumal der dritte der Genannten in der hofmalerischen Schmeichelei gegen seinen auftraggebenden Helden Louis le Grand es oft genug im Vorgrund, wo er ihn umgeben von seinen Paladinen auf bäumendem Schlachtroß paradiren läßt, mit der actenmäßigen Wahrheit nicht allzu genau nahm, so möchte man auf solche bei den seine Vor- und Mittelgründe einnehmenden Gefechts- und Belagerungsbildern schwören. Das Wesentliche darin ist von der Natur selbst skizzirt und einem treuen Gedächtniß eingeprägt und keinenfalls das Product einer es besser als die Wirklichkeit wissen wollenden Phantasie.

Aber der Sinn der Menschen, und zumal der Großen dieser Epoche, stand noch zu sehr unter der Macht und Einwirkung der classischen Traditionen, der idealistischen Bildung der Renaissance, als daß ihnen mit solcher nur wahrheitsgemäßen Verbildlichung ihrer kriegerischen Großthaten allein gedient gewesen wäre. Die rechte Genugthuung fanden sie doch nur, ihre Thaten in den Kampfbildern jener Meister verherrlicht zu sehen, die „nicht dabei gewesen waren." Und mit solchen Gemälden, welche den ganzen wirklichen kriegerischen Vorgang entweder in eine Zusammenstellung allegorischer Gestalten auflösen, oder ihn und seine Helden gleichsam in die verschönernde Maske antiker Thaten und Heroen kleiden, bedeckten sich die Wände und Plafonds ihrer Fürstenschlösser. Für diese letztere Art der idealen Phantasieschlacht bleibt Rafaels Schlacht des Constantin fort und fort Typus und Vorbild und hat sich als solches, ausgerüstet mit der ganzen Autorität seines Autornamens, bis auf den heutigen Tag verhängnißvoll genug erwiesen für die ganze Entwicklung des kriegerischen Genres. Alle jene ungeheuerlichen Gruppirungen, jene aus unmöglich bewegten Menschen- und Pferdeleibern zusammengeballten Gestaltenklumpen, jene Stellungen von Todten und Verwundeten, jene souveräne Gleichgiltigkeit gegen die natürliche Möglichkeit, seinen Gegner mit solchen Hieben und Stößen, wie sie in diesen Kämpfen geführt zu werden pflegen, überhaupt nur zu treffen, all diese Eigenschaften, welche der gewöhnlichen Schlachtmalerei so durchweg gemeinsam waren und vielfach noch sind, lassen sich auf jenes berühmte Muster zurückführen, in welchem sie, ohne der Verehrung für Rafael zu nahe zu treten, vielfach mit Leichtigkeit nachzuweisen sind. Lebrun, der allherrschende Kunsttyrann und Hofmaler des großen Ludwig, hat in seinen der Verherrlichung des letzteren geltenden Alexanderschlachten dieses hohe Muster direct nachgeahmt und im grotesken Geschmack damaliger Kunst durch Hinzuthun neuer Monstrositäten seine Ueberladung noch übergipfelt. Diese beiden Autoritäten: Van der Meulen und Rafael-Lebrun, beherrschen die ganze Schlachtmalerei des folgenden Jahrhunderts. Im Ganzen aber tritt während desselben trotz seiner langen und blutigen Kriege das ganze Genre auffällig zurück. Wir hören von keinem Künstler mehr, der eine der kämpfenden Armeen zu Studienzwecken begleitet, und sehen noch weniger in den Bildern der Zeit, daß einer ihrer Urheber es gethan hätte. Gewinnt die Darstellung des Kampfes im Hintergrund — den „ersten Plan" nimmt natürlich immer der siegreiche Fürst oder Feldherr mit seinem Stabe ein, — einen Anschein realistischen Charakters, so erkennt man bei einiger Prüfung leicht doch nur die einfache Wiederholung van der meulenscher Vorbilder, aus welcher das Verständniß mit der eignen Anschauung der originalen Wirklichkeit bereits entwichen ist. Weit häufiger aber ist, wo es sich um die Verherrlichung der Schlachten und Siege der Zeit handelt, Lebruns allegorisirende oder in ein phantastisches Römerthum übersetzende Manier für die Künstler maßgebend. Der große deutsche Realist in der Kunst des achtzehnten Jahrhunderts, der nie genug zu schätzende Chodowiecki pflegt sich, wo ihm solche Aufträge werden, in seinen Compositionen zwischen beiden Darstellungsweisen mitten durch zu winden. Zeuge des wirklichen Krieges ist er wohl nicht gewesen, doch scheint er noch eins der Schlachtfelder des siebenjährigen Krieges mit eigenen Augen gesehen zu haben. Wenigstens findet sich in den kleinen Bildchen zu Basedows Erziehungswerk die Darstellung eines solchen nach dem Kampf, in welcher eine Menge nicht zu erfindender Motive von überraschender Naturwahrheit auf eigne Anschauung der Wirklichkeit durch den Zeichner hindeuten.

Mit den großen französischen Revolutions-, Consulats- und Kaiserkriegen nehmen die Künstler dieser Nation denn auch wieder die Aufgabe ihrer malerischen Schilderung und Verherrlichung in die Hand. Schade nur, daß der naive Blick ihres Malerauges bereits in zarter Jugend durch die akademische und später die davidsche Schuldressur so gründlich verwirrt und um seine Unbefangenheit gebracht war, daß er für die sich ihnen bietende reichste echt malerische Erscheinungswelt alle natürliche Auffassungsgabe eingebüßt hatte. So half es ihnen wenig, wenn sie den Krieg von Angesicht zu Angesicht sahen: sie brachten bereits ihr fertiges Kriegerideal mit und statt nach der von Freund Merck dem jungen Goethe, als er ihn vor den Stolbergs warnte, so prächtig präcisirten Weise des letztern, aus der Wirklichkeit deren eigenste Poesie und Schönheit herauszuentwickeln, hervorblühen zu lassen, reckten und dehnten und completirten sie die Natur vor ihnen, bis dieselbe auf das Maß ihres Ideals paßte, über welcher Tortur sie dann freilich auch ihren ursprünglichen Geist ausgehaucht hatte. So giebt es nicht ein Bild, nicht einen Stich aus jener kriegerischen Epoche, dessen Gestalten uns eine nur annähernd treue Anschauung des wirklichen Aussehens jener heroischen Besieger des coalirten Europa gäben, und erst einem Künstler der vierziger Jahre, einem der größten Darsteller der Wirklichkeit, den die moderne Kunst aufweist, dem herrlichen Raffet, war es vorbehalten, mit dem wunderbar inspirirten Blick des Genies jenes Geschlecht der großen Vergangenheit in voller Klarheit anzuschauen und es zu einer solchen Leibhaftigkeit wieder heraufzubeschwören, daß man das directe Abbild des unmittelbar Gesehenen zu empfangen meint. Bei Gros, dem gefeierten officiellen Maler kaiserlicher Großthaten, bricht zuweilen wohl der gesunde Zug seiner Künstlernatur mit naiver Großheit durch den Zwang der classischen Disciplin, und läßt ihn seine Helden hier und da zum wirklichen Bilde ihrer Erscheinung gestalten. Im Allgemeinen aber schwellen auch bei ihm, wie bei David, Girodet, Gérard und Tuttiquanti unter der Lederhose des französischen Chasseurs die Schenkel des Antinous und unter dem Collet jedes Offiziers die Brustmuskeln des Discuswerfers. Jenes wunderliche Heldengeschlecht, wie es Goethe aus dem überwundenen Mainz unter den düstern Klängen des „Marseiller Marsches“ langsam herausziehen sah, für den reinlichen Blick des Goethe der neunziger Jahre, der „lieber eine Ungerechtigkeit begehen, als eine Unordnung dulden“ mochte, unbequem und widerwärtig genug, und doch so unabweislich imponirend in seiner ernsten und furchtbaren Größe, — jene Jäger zu

Pferde, „Männer in gewissen Jahren“, einzeln „dem Don Quixote zu vergleichen, in Massen doch so höchst ehrwürdig“, sie, deren Anblick jedes unbefangene Malerauge mit Entzücken füllen müßte, haben unter ihren künstlerischen Zeitgenossen auch nicht einen treuen Darsteller gefunden.

Aber zu einer Sammlung von Illustrationen haben die Kaiserkriege Veranlassung gegeben, bei deren Entwerfen der Anblick der furchtbarsten Wahrheit über jedes an die Wirklichkeit mit herangetragene künstlerische Vorurtheil bald den vollen Sieg gewonnen hat. Nicht den glänzenden Siegesthaten der großen Armee gilt diese grausige Verherrlichung, nicht auf den Siegeszügen durch die niedergeworfene Welt ist diese merkwürdige künstlerische Blüthe erwachsen, sondern auf den blutgetränkten Eisfeldern Rußlands, aus all dem namenlosen Entsetzen des Rückzugs von 1812. Es ist jenes illustrirte Tagebuch, wie man es nennen könnte, das der würtembergische Hauptmann von Faber, ein sehr geschickter Zeichner, der in der französischen Invasionsarmee diente, während des ganzen Feldzugs geführt hat. Später ist es in getreu den Charakter der Originalskizzen nachahmenden großen Steinzeichnungen erschienen, aber seltsamerweise bei uns noch immer wenig gekannt. Mit schlichter, schmuckloser Treue zeichnet dieser Offizier von Woche zu Woche, oft von Tag zu Tag, alles nieder, was er auf jenem Zuge nach und ebenso auch von Moskau an militärischen Scenen, an Episoden des Lagers, des Marsches, des Schlachtfeldes, und dann des sich immer steigernden Grausens und haarsträubenden Entsetzens gesehen hat. Er thut das mit einer fast unbegreiflichen kühnen Objectivität. Die Skizzen sind so gänzlich naiv, er hat aus dem Gesehenen so wenig noch etwas machen und arrangiren wollen, die aufgefaßten Züge sind so gänzlich unerfindbar, daß man sich gezwungen fühlt, sie als wirkliches Bild der Wahrheit hinzunehmen. Bei den jede Vorstellung überbietenden, wahnsinnigen Grauenscenen der letzten Rückzugswochen, während welcher das Skizziren wohl zur praktischen Unmöglichkeit werden mußte, kann und muß man einen so unauslöschlich tiefen Eindruck auf seine lebhafte und festhaltende Phantasie annehmen, daß er ihn auch nach erfolgter Rettung noch in voller Treue zu skizziren vermochte.

Uns Deutschen ist es mit unsern neuen nationalen Heldenthaten und ihren begeisterten Vollbringern nicht anders ergangen als den Franzosen mit ihrer Sieg- und Ruhmeszeit. Es hat mancher später berühmt gewordene Maler die Schlachten der Freiheitskriege mitgeschlagen, aber kein einziger hat es nur versucht, uns ein ihrer Wirklichkeit einigermaßen entsprechendes Bild von ihnen und ihren Kämpfern zu geben. Auch sie stehen völlig unter der Macht der davidschen classischen Lehre, und nicht ohne Lachen und Bedauern kann man die Kriegs- und Kriegerbilder, wie sie jene Zeit erzeugte und wie sie z. B. im vorigen Jubiläumsjahr der letztern wieder vielfach ans Tageslicht traten, heute ansehen. Die antike Heroenstatue oder das akademische Muskelmodell mit der damaligen Uniform der Alliirten bekleidet wirkt noch komischer, als in der französischen Tracht des Consulats und des Kaiserreichs. Der Sieg der norddeutschen romantischen Malerschule drängte indeß bei uns schnell genug dies ganze Wesen in den Hintergrund und mit den als viel größere und erhabenere Aufgaben gepriesenen, mittelalterlichen Schlachten, mit den Nibelungenkämpfen, den alten karolingischen und hohenstaufischen Kaiserkriegen, wie man sie in Düsseldorf und München zu malen begann, trat die absolute, nicht einmal mehr durch Concessionen an Schießpulver und Uniformen gemäßigte Herrschaft der Constantinsschlacht über die Geister der componirenden Künstler wieder in ihr ganzes und volles Recht.

In gleicher Ausschließlichkeit erlangte sie es bei den Franzosen nicht wieder. Deren malende Romantiker waren weit mehr Realisten und mit viel zu starkem Nationalgefühl, mit viel zu lebhaftem vaterländischem Stolz ausgerüstet, um sich so gänzlich in die Nebel der Ferne zu verlieren und der ruhmreichen jüngsten Vergangenheit ihres Volks in ähnlicher Weise den Rücken zu kehren. Ihr feindlicher Gegensatz aber gegen David und die Seinigen mußte sie nothwendig bei der Behandlung modernkriegsgeschichtlicher Bildgegenstände zu einer ganz entgegengesetzten Art ihrer Auffassung führen. Horace Vernet ist hier wohl als erster zu nennen, der Bilder von Schlachten und Kämpfen unternimmt, wie sie sich dem unbefangnen Blick des künstlerisch gebildeten Augenzeugen darstellen. Seine unübertroffene „Barrière von Clichy" im Luxembourg ist in dieser Richtung epochemachend gewesen. Nicht unmittelbar gelang ihm natürlich dieser Uebergang vom theatralischen Pathos seiner „klassischen" Vorgänger zum natürlich-dramatischen seiner ihm später eigenthümlichen Richtung. Noch in seinen Bildern aus den zwanziger Jahren spukt jener Geist wohl hin und wieder. Als dem künstlerisch völlig gereiften Meister aber mit den algierischen Eroberungskämpfen der Krieg wieder in seiner Wirklichkeit zur Anschauung kommt, ist er mit einem Schlage auch von der letzten Erinnerung an die längst abgeschüttelte und zerbrochne Fessel befreit, seine Auffassung und Darstellung der Schlacht- und Kampfscenen gewinnt plötzlich ihr ganz vom bisherigen abweichendes persönliches Gepräge, und er wird der Vater, Meister und Muster der modernen Kriegsillustration. Während Vernet zur Tafel für letztere von Louis Philipp ganze Saalwände des zum historischen Museum verwandelten Königsschlosses zu Versailles angewiesen erhielt, auf welche er in rascher Folge mit unerhörter Bravour die malerischen Schilderungen aller französischen Schlachten, Gefechte und kriegerischen Episoden der dreißiger und vierziger Jahre unmittelbar nachdem sie geschlagen und geschehn, geistreich und in einer bis dahin nicht gesehenen unbefangnen ungeschminkten Natürlichkeit mit nie rastendem Pinsel hinzeichnete, begleitete dieselben Heere auf ihren glücklichen und unglücklichen Zügen nach ein andrer jüngerer Künstler, neben dem großen Kunstgestirn des Tages noch wenig genannt, Raffet, und studirte, mit der Kaltblütigkeit des alten in Waffen ergrauten Soldaten im Kugelregen haltend, die künstlerische Erscheinung des Kriegs an der ersten Quelle, um das Gesehene und Skizzirte dann auf kleinere Steinplatten lithographisch ausgeführt als anspruchslose fliegende Blätter, Illustrationen zur Kriegsgeschichte der Gegenwart in aller Hände gehn zu lassen. Kleine Bildchen freilich und nichts weniger als mit saubrer Eleganz ausgeführt, aber wer die heut so selten und kostbar gewordenen zur Hand nimmt (vor allem die zu den beiden Expeditionen gegen Constantine) wird sich von einem Schauer der furchtbar ernsten Wahrheit angeweht fühlen, wie er nur von sehr Wenigen der vernetschen Riesenbilder ausgeht, und ergriffen von einem darin niedergelegten Reichthum des tiefsten künstlerischen Wissens und reifsten Könnens, wie er es in vielen der gepriesensten Tafeln zeitgenössischer Meister vergebens suchen mag.

Seit diesen beiden Künstlern hat die Sitte, den Krieg im Kriege und durch eigne Anschauung zu studiren, bei den Malern und Zeichnern eine bis dahin nicht gekannte Verbreitung und Annahme gefunden. Sie ist bei Engländern, Deutschen und Franzosen wesentlich durch die in jene Zeit, den Anfang der vierziger Jahre, fallende Begründung der großen illustrirten Journale, bei der letztgenannten Nation noch durch die Existenz des versailler Museums höchst gefördert und unterstützt worden. Die Photographie hat unsern Blick verwöhnt, unsre Forderungen und Ansprüche an die Bilder wirklicher Ereignisse gewandelt und gesteigert. Bei Schlachten und kriegerischen Scenen der Vergangenheit verstatten wir dem Künstler gern, ihr Bild freischöpferisch aus „der Idee" zu gestalten. Wo es sich um die Kämpfe der Gegenwart handelt, verlangt sein Publicum, daß er Augenzeuge gewesen, — oder uns dies wenigstens glauben mache. Denn auf letzteres reducirt sich doch der Anspruch. So sehen wir während der letzten zwanzig Jahre überall, wo nur auf der Erde Kanonendonner erdröhnt und Menschenblut dem unsterblichen Ares zum Opfer fließt, den „Specialartisten" erscheinen. Die großen Schlachten sind ihm keineswegs die Hauptsache: er weiß sehr wohl, daß er im Handgemenge so wenig sehn als zeichnen kann; sieht doch jeder Mitkämpfer, wenn es der Pulverdampf überhaupt gestattet, nichts als die zunächst vor ihm stehenden Gegner oder zunächst umgebenden Kameraden. Diese großen Actionen besorgen die zu Hause Gebliebenen besser nach der bekannten Schablone, die nur nach den Uniformen der gerade Mitwirkenden und nach dem wechselnden Terrain der Schlachtfelder die nöthigen Modificationen erfährt. Aber die tausend interessanten, immer malerisch reizenden Scenen der Märsche, des Lagers, der Feldwachten; Einquartierung, Fouragirung, Schlachtfelder nach der Schlacht und, erwünschter als alles, eine längere Belagerung: — das ist sein Feld, da hält er seine reichsten Ernten, da hört jede Concurrenz des daheim gebliebenen Collegen auf, und immer belohnt Theilnahme und Aufmerksamkeit, Bewunderung der künstlerischen und martialischen Eigenschaften seitens des Publicums den Zeichner, und eine stets wachsende Abonnentenzahl die Redaction. — Es liegt in der Natur der Verhältnisse, daß unter allen Specialartisten der Welt die ersten auf dem Platz und zwar auf jedem Platz des Erdballs, wo es galt, immer die englischen waren. Wie die Correspondenten ihrer Nation, finden auch sie die Wege überall weit offen und geebnet, kein Hauptquartier empfängt sie übel und mißgünstig; prompt tragen die Schiffe ihres Vaterlandes sie zu jedem noch so entlegnen Punkt der Erde; mit sicherem Auge wissen sie das Wesentliche der Erscheinungen zu fassen, mit praktisch unvergleichlich geschickter Hand alles zum wirksamen Bilde zu gestalten und des Verständnisses und der Tüchtigkeit ihrer heimischen Holzschneider können sie gewiß sein. So danken wir ihnen seit Jahren eine unschätzbare Bereicherung unsrer Anschauung von allen zeitgeschichtlichen Ereignissen der Welt, durch eine zahllose Reihe von Bildern, deren culturhistorische Wichtigkeit und Bedeutung durch ihre künstlerische fast noch übertroffen wird. Wie oft hat es mich mit wahrhaftem Schmerz durchzuckt, wenn ich diese köstlichen kleinen Kunstwerke, welche während des Krimkrieges, während des indischen, chinesischen, italienischen und amerikanischen fast jede Nummer der Illustrated London News massenhaft brachte, durch diese, ihre ephemere Bestimmung für die Seiten eines Journals, dem allgemeinen Schicksal eines solchen auch mit verfallen sah, Bilder, mit denen sich an Geist, Charakter und Lebensfrische so wenig unter den anspruchsvollen Producten der großen Malerei vergleichen läßt. „The war in Denmark", wie dasselbe Journal hartnäckig den jetzigen schleswig-holsteinischen Krieg betitelt, ist von seinen Zeichnern natürlich auch nicht unberücksichtigt gelassen. Von „Our danish artist" scheint es sich indeß lieber bedienen zu lassen wie von seinem englischen Collegen „in the Prussian Head-Quarters". Dem unterdrückten Schwagervolk wird auch hier ersichtlich eine größere, liebevollere Aufmerksamkeit zugewandt als den gewaltthätigen deutschen Räubern und Einbrechern, deren Uniformen z. B. durchweg mit solcher Nachlässigkeit und Gleichgiltigkeit gegen das wirkliche Aussehen behandelt sind, daß darüber das Charakteristische in der Erscheinung des preußischen Soldaten oft völlig verloren geht. In der Totalwirkung, im allgemeinen Aspect der dargestellten Scenen sind dagegen auch diese Bilder vom preußischen Lager oft genug ganz meisterhaft. Unter allen fiel mir in einer der letzten Nummern jene Zeichnung auf, welche die Zählung und Sonderung der deutschen und dänischen Leichen der beim düppler Sturm Gefallenen darstellte: mit der höchsten Energie und Wahrheit unter dem furchtbaren Eindruck des unmittelbaren Anblicks entworfen, erreichte der Zeichner eine tief erschütternde Wirkung.

Die Franzosen hatten mit Mexiko zuviel zu thun, um dem schleswigschen

Kriege eine besondere künstlerische Beachtung zuzuwenden. Die Zeichnungen aus ihren eigenen neuesten Feldzügen in der Illustration de Paris (welche sich mit den bewundernswerthen für dasselbe Journal von Durand-Brager, dem Maler und Marineoffizier gelieferten nicht entfernt vergleichen lassen), haben meist geschickte Dilettanten unter den an ihnen activ theilnehmenden Offizieren geliefert, wenn sie auch bei der Holzübertragung in Paris von guten kundigen Zeichnern zuvor noch künstlerisch zurechtgestutzt sind. Die großen vorjährigen Polenschlachten waren wohl reine Phantasiegebilde. Was jene Offiziersproducte an letzterer Eigenschaft vermissen lassen, ersetzen sie wieder durch große militärische Richtigkeit und Zuverlässigkeit in allen „Vues" wie in den dargestellten Bewegungen der Truppenkörper. Die eigentlich künstlerisch durchgearbeitete Kriegsillustration findet in Versailles noch immer ein unendliches Feld, sich in jedem Maßstab zu entfalten.

Die Deutschen haben sich auf diesem Gebiet gegen ihre ausländischen Genossen lange im Nachtrab gehalten; ihre Situation war in jeder Hinsicht eine weit ungünstigere. Es fehlte an den geeigneten und geneigten Künstlern, an den Geldmitteln, an den Holzschneidern und — an der nationalen Antheilnahme ihres Publicums an Kriegen, die es nicht zunächst angingen. Der nun in Schleswig durchgekämpfte sollte das gründlich ändern. Die illustrirten Journale Deutschlands, in vorderster Reihe die webersche Leipziger Illustrirte Zeitung, haben vom ersten Beginn dieses Kampfes an die größten Anstrengungen gemacht, nicht hinter der hier gestellten großen Aufgabe zurückzubleiben. Ein sehr origineller und für dies Fach wie kaum ein Anderer begabter Zeichner, A. Beck, begleitete das Hauptquartier der Verbündeten in jenen Winterfeldzug. Ausgerüstet mit dem schärfsten Blick für die Wirklichkeit, mit dem Talent, die Bewegung von Menschen und Pferden im schnellsten Fluge zu erfassen, mit einer gründlichen Kenntniß alles militärischen Wesens, die sich ebenso auf den Sitz jedes Uniformknopfs, wie auf jedes Detail der Geschützlaffetirung und Bespannung erstreckt, mit einer stets fertigen geschickten Hand, der Fähigkeit zur Ertragung der schlimmsten Strapazen und der Kunst, jedem Hauptquartier ein willkommener Gast, jedem Soldaten ein guter Kamerad zu sein, besitzt er alles, was zu diesem eigenthümlichen Künstleromt des „Spezialartisten" nothwendig ist. Wie sehr er diese seine Gaben nutzbar zu machen wußte, hat er in der langen Reihe der vortrefflichsten Zeichnungen vom Kriegsschauplatz bewiesen, welche die Illustrirte Zeitung seit Januar (er war bereits mit den Bundestruppen in Holstein) von ihm gebracht hat. Wo es sich um die nackte fürchterliche Wahrheit in der Wiedergabe der höchsten Schrecken des Kriegs, d. h. winterlicher Schlachtfelder und erstarrter Leichenhaufen handelt, steht er hinter Faber nicht zurück. Das Bild der „Leichen im Spritzenhaus zu Bustorf" wird jedem, der es gesehen, in dieser Hinsicht unvergeßlich bleiben. Und in den bewegten köstlichen kleinen Gefechtsscenen, den Reiterscharmützeln im Schneesturm des Februar, den Recognoscirungen und Verwundetentransporten, vor allem aber den Artillerietrains, thut es ihm kein Engländer und Franzose gleich. Neben den seinigen mit ihrer Präcision und charakteristischen Bestimmtheit im Detail erblassen die besten englischen Kriegsillustrationen zu leeren Allgemeinheiten. — Wenn Beck sich hauptsächlich den Oestreichern anschloß, so hielt sich der ihm später gefolgte berliner Schlachtenmaler Fr. Kaiser zu seinen preußischen Compatrioten. Seine ganz trefflichen bisher eingesandten Zeichnungen mit ihren kleinen lebensvollen Figürchen stehen in ihrer Art denen Becks nicht nach. Was hat, wie wir da sehen, der Krieg aus dem preußischen Soldaten gemacht! Wo ist die parade- und ordonnanzmäßige „Propreté", wo der „verschluckte Ladestock" geblieben. Ueppig wuchernde Bärte um Kinn und Wangen in potsdamer Gardelieutenantsgesichtern, eine kleine Mütze in die Stirn gedrückt, keine Epaulets, die Hosen in hohe Stiefel gesteckt, die Kapuze im Nacken, den Haudegen an der Seite, den Revolver in der Faust, „bespritzt mit jedes Bodens Unterschied", der zwischen Kiel und Alsen liegt! C'est la guerre — und die Maler danken es dem Kriege, daß er ihnen in solcher Art das Material künftiger Bilder preußischer Ruhmesthaten präparirt hat, wie sie es sich nicht besser wünschen und träumen könnten, und mögen nicht minder auch dem tüchtigen treu auffassenden Zeichner danken, der es ihnen in dieser Gestalt überlieferte.

Gegenwärtig ist L. Burger als dritter Zeichner der Illustrirten in Jütland, um eine, jedenfalls noch mannigfach interessante Nachlese zu halten.

Die Achillesferse freilich ist unsern deutschen Kriegsillustrationen immer noch geblieben: das ist das ganze Marine- und Seewesen. In diesem Genre erscheinen die englischen Zeichner wirklich wie Wesen einer höhern Gattung gegen uns arme künstlerische Landratten, wenn auch noch so „tappre Landsoldaten". Vielleicht daß auch darin der jetzige Krieg fruchtreich für uns werden und mit dem kieler Hafen uns eine anständige Flotte, mit dieser aber allmälig auch tüchtige Marinezeichner und Seegefechtbilder bringen wird.

In den letzten Tagen sind in Berlin die an Ort und Stelle aufgenommenen Photographien vom Kriegsschauplatz von Graf erschienen. An Präcision und Klarheit lassen sie nichts zu wünschen übrig. Sie geben die Localitäten, die Soldaten und die Waffen in Ruhe mit einer natürlich von keiner Zeichnung zu erreichenden Genauigkeit. Auch sie, wie jene Illustrationen, liefern unschätzbare Documente und Material für die höhere Kunst. Wie werden die Vertreter des kriegerischen Elements in derselben, unser Menzel, Kamphausen, Bleibtreu das so für sie Aufgehäufte zu verwenden wissen? Mögen sie sich der neuen großen nationalen Stoffe würdig zeigen, daß die große Geschichtsmalerei nicht von der so viel anspruchs- und selbstloseren Illustration beschämt werde!

Der norddeutsche Kanal.

Einer der ersten Gedanken, die Preußen verfolgte, nachdem es für das deutsche Interesse in den Ländern zwischen Elbe und Königsau das Schwert gezogen, eine der verheißungsreichsten Unternehmungen, die es dort ins Auge faßte und bereits durch Voruntersuchung in Angriff nahm, ist die Anlage eines für große Schiffe brauchbaren und daher auch Seekriegszwecken zu dienen geeigneten Kanals, der, quer über die cimbrische Halbinsel geführt, die Nordsee mit einer der Buchten an der östlichen Küste Schleswig-Holsteins und so mit dem ganzen weiten baltischen Wasserbecken verbinden würde.

Wie außerordentlich wichtig eine solche Anlage für die Entwicklung Deutschlands zu einer Seemacht ist, untersuchen wir für jetzt nicht ausführlich. Es reicht vor der Hand hin, darauf hinzuweisen, daß der Kanal, wie ein Blick auf die Karte schon dem Laien zeigt, in gehöriger Breite angelegt und an seinen beiden Endpunkten befestigt, ein sicherer Kriegshafen von bester Lage und eine unvergleichliche doppelte Ausfallspforte für die künftige deutsche Flotte werden müßte, und dies, ohne der Nation auch nur den vierten Theil der Geldopfer aufzuerlegen, welche allein Cherbourg von den Franzosen gefordert hat.

Auch über den etwaigen Lauf dieser neuen deutschen Wasserstraße zu sprechen und Erörterungen anzustellen, ob und warum die eine oder die andere der vorgeschlagenen Richtungen, eine südlichere oder eine nördlichere, den Vorzug verdient, müssen wir, da diese Fragen von Fachmännern für Fachmänner zu behandeln sind und überdies das nöthige Material noch nicht gesammelt ist, hier unterlassen. Es genüge, in dieser Beziehung zu bemerken, daß man nach den von preußischen Technikern angestellten Terrainbesichtigungen wahrscheinlich nicht die Linie Hoyer-Flensburg, noch weniger die zwischen Husum, Schleswig und Eckernförde und ebensowenig die von Sturz in einer soeben erschienenen Flugschrift*) empfohlene, die vom Ausfluß der Stör durch Südholstein nach dem hamelsdorfer See und der lübischen Bucht geht, wählen, sondern die Linie von der Elbmündung nach der eckernförder Bucht vorziehen wird. Gründe dafür anzugeben, wird sich künftig Gelegenheit bieten.

Dagegen ist schon jetzt Zeit, auf die hohe Bedeutung aufmerksam zu machen,

*) Der Nord- und Ostsee-Kanal durch Holstein, Deutschlands Doppelpforte zu seinen Meeren und zum Weltmeere. Mit einem Vorschlag zu einer neuen Befestigungsweise der deutschen Strommündungen und Küsten. Von J. J. Sturz. Berlin, Verlag von Mitscher und Röstell. 1864.

die der projectirte norddeutsche Kanal für den Handel und Verkehr zunächst Norddeutschlands selbst, dann ganz Europas und selbst Amerikas haben würde, und zwar folgen wir hierbei den Andeutungen der erwähnten lesenswerthen Schrift, deren Verfasser in dieser Beziehung keine Laie, sondern ein sehr beachtenswerther Sachkenner ist.

An keiner Stelle der Erde waltet ein so großes Bedürfniß nach einem Durchstich ob, wie hier auf der cimbrischen Halbinsel, und an keiner würden das Unternehmen die Umstände so sehr begünstigen. Der Umweg durch den Sund, welchen große Schiffe jetzt machen müssen, wenn sie von der Nordseeküste Deutschlands und Hollands nach der Ostsee oder umgekehrt von dieser nach jener gelangen wollen, beträgt für Dampfer, die nicht zu laviren brauchen, durchschnittlich 350, für Segelschiffe circa 800 Meilen englisch. Jene haben einen Zeitverlust von zwei, diese einen von mindestens acht Tagen. Ferner gehen an der flachen nordschleswigschen und jütischen Küste und im Kattegat in stürmischen Jahren eine große Anzahl von Fahrzeugen mit Hunderten von Seeleuten und Waaren im Werthe von Millionen zu Grunde. Wird der Kanal ausgeführt, so ermäßigen sich für die ihn passirenden Schiffe Zinsen, Assecuranzprämie, Lohn und Beköstigung der Mannschaft und Abnutzung der Fahrzeuge sowie des Inventars sehr wesentlich, und da die Zahl der Schiffe, welche zwischen Nord- und Ostsee fahren, ungemein groß ist, so würde schon die Ersparniß an Zeit, die der Kanal schaffte, an Geldwerth vielen Millionen gleichkommen. Während der in unsrer Breitenlage für den Seeverkehr verwendbaren acht Monate des Jahres würden, wie Sturz auf Grund statistischer Notizen in früher aufgetauchten Projecten behauptet, schon in den ersten Jahren nach Eröffnung eines solchen Kanals jährlich an zwanzigtausend Schiffe den Durchgang begehren, eine Zahl, die sich in einem Vierteljahrhundert verdoppeln könnte.

Der Kanal sollte wo möglich keine Schleußen haben, da diese die nothwendige Schnelligkeit des Verkehrs hemmen, also den Zeitgewinn mindern würden. Er müßte einen Wasserspiegel von etwa 320 und eine Sohle von etwa 200 Fuß Breite haben, und seine Tiefe müßte mindestens 30 Fuß betragen. Gleichzeitig mit dem Bau des Kanals würde auf Anlegung von Bassins, Seitenhäfen, Trockendocks, Steinkohlendepots und großartigen Speichern für den Bedarf und die Erzeugnisse der betheiligten Völker Bedacht zu nehmen sein. Das Ein- und Ausladen müßte durch die Anwendung passender Maschinen und durch zweckmäßige Baueinrichtungen dermaßen erleichtert werden, daß Arbeiten, die jetzt Tage erfordern, in ebensovielen Stunden abgethan sein könnten. Längs der Magazinstraße, die sich allmälig auf beiden Ufern des Kanals erheben würde, müßte eine doppelte Eisenbahn für Passagiere und Frachtgüter hinführen, außerdem aber unmittelbar am Wasser auf beiden Seiten eine Schlepp-Locomotiv-Bahn zur Beförderung nicht nur der Segelschiffe, sondern auch der Dampfer, welche letzteren auf diese Weise wohlfeiler, schneller und mit größerer Schonung der Ufer durch den Kanal kommen würden, als wenn sie ihre eignen Maschinen benutzten. Diese Eisenbahnen und ebenso was sonst sich dem neuen Wasserwege anfügte, die Magazine, Docks und Kohlendepots wären am besten durch besondere Compagnien, aber natürlich im Einverständniß mit der Gesellschaft auszuführen, welche mit dem Bau des Kanals betraut wäre.

Die Capitalien, welche allein durch diese Nebenunternehmungen und durch Gründung neuer Bevölkerungscentren, Werften, Fabriken u. s. w. angezogen werden würden, und die Sturz schon für die ersten zehn Jahre auf mehr als hundert Millionen Thaler veranschlagt, würden bei der sichern Aussicht auf raschen und erheblichen Gewinn in Deutschland sehr schnell zum Vorschein kommen und auch ausländisches Geld und mit ihm ein schwungvoller Unternehmungsgeist sich einstellen.

Dem großen Werke des Kanalbaues selbst, welches voraussichtlich zu seiner Ausführung 70 bis 90 Millionen Thaler erfordern würde, dürfte die Gewährleistung des deutschen Bundes, besser die der Staaten des Zollvereins nicht vorenthalten werden. Der Kanalbau-Gesellschaft und den besondern Associationen zur Errichtung von Bassins, Docks, Lagerhäusern und Werften, Eisenbahnen und Fabriken wären umfassende Concessionen und Expropriationsrechte zu ertheilen. Der Kostenpunkt in Bezug auf den Kanal selbst kann keine Schwierigkeiten bieten, da die den Zinsen des Anlagecapitals gleichkommende Summe fast schon durch den Zeitverlust verschlungen wird, welchen der gegenwärtige Umweg erfordert. Hierzu tritt aber noch, wie angedeutet, der Mehrbetrag der Seeversicherung und der Verlust an Schiffen und Ladungen, der erwähnten Menschenopfer gar nicht noch einmal zu gedenken. Jede billig angesetzte Durchfahrtsabgabe wird daher bereitwillig entrichtet werden, und diese Abgabe sichert dem angelegten Capitale nicht nur hohe Zinsen, sondern wird dasselbe sogar in nicht ferner Zeit reproduciren.

Von den Hansestädten und Mecklenburg würde Transitzoll zu verlangen sein, falls der Zollverein die Bürgschaft für die Verzinsung des Capitals übernähme und die Mecklenburger, Hamburger, Bremer und Lübecker nicht vor Eröffnung des Kanals dem Zollverein beigetreten sein sollten, der sich ja den Grundsätzen der Handelsfreiheit immer mehr nähert. Fremde Kriegsschiffe wären selbstverständlich von jeder Benutzung des Kanals auf immer auszuschließen. Für alle Handelsschiffe und im Allgemeinen für alle Handelszwecke muß der Kanal unter allen Umständen neutral bleiben, und zwar in dem Sinne, daß die Schiffe und Waaren feindlicher Nationen im Kanal niemals mit Embargo belegt oder confiscirt werden können, sofern sie sich bei Ausbruch des Krieges bereits dort befinden. Fremdes Gut, sofern es Privateigenthum ist, muß dort ebenso unter dem Schutze deutschen Rechts und deutscher Kanonen stehen, wie einheimisches. Ohne diese Gewähr würde der Kanal bei dem handeltreibenden Theile vieler maritimer Völker nicht das Vertrauen finden, dessen er bedarf, um eine Welthandelsstraße zu werden. Mit dieser Gewähr wird dort eine Lagerstätte für den Weltverkehr entstehen, und dort aufgespeicherte Waaren werden auf die bloßen Empfangsscheine competenter Dockcompagnien auf den entferntesten Märkten gekauft werden, wie jetzt die in den Docks von London und Liverpool lagernden Güter.

Die für das Capital der Kanalgesellschaft zu gebenden Zinsgarantien wären nur nominell, da das commerzielle Gelingen des Unternehmens keinerlei Bedenken unterliegt. Die Bürgschaft wäre nur als Sicherheit für den Fall einer Unterbrechung der Kanalschifffahrt durch Krieg zu verlangen, und die betreffenden Staaten wären dieselbe zu leisten schon deshalb verpflichtet, weil der Kanal als trefflichster Kriegshafen für sie die höchste Bedeutung hätte. Zieht man aber ein Staatsunternehmen vor, so können die Kosten, selbst wenn sie hundert Millionen übersteigen, mit Leichtigkeit von den Zollvereinsstaaten, ja von Preußen und Schleswig-Holstein allein aufgebracht werden, am einfachsten durch Kanalobligationen nach dem Muster der Eisenbahnanleihen. Es würde dies die beliebteste Anleihe sein, die je in Deutschland gemacht worden.

„Selbst diejenigen unsrer Capitalisten“ — sagt Sturz mit Beziehung auf die in den Börsenzeitungen zu findenden Course von homburger, wiesbadner und emser Kursaal-Actien — „dürften sich bei näherer Betrachtung des Kanalwerks überzeugen, daß nationale Unternehmungen nicht blos ehrenvoller, sondern mindestens ebenso vortheilhaft sind. Wir empfehlen ihnen das Beispiel der Actionäre der hamburg-neuyorker Dampferlinie, die 10 Procent halbjährige Dividende zahlt und 802,000 Mark auf Reserveconto schreibt. Auch der Norddeutsche Lloyd hat im Jahre 1863 einen Ueberschuß von 230,557 Thalern gehabt.“

Uebrigens versprach keiner der großartigen Kanäle in den Vereinigten Staaten und in Kanada eine solche Einnahme, wie wir sie von unserm Unternehmen zu erwarten berechtigt sind, und doch wurden sie mit ungeheurem Aufwande ins Werk gesetzt. Ebensowenig wird der Panama- und Suez-Kanal sich in dem Maße verzinsen, wie der hier in Rede stehende. So behauptet wenigstens der Verfasser unsrer Schrift, und seine Gründe lassen sich hören.

„Das gewaltige russische Reich,“ sagt er, „das neuerdings in seiner noch ungeschwächten Urkraft einen mächtigen Anlauf genommen hat, um mit seinen siebzig Millionen in die Reihe der fortschreitenden Völker einzutreten, hat seine Hauptküste am Gestade des Meeres, welches durch den deutschen Kanal in unmittelbare Verbindung mit der Nordsee und dem atlantischen Ocean gelangen soll. Was ist natürlicher, als daß die ungeheure Masse der Erzeugnisse Rußlands, dessen Productionsfähigkeit noch gar nicht zu übersehen ist, nach diesem

Kanal strömen, daß sein im Entstehen begriffnes Eisenbahnnetz und Kanalsystem, welches in nicht allzulanger Zeit einen großen Theil des Handels zwischen Europa und Asien vermitteln muß, sich an der Ostsee concentriren und nach dieser Richtung die innersten Landestheile dem Weltmarkt eröffnen wird?"

Dies ist keine Uebertreibung. Das Wasserstraßennetz des russischen Reiches kann zunächst durch die vermittelst eines nur zehn Meilen langen Kanals zu bewirkende Vereinigung des Dniestr mit der Weichsel ergänzt und so die Ostsee mit dem schwarzen Meere verbunden werden. Bewerkstelligt aber später Rußland noch die Verbindung des letzteren mit dem kaspischen und die des kaspischen mit dem Aralsee, so erhält es im südöstlichen Theile seines ausgedehnten Gebiets ein Kanalsystem, dessen handelspolitische Bedeutung kaum hoch genug anzuschlagen ist.

Und so hat der Verfasser sich in Betreff unsres Gegenstandes keinen überschwenglichen Phantasien hingegeben, wenn er meint, daß der Handelsverkehr von Nord- und Mittelrußland mit den atlantischen Gestaden und den wichtigsten Küstenländern Amerikas künftig vorwiegend über die Ostsee und durch den projectirten Kanal gehen und daß dieser letztere in höherem Grade als der ägyptische ein weltverbindender werden wird.

An den Ufern des Kanals werden schon von seiner Eröffnung an Massen von Erzeugnissen Rußlands lagern, da die Häfen dieses Reichs fünf Monate des Jahres durch Eis verschlossen sind. Aber auch die fremden Producte, deren die Bevölkerung desselben bedarf, müssen aus demselben Grunde daselbst aufgestapelt werden. Man wird also in den Speichern am Kanal nicht allein die Erzeugnisse des Nordens mit Einschluß Schwedens und Dänemarks finden, nicht blos Rußlands Getreide, Flachs, Talg u. s. w., Schwedens Eisen und Holz, Dänemarks Stall- und Feldproducte, sondern auch den Zucker und Tabak Westindiens, das Palmöl, die kostbaren Hölzer und die Droguen Afrikas, das Welschkorn, das Bergöl und die Baumwolle Amerikas, Chinas Thee, Brasiliens Kaffee, Perus Guano, Frankreichs Weine und Modewaaren, Italiens Oel und Schwefel, kurz alle Producte der Welt, die im Osten und Norden Europas gebraucht werden, ohne daselbst zu wachsen.

Diese Lagerung von Gütern aus allen Himmelsstrichen, die Entnahme von allerlei Schiffsbedürfnissen, Proviant, Wasser u. s. w., der Durchgang so vieler Fahrzeuge, die mit der Zeit den in die Themse und den Mersey einlaufenden an Zahl kaum nachstehen würden, selbst die häufigen durch Havarie nöthig werdenden Ausbesserungen der von Süden, Westen und Osten kommenden Schiffe, welche wegen des leichten Zugangs zu den Seitenbassins und wegen der verhältnißmäßig wohlfeilen Herstellung der letzteren nirgends so zweckmäßig und mit so geringen Kosten auszuführen sein würden — alles das muß die Ufer des norddeutschen Kanals in nicht vielen Jahren zu einem Weltmarkt im ausgedehntesten Sinne des Wortes machen, Schleswig-Holstein aber zu einem der reichsten, am dichtesten bevölkerten und lebensvollsten Länder des europäischen Continents. Da bei der nicht sehr dichten Bevölkerung der transalbingischen Herzogthümer Hunderttausende von Händen von auswärts, vom Süden, herbeigezogen werden müssen, sowohl zur Förderung des Kanalbaus, als um das, was sich von Werften, Lagerhäusern, Fabriken u. a. an ihn gliedern wird, so werden ohne Zweifel Massen von Deutschen, die sich sonst zur Auswanderung entschlossen hätten, es vorziehen, dort ihr Glück zu suchen, und so dem Vaterland erhalten bleiben. Der Werth des Grundes und Bodens wird sich verdoppeln, in unmittelbarer Nähe des Kanals verzehnfachen, Eckernförde oder die Stadt, wo sonst etwa der Kanal mündet, aus einem stillen Landstädtchen zur stolzen Großstadt erblühen, Schleswig, Rendsburg und Kiel fabrikreiche und gewerbthätige Orte werden. Bis hoch in den Norden hinauf, bis zur deutschen Grenze wird die Kraft, die der Kanal dem Lande mittheilen muß, ihre segensreichen Wirkungen äußern, und es ist möglich, ja fast unausbleiblich, daß diese Kraft dem Volke, welches diesen Kanal besitzt, auf dem Wege friedlicher Eroberung im Lauf der Zeiten noch einmal die ganze cimbrische Halbinsel gewinnt.

Und das ist noch bei Weitem nicht alles, was der große norddeutsche Kanal uns Deutschen in Aussicht stellt. Derselbe wird unsre Schifffahrt ganz außerordentlich heben, uns bei Weitem mehr noch zu einem seefahrenden Volke und damit zu einer Weltmacht werden lassen, als wir dies jetzt sind.

Im Jahre 1858 waren unter den 1440 Schiffen, welche in den dem fremden Handel geöffneten Häfen Chinas sich befanden, 180 deutsche, also 12½ Procent. Jetzt wird sich die Zahl der deutschen Schiffe, welche die Meere Ostasiens befahren, auf nahe an 300 belaufen, und die alljährlich in die Hände unsrer Rheder zurückfließenden Summen werden mindestens drei Millionen Thaler oder funfzig Procent des Schiffswerthes betragen. Aber zu Deutschlands Kräftigung zur See trägt jene ferne Schifffahrt so gut wie nichts, zur Vermehrung seines Handels wenig bei. Alle diese Schiffe bleiben fast immer nur in jenen Meeren, bis sie unbrauchbar werden oder verloren gehen, und kaum anders verhält sichs mit den dortigen deutschen Matrosen. Schiffe und Mannschaften nützen so nur dem Auslande und vermehren nicht einmal den Absatz deutscher Producte. Lediglich einzelne Geldmänner gewinnen dabei hohe Interessen auf Kosten des Lebens der durch ein stetes Verbleiben in heißer Zone physisch und moralisch verderbenden und frühzeitig ins Grab sinkenden deutschen Seeleute.

Um vieles wichtiger für die Entwickelung der deutschen Kauffahrtei-Schifffahrt als die jetzige Frachtfahrt norddeutscher Schiffe in den ostasiatischen Meeren ist, wie Stürz vor einiger Zeit in einer eignen Schrift überzeugend nachgewiesen hat, der Fischfang auf hoher See, und dieser muß durch Ausführung des cimbrischen Kanals einen erheblichen Aufschwung gewinnen. Hundert Schiffe auf Wallfisch- und Heringsfang ausgelaufen tragen mehr zur Heranbildung eines kräftigen deutschen Matrosenvolks bei, als zehnmal so viele, die an den Küsten von China und Indien fahren, um nie mehr zurückzukehren.

„Das Meer ist der große Turnierplatz der Nationen; auf ihm vor allem stählt sich die Mannhaftigkeit eines Volkes. Wenn Deutschland seine bis jetzt getheilten und gelähmten Seekräfte durch den Nord-Ostsee-Kanal vereinigt hat, tritt es mit verdoppelter Stärke in die Arena.“

Frankreichs und Englands Handelspolitik führten in China einen blutigen Krieg, letzteres kämpfte auch in Mexiko, und diese Mächte thaten dies nicht, um zu erobern, sondern um jene Länder ihrem Handel zu erschließen. Wir dagegen haben uns bisher in gewissem Maße von unserm eignen Meere abschließen lassen, jenem Meere, welches selbst der Engländer im Angedenken an unsre einstige Seetüchtigkeit noch heute das deutsche Meer nennt. Im Zollverein verstand man bisher unter Handelspolitik die Beschäftigung mit rein binnenländischen und rein ökonomischen Fragen. Das wird anders werden und bald: wir haben nur einige tausend Quadratruthen deutschen Landes in eine für große Schiffe befahrbare Wasserfläche zu verwandeln und dadurch das Einswerden unsrer Nord- und Ostsee-Gestade zu bewirken. Die deutsche Küste, welche für den Riesenleib unsres Vaterlandes kaum ausreicht, wird um die volle Länge des Kanals vergrößert, die Hafenfläche Norddeutschlands mehr als verzehnfacht und aller Handel und Verkehr zur See verhältnißmäßig erweitert.

Und schließlich: ohne Seemacht keine Achtung gebietende Stellung gegen das Ausland, und ohne eine von Dänemark und dessen Protectoren unabhängige Verbindung zwischen Nord- und Ostsee keine Seemacht! Preußen, mit den Anfängen zu einer Seemacht versehen, kann mit diesen dem Gesammtvaterland wenig nützen, wenn es auf die Ostsee beschränkt bleibt. Es erkannte diesen Uebelstand und erwarb einen Hafen an der Nordseeküste. Damit aber waren die Hindernisse, die in der Trennung der beiden Wasserbecken lagen, nicht beseitigt. Preußen allein war, als der Krieg ausbrach, nicht im Stande, Deutschland zur See kräftig zu schützen, und es wäre dazu auch dann nicht befähigt gewesen, wenn seine Flotte doppelt so stark gewesen wäre, wie jetzt; denn immer hätte sich dieselbe in zwei Geschwader theilen müssen. Hätten die Mittel- und Kleinstaaten Deutschlands sich bei dem Bau einer deutschen Flotte betheiligt, so würde schon jetzt unsre Ueberlegenheit zur See von den Dänen gefühlt worden sein, aber mit dem Kanal würde selbst eine sehr mäßige deutsche Flotte den vereinigten Geschwadern der skandinavischen Völker die Spitze haben bieten können.

„Auf die östreichische Flotte,“ sagt der Verfasser, „wird Deutschland schon aus dem Grunde nie rechnen können, weil Oestreich dieselbe stets zur Vertheidigung seiner eignen Küste bereithalten muß, nicht zu erwähnen der großen Entfernung, die bei einem Kriege des deutschen Bundes mit einer der westlichen Seemächte eine Vereinigung dieser Flotte, und wäre dieselbe auch weit größer als sie jetzt ist, mit der des übrigen Deutschland ganz in Frage stellt."

Nur das durch den Kanal zu ermöglichende Zusammenwirken ganz Norddeutschlands, der nordöstlichen und nordwestlichen Hälfte, nur die durch eine Wasserstraße quer durch die cimbrische Halbinsel herzustellende Einheit unsrer Küste kann unserm Vaterland die von ihm früher, in den glorreichen Tagen der Hansa, besessene Macht zur See wiedergeben. Hierin liegt die nationale Nothwendigkeit, hierin die hohe politische Bedeutung des Unternehmens, welches jetzt in Schleswig-Holstein vorbereitet wird.

Hat Deutschland nur die soliden Anfänge zu einer Flotte, so kann es ihm im Fall eines Seekriegs, der von jetzt an jeden Krieg zu Lande, in den wir verwickelt werden, begleiten muß, an Verbündeten durchaus nicht fehlen. Dies verbürgt die nie erlöschende Eifersucht der vier maritimen Großmächte England Frankreich, Rußland und Amerika. Daß die Flotte der Vereinigten Staaten uns niemals feindlich entgegentreten wird, ist sicher und zwar schon deshalb, weil das amerikanische Volk hierzu schon jetzt zuviel deutsches Blut in seinen Adern hat. Droht uns aber nach Herstellung unsrer Einheit zur See eine Flotte von Osten, so können wir binnen vierundzwanzig Stunden durch den Kanal die eignen Schiffsgeschwader aus der Nordsee in die Ostsee führen, und die des Verbündeten würden auf demselben Wege nachfolgen. Droht der Krieg von Westen her, so wäre das umgekehrte Manöver ebenso bequem auszuführen. Dem Feinde und dessen etwaigen Bundesgenossen würden die gezogenen Kanonen der Kanalforts den Durchgang wehren. In jedem nord- oder westeuropäischen Kriege würde daher die Allianz Deutschlands mit der einen oder der andern Macht auch darum von der äußersten Wichtigkeit sein. Rußland aber, welches durch den Gegensatz zum skandinavischen Norden, zumal wenn dieser einmal durch Union oder sonst wie politisch Eins geworden ist, von der sichern Benutzung des Sundes ausgeschlossen werden wird, müßte in Bezug auf den atlantischen Ocean beinahe so abhängig von uns werden, als es jetzt in Betreff des Mittelmeers von der Türkei abhängig ist.

Die Nordschleswiger.

3. Das Project einer Theilung Schleswigs.

Ueberblicken wir die Entwickelung der letzten Periode des deutsch-dänischen Streits, so begegnen wir folgenden Stufen:

Erste Stufe: Die kriegführenden deutschen Mächte erstreben, wenn die veröffentlichten Actenstücke wirklich ihre Meinung ausdrücken, wenn der eine der betreffenden Minister nicht weiter sieht und mehr beabsichtigt, als er wissen läßt, lediglich Erfüllung der Zusagen von 1851 und 1852, also den dänischen Gesammtstaat nach deutscher Interpretation jener keineswegs unzweideutig gefaßten Zusicherungen; sie wollen Selbständigkeit der von einander getrennten Herzogthümer in der Verwaltung und Verfassung gegenüber dem Königreich, daher Wiederaufhebung der factischen Incorporation Schleswigs in das letztere, ferner Gleichberechtigung Holsteins und Schleswigs mit Dänemark, endlich gerechte Vertheilung der Beiträge zu den gesammtstaatlichen Ausgaben. Dänemark weist dieses Verlangen zurück und appellirt an die Entscheidung der Waffen. Auch das deutsche Volk sieht in dem preußisch-östreichischen Ultimatum sein Recht und Interesse nicht gewahrt, fordert vielmehr Wiedereinsetzung Schleswig-Holsteins in den vorigen Stand, d. h. in sein durch die Abmachungen von 1851 und 1852 so wie durch das londoner Protokoll ausgestrichenes altes Recht und damit, da inzwischen der Mannsstamm ausgestorben, volle Trennung der Herzogthümer von Dänemark.

Zweite Stufe: Beginn des Krieges, Niederlage der Dänen, Eroberung der Herzogthümer, leider ohne Alsen. Die kriegführenden deutschen Mächte gehen einen Schritt weiter. Sie werfen das sibyllinische Buch mit ihrer Anerkennung des Gesammtstaats ins Feuer, verlangen Zusammengehörigkeit der beiden Herzogthümer und Trennung derselben vom Königreich bis auf den allen Theilen gemeinsamen Fürsten, also bloße Personalunion. Wieder protestirt sowohl Dänemark als die deutsche Nation, und auch die neutralen Mächte erblicken hierin keine angemessene Lösung.

Dritte Stufe: Die kriegführenden deutschen Mächte entschließen sich, das Princip der Integrität der dänischen Monarchie völlig aufzugeben. Auch das sibyllinische Buch mit ihrer Gutheißung des londoner Protokolls wird vernichtet, und man fordert die Ausscheidung Schleswig-Holsteins unter einem eignen Souverän. Preußen und Oestreich befinden sich hiermit im Einklang mit dem deutschen Volke und, wie nicht zu bezweifeln, mit der großen

Mehrzahl der politisch zurechnungsfähigen Schleswig-Holsteiner. Die Dänen weisen selbstverständlich diese Zumuthung zurück. Die neutralen Mächte bequemen sich ihr theilweise an, sie willigen in die Aufhebung des londoner Protokolls und in die Theilung der dänischen Monarchie, aber nur unter der Bedingung, daß die Deutschen in eine Theilung Schleswigs willigen, nach welcher ihnen die kleinere Südhälfte, den Dänen die größere Nordhälfte des Herzogthums zugesprochen werden soll. Dänemark schließt sich dem nothgedrungen an, auch die deutschen Großmächte gehen auf das Princip einer Theilung ein, und so handelt sichs gegenwärtig, wie es scheint, nur noch um die Frage, nach welchen Gesichtspunkten getheilt werden und wie viel von dem Herzogthum an Deutschland, wie viel an Dänemark fallen soll. Die öffentliche Meinung in Deutschland erklärt sich gegen solche Nachgiebigkeit, doch nur insofern, als sie die etwaige Hingabe eines Theils von Schleswig mit dem Rechte Schleswig-Holsteins und seines Fürsten dadurch in Einklang gebracht sehen will, daß man nicht die in London versammelten Diplomaten darüber entscheiden läßt, sondern die rechtlich allein dazu Befugten, Volk und Herzog in Schleswig-Holstein befragt, ob und wie getheilt werden soll.

Stellen wir uns auf den Standpunkt des abstracten Rechts, so leidet es keinen Zweifel, daß dasselbe jede Theilung Schleswigs ohne Einwilligung des Herzogs Friedrich und der Stände seines Landes ausschließt. Die Diplomaten Europas haben ebensowenig die Befugniß, ein Stück der Herzogthümer an den nicht erbberechtigten dänischen König zu verschenken, als sie 1852 die Befugniß hatten, einem Nachfolger Friedrichs des Siebenten von der Weiberlinie das Ganze zuzusprechen. In den Herzogthümern herrscht der Mannsstamm — nicht blos bis zur Schlei und dem Dannewerk und ebensowenig blos bis zur Linie Apenrade-Tondern. Es gilt, wenn wir den Rechtsstandpunkt festhalten, nicht, einen neuen Staat zu schaffen, sondern einen bereits vorhandenen einfach anzuerkennen. Und soll das Landes- und Fürstenrecht Schleswig-Holsteins nicht allein den Ausschlag geben, sollen bei der Entscheidung auch hier wie sonst in Fragen der Politik andere Motive mitwirken, so tritt jenen alten Rechten zunächst das Recht des Siegers zur Seite. Dänemark ließ es auf die Entscheidung der Waffen ankommen, und diese ist gegen seine Ansprüche ausgefallen. Schleswig ist von der „Armee für Schleswig-Holstein“ in dem gerechtesten aller Kriege erobert worden. Ob man dies von Anfang an beabsichtigt hat, ob die Redensart von der bloßen Abpfändung ernst gemeint war oder nicht, ist jetzt gleichgiltig. Die Sieger können ihren Gewinn mit demselben, ja mit besserem Recht als 1859 Napoleon das östreichische Italien dem König von Sardinien abtrat, dem Herzog Friedrich überlassen, und nur diesem im Einvernehmen mit den Ständen und natürlich mit den Mächten, die seine Sache geführt, namentlich mit Preußen, welches die größten Opfer für ihn gebracht und die Hauptschlacht geschlagen*) nicht dem Besiegten und ebensowenig den Neutralen steht es zu, die Friedensbedingungen zu sanctioniren.

Daß Opportunitätsgründe vorhanden sind, die davon absehen lassen könnten, und wie weit diese Gründe die Deutschen bestimmen dürften, Rechtsopfer zu bringen, soll später zu zeigen versucht werden. Für jetzt nehmen wir einmal den Fall an, die jetzige Conferenz oder eine spätere Vereinbarung gelangte dahin, den Rechtsstandpunkt zu adoptiren und die Schleswig-Holsteiner selbst hätten zu entscheiden, ob eine Abtretung zulässig sei — wie sollte und wie würde aller Wahrscheinlichkeit nach ihr Spruch lauten?

Die Schleswig-Holsteiner wollen — das ist das A und O des Streites, mindestens die Cardinalfrage — einen deutschen Staat bilden. Der Krieg ist, gleichviel, ob dies von dem wiener Cabinet anerkannt worden, wo nicht in erster, sicher doch in zweiter Linie ein Krieg für das Recht der Nationalität gewesen; das Nationalitätsprincip wird also auch bei dem Friedensschluß eine hervorragende Rolle zu spielen haben. Das Recht des Herzogs gewann ferner einen mächtigen Bundesgenossen und verdoppelte Bedeutung dadurch, daß ihm der unzweideutige Wille des Volkes im Süden der Herzogthümer zur Seite stand. Es wäre ohne diesen Willen ein Recht wie das Recht der Bourbonen in Neapel, der Habsburger in Toscana gewesen, und so wird auch der Wille der plattdänisch redenden Nordschleswiger zu berücksichtigen sein. Wie man selbst nicht in einen dänischen Staat gezwungen sein wollte, so darf man, wenn man gerecht sein will, auch nicht wieder wie die Advocatenpolitik von 1848 verlangen, daß Dänen ungefragt sich in einen deutschen Staat einfügen lassen sollen, wofern dies nicht ein ganz unabweisbares Bedürfniß erfordert. Endlich mag auch, versteht sich wieder nur, soweit die Interessen des Landes und ganz Deutschlands nicht dawider sprechen, dem bisherigen Feinde und zukünftigen Nachbar gegenüber Billigkeit zu üben schön sein, so wenig auch die Dänen bis jetzt verdient haben, daß man nach Rücksichten der Billigkeit mit ihnen verfährt.

In den vorhergehenden beiden Abschnitten unserer Erörterung fanden wir:

---

*) Wir glauben noch nicht, daß man dies an gewisser Stelle schon vergessen hat und das Schiff des Herzogs bereits in östreichisches Fahrwasser und in die mittelstaatliche „Selbständigkeit" hineinzulaviren vor hat, wie ein Theil der Presse anzunehmen scheint. Wäre dem aber wirklich so, dann möge man sich von der flensburger „Norddeutschen Zeitung", beiläufig dem besten Blatte der Herzogthümer, gesagt sein lassen, daß es im schleswig-holsteinischen Volke eine Partei (wir fügen hinzu, eine starke und die tüchtigsten Köpfe, die uneigennützigsten Patrioten umfassende Partei) giebt, welche glaubt, daß „das wirkliche und wohlverstandene Interesse Schleswig-Holsteins und ganz Deutschlands dahin führen muß, den festen Anschluß der Herzogthümer an Preußen für jetzt und für alle Zukunft zu dem ersten Postulat unsrer politischen Vernunft zu machen."

D. Red.

1) daß die Bewohner Schleswigs nördlich von der Linie Tondern-Flensburg in ihrer weit überwiegenden Majorität nach Sprache und Sitte den Dänen viel näher stehen als den Deutschen, und

2) daß jedenfalls die Mehrzahl derjenigen unter ihnen, welche überhaupt für politische Dinge Augen und Herzen haben, ja wahrscheinlich die Mehrzahl aller Nordschleswiger überhaupt bei einer Befragung, ob das ganze Schleswig-Holstein aus der dänischen Monarchie ausscheiden solle, mit Nein stimmen würden.

Eine durchaus andere Frage wäre, ob diese Südjüten Nordschleswigs für sich allein den Eintritt in die dänische Monarchie begehren, ob sie von Südschleswig und Holstein getrennt sein wollen. Diese Frage würde ihnen unsrer Meinung zufolge mit einer Aufklärung über ihre Tragweite vorzulegen sein, und wenn wir der fernern Meinung sind, daß dann mit ziemlicher Sicherheit zu erwarten wäre, die Majorität würde sich gegen eine Abtrennung vom Süden aussprechen, so wäre auf diesem gerechtesten aller Wege zugleich das günstigste aller Ergebnisse erreicht. Eine Einverleibung oder correcter ein Behalten dieses Theils der Bevölkerung der Herzogthümer wider dessen Wunsch dagegen würde den neuen Staat nicht stärken, sondern ihn fast in gleichem Grade schwächen, als Dänemark durch seine Verbindung mit Schleswig-Holstein geschwächt wurde.

Unsere Hoffnung, die Nordschleswiger würden sich gegen eine Theilung des Herzogthums aussprechen, gründet sich nur in geringem Maße auf die Zeitungsnachrichten, die in den letzten Wochen von dort eingetroffen sind. Auch in dieser guten Sache geht es nicht ohne einigen Humbug ab, und die Welt muß bisweilen recht plumpe Lügen glauben*). Die Deputation aus dem „echt deutschen" oder, wie andere Ethnographen wollen, „ferndeutschen" Hadersleben vertritt nur die deutsche Partei der Stadt. Von der Deputation aus dem Sundewitt gilt Aehnliches. Die Versammlung auf Böghoved, zu welcher, wenn sie überhaupt so zahlreich besucht war, als man liest, der Süden ein starkes Contingent gestellt, und an der jedenfalls so ziemlich alles, was nördlich von Tondern-Flensburg schleswig-holsteinisch denkt, theilgenommen haben wird, drückt nicht den Willen Nordschleswigs aus. Die Skamlingsbank würde sicher eine zahlreichere Versammlung Dänischgesinnter sehen, wenn eine Gegendemonstration jetzt gerathen wäre. Indeß mögen jene Kundgebungen immerhin als Anfänge eines Umschwungs der Stimmung einigen Werth haben.

Unsre Hoffnung beruht darauf, daß man mehr als bisher darauf bedacht

---

*) So wenn sich eine Zeitung, die wir nicht nennen wollen, schreiben läßt, an der rendsburger Landesversammlung hätten mindestens zehntausend Nordschleswiger Theil genommen. Mindestens — auch das noch — warum nicht gleich lieber zwanzigtausend?

sein wird, das hier allein Nützliche zu thun. Nicht Belehrung über staatsrechtliche Fragen, nicht Echauffement für den Herzog bedarf es, sondern man sorge dafür, daß möglichst bald die Gesammtheit der Nordschleswiger wisse, was ihre materiellen Interessen ihnen gebieten. Mit andern Worten, es gilt, ihnen zu sagen, was eine quer über die Halbinsel gezogne Grenze für diese Interessen zu bedeuten haben, daß eine solche Grenze, gleichviel wo abgesteckt, ihren Einnahmen schaden, wo nicht ihr wirthschaftlicher Ruin sein würde, und daß daher ihr Verbleiben bei dem deutschen Theil der bisherigen dänischen Monarchie, wenn es ihnen als ein Uebel erscheint, ein nothwendiges, ihrer Kasse vortheilhaftes Uebel ist. Wie im zweiten dieser Artikel gezeigt ist, verkaufen sie bei weitem das Meiste vom Ueberschuß ihrer Producte nach dem Süden, zunächst nach Flensburg und den westlichen Städten, nicht nach dem Norden und Osten, da Jütland und die Inselstifter wie Nordschleswig ackerbauende und viehzüchtende Länder sind, und eine Zolllinie, welche die Nordschleswiger von dem Süden des Herzogthums und von Holstein absperrte, würde daher für jene ein ähnliches Unglück sein, wie die russische Zollgrenze für Posen oder die Wiederaufrichtung der Zollschranken in Deutschland für die betreffenden Staaten.

Schleswig-Holstein wird, so sage man den Südjüten Schleswigs weiter, eine seiner ersten Sorgen sein lassen müssen, auf bessere Verkehrslinien, namentlich auf eine den Interessen des Landes angemessenere Richtung der Eisenbahnen bedacht zu sein; denn die jetzigen sind mehr für den Vortheil Dänemarks als für den der Herzogthümer angelegt. Der Verkehr der letzteren mit Deutschland war durch sie weniger gefördert als der des Westens der dänischen Monarchie mit dem Osten und der Kopenhagens mit England, und denkt man fortan, statt wie seither mehr auf Bahnen von Osten nach Westen, mehr auf solche, die von Süden nach Norden, von Hamburg nach Hadersleben und Tondern führen, so wird dies den Werth der Arbeit und des Grundbesitzes in Nordschleswig sehr bald in dem Maße steigern, daß man es allgemein empfindet.

Auch den unermeßlichen Umschwung aller Verhältnisse, den der projectirte Nord-Ostsee-Kanal hervorrufen, den Wohlstand, den diese Welthandelsstraße über die Herzogthümer verbreiten wird, und daß eine Trennung vom Süden den Nordschleswigern die Aussicht nehmen würde, an diesem Gewinn Theil zu haben, müßte betont werden.

Sodann würde mit Nutzen darauf hingewiesen werden können, daß eine Trennung von Dänemark der ferneren Zurücksetzung gegen die Kopenhagner und der directen und indirecten Ausbeutung zu Gunsten dieser — eine Zurücksetzung und Ausbeutung, die selbst von Jütland stark empfunden und laut beklagt wird — ein Ende machen würde. Ferner würden die Schleswiger im Norden darauf aufmerksam zu machen sein, daß die Steuerlast, die sie in einem Staate Schleswig-Holstein zu tragen hätten, wahrscheinlich bedeutend geringer sein würde, als in Dänemark mit seinen durch den Krieg angeschwollenen Staatsschulden, seinen wenigen Domänen und seiner Großmannssucht, die ihm auch ferner eine kostspielige Flotte zu halten gebieten wird. Endlich würde eine geschickte Aufklärung über die friedlichen Beziehungen des deutschen Bundes zu dem Padischah in Stambul und die friedfertige Natur dieser Staatengruppe überhaupt nicht übel angebracht sein.

Nach solcher Vorbereitung würde es nicht wahrscheinlich, wenn auch immerhin noch möglich sein, daß die Nordschleswiger, wenn man ihnen das Selbstbestimmungsrecht zugestünde, in ihrer Majorität sich nicht von ihrem Vortheil, sondern von ihren politischen Sympathien mit Dänemark und ihrer Scheu vor den Türkenkriegen des deutschen Bundes leiten ließen, und daß sie demzufolge bei der Frage: ob schleswig-holsteinisch und deutsch oder dänisch? sich für die letztere Alternative entschieden. Dann würde man sie ungern zwar, aber der Billigkeit gemäß, soweit das von ihnen bewohnte Land nicht von besonderem Werth für Schleswig-Holstein und Deutschland wäre, abtrennen müssen. Blieben bei dieser Theilung einige südlichere Striche — Sundewitt und Alsen z. B. — widerwillig bei Schleswig-Holstein, so gliche sich das theilweise damit aus, daß mit den nördlichen Strichen dort angesiedelte Deutsche oder Deutschgesinnte (denen Amnestie, freie Bewegung und Auswanderungsrecht zu stipuliren wären) an Dänemark gelangten, und im Uebrigen spräche dafür das Recht der Eroberung, welches auf diese Weise immer noch mit Mäßigung ausgeübt würde.

Geben wir uns aber keinen Illusionen hin. So wie im Vorigen angenommen wurde, haben sich die Dinge noch nicht gestaltet, und daß man die Frage der Theilung Schleswigs den Schleswig-Holsteinern zur Entscheidung überlassen wird, ist, obwohl die letzten Monate in der Sache der Herzogthümer mancherlei überraschende Wendungen gebracht haben, kaum zu erwarten, und zwar schon deshalb nicht, weil Oestreich, so angenehm ihm auch ein nur halbdeutscher Staat hier oben sein könnte, das Selbstbestimmungrecht der Völker nicht anerkennen wird, und weil es andrerseits den Frieden zu sehnlich herbeiwünscht, um für das ungeschmälerte Recht des Herzogs Friedrich einen Krieg zu führen, der wahrscheinlich ein allgemeiner werden würde.

Niemand kann diese Situation mehr beklagen als wir. Aber nehme man die Dinge wie sie sind, nicht wie sie sein sollten. Der Krieg ist bis jetzt ein Cabinetskrieg gewesen, kein Volkskrieg, oder dies doch nur insoweit, als die beiden deutschen Großmächte ihn nicht unternommen hätten, wenn sie nicht durch die tiefe Aufregung der Nation dazu gedrängt worden wären. Nur ein Volkskrieg aber, womit wir selbstverständlich keinen Freischaarenlärm meinen, nur ein Krieg, der von vornherein für das volle Recht und Interesse und wie mit der vollen Beistimmung so auch mit der vollen Kraft der gesammten deutschen Nation geführt worden wäre, hätte eine Lage schaffen können wie die, welche wir im Obigen voraussetzen mußten. Ein solcher Krieg hätte ganz Schleswig, auch Alsen, genommen, die deutschen Waffen nach Fühnen getragen, den Neutralen imponirt, sich auf keine Conferenzen eingelassen, und keinen europäischen Areopag als obersten Schiedsrichter über sein Ziel und seinen Gewinn anerkannt.

Wie die Dinge liegen, ist der Krieg ebensosehr nach diplomatischen als nach militärischen Rücksichten geführt worden, und in erster Hinsicht haben Dänemarks Hartnäckigkeit, Frankreichs für Deutschland günstige Haltung und die Eifersucht Oestreichs auf Preußen das Beste gethan. Die Conferenzen sind beschickt, das Einspruchsrecht der Neutralen ist anerkannt, dem feindlichen Sinne Englands ist nicht hinreichend Respect eingeflößt. Die Cabinete werden nach ihren Interessen verfahren und wir von Glück zu sagen haben, wenn sie dabei wenigstens die Hauptinteressen Deutschlands in Schleswig wahren. Die Verhandlungen in London können, so scheint es noch immer, zu einem endgiltigen Ergebniß gedeihen, ohne daß man das Recht ganz zur Geltung bringt und die Berechtigten entscheiden läßt, was im Interesse des Friedens, aus Rücksichten der Billigkeit u. s. w. davon abgetreten werden kann. Die Diplomaten werden, wenn uns Dänemarks Trotz nicht wirklich noch zu einem neuen Kriege hilft, und vielleicht auch dann noch, das Maß der Abtretungen bestimmen, nicht der Volkswille. Die meiste Neigung, den Dänen und ihren englischen Advocaten viel zu gewähren, wird von den deutschen Mächten das friedensbedürftige Oestreich, die wenigste Preußen haben.

Wie man sich deutscherseits entscheiden, wofür man, wenn Rücksichten der Opportunität nun einmal zu nehmen sind, auf alle Fälle unbedingt und ohne einen Schritt zu weichen eintreten und, wenn es sein muß, weiter kämpfen sollte, ist zunächst in unserm ersten Abschnitt angedeutet. Ganz Südschleswig, d. h. die Theile des Herzogthums, welche schon die alte Einrichtung der Kirchen- und Schulsprache für deutsche erklärte, muß auf jede Gefahr hin uns verbleiben. Kein Dorf Angelns, kein Kirchspiel und keine Insel des Friesenlandes darf den Dänen ausgeliefert werden, ebensowenig das durchweg deutschgesinnte Tondern und das zu zwei Dritteln seiner Einwohnerschaft deutschredende Flensburg, schließlich ebensowenig die südlich an die Kirchspiele Holebüll, Tinglev, Buhrkall, Hostrup, Abild und Mögeltondern angrenzenden Dörfergruppen der Landesmitte. Es wäre die höchste Mäßigung, nicht mehr zu fordern, die verwerflichste Nachgiebigkeit, mit weniger vorlieb nehmen zu wollen. Es wäre nur ein Waffenstillstand, es wäre Verewigung des Streites, wollte man auf irgendeine Transaction eingehen, welche neben dem Rechte auch der Nationalität und dem entschiedenen Willen des in diesen Strichen wohnenden Volkes in die Augen schlüge. Bis hierher ist sans phrase die deutsche Ehre engagirt, weiter hinauf handelt sichs nur um ein Recht, gegen das die Nationalität sprechen kann, und in Betreff gewisser Punkte um das deutsche Interesse, von dem wir zum Schluß ein Wort sagen wollen.

Das deutsche Interesse verlangt nicht, daß wir die Südjüten Nordschleswigs in unsre Gemeinschaft aufnehmen, wir haben bereits fremde Elemente mehr als gut ist, unter uns; wir brauchen kein kleines Oestreich im Norden, keine Verstärkung der specifischen Schleswig-Holsteiner, und es würde nutzloser Uebermuth sein, dadurch, daß einer andern Nationalität Zwang angethan würde, oder auch nur angethan zu werden schiene, einen Krieg heraufzubeschwören, welcher von da an sehr wahrscheinlich auch mit England zu führen sein würde.

Wohl aber kann das deutsche Interesse fordern, daß man einen Theil der Eroberungen in Nordschleswig deswegen behält, weil man hier die besten Häfen für die künftige deutsche Flotte hat, und weil man eine passende militärische Grenze braucht, nicht gegen Dänemark, welches fortan vom Rang eines Mittelstaates zu dem eines Kleinstaats herabsteigen wird, sondern gegen ein vereinigtes Skandinavien, welches mit einer andern Großmacht im Bunde uns bedrohen kann. Und so fragt sichs, ob wir nicht den Hauptschauplatz der letzten Kämpfe, das Sundewitt und Alsen, für uns beanspruchen sollen.

Alsen besitzt in dem Höruphaff den besten aller Kriegshäfen Schleswig-Holsteins und einen der besten an der ganzen Ostsee. Der kieler Hafen ist tief, geräumig und durch seine gewundene Form ziemlich gut gegen unbequeme Winde geschützt, aber nur mit großen Kosten zu befestigen, auch friert er in harten Wintern bis an seine Mündung zu. Letzteres gilt von der eckernförder Bucht nicht, dagegen liegt dieselbe dem Ostwind offen, und läßt sich kaum genügend durch Batterien schützen. Größere Vortheile bietet die flensburger Föhrde, doch bedürfte man, um einen deutschen Kriegshafen aus ihr zu machen, die östliche und nördliche Küste derselben, also das Sundewitt. Hörup Haff, eine Meile östlich von Sonderburg, verbindet große Tiefe mit Geräumigkeit und Gelegenheit zur Anlage passender Vertheidigungsmittel, es ist geschützt vor jedem Winde und friert selbst bei strenger Kälte nur am Rande zu.

Der Besitz Alsens ist ferner, so sagt man uns, militärisch wichtig für die Behauptung der Herzogthümer; denn die Insel Alsen ist eine natürliche Festung in der Flanke Schleswig-Holsteins, und wir geben das zu, wenn sichs um ein Behalten des *ganzen* Festlands bis zur Koldinger und der Königsau handelt.

Allein wir haben Alsen nicht erobert, und wenn wir es noch nehmen wollten, so würde — darauf kann schon das Stillstehen der Preußen nach dem 18. April hindeuten — gerade dieser Versuch England und vielleicht auch andere Mächte gegen uns auftreten lassen, zunächst weil Alsen am meisten von allen Theilen Schleswigs dänisch spricht und gesinnt ist, dann weil man uns in England wohl eine Vergrößerung auf dem Festland, nicht aber auf den Inseln zuzugestehen bereit sein wird. Ob Preußen sich, getragen von der Begeisterung der deutschen Nation, stark genug fühlen würde, die Insel auch gegen Englands und Schwedens Einspruch zu nehmen und zu behaupten, wagen wir nicht zu hoffen, obwohl wir meinen, daß es Ursache dazu hätte. Aber es ist zu bezweifeln, daß der dann zu führende Krieg, der, wenn das volle Recht aufgegeben wäre, ein großer Krieg um ein verhältnißmäßig kleines Object sein würde, auf die rechte Wärme in der Nation zu rechnen hätte.

Weit wichtiger ist, daß wir die Halbinsel Sundewitt behalten. Nicht weil die Gräber der Helden dort sind, welche die Düppelschanzen erstürmten, obwohl es ein schönes Gefühl sein mag, welches die Todten der Befreiungsarmee auch in befreiter Erde liegen sehen will. Auch nicht wegen der Düppelstellung, die ohne Alsen für uns von geringen Werth und die überhaupt wie die Dannewerkstellung nur eine dänische Position gegen Deutschland ist. Wohl aber brauchen wir die Halbinsel zwischen der apenrader und der flensburger Föhrde, wenn wir uns des Besitzes der letzteren mit ihrem trefflichen Hafen sicher fühlen wollen. Kommen auf diese Weise einige tausend plattdänisch redende Nordschleswiger gegen ihren Wunsch zu Deutschland — Sundewitt oder die Nübelharde des Amts Sonderburg hat in seinen fünf Kirchspielen circa 9000 Einwohner — so gleicht sich dies, wie bemerkt, durch die Deutschen in den Aemtern Hadersleben und Apenrade, die nicht nur wider ihren Wunsch, sondern auch gegen ihr materielles Interesse an Dänemark fallen, allein beinahe aus. Eine gute militärische Grenze ist schon durch den Besitz Südschleswigs gewonnen, und ebenso würde Deutschland oder zunächst Preußen und Schleswig-Holstein durch den projectirten Kanal zwischen Brunsbüttel und der eckernförder Bucht in letzterer oder vielmehr in dem angrenzenden windebyer Noor, welches auszubaggern wäre, einen allen Ansprüchen genügenden Kriegshafen erhalten.

Die Linie zwischen Tondern und der Wiedau einerseits und der flensburger Föhrde andrerseits könnte allerdings nur von einer unverhältnißmäßig großen Armee vertheidigt werden. Wohl aber bietet sich bei Idstedt eine sehr starke Stellung, von welcher aus, wenn das deutsche Heer in ihr siegte, ohne Verzug der für den Augenblick einer etwaigen Uebermacht gegenüber geräumte Theil Südschleswigs mit Einschluß Flensburgs wieder gewonnen werden könnte.

Die Stellung bei Idstedt, nur mit der Front gegen Norden zu beziehen, liegt drei Wegstunden nördlich von der Stadt Schleswig, hat eine Breite von etwa anderthalb Meilen und wird durch den Langsee und den Ahrenholzsee gebildet, zwischen denen sich die schleswig-flensburger Chaussee hindurchzieht.

Dieses Defilee bietet sich als Centrum dar, der linke Flügel hat die Treene und ihre Sümpfe zur Deckung, der rechte gewinnt durch das Defilee des missunde-flensburger Weges bei Wedelspang und eine morastige Niederung eine sichere Anlehnung. Der Anmarsch des Feindes von Norden her hat durch Defileen zu erfolgen, der Aufmarsch zum Angriff ist nur mit Schwierigkeiten zu bewerkstelligen. Wie stark die idstedter Position ist, hat die Schlacht bewiesen, die 1850 hier geliefert wurde, und in welcher 26,000 Schleswig-Holsteiner 36,000 Dänen geschlagen haben würden, ja schon geschlagen hatten, wenn Willisen den Kampf nicht vor der Zeit abgebrochen hätte. Ein deutscher General, der mit einem von Norden kommenden Gegner Krieg führt, wird daher, selbst wenn er ebensowenig wie damals Willisen die Uebermacht für sich hat, die Entscheidung bei Idstedt suchen, und er wird dies mit Erfolg oder wenigstens nicht mit der Gefahr einer schweren Niederlage thun, da er im Fall des Mißlingens die feste Eiderstellung hinter sich hat, die wir uns als aus einem erweiterten und verstärkten Rendsburg, aus einem wohlbefestigten Friedrichstadt und aus einem bei Eckernförde an der östlichen Mündung des neuen Kanals anzulegenden verschanzten Lager bestehend denken.

Zu einer erfolgreichen Vertheidigung ganz Schleswig-Holsteins ohne Alsen gegen eine von andern Mächten unterstützte dänische Armee bedürften wir ohne Zweifel noch einmal so viel an Truppen, als zum Schutz eines Schleswig-Holstein, das bis zur Sprachgrenze und im Osten noch etwa bis zum apenrader Busen reichte, und es ist die Frage, ob wir im Fall eines solchen großen Krieges für diesen Zweck so viele Mannschaft entbehren können. Holstein und Südschleswig können ohne zu große Anstrengung ein Heer von 15,000 Mann und bei stärker angespannten Kräften das Doppelte stellen und unterhalten, wie sie dies bereits gezeigt haben. Die übrigen norddeutschen Staaten brauchten dann nur noch 30 bis 35,000 Mann zu senden; denn mit einem Heer von 50,000 Mann ist der neue Staat und mit ihm die Nordgrenze Deutschlands unter den angegebnen Voraussetzungen gegen eine feindliche Armee von der Stärke, wie sie sich in Jütland und Nordschleswig concentriren ließe, sehr wohl zu halten.

Mit dieser Betrachtung glauben wir den Gegenstand hinreichend beleuchtet zu haben. Daß wir dem Rechte in der Ueberzeugung, daß es nicht zum Zwange für einen Theil der Schleswig-Holsteiner werden würde, den Sieg wünschen, wird darnach niemand bezweifeln. Daß Gründe der Convenienz, ja des rechtverstandnen deutschen Interesses davon für jetzt noch absehen lassen, scheint uns fast sicher und dies auszusprechen, an der Zeit. Kann man uns in dieser oder einer andern Hinsicht eines Bessern belehren, was in Betreff der Nationalitätsverhältnisse Schleswigs nicht der Fall sein wird, so werden wir gern zuhören, nur versuche man dies nicht mit den landläufigen Phrasen, deren wir gründlich überdrüssig sind, und mit denen man doch nur die große Masse verblendet.

Am liebsten würden wir uns von Preußen des Irrthums überführen lassen, und mit freudiger Ueberraschung werden wir den Hut ziehen, wenn man hier sich zu dem entschließt, was wir im Vorigen den Volkskrieg nannten.

Neue historische Literatur.

Die Chroniken der deutschen Städte vom 14. bis ins 16. Jahrhundert. Zweiter Band. Leipzig, S. Hirzel. 574 S.

Enthält zunächst das kleine „Memorial“ des Nürnbergers Endres Tucher, welches Mittheilungen aus den Jahren 1421 bis 1440 umfaßt, die nur Selbsterlebtes enthalten und die im ersten Bande abgedruckte Chronik aus König Sigmunds Zeit vielfach ergänzen. Dann folgt die Beschreibung des Feldzugs, den die Nürnberger im Winter 1444 in Gemeinschaft mit den Rotenburgern und den Windheimern gegen einige Raubritter im Bayreuthischen unternahmen, ein Bericht, der von einem Augenzeugen (vielleicht dem Führer dieser Expedition, Erhard Schürstab) verfaßt zu sein scheint und sich durch Lebendigkeit auszeichnet. Das dritte und umfänglichste sowie das wichtigste Stück bezieht sich auf die große Fehde, welche die Nürnberger in den Jahren 1449 und 1450 mit dem Markgrafen Albrecht Achilles von Brandenburg auszufechten hatten, und zerfällt in den eigentlichen Kriegsbericht und in sogenannte „Ordnungen“, die eine zu Nutz und Frommen der Nachkommen zusammengestellte Uebersicht über die während des Kriegs erlassenen Befehle und Maßregeln sowohl in Betreff der Ausrüstung des Heeres, als der Vertheidigung und Verpflegung der Stadt, über den erlittenen Schaden, über die begangnen Fehler u. s. w. enthalten. Dieses dritte Stück ist bereits von Baader herausgegeben, hier aber durch werthvolle Beilagen, namentlich durch die vortreffliche Darstellung der zwischen Albrecht und der Stadt Nürnberg geführten Kriegs- und Friedensunterhandlungen, die Dr. Friedrich v. Weech geliefert, und durch Dr. Th. v. Kerns Abhandlung über die Fürstenpartei im Städtekrieg erst in das rechte Licht gestellt worden. Die genannte Fehde ist nur eine Episode jenes großen Kampfes, in welchem um die Mitte des fünfzehnten Jahrhunderts Fürsten und Adel auf der einen, das mächtig gewordene Bürgerthum der Städte auf der andern Seite, ganz Süddeutschland, namentlich Franken und Schwaben, erschütternd und verheerend, auf einander stießen. Albrecht von Brandenburg-Anspach, der hervorragendste Staatsmann und Feldherr seiner Zeit, sah das Aufblühen Nürnbergs mit Verdruß. Herrschsüchtig, eine groß angelegte Natur, über den durch seine Geburt ihm angewiesenen Wirkungskreis hinausstrebend, hatte er, nachdem sein Bruder 1448 die Macht der Stadt Berlin-Cöln gebrochen, dasselbe mit dem stolzen Patriziat der großen fränkischen Reichsstadt im Sinn, und so wußte er Gelegenheit zu Streit zu finden, der ihm an dieses Ziel verhelfen sollte. Indeß war Nürnberg ihm doch zu mächtig, und nach allerlei Raubzügen und kleinen Gefechten, von denen das größte, die Schlacht bei Pillenreut, mit einer Niederlage Albrechts endigte, kam es zu einem Waffenstillstand und am 27. April 1453 zu einem Vergleich zwischen den Parteien, in welchem Nürnberg seine volle Selbständigkeit und im Wesentlichen auch alles das behauptete, was Albrecht direct gefordert und bedroht hatte. Von besonderem Interesse ist noch die vierte Beilage, eine Untersuchung des Herausgebers der Städtechroniken, Professor Hegel, über Nürnbergs Bevölkerungszahl und Handwerkerverhältnisse im 14. und 15. Jahrhundert. Man ist in der Regel geneigt, sich die großen süddeutschen Städte jener Zeit als starkbevölkert vorzustellen. Dem gegenüber wird hier nachgewiesen, daß Nürnberg im Jahre 1450 nicht viel über 20,000 Einwohner gehabt haben kann. Diese Zahl scheint mit den Bevölkerungsziffern unserer großen Städte und mit der damaligen Bedeutung Nürnbergs verglichen, allerdings auffallend gering. Allein sie entsprach den Bevölkerungsverhältnissen der Zeit. Man drängte sich damals noch nicht in die Städte, und das Land war stärker bewohnt wie heutzutage. Später, kurz vor dem dreißigjährigen Kriege, hatte Nürnberg weit mehr, doch keinenfalls über 40,000, im Jahre 1806 zählte es nur 25,000 Einwohner; jetzt hat es deren mehr als dreimal so viel als in der Zeit der Fehde mit Albrecht Achilles.

Historisches Taschenbuch. Herausgegeben von Friedrich v. Raumer. Vierte Folge, vierter Jahrgang. Leipzig, Brockhaus, 1863.

In dem ersten Abschnitt dieses Jahrgangs giebt Schnitzler in der Biographie des Fürsten Andreas Rasumowski ein Bild aus der Geschichte der russischen Diplomatie, welches auch für die allgemeine Geschichte von nicht gewöhnlichem Interesse ist. Im zweiten schildert Löher in lebendiger Sprache den Untergang der Bauern- und Herrenfreiheit in Holland in dem Streite zwischen Jacobäa von Bayern und Philipp von Burgund. Als drittes Stück folgt ein Aufsatz von Jacob Falke über die irrende Ritterschaft im Mittelalter, der reich an schönem Detail ist. Dann betrachtet Chr. E. Langethal die Entwickelung der deutschen Landwirthschaft in ihrer Verbindung mit der allgemeinen Geschichte der letzten hundert Jahre. Ferner enthält der Jahrgang einen Vortrag des Herausgebers des Taschenbuchs über Sicilien und Palermo, der namentlich die Geschichte Siciliens ins Auge faßt und bei dem das milde Urtheil des Verfassers über die Königin Karoline auffällt. Den Schluß macht ein Aufsatz E. Koloffs, der auf gute Studien gegründet eine lebensvolle und instructive Darstellung des geselligen Lebens vor und nach der Schreckenszeit in Paris enthält.

Geschichte der Musik von August Wilhelm Ambros. Zweiter Band. Breslau, F. E. C. Leuckart. 1864. 538 S.

Der erste Theil des Werkes hatte sich nach einem Ueberblick über die Musik der

Naturvölker, der Chinesen, Inder und Araber, welcher der Natur der Sache nach weniger Geschichte als musikalische Ethnographie war, mit der Musik der antiken Welt beschäftigt und hierbei, wenn auch nichts Vollkommenes, doch auf Grund sorgfältiger Studien sehr Beachtenswerthes und Tüchtiges geleistet. Der zweite Band (das Ganze soll sich in vier Bänden vollenden) der ebenfalls auf gründlicher Sammlung von Material beruht und noch mehr Resultate eignen Schöpfens aus den ersten Quellen bietet als der erste, führt uns zuvörderst in die ersten Zeiten der neuen christlichen Welt und Kunst ein und schildert dann den gregorianischen Kirchengesang und seine Verbreitung, die unter den Karolingern blühende Sängerschule von St. Gallen, Hucbald von St. Amand und das Organum desselben sowie die ersten Versuche einer Notenschrift. Dann folgt eine Untersuchung über Guido von Arezzo und dessen Tonsystem, die Solmisation, das Clavier, die Orgel und die mystische Symbolik der Töne. Hierauf führt uns der Verfasser zu den Troubadours und Minstrels der romanischen Völker und deren Instrumenten und zu den Minne- und Meistersängern, um sodann einen Blick auf das Volkslied zu thun, wie es sich im Mittelalter und zu Anfang der neuen Zeit entwickelt hatte. Im zweiten Buch geht er sodann auf die Entwickelung des mehrstimmigen Gesangs über. Zuerst wird der Discantus und Fauxbourdon in seiner Entstehung und seinem Wesen charakterisirt, dann die Mensuralmusik und der eigentliche Contrapunkt. Hieran schließt sich die erste niederländische Musikschule, H. de Zeelandia, Dufay und seine Schule, dann Antonius Busnois und seine Nachfolger, endlich ein Blick auf den Stand der Dinge in Deutschland und in Italien vor dem Auftreten des berühmten Meister Johannes Okeghem, der als Gründer der zweiten niederländischen Schule zu gelten hat, und der ziemlich alle folgenden Tonsetzer als seine geistige Nachkommenschaft in Anspruch nehmen darf. Alle Urtheile des Verfassers sind mit zahlreichen Beispielen, eingedruckten Bildern und Noten belegt, eine große Zahl falscher oder halbwahrer Ansichten ist berichtigt, respective auf ihr rechtes Maß zurückgeführt, über ganze Perioden erhalten wir neue Aufschlüsse, und so verdient das Unternehmen des Verfassers auch in Bezug auf diesen neuen Band warme Empfehlung, die noch wärmer sein dürfte, wenn der Stil, in dem das Werk geschrieben ist, nicht jener gesucht geistreiche und mit Bildern überladene wäre, welcher in Oestreich seit einigen Jahrzehnten beliebt geworden ist. Der dritte Band soll die Zeit behandeln, wo der aus dem gregorianischen Gesange hervorgegangene polyphone Tonsatz herrschte, die klassische Zeit der Kirchenmusik von der Mitte des fünfzehnten bis zum Beginn des siebzehnten Jahrhunderts, die mit Okeghem beginnt, und als deren Vollendung und Abschluß Palestrina erscheint. Der vierte endlich wird die musikalische Renaissance, die Entstehung der Monodie, der Oper, des modernen Tonsystems und die Blüthe- und Glanzzeit der weltlichen Musik darstellen, mit 1600 beginnen und bis auf die Gegenwart führen.

Geschichte Englands seit den Friedensschlüssen von 1814 und 1815. Von Reinhold Pauli. 1. Theil. Leipzig, Verlag von S. Hirzel. 1864. 555 S.

Bildet den achten Band der „Staatengeschichte der neuesten Zeit" und ist nach Form und Inhalt wieder ein Werk, zu dessen Gewinn wir dem Verleger aufrichtig Glück wünschen. Unbekannte Quellen haben dem Verfasser allerdings nicht zu Gebote gestanden, die Archive sind eben selbstverständlich für die Beurtheilung der Menschen, Ereignisse und Zustände der neuesten Zeit noch nicht geöffnet. Dagegen ist alles bekannte Material, die Parlamentsacten und die politische Tagesliteratur, die ziemlich zahlreichen Memoiren, Briefe und sonstigen Aufzeichnungen bedeutender englischer Staatsmänner mit Sorgfalt, Umsicht und Geschick benutzt, und die persönliche Anschauung des Verfassers von englischen Verhältnissen hat ebenfalls dazu beigetragen, die Arbeit zu fördern und gelingen zu lassen. Die Gruppirung der Ereignisse ist übersichtlich, die Darstellung der Ursachen, aus denen sie sich entwickelten, des Ganges, den diese Entwickelung nahm, durchaus klar und ebenso lebendig, die Charakteristik der Parteien, der einzelnen Regenten, Minister, Volksführer u. s. w. allenthalben wohlgelungen und in mehren Fällen von einer glänzenden Plastik. Ueber Castlereaghs Charakter und Befähigung scheint uns der Verfasser etwas zu günstig zu urtheilen. Vortrefflich dagegen sind die Bilder, die er uns von William Pitt und Canning giebt, namentlich das von letzterem, ferner die Porträts Georgs des Dritten, seines erbärmlichen Nachfolgers, der Königin Caroline, Wellingtons, Peels und O'Connells. Mit großer Klarheit ist die auswärtige Politik Englands unter den verschiedenen Ministerien in ihren Ursachen und ihren einzelnen Phasen, in Bezug auf die südeuropäischen Revolutionen, auf die Freiheitskämpfe in den spanischen Colonien Südamerikas und die übrigen Ereignisse des ersten Viertels des Jahrhunderts geschildert. Dasselbe Lob gilt von den Capiteln, welche die Entwickelung der innern Fragen und der Parteikämpfe um dieselben in Volk und Parlament verfolgen, unter Anderm von dem Abschnitt, welcher sich mit den Verlegenheiten der ersten Jahre nach 1815 beschäftigt, dann von dem, welcher die ersten Bestrebungen für Einführung freihändlerischer Grundsätze darstellt, und von dem, der die irische Frage und die Kämpfe behandelt, welche zur Emancipation der Katholiken führten. Mit Geist endlich schildert das letzte Capitel des Bandes, die Culturzustände zu Ende der zwanziger Jahre überblickend, die Wechselwirkung materieller und geistiger Momente, welche für England die neueste Epoche heraufführten, die Einwirkung der Dampfkraft und der Maschine, den Gegensatz zwischen gewerblicher und landwirthschaftlicher Thätigkeit, den Volksunterricht, die Staatskirche und das Sektenwesen, zuletzt Wissenschaft, Kunst und schöne Literatur. Mit lebhaftem Verlangen sehen wir der Fortsetzung des Werkes entgegen, möge sie uns nicht zu lange auf sich warten lassen.

Geschichte der Jahre 1848 bis 1860 von Eduard Arnd. Berlin, Verlag von Duncker und Humblot. 1863. 295 S.

Erzählt in populärer Sprache zunächst die Ereignisse in Frankreich von der Februarrevolution bis zum Anfang der Präsidentur Napoleons, dann die Vorgänge in Deutschland während des Jahres 1848. Darauf folgt die italienische Revolution bis zum Wiedereinzug des Papstes in Rom im April 1850, hierauf der Kampf Ungarns mit Oestreich, dann Napoleons Gelangung zum Kaiserthron. Ein ferneres Capitel behandelt die deutsche Geschichte vom frankfurter Septemberaufstand bis zur Wiederherstellung des Bundestags, ein nächstes den Krimkrieg, das folgende Deutschland bis zur neuen Aera in Preußen, das letzte endlich den italienischen Krieg von 1859. Der politische Standpunkt des Verfassers ist im Wesentlichen der d. Bl. Die Darstellung ist lebendig, concis und übersichtlich.

Die deutsche Geschichte mit besonderer Berücksichtigung des brandenburgisch-preußischen Staates. Ein patriotisches Lehr- und Lesebuch für Schule und Haus. Von Ludwig Bender. Essen, G. D. Bädecker, 1864. 281 S.

In Betreff der älteren Geschichte ein gutes populäres Lesebuch für den kleinen Mann und die Schuljugend. Auf das Gebiet der neuesten Ereignisse dagegen hätte sich der Verfasser nicht begeben sollen; denn hier hat er seinen Lesern nicht viel mehr zu bieten als Bilder der Menschen und Ereignisse, wie sie sich in der Seele eines wohlmeinenden Kleinstädters aus Zeitungen abspiegeln, und es klingt vielleicht in gewissen Kreisen patriotisch, aber doch gar zu naiv für Andere, wenn es S. 236 von Friedrich Wilhelm dem Vierten heißt: „Er hat Preußen auf die höchste Stufe wohlgeordneter bürgerlicher und religiöser Freiheit erhoben", und wenn dies gleich darauf mit der Gründung des Bisthums Jerusalem, der Förderung der innern Mission, der Wiederherstellung des Johanniterordens und der Theilnahme des Königs an den Bestrebungen des Kirchentags motivirt wird.

Annalen des Königreichs Italien. 1861 bis 1863. Von W. Rüstow, Oberst-Brigadier, Ritter des militärischen Ordens von Savoyen. Zweites Buch. Das Ministerium Ricasoli. Zürich, Meyer und Zeller. 1864.

Gute Uebersicht über die Ereignisse der Zeit zwischen Cavour und Ratazzi, soweit sich eine solche ohne Einblick in die geheimen Acten aus Zeitungen, Flugschriften und einiger persönlicher Anschauung gewinnen läßt und soweit die mazzinistische Parteibrille, die der Verfasser auch hier trägt, ihm die Menschen und Dinge nicht in einer falschen Beleuchtung sehen läßt, was beiläufig in diesem Abschnitt etwas seltener der Fall ist, als im ersten Buch. Besonders instructiv sind: das Capitel über die finanziellen Fragen und die Fünfhundert-Millionen-Anleihe, das über die italienischen Eisenbahnen und das über den öffentlichen Unterricht. Ferner der Abschnitt über Italiens günstige Lage in Bezug auf Beschaffung einer tüchtigen Marine, dann die Fortsetzung der Geschichte des Brigantenwesens im Neapolitanischen, die eine große Anzahl wenig bekannter Einzelnheiten enthält. Schließlich machen wir noch auf die vielfach interessante Darstellung aufmerksam, welche die Entwickelung der römischen Frage unter Ricasoli und dessen Ideen in Betreff der Lösung derselben im neunten Capitel gefunden hat.

Erinnerungen deutscher Offiziere in britischen Diensten aus den Kriegsjahren 1805 bis 1816, zusammengetragen und mit Erläuterungen begleitet von H. Dehnel. Hannover, Carl Rümpler, 1864. 381 S.

Der Herausgeber, selbst ein alter Kriegsmann von der deutschen Legion in britischen Diensten, giebt hier eine Anzahl mehr oder minder interessanter Auszüge aus Aufzeichnungen von Offizieren dieser Truppe und des englisch-braunschweigischen Corps über die Kämpfe, an denen diese Herren theilnahmen, verbindet diese zu fortlaufenden Berichten über einzelne Hauptereignisse und begleitet sie mit allerlei Personalnotizen. Der erste Abschnitt umfaßt Tagebuchsblätter und mündliche Mittheilungen des Obersten v. Hesse über seinen Eintritt in den englischen Dienst, seinen Antheil an der Belagerung von Kopenhagen und seinen Erlebnissen und Beobachtungen während der Feldzüge in Portugal und Spanien, der Schlachten bei Talavera, Busaco und Fuentes de Onoro u. d. m. Der zweite enthält die Aufzeichnungen des Generals v. Brandis über seine Betheiligung an dem spanischen Kriege und bietet mancherlei Interessantes namentlich über die Kämpfe bei Ciudad Rodrigo, Salamanca und Burgos, den Rückzug von dort und die Schlacht bei Waterloo. Von besonderm Interesse ist der Abschnitt des vierten Capitels, welcher nach verschiedenen Quellen den Sturm von Badajoz schildert. Dann folgen Auszüge aus den hinterlassenen Papieren des Generallieutenants v. Wynecken über verschiedene Gefechte in Spanien und die Belagerung von San Sebastian, Mittheilungen des braunschweigischen Oberstlieutenants v. Brömbsen über ein Abenteuer braunschweigischer Infanterie bei Tordesillas, Beiträge zur Geschichte des englisch-braunschweigischen Husarenregiments von 1809 bis 1816 u. s. w. Den Schluß machen allerlei Anekdoten von hannöverschen Offizieren, die zum Theil auch ein größeres Publicum interessiren können. Im Allgemeinen aber sind diese Mittheilungen, wie auch die Mehrzahl der vorhergehenden, nur für den Militär und speciell für den hannöverschen Militär von Werth. Das Eine und das Andere wird dem Geschichtschreiber, der sich mit Wellingtons Thaten in Portugal und Spanien beschäftigt, als Material für seine Darstellung und sein Urtheil willkommen sein. Einzelnes eignet sich zur Unterhaltungslectüre. Das Ganze hat insofern Bedeutung für die Geschichte des deutschen Volkslebens, als sich in diesen Aufzeichnungen keine Spur von deutschem Patriotismus kundgiebt. Die hannöverschen Offiziere fechten in Spanien mit England gegen Napoleon, den Unterdrücker ihres Vaterlandes, aber nirgends verräth sich ein Bewußtsein davon, daß es einem Befreiungskampf gilt. Ihr Leitstern ist lediglich die militärische Ehre und die Soldatenpflicht, sie schlagen sich freiwillig für englischen Sold, wie sich früher die Hessen in Amerika für englischen Sold gezwungen geschlagen haben.

Verantwortlicher Redacteur: Dr. Moritz Busch.

Verlag von F. L. Herbig. — Druck von C. E. Elbert in Leipzig.

CPSIA information can be obtained
at www.ICGtesting.com
Printed in the USA
LVHW101337160422
716387LV00003B/80

9 783752 597479